W0094299

BASTEI
LÜBBE

Taschenbücher von JASON DARK
im BASTEI-LÜBBE-Programm:

13 006   Ghostbusters
13 052   50mal Gänsehaut

JASON DARK

MÖRDERISCH GUT

8 explosive Krimis

BASTEI
LÜBBE

BASTEI-LÜBBE-TASCHENBUCH
Allgemeine Reihe
Band 13359

Erste Auflage: Dezember 1991
Zweite Auflage: März 1992
Dritte Auflage: Mai 1993

Der Preis dieses Bandes versteht sich
einschließlich der gesetzlichen Mehrwertsteuer.

Inhalt

Im Kreuzfeuer der Todesdrachen

Aus der Serie
Cliff Corner
(Jason Darks erster
veröffentlichter Roman)

»Sie sind verhaftet, Mister Wu!« Der G-man Frank Banners sprach die Worte ruhig und gelassen.

In der großen Tempelhalle war es einen Moment totenstill. Dann erhob sich Wu langsam von seinem aus Teakholz gefertigtem Thron. Um seine Lippen spielte ein zynisches Lächeln. Er kreuzte die Hände über der Brust zusammen.

»G-man, du hast noch genau fünfzehn Sekunden zu leben. Du bist dem Geheimnis der ›Todesdrachen‹ auf die Spur gekommen.«

In Wus Gesicht war bei diesen Worten keine Gemütsbewegung zu erkennen. Mit einem Ruck setzte er sich wieder hin. Seine Hände krallten sich um die Lehnen des Stuhls. Seine Zeigefinger drückten auf zwei versteckt angebrachte Knöpfe. Plötzlich peitschten aus den Stuhllehnen Schüsse. Frank Banners bekam die Garben voll in die Brust. Mit einem Aufstöhnen brach er zusammen. Sein Gesicht nahm einen wächsernen Ausdruck an. Wenige Sekunden später lag der G-man Frank Banners tot auf dem schmutzigen Boden . . .

Mit kreischenden Reifen stoppte ich meinen Mustang auf dem Hof des Chicagoer FBI-Gebäudes. Es war 2.00 Uhr morgens. Ein dringender Telefonanruf von Mr. Grant hatte mich aus dem Bett gescheucht. Den Grund wußte ich noch nicht, deshalb verlor ich keine Zeit und fuhr sofort zu unserem Office hinauf. Auf dem Gang begegnete mir Tom, mein Freund und Kollege.

»Cliff, sofort zum Chef.«

Wenig später betraten wir Mr. Grants Büro. Unser Chef sah trotz der frühen Stunde aus wie aus dem Ei gepellt. Nur sein Gesicht war sehr ernst. Mit einer verbindlichen Bewegung bot er uns zwei Sessel an. Nachdem wir unsere Zigaretten angesteckt hatten, fragte Mr. Grant plötzlich:

»Cliff, kannten Sie Frank Banners?«

Ich stutzte einen Moment. »Wieso kannte?«

»Frank Banners ist tot. Er wurde vorgestern nacht ermordet, und zwar durch Maschinenpistolen.«

Ich war einen Moment sprachlos. Auch Tom schaute mich

entsetzt an. Frank ist tot, ich konnte es kaum glauben. Er war mein Lehrmeister hier in Chicago gewesen, war aber dann nach San Francisco übergewechselt. Erst in der vorigen Woche hatte er mir einen Brief geschrieben.

»Soweit ich informiert bin«, sagte Mr. Grant, »hatte Frank Banners es mit einem Racket in San Francisco zu tun. Genaueres steht in den Akten, die ich schon aus Frisco habe kommen lassen.«

»Dann darf ich also annehmen, daß Tom Harris und ich den Fall übernehmen sollen?«

»Ganz recht, Cliff. Euch kennt man nicht in San Francisco, und die notwendigen Vorbereitungen sind schon getroffen worden.«

Ich konnte nur immer wieder das Organisationstalent unseres Chefs bewundern.

»Und noch etwas, Cliff. Ich hoffe, Sie haben gut trainiert. Sie werden es brauchen. Das gilt auch für Sie, Tom.« Er machte eine Pause.

»Die Akten liegen in eurem Office, auch die Flugkarten. Und noch eins, Susan Taylor laßt aus dem Spiel! Dann bleibt mir wohl nichts anderes mehr übrig, als euch viel Glück zu wünschen.«

Tom nickte, ich lächelte. Aber dieses Lächeln sollte mir bald vergehen, denn wir bekamen zu spüren, was es heißt, sich mit dem ›Todesdrachen‹ anzulegen . . .

Vier Stunden später lag Chicago weit hinter uns. Während des Fluges beschäftigten wir uns mit dem Studium der Akten. Es ging um folgendes:

In San Francisco machte in letzter Zeit ein Geheimbund von sich reden. Dieser Bund nannte sich der ›Todesdrachen‹. Seine Mitglieder befaßten sich in der Hauptsache mit Rauschgiftschmuggel. Aber auch der Mädchenhandel kam nicht zu kurz. Diese Verbrecher terrorisierten fast das gesamte Chinesenviertel San Franciscos, dabei kam es ihnen auf ein Menschenleben mehr oder weniger nicht an. Da das Rauschgiftgeschäft anscheinend nicht so viel Geld einbrachte, wie man es sich gedacht hatte, wurden auch die Geschäftsleute im Chinesenviertel unter Druck gesetzt. Wer sich gegen diese Terrormethoden auflehnte, wurde krankenhausreif geschlagen oder erschossen. Gleichzeitig hatte sich aber noch eine andere Gang in diesem Bezirk eingenistet, und zwar waren dies weiße Gangster, die ihr Schäfchen ins trockene bringen wollten. Auch sie erpreßten Geschäftsleute. Das alles war unseren Friscoer Kollegen zu Ohren gekommen. Der G-man Frank Banners war damit beauftragt worden, die Sache zu klären. Er wurde jedoch kurz vor dem Ziel ermordet. Welche dieser beiden Banden den Mord auf dem Gewissen hatte, war nicht festzustellen. Man gab die Schuld aber dem ›Todesdrachen‹, da die Leute dieser Gang wohl weniger Skrupel kannten. Der Boß der weißen Gang war dem FBI bekannt. Er hieß Bud Rickett, doch beweisen konnte man ihm nichts. Der Anführer des ›Todesdrachen‹ war nicht bekannt. Jedoch in der Unterwelt San Franciscos sprach man von einem geheimnisvollen Mr. Wu. Gesehen hatte ihn noch niemand. Wenigstens konnte derjenige, der Mr. Wu erkannt hatte, keine Aussage mehr machen. So sah die Lage leider aus.

Ich seufzte unwillkürlich auf.

»Liebeskummer?« fragte Tom spöttisch.

»Das nicht, aber ich habe das Gefühl, daß wir mitten in einen Gangsterkrieg hineingeraten.«

Tom zuckte die Achseln. »Kommt Zeit, kommt Rat. Ich versuche mir im Augenblick vorzustellen, wie ich wohl als Kneipenwirt aussehen werde.«

Kneipenwirt, das war das Stichwort. Wir hatten aus Tarnungsgründen im Chinesenviertel von San Francisco eine Kneipe übernommen, und zwar als Brüderpaar. Wir hießen von nun an Cliff und Tom Hopkins. Unsere Kneipe trug den Namen ›Last Chance‹. Sehr sinnvoll, stellte ich fest.

Verbindung zu unseren Kollegen hatten wir vorerst keine. Wurde es jedoch brenzlig, konnten wir mit Hilfe eines Miniatursenders Verstärkung herbeiholen. Unsere Dienstwaffen hatten wir gegen neutrale Waffen ausgetauscht. Wir besaßen jeder einen kleinen Cobra-Colt, eine sehr wirksame Waffe.

»Was meinst du, Cliff, was Susan jetzt wohl macht?« fragte Tom.

»Wer weiß, hoffentlich kommt sie uns nicht nach. Von unseren Kollegen erfährt sie jedenfalls nichts.«

»Ich kann mir nicht helfen, ich habe trotzdem ein komisches Gefühl. Na, ist ja auch egal.« Tom Harris lehnte sich bequem zurück und versuchte zu schlafen.

Ich konnte einfach nicht einschlafen. Ich mußte immer an Frank Banners denken. Hoffentlich widerfuhr uns nicht das gleiche Schicksal!

Susan Taylor, Kriminalreporterin der Chicago Tribune, saß an diesem Morgen in ihrem Büro und las Zeitungen. Bei ihrem Studium fiel ihr auch ein Blatt aus San Francisco in die Hand. In dem lokalen Teil fand ie eine kleine Notiz, die sie fast vom Stuhl riß: Gestern morgen wurde unter großer Anteilnahme der Bevölkerung der ermordete G-man Frank Banners beigesetzt. Einen ausführlichen Bericht über das Verbrechen brachten wir in unserer gestrigen Ausgabe.

Susan zündete sich eine Zigarette an. Frank Banners, wo hast du diesen Namen schon mal gehört, überlegte sie. Natürlich, das war Cliffs Lehrer!

Susan drückte mit einer entschlossenen Bewegung die Zigarette aus. Dann griff sie zum Telefon und rief beim FBI an. Sie bekam Frank Roy an die Strippe, der Susan natürlich sagen mußte, daß weder Tom noch ich da waren.

»Nicht da, das gibt's doch gar nicht«, murmelte Susan vor sich hin. »Aber wartet nur, ich werde das schon herausbekommen. Jetzt erst recht.«

Die Reporterin verließ das Gebäude, sprang in ihren kleinen Austin und fuhr zu meiner Wohnung nach Maywood hinaus. Dort traf sie auf Carlos, meinen Hausmeister. Aber auch Carlos sagte ihr nichts anderes. Zum Glück tauchte die Frau des Hausmeisters auf. Bei einem wirklich guten Kaffee erfuhr Susan, daß wir beide nach San Francisco abgereist waren.

Susan bedankte sich noch einmal bei dem Ehepaar und fuhr

zum Tribune Tower zurück. Dort betrat sie zuerst das Zimmer ihres Chefs. Sie erklärte ihrem Chef die ganze Geschichte und entwickelte auch schon ihren Plan.

Natürlich war der Chef nicht einverstanden, aber Susan setzte ihren Willen durch. Sie nahm ein paar Tage Urlaub und flog nach San Francisco.

»So, das wäre geschafft«, stöhnte Tom, als er den letzten Eimer Wasser auskippte, »ich hätte mir nicht träumen lassen, daß ich noch mal als Putzfrau arbeiten muß.«

Ich grinste. »Nimm's leicht, Tom. Etwas Bewegung tut deiner Gesundheit keinen Schaden.«

Tom murmelte etwas Unverständliches. Ich sah mich in unserem neuen Domizil um. Wir hatten wirklich geschuftet. In dem Lokal hatte es ausgesehen wie in einem Schweinestall. Hier war seit Monaten nicht mehr saubergemacht worden. Der frühere Besitzer wurde für drei Jahre vom Staat verpflegt. Man hatte ihn wegen Rauschgifthandels verurteilt.

Das Lokal lag in der 17. Straße, am Anfang des Chinesenviertels, in einem zweistöckigen Haus, das so alt war, daß es sämtliche Erdbeben überstanden haben mußte. Im oberen Stockwerk befanden sich unsere Zimmer. Wir hatten ausgemacht, daß Tom kellnerte und ich die Rolle des Wirts übernahm.

Es war gegen 17.00 Uhr, kurz vor der Eröffnung, als ein Mann die Kneipe betrat, der direkt aus dem Verbrecheralbum hätte stammen können. Er trug einen grauen Anzug, ein schwarzes Hemd und dazu eine weiße Krawatte. Die Ausbuchtung unter seiner linken Achsel entging mir nicht.

Der Mann setzte sich an die Theke. »N' abend, nette Pinte hier, was?«

»Was darf ich Ihnen bringen?« fragte ich.

»Einen doppelten Whisky«, antwortete er.

Ich beobachtete diesen Knaben mit gemischten Gefühlen. Ich war gespannt, wann er auf den eigentlichen Grund seines Besuches zu sprechen kommen würde. Doch unser erster Gast ließ sich Zeit. Langsam und genußvoll zündete er sich eine Zigarette an. Mit einer fast behutsamen Bewegung legte er das abgebrannte Streichholz in den Aschenbecher. Inzwischen hatte der Bursche seinen Whisky bekommen. Genießerisch ließ er das scharfe Getränk über die Zunge gleiten.

»Wirklich eine ausgezeichnete Sorte«, lobte er, »ich glaube, Sie werden hier ein gutes Geschäft machen. Sagen Sie mal, Mr . . .«

»Hopkins«, stellte ich mich vor. »Cliff Hopkins.«

»Mr. Hopkins, sind Sie eigentlich versichert?«

»Natürlich«, antwortete ich, »gegen Feuer, Einbruch und so weiter.«

»Finden Sie, daß das reicht?«

Aha, dachte ich, jetzt läßt er die Katze aus dem Sack. »Aber sicher, davon bin ich überzeugt.«

»Ich aber nicht, Mr. Hopkins. Stellen Sie sich vor, hier gäbe es Leute, die Sie überfallen, Ihr Mobiliar demolieren und Sie langsam, aber sicher an den Rand des Ruins treiben würden.«

»Da brauchen Sie keine Angst zu haben«, lächelte ich, »wir wissen uns schon zu wehren.«

»So, glauben Sie, das haben andere Leute auch schon gesagt. Leider sind sie dann zu spät zur Einsicht gekommen.«

»Worauf wollen Sie hinaus?«

»Okay, Mr. Hopkins. Wir bieten Ihnen Schutz gegen diese Leute. Das kostet Sie monatlich nur 500 Dollar, mehr nicht. Dafür können Sie aber auch ungestört Ihren Geschäften nachgehen.«

»Also ein Racket«, stellte ich fest. »Und Sie nehmen an, daß ich wirklich darauf eingehe? Ich gebe Ihnen einen guten Rat: Machen Sie, daß Sie rauskommen, aber schnell.«

Der Bursche wurde weiß. »Gut, Hopkins, wie Sie wollen. Ich bin fest davon überzeugt, daß Sie hinterher darum winseln, zahlen zu dürfen. Und verlassen Sie sich darauf, wir sprechen uns noch.«

Der Mann glitt vom Hocker und ging zur Tür. Tom, der unserem Gespräch bisher schweigend gefolgt war, sagte plötzlich: »Mister, Sie haben vergessen zu zahlen!«

Der Mann wandte sich um. Dann griff er in die Jackentasche und kramte einen Dollar hervor, den er Tom zuwarf.

»Das ist das erste und letzte Mal, daß ich bei euch mit Geld bezahle. Die nächste Rechnung wird mit Blei beglichen.«

Dann verschwand dieser freundliche Zeitgenosse.

»Herrliche Aussichten«, meinte Tom, »ich glaube, wir bekommen heute abend noch Ärger.«

»Da könntest du recht haben.«

Es war fast Mitternacht. Unser Lokal war leidlich gut besucht, als vier Halbstarke eintraten. Sie trugen alle die gleiche Kluft, nämlich schwarze Hemden, rote Lederjacken und Nietenhosen. Einige Gäste verlangten sofort zu zahlen. Ich wußte, daß unsere erste Feuerprobe bevorstand.

Dann ging es auch schon los. Tom Harris, der mit einem Tablett voll Biergläser zu einem Tisch wollte, wurde plötzlich angerempelt. Das Tablett fiel ihm aus den Händen, und die Gläser landeten mit einem platschenden Geräusch auf dem Boden. Dabei floß einem der Halbstarken etwas Bier auf die Hose.

»Kannst du nicht aufpassen!« schrie der Junge Tom an.

»Ich bitte vielmals um Entschuldigung«, antwortete Tom höflich.

Im Lokal war es totenstill geworden. Der Anführer hatte beide Daumen in den Gürtel seiner Hose gesteckt.

»So einfach geht das nicht!« fuhr er Tom an. Er faßte ein auf dem Nachbartisch stehendes volles Bierglas und wollte es Tom über den Kopf schütten.

Tom machte nur eine kurze Bewegung. Er packte das Handgelenk des Burschen und drehte es um. Der Inhalt des Glases ergoß sich über den Kopf des Anführers.

Seine drei Kumpane wollten sofort die Ehre der Bande wiederherstellen. Sie sprangen gleichzeitig auf Tom zu. Für mich wurde es nun Zeit, einzugreifen. Ich sauste hinter der Theke hervor und packte den ersten Burschen am Kragen. Er schrie sofort los. Seinen rechten Arm nahm ich in einen Polizeigriff. Mit ein paar Schritten war ich an der Tür und warf den Burschen nach draußen. Tom machte es mir nach, und auch die beiden anderen landeten auf der Straße. Blieb nur noch der Anführer. Er hatte sein

Mißgeschick immer noch nicht überwunden. Er stand zwar nach wie vor am gleichen Platz, doch seine Haltung hatte sich merklich verändert. Ich ging auf ihn zu.

»Verschwinde«, sagte ich nur, »und bestelle deinem Boß, er soll beim nächstenmal richtige Männer schicken.«

Das war wohl zuviel. Mit einem Wutschrei sprang der Bursche auf mich zu. Ich war etwas überrascht und kassierte einen unangenehmen Leberhaken. Dadurch wurde ich ein paar Schritte zurückgeworfen. Das nutzte mein Gegner aus. Er riß ein italienisches Stilett aus der Tasche und warf sich mir entgegen. Ich sah den Angriff kommen und hob blitzschnell das rechte Bein. Meine Schuhspitze knallte gegen den Unterarm des Jungen. Mit einem dumpfen Laut fiel das Messer auf den Boden. Ehe er sich von seiner Überraschung erholt hatte, war ich bei ihm und nahm auch ihn in den Polizeigriff. Mit fast schon routinemäßigen Bewegungen beförderte ich auch den letzten der Gang zur Tür hinaus. Von seinen Komplizen war nichts mehr zu sehen.

»Tom«, sagte ich, »ich habe das Gefühl, das war erst der Anfang, sozusagen ein kleines Vorspiel. Ich werde mich auf jeden Fall für diesen Besuch bedanken. Und zwar mache ich gleich morgen früh Bud Rickett meinen Antrittsbesuch. Mal sehen, wie er darauf reagieren wird.«

»Du hast mich gerufen, Herr?«

Yoto, Leibwächter und Karatekämpfer des Herrn des ›Todesdrachen‹, trat in den Raum.

Der Raum war typisch chinesisch eingerichtet, es gab Sitzkissen und sehr kleine Tische. Die Wände waren mit einer schalldämpfenden Seide bespannt, die mit Ornamenten aus der chinesischen Vergangenheit verziert war.

Wu, der Herr des ›Todesdrachen‹, stellte mit einer behutsamen Bewegung die Teetasse auf den Tisch. Sein Gesicht war durch eine schreckliche Maske entstellt. Niemand, selbst Yoto nicht, kannte das wahre Gesicht dieses Verbrechers.

Yoto blieb in der demütigen Haltung eines Sklaven vor Wu

stehen. Wu sah ihn lange an. Dann begann er in einem seltsamen Dialekt zu sprechen:

»Yoto, du kennst Sheila Liung. Sie ist die Tochter des Uhrmachers Hong Liung. Diese Frau hat mich beleidigt, obwohl ihr meine Gunst gehört. Ich will, daß du sie herbringst. Du wirst ihr in der 17. Straße auflauern, und zwar morgen früh. Doch bring sie gesund her. Hast du verstanden, Yoto?«

»Jawohl, mein Herr.«

»Gut, geh und bereite alles vor.«

Yoto verbeugte sich einige Male vor seinem Herrn und verließ den Raum. Wu grinste hinter ihm her. Er wußte, auf Yoto war Verlaß. In jeder Beziehung. Er hatte bisher jeden Auftrag zu seiner Zufriedenheit ausgeführt. Daß dabei auch einige Morde mit im Spiel waren, störte ihn nicht.

Pünktlich um 8.00 Uhr morgens war ich auf den Beinen. Nach einem ausgiebigen Frühstück verabschiedete ich mich von Tom und machte mich auf den Weg zu Bud Rickett.

Bud Rickett hatte nicht allzu weit von unserem Lokal ein Kaufhaus gemietet. Deshalb ging ich zu Fuß. Nebenbei konnte ich mir das Chinesenviertel ansehen.

Trotz der frühen Stunde herrschte in diesem Viertel starker Verkehr. Auf den Bürgersteigen und selbst auf der Fahrbahn schoben sich laut schnatternde Menschen über das Pflaster. Alle Rassen waren hier vertreten. Aus den Garküchen, die zwischen den oft altersschwachen Häusern eingeklemmt waren, entströmte ein Duft, bei dem es einem sensiblen Menschen schlecht werden konnte.

Die Sensation dieser Straße war ein siebenstöckiges im Kolonialstil erbautes Gebäude, das ›Chinese Palace‹. Es war das Vergnügungsimperium in diesem Viertel. Im Erdgeschoß gab es ein ausgezeichnetes Speiselokal. Die erste Etage beherbergte ein Revuetheater. In der zweiten Etage gab es einen Spielsalon, in der dritten Etage eine Art chinesisches Museum und in den folgenden Stockwerken Unterhaltung aller Art. Dieser Begriff ist sehr weitläufig, fand ich. Die Pforten des Hauses waren noch geschlossen, trotzdem schien es mir, als würde ich aus tausend Augen beobachtet.

Mittlerweile war es fast 9.00 Uhr geworden.

In Bud Ricketts Kaufhaus gab es alles, was das Herz begehrte. Mich interessierten diese Sachen nicht.

Bei einer Verkäuferin erkundigte ich mich nach Ricketts Büro. Es lag in der letzten Etage. Ich bedankte mich bei dem netten Girl und ging zu einem der Fahrstühle.

Plötzlich sah ich in der Nähe eines Süßwarenstandes ein bekanntes Gesicht. Es war unser erster Gast, der Mann, der aussah wie ein Schakal. Ich beschloß, den Besuch bei Bud Rickett zu verschieben und erst einmal diesen Burschen zu verfolgen.

Der ›Schakal‹ fuhr mit der Rolltreppe in die erste Etage. Dort betrat er zielsicher einen Erfrischungsraum. Da die Türen des Erfrischungsraumes aus Glas bestanden, sah ich ihn hinter einer Tür verschwinden, auf die mit roter Farbe das Wort Notausgang gepinselt war.

Mit raschen Schritten durchquerte ich den Erfrischungsraum und verschwand ebenfalls durch diese Tür. Ich befand mich im Treppenhaus des Kaufhauses.

Von meinem ›Freund‹ war keine Spur zu sehen. Ich überlegte.

Wahrscheinlich war der Mann ein Stockwerk höher gelaufen und ebenfalls wieder durch den Notausgang in die Verkaufsräume geschlüpft. Ich wollte gerade die Treppen hinauflaufen, als ich über mir ein scharrendes Geräusch hörte. Instinktiv warf ich mich zur Seite. Und das war gut so. Ich vernahm ein dumpfes ›Plopp‹, und dicht neben mir fuhr eine Kugel in den Boden. Der Bursche schoß mit Schalldämpfer. Ich zog meinen Cobra-Colt.

Vorsichtig und mich mit dem Rücken an die Wand pressend schlich ich die Treppe hinauf. Über mir hörte ich plötzlich hastende Schritte.

Mit ein paar Sprüngen überwand ich die Treppen. Aber auch mein Gegner war schneller geworden. Langsam merkte ich, wie mein Atem unkontrollierter wurde, und ausgerechnet da passierte mir ein Mißgeschick.

Ich wollte vier Stufen mit einem Sprung überwinden, stolperte aber und landete unsanft auf dem Boden. Der Revolver rutschte mir aus den Fingern. Er schlidderte fast vier Yards weg.

Ehe ich wieder auf die Beine kommen konnte, sah ich vor mir einen Schatten auftauchen.

»Bleib hübsch liegen, Sunnyboy«, drang die schadenfrohe Stimme des ›Schakals‹ an mein Ohr.

Ich blinzelte hoch und blickte auf zwei ordentlich gebügelte Hosenbeine in einer Entfernung von etwa einer Armlänge. Warum nicht aus der Not eine Tugend machen, dachte ich. Gedacht, getan.

Mit einer blitzschnellen Bewegung faßte ich die Hosenbeine des Burschen und zog daran. Mit diesem Angriff hatte er wohl nicht gerechnet, und so landete er programmgemäß auf dem Boden.

Mit einem Satz hechtete ich nach meiner Waffe. Doch ehe ich den Finger an den Kolben legen konnte, machte es wieder ›Plopp‹. Ich fühlte fast, wie die Kugel an meinem Nacken vorbeistrich. Mir wurde blitzartig klar, daß der ›Schakal‹ nicht geschossen haben konnte, denn auch ihm war die Pistole aus den Fingern gerutscht.

»Komm hoch, mein Freund«, hörte ich jemanden sagen, »sonst machen wir dir Beine.«

Langsam stemmte ich mich hoch. Vor mir stand ein Mann mit der Figur eines Preisringers. Sein Gesicht sah aus, als wenn es schon mehrere Male unliebsame Bekanntschaft mit harten Gegenständen gemacht hätte.

Der Catcher trug ein blaues Netzhemd und eine karierte Hose, die oben zu eng und unten zu weit war. In der Hand hielt er eine Null-Acht. Der ›Schakal‹ hatte inzwischen die Waffen eingesammelt und sah mich tückisch an.

»Was suchst du hier?« fauchte der Catcher.

»Erdbeeren«, antwortete ich lächelnd. Der Catcher lief rot an. Ehe er sich jedoch an mir abreagieren konnte, zischte sein Komplize: »Es ist der Wirt aus dem ›Last Chance‹, Billy.«

»›Last Chance‹«, überlegte sich der Catcher. Dann hellte sich sein Gesicht auf. »Ach ja, der neue Schuppen in der 17. Straße.«

»Ganz recht«, lächelte ich. Ich überlegte. Die beiden fühlten sich anscheinend sehr sicher. Der ›Schakal‹ hatte die beiden Waffen eingesteckt, nur der Catcher hielt noch seine Null-Acht in der Hand, die weiterhin auf meinen Bauch zeigte. Konnte ich es wagen, mich auf einen Kampf einzulassen?

Doch die Entscheidung wurde mir von dem Catcher abgenommen.

»Bevor wir dich zum Boß bringen, werde ich dir noch eine kleine Lehre erteilen«, zischte der Catcher.

Knallhart schlug er mit der linken Hand zu. Ich hatte den Schlag kommen sehen und war zwei Schritt zurückgewichen. Der Catcher konnte seinen Schwung nicht mehr bremsen und taumelte nach vorn. Ich nutzte die Gelegenheit aus und trat ihm mit einer blitzschnellen Bewegung die Waffe aus der Hand. Die Pistole beschrieb einen Bogen und landete irgendwo im Treppenhaus.

Doch mein Gegner hatte sich schnell erholt.

Mit seinen gorillaähnlichen Armen umfaßte er meine Hüften. Mir schien, als würde die gesamte Luft aus meinem Körper gepreßt. Der Kerl hatte wirklich Riesenkräfte. Er drängte mich immer weiter zurück.

»Los, Billy, gib's ihm«, feuerte der ›Schakal‹ seinen Komplizen an.

Ich versuchte sämtliche Tricks. Vergebens. Des Catchers Griff lockerte sich keineswegs.

Ich wußte, daß wir immer mehr dem offenen Panoramafenster an der Stirnseite der Etage zusteuerten. Anscheinend wollte der Catcher mich aus dem Fenster werfen.

Während ich versuchte, die Umklammerung meines Gegners zu sprengen, riskierte ich einen Blick zur Seite. Die Entfernung zum Fenster betrug vielleicht noch einen Yard. Noch immer war kein Ende des Kampfes abzusehen. Ich sah in das Gesicht meines Gegners, es schien vor Anstrengung zu zerplatzen.

Ich machte einen letzten Versuch. Mit aller Macht warf ich mich auf die rechte Seite und hatte Erfolg. Wir lagen beide auf dem Boden. Da das Fenster bis auf den Boden reichte, spürte ich den Luftzug in meinem Gesicht. Eng aneinandergeklammert rollten wir über den Flur. Diesmal vom Fenster weg. Keiner wollte nachgeben. Mir war längst klargeworden, daß dies ein Kampf auf Leben und Tod war. Mein Atem ging keuchend, als hätte ich einen 5-Meilen-Lauf hinter mir. Der Schweiß rann mir in Strömen übers Gesicht. Wie aus weiter Ferne hörte ich die Stimme des ›Schakals‹:

»Los, Billy, wirf ihn aus dem Fenster!«

Wir rollten keuchend über den Boden. Mal dicht ans Fenster, mal weiter weg.

Der Griff meines Gegners hatte sich inzwischen gelockert. Mir war es gelungen, meine Beine etwas anzuziehen. Der Catcher merkte zu spät, was ich vorhatte. Ich riß mit einem Ruck beide Knie hoch und traf meinen Gegner im Magen.

Mit einem Schrei ließ er mich los. Im ersten Moment war ich erleichtert. Doch dann kam die Reaktion. Feurige Kreise tanzten vor meinen Augen. Ich kam mir vor wie in einem Karussell.

Als ich wieder einigermaßen klar sehen konnte, sah ich den ›Schakal‹ ungefähr drei Yards vor mir stehen. Er hatte meinen Cobra-Colt in der Hand.

»Fahr zur Hölle!« schrie er.

Krachend entlud sich ein Schuß. Mit einem Ruck warf ich mich zur Seite. Das Geschoß pfiff durch den Raum und landete irgendwo an der Wand.

Ehe der ›Schakal‹ zum zweitenmal schießen konnte, warf ich mich dem Catcher entgegen und nahm dem ›Schakal‹ jede Möglichkeit zum Schuß. Mein Gegner hatte sich rasch erholt. Er blockte einen rechten Haken von mir ab und konterte blitzschnell. Der Schlag traf mich in Höhe der Herzgegend.

Ich wurde zurückgeworfen, genau auf das Fenster zur. Der Catcher setzte nach. Aus dem Stand sprang er mich an. Ich konnte nicht mehr rechtzeitig ausweichen, wir prallten zusammen, wurden zurückgeworfen, ich spürte einen scharfen Windzug, und dann fielen wir in die Tiefe.

Im stolzen Bewußtsein, etwas geschafft zu haben, betrachtete Tom sein Werk. Er hatte das Schild mit der Aufschrift ›Last

Chance‹ über der Eingangstür unseres Lokals mit grüner Farbe neu angestrichen.

Einen Schlager vor sich hinpfeifend, ging Tom in die Kneipe zurück. Er stellte den Eimer mit der Farbe auf einen Tisch in der Nähe der Theke.

Tom zündete sich eine Zigarette an und schaute auf die Uhr. Wie doch die Zeit vergeht! Schon eine Stunde war seit meinem Weggang vergangen.

Wir hatten folgendes ausgemacht: Sollte ich mich innerhalb von zweieinhalb Stunden nicht melden, würde Tom mich mit Hilfe der Polizei suchen lassen.

Mein Freund hatte die Eingangstür zwar geschlossen, aber nicht verschlossen. Er rechnete an diesem Morgen nicht mit unangenehmem Besuch. Wie sehr sich der Mensch täuschen kann, sollte Tom bald erfahren.

Er hatte die Zigarette kaum ausgeraucht, als plötzlich die Eingangstür mit einem Ruck geöffnet wurde. Herein taumelte ein bildhübsches Mädchen.

»Bitte, Mister...! Helfen Sie... mir... ich werde verfolgt...«, keuchte die Unbekannte.

Tom war sofort aufgesprungen. »Beruhigen Sie sich doch, Miss. Setzen Sie sich erst einmal. Ich bringe Ihnen einen Kaffee.«

Mit einer behutsamen Bewegung faßte er das Mädchen bei den Schultern und brachte sie zu einem Stuhl.

Die Unbekannte vergrub das Gesicht in ihren Händen. Nun war es mit ihrer Beherrschung vorbei. Sie begann jämmerlich zu schluchzen. Zwischendurch stammelte sie immer nur: »Diese Verbrecher, diese hundsgemeinen Verbrecher.«

Tom brachte den Kaffee. »So, das wird Ihnen guttun.«

Das Mädchen bedachte Tom mit einem dankbaren Blick. Sie holte ein Taschentuch aus ihrer Kostümjacke und trocknete sich die Tränen ab.

»Bitte, entschuldigen Sie, Mister«, stammelte sie, »aber ich war mit meinen Nerven am Ende. Der ›Todesdrachen‹... ich spürte es, wollte mich töten.«

»Was sagten Sie eben? Der ›Todesdrachen‹?«

22

»Ja, der ›Todesdr...«« Die Unbekannte war aufgesprungen. »Mister, ich fühle es, sie kommen, die beiden Chinesen, sie werden... bitte...« Sie flehte Tom an. »Bitte... verstecken Sie mich.«

Ehe Tom antworten konnte, wurde die Tür zum zweitenmal aufgestoßen. Herein huschten zwei Chinesen, Sie trugen blaue Kutten, die in Höhe der Hüften mittels einer Schärpe unterteilt waren. An Stelle von normalen Schuhen hatten die Chinesen Mokassins an. Ihre Köpfe waren völlig kahlgeschoren. Das gab ihnen ein dämonisches Aussehen.

Das Mädchen war hinter die Theke geflohen und preßte sich mit dem Rücken gegen ein Regal. Lautlos gingen die beiden Chinesen auf Tom zu. Tom nannte sich selbst einen Dummkopf, daß er seine Waffe unter der Theke liegen hatte. Aber nun war es zu spät, darüber nachzudenken. Er mußte die Initiative ergreifen.

Mit einem scharfen »Halt!« forderte er die beiden Chinesen auf, stehenzubleiben.

Sie blieben auch wirklich stehen. Auf ihren Gesichtern stand plötzlich ein satanisches Grinsen.

»Willst du uns behindern?« wurde Tom gefragt.

»Genau das«, antwortete Tom.

Die beiden sahen sich überrascht an. Das hatten sie wohl nicht erwartet.

Doch dann zischten sie sich etwas in einer fremden Sprache zu.

Tom riskierte einen Blick nach hinten. Das Mädchen hatte die Augen weit aufgerissen und preßte die Hand fest gegen ihren Mund. Tom lächelte ihr aufmunternd zu. Wohl war es ihm dabei nicht.

Die beiden Chinesen schienen sich inzwischen geeinigt zu haben. Der rechte Mann, von Tom aus gesehen, blieb als Rückendeckung in der Nähe der Tür. Der andere kam in der Haltung eines Karatekämpfers auf Tom zu ...

Im ersten Augenblick dachte ich, mein Herz blieb stehen. Doch dann begann mein Verstand zu arbeiten. Ich hatte Billy nach meinem Fall sofort losgelassen. Trotzdem, in wenigen Augenblicken würde es aus sein.

Was sich aber nun abspielte, kann man kaum schildern, so schnell ging alles.

Plötzlich bekamen meine Hände etwas Weiches zu fassen. Unwillkürlich krallte ich mich daran fest. Ich spürte einen ungeheuren Ruck in den Oberarmen. Ich riß die Augen auf und erkannte, daß ich an einer Fahne hing. Unter mir hörte ich den Schrei einer vielköpfigen Menge. Wie viele Yards es bis zum Erdboden waren, wußte ich nicht. Ich hatte nur den Gedanken, so schnell wie möglich aus dieser verteufelten Situation herauszukommen.

Langsam hangelte ich mich an der Fahne hoch. Ich mußte versuchen, die Fahnenstange zu erreichen, die waagerecht an der Hauswand angebracht worden war. Und ich wunderte mich nur, daß das Rohr durch das urplötzliche Gewicht nicht gebrochen war.

Ich hatte nur noch ein kurzes Stück bis zur Stange, als ich ein reißendes Geräusch hörte. Du lieber Himmel, die Fahne hielt mein Gewicht nicht aus. Das mußte ausgerechnet noch passieren.

Nur noch ein winziges Stückchen, dann hätte ich es geschafft. Auf meiner Stirn bildete sich kalter Schweiß, der mir unangenehm in die Augen rann. Das Knirschen des Fahnenstoffes zerrte an meinen Nerven. Es war eine verteufelte Situation, und ich weiß nicht mehr, wie es gekommen ist, daß ich endlich das Rohr der Fahnenstange in der Hand hielt, ein armdickes Rohr, das vertrauenerweckender war als das Fahnentuch, das jetzt unter mir mit schaukelnden Bewegungen zu Boden flatterte.

Ich hing an der Fahnenstange wie ein Turner am Reck. Ruckartig hangelte ich mich weiter, immer näher der Hauswand zu. Ich blickte nach oben. An den Fenstern des Kaufhauses hatte sich eine neugierige Menschenmenge versammelt. Die Leute starrten mich an wie das siebte Weltwunder.

Mittlerweile hatte ich das Ende der Fahnenstange erreicht. Mein Körper kam mir vor, als wäre er aus Blei. Zum Glück befand sich etwa einen halben Yard neben der Stange ein Fenster. Hilfreiche Hände streckten sich mir entgegen. Ich wurde regelrecht in das Kaufhaus reingehievt.

Erschöpft lehnte ich mich gegen eine Wand. Mein Atem hörte sich an wie das asthmatische Keuchen einer alten Lokomotive. Ich wehrte sämtliche Fragen, die auf mich niederprasselten, ab. Eines wollte ich allerdings wissen.

»Was geschah mit dem anderen Mann?«

»Tot«, antwortete mir irgend jemand. »Er ist schon abtransportiert worden.«

Ehe ich etwas sagen konnte, kam ein Mann auf mich zu. Ich erkannte ihn auf den ersten Blick. Es war Bud Rickett.

Rickett war fast vierzig Jahre und hatte das Gesicht eines Uhus. Nur die Augen waren flink wie bei einem Wiesel. Sie huschten dauernd hin und her, als suchten sie etwas Bestimmtes.

Rickett trug einen braunen Anzug und eine dezent gemusterte Krawatte. Was er an Größe zu wenig hatte, machte er an Breite wieder wett.

»Herzlichen Glückwunsch, Mister. Es war eine tolle Leistung«, beglückwünschte er mich, während er mir die Hand gab, die sich anfühlte wie Teig. Widerlich! Rickett strahlte übers ganze Gesicht, nur seine Augen schienen zu sagen: »Fahr zur Hölle!«

»Bitte kommen Sie doch in mein Büro«, plapperte er weiter, »ich fühle mich verantwortlich für das, was in diesem Haus passiert. Sie müssen wissen, ich bin der Besitzer dieses Hauses, und ich fühle mich wirklich schuldig, daß dieses Malheur passieren konnte.« Der Tod einer seiner Leute schien ihn überhaupt nicht zu stören, im Gegenteil, Rickett machte den Eindruck, als sei er ganz froh darüber.

Gestenreich und ununterbrochen redend, geleitete mich Rickett in sein Büro. Von dem ›Schakal‹, meinem zweiten Gegner, hatte ich noch nichts wieder gesehen.

Mit einem maliziösen Lächeln bot Bud Rickett mir in seinem Büro einen Stuhl an. Ehrlich gesagt, ich hatte den Stuhl wirklich nötig.

Bud Ricketts Büro befand sich im oberen Stockwerk des

Kaufhauses. Es war supermodern eingerichtet. Die Wände bestanden zu 90 Prozent aus Glas und wurden nur an den Ecken durch schmale Eisenträger zusammengehalten. Von hier aus hatte man einen herrlichen Blick über San Francisco.

»Rauchen Sie, Mister... wie war doch noch gleich der Name?«

»Hopkins, Cliff Hopkins«, antwortete ich. »Mein Bruder und ich sind die neuen Besitzer des ›Last Chance‹.«

Rickett starrte mich an wie einen Geist. Die Zigarettenschachtel, die er in der Hand gehalten hatte, fiel auf den Boden.

»Sie sind dieser Hopkins«, staunte Rickett.

»Was wollten Sie denn bei mir? Etwas einkaufen?« Rickett lächelte spöttisch.

»Ganz im Gegenteil, Mr. Rickett«, entgegnete ich, »ich wollte mich nur für den netten Besuch bedanken, den Sie mir gestern nachmittag und gestern abend geschickt haben.«

»Welchen Besuch? Ich verstehe kein Wort.«

»So, wirklich nicht?« Ich lächelte ironisch. »Bei der kleinen Auseinandersetzung fiel aber Ihr Name.« Das stimmte zwar nicht ganz, aber ich wollte Rickett aufs Glatteis führen und damit aus seiner Reserve locken.

Ich merkte, daß Rickett nervös wurde. Seine Augen begannen noch mehr zu flackern, und seine Zunge fuhr nervös über die Lippen. Als er sich etwas erholt hatte, sagte er plötzlich:

»Wissen Sie, Hopkins, ich bin ein wohlhabender Mann, folglich habe ich viele Feinde. Ich kann mir die Sache nur so erklären, daß mir jemand einen Streich spielen wollte.«

»Ja, so könnte man es auslegen, Rickett«, stimmte ich zu. »Als Geschäftsmann ist man vielen Anfeindungen ausgesetzt. Die anderen Geschäftsleute hier im Viertel sind der Meinung, daß Sie hinter den Kulissen spielen und der Boß eines Rackets sind. Das sind natürlich böswillige Verleumdungen, oder?«

Rickett sprang auf. »Verlassen Sie sofort mein Büro, Hopkins! Das können Sie mit mir nicht machen.«

»Was regen Sie sich denn so auf, Rickett? Wenn Sie eine reine Weste haben, braucht Sie doch all dies gar nicht zu berühren. Und um noch einmal auf Ihre angeblichen Feinde zurückzukommen. Sollte etwa der Bund des ›Todesdrachen‹ dahinterstecken?«

Rickett wurde blaß. »Wieso ›Todesdrachen‹?« murmelte er.

»Nun, man munkelt hier in der Gegend einiges.«

Rickett wollte der Unterhaltung anscheinend ein Ende bereiten.

»Ich habe zu tun, Hopkins. Gehen Sie jetzt! Eins sage ich Ihnen: Wir sprechen uns wieder.«

»Das glaube ich auch«, entgegnete ich.

Dann verließ ich grußlos den Raum.

Als ich aus der Tür trat, kam mir ein alter Bekannter entgegen, Es war der ›Schakal‹. Ich ging auf ihn zu. Ängstlich wich er zurück.

»Was ich noch sagen wollte«, lächelte ich. »Geben Sie mir doch bitte meinen Revolver. Und ich bin nicht nachtragend. Sollten Sie mich jedoch noch mal als Zielscheibe benutzen, kann ich sehr unangenehm werden. Okay?«

Der ›Schakal‹ konnte nur nicken. Dann gab er mir meine Waffe zurück und verschwand im Büro seines Meisters. Ich war zufrieden. Die Weichen für die nächste Runde waren gestellt . . .

Mit unglaublicher Schnelligkeit griff der Chinese an. Doch Tom hatte aufgepaßt, er machte einen Sidestep und ließ seinen Gegner leerlaufen.

Damit hatte der Chinese wohl nicht gerechnet. Auf seinem Gesicht war deutlich Erstaunen über Toms Reaktionsvermögen zu lesen. Ehe er jedoch wieder angreifen konnte, wurde die Tür mit einem Ruck aufgestoßen. Der zweite Chinese, der in der Nähe der Tür stand, bekam diese in den Rücken. Er wurde nach vorn geworfen. Doch mittels einer blitzschnellen Rolle vorwärts war er wieder auf den Beinen.

Überrascht starrte er auf den Eingang. Dort stand ein junges schwarzhaariges Girl in einem grünen Minikostüm, fliederfarbenen Strümpfen und mit einer unmöglichen Handtasche am Arm. Die Augen des Girls blitzten vergnügt, als sie lächelnd fragte: »Störe ich?«

»Susan«, staunte Tom. »Ich werd' verrückt. Auch das noch! Wenn dir dein Leben lieb ist, verschwinde.«

Susan Taylor hatte die Situation blitzschnell erfaßt. »Du brauchst mich, Tom. Ich bleibe«, antwortete sie.

Die beiden Chinesen begriffen sofort, was Susan mit diesen Worten meinte. Sie verständigten sich durch einen kurzen Blick. Der Bursche, der durch Susans Eintritt unsanft auf den Boden befördert worden war, sprang die Reporterin an. Brutal packte er sie bei den Schultern.

»Warte, du Katze, ich werde dich aus dem Fenster werfen.«

Das war Susan natürlich gar nicht recht. Sie ließ die Handtasche fallen. Dann packte sie blitzschnell die beiden Handgelenke des Chinesen und ließ sich fallen. Die Beine als Hebel benutzend, katapultierte sie den Burschen über sich hinweg.

Mit einem dumpfen Krach fiel er zwischen die Tische.

Susan wußte, daß ihr der Bursche in der Kunst der Selbstverteidigung bestimmt gleichwertig, wenn nicht überlegen war. Deshalb machte sie kurzen Prozeß.

Ehe ihr Gegner sich erholen konnte, war Susan bei ihm. Sie streifte schnell ihren rechten Schuh ab und wollte ihn dem Chinesen über den Schädel schlagen. Doch der rollte katzengewandt zur Seite. Susans Schlag ging ins Leere. Sie konnte die Wucht des Schlages nicht mehr ganz ausgleichen und taumelte nach vorn.

Dieses nutzte der Chinese aus. Mit einem gewaltigen Sprung war er hinter der Reporterin und drehte ihr den Arm auf den Rücken. Susan Taylor schrie unterdrückt auf.

»Lassen Sie mich los«, fauchte sie.

»Das könnte dir so passen, was?«

Der Chinese hielt eisern fest. Susan kannte gegen diesen Griff kein Gegenmittel. Sie versuchte, mit dem Absatz ihres linken Schuhes gegen das Schienbein ihres Peinigers zu treten. Vergebens. Der Griff wurde nur noch schmerzhafter.

Plötzlich hörte sie ein Klirren und dann einen dumpfen Laut. Sie konnte sich danach wieder frei bewegen.

Susan wandte sich um. Der Chinese lag auf dem Boden. Auf seinem Kopf begann langsam eine Beule zu wachsen. Neben ihm stand ein junges Mädchen. Es hielt eine zerbrochene Whiskyflasche in der Hand.

»Bitte, entschuldigen Sie, Miß, aber ich sah keine andere Möglichkeit«, flüsterte die Fremde. Plötzlich begann sie wieder zu weinen.

»Aber ich bit . . .«

Weiter kam Susan Taylor nicht. Sie hörte dicht an der Theke ein Stöhnen. Sie sah, wie der zweite Chinese ein Stuhlbein in der Hand hielt, um es dem schon ziemlich angeschlagenen Tom auf den Kopf zu schmettern.

Susan handelte sofort. Sie entdeckte in erreichbarer Nähe einen Topf mit grüner Farbe. Sie schnappte sich den Topf, und ehe der Chinese zuschlagen konnte, stülpte sie ihm das Gefäß über den Kopf. Die Wirkung war frappierend. Sie vernahm ein unterdrücktes Gurgeln und danach ein dumpfes Keuchen. Dann begann der Chinese plötzlich einen Twist ohne Musik zu tanzen, während er verzweifelt versuchte, den Farbtopf von seinem Kopf zu streifen. Endlich hatte er Erfolg. Doch wie sah der Mann jetzt aus! Das Gesicht war nur noch eine grüne Masse. Langsam begann die Farbe abwärts zu laufen. Sie zeichnete grüne Striche auf Hals und Oberbekleidung des Chinesen.

Susan, Tom und auch das fremde Mädchen mußten unwillkürlich lachen. Tom, der sich wieder einigermaßen erholt hatte, unternahm das Vernünftigste. Er kramte zwei Paar Handschellen hinter der Theke hervor, holte auch den zweiten Chinesen heran und band beide mittels der Handschellen an der Messingstange, die sich entlang der Theke herzog, fest.

Dann wandte er sich an Susan. »Nun zu dir. Wie kommst du hierher?«

Susan, die gerade dabei war, ihren rechten Schuh anzuziehen, blickte hoch.

»Ganz einfach, lieber Tom. Ich habe hier in Frisco meine Beziehungen spielen lassen. Ich erfuhr durch eine der hiesigen Zeitungen vom Mord an Frank Banners und forschte nach, an welchem Fall er zuletzt gearbeitet hatte. Der Rest war einfach. Zufrieden?«

Tom sagte nichts, er wußte, gegen Susan kam man doch nicht an. Wenn sich einmal eine Idee in ihrem hübschen Kopf festgesetzt hatte, war Susan durch nichts mehr davon abzubringen.

Soweit also die Situation, als ich unser neues Domizil betrat. Überrascht blieb ich stehen.

»Susan, du hier?« fragte ich erstaunt.

»Wie du siehst, Cliff«, lächelte Susan. Dann erzählte sie ihre Story zum zweitenmal.

Ich deutete auf die beiden Chinesen, die an der Theke standen, als wären sie zu Salzsäulen erstarrt.

»Was habt ihr denn mit den beiden gemacht?« fragte ich amüsiert.

Tom berichtete mir, was in der Zwischenzeit geschehen war. Ich sah die Kerle durchdringend an. Sie senkten den Blick. Verhaften konnten wir sie nicht, ohne unsere Karten aufzudecken.

»Lassen wir sie laufen«, sagte ich.

Sie waren überrascht. Der eine beschäftigte sich immer noch damit, die Farbe aus dem Gesicht zu wischen. Sein Komplize zog ihn mit zur Tür. Das Gesicht dieses Mannes war vor Haß verzerrt.

»Ihr habt den ›Todesdrachen‹ tödlich beleidigt«, sagte er an der Tür. »Dafür werdet ihr tausend Tode sterben.«

Dann waren sie verschwunden.

Tom schlug sich gegen die Stirn. Er wandte sich an das fremde Girl.

»Wie konnte ich das vergessen«, sagte er. »Sie haben uns sehr geholfen, Miß. Wie können wir das wiedergutmachen?«

»Das war doch selbstverständlich«, hauchte das Girl bescheiden. »Sie haben doch meinetwegen das Leben riskiert.«

»So bescheiden«, bemerkte Tom. »Sagen Sie uns bitte Ihren Namen!«

»Sheila Liung.«

Sheila Liung war Eurasierin. Sie hatte lange, bis auf die Schultern fallende pechschwarze Haare und ein Gesicht, als wäre es aus Holz geschnitten. Ihre Augen hatten eine unergründliche dunkle Farbe, doch im Augenblick war in diesen Augen deutlich Angst zu lesen.

»Warum stehen wir eigentlich hier herum?« fragte ich. »Setzen wir uns doch.«

Wir nahmen an einem Tisch in der Nähe der Musikbox Platz. Ich berichtete den Freunden meine Erlebnisse. Sheila Liung kam aus dem Staunen nicht heraus. »Und sind Sie wirklich nicht verletzt?« fragte sie.

»Nein«, antwortete ich, »aber entschuldigen Sie bitte, daß wir uns nicht vorgestellt haben. Mein Name ist Cliff Hopkins.«

Ich deutete mit einer Handbewegung auf Tom. »Das ist mein Bruder Tom«, und zu Susan gewandt fuhr ich fort, »das ist Susan Taylor, eine gemeinsame Bekannte von uns. Sie ist Reporterin einer großen Chicagoer Tageszeitung.«

Sheila Liung sah uns aus ihren unergründlichen Augen an. Dann beugte sie sich etwas vor und flüsterte:

»Ich glaube, Sie haben mich angelogen. Sie heißen anders. Ich habe ein ausgezeichnetes Personengedächtnis. Ich war vor nicht allzu langer Zeit ein halbes Jahr in Chicago. Dort habe ich Ihre Bilder in der Zeitung gesehen. Wenn mich nicht alles täuscht, sind Sie Polizeibeamte, wenn nicht sogar G-men.«

Tom und ich sahen uns an. »Und wenn Ihre Behauptung zuträfe?« fragte ich.

Sheila Liung sah mich an.

Mir kam es vor, als wolle sie mit ihren Augen meine Seele durchforschen. »Das wäre sogar sehr gut. Ich brauche nämlich Hilfe.«

»Warum?« fragte ich.

Sheila Liung stützte den Kopf in beide Hände. Ihr Gesicht nahm einen nachdenklichen Ausdruck an. Dann fragte sie:

»Kann ich noch eine Zigarette haben?«

Ich gab ihr die Zigarette und auch Feuer. Sie zog den Rauch tief in die Lungen und stieß ihn durch die Nase wieder aus. Dann begann sie mit leiser Stimme zu berichten.

»Meinen Namen kennen Sie ja bereits. Ich bin zweiundzwanzig Jahre alt und hier in San Francisco geboren. Mein Vater ist Chinese, meine Mutter war eine Amerikanerin. Sie starb vor sieben Jahren. Mein Vater besitzt am Ende dieser Straße ein Uhren- und Schmuckgeschäft. Wir verkaufen keine außergewöhnlichen Kostbarkeiten, aber das Geschäft ernährt seinen Mann.«

Sheila Liung drückte ihre Zigarette aus.

»Alles ging gut bis vor knapp fünf Wochen. Ich kann mich noch genau an die Szene erinnern. Zwei Männer betraten morgens gegen 10.00 Uhr unser Geschäft. Sie forderten eine Schutzgebühr.«

»Können Sie zufällig die Männer beschreiben?« unterbrach ich Sheila.

»Ja«, antwortete sie, »der eine erinnerte mich etwas an einen Schakal.«

»Natürlich, Bud Rickett«, brummte Tom.

Sheila Liung fuhr fort: »Wie gesagt, diese Leute forderten von meinem Vater eine Schutzgebühr, und zwar in Höhe von fünfzig Dollar wöchentlich. Vater lehnte ab. Er hat es teuer bezahlen müssen. Man schlug ihn zusammen. Er lag über vier Wochen im Krankenhaus. Doch auch danach zahlte er nicht. Er setzte sich mit dem ›Todesdrachen‹ in Verbindung. Die Chinesen versprachen, ihn vor dem Racket zu schützen. Sie stellten jedoch eine Bedingung. Mein Vater sollte für sie tätig sein. Und zwar als Rauschgiftverteiler. Mein Vater willigte ein. Ich wußte damals von all den Vorkommnissen noch nichts. Doch eines Tages erwischte ich ihn dabei, als er einem Chinesen Rauschgift verkaufte. Ich stellte ihn zur Rede. Mein Vater lachte nur. Daraufhin erzählte er mir die Geschichte. Ich bat ihn, zur Polizei zu gehen. Vergebens. Ich steckte in einer Zwangslage. Ich wußte wirklich nicht, wie ich mich verhalten sollte. Ich konnte doch meinen eigenen Vater nicht anzeigen.«

»Miß Liung, warum wollte man Sie denn überfallen?« fragte Susan.

Sheila Liung zuckte mit den Schultern. »Keine Ahnung, ich weiß es wirklich nicht.«

»Haben Sie zu irgend jemandem gesagt, daß Sie vorhatten, zur Polizei zu gehen?« wollte ich wissen.

»Nein, Mr. Hopkins, ich habe mit keinem Menschen darüber gesprochen.«

»Miß Liung«, sagte ich, »wir werden Ihnen helfen. Nach Hause können Sie leider nicht. Sie können bei uns wohnen, wenn Sie wollen. In diesem Haus ist noch ein Zimmer frei. Für Sie und für Miß Taylor.«

Ich wandte mich an Susan. »Du wirst einverstanden sein müssen.«

»Natürlich, Cliff.«

»Und Sie, Miß Liung?«

»Aber sicher. Bleibt mir eine andere Wahl? Außerdem sieht Miß Taylor nicht so aus, als könne sie einem etwas zuleide tun!«

»Nur, solange sie nicht gekitzelt wird«, brummte Tom.

Mit angstverzerrten Gesichtern standen die beiden Chinesen vor dem Meister des ›Todesdrachen‹.

»Ihr habt versagt, ihr habt den ›Todesdrachen‹ lächerlich gemacht. Solche Leute kann ich nicht gebrauchen. Ihr werdet sterben.« Wus Stimme klang peitschend und voll Grausamkeit.

Die beiden Sünder fielen auf die Knie. »Gnade, Herr«, wimmerten sie, »wir werden alles wiedergutmachen.«

Wu schüttelte den Kopf. »Nein.« Dieses Wort klang endgültig.

Die beiden Chinesen erhoben sich. Auf ihren Gesichtern spiegelte sich eine dumpfe Resignation wider. Sie wandten sich um. Ein paar Yards vor ihnen stand Yoto mit zwei Männern. Sie waren die Knechte dieses Gangsters. Langsam setzten sie sich in Bewegung. Verzweifelt suchten die beiden Chinesen nach einem Ausweg. Ihre Augen irrten hin und her. Doch es bot sich ihnen keine Chance.

In diesem Augenblick gingen dem Mann, der unliebsame Bekanntschaft mit dem Farbtopf gemacht hatte, die Nerven durch.

Mit den Worten »Stirb, du Hund!« riß er ein Messer aus seinem Gewand hervor. Dabei warf er sich mit einem riesigen Hechtsprung auf den Meister des ›Todesdrachen‹.

Wu handelte blitzschnell. Er drückte auf einen versteckt angebrachten Knopf, und aus den Armlehnen seines Stuhles peitschen einige Schüsse. Die Kugeln trafen den Chinesen mitten im Sprung. Mit einer marionettenhaften Bewegung fiel er zu Boden. Er war auf der Stelle tot. Das gleiche Schicksal traf auch seinen Komplizen.

»Schafft sie weg«, meinte Wu, den der Tod seiner Leute überhaupt nicht störte. Er erhob sich und blickte Yoto an. »Du weißt, was du zu tun hast. Ich will Sheila Liung haben, dann wird dieser weiße Gangster Rickett ausgeschaltet und danach dieser Hopkins. Kapiert?«

Yoto nickte. Er würde schon alles zur Zufriedenheit seines Herrn erledigen . . .

Tom und ich hatten an diesem Tag ein Schild mit der Aufschrift ›Geschlossen‹ vor die Tür unserer Wirtschaft gehängt. Wir hatten etwas aufgeräumt und uns von den Strapazen des ereignisreichen Vormittags erholt. Die beiden Frauen waren nach oben gegangen und richteten ihr Zimmer ein.

Gegen 16.00 Uhr hatten wir alles fertig. Bei einem Whisky faßten Tom und ich den bisherigen Verlauf des Falles noch einmal zusammen und überlegten unser weiteres Vorgehen.

»Eines ist klar«, meinte Tom, »wir sitzen zwischen zwei Stühlen. Auf der einen Seite haben wir es mit Bud Rickett zu tun und auf der anderen Seite mit einer offensichtlich viel gefährlicheren Bande, mit dem ›Todesdrachen‹.«

»Man soll die Macht des ›Todesdrachen‹ nicht unterschätzen«, stimmte ich zu. »Wir leben hier zwar in Amerika, aber trotzdem in einer anderen Welt. Die Chinesen waren schon zu allen Zeiten sehr ansprechbar für Geheimbünde. Ein skrupelloser Anführer kann selbst diese friedlichen Menschen für Verbrechen gewinnen.«

Tom nickte gedankenverloren. Ich zündete mir eine Zigarette an. »Tom, weißt du, was ich glaube, der ›Todesdrachen‹ und Bud Ricketts Gang werden sich gegenseitig zerfleischen. Wir werden bestimmt in einen Gangsterkrieg hineingeraten. Wir sollten so schnell wie möglich unsere Kollegen von der Stadtpolizei und vom FBI informieren, damit wir notfalls Rückendeckung besitzen.«

»Möglich. Nur, was mir an der ganzen Sache nicht gefällt, ist Susan«, sagte Tom. Da hatte mein Freund natürlich recht. Susan und Sheila Liung waren in diesem teuflischen Spiel die beiden Gefahrenpunkte, weniger für uns als für sich selbst. Und letzten Endes kannten wir ja Susans Temperament.

Ich stand auf und ging zum Fenster. Mein Gesicht nahm einen nachdenklichen Ausdruck an.

»Tom, versetz dich mal in die Lage unserer Gegner. Was würden sie wohl unternehmen? Zuerst Bud Rickett. Ich habe ihm ziemlich deutlich zu verstehen gegeben, was ich von ihm halte. Er muß aus seiner Reserve herauskommen. Und der ›Todesdrachen‹? Wir haben dieser Organisation auch gehörig auf die Zehen getreten. Sie werden das auch nicht so ohne weiteres hinnehmen. Ich bin nur gespannt, wer zuerst angreift.«

Tom unterbrach mich. »Cliff, du hast eins vergessen. An erster Stelle müssen wir doch Frank Banners' Mörder finden.«

Toms Worte erzeugten in meiner Brust ein dumpfes Gefühl. Frank Banners war erschossen worden.

Die Art dieses Verbrechens ließ eigentlich darauf schließen, daß weiße Gangster daran beteiligt waren, denn Chinesen mordeten in der Regel anders. Sie galten als Spezialisten für Seidenschlingen und Messer. Egal, von welcher Seite man den Fall anfaßte, wir mußten abwarten.

In diesem Moment betraten die beiden Frauen den Raum.

»Das wäre geschafft«, stöhnte Susan, während sie einen strafenden Blick auf mich warf, »das Zimmer sah verheerend aus.«

Sheila Liung kam auf mich zu. »Mr. Hopkins, was soll ich meinem Vater sagen?«

»Es ist am besten, wenn Ihr Vater nichts weiß. Bitte, Miß Liung, verstehen Sie mich nicht falsch, aber es geht um Ihre Sicherheit.«

»Gut, Mr. Hopkins, wie Sie meinen«, antwortete Sheila.

Wir hatten Sheila Liung unsere wahren Namen nicht genannt. Sie konnte sich zu leicht verraten.

»Und was habt ihr jetzt vor?« fragte Susan.

»Ich werde die Arbeit für euch einteilen«, sagte ich.

»Arbeit?« fragte Susan entsetzt.

»Wir brauchen für das Lokal Kellnerinnen.«

»Du glaubst doch nicht, daß ich deshalb nach San Francisco gekommen bin.«

»Na, schön, dann gehen wir gemeinsam essen, und zwar chinesisch im ›Chinese Palace‹.«

»Das hört sich schon besser an.« Susan wandte sich an die

Eurasierin. »Kommen Sie, Sheila. Wir ziehen uns um. Hoffentlich stellt sich dieser Cliff nachher nicht zu knauserig an.«

Gegen 19.00 Uhr machten wir uns auf den Weg.

Da die Strecke nicht allzu weit war, nahmen wir kein Taxi.

Susan Taylor und Sheila Liung sahen ausgezeichnet aus. Susan trug einen hellgrauen taillierten Mantel und darunter ein rotes Kostüm. Ihre Haare waren frisch frisiert, und am Arm baumelte schon wieder eine neue Handtasche, die aussah wie ein zur Hälfte aufgepumpter Fußball.

Sheila Liung hatte sich ein weißes Chiffonkleid angezogen, das in einem ausgezeichneten Kontrast zu ihren lackschwarzen Haaren stand.

Wir bummelten wie Touristen durch Chinatown. Trotzdem paßten wir auf Verfolger auf, aber wir konnten nichts entdecken. Jetzt, bei Anbruch der Dämmerung, erwachte Chinatown. Wir kamen uns vor wie in einem riesigen Ameisenhaufen. Durch die Straßen schoben sich schnatternde Menschenmassen: Chinesen, Japaner, Indonesier. Ich konnte die Nationalitäten kaum auseinanderhalten.

Mittlerweile hatten wir das imposante Gebäude erreicht. Jetzt, da es schon fast dunkel war, erkannte ich das Haus kaum wieder. Nichts war mehr von der tristen Fassade des Morgens übriggeblieben. An den Wänden erstrahlten Leuchtreklamen in wechselndem blau-roten Licht.

Neben dem Haupteingang, der durch einen goldbetreßten Portier bewacht wurde, gab es eine große Tafel, auf der die Attraktionen des Hauses angekündigt waren.

Wir entschieden uns für das Speiselokal im Erdgeschoß.

Das Lokal war sehr groß, aber trotzdem gemütlich. Man konnte wählen, ob man nach chinesischer Sitte speisen – das heißt auf Sitzkissen – oder die europäische Form vorziehen wollte. Wir entschieden uns für die europäische. Ein Kellner geleitete uns an einen Tisch. Diskret reichte er uns die Speisekarte und verzog sich dann.

Während Tom die Speisekarte studierte, beobachtete ich aus

den Augenwinkeln meine Umgebung. Wir hatten allein durch das Vorhandensein der beiden Girls große Aufmerksamkeit erregt, und so war es nicht verwunderlich, daß ein großer Teil der männlichen Gäste zu uns herüberstarrte. Die Wände des Lokals waren mit gelber und blauer Seide bespannt. Türen konnte ich nicht entdecken.

Dafür gab es aber zwei große Portieren, die die Türen ersetzten. Über der ersten Portiere stand das Schild ›Zu den Toiletten‹, über der zweiten Portiere entdeckte ich das Schild ›Privat‹.

»Haben die Herrschaften schon gewählt?«

Fast unhörbar war ein Ober an unseren Tisch getreten.

Ich schaute hoch und sah in zwei pechschwarze Augen. Sie gehörten einem fast zwei Meter großen Mann in einem eleganten Smoking. Der Mann war ein Mischling.

»Mein Name ist Li Hong«, stellte er sich vor. »Ich werde Ihnen mit meinen bescheidenen Künsten während Ihres Dinners zur Verfügung stehen.«

Er vollführte eine elegante Verbeugung.

Mir war der Kerl unsympathisch. Er war mir zu glatt, zu ölig. Auch Tom verzog das Gesicht.

Wir überließen die Auswahl der Speisen den beiden Frauen, während Li Hong ihnen tatkräftig zur Seite stand.

Diese Zeremonie dauerte fast zehn Minuten. Weitere dreißig Minuten dauerte es, bis das Essen auf dem Tisch stand. Was wir gegessen haben, weiß ich bis heute noch nicht, auf jeden Fall war das Essen sehr scharf.

Nachdem der Oberkellner abgeräumt hatte und unsere Zigaretten brannten, fragte ich Sheila Liung:

»Miß Sheila, was ist mit Ihnen? Ich beobachte Sie schon die ganze Zeit. Sie sind nervös. Warum?«

Sheila Liung schaute mich unruhig an. »Ich weiß nicht, aber dieser Li Hong ist unheimlich. Wie er mich anstarrte...«

»Die Nerven«, sagte ich. »Das sind nur Ihre Nerven.«

Ich winkte Li Hong heran und bestellte vier Schalen Reiswein. Doch ehe der Reiswein gebracht wurde, betraten sechs Männer den Raum. Ich glaubte meinen Augen nicht zu trauen. Ich kannte zwei dieser Männer. Es waren Bud Rickett und seine

Garde. Sie verschwanden sofort hinter der Portiere, die in die Privaträume führte. Ich stieß Tom an und erklärte ihm die Lage. Dann beugte ich mich zu Susan Taylor hinüber.

»Susan, wir verschwinden jetzt für ein paar Minuten. Kümmert euch nicht darum. Okay? Was immer auch passiert, bleibt hier!«

Susan nickte. »Paßt auf euch auf.«

»Natürlich«, lächelte ich.

»Komm, Tom, gehen wir.«

Fast gemütlich schlenderten wir durch das Lokal. Als wir kurz vor der Portiere standen, blickte ich mich um. Aber niemand schien Verdacht geschöpft zu haben. Ich nickte meinem Freund zu.

»Okay, Tom, der Tanz geht los.«

»Ich würde wer weiß was darum geben, wenn ich wüßte, in welche Situation Tom und Cliff jetzt geraten«, meinte Susan Taylor.

Unruhig steckte sie sich eine Zigarette an. Auch Sheila Liung war nervös. Ihr Blicke irrten im Lokal umher, als suche sie etwas Bestimmtes. Die gesamte Atmosphäre schien plötzlich elektrisch geladen zu sein.

Die beiden Frauen kamen sich vor, als säßen sie auf einem Pulverfaß. Es fehlte nur noch der Funke, um die Ladung hochgehen zu lassen. Und dieser Funke sollte bald kommen.

Susan hatte kaum ihre Zigarette aufgeraucht, als sie sah, daß drei Chinesen durch eine versteckt angebrachte Seitentür den Raum durchquerten. Sie steuerten zielstrebig auf den Privatausgang zu. Auch Sheila Liung sah die drei Männer. Ihr Gesicht wurde mit einem Mal blaß.

»Vater!« schrie sie unterdrückt auf. »Miß Taylor... der Mann... in der Mitte, es war mein Vater. Ich muß zu ihm.«

Sie sprang hoch und rannte auf den Privatausgang zu. »Kommen Sie schnell, Miß Taylor, kommen Sie.«

Susan wußte, sie konnte Sheila jetzt nicht allein lassen. Entgegen all unseren Warnungen verließen die beiden Frauen ihre

Plätze. Mit einer entschlossenen Bewegung schob Susan die Portiere zurück. Vorsichtig betraten die beiden Frauen den dahinterliegenden Gang. Er war nur schwach beleuchtet und machte einen unheimlichen Eindruck. Die Wände waren genau wie im Lokal mit Seide bespannt. Türen war auch hier nicht zu entdecken.

Langsam und leise schoben sich Susan und Sheila weiter. Nach etwa zehn Yards machte der Gang einen Knick. Vorsichtig lugte Susan um die Ecke. Dann sah sie schräg gegenüber eine Holztür.

Susan gab Sheila mit der Hand ein Zeichen, ihr zu folgen. Mit drei Schritten standen sie dann vor der Tür. Susan bückte sich und versuchte durchs Schlüsselloch zu sehen. Ohne Erfolg. Dann preßte sie ihr Ohr gegen die Tür.

Susan hörte dumpfe Stimmen und das Klatschen von Schlägen. Sie konnte nichts verstehen, denn die Männer unterhielten sich chinesisch. Auch Sheila Liung legte das Ohr an die Tür.

»Susan«, flüsterte sie zitternd, »sie schlagen meinen Vater.«

Gehetzt blickte Sheila Liung hoch. »Was soll ich . . . kann uns denn keiner helfen?«

»Sheila, nein!«

Susan kam nicht mehr dazu, weiterzusprechen. Sheila riß plötzlich die Klinke herunter. Sie hatte Glück, die Tür war nicht verschlossen. Mit dem Aufschrei »Vater!« sprang sie in den Raum. Susan war ärgerlich, daß sie nicht besser aufgepaßt hatte.

Die beiden Chinesen, die Mr. Liung geschlagen hatten, waren einen Augenblick überrascht.

Doch dann kam Leben in sie. Einer der beiden riß Sheila brutal vom Boden hoch. Sheila hatte vor ihrem Vater gekniet und ihm das Blut aus dem Gesicht gewischt.

»Ihr Mörder, ihr Bestien!« schrie Sheila Liung, während sie sich verzweifelt bemühte, aus dem unbarmherzigen Griff des Mannes freizukommen.

»Das muß die Tochter sein«, sagte er. »Komm, Täubchen, der Meister wird sich freuen. Wirklich! Daß du sogar freiwillig herkommst, erstaunlich! Los, komm! Glaub nur nicht, daß wir auf Frauen Rücksicht nehmen.«

Susan hielt die Zeit für gekommen, sich bemerkbar zu machen. Sie hatte längst ihre kleine Pistole aus der Handtasche geholt.

Mit den Worten: »Laß das Mädchen los!« sprang sie über die Schwelle.

Der Chinese wirbelte herum. Auch sein Komplize war sofort auf dem Sprung.

Susan wußte, wie gefährlich die Situation war, auch wenn die beiden Gangster zunächst vor der Waffe in Susans Hand zurückschreckten.

Dann plötzlich kam Bewegung in den einen Gangster. Mit einem Wutschrei schleuderte er Sheila Liung von sich. Seine Hand fuhr unter die Anzugsjacke.

Susan wußte, was diese Bewegung bedeutete. Sie hatte keine andere Wahl. Sie zog den Stecher ihrer Waffe durch. Der Schuß klang noch nicht einmal laut. Die Kugel fuhr dem Chinesen in die Schulter. Die Pistole, die er schon gezogen hatte, entfiel seinen Fingern. Mit einem dumpfen Laut polterte sie auf den Boden. Der Mann krampfte die Finger um den verletzten Arm und stürzte. Susan richtete die Mündung auf den zweiten Gangster, der seitlich hinter Mr. Liung stand.

»Sheila, schnell, binden Sie Ihren Vater los!«

Mit taumelnden Bewegungen erhob sich Sheila vom Boden.

»Stopp!«

Diesen Befehl hatte der zweite Gangster gegeben. Er hatte unbemerkt ein Messer gezogen. Die Spitze drückte er leicht gegen Mr. Liungs Hals. Und zu Susan gewandt, zischte er höhnisch:

»Los, laß die Pistole fallen, sonst wird dieser Mann es zu büßen haben.«

Auf leisen Sohlen durchquerten wir den vor uns liegenden Gang. Nach ein paar Yards machte er eine Biegung. Wir verhielten einen Moment und peilten um die Ecke.

Trotz meines ungünstigen Blickwinkels konnte ich in fast zehn Yards Entfernung einen Paternoster erkennen. Sonst war kein Mensch zu sehen. Ricketts Crew konnte meiner Meinung nach nur diesen Weg genommen haben.

»Los, Tom, lassen wir uns mal nach oben befördern.«

Zielsicher sprangen wir in die Kabine. Wir verhielten uns ruhig. Der Paternoster machte nur wenig Lärm, und so vernahmen wir über uns das dumpfe Gemurmel einiger Stimmen. Plötzlich verstummten die Stimmen. Folglich mußten die Männer den Paternoster verlassen haben. Wir befanden uns etwas unterhalb der zweiten Etage. Mit ruhigen Bewegungen überprüften wir noch einmal unsere Waffen. Von ihnen konnte unter Umständen in den nächsten Minuten unser Leben abhängen.

Die zweite Etage war erreicht. Wir sprangen blitzschnell aus der Kabine und nahmen hinter zwei riesigen Topfblumen Deckung. Das war zwar etwas spärlich, aber im Augenblick bot sich uns wirklich keine andere Möglichkeit.

Ich besah mir zuerst meine Umgebung. Wir befanden uns in einer großen Diele. Es herrschte ein milchiggraues Dämmerlicht.

Als sich meine Augen ein wenig an diese Umgebung gewöhnt hatten, erkannte ich einige Gegenstände. Kreuz und quer in der Diele standen kleinere Tische und immer wieder Topfblumen herum. Sie erreichten wirklich die Größe eines ausgewachsenen Mannes. Dabei entströmte ihnen ein Duft, der mich fast an ein Rauschgift erinnerte.

Ich robbte zu Tom hinüber, der etwa zwei Yards neben mir lag. In diesem Augenblick hörten wir abermals Schritte und Stimmen. Ich nahm in dem grauen Dämmerlicht nur undeutlich die Schatten und Gestalten wahr. Jemand fluchte unterdrückt. Ich erkannte an der Stimme Bud Rickett. Dann hörte ich, wie fast gleichzeitig Waffen durchgeladen wurden.

»Auf geht's«, flüsterte jemand. »Und Hank, du bleibst als Wache hier. Verstanden?«

»Okay, Boß«

»Dann los.«

In Abständen von etwa zehn Sekunden betraten die Männer einen Raum. Wie ich aus meinem Versteck erkennen konnte, war er hell erleuchtet. Dann schnappte die Tür wieder zu.

Mir war klar, wir mußten in den Raum oder Saal hineinkommen. Nur so konnten wir Bud Rickett auf frischer Tat erwischen. Mir war nur noch das Wie nicht klar. Der Wächter mußte auf jeden Fall aus dem Verkehr gezogen werden.

»Tom«, flüsterte ich, »wir nehmen ihn in die Mitte.«

Tom war einverstanden.

Wir traten hinter den Blumen hervor. Das Geräusch ließ den Wächter herumwirbeln. In seiner Angst — da er sich von zwei Seiten bedroht sah — griff er sofort zur Waffe und richtete sie auf Tom, der dem Gangster näher stand als ich.

Ich sah, daß der Mann den Finger krümmte, und sprang mit einem gewaltigen Satz auf den Kerl zu. Die Kugel verließ noch den Lauf der Waffe, aber erreichte Tom zum Glück nicht. Mit einem Judogriff überwältigte ich den Mann.

Ich atmete auf, denn diese Szene hatte sich bis auf den Schuß fast lautlos abgewickelt. Man würde uns hoffentlich im Raum nicht erwarten. Mit dem Hosengurt fesselte ich den Gangster eilig, dann nickte ich Tom zu.

»Es kann losgehen.«

»Okay, Cliff.« Ich legte die Hand auf die Türklinke. Ich holte noch einmal tief Atem und riß die Tür mit einem Ruck auf.

Das schrille Klingeln des Telefons unterbrach Captain Rush bei dem Abendessen. »City Police, Captain Rush«, meldete er sich.

»Passen Sie auf, Captain«, klang eine verzerrte Stimme aus dem Hörer. »Wenn Sie Interesse an Bud Rickett haben, kommen Sie sofort zum ›Chinese Palace‹. Rickett versucht gerade einen Hold up.«

»Hallo, wer spricht denn dort?« schrie der Captain in die Muschel.

»Ein guter Freund, Captain«, klang es zurück, »und beeilen Sie sich. Ende.«

Der Unbekannte hatte aufgelegt.

Captain Rush war ein Mann von schnellen Entschlüssen. Er überlegte kurz, griff dann zum Intercomb und rief Lieutenant Deller herein. Mit ein paar Worten erklärte er ihm die Lage.

»Alles verstanden, Lieutenant?«

»Jawohl, Captain.«

»Gut, besorgen Sie einen Wagen und geben Sie Großalarm. Ich selbst werde mitfahren.«

Langsam senkte Susan Taylor die Hand mit der Pistole. Sie wußte genau: Der Chinese hatte die besseren Karten.

»Los, schneller, ich kann nicht dafür garantieren, daß meine Hand immer so ruhig bleiben wird«, zischte er.

Mit einem entschlossenen Ruck ließ Susan die Waffe fallen. Sie wollte nicht leichtsinnig Mr. Liungs Leben gefährden.

»So ist es gut«, lächelte der Gangster höhnisch, »und jetzt, mein Kind, an die Wand mit dir.«

Der Gelbe dirigierte Susan bis dicht an die Wand. Die Spitze des Messers drückte dabei immer noch leicht gegen Liungs Kehle. Liung beobachtete mit angstverzerrtem Gesicht das Geschehen.

Der Chinese hatte nur Augen für Susan, und so war ihm entgangen, daß Sheila Liung sich immer näher an die dem zweiten Gangster entfallene Pistole heranschob.

Nur noch ein paar Inches, dann hatte sie die Waffe erreicht. Sie warf einen Blick zu den beiden Chinesen hinüber. Der erste war ohnmächtig und der zweite vollauf mit Susan Taylor beschäftigt. Außerdem war sein Blickwinkel so schlecht, daß er Sheila Liung kaum beobachten konnte. Endlich hatte Sheila den Kolben der Waffe erreicht. Wie ein Schraubstock faßten ihre Finger zu. Sie stützte sich mit der linken Hand ab und hob die Pistole. Sie wußte selbst nicht, woher sie diese Kaltblütigkeit nahm. Trotzdem, ihre Hand zitterte doch ein wenig, als sie mit leiser und, dennoch entschlossener Stimme sagte:

»Nehmen Sie das Messer weg. Meine Pistole zeigt genau auf Ihren Rücken. Ich werde schießen, glauben Sie mir.«

Der Chinese wandte sich um. Ungläubig starrte er auf Sheila Liung. Dann verzerrte sich sein Gesicht zu einer wütenden Grimasse.

»Das tust du doch nicht«, zischte er, »oder willst du, daß dein

Vater mit darunter zu leiden hat?« Unwillkürlich war er wieder in den plump-vertraulichen Tonfall zurückgefallen.

Sheila Liung begann zu schwitzen. Hatte sie sich doch übernommen? War das Risiko nicht zu groß? Konnte sie das nervlich durchhalten?

Hilfesuchend warf Sheila Liung einen Blick zu Susan Taylor. Susan schüttelte unmerklich den Kopf. Das bedeutete soviel wie durchhalten. Also besaß Susan Taylor noch einen Trumpf.

»Nun, hast du es dir überlegt?« Die Spitze des Messers war nicht um einen Zoll von Liungs Hals gewichen. Liungs Augen irrten zwischen den drei Beteiligten hin und her. Wie würde sich seine Tochter verhalten?

Sheila schüttelte den Kopf. »Nein, ich werde nicht auf Ihre Forderungen eingehen. Ich bleibe dabei, lassen Sie das Messer fallen.«

»Was, du willst nicht?« Der Gangster war völlig konsterniert. Unwillkürlich lockerte er den Druck des Messers etwas.

Das war die Gelegenheit für Susan Taylor. Sie hatte während der gesamten Szene nie ihre Handtasche, die wie ein halb aufgepumpter Fußball aussah, aus der Hand gelassen. Und diese Tasche hatte einen sehr langen Riemen.

Mit einer blitzschnellen Bewegung schleuderte Susan dem Chinesen die Tasche entgegen. Susan hatte sehr genau gezielt und gut getroffen.

Die Tasche erwischte den Gangster voll am Kopf. Er wurde herumgeworfen und verlor für einen Moment das Gleichgewicht.

»Komm, Sheila, so schnell wie möglich weg von hier«, hetzte Susan. Die beiden Frauen waren auch zu dem vertrauten Du übergewechselt.

Sheila Liung sprang auf. »Aber mein Vater.«

»Ihm wird nichts passieren«, sagte Susan. »Wichtig ist, daß wir erst einmal entkommen. Und gib mir die Pistole.«

Sheila warf Susan die Waffe zu. Sie war sogar entsichert. Damit der Chinese keine Dummheiten machte, setzte Susan eine Kugel etwa einen halben Yard vor ihm in den Boden. Erschreckt sprang der Mann zurück. Er konnte nicht begreifen, daß er von zwei Frauen überlistet worden war.

Inzwischen waren die beiden Frauen schon aus dem Zimmer. Susan Taylor besaß noch die Geistesgegenwart, den Schlüssel, der von innen steckte, herauszuziehen und von außen abzuschließen.

Sie befanden sich wieder auf dem ihm bekannten Gang.

»Komm, Sheila, zurück ins Lokal!«

»Nein, Susan, sieh doch.« Sheila Liung zeigte in die entgegengesetzte Richtung. Susan wirbelte herum. Sie konnte es nicht fassen. Sie schienen vom Regen in die Traufe gekommen zu sein. Ein Mann torkelte ihnen entgegen. Er hielt eine Maschinenpistole in der Hand, deren bläulich schimmernde Mündung genau auf die Körper der beiden Frauen zeigte.

Die Szene, die sich uns bot, war wirklich grotesk. Eine Anzahl Männer und Frauen standen mit erhobenen Händen im Raum. Bud Rickett hatte sich mit seinen Leuten an allen strategisch wichtigen Punkten des Raumes verteilt und kassierte. Einer der Gangster hatte sogar eine Maschinenpistole in der Hand. Der Raum selbst war eine Spielhalle. Nur wurde hier um sehr hohe Beträge gespielt. Ricketts Fischzug mußte sich schon lohnen.

Rickett selbst bemerkte uns als erster.

»Verdammt!« schrie er. »Hopkins! Los, Jungs, schießt!«

Seine Leute konnten ihm anscheinend nicht so schnell folgen, wir jedoch um so besser.

Fast gleichzeitig warfen wir uns wieder zurück in die Diele. Zum Glück hatten wir die Tür offengelassen. Der Gruß aus Blei, den man uns nachsandte, erreichte uns nicht mehr.

»Was schlägst du vor, Cliff?« fragte Tom.

Ich überlegte. Wir hatten zwar eine gute Position, aber auf die Dauer konnten wir die Stellung hier nicht erhalten. Die Übermacht unserer Gegner war zu groß.

»Am besten ist, wir fahren ins Erdgeschoß. Dort haben wir ausgezeichnete Verteidigungsmöglichkeiten. Denn wir sehen die Leute immer zuerst, die aus dem Paternoster springen. Und uns hier auf einen Kampf einlassen dürfen wir auch nicht. Wie leicht könnten Unschuldige getroffen werden.«

»Genau«, sagte Tom.

Ich wollte noch etwas hinzufügen, doch da ging der Zauber auch schon los. Die Gangster nahmen die Tür unter Beschuß. Die Geschosse zwitscherten uns nur so um die Ohren. Wir rollten uns blitzschnell in Deckung. Während des heftigen Beschusses war es einem der Gangster gelungen, den Raum zu verlassen. Er huschte an uns vorbei wie ein Schatten. Tom bemerkte ihn zuerst.

»Cliff, da entwischt einer!«

Ich sah hoch. Tatsächlich. Der Bursche rannte mit Riesensätzen auf den Paternoster zu.

»Halt! Stehenbleiben!« schrie ich.

Der Gangster warf sich herum. Ich erkannte im grauen Dämmerlicht schemenhaft die Maschinenpistole in seiner Hand. Dann riß er den Abzug durch. Aus dem Lauf der MP zuckten bläuliche Flämmchen. Ich rollte mich ein paarmal um die eigene Achse. Die Geschosse klatschten etwa einen Yard neben mir in die Wand.

Als ich wieder hochblickte, hatte der Mann den Paternoster erreicht. Ich sah nur noch ein Stück seines Kopfes. Dann nichts mehr.

»Komm, Tom, hinterher!« rief ich meinem Freund zu.

Während dieser Worte war ich schon auf den Paternoster zugerannt. Mit einem mächtigen Satz warf ich mich in die Kabine. Tom würde in der nächsten folgen.

Auf der Fahrt zum Erdgeschoß lud ich meinen Revolver nach. Endlich war ich am Ziel. Mit einem Satz verließ ich die Kabine. Was ich sah, ließ mir das Blut in den Adern gefrieren.

Etwa zehn Yards vor mir standen Susan Taylor und Sheila Liung. Der Bursche mit der Maschinenpistole torkelte auf die beiden zu. Noch hatte er mich nicht bemerkt. Aber Susan sah mich.

»Deckung!« schrie ich den beiden zu.

Mit ein paar Sätzen war ich hinter dem Gangster. Ich warf mich gegen ihn. Er stürzte, fiel nach hinten. Donnernd entlud sich die Maschinenpistole. Die Geschosse rissen die Decke auf, richteten aber sonst keinen weiteren Schaden an. Ehe sich der Bursche von seiner Überraschung erholen konnte, schlug ich ihm den Knauf des Revolvers gegen den Kopf. Der Mann war sofort bewußtlos.

Im selben Augenblick ging die Tür zum Lokal auf. Mehrere Cops sprangen in den Gang.

»Was geht hier vor?« schrie ihr Anführer, ein blutjunger Lieutenant. »Lassen Sie sofort die Waffen fallen.«

Ich gehorchte. In diesem Augenblick kam Tom an.

»Cliff, aufpassen, die anderen kommen.«

»Wieso anderen?« fragte der Lieutenant.

Ich erklärte ihm mit ein paar Worten die Lage. Der Lieutenant war ein Mann schneller Entschlüsse. Er postierte seine Leute so günstig, daß diese die Gangster sofort kassieren konnten. Wenig später standen sie vor uns. Gefesselt mit Handschellen bester Qualität. Sogar der Wächter war dabei. Tote hatte es zum Glück nicht gegeben.

»Lieutenant«, mischte sich Susan Taylor ein. »In diesem Zimmer ist jemand zusammengeschlagen worden, kommen Sie.« Susan deutete auf eine in der Nähe liegende Tür. »Aber seien Sie vorsichtig, es sind noch zwei Gangster im Zimmer.«

Der Lieutenant winkte zwei seiner Leute heran. Sie postierten sich links und rechts neben der Tür. Beide zogen sie ihren Revolver. Dann stieß der Lieutenant die Tür auf. Mit einem Sprung war er im Zimmer. Wenige Augenblicke später kam er zurück. Auf seinem Gesicht lag ein überlegenes Lächeln.

»Ich glaube, Sie sind einer Halluzination erlegen, Miß«, sagte er, »in dem Raum ist niemand. Überzeugen Sie sich selbst.«

»Das werde ich auch«, sagte Susan und verschwand. Sheila Liung lief hinterher.

Als die beiden Frauen wieder herauskamen, waren sie blaß.

»Kann ich eine Zigarette haben?« fragte Susan.

Ich gab ihr eine.

»Das verstehe ich nicht«, meinte Susan, »es ist wirklich niemand im Zimmer, aber auch herausgekommen ist niemand. Wirklich, ich stehe vor einem Rätsel. Sogar die Inneneinrichtung ist anders. Ich glaube, dieses Haus birgt noch viele Überraschungen.«

»Überraschungen? Welcher Art?« fragte eine sonore Stimme hinter uns.

Ich wandte mich um. Ich sah einen etwa fünfzig Jahre alten Mann in der Uniform eines Captains der City Police auf uns zukommen.

Dicht vor uns blieb er stehen. Lieutenant Deller erstattete ihm Meldung und berichtete über den Hergang der Festnahme. Anerkennend nickte der Captain.

»Ausgezeichnet, Deller, diese Sache kann Ihre Beförderung nur beschleunigen.«

Lieutenant Deller bekam einen roten Kopf vor Freude über das Lob seines Vorgesetzten. Er flüsterte uns zu:

»Das ist Captain Rush.«

Rush ging bis dicht an die gefesselten Gangster heran. Er blickte jedem ins Gesicht, als wolle er genau studieren, was hinter den Köpfen dieser Leute vorging. Vor Bud Rickett hielt er besonders lange inne.

»Na, Rickett, hat es Sie auch einmal erwischt? Es wurde aber auch Zeit. Für Verbrecher wie Sie ist in meinem Revier kein Platz.«

Dann befahl er einigen der herumstehenden Cops:

»Los, führt sie ab!«

Mit hängenden Köpfen schlichen die Gangster raus. Ihr Traum vom Reichtum und Macht endete vorerst für einige Jahre hinter soliden Gittern.

Captain Rush räusperte sich. Endlich schien er die beiden Frauen zu bemerken, die noch ziemlich blaß an der Wand lehnten.

Mit den Worten, »Ich bin Captain Rush«, stellte er sich vor. »Darf ich fragen, was Sie hier suchen?« Er wandte sich auch uns zu. »Und Sie?« Er lächelte etwas maliziös. »Über die tatkräftige Mithilfe der beiden Gents hat Lieutenant Deller ja schon berichtet.«

Ich ergriff das Wort.

»Captain, kann ich Sie mal einen Augenblick allein sprechen?«

»Aber natürlich, Mr . . .«

»Hopkins«, sagte ich, dann stellte ich Susan, Sheila und Tom vor.

»Also, Mr. Hopkins, was haben Sie auf dem Herzen?«

Ich schüttelte den Kopf. »Nicht hier, Captain, setzen wir uns lieber in Ihren Wagen.« Rush nickte. »Gut, wie Sie wollen.«

Zwei Minuten später saßen wir im Dienstwagen des Captains. Ich bot Zigaretten an. Als unsere Zigaretten brannten, sagte Rush: »So, Mr. Hopkins, schießen Sie los.«

Statt einer Antwort bückte ich mich, hob mein rechtes Bein etwas hoch, drehte mit einer raschen Bewegung meinen rechten Schuhabsatz nach links und holte aus dem ausgehöhlten Absatz meinen FBI-Ausweis hervor.

Rush pfiff durch die Zähne. »Ah, so ist das, Mr. Hopkins, nein«, er schüttelte den Kopf, »natürlich Mr. Corner.«

»Genau das«, erwiderte ich. Anschließend klärte ich ihn über Toms Identität auf. Ich berichtete ihm auch von unserer Rolle als Lokalbesitzer.

Captain Rush sah mich gespannt an. »Ach ja, natürlich, Sie haben doch das Lokal ›Last Chance‹, in dem es vor kurzem zu einer kleinen Auseinandersetzung gekommen ist. Mit ein paar Halbstarken, soweit ich informiert bin.«

»Richtig, Captain.«

Dann berichtete mir Captain Rush über den anonymen Anruf.

»Aber darf man fragen, Mr. Corner, weshalb Sie nach Frisco gekommen sind? Oder warten Sie, ich werde raten.«

»Bitte.«

»Um den rätselhaften Tod eines Ihrer Kollegen aufzuklären.«

»Stimmt genau, Captain, was wissen Sie über den Fall?«

Captain Rush lehnte sich zurück. »Tja, das ist schwer zu sagen. Wir fanden Frank Banners, oder vielmehr ein Hafenarbeiter fand ihn in einem stillgelegten Hafenbecken. Ihr Kollege hatte zwölf Kugeln im Körper.«

Ich mußte bei diesen Worten schlucken. Unwillkürlich ballten sich meine Hände zu Fäusten zusammen.

»Die Geschosse stammten aus einer Thompson-Maschinenpistole. Ehe wir jedoch weitere Ermittlungen anstellen konnten, bekam ich von höchster Stelle den Befehl, mich aus der Sache herauszuhalten.«

Ich wußte Bescheid. Man hatte diesen Weg absichtlich eingeschlagen, damit wir ungestört arbeiten konnten.

»Sie haben natürlich Rickett in Verdacht«, fuhr der Captain fort, »aber das glaube ich nicht. Rickett ist zwar ein Schmarotzer, ein Parasit der menschlichen Gesellschaft, aber unser Arzt hat festgestellt, wann Banners ungefähr ermordet wurde, und für diese Zeit hatte Rickett ein Alibi. Natürlich kann dieses Alibi auch gekauft sein«, lenkte Rush ein.

»Aber wer sollte sonst Interesse an Frank Banners' Tod gehabt haben, Captain, oder glauben Sie vielleicht, daß dieser geheimnisvolle Mr. Wu, der Boß des ›Todesdrachen‹, dahintersteckt?«

Rush sah mich amüsiert an. »Glauben Sie etwa auch an dieses Märchen?«

»Wer weiß«, erwiderte ich unbestimmt. Anschließend erzählte ich Susans Erlebnis.

Captain Rush blickte auf die mit Menschen vollgestopfte Straße. Er schien nachzudenken.

»Und Lieutenant Deller hat das Zimmer genau untersucht?«

Ich bejahte die Frage.

»Dann müssen die überreizten Nerven der Frauen ihnen einen Streich gespielt haben.«

»Der Meinung bin ich nicht, Captain«, antwortete ich, »aber warum sollen wir uns streiten, fahren wir in Ihr Office, vielleicht kommt bei Ricketts Verhör etwas Positives heraus.«

»Gut«, meinte Rush, »ich gebe nur eben den anderen Bescheid, daß sie mitkommen.«

»Geht in Ordnung, Captain, ich warte solange.«

Innerhalb kurzer Zeit waren wir in Captains Rushs Dienstzimmer angelangt. Wir, das heißt Captain Rush, Lieutenant Deller, Tom Harris, Susan Taylor, Sheila Liung und ich. Zur Stärkung brachte uns Lieutenant Deller eine Tasse Kaffee. Er bemühte sich besonders um Sheila Liung, machte dieses aber so auffällig, daß wir es bemerken mußten. Sheila Liung schien nichts dagegen zu haben.

Wir hatten beschlossen, da Tom und ich nicht besonders in

Erscheinung treten wollten, daß das Verhör der Rickett-Gang in einem Nebenraum stattfinden sollte, wir aber mittels Lautsprecheranlage jedes Wort mithören konnten.

Bevor Captain Rush die Gangster vernehmen konnte, fragte ich noch:

»Sagen Sie, Captain, wem gehört eigentlich das ›Chinese Palace‹?«

Captain Rush legte die Stirn in breite Querfalten und erwiderte langsam:

»Soweit ich informiert bin, einem gewissen Tschin Kwa. Dieser Mann lebt in Florida. Wir haben das bei einer routinemäßigen Untersuchung herausgefunden. Wieso fragen Sie? Meinen Sie, daß er etwas mit der Geschichte zu tun hat? Oder sogar der unbekannte Anrufer war?«

Ich wiegte den Kopf. »Man muß sämtliche Möglichkeiten in Betracht ziehen.«

»Da haben Sie recht, Mr. Corner. So, und nun entschuldigen Sie mich, ich muß mir Bud Rickett vorknöpfen.«

Als Captain Rush und auch Lieutenant Deller verschwunden waren, wandte ich mich an Susan.

»Sag mal, Susan, du bist heute so schweigsam, stimmt mit dir etwas nicht?«

Susan Taylor öffnete ihre Handtasche und holte eine Waffe hervor. Es war ein .45er Colt.

»Doch, Cliff, ich bin schon in Ordnung, aber mir geht die Geschichte mit den beiden Chinesen nicht aus dem Kopf. Eine gesamte Zimmereinrichtung kann doch nicht innerhalb weniger Augenblicke ausgewechselt werden. Und geträumt?« Susan schüttelte den Kopf. »Geträumt habe ich wirklich nicht. Hier, die Waffe des Gangsters.«

Susan reichte mir den Colt.

»Auch ohne dieses Beweisstück habe ich dir geglaubt. Auf jeden . . .«

Wir wurden in diesem Augenblick durch die Stimme Captain Rushs unterbrochen, die aus dem Lautsprecher drang.

»Setzen Sie sich, Rickett, jetzt wollen wir uns einmal in aller Ruhe unterhalten.«

»Von mir erfahren Sie gar nichts, ich will sofort meinen Anwalt sprechen, und mir können Sie nichts beweisen«, ereiferte sich der Gangster.

»Aber Rickett, seien Sie doch nicht dumm, wir haben Sie auf frischer Tat ertappt, außerdem meldeten sich bereits viele Geschäftsleute, die von Ihnen erpreßt worden sind.«

Das stimmte zwar nicht, aber warum sollte Rush nicht bluffen?

»Sehen Sie, Rickett, Ihnen hilft nur noch ein Geständnis, und sagen Sie mir«, Rushs Stimme wurde plötzlich eiskalt, »wer hat G-man Frank Banners ermordet?«

Einen Moment war es totenstill. Angespannt lauschend saßen wir auf unseren Stühlen. Jetzt war der entscheidende Moment gekommen. Plötzlich schrie Rickett auf. »Das war ich nicht, das weiß ich nicht. Sie wollen mir da etwas anhängen. Sie, Sie . . .«, Ricketts Stimme hatte sich immer mehr gesteigert, bis sie mit einem schrillen Mißklang abbrach.

»Aber die Erpressungen geben Sie doch zu?« fragte der Captain, Ricketts augenblickliche Situation ausnutzend.

»Ja, ja sicher, aber mit dem Mord an dem G-man habe ich nichts zu tun!« Rickett begann schon wieder zu schreien.

»Ist ja schon gut, Rickett, beruhigen Sie sich. Und jetzt unterschreiben Sie das Protokoll, verstanden?«

»Okay«, flüsterte der Gangsterchef.

Für wenige Augenblicke war es ruhig, dann schnarrte der Captain:

»Weshalb haben Sie heute den Überfall ausgeführt?«

»Um dem ›Todesdrachen‹ eins auszuwischen«, flüsterte Rickett.

»›Todesdrachen‹, ich höre immer ›Todesdrachen‹, glauben Sie wirklich an diese Fabelgang?«

»Diese Fabelgang existiert, Captain. Sie arbeitet im Untergrund. Sie besitzt viele Mitglieder hier im Chinesenviertel. Ihren Boß hat noch niemand gesehen, und sein Leibwächter soll ein riesiger Kerl sein, der keine Gnade kennt. Glauben Sie mir, Captain, der ›Todesdrachen‹ wird bald stärker als die Polizei sein«, Ricketts Stimme klang fast beschwörend.

Ich mußte Rickett recht geben, auch wir hatten schon mit dieser Fabelgang, wie Captain Rush sich ausdrückte, unliebsame Bekanntschaft gemacht. Wir hatten Rush nur noch nichts von unserer Begegnung mit den Leuten erzählt.

»Papperlapapp!« hörten wir Rushs Stimme. Und dann das Wort »Abführen!«

Die Gegensprechanlage wurde ausgeschaltet, und ein paar Sekunden später war Captain Rush bereits bei uns.

»Nun, zufrieden?« fragte er.

»Ganz und gar nicht«, antwortete Tom, »Sie haben zwar einen guten Fang gemacht, aber unserem Ziel, den Mord an einem Kollegen aufzuklären, sind wir keinen Schritt nähergekommen. Im Gegenteil, wir können noch mal von vorn anfangen.«

»Dazu wünsche ich Ihnen viel Glück«, sagte der Captain, »und falls Sie Unterstützung brauchen, meine Leute und ich sind immer für Sie da. Hier ist meine Telefonnummer.«

Wir betrachteten die Unterredung als beendet und verabschiedeten uns. Ein Streifenwagen brachte uns bis vor die Haustür.

Als ich die Tür zu unserem Lokal aufschließen wollte, merkte ich, daß sich jemand am Schloß zu schaffen gemacht hatte. Der Schlüssel klemmte etwas.

Ich gab den anderen Bescheid und drückte die Tür auf. Der Gastraum lag in einem schummrigen Halbdunkel vor mir.

Ich tastete nach dem Lichtschalter und knipste die Beleuchtung an. Gleichzeitig ging ich in die Hocke. Es passierte nichts, es wurde nicht geschossen, noch warf jemand ein Messer nach mir. Doch dann sah ich etwas, was mir fast den Atem stocken ließ. Unsere ungebetenen Besucher hatten die Tische in der Mitte des Raumes etwas beiseite geräumt und auf die freie Fläche zwei Särge gestellt.

Langsam stelzte ich auf die beiden Särge zu. Meine Hände krampften sich wie unter einem unsichtbaren Zwang zusammen.

Ich blieb dicht vor dem ersten Sarg stehen. Wie ich erkennen konnte, hatte man den Sargdeckel nicht fest verschlossen. Mir lief eine Gänsehaut über den Rücken, als ich den Deckel langsam anhob.

Im Sarg lag ein mir unbekannter Mann, ein Chinese. Im zweiten Sarg ebenfalls. Etwas würgte in mir. Die Grausamkeit der Verbrecher entsetzte mich.

Ich wollte mich gerade umdrehen, als ich hinter mir einen Schrei hörte. Susan hatte ihn ausgestoßen. Mit ein paar Schritten war sie an meiner Seite. Ihre Hände krallten sich fest in den Stoff meiner Anzugsjacke.

»Cliff, ich kenne die beiden Männer, sie waren die Bewacher von Sheila Liungs Vater.«

»Jetzt werden sie unsere Geschenke bestimmt entdeckt haben.« Yoto starrte durch die Scheibe, als hinge davon seine Glückseligkeit ab.

Außer Yoto waren in dem Raum noch vier weitere Chinesen. Sie hatten in der ersten Etage eine kleine Absteige, die genau gegenüber des ›Last Chance‹ lag, für einen Tag ein Zimmer gemietet. Hier fragte niemand nach dem Namen und wenn, dann brauchte man nur den ›Todesdrachen‹ zu erwähnen, und schon öffneten sich sämtliche Türen.

»Wann geht es endlich los, Yoto?« fragte einer der Männer.

»Abwarten, du wirst früh genug in Aktion treten können, wir wollen jetzt nichts überstürzen.«

Die beiden Chinesen waren erschossen worden. Auf der Brust des einen Toten lag ein Zettel. Darauf stand:

Versager werden bestraft!
Der Todesdrachen

Hinter mir hörte ich ein Schluchzen. Sheila Liungs Nerven machten nicht mehr mit. Sehr verständlich. Tom hatte Sheila den Arm um die Schulter gelegt und sprach beruhigend auf sie ein. Susan Taylor saß bleich auf einem Stuhl. Auch sie hatte einen ziemlichen Schock bekommen. Mit einer müden Handbewegung strich ich mir über die Stirn.

»Ich werde Captain Rush anrufen, damit er sich von seiner Fabelgang überzeugen kann.«

Captain Rush kam wenig später mit großem Gefolge. Seine Spezialisten begannen mit der Arbeit. Wir kamen uns dabei völlig überflüssig vor. Captain Rush, Tom und ich setzten uns deshalb an einen Tisch, der in der Nähe der Theke stand. Hier störten wir die Mordkommission nicht bei ihrer Arbeit.

Ich holte eine Flasche Whisky und schenkte uns einen kräftigen Schluck ein. Wir hatten ihn wirklich verdient.

Susan und Sheila waren auf ihr Zimmer gegangen, um sich von den Strapazen zu erholen.

»Tja, Captain«, lächelte ich verbissen, »hier haben Sie ihren ›Todesdrachen‹. Leider habe ich recht behalten.«

»Sie haben gewonnen, Corner«, brummte Captain Rush. »Und«, so fügte er weiter hinzu, »ich glaube jetzt sogar die Geschichte mit dem Zimmer.«

»Das müssen Sie wohl auch, Captain«, erwiderte ich.

»Wieso?«

»Sehen Sie her.«

Ich holte die Pistole des Gangsters aus der Tasche, die Susan mir gegeben hatte.

»Dieser Colt gehörte einem der Toten, Captain. Unsere Susan hatte ihn mitgenommen. Verstehen Sie nun?«

»Nur zu gut, Mr. Corner, und was wollen Sie unternehmen?«

»Ich werde noch in dieser Nacht zum ›Chinese Palace‹ zurückgehen und die Waffe zurückbringen. Ich bin gespannt, wie diese Leute reagieren werden.«

»Ich komme mit«, sagte Tom.

»Du bleibst bei den Frauen«, entgegnete ich. »Das ist die fast wichtigere Aufgabe.«

»Einverstanden«, sagte Susan, die wieder heruntergekommen war. »Tom bleibt bei Sheila — sie wird sich freuen —, und ich gehe mit dir, Cliff.«

Das war typisch Susan, aber diesmal mußte ich hart bleiben. Ich machte mir ohnehin schon Vorwürfe, daß ich Susan und

Sheila mit in das chinesische Restaurant genommen hatte. Und ich überlegte eine Zeitlang, ob es nicht überhaupt besser sei, die beiden Girls in ein Hotel der City zu schicken, wo sie möglicherweise sicherer waren als bei uns. Dann nahm ich aber wieder Abstand davon. Es würde augenblicklich zuviel Zeit kosten.

Bevor ich ging, vereinbarte ich mit Tom und Captain Rush folgendes: Sollte ich mich bei Tom innerhalb der nächsten zwei Stunden nicht melden, mußte man mich suchen lassen.

»Yoto, die Cops sind weg.« Der Chinese wandte sich an Wus Leibwächter, der faul in einem Sessel lag.

Yoto stemmte sich hoch. Gespannt blickte er aus dem Fenster und beobachtete die Abfahrt der Mordkommission. Sein Gesicht nahm einen verschlagenen Ausdruck an, als er sagte:

»Im Augenblick sind also nur noch drei Personen in der Kneipe. Dieser Hopkins und die beiden Frauen. Der zweite Hopkins ist weggegangen. Die Gelegenheit ist günstig.«

Er gab seinen vier Leuten ein Zeichen. Anschließend besprachen sie ihr genaues Vorgehen. »Alles verstanden?« fragte Yoto.

»Verstanden«, tönte es zurück.

»Gut, worauf warten wir dann noch?«

Tom hatte die Abfahrt der Mordkommission mit gemischten Gefühlen betrachtet. Irgendwie hatte er das Gefühl der Gefahr. Er blickte auf die Straße, aber in der Dunkelheit war nichts zu erkennen. Das Licht der Straßenlaternen reichte nicht bis an die grauen Wände der Häuser.

Die beiden Särge hatten Rushs Leute mitgenommen. Sie sollten im Labor noch genau untersucht werden.

Tom zündete sich eine Zigarette an. Er überlegte. Was würde der ›Todesdrachen‹ als nächstes unternehmen? Sheila Liung war weiterhin in Gefahr, das konnte man sich an fünf Fingern ausrechnen. Würden diese Verbrecher heute nacht noch einen Angriff versuchen? Oder würde Cliff Erfolg haben? Fragen über Fragen, jedoch keine Antwort.

Tom hatte im Schankraum nur die Notbeleuchtung eingeschaltet, und darum sah es in dieser sonst sehr nüchternen
Kneipe fast gemütlich aus. Susan und Sheila schienen das wohl
auch zu spüren. Sheila, die ursprünglich hatte schlafen wollen,
war längst heruntergekommen.

Tom war erbost. »Wenn du vernünftig wärst, Susan, würde
auch Sheila oben bleiben.«

»Du fühlst dich offensichtlich nicht wohl in Gesellschaft
zweier Ladys«, konterte Susan. »Ich will nicht eher schlafen, bis
ich weiß, was Cliff erreicht hat.«

Tom sagte nichts mehr. Aus dem gleichen Grunde saß er ja
auch noch hier.

Die Minuten verrannen. Es war fast totenstill im Raum. Niemand sprach ein Wort. Jeder war zu sehr mit seinen Gedanken
beschäftigt. Und in dieser Stille wirkte das plötzliche Kratzen
an der Tür doppelt laut.

Tom hatte es zuerst gehört. Er blickte zu den Mädchen hinüber und deutete nach oben. »Ihr beiden verschwindet jetzt«,
zischte er. Susan kümmerte sich nicht um Toms Anweisung.
Sheila sah ängstlich zur Tür.

Wieder war ein Geräusch zu vernehmen.

Tom schlich zur Tür. Unterwegs zog er seinen Cobra-Colt
und steckte ihn in die Hosentasche. Tom blieb dicht vor der Tür
stehen und legte das Ohr gegen die Füllung. Es war nichts zu
hören. Dann tastete er nach dem Schlüssel, der von innen
steckte. Langsam und fast jedes Geräusch vermeidend schloß
Tom die Tür auf. Er blickte auf die Straße, fand aber nichts Ver-
dächtiges.

Dann warf er einen Blick zu den beiden Mädchen. Sie saßen
auf ihren Stühlen und beobachteten jede seiner Bewegungen.
Toms Blick wanderte weiter. Seine Augen suchten das gesamte
Lokal ab, streiften über die Theke, über die Flaschenregale
dahinter, tasteten sich über die Musikbox und blieben an einem
Fenster haften.

Dort sah Tom eine kaum wahrnehmbare Bewegung, hörte ein
Klirren, und schrie noch, während er sich zu Boden warf:

»Vorsicht, Susan, hinter euch!«

Tom sah, als er auf dem Boden lag und seine Waffe zu ziehen versuchte, wie Susan und Sheila unter dem Tisch in Deckung gingen.

In diesem Augenblick sprangen zwei Chinesen durch das Fenster in den Raum. Einer der beiden warf etwas auf den Boden. Es erfolgte ein greller Blitz.

Eine Magnesiumbombe, zuckte es Tom durch den Kopf.

Die Überraschung war zu groß. Tom hatte die Augen nicht früh genug geschlossen. Als er sie wieder aufriß, war es fast zu spät. Er sah einen Schatten auf sich zukommen, und ein fürchterlicher Schlag traf sein Brustbein. Er wurde aus seiner hockenden Stellung zurückgeworfen und krachte gegen einen Tisch. Dabei verlor er seinen Revolver, den er inzwischen gezogen hatte.

Sheila Liung schrie gellend auf. Das machte Tom wieder munter. Ehe sein Gegner nachsetzen konnte, rollte er sich blitzschnell zur Seite. Der Schlag, der ihn treffen sollte, ging daneben. Tom griff blindlings hinter sich, erwischte einen Stuhl und schleuderte ihn seinem Gegner gegen den Körper. Ein dumpfer Aufschrei zeigte ihm, daß er getroffen hatte.

Toms Sehkraft hatte sich wieder normalisiert. Er sah, wie Susan verbissen mit einem Mann kämpfte. Tom sprang auf und eilte ihr zur Hilfe.

Er riß den Kerl an der Schulter herum und knallte ihm einen linken Haken genau auf den Punkt. Der Bursche legte sich sofort schlafen.

Doch dann war es auch schon aus mit der Herrlichkeit. Tom vernahm ein hämisches Lachen, riß den Arm hoch und wollte sich herumwerfen. Zu spät. Er war wie gelähmt. Er sah, wie Susan von einem riesigen Burschen gepackt und weggetragen wurde. Tränen der Wut stiegen ihm in die Augen über die Ohnmacht, nicht helfen zu können. Ehe er einen weiteren Gedanken fassen konnte, traf ein zweiter Schlag seinen Hinterkopf, und der FBI-Agent Tom Harris verlor das Bewußtsein.

Bis zum ›Chinese Palace‹ war es nicht weit. Deshalb nahm ich auch kein Taxi, sondern ging zu Fuß. Die frühe Morgenstunde, es war ungefähr 2.00 Uhr, machte sich auch hier im Chinesenviertel bemerkbar. Die kleineren Bars und Restaurants hatten geschlossen, und auf der Straße waren nur noch vereinzelte Nachtschwärmer zu sehen. Meistens Touristen, alles sah sehr harmlos aus. Und doch brodelte es unter dieser scheinbar trügerischen Ruhe. Mir schien, als sei die Knute des ›Todesdrachen‹ überall zu spüren.

Ich wechselte die Straßenseite, um erst einmal das ›Chinese Palace‹ aus sicherer Entfernung zu beobachten. Zu meiner Überraschung war das große Gebäude stockdunkel. Meiner Meinung nach mußte da etwas nicht stimmen, denn diese Art von Amüsierbetrieben hatten ihre Pforten meistens bis 4.00 Uhr morgens auf.

Ich klemmte mich in die Einfahrt, die fast so eng wie eine Sardinenbüchse war, und zündete mir hinter der vorgehaltenen Hand eine Zigarette an. Ich hatte kaum ein paar Züge geraucht, als mein Nacken von einem keuchenden, nach billigem Fusel riechenden Atem gestreift wurde. Jemand tippte mir leicht auf die Schulter.

Einer alten und oft bewährten Angewohnheit folgend drehte ich mich nach links um. Ich sah in ein erschrockenes und mit Bartstoppeln bedecktes Gesicht eines Penners, das mir aus der Einfahrt entgegenstarrte.

»Wer bist du denn?« fragte ich und versuchte meiner Stimme einen drohenden Klang zu geben.

»He, Mister«, wisperte der Alte, »eine Zigarette«. Dabei drängte er sich immer näher an mich.

Angeekelt drehte ich mich zur Seite. Der Kerl stank wirklich penetrant. Um ihn loszuwerden, gab ich ihm eine volle Schachtel, die ich noch bei mir trug.

»Danke, Mister, danke, vielleicht kann Bobby Ihnen auch mal einen Gefallen tun.« Er wollte davonschlurfen.

Doch da kam mir ein Gedanke.

»Warte mal, Bobby, ich habe noch eine Frage.«

»Ja?« Bobby sah mich ängstlich an.

»Kennst du dich hier im Viertel aus?«

»Aber sicher, Mister, ich bin hier geboren.« Er vollführte, soweit es in dieser engen Einfahrt möglich war, eine großartige Handbewegung.

»Na, Bobby«, fuhr ich fort, »dann ist dir auch sicherlich bekannt, warum heute das ›Chinese Palace‹ schon so früh geschlossen hat.« Bobby, dessen Alter kaum ein Psychologe hätte schätzen können, machte ein erschrockenes Gesicht.

»Nein, Mister, das kann ich Ihnen nicht sagen ... ich ... ich habe auch keine Zeit.« Bobby wollte verschwinden.

Ich spürte, daß er log.

»Moment«, sagte ich freundlich. »Du könntest dir noch was verdienen. Ein paar Auskünfte, weiter nichts. Das kostet keine Mühe und wird mit Zigaretten, vielleicht sogar mit ein paar Dollars belohnt. Also, wie ist es, Bobby?«

»Bitte, Mister, nein, ich kann nichts sagen, der ›Todesdr...‹« Bobby biß sich auf die Lippen, als hätte er schon zuviel gesagt.

»Was ist mit dem ›Todesdrachen‹?«

Meine Stimme muß recht hart geklungen haben, denn Bobby fiel zusammen wie ein Häufchen Elend.

»Wenn du vor dem ›Todesdrachen‹ Angst hast, dann sag, was du weißt«, fuhr ich ruhig fort. »Ich könnte dir vielleicht helfen, Bobby! Überleg nicht lange!«

»Nein, Mister, ich kann nicht, sonst geht es mir genauso wie dem alten Liung.«

Ich wurde hellhörig. »Was ist mit dem alten Liung?«

Bobby druckste herum. »Er hat für den ›Todesdrachen‹ gearbeitet, er hat in seinem Geschäft Rauschgift verkauft und...«

»Weiter, weiter«, drängte ich.

»Liung hat in seine eigene Tasche gearbeitet, und jetzt«, Bobby stockte, »er sieht nicht mehr gut aus. Ich habe ihn heute gesehen, in seinem Keller, als ich dort übernachten wollte. Er muß einen schrecklichen Tod gehabt haben.«

Ich atmete tief durch. Liung war ermordet worden. Ich hielt für eine Weile den Atem an. Ob Sheila auch etwas mit dem Verkauf von Rauschgift zu tun gehabt hat? Nein, ich verwarf den Gedanken wieder, er erschien mir zu absurd.

Ich wandte mich wieder an Bobby. »So, und nun eine letzte Frage, warum hat das ›Chinese Palace‹ schon geschlossen?« Bobby wand sich wie ein Aal. Nach einer Weile flüsterte er:

»Heute ist Freitag, jeden ersten Freitag im Monat geht ein Transport weg.«

»Was für ein Transport?«

»Ein Transport mit Mädchen.«

»Mit Mädchen«, wiederholte ich, »wohin?«

»Keine Ahnung«, Bobby sah mich bedauernd an. »Ich weiß nur, daß es irgendwo zum Hafen geht.«

»So, zum Hafen also«, stellte ich fest. »Und wann?«

»Es kann eigentlich nicht mehr lange dauern, Mister, aber verraten Sie mich nicht.«

»Nein, nein, Bobby, keine Angst«, beruhigte ich ihn. »Nur, worin werden die Mädchen transportiert?«

»In einem alten Lieferwagen, er steht dort drüben auf der Straßenseite.« Bobby deutete mit seinem schmutzigen Finger in die angegebene Richtung.

Tatsächlich, ich erkannte die dunklen Umrisse eines Lieferwagens.

»Okay, Bobby, vielen Dank.« Ich drückte ihm fünf Dollar in die Hand. Er war selig.

»Du kannst jetzt verschwinden, Bobby, aber zu niemanden ein Wort über unsere Unterhaltung, verstanden? Und wenn du Hilfe brauchst, komm zur ›Last Chance‹.«

»Natürlich, Mister. Sie können sich auf mich verlassen.« Wie ein Spuk war Bobby verschwunden.

Ich überzeugte mich, ob die Luft rein war, huschte aus der Einfahrt hinaus und rannte mit ein paar Sätzen zu dem Lieferwagen hinüber. Wie ich feststellte, war es ein älteres Ford-Modell.

Die Ladefläche des Lieferwagens war mit einer hohen Plane überspannt. Ich löste an der einen Seite die Verschnürung und kletterte auf die Ladefläche. Hier war es stockdunkel. Man konnte nicht einmal die berühmte Hand vor Augen sehen. Zum Glück hatte ich meine Miniaturtaschenlampe mit, die ich sofort einschaltete.

Im schwachen Schein der Lampe erkannte ich an der Wand, die die Ladefläche zum Führerhaus hin abschloß, eine aus rohen Brettern waagerecht befestigte Sitzbank. Die Bank war ungefähr in drei Fuß Höhe angebracht worden. Ich beschloß, da kein anderes Versteck vorhanden war, mich darunterzuklemmen. Zwar keine ideale Lösung, aber was Besseres ließ sich unter den augenblicklichen Gegebenheiten nicht finden. Ich vertraute eben meinem Glück.

Mit einiger Anstrengung gelang es mir, mich unter die Bank zu quetschen. Ich lag fast auf der Seite, und mein Arm begann schon nach wenigen Minuten zu schmerzen.

Ich hoffte nur, daß mich niemand von der Bande des ›Todesdrachen‹ mit Bobby zusammen gesehen hatte, denn dann war es zumindest um den Tramp geschehen. Um mich machte ich mir keine allzu großen Sorgen, ich wußte mich schon meiner Haut zu wehren.

Toms Erwachen war nicht gerade angenehm. Er hatte das Gefühl, als säße er in einer Zentrifuge und würde durch den Raum geschleudert.

Als er zum erstenmal wieder die Augen aufschlug, war die Welt für ihn gelblichgrau. Erst langsam schälten sich aus diesem Farbenwirrwarr die Konturen eines aus rohen Steinen gehauenen Raumes hervor.

Tom versuchte sich zu bewegen. Ohne Erfolg. Er war gefesselt, und zwar nach alter indianischer Sitte. Er befand sich nämlich an einem Pfahl und war verpackt und verschnürt wie ein Rollschinken. Jetzt merkte er auch, wie straff die Fesselung war, denn der Pfahl preßte sich schmerzhaft gegen seinen Rücken.

»Hallo, alter Krieger, wieder unter den Lebendigen?« Das war Susans Stimme.

Tom wandte, so gut es ging, den Kopf. Er erkannte, daß Susan, genau wie er, an einen Pfahl gefesselt war. Susan war ziemlich bleich.

»Susan«, keuchte Tom, »sind wir hier bei den alten Indianern gelandet?«

»Das glaube ich kaum«, war die Antwort, »im übrigen ist es meiner Schätzung nach erst 3.00 Uhr morgens.«

»Ist das alles, was du weißt? Oder kannst du mir auch sagen, wie wir hier eigentlich hergekommen sind? Ich war plötzlich weg.«

»Das weiß ich auch nicht, Tom, auch mich hat man betäubt, nur etwas mehr ladylike: mit Chloroform.«

Während Susan antwortete, versuchte Tom, die Fesseln ein wenig zu lockern. Sinnlos, die Stricke saßen einfach zu straff.

Tom ließ seine Blicke im Raum umherwandern. Selbst wenn Susan und er nicht gefesselt gewesen wären, es gab keine Möglichkeit, aus diesem Verließ zu entkommen. Er konnte noch nicht einmal eine Tür entdecken.

»Susan, wo ist eigentlich Sheila?« fragte Tom.

»Keine Ahnung, Tom, hoffentlich ist ihr nichts geschehen. Kurz bevor ich betäubt wurde, sah ich, wie Sheila sich gegen einen riesigen Chinesen zur Wehr setzte. Folglich müßte sie ja auch in der Gewalt dieser Verbrecher sein.«

Tom schwieg.

Er schloß die Augen und versuchte, sich etwas zu erholen. Er dachte an mich und daran, was ich wohl zu ihrer beider Befreiung unternehmen würde.

Es mochte fast eine halbe Stunde vergangen sein, als Tom das Geräusch, das wie das Schieben eines Tisches klang, vernahm. Auch Susan lauschte. Das Geräusch schien von der Decke her zu kommen.

Tom lugte nach oben und bemerkte, wie eine Falltür hochgeklappt wurde. Er entdeckte drei Männer, die eine an der Falltür befestigte und ausschiebbare Aluminiumleiter auf den Boden fallen ließen. Anschließend kletterten die drei hinunter. Man wollte anscheinend kein Risiko eingehen. Alle drei waren Chinesen. Einer zog ein Messer und säbelte mit ein paar Schnitten Toms Fesseln durch. Bei Susan geschah das gleiche.

Tom sackte mit einem Aufstöhnen in die Knie. Die Unterbrechung seiner Blutzirkulation machte sich jetzt bemerkbar. Susan ging es nicht anders. Doch die Chinesen nahmen keinerlei Rücksicht auf die körperlichen Schwächen der beiden. Tom erhielt einen schmerzhaften Tritt ins Kreuz. Er flog auf den schmutzigen Steinboden.

»Komm schon hoch, sonst machen wir dir Beine«, sagte jemand in einem schlechten Englisch zu ihm.

Tom wunderte sich nur, daß die Chinesen keine Waffen in der Hand hielten. Sie fühlten sich sehr sicher. Und das mit Recht. Tom wäre auch nicht in der Verfassung gewesen, es jetzt mit drei Gegnern aufzunehmen.

»Wohin bringt ihr uns?« fragte er, als er sich mühsam aufgerappelt hatte.

»Zum Meister«, war die knappe Antwort, »und jetzt komm!«

Ein Stoß in Toms Rücken verlieh den Worten des Chinesen den gehörigen Nachdruck. Gehorsam machte sich Tom daran, die Leiter zu erklimmen. Susan war schon oben. Tom war wirklich gespannt, diesen geheimnisvollen Meister kennenzulernen.

Ich brauchte nicht lange zu warten, bis ich von draußen einige halblaute Stimmen vernahm.

Dann wurde am Ende des Lieferwagens die Plane hochgeschoben und vier Mädchen in den Wagen gehoben. Die Girls waren gefesselt und geknebelt. Ich hörte eine Männerstimme irgend etwas auf chinesisch sagen. Die Worte konnte ich nicht verstehen, aber den Gebärden der Mädchen entnahm ich, daß man sie einschüchtern wollte.

Eins bereitete mir jedoch große Sorgen. Ich wußte nicht, mit wie vielen Gegnern ich es zu tun hatte. Um sich jetzt den Kopf darüber zu zerbrechen, blieb mir keine Zeit. Ich würde es noch früh genug merken.

Rumpelnd setzte sich der Lieferwagen in Bewegung. Durch den plötzlichen Ruck des Anfahrens wurden die Girls durcheinandergeworfen. Einige stöhnten unterdrückt auf.

Ich klemmte nach wie vor unter der Sitzbank und damit in sicherer Deckung.

Die Fahrt dauerte meiner Meinung nach etwa eine halbe Stunde, dann hielt der Wagen mit einem Ruck an. Das gleiche Spiel wiederholte sich wie bei der Abfahrt, nur daß diesmal die

Mädchen ausstiegen. Man ging nicht gerade sanft mit ihnen um.

An den verschiedenen Stimmen der Männer konnte ich erkennen, daß ich es mindestens mit drei Gegnern zu tun hatte. Ein nicht gerade vorteilhaftes Verhältnis.

Ich wartete, bis sich die Gangster mit den Mädchen entfernt hatten, und kroch dann unter der Sitzbank hervor. Im ersten Augenblick dachte ich, man hätte mir meine Wirbelsäule angesägt. Durch das krumme Liegen verspürte ich ein Ziehen bis in die Halswirbel. Ich versuchte, soweit der Platz reichte, einige Freiübungen, mit Erfolg übrigens.

Anschließend hob ich die Plane etwas an und prüfte, ob die Luft rein war. Sie war es. Vorsichtig löste ich die Verschnürung. Das hört sich jetzt einfach an, aber es ist nicht gerade leicht, wenn man sich im Innern eines Wagens befindet.

Trotzdem schaffte ich es. Ein paar Sekunden später stand ich draußen.

Zuerst peilte ich die Lage. Ich stellte fest, daß ich mich auf einem verlassenen Pier befand. Rechts von mir, in etwa 100 Yards Entfernung, befand sich ein Anlegesteg. Geradeaus zählte ich einige Baracken.

Die gesamte Atmosphäre hier war recht unheimlich. Der Morgen dämmerte herauf, und vom Wasser her zogen Nebelschwaden auf. Noch konnte ich ungehindert sehen. Wie lange? Ich zuckte mit den Schultern. Die Chinesen mit den Mädchen konnte ich auf dieser Seite nicht entdecken. Folglich mußten sie sich hinter mir befinden. Vorsichtig umrundete ich den Wagen. Ich vergaß auch nicht, einen Blick in das Führerhaus zu werfen. Es war leer. Beruhigt ging ich zwei Schritte vor.

Jetzt sah ich auch die Gruppe etwa fünfzig Schritt vor mir. Die Gangster trieben die Mädchen hart an.

Plötzlich hörte ich hinter mir ein Geräusch. Ich schnellte herum und sah, wie die Tür zum Führerhaus des Lieferwagens ruckartig aufgerissen wurde. In diesem Moment wurde mir klar, mein Gegner mußte, als ich in das Führerhaus hineingesehen hatte, auf dem Boden gelegen haben. Hatte er von meiner Anwesenheit schon vorher gewußt?

Aber jetzt war keine Zeit für Vorwürfe. Der Mann, es war übrigens ein Weißer, stieß sich vom Trittbrett ab und flog mir mit ausgestreckten Händen entgegen. Ausweichen konnte ich nicht mehr, so prallten wir mit großer Wucht aufeinander und knallten auf das schmutzige Pflaster.

Ich hatte das Pech, daß ich beim Fall unten zu liegen kam. Die Hände des Gangsters legten sich um meinen Hals und drückten unbarmherzig zu. Ich merkte, wie mir die Luft knapp wurde und rote Kreise vor meinen Augen tanzten. Ich versuchte, mich zur Seite zu wälzen.

Vergebens.

Der Griff wurde nur noch stärker.

Ich tastete nach den kleinen Fingern meines Gegners und riß sie mit aller mir zur Verfügung stehenden Kraft zur Seite.

Der Kerl stieß ein wütendes Heulen aus und fiel nach hinten. Ich nutzte die Gelegenheit und stand auf.

Aber schon ging mich der Kerl wieder an. Mit einem pantherartigen Satz stürzte er sich auf mich. Mir war so schwindelig, daß ich kaum ausweichen konnte.

Wir stürzten abermals zu Boden, schlugen hart auf. Diesmal gelang er mir aber, den Gangster in den richtigen Griff zu bekommen. Fast automatisch setzte ich einen Armstreckhebel an. Der Mann stöhnte auf. Mit einem Ruck schleuderte ich die Last von mir und sprang auf.

Ich blickte zu der Mädchengruppe, die im Dunst hinten am Pier verschwand. Zu meinem Glück. Offensichtlich hatte noch keiner der anderen Männer unseren Kampf bemerkt. Ich atmete innerlich schon auf, als mein Gegner plötzlich einen Pfiff ausstieß.

Sofort geriet der Pulk dort hinten ins Stocken. Sie waren nur schwer auszumachen. Ich konnte nicht unterscheiden, wie viele Männer sich aus der Gruppe lösten.

Ich blickte auf den Fahrer des Wagens, der sich mit schmerzverzerrtem Gesicht den Arm hielt. Er machte keine Anstalten mehr, noch mal anzugreifen.

Mir blieb keine große Wahl. Mein Unterfangen, den Burschen heimlich zu folgen, um deren Versteck oder Umschlagplatz zu entdecken, war gescheitert. Ich konnte nur noch eins versuchen: die Mädchen zu retten.

Deshalb sprang ich in den LKW, suchte fieberhaft nach dem Zündschlüssel, fand ihn im Zündschloß, startete und brauste los.

Das war so schnell gegangen, daß meinem Gegner keine Zeit geblieben war, etwas gegen mich zu unternehmen.

Inzwischen waren die anderen Gangster aber schon in bedrohliche Nähe gerückt. Ich steuerte geradewegs auf sie zu. Natürlich hätte ich es nicht gewagt, auch nur einen von ihnen anzufahren, aber das konnten die Kerle ja nicht wissen. Sie streuten auseinander, suchten Deckung, dann war ich schon vorbei.

Schüsse peitschten hinter mir auf, klatschten in den Wagen.

Sekunden später hatte ich die vier Mädchen erreicht. Ich bremste hart, sprang aus dem Führerhaus und schrie ihnen entgegen, sie sollten auf den Wagen klettern.

Sie waren aneinandergefesselt, und so schien es unmöglich für sie, die Ladefläche zu erklimmen.

Und ich hatte mit den heranstürmenden Banditen zu tun, die ich mit dem Revolver in Schach hielt.

Doch schon teilte sich die Meute, schwärmte aus, um uns von zwei Seiten zu packen.

Ich weiß nicht, wie es die Mädchen geschafft haben. Sie waren zum Glück beherzt genug, Ruhe zu bewahren und sich gegenseitig zu helfen.

Mit einem Auge die Gangster beobachtend, mit dem anderen zum Wagen schielend, stellte ich fest, daß sie sich liegend, hockend, völlig durcheinander auf der Ladefläche befanden.

Bis auf eine von ihnen, ein rothaariges, feuriges Girl, das keine Furcht zu kennen schien. Sie stand mit leicht gespreizten Beinen auf der Wagenfläche und schrie zu mir herunter:

»Hallo, Boy, gib mir das Schießeisen! Ich kann damit besser umgehen als du. Und einer muß diesen verteufelten Schlitten auch kutschieren. Also los! Mach schon!« Ich weiß nicht, wie sie es fertiggebracht hatte, sich des Knebels zu entledigen.

Hinter Kisten, Baracken und Taurollen schlichen die Gangster heran. Sie schossen nicht. Sie sparten die Kugeln offensichtlich für einen plötzlichen Angriff.

Ich zögerte nicht lange, trennte mich von meiner Waffe, warf sogar noch eine Handvoll Patronen hinauf und stürzte dann zur Fahrerkabine.

Schon knallten wieder Schüssel. Nach dem Geräusch zu urteilen, sprach auch mein Cobra-Colt mit. Das rothaarige Girl schien also tatsächlich damit umgehen zu können.

Es beruhigte mich.

Den Motor hatte ich laufenlassen. Ich kam gut weg. Das Peitschen der Schüsse, der Lärm und die wütenden Schreie dazwischen blieben hinter mir. Ich hatte es geschafft.

Die Fracht schaffte ich zu Captain Rush. Erst hier stellte ich fest, daß zwei Girls von Kugeln — wenn auch ungefährlich — getroffen worden waren. Der Captain rief einen Arzt, und ich bedankte mich bei dem rothaarigen Girl, von der ich erfuhr, daß sie Artistin sei. Sie gab mir mit einem Augenzwinkern den Colt wieder.

»Wenn ich gewußt hätte, daß Sie zur Polizei gehören, hätte ich den Mund nicht so voll genommen«, flüsterte sie mit erregter Stimme.

»Und wenn ich gewußt hätte, daß Sie noch besser schießen als schreiben können, hätte ich Ihnen sofort die Verteidigung überlassen, Miß . . .«

»Daisy«, hauchte sie. »Kommen Sie mich doch mal im ›Chinese Palace‹ besuchen!«

»Würde ich gerne tun, aber ich fürchte, ich finde keine Gelegenheit mehr dafür. Oder wollen Sie tatsächlich in diese Hölle zurück?«

»Ehrlich gestanden: nein. Obwohl ich mir immer noch nicht im klaren bin, was man mit uns vorhatte. Das kam alles zu überraschend für uns.«

»Fragen Sie nicht danach, Daisy. Freuen Sie sich, daß Sie noch in Freiheit sind.«

Anschließend gab ich dem Captain einen kurzen Lagebericht. Captain Rush schickte einen Streifenwagen zu dem Pier.

Ich glaubte nicht, daß die Cops mit ihrer Suche Erfolg haben würden, aber Captain Rush hatte wenigstens ein gutes Gewissen, alles getan zu haben.

Die Untersuchung der beiden Särge hatte nichts Positives ergeben. Die beiden Toten waren der Polizei unbekannt.

Mit großem Genuß trank ich zwei Becher Kaffee. Bei einer Zigarette wandte ich mich an Rush:

»Captain, ich habe folgendes vor: Ich fahre zu unserer Kneipe, sehe nach Tom und Susan, anschließend brause ich zu Liungs Uhrmacherladen. Ich möchte feststellen, ob dieser Tramp, von dem ich Ihnen erzählt habe, mich belogen hat. Ich rufe Sie dann an.«

»Okay, Corner. Ich bereite inzwischen die Razzia im ›Chinese Palace‹ vor.«

»Ja, aber schlagen Sie nicht zu früh los, ich werde Ihnen rechtzeitig Bescheid geben.«

Ich erhob mich und reichte dem Captain die Hand.

»Okay, dann bis nachher.«

»Einen Moment noch, Mr. Corner.«

»Ja?« Fragend wandte ich mich um. Lieutenant Deller, der bisher schweigend im Hintergrund gestanden hatte, kam auf mich zu.

»Ich möchte gern mitkommen, Mr. Corner. Haben Sie etwas dagegen?«

»Warum nicht, Lieutenant, wenn es Ihrem Chef recht ist, und außerdem sehen vier Augen mehr als zwei«, erwiderte ich.

Captain Rush räusperte sich. Dann zuckte er mit den Achseln.

»Im Augenblick können wir ja nicht viel unternehmen, aber daß Sie mir ja mit zurückkommen und nicht etwa der kleinen Sheila schöne Augen machen.«

Lieutenant Deller wurde rot bis in die Haarspitzen.

Ich lächelte, also hatte es Rush auch bemerkt.

»Natürlich, Sir«, stotterte Deller, »ich meine, natürlich nicht, Sir. Der Dienst geht vor.«

»Schon gut, Deller.«

»Können wir?« fragte ich den Lieutenant.

»Ja, sofort, einen Moment noch.« Deller ging zu seinem

Schreibtisch und holte zehn Stangen Kaugummi aus der Schublade. »Marschverpflegung«, grinste er.

Ich nickte belustigt. Wie hätte ich auch ahnen könne, daß wir diese Marschverpflegung brauchen würden in einer Situation, aus der es nach menschlichem Ermessen keinen Ausweg mehr gab ...

Als Tom die Leiter hinaufgeklettert war, wurden die Chinesen aktiv. Mit einem schmerzhaften Druck preßte sich plötzlich ein Pistolenlauf in Toms Rücken.

»Los, vorwärts, und keine Dummheiten, wir garantieren für nichts.«

»Wir würden auch die Frau erschießen.«

Tom war klar, daß mit dieser Frau Susan gemeint war. Susan ging ein paar Schritte vor ihm. Auch hinter ihr befand sich einer der Gangster und bedrohte sie mit einer Waffe. Susan und Tom wurden durch einen aus Fels bestehenden Gang geführt. Hier herrschte eine schwüle, feuchte Luft, und Tom klebte schon bald das Hemd wie ein nasser Lappen am Leibe.

Nach fast fünf Minuten hielten sie vor einem Eingang, der durch einen Perlenvorhang abgedeckt war.

»Anhalten!« befahl einer der Männer.

Tom und Susan stoppten.

Der dritte Chinese riß mit einer kurzen Handbewegung den Vorhang zur Seite. Tom hörte, wie der Mann mit jemandem sprach. Dann vernahm Tom einen kurzen Befehl, der Vorhang wurde zurückgerissen, und der Chinese schnarrte:

»Eintreten!«

Susan und Tom gehorchten. Die beiden befanden sich in einer riesigen Felsenhöhle. Toms Blicke erfaßten eine Anzahl Neonröhren, die an der Decke hingen und ein kaltes Licht ausstrahlten. In der Mitte der Höhle gab es eine Art Felspodest. Tom traute seinen Augen nicht. Auf dem Podest lag wie eine Tote Sheila Liung. Sollten diese Mordbanditen das junge Mädchen kaltblütig ermordet haben? Tom sandte einen Blick zu Susan hinüber und sah, daß sie blaß wurde. Anscheinend schien sie den gleichen Gedanken zu haben. Tom ballte unwillkürlich die Fäuste. Heißer Zorn stieg in ihm hoch.

»Treten Sie doch näher, Herrschaften!«

Erst jetzt bemerkte Tom den Mann, der die Worte gesprochen hatte. Es war Tom sofort klar: Das mußte der geheimnisvolle Boß sein. Der Boß des ›Todesdrachen‹.

Er saß hinter dem Felspodest vor einer riesigen Buddhafigur in einem aus Ebenholz gefertigten Stuhl. Er trug einen roten Umhang, auf dem ein überdimensionaler gelber Drachen gestickt war. Sein Gesicht wurde durch eine häßliche Teufelsmaske verdeckt.

Der Mann erhob sich geschmeidig wie ein Panther von seinem Thron. Man merkte, welche Kraft und Energie in diesem Körper steckte. Er streckte seine Hand vor und befahl mit schneidender Stimme:

»Los, auf die Erde mit euch, kniet vor mir!«

Seine Stimme hallte dumpf in dem Saal wider und gab ihr einen unheimlichen Klang.

Tom war wirklich perplex. So etwas war ihm in seiner bisherigen Laufbahn noch nie vorgekommen. Vor einem Verbrecher auf die Knie fallen. Dieser Mann mußte größenwahnsinnig sein, anders war sein Verhalten nicht zu erklären.

»Was sollen wir?« fragte Tom, um sich noch mal zu vergewissern.

»Ihr sollt hinknien, mir Reverenz erweisen. Mir, dem Meister des ›Todesdrachen‹, mir, dem großen Wu.« Seine Stimme überschlug sich fast.

Tom war eines klar. Er würde diesen Befehl nicht ausführen. Aber Susan? Ein rascher Blick zu ihr überzeugte ihn, daß auch sie damit nicht einverstanden war. In Toms Rücken preßte sich immer noch ein Pistolenlauf. Jedoch der Chinese, der Susan bewachen sollte, hatte seine Waffe gesenkt. Die Mündung zeigte auf den Boden. Darauf baute Tom seinen Plan.

»Wird's bald!«

In diesem Augenblick handelte Tom. Mit einer kaum wahrnehmbaren Bewegung winkelte er die Ellenbogen an und wirbelte herum. Sein linker Ellenbogen traf die Pistole des Gangsters, aus der sich noch ein Schuß löste. Die Kugel prallte knapp neben Tom auf den Felsboden und zwitscherte als Querschläger davon.

Tom ließ keine Zeit verstreichen. Seine rechte Faust schoß vor und traf den Chinesen in den Magen. Er kippte nach vorn, und Toms aus den Schultern herausgeholter Uppercut beförderte ihn ins Reich der Träume.

Doch dann war es auch schon aus mit der Herrlichkeit. Tom hörte Susan noch »Vorsicht!« schreien, dann bekam er einen harten Schlag ins Genick. Tom wurde nach vorn geworfen und fiel auf die Knie. Der Schlag mußte anscheinend einen Nervenstrang lahmgelegt haben, denn Tom konnte sich kaum bewegen. Tränen der Wut traten ihm in die Augen. Jetzt knie ich doch vor diesem Teufel, dachte er.

Als hätte Wu seine Gedanken erraten, hörte Tom plötzlich die höhnische Stimme:

»Warum nicht gleich so.« Dann stieß Wu ein schallendes Gelächter aus.

Susan Taylor hatte sich während des Kampfes nicht gerührt. Das hatte seinen Grund. Von Tom unbemerkt, war nämlich zwischen den Perlschnüren des Vorhangs der Lauf einer Maschinenpistole erschienen, deren Mündung immer auf Tom zeigte.

Jetzt betrat auch der dazugehörige Mann den Saal. Es war merkwürdigerweise ein Weißer.

Susan spürte wieder den schmerzhaften Druck des Pistolenlaufes in ihrem Rücken.

»Bitte, Miß, treten Sie doch näher. Ich hoffe, Sie werden der reizenden Miß Liung Gesellschaft leisten. Keine Angst, sie ist nicht tot.« Wus Stimme triefte vor Spott und Hohn.

Susan lief ein kalter Schauer über den Rücken. Sie verspürte plötzlich eine sagenhafte Angst. Ihr Bewacher stieß sie brutal vorwärts.

Zu dem MP-Schützen gewandt, fuhr Wu fort:

»Mach diesem Kerl auf dem Boden Beine, er soll sich dort nicht ausruhen.«

Der Angesprochene zog grinsend den Abzug durch. Wenige

Zentimeter vor Tom zirpten die Kugeln in den Boden und jaulten als Querschläger davon.

Tom hob mühsam den Kopf. Er fühlte, wie die Wirkung des Schlages nachließ. Mit taumelnden Bewegungen kam Tom auf die Beine. Er wurde sofort von zwei kräftigen Fäusten an jedem Arm gepackt und nach vorn geschleift. Susan stand mit ihrem Bewacher etwas abseits.

Da Wus Sitz ein wenig erhöht lag, mußte Tom zu ihm hinaufblicken. Wu kostete die Situation wirklich genügend aus. Dann sagte er plötzlich:

»Vor nicht allzu langer Zeit hat auf dem gleichen Fleck wie Sie, Mr. Hopkins, Ihr Kollege Banners gestanden.«

Eine Ladung Dynamit hätte kaum größere Wirkung zeigen können als diese Sätze.

»Dafür werden Sie hängen, Wu«, stöhnte Tom unterdrückt, immer noch unter dem Eindruck des Mordgeständnisses stehend.

»Dazu müßte man mich erst verhaften, Mr. FBI. Doch wie ich die Sache im Augenblick sehe, werden Sie den kürzeren ziehen.«

Tom schluckte. »Woher wissen Sie, daß ich FBI-Beamter bin?«

Wu deutete mit einer lässigen Handbewegung auf Sheila Liung. »Wir haben ihr eine kleine Wahrheitsdroge verpaßt, danach hat sie praktisch alles von allein erzählt.«

»Sie Bestie«, keuchte Susan.

»Halten Sie den Mund«, zischte Wu, »Ihnen wird bald das gleiche passieren. Sie werden uns hübsch erzählen, wie weit die Polizei mit ihren Ermittlungen gekommen ist. Und Ihr Freund wird zusehen.«

Der Verbrecher lachte gemein.

Susans Bewacher hatte sie während dieser Worte blitzschnell in den Polizeigriff genommen, aus dem es praktisch kein Entkommen gab. Seine Pistole steckte im Hosenbund.

Verzweifelt versuchte Tom gegen seinen Bewacher anzukommen. Aber diese Männer besaßen gewaltige Kräfte. Sogar der Mann, den Tom mit einem Schlag zu Boden gestreckt hatte, kämpfte verbissen.

Ohnmächtig vor Wut mußte Tom zusehen, wie Wu eine Kanüle mit einer glasklaren Flüssigkeit aus seinem Gewand zog. Mit einer einstudierten Geste hielt Wu die Spritze gegen das Licht und prüfte noch mal sorgfältig den Inhalt. Er nickte ein paarmal zufrieden. Dann gab er Susans Bewacher mit der linken Hand ein Zeichen. Der Chinese führte Susan bis dicht vor Wus Stuhl. Mit einem Ruck riß er ihren Jackenärmel entzwei.

Tom blickte in Susans Gesicht. Ihre Augen blickten flehend auf ihn, als wollte sie sagen: »Hilf mir doch!«

Tom preßte die Zähne aufeinander und biß sich die Lippen blutig.

Wu schien das alles nicht zu bemerken.

Langsam näherte sich die Spritze Susans Arm. Nur noch wenige Inches, dann würde Susan den Einstich spüren.

In diesem Moment brannte in Tom eine Sicherung durch. Mit einem Ruck schoß sein rechter Fuß hoch. Die Schuhspitze traf Wus Hand dicht unter dem Gelenk. Mit einem Aufschrei ließ Wu die Spritze los. Mit einem satten Geräusch zerplatzte sie auf dem Boden. Susans Nerven spielten nicht mehr mit. Sie fing haltlos zu schluchzen an.

Wu war einen Moment lang ganz ruhig. Dann trat er ein paar Schritte vor und schlug Tom mit aller Macht den Handrücken ins Gesicht.

Tom merkte, wie ihm das Blut aus der Nase lief. Trotzdem freute er sich, Wus Anschlag vereitelt zu haben.

»Hopkins, das werden Sie und Ihre Freundin büßen«, zischte der Meister des ›Todesdrachen‹. »Und wissen Sie wie?«

Wu lachte höhnisch.

»Sie werden einem unserer Götter geopfert, heute noch. Wenn wir alle versammelt sind, dann werden Sie Ihr armseliges Schnüfflerleben aushauchen. Sie werden nicht schnell sterben. Doch vor Ihnen wird diese Frau geopfert, und das alles zu Ehren des ›Todesdrachen‹.«

Tom wagte nicht, etwas zu sagen. Ihm lief eine eisige Gänsehaut über den Rücken.

»So, da wären wir«, meinte Lieutenant Deller und brachte den Dienstwagen, den wir genommen hatten, zum Halten.

Mit einem kräftigen Ruck öffnete ich die Tür und stieg aus dem Chevy.

Ich überquerte die Straße und betrat das ›Last Chance‹. Ich wunderte mich, daß im Schankraum kein Licht brannte, machte mir jedoch vorerst keine weiteren Gedanken.

»Susan, Tom!« rief ich, während ich gleichzeitig das Licht anknipste.

Doch da sah ich die Bescherung. Einige Tische und Stühle lagen kreuz und quer auf dem Boden, von Tom, Susan und Sheila war jedoch nichts zu sehen. Vorsichtshalber sah ich auch in der oberen Etage nach. Nichts, keine Spur von den dreien.

Mir wurde klar, daß sie sich in der Gewalt des ›Todesdrachen‹ befanden.

Ich lief zu Deller zurück und berichtete knapp.

Nach ein paar Sekunden hatte ich Rush in der Leitung des Funktelefons.

»Hören Sie, Captain, man hat Susan, Sheila und Tom gekidnappt. Unternehmen Sie nichts gegen die Bande. Das könnte den Tod der drei bedeuten.«

Ich wartete Rushs Antwort ab.

»Ja, ja, natürlich, wir kommen dann nachher zu Ihnen. Verstanden? Gut. Ende!«

Mit einer entschlossenen Bewegung legte ich den Hörer des Autotelefons auf.

»Und jetzt?« fragte Deller.

»Zu Liungs Uhrmacherladen. Wenn wirklich etwas an der Behauptung des Tramps ist, müssen wir uns darum kümmern.«

»Okay, Mr. Corner. Hoffentlich passiert Sheila nichts«, sagte Deller, während er mit einer fast müden Bewegung zwei Stangen Kaugummi in den Mund schob.

»Übrigens, Deller, ich heiße Cliff.«

Deller strahlte. »Einverstanden, ich heiße Burt.«

Burt Deller gab Gas und schoß mit einem rasanten Kavalierstart davon.

Bis zu Liungs Laden war es nur eine kurze Strecke. Er lag im nächsten Häuserblock. Das Geschäft sah aus, als würde es jeden Moment zusammenfallen. Die Farbe, die hier in der Gegend vorherrschte, war das schmutzige Grau der alternden Häuserfassaden.

Liungs Uhrmacherladen war zwischen zwei Häusern eingeklemmt. Es gab ein Schaufenster, vor dem aber jetzt Rolläden hingen. Eine verwitterte Steintreppe führte zur Eingangstür hinunter.

Mit ein paar Schritten hatten wir die Treppe hinter uns gebracht. Ich drückte gegen die Tür. Mit einem leisen Quietschen schwang die Tür nach innen.

Vorsichtig betraten wir den vor uns liegenden Raum. Es roch nach Staub und altem Plüsch. Meine Hand tastete nach einem Lichtschalter. Negativ. Hier gab es anscheinend keinen.

Wieder mußte meine Miniaturtaschenlampe in Aktion treten. Im dünnen Schein der Lampe erkannte ich eine Ladentheke, auf der einige Glasvitrinen standen, die aber leer waren.

»Großen Umsatz kann er nicht haben«, bemerkte Burt hinter mir.

»An Uhren nicht, aber bestimmt an Rauschgift«, gab ich zurück.

Der Strahl der Lampe tastete sich weiter im Raum umher. Jetzt erst konnte man erkennen, daß wir uns hier in einem Uhrmacherladen befanden. An den Wänden hingen verschiedenartige Uhren. Jedoch keine davon tickte. Es herrschte eine beklemmende Stille.

»Der Tramp hat mir erzählt, daß Liung im Keller liegt, also müßte es doch hier eine Tür geben, die zum Keller hinunterführt. Ich kann aber keine entdecken.«

Schließlich kam Burt Deller auf den Gedanken, doch einmal den Boden nach einer Falltür abzusuchen. Und richtig, hinter dem Ladentisch fanden wir sie. Mit vereinten Kräften stemmten wir die Falltür hoch. Mit einem dumpfen Krach klatschte sie neben uns auf den Boden. Staub wallte auf. Wieder schaltete ich meine Lampe an. Ich erkannte eine altersschwache Holzstiege, die nach unten führte.

Vorsichtig betrat ich das wurmstichige Gebilde. Die Stufen

knarrten so laut, daß ich meinte, man müßte es bis zur Straße hören. Lieutenant Deller folgte mir. Ich hielt immer noch die brennende Lampe in meiner rechten Hand. Etwa auf der Mitte der Stiege passierte es. Ich hörte plötzlich ein Krachen unter meinen Fußsohlen, und dann sackte ich weg. Mit einem dröhnenden Gepolter brach die Stiege zusammen. Ich landete unsanft auf einem Steinboden und schrammte mir die Hüfte. Die Taschenlampe zerschellte am Boden.

»Cliff, bist du okay?« hörte ich über mir Burts Stimme.

Ich wandte meinen Kopf und mußte unwillkürlich lachen. Lieutenant Deller hatte ausgezeichnet reagiert. Als die Stiege zusammenbrach, hatte er geistesgegenwärtig den oberen Rand der Falltür erwischt und pendelte nun hin und her.

»Ich bin in Ordnung, Burt, du kannst herunterkommen«, antwortete ich.

»Er soll dort hängenbleiben, wo er ist«, hörte ich plötzlich eine scharfe Stimme irgendwo vor mir.

Gleichzeitig flammte in dem Keller die elektrische Beleuchtung auf.

Ich starrte in die Mündungen zweier Maschinenpistolen. Die Männer, die sie in den Händen hielten, konnten nicht nur kleinen Kindern das Fürchten lehren. Der rechte der beiden, von mir aus gesehen, war ein Kerl fast so breit wie lang. Er hatte ein dickes, aufgedunsenes Gesicht, in dem die schrägstehenden Augen besonders auffielen. Seine Haare waren zu einem Zopf zusammengebunden, der bis in den Nacken fiel. Er trug ein weißes, am Hals und an der Brust offenstehendes Hemd und eine schwarze englische Hose. An den Füßen hatte er Mokassins. Sein Komplize sah nicht viel besser aus, nur war dieser ein wenig schmaler.

»Ich bin Yoto«, sagte der rechts von mir Stehende stolz.

»Angenehm, Hopkins«, erwiderte ich, da ich ein höflicher Mensch bin.

Yoto schürzte verächtlich die Lippen und spielte am Abzug der Maschinenpistole.

»Ihr werdet sterben«, stellte Yoto fest.

»Aha!« bemerkte ich. »Und wie?«

So überlegen, wie ich mich hier gab, war mir in Wahrheit nicht zumute. Die beiden sahen aus, als könnte man mit ihnen nicht gut Kirschen essen.

»Abwarten«, knurrte Yoto. Mit einer Handbewegung scheuchte er seinen Komplizen zur Seite. »Hol das Spielzeug!« befahl er.

Yotos Begleiter verschwand im Hintergrund des Kellers. Die Mündung von Yotos Maschinenpistole wanderte etwas weiter und zeigte jetzt auf Burt Deller.

». . . runterkommen!«

Ich hockte immer noch auf dem Boden. Als die Mündung der MP weiterglitt, ließ ich mich blitzschnell nach vorn fallen und faßte nach Yotos Bein. Doch Yoto war einfach zu schnell. Er beherrschte meisterhaft die Karatekunst.

Durch meinen Griff fiel Yoto nach hinten. Doch gleichzeitig zuckte sein Fuß vor. Er traf mich an der Stirn. Für einen Moment verlor ich die Orientierung. Und sofort war Yoto wieder auf den Beinen. Als ich wieder einigermaßen klar sah, zeigte die Mündung der Maschinenpistole wieder auf meine Brust.

Burt Deller konnte nicht eingreifen, so schnell spielte sich alles ab. Er war genau zu dem Zeitpunkt unten gelandet, als Yoto wieder die Oberhand gewann. Burt stieß eine Verwünschung aus. Yoto lachte leise.

»Pech für euch, Yoto legt man nicht rein. Ihr Bruder hat es auch nicht geschafft.«

»Tom?« fragte ich, ohne mein Entsetzen zu zeigen. »Was ist mit ihm?«

»Nichts, gar nichts«, stellte Yoto fest. »Er stirbt auch, nur etwas später als ihr.«

Inzwischen war auch Yotos Komplize wieder in unseren Gesichtskreis getreten. Er trug eine schwarze Aktentasche unter dem Arm. Anschließend holte er zwei Stühle. Wir mußten uns auf die Stühle setzen und wurden fachgerecht gefesselt. Burt und ich saßen nebeneinander, fast vier Schritte von der Kellerwand entfernt, in der Mitte des Raumes.

Mein Blick fiel auf eine Uhr, die an der Kalkwand des Kellers angebracht war. Diese Uhr hatte kein Deckglas, aber sie lief. Ich erkannte es an der ruckartigen Bewegung des Sekundenzeigers.

»Ich hoffe, ihr habt die Uhr bemerkt«, sagte Yoto zu uns.

»Natürlich«, quetschte Burt hervor, »wir sind ja nicht blind.«

»Das ist gut«, lächelte Yoto. »Chin wird jetzt in diese Uhr eine Höllenmaschine einbauen. Diese Sprengladung wird dann um Punkt 7.00 Uhr losgehen.«

Wir mußten wohl nach diesen Worten sehr blaß ausgesehen haben, denn Yoto freute sich über unsere Gesichter.

Inzwischen bastelte Chin die tödliche Ladung in das Uhrwerk. Yoto stand daneben und amüsierte sich. Er weidete sich sichtlich an unserer Angst.

»Fertig«, grinste Chin.

Yoto nickte uns zu. »Habt ihr noch einen Wunsch?« Diese Frage war reinste Ironie.

»Ja«, sagte Burt Deller leise. »Ich möchte dabei sein, wenn ihr auf den heißen Stuhl geschnallt werdet.«

Yoto grinste geringschätzig. Er gab keine Antwort mehr. Er klemmte die MP unter den Arm, winkte seinem Komplizen zu und ging zu einer alten Kartoffelkiste. Eine kurze Drehung, und die Kiste glitt zur Seite. Dann verschwanden die beiden in einem Geheimgang.

In diesem Augenblick sprang der Zeiger der Uhr auf fünf Minuten vor sieben...

Susan saß auf einer alten Kiste und brütete dumpf vor sich hin. Man hatte sie in einem Raum im Obergeschoß des Gebäudes versteckt.

Tom war in ein anderes Verlies gebracht worden. Diese Maßnahme der Chinesen zeugte davon, daß sie ziemlich viel Respekt vor den beiden haben mußten.

Wu hatte sich nach dem Zwischenfall mit der Spritze schnell beruhigt. Für Susans Geschmack zu schnell. Dieser Mörder heckte bestimmt eine neue Gemeinheit aus.

Die Reporterin seufzte unwillkürlich auf. Sie erhob sich von ihrer unbequemen Sitzgelegenheit und wanderte planlos durch ihr Gefängnis, das nur von einer billigen Glühbirne, die an der Decke hing, erhellt wurde.

Ich muß hier raus, überlegte sie. Aber wie? Susans Augen irrten in dem Gefängnis umher, konnten aber vorerst nichts Auffälliges entdecken.

Doch plötzlich stutzte Susan. War die rechte Türleiste nicht größer als die linke? Susan ging bis dicht an die Leiste heran. Tatsächlich, sie stand noch etwas vor.

Jetzt erwachte der sichere Instinkt der Kriminalreporterin in ihr. Das muß doch etwas zu bedeuten haben. Susan suchte Zoll für Zoll die Leiste ab. Negativ, das Material war das gleiche wie an der linken Seite. Jetzt drückte Susan gegen die Holzleiste. Sie ging dabei methodisch vor. Susan fing unten an und schob die Handballen immer höher, während sie sich gleichzeitig gegen die Leiste stemmte.

Als sie etwa die Hälfte der Leiste abgetastet hatte, gab es ein knackendes Geräusch. Es hörte sich an, als wäre irgendwo ein Relais eingeschnappt. Die Reporterin hielt einen Moment inne. Aufgeregt fuhr sie sich mit ihrer Zunge über die Lippen. Irgend etwas mußte passieren. Susan fühlte das einfach.

Da, mit einem Mal begann sich das Zimmer zu drehen. Langsam, aber sicher. Susan starrte der Rückwand nach, die plötzlich durch eine raffiniert angebrachte technische Vorrichtung verschwand.

Vor ihr breitete sich ein großer Saal aus. Susan erblickte eine Art Museum.

Mit einem Mal wurde ihr klar, wie die beiden Chinesen und der alte Liung so schnell verschwinden konnten. Ein Drehzimmer nach dem Prinzip der Drehbühne war die Lösung. Einfach, aber wirksam.

Plötzlich durchzuckte Susan ein heißer Gedanke. Was war, wenn nicht nur diese zwei, sondern noch mehrere Zimmer die Einrichtung hatten und diese durch eine Reihenschaltung untereinander gekoppelt waren? Wäre das der Fall, hätten sich sämtliche Zimmer mit diesen Einrichtungen ja drehen müssen.

Susan schüttelte den Kopf. Nein, dieser Gedanke war unlogisch. Bei einer Razzia zum Beispiel hätten die Gangster, falls sie mal schnell verschwinden mußten, selbst einige unangenehme Überraschungen erleben können.

Doch jetzt galt es, aus diesem Fuchsbau herauszukommen. Mittlerweile war schon der neue Tag angebrochen, und durch die kleinen Fenster, die sich in etwa fünf Fuß Höhe befanden, fiel ein mattes Licht. Es reichte gerade aus, um die Gegenstände, die sich in dem ›Museum‹ befanden, einigermaßen zu erkennen.

Susan entdeckte einige dämonisch aussehende Buddhafiguren, die, so schien es, sie starr anblickten. Vorsichtig schlich Susan durch den für sie fremdartig wirkenden Saal. Ein beklemmendes Gefühl legte sich auf ihr Brust. Sie konnte noch nicht einmal genau sagen, ob es Angst war, aber diese hier herrschende Totenstille konnte einem Menschen wirklich auf die Nerven gehen.

Die Reporterin kam an einem Gestell vorbei, in dem einige kostbare chinesischen Waffen standen. Sie hatten Ähnlichkeit mit mexikanischen Macheten, nur waren die Griffe teilweise mit Perlen und Edelsteinen besetzt. Susan fand noch viele Gegenstände, die einen Kunstexperten in Erstaunen versetzt hätten, aber den Ausgang konnte sie leider nicht entdecken.

Aber man soll die Hoffnung bekanntlich nicht aufgeben. Und wirklich, hinter einem Mauervorsprung, an dem ein großes Bild eines chinesischen Helden hing, begann eine Steintreppe, die nach unten führte.

Susan atmete erlöst auf. Endlich!

Doch plötzlich vernahm sie Schritte. Erst leise, dann immer lauter werdend. Die Person mußte geradewegs auf das ›Museum‹ zusteuern. Nervös blickte Susan sich um. Wo sollte sie sich so schnell verstecken? Es gab nur eine Möglichkeit. Hinter dem Mauervorsprung. Mit ein paar Schritten huschte Susan in die Ecke und preßte sich fest gegen die Wand. Die Wände waren anscheinend lange nicht gesäubert worden, denn es wallte Staub auf. Die feinen Staubkörnchen setzten sich unangenehm auf Susans Schleimhäute. Sie hatte das Gefühl, bald niesen zu müssen.

Inzwischen waren die Schritte immer näher gekommen. Die betreffende Person mußte das Ende der Treppe erreicht haben.

Und dann geschah das Malheur. Susan konnte den Niesreiz nicht mehr unterdrücken. Das Geräusch hörte sich an wie eine Explosion.

Die unbekannte Person blieb wie vom Donner gerührt stehen. Es war ein Mann. Er hatte genau gehört, von wo dieses Geräusch gekommen war. Und sofort kam Leben in den Mann. Blitzschnell hatte er die Türnische erreicht. Er sah sich Susan gegenüber, die sich immer noch nicht von dem Niesanfall erholt hatte. Die Überraschung des Chinesen dauerte nur kurze Zeit.

Dann zauberte er mit einer tausendmal geübten Bewegung eine Peitsche, die einen kurzen Stiel, dafür aber eine sehr lange Schnur hatte, aus dem Gürtel.

»Na warte, dir werd' ich's zeigen!«

Doch er hatte nicht mit Susans Reaktionsfähigkeit rechnet. Susan sprang vor, stieß den Mann zur Seite und rannte auf das Regal mit den Macheten zu. Sie riß eine Waffe aus der Halterung. Dann wandte sie sich um. Der Chinese war näher gekommen. In seinen Augen lag ein grausames Funkeln. Die Peitschenschnur bewegte sich in Schlangenlinien locker über den Boden. Man sah es dem Mann an, er war ein Meister seines Fachs.

Und ihm gegenüber stand Susan Taylor, Kriminalreporterin der Chicago Tribune, mit einer Waffe in der Hand, die sie höchstens aus Erzählungen kannte.

»Noch fünf Minuten Zeit zu leben«, stöhnte Burt Deller, als die beiden Gangster verschwunden waren, »zuviel zum Sterben, zuwenig zum Leben«, setzte er mit einem Anflug von Galgenhumor hinzu.

Ich gab keine Antwort. Die Lage sah wirklich mehr als schlecht aus. Man hatte uns auf Stühlen fest wie Pakete verschnürt. Die Stricke preßten sich schmerzhaft in meinen Körper. Es klang wie Hohn, aber wir besaßen sogar noch unsere Waffen.

Verzweifelt riß ich an meinen Fesseln. Ohne Erfolg, die Stricke gaben keinen Millimeter nach. Langsam begann ich zu schwitzen. Ich merkte, wie mir der kalte Schweiß den Rücken herunterlief.

Angstschweiß? Auch ein G-man hängt an seinem Leben.

Die Kartoffelkiste war wieder automatisch an ihren Platz gerückt. Es hatte sich in diesem Keller äußerlich nichts verändert, und doch lauerte der Tod in diesem Raum in Form einer kleinen unscheinbaren Höllenmaschine.

»Noch vier Minuten«, sagte Burt Deller gepreßt.

Er saß dicht neben mir. Ich warf ihm einen Blick zu. Sein Gesicht war maskenhaft starr. Die Haut spannte sich über seine Wangenknochen, so daß diese unnatürlich spitz hervortraten. Burt Deller kaute ununterbrochen Kaugummi, vielleicht versuchte er sich damit zu beruhigen.

»Nur noch drei Minuten, Cliff.«

Ich nickte. Wie magisch wurde mein Blick von dieser Uhr an der gegenüberliegenden Wand angezogen, die den Tod für zwei Polizeibeamte enthielt.

Sekunde um Sekunde verrann. Mir schien es, als würde mich der Sekundenzeiger höhnisch anlächeln. Unwillkürlich biß ich mir auf die Lippen. Ich schmeckte mein warmes, salziges Blut.

Bald waren es nur noch fünf Sekunden, dann hatten wir noch genau zwei Minuten zu leben.

Aber was sollten wir unternehmen? Uns auf den Boden fallen lassen und versuchen, uns gegenseitig die Fesseln zu lösen? Lächerlich, in so kurzer Zeit war das nicht zu schaffen, außerdem hätte uns der Explosionsdruck voll getroffen. Bestimmt reichte der Sprengstoff aus, um das ganze Gebäude in die Luft zu jagen.

»Cliff!« schrie in diesem Moment Lieutenant Deller.

»Was ist?«

»Ich hab's, Cliff, ich weiß, wie wir hier rauskommen können. Allerdings ist die Chance nur winzig.«

»Egal, Burt. Los, sag schon.«

Erregung hatte mich gepackt.

»Cliff, hör gut zu.« Burt Deller flüsterte nur noch. »Du siehst, daß diese verdammte Uhr kein Deckglas besitzt, die Zeiger bewegen sich also frei auf dem Zifferblatt.«

»Na und?« fragte ich verständnislos.

»Ganz einfach, mein Kaugummi.«

»Wieso Kaugummi?«

»Cliff, wenn es mir gelingt, den Kaugummi so auf das Zifferblatt zu spucken, daß es den Sekundenzeiger aufhält, würde das Uhrwerk doch automatisch stillgelegt.«

»Burt«, erwiderte ich, »wenn dir das gelänge...«

»Es muß gelingen, Cliff, es ist unsere letzte Chance.«

»Okay Burt, versuch es, aber laß uns näher zu der Uhr hinrücken.«

Hopsend und schiebend rückten wir mit unseren Stühlen näher. Es kam jetzt auf jede Sekunde an. Zum Glück befand sich kein Hindernis zwischen der Wand und uns. Etwa eineinhalb Yards vor der Wand kamen wir zum Stillstand.

Wir hatten für unsere Rettungsaktion noch vierzig Sekunden Zeit. Zwischen Stuhl und der Uhr war ungefähr ein Winkel von fünfundvierzig Grad.

Ruhig, ja fast gelassen, kaute Burt Deller den Gummi durch. Er warf einen Blick zur Uhr hinüber und verglich die Entfernung.

Noch zwanzig Sekunden.

Ich begann vor Erregung zu zittern. Aus meinen Augen flossen durch das dauernde Auf-die-Uhr-Starren Tränen. Würde Burt Deller es schaffen?

Noch fünfzehn Sekunden.

Burt holte noch einmal tief Luft. Jetzt galt es. Er spitzte die Lippen.

Plötzlich flog etwas Graues durch die Luft. Der Kaugummi landete mit einem leisen Plopp auf dem Zifferblatt. Und zwar genau auf dem Teilstrich, der fünf Minuten vor Zwölf anzeigte. Burt hatte ausgezeichnet gezielt.

Noch drei Sekunden, dann hatte der Sekundenzeiger den Kaugummi erreicht. Hoffentlich klebte er fest genug auf dem Zifferblatt.

Da, jetzt berührte der Sekundenzeiger den Kaugummi. Würde er halten? Fast schien es nicht so. Der Gummi wurde millimeterweise weitergeschoben. Strich um Strich.

Wir schwitzten und atmeten schwer. Unsere Hoffnung zerrann. Doch was war das? Der Zeiger kam zum Stillstand, genau vier Sekunden vor Beginn der Explosion. Der Widerstand des Gummis war größer als die Schubkraft des Sekundenzeigers. Das Uhrwerk hatte ausgesetzt.

»Dem Himmel sei Dank«, entfuhr es mir.

Wir waren gerettet.

Ich hörte, wie Burt Deller seufzte.

»Cliff«, sagte er immer wieder, »Cliff, ich kann es noch gar nicht fassen.«

Auch mir saß ein Kloß in der Kehle. Wir waren buchstäblich dem Tod von der Schaufel gesprungen. Ich dankte dem Himmel, daß die Kerle uns nicht auch geknebelt hatte.

Doch zuerst mußten wir uns befreien. Ich hatte auch schon eine Idee. Schräg hinter uns befand sich ein kleines Regal, auf dem einige Einmachgläser standen. Ich rückte zurück und warf mich mitsamt dem Stuhl gegen das Holzgestell. Mit einem polternden Geräusch krachte es zu Boden. Die Einmachgläser zersprangen. Aber auch ich lag auf dem schmutzigen Kellerboden.

Ich konnte meine Hände für die gegebenen Verhältnisse relativ gut bewegen. Meine Finger faßten eine größere Glasscherbe.

Burt Deller hatte meine Bemühungen mit weit aufgerissenen Augen verfolgt. Er stand wohl immer noch unter dem Einfluß der vorhergegangenen Minuten.

»Komm, Burt!« keuchte ich. »Laß dich auf den Boden fallen.«

Burt Deller machte es mir nach.

»So, und jetzt kriech zu mir herüber!«

Es dauerte sehr lange, bis wir Rücken an Rücken lagen. Die Glasscherbe hielt ich fest in der Hand. Dann begann ich, an Burts Fesseln zu säbeln. Ich kann Ihnen sagen, es war eine Schinderei. Burt stöhnte oft unterdrückt auf, wenn ich ihm aus Versehen in die Finger schnitt.

Doch irgendwie hatten wir es dann geschafft. Wir standen uns gegenüber mit glücklichen Gesichtern und zerschnittenen Händen. Zum Glück hatte ich etwas Pflaster bei mir, und so waren die Wunden wenigstens verdeckt.

Ich klopfte Lieutenant Deller auf die Schulter. »Burt, das werde ich dir nie vergessen.«

Burt Deller winkte verlegen ab. »Nichts zu danken, Cliff, ein anderer hätte genauso gehandelt. Jedenfalls hat uns diese Unsitte, wie Captain Rush mein dauerndes Kaugummikauen immer nennt, das Leben gerettet.«

Ich sah Burt Deller an. So war er nun einmal. Ein junger Mann, knapp dreiundzwanzig Jahre alt, offen, ehrlich und sympathisch. Diesen Leuten gehört die Zukunft beim FBI.

»Komm, Burt, durchsuchen wir den Keller, wir müssen noch den alten Liung finden.«

Wir fanden ihn. Er lag, genau wie Bobby es beschrieben hatte, zwischen den Kohlen. Ersparen Sie mir bitte, seinen Anblick zu beschreiben. Man hatte ihn durch mehrere Messerstiche ermordet. Die Leute, die das getan hatten, waren Bestien. Ich mußte an Sheila Liung denken. Nein, sie würde ihren Vater nicht zu sehen bekommen. Sie sollte ihn wenigstens in guter Erinnerung behalten.

Dann entwickelte ich Burt Deller meinen Plan.

»Paß auf, Burt, folgendes«, sagte ich, »ruf du von der nächsten Telefonzelle Captain Rush an. Er soll einen Sprengstoffexperten mit hierherbringen und gleichzeitig die Razzia vorbereiten. Ich für meinen Teil werde inzwischen den Geheimgang verfolgen.«

Burt Deller nickte.

Wir gaben uns die Hand.

»Sieh dich vor, Cliff«, meinte er.

»Wird schon schiefgehen«, antwortete ich zuversichtlich.

Trotz Susans Aufmerksamkeit kam der Angriff des Chinesen für sie überraschend. Die Schnur pfiff in Kniehöhe über den Boden und ringelte sich um Susans Waden. Susan fühlte, wie ihre Nylons zerrissen und sich ein fürchterlicher Schmerz in ihren Beinen ausbreitete. Sie stürzte zu Boden.

»Das war erst der Anfang«, zischte der Bursche, während er gleichzeitig die Peitsche wieder einrollte.

Tränen vor Wut und Schmerz traten Susan in die Augen. Was waren diese Leute für Teufel, die noch nicht einmal vor einer Frau haltmachten. Fast instinktiv umklammerte sie immer noch ihre Machete.

Der Chinese kam näher. Er starrte die auf dem Boden hockende Susan an wie eine Schlange ihr Opfer. Er wechselte die Peitsche in die linke Hand, ließ sie ein paarmal über den Kopf kreisen und schlug wieder zu.

Doch diesmal hatte Susan aufgepaßt. Sie riß gedankenschnell ihre Machete hoch. Die flache Seite dieser Waffe klatschte gegen die Peitschenschnur und gab dieser eine andere Richtung. Der Chinese kam ins Taumeln. Susan nutzte diesen Moment seiner Unsicherheit, hetzte hoch und rannte auf die Treppe zu. Immer noch hielt sie ihre Waffe in der Hand.

Susan hörte den Chinesen hinter sich fluchen. Jetzt kam es darauf an, wer schneller war. Susan riskierte einen Blick zurück. Ihr Gegner holte wieder zu einem gefährlichen Schlag aus.

Was sie jetzt tat, war rein instinktiv. Zwei Schritte vor ihr befand sich eine chinesische Säule. Mit einem verzweifelten Sprung warf sie sich dahinter in Deckung. Susan hörte das tödliche Pfeifen der Peitschenschnur, dann ein klatschendes Geräusch, dem ein grimmiger Fluch folgte.

Die Reporterin sah hoch. Die Peitschenschnur hatte sich ein paarmal um die Säule gewickelt. Das war ihre Rettung. Der Chinese hatte durch diesen heftigen Ruck die Peitsche fallen lassen.

Susan erfaßte sofort die Lage. Sie holte mit der Machete aus und trennte mit einem einzigen Schlag das Griffstück der Peitsche von der Schnur.

Der Chinese heulte vor Wut auf. Mit einem gewaltigen Hechtsprung flog er Susan entgegen. Dabei achtete er nicht auf seine Deckung.

Susan Taylor war in diesem Augenblick eiskalt. Sie schlug die flache Seite der Machete seitlich gegen die Schläfe des Gangsters. Es schien, als sei der Chinese gegen eine Mauer gerannt. Dann krachte er bewußtlos zu Boden.

Susan ließ sich einfach gegen die Säule fallen. Jetzt erst zeigte sich die Reaktion. Sie fror und schwitzte gleichzeitig. Susan drückte die Stirn gegen das kühle Gestein. Sie atmete ein paarmal tief und fest durch. Langsam wurde ihr besser. Das Schwindelgefühl legte sich.

Der Chinese war noch immer ohne Bewußtsein. Noch einmal zerteilte Susan mit ihrer Machete die Peitschenschnur. Danach fesselte sie dem Chinesen mit seiner eigenen Schnur die Hände. Sie machte ihre Sache ausgezeichnet.

Anschließend durchsuchte sie die Taschen des Mannes. Zu ihrer Überraschung fand sie eine Pistole. Es war eine Null-Acht. Susan stieß das Magazin heraus und überzeugte sich, ob die Pistole geladen war. Tatsächlich. Sie lud die Waffe durch, entsicherte sie und wartete darauf, daß der Chinese zu sich kam.

Nach etwa fünf Minuten begann er sich zu regen. Im ersten Augenblick starrte er verständnislos in die Gegend, doch dann erfaßten seine Augen Susan Taylor. Mit einem Ruck wollte er aufstehen, doch er merkte schnell, daß seine Hände gefesselt waren. Es folgte ein wütendes Knurren, und der Chinese ließ sich wieder auf den Boden fallen.

»Stehen Sie langsam auf und tun Sie genau das, was ich Ihnen sage«, befahl Susan.

Ihr Gegner quittierte diesen Befehl mit einem höhnischen Grinsen.

Susan sah, daß sie so nicht weiterkam. Die Mündung ihrer Null-Acht senkte sich, so daß sie genau auf die Brust des Mannes zeigte.

Diese Sprache verstand der Bursche. Unter einiger Anstrengung gelang es ihm, hochzukommen. Susan bohrte ihm die Mündung der Waffe in den Rücken.

»Los, führen Sie mich zum Ausgang, und wenn Sie ein Wort sagen oder sich irgendwie anders bemerkbar machen, garantiere ich für nichts.«

Natürlich würde Susan nie schießen, aber davon wußte der Gangster nichts.

Gehorsam setzte er sich in Bewegung. Susan blieb immer in einem gewissen Sicherheitsabstand hinter ihm, man konnte nicht wissen, ob dieser Mann nicht Karate beherrschte, und bei dieser Kunst gab es Mittel und Wege, die selbst in ausweglos scheinenden Situationen ausreichten, um den Gegner zur Strecke zu bringen.

Die beiden hatten inzwischen die Steintreppe erreicht. Susan ließ ihren Gefangenen immer drei Stufen vor sich gehen. Sie wartete direkt auf einen schmutzigen Trick des Burschen. Jedoch nichts geschah.

Als sie die nächste Etage erreichten, sagte Susan:

»Stopp!«

Sie waren in einer Art Treppenflur gelandet, an dessen Ende sich der altbekannte Paternoster befand. Susan überlegte. Fuhren sie mit dem Paternoster, war zwar die Chance größer, entdeckt zu werden, jedoch würden sie das Haus schneller verlassen. Bei einer Flucht über die Treppe könnte sich die gesamte Befreiungsaktion sehr verzögern.

Susan entschied sich für den Paternoster. Sie dirigierte den Gangster zu einer Kabine. Susan bemerkte leider nicht, daß ein höhnisches Grinsen um seine Lippen spielte.

Jetzt hatten sie den Aufzug erreicht. Mit einem Ruck stieß Susan ihren Gegner in die Kabine. Noch ehe sie ihm folgen konnte, geschah das Unerwartete.

Der Chinese ließ sich fallen, sein Fuß zuckte hoch und traf Susan schmerzhaft in der Hüfte. Susan wurde zurückgeschleudert. Ehe sie sich wieder fangen konnte, war die Kabine mitsamt dem Burschen verschwunden.

Susan verlor keine Zeit. Sie wußte, das plötzliche Verschwinden des Gangsters konnte für sie böse Folgen haben.

Die Reporterin machte kehrt und rannte zur Treppe zurück. So schnell wie möglich hetzte sie die Stufen hinab. Ihr Atem ging keuchend, es kam auf jede Sekunde an. Die riesigen Steinwände des Treppenhauses flogen nur so an ihr vorüber.

Nach einer ihrer Meinung nach schier endlosen Zeit kam sie endlich im Erdgeschoß an. Vor ihr lag der Gang, der zum Speiseraum des Lokals führte. Sie wunderte sich, daß der Chinese noch keinen Alarm geschlagen hatte. Den Grund erfuhr sie später. Seine Komplizen waren zu sehr mit den Vorbereitungen für die bald beginnende Feier beschäftigt und nicht so schnell erreichbar.

Jetzt kam es Susan zugute, daß sie die Räumlichkeiten genau kannte. Sie hastete über den Gang zur Tür des Speiselokals. Susan riß die Klinke herunter. Negativ. Die Tür war verschlossen.

In diesem Augenblick vernahm sie auch schreiende Männerstimmen. Panik drohte sie zu übermannen. Sollte alles umsonst gewesen sein?

Doch dann handelte sie sofort. Sie riß ihre Waffe hoch und gab drei Schüsse auf das Schloß der Tür ab.

Knarrend schwang die Tür auf. Susan verschwand schnell im Innern des Lokals. Sie rannte auf die Eingangstür zu. Diese Tür war ebenfalls abgeschlossen. Mit einem kräftigen Ruck riß Susan das Fenster auf. Sie kletterte auf die Fensterbank und sprang auf die Straße. Im Nu war sie von Neugierigen umringt, denn sie hielt noch ihre erbeutete Waffe in der Hand. Auch zwei Polizeibeamte schoben sich durch die Menge. Susan taumelte auf die beiden zu.

»Schnell, zu Captain Rush«, war das letzte, was sie sagte, bevor es ihr schwarz vor Augen wurde.

Der Gang, durch den ich schlich, war feucht, kalt und rutschig. Ich bedauerte es ungemein, daß ich meine kleine Taschenlampe nicht bei mir hatte. Irgendwo hörte ich das häßliche Pfeifen einiger Wasserratten.

Vorsichtig tastete ich mich weiter. Von der Decke tropfte mir brackiges Wasser in den Nacken. Noch konnte ich aufrecht gehen. Die Breite des Ganges betrug etwa zwei Yards.

Es war nahezu unheimlich still hier. Die einzigen Geräusche waren meine schleichenden Schritte, mein heißer Atem und das Tropfen des Wassers.

Dann merkte ich, wie es bergauf ging.

Ich stieß unsanft mit dem Kopf gegen die Decke. Der Gang wurde immer niedriger. Ich beschloß zu kriechen. Auf allen vieren ging es nun weiter.

Ich holte mein Feuerzeug aus der Tasche und knipste es an. Mir blieb fast vor Schreck das Herz stehen. Im flackernden

Schein der Flamme erkannte ich vor mir einen Abgrund. Irgendwo in der Tiefe rauschte Wasser.

Dicht neben mir im Felsgestein waren zwei Eisenkrampen angebracht, an denen eine Strickleiter in die Tiefe führte.

Ich steckte mein Feuerzeug wieder in die Jackentasche und begann die Strickleiter hinabzuklettern. Wohin der Weg führte, wußte ich nicht.

Sprosse für Sprosse kletterte ich die Leiter hinab. Das Rauschen des Wassers wurde immer lauter, aber die Leiter nahm kein Ende!

Endlich, nach einer mir überlang vorkommenden Zeit, merkte ich, daß mein rechter Fuß keinen Widerstand mehr fand. Wieder holte ich das Feuerzeug aus der Tasche. Diesmal erkannte ich vor mir eine in Felsen gehauene Öffnung. Ich kletterte drei Stufen höher und ließ mich in die Öffnung fallen.

Ich landete hart auf Händen und Füßen. Vor mir lag wieder ein Felsgang. Abermals marschierte ich los. Diesmal orientierte ich mich nach einem in der Ferne zu sehenden Lichtschimmer.

Es dauerte nicht lange, bis ich den Ursprung dieser Lichtquelle entdeckte. Der Gang verbreiterte sich zu einer Höhle, an deren Decke ein Scheinwerfer hing. Außerdem gab es hier einige elektrische Geräte, wie Transformatoren, Generatoren, Verstärker und Widerstände. Zu welchem Zweck diese Geräte dienten, sollte ich bald erfahren.

Neben einem großen Verteilerkasten befand sich eine kleine Eisentür, die sich in diesem Moment öffnete. Ein Mann kam heraus und verschwand in dem Gang, durch den ich eben gekommen war. Er ließ die Tür einen Spalt breit offen.

Ich blickte mich vorsichtig nach eventuellen Beobachtern um und huschte durch die Tür. Ich befand mich in einem typisch chinesisch eingerichteten Zimmer.

Prunkvolle Gemälde und Seidentapeten sowie wertvolle Teppiche zeugten davon, daß der Besitzer nicht zu den Ärmsten zählte. Vorsichtig schlich ich durch den matt erleuchteten Raum. Ich suchte nach einem gekennzeichneten Ausgang, doch an den mit wertvoller Seide bespannten Wänden konnte ich nichts entdecken.

Plötzlich hörte ich rechts von mir ein triumphierendes Lachen. Hinter einer spanischen Wand trat ein riesiger Kerl hervor. Ich kannte ihn sehr gut. – Es war Yoto.

Yoto schlich um mich herum wie ein Löwe um sein Opfer. Mit sichtlichem Vergnügen massierte er seine Handkanten. Seine Augen waren zu kaum erkennbaren Schlitzen zusammengekniffen.

Unwillkürlich ging ich zurück. Yoto bemerkte mein Manöver und grinste.

»Das hat keinen Zweck, du entkommst mir nicht. Diesmal verlasse ich mich nicht auf die Technik. Diesmal werde ich dich selbst töten.«

Mir war klar, Yoto meinte es ernst. Und mir stand ein Kampf auf Leben und Tod bevor.

»Nun, wie fühlen Sie sich, G-man?«

Wus Frage triefte vor Zynismus.

Tom stöhnte auf. »Wenn ich Sie sehe, Wu, schlecht. Sie sind der brutalste Gangster, der mir jemals begegnet ist.«

Tom ging es wirklich schlecht. Man hatte ihn, nachdem er von Susan getrennt worden war, mit Handschellen an ein Leitungsrohr gefesselt. Dabei waren seine Arme nach hinten gebogen, so daß Toms Körper in einer unangenehmen Schräglage hing. Auf die Dauer war diese Stellung sehr schmerzhaft.

Wu stand in der Pose eines Feldherrn vor ihm. Er kostete Toms Hilflosigkeit weidlich aus. Wu hatte immer noch seine widerliche Maske auf.

»Wissen Sie, G-man, Sie können mich gar nicht beleidigen. Ich fasse Ihre letzte Antwort sogar als Kompliment auf. Ich habe bisher alles erreicht, was ich wollte. Ich bin der ungekrönte Herrscher des Chinesenviertels. Mein wahres Gesicht kennt niemand, obwohl mich schon viele Menschen ohne meine Maske gesehen haben. Doch niemand vermutet in mir den Herrn des ›Todesdrachen‹. Auch Ihr Vorgänger war dumm genug, zu glauben, meine Pläne durchkreuzen zu können. Sein Lohn war heißes Blei.«

»Hören Sie auf«, zischte Tom, »Sie sind ein Verbrecher, und Sie werden auf dem Elektrischen Stuhl landen. Früher oder später.«

»Keine Beleidigungen, G-man, denken Sie an Ihre Freundin.«

Tom Harris schluckte diese Warnung, ohne mit der Wimper zu zucken.

Wu fuhr fort. »Eigentlich müßte ich Ihnen gratulieren, G-man, Sie haben wirklich Mut bewiesen, als Sie Ihre Freundin schützten. Es war leider meine letzte Spritze. Aber aufgeschoben ist nicht aufgehoben. Ihr Tod steht für mich genauso fest wie der Ihrer Freundin. Nur Sheila Liung wird noch ein wenig in meiner Gesellschaft bleiben. Mit ihr habe ich noch etwas vor. Und Ihr angeblicher Bruder«, Wu schaute auf seine Armbanduhr, »pokert jetzt schon mit dem Teufel. Eine kleine Höllenmaschine bereitet seinem Leben ein Ende. Übrigens hatte er noch einen Gefährten, einen Lieutenant der City Police.«

Wu machte eine Kunstpause und ließ seine Worte wirken. In Toms Kehle stieß es heiß hoch. Cliff tot, nein, das konnte doch nicht wahr sein, es mußte doch eine Möglichkeit gegeben haben, daß er...

In diesem Moment stolperte ein Gangster mit gefesselten Händen auf die beiden zu.

Sein Atem ging keuchend und auf seiner Stirn sammelten sich die Schweißperlen. Er berichtete etwas in einer fremden Sprache, die Tom nicht verstand.

Wu hörte sich seinen Bericht gelassen an, doch plötzlich schlug er ohne Vorwarnung zu. Der Mann fiel bewußtlos zusammen.

Dann wandte sich Wu an Tom: »Wissen Sie, was man mir soeben berichtet hat?«

Tom schüttelte den Kopf.

»Ihre Freundin konnte entkommen.«

Tom atmete erlöst auf. Über sein Gesicht stahl sich ein heimliches Lächeln.

»Mr. Wu, wissen Sie, was das zu bedeuten hat?« Tom sprach diese Worte langsam und mit besonderer Betonung.

Wu gab keine Antwort.

»Das hat zu bedeuten«, fuhr Tom fort, »daß die Polizei bald hier sein und Ihrem Spuk ein Ende bereiten wird.«

Wu sagte nichts, er schien zu überlegen. Seine Hände krampften sich zusammen. In einem plötzlichen Wutanfall schlug er Tom ins Gesicht. Tom zuckte mit keiner Wimper, obwohl ihm das Blut aus der Nase floß. Allein seine Reaktion wirkte provozierend auf den Verbrecher.

Wu atmete zweimal tief durch. Dann meinte er: »G-man, Sie treffen mit Ihrer Behauptung vom Erscheinen der Polizei genau den Kern der Sache. Aber Sie werden meine Verhaftung nicht erleben. Vielmehr, die Polizei wird mich nicht bekommen, denn bis dahin bin ich längst weg. Geld genug habe ich. Meine Leute gehen mich nichts an. Sie wissen sowieso nicht viel, aber Sie und die reizende Sheila Liung werden vorher noch sterben. Ihre Todesfeier beginnt sofort.«

Wu pfiff dreimal kurz durch die Zähne. Sofort tauchten drei seiner Gehilfen auf.

Obwohl Wu die Maske aufhatte, klang sein Pfeifen sehr laut. Tom nahm an, daß unter der Maske des Gangsters in Höhe des Mundes ein kleines Mikrofon stecken mußte, das mittels einer Batterie gespeist wurde.

Die Gangster banden Tom los und drehten ihm sofort die Arme auf den Rücken. Roh wurde er vorwärtsgestoßen.

Wie zu meiner eigenen Hinrichtung, dachte Tom in einem Anflug von Galgenhumor.

Als Susan die Augen wieder aufschlug, befand sie sich im Fond eines Polizeiwagens. Vor sich sah sie die breiten Rücken zweier Cops. Mit ihrem Erwachen kam auch sofort die Erinnerung wieder. Sie tippte dem Beifahrer auf die Schulter.

»Na, aufgewacht, Miß?« fragte der Cop freundlich.

»Bitte fahren Sie mich sofort zu Captain Rush«, flehte Susan. »Es ist dringend, es geht um Leben und Tod.«

»Ja, doch, Miß, ja doch, beruhigen Sie sich, wir sind gleich da, so schlimm wird es wohl auch nicht sein«, besänftigte der Mann die Reporterin.

»Haben Sie eine Ahnung«, setzte Susan hinzu.

Dann ließ sie sich in die weichen Polster zurückfallen. Nervös spielte sie an ihren Jackenknöpfen. Susan sah an sich herunter. Was sie entdeckte, versetzte sie nicht gerade in einen Freundentaumel. Ihre Strümpfe waren zerrissen, an den Schienbeinen klebte eingetrocknetes Blut. Ein Kostümärmel fehlte, und auch der Rock hatte schwer gelitten. Trotzdem war Susan froh, dieses Abenteuer gut überstanden zu haben. Doch wie mochte es Cliff, Tom und Sheila gehen?

Bevor sie sich jedoch weitere Gedanken machen konnte, stoppte der Wagen vor dem Polizeirevier.

Mit einem Satz war Susan aus dem Wagen. Sie schien auf einmal wie neugeboren, sämtliche Erschöpfung war von ihr abgefallen. Die beiden Cops sahen ihr kopfschüttelnd nach.

Susan durchquerte zielstrebig das Vorzimmer und riß die Tür zu Captain Rushs Dienstzimmer auf. Hier herrschte eine Luft, die man fast mit dem Messer hätte schneiden könne.

Captain Rush saß hinter seinem Schreibtisch. Vor ihm standen Lieutenant Deller, zwei weitere Polizeioffiziere und ein Zivilist. »Miß Taylor? Wo kommen Sie denn her?« fragte Captain Rush, während er sich gleichzeitig von seinem Stuhl erhob.

»Direkt aus dem Zentrum des ›Todesdrachen‹,« sprudelte Susan hervor, »jetzt ist aber keine Zeit für lange Erklärungen, Sie müssen sofort eine Razzia starten.«

»Immer mit der Ruhe, Miß Taylor. Berichten Sie der Reihe nach.«

Susan nickte dankbar. Sie ließ sich auf einen noch freien Stuhl fallen. Die anwesenden Männer sagten nichts, anscheinend wollten sie doch erst abwarten, was Susan ihnen zu berichten hatte, Susan tat ihnen den Gefallen. Sie berichtete präzise und detailliert ihre Erlebnisse.

Mit den Worten: »Wenn Sie nicht augenblicklich etwas unternehmen, meine Herren, kann das Tom Harris und Liung den Tod bringen«, beendete sie ihren Bericht.

»Seien Sie versichert, Miß Taylor, wir werden alles tun, was in unserer Macht steht«, entgegnete Captain Rush.

»Vielen Dank, Captain, ich hatte auch nichts anderes von

Ihnen erwartet«, lächelte Susan, »aber sagen Sie mal, wo befindet sich eigentlich Cliff...« Sie stockte, »ich meine Cliff Corner?«

»Cliff versucht ins ›Chinese Palace‹ zu kommen«, entgegnete Lieutenant Deller an Captain Rushs Stelle.

Susan war einen Moment überrascht. Sie wandte sich dem jungen Lieutenant zu.

»Woher wissen Sie denn das, Mr. Deller?« fragte die Reporterin erstaunt. »Das hört sich ja so an, als wären Sie dabeigewesen.«

Burt Deller lächelte. »War ich auch, Miß Taylor.«

Dann erzählte er Susan unsere Erlebnisse.

»Wirklich eine tolle Sache«, lobte Susan den jungen Offizier, doch dann verfinsterte sich ihr hübsches Gesicht, »hoffentlich ist Cliff nichts zugestoßen.«

»Das glaube ich nicht, Miß Taylor. Ihr Freund wird sich schon zu helfen wissen. Doch darf ich Ihnen kurz diesen Herrn hier vorstellen«, Captain Rush deutete mit einer Handbewegung auf den anwesenden Zivilisten.

Der Mann erhob sich. Er war ungefähr vierzig Jahre alt und hätte direkt aus einem Herrenjournal stammen können. Er hatte ein scharfgeschnittenes kühles Gesicht und blondes kurzgeschnittenes Haar, das in Höhe der Schläfen schon einen leichten silbergrauen Einschlag hatte. Er trug einen modisch geschnittenen dunkelblauen Anzug und zu dem blütenweißen Hemd eine dunkelrote Krawatte. Er war über einsachtzig groß und äußerst kräftig gebaut. Kurzum, ein Mann wie aus einem Agentenfilm.

»Mein Name ist Perkins, Clyde Perkins«, stellte er sich vor, »ich bin FBI-Agent im Distrikt San Francisco.«

Während Susan ihm die Hand reichte, überlegte sie, woher sie diesen Mann kannte. Natürlich, jetzt fiel es ihr ein. Ich hatte ihr schon einige Male von Clyde Perkins erzählt. Er war hier an der Westküste der Vereinigten Staaten genauso bekannt wie Jerry Cotton in New York. Wegen seiner eleganten Kleidung hatte er den Spitznamen ›Dandy‹ bekommen.

»Meinen Namen kennen Sie ja inzwischen, Mr. Perkins«,

lächelte Susan. »Verraten Sie mir jetzt nur noch, was Sie unternehmen wollen?«

Clyde Perkins steckte die rechte Hand in die Jackentasche und setzte sich auf die Schreibtischkante. Er zündete sich eine Zigarette an und begann mit leiser, dennoch befehlsgewohnter Stimme:

»Bevor wir irgendwelche überstürzten Entschlüsse fassen, wollen wir den Fall noch einmal von vorn durchgehen, um hinterher keine Fehler zu machen. Ist irgend jemand anderer Meinung?«

Die Anwesenden schüttelten den Kopf.

»Also gut. Wie wir wissen, existiert seit längerer Zeit hier im Chinesenviertel eine Bande, die sich der ›Todesdrachen‹ nennt. Bisher gelang es uns nicht, diese Bande zu zerschlagen. Wir konnten jedoch immerhin in Erfahrung bringen, daß der Boß dieser Bande ein gewisser Wu ist. FBI-Agenten als Mitglieder in die Gang der ›Todesdrachen‹ einzuschmuggeln, gelang uns nicht, da unsere hiesigen Leute zu bekannt sind. Nun wollte es der Zufall, daß sich gerade in diesem Viertel eine zweite Bande breitmachte, die von einem weißen Gangster namens Bud Rickett geführt wurde. G-man Frank Banners bekam von uns den Auftrag, sich auf Bud Ricketts Spuren zu setzen. Bevor er jedoch seinen Auftrag beenden konnte, wurde er erschossen.«

Clyde Perkins' Stimme war bei den letzten Worten sehr leise geworden.

Dann fuhr er fort.

»Wir kamen auf den Gedanken, nun zwei unbekannte FBI-Agenten einzusetzen. Die Wahl fiel auf Cliff Corner und Tom Harris. Die beiden angeblichen Brüder Hopkins sind also in Wirklichkeit G-men. Schon bald stellte sich der erste Erfolg ein. Bud Ricketts Bande wurde bei einem ›Hold up‹ durch Captain Rushs Leute aufgerieben. Bei den anschließenden Vernehmungen dieser Bande stellte sich heraus, daß Rickett Frank Banners zwar gekannt, ihn jedoch nicht ermordet hatte. Frank Banners mußte mit den ›Todesdrachen‹ Kontakt gehabt haben, und zwar sehr engen Kontakt. Die Gang fühlte sich erkannt und beseitigte unseren Kollegen Frank.«

Clyde Perkins unterbrach sich. Alle schwiegen. Dann ging Clyde zu dem Cola-Automaten in der Ecke und zog eine Flasche.

»Corner und Harris«, fuhr er dann fort, »bekamen überraschenderweise sehr schnell Kontakt mit den ›Todesdrachen‹. Ihre Erlebnisse kennen wir ja durch Susan Taylors und Lieutenant Dellers Berichte. Tja, es liegt nun an uns, die beiden Beamten und auch Sheila Liung heil aus der Geschichte herauszubringen.«

Lieutenant Deller wandte sich an Clyde Perkins.

»Mr. Perkins, sind Ihre Männer einsatzbereit?«

»Keine Sorge, Lieutenant, ich habe zehn Mann abkommandiert, die laufend das ›Chinese Palace‹ beobachten.«

»Also werden wir von dieser Seite aus keine Schwierigkeiten bekommen«, mischte sich Captain Rush ein, »doch jetzt ein Wort zu unserem Einsatzplan.« Captain Rush zog die Schreibtischschublade auf und holte einen Stadtplan hervor, in dem sämtliche strategisch wichtigen Punkte des Chinesenviertels markiert waren. Wie auf ein geheimes Kommando beugten sich alle Anwesenden über den Plan. Captain Rush nahm einen Bleistift und malte in Höhe des ›Chinese Palace‹ ein Kreuz.

»Sehen Sie her, hier haben wir das Zentrum der ›Todesdrachen‹. In der 17. Straße stehen Ihre Männer, Mr. Perkins. Meine Leute versuchen die Hinterfront des Gebäudes unter Kontrolle zu halten. Wie schwierig das ist, wissen Sie selbst, denn wer von uns kennt schon die vielen Geheimgänge, die in diesem Viertel unter der Erde liegen. Einen regelrechten Geheimausgang haben wir leider nicht entdecken können. Wir müssen zusehen, daß wir das Überraschungsmoment für uns haben.«

»Das geht in Ordnung, Captain«, meinte Clyde Perkins. »Ich dringe mit fünf FBI-Agenten ganz offiziell durch den Haupteingang ein. Wir bilden gewissermaßen die Vorhut. Sollten wir auf allzu kräftigen Widerstand stoßen, werden Sie einen Teil Ihrer Leute abziehen.«

»Mr. Perkins, bringen Sie mit Ihrem schnellen Vorgehen nicht Tom Harris in Gefahr?« fragte Susan Taylor.

Perkins sah Susan fest an. »Miß Taylor, Tom Harris ist G-man. Ich hoffe, Sie verstehen, was ich meine.«

Susan nickte. »Aber darf ich denn wenigstens mit?«

»Ich müßte nein sagen. Es gibt aber einen Grund, der mich sogar veranlaßt, Sie zu bitten, mitzukommen. Sie kennen sich im Haus aus. Sie wissen mit den Geheimtüren Bescheid. Ihr Mitwirken geschieht aber auf eigene Verantwortung. Sie können es ablehnen, ich wäre Ihnen nicht böse. Die Gefahren eines solchen Unternehmens kennen Sie?«

»Zur Genüge, Mr. Perkins. Aber ich komme trotzdem mit.«

Clyde Perkins blickte Susan nachdenklich an.

»Miß Taylor, Sie haben doch mit diesem geheimnisvollen Mr. Wu gesprochen. Kam der Mann Ihnen vielleicht bekannt vor?«

Susan dachte einen Augenblick nach.

»Sie werden lachen, Mr. Perkins, er kam mir bekannt vor. Ich weiß auch nicht, woran ich es gemerkt habe, aber in einem Punkt bin ich sicher, die Bewegungen dieses Mannes erinnern mich an jemanden, mit dem ich vor nicht allzu langer Zeit gesprochen habe. An der Stimme konnte ich ihn nicht erkennen, da der Kerl bisher immer eine Maske trug, die seine Stimme unwirklich und unkenntlich machte.«

»Gut, Miß Taylor, vielen Dank. Vielleicht fällt Ihnen hinterher der Name wieder ein. Oder wenigstens die Person«, sagte Clyde Perkins. Dann wandte er sich an die Polizeioffiziere. »Meine Herren, Sie wissen Bescheid«, Perkins sah auf seine Uhr, »in einer halben Stunde möchte ich mit dem Einsatz beginnen . . .«

Yoto war sagenhaft schnell. Er sprang in die Luft, und sein rechtes Bein zuckte vor in Richtung meines Kopfes. Ich brachte mich mit einem blitzschnellen Sidestep aus dem Gefahrenbereich.

Plötzlich stand Yoto wieder da, als wäre nichts geschehen. Ich hätte wer weiß was darum gegeben, jetzt seine Gedanken erraten zu können. Ich wußte, im Karatekampf war ich ihm auf die Dauer unterlegen. Ich mußte versuchen, ihn anders zu besiegen.

Yoto kam langsam näher, und zwar in der typischen Haltung

eines profilierten Karatekämpfers. Ich wich zurück, Schritt für Schritt. Yoto quittierte meinen Rückzug mit einem häßlichen Grinsen.

»Es hat keinen Zweck, Hopkins, du entkommst mir nicht.« Während dieser Worte schlug er mit der rechten Handkante auf seinen linken Handballen. Es gab ein klatschendes Geräusch. Yoto grinste zufrieden.

Yoto besaß zwar keine mechanische Waffe, aber seine Handkanten waren ebenso schlimm wie Messer und Pistolen. Im Vergleich zu Yoto war ich im Karate garantiert ein Stümper. Ich hätte natürlich meinen Revolver ziehen können, aber es widerstrebte mir einfach, auf einen unbewaffneten Menschen zu schießen.

Yoto war nur noch etwa zwei Yards von mir entfernt. Eine gefährliche Entfernung für einen Karatekämpfer.

Schon griff er an. Seine brettharte Handkante zischte wie ein Schwert durch die Luft. Doch ich griff einfach in die Trickkiste. Ich trat blitzschnell gegen ein Sitzkissen, das neben mir stand, und kickte es Yoto zwischen die Beine. Yoto, durch die Konzentration des Schlages sehr angespannt, verlor die Balance und krachte auf den Teppich. Bevor er sich herumwerfen konnte, war ich über ihm. Meine rechte Faust traf sein momentan ungedecktes Kinn. Yoto verzog keine Miene. Er hatte Bärenkräfte. Er stemmte beide Handflächen gegen meine Brust und schleuderte mich wie eine Puppe weg.

Mit einem dumpfen Laut landete ich auf dem Teppich. Ich verwandelte meinen Fall sofort in eine Rolle rückwärts, und das war gut so, denn Yotos Hieb, der mich treffen sollte, ging daneben. Ich glaubte einen Augenblick lang, das Vibrieren des Bodens zu spüren, soviel Wucht lag in dem Schlag.

Jedoch Yoto machte aus der Not eine Tugend. Er rollte sich drei-, viermal um seine Achse und zog mir, als ich mich gerade erheben wollte, die Beine weg. Wieder ging ich zu Boden und schlug unsanft auf den Rücken. Das war Yotos Chance! Durch den unvermuteten Fall war ich einen Moment lang wehrlos. Yoto federte hoch, stemmte sich vom Boden ab und flog direkt auf mich zu.

Ich zog blitzschnell die Knie an. Yoto sauste voll mit seiner Brust gegen meine Knie. Zum erstenmal schrie Yoto auf. Er wälzte sich stöhnend auf dem Boden und massierte seine schmerzende Brust.

Doch auch ich merkte, wie eine ungeheure Schmerzenswelle durch meinen Körper raste.

Yoto kam keuchend in die Hockstellung. Seine Arme hatte er auf den Boden gestemmt, sein Mund, aus dem Speichel troff, klaffte auseinander, als wolle Yoto mich verschlingen.

Ich schüttelte die Benommenheit ab, riß mich zusammen, warf mich nach vorn und legte sämtliche Kraft und Energie, die ich noch besaß, in einen Haken, der Yotos ungeschütztes Kinn traf. Dieser Schlag erschütterte Yoto bis in die Zehenspitzen. Seine Augen bekamen einen stumpfen Glanz, er versuchte noch aufzustehen, doch ohne Erfolg. Mit einem Seufzer legte er sich auf die Seite. Yoto, Mr. Wus bester Mann, war bewußtlos.

Zwei Minuten lang blieb ich einfach auf dem Boden liegen. Ich konnte nicht mehr. Das Blut rauschte in meinen Ohren, und feurige Kreise tanzten vor meinen Augen.

Obwohl der Kampf nur sehr kurz gewesen war, hatte er mich doch schwer mitgenommen. Gewiß, ich hatte Yoto ausgeknockt, doch wie sollte es weitergehen? Würde mir das Glück weiterhin zur Seite stehen?

Langsam merkte ich, wie die Kraft in meinen Körper zurückkehrte. Das viele Training machte sich eben doch bezahlt. Ich kramte in meinen Taschen nach und holte ein Paar Handschellen hervor. Damit fesselte ich Yoto die Beine.

Anschließend zog ich meinen Revolver aus der Schulterhalfter und steckte ihn in den Hosenbund, um gegebenenfalls schneller ziehen zu können.

Dann sah ich mir erst das Zimmer genauer an. Ich ging zuerst zu dieser spanischen Wand. Und richtig, hier entdeckte ich eine Schwingtür, die sich unmerklich hin und her bewegte.

Ich wollte gerade durch diese Tür verschwinden, als sie unerwartet aufgestoßen wurde. Ich sah mich plötzlich zwei mit Maschinenpistolen bewaffneten Männern gegenüber. Einen davon kannte ich. Es war der Gangster, der mich mittels einer

Höllenmaschine ins Jenseits befördern wollte. Gegenwehr war im Augenblick zwecklos.

Chin stieß mir die Mündung der MPi hart in den Magen. »Wo ist Yoto?« zischte er.

Ich deutete mit dem Daumen über die Schulter. »Er liegt dort auf dem Teppich.«

Der Mann sah mich zweifelnd an. Er flüsterte seinem Komplizen etwas zu und verschwand. Im Augenblick hatte ich nur den einen Kerl vor mir. Wir standen immer noch hinter der spanischen Wand. Ich mußte sofort handeln, wenn ich mit heiler Haut aus dieser Situation herauskommen wollte. Die Aufmerksamkeit des Burschen hatte etwas nachgelassen. Ich riß blitzschnell mein Knie hoch. Die Maschinenpistole wurde hart nach oben geschleudert. Gleichzeitig warf ich mich auf den Boden und schlug dem Gangster die Handkante in die Kniekehlen. Mit einem wütenden Schrei fiel er nach vorn, dabei riß er noch den Abzug der MPi durch. Die Kugeln peitschten aus dem Lauf und rissen dicke Löcher in die Seidentapeten.

Mein nächster Schlag traf den Mann voll. Er bäumte sich noch einmal auf und blieb dann ruhig liegen.

Dann hörte ich Schreie. Ich lugte um die Ecke der spanischen Wand und sah den anderen Gangster im Raum stehen, die Waffe im Anschlag. Er entdeckte mich sofort. Die MPi spuckte Feuer. Ich lag aber schon flach. Die Bleihummeln zirpten dicht über mich hinweg. Der Chinese schoß unkontrolliert, er hielt viel zu hoch.

Doch plötzlich verstummte das Schießen. Wahrscheinlich mußte der Mann nachladen. Ich ging das Risiko ein. Mit einem Ruck sprang ich hinter der spanischen Wand hervor.

Meine Vermutung war richtig. Mein Gegner war dabei, seine Waffe nachzuladen.

Mein Revolver lag ruhig und sicher in der Hand, als ich sagte: »Laß die Waffe fallen!«

Der Mann sah mich einen Moment erschrocken an. Er öffnete die Hände, und die Maschinenpistole polterte dumpf auf dem Boden. Doch gleichzeitig ließ sich der Kerl auf die Knie fallen und griff an den Hosenbund. In seiner Hand tauchte eine

Pistole auf. Und er schoß sofort. Mir blieb keine Wahl, ich mußte zurückschießen. Ich zielte auf seine Pistolenhand und schoß. Doch gleichzeitig warf sich der Bursche nach rechts, und meine Kugel fuhr ihm in die Schulter.

Der Mann war nach kurzer Zeit bewußtlos.

Langsam ließ ich meine Waffe sinken. Ich trat an den Verletzten heran, als ich hinter mir eine Bewegung vernahm. Yoto war wieder aufgewacht. Er sah mich haßerfüllt an. Es gelang ihm sogar, sich zu erheben.

Yoto war trotz der Fesselung immer noch gefährlich.

Ich sah es in seinen Augen triumphierend aufblitzen, und im selben Moment wußte ich warum. Ich hatte einen unverzeihlichen Fehler gemacht. Ich hatte den niedergeschlagenen Mann aus den Augen gelassen und die zweite Maschinenpistole nicht unschädlich gemacht.

Ich handelte rein instinktiv. Ich ließ mich einfach fallen. Im nächsten Augenblick hörte ich ein Knattern. Der Gangster jagte eine Salve aus seiner Waffe, die Geschosse trafen aber nicht mich, sondern Yoto. Yoto wurde durchgeschüttelt. Er streckte die Hände vor, als wolle er die Kugeln aufhalten.

Ich tat das einzig Richtige. Ich rollte mich auf den Rücken, zielte kurz und schoß. Meine Kugel fuhr dem MPi-Schützen in den Arm. Mit einem Fluch ließ er die Maschinenpistole fallen. Er wälzte sich auf dem Boden und hielt seinen blutenden Arm.

Dann hörte ich ein Krachen. Yoto lag auf dem Boden und rührte sich nicht mehr. Die Arme hatte er weit ausgestreckt. Er war tot.

Langsam ging ich auf den MPi-Schützen zu. Ängstlich kroch er zurück. Ich schüttelte den Kopf.

»Keine Angst«, sagte ich. »Ein G-man vergreift sich nicht an Wehrlosen. Ich habe nur eine Frage: Wo steckte Tom Harris?«

»Ich weiß nichts«, jammerte der Bursche.

»Natürlich weißt du, wo der G-man steckt. Los, raus mit der Sprache!«

»Ach doch, ja, ja, jetzt weiß ich, wen Sie meinen. Den Hopkins«, er grinste hämisch. »Sie werden ihm nicht mehr helfen können. Er wird geopfert, in der großen Halle, zusammen mit diesem Mädchen. Es ist bald soweit. Er . . .«

»Wie komme ich zu dieser Halle?«

»Hier durch diese Tür hinter der spanischen Wand, immer geradeaus, aber es wird Ihnen nichts mehr nützen.«

Ich fesselte den Mann und entlud die Maschinenpistole. Dann lief ich los. Unterwegs überprüfte ich meine Waffe. Es war alles in Ordnung. Dann machte ich mich auf den Weg in die Höhle des Löwen.

Die Tempelhalle war, sofern man diesen Ausdruck gebrauchen kann, festlich geschmückt. Die rohen Felswände waren innerhalb kurzer Zeit mit farbigen Stoffen verziert worden, auf denen Götter und Dämonen zu sehen waren. In der Mitte der Halle brannte ein elektrisches Feuer. Ab und zu zuckten künstliche grelle Blitze von der Decke nieder. Dabei erschienen die Gesichter der anwesenden Chinesen starr wie Totenmasken. Es waren hier ungefähr fünfzig Menschen versammelt, meist männliche Personen. Sie hatten, bevor sie diese Halle betraten, jeder ein paar Kügelchen LSD bekommen und befanden sich nun in einem Rauschzustand.

Sheila Liung und Tom Harris lagen auf einfachen Holzpritschen, die sich ungefähr in der Mitte zwischen dem elektrischen Feuer und Wus Thron befanden. Beide waren wie Pakete gefesselt.

»Mr. Hopkins, ich habe Angst. Schreckliche Angst«, flüsterte Sheila Liung.

»Seien Sie unbesorgt, Miß Liung, wir werden hier schon rauskommen«, versicherte Tom optimistisch.

So sicher, wie sich Tom hier gab, war er in Wirklichkeit nicht. Fast ärgerte er sich darüber, daß Wu keine Spritze mehr besaß, denn so mußte Sheila praktisch die Vorbereitung zu ihrem Tod miterleben.

Tom schaute sich um. Da er auf dem Rücken lag, bereitete dieses einige Mühe. Tom bemerkte huschende Gestalten, die alle irgendeiner Tätigkeit nachgingen. Er hörte flüsternde Stimmen und ab und zu einen halblauten Befehl. Durch das dauernde Zucken der Blitze begannen seine Augen zu schmerzen. Tom schloß sie für einen Moment und begann über die Lage nachzudenken. Gab es überhaupt noch einen Ausweg? Aus eigener Kraft wohl kaum. Er hatte bereits vergebens versucht, seine Fesseln zu lockern.

Toms Gedanken wurden durch einen Mann unterbrochen, der zu ihnen trat und sie von den Fesseln befreite. Doch fast im gleichen Augenblick klickten um seine und um Sheilas Beine ein Paar Handschellen. Tom sollte den Grund dieses Manövers bald erfahren.

Jemand zischte ihnen zu: »Hinsetzen!«

Die beiden gehorchten.

Während sie auf ihrer Pritsche saßen, stützte Tom die stark geschwächte Sheila so gut, wie es ging. Dieses Mädchen hatte wirklich viel durchgemacht. Fast zuviel für einen normalen Menschen.

Tom sah, wie sich die Masse der Anwesenden zu mehreren Gruppen formierte, die sich in einem großen Halbkreis in der Tempelhalle verteilten.

Es wurde mit einem Male sehr still. Tom spürte direkt, daß die Menschen auf irgend etwas warteten. Eine seltsame Spannung hielt ihn gefangen. Aber auch Sheila war aufmerksam geworden. Sie klammerte sich fest an Toms Arm.

In dieser bedrückenden Stille wirkten die drei Gongschläge, die plötzlich ertönten, doppelt laut. Die Menschen wandten ihre Gesichter der riesigen Buddhafigur hinter Wus Thron zu.

Wenige Sekunden später erschien er, der Meister des ›Todesdrachen‹.

Die Maske hatte er immer noch auf. Dazu trug er einen knallroten bis auf den Boden hängenden Seidenmantel, auf den ein überdimensionaler gelber Drache gestickt war.

Begleitet wurde Wu von zwei Kriegern oder Leibwächtern. Diese beiden trugen nur eine alte graue Hose, in deren Bund zwei Säbel steckten. Ihre Oberkörper waren nackt und mit Öl eingerieben.

Die Anwesenden fielen bei Wus Eintreten auf ihre Knie und drückten ihre Stirnen auf den Boden. Wu nahm von diesen Gesten keinerlei Notiz. Er war diese Ovationen ja gewohnt.

Wu schritt zu seinem Thron und ließ sich mit der hochherrschaftlichen Geste eines Kaisers nieder. Seine beiden Leibwächter flankierten ihn links und rechts.

Tom mußte sich fast das Lachen verbeißen. Es erschien ihm wie ein Traum, daß es solchen Firlefanz im angeblich zivilisierten zwanzigsten Jahrhundert noch gab. Doch dieser Firlefanz konnte für ihn tödlicher Ernst werden. Sheila Liung reagierte völlig anders. Tief in ihrem Innern glaubte sie vielleicht noch an diesen faulen Zauber, und jene Urinstinkte kamen jetzt zur Geltung. Sheila zitterte am ganzen Körper. Sie starrte mit vor Schreck geweiteten Augen zu Wu hoch.

Dieser sagte nun ein paar Worte in einer fremden Sprache. Die Masse erhob sich und blickte ihn demütig an. Wieder sagte Wu etwas.

Aus einer unsichtbar angebrachten Stereoanlage begann leise Musik zu spielen. Die Menschen lauschten verzückt den für Tom fremdartigen Klängen. Einige von ihnen begannen leicht im Rhythmus der Musik zu tanzen.

Die Musik wurde von Minute zu Minute lauter. Der Rhythmus steigerte sich, die Bewegungen der Tänzer wurden wilder, unkontrollierter, einige von ihnen stießen spitze Schreie aus, wieder andere warfen sich auf den Boden und trommelten mit ihren Fäusten auf dem Gestein herum. Die Masse war nahe daran, in Ekstase zu geraten.

So schnell, wie die Musik gekommen war, brach sie auch wieder ab. Es wurde mit einem Male unheimlich still. Die Menschen mußten sich geradezu in einem Blutrausch befinden, dieses plötzliche Aufhören der Musik würden sie kaum verkraften. Hinzu kam noch die Anregung durch LSD.

Wu erhob sich mit majestätischen Bewegungen von seinem Thron. Er breitete die Arme aus und begann in englischer Sprache zu reden.

»Brüder! Wir haben uns hier versammelt, um einen Unwürdigen zu Ehren des ›Todesdrachen‹ zu opfern. Er hat unser Heiligtum betreten und muß sterben, aber auch diese Frau dort, diese Abtrünnige, stirbt mit ihm.«

Wu deutete mit seinen Krallenfingern auf Sheila Liung, die fast lautlos vor sich hinschluchzte.

Die Menge grölte bei diesen Worten auf. Für sie gab es ein Schauspiel.

»Brüder«, fuhr Wu fort, »wir werden sie köpfen, zuerst diesen Mann und danach die Frau.«

Wieder brüllte die Menge auf.

Tom konnte nicht begreifen, wie primitiv diese Menschen doch waren, daß sie sich durch solch einen Hokuspokus beeinflussen ließen.

Wus Hand schoß nach oben, der Decke zu. Wieder zuckten die Blitze, doch diesmal in verschiedenen Farben. Dann kam der Befehl: »Packt ihn!«

Wus Knechte setzten sich in Bewegung. Sie stürzten auf Tom zu. Doch so leicht gab sich Tom nicht geschlagen. Er riß die Beine hoch und trat dem ersten der Leibwächter mit aller Macht gegen das Schienbein. Der Mann stieß einen Schrei aus und sackte zu Boden. Tom rollte sich blitzschnell von der Pritsche. Er stützte sich mit dem Rücken gegen das halbhohe Gestell und wollte sich aufrichten. Doch diesmal merkte er, wie sehr ihn die Handschellen behinderten. Tom kam ins Taumeln, dann sah er die Faust des zweiten Leibwächters mit rasender Geschwindigkeit auf sich zukommen. Tom wollte ausweichen, zu spät. Der Schlag traf ihn seitlich am Kinn. Tom fiel auf den harten Boden. Farbige Sterne tanzten vor seinen Augen. Ehe er sich etwas erholt hatte, waren sie schon über ihm. Kräftige Arme hoben ihn hoch und legten ihn wieder auf die Pritsche.

Tom hörte, wie Sheila Liung verzweifelt aufschrie, sah Wus schreckliche Fratze und bemerkte, wie einer der Leibwächter mit dem Säbel ausholte. In diesem Augenblick hatte der FBI-Agent Tom Harris mit dem Leben abgeschlossen.

Hinter der Schwingtür begann ein Gang, der so schmal war, daß man ihn ohne Übertreibung als Schlauch bezeichnen konnte. Fast alle zwei Yards gab es kleine Nischen in der Mauer. Die Nischen wurden durch Pechfackeln erleuchtet.

Bis jetzt war mir noch niemand begegnet. Hoffentlich blieb mir das Glück weiterhin treu. Ich hatte kaum diesen Gedanken gefaßt, als an einer Biegung auch schon ein Mann auftauchte. Er trug einen weiten braunen Umhang und hielt eine Pechfackel in der Hand.

Wir sahen uns fast gleichzeitig. Doch ich reagierte schneller. Ehe der Unbekannte einen Warnschrei ausstoßen konnte, war ich bei ihm und setzte ihm meine Faust gegen die Brust. Doch der Bursche war hart im Nehmen. Er verdaute den Schlag, ohne mit der Wimper zu zucken, und konterte blitzschnell. Doch auch ich war auf der Hut.

Ich unterlief den Schlag, packte sein Handgelenk und warf ihn mit einem gekonnten Schwung über die Schulter.

Mein Gegner landete auf dem Boden und stieß sich an der Wand des engen Ganges den Kopf so hart, daß er ohnmächtig wurde.

Ich zog ihm blitzschnell die Kutte aus und warf sie mir selbst über.

Noch vorsichtiger als vorhin setzte ich meinen Weg fort. Langsam merkte ich, wie ich nervös wurde. Gab es noch eine Rettung für Tom?

Plötzlich blieb ich lauschend stehen. Narrten mich meine überreizten Sinne, oder war wirklich in der Ferne Gesang zu hören? Tatsächlich, jetzt hörte ich es sogar deutlicher, Gesang und eine überlaute Musik.

Ich packte meinen Revolver fester und begann zu laufen. Der Weg senkte sich ein wenig, und auch der Gang wurde breiter. Dann kam ich an einen großen Perlenvorhang. Ich peilte durch die Schnüre und sah in eine große Tempelhalle. Vor mir die Rücken von Menschen, die alle die gleiche Kluft trugen wie ich. Von Tom war nichts zu sehen.

Vorsichtig schob ich mich durch den Perlenvorhang. Ich wurde einen Augenblick durch grelle Blitze abgelenkt, die von der Decke herunterschossen.

Niemand nahm von mir Notiz. Und dabei brauchten diese Leute doch nur mein Gesicht zu sehen.

Plötzlich hörte ich einen Befehl:

»Packt ihn!«

Damit konnte nur Tom gemeint sein. Jetzt konnte ich keine

Rücksicht mehr nehmen. Ich begann mit der Waffe in der Faust in die Richtung zu laufen, aus der ich den Befehl gehört hatte.

Hinter mir ertönten Schreie, man hatte mich also entdeckt. Ich war noch viel zu weit von Tom entfernt. Ich erkannte zwei Kerle mit nackten Oberkörpern, die mit einem Mann kämpften. Da krachte einer der Leibwächter auf den Boden.

Ich beschleunigte mein Tempo. Mein Atem ging keuchend. Noch ungefähr zwanzig Yards, dann hatte ich Tom erreicht.

Doch gab es überhaupt noch eine Rettung? Vier, fünf Männer stürzten sich jetzt auf ihn, rissen ihn auf eine Pritsche, ein Mädchen schrie gellend auf, jemand stellte sich mir in den Weg, ich schlug ihn mit einem einzigen Schlag zu Boden.

Dann sah ich Tom plötzlich wieder auftauchen, wie er auf der Pritsche lag, sein verzerrtes Gesicht, sah aber auch, wie einer der Männer sein Schwert hob und zu einem fürchterlichen Schlag ausholte...

Da riß bei mir der Faden. Ich hob meinen Revolver, riß den Abzug durch und jagte mehrere Schüsse über die Köpfe der Männer gegen die Decke.

Die Überraschung hätte bei einem Bombeneinschlag nicht größer sein können. Alles stand wie erstarrt, sogar Wu. Ich nutzte diese Gelegenheit sofort aus.

Mit zwei, drei Sätzen war ich bei Tom, riß ihn von der Pritsche herunter und schlug gleichzeitig mit dem Lauf des Revolvers gegen den Arm des Chinesen. Die Waffe wurde dem Gangster aus der Hand geschleudert und landete klirrend auf dem Boden.

»Cliff!« schrie Tom »Hinter den Buddha, schnell.«

Wu schrie mit dumpfer Stimme: »Laßt sie nicht entkommen, tötet sie!«

Mir bleib nur eines übrig: Ich mußte versuchen, Wu auszuschalten. Dann, so hoffte ich, würden seine Leute kopflos werden und wieder der Vernunft gehorchen.

Wu erkannte meine Absicht offensichtlich, denn als ich mich auf ihn zubewegte, trat er sofort den Rückzug an. Und in dem Gedränge, dem Lärm, dem Wirrwarr des Augenblicks tauchte er plötzlich vor meinen Augen unter und war verschwunden.

Ich brüllte auf die Leute ein, sie sollten Vernunft annehmen, draußen stünde der FBI und es gäbe kein Entkommen mehr.

Zu meinem Erstaunen gaben sie tatsächlich Ruhe. Ich befahl, Tom loszubinden, und hörte dann von meinem Freund, daß auch Sheila in dieser Halle sei, die ich bisher nicht gesehen hatte.

»Wo ist das Girl?« brüllte ich. Die Männer traten zur Seite und gaben den Blick auf die Holzpritsche frei, auf der Sheila lag, die Hände — gefesselt natürlich — vor dem Gesicht. Ihr Körper bebte. Tom, der inzwischen befreit worden war, ging zu dem Girl hinüber.

Einige der Männer murrten, aber sie starrten alle auf meine Waffe, die ihnen einen Heidenrespekt abforderte. Aber wie lange noch? Die Stimmen wurden immer lauter. Schon lösten sich einige aus der ersten Überraschung und versuchten zu revoltieren.

Ich richtete den Lauf des Revolvers auf sie. Und ich muß ehrlich gestehen, ich wußte nicht einmal, ob ich noch Kugeln in der Trommel hatte.

Deshalb war ich heilfroh, als wir uns endlich in einen der Gänge zurückziehen konnten. Kaum waren wir verschwunden, brüllten die Männer in der Halle los.

»Tötet ihn! Tötet sie!«

Ich rätselte noch immer, warum Wu verschwunden war. Heckte er wieder eine Teufelei aus?

Doch mir blieb keine Zeit für Überlegungen. Die Wut der Meute war nur für Sekunden lahmgelegt worden. Sie hatten sich wieder gefaßt, und die Reaktion auf unsere Flucht war nicht gerade erfreulich. Zudem war Sheila ohnmächtig geworden. Tom mußte sie also tragen, während ich mit der geladenen oder vielleicht auch ungeladenen Waffe die Gangster abzuwehren versuchte.

Sie ließen sich seltsamerweise kaum einschüchtern, bewiesen einen Mut, der mir fast Angst machte. Erst später erfuhr ich von Tom, daß sie unter Einwirkung von LSD gestanden hatten.

Und dann setzte mit einem Schlag die Katastrophe ein. Von zwei Seiten stürmten Männer auf uns ein, hatten uns in der

Zange und schlugen uns nieder. Es herrschte ein unbeschreibliches Getümmel.

Sie schlugen auf mich ein und hingen wie Kletten an mir. Ich teilte aus, so gut es ging. Ich weiß nicht mehr, wen oder was ich traf. Ich sah in grinsende Gesichter, spürte, wie mir jemand die Beine wegzog. Dann fiel ich auf den Boden.

Sie warfen sich auf mich, ich konnte mich nicht mehr wehren, meine Abwehrschläge waren nur noch reine Reflexbewegungen. Ich war − wie man so schön sagt − einfach groggy. Doch plötzlich ließ der Druck nach. Ich sah wie durch einen Schleier blaue Uniformen, hörte Schreie, und dann beugte sich jemand über mich, den ich sehr gut kannte. Es war ein reizendes Girl und hieß − Susan Taylor.

»Alles in Ordnung, Cliff, du kannst aufstehen.«

Ich versuchte mich hinzusetzen. Aber alles drehte sich um mich.

»Susan, wie kommst du denn hierher?«

»Ganz einfach, durch die Tür«, lächelte sie zurück.

»Wieso Tür?« Mir kam ein schrecklicher Gedanke. »Susan«, ich faßte sie bei den Schultern, »Susan, wo ist Wu?«

»Weiß ich nicht, Cliff, ich habe ihn nicht gesehen.«

Es schien, als wäre mit diesem Satz all meine Kraft wieder zurückgekehrt. Ich sprang auf.

»Susan, wartet hier! Ich weiß, wo er sein könnte.«

»Cliff, du kannst doch nicht«, hörte ich Susan noch rufen, als ich in dem Gang verschwand, aus dem ich vor gar nicht allzu langer Zeit gekommen war.

Ich raste in die Halle zurück, auf Wus Thron zu. Und direkt dahinter fand ich eine Falltür, die geöffnet war.

Ich blieb stehen und lauschte. Vor mir hörte ich schleichende Schritte. Sollte das Wu sein? Er mußte doch längst das Weite gesucht haben. Aber aus welchem Grund auch immer: Wu befand sich tatsächlich noch in dem unterirdischen Gang.

»Hopkins!« schrie Wu.

»Ja, Hopkins«, antwortete ich. »Jetzt präsentiere ich die Rechnung. Wu, für G-man Frank Banners, für den alten Liung und viele andere. Das Spiel ist aus.«

Wu lachte irr.

»Noch nicht, Hopkins, noch nicht.«

Er griff in die Seidentasche seines Umhangs und zog ein feststehendes Messer. Ich konnte seine Umrisse gut in dem Dämmerlicht erkennen.

»Damit bringe ich dich um, Hopkins«, flüsterte er. Wu war dicht an mich herangekommen. In seinen Augen loderte der Haß. Das konnte ich sogar durch die Schlitze der Maske erkennen.

Wu hielt das Messer in der rechten Hand. Die Spitze zeigte nach oben. Ich stellte mich breitbeinig hin und ließ die Hände locker am Körper herabhängen.

»Angst, Hopkins?«

»Vor Ihnen kein bißchen«, antwortete ich.

»Dann werde ich dir eben das Fürchten beibringen!« schrie Wu, er sprang vor und wollte mir das Messer von unten her in die Brust stechen. Doch ich hatte aufgepaßt, nebenbei war Wu auch kein Könner.

Ich sprang zur Seite und faßte Wus zurücksausenden Arm. Mit einem kräftigen Ruck drehte ich ihn herum. Wu stieß einen furchtbaren Schrei aus. Seinen Arm mußte ich ausgekugelt haben. Wu lag wimmernd, hilflos vor mir auf dem Boden, von dem großen und brutalen Gangsterboß, der ein ganzes Stadtviertel in Schrecken versetzt hatte, war nicht mehr viel übriggeblieben.

Ich bückte mich und riß Wu mit einem Ruck die Maske vom Gesicht.

Ich kannte den Mann, der vor mir lag. Es war der Oberkellner aus dem ›Chinese Palace‹ — Li Hong mit Namen.

Ich atmete ein paarmal tief durch. Das war also das Ende dieses Falles, bei dem es manchmal so ausgesehen hatte, als sollte es unser letzter sein.

Dann sprach ich die wohlbekannten Worte: »Mr. Wu oder Li Hong, ich verhafte Sie im Namen des Gesetzes. Alles, was Sie jetzt tun oder sagen, kann gegen Sie verwendet werden...«

Einige Stunden später saßen wır, das heißt die Hauptbeteiligten des Falles Wu, in Clyde Perkins' Büro im San Franciscoer FBI-Center.

Wu und ein paar seiner Gehilfen saßen in Untersuchungshaft. Clyde Perkins faßte noch einmal zusammen. Zum Schluß meinte er:

»Wir waren schon lange hinter diesem Mann her, doch es ist Ihr Verdienst«, er wandte sich an Susan, Tom und mich, »daß er verhaftet wurde. Mit Wus Verhaftung ist auch einer der größten Rauschgiftringe an der Westküste geplatzt. Wir fanden in seinem Büro Listen von Verteilern und Abnehmern. Wu bekam das Rauschgift aus Hongkong, wo ein Verwandter von ihm saß. Auch er wird bald hinter Gittern sitzen. Um die Leute gefügig zu machen, zog Wu diesen Mummenschanz auf. Die Chinesen sind ja bekanntlich dafür sehr ansprechbar.«

»Doch eines möchte ich gern wissen«, sagte Susan zu Clyde Perkins. »Warum sollte Sheila Liung entführt werden?«

»Ganz einfach, Miß Taylor. Sheila Liung hatte Wu vor ein paar Monaten abgewiesen, als er ihr einen Heiratsantrag machte. Das war der Grund: gekränkte Eitelkeit. Und ihr Vater wurde ermordet, weil er sich selbständig machen wollte.«

»Dann kann der Fall also zu den Akten gelegt wurden«, sagte ich. »Und wir können mit einer Erfolgsmeldung nach Chicago zurückkehren.«

»Das können Sie wirklich, Cliff«, antwortete Clyde Perkins, »und wenn wir mal wieder jemanden brauchen, wir werden uns bestimmt an euch erinnern.«

»Unterstehen Sie sich«, lächelte ich, »wir haben in Chicago genug zu tun, aber wie wäre es, wenn Sie mal nach Chicago kämen?«

»Keinen Bedarf«, sagte Clyde Perkins, »ich muß ja hier auf Lieutenant Deller und Sheila Liung aufpassen, damit sie nach ihrer Hochzeit nicht zuviel Dummheiten machen.«

»Wenn das so ist«, lachte ich, »muß ich Ihnen leider recht geben . . .«

Wochen später — Wu und seine Komplizen waren längst zu schweren Strafen verurteilt worden — erhielten wir in Chicago eine Verlobungsanzeige von Sheila Liung und Burt Deller.

Susan, Tom und ich haben lange überlegt, was wir dem glücklichen Paar schenken sollten. Doch dann hatte Susan eine Idee.

Wir schickten Sheila einen Strauß mit zwanzig roten Rosen und einem Dankschreiben für ihre tatkräftige Hilfe — und ihrem zukünftigen Ehemann eine Riesenpackung Kaugummi...

ENDE DER ERSTEN STORY

Blondes Gift
auf heißen Rädern
aus der Serie
John Cameron

»Pfoten hoch!« zischte eine halblaute Stimme aus der Dunkelheit. »Alle beide!«

Jack Burger und Tim Slater erstarrten.

Zwei Gestalten lösten sich aus dem Schatten des Trucks. Sie hielten langläufige Pistolen in den Händen. Vor die untere Gesichtshälfte hatten sie Wollschals gebunden.

»Was soll das?« fragte Jack Burger rauh.

»Wirst du schon merken, Buddy. Und jetzt die Wagenschlüssel raus!«

»Ich denk' nicht dran.«

Jack blickte Tim Slater von der Seite an. Er sah, daß sein Beifahrer vor Angst zitterte. Von ihm war bestimmt keine Hilfe zu erwarten.

»Wird's bald?« Die Stimme des Maskierten klang dumpf unter dem Schal.

Noch zögerte Jack Burger.

»Sei doch nicht dumm«, sagte Tim Slater heftig.

Jack Burger griff in die Tasche seiner Lederjacke. Langsam, als wolle er Zeit schinden. Seine Augen versuchten verzweifelt, die nähere Umgebung zu durchdringen. Doch nur die Silhouetten der abgestellten Trucks waren zu erkennen. Dreihundert Yards entfernt lag das Rasthaus. Leichter Nieselregen ließ die erleuchteten Fenster nur schemenhaft erkennen.

Jacks Hand krampfte sich um den Schlüssel.

Einer der Gangster ging einen halben Schritt vor.

Und da riß bei Jack Burger der Faden. Seine linke Hand stieß blitzschnell vor, wischte die Waffe des Gangsters zur Seite ...

Der zweite Mann drückte eiskalt ab. Zweimal.

Die Kugeln rissen Jack Burger um die eigene Achse. Stöhnend fiel er auf den nassen Asphalt. Blut quoll ununterbrochen aus den beiden Wunden.

Der Mann, der geschossen hatte, bückte sich und nahm Jack Burger die Wagenschlüssel aus der Hand. »Idiot«, murmelte er dabei.

»Hat es ja nicht anders haben wollen.«

Sein Kumpan hielt indessen Tim Slater in Schach. Aber der hätte ihn bestimmt nicht angegriffen. Slater lehnte vor Angst zitternd und mit erhobenen Händen an dem großen Kotflügel des Trucks. »Nicht – nicht... schießen«, bibberte er.

»Keine Angst«, knurrte sein Bewacher, »das wäre Munitionsverschwendung.« Er wandte sich an seinen Komplicen. »Was machen wir mit dem toten Helden?«

»Da hinten gibt es einen Graben. Da können wir ihn reinlegen. Und seinen Freund dazu.«

Ehe Tim Slater sich versah, knallte ihm ein Pistolenkolben gegen die Schläfe.

Nachdem die beiden Gangster sich überzeugt hatten, daß die Luft rein war, schleiften sie die beiden Männer zu dem Graben. Er war zur Hälfte mit brackigem Wasser gefüllt.

»Der eine wird ertrinken.«

»Na und? Mancher wäre froh, wenn er solch einen Tod hätte. Los, rein mit den Kerlen!«

Die Körper klatschten in das Wasser. Sofort schlug die Brühe über ihnen zusammen.

Die Gangster grinsten zufrieden. Das hätte mal wieder geklappt. Sie hatten die Wollschals schon vom Gesicht gezogen. Jetzt unterschied sie nichts mehr von den anderen Truckfahrern.

Drei Minuten später saßen sie im Führerhaus des Trucks. Sie verstanden beide etwas vom Autofahren. Sie hatten noch eine ziemliche Strecke vor sich, und sie würden sich jede Stunde ablösen.

Einer schaltete das Autoradio ein. Ein Sender brachte Tanzmusik. Glenn-Miller-Sound. Beschwingt pfiffen die beiden die Melodien mit. Es störte sie nicht, daß sie kurz vorher zwei Morde begangen hatten.

Nach einer Weile erkundigte sich der Beifahrer: »Was haben wir eigentlich geladen?«

»Irgendwelche komplizierten Meßgeräte. Sollen verdammt viel wert sein.«

»Interessant. Und wer stellt diese Dinger her?«

»Cameron Electronics...«

»Wir werden Ihnen den Schaden natürlich ersetzen, Mr. Cameron«, sagte der Versicherungsdirektor und putzte sich mit einem roten Taschentuch den Schweiß von seiner spiegelblanken Glatze.

John winkte ab. »Darum geht es mir primär gar nicht, Mr. Fisher. Viel schlimmer ist die Art, wie es gemacht wurde. Der letzte Überfall endete mit einem Doppelmord. Außerdem war es der achte Wagen, der innerhalb eines Monats entführt wurde. Dahinter steckt System.«

Mr. Fisher verzog das Gesicht zu einer säuerlichen Grimasse. »Ich weiß, Mr. Cameron. Aber was soll man dagegen tun? Wir können nur auf die Polizei und unsere eigenen Detektive hoffen.«

»Natürlich kenne ich Ihre Sorgen, Mr. Fisher. Meine Firma ist zwar bei diesen Überfällen nur einmal betroffen, aber dabei wurde der bewußte Doppelmord verübt. Und den werde ich aufklären.«

»Sie als Privatmann? Sie gestatten, daß ich überrascht bin.«

John zündete sich eine Zigarette an. »Das können Sie ruhig sein, Mr. Fisher. Es wäre nicht der erste Fall, den ich übernommen und aufgeklärt hätte.«

»Dann stimmt es doch, was man munkelt.«

»Was, zum Beispiel?«

»Daß Sie so eine Art Gangsterschreck sind, Mr. Cameron.«

»Bitte, keine Boulevardausdrücke. Ich gebe zu, ich hasse das Verbrechen. Ich habe gesehen, wie meine Schwester brutal ermordet wurde, und seit diesem Tag habe ich mir geschworen, das Verbrechen zu bekämpfen.«

»Auch eine Einstellung«, sagte der Versicherungsdirektor.

»Eben«, erwiderte John und stand auf.

»Darf ich Sie zur Tür begleiten, Mr. Cameron. Ich . . .«

»Danke. Ich finde den Weg allein. Die juristische Seite regeln Sie bitte mit unserer Rechtsabteilung, Mr. Fisher.«

»Selbstverständlich, Mr. Cameron.«

John nickte dem Versicherungsboß noch einmal zu, ging durch das Vorzimmer, in dem zwei spindeldürre Schreibmaschinenelfen hockten, und gondelte mit dem Lift nach unten.

Sein Mercury Montego parkte auf dem firmeneigenen Versicherungsparkplatz.

Es war August, und die Mittagssonne knallte vom Himmel. John drückte sich seine modische Sonnenbrille auf die Nase und schloß die Wagentür auf.

Er sah die beiden Typen in der Scheibe.

John tat einen Schritt zur Seite und kreiselte herum.

Die Männer trugen Karnevalsmasken, die ihre Gesichter grotesk entstellten. Sie sahen direkt lächerlich aus. Weniger lächerlich wirkten die beiden Revolver in ihren Händen.

Johns Blick irrte über die Dächer der abgestellten Wagen. Doch nur die Sonne spiegelte sich auf dem Lack. Menschen waren nicht zu sehen.

Die beiden Typen lachten fast synchron. Ihre Lache klang unter der Maske noch häßlicher, als sie ohnehin schon war.

John gab sich gelassen. »Was soll der Zirkus? Karneval gibt's in Rio oder Germany...«

Einer der Männer schnitt ihm mit einer knappen Geste seiner freien Hand das Wort ab.

»Wir wollen dich nur warnen, Cameron. Laß deine Pfoten aus dieser Sache raus. Sonst siehst du innerhalb von zwei Tagen die Radieschen von unten.«

»Aus welcher Sache eigentlich?« fragte John.

»Stell dich nicht so dämlich an, du Affe. Los, umdrehen!«

John war kein Selbstmörder. Er gehorchte.

Der Schlag in den Nacken war bretthart. John kippte gegen seinen Mercury Montego und rutschte langsam daran herunter. Für ihn war erst mal Blackout.

Als er wieder zu sich kam, waren die beiden Kerle natürlich verschwunden. Die Sonnenbrille lag auf dem Pflaster. Zersplittert.

John fluchte, schüttelte seinen Kopf wie ein begossener Pudel und quälte sich auf die Beine. In seinem Nacken schienen tausend Zahnarztbohrer zu wühlen.

John öffnete seinen Wagen und klemmte sich hinters Lenkrad. Er verließ den Parkplatz und steuerte das Cameron Building an.

Dort begab er sich in die Computerabteilung. Air Conditioning vermittelte hier eine konstante annehmbare Temperatur. John fühlte sich direkt wohl.

Noch wohler wurde ihm allerdings, als ihm die Leiterin der Computerabteilung einen leichten Kuß auf die Wange hauchte.

»Riecht nach Pfefferminz«, grinste John.

»Aber John.« Dahlia Sayora lächelte ihren Chef an. »Kannst du Pfefferminz nicht mehr von Aprikose unterscheiden?«

»Wieso Aprikose?«

»Eine Mitarbeiterin war in Spanien. Sie hat einen herrlichen Aprikosenlikör mitgebracht, der . . .«

John lachte. »Du bist mal wieder einmalig.«

Was Dahlia Sayora auch tatsächlich war. Wo auf der Welt gab es schon eine kaffeebraune, vollendet gewachsene, herrlich aussehende Chefin einer Computerabteilung? Dazu noch mit einem Studium der Physik und Mathematik. Der Doktorgrad fehlte selbstverständlich auch nicht.

»Komm in mein Büro«, hauchte Dahlia.

»Madam, ich muß Ihnen sagen, ich bin rein dienst . . .«

Dahlia zog John einfach mit in ihr Büro. Sie setzte sich hinter den Schreibtisch, John darauf.

Dahlia schlug die Beine übereinander. Ihr Kittel, natürlich im strahlendsten Weiß leuchtend, rutschte in jugendgefährdende Höhen.

»Na?« sagt Dahlia.

John räusperte sich. »Also, das ist . . .«

»Hast du mal Feuer?«

Eine Zigarette steckte zwischen Dahlias lachsrot gefärbten Lippen.

John ließ sein Feuerzeug aufklicken.

Dahlia beugte sich vor. Der obere Teil des Kittels weitete sich. Sie trug auf der milchkaffeefarbenen Haut nur einen BH: In Weiß. Den allerdings sehr knapp. Der obere Teil fehlte ganz.

Johns Hand zitterte leicht.

»Ist was, John?« Dahlia lehnte sich wieder zurück.

»Jetzt nicht mehr.«

Dahlias Augen blitzten. Sie kannte ihren Chef durch und durch. Sie wußte auch von dem Verhältnis zu Baby Jill, der Privatdetektivin, die fast ausschließlich für John arbeitete. Baby und Dahlia sahen beide blendend aus. Und deshalb hatte John es verflixt schwer. Es war unmöglich, sich für eine zu entscheiden. Und die beiden machten es ihm nicht leichter. Jede spielte ihr Spiel. Untereinander hatten sie Burgfrieden geschlossen.

»Hast du die Unterlagen?« erkundigte sich John.

»Sicher.« Dahlia zog eine Schublade ihres Schreibtisches auf. Sie reichte John die Mappe.

Er vertiefte sich in die Unterlagen. Was der Computer herausgefunden hatte, war interessant. Die Wagen, die überfallen worden waren, gehörten zu drei verschiedenen Speditionsfirmen. Diese Firmen jedoch waren zu einem Konzern zusammengeschlossen. Der Trans American. Der Konzern hatte seinen Sitz hier in New York. Generaldirektor war ein gewisser Karel Kubiak. Dieser Mann hatte sich von unten hochgearbeitet und galt als rücksichtslos. Er hatte seine Leute fest im Griff, und unter der Hand flüsterte man, daß er auch mit der Mafia paktierte. Beweisen konnte man ihm nichts. FBI und City Police hatten es versucht und sich dabei die Finger verbrannt.

John ließ die Unterlagen sinken. Daß hier etwas faul war, merkte ein Blinder mit Krückstock.

»Hast du schief gelegen?« fragte Dahlia.

»Wieso?«

»Du hältst den Nacken so steif.«

John grinste verunglückt. »Zwei unfreundliche Zeitgenossen wollten unbedingt probieren, wieviel ich aushalte.«

»Und was hast du ausgehalten?«

»Der Kavalier genießt und schweigt.«

»Paß auf, John.« Dahlias Stimme klang auf einmal ernst.

John rutschte von der Schreibtischkante und hauchte ihr einen Kuß auf die Wange. »Keine Angst. Unkraut vergeht nicht.« Er winkte mit den Unterlagen. »Die nehme ich mit in mein Büro.«

Dahlia nickte. »Komm mal wieder vorbei, John.«

»Aber immer doch.«

Auf dem Weg zu seinem Büro hatte John eine Idee. Eigentlich konnte ihm nur einer richtig helfen.

Jefferson Ezekiel Fitzpatrick, genannt Sonny. Hansdampf in allen Gassen. Ein Teufelskerl mit Schnauze und Humor. Johns bester Freund.

John hatte Sonny praktisch aus der Gosse aufgelesen. Damals, als Sonny aus der Army gefeuert worden war, weil er einem Captain, der eine Vietnamesin vergewaltigen wollte, ein paar Zähne eingeschlagen hatte. Seit der Zeit irrte Sonny als Gelegenheitsdieb und -arbeiter durch New York. Bis er John Cameron traf.

John ging in sein Vorzimmer. Dort saß Eve Goddard, die graue Maus des Cameron-Electronic-Konzerns. Eve war ungemein tüchtig und besser als ein Teenager, der nur Flausen im Kopf hat.

»Ihre Krawatte sitzt schief, John«, bemerkte Eve spitz, »außerdem haben Sie Flecken an der Hose. So etwas würde ich als unmöglich ansehen, an Ihrer Stelle.«

John konnte nur lachen. »Das ist eben meine persönliche Note. Sagen Sie, Eve, haben Sie etwas gegen Halsschmerzen?«

»Ja, kalte Umschläge.«

»Das wußte ich selbst.«

»Sie hätten ja nicht zu fragen brauchen«, erwiderte Eve pikiert.

»Nun seien Sie mal nicht gleich eingeschnappt, Eve, sondern versuchen Sie herauszufinden, wo Mr. Fitzpatrick sein könnte.«

Eve Goddard wechselte die Farbe. »Dieser unmögliche Kerl«, zischte sie, »besitzt die Frechheit und gibt mir einen Zettel, auf dem die Namen einiger verrufener Lokale stehen. Falls man ihn brauche, solle man dort anrufen.«

Mit spitzen Fingern reichte Eve Goddard John Cameron das Papier.

John überflog die Namen. »Na ja«, brummte er, »der Junge wollte bestimmt einen Zug machen. Gar keine schlechte Idee.«

»Was sagen Sie da, John?« Eve Goddards Augen funkelten. »Also, wenn Ihr seliger Vater das gehört hätte. Ich kann Ihnen...«

»Miß Goddard!« Johns Stimme klang schärfer.

»Ja?« Eve schluckte.

»Mittagspause!«

Ehe Eve Goddard antworten konnte, war John aus dem Zimmer. Er lachte noch im Fahrstuhl.

Vom Portier aus ließ er sich ein Taxi kommen, um gewisse Lokale abzufahren. Er mußte Sonny noch erwischen, ehe er für den heutigen Tag nicht mehr zu gebrauchen war.

Die Kneipe hieß White Lady und war eng wie eine Röhrenhose. Das Publikum setzte sich aus Seeleuten, Nutten, Zuhältern und miesen kleinen Ganoven zusammen. Wenn die Eingangstür der Kneipe zu weit offenstand, ging einem der Krach vom Hafen auf die Nerven.

Sonny betrat das Loch um die Mittagszeit. In dem Laden war es proppenvoll. Am Tresen hingen sie in Dreierreihen. Eine altersschwache Musikbox jaulte gegen den Lärm der Gäste an.

Sonny reckte sich auf die Zehenspitzen, um zu sehen, wo er noch ein freies Plätzchen ergattern konnte. Im Hintergrund der Kneipe standen zwei runde Tische. Einer war von Schauerleuten in Beschlag genommen, die ihren Whisky becherten.

An dem anderen Tisch hockte eine Strichbiene. Nicht mehr ganz jung, aber auch noch kein Spätmittelalter.

»So, dann wollen wir mal«, sagte Sonny und pflanzte sich neben der Perle vom horizontalen Gewerbe auf einen wackligen Stuhl.

Die hob ihre angeklebten Augenwimpern und nuschelte: »Bumsen?«

»Vor Mitternacht nie«, grinste Sonny und klemmte sich eine Zigarette zwischen die Lippen. Dann streckte er bequem die Beine aus, schnickte mit den Fingern dem Wirt hinter dem Tresen zu, der ihm daraufhin ein Büchse Bier rüberwarf. Sonny fing sie geschickt auf, wartete, bis die Flüssigkeit sich beruhigt hatte, und zog dann den Verschluß hoch.

Das Bier war gut gekühlt und tat gut.

Sonny fühlte sich wohl. Mindestens zweimal im Monat unternahm er solche Kneipentour. Kontaktpflege nannte er sie. Sonny konnte seine alte Umgebung so schnell nicht vergessen.

»Krieg' ich auch was?« erkundigte sich die Bordstein-schwalbe. Und im gleichen Atemzug: »Dann kriegste auch hinterher Prozente.«

Sonny sah sie erst mal von oben bis unten an. Sie trug eine lila Bluse aus dünnem, durchsichtigem Stoff. Ihre Brüste hatten auch schon bessere Zeiten gesehen, nur das Gesicht war leidlich hübsch. »Wie heißt du eigentlich?« erkundigte sich Sonny.

»Wilma.«

»Hä, hä.«

»Was gibt's da zu lachen?«

»Ulkiger Name. Läßt gewisse Rückschlüsse zu.«

»Scheißhammel.« Wilma war beleidigt. Sie hielt fünfzehn Sekunden den Mund. Dann stieß sie Sonny gegen den Oberarm. »Krieg' ich nun was zu trinken oder nicht?«

»Bestell dir 'ne Cola. Ich habe heute meinen großzügigen.« Wilma lachte schrill. »Großzügig...« Dann stieß sie einen Pfiff aus.

Der Wirt hob kurz den Kopf. Mit zwei Fingern deutete Wilma an, was sie trinken wollte. Wieder kam eine Büchse geflogen. Der Wirt war darin Meister.

Wilma war viel zu gierig. Sie wartete nicht lange genug, sondern riß sofort den Verschluß auf.

Es machte nur noch zschsch...

Dann gab es für Wilma eine Cola-Dusche.

Die Männer am Nebentisch lachten. Und Sonny auch.

Wilma wurde sauer. »Wenn du jetzt deine dämliche Lache nicht abstellst...«

Sonny lachte weiter.

Nun wurde Wilma wütend.

»Benny« keifte sie schrill. »Komm mal her!«

Der Gerufene löste sich aus dem Menschenknäuel am Tresen. Benny war ein Schrank, wie man so schön sagt. Mit viel Muskeln — aber auch mit viel Fett.

»Der poliert dir jetzt die Schnauze«, zischte Wilma.

Sonny grinste nur.

Dann war Benny da. Er zog einmal kräftig die Nase hoch, sah Wilma an und deutete mit dem Kopf auf Sonny.

»Will der Ärger machen?«

»Ja. Erst hat er mich mit Cola überschüttet und hinterher noch große Klappe«, log Wilma.

»Aha«, sagte Benny und wandte sich Sonny zu.

»Benny, mach's halblang«, lächelte Sonny. »Du weißt, ich kann böse werden.«

Benny zog die wulstigen Brauen zusammen. Dann zog er noch mal die Nase hoch. Schließlich sagte er: »Mich laust der Affe. Sonny, ich dachte, du wärst schon bei den Fischen.«

»Ich war unverdaulich.«

»Ihr kennt euch?« quiekte Wilma. »Gut?« Sie beugte sich gespannt vor.

Sonny zuckte mit den Schultern. »Wie man's nimmt. Als wir uns das letztemal gesehen haben, hat Benny hinterher drei Tage krankgefeiert. Ich hoffe, du erinnerst dich daran, Sportsfreund.«

»Und ob«, knurrte Benny. »Damals habe ich dir Revanche versprochen.«

»Ja, gib's ihm!« kreischte Wilma, so daß schon die ersten Gäste aufmerksam wurden.

Sonny hob die Hand. »Langsam, Benny. Du möchtest doch nicht schon wieder krankfeiern.« Benny grinste hämisch und zeigte Zahnlücken. »Damals waren wir auch allein. Aber die Kumpel in der Kneipe halten alle zu mir. Außerdem gehörst du nicht mehr zu uns. Man erzählt sich, daß du mit so 'nem stink- reichen Sack zusammen wärst. Cameron soll der heißen. Schade, daß der Hänfling nicht da ist. Den würde ich glatt mit vernaschen.«

»Das Vergnügen kannst du haben«, sagte hinter Benny eine Stimme.

»Hallo, John«, grinste Sonny. »Schön, daß du da bist. Kön- nen wir gleich feiern.«

Benny glotzte blöde von einem zum anderen.

John tippte ihm mit dem Zeigefinger auf den Bauch. »Mach mal Platz.«

Das tat der verdutzte Benny auch. Wilma hatte sich schon längst auf die neue Situation eingestellt. Sie machte John bereits schöne Augen.

Es dauerte etwas, bis Bennys Denkapparat wieder funktionierte. Doch dann schaltete er ziemlich schnell.

Er warf sich halb über den Tisch, um John mit einer geballten Rechten den Kiefer schiefzusetzen.

Das bekam Benny schlecht.

John fing blitzschnell die heranschießende Faust ab und zog kurz am Handgelenk.

Benny schlitterte über den Tisch und knallte voll mit dem Kopf gegen die Wand. Für ihn war der Käse gegessen.

Das ärgerte wohl seine Kumpane. Zu viert setzten sie sich vom Tresen aus in Bewegung.

Diesmal übernahm Sonny die Initiative.

»Pardon«, grinste er, packte die kreischende Wilma am Kragen und schleuderte sie den Kerlen entgegen.

Der Erfolg war im wahrsten Sinne des Wortes umwerfend. Drei Kameraden stolperten und küßten den Boden. Den vierten holte John mit einem sauberen Haken von den Beinen.

»Das macht Spaß, was?« lachte Sonny und sah den Schlägern zu, die sich langsam wieder hochrappelten.

»Noch mal?« erkundigte sich Sonny fröhlich und rieb sich schon die Fäuste.

»Ja, ihr Schwächlinge!« kreischte Wilma. »Gebt es ihnen. Los, ran!«

Sie holte noch Verstärkung. Schließlich rückte die Hälfte der Tresenmannschaft an.

»Das kann ärgerlich werden«, meinte Sonny.

John schnappte sich einen Stuhl.

Aus den Augenwinkeln sah er, daß die Männer vom Nebentisch aufstanden.

»Zwei gegen 'ne ganze Kneipe ist feige«, grölte ein pickelgesichtiger Bursche und nahm eine leere Whiskyflasche in die Hand. Der Kerl war zwar voll bis zum Eichstrich, aber schlagen konnte er bestimmt noch.

»Achtung, John! Es geht rund!« Sonny stieß diese Warnung aus. Sie kam zu spät.

Drei Männer warfen sich John Cameron entgegen. Der schwang den Stuhl wie einen Kreisel.

Es machte klatsch, klatsch, und zwei gingen zu Boden.

Dann kassierte John einen unangenehmen Leberhaken. Er flog bis zur Wand zurück und stieß sich hart den Hinterkopf.

Der Schläger, der ihm diesen Haken verpaßt hatte, sah Land. Er hechtete vor.

Auf halber Strecke traf ihn die leere Whiskyflasche. Danach legte er sich schlafen.

»Danke, danke, Kamerad!« schrie John und mischte wieder kräftig mit. Neben ihm wirbelte Sonny wie ein Berserker. Er teilte aus, daß es eine wahre Freude war. Jeder seiner Schläge wurde mit einem hübschen Spruch begleitet.

Die Schlägerei hatte inzwischen alle erfaßt. Sogar der Wirt machte mit. Niemand wußte genau, wer gegen wen kämpfte. Die anwesenden Bordsteinschwalben benutzten ihre Schuhe als Schlaginstrumente.

»Werden zusehen, daß wir zum Ausgang kommen«, keuchte John und tauchte unter einem Schwinger weg.

»Nichts dagegen einzuwenden«, grinste Sonny verwegen.

Die beiden bahnten sich eine Gasse. Einmal ging Sonny zu Boden, als ihm jemand das Bein wegzog. John sorgte jedoch durch einen gezielten Fußtritt dafür, daß sich dieser Jemand bald im Reich der Träume befand.

Sie erreichten den Ausgang ziemlich schnell, denn die Hälfte der Schläger hing schon in den Seilen.

Einige demolierten jetzt das Flaschenregal hinter dem Tresen.

Am Ausgang standen drei Strichbienen und feuerten die Schläger an.

Wilma hatte die größte Klappe. »Ja, drauf!« schrie sie. »Los, ich will was sehen! Der Sieger kann mich umsonst bum . . .«

Gerade in dem Augenblick hielt ihr Sonny den Mund zu.

»Ts, ts, ts, was sind das nur für Ausdrücke«, sagte er vorwurfsvoll und schüttelte den Kopf.

Dann setzte er einen kurzen Judogriff an, und Wilma flog schreiend zwischen die Kämpfenden.

John machte mit den anderen beiden das gleiche.

Dann huschten die Freunde nach draußen.

»Mist«, knurrte John.

»Wieso?«

»Der Taxifahrer ist weg.«

Sonny grinste superbreit. »Ist doch herrlich. Nicht weit von hier liegt ein Steakhouse, dahin könntest du mich eigentlich zum Essen einladen. Ich habe einen Mordskohldampf.«

»Verfressenes Individuum«, grinste John.

Sonny zog ein säuerliches Gesicht. »Was will man machen. Außerdem hast du schuld. Du wolltest ja was von mir. Ausgerechnet an meinem freien Tag. Um was geht's denn überhaupt?«

»Das, mein lieber Sonny, sage ich dir nach dem Essen«, erwiderte John.

»Ich ahne Schreckliches«, krächzte Sonny.

»Also, ein Steak ist und bleibt doch immer mein Leibgericht«, stöhnte Sonny wohlig und ließ sich mehr als satt zurücksinken.

John nickte grinsend. »Bei einem Steak bleibt es ja nicht. Heute hast du zwei verputzt.«

»Na, hör mal. Schließlich brauche ich nicht zu bezahlen. Es kommt ja selten genug vor, daß du mich einlädst.«

John konnte nur den Kopf schütteln.

Nach dem zweiten Verdauungswhisky hielt Sonny es nicht mehr aus. »Was ist los, großer Meister?«

John tippte Sonny mit dem Finger auf die Brust und fragte: »Was kannst du alles?«

»Willst du mich auf den Arm nehmen? Was soll die blöde Frage?«

»Ich will wissen, was du alles kannst.«

»Ganz ruhig, lieber John, ganz ruhig. Ich fange schon an: Schießen, boxen, schlagen, treten, abwaschen, Auto fahren, Flugzeuge fliegen, deflorieren . . .«

»Hör auf«, lachte John, »es reicht. Kannst du auch Trucks fahren?«

»Willst du mich beleidigen? Jahrelang selbst Trucker gewesen, Mensch.«

»Gut.« John wurde wieder ernst. »Dann besorgst du dir morgen eine Stelle als Truckfahrer.«

»Morgen schon?«

»Ja.«

»Morgen hatte ich eigentlich . . .«

»Verschieb es. Du bist noch jung genug.«

Sonny grinste geschmeichelt. »Um was geht es eigentlich?«

John erzählte ihm die Vorgeschichte. »Und deshalb läßt du dich, mein lieber Sonny, bei der Trans American als Truckfahrer einstellen. Die haben nämlich momentan etwas Personalknappheit. Einige Leute sind gegangen. Der Job wurde ihnen zu gefährlich, was die beiden Morde ja bewiesen haben.«

Sonny hatte noch ein paar Fragen. »Sind die gestohlenen Waren eigentlich nie wieder irgendwo aufgetaucht?«

»Nein. Sie waren wie vom Erdboden verschluckt. Die Polizei nimmt an, daß sie ins Ausland geschafft wurden. Mexiko oder Kanada.«

»Und wie sah es mit den Trucks aus? Keine Spuren gefunden?«

John schüttelte den Kopf. »So gut wie keine. Der Fahrer ist mit einer Astra-Pistole, Kaliber 9 mm, erschossen worden. Der andere ist ertrunken. Zeugen konnten nicht aufgetrieben werden. Die Trucks sind genau untersucht worden. Aber man fand keine Fingerabdrücke.«

»Da muß doch irgendwo ein dreckiger Verräter sitzen«, sinnierte Sonny, »denn diese Halunken wußten von Anfang an verdammt gut Bescheid.«

»Diesen Verräter sollst du auch ausfindig machen.«

»Keine leichte Aufgabe.«

»Machst du mit der linken Hand, Sonny.«

»Ha, ha. Und was willst du inzwischen tun?«

»Ich rolle den Fall von einer anderen Seite auf.«

»Von der angenehmen Seite, wie?«

John zuckte mit den Schultern. »Das ist noch nicht bewiesen.«

»Sag mal, John. Warum hat man dich eigentlich überfallen?«

John Cameron zündete sich eine Zigarette an. »Das ist mir selbst unklar. Wahrscheinlich hat sich mein Ruf in gewissen Gangsterkreisen herumgesprochen. Was anderes kann ich mir nicht vorstellen. Außerdem wußten diese Highway-Piraten ja auch, was der letzte Wagen geladen hatte und welche Firma die Teile herstellt.«

Sonny nickte nachdenklich. »Was meinst du, muß ich Maske machen?«

»Ich würde sagen, nein«, erwiderte John. »Du bist längst nicht so bekannt.«

»Das beruhigt mich ungemein.«

John winkte den Kellner herbei, um zu zahlen. Sonny schielte sehnsüchtig auf zwei gutgewachsene Girls, die soeben das Lokal betraten.

»Ich bin schon ein armer Kerl«, bedauerte er sich selbst, »nie kann ich das machen, was mir Spaß macht.«

John hieb ihm auf die Schulter. »Du hast auch schon mal besser gelogen.«

»Immer ich«, murmelte Sonny und stand auf.

Der Mann nannte sich Jarvis. Einfach Jarvis. Er war etwa fünfunddreißig Jahre alt, trug nur maßgeschneiderte Hemden und seidene Krawatten. Jarvis legte sehr viel Wert auf sein Äußeres. Er ging nach dem Wahlspruch: Kleider machen Leute.

Dennoch, Jarvis war ein Verbrecher. Ein eiskalter, brutaler Killer. Er hatte sich mit seinen fünfunddreißig Jahren schon zu einem Gangboß der Extraklasse hochgearbeitet. Dabei waren sechs Menschen auf der Strecke geblieben, was Jarvis aber nicht weiter kümmerte.

An diesem Abend hatte er seine Leute zu einem Lagebericht zusammengetrommelt. Treffpunkt war immer eine stillgelegte Fabrik in Manhattan West, nicht weit vom Riverside Park.

Jarvis' kalte Raubvogelaugen glitten über die versammelten Männer. In seinem Gesicht regte sich kein Muskel. Manch einer seiner Leute zog bei Jarvis' Blick den Kopf ein, als würde er jeden Moment das Todesurteil hören.

Jarvis begann zu sprechen. Mit einer seltsam abgehackten, gefühlskalten Stimme.

»Es hat Morde gegeben bei dem letzten Coup. Das ist nicht

weiter tragisch, war aber nicht vorgesehen. Außerdem ist uns dadurch dieser Möchtegernpolizist Cameron auf die Spur gekommen. Fatso und Nelson, was habt ihr dazu zu sagen?«

Die beiden Angesprochenen zuckten zusammen. Sie lösten sich mit weichen Knie aus dem Pulk der Männer und blieben dicht vor Jarvis stehen.

»Es ist so, Boß«, stotterte Fatso, ein dicker Kerl mit Vollmondgesicht und Schweinsaugen, »wir haben diesen Cameron ja gewarnt.«

»Ja, das haben wir, Boß«, unterstützte Nelson seinen Kumpan. »Wir haben ihm einiges erzählt und ihm dann eins über die Rübe gegeben. Das haben wir gemacht, Boß.«

»Von euch aus?« erkundigte sich Jarvis sanft.

Die beiden nickten strahlend.

Sekunden später nickten sie nicht mehr. Jarvis hatte ihnen seinen Totschläger zweimal kurz durch die Gesichter gezogen. Brüllend wanden sich die Gangster am Boden. Keiner kam ihnen zu Hilfe.

Jarvis trat sie brutal in die Rippen. »Seid ihr eigentlich wahnsinnig?« zischte er verbissen. »Jetzt steigt Cameron erst recht nicht aus. So gut kenne ich ihn.«

Mit einer fließenden Bewegung zog Jarvis seine Pistole.

Angst sprang die beiden an wie ein Tier. »Boß«, flehten sie, »wir — wir . . .«

»Haltet die Schnauze, ihr Memmen. Noch nicht einmal anständig sterben könnt ihr. Ihr kennt doch unsere Regel. Wer einmal gegen meine Befehle handelt, stirbt. Oder?«

Die beiden nickten krampfhaft. Mit einem ergebenen Blick sahen sie zu ihrem Boß hoch.

»Jämmerliches Pack«, murmelte Jarvis und steckte die Pistole wieder weg. »Ich will noch mal Gnade vor Recht ergehen lassen. Ihr bekommt eine Chance.«

»Danke, Boß«, flüsterten sie.

Jarvis' Lippen verzogen sich zu einem zynischen Grinsen. »Wartet erst mal ab, was ich mit euch vorhabe. Ihr sollt Cameron umlegen!«

Fatso und Nelson zuckten zusammen.

»Wieso? Paßt euch das nicht?« fragte Jarvis schneidend.

»Doch, Boß«, versicherten sie, »doch.«

»Wollt' ich euch auch geraten haben. Morgen abend um die gleiche Zeit erwarte ich die Vollzugsmeldung. Das wär's. Jetzt steht auf, ihr Memmen.«

Fatso und Nelson rappelten sich hoch. Mit eingezogenem Kopf schlichen sie wieder zu den anderen.

»Weiter«, sagte Jarvis. »Was gibt es für Neuigkeiten?«

Ein südländisch aussehender Typ meldete sich zu Wort. »Bei der Trans American haben wieder zwei Leute gekündigt. Allerdings hat sich einer beworben. Er fängt morgen als Truckfahrer an.«

Jarvis' Augen verengten sich. »Ist er sauber?«

»Ich glaube schon. Ein Bulle ist es bestimmt nicht. Die kennen wir alle.«

»Vielleicht kommt er aus einer anderen Stadt.«

Gino, so hieß der Südländer, schüttelte den Kopf. »Der ist sauber, Boß. Ich habe da ein Gefühl für.«

»Na schön.« Jarvis nickte. »Solltest du dich allerdings getäuscht haben, Gino, werde ich dir ein Grab im East River verschaffen.«

»Ja, Boß«, krächzte Gino.

»Noch irgendwelche Fragen?« erkundigte sich Jarvis.

Niemand meldete sich.

»Okay, dann löse ich die Versammlung auf. Und — Gino!«

»Boß?«

»Halte mir den Neuen im Auge. Wie heißt er eigentlich?«

»Den Namen habe ich vergessen, Boß. Ist urkomisch und ellenlang. Läßt sich Sonny nennen.«

»Sonny — Sonny...« Jarvis überlegte laut. »Nie gehört. Na ja, paß trotzdem auf ihn auf.«

Eine Minute später war die Halle leer.

Jarvis verschwand in einem Hinterraum. An der Decke brannte eine trübe Glühbirne. Auf einer alten Kiste stand ein Telefon. Jarvis wählte eine Nummer, die nicht im Telefonbuch stand. Nach einigen Sekunden wurde an der anderen Seite abgehoben.

»Es gab nichts Besonderes, Boß«, meldete Jarvis, »außer der leidigen Cameron-Sache. Aber die wird erledigt. Endgültig.«

Jarvis lauschte einen Moment und nickte zwischendurch. Dann sagte er: »Okay, ich habe mir die Zeiten gemerkt. Pelze, sagten Sie, Boß? Und wieviel sind die wert?«

Jarvis lauschte kurz und pfiff dann durch die Zähne.

»Fünfhunderttausend Dollar. Ein hübscher Preis.«

Jarvis telefonierte noch gut eine Minute. Dann legte er den Hörer auf.

Vor sich hin pfeifend, verließ er das Fabrikgelände. Es lief wieder alles bestens. Und dieser Cameron war schon so gut wie tot ...

Am anderen Morgen stand Sonny um Punkt sechs Uhr auf dem Gelände der Trans American. Sieben große Trucks parkten auf dem Hof. Die Fahrer unterhielten sich und warfen Sonny neugierige Blicke zu.

Sonny grinste und ging zu der Holzbaracke, in der der Vorarbeiter saß.

Er trat ein, ohne groß anzuklopfen.

Ein rothaariges Girl mit Kurven wie die Lollo ließ vor Schreck fast ihren Lippenstift fallen, als Sonny plötzlich im Raum stand.

»Was wollen Sie denn?« fragte die Rote.

»Ich bin der Neue«, sagte Sonny.

»Aha.«

Die Rote ließ sich nicht stören und polierte weiter an ihrem Make-up. Sonny sah eine Weile zu. Dann sagte er: »Links noch etwas tiefer.«

»Wie?«

»Den Lidstrich müssen Sie links noch etwas tiefer ziehen.«

»Ach so.« Das Girl peilte in ihren Taschenspiegel. »Tatsächlich, Mister. Sie haben recht.«

»Sonny«, sagte Sonny.

»Was meinen Sie?«

»Ich heiße Sonny. Meine Freunde nennen mich so.«

»Und ich heiße Jane.«

»Klasse.«

»Gefällt Ihnen der Name so gut?«

»Das auch. Aber mit einer Jane war ich noch nicht zusammen, um mich mal vornehm auszudrücken.«

Jane kicherte. »Sie sind ja ein Loser.«

»Sagte meine Mutter auch immer und klärte mich auf, als ich die ersten Alimente zahlen mußte.«

Jane kicherte, daß ihr Busen unter der Bluse beängstigend hin und her wackelte.

»Und wann gehen wir aus?« fragte Sonny.

Jane schüttelte ihre rote Mähne. »Bin schon vergeben.«

»Das ist zwar ein Grund, aber kein Hindernis.«

»Für Sie doch, Sonny. Gino ist mein Typ.«

»Wer ist denn dieses?«

»Gino Spirelli, der Vorarbeiter. Er teilt die Leute ein. In ein paar Minuten muß er hier sein, dann werden Sie ihn kennenlernen.«

»Na, ich glaube, den habe ich schon gestern gesehen.«

»Kann sein. Gestern hatte ich frei.«

Jane hatte ihr Make-up inzwischen beendet. Sie ging mit wiegenden Hüften zu ihrem Schreibtisch und hob die Schutzhülle von der Schreibmaschine. Dann spannte sie einen Bogen Papier ein und haute in die Tasten.

Sonny sah sich inzwischen um. Die Baracke bestand aus zwei Räumen. In einem Zimmer saß Jane und in dem anderen, durch eine Glaswand getrennt, hockte für gewöhnlich Gino Spirelli.

»Wann kommt denn Ihr kleiner Sonnenschein?« fragte Sonny nach fünf Minuten.

»Kann ich Ihnen nicht sagen«, erwiderte Jane, ohne von ihrer Arbeit aufzublicken.

»Sie gehen ganz schön ran«, bemerkte Sonny und pflanzte sich eine Zigarette zwischen die Lippen.

»Wie?«

»Sie malochen, als kriegten Sie es bezahlt«, wurde Sonny deutlicher.

»Gino hat es nicht gerne, wenn man hier nur rumsitzt.«

Ehe Sonny etwas erwidern konnte, kam Gino. Für einen Südländer war er verdammt groß und kräftig. Das pechschwarze, lockige Haar fiel ihm lang in den Nacken. Zwei dunkle Augen musterten Sonny kalt. Gino trug das gelbe Hemd bis zum zweitletzten Knopf offen. Ein Kettchen mit einem Talismann daran baumelte auf seiner gebräunten Brust. Dicke Muskelpakete quollen unter den Hemdsärmeln hervor.

Jane sprang hoch und hauchte Gino einen Kuß auf die fleischigen Lippen. Sie wollte noch mehr, doch Gino schob sie kurzerhand beiseite. Jane setzte sich schmollend hinter ihre Maschine.

»Bist pünktlich«, sagte Gino. »Das lieben wir hier.«

Sonny fühlte sich angesprochen. »Schon meine Mutter sagte: Pünktlichkeit ist . . .«

»Quatsch nicht so dämlich«, fuhr Gino ihm in die Parade, »dafür hast du unterwegs Zeit genug. Deine Papiere!«

Sonny holte eine abgewetzte Brieftasche aus seiner Lederjacke und reichte Gino das zerfledderte Stück.

Spirelli blätterte die Sachen kurz durch. Sonny entging nicht, daß Jane ihm ab und zu einen schnellen Blick zuwarf. Anscheinend war sie mit ihrem heißblütigen Italiener doch nicht so zufrieden. Sonny kniff ihr ein Auge zu.

»Okay«, sagte Gino Spirelli und reichte Sonny die Papiere wieder. »Komm jetzt mit nach draußen, ich mache dich mit den anderen bekannt.«

Die beiden gingen quer über den Hof.

Die Männer hielten in ihren Unterhaltungen ein, als Gino und Sonny auf sie zukamen.

»Das ist der Neue«, sagte Gino. »Ich hoffe, ihr kommt mit ihm zurecht. Er fährt mit Rudy. Verstanden?«

Die Männer nickten schweigend. Sonny sah, daß manch finsterer Blick in Ginos Richtung geworfen wurde. Beliebt war er wohl nicht hier.

Gino musterte die Männer noch einmal kurz und verschwand dann in seiner Baracke. Durch die Scheibe konnte Sonny sehen, daß er telefonierte.

»Hast du wirklich solch einen blöden Namen, wie wir gestern

gehört haben?« fragte Sonny ein stiernackiger Kerl mit rotblonden Haaren.

Die anderen grinsten.

Jetzt kommt wohl die große Bewährungsprobe, dachte Sonny.

»Was gefällt dir denn daran nicht, du Fettwanst?« erkundigte sich Sonny freundlich.

»Oaahh!« röhrte der Kerl. »Fettwanst hat dieser Pinscher gesagt. Dafür brech' ich dir die Hinterbeine.«

»Paß auf, daß du dich nicht übernimmst.«

Der Fettwanst kochte. »Komm mit hinter einen Wagen, du Ratte«, zischte er.

»Gerne«, grinste Sonny, »aber nimm vorher einen Mantel mit.«

Fettwanst, der sich schon in Bewegung gesetzt hatte, stoppte. »Wieso?« fragte er blöde.

»Falls du nämlich über Winter hier liegenbleibst.«

Die Truckfahrer grölten.

Jedoch nicht der Fettwanst. Er bekam einen Kopf wie eine Tomate und schlug zu.

Sonny zog noch soeben den Kopf ein. Trotzdem traf ihn der Schlag an der Schulter.

Sonny wurde zurückgeschleudert und krachte gegen einen Vorderreifen. Dort blieb er erst mal hängen.

Der Fettwanst stürmte los. Wollte Sonny in den Boden spitzen.

Es blieb beim Vorsatz. Sonny hob nämlich das rechte Bein, und dann schoß sein Fuß im richtigen Augenblick vor.

Es machte platsch, als der Fettwanst mit seinem Kopf gegen die Sohle knallte.

Den Zusammenprall konnte selbst er nicht verdauen. Mit einer komischen Bewegung setzte er sich auf den dicken Hosenboden. Sein Blick war leicht glasig.

Für Sonny war der Spaß noch nicht zu Ende. Er sah, daß der Fettwanst breite Hosenträger trug.

»Und jetzt paßt mal auf, Freunde«, sagte Sonny, zog den Dicken vorn an seinen Hosenträgern hoch und ließ sie schnacken.

Zack! Als der Fettwanst jetzt auf seinen Hintern fiel, hatten bestimmt drei Zentner voll gedrückt. Er jaulte kurz auf und legte sich zur Seite. Verständlich bei seinem malträtierten Hinterteil.

Sonny rieb sich die Hände. Er wunderte sich, daß ihn niemand als Sieger feierte.

Der Grund war Gino Spirelli. Er lehnte an einem Truck und hatte den Kampf beobachtet.

»Wenn du noch mal zuviel Kraft hast, kannst du es ja mit mir versuchen!« zischte er.

Sonny hob die Hände wie Muhammed Ali in seinen besten Tagen. »Aber sicher, Gino. Bin stets bereit. Ich kämpfe sogar gegen Vorgesetzte.«

Gino unterdrückte nur mühsam seine Wut. »Spaßvogel, wie?«

»Dann und wann.«

»Na, der Spaß wird dir schon vergehen. Und jetzt an die Arbeit. In einer halben Stunde ist der Platz leer.«

Gino Spirelli dampfte ab.

Eine Hand legte sich auf Sonnys Schulter. Sonny wandte sich um.

Er sah in das Gesicht eines etwa dreißigjährigen Mannes mit einer extrem langen Nase. Der Mann selbst reichte Sonny kaum bis zur Schulter.

»Ich bin Rudy«, sagte er mit krächzender Stimme und hielt Sonny die Hand hin.

»Heiße Sonny«, sagte Sonny und schlug ein.

Jetzt begrüßten ihn auch die anderen mit Handschlag. Jemand meinte schadenfroh: »Tut dem Dicken ganz gut, daß er mal 'ne Abreibung gekriegt hat. Der tyrannisiert uns schon viel zu lange.«

Der Fettkloß, von dem die Rede war, kam langsam wieder auf die Beine. Er hielt sich mit beiden Händen seinen Hintern und warf Sonny haßerfüllte Blicke zu.

»Vor dem mußt du dich vorsehen«, murmelte Rudy. »Der hat einen heißen Draht zu Gino.«

»Warum hat Gino denn vorhin nicht eingegriffen?«

»Kann ich dir genau sagen.« Rudy lachte. »Der hat doch niemals damit gerechnet, daß du gewinnst. Ist doch immer so, wenn ein Neuer kommt. Zuerst nimmt der Dicke ihn sich vor. Und bisher hat er jeden kleingekriegt. Gino kommt immer nachher und sieht sich die Sache an. Mach dir keine großen Gedanken, sondern steig ein.«

Rudy ging zum Führerhaus eines Trucks. Ehe er die Tür aufschließen konnte, hielt ihn Sonny zurück.

»Sag mal, Rudy, stimmt das eigentlich, daß man zwei von euch umgelegt hat?«

Rudys Gesicht wurde hart. »Ja, verdammt.«

»Wie ist denn das gekommen?«

»Keine Ahnung. Hier fragt man nicht.«

»Komisch.« Sonny schüttelte den Kopf. »Warum gehst du denn nicht zu 'ner anderen Firma?«

»Hier wird besser bezahlt.«

»Sogar mit dem Leben«, vollendete Sonny sarkastisch.

Rudy zuckte nur mit den Schultern und stieg ein.

Sonny ging um den Truck herum und nahm auf dem Beifahrersitz Platz. Er war gespannt, was ihm dieser Job noch einbringen würde. Hoffentlich nicht nur blaue Bohnen ...

Der Golfklub lag in Staten Island am Südostzipfel des Great Kills Park.

Es war kein alteingesessener Klub, beileibe nicht. Eher eine Renommieranstalt für Neureiche. Männer, die sich erst in den letzten Jahren hochgeboxt hatte, wollten sich hier den Hauch einer gewissen Exklusivität geben. Oft erreichten sie noch nicht mal den bewußten Hauch.

Karel Kubiaks Sekretärin hatte John Cameron am Telefon gesagt, daß ihr Chef hier zu finden sei. Also setzte sich John in seinen Mercury Montego und dampfte los.

Es war in den späten Morgenstunden, als er den Eingang des Klubs erreichte. Ein livrierter Wärter mit dicken Muskelpaketen unter der Jacke fragte John nach der Mitgliedskarte.

»Mr. Kubiak erwartet mich«, sagte John knapp.

Der Wärter überlegte noch einen Augenblick, öffnete dann die Schranke. John fuhr langsam auf das Gelände. Die Wege waren gepflegt und der Rasen so geschnitten, wie er sein mußte.

John folgte dem Hinweisschild zum Klubhaus. Das Haus entpuppte sich als T-förmig angelegter Bungalow mit sehr großen Fenstern.

John stellte seinen Wagen auf einem Parkplatz ab, betrat den Bungalow und erkundigte sich nach Karel Kubiak.

»Mr. Kubiak spielt«, sagte ihm ein Mann, der an der Bar hing und den John flüchtig kannte.

John bedankte sich und verließ das Klubhaus.

Er fand Karel Kubiak nach einer Viertelstunde. Kubiak hatte gerade einen guten Schlag gelandet und war dementsprechender Laune.

John ging auf ihn zu.

Kubiak ließ den Schläger sinken. Seine Augenbrauen zogen sich zusammen.

»Cameron, wenn ich mich nicht irre«, knurrte er zur Begrüßung.

John lächelte spöttisch. »Sie irren nicht, Kubiak. Und sagen Sie Ihren Gorillas, daß ich Ihnen nichts tue.« Damit waren die zwei Typen gemeint, die als Caddys fungierten. Sie hatten schon die Hände in ihren Jackenausschnitten verschwinden lassen.

Kubiak machte eine kurze Handbewegung. Die Kerle zogen sich zurück.

John Cameron hatte Karel Kubiak mehrmals gesehen. Auf Partys, zu denen er hingehen mußte. Kubiak war ein bulliger Typ, ohne jedoch Fett angesetzt zu haben. Sein schwarzes Haar war kurz geschnitten und jetzt von einer Sportmütze bedeckt. Zu dem saloppen Pullover trug Kubiak hellbeige Hosen und handgearbeitete Schuhe. Sein Gesicht war hart und eckig, und nur die kalten wasserblauen Augen schienen sich darin zu bewegen.

Karel Kubiak klemmte sich ein dünnes Zigarillo zwischen die Lippen. Einer seiner Leibwächter wetzte los und gab ihm Feuer. Kubiak paffte ein paar Rauchwolken und fragte dann: »Was verschafft mir denn das unerwartete Vergnügen, Cameron?«

»Die Überfälle der letzten Wochen.«

Karel Kubiak nickte langsam. Dann hob er den Kopf und blickte John starr an. »Weshalb interessieren Sie sich überhaupt dafür? Die Waren werden doch von der Versicherung ersetzt. Es kann Ihnen doch gleichgültig sein. Wenn ich das sagen würde, wäre es etwas anderes. Aber so?«

»Morde sind mir nie gleichgültig«, erwiderte John scharf. »Und ausgerechnet als mein Truck überfallen wurde, passierten diese Morde.«

»Die wird die Polizei schon aufklären. Außerdem hat sich der FBI reingehängt.«

»Vielleicht. Vielleicht auch nicht. Auf jeden Fall kann es noch eine Weile dauern. Polizisten müssen gewisse Rücksichten nehmen. Ich nicht.«

»Was soll das heißen?« Kubiaks Stimme klang lauernd.

John lächelte maliziös. »Das sollten Sie doch wissen. Machen wir beide uns nichts vor. Hinter diesen Überfällen steckt eine große Organisation. Und diese Organisation muß einen Boß haben, einen Kopf, der alles lenkt. Wer wäre dafür besser geeignet als Sie, Kubiak?«

Karel Kubiak stand dicht vor der Explosion. »Das wird Sie eine Klage kosten, Cameron!« zischte er. »Ich lasse mich doch nicht einfach beleidigen. Ich . . .«

»Moment!« John schnitt ihm kurzerhand das Wort ab. »Haben Sie Zeugen, Kubiak? Ich sagte Ihnen doch schon vorhin, ich habe mehr Möglichkeiten als die Polizei. Ich brauche meine Worte nicht genau abzuwägen — unter gewissen Umständen, versteht sich.«

»Gut«, knurrte Karel Kubiak. »Bis jetzt waren Sie an der Reihe. Nun fang' ich an.«

Er rief einen kurzen Befehl in Richtung der beiden Gorillas. Sofort setzten sie sich in Bewegung.

»So ist das also«, sagte John. »Noch immer der gleiche miese Typ. Kubiak, Sie werden es nie lernen.«

Karel Kubiak grinste wölfisch. Seine Leibwächter sahen ihn fragend an.

»Bringt dem Kerl Manieren bei!« befahl Kubiak.

Wie Roboter setzten sie sich in Bewegung. Sie versuchten, John in die Zange zu nehmen.

John Cameron ging rückwärts, griff unter sein Jackett, und als seine Hand wieder zum Vorschein kam, hielt sie eine Pistole.

Die beiden Gorillas standen sofort stramm. Hilfesuchend blickten sie zu ihrem Boß.

Karel Kubiak stand auf seinem Golfschläger gestützt da und hatte einen roten Kopf bekommen.

»Man soll seinen Gegner nie unterschätzen«, lächelte John. »Kommt mal ein Stück näher, ihr beiden«, wandte er sich an die Gorillas.

Sie waren noch unschlüssig.

»Tut, was er sagt«, knurrte Kubiak.

Nach zwei Schritten sagte John: »Stop!«

Er besah sich die beiden und begann zu lachen. Dabei kam die Mündung seiner Waffe nicht ein einziges Mal aus der Richtung.

»Weshalb geiern Sie so?« regte sich Kubiak auf.

»Ich stelle mir die beiden gerade ohne Hosen vor.«

»Ach, wie komisch«, giftete Kubiak. »Sie sind wohl schwul, wie?«

»Nein, das nicht«, erwiderte John. »Aber ich habe wenig Phantasie und kann mir nicht vorstellen, wie die beiden ohne Hosen aussehen. Und deshalb, ausziehen, Kameraden!«

»Boß — wir . . .«, stotterte einer der Schläger.

»Wird's bald«, unterbrach ihn Johns Stimme.

»Tut, was er sagt«, knirschte Kubiak voll unterdrückter Wut.

Die beiden Gorillas waren kalkweiß im Gesicht. Mit langsamen Bewegungen nestelten sie an ihren Hosengürteln herum.

»Schneller!« befahl John. »Habe keine Lust, hier zu übernachten.«

Sie beeilten sich wirklich.

Dreißig Sekunden später standen sie ohne Hosen da.

»Männerbeine sind doch kein schöner Anblick«, grinste John. »Und nun werft die Sachen vorsichtig her.«

Die beiden gehorchten.

»Wunderbar«, freute sich John. »Jetzt die Jacken.«

Auch das taten sie.

Zwei Schulterhalfter mit schweren Colts wurden sichtbar.

»Faßt die Spielzeuge vorsichtig an und werft sie auf die Hosen«, sagte John.

Den Gorillas blieb nichts anderes übrig.

»Na, ist das denn nicht fein?« freute sich John Cameron. Er ging leicht in die Knie, wickelte die Waffen in die Hosen und klemmte sich das Paket unter den linken Arm.

»Kubiak, Sie werde ich schonen, da ich ja an und für sich ein großzügiger Mensch bin. Ich werde mich jetzt empfehlen. Sie werden auch meinen kleinen Scherz verstehen, Kubiak. Ich habe nämlich keine Lust, mich von Ihren Gorillas verfolgen zu lassen.«

»Das zahle ich Ihnen heim«, zischte Karel Kubiak. Seine rechte Hand hatte sich um den Golfschläger gekrallt.

»Jetzt zeigen Sie Ihr wahres Gesicht«, erwiderte John. »Einen guten Rat gebe ich Ihnen. Steigen Sie aus, Kubiak. Noch können Sie es.«

»Gehen Sie zum Teufel, Cameron.«

»Unverbesserlich, der Mann.«

John zog sich langsam zurück. Er konnte sich das Lachen nicht verbeißen. Kubiaks Gorillas sahen auch zu komisch aus. Das wäre direkt ein Bild für die Presse gewesen.

John kam an eine Biegung und verlor die Männer aus den Augen. Er lief schnell zum Klubhaus und setzte sich in seinen Mercury Montego.

Der Wagen schoß mit quietschenden Reifen los.

Die Schranke unten war zu.

John hupte.

Langsam schlenderte der Wärter aus seinem Häuschen. John drückte auf den Knopf, und die Seitenscheibe surrte elektrisch angetrieben herunter.

»Ich habe hier etwas abzugeben«, sagte John und reichte dem Wärter die Hosen der beiden Gorillas. Die Waffen behielt er natürlich. »Sie können die Sachen Mr. Kubiak geben, großer Meister, und jetzt öffnen Sie die Schranke.«

Der Wärter war wohl einiges gewohnt, denn er enthielt sich eines Kommentars.

Die Schranke surrte hoch, und John startete durch. So gelassen, wie er sich gab, war er in Wirklichkeit nicht. John wußte genau, daß er hier ein Spiel in Gang gebracht hatte, das für ihn tödlich enden konnte ...

Rudy lenkte den schweren Truck auf den West Side Express Highway. Er benutzte die äußerste rechte Spur und pfiff während des Fahrens vor sich hin.

»Wohin geht eigentlich die Reise?« erkundigte sich Sonny und streckte, soweit es möglich war, die Beine aus.

»Erst mal zum 88. Pier der French Line. Dort holen wir unsere Ladung ab, und dann nach Washington.«

»Aha«, meinte Sonny. »Wieviel Tage haben wir denn Zeit?«

Rudy kicherte. »Du bist 'n Spaßvogel. Wir fahren hin, löschen, und dann wieder zurück. Dafür sind wir doch zu zweit.«

»Und wenn einer pennen will, der haut sich hinten auf die Pritsche«, vermutete Sonny.

»So ist es.«

Sonny griente. »Was machen wir denn mit Anhalterinnen? Natürlich nur, wenn sie hübsch sind.«

»Die lassen wir stehen«, knurrte Rudy. »Für 'ne Nummer haben wir keine Zeit. Außerdem stört mich das Gestöhne beim Fahren.«

»Ich bin nicht so empfindlich«, lachte Sonny.

Rudy bog in die Ausfahrt zum 88. Pier. Der Truck rumpelte jetzt über Kopfsteinpflaster. Große Verladekräne ragten wie kahle Gerippe in den Augusthimmel. Winden quietschten, Menschen rannten über den Pier, und Gabelstapler fuhren von Lager zu Lager.

»Ganz schöner Betrieb«, meinte Sonny.

»Es geht. War schon mal mehr los. Ich habe gehört, sie wollen die West Side dichtmachen. Mir ist es auch egal.«

Rudy steuerte eine der vielen Rampen an. Sie lag direkt am Ende des Piers, da, wo die Frachter festmachten.

Sonny und Rudy sprangen aus dem Führerhaus.

»Pause«, rief Rudy und verschwand mit den Ladepapieren im Lagerhaus, das direkt hinter der Rampe lag. Sonny zündete sich eine Zigarette an und setzte sich auf das Trittbrett. Gelangweilt sah er dem Treiben auf dem Pier zu.

Plötzlich zuckte Sonny zusammen. Er sah drei Männer auf die Rampe zukommen.

Den Kerl in der Mitte kannte Sonny. Aus früheren Tagen, als es ihm noch nicht so gutging. Damals, als Sonny arbeitslos gewesen war, hatte er bei Jarvis um einen Job nachgefragt. Jarvis hatte ihn hinausgeworfen. Und das hatte Sonny nie vergessen. Sollte Jarvis mit in der Sache drinhängen? Möglich war es. Jarvis war soviel wie ein Kronprinz hier am Hafen. Er hatte seine dreckigen Finger im Transportwesen. Er bestimmte, wer was holte und wo was hingefahren wurde.

Sonny trat die Kippe aus und huschte hinter dem Truck in Deckung.

Die drei Männer gingen vorbei.

Sonny folgte ihnen. Er mußte wissen, was sie vorhatten. Zum Glück war Rudy noch beschäftigt.

Die Männer umrundeten die Rampe und blieben an der Rückseite stehen.

Sonny sah, wie Jarvis erregt auf die beiden einsprach. Etwa zwei Minuten lang. Dann verschwand Jarvis.

Die beiden anderen, es waren Fatso und Nelson, gingen eine Steintreppe hoch und betraten die Rampe.

Sonny duckte sich und kroch unter die Rampe. So gedeckt, schlich er den beiden entgegen.

Er hörte ihre halblaute Unterhaltung, konnte aber nichts verstehen. Bis sich ein dritter Mann zu ihnen gesellte.

Sonny verstand nur Truck und Washington. Wenig später trennten sich die Männer.

Sonny wartete noch einige Minuten, dann verließ er sein Versteck. Langsam schlenderte er wieder zur Vorderseite der Rampe. Auf seinem Gesicht lag zwar ein Grinsen, doch Sonnys Gedanken beschäftigten sich mit verdammt ernsten Problemen. Er brauchte nur das Gehörte richtig zu deuten. Truck und Washington, hatten die Männer gesagt. Rudy und er fuhren nach Washington. Daraus folgerte Sonny, daß der Truck unterwegs überfallen werden sollte.

»Da bist du ja endlich«, begrüßte ihn Rudy, der sich schon die Augen nach Sonny ausgeschielt hatte. »Wo hast du denn so lange gesteckt, zum Teufel?«

»War mal pinkeln, Mensch.«

»Na ja.« Rudy war wieder beruhigt. »Die Jungs sind gleich fertig mit dem Aufladen. Wir dampfen bald ab.«

Sonny hielt Rudy die Zigarettenschachtel hin. Als die Stäbchen brannten, fragte Sonny: »Sag mal, Rudy, kennst du eigentlich einen gewissen Jarvis?«

Rudy ließ vor Schreck bald den Sargnagel fallen. »Mensch, Sonny. Sprich den Namen nicht zu laut aus. Jarvis ist der König hier. Er bestimmt alles.«

»Der große Boß der Transporter«, sagte Sonny.

»So ungefähr. Aber wie ich gehört habe, soll noch jemand über ihm stehen. Wer das ist, weiß ich selbst nicht. Ich gebe dir nur einen guten Rat: Mach am besten beide Ohren und Augen zu. Glaub mir, du lebst länger.«

»Racket?« dehnte Sonny.

»Kein Kommentar.«

»Mensch, Rudy. Sei doch keine Memme.«

Rudy schüttelte stur den Kopf. Dann sagte er: »Du wirst die Zusammenhänge noch früh genug kennenlernen. Aber halt jetzt die Klappe. Sonst bin ich noch mit dran.«

»Schon gut«, schwächte Sonny ab, »war ja nur 'ne Frage.«

»Ihr könnt abfahren!« schrie einer der Arbeiter, die die Fracht aufgeladen hatten.

»Okay!« rief Rudy zurück und zurrte die Leinen der großen Plane fest. Sonny half ihm dabei.

Dann kletterten sie ins Führerhaus. Rudy ließ den Motor an.

»Die ersten hundert Meilen fahre ich«, sagte er, »wir lösen uns dann immer in diesem Rhythmus ab.«

»Einverstanden«, nickte Sonny. »Was haben wir eigentlich geladen?« fragte Sonny, als sie den Pier verließen.

Rudy warf ihm einen schnellen Blick zu. Dann erwiderte er leise: »Pelze!«

Sonny pfiff durch die Zähne. Jetzt war hundertprozentig sicher, daß etwas passieren würde. Bei der Ladung.

»Verdammt kostbare Fracht«, sagte er.

»Was meinst du?«

Sonny kratzte sich am Hinterkopf. »Sagen wir mal so. Die Ladung reizt. Schätze, wir müssen doppelt aufpassen.«

Rudy schluckte. »Mal den Teufel nicht an die Wand«, flüsterte er.

»John, es war ein reizender Abend«, hauchte Dahlia Sayora. Ihr glutvoller Blick streifte John Cameron. »Ich weiß, was ich meinen Mitarbeitern schuldig bin«, erwiderte John galant und ließ sein Feuerzeug aufschnappen, als Dahlia sich eine Zigarette zwischen die blaßrosa geschminkten Lippen steckte.

Dahlia Sayora trug ein schulterfreies Kleid aus reiner Seide. Der BH war in das Kleid eingearbeitet und ließ die hochgewachsenen Brüste fast aus dem Ausschnitt quellen.

Dahlia war zweifelsohne der Star in der intimen Bar, in der John und sie den Abend beenden wollten. John rechnete sich allerdings noch eine Chance aus, bei Dahlia einen Kaffee zu bekommen.

»Hast du dich eigentlich schon entschieden?« fragte Dahlia leise.

»Ich verstehe nicht«, lächelte John.

»Nun — zwischen mir und Baby Jill.«

John war dieses Thema unangenehm. Er verhielt sich wie ein gelernter Diplomat. »Ihr seid beide einmalig, Dahlia, und du kannst dir vorstellen, daß mir eine Wahl mehr als schwer fällt. Lassen wir es, wie es ist. Ja?«

»Leider, John.« Dahlia trank ihr Glas leer. »Laß uns bitte gehen, John.«

John Cameron bezahlte die nicht gerade kleine Rechnung und legte Dahlia ihre Nerzstola über die Schultern. Der Ober begleitete die beiden noch bis zur Tür und verabschiedete sich mit zahlreichen Verbeugungen.

Draußen empfing sie eine laue Augustnacht. Im Osten glitzerte die Lichterkette von Manhattan. Hier, in Long Island, war die Luft noch klar und frisch.

John legte seinen Arm und Dahlias Schultern. Sein Mercury Montego stand auf einem kleinen Parkplatz, der zu dem Lokal gehörte. Sorgfältig gepflegte Buschreihen umsäumten den Platz. Eine Peitschenleuchte spendete mäßiges Licht.

Johns Wagen stand direkt an dem ersten Parkstreifen. John Cameron holte die Wagenschlüssel aus der Smokingjacke. Dahlia Sayora ging schon auf die andere Seite des Mercury.

In diesem Augenblick geschah es. Zwei grelle Lichtfinger durchschnitten die Dunkelheit. Ein Motor heulte auf.

John sah die Lichtfinger mit unheimlicher Geschwindigkeit auf sich zurasen.

Er konnte Dahlia nur noch zuschreien: »Leg dich hin!« Da ratterte schon das tödliche Stakkato einer Maschinenpistole durch die Nacht.

John ließ sich rücklings in das Gebüsch fallen. Zweige schlugen über ihm zusammen, zerkratzten sein Gesicht.

Das heiße Blei fauchte durch die Blätter.

John steckte seinen Kopf in den Dreck. Noch einmal hörte er den Motor aufheulen, dann war der Spuk vorbei.

John kroch aus dem Gebüsch. Von dem Lärm aufgeschreckt, kamen Menschen aus dem Lokal gerannt.

John kümmerte sich zuerst um Dahlia. Sie hatte sich halb unter dem Mercury verkrochen und rappelte sich gerade hoch. Kleid und Strümpfe waren zerrissen, und auch die Nerzstola sah nicht mehr wie neu aus.

»Mit dir wird es nie langweilig, John«, lächelte Dahlia ein wenig verzerrt und blies sich eine Haarsträhne aus der Stirn.

»Ist Ihnen was passiert?« Der Geschäftsführer des Lokals kam herangewieselt.

John bleckte die Zähne. »Nein, mein guter. Wir machen immer solch eine Abendgymnastik.«

Der Geschäftsführer bekam einen Schluckauf und zog beleidigt davon. Die anderen Gäste gingen mit ihm. John hörte noch, wie er sagte. »Ich muß die Polizei anrufen.«

Der Wagenschlüssel steckte im Schloß.

»Bitte, einsteigen«, sagte John und öffnete Dahlia die Beifahrertür.

Aufatmend ließ sich die milchkaffeebraune Schönheit in den Schalensitz fallen.

»Und nun in die Heia«, sagte sie. »Aber allein.«

»Kann ich dir nachfühlen«, grinste John.

Während der Fahrt zu Dahlias Apartment blickte John immer wieder in den Rückspiegel. Er konnte jedoch keinen Verfolger entdecken.

»Kannst du mir mal verraten, wer solch ein großes Interesse daran hat, dich umzubringen?« fragte Dahlia Sayora.

»Ich schätze, ein gewisser Kubiak. Karel Kubiak.«

»Kubiak?« Dahlia runzelte die Stirn. »Diesen Namen habe ich doch schon mal gehört. Sicher.« Sie schlug sich gegen die Stirn. »Ich habe ja Unterlagen über ihn gesammelt. Und dieser Typ trachtet dir nach dem Leben, John?«

»Es ist anzunehmen. Ich bin ihm heute morgen arg auf die Zehen getreten.«

»Du mußt dich auch mit jedem anlegen. Nur gut, daß Baby Jill nicht da ist. Sie hätte bestimmt auch noch mitgemischt.«

»Baby kommt morgen aus Chicago zurück«, klärte John Dahlia auf. »Wenn sie von dem Fall erfährt, wird sie bestimmt einsteigen wollen.«

»Läßt du sie mitmachen?«

»Nein, diesmal stehen Sonny und ich die Sache allein durch.«

»Da bin ich mal gespannt.«

»Wart's ab.«

»Hast du den Wagentyp erkannt, aus dem wir beschossen worden sind?« erkundigte sich Dahlia, als John vor ihrer Wohnung hielt.

»Leider nicht.«

»Pech. Laß dir's gutgehen, John.« Dahlia Sayora hauchte John Cameron einen Kuß auf den Mund und sprang aus dem Wagen.

John wartete noch fünf Minuten, bis oben in ihrer Wohnung Licht brannte.

Erst dann fuhr er weg.

»Das war natürlich Scheiße«, fauchte Fatso seinen Kumpan Nelson an, »wenn du nicht zielen kannst, dann laß es ganz bleiben.«

»Ach, halt's Maul«, knurrte Nelson und versteckte die Maschinenpistole zwischen Vorder- und Rücksitz.

Die beiden Gangster, die für den Mordanschlag auf John Cameron verantwortlich waren, jagten auf dem Bronx Expressway in Richtung George Washington Bridge, um nach Manhattan zu kommen.

Fatso hockte wie ein Pavian hinter dem Steuer. Nelson saß neben ihm und rauchte Kette.

»Der Boß wird sich freuen«, sagte Fatso nach einer Weile. »In deiner Haut möchte ich nicht stecken.«

»Halt doch endlich deine dämliche Schnauze!« schrie Nelson. »Schließlich warst du ja auch daran beteiligt.«

»Ich habe nicht geschossen!«

»Leck mich am Arsch!«

Von nun an schwieg Fatso. Es war besser. Nelson war manchmal unberechenbar in seinen Aktionen.

Schweigend bezahlte Fatso an der Brücke seinen Zoll, und ebenso schweigend steuerte er den grauen Ford zu der stillgelegten Fabrik.

Die Gangster löschten die Scheinwerfer und stiegen aus.

Jarvis erwartete sie bereits. Er saß auf einem kleinen Tisch und ließ die Beine baumeln. In seinem Mundwinkel klebte eine Zigarette. Jarvis wirkte auch um diese Zeit wie aus dem Ei gepellt.

Fatso und Nelson machten betretene Gesichter, als sie ihrem Boß gegenüberstanden.

»Chef — wir...«, begann Nelson.

»Sei still!« zischte Jarvis. »Ich weiß längst Bescheid.«

»Aber woher?« Nelson zog ein saublödes Gesicht.

»Ich höre ja ab und zu den Polizeifunk. Und da berichtete man von einem mißglückten Mordanschlag in Long Island. Ich brauchte dann nur eins und eins zusammenzuzählen.«

»Es war nämlich so, Boß«, versuchte Fatso seinem Kumpan beizustehen.

»Ich will keine Entschuldigung hören«, unterbrach ihn Jarvis kalt. »Ihr habt versagt, und nur das zählt.«

Fatso und Nelson bekamen das große Schlottern.

Jarvis grinste verächtlich. Normalerweise hätte er sie jetzt töten müssen. Aber, verdammt, es war schwer genug, Leute zu kriegen. Die guten Männer arbeiteten alle für das Syndikat, und wenn er selbst seine Leute umlegte, würde ihm der Boß die Hölle heiß machen. Dieses Risiko konnte Jarvis nicht eingehen.

»Ich gebe euch noch eine Chance«, sagte er plötzlich.

Fatso und Nelson horchten auf.

»Sollen wir es noch mal versuchen?« schnappte Nelson eifrig. »Diesmal, Boß, werden wir ihn...«

»Schnauze!« zischte Jarvis. »Eure idiotischen Vorschläge interessieren mich nicht.«

»Ja, Boß.«

Jarvis begann unruhig in der Fabrikhalle umherzuwandern. Dabei rauchte er ein dünnes Zigarillo.

Plötzlich blieb er stehen. Mit einem Ruck wandte er sich den beiden Gangstern zu.

»Ich habe einen Plan«, sagte Jarvis leise. »Ich weiß genau, wie wir John Cameron kleinkriegen können. Hört genau zu...«

»Die Fahrt hängt mir jetzt schon zum Halse raus«, sagte Sonny mürrisch.

Rudy hatte dafür nur ein mitleidiges Lächeln. »Man gewöhnt sich an alles. Hattest wohl noch nie solch einen Job, oder?«

»Nee. Allerdings habe ich schon mal bei der Army Transporter gefahren. War allerdings nicht so 'n ruhiger Job«, gab Sonny zu.

»Kann ich mir denken.«

Es dämmerte bereits. Rudy hatte die Scheinwerfer eingeschaltet. Das Licht brach sich auf der geraden Betonfahrbahn, und Sonny taten vom langen Starren schon die Augen weh.

»Können wir nicht mal 'ne Pause machen?«

»Gleich«, erwiderte Rudy. »Ich kenne hier in der Gegend 'ne gute Raststätte. Gar nicht mal teuer, aber du kriegst anständig was auf den Teller.«

Sie befanden sich bereits zwischen Philadelphia und Baltimore. Bald mußte die große Brücke über den Susquehanna kommen. Dann waren es noch zehn Meilen bis zur Raststätte.

Sonny überlegte. Sie wollten nach der Pause bis Washington durchfahren. Sollten die Gangster wirklich etwas vorhaben, mußten sie es — Sonnys Meinung nach — noch während der Pause machen.

Verstohlen tastete Sonnys Hand nach dem Hosengürtel. In einer kleinen Halfter hatte er einen stupsnasigen Cobra-Colt deponiert. Die braune Lederjacke war lang genug, um die Waffe zu verdecken.

Sie überquerten die Brücke schon in der Dunkelheit. Wenig später tauchten die ersten Hinweisschilder für den Rastplatz auf. Dann kam bereits die Abfahrt.

Zwei Minuten später standen sie auf dem großen Parkplatz für Lastwagen. Außer ihrem standen hier noch vier weitere Trucks.

Steifbeinig sprangen die beiden aus dem Führerhaus. Dann gingen sie auf die Raststätte zu.

Sonny sah sich so unauffällig wie möglich um. Er suchte nach verdächtigen Personen, doch im Licht der Peitschenlampen, die den Parkplatz erhellten, war nichts zu entdecken. Trotzdem beschlich Sonny ein unbehagliches Gefühl.

In der Raststätte konnte man das Essen im Stehen und im Sitzen einnehmen.

Die beiden stellten sich an die Imbißplätze und kauten ihren Hamburger.

Eine weißblond gefärbte Nutte gesellte sich zu ihnen. »Nehmt ihr mich mit?« erkundigte sie sich mit einer Stimme, die man schon nicht mehr als Stimme bezeichnen konnte.

Sonny peilte ihr kurz in den Ausschnitt und dann ins Gesicht. »Zieh Leine!« knurrte er. »Sauf dir einen an, oder kauf dir 'nen Vibrator.«

»Affenkacker!« zischte die Nutte und stöckelte weg.

Rudy grinste mit vollen Backen. »Der hast du's aber gegeben.«

»Jedem das, was er verdient.«

Sie nahmen nach den Hamburgern noch zwei Kaffee und verließen dann die Raststätte.

Ein dandyhaft gekleideter Kerl trat ihnen in den Weg. »Lorna sagte mir, ihr hättet sie beleidigt«, knurrte der Dandy.

Lorna mußte wohl die Nutte sein und der Miesepriem ihr Zuhälter.

»Komm weiter, Sonny«, drängte Rudy.

»Nee, das gibt sowieso Ärger.«

Sonny stoppte. Der Zuhälter stand dicht vor ihm. In seiner Hand wippte eine Stahlrute. Lorna hatte sich hinter eine Müllbox verzogen. Sonny sah kurz ihr blondes Haar.

Der Zuhälter hob langsam seinen Arm. »Du kannst alles gutmachen, wenn du deine Brieftasche leerst«, sagte er.

Sonny nickte und schlug dann zu. Ansatzlos.

Sein Schlag traf den Zuhälter am Kiefer. Der Knabe wurde fast aus den Schuhen gehoben. Wie eine steife Puppe kippte er gegen die Müllbox und begrub sie und die kreischende Lorna unter sich.

»Das wär's dann«, sagte Sonny, »und geh zum Gebißklempner«, fügte er noch hinzu.

»Wie du das machst, einmalig«, lobte Rudy.

Sonny grinste. »Eine meiner leichtesten Übungen.«

Es hatte sich abgekühlt, außerdem kam Wind auf.

»Sieht nach Gewitter aus«, meinte Rudy.

Sonny nickte nur. Er befürchtete ein ganz anderes Gewitter.

Sonny war gespannt wie eine Stahlfeder, als er sich dem Wagen näherte. Rudy war etwas zurückgeblieben. Auf Sonnys Anweisung. Sonny ging erst einmal um den Truck herum. Er prüfte Leinen und Verschnürungen. Alles unversehrt. Auch die Plombe war nicht durchbrochen worden. Ein halber Stein fiel Sonny vom Herzen.

Er winkte Rudy zu. »Alles okay.«

Die beiden stiegen ein. Mit einem heftigen Ruck schlug Sonny die Tür zu. Das wäre noch mal gutgegangen.

Der Motor kam sofort. Rudy hatte sich angeboten, bis Washington durchzufahren. Sonny kam das sehr gelegen, so konnte er sich mehr auf die Umgebung konzentrieren.

Rudy mußte eine große Schleife fahren, um wieder auf die Fahrbahn zu gelangen.

Kurz vor der Ausfahrt hörten sie hinter sich plötzlich ein leises Lachen. Und dann den Befehl: »Weiterfahren und keinen Mucks!«

Sonny sträubten sich die Haare. Der oder die Gangster hatten es verdammt geschickt gemacht. Während der Pause mußten sie mit Nachschlüsseln die Tür geöffnet haben, waren in das Führerhaus geklettert und hatten sich auf der Schlafkoje, vor der ein Vorhang hing, versteckt.

»Sei ganz ruhig, Rudy«, flüsterte Sonny seinem Kumpel zu.

»Ja, ja«, krächzte dieser.

»Fahr auf den Highway, wie vorgesehen«, ertönte hinter ihnen wieder die Stimme.

Rudy gehorchte. Er war jedoch so nervös, daß er beinahe einen Unfall gebaut hätte.

Sonny riskierte einen schnellen Blick. Er sah die Mündungen von zwei Pistolen. Für einen Mann wäre dieser Hold-up auch zu riskant gewesen.

»Dreh deinen dämlichen Glatzkopf wieder nach vorn!« wurde Sonny angebrüllt.

»Schon gut«, schwächte Sonny ab. »Man wird ja noch mal gucken dürfen.«

»Was du darfst oder nicht, bestimmen wir, verstanden?«

Sonny schwieg.

Eine Weile hielten die Gangster den Mund. In dem Führerhaus war nur das Motorengedröhn zu hören.

Nach etwa zehn Minuten sagte einer der Gangster: »An der nächsten Abfahrt runter.«

Rudy nickte. Es dauerte nicht lange, da tauchte die Abfahrt im Licht der Scheinwerfer auf. Rudy verlangsamte das Tempo und lenkte den Wagen in die Kurve.

»Du fährst noch etwa dreihundert Yards, und dann geht links ein Weg ab. Da gondelst du rein.«

Der Weg war nur zu erkennen, wenn man sehr langsam fuhr. Er war nicht breiter als der Truck. Rechts und links streiften tiefhängende Baumzweige den Wagen.

Die starken Scheinwerfer geisterten durch lichten Mischwald. Dann verbreiterte sich der Weg, und eine Lichtung tauchte auf.

»Anhalten!« befahl einer der Gangster.

Auf der Lichtung stand ein Blockhaus. Rudy mußte den Truck drehen und ihn mit der Ladefläche zum Blockhaus hinstellen.

»Aussteigen!«

Sonny und Rudy sprangen aus dem Führerhaus. Eine Chance, sich in die Büsche zu schlagen, gab es nicht. Denn im gleichen Augenblick öffnete sich die Blockhaustür, und ein Mann mit einer Maschinenpistole trat ins Freie. Er hätte die beiden abknallen können wie Hasen.

Rudy hatte die Scheinwerfer gelöscht. Jetzt fiel nur noch das Licht aus der Blockhaustür ins Freie.

Die Männer hielten sich mehr im Schatten auf. Sonny konnte ihre Gesichter nicht erkennen.

»Abladen!« befahl der MPi-Mann.

Sonny und Rudy zögerten.

»Habt ihr nicht verstanden? Ihr sollt die Pelze abladen! Und tragt sie ins Blockhaus! Los!«

»Komm«, sagte Sonny zu seinem Leidensgenossen.

Rudy zitterte wie Espenlaub, als er mithalf, die Verschnürung der Plane zu lösen.

»Nur nicht die Nerven verlieren«, beruhigte ihn Sonny. »Wir werden das Kind schon schaukeln.«

»Quatscht nicht herum!« wurden sie angeschrien. »In einer Stunde ist der Wagen leer!«

Sonny und Rudy schufteten wie die Stiere. Die verdammten Pelze waren schwer. Sie mußten sie aus dem Lastwagen laden und dann in dem Blockhaus stapeln.

Sonny fing einige Gesprächsfetzen der Gangster auf. Unter anderem hörte er: »Der Kunde kommt noch heute nacht. Wir geben auch unseren Stützpunkt hier auf. Aber vorher stecken wir alles an.«

»Und was geschieht mit den beiden Fahrern?« fragte einer.

Der MPi-Mann lachte kehlig. »Wenn die fertig sind, legen wir sie um!«

Sonny, der diese Worte mitbekam, lief ein eiskalter Schauer über den Rücken . . .

Sonny und Rudy waren tatsächlich innerhalb der festgesetzten Zeit fertig.

Die Pelze waren jetzt alle in dem geräumigen Blockhaus untergebracht.

Sonny war heilfroh, daß die Gangster ihn noch nicht durchsucht hatten. Anscheinend erwarteten sie von zwei Truckfahrern keinen bewaffneten Widerstand.

Sonny und Rudy wurden auch in das Blockhaus getrieben. Sie mußten an einer noch freien Wand Aufstellung nehmen.

Die drei Gangster standen vor ihnen. Die beiden, die Sonny und Rudy überfallen hatten, rauchten. Es waren Typen mit Durchschnittsgesichtern und gefühllosen Augen. Nur der dritte Gangster hielt nach wie vor seine Maschinenpistole in der Hand. Es war ein hagerer Typ mit langen, bis auf die Schulter reichenden Haaren.

Sonny spielte den Ahnungslosen. »Dann können wir ja wohl gehen«, sagte er kehlig.

Der MPi-Mann lachte blechern. »Das könnte euch so passen, was?«

Sonny schluckte. »Wollt ihr uns etwa . . .?«

»Richtig. Sprich's ruhig aus. Umlegen. Ist doch klar. Nur tote Zeugen schweigen.«

Rudy begann zu schluchzen. »Das — das . . . könnt ihr doch nicht machen. Mein Gott, wir haben euch doch nichts getan. Bitte, laßt uns laufen. Wir verraten bestimmt nichts.«

Die drei Gangster schüttelten wie auf Kommando die Köpfe.

Sonnys Gedanken suchten fieberhaft nach einem Ausweg. Wie konnte er unbemerkt an seine Waffe kommen? An der anderen Seite der Blockhütte befand sich ein Fenster. Wenn man das erreichen könnte . . .

»Mach mal die Tür zu«, sagte der MPi-Mann zu seinem Kumpan, der rechts neben ihm stand. »Nachher versuchen sie uns noch davonzulaufen.«

Der Angesprochene schloß grinsend die Tür.

»Sonny, was — was ... tun wir?« bibberte Rudy. »Was können wir noch machen?«

»Im Augenblick nichts«, erwiderte Sonny leise.

Trotzdem hatten die Gangster seine Worte gehört. »Ihr könnt auch später nichts machen«, sagte einer.

Und der MPi-Mann fuhr fort: »Damit du siehst, wie hilflos du bist, lege ich zuerst deinen Kumpel um.«

Rudy wurde noch blasser. »Nein, das können Sie nicht. Das — das ... Ich will doch leben. Bitte....«

Der Gangster lachte nur höhnisch.

Sonny biß sich vor Wut auf die Lippen, bis er Blut schmeckte. Wenn er nur eine Chance hätte, eine winzige Chance!

Rudy brach schluchzend auf die Knie. Er flehte um sein Leben. Aus eiskalten Augen sahen die drei Bestien den wimmernden Mann an. Dann nickte der MPi-Held.

Er richtete den Lauf seiner Waffe ein wenig nach unten und drückte eiskalt ab.

Die Kugeln warfen Rudy zurück. Der letzte Schrei erstarb ihm auf den Lippen. Blutüberströmt blieb er liegen.

Doch was nun geschah, ging so schnell, daß man es kaum schildern kann.

Als der MPi-Mann abdrückte, ließ Sonny sich fallen. Er hatte noch nicht den Boden berührt, da lag schon der Cobra Colt in seiner Hand.

Sonny schoß zweimal.

Das Blei drang dem MPi-Schützen in die Brust. Gurgelnd fiel er nach hinten.

Die anderen beiden Gangster reagierten zu spät.

Sie hatten ihre Waffen halb draußen, als Sonny sie mit zwei Schnappschüssen traf.

Schreiend gingen die Gangster zu Boden, wo sie stöhnend liegenblieben.

Sonny rappelte sich hoch. Verdammt, die Schießerei hatte Nerven gekostet.

Zuerst nahm er den beiden verwundeten Gangstern ihre Waffen ab. Der MPi-Schütze war tot.

Dann kniete sich Sonny neben Rudy. Ihm war nicht mehr zu helfen. Die Garbe hatte ihm die Brust zerfetzt.

Sonny spürte ein heißes Würgen in der Kehle. Er hatte Rudy zwar erst einen Tag gekannt, aber, verdammt, sie hatten sich gut verstanden. Und nun so etwas. Ein ehrlicher, aufrechter Mann, hingemäht von einem Kugelhagel aus der Maschinenpistole eines dreckigen Gangsters. Auf einmal konnte Sonny John Cameron verstehen, daß er sich die Jagd auf Verbrecher zur Lebensaufgabe gemacht hatte. Ähnlich wie Sonny mußte es ihm damals vor der Leiche seiner Schwester ergangen sein.

Sonny drückte Rudy die Augen zu. Es war der letzte Dienst, den er dem Freund noch erweisen konnte.

Sonny schnappte sich die Maschinenpistole und ging nach draußen. Er brauchte einen Wagen, einen Personenkraftwagen.

Sonny fand einen dunklen Buick zwischen den Bäumen. Damit mußte wohl der MPi-Schütze gekommen sein.

Die Tür war offen, und der Schlüssel steckte.

Sonny klemmte sich hinter das Lenkrad. Er mußte etwas rangieren, um auf den Weg zu gelangen, der zum Highway führte.

Sonny wollte gerade Gas geben, als die auf- und abhüpfenden Scheinwerfer eines anderen Wagens durch die Büsche tanzten.

Verdammt, das mußte der oder die Kunden sein, von denen die Gangster gesprochen hatten.

Sonny drosch den Rückwärtsgang ins Getriebe und fuhr wieder in die Büsche. Er löschte die Scheinwerfer und glitt aus dem Wagen.

Die Lichter des anderen Wagens kamen näher. An der Lautstärke des Motors erkannte Sonny, daß es ein Truck war. Bald stand die Blockhütte im grellen Licht der Lampen.

Der Truck hielt. Dann sprangen zwei Männer aus dem Führerhaus.

»Komisch, daß keiner zur Begrüßung kommt«, sagte der eine.

»Die werden sicher Karten spielen.«

»Wie du meinst. Gehen wir mal rein.«

Während sich die zwei unterhielten, hatte Sonny einen kleinen Bogen geschlagen und befand sich nun an der Schmalseite des Blockhauses.

Vorsichtig peilte er um die Ecke.

Er sah, wie einer der Männer die Tür aufstieß. Dann verschwanden beide im Innern.

Sonny brauchte nur drei Sätze zu machen und hatte ebenfalls die Tür erreicht.

Er hörte, wie einer der verletzten Gangster schrie: »Man hat uns reingelegt, verdammt! Alles ist geplatzt!«

Da stand Sonny schon in der Blockhütte. In jeder Hand eine Waffe.

»Wenn ihr euch nicht danebenlegen wollt, dann seid ganz ruhig«, sagte Sonny gefährlich leise. »Was ich hier in der Hand halte, sind zwei Ballermänner, die ein Sieb aus euch machen können.« Die etwas unhandliche Maschinenpistole hatte Sonny im Wagen gelassen.

Die Typen standen steif wie Billardstöcke.

»Wer bist du?« preßte einer hervor.

»Der Osterhase. Allerdings nicht mit einem Sack voll Eier, sondern mit viel blauen Bohnen.«

Sonny huschte noch näher heran. Und dann schlug er zweimal zu. Seufzend legten sich die beiden Männer schlafen.

Sonny durchsuchte kurz die Blockhütte und fand zufällig eine Rolle Draht.

Damit fesselte er die beiden Bewußtlosen.

Die zwei verletzten Gangster sahen ihm haßerfüllt zu. Ihre Wunden waren nicht gefährlich. Der eine hatte eine Kugel in die Schulter bekommen und der andere eine ins Bein. Die Wunden hatten sogar schon aufgehört zu bluten.

»Wir brauchen einen Arzt«, jammerte einer.

»Bekommt ihr«, erwiderte Sonny fröhlich. »Im Gefängnis haben sie die besten Mediziner zur Verfügung.«

»Scheißkerl«, knurrte einer.

»Mich können nur Menschen beleidigen«, grinste Sonny.

»Wie wär's mit fünftausend Mäusen?« lockte der andere.

»Hör zu, du jämmerliche Ratte«, zischte Sonny. »Mit fünftausend Mäusen wollt ihr mich abspeisen?«

»Zehntausend.«

Sonny wischte mit der Hand durch die Luft. »Für kein Geld

der Welt könnt ihr mich kaufen. Das macht Rudy, der so brutal ermordet wurde, auch nicht wieder lebendig. Und für mich wird es eine besondere Freude sein, wenn ihr lebenslänglich hinter Gittern hockt.«

Nach diesen Worten versuchte einer der Gangster Sonny anzuspucken.

Sonny grinste nur. Dann fesselte er die beiden Verletzten ebenfalls. Er mußte das tun, denn sonst würden sie die anderen befreien.

Danach setzte sich Sonny wieder in den Buick und dampfte endgültig ab. Sein Ziel war der Highway. Er wollte von der nächsten Rufsäule die Polizei verständigen.

Baby Jill war blendender Laune. Sie hatte in Chicago einen lukrativen Auftrag beendet und dadurch fünftausend Dollar auf der Habenseite ihres Kontos.

Die First Class des Jets war nur schwach besetzt, und Baby rekelte sich bequem in dem weichen Sitz. Zwei Annäherungsversuche männlicher Personen hatte sie mit Erfolg abgewiesen.

Baby trug einen taubenblauen Hosenanzug, der ihre Figur wie ein Futteral umschloß. Und über Babys Figur Worte zu verlieren, hieße Eulen nach Athen zu tragen.

Die Maschine setzte pünktlich auf dem John F. Kennedy International Airport zur Landung an. Wenig später waren auch die anderen Formalitäten erledigt.

Da Baby keine genau Ankunftszeit mitgeteilt hatte, war auch niemand da, um sie abzuholen.

Baby suchte sich ein Taxi. Der Wagen brachte sie zu ihrem Büro. Baby leerte als erstes den Briefkasten und hörte dann den Telefonbeantworter ab. Es waren keine wichtigen Anrufe für sie eingegangen.

Darüber war die Privatdetektivin sogar froh. Vielleicht konnte sie jetzt endlich mal Urlaub machen.

Babys neueste Errungenschaft, ein knallroter VW-Käfer, stand unten in der Sammelgarage. Sie klemmte sich hinters Steuer und fuhr zu ihrer Wohnung. Dort wollte sie sich frisch machen und dann John Cameron anrufen. Vielleicht hatte er heute abend Zeit.

Ziemlich guter Laune schlenderte Baby den Apartmentflur entlang. Sie ließ den Schlüsselbund wie ein geübter Jongleur um den Finger kreisen und freute sich, daß er nicht hinfiel.

Die Kratzer an ihrem Türschloß fielen ihr nicht auf.

Nichts ahnend betrat Baby ihre kleine Wohnung.

Die Männer lauerten in der Diele. Es waren Fatso und Nelson. Ehe sich Baby versah, spürte sie zwei Pistolenmündungen im Rücken.

»Geh hübsch brav in den Livingroom«, hörte sie eine heisere Stimme.

Baby gehorchte erst einmal. Sie hatte schon oft in solchen Situationen gesteckt. Für sie noch lange kein Grund, die Nerven zu verlieren.

Im Wohnzimmer ließ sie sich auf die Couch fallen, klemmte sich eine Zigarette zwischen die Lippen, bediente sich mit dem Tischfeuerzeug und fragte knapp: »Was soll der Quatsch?«

Fatso lachte blechern. »Hast du eigentlich gar keinen Schiß, Puppe?«

»Vor euch Hampelmännern bestimmt nicht«, gab Baby knallhart zurück.

»Dir müssen wir wohl mal die Visage mit Rasierklingen verschönern«, mischte sich jetzt Nelson ein.

»Wo willst du denn die hundert nackten Neger herkriegen?«

»Wie?«

»Was bist du blöde«, stöhnte Baby Jill. »Die hundert Neger, die dir dabei helfen.«

Nelson knirschte vor Wut. »Ich werde dir zeigen, du . . .« Er wollte sich auf Baby stürzen.

Im letzten Moment riß ihn Fatso zurück. »Fall doch nicht auf die alten Tricks rein, du Idiot. Die will uns doch nur zu Unvorsichtigkeiten verleiten.«

»Ja, du hast recht.«

Baby lächelte spöttisch. »Also, was wollt ihr hier? Doch nicht Kaffee trinken.«

»Dich mitnehmen«, erwiderte Fatso.

»Ach, einfach so?«

»Ja, Puppe, einfach so.«

»Und warum, wenn ich fragen darf?«

Fatso spielte mit seiner Pistole. »Das wird dir der Boß sagen.«

»Wer ist es denn?« erkundigte sich Baby lächelnd.

»Er heißt . . .«

»Schnauze!« fuhr Nelson seinem Kumpan in die Parade. »Keine Namen.«

»Schon gut.«

Nelson liftete seine Pistole. »So, Puppe. Steh auf und komm mit!«

»Darf ich denn wenigstens meine Zigarette aufrauchen?«

»Meinetwegen.«

Baby Jill hatte natürlich keine Lust, sich von diesen beiden Salzknaben entführen zu lassen. Es mußte ihr irgendwie gelingen, sie zu überrumpeln.

Baby drückte die Zigarette im Aschenbecher aus und erhob sich träge. Dabei bewegte sie sich so, daß ihre Proportionen unter dem Hosenanzug noch mehr zur Geltung kamen.

»Die Perle hat ganz schön Holz vor der Tür«, meinte Fatso andächtig.

»Da möchte ich direkt Holzhacker spielen«, gab Nelson seinen Senf dazu.

»Warum nicht?« hauchte Baby. »Ein Kerl ist mir sowieso zuwenig..«

Baby schaukelte mit genau berechneten Bewegungen auf die beiden zu. Mit provozierenden Gesten strich sie über ihren Körper.

Die beiden hätten schon schwul sein müssen, um sich nicht ablenken zu lassen. Ihre Glotzaugen sprachen Bände. Zwangsläufig zeigten die Mündungen ihrer Waffen nicht mehr auf Baby Jill. Vergessen waren Jarvis' mahnende Worte: »Aufpassen. Die Puppe ist gefährlich!«

Baby hatte die richtige Distanz. Aus der Hüfte schoß ihre Handkante hoch, knallte gegen Fatsos Pistolenhand, und ehe der Gangster reagieren konnte, warf ihn Baby gegen seinen Kumpanen.

Die beiden fluchten und kamen durcheinander.

Babys Tritt traf Nelson in den Magen. Gurgelnd setzte er sich auf seinen dicken Hintern. Baby kickte ihm blitzschnell die Pistole aus der Hand.

Doch da traf sie Fatsos Schlag gegen den Hals. Fatso hatte mit dem Lauf seiner Waffe zugeschlagen.

Baby sah Sterne und taumelte.

Der Gangster setzte nach. »Dir werde ich's zeigen«, knurrte er und holte zu einem gemeinen Schlag aus.

Baby Jill reagierte instinktiv. Sie duckte sich, und Fatsos Faust zischte über sie hinweg.

Von der Wucht des Schlages taumelte Fatso auf sie zu. Baby drosch ihm beide Fäuste in die rechte Achselhöhle.

Fatso brüllte und verlor seine Pistole.

Baby bückte sich nach der Waffe, da peitschte hinter ihr Nelsons Stimme auf.

»Nimm die Finger weg, sonst schieß' ich dir Löcher in die Figur!«

Baby erstarrte. Sie peilte in Nelsons Richtung.

Der Gangster kniete auf dem Boden und hielt die Waffe mit beiden Händen umklammert.

Baby atmete tief aus. Jetzt etwas zu versuchen, wäre Wahnsinn gewesen. In den Augen des Mannes stand tödliche Entschlossenheit.

Fatso dagegen hielt sich noch immer seinen rechten Arm. Er fluchte wie ein Maultiertreiber.

»Stell dich nicht so an«, knurrte Nelson. »Pack dir lieber deine Knarre.«

Fatso riß die Pistole, die Baby hatte fallen lassen müssen, an sich. Dann schlug er der Detektivin den Kolben über den Kopf. Bewußtlos brach Baby Jill zusammen.

»Oh, verflucht«, stöhnte Fatso. »Der Boß hatte recht. Diese Jill ist eine Wildkatze.«

Nelson zuckte mit mit den Schultern und sagte: »Ich ruf' ihn mal an.« Jarvis meldete sich sofort.

»Alles klar, Boß«, sagte Nelson. »Die Puppe ist in unserer Hand.«

»Hat es Schwierigkeiten gegeben?« wollte Jarvis wissen.

»Kaum.«

»Okay, Nelson, bring sie her.«

Jarvis legte auf.

Nelson wandte sich grinsend an seinen Kumpan. »Wieder ein paar Pluspunkte.« Dann sah er auf die ohnmächtige Baby Jill. »Ich hätte richtig Lust, sie zu vernaschen.«

»Du weißt, was der Boß gesagt hat.«

»Leider, verdammt.«

»Wie bringen wir sie runter?« fragte Fatso.

»Alte Methode. Wir rollen sie in einen Teppich.«

»Meinetwegen.«

Die beiden machten sich an die Arbeit. Zuerst fesselten sie Baby Jill aber noch die Hand- und Fußgelenke. Wenig später lag sie dann in dem Teppich. Verschnürt wie ein Rollschinken.

Die Gangster schleppten sie ächzend zu ihrem Wagen. Von den Hausbewohnern, die ihnen begegneten, wurden sie überhaupt nicht beachtet.

»Aber das, was die Puppe uns angetan hat, vergesse ich nicht«, knurrte Fatso. »Mein rechter Arm ist immer noch halb gelähmt.«

»Vielleicht schenkt der Boß sie dir. Hinterher, meine ich«, sagte Nelson grinsend.

Fatsos Augen glitzerten. »Dann nehme ich aber mein Rasiermesser.«

»Aber vorher kannst du sie mir noch geben. Ich bin schließlich auch kein Kostverächter.«

»Gemacht, Nelson.« Die beiden Gangster lachten dreckig.

Sonny war der Verzweiflung nahe. »Und ich sage Ihnen, es ist alles so gewesen, wie ich es erzählt habe, verdammt noch mal.«

Die Beamten der Highway Police grinsten nur mitleidig.

»Hör zu, Buddy«, sagte der Sergeant.

»Sonny.«

»Wie?«

»Ich heiße Sonny, nicht Buddy.«

Der Sergeant schoß einen Bulldoggenblick auf Sonny ab. »Du willst uns doch nicht weismachen, daß du mit den Kerlen allein fertig geworden bist. Solche Supermänner gibt es noch nicht mal in Krimis.«

Sonny winke ab. Mit diesen sturen Beamten war einfach nicht zu reden. Sicher, die Situation war auch komisch. Kommt da einer in den Bau der Highway Police gestürmt und erzählt eine Schauergeschichte, die sich hinterher jedoch als richtig erweist. Nur seine Rolle wollten ihm die Beamten nicht abnehmen.

»Du hast mit den Kerlen gemeinsame Sache gemacht«, stellte der Sergeant lakonisch fest.

Die anderen beiden Beamten, die noch da waren, nickten pflichtbewußt.

Sonny tippte sich gegen die Stirn. »Ich bin doch nicht blöde. Wenn ich wirklich mit den Kerlen gemeinsame Sache gemacht hätte, wäre ich wohl kaum zur Polizei gelaufen.«

»Das kann abgekartetes Spiel gewesen sein.«

Sonny stöhnte auf. Gegen soviel Sturheit konnte man nicht ankämpfen.

Der Sergeant beschäftigte sich noch mal mit Sonnys Papieren. Nicht mehr lange, dann würde der FBI auftauchen, um Sonny zu verhören. Und bis die ihn wieder freiließen ...

»Kann ich mal telefonieren?« fragte Sonny.

Der Sergeant schüttelte den Kopf.

»Jedem amerikanischen Staatsbürger steht ...«

»Schon gut«, knurrte der Sergeant und schob Sonny den Apparat zu.

»Das Gespräch geht nach New York. Kann man direkt durchwählen?«

»Ja.«

Sonny wählte die Nummer des Cameron Electronic Concern. Vielleicht hatte er Glück und traf John noch in seinem Büro an. Trotz der späten Nachtstunde.

Sonny hatte Glück.

»He, John. Hör zu«, sagte er und erzählte seinem Freund die Geschichte.

Sonny redete fünf Minuten lang.

Zum Schluß fragte er: »Welchem günstigen Zufall verdanke ich es denn, daß ich dich noch in deinem Büro angetroffen habe?«

Es dauerte einen Moment, ehe John Cameron antwortete. Dann sagte er nur: »Sie haben Baby Jill.«

»Oh, verdammt!« Sonny schluckte. »Und?«

»Nichts und. Sie haben sich noch nicht gemeldet. Ich werde abwarten.«

»John«, sagte Sonny eindringlich, »laß deine Beziehungen spielen und hol mich hier raus.«

»Okay, Sonny. Gib mir noch mal genau durch, wo du bist.«

Sonny tat es. Dann legte er auf.

Jetzt brauchte er erst mal eine Zigarette. Der Sergeant sah ihn verkniffen an. »Hättest lieber 'nen Rechtsanwalt anrufen sollen.«

Sonny verzog verächtlich die Mundwinkel. »John Cameron ist besser als jeder Rechtsverdreher.«

Karel Kubiak wohnte in Nassau. Er hatte sich vor zwei Jahren eine Traumvilla nahe der Küste errichtet. Es war ein altes Patrizierhaus aus Europa, das er Stein für Stein in die Staaten importiert hatte. Die Villa sah von außen zwar alt aus, doch innen war sie mit dem Modernsten ausgestattet, was man sich denken konnte.

Karel Kubiak feierte fast zweimal in der Woche eine Party. Diese Feste waren in New York berühmt bis berüchtigt, je nachdem, welche Moral man hatte.

Moral war John Cameron in diesem Augenblick völlig egal, als er seinen Mercury Montego durch das weit offenstehende Portal auf die hell angestrahlte Fassade der Villa zusteuerte. Er hatte es in seinem Büro einfach nicht mehr ausgehalten.

Natürlich feierte Karel Kubiak mal wieder eine Party.

John stellte seinen Wagen zu den anderen Luxusschlitten und war eine halbe Minute später mitten im bunten Treiben. John kannte viele Personen. Es waren Geschäftsleute und ein paar

Börsenjobber. Allerdings gab es auch noch andere Gestalten auf diesem Fest. Zum Beispiel den Sohn eines der führenden Mafia-Bosse in New York. Er hatte gleich drei Girls im Schlepptau. Zwei bullige Leibwächter waren ebenfalls immer in seiner Nähe.

»Wo kann ich Mr. Kubiak finden?« erkundigte sich John bei einem der Bediensteten.

»Wahrscheinlich im Haus, Sir.«

»Danke.«

Die große Flügeltür stand offen. John huschte in die Villa, ehe ihn womöglich noch jemand erkannte und aufhielt.

Der riesige Wohnraum war hell erleuchtet. John ging mit langen Schritten über die echten Teppiche und kam schließlich in eine Vorhalle. Eine breite Treppe führte nach oben. Hier hatte man mit Licht gespart. Es brannten nur ein paar Wandleuchten, und die reichten eben aus, um noch den Weg erkennen zu können.

John stieg die Treppe hoch. Auch hier lagen Teppiche.

Er hörte Karel Kubiaks Organ schon von weitem. Dann kicherte ein Girl.

Johns Gesicht verzog sich. Das Schäferstündchen würde er stören, darauf konnte Kubiak Gift nehmen.

John stand schon vor der Tür, hinter der er das Kichern gehört hatte, als aus einer Nische ein Mann auftauchte. In dem herrschenden Dämmerlicht hatte ihn John nicht gesehen.

Etwas Hartes preßte sich in John Camerons Kreuz.

»Pfoten hoch!« zischte eine scharfe Stimme.

John resignierte scheinbar, winkelte die Arme an und... drehte sich blitzschnell. Sein rechter Ellenbogen fegte dem Mann die Waffe aus der Hand.

Johns Linke krachte dem Kerl gegen den Kiefer. Der Mann fiel um wie ein Sack. Viel vertragen konnte er wohl nicht. John nahm sich die Waffe des Leibwächters und stieß die Tür auf.

Karel Kubiak merkte nichts. Er lag mit einem Mischlingsmädchen auf dem großen französischen Bett und machte das, was die Jugendkontrolle im Film meistens streicht.

Er sah dabei aus wie eine Witzfigur.

Erst als John hustete, fuhren die beiden auseinander. Das Girl kreischte die Tonleiter rauf und runter, während Karel Kubiak blöde guckte.

Doch dann verzerrte sich sein Gesicht vor Wut. »Cameron«, flüsterte Kubiak heiser. »Was, zum Teufel . . .?«

John kam langsam näher. Die Waffe des Leibwächters hielt er in der Rechten. »Schicken Sie das Mädchen weg, Kubiak!« befahl er.

Das Girl hatte ihr Fähnchen geschnappt und hielt es schützend vor der Brust.

»Hau ab!« brüllte Kubiak.

Das Girl lief zur Tür. John sah, daß sie ein klassisch gebautes Hinterteil ihr eigen nannte.

Auf halbem Weg stoppte er sie.

»Nicht da raus, sondern ins Bad.«

Das Badezimmer grenzte direkt an Kubiaks Schlafzimmer. Die Tür stand halb offen. John wollte nicht, daß die dunkelhäutige Perle irgendwelche Leute mobil machte.

Sie gehorchte auch.

John blieb am Fußende des Bettes stehen. Sein Gesicht glich einer steinernen Maske, als er fragte: »Wo ist Miß Diane Jill, die Privatdetektivin?«

Karel Kubiak zog die Bettdecke über seinen nackten Körper. »Die Puppe kenne ich nicht«, erwiderte er.

»Die Antwort hatte ich fast erwartet«, sagte John. »Lügen können Sie schlecht, Kubiak. Ich weiß, daß Sie Ihre Finger in dem schmutzigen Geschäft haben. Doch eines sage ich Ihnen jetzt schon: Sollte Baby Jill irgend etwas passieren, sind Sie dran. Dann werden Sie sich wünschen, nie geboren zu sein, verstanden?«

Karel Kubiak hatte seine Sicherheit wiedergefunden. Er grinste höhnisch. »Verschwinden Sie, Cameron.«

»Das werde ich auch, Kubiak. Denken Sie an meine Warnung.«

John ging rückwärts zur Tür.

Karel Kubiak lachte hämisch hinter ihm her.

Auf dem Flur kam der ausgeknockte Leibwächter gerade wieder zu sich.

John tickte ihm kurz den Pistolenlauf über den Schädel. Daraufhin machte es sich der Knabe wieder auf dem Boden bequem.

John ging schnell nach unten und setzte sich sofort in seinen Wagen. Mit durchdrehenden Reifen jagte er der Ausfahrt entgegen. Er dachte an Baby Jill und daran, daß er selbst nichts anderes tun konnte, als warten. Und gerade dieses verdammte Warten machte ihn noch halb wahnsinnig.

Die Feuchtigkeit kroch wie eine Schlange durch Baby Jills Hosenanzug. Dazu kamen noch die rasenden Kopfschmerzen und der Druck der Fesselwerden.

Baby Jill stöhnte gequält. Sie öffnete die Augen.

Dunkelheit. Absolute Finsternis.

Baby Jill lag auf dem Rücken. Das Gewicht ihres Körpers lastete auf den zusammengebundenen Handgelenken.

Baby rollte sich auf die Seite, bekam das Übergewicht und fiel auf den Bauch. Es dauerte Minuten, bis sie sich wieder erholt hatte.

Was wollten die Gangster? Weshalb hatte man sie entführt? Baby Jill sortierte ihre Gedanken. Sie fand keine Erklärung. Oder hing es vielleicht mit John Cameron zusammen, mit einem Fall, von dem sie noch gar nichts wußte?

Egal, Baby blieb erst einmal liegen. Irgend etwas mußten die Gangster ja schließlich unternehmen.

Genauso schlimm wie die Finsternis war die Stille, die nur ab und zu durch das Klatschen eines Wassertropfens unterbrochen wurde. Baby nahm an, daß man sie in einen feuchten Keller gesperrt hatte.

Sie hatte jegliches Zeitgefühl verloren. Dann schlug plötzlich irgendwo eine Tür. Wenig später hörte Baby Schritte. Sie näherten sich ihrem Gefängnis.

Baby lag ganz still und versuchte sich zu entspannen.

Ein Schlüssel wurde im Schloß herumgedreht. Dann öffnete sich die Tür ihres Gefängnisses. Dämmriges Licht fiel in den Raum.

Ein Mann stand im Türrechteck. Baby konnte nur seine Umrisse erkennen.

Der Mann hielt eine Taschenlampe in der Hand. Er knipste sie an, und der weißgelbe Strahl blieb auf Baby Jill haften.

Der Mann lachte leise.

Baby kniff die Augen zusammen. »Schalten Sie Ihre blöde Lampe aus«, sagte sie scharf, »und sagen Sie mir lieber, weshalb ich in diesem Rattenloch gefangengehalten werde.«

Wieder dieses leise Lachen.

Der Kerl schaltete die Lampe wirklich aus, kam auf Baby zu, packte sie und zog sie aus dem Raum.

Sie gelangten in eine Halle. Sie war leer bis auf einen Tisch, und darauf stand ein Telefon.

Der Mann zog ein Messer und schnitt Babys Fußfesseln auf. Die Privatdetektivin stützte sich noch soeben an der Wand ab, sonst hätte sie das Gleichgewicht verloren.

Baby Jill sah sich den Kerl genau an. Er war ein hagerer Typ mit kalten Raubvogelaugen und verkniffenem Gesicht. Er war elegant gekleidet und trug sein Haar nach der neuesten Mode, etwas halblang. Baby hatte den Mann noch nie vorher gesehen, doch der Instinkt sagte ihr, daß er ein eiskalter Killer war. Eine Mischung aus Intelligenz und Brutalität.

Der Mann zündete sich eine Zigarette an. Er fixierte Baby mit seinen kalten Augen.

»Dürfte ich wohl um eine Erklärung bitten, Mister ...?«

»Namen sind wie Schall und Rauch, Miss Jill«, sagte er knapp. »Es genügt mir, daß ich Ihren Namen weiß.«

»Mir aber nicht Mister«, konterte Baby. »Also, was haben Sie vor?«

»Sie mißverstehen die Situation«, erwiderte der Mann, der natürlich kein anderer als Jarvis war. »Ich stelle hier die Bedingungen.«

»Und welche?«

»Gedulden Sie sich.« Jarvis zog an seiner Zigarette und blies den Rauch durch die Nase aus. Er wirkte ruhig, beinahe gelassen.

Baby beschloß, auf sein Spiel einzugehen. Machte sie jetzt Krach, würde sich der Kerl nur freuen.

Die Zeit verstrich unendlich langsam. Baby hätte gern auch eine Zigarette geraucht, war aber zu stolz, um zu fragen.

Jarvis blickte immer öfter zur Uhr.

Dann nickte er plötzlich, griff zum Telefon und wählte eine bestimmte Nummer.

Baby Jill konnte sehen, wen der Mann sprechen wollte.

John Cameron.

Jarvis setzte sich auf den Tisch und hielt den Hörer lässig zwischen Schulter und Ohr geklemmt.

»Hallo, Cameron«, sagte er plötzlich. »Hier ist jemand, der Sie sprechen will. Einen Moment.«

Jarvis winkte Baby zu sich.

Mit der linken Hand preßte er ihr den Hörer gegen das Ohr, in der rechten hielt er ein Stilett, dessen Spitze er leicht gegen Babys Hals drückte.

»John?« fragte Baby.

»Verdammt, Mädchen, was ist los? Ich dachte, du wärst in Chicago.«

»Nein, John. Man hat mich gekidnappt. John, tu nichts, geh nicht auf die Forderungen ein, John. Ich bin . . .«

Jarvis drückte ein wenig fester zu. Ein paar Blutstropfen liefen an Babys Hals herunter.

Baby Jill verstummte.

Jarvis gab ihr einen brutalen Stoß, daß sie auf den Boden stürzte.

»Baby! Baby!« tönte es aus dem Hörer. Jarvis lachte leise. »Hör zu, Cameron«, sagte er, »wenn du deine Puppe heil wiedersehen willst, dann laß die Finger aus der Transportgeschichte. Verstanden?«

Jarvis wartete Johns Antwort gar nicht mehr ab. Er legte auf.

Dann wandte er sich an Baby Jill, die immer noch auf dem Boden lag.

»Wenn du irgendwelche Tricks versuchst, bringe ich dich um!«

Er sagte diese Worte so kalt und brutal, daß Baby ein Schauer über den Rücken lief.

Dann überprüfte er noch mal Baby Jills Handfesseln. Jarvis

nickte zufrieden und wollte Baby wieder in ihr Gefängnis ziehen, als das Telefon schrillte.

Jarvis zuckte regelrecht zusammen. Dann packte er den Hörer.

»Ja?«

Jarvis hörte fünf Minuten zu. Danach knallte er wütend den Hörer auf die Gabel.

»Du hast Pech gehabt, Puppe«, sagte er leise.

»Wieso?«

»Dieser Cameron hängt schon tiefer in dem Fall, als wir annehmen konnten. Er kann praktisch nicht mehr aussteigen. Und weißt du, was das für dich bedeutet?«

»Ich kann's mir denken«, erwiderte Baby leise.

»Wir werden dich noch in dieser Nacht zu den Fischen schicken. Zwei alte Freunde von dir besorgen das. Ich muß sie nur mal kurz anrufen.«

Baby hörte, wie Jarvis mit einem gewissen Nelson sprach. Jarvis erzählte auch von dem Anruf, den er erhalten hatte. Er berichtete von einer Pelzladung, die beschlagnahmt worden war.

»Bring Fatso mit. Ihr müßt die Puppe umlegen«, sagte er zum Schluß.

Der Teilnehmer am anderen Ende der Leitung sagte noch etwas.

»Okay, in einer halben Stunde«, erwiderte Jarvis.

Er wandte sich wieder an Baby Jill.

»Ich lasse dich jetzt allein. Du kannst dir noch überlegen, was du in den letzten dreißig Minuten deines Lebens machst.«

Sonny hatte die FBI-Beamten von seiner Unschuld überzeugen können. Außerdem hatten die G-men noch ein Gespräch mit John Cameron geführt.

Eine halbe Stunde später saßen Sonny und die G-men am Krankenbett des einen verwundeten Gangsters, den Sonny angeschossen hatte. Er hieß Slim Cadek.

»Es kommt auf Minuten an«, hatte Sonny den G-men eingetrichtert.

Cadek hatte nur eine leichte Schulterwunde, war also durchaus vernehmungsfähig. Wie Hagelkörner prasselten die Fragen auf ihn herab.

»Wer ist der Boß?« fragte Sonny.

»Ich weiß es nicht«, erwiderte Cadek.

»Hör zu«, sagte einer der G-men. »Wir geben dir die Chance, dich als Kronzeuge zur Verfügung zu stellen. Es ist ein Unterschied, ob man zehn Jahre sitzt oder nur zwei.«

Der Gangster überlegte. Fast fünf Minuten lang. Dann sagte er: »Okay.«

Er erzählte, wie sie immer den Lastwagen aufgelauert hatten, und er sagte auch, wohin die Waren verschoben wurden. Nur wer der Boß war, wußte er angeblich nicht.

»Aber einer muß euch doch die Befehle erteilt haben.«

Cadek sah Sonny an. »Sicher, aber nicht der Boß.«

»Wer dann?«

»Ich kenne seinen Namen nicht. Nur die Stimme. Man schickte uns immer Tonbänder von der New Yorker Zentrale.«

»Und du kennst in New York keine Namen?«

Cadek druckste herum.

»Denk an den Kronzeugen«, erinnerte ihn einer der G-men.

»Als die beiden letzten Fahrer erschossen wurden, da waren wir nicht dabei. Das haben welche aus der New Yorker Zentrale getan. Sie heißen... Fatso und Nelson.«

Sonny lehnte sich in seinem Stuhl zurück. Endlich zwei Namen, mit denen man was anfangen konnte. Plötzlich war der Gangster für ihn uninteressant.

»Ich muß mal telefonieren«, sagte er zu den FBI-Beamten.

Sonny lief runter in die Pförtnerloge des Krankenhauses und meldete ein Gespräch nach New York an.

Dieses Gespräch erreichte John Cameron genau sechs Minuten nach Jarvis' Anruf. Sonny gab John die Namen der beiden Gangster durch. »Sieh zu, daß du etwas damit anfangen kannst«, sagte er hastig. »Ich komme morgen und helfe dir mit aufräumen. Habe da noch ein paar spezielle Freunde. Was Neues von Baby Jill?«

John berichtete in drei Sätzen.

»Verdammt«, sagte Sonny nur.

»Ich werde mich um Fatso und Nelson kümmern«, versprach John. »Noch heute nacht.«

»Gut. Viel Glück, John.«

Sonny legte auf. Er hatte plötzlich ein komisches Gefühl. Bestimmt hatten die Gangster schon erfahren, was hier passiert war. Dazu war noch Baby Jill in ihrer Hand. Wie Sonny diese Typen kannte, würden sie sich rächen. An Baby Jill. Und als Sonny daran dachte, wurde ihm ganz flau im Magen. Hoffentlich konnte John Cameron noch etwas unternehmen, sonst war Babys Leben keinen Pfifferling mehr wert. Sonny ahnte nicht, wie nahe er der grausamen Wahrheit war . . .

Fatso und Nelson rumpelten mit ihrem alten Ford über den Pier. Das Licht der Scheinwerfer streifte vergammelte Gebäude und haufenweise Unrat.

»In ein paar Minuten haben wir unseren Spaß«, grinste Nelson schmierig. »Bin gespannt, wie gut die Puppe ist.«

»Laß sie aber lieber gefesselt«, meinte Fatso. »Und wenn du fertig bist, komm' ich dran. Aber mit dem Rasiermesser.«

»Wir schmeißen sie dann hinterher in den East River, unseren Friedhof für besondere Freunde.« Nelson lachte selbst über den — seiner Meinung nach — guten Witz.

Das leere Fabrikgebäude tauchte auf. Nelson hielt den Wagen an. Die beiden Gangster löschten die Scheinwerfer und stiegen aus. Mit hastigen Schritten gingen sie auf den Eingang zu.

Nelson besaß den Schlüssel zu der Eisentür. In der Fabrikhalle brannten ein paar trübe Birnen. Jarvis hatte die Beleuchtung nicht ausgeschaltet.

»Na, wo ist denn unsere Freundin?« hechelte Nelson.

»Jarvis wird sie in den kleinen Raum gesperrt haben.«

Als Baby Jill die Stimmen der beiden Gangster hörte, vereiste sie innerlich. Sie hatte vergebens versucht, sich von ihren Handfesseln zu befreien. Die Nylonstricke saßen einfach zu fest.

Nelson betrat ihr Gefängnis als erster. »Da liegt sie ja«, grinste er.

Er zog Baby Jill brutal an den Haaren hoch. Der Schmerz raste wie Feuer durch Babys Körper, doch kein Laut kam über ihre Lippen.

»Ganz schön hart, die Puppe«, grinste Fatso und spielte schon mit dem Rasiermesser.

»Beherrsch dich«, knurrte Nelson, »dafür hast du nachher noch Zeit.«

Er zog Baby in die Fabrikhalle und stellte sie gegen die Wand. Sein gieriger Blick tastete ihren Körper ab. Langsam strich er mit seinen Fingern über Babys Gesicht. Baby sah, daß er dreckige Nägel hatte.

»Mach's nicht so spannend!« keuchte Fatso.

Baby, die bisher noch keinen Ton gesagt hatte, mischte sich ein.

»Moment mal, Kameraden«, sagte sie so forsch wie möglich. »Was habt ihr davon, wenn ihr mich abknallt? Ich habe einen reichen Freund. Laßt mich laufen, und er zahlt euch so viel Geld, daß ihr irgendwo in Südamerika ein neues Leben anfangen könnt.«

»Da ist was dran, Puppe«, überlegte Nelson laut. »Was meinst du, Fatso?«

»Nee, der Boß legt uns um.«

»Bis dahin seid ihr schon längst über alle Berge«, sagte Baby Jill.

»Wieviel würde dein Freund denn ausspucken?«

»Hunderttausend.«

»Zuwenig.«

»Zweihunderttausend.«

Nelson schüttelte den Kopf. »Eine Million.«

Baby Jill tat, als ob sie nachdachte. Natürlich würden die Gangster nie eine Million Dollar bekommen, doch Baby mußte diesen Bluff weiterspielen.

»Gut«, sagte sie dann schließlich. »Einverstanden.«

Fatso war es, der ihr einen Strich durch die Rechnung machte. »Sie hat uns schon mal reingelegt, Nelson«, hetzte er. »Trau dieser Puppe nicht.«

»Schnauze, Fatso!« knurrte Nelson. Er griff langsam zum

Telefonhörer. »Welche Nummer hat dein millionenschwerer Freund?«

Baby nannte sie ihm.

Nelson wählte. Nichts.

Er blickte Baby seltsam an und wählte nochmals. Wieder keine Verbindung.

»Ich hab's dir doch gesagt!« schrie Fatso. »Die will uns reinlegen.«

»Mein Freund ist nicht zu Hause. Das ist alles«, sagte Baby Jill schnell. »Versuchen Sie's in der Firma.« Baby nannte Nelson die Nummer.

Aber auch da meldete sich niemand.

Nelson wurde sauer. »Schätze, Fatso hat recht«, zischte er und schlug Baby ins Gesicht.

»Schwein!« preßte die Privatdetektivin mühsam hervor.

Dafür kassierte sie noch einen Schlag.

Fatso hatte schon wieder sein Rasiermesser in der Hand. »Sollen wir sie nicht schon...?«

»Nein, verdammt noch mal!« brüllte sein Kumpan. »Ich will erst noch was von ihr haben.«

Mit einem Ruck riß er das Oberteil von Babys Hosenanzug entzwei. Danach quollen ihm fast die Augen über.

Dadurch, daß Baby nur einen halben BH trug, wurden ihre Brüste noch mehr hervorgehoben.

Nelson starrte fast andächtig auf die beiden herrlichen Halbkugeln.

»Mensch«, knurrte er. Und dann wieder: »Mensch!«

Mit zitternden Händen griff er nach Babys Körper.

Die Privatdetektivin reagierte so, wie Nelson es nie gedacht hatte.

Sie riß ihr Knie hoch.

Daß Jarvis Baby nicht mehr die Beine gefesselt hatte, erwies sich für Nelson als verdammt schmerzhaft.

Baby traf ihn genau im Zentrum.

»Uaaah!« brüllte Nelson und krümmte sich Sekunden später am Boden.

Jetzt sah Fatso seine Zeit gekommen.

Er stürzte auf Baby zu, riß das Rasiermesser hoch...

»Stop!« brüllte ihn sein Kumpan an. Im letzten Augenblick zog Fatso seine Hand zurück.

Nelson stand gekrümmt da. »Für diesen Tritt werde ich mir die Puppe vornehmen. Aber nicht hier. Wir fahren zu uns. Und dann, Fatso, machen wir sie gemeinsam fertig.«

Fatso regte sich nur langsam ab. »Okay«, knurrte er schließlich.

Baby Jill hatte mit unbewegten Gesicht zugehört. Noch einmal bekam sie eine Galgenfrist. Doch was die Gangster anschließend mit ihr vorhatten, war schlimmer als der Tod.

In einem Wutanfall warf Nelson ihr das zerrissene Oberteil des Hosenanzugs ins Gesicht. Dann schrie er: »Komm mit!«

Die beiden Gangster stießen sie durch die Fabrikhalle nach draußen zu ihrem Wagen. Dort warfen sie Baby auf den Rücksitz.

Fatso setzte sich neben die Gefangene. Er hielt ihr ständig sein Rasiermesser vor die Kehle.

»Ich schneid' sie durch«, flüsterte er, »wenn du eine falsche Bewegung machst. Ich schneid' sie durch. Ich...«

Der Mann war nicht mehr normal. Er gehörte in eine Heilanstalt. Baby Jill hatte sich schon in vielen aussichtslosen Situationen befunden, doch nie hatte sie solch eine Angst gehabt wie jetzt.

Nelson startete den Wagen. Sie verließen den Pier und bogen auf den West Side Express Highway ein. Die Fahrt ging nach Süden.

Nelson beachtete sämtliche Verkehrsvorschriften. Zweimal kamen ihnen Patrolcars entgegen. Einmal wurden sie von einer Horde Rocker überholt, die sich genausowenig um sie kümmerten wie vorhin die Beamten in den Streifenwagen.

Dann bog Nelson in die 45. Straße West ein. Hier standen noch Häuser aus der Vorkriegszeit. Die ganze Ecke gehörte zu einem Sanierungsviertel; doch bis das soweit war, würden wohl noch Jahre ins Land gehen.

»Nicht sehr vornehm, unsere Bleibe, aber immer noch besser als auf dem kalten Fabrikboden«, höhnte Nelson und stoppte den Wagen vor einem Haus, das kaum noch Fassade besaß. Eine Steintreppe führte zur Haustür hoch. Unten im Keller war eine Kneipe.

»Red Tiger«, las Baby Jill aus den Augenwinkeln.

»Endstation, Puppe«, sagte Nelson.

Das Messer an Babys Kehle verschwand. Dann bekam sie von Fatso einen Stoß, der sie fast durch die Wagentür − Nelson hatte sie inzwischen geöffnet − auf die Straße befördert hätte.

»Geh ein bißchen galanter mit der Puppe um«, sagte Nelson.

Fatso lachte nur dreckig. Er freute sich bereits auf seine Spielchen, die er mit Baby Jill vorhatte.

Als die beiden Gangster mit Baby Jill im Haus verschwanden, bog ein Wagen um die Straßenecke.

Es war ein Mercury Montego ...

John Cameron hatte gute Beziehungen zum FBI. Nach Sonnys Anruf griff er sofort zum Telefonhörer. Zum Glück war der Nachtdienstleiter ein Bekannter von ihm.

»Ich habe hier zwei Namen«, sagte John, »Nelson und Fatso. Sieh doch bitte mal nach, ob ihr etwas in eurer Kartei über die Kerle habt. Es eilt.«

Der Einsatzleiter versprach, sein möglichstes zu tun.

Zehn Minuten später rief er wieder an.

»Folgendes, Mr. Cameron. Sie haben sich da zwei prächtige Vögel ausgesucht. Das Vorstrafenregister ist bald so lang wie der Broadway.« Der Einsatzleiter zählte auf.

»Das ist im Augenblick uninterssant für mich«, unterbrach ihn John. »Haben Sie den momentanen Wohnort der Kerle?«

»Sicher. 45. Straße West. Nummer 27.«

»Danke.«

»Augenblick noch, Mr. Cameron. Sollten Sie irgendwie Schwierigkeiten bekommen, dann ...«

»Nein, nein«, wehrte John ab, »ich gebe Ihnen schon früh genug Bescheid. Vielen Dank.«

John legte den Hörer auf. Er hatte sich die Adresse eingeprägt.

»Ich werde die Sache von unten aufrollen«, sagte er sich.

Zwei Minuten später saß er in seinem Mercury Montego. Die Fahrt durch das nächtliche Manhattan war direkt eine Wohltat. Es herrschte kaum Verkehr.

John bog langsam in die 45. Straße West ein. Haus Nummer 27 fand er schnell. Unten war eine Bar. Sie hieß Red Tiger. Mit Ach und Krach fand John Cameron auch eine Parklücke.

Vor dem bewußten Haus stand ein Ford. John registrierte das automatisch. Ehe er den beiden auf den Pelz rückte, wollte er sich in der Kneipe über sie erkundigen.

In dem Kellerlokal war um diese Zeit nicht mehr viel los. An der vergammelten Theke klebten einige Nutten, und im Hintergrund des Schuppens lärmten ein paar Betrunkene.

Als John eintrat, wollten sich gleich drei Bordsteinschwalben an ihn hängen. John gab ihnen einen Zehner und sagte: »Trinkt euch einen oder zwei.«

»Ist immer die beste Methode, in Ruhe gelassen zu werden«, grinste der Wirt hinter dem Tresen. Er stand genau unter einem imitierten Tigerkopf.

Allerdings erinnerte sein Gesicht mehr an einen Elefanten. Wenigstens die Nase.

»Auf was haben Sie denn Durst, Mister?« fragte der Wirt geschäftstüchtig und rieb sich schon die Hände.

»Geben Sie mir 'ne Coke und dazu einen anständigen Whisky«, sagte John.

»Ich sehe, Sie sind Feinschmecker.«

»Sie können übrigens das gleiche trinken«, grinste John.

»Man dankt.«

Die Männer tranken sich zu.

Der Wirt hatte offenbar seine gesprächige Nacht. Er beugte sich vertraulich vor und fragte flüsternd: »Wollen Sie was aufreißen?«

»Heute nicht.«

»Schade. Ich hätte ein paar gute Adressen.«

»Später. Ich suche zwei Männer.«

»Bulle?« Der Wirt nahm Abstand.

»Sehe ich so aus?«

»Eigentlich nicht. Wen suchen Sie denn, Mister?«

John nahm erst mal einen Schluck. Dann sagte er: »Fatso und Nelson.«

»Oh . . .« Der Wirt zuckte zurück.

»Ist was?«

»Mister, ich kann Ihnen sagen, da haben Sie sich die beiden härtesten Burschen aus dieser Ecke ausgesucht. Was wollen Sie denn von denen?«

»Nur ein paar Fragen stellen.«

Der Wirt schüttelte den Kopf und kippte sich einen Whisky ein. Er wollte John auch einen eingießen, doch der hielt die Hand auf sein Glas.

»Also, sind die beiden zu Hause?« erkundigte sich John.

»Steht ein Ford draußen?«

»Ja.«

»Dann sind sie oben.«

»Danke.« John legte einen Zwanziger auf den Tresen und verzichtete aufs Wechselgeld.

Er wollte gerade vom Hocker rutschen, da betrat ein Mann das Lokal.

»Eh, Sam!« schrie er dem Wirt zu. »Eine Flasche Whisky. Wir haben oben 'ne kleine Feier.«

John, der schon fast an der Tür war, stutzte.

Im gleichen Augenblick sagte eine der Nutten: »Du, Nelson, der Typ dahinten hat sich nach dir erkundigt.«

Nelson zuckte herum. »Ja?« dehnte er.

Der Wirt ging schon vorsichtshalber hinter dem Tresen in Deckung.

John kam einige Schritte näher.

»Sie sind also Nelson?« sagte er fast heiter.

»Ja, verdammt. Was soll das? Bulle?«

»Nein. Ich heiße John Cameron.«

Jeder in der Kneipe wurde von Nelsons Reaktion überrascht.

John sah den Schlag gar nicht kommen. Er hatte nur das Gefühl, ein Pferdehuf hätte ihn am Kinn getroffen, da flog er auch schon ein paar Yards weiter, krachte gegen einen Tisch, der unter seinem Gewicht zusammenbrach.

Die Nutten kreischten auf. Nelsons Hand verschwand gedankenschnell unter dem Jackett . . .

John, immer noch halb benommen, rollte sich instinktiv herum.

Der Schuß peitschte wie ein Donnerschlag. Haarscharf pfiff die Kugel neben John in den Boden.

Nelson riß die Waffe wieder hoch. »Du verdammter . . .«

Da schlug der Wirt zu. Die volle Whiskyflasche krachte gegen Nelsons Schädel.

Der Gangster machte: »Uaaah!« und schraubte sich der Erde entgegen. Ans Schießen dachte er nicht mehr.

John rappelte sich hoch und wand Nelson die Waffe aus der Hand. Dann legte er dem zitternden Wirt die Hand auf die Schulter.

»Sie haben mir das Leben gerettet«, sagte John. »Sollten Sie irgendwie mal in Schwierigkeiten kommen, meine Adresse steht im Telefonbuch.«

John war gar nicht sicher, ob der Wirt seine Worte überhaupt gehört hatte. Der stand nur da und zitterte.

»Jetzt werden sie mich fertig machen«, flüsterte er.

»Niemand wird Sie fertig machen«, erwiderte John und zog den bewußtlosen Nelson hoch. Er warf ihn auf einen Stuhl.

Die anderen Gäste nahmen langsam ihre Gespräche wieder auf.

John schlug Nelson ein paarmal ins Gesicht. Die Behandlung wirkte.

Der Gangster kam wieder zu sich. Mit trübem Blick stierte er in die Gegend.

John zog den Kopf des Mannes hoch. »Und nun mal raus mit der Sprache. Weshalb hast du sofort geschossen, als ich meinen Namen genannt hatte?«

Nelson leckte sich über die Lippen. »Weiß gar nicht, was du willst, Cameron. Habe dich verwechselt.«

»Das kannst du der berühmten Großmutter erzählen, Nelson, aber nicht mir. Soviel ich weiß, warst du daran beteiligt, als die beiden Truckfahrer umgelegt worden sind. Und das bringt dir lebenslänglich. Du hängst also in der Sache dick drin.

Vielleicht kannst du mir auch verraten, wer Baby Jill entführt hat?«

Bei Nennung dieses Namens zuckte Nelson zusammen.

John wußte Bescheid. »Wo ist sie?« schrie er den Gangster an.

»Kenne keine Baby Jill.«

John schüttelte Nelson durch. »Wo ist sie, verdammt? Denk dran, ich bin kein Bulle. Ich habe andere Vorhörmethoden.«

Das war natürlich ein Bluff. John würde sich niemals an einem Wehrlosen vergreifen. Doch Nelson konnte das nicht wissen.

Angst spiegelte sich in seinen Augen wider.

»Ich warte nicht mehr lange!« zischte John.

»Fatso . . . Er ist bei ihr«, stöhnte der Gangster. »Oben. Er hat ein Rasiermesser. Er wird der Puppe bestimmt . . .«

Das reichte. Johns Handkante knallte in Nelsons Nacken.

»Rufen Sie die Polizei«, rief John dem Wirt zu und spurtete nach draußen.

»Er hat ein Rasiermesser.« Nelsons Worte dröhnten wie Hammerschläge in Johns Kopf, als er die Treppe zur Haustür hochrannte . . .

Baby Jill lag auf einer zerschlissenen Couch. Fatso saß im Sessel. Mit dem Daumen prüfte er die Schneide des Rasiermessers.

»Sehr scharf«, flüsterte er beinahe andächtig. »Ich werde dir mit einem Ruck die Kehle durchschneiden. Schön, nicht?«

Baby Jill atmete tief ein. Lange hielt sie das nicht mehr aus. Dieser Fatso war ein Tier, und Nelson war auch nicht besser.

»Ich verstehe nicht, daß Nelson dabei saufen muß«, murmelte Fatso.

»Wobei?« fragte Baby leise.

Fatso kicherte. »Wenn er dich bumst, meine ich. Nelson muß sich immer Mut ansaufen. Aber wenn man so überlegt, 'ne Privatdetektivin ist ja mal was anderes. Ich habe auch noch nie eine bearbeitet. Mit einem Messerchen, meine ich. Aber das wird sich ändern.« Wieder kicherte Fatso.

Baby schloß die Augen. Verzweifelt zog sie an ihren Handfesseln. Ohne Erfolg, die Stricke saßen zu fest. Aber kampflos ergeben würde sie sich auch nicht.

»Gib mir eine Zigarette«, bat sie Fatso.

Der Dicke blickte Baby Jill kalt an. »Hä, hä«, lachte er. »Jetzt bin ich gut genug, was? Schön, ich tu dir den Gefallen. Bin ja gar nicht so. Aber hinterher muß ich dich... ssssit.«

Fatso fuhr sich mit dem Zeigefinger über die Kehle.

Er legte sein Rasiermesser auf den alten Holztisch und holte Zigaretten aus der Jackentasche. Er zündete das Stäbchen an und steckte es dann Baby in den Mund.

Baby Jill ekelte sich, als sie das feuchte Filterende zwischen ihren Lippen spürte.

Als Fatso ihr die Zigarette gab, mußte er sich zwangsläufig über sie beugen. Und da sah Baby Jill ihre winzige Chance.

Urplötzlich riß sie die nicht gefesselten Beine hoch. Ihre Knie knallten gegen Fatsos Kinn.

Dem Gangster wurde der Kopf förmlich in den Nacken gerissen. Fatso knallte gegen die Seitenlehne der alten Couch und kippte nach hinten. Dumpf schlug er auf dem Boden auf.

Baby holte genügend Schwung und gelangte in eine sitzende Stellung. Sie spuckte die Zigarette aus.

Doch Fatso war zäher, als sie angenommen hatte.

Er rappelte sich wieder hoch, gerade in dem Moment, als Baby das Rasiermesser vom Tisch treten wollte.

Fatsos Hand schoß vor.

Er war um den berühmten Sekundenbruchteil schneller als Baby Jill.

Mit seinem gesamten Gewicht warf er sich Baby entgegen.

Baby Jill ließ sich von der Couch fallen. Fatso flog auf das Polster. Das Rasiermesser schnitt in den Stoff. Es gab ein häßliches ratschendes Geräusch.

Fatso fluchte.

Baby Jill rollte sich über den Boden.

Fatso hatte sich wieder erholt. Mit verzerrtem Gesicht stürzte er Baby entgegen.

»Jetzt ist es mir egal!« keuchte er. »Ich bring' dich vorher um. Ich bring' dich...«

Baby trat ihm gegen das Schienbein. Fatso ignorierte den Schmerz. Er sah nur die am Boden liegende Baby Jill.

Der Schein der Lampe brach sich in der Schneide des Rasiermessers. Mit beiden Knien nagelte Fatso die wehrlose Baby Jill am Boden fest.

Das Messer hielt er in der rechten Hand.

Baby wollte schreien. Ihre Stimme versagte. Sie sah die funkelnde Klinge dicht vor ihren Augen, hörte Fatsos wahnsinniges Keuchen ...

Dann peitschten die Schüsse ...

Johns Hand schlug gegen den Schalter der Flurbeleuchtung. Die trübe Beleuchtung flackerte auf.

Eine Treppe.

John nahm vier Stufen auf einmal.

An dem Namenbrett draußen hatte John gesehen, daß Fatso und Nelson in der ersten Etage wohnten.

Mit keuchenden Lungen stand John vor der Tür, legte sein Ohr gegen die Füllung.

In der Wohnung fiel etwas um.

John Cameron zögerte nicht länger.

Zwei Schüsse zerfetzten das Schloß. John hechtete in die Wohnung, die Pistole im Anschlag.

Das Bild, das sich ihm bot, war schrecklich.

Fatso kniete über Baby Jill, das Rasiermesser in der Hand.

John Cameron schoß.

Die Kugel fuhr Fatso in die Schulter, warf ihn zurück.

»John!« Baby schrie seinen Namen mit grenzenloser Erleichterung.

Fatso wand sich schreiend am Boden. Das Rasiermesser hielt er noch immer fest.

»Steh auf!« brüllte John ihn an. »Los!«

Am Tisch zog sich Fatso hoch. Sein Gesicht war eine Fratze der Wut, der Enttäuschung.

Zitternd stand er da.

»Laß das Messer fallen!«

Fatso schüttelte den Kopf. »Nein«, keuchte er. »Nein. Ich bringe euch alle um. Alle.«

Wankend kam er näher. Blut floß aus der Schulterwunde und tränkte das gelbe Hemd.

»Geh weg«, rief John Baby zu.

Baby Jill kroch in Deckung.

Fatso atmete stoßweise. »Du Schwein«, ächzte er, »du dreckiges Schwein.«

Seine rechte Hand beschrieb einen Halbkreis. Das Messer blitzte.

John tauchte weg.

Dann schlug er zu. Mit der Pistole. Der Lauf zog eine blutige Furche über Fatsos Schädel.

Der Verbrecher brach zusammen.

John nahm das Messer und zerschnitt damit Babys Fesseln. Unten auf der Straße heulten Polizeisirenen. Das mußten die Beamten sein, die der Wirt alarmiert hatte.

John Cameron trug Baby Jill zu einem Sessel.

»John«, schluchzte sie, »es war schrecklich.«

»Ist ja wieder gut, Mädchen«, sagte John leise und strich ihr über das lange blonde Haar.

Dann gab er ihr seine Jacke, denn Baby trug ja als Oberteil nur ihren BH.

Fatso war noch immer bewußtlos. John durchsuchte ihn nach weiteren Waffen und fand ein Stilett.

»Der Kamerad wird keinen Ärger mehr machen«, sagte John Cameron.

»Und der andere? Sein Freund? Nelson heißt er«, sagte Baby Jill.

»Wird unten bestimmt gerade abgeführt«, lächelte John.

»Mein Gott, wenn ich daran denke.« Baby schüttelte den Kopf. »Sag mal, wie hast du mich eigentlich gefunden und worum geht es überhaupt? Ich habe ja gar keine Ahnung.«

John erzählte ihr die verzwickte Geschichte. »Die Rettung hast du indirekt Sonny zu verdanken«, sagte er zum Schluß, »denn er hat mir die beiden Namen genannt.«

»Dafür bekommt er einen Extrakuß.«

»Und ich?«

»Du natürlich auch.«

»Wann?«

»Meinetwegen sofort.«

Das ließ sich John Cameron natürlich nicht zweimal sagen. Wie viele Minuten dieser Kuß nun gedauert hatte, konnte keiner der beiden hinterher sagen, auf jeden Fall tippte John jemand auf die Schulter.

John fuhr hoch und sah in das grinsende Gesicht eines Cops. Es waren noch mehr Beamte im Zimmer, und auch der Wirt hatte sich eingefunden.

»Für solch eine Belohnung würde ich auch mal mein Leben riskieren«, sagte der Cop.

Baby und John lachten. Dann walteten die Beamten ihres Amtes. Fatso wurde abtransportiert.

»Sie kommen bitte morgen, um das Protokoll zu unterschreiben«, sagte der Streifenführer, ein Sergeant, zu John Cameron.

»Mach' ich.«

»Dann noch eine angenehme Nacht.«

»Danke.«

Als John und Baby wieder allein waren, rauchten sie erst einmal eine Zigarette. Plötzlich schrillte das Telefon.

Baby blickte John mit gerunzelten Augenbrauen an. »Wer kann das sein?«

»Keine Ahnung. Aber ich geh' mal dran.«

Nach dem vierten Läuten hob John ab.

»Ja?« sagte er.

»Jarvis«, tönte es am anderen Ende. »Habt ihr die...?« Jetzt wurde der Anrufer mißtrauisch. »Wer ist denn...? Fatso?«

John knurrte etwas.

Da legte der Anrufer auf.

»Wer war es?« wollte Baby Jill wissen.

»Ein gewisser Jarvis. Kennst du ihn?«

»Nein. Wenigstens dem Namen nach nicht.«

John überlegte. »Ist nicht weiter schlimm. Auf jeden Fall haben wir jetzt eine neue Spur. Jarvis! Ich werde mir den Namen sehr gut merken...«

»Verdammt lahme Mühle!« schimpfte Sonny. Er meinte damit seinen Leihwagen, einen Buick, Baujahr 1968. Ein besseres Modell hatte er nicht auftreiben können.

Sonny gondelte in Richtung Norden, nach New York. Er hatte inzwischen vier Stunden geschlafen und fühlte sich einigermaßen fit.

Am späten Nachmittag traf er in New York ein. Er steuerte sofort Manhattan an, und zwar den Sitz der Trans American Transport Company.

Das große Tor stand offen. Zwei Trucks parkten auf dem Hof. Sonny stellte seine Mühle daneben ab. Bevor er ausstieg, überprüfte er noch seine Waffe. Die anderen Schießeisen hatte er leider abgeben müssen.

Auf dem großen Hof war keine Menschenseele zu sehen. Kein Wunder. Die Vorfälle der letzten Nacht hatten sich natürlich längst herumgesprochen.

Sonny blinzelte zu der Baracke hinüber.

Hinter den Scheiben bewegte sich jemand. Sonny kniff die Augen zusammen und erkannte Jane, die Vorzimmerlinde.

Sonny schlenderte auf die Baracke zu. Er trat ein, ohne anzuklopfen.

»Einen fröhlichen Nachmittag wünsche ich, holde Schöne«, sagte er grinsend.

»Huch.« Jane griff sich mit ihrer Hand an den strammen Busen. »Haben Sie mich erschreckt.«

»Das ist so meine Art, Meisterin der Taste. Ist der Boß da?« Sonny deutete mit dem Daumen auf die Hintertür.

Jane schüttelte ihre rotblonde Lockenpracht. Dabei packte sie unverdrossen dicke Ordner in ein Regal. »Gino ist heute morgen nur ganz kurz gekommen.«

»Nach wohin hat er sich denn verdrückt, der Gute?«

Jane schaute Sonny mit einem vorwurfsvollen Blick an. »Danach frage ich doch nicht. Was denken Sie denn von mir, Mister . . .«

»Eigentlich heiße ich ja Fitzpatrick«, erwiderte Sonny grinsend, »aber meine Freunde nennen mich kurz und knapp Sonny. Wegen des sonnigen Gemüts, verstehen Sie?«

»Stimmt, Sonny. Mir war Ihr Name entfallen«, jubelte Jane.
»Daß es so was noch gibt!«

»Was, bitte?«

»Daß sich jemand meinen Namen nicht merken kann.«

Jane, anscheinend noch unverdorben, wurde leicht rot.

Sonny hakte nach. »Wo wohnt er denn, der liebe Gino Spirelli?«

»Woher soll ich denn das wissen?« Janes Augen funkelten.

Sonny griff in die Trickkiste. »Wer so aussieht wie Sie, Jane, an der kann doch kein Mann vorübergehen. Und Gino bestimmt auch nicht. Er hat Sie doch sicher mal zum Essen eingeladen. Und danach... Na, wo wohnt er?«

Jetzt glich Janes Gesicht fast einer Tomate. »Also, wissen Sie, natürlich hat... Aber... ich meine, das gehört doch nicht hierher.«

»Ich möchte auch nur die Adresse wissen.«

Jane zierte sich noch eine halbe Minute. Dann sagte sie: »50. Straße West. In dem Haus ist unten ein Gemüseladen. Direkt am De-Witt-Clinton-Park. Aber was wollen Sie denn von ihm? Gino kommt bestimmt morgen wieder.«

Sonny legte den Zeigefinger auf seine Lippen. »Etwas ganz Wichtiges«, flüsterte er dann mit Verschwörermiene. »Können Sie schweigen?«

»Ja.« Jane rückte gespannt näher.

»Ich auch«, sagte Sonny trocken.

»Das finde ich gemein. Mich so zu...«

Sonny war schon verschwunden. Er bekam die letzten Sätze gar nicht mehr mit.

Er faltete sich in seinen Leihwagen, wendete und fuhr in Richtung De-Witt-Clinton-Park. Mittlerweile war die Rush-hour angebrochen — und Sonny brauchte für die relativ kurze Strecke fast eine halbe Stunde.

Er fand das Haus, in dem Gino Spirelli wohnen sollte, sehr schnell. Der Gemüseladen gehörte wohl einem Italiener, denn vor dem Geschäft lärmten ein Dutzend Kinder herum. Ab und zu klauten sie sich ein paar Tomaten. Sonny fand einen Parkplatz erst fünfzig Yards weiter. Er schloß den Wagen gut ab.

Dann schlenderte er zurück.

Auf den Bürgersteigen war schwer was los. Mütter, beladen mit dicken Einkaufstaschen und dabei noch ihre Kinder im Schlepptau, keuchten über die Steinplatten.

In den dunklen Hauseingängen hockten Männer, rauchten, nahmen ab und zu einen Schluck aus der Flasche und stierten in die Gegend. In das Haus, in dem Gino wohnte, konnte man nur von der Seite reinkommen. Oder man mußte durch den Gemüseladen laufen, wie Sonny annahm.

Er entschied sich für den seitlichen Eingang.

Drei Halbwüchsige versperrten die Treppenstufen Sie grinsten Sonny herausfordernd an. Sie trugen rote Lederjacken, enge Jeans und die Haare bis auf die Schultern.

Sonny grinste zurück und schob sein Kaugummi von einer Wange zur anderen.

»Du kommst hier nicht durch«, quetschte einer der drei hervor. Er war wohl der Anführer des Trios. Seine beiden Kumpane nickten bestätigend.

Sonny kratzte sich am Hinterkopf. »Das ist dumm«, sagte er. »Wieso?«

»Dann muß ich euch nämlich durcheinanderwürfeln.«

Die drei wieherten wie Pferde.

Sonny nahm die Gelegenheit wahr. Er packte sich zwei und schlug ihre Köpfe kurz und trocken gegeneinander. Danach legten sich die beiden schlafen.

Nur der Anführer stand noch aufrecht und guckte dumm aus der Wäsche.

»Kann ich jetzt durch?« fragte Sonny höflich.

»Du Affenpinscher!« schrie der Anführer, gab sich einen Schwung und hechtete von der Treppe.

Sonny trat spielerisch einen Schritt zur Seite.

Wie eine Rakete flog der Möchtegernrocker an ihm vorbei. Da die Einfahrt eng war, knallte er mit dem Kopf gegen die gegenüberliegende Hauswand.

»Schlaf gut«, sagte Sonny.

Ein paar ältere Frauen, die die Szene mitbekommen hatten, klatschten Beifall.

»Ja, endlich hat mal einer den Lümmeln die Leviten gelesen«, keifte eine Matrone, und ihre Speckmassen wabbelten.

»Keine Ovationen«, sagte Sonny grinsend und verschwand im Hausinnern.

Dort herrschte ein komisches Halbdunkel. Sonnys Augen gewöhnten sich nur langsam an die Lichtverhältnisse. Dann entdeckte er einen etwa zehnjährigen Jungen auf der Treppe sitzend. Der Knirps rauchte eine Zigarette.

»Wo wohnt denn Gino Spirelli?« erkundigte sich Sonny.

Der Junge nahm den Glimmstengel aus dem Mund und taxierte Sonny blitzschnell.

»Für einen Dollar sag' ich's dir.«

Sonny machte das Geld locker.

»Unterm Dach.«

Sonny nickte und stieg über den Knirps hinweg.

Die Holztreppen waren vergammelt. Sonny war froh, daß er oben gesund ankam.

Drei Parteien wohnten hier.

Sonny knipste sein Feuerzeug an und hatte schon an der ersten Tür Glück.

Auf einem Pappschild stand kurz und knapp: ›Gino‹.

Sonny nickte. Er wollte schon anklopfen, als sich schnelle Schritte der Tür näherten.

Einer instinktiven Eingebung folgend, verbarg sich Sonny in einer der anderen Türnischen.

Gino Spirelli trat auf den Flur. Er schloß seine Tür ab und ging nach unten. Sonny roch Ginos Haarwasser bis zu seinem Versteck.

Vorsichtig schlich er Gino nach. Immer am äußersten Rand der Treppenstufen.

»Da hat einer nach dir gefragt, Gino«, hörte Sonny unten den Knirps reden.

»So? Wer denn?«

Au verdammt, dachte Sonny. Der Bursche kann alles kaputtmachen.

»Er muß noch oben sein, Gino.«

»Bulle?«

»Nee. Glaub' ich nicht. Bullen tragen keine Lederjacken.«

»Okay, Benny. Hier sind zwei Dollar. Ich werde mal nachsehen.«

Gino Spirelli stiefelte die Treppen wieder hoch.

Sonny zog sich ebenfalls zurück. Jetzt wurde die Lage natürlich kritisch.

Als Gino Spirelli oben ankam, lehnte Sonny vor dessen Wohnungstür.

»He, Gino«, rief er leutselig.

Gino Spirelli zuckte zusammen. »Du?« knirschte er.

»Ja, wer sonst?«

»Was willst du?«

»Wollt mich mal erkundigen, wie es dir so geht. Außerdem soll ich dir einen schönen Gruß von Rudy bestellen.«

»Was soll das heißen?«

»Daß man uns eine kostenlose Höllenfahrt bescheren wollte. Rudy hat es ja leider erwischt. Aber bei mir hatten deine Leute Pech. Tja, einmal geht alles in die Hose.«

»Ich verstehe nur Bahnhof«, sagte Gino. »Weshalb bist du überhaupt hier angetanzt?«

»Außer dem schönen Gruß wollte ich dich noch zu einer Spazierfahrt einladen. Und zwar zu unserem Freund und Helfer. Zur Polizei.«

Gino lachte meckernd. »Bei dir ist wohl 'ne Schraube locker. Zisch ab, oder du wirst rasiert.«

»Da mußt du aber einen guten Pinsel haben«, grinste Sonny.

»Den habe ich auch«, zischte Spirelli, schlenkerte kurz mit dem rechten Arm, und schon fuhr eine blitzende Klinge aus einer Lederschlaufe am Handgelenk. »Na, was sagst du dazu?«

Sonny zuckte nur mit den Schultern. »Bis jetzt war ich ja noch nicht hundertprozentig davon überzeugt, daß du auch zu den Scheißkerlen gehörst, doch nun sieht die Sache anders aus.«

Gino glitt näher. »Dich mach' ich kalt«, flüsterte er rauh.

»Mach's halblang«, erwiderte Sonny, griff unter die Achsel und zog blitzschnell seinen Revolver. »Ich hasse Schlägereien und Messerstechereien«, sagte er beinahe gemütlich. »Ich löse die Probleme lieber auf meine Weise. Laß das Messer fallen!«

Gino zitterte vor Wut. »Habe gleich gedacht, daß man dir Schwein nicht trauen kann.«

»Ja, ja. Dir fehlt eben die Menschenkenntnis.«

Gino warf das Messer auf den Boden. »So ist es brav«, freute sich Sonny. »Und nun geh hübsch langsam die Treppe vor mir her. Wir haben noch etwas zu erledigen.«

Gino Spirelli drehte sich langsam um.

Und dann machte Sonny einen Fehler. Er ging zu dicht auf.

Gino mußte es wohl aus den Augenwinkeln bemerkt haben, denn er kreiselte plötzlich herum und drosch seinen Ellenbogen gegen Sonnys Revolverhand.

Wie vom Katapult geschleudert, wurde der Arm zur Seite gefegt. Sonny verlor für einen Moment die Übersicht. Schon schlug ihm Gino die Handkante gegen die Schulter.

Der Schmerz raste wie heiße Lava durch Sonnys rechten Arm. Zwangsläufig ließ er den Revolver fallen.

Mit einem Triumphgeschrei hechtete Gino auf die Waffe zu. Sonny kickte sie im letzten Moment zur Seite. Der Revolver rutschte zwischen den Treppenstangen hindurch und polterte nach unten.

Gino verlor durch diesen Fehlgriff etwas die Übersicht.

Sonnys Tritt traf ihn in die Hüfte. Gino flog bis an die Wand. Sonny setzte nach. Sein Leberhaken ließ Gino zusammenzucken. Doch der Italiener war zäh.

Er stieß Sonny den Kopf in den Magen. Beide segelten sie quer durch den Flur.

Sonny riß sein Knie hoch.

Gino gurgelte auf und wurde zurückgeschleudert. Er wand sich am Boden.

Keuchend lehnte Sonny an der Wand. Nur langsam ließen die Schmerzen in seinem rechten Arm nach.

Gino Spirelli rollte sich stöhnend auf die Seite. Seine Schreie lenkten Sonny ab. Daß dieses ein Trick war, merkte er erst, als es fast zu spät war.

Plötzlich hatte Gino wieder sein Messer in der Hand. Für einen Moment sah Sonny den Stahl aufblitzen. Da lag er auch schon auf dem Boden.

Das Messer sirrte gefährlich nah über ihn hinweg und prallte gegen die Flurwand.

Gino heulte vor Wut auf.

Plötzlich hechtete er vor. Mit einem letzten verzweifelten Angriff wollte er sich auf Sonny stürzen.

Der Uppercut riß ihm bald den Kopf vom Hals. Gino kippte nach hinten, prallte gegen das Geländer, das unter diesem Druck krachend zusammenbrach und mit Spirelli in die Tiefe fiel.

Ginos gellender Schrei hallte schaurig durch das Treppenhaus.

»Das wollte ich nicht«, flüsterte Sonny. Erst jetzt trauten sich die Hausbewohner aus ihren Löchern. Angstvolle und neugierige Gesichter starrten Sonny an.

Sonny stieg nach unten.

Gino lag zwei Etagen tiefer. Er stöhnte furchtbar. Sonny sah sofort, daß ihm nicht mehr zu helfen war.

Er hob Ginos Kopf leicht an.

Der Schwerverletzte bewegte die Lippen. Er wollte noch etwas sagen.

Sonny legte sein Ohr dicht an Ginos Mund.

»Pier 105 ... Heute abend ... Jarvis ... Wir wollen ... Versammlung. Ich muß ... Ah ...«

Fünf Sekunden später war Gino Spirelli tot.

Erst jetzt sah Sonny die Hausbewohner. Sie starrten ihn feindselig an.

»Holt die Polizei«, sagte er zu ihnen. »Ich habe heute noch etwas zu erledigen.«

Sonny ging nach unten. Dort saß immer noch der Knirps. Als er Sonny sah, versuchte er blitzschnell etwas unter seinem Hemd zu verstecken.

Sonny war mit zwei Sätzen bei ihm, packte den Jungen am Kragen und schüttelte ihn durch.

Sein eigener Revolver fiel polternd auf den Boden. Den hatte der Knirps versteckt.

Sonny ließ die Waffe verschwinden. Wortlos ging er nach draußen. Dort schien sich die Auseinandersetzung schon herumgesprochen zu haben. Gaffer drängten sich in der schmalen Einfahrt.

Schweigend machten sie Sonny Platz.

Sonny ging zu seinem Leihwagen und fuhr ab. Zwei Straßen weiter entdeckte er eine Telefonzelle.

John Camerons Nummer kannte er auswendig. Auch die Privatnummer.

Bei beiden hatte er kein Glück. John war nicht im Büro und auch nicht zu Hause zu erreichen.

Sonny biß sich auf die Lippen. Was sollte er tun? Gino Spirellis letzte Worte dröhnten wie Hammerschläge in seinem Hirn. Er wußte jetzt, wo sich die Gangster treffen wollten. Und Sonny würde dabeisein.

Er blickte auf seine Uhr. Verdammt, es war schon zu spät. Er konnte John nicht vorher noch groß suchen.

Trotzdem versuchte es Sonny noch mal bei Baby Jill. Aber auch sie war nicht zu Hause. Ebenso Dahlia Sayora nicht.

»Okay«, sagte Sonny entschlossen, »dann mache ich es eben allein«

Während Sonny krampfhaft versucht hatte, Baby Jill und John Cameron zu erreichen, saßen diese im FBI-Building in der 69. Straße.

John hatte, wie man so schön sagt, die Karten auf den Tisch gelegt.

Jack Warren, ein etwa dreißigjähriger strohblonder G-man, hörte schweigend zu.

Als John den Namen Jarvis erwähnte, leuchteten die Augen des FBI-Beamten auf. »Endlich können wir diesem Kerl was ans Zeug flicken«, sagte er grimmig.

»Ein alter Kunde von euch?« erkundigte sich John.

»Das kann man wohl sagen. Jarvis gilt als einer der gefährlichsten Killer der Ostküste. Auf sein Konto gehen bestimmt ein halbes Dutzend Morde.«

»Warum habt ihr ihn denn nicht eingelocht?« fragte Baby Jill.

»Die Beweise fehlen. Jarvis hatte immer gute Anwälte.«

»Die bestimmt von einem Hintermann bezahlt wurden«, ergänzte John.

»Das ist anzunehmen, Mr. Cameron.« Dann wandte sich der G-man an Baby Jill. »Überlegen Sie genau, Miß Jill. Wo hat man Sie gefangengehalten? Fällt Ihnen vielleicht irgend etwas ein?«

»Ich weiß nur, daß es eine stillgelegte Fabrik war. Und ich weiß auch, daß sich diese Fabrik auf einem ausrangierten Pier befindet. Nur welcher Pier es war, das kann ich Ihnen beim besten Willen nicht sagen.«

»Haben Sie denn auf der Fahrt nichts gesehen?«

»Ich mußte mich doch auf den Boden legen, Mr. Warren. Durfte erst hochkommen, als wir in die 45. Straße einbogen. Natürlich, wir sind nicht weit gefahren. Aber sollen wir alle Piers auf der West Side von Manhattan abklappern?«

Jack Warren runzelte die Stirn.

»Es gäbe da noch eine Möglichkeit«, sagte John Cameron.

»Ja?«

»Fatso und Nelson. Sie werden mehr wissen.«

»Fatso liegt im Polizeihospital. Nelson sitzt unten im Untersuchungsgefängnis. Ich lasse ihn holen.«

Jack Warren stand auf und verließ das Büro. Als er wiederkam, trug er ein Tablett mit drei Tassen voll dampfenden Kaffees.

»Das wird uns allen guttun.«

Nelson kam fünf Minuten später. Ein Aufsichtsbeamter brachte ihn. Knurrig und verschlafen ließ sich der Gangster auf einen Stuhl fallen.

»Was wollt ihr von mir?«

»Nur einige Auskünfte«, sagte Warren.

»Ich pfeife nicht.«

»Es könnte deine Lage nur verbessern.« Nelson schwieg.

»Der Mord an den beiden Truckfahrern wiegt verdammt schwer«, sagte John Cameron.

»Die hat Fatso umgelegt.«

»Er behauptet das Gegenteil.«

Nelson schielte John von der Seite her an. Dann blickte er auf Baby Jill.

»Menschenraub ist auch noch drin«, sagte Baby lässig.

Nelson knetete seine Finger. »Die legen mich um«, quetschte er hervor.

»Wer?« hakte Jack Warren nach.

»Na, die . . .«

»Los, spuck's schon aus.«

»Okay. Der Boß ist Jarvis.«

»Das wissen wir«, sagte John knapp. »Weiter. Wo liegt die Fabrik?«

»Auf 'nem Pier.«

»Auf welchem Pier, verdammt?« knurrte John.

»Pier 105.«

»Habt ihr euch da immer getroffen?« fragte John.

Nelson nickte.

»Wann ist die nächste Versammlung?« wollte Baby Jill wissen.

»Heute abend. Um einundzwanzig Uhr.«

»Verdammt.« John sprang auf. »Dann dürfen wir weiß Gott keine Zeit mehr verlieren.«

Jack Warren griff inzwischen zum Telefon. »Einen Moment noch«, sagte er zu Baby und John. »Ich will nur noch etwas feststellen lassen.«

Er sprach kurz mit einer anderen Abteilung.

Trotzdem es schon auf den Abend zuging, wurde überall im FBI-Building noch gearbeitet.

Nelson wurde wieder abgeführt. »Ich hoffe, ihr denkt an mich«, rief er zwischen Tür und Angel.

Das Telefon schrillte.

Jack Warren hob ab und hörte konzentriert zu. Zwischendurch nickte er ein paarmal.

Als er den Hörer wieder auf die Gabel legte, huschte ein zufriedenes Lächeln über sein Gesicht.

»Wißt ihr, wem die Fabrik gehört?«

Baby und John blickten den G-man fragend an.

»Ein gewisser Karel Kubiak hat sie gekauft.«

»Das ist doch herrlich.« John schlug mit der Faust auf den Schreibtisch. »Ich sehe, der Kreis schließt sich.«

Nachdenklich legte Jarvis den Hörer auf die Gabel. Eine steile Falte bildete sich auf seiner sonst glatten Stirn.

Er setzte sich in einen Sessel und rauchte. Im Zeitraffertempo liefen die Geschehnisse der letzten Nacht noch einmal vor seinen Augen ab. Er hatte Nelson und Fatso den Auftrag gegeben, diese Baby Jill umzubringen. Es mußte was schiefgelaufen sein. Wer zum Beispiel hatte sich gestern nacht in der Wohnung gemeldet? Ein Polizist konnte es Jarvis' Meinung nach nicht gewesen sein, sonst wären sie ihm schon auf die Bude gerückt. Wer aber dann? Jarvis überlegte hin und her. Er kam zu keinem Ergebnis. Und ausgerechnet war heute abend noch die Versammlung. Es sollte vorerst die letzte sein. Nach den Fehlschlägen hatte Jarvis vom Boß die Anordnung bekommen, vorerst nichts zu unternehmen. Es war wie verhext. Den ganzen Tag über hatte sich bei Nelson und Fatso niemand gemeldet. Ob die beiden schon kassiert worden waren?

Jarvis hielt es nicht länger in seiner Wohnung aus. Er setzte sich in seinen Wagen, einen schnittigen Porsche, und fuhr raus zum Boß.

Zu Karel Kubiak.

Einer von Kubiaks Leibwächtern führte Jarvis in den Massageraum.

Eine Mulattin war dabei, Kubiaks schon schlaff werdende Muskeln durchzukneten.

»Wie oft habe ich dir gesagt, du sollst unangemeldet nicht hier hereinplatzen«, schnauzte der Gangsterboß Jarvis an. Dann scheuchte er die Mulattin, die nur mit einem knappen Höschen bekleidet war, mit einer Handbewegung hinaus.

Karel Kubiak setzte sich ächzend auf. »Was gibt's?«

Jarvis legte los. Er erzählte alles haarklein.

Als er fertig war, sagte der Gangsterboß nur: »Scheiße!«

Dann begann er mit einer Wanderung durch den Massageraum.

»Die Bullen scheinen nicht viel zu wissen, sonst hätten sie schon längst zugeschlagen«, murmelte er. »Trotzdem müssen wir vorsichtig sein. Dieser Cameron ist nicht zu unterschätzen. Die Frage ist, hat er Fatso und Nelson wirklich geschnappt?

Wenn ja, hat er sie der Polizei übergeben?« Kubiak grinste plötzlich. »Sieht schlecht für dich aus, Jarvis.«

»Wie soll ich das verstehen?«

»Nelson und Fatso kennen deinen Namen. Sie könnten zum Beispiel als Kronzeugen auftreten.«

»Sie haben selbst genug Dreck am Stecken.«

»Das spielt keine Rolle. Um die Großen zu fangen, lassen die Bullen die Kleinen oft laufen. Jarvis, du wirst heute nacht noch verreisen. Nach Südamerika, oder noch besser ist Europa. Ein halbes Jahr wird reichen, dann ist Gras über die Sache gewachsen.«

Jarvis lächelte zynisch. »Ich hoffe, du meinst es auch so, Boß.«

Kubiak runzelte die Brauen. »Ich verstehe dich nicht.«

»Du verstehst mich ganz gut. Solltest du vielleicht mit dem Gedanken spielen, mir eine Kugel auf die Reise mitzugeben, muß ich dich enttäuschen. Ich habe gewisse Unterlagen an sicherer Stelle deponiert. Sie würden dir das Genick brechen, wenn sie in die richtigen Hände fallen.«

»Du bist ein Schwein«, sagte Karel Kubiak.

»Jeder ist sich selbst der Nächste«, grinste Jarvis. »Ich habe immer danach gehandelt.«

»Okay, lassen wir das Thema.« Karel Kubiak setzte sich auf die Massagebank. Sein fleischiger Finger tippte gegen Jarvis' Seidenkrawatte. »Die Versammlung heute abend findet noch statt. Du erklärst die Lage und löst die Gang vorläufig auf.«

»Mach' ich«, erwiderte Jarvis.

Wenig später saß er wieder in seinem Porsche. Verdammt, er mußte sich beeilen, um pünktlich anzukommen.

Jarvis fuhr quer durch Queens. Über die Queensboro Bridge gelangte er nach Manhattan. Der Verkehr war verdammt zähflüssig. Oft mußte Jarvis an Ampeln halten.

So kam es, daß Jarvis ein paar Minuten später zu dem vereinbarten Treffpunkt kam.

Das letzte Stück zu dem bewußten Pier war Sonny zu Fuß gegangen.

In Deckung einer kleinen Brandmauer peilte er erst einmal die Lage.

Wie tot lag der große Pier vor ihm. Zweihundert Yard weiter glänzten die Mauern der Fabrikhalle im Licht der untergehenden Sonne. Verfallene Wellblechschuppen gruppierten sich vor dem Fabrikgebäude. Noch war niemand von den Gangstern zu sehen. Bis zum Beginn der Versammlung hatte Sonny ungefähr eine Stunde Zeit.

Sonny trat die Zigarette aus und setzte sich in Bewegung. Die freien Strecken zwischen den verfallenen Wellblechschuppen überwand er mit langen Sätzen.

Plötzlich stoppte ihn eine heisere Stimme.

Sonny wirbelte herum.

Ein Penner stand hinter ihm und winkte mit einer Schnapsflasche.

»Suchst — suchst ... du auch ... 'n kleines Plätzchen?« gluckste der Knilch.

Sonny grinste. »Nee, Buddy. Aber ich gebe dir einen guten Rat. Mach dich lieber auf die Socken. Kann sein, daß es in der nächsten Stunde rund geht.«

Der Penner fuhr sich mit der freien Hand durch die verfilzten Haare. »Bulle?«

Sonny schüttelte den Kopf. »Menschenfreund. Also, zieh lieber Leine.«

»Werde ich machen«, nuschelte der Penner.

Sonny schlich weiter. Schließlich hatte er das Fabrikgebäude erreicht.

Er probierte es an der großen Tür.

Verschlossen. Wäre auch zu schön gewesen.

Sonny besah sich die Seitenmauern der Fabrikhalle. Zur Hälfte bestanden sie aus rostroten Ziegelsteinen, zur anderen Hälfte aus kleinen schmutzigen Glasfenstern. Einige Scheiben fehlten bereits. Da hätte Sonny unter Umständen durchgepaßt, aber, verdammt, die Löcher lagen zu hoch. Ohne eine Leiter würde er es nie schaffen.

Sonny wurde langsam sauer. Er überlegte noch, da hörte er ein Kichern hinter sich.

Es war der Penner.

»Willst wohl da rein, was?«

»Kann man wohl sagen.«

»Was machst du locker, wenn ich dir einen bequemen Weg zeige?«

»Fünf Mäuse.« Der Penner pflanzte seinen schmutzigen Zeigefinger in die nicht minder schmutzige Nase.

Sonny wollte schon gerade sein Angebot erhöhen, da sagte der Penner: »Okay. Komm mit.«

Mit leicht onduliertem Gang stolperte er vor Sonny her.

Der Penner führte Sonny an die Rückseite der Halle. Dann hielt er erst mal die Hand auf. »Den Fünfer.«

Sonny gab ihm den Schein.

Der Penner grinste und zeigte auf ein Kellerloch. »Da mußt du reinrutschen.«

»Mir bleibt auch nichts erspart«, stöhnte Sonny.

»Mir auch nicht«, kicherte der Penner. »Was meinst du, wie oft ich da schon reingerutscht bin.«

Sonny gab ihm noch ein paar Zigaretten und empfahl dem guten Mann nochmals eindringlich, zu verschwinden.

Dann versuchte er, sich in das Kellerloch zu quetschen. Das Loch war eng. Fast zu eng. Sonny verlor ein paar Fetzen Haut, als er sich da durchschlängelte. Dabei besserte er sein Fluchrepertoire wieder auf.

Endlich stand Sonny in der Halle – oder vielmehr im Keller der Halle.

Es roch feucht und schimmlig. Ratten huschten mit schrillem Quieken um Sonnys Beine.

Sonny knipste sein Feuerzeug an. Der flackernde Schein erhellte einen nur kleinen Raum und eine halbe Holztreppe. Die untere Hälfte war zusammengekracht, während die obere Hälfte von der Kellertür herunterhing.

»Das setze ich alles auf Camerons Spesen«, knurrte Sonny und zog mit der linken Hand an der Treppe, um ihre Haltbarkeit zu prüfen.

Es ging so einigermaßen.

Sonny steckte das Feuerzeug weg, faßte mit beiden Händen die unterste Stufe und zog sich hoch.

Die Holztreppe schwankte dabei wie ein Whiskyfaß auf einem Segelschiff.

Doch sie hielt.

Zum Glück gab es oben zwischen Tür und Treppe noch einen Vorsprung, auf dem man stehen konnte.

Die Tür war aus Holz — und offen.

Sonny grinste über alle vier Backen, als er das bemerkte.

Dann endlich stand er in der Fabrikhalle. Sie war verdammt groß. Von außen war sie Sonny kleiner vorgekommen.

Durch die blinden Scheiben fiel das letzte Tageslicht in die Halle.

Aber wo konnte man sich verstecken?

Es gab keine Nischen, keine Maschinen, hinter denen man Deckung nehmen konnte — nichts.

»Ganz schöne Scheiße«, knurrte Sonny.

Er richtete seinen Blick nach oben.

Unter der Decke hingen an dicken Kabeln einige Lampen. Aber noch etwas sah Sonny. Die Eisenverstrebungen, die den ganzen Salat da oben hielten.

Wenn ich dazwischenkommen könnte, dachte er.

Und dann hatte Sonny wieder Glück.

Es gab eine Leiter. Sie war aus Eisen und in der Seitenwand eingelassen. Die Leiter mußte es einfach geben. Wie sollte man sonst nach oben hinkommen und Reparaturen ausführen können?

Die Leiter knirschte zwar in der Verankerung, als Sonny hinaufkletterte, aber sie hielt.

Endlich war Sonny oben.

Die nächste Querverstrebung konnte er bequem mit der Hand erreichen.

Sonny ließ die Leiter los.

Wie ein Turner baumelte er an der rostigen Verstrebung. »Das ist aber nichts für Mutters Sohn«, murmelte er, machte einen Aufschwung und saß nun auf dem rostigen Eisenträger.

Sonny sah sich um. Ein paar Yards weiter entdeckte er eine Querverstrebung, hinter der er einigermaßen Deckung fand.

Jetzt ruhte sich Sonny erst einmal aus. Gut, daß er bei der ganzen Turnerei seine Waffe nicht verloren hatte. Dann wäre der Ofen aus gewesen.

Sonny fühlte sich eigentlich ganz wohl. Doch plötzlich fiel ihm ein, daß man ihn von unten in der Halle hier in luftiger Höhe gut abschießen konnte.

Und der Gedanke war nicht gerade erquickend.

Sonnys Bein war mittlerweile schon einmal eingeschlafen, als die ersten kamen.

Es war genau zehn Minuten vor dem vereinbarten Treffpunkt.

Licht wurde eingeschaltet.

»Wenn sie mich jetzt erwischen«, murmelte Sonny.

Doch niemand sah nach oben.

Sonny kannte keinen der Männer. Er hatte eigentlich einige von seinen ehemaligen Truckkollegen erwartet.

Zum Schluß waren es sieben Männer. Sie qualmten wie die Schlote und nahmen ab und zu einen Schluck aus der Flasche. Worüber sie sich unterhielten, konnte Sonny nicht verstehen.

Dann kam der Boß. Das mußte dieser Jarvis sein, von dem Gino gesprochen hatte.

Jarvis war im Gegensatz zu den anderen elegant und teuer gekleidet.

Als er durch das große Tor eintrat, verstummten sofort alle Gespräche.

Jarvis ging bis zum Kopfende der Halle. Sonny verrenkte sich den Hals, um besser sehen zu können.

Jarvis verschwand hinter einer Eisentür. Als er wieder zurückkam, trug er einen kleinen Tisch, auf dem ein Telefon stand.

Die Männer blickten ihn gespannt an.

»Fatso und Nelson sind nicht gekommen«, sagte einer.

»Ich weiß«, gab Jarvis zurück. »Wahrscheinlich sind sie hochgegangen.«

Unruhe breitete sich unter den Männern aus.

Jarvis hob beide Hände. »Kein Grund zur Panik.« Seine Stimme dröhnte in der großen Halle wider. »Trotzdem wird es vorläufig unsere letzte Versammlung sein. Die Sache mit den Pelzen ist aufgeflogen. Selbst unsere Kunden haben die Bullen geschnappt. Einer ihrer Anwälte berichtete mir, daß dieser Sonny, der Truckfahrer, ein Spitzel war.«

Die Männer stießen Verwünschungen aus.

»Wenn ich dieses Schwein in die Finger kriege!« brüllte einer. »Ich jage ihm eine ganze MPi-Salve durch den Balg!«

Sonny, dem diese Worte verdammt unangenehm in den Ohren klangen, lief eine leichte Gänsehaut über den Rücken.

Jarvis machte eine knappe Handbewegung. »Das wird uns alles nicht mehr stören. Wir lösen die Gang für einige Zeit auf. Bis Gras über Sache gewachsen ist. Danach werden wir jedoch wieder verstärkt in Aktion treten. Wir haben auch vor, in andere Geschäfte einzusteigen.«

Jarvis blickte auf seine Uhr.

»Es fehlt immer noch jemand«, sagte er dann.

»Gino!« schrie ein dicker Kerl. »Gino Spirelli.«

»Weiß jemand, was mit ihm ist?«

Allgemeines Kopfschütteln.

In diesem Augenblick schrillte das Telefon. Alle Anwesenden zuckten wie elektrisiert zusammen. Auch Sonny oben auf seinem luftigen Beobachtungsplatz.

Jarvis ließ es dreimal schellen, dann nahm er den Hörer ab. Er hörte einige Minuten gespannt zu. Als er danach den Hörer auf die Gabel schmetterte, hatte sich sein Gesicht verändert. Nichts war mehr von der früheren Überlegenheit und Ruhe zu bemerken, sondern jetzt herrschte die reine Angst vor.

»Jane, Ginos Sekretärin, hat mich eben angerufen. Dieser Sonny war bei ihr und hat sich nach Ginos Adresse erkundigt. Ihr wißt, was das bedeutet.«

Die Männer schwiegen geschockt.

»Vielleicht hat Gino den Mund gehalten«, sagte plötzlich einer.

»Glaubst du das?« erwiderte Jarvis scharf. »Los, einer läuft nach draußen und sieht nach, ob die Bullen schon da sind.«

Ein hagerer Kerl rannte los.

Die anderen warteten gespannt.

Wenig später kam ihr Kumpan zurück. »Nichts zu sehen«, meldete er. »Ruhig wie immer.«

»Vielleicht war alles nur falscher Alarm?« vermutete einer der Männer.

»Glaube ich nicht.« Jarvis schüttelte den Kopf. »Dieser verdammte Sonny läßt nicht locker. Mich wundert überhaupt, daß er noch nicht hier ist.«

Wenn du wüßtest, dachte Sonny.

»Wir werden auf jeden Fall verschwinden«, sagte Jarvis. »Sofort. Taucht irgendwo unter, verstanden?«

Die Männer nickten schweigend. Dann zogen sie ab. Jarvis blieb noch da. Er packte sich das Tischchen mit dem Telefon und verschwand wieder in dem kleinen Raum.

Nun wurde Sonny aktiv.

»Du haust mir nicht ab«, knurrte er.

Er verließ seine spärliche Deckung, setzte sich auf den Träger und bewegte sich ruckartig vor. Er mußte die Leiter erreichen, bevor Jarvis zurückkam.

Sonny schaffte es.

Er umfaßte gerade die erste Sprosse, da kam Jarvis zurück. Der Gangster schloß die Tür ab und ging in Richtung Ausgang.

Sonny legte einen Zahn zu.

Plötzlich blieb Jarvis stehen.

Er mußte wohl die Geräusche gehört haben, die Sonny beim Klettern verursachte.

Sonny hatte noch etwa fünf Sprossen zu nehmen, da wirbelte Jarvis herum.

Er sah Sonny, stutzte für einen Sekundenbruchteil, und dann raste seine Hand zur Schulterhalfter.

Sonny wandte den Kopf.

Er starrte genau in Jarvis' haßerfülltes Gesicht, sah die drohende Mündung der Waffe und kam sich vor wie die Fliege auf dem Leim.

»Keine Bewegung!« schrie Jarvis. »Wer bist du?«

»Kannst du dir das nicht denken?« gab Sonny grinsend zurück.

»Verdammt. Dieser Sonny?«

»Genau.«

Jarvis lachte blechern. »Dann bekommst du jetzt von mir eine Freifahrt in die Hölle, du Schwein...«

Sonny wollte noch etwas sagen, doch in diesem Augenblick zog Jarvis den Stecher durch.

Acht G-men lagen hinter den verfallenen Wellblechschuppen in Deckung. Selbstverständlich waren auch John Cameron und Baby Jill mit von der Partie.

Die Beamten waren auch schon dagewesen, als einer der Gangster kam, um zu sehen, ob die Luft rein war.

Jack Warren, der Einsatzleiter, wollte gerade den Befehl zum Angriff geben, als ihm das Wort im Hals steckenblieb.

In einer dichten Traube quollen die Gangster aus dem Eingangstor und gingen zu ihren abgestellten Wagen.

»Wenn das kein Glücksfall ist«, flüsterte Jack Warren John Cameron zu und sprach einen kurzen Befehl in das Walkie-talkie.

Die drei mitgebrachten Scheinwerfer flammten auf und übergossen den Pier mit gleißender Helligkeit.

Die Gangster standen wie vom Donner gerührt. Ehe sie ihre Schrecksekunde überwinden konnten, waren die FBI-Beamten da. Drohend richteten sich die Läufe der Maschinenpistolen auf die verdutzten Männer.

»Das wär's dann wohl«, sagte Jack Warren.

Handschellen klickten. Niemand versuchte eine Gegenwehr.

John pickte sich einen der Männer heraus.

»Wer ist der Boß?« fragte er.

Der Gefangene, immer noch unter dem Schock der Überraschung stehend, erwiderte: »Jarvis.«

»Wo ist er?«

»In der Halle.«

»Wer ist noch da?«

»Keiner.«

John blickte Baby Jill an. »Den holen wir uns.«

»Seien Sie vorsichtig, Mr. Cameron«, sagte Jack Warren. »Dieser Jarvis ist gefährlich.«

»Ich weiß.«

John hielt seine Waffe längst in der Hand.

Er wollte sich gerade in Bewegung setzen, da peitschte der Schuß.

»Das war in der Fabrikhalle!« schrie John und rannte los.

Sonny ließ sich im selben Moment fallen, als Jarvis schoß. Die Kugel pfiff haarscharf über Sonnys Kopf hinweg und traf die Eisenleiter. Von dort jaulte sie als Querschläger durch die Halle.

Sonny rollte sich wie ein Igel über den Boden. Seine Hand riß die Waffe heraus.

Eine grelle Feuerblume stach aus dem Lauf.

Ehe Jarvis ein zweites Mal schießen konnte, zwang ihn Sonnys Kugel in Deckung.

Jarvis hetzte durch die Halle.

Sonny schickte ihm noch einen höllischen Gruß nach.

Im selben Augenblick schnellte auch John Cameron in die Fabrikhalle.

Jarvis sah John, kreiselte herum . . .

»Vorsicht, John!« schrie Sonny.

Drei Waffen krachten gleichzeitig. John, Sonny und Jarvis hatten geschossen.

Während Jarvis' Kugel oben in die Decke fuhr, hatten John und Sonny besser getroffen.

Mit zwei Kugeln in der Brust brach Jarvis zusammen. Er fiel auf beide Knie. Ein qualvolles Stöhnen drang aus seiner Kehle. Jarvis hustete. Ein feiner Blutstreifen sickerte aus seinem Mundwinkel.

John und Sonny gingen langsam auf den Gangster zu.

Als sie ihn erreichten, lag er in den letzten Zügen. Er kniete noch immer. Seine Lippen formten stockend einige Worte.

»Kubiak ... Es ist ... Kubiak — der Boß ...«

Dann brach Jarvis endgültig zusammen. Er war schon tot, als sein Kopf auf den Boden schlug.

John und Sonny sahen sich an. »Das war verdammt knapp«, sagte John leise.

»Es geht«, schwächte Sonny ab.

»Immer noch die große Klappe«, meldete sich Baby Jill.

»Hallo, Schwester«, grinste Sonny. »Auch wieder im Lande?«

»Wie du siehst, edler Held.«

Jack Warren kam angerannt. Er warf einen Blick auf den toten Jarvis und sah dann die drei Freunde an.

»Noch mal Glück gehabt«, stellte der G-man trocken fest.

»Was heißt hier Glück«, entrüstete sich Sonny. »So was ist Können. Eine unserer leichtesten Übungen.«

Jack Warren schüttelte nur den Kopf. »Ist das dieser Sonny?« fragte er John.

»Ja, das ist er.«

»Wieso?« schnappte Sonny. »Ist von mir gesprochen worden?«

»Nein«, erwiderte John. »Wir sprechen erst von dir, wenn der Fall gelöst ist.«

»Und das wird noch heute nacht sein, wie ich uns kenne«, ergänzte Sonny.

»Genau«, sagte John. »Der liebe Mr. Kubiak wird uns bestimmt schon vermissen ...«

Karel Kubiak schlief ausnahmsweise mal allein. Nach diesem verdammten Tag hatte er einfach keine Lust, mit einer seiner vielen Freundinnen ins Bett zu steigen. Kurz vor Mitternacht klopfte es gegen seine Schlafzimmertür. Kubiak war sofort hellwach.

»Come in!«

Es war Pete, einer seiner Leibwächter.

»Entschuldigung, Boß«, sagte Pete verlegen, »aber da ist wieder dieser Cameron und will Sie unbedingt sprechen.«

Pete war der Mann, der mit John bei seinem ersten Besuch eine unliebsame Erfahrung gemacht hatte.

Karel Kubiak überlegte nur ein paar Sekunden. Dann verzog sich sein Gesicht zu einem satten Grinsen. »Laß ihn nur herein, Pete. Du und Tom, ihr versteckt euch aber im Nebenzimmer. Okay? Und haltet die Knarren bereit.« Pete strahlte. »Wird gemacht, Boß.«

Karel Jarvis zog sich schnell an. Er knöpfte gerade sein Jackett zu, da trat John Cameron ins Zimmer.

Die G-men warteten unten im Garten. Baby Jill und Sonny war es gelungen, ungesehen ins Haus zu gelangen. Sie deckten John den Rücken.

»Ungewöhnliche Stunde für einen Besuch, finden Sie nicht auch, Mr. Cameron?« ,gabsagte Karel Kubiak.

»Es liegt auch ein ungewöhnlicher Fall vor.«

»So?«

»Ja. Ihre Gang ist zerschlagen.«

Kubiak lachte unecht. »Was ist das — Gang?«

John setzte sich in einen der kleinen Sessel. Gemütlich steckte er sich eine Zigarette an.

»Ich will Ihnen die Sache erklären, Kubiak. Passen Sie auf.« John holte sich einen Aschenbecher heran und fuhr fort. »Es gibt in New York eine Transportfirma, die Trans American. Und sie gehört einem gewissen Karel Kubiak. Er hat diese Firma immerhin so weit aufgebaut, daß sie zu den größten der Ostküste zählt. Der Umsatz geht in die Millionen. Dementsprechend hoch sind auch die Versicherungssummen. Da dieser geldgierige Kubiak jedoch nie genug bekommen kann, engagierte er eine Gangsterbande. Der Chef dieser Bande ist ein gewisser Jarvis. Und mit diesem Mann, einem eiskalten Killer, klügelte er folgenden Plan aus.«

John machte eine Kunstpause und drückte die Zigarette im Aschenbecher aus.

»Konnten Sie mir bis hierher folgen, Kubiak?«

»Erzählen Sie weiter, Cameron.«

»Gut. Der Plan der beiden sah so aus: Die Trucks wurden überfallen, die Ware an bestimmte Kunden im Ausland verhökert, und der gute Mr. Kubiak kassierte auch noch die nicht geringe Versicherungssumme. Na, wenn das kein Geschäft ist.«

»Eine schöne Story«, sagte Karel Kubiak verkrampft lächelnd. »Nur — können Sie die auch beweisen?«

»Das ist eben schwierig«, gab John zu. »Dieser Jarvis ist nämlich tot. Sein letztes Wort war Ihr Name, Kubiak.«

»Das hat nichts zu sagen, Cameron. Schätze, Sie werden sich noch bei mir entschuldigen müssen.«

John lächelte. »Es scheint fast so. Aber nur fast. Denn während wir hier plaudern, durchsuchen meine Freunde Ihr Arbeitszimmer nach belastendem Material.«

Das war natürlich Bluff. Aber es wirkte.

Kubiak fiel fast vor Schreck die Kinnlade auf den Boden. John sah, wie es in ihm arbeitete. Dieser Kubiak stand dicht vor einer Explosion.

John zog seine Pistole.

»Damit Sie nicht irgendwelche Dummheiten machen, Kubiak.«

Der Gangsterboß stand langsam auf. Sein kalter Blick fixierte John wie die Schlange ihr Opfer. »Das werden Sie bereuen, Cameron. Sie kommen hier nicht mehr lebend raus.«

John lächelte immer noch. »Sehen Sie, Kubiak, jetzt zeigen Sie Ihr wahres Gesicht.«

Kubiak konnte sich nur noch mit Mühe beherrschen. Er ließ sich auf sein Bett fallen. John konnte nicht sehen, daß er mit dem Fuß einen kleinen Knopf berührte. Das Signal für die beiden Gorillas.

»Können wir uns nicht irgendwie arrangieren?« täuschte Kubiak den Geschlagenen vor.

»Geld habe ich selbst genug«, gab John kalt zurück.

»Aber nur ein Leben«, klang hinter ihm eine Stimme auf. »Und das werden Sie jetzt verlieren.«

Karel Kubiak hatte sich schon nach Petes ersten Worten über sein Bett gerollt und war an der anderen Seite in Deckung gegangen.

Unhörbar waren seine beiden Leibwächter durch eine versteckte Tapetentür eingetreten. John hatte noch nicht mal einen Luftzug bemerkt.

»Laß die Kanone fallen!« befahl Pete.

Eine kalte Mündung bohrte sich in Johns Nacken.

John warf die Waffe auf das Bett. Sofort grapschte Karel Kubiak danach.

Mordlust stand in seinem Gesicht, als er um das Bett herumging und sich John näherte. Zwei Schritte vor ihm blieb er stehen.

»Die Sache war eine Nummer zu groß für dich, Cameron!« zischte er. »Du hättest lieber die Warnungen befolgen sollen. Pete und Tom werden dich jetzt zur Hölle schicken. Bestell dem Teufel einen schönen Gruß.«

»Ja«, sagte John. »Ich werde ihm sagen, daß du eine Stunde später kommst.«

»Schnauze!« brüllte Kubiak. »Los, legt ihn um.«

»Hier, Boß?«

»Meinetwegen. Aber wartet eine Viertelstunde. Ich muß noch packen.«

»Was geschieht dann mit uns?«

»Ihr könnt verschwinden. Ich lasse euch zehntausend Dollar im Arbeitszimmer.« Plötzlich stutzte Kubiak. »Verdammt, Cameron. Wer, sagtest du, wäre im Arbeitszimmer?«

»Ich bewundere Ihr Gedächtnis, Kubiak. Zwei Freunde von mir halten sich dort auf. Die beiden sind sehr neugierig. Ich wette, Ihr Arbeitszimmer ist eine kleine Schatztruhe.«

Kubiaks Brust hob und senkte sich unter heftigen Atemzügen. Der Mann war ungeheuer erregt.

»Soll ich die Kerle holen, Boß?« fragte Tom.

»Es befindet sich eine Dame dabei«, berichtigte ihn John.

»Noch besser. Mit der haben wir leichtes Spiel.«

John spürte, daß die Waffe von seinem Nacken weggenommen wurde.

Schritte entfernten sich.

»Halt, Tom«, sagte Kubiak. »Wir werden gemeinsam gehen. Schließlich haben wir einen guten Trumpf in der Hand.«

Baby Jill und Sonny hatten sich heimlich durch den Keller in das Haus geschlichen. Es war Baby verdammt schwergefallen,

Sonny aus dem Keller zu bekommen. Denn was dort lagerte, ließ das Herz eines Feinschmeckers höher schlagen. Und Sonny war in gewissem Sinne Feinschmecker. Vor allen Dingen, was die flüssigen Sachen anging.

Endlich standen die beiden unten in der Halle.

»Wenn ich nur an den herrlichen Whisky denke«, stöhnte Sonny und leckte sich die Lippen.

»Du fällst mir aufs Gehäuse«, stellte Baby Jill knapp fest.

»Keine Ahnung, die Frau«, knurrte Sonny beleidigt.

Baby grinste.

Zum Glück brannten im Haus einige Wandleuchten. In ihrem Licht schlichen Baby und Sonny bis zur Treppe, die in die oberen Räume führte. »Da hat Kubiak auch sein Schlafzimmer«, flüsterte Sonny.

Mit der Waffe in der Hand schlichen sie hoch.

Plötzlich hielt Baby Sonny fest. Sofort standen sie ruhig und hielten den Atem an.

Stimmen drangen an ihre Ohren. Die beiden sahen sich bedeutungsvoll an. Dann klappte eine Tür.

Die Stimmen wurden lauter. Deutlich hörte man Kubiaks dreckiges Lachen.

Schließlich sagte der Gangsterboß: »Wird mir ein Vergnügen sein, dich krepieren zu sehen, Cameron.«

Sonny schüttelte den Kopf. Er sagte: »Das Vergnügen werden wir dir aber versalzen.«

Karel Kubiak höchstpersönlich öffnete die Tür zu seinem Arbeitszimmer.

Dunkel lag der Raum vor ihnen.

»Mach Licht, Tom!« befahl Kubiak.

Tom gehorchte.

Die Männer hielten den Atem an. Jetzt — jetzt mußte Johns Bluff platzen.

Das Licht flammte auf.

Sekunden standen die Männer wie angewachsen. Dann lachte Kubiak auf einmal auf.

»Wo sind denn deine Freunde, Cameron?«

Er riß die Hand hoch und schlug John den Revolverlauf brutal über den Kopf.

John Cameron torkelte ins Zimmer. Der Schmerz raubte ihm fast das Bewußtsein. Zwangsläufig fiel John auf die Knie.

Verschwommen sah er die Männer näher kommen. Die Waffen in ihren Händen glänzten matt.

»Soll ich Schluß machen, Boß?« fragte Pete.

»Ja.«

Pete hob den Revolver. Es war ein .45er Special. John sah die schwarze Mündung, er wollte noch etwas sagen, da peitschte der Schuß.

John Cameron erwartete den alles verzehrenden Schmerz, der sein Bewußtsein auslöschen sollte, der ihn in die dunklen Tiefen des Todes reißen würde, doch es kam anders.

Pete schwankte plötzlich wie ein Schilfrohr im Wind. Im Zeitlupentempo fiel er John entgegen.

Gleichzeitig hörte John Baby Jills Stimme: »Keine Bewegung!«

Dumpf fiel Pete neben John auf den Boden. John Cameron riß sofort Petes Waffe an sich. Dann erst sah er zur Tür.

Dort standen Baby Jill und Sonny. Die Waffen in ihren Händen waren eine Drohung, eine Drohung, die die Gangster zu steifen Puppen werden ließ.

»Das ist doch — das ist doch...«, flüsterte Karel Kubiak.

»Schätze, ihr laßt erst mal die Knarren fallen«, sagte Sonny grinsend. Dann rief er: »He, John, willst du dich da unten ausruhen?«

Ehe John etwas erwidern konnte, hörten sie Jack Warrens Stimme. Durch Lautsprecher vielfach verstärkt.

»Das Haus ist von bewaffneten Einheiten des FBI umstellt. Ergeben Sie sich. Jeder Widerstand ist zwecklos.«

Karel Kubiak wankte. Das war wohl zuviel für ihn. Krampfhaft hielt er sich an der Tür fest. Unten klangen die Stimmen der G-men auf.

John rappelte sich hoch. Er wollte Kubiak persönlich entwaffnen.

Und da versuchte es der Gangsterboß.

Ungeachtet der drohenden Waffenmündungen, stieß er Baby Jill zur Seite und rannte auf den Flur.

Sonny riß den Revolver hoch.

»Nicht schießen!« schrie John. »Ich will ihn lebend haben!«

Aus den Augenwinkeln sah er, daß Tom seine Knarre auf Sonny anlegen wollte.

Johns Tritt traf den Unterarm des Gangsters. Tom ließ die Waffe fallen und schlenkerte die Hand.

»Kümmere dich um ihn!« rief John Sonny zu und hetzte auf den Flur.

Er hörte eine Tür schlagen. Gleichzeitig kamen auch die G-men die Treppe hoch.

John lief los. Er hatte noch soeben gesehen, welche Tür zugeklappt war. Die letzte auf dem Gang.

Mit keuchenden Lungen stoppte John. »Kommen Sie raus, Kubiak!« schrie er. John stellte sich in den toten Winkel und rüttelte an dem Knauf. Natürlich verschlossen.

John Cameron wiederholte seine Aufforderung.

Statt einer Antwort klirrte Glas.

Jetzt hielt John nichts mehr. Mit zwei Schüssen zerfetzte er das Schloß.

Die Tür schwang auf.

John hechtete in ein Badezimmer. Er sah ein offenes, zerschlagenes Fenster. Kubiak mußte da raus sein.

John erreichte das Fenster mit zwei Sätzen, schwang sich auf die Brüstung.

Ein wahnsinniges Kichern ließ ihn erstarren.

Zwischen Waschbecken und Badewanne hockte Karel Kubiak. Sein Revolver zielte auf John Cameron.

»Dich nehme ich mit!« kreischte Kubiak und schoß. Alles ging so blitzschnell, daß man es kaum beschreiben kann.

Während Kubiaks Worten hatte John seine eigene Waffe herumgerissen und abgedrückt.

Die Schüsse klangen fast wie einer.

John bekam einen furchtbaren Schlag gegen die Schulter, die Pistole fiel ihm aus der Hand.

Er sah noch, wie Kubiak zusammenbrach, dann bekam er das Übergewicht. Geschwächt durch den Kugeleinschlag, kippte John langsam nach draußen. Instinktiv faßte er mit der gesunden Hand zu und bekam die Fensterbrüstung zwischen die Finger.

Schleier wallten vor Johns Augen. Die Schmerzen in seinem Körper tobten wie irrsinnig.

Langsam rutschten seine Finger ab.

»John!«

Er hörte seinen Namen wie durch Watte. John Cameron wollte noch etwas sagen, doch die Stimme versagte ihm. Er spürte nicht mehr, daß ihn kräftige Hände packten. John Cameron war bewußtlos.

Die Ärzte holten John die Kugel aus der Schulter. Während das geschah, hatte Sonny allerdings noch etwas zu erledigen.

Er hatte herausgefunden, wo die rothaarige Jane wohnte. Noch in der gleichen Nacht machte sich Sonny auf den Weg. Niemand vermißte ihn.

Jane wohnte in einem dieser neuen Apartmenthäuser, die wenig Komfort bieten, aber teuer in der Miete sind.

Der Nachtportier schlief, und so fuhr Sonny ungesehen in den achtzehnten Stock.

Er mußte dreimal schellen, ehe Jane öffnete.

»Was wollen Sie denn?« knurrte Jane verschlafen.

Sie trug ein rotes durchsichtiges Babydoll und sah zum Anbeißen aus.

»Ich wollte Sie verhaften«, erwiderte Sonny.

Jane bekam Kulleraugen. »Aber ich — ich ... Was habe ich denn gemacht?«

»Das wollte ich Ihnen ja gerade erklären. Darf ich reinkommen?« Die letzte Frage war überflüssig, denn Sonny befand sich bereits in der Wohnung.

Die Tür zum Livingroom stand offen. Sonny pflanzte sich auf die helle Ledercouch.

Jane hüpfte ins Badezimmer. Sonny genehmigte sich in der

Zwischenzeit einen dreifachen Whisky. Diese Jane war ein Luder, das wußte Sonny. Aber hing sie wirklich so tief in dem Fall drin? Vielleicht hatte sie auch von alledem nichts gewußt.

»Das muß ich testen«, murmelte Sonny versonnen und genehmigte sich noch einen Schluck.

Dann kam Jane wieder. »Jetzt können Sie mich verhaften«, sagte sie mit einer Stimme, die Tote aufgeweckt hätte. Tote Männer natürlich nur.

Sonny, der noch den letzten Rest Whisky im Mund hatte, bekam einen Schluckauf.

»Donnerwetter«, staunte er.

Man konnte Sonny verstehen. Denn was Jane zu zeigen hatte, war wirklich — wie sagt der Franzose? Olala.

Jane trug nämlich nur ihre Ohrclips. Und die nahm sie auch noch ab.

Wie lange das Verhör gedauert hat?

Der Gentleman genießt und schweigt.

Und Sonny ist ein Gentleman. Wenigstens in gewissen Dingen ...

Eine Woche später saß John schon wieder in seinem Büro. Er trug zwar noch den linken Arm in der Schlinge, doch im Krankenhaus hatte ihn keiner mehr halten können.

Karel Kubiak war tot. John Kugel hatte ihn schräg in den Kopf getroffen. Die FBI-Beamten hatten Kubiaks Haus gründlich durchwühlt und Unterlagen gefunden, die nicht mit Gold aufzuwiegen waren. Eine riesige Verhaftungswelle setzte ein. Sie reichte von Kanada bis nach Mexiko.

John interessierte das alles nicht mehr. Er hatte für heute abend eine Feier arrangiert. Und zwar im Red Tiger. Kommen konnte, wer wollte.

Und sie kamen auch. Baby Jill, Dahlia Sayora. Sogar die halbe West Side war vertreten.

Sonny kam etwas später. Dafür aber in Begleitung. Das Girl war rothaarig und unerhört sexy.

»Wie heißt denn deine neue Eroberung?« erkundigte sich John diskret lächelnd.

»Jane«, grinste Sonny zurück, »aber sie hatte gar nichts mit unserem letzten Fall zu tun.«

ENDE DER ZWEITEN STORY

Striptease-Poker
mit
dem Henker

Aus der Serie
Cliff Corner

»Nein, verdammt noch mal. Ich will nicht mehr. Ich hab's satt!«

»Was hast du satt, Kitty?« erkundigte sich Joe Fletcher gefährlich leise. Er war ein Typ mit blonden schulterlangen Haaren, einem fleischigen Gesicht und wasserhellen Schweinsaugen.

»Dieses Leben hier. Auf Befehl mit jedem Geldsack ins Bett zu gehen.« Kitty Lavall schüttelte sich. »Nee, Freunde. Für mich ist Sense.«

Joe Fletcher blickte nach links, wo sein Bruder Jim an der Wand lehnte. Jim war zwei Jahre jünger, sah aber fast genauso aus wie er. Nur fristeten in seinem Gesicht ein paar dicke, nicht wegzukriegende Pickel ihr Dasein.

»Verstehst du das, Jim?«

»Nein, Joe«, antwortete er mit seiner Eunuchenstimme. »Und wo sie es immer so gut bei uns hat.«

»Eben.« Joe Fletcher nickte langsam. Dann wandte er sich an das Girl. »Wie hast du dir das überhaupt vorgestellt?«

»Oh, ich habe schon einen Plan.«

»Laß hören.«

»Ihr besorgt mir ein Flugticket nach Europa. Und, sagen wir, fünftausend Dollar als Abfindung.«

»Nicht schlecht, Kitty. Wirklich.« Joe sah das Girl zweifelnd an. »Glaubst du denn, daß der Boß damit einverstanden ist?«

Kitty senkte den Kopf. »Bestimmt nicht. Aber ihr braucht ihm ja nichts zu sagen.«

Fast gleichzeitig brüllten die Männer vor Lachen auf.

»Du bist goldig«, prustete Joe Fletcher. »Ehrlich, Humor hast du. Doch ich frage mich manchmal wirklich, ob du nicht mal zum Uhrmacher gehen solltest, Kitty.«

»Wieso das denn?«

»Ich glaube, du tickst nicht richtig«, peitschte Fletchers Stimme.

Nichts war mehr von seiner zur Schau getragenen Verbindlichkeit geblieben. Zum Vorschein kam die Fratze eines gnadenlosen Killers.

Mit einem Ruck schwang sich Joe Fletcher aus dem Sessel. Langsam wanderte er im Zimmer auf und ab. In seinen Augen stand ein gefährliches Funkeln. Wer Fletcher kannte, wußte dieses Zeichen zu deuten. Der Mann stand dicht vor einem Mord.

Kitty, die auf der Couch saß, verfolgte Fletcher mit ängstlichem Gesicht. Schon jetzt bereute sie ihre Worte.

Plötzlich blieb Joe Fletcher stehen. Sein Blick tastete Kitty ab. Das Girl bekam eine Gänsehaut. Angst kroch in ihr hoch.

»Was — was ist, Joe?« stotterte sie.

»Das wirst du gleich sehen«, sagte Fletcher.

Langsam fuhr seine Hand unter die Jacke. Und ebenso langsam holte Fletcher aus einer Spezialhalfter ein Beil. Es war ein kleines Handbeil mit einer Schneide aus Edelstahl und versilbertem Griff. Ein grausames Mordinstrument.

Kittys Augen saugten sich an dem Beil fest. Die Deckenleuchte zauberte Lichtreflexe auf die scharfe Schneide.

»Nein, nein, bitte«, flehte das Girl. »Es war nicht so gemeint. Ich habe es nur aus Spaß gesagt. Ich werde alles tun, was ihr wollt. Aber laßt mich leben, bitte.«

Kittys flehende Augen hätten vielleicht jeden anderen gerührt. Nur nicht Joe Fletcher. Er war ein Sadist. Ihm bereitete die Quälerei Vergnügen.

»Was sagst du dazu, Jim?« fragte er seinen Bruder.

Jim kicherte. »Sie hat's verdient, Joe.«

»Siehst du, Kitty«, grinste Joe wölfisch. Bis auf zwei Schritte näherte er sich dem Girl. Das Beil lag locker in seiner Hand.

Kitty Lavall wich zurück. Wie ein waidwundes Tier verkroch sie sich in die äußerste Ecke der Couch.

»Paß auf«, rief Fletcher plötzlich.

Pfeilschnell schoß sein Arm vor. Das Beil blitzte auf, Stoff riß ratschend entzwei . . .

Kitty schrie auf.

»Warum so nervös?« fragte Joe Fletcher wieder in ruhigem Tonfall. »Es ist doch gar nichts passiert.«

Fletcher hatte recht. Kitty war wirklich nichts passiert. Nur ihrem Pullover. Fletcher hatte ihn mit seinem Beil vorn haarscharf durchgetrennt. Kittys Haut war nicht einmal geritzt worden.

Verstört blickte das Girl an sich herunter. »Was — was soll das?« stammelte sie.

»Das wirst du gleich sehen.«

Joe Fletcher packte die eine Pulloverhälfte und riß sie mit einem Ruck ganz entzwei. Dann deutete er auf Kittys nackten Oberkörper.

»Sieh dich doch mal bitte an«, spottete er. »Deine Brüste sind auch nicht mehr so wie früher. Du wirst alt, Mädchen. Und weißt du, was mit Leuten bei uns geschieht, die alt werden?«

Kittys Augen füllten sich mit Tränen. Das Wasser löste die Wimperntusche und hinterließ lange schwarze Spuren in ihrem Gesicht.

»Na, bekomme ich keine Antwort?« zischte Joe Fletcher.

»Ich — ich kann es mir denken«, hauchte Kitty tonlos.

»Dann ist es gut«, antwortete Fletcher. Er sah zu seinem Bruder. Jim grinste und nickte.

Joe Fletcher hatte einen besonderen Trick. Er legte das Beil in die offene Handfläche, um es dann aus dem Handgelenk mit tödlicher Genauigkeit zu schleudern.

Halb wahnsinnig vor Angst beobachtete Kitty diese Vorbereitungen. Joe Fletcher baute sich in der richtigen Entfernung auf. In seinen Augen glitzerte es.

»Jetzt bist du dran«, flüsterte er heiser. Langsam schwang er seinen Arm zurück . . .

Kitty Lavall schrie gellend auf . . .

Chez Lucille, Schönheits- und Massagesalon, war auf dem Messingschild zu lesen. Neben dem Schild klebte eine Klingel an der Hauswand.

Susan Taylor las mit gerunzelten Augenbrauen die Zeilen. Eine Massage könnte nicht schaden, dachte sie. Anschließend vielleicht noch etwas Hand- und Fußpflege. Außerdem, beim SGS war sowieso im Augenblick Sauregurkenzeit. Zeit hatte Susan genug.

Kurz entschlossen drückte Susan auf die Klingel. Ein melodisches Läuten kündete ihren Besuch an.

Leichte Schritte waren zu hören. Dann öffnete sich die Eingangstür.

Susan sah sich einer Frau gegenüber, die zu perfekt aussah, um echt zu wirken. Das lange schwarze Haar hatte sie zurückgekämmt, die Augenbrauen rasiert, und der mit kosmetischen Mitteln gezüchtete Teint ließ nicht einmal ein Lachfältchen erkennen. Die Frau trug einen taillierten grünen Minikittel mit den Initialen LL über der linken Brust. Ihre ausgeprägten Beine ließen vermuten, daß sie früher einmal beim Ballett oder als Mannequin tätig gewesen war.

»Sie wünschen, bitte?« fragte die Frau.

Ihre Stimme klang ziemlich heiser. Wahrscheinlich vom vielen Whiskygenuß.

»Ich hätte gern eine Vollmassage«, entgegnete Susan lächelnd.

Das Gesicht der Frau wurde um drei Oktaven freundlicher. »Aber sicher doch, Miß . . .«

»Taylor.«

»Gut, Miß Taylor. Treten Sie bitte ein. Leider müssen Sie sich noch ein wenig gedulden. Mein Personal hat Mittagspause. Übrigens gehört mir dieser Salon. Mein Name ist Lucille Latour.«

Das Englisch der Frau besaß tatsächlich einen leicht französischen Einschlag. Der Akzent konnte aber auch gespielt sein, gewissermaßen als Kundenfang dienend.

Lucille Latour führte Susan durch einen mit roten Teppichfliesen ausgelegten Flur in ein Wartezimmer.

Die Einrichtung des Zimmers war modern, farbig und auf »mehr scheinen als sein« bedacht.

»Bitte, nehmen Sie Platz, Miß Taylor.« Lucille Latour deutete auf einen der aufgeblasenen Kunststoffsessel. »Es dauert nur ein, zwei Minuten, dann wird sich jemand um Sie bemühen. Zeitschriften finden Sie in dem kleinen Sideboard. Mich müssen Sie leider entschuldigen, Miß Taylor. Ich habe noch zu tun.«

»Das macht nichts, Miß Latour. Ich werde mich schon nicht langweilen«, lächelte Susan.

Lucille Latour entschuldigte sich nochmals und verschwand.

In dem aufblasbaren modernen Sessel saß man wider Erwarten gut. Susan holte sich eine Modezeitschrift und begann, darin zu blättern. Besonders interessierten sie natürlich die Handtaschen.

Durch das große Fenster fiel die pralle Julisonne. Die Wärme und die Ruhe machten Susan schläfrig. Fast wie von selbst fielen ihr die Augen zu.

Unbewußt glitt Susan in den berühmten Dämmerzustand. Der Verkehrslärm von draußen war wegen der doppelten Scheiben fast gar nicht mehr zu hören.

Die Zeitschrift rutschte Susan aus der Hand. Es gab ein klatschendes Geräusch, als sie auf den Boden fiel.

Und dieses Geräusch schreckte Susan auf.

»Da bin ich doch wahrhaftig...«

Das Wort ›eingeschlafen‹ verschluckte sie, denn der kurze Schrei einer Frauenstimme drang an ihr Ohr.

Mit einem Ruck stemmte sich Susan aus dem Sessel.

Verflogen war die Müdigkeit. In diesem Augenblick gab es nur noch die SGS-Agentin Susan Taylor.

Susan lauschte konzentriert.

Doch jetzt war alles still.

Eine Täuschung?

Susan glaubte nicht daran. Auf ihr Gehör konnte sie sich verlassen.

Kurz entschlossen packte meine Partnerin ihre Handtasche, die einer Mohrrübe ähnelte, und machte sich auf den Weg, um die Ursache des Schreies zu ergründen.

Susan öffnete leise die Tür und wandte sich nach rechts. Vorsichtig schlich sie auf dem ihr schon bekannten Gang weiter. Mehrere Türen zweigten alle paar Yard ab. Jedesmal blieb Susan davor stehen und horchte. Aber nicht das leiseste Geräusch drang an ihr Ohr.

Der Gang endete an einem grünen Samtvorhang.

Vorhänge übten schon immer eine magische Anziehungskraft auf Susan aus.

Stück für Stück schob sie den schweren Stoff zu Seite.

Eine weißlackierte Tür geriet in ihr Blickfeld.

Wieder legte Susan ihr Ohr an das Holz.

Und diesmal hörte sie Stimmen. Auch Schritte.

Susan sah sich vorsichtig um, ob ihr niemand gefolgt war, bückte sich dann und linste durch das Schlüsselloch.

Ihr Blick traf ein vollkommen verängstigtes, halbnacktes Mädchen, das auf einer Couch saß. Dann sah sie das Profil eines Mannes. Er hielt irgend etwas in der Hand.

Susan überlegte. Sollte sie einschreiten? Ja, denn bestimmt war das Mädchen nicht freiwillig mit dem Mann zusammen.

Vorsichtig bewegte Susan den Türknopf.

Gut geölt schob sich die Tür einen Spalt breit auf.

Susan klemmte einen großen Zeh zwischen Tür und Angel und holte aus der Handtasche ihre Pistole.

In diesem Augenblick schrie das Mädchen gellend auf.

Das Signal für meine Partnerin.

Mit einem Ruck zog Susan die Tür auf und stand schon im Raum. Aus den Augenwinkeln bemerkte sie einen zweiten Mann.

»Hände hoch!« peitschte Susans Stimme.

Die drei Personen standen wie angewurzelt.

Langsam drehte sich einer der Männer um. Jetzt sah Susan, daß er ein Beil in der Hand hielt.

Ihre Hand mit der Pistole beschrieb einen Halbkreis. »Lassen Sie das Ding fallen!« befahl Susan. »Und Sie«, die Waffe schwenkte blitzschnell zu dem anderen Mann, »gehen zu Ihrem Kumpan. Aber hübsch langsam. Außerdem laufen Sie mir nur nicht in die Schußlinie. Es könnte tödlich enden.«

Während ihrer Worte hatte Susans Waffe immer den Halbkreis beschrieben.

Mit einem leisen Laut polterte das Beil auf den Teppich. Auch der andere Mann setzte sich in Bewegung, wie Susan es befohlen hatte.

Joe Fletcher sah Susan an. »Das werden Sie noch bereuen«, giftete er heiser.

»Später vielleicht«, gab Susan zu. »Aber jetzt bin ich am Drücker.«

Susan ging ein paar Schritte in das Zimmer. Mit dem Kopf machte sie den Männern ein Zeichen. »Stellt euch im Abstand von anderthalb Schritten mit dem Gesicht zur Wand und stützt euch ab.«

»Wie ein Profi«, knurrte Joe Fletcher.

»Ich bin auch einer«, gab Susan eiskalt zurück.

Erst als die Kerle ihre Plätze eingenommen hatten, ging es meiner Partnerin besser. Mit der linken Hand wischte sie sich den Schweiß von der Stirn. Mein Gott, diese Aktion hatte wahrhaftig Nerven gekostet.

Susan atmete tief aus. Erst jetzt wandte sie sich an das Girl auf der Couch.

»Wie heißen Sie?« fragte Susan.

»Kitty Lavall«, erwiderte es verstört.

»Haben Sie keine Angst, Kitty. Wir beide gehen hier ganz gemütlich raus. Nehmen Sie sich unterwegs einen Kittel. Das wird fürs erste reichen.«

Während ihrer Worte hatte Susan die Gangster nicht aus den Augen gelassen. Deshalb entging ihr auch nicht Jim Fletchers heimliche Bewegung.

»Ich würde das lieber lassen, Mister«, sagte Susan gefährlich ruhig. »An Bleivergiftung zu sterben ist nicht jedermanns Sache.«

»Nimm die Schnauze nicht zu voll, Puppe«, fistelte Jim Fletcher.

»Haha. Ich sterbe bald vor Angst«, gab Susan zurück.

Kitty Lavall hatte sich inzwischen erhoben. Mit unsicheren Schritten ging sie auf die Tür zu.

»Kann man die Tür abschließen?« erkundigte sich Susan bei dem Girl.

»Ja, aber den Schlüssel hat die Chefin.«

»Reingefallen, was?« freute sich einer der Männer.

»Nicht ganz, Gentlemen. Dann werde ich Sie eben ins Reich der Träume schicken müssen.«

Susan ging auf die beiden zu. Sie wußte, jetzt kam der gefährlichste Augenblick. Sie mußte mit dem Kolben zuschlagen und dabei die Waffe am Lauf fassen. Bei einem einzigen Gegner kein Problem.

Susan merkte, wie sich die Muskeln der Männer spannten.

»Keine Dummheiten«, warnte sie.

»Sie brauchen sich gar nicht anzustrengen, Miß Taylor«, hörte Susan plötzlich hinter ihrem Rücken eine Stimme.

Ganz langsam drehte meine Partnerin sich um.

Wirklich, sie brauchte sich nicht anzustrengen. Die Situation hatte sich schlagartig geändert.

Im Zimmer stand Lucille Latour. Sie hielt eine italienische Beretta in der Hand, deren Lauf sich gegen Kitty Lavalls Schläfe preßte.

Susan sah Kittys angstvoll aufgerissene Augen und wußte, daß sie verloren hatte.

»Kleiner Schreck am Nachmittag, nicht wahr, Miß Taylor?« fauchte Lucille Latour. »Ich würde vorschlagen, Sie lassen die Pistole fallen, sonst wird Ihr Schützling bald eine Leiche sein. Und dann wäre doch alles umsonst, nicht?«

Hinter sich hörte Susan das hastige Atmen der Männer. Sie öffnete ihre Finger. Mit einem dumpfen Laut fiel die Pistole auf den Boden.

Susan sah die Gefahr nicht, sondern spürte sie nur.

Mit einem Ruck wurden ihre beiden Arme nach hinten gerissen. Unwillkürlich beugte sie sich dabei nach vorn.

Darauf hatte Jim Fletcher nur gewartet. Seine Kniescheibe bohrte sich in Susans Rücken.

Meine Partnerin schrie vor Schmerz auf. Fletcher lachte nur und ließ plötzlich los.

Susan bekam Übergewicht. Dumpf schlug sie auf den Boden.

»Dir werd' ich's zeigen«, giftete Jim Fletcher und zog seinen Revolver.

»Stop!« peitschte Lucille Latours Stimme. »Ich habe etwas anderes vor.«

Mit einem Ruck stieß sie Kitty Lavall quer durch den Raum. Völlig verängstigt blieb das Girl in einer Ecke liegen.

Lucille deutete mit ihrer Beretta auf Susan. »Sie wird ein guter Ersatz für Kitty sein.«

»Prima Gedanke«, lobte Joe Fletcher seine Chefin. Er bückte sich und hob das Beil auf. »Obwohl ich ja gern mal wieder in Aktion sein möchte.«

»Das kannst du mit Kitty machen, Joe.«

Susan, die Wort für Wort der Unterhaltung mitbekommen hatte, lief ein Schauer über den Rücken. Was bedeutete das, Ersatz für Kitty? Jetzt ärgerte sich Susan, daß sie niemandem gesagt hatte, wohin sie überhaupt gehen wollte.

Langsam ebbte der Schmerz in ihrem Rücken ab. Susans Gedanken arbeiteten wieder klar. Etwa einen halben Yard entfernt sah sie ihre Pistole liegen. Es mußte ihr einfach gelingen, an die Waffe zu kommen.

»Durchsuch ihre Tasche, Joe!« sagte Lucille Latour in diesem Augenblick.

Joe Fletcher bückte sich nach Susans Handtasche. Doch auch gleichzeitig mußte er sich an die Pistole erinnert haben. Während er die Waffe aufnahm und einsteckte, grinste er Susan an.

»Pech gehabt, was?« höhnte Fletcher.

Susan gab keine Antwort. Wütend schluckte sie ihren Ärger hinunter.

Währenddessen wühlte Lucille Latour in Susans Handtasche. Die Schminkutensilien kippte sie einfach auf den Boden. Darunter befand sich auch ein Lippenstift.

Aufmerksam beschäftigte sich die Frau mit Susans Ausweis. Mit einem Mal wurde ihr Gesicht blaß. »Rate mal, welcher Vogel uns da ins Nest geflogen ist, Joe?«

»Keine Ahnung. Vielleicht 'ne Amateurnutte mit Gesundheitsspaß?«

»Von wegen. Eine private Schnüfflerin.« Lucille Latour hielt Susans Detektivlizenz in der Hand. »Deshalb kam mir der Name auch bekannt vor.«

»Sicher«, eiferte sich Joe Fletcher. »Jetzt fällt's mir auch wieder ein. Sie arbeitet doch mit diesem Corner zusammen, dem ehemaligen FBI-Bullen. Die G-men haben ihn damals gefeuert.«

Lucille Latour blickte auf Susan hinab. »Stimmen die Angaben? Sind Sie die Partnerin von diesem Corner?«

»Es stimmt«, gab Susan zu.

»Dann weiß er auch bestimmt, wo Sie zu finden sind, oder?«

»Nein.«

»Sie lügen.«

»Es entspricht den Tatsachen.«

Natürlich hätte Susan vorlügen können, daß ich Bescheid wußte. Aber wäre ihre Überlebenschance dann nicht geringer gewesen?

»Soll ich mal meine eigene Verhörmethode anwenden?« fragte Joe Fletcher und spielte mit seinem Beil.

Lucille Latour überlegte. »Sagen Sie lieber die Wahrheit, Miß Taylor. Joe hat so seine Eigenarten.«

»Ich bleibe dabei«, antwortete Susan fest.

In der Zwischenzeit hatte sie sich unbemerkt zu ihren Schminkutensilien hingeschoben. Sie mußte ihren mit Gas gefüllten Lippenstift erreichen. Wenn sie ihn hier bei der großen Übermacht auch nicht einsetzen konnte, vielleicht aber später.

Susan quälte sich langsam auf die Beine. Während dieses Vorgangs krallte sich ihre abstützende Hand um den Lippenstift. Niemand hatte etwas davon bemerkt. Dann, als Susan stand, ließ sie den Lippenstift blitzschnell in ihrem Poloblusenausschnitt verschwinden.

Auf den Zehenspitzen wippend, kam Joe Fletcher näher. Das Beil hielt er in der linken Hand. Die scharfe Stahlschneide glänzte.

»Nun«, fragte Fletcher drohend und leckte sich die dicken Lippen.

»Ich stehe immer noch zu meiner Antwort«, gab Susan kalt zurück.

So sicher, wie sie tat, war sie gar nicht. In Wirklichkeit hatte Susan ganz gewöhnliche Angst.

Nach ihrer Antwort war es einen Moment totenstill. Es schien, als hielten die Menschen in dem Raum die Luft an.

Jim Fletcher entsicherte seinen Revolver. Der knackende Laut unterbrach die Stille.

»Gut«, zischte Joe Fletcher, »du willst es nicht anders haben.«

Susan wurde in diesem Augenblick eiskalt. Ihr Körper spannte sich und ging in die Stellung eines Karateschlägers über.

»Die Schau hilft dir auch nichts«, sagte Fletcher. Mit einer kaum wahrnehmbaren Bewegung ließ er das Beil dicht vor Susans Gesicht blitzen.

»Das nächste Mal bist du einen Kopf kürzer.« Fletcher lachte auf. Mit der Zunge leckte er sich die Schweißperlen von der Oberlippe.

»Es wird kein nächstes Mal geben«, sagte plötzlich Lucille Latour. »Wenigstens vorläufig nicht. Ich habe es mir anders überlegt.«

»Schade!« Fletcher ließ das Beil sinken. »Und darf man fragen, warum?«

»Du darfst«, antwortete Lucille Latour. »Ich glaube sogar, unsere Freundin hat die Wahrheit gesagt. Angenommen, Joe, du gehst zum Friseur. Würdest du mir vorher Bescheid geben?«

»Nee.«

»Siehst du. So wird es Miß Taylor auch gemacht haben. Ich kann mir vorstellen, daß sie nur gesagt hat, sie wäre einkaufen oder einen kleinen Bummel machen. Komme ich der Sache näher?«

Susan schwieg. Was sollte sie auch sagen, die Frau hatte ja recht.

Lucille Latour faßte Susans Schweigen als Zustimmung auf. »Dann wäre dieser Punkt geklärt«, meinte sie lächelnd. »Nun zu dir, Joe. Schaffe mir Kitty vom Hals. Sofort.«

»Nein!« Kitty, die bis dahin unbeteiligt auf dem Boden gelegen hatte, schrie auf. »Das könnt ihr doch nicht tun...«

»Ach, halt's Maul!« gab Fletcher grob zurück und ging auf sie zu. Genußvoll prüfte er mit dem Daumen die Schneide des Beils.

Sein Bruder Jim bleckte bei diesem Vorgang die Zähne.

Susan hatte das Gefühl, ihr Magen würde in den Hals steigen. Tränen der Wut und Hilflosigkeit stiegen in ihre Augen.

»Sind Sie denn vollkommen wahnsinnig geworden«, fuhr sie Lucille Latour mit erstickter Stimme an. »Was hat Ihnen dieses Mädchen denn getan?«

Joe Fletcher stoppte seinen Schritt. »Ist die Neue bescheuert«, knurrte er.

»Laß sie«, lächelte Lucille Latour überheblich. »Am Anfang hat jeder Komplexe.«

Susan konnte nur den Kopf schütteln. »Sind Sie denn überhaupt noch ein Mensch? Fast scheint es mir, daß Tiere noch eine Stufe über Ihnen stehen.«

Lucille Latour nahm die Farbe einer Kalkwand an. »Das haben Sie nicht umsonst gesagt. Los, Jim. Kümmere dich um sie.«

Jim ließ sich das nicht zweimal sagen. Mit einem Knurrlaut sprang er auf Susan zu.

Susan ging blitzschnell in die Hocke, pendelte zur Seite und riß ihr Bein hoch.

Jim bekam die Fußspitze dorthin, wo es weh tat. Er heulte auf.

Susan, einmal in Aktion, wirbelte weiter. Wie eine Rakete flog sie durch den halben Raum in Joe Fletchers Rücken. Der hatte mit dem Aufprall nicht gerechnet und knallte auf den Boden.

»Hau ab, Mädchen!« rief Susan Kitty Lavall zu.

Kitty reagierte überraschend schnell. Halb fallend, halb rennend hetzte sie auf die Tür zu.

Aber Susan hatte nicht mit der Brutalität der Salonbesitzerin gerechnet.

Sie, die bisher nicht in die Auseinandersetzung eingegriffen hatte, schoß zweimal.

Beide Kugeln trafen Kitty in den Rücken. Mit einem verzweifelten Aufschrei fiel sie zusammen. Kitty war schon tot, bevor sie den Boden berührte.

»Die nächste Kugel ist für Sie, Miß Taylor«, sagte Lucille Latour.

Susan resignierte. Langsam erhob sie sich.

Jim Fletcher, der Susans Tritt immer noch nicht richtig verdaut hatte, drehte durch. »Du dreckiges Miststück!« keifte er. »Ich werde dich in Stücke schneiden, dich fertig machen, du — du...« Wild fuchtelte er mit seiner Waffe herum.

»Halt die Schnauze, Jim«, fuhr Lucille Latour ihn an. »Schaff Kitty weg!«

Knurrend machte sich Jim an die makabre Arbeit.

Susan, die ihren Blick nicht von dem toten Mädchen wenden konnte, sagte leise: »Das werden Sie bereuen, Lucille Latour. Für diesen Mord werde ich Sie jagen, das verspreche ich Ihnen.«

»Wie lange willst du dir ihr dämliches Gequatsche eigentlich noch anhören, Lucille?« mischte sich Joe Fletcher ein. »Ich bin immer noch dafür, wir erledigen sie.«

»Nein, Joe. Später vielleicht. Aber erst wollen wir noch unseren Spaß haben. Los, hol die Spritze.«

»Wird gemacht.«

»Was haben Sie vor, Miß Latour?« fragte Susan.

Die Salonbesitzerin, die immer noch ihre Waffe auf meine Partnerin gerichtet hielt, zuckte mit den Schultern. »Nichts Besonderes. Wir werden Sie in eine kleine Ohnmacht versetzen...«

»Und wenn sie aufwacht, wird sie für gewisse Pornos vorbereitet«, vollendete Joe Fletcher den Satz seiner Chefin.

Er war schon wieder zurück. In der Hand hielt er die Spritze. Im Innern des Kolbens schwappte eine rötliche Flüssigkeit.

»Ich würde dir raten, schön ruhig zu bleiben und hinterher alles mit dir geschehen zu lassen. Ich habe da einen Wahlspruch. Lieber im richtigen Moment nackt sein als ein Beilchen in der Kehle.«

Dann stieß Joe Fletcher die Spritze in Susans Arm...

»Kennen Sie Rossini?«

»Den Opernkomponisten?« fragte ich grinsend.

»Quatsch«, knurrte Myers. »Gil Rossini natürlich.«

Und ob ich den kannte. Gilbert Rossini war eine Blüte im Sumpf der Chicagoer Unterwelt. Man nannte ihn den Porno-König. Er kontrollierte das Geschäft mit den Pornomagazinen und Filmen. Allein zehn Sex-Shops gehörten ihm.

Seine Karriere hatte vor erst drei Jahren begonnen, als gewisse Gesetze bei uns gelockert wurden. In dieser Zeit war es Rossini gelungen, bis an die Spitze vorzudringen. Man sagte, durch blendende Beziehungen zur Cosa Nostra. Außerdem stand Rossini noch im Verdacht, Chef eines Call-Girl-Ringes zu sein. Unter der Hand flüsterte man, daß er selbst der Produzent und Regisseur seiner schärfsten Pornofilme sei. Um diesen Gangster schnappen zu können, fehlten den Behörden bisher die Beweise.

»Sicher ist mir Gil Rossini ein Begriff«, antwortete ich. »aber ich frage mich, was hat der SGS mit der Sache zu tun? Ist das nicht Aufgabe der City Police beziehungsweise des FBI?«

»Was wir damit zu tun haben?« Myers schlug mit der flachen Hand auf den Schreibtisch. »Fast gar nichts. Dabei lege ich die Betonung auf *fast.* Uns sind allerdings einige Sachen zu Ohren gekommen, die den Fall in einem anderen Licht erscheinen lassen. Gil Rossini erpreßt bekannte Persönlichkeiten des öffentlichen Lebens. Zum Beispiel Politiker und einige Militärs. Ein anonymer Brief wurde an den FBI geschrieben. Dadurch haben wir überhaupt erst Wind vor den Erpressungen bekommen.«

Ich lachte auf. »Um jemanden erpressen zu können, muß man ja einen Grund haben. Ab und zu scheinen die angeblich moralischen Herren doch etwas für ihren Kreislauf getan zu haben. Gut, daß es nicht immer der kleine Mann ist.«

»Ihren Kommentar hätten Sie sich sparen können«, sagte Myers. »Ihre Aufgabe besteht ausschließlich darin, diesem Erpresser das Handwerk zu legen. Und zwar so diskret wie möglich. Der FBI-Chef hat sich nur deshalb an mich gewandt, weil er befürchtet, daß seine G-men zuviel Staub aufwirbeln.«

»Sind die Namen der Erpreßten bekannt?« wollte ich wissen.

»Nein. Der anonyme Brief ist der einzige Anhaltspunkt. Und gehen Sie den Fall als Privatdetektiv an, Corner. Hier ist die Akte von Rossini.«

Myers reichte mir einen grünen Schnellhefter.

Ich klemmte mir Rossinis Lebenslauf unter den Arm und erhob mich von dem unbequemen Besucherstuhl.

»Ach, noch etwas«, sagte Myers. »Wo ist übrigens Ihre Partnerin? Ich habe doch telefonisch angeordnet, daß Sie gemeinsam erscheinen.«

»Susan ist gescheiter als ich«, gab ich gereizt zurück. »Verständlicherweise hielt sie bei diesem Wetter nichts in unserem Büro. Sie wollte einen Bummel machen.«

Myers' Augen schienen noch kälter zu werden. »Darüber sprechen wir noch«, erwiderte er giftig.

Damit war ich entlassen.

Ziemlich sauer knallte ich die Tür zu.

Boris, Myers' einäugiger Wachhund, grinste, als er mein Gesicht sah.

»Anschiß gekriegt?«

»Nee, Gehaltserhöhung.«

»Witzbold. Darauf warte ich schon fast vier Jahre, Cliff. Und mir steht sie schließlich zu«, prahlte Boris.

Seine Antwort entlockte mir nur ein kurzes Husten.

Durch den Geheimgang erreichte ich unser gemeinsames Büro.

Susan war noch nicht zurück. Darüber ärgerte ich mich auch. Ich mußte natürlich bei dem Wetter wieder die Stellung halten. Julia Hickson und Charles Lenoire, unsere beiden guten Geister, hatten sich eine Woche Urlaub genommen.

Ich gönnte mir ein Glas eiskaltes Sodawasser. Danach ging es mir immerhin so gut, daß ich mich in Rossinis Akte vertiefte.

Als ich den Hefter schloß, wurden die Schatten schon länger. Mein Chronometer zeigte achtzehn Uhr.

Verdammt, es wurde nun langsam Zeit, daß Susan sich blicken ließ. Immerhin war sie schon fünf Stunden unterwegs. Wenn ihr etwas dazwischengekommen wäre, hätte sie bestimmt angerufen. Oder sollte ihr möglicherweise was passiert sein?

Unsinn, sagte ich mir. Du siehst Gespenster, Cliff. Damit versuchte ich mich zu beruhigen.

Zwei Stunden später hatte sich Susan immer noch nicht gemeldet. Diesmal konnte ich mich nicht mehr mit Ausreden beruhigen.

Unruhig wanderte ich im Büro auf und ab. Ich horchte auf jedes Geräusch vom Lift her. Ich qualmte eine Zigarette nach der anderen und leerte unseren Sodawasserbehälter.

Das schrille Läuten des Telefons riß mich aus meinen Gedanken.

Ein Stein fiel mir vom Herzen.

Das ist Susan.

Dachte ich . . .

Lucille Latour hatte ein Lieblingsgetränk. Eisgekühlten Champagner mit einem Schuß Blutorangensaft. Nach einem erfolgreichen Tag pflegte sie zwei bis drei Gläser davon zu trinken.

Und heute war solch ein Tag.

Lucille Latour war allein. Sie saß in ihrem kleinen Privatraum, dessen Einrichtung aus einer Polstergarnitur und einer gutgefüllten Bar bestand. Ein viereckiger Mosaiktisch rundete das Ganze ab.

Die Fletcher-Brüder waren unterwegs. Jim schaffte Kitty Lavall weg, und Joe — Lucille lächelte bei diesem Gedanken — brachte Susan Taylor an eine bestimmte Stelle. Es war alles zu ihrer Zufriedenheit verlaufen.

Die Salonbesitzerin leerte das zweite Glas und zündete sich eine filterlose Zigarette an. Das war auch eine ihrer Eigenarten, nie eine Zigarette mit Filter zu rauchen.

Lucille Latour hatte sich umgezogen. Sie trug jetzt einen seidenen Hausanzug, der ihren Körper wie eine zweite Haut umschloß. Da sie auf einen BH verzichtete, kamen ihre üppigen Brüste voll zur Geltung.

Lucille drückte die Zigarette in einem Kristallascher aus. Danach mixte sie sich einen neuen Drink.

Zehn Minuten später kam Jim Fletcher zurück.

»Alles erledigt«, freute er sich und rieb sich die Hände. »Kitty liegt im Michigan. Mit einem Stein am Fuß.«

»Wunderbar, Jim. Vielleicht gibt dir der Chef eine Extraprämie.«

Lucille Latour erhob sich aus ihrem Sessel. Langsam tänzelte sie auf Jim Fletcher zu.

»Ich habe noch eine Aufgabe für dich, Jim.«

»Welche?« erkundigte sich Jim Fletcher rauh. Er konnte seinen Blick nicht von Lucilles Oberteil wenden.

»Draußen steht ein Sunbeam Alpine. Er gehört der Taylor. Die Karre muß verschwinden. Okay?«

»Du kannst dich auf mich verlassen, Lucille.«

Auch die Beamten des FBI stöhnten unter den tropischen Temperaturen.

Der G-man Tom Harris öffnete die vorderen Türen seines Dienstwagens, damit wenigstens ein Teil der Hitze entweichen konnte. Es war wirklich kaum zum Aushalten. Die Sonne stand an diesem Spätnachmittag noch fast senkrecht über dem Hof des FBI-Building.

»Und erst im nächsten Monat Urlaub«, stöhnte Tom Harris, als er sich auf den heißen Sitz klemmte.

Tom startete durch. Der Motor des Ford kam erst beim zweiten Mal.

Tom Harris kurbelte das Seitenfenster herab und ordnete sich in den fließenden Verkehr der Clark Street ein.

Sein Ziel war der O'Hare Airport. Er hatte dort etwas zu erledigen.

Tom Harris kam genau in das Ende der Rush-hour. In diesem Verkehrsgewühl der Chicagoer City machte sich die Hitze doppelt bemerkbar. Dazu kamen noch der Benzingestank der Fahrzeuge und die Abgase der Industrie. All dies addiert ergab einen Smog, wie er gesundheitsschädlicher nicht sein konnte.

Trotz seines steifen Beines fuhr Tom Harris sicherer und gewandter als manch anderer Autofahrer.

Auf dem mehrspurigen Lake Shore Drive wurde der Verkehr flüssiger. Tom konnte ein bißchen Gas geben. Angenehmer Fahrtwind drang durch das Seitenfenster.

Kurz vor dem großen Kreuzungskleeblatt am Lincoln Park sah Tom sie. Oder vielmehr ihren Wagen.

Etwa zwanzig Yards vor ihm, auf der rechten Spur fuhr ein silbergrauer Sunbeam Alpine.

Das könnte Susan sein, dachte Tom.

Der G-man rückte dem Alpine dichter auf die Stoßstange.

Zuerst konnte Tom das Nummernschild wegen des starken Sonnenlichtes nicht lesen, doch dann, als er fast auf gleicher Höhe war, gab es keinen Zweifel.

Es war Susan Taylors Wagen.

Tom freute sich, meine Partnerin mal wieder zu sehen. Sei es auch nur von Wagen zu Wagen.

Tom hatte Glück. Der gelbe Buick vor ihm erhöhte die Geschwindigkeit.

Der G-man setzte nach und befand sich schnell mit dem Sunbeam auf gleicher Höhe.

Tom hupte. Er wandte den Kopf nach rechts und ... hätte vor Überraschung bald zuviel Gas gegeben.

In dem Alpine saß keine Susan.

Ein ihm unbekannter Mann hockte hinter dem Steuer und blickte Tom mit verkniffenem Gesicht an.

Da ist was passiert, war Toms erster Gedanke.

Der G-man sah noch einmal rüber. Eventuell war es einer von Susans Bekannten. Vielleicht kannte er ihn sogar.

Das war jedoch nicht der Fall.

Jim Fletcher, der Fahrer des Sunbeam, hatte natürlich auch gemerkt, daß etwas nicht stimmte.

Er sah Tom ein paarmal mißtrauisch an und betätigte den Blinker. Der Sunbeam scherte aus und mogelte sich zwischen zwei Trucks auf die Abfahrt zum Lincoln Park.

Tom Harris war von dem Manöver überrascht worden. Er brauchte wertvolle Sekunden, um sich auf die neue Lage einzustellen.

Ein kurzer Blick in den Innenspiegel zeigte ihm, daß er es riskieren konnte.

Mit einem eleganten Schlenker bekam Tom gerade noch die Abfahrt zu packen. Das Hupkonzert hinter ihm störte ihn nicht weiter. Die Abfahrt wand sich in Schlangenlinien dem Lincoln Park zu.

Tom konnte bereits die riesige Grünfläche am Lake Michigan erkennen, durch die sich die Straßen und Wege schlängelten.

Der G-man fuhr riskant, aber nicht leichtsinnig. So schaffte er es, in relativ kurzer Zeit den Sunbeam einzuholen.

Doch auch der andere Fahrer war aufmerksam geworden.

Er erhöhte das Tempo, bremste nach wenigen Yard ab und riß den Sportwagen mit quietschenden Pneus in eine kleine Seitenstraße.

Doch diesmal hatte Tom aufgepaßt. Er, der sich schon auf der richtigen Spur befand, konnte dem Sunbeam leicht folgen.

Die Straße, gut asphaltiert, jedoch kaum breiter als Toms Dienstwagen, führte durch künstlich angelegtes, hügeliges Gelände. Buschgruppen säumten den Rand der Straße.

Tom mußte den Sunbeam stellen. Da wenig Fußgängerverkehr herrschte, konnte er es riskieren.

Mit dem rechten Fuß kitzelte der G-man das Gaspedal. Schon hing er dicht hinter dem Sunbeam.

Der Fahrer wandte sich erschrocken um.

Tom gab mit der Lichthupe Signale.

Tatsächlich. Die Bremslichter des Sunbeam leuchteten auf. Dann kam der Wagen zum Stehen.

Tom stoppte ebenfalls.

Er stieg aus. Langsam und äußerst wachsam ging er auf den Sunbeam zu. Der Fahrer hatte seinen Kopf aus dem Seitenfenster gesteckt und sah ihm entgegen.

Tom hatte den Sunbeam fast erreicht, als der Mann die Tür aufstieß. Gewandt stieg er ins Freie.

»Warum fahren Sie mir nach, Mister?« quiekte er mit ungewöhnlich hoher Stimme.

Tom, der beim Gehen das steife Bein etwas nachzog, stoppte. Seine Hand fuhr in die Jackettasche, um den FBI-Ausweis hervorzuholen.

Die Geste verstand Jim Fletcher falsch.

Mit einem Ruck zog er seinen Cobra-Colt, der hinten am Hosengürtel in einer Halfter steckte.

»Mach keinen Quatsch, Kamerad«, knurrte Jim Fletcher, »sonst puste ich dir ein Loch in die Seele. Los, raus mit der Sprache, warum bist du mir nachgefahren?«

Tom Harris war überrascht. Er hätte nicht gedacht, daß der Mann so reagieren würde.

»Wird's bald. Oder bist du stumm?«

Tom wurde eiskalt. Endlich hatte er Gewißheit, daß etwas nicht stimmte. »Ich hätte gern gewußt, woher Sie den Wagen haben«, sagte Tom leise.

Fletchers Augen zogen sich zusammen. »Den Wagen?« echote er. »Den habe ich geschenkt bekommen. Außerdem geht dich das einen Dreck an.«

Bis jetzt war den beiden Männern niemand auf der Straße entgegengekommen. Doch in diesem Augenblick tauchten hinter Jim Fletcher einige Spaziergänger auf. Die Lage wurde kritisch.

Fletcher merkte das auch. Nervös kaute er auf seiner dicken Unterlippe.

Hoffentlich dreht er nicht durch, dachte Tom. Nur keine Unschuldigen in Gefahr bringen.

Auch Jim Fletcher suchte verzweifelt nach einem Ausweg. Eine Schießerei konnte er unmöglich riskieren.

Zu allem Unglück erschien auch noch ein Wagen.

Jim Fletcher handelte.

Mit einem Fluch sprang er vor, hieb dem überraschten Tom Harris den Revolverlauf in die Magengrube und jumpte seitwärts ins Gebüsch.

Der G-man krümmte sich vor Schmerz zusammen und taumelte gegen das Heck des Sunbeam.

Ein paar Spaziergänger kamen angerannt. Sie hatten das Geschehen beobachtet.

»Ist Ihnen was geschehen?« fragte ein dicker, pausbäckiger Mann.

»Nein, nein. Es geht schon«, stöhnte Tom.

Immer mehr Menschen sammelten sich an. Alle redeten wild durcheinander.

Er humpelte auf das Gebüsch zu, in dem Fletcher verschwunden war. Tom schob eine paar Zweige zur Seite und schüttelte resignierend den Kopf.

Vor ihm lag ein abschüssiger, mit Rasen bedeckter Hang. Am Ende des Hanges begann sofort einer der Hauptspazierwege. Aussichtslos, hier jemanden zu finden.

Tom ging zu seinem Ford zurück.

Die Neugierigen standen immer noch herum.

»Gehen Sie zur Seite«, sagte Tom. »Es gibt wirklich nichts zu sehen.«

Tom stieg in den Wagen, stellte das Funkgerät an und ließ sich eine Verbindung mit dem FBI-Building geben.

»Gerry, schick ein paar Männer der Spurensicherung«, sagte

er zu dem Einsatzleiter. »Und zwar in den Lincoln-Park.« Tom beschrieb seinen Standort.

Danach steckte sich Tom eine Zigarette an. Er mußte noch warten, bis die Experten kamen. Erst dann konnte er sich mit mir in Verbindung setzen.

Natürlich steckte er voll Unruhe. Schließlich war Susan ihm genauso ans Herz gewachsen wie mir. Jahrelang hatten Tom und ich als G-men zusammen mit der Kriminalreporterin Susan Taylor manch verzwickten Fall durchgestanden.

Die Ankunft der Spurenexperten riß Tom aus seinen Gedanken. Die Leute machten sich augenblicklich an die Arbeit. Tom gab noch einige Hinweise.

Dann setzte er sich wieder in seinen Dienstwagen. Sein Ziel war die nächste Telefonzelle.

»Corner«, meldete ich mich hastig.

»Harris«, hörte ich die Stimme meines Freundes und ehemaligen Kollegen.

»Ach, du bist's«, sagte ich enttäuscht.

»Wieso? Hattest du einen bestimmten Anruf erwartet?«

»Von Susan. Sie ist über . . .«

Tom ließ mich erst gar nicht ausreden. »Wegen Susan rufe ich an, Cliff. Ich habe ihren Wagen gefunden.«

»Wo? Wann?« rief ich aufgeregt. »Was ist mit ihr?«

»Wart's ab. Kurzer Vorschlag von mir, Cliff. Wir treffen uns im FBI-Building. Okay?«

»Einverstanden, Tom.«

Ich knallte den Hörer auf die Gabel, fuhr in mein leichtes Sommerjackett und zischte mit dem Lift in die feuchtschwüle Tiefgarage, in der mein Mustang parkte.

Auf der Fahrt zur Clark Street kreisten meine Gedanken nur um Susan. Vergessen war mein Auftrag. Vergessen Gil Rossini.

Mit kreischenden Reifen stoppte ich meinen Mustang auf dem Hof des FBI-Building.

Der Portier, der mich noch von früher her kannte, lächelte verständnisvoll, als ich an ihm vorbei zum Lift flitzte.

Tom Harris erwartete mich in seinem Büro. Nach einer kurzen, aber herzlichen Begrüßung kam er sofort zur Sache.

Mich gewaltsam zur Ruhe zwingend, hörte ich mir seinen Bericht an.

Nachher gönnte ich mir eine Zigarette und ein eiskaltes Glas Sodawasser.

»Du hast den Burschen wirklich nicht erkannt?« fragte ich Tom zum dritten Mal.

»Nein, ich hatte dienstlich noch nichts mit ihm zu tun.«

»Und in eurem Fotoalbum? Ist er da verewigt?«

Tom lächelte. »Ich schlage vor, wir sehen uns die Bilder gemeinsam an.«

»Gute Idee.«

Wir verzogen uns in das kleine Sitzungszimmer.

Tom hatte nach seinen Beobachtungen den Kreis der in Frage kommenden Personen schon ziemlich eingeengt. Daher brauchten wir uns auch nur durch fünf Mappen zu wühlen.

In dem Raum war es verdammt stickig. Nach dem zweiten Album klebte uns schon alles am Körper. Nur den Fahrer des Sunbeam hatten wir noch nicht ausfindig gemacht.

Zwischendurch brachte ein Beamter der Spurensicherung den Untersuchungsbericht von Susans Wagen. Außer ihren Prints waren keine anderen gefunden worden, die wir im Archiv verewigt hatten.

Tom fluchte, nahm sich ein neues Album vor und riß sich mittlerweile den vierten Hemdknopf auf.

Mir ging es übrigens nicht besser.

Verbissen suchten wir weiter.

Nach drei Stunden, wir waren inzwischen beim letzten Album angelangt, hatten wir Erfolg.

»Das ist er«, sagte Tom.

Ich beugte mich vor.

Das Bild auf der Karte zeigte einen etwa dreißigjährigen Mann mit blonden Haaren und feistem, pickligem Gesicht.

»Er trägt heute nur längere Haare«, korrigierte Tom die Beschreibung. »Aber sonst stimmt alles.«

Ich las den Namen. Jim Fletcher. Dann folgte eine Liste der

Straftaten, die vom einfachen Diebstahl bis zum versuchten Mord reichte. Von seinen vierunddreißig Jahren hatte Jim Fletcher bisher elf Jahre in Zuchthäusern und anderen Strafanstalten verbracht. Eine traurige Leistung.

Fletcher war der Typ eines käuflichen Mörders. Für wen er allerdings im Augenblick arbeitete, war aus den Akten nicht zu ersehen.

Zum Schluß entdeckte ich noch einen Hinweis auf einen gewissen Joe Fletcher, Jims Bruder. Ihre Lebensläufe glichen sich wie ein Ei dem anderen. Nur war Joe Fletcher zwei Jahre älter. Er galt als der gefährlichere von beiden.

»Da haben wir uns ein nettes Pärchen eingehandelt«, meinte Tom Harris.

»Das kannst du wohl sagen. Sein Bruder scheint besonders schlimm zu sein.«

»Ich frage mich nur, Cliff, welchen Grund kann dieser Fletcher gehabt haben, Susan zu kidnappen?«

Ich nickte langsam. »Sicher, Kidnapping. Nach Lage der Dinge müssen wir es annehmen. Einen Grund, Tom? Sorry. Soweit ich mich erinnern kann, sind wir mit den beiden Typen noch nicht in Berührung gekommen.«

»Irgend etwas muß aber doch dahinterstecken«, regte Tom sich auf.

»Das werde ich auch herauskriegen«, sagte ich hart. »Ich hole mir diesen Fletcher.«

»Leider steht von einem Wohnort nichts in den Akten«, bemerkte Tom.

»Ich schaffe es auch so.«

»Wir können ja eine Fahndung ankurbeln«, schlug Tom vor.

Ich winkte ab. »Später vielleicht. Im Augenblick ist es zu gefährlich. Wir müssen an Susan denken.«

»Was hast du genau vor, Cliff?« Toms Stimme klang sehr besorgt.

»Mich in gewissen Kneipen nach einem Jim Fletcher erkundigen.«

Zwei Stunden später.

Es war die vierte Kneipe, in der ich aufkreuzte. Drei hatte ich schon ohne Erfolg hinter mich gebracht.

Die Kaschemme hieß Last Steamer und lag im Hafenviertel. Ich hoffte, hier einen gewissen Smitty zu treffen, der mir schon während meiner FBI-Zeit manchen Tip gegeben hatte.

Ich stand eingekeilt zwischen zwei windigen Typen am Tresen. Die Bude war gerammelt voll, und man konnte vor lauter Schweiß, Gestank und Hitze kaum noch Atem kriegen.

Der Wirt, ein Fettkloß mit einer Narbe am Kinn, raunzte mich an. »Was willste trinken?«

»'ne Büchse Bier. Aber kalt.«

Der Wirt glotzte mich an und holte dann aus einer Kühlbox unter dem Tresen das Gewünschte.

Auf ein Glas verzichtete ich. Zum Glück war das Bier kalt. Ich trank langsam.

Irgend so ein Heini stellte die Musikbox an. Sie produzierte einen Krach, der meine Trommelfelle bis an die äußerste Grenze strapazierte.

Dann gab es in einer Ecke der Kneipe eine Prügelei. Eine Minute später mischte der Wirt mit einem Schlagstock mit. Danach lagen drei Kameraden auf der Straße. Die Frau, wegen der die Prügelei begonnen worden war, flog hinterher.

Es war schon was los in dem Laden.

Als wäre nichts geschehen, bediente der Wirt seelenruhig weiter. In einem günstigen Moment winkte ich ihn zu mir.

»Woll'n Se noch was trinken, Mister?«

»Später. Lieber hätte ich eine Auskunft.« Eine Fünfdollarnote, um den Finger gewickelt, machte ihn hellhörig.

»Und welche?«

»Ich suche Smitty.«

»Bulle?« fragte er mich lauernd.

»Keine Spur.«

Der Wirt sah mich noch einmal mißtrauisch an, grapschte nach dem Schein und zeigte mit seinem fetten Daumen an mir vorbei. »Smitty spielt 'ne Partie im Hinterzimmer.«

Ich nickte, legte Geld für das Bier auf den Tresen und verschwand.

Mit einiger Mühe fand ich die Tür zum Hinterzimmer.

Ohne anzuklopfen trat ich ein.

Zwei Männer spielten eine Partie Billard. Einer davon war Smitty. Den zweiten kannte ich nicht. Es war ein Kerl mit roten Haaren und der aufgeschwemmten Figur eines Jahrmarktboxers.

»Hau ab«, fuhr er mich an.

Seine Laune schien nicht gerade die beste zu sein. Wahrscheinlich verlor er.

Ich ignorierte ihn völlig und sagte:

»Hallo, Smitty. Lange nicht mehr gesehen.«

Smitty lehnte an der unverputzten Wand, rauchte eine Zigarette und hielt ein Queue in der Hand.

»Hey, Corner«, erwiderte er mit seiner sanften Stimme.

Smitty, der Gentleman-Spitzel, wie sie ihn nannten, trug trotz der Hitze ein weißes Hemd, dezente Krawatte und Weste. Man hatte ihn noch nie ungepflegt gesehen.

»Ich hab' ihm doch gesagt, er soll abhauen«, grunzte sein Partner.

Er stellte sich zwischen Smitty und mich. Das Queue hielt er drohend in der Hand.

»Buck, laß Corner in Ruhe. Er zieht dir sonst das Fell über die Ohren«, warnte Smitty ihn.

»Der Hänfling. Dem schlag' ich beide Ohren ab. Dann sieht er aus wie 'ne Rolle Drops.«

Buck spannte seine Muskeln.

Ich versuchte seitlich an ihm vorbeizugehen. Ich hatte keine Lust, mich mit ihm bei der Hitze rumzuprügeln.

Doch Buck wollte es nicht anders.

Mit dem Queue schlug er zu.

Ich hatte aufgepaßt und wich aus. Der Schlag pfiff an mir vorbei. Dann machte ich ernst. Mit einem Judogriff wand ich ihm den Stock aus der Hand.

»Bis jetzt war's Spaß, Buck«, warnte ich ihn.

»Dann mache ich Ernst«, schrie er und warf sich auf mich.

Gemeinsam flogen wir durch den Raum bis auf den Billardtisch, der unter unserem Gewicht bedrohlich wackelte.

Bucks fleischige Pranke drückte gegen meine Kehle. Als Gegenaktion stieß ich ihm mein Knie in den Bauch.

Buck gurgelte auf. Er fiel zurück. Seine Hand bekam noch ein neues Queue zu packen.

Noch im Aufstehen schlug er nach mir. Das Ding streifte meine Schulter.

Buck sah Land.

Wieder griff er an. Diesmal unterlief ich seinen Schlag. Gleichzeitig stieß ich ihm meinen Ellenbogen gegen den Kiefer.

Aufheulend ging mein Gegner zu Boden.

»Noch eine Runde?« fragte ich.

Buck knurrte etwas Unverständliches, kam ächzend auf die Beine, spuckte aus und trollte sich.

»Immer noch ausgezeichnet in Form«, lobte mich Smitty. »Na ja, dieser Buck besitzt keine Manieren. Ich habe leider keinen anderen Partner gefunden«, fügte er entschuldigend hinzu.

»Ich bin dir ja nicht böse, Smitty«, grinste ich. Dann bedienten wir uns aus meiner Zigarettenpackung.

Smitty ging zum Billardtisch, nahm einen der kleinen Bälle und kickte ihn gegen die Bande. »Was willst du wissen, Corner?«

»Erzähl mir, was mit Jim und Joe Fletcher los ist, Smitty.«

Der Spitzel blickte mich an. »Verdammt heißes Eisen, die beiden.«

»Wieviel?«

»Es ist diesmal keine Frage des Geldes. Ich möchte nämlich nicht mein Grab im Michigan finden.«

Ich wurde neugierig. »Sind die beiden so dick im Rennen?«

»Noch dicker.«

Verdammt, sollte ich Pech haben? Wenn Smitty nichts sagen wollte, dann brachten ihn keine zehn Pferde zum Reden.

»Schade, Corner«, meinte Smitty. »Ich hätte dir gerne geholfen. Aber so . . .«

Er warf das Queue in die Ecke und kippte sich Kognak in seinen Schwenker.

Während er das Bukett des Getränks fachmännisch prüfte, fragte er: »Worum geht es eigentlich, Corner?«

»Um Susan Taylor. Jim Fletcher hat sie entführt.«

»Was?« Fast hätte Smitty das Glas fallen lassen. »Das ist natürlich etwas anderes. Warum hast du das nicht gleich gesagt? Susan«, murmelte er, »die einzige Frau, die ich heiraten würde und dann sogar noch normal arbeiten ginge.«

Ich ließ Smitty in Ruhe. Ich wußte, er hatte an Susan einen Narren gefressen. Sie hatte ihn vor Jahren als Kriminalreporterin aus einer üblen Klemme geholt. Das hatte Smitty nicht vergessen. Ganz gegen seine Gewohnheit kippte er plötzlich den Kognak mit einem Zug in die Kehle. Dann warf er das Glas gegen die Wand.

»Okay, Corner. Noch mal genau. Was willst du wissen?«

»Wo wohnt Jim Fletcher, und für wen arbeitet er?«

»Wo er wohnt, kann ich dir nicht sagen. Er ist ja sowieso immer mit seinem Bruder zusammen. Es heißt, sie wären mit die bestbezahlten Killer in Chicago.«

Ich wurde nervös. »Und wer bezahlt sie, Smitty?«

Der Spitzel wartete einen Augenblick mit der Antwort. Schließlich erwiderte er leise: »Gil Rossini.«

Ich dachte, mich trifft der Schlag. Gil Rossini, der Porno-König. Der Mann, den ich jagen sollte. Susan in seiner Hand. Gedanken, Meinungen, Vermutungen wirbelten wie ein Karussell in meinem Kopf.

Unwillkürlich stützte ich mich an dem Billardtisch ab.

Smitty musterte mich mißtrauisch. »Siehst du schon Verbindungen?« erkundigte er sich besorgt.

»Zwangsläufig«, antwortete ich mit rauher Stimme.

»Na ja, man darf nicht gleich das Schlimmste annehmen«, versuchte Smitty mich zu beruhigen. »Ich gebe dir noch einen Tip, Corner. Rossinis Freundin heißt Lucille Latour. Merk dir den Namen gut. Lucille Latour.«

»Worauf du dich verlassen kannst, Smitty. Was bekommst du?«

Ich zückte meine Brieftasche.

Smitty winkte ab.

»Nichts. Es war für Susan. Bringe sie gesund wieder.«

Es war ein herrliches Gefühl.

Man schwebt dahin. Wie auf roten Wolken. Sphärenmusik als Begleiter.

Susan fühlte sich wie ein Vogel. Frei, gelöst, glücklich.

Und dann die Farben. Vom tiefsten Blau bis zum knalligen Gelb.

Die Farben umflossen Susan wie Wellen, hüllten sie ein und trugen sie fort in die Unendlichkeit.

Doch was war das? Die Farben verblaßten. Gingen ineinander über, verfinsterten sich. Eine neue Farbe entstand, ein schmutziges, widerliches Grau.

Wie eine Wand stand es da.

»Nein! Nein!« schrie Susan. »Ich will nicht. Nein, nein!«

Die Wirkung der Spritze ließ langsam nach.

Schweißgebadet fuhr meine Partnerin hoch. Ihre Augen irrten umher, der Atem ging keuchend.

»Na, endlich aufgewacht?« fragte eine Frauenstimme.

Susan fuhr mit der Hand über ihr Gesicht. »Wo bin ich hier? Was ist passiert? Oh, diese Kopfschmerzen.«

»Ja, so geht es allen, die zum ersten Mal den Trip hinter sich haben«, sagte die Frau. »Ist aber nicht weiter schlimm. Du wirst dich daran gewöhnen. Erst kommen sie mit LSD, hinterher mit Heroin. Aus der Villa des Porno-Königs ist noch keine gesund rausgekommen.«

Die Worte Heroin und Porno-König ließen Susan stutzig werden. Gedankenketten zuckten durch ihr Gehirn. Und dann fiel es ihr wieder ein. Der Massagesalon, Lucille Latour, die beiden Killer und Kitty Lavall.

Susan ahnte schreckliche Zusammenhänge.

Langsam ebbten die Kopfschmerzen ab.

Susan sah sich ihre Umgebung an.

Zwei Liegen, drei Sessel, ein runder Tisch mit einer bunten

Decke und zwei eingebaute Wandschränke bildeten das Mobiliar des Raumes. Eine offenstehende Tür führte ins Bad. An der Decke klebte eine flache Lampe. Sie wurde durch Drahtgitter geschützt. Es gab keine Fenster, dafür eine rot angestrichene Eisentür.

Susans Blick saugte sich an der Tür fest.

»Mach dir keine falschen Hoffnungen«, sagte Susans Leidensgenossin. »Die ist immer zu. Ich heiße übrigens May. Und du?«

»Susan.«

»Hübscher Name. Wird den Herren gefallen.« May lachte auf. Sie war eine Frau, die das Leben kannte. Ihr Gesicht, jetzt ungeschminkt, wirkte hohl und leer. Die Augen zeigten Spuren von Resignation.

May war nicht mehr die Jüngste. Sie hatte an den falschen Stellen Fett angesetzt. Nur mit einem Slip bekleidet, war sie kein ästhetischer Anblick.

»So wie ich wirst du auch mal aussehen«, sagte die ältliche May bitter. »Vor fünf Jahren rissen sich die Männer noch um mich. Aber heute«, die Frau winkte ab, »ist alles vorbei. Ich muß froh sein, daß man mich leben läßt.«

»Ich begreife das nicht«, erwiderte Susan. »Fünf Jahre. So lange sind Sie schon hier?«

»Sag ruhig du zu mir, Mädchen. Nein, hier in diesem Stall bin ich erst zwei Jahre. Vorher war ich Masseuse bei Lucille Latour.«

»Hast du nie versucht, hier wegzukommen?«

»Einmal. Sie schnappten mich noch innerhalb des Geländes. Anschließend kam Joe Fletcher mit der Peitsche. Sieh dir meine Narben an.«

May, die im Sessel saß, drehte sich um.

Susan sah ihren Rücken. Lange Narben zogen sich vom Nackenansatz bis zur Hüfte.

Diese Frau mußte furchtbare Schmerzen ertragen haben. Die Menschen, die so etwas getan hatten, konnte man nur mit wilden Tieren vergleichen.

»Und außerdem . . .«, fügte May resigniert hinzu, ». . . pumpen sie dich noch voll. Sieh dir meine Arme an. Ich finde bald keine Vene mehr, wo ich spritzen kann.«

»Was wird denn hier überhaupt gespielt?« fragte Susan und erhob sich von ihrer Liege. Meine Partnerin war zwar noch etwas wackelig auf den Beinen, doch die Kopfschmerzen hatten aufgehört.

»Was hier gespielt wird, Susan? Dieses so vornehme Haus ist gar nichts anderes als ein ganz gewöhnlicher Puff. Die schärfsten Pornofilme werden hier gedreht und in Umlauf gebracht. Empfänger sind meistens Typen aus den Kreisen der oberen Fünfhundert. An Wochenenden kannst du Orgien erleben. Die Herren sind teilweise maskiert. Sie könnten ja mal in einen Skandal hineinrutschen. Heute haben wir Donnerstag. Dann wird der Rummel morgen abend bestimmt losgehen.«

Susan rann ein Schauer über den Rücken, als sie das hörte. Sie sollte also gezwungen werden, bei Pornofilmen und Orgien mitzumachen. Na, die Kerle würden sich wundern. Dachte Susan...

»Wieviel Mädchen sind denn noch hier?« wollte meine Partnerin wissen.

»Außer uns beiden noch vier. Wir wohnen alle hier oben in der ersten Etage. Mich darfst du allerdings nicht mitrechnen. Man hat mich für die Spiele als zu alt befunden. Ich habe die zweifelhafte Ehre, Getränke zu servieren. Am meisten bin ich gespannt, ob Kitty es geschafft hat. Sie durfte als einzige das Haus verlassen.«

»Hat man dir nicht gesagt, was passiert ist?« wunderte sich Susan.

»Nein.«

»Kitty ist tot. Lucille Latour hat sie erschossen. Ich habe es mit eigenen Augen gesehen.«

»Nein!« May stieß die Hand gegen ihren Mund. Ihre Augen füllten sich mit Tränen. »Diese Schweine«, schluchzte sie. »Diese verdammten Schweine.«

Kittys Tod schien ihr sehr nahe zu gehen. May saß zusammengekauert in ihrem Sessel und weinte vor sich hin.

Susan suchte unter ihrer Bluse nach dem Lippenstift. Zum Glück war er noch vorhanden. Nur ihre Handtasche fehlte. Der Verlust war zu verschmerzen.

Susan sah auf ihre Armbanduhr. Schon einundzwanzig Uhr. Cliff wird sich Sorgen machen, dachte sie. Hoffentlich holt er mich hier raus. Hoffentlich.

May hatte aufgehört zu schluchzen. Sie saß mit geschlossenen Augen im Sessel und rauchte.

»Heute wird man dich in Ruhe lassen, Susan. Aber morgen mach dich auf was gefaßt. Versuche zu schlafen. Es ist am besten. Im Schlaf vergißt man vieles.«

»Du hast gut reden«, lachte Susan auf. »Wie könnte ich in der Situation schlafen? Ich muß eine Möglichkeit finden, hier wegzukommen, damit ich meinem Partner Bescheid geben kann.«

»Partner?«

»Sicher, May. Ich bin Privatdetektivin.«

»Ach du Schreck. Wenn sie das erfahren, legen sie dich gleich um.«

»Keine Bange, May.«

»Wieso?«

»Weil sie es schon längst wissen.«

»Jetzt verstehe ich gar nichts mehr!« May schüttelte den Kopf. »Wie bist du denn hier gelandet?«

»Hör zu.« Susan erzählte ihre Erlebnisse.

»Junge, Junge«, stöhnte May hinterher. »Das ist 'n Ding. Sei ja vorsichtig. Den Typen wird es dann noch mehr Spaß machen, dich umzulegen oder zu quälen.«

»Wir werden sehen«, sagte Susan. »Tu mir einen Gefallen, May. Sag mir, wer ist der Boß? Doch nicht Lucille Latour?«

»Auch in den verzwicktesten Situationen immer noch Detektivin, wie?« meinte May. »Damit es dich beruhigt. Der Boß heißt Gil Rossini.«

Susan pfiff undamenhaft durch die Zähne.

»Kennst du ihn?« fragte May erstaunt.

»Kennen ist zuviel gesagt. Gehört habe ich genug. Er kontrolliert das Pornogeschäft im mittleren Westen. Rossini ist ein Verbrecher der übelsten Sorte.«

»Da siehst du ja, wie deine Chancen stehen, Susan. Mach lieber keinen Terror. Ich für meinen Teil halte mich da raus.«

»Verständlich, May.«

May stand auf und ging ins Bad. Wenig später rauschte die Dusche. »Das einzige Vergnügen, was man hier hat«, rief May prustend.

Susan gab keine Antwort. Sie lag auf der Liege und starrte gegen die Decke. Nur ein Gedanke beschäftigte sie. Was würden die nächsten Tage bringen?

Jim Fletcher hatte ein schlechtes Gewissen.

Er hockte in einem Drugstore bei Whisky-Soda und brütete dumpf vor sich hin.

Daß man ihn ausgerechnet erwischen mußte, war Pech. Gewiß, anhaben konnten sie ihm so leicht nichts. Er hatte trotz der Hitze während des Fahrens Handschuhe getragen. Nur, wer war der Mann, der ihn gestellt hatte?

Ein Polizist? Höchstwahrscheinlich. Und da er keine Uniform getragen hatte, bestimmt ein Kripomann.

»Verdammter Mist«, knurrte Jim, steckte sich die fünfte Zigarette innerhalb einer Stunde an und bestellte sich diesmal einen Whisky pur.

Jim Fletcher tat das, was er selten machte. Er überlegte. Wie sollte er die Panne Lucille Latour beibringen?

Nach einer Zigarettenlänge hatte Jim die Idee.

Er bezahlte, stand auf, ging nach draußen in die brütende Hitze und suchte sich die nächste Telefonzelle. Die Nummer, die er wählen mußte, kannte er auswendig.

»Ja«, meldete sich eine Frauenstimme.

»Lucille?«

»Sicher, wer sonst?«

»Ich bin's, Jim. Hat alles geklappt«, log er. »Der Sunbeam liegt im Michigan.«

»Wunderbar«, tönte es zurück. »Dann wäre der Fall ja erledigt. Gut, Jim. Ich brauche dich heute nicht mehr. Fahr raus zu den anderen. Und nehmt morgen früh diese Taylor in die Mangel.«

»Wird gemacht, Lucille.«

Die Salonbesitzerin unterbrach die Verbindung.

Jim Fletcher war froh, daß er die stickige Telefonzelle verlassen konnte. Mit einem nicht mehr ganz sauberen Taschentuch wischte er sich den Schweiß von der Stirn.

Dann hielt er nach einem Taxi Ausschau.

Jim Fletcher mußte noch mal zum Massagesalon zurück, denn dort parkte sein Wagen.

In dem Taxi war es noch heißer. Jim war froh, als er wieder draußen war.

Jim Fletcher hockte sich in seinen Buick und überlegte. Die Sache im Lincoln Park ging ihm nicht aus dem Sinn. Ebenfalls das Gespräch mit Lucille Latour.

Du mußt Joe anrufen, sagte er sich.

Jim verließ den Buick, ging in den nächstbesten Drugstore, klemmte sich unter die Telefonhaube und wählte eine Nummer, die zu einem Chicagoer Vorort gehört.

Eine Frau meldete sich.

»Hol Joe an den Apparat«, knurrte Jim.

Zwei Minuten später meldete sich sein Bruder. »Hör zu, Joe«, sagte Jim Fletcher hastig. »Bei mir ist etwas schiefgelaufen.«

Er berichtete seinem Bruder die ganze Story.

»Du Vollidiot«, schimpfte Joe nachher. »Weißt du auch, daß wir dadurch auffliegen können? Und jetzt soll ich dich wieder decken, wie?«

»Ich meine ja nur«, druckste Jim.

»Deine Meinung hat nie viel getaugt«, gab Joe zurück. »Na ja, passiert ist eben passiert«, lenkte er ein. »Komm auf dem schnellsten Wege her. Und paß auf, daß dich unterwegs nicht die Bullen erwischen. Bei deiner Intelligenz leicht möglich.«

»Gut, Joe«, sagte Jim Fletcher erleichtert. »Bis später dann.«

Jim fiel ein Stein von der Seele. Das war noch einmal gutgegangen. Auf Joe war eben Verlaß.

Chicago Country Club stand auf dem großen Holzschild. Und darunter: *For Members only.*

Ich fühlte mich als Mitglied, hob die rot-weiß gestrichene Barriere — das Pförtnerhäuschen war zufällig leer — und betrat den gepflegten Kiesweg, der sich in langen Windungen einen Hügel hinaufzog.

Sah man ab und zu zwischen die Bäume, die rechts auf englisch gepflegtem Rasen wuchsen, so erkannte man das ziegelrote Dach des Klubhauses, das am Ende des Kiesweges lag.

»Mr. Rossini befindet sich im Klub«, hatte mir ein Butler näselnd zu verstehen gegeben, als ich seinen Herrn und Meister telefonisch erreichen wollte.

Im Zwanzigmeilentempo kroch mein Mustang die Auffahrt hoch.

Die Luft war zu dieser Morgenstunde noch angenehm. Zwar schien die Sonne, doch sie besaß lange nicht die Kraft wie mittags.

Durch das geöffnete Seitenfenster drang Vogelgezwitscher, und man hätte wirklich meinen können, in einem Urlaubsort zu sein.

Daß es nicht so war, sollte ich bald merken.

Noch eine Kurve, und ich hatte mein Ziel erreicht.

Vor mir lag das im Bungalowstil gebaute Klubhaus mit seinem spitz zulaufenden Dach. Die großen Panoramascheiben blitzten in der Sonne. Sogar ein asphaltierter Parkplatz war vorhanden. Ich steuerte meinen Mustang neben einen Mercedes 280 und stieg aus.

Doch schon ging der Ärger los.

Ein Klubwärter in bunter Phantasieuniform kam angerannt.

»Sie dürfen hier nicht parken«, rief er keuchend und fuchtelte mit den Armen.

Ich ließ den Wichtigtuer erst mal zu Atem kommen.

»Ich will mich auch nicht auf Ihrem Parkplatz sonnen, sondern jemanden sprechen«, erwiderte ich höflich.

»Das geht auch nicht. Die Herren wollen sich hier entspannen. Sie haben den ganzen Tag mit Ihresgleichen zu tun. Darum verschwinden Sie.«

Umgang formt den Menschen, dachte ich mir.

Der Wärter, ein kleines Männchen, sah drohend zu mir hoch.

Ich faßte mich in Geduld. »Es tut mir leid, aber ich muß zu Mr. Rossini. Und Sie werden mich davon auch nicht abhalten.«

»Das wollen wir doch mal sehen. Wenn ich nein sage, bleibt's dabei«, knurrte der Zwerg.

Der Knabe fiel mir wirklich auf den Zeiger.

Ich machte kurzen Prozeß.

Mit der linken Hand packte ich ihn am Revers seiner Uniform, während meine Rechte seinen Hosengürtel festhielt. Ein kurzer Ruck, und der freundliche Zeitgenosse schwebte zwischen Himmel und Erde.

Mit den Worten »Pardon, aber ich hab's eilig!« trug ich ihn ein paar Yard zu einem nahe liegenden Gebüsch.

Eine Sekunde später lag er heftig schreiend zwischen den Pflanzen.

Das Gezeter des Wärters klang mir noch in den Ohren, als ich das Klubhaus betrat.

Man hatte bei der Einrichtung nicht an Geld gespart.

Wertvolle Teppiche dämpften meinen Schritt. Die Holztäfelung an der Wand hatte bestimmt auch ein Vermögen gekostet. Außerdem herrschte hier eine fast unheimliche Ruhe.

Links entdeckte ich eine verglaste Schiebetür. Während ich mich der Tür näherte, schwang sie automatisch auseinander. Das Prinzip einer Lichtschranke.

Ich betrat einen großen Raum, der einem Nightclub zur Ehre gereicht hätte. Dicke Polstersessel und dazu passende Tische stellten die Einrichtung. In einer Ecke gab es eine halbrunde Bar, die jedoch momentan verwaist war. An den mit Stofftapeten bespannten Wänden hingen kleine Lampen. Die mit Motiven versehenen Schirme waren wirklich sehr geschmackvoll.

Gil Rossini saß am Fenster. Er hatte die Beine übereinandergeschlagen und nippte an einem Saft.

»Mein Kompliment«, sagte er, als ich seinen Tisch ansteuerte. »Der Wärter wird noch lange an Sie denken. In dem Gebüsch sind Dornen.«

»Pech für ihn«, grinste ich.

»Sie wollen wahrscheinlich zu mir«, sagte Rossini lächelnd. Mit seinen Zähnen konnte er Reklame machen, falls sie echt waren.

»Das ist nicht schwer zu erraten.«

»Bitte, setzen Sie sich doch, Mister ...«

»Corner.«

Rossini nickte wohlwollend.

Knapp vierzig, mit pechschwarzen welligen Haaren sah Rossini aus wie ein typischer Playboy der Côte d'Azur. Er trug einen beigen Kordanzug und ein adriablaues, am Hals offenstehendes Hemd. Zwischen dem beringten Mittel- und Zeigefinger hielt Rossini einen dünnen Zigarillo. Der feine Rauch stieg senkrecht zur Decke.

Rossini sah mich an. Seine Mundwinkel verzogen sich. »Kann es sein, daß ich Sie kenne, Corner?«

Ich hatte mich inzwischen gesetzt. »Möglich. Leute Ihres Schlages müßten mich eigentlich kennen«, provozierte ich ihn.

»Was soll das heißen?« Rossinis dunkle Augen zogen sich zusammen.

»Ich bin Privatdetektiv.«

»Haha. Ein Schnüffler«, lachte Rossini. »So einer wie Sie hat mir gerade noch in meiner Sammlung gefehlt. Sicher, jetzt erinnere ich mich. Man hat Sie bei FBI gefeuert, stimmt's?«

»Nicht ganz. Ich bin freiwillig ausgetreten«, verbesserte ich ihn.

»Erzählen Sie das Ihrer Großmutter, Corner. Außerdem frage ich mich, was wollen Sie überhaupt von mir?«

Auf meine Antwort mußte er etwas warten, denn plötzlich kam der Klubwärter hereingestürmt, mit einer klobigen Schrotflinte in der Hand.

»Das ist der Kerl«, röhrte er und schwang die Knarre in meine Richtung. »Entschuldigen Sie, Mr. Rossini. Aber ich werde ihn vom Gelände jagen.«

Ich mußte grinsen. Das Gewehr war bald größer als der ganze Kerl.

»Hau nur ja ab«, zischte Rossini. »Mach dich nicht noch mal lächerlich.«

Der Wärter war vollkommen verdutzt. Sein Kopf nahm die Farbe einer Tomate an. »Gewiß, Mr. Rossini«, dienerte er.

»Gewiß. Entschuldigen Sie nochmals.«

»Widerlicher Kerl«, murmelte der Porno-König. Er nahm

einen tiefen Schluck von seinem Saft. »Übrigens hatte ich Ihnen eine Frage gestellt, Corner.«

»Ich weiß. Sie werden auch eine Antwort bekommen. Jemand hat mich beauftragt, Ihnen das schmutzige Handwerk zu legen«, schoß ich eine volle Breitseite ab.

Rossini glotzte mich an. »Sind Sie wahnsinnig, Corner? Welcher Narr hat Ihnen denn den Floh ins Ohr gesetzt?«

»Sie werden verstehen, daß ich den Namen meines Klienten nicht preisgeben kann. Mein Klient fühlt sich von Ihnen erpreßt. Durch gewisse Fotos, wie er sagt. Und in der Herstellung von Pornoheften und -filmen sind Sie ja Fachmann, wie man weiß.«

Rossini atmete tief durch. »Gehen Sie da nicht etwas zu weit, Corner?«

»Keineswegs. Wir sind unter uns. Ich will Ihnen etwas sagen, Rossini. Ich werde Ihnen Ihr dreckiges Handwerk legen, egal wie. Verlassen Sie sich darauf.«

Rossini explodierte nicht. Im Gegenteil. Er blieb ganz ruhig. »Schön, Corner. Nun bin ich an der Reihe«, sagte er mit leiser Stimme. »Sie haben drei Möglichkeiten. Erstens, das Land noch heute zu verlassen, zweitens, für mich zu arbeiten, und drittens, weiterzumachen. Dann allerdings würden wir Sie schnellstens den Fischen im Michigan als Futter überlassen. Habe ich mich deutlich genug ausgedrückt?«

»Sicher.«

»Und für welche Möglichkeit entscheiden Sie sich?« fragte Rossini lauernd.

»Es tut mir leid, Sie enttäuschen zu müssen, Rossini. Aber ich entscheide mich für die dritte Möglichkeit.«

»Sind Sie Selbstmörder?«

»Keineswegs. Aber ich habe das Gefühl, Sie überschätzen sich und unterschätzen andere. Außerdem führt mich noch ein Grund zu Ihnen.«

»Welcher?«

»Sie beschäftigen einen Mitarbeiter namens Jim Fletcher, wenn ich recht informiert bin.«

»Sie sind es.«

»Dieser Jim Fletcher hat den Wagen meiner Partnerin Susan Taylor gestohlen.«

Rossini zuckte mit den Schultern. »Na und? Eingelocht wird er deshalb nicht, denn ich stelle sofort jede gewünschte Kaution.«

»Darum geht es nicht, Rossini«, sagte ich scharf. »Meine Partnerin ist zufälligerweise auch noch verschwunden nach diesem ominösen Autodiebstahl. Sollte ich sie bei Ihnen wiederfinden, Rossini, dann gnade Ihnen Gott.«

Rossini blickte mich an wie einen Geisteskranken. »Jetzt schnappen Sie wirklich über, Corner. Der Autodiebstahl, okay, durchaus möglich. Aber das Verschwinden Ihrer komischen Partnerin mit mir in Verbindung zu bringen, ist wirklich sehr weit hergeholt. Vielleicht hatte diese... na, wie hieß sie gleich?«

»Taylor«, erinnerte ich ihn.

»Ja, Taylor... eben diese Taylor Ihre Gegenwart satt. Verständlich.«

»Übrigens sucht die Polizei Jim Fletcher auch«, kam ich auf das alte Thema zurück.

»Da machen Sie sich mal keine Gedanken, Corner. Jim Fletcher wird sich stellen. Diesen Wagendiebstahl, falls er ihn überhaupt begangen hat, werden wir schon regeln. Mich wundert es nur, daß die Bullen noch nichts haben von sich hören lassen. Anscheinend sind Ihre Beweise doch nicht so hundertprozentig. Und nun mache ich Ihnen einen Vorschlag, Corner. Verschwinden Sie. Vergessen Sie auch nicht die drei Möglichkeiten, die ich Ihnen in Aussicht gestellt habe.«

»Keine Bange. Ich werde daran denken«, gab ich kalt zurück.

Ich wollte mich gerade erheben, als ein quittengelber Austin vor dem Bungalow stoppte.

Eine Frau mit langen schwarzen Haaren und überdimensionaler Sonnenbrille schlüpfte aus dem Wagen. Ein interessanter Besuch schien sich anzukündigen.

»Verschwinden Sie endlich«, zischte Rossini.

»Noch gefällt es mir hier«, lächelte ich und zündete mir eine Zigarette an.

Ich wollte wissen, wer diese Frau war.

Sie stand plötzlich im Aufenthaltsraum.

»Puh«, stöhnte sie. »Es ist jetzt schon heiß.« Mit einer lässigen Bewegung entledigte sich die Frau ihrer Sonnenbrille. Dann erst schien sie mich zu bemerken. »Pardon. Ich wußte nicht, daß du Besuch hast, Gil.«

»Das ist kein Besuch. Nur ein mieser Privatschnüffler«, knurrte Rossini.

»Wollen Sie uns nicht bekannt machen?« fragte ich den Porno-König.

»Wozu? Sie wollten doch gehen.«

»Stell dich nicht so an, Gil.«

»Meinetwegen. Miß Latour − Mr. Corner.« Das ›Mister‹ quälte er sich förmlich über die Lippen.

Irrte ich mich, oder zuckte die Frau bei meinem Namen wirklich zusammen?

Lucille Latour lächelte verkrampft. »Angenehm«, sagte sie frostig.

»Ich bin sicher, wir sehen uns noch einmal wieder, Miß Latour«, lächelte ich zweideutig.

»Kann sein, Mr. Corner.«

»Hoffentlich nicht«, fauchte Rossini.

»Und denken Sie an meine Ratschläge. Sie haben bis zum Mittag Zeit.«

An der Tür wandte ich mich noch einmal um. »Nehmen Sie den Mund nicht zu voll, Rossini. Sie könnten sonst daran ersticken. Good-bye.«

Ich nickte Lucille Latour noch einmal zu, ging nach draußen in den herrlichen Sommermorgen, setzte mich in meinen Mustang und brauste ab.

Ich war sicher, in den letzten Minuten den Zünder zu einer Zeitbombe gelegt zu haben...

»Was wollte denn der Schnüffler, Gil?« fragte Lucille Latour lauernd.

Rossini winkte ab. »Nichts von Bedeutung. Spuckte große

Töne. Sucht seine Partnerin. Eine gewisse Taylor. Kennst du sie vielleicht?«

»Und ob.«

»Was soll das heißen?«

»Sie sitzt in der Villa. Joe wird sie präparieren.«

Rossini wurde sauer. »Hast du den Verstand verloren? Du hast uns ein Kuckucksei ins Nest gelegt. Wie bist du überhaupt darauf gekommen, die Taylor in die Villa zu holen?«

»Sie hat gesehen, wie wir Kitty abserviert haben.«

Rossini ballte die Fäuste. »Mach mich nicht wahnsinnig, Lucille.«

»Was regst du dich auf, Gil?« lächelte die Salonbesitzerin. »Schließlich brauchten wir Ersatz für Kitty. Ich will dir die Sache erklären.«

»Laß dir aber eine gute Ausrede einfallen.«

Nachher, als Lucille den Bericht beendet hatte, wanderte Rossini unruhig im Aufenthaltsraum hin und her.

»Na ja, große Vorwürfe kann man dir nicht machen, Lucille«, meinte er. »Nur eins verstehe ich nicht. Entweder lügt Corner oder du.«

»Wieso?«

»Corner brachte Jim Fletcher ins Gespräch. Man hat ihn geschnappt. Mit dem Wagen der Taylor.«

»Verdammt noch mal«, fluchte Lucille völlig undamenhaft. »Davon hat mir das Schwein nichts gesagt. Im Gegenteil, er rief mich sogar noch an. Angeblich war alles in Ordnung. Dem werde ich's zeigen.«

Rossini hob die Hand. »Keine Panik. Wir müssen jetzt kühlen Kopf bewahren.«

»Hast du einen Vorschlag, Gil?«

»Ja. Ruf Jim an, Lucille. Sag ihm, er soll herkommen.«

»Kleine Abrechnung?«

»Nein. Ein neuer Auftrag.«

Lucille Latour ging hinaus.

Gil Rossini war sauer. Die letzte Stunde war ihm auf den Magen geschlagen. Dagegen halfen zwei Tabletten.

Rossini hatte ein komisches Gefühl. Er durfte diesen Corner

nicht unterschätzen. Der Typ war knallhart und gerissen. Schließlich hatte er sofort die Verbindung zwischen Jim Fletcher und ihm gefunden.

Lucille Latour kam zurück. »Alles klar«, meldete sie. »Jim ist bald hier.«

Mit spitzen Fingern klaubte sich Lucille eine Zigarette aus der Packung. Gil gab ihr Feuer.

Lucille blies den Rauch durch die Nase aus. Sie setzte sich in den Sessel, legte die gutgewachsenen Beine übereinander, so daß der Ansatz eines roten Slips zu erkennen war, und fragte lächelnd: »Was ist nun, großer Meister? Blasen wir für dieses Weekend die Aktion ab?«

»Auf keinen Fall, Lucille.« Rossini beugte sich vor und strich sanft mit den Fingerkuppen über ihre Schenkel. »Ich erwarte für heute abend wichtige Leute. Ich möchte dich bitten, doch auch etwas nett zu ihnen zu sein.«

Lucille, bei der Rossinis Berührungen Schauer auslösten, nickte verkrampft.

»Du weißt doch, Gil, ich tue alles für dich.«

»Natürlich, Darling.«

Rossinis Hände wurden eifriger, glitten höher . . .

Lucille Latour stöhnte auf. Sie hielt die Augen geschlossen. Deshalb bemerkte sie nicht Rossinis kaltes Lächeln. Für ihn war die Frau nur ein Werkzeug, das man je nach Bedarf nahm, benutzte und zur Seite legte. Von all diesen Dingen ahnte Lucille natürlich nichts.

»Schluß«, sagte Gil Rossini plötzlich und lehnte sich zurück. »Wir machen später weiter. Jim Fletcher muß gleich kommen.«

»Schade«, schnurrte die Frau.

Sie zupfte ihr superkurzes rotes Strickkleid zurecht und erneuerte ihr Make-up.

Wenig später brummte auch schon ein Buick die Auffahrt hoch.

Jim Fletcher sprang aus dem Wagen.

Rossini klopfte an die Fensterscheibe und deutete Jim an, zu ihnen zu kommen.

Jim Fletcher rannte. »Was gibt's, Boß?« fragte er keuchend.

259

Rossini saugte an einem Zigarillo und blickte seinen Mann kalt an. »Was hast du dir eigentlich dabei gedacht, Jim?« sprach er mit leiser Stimme.

»Wobei«

Rossini schlug zu. Sein Handrücken klatschte zweimal in Jim Fletchers Gesicht. Die Ringe rissen blutige Furchen in Fletchers Wange.

Fletcher taumelte zurück.

»Die Fragen stelle ich hier. Ist das klar?« zischte Rossini.

»Okay, Boß«, keuchte Fletcher. Mit dem Jackenärmel wischte er sich das Blut aus dem Gesicht.

»Was war mit dem Sunbeam los?« peitschte die Stimme des Porno-Königs.

Fletchers Augen zuckten zwischen Lucille Latour und Rossini hin und her.

»Boß, ich — ich ... hatte Pech«, stotterte er. »Ein Zivilbulle kannte die Karre, glaube ich.«

»Scheiße«, fluchte Rossini. »Das wird ja immer besser. Kanntest du den Bullen?«

»Nein.«

»Gib mir eine Beschreibung.«

Fletcher beschrieb, so gut es ging, den G-man Tom Harris.

Rossini wandte sich an seine Freundin. »Corner ist es nicht«, überlegte er laut. »Aber spinnen wir den Faden mal weiter, Lucille. Woher weiß Corner von Jims Blödheit? Doch nur von dem Bullen. Folglich muß er mit ihm auf gutem Fuß stehen. Die Sache ist komplizierter, als ich dachte.«

»Ach was, Gil«, meinte die Salonbesitzerin. »Laß Corner umlegen. Außerdem haben wir noch seine Puppe.«

Rossini grinste. »Du hast recht, Lucille. Eigentlich sind unsre Trümpfe ganz gut.« Dann wandte er sich wieder an Jim Fletcher. »Jetzt bei dir weiter. Warum hast du Lucille angelogen?«

»Ich dachte ... Ich meinte ... Außerdem war Joe auch dafür«, murmelte Jim Fletcher stockend.

»Laß Joe aus dem Spiel«, bellte Rossini »Wie ich ihn kenne, hat er bestimmt nicht ja gesagt.«

»Nicht so ganz«, schwächte Jim seine Behauptung ab.

»Versuch dich nicht rauszureden. Du hast Mist gebaut, Jim«, stellte Rossini fest. »Verdammt großen sogar. Habe ich recht?«

»Ja, Boß.«

»Warum nicht gleich so?« rief Rossini jovial. »Du hast einen Fehler gemacht, und den mußt du natürlich wieder wettmachen.«

»Das sehe ich ein, Boß.«

»Schön. Ich habe da eine Aufgabe für dich.« Rossini kniff zu Lucille hin ein Auge zu. Dann legte er Fletcher die Hand auf die Schultern. »Jim, leg Corner um!«

»Wer ist das denn?«

»Ach richtig. Du kennst ihn ja noch gar nicht. Corner ist ein privater Schnüffler. Einer von den ganz Superschlauen.«

Jim rieb sich die Hände. »So welche habe ich gerne.«

»Jim, das weiß ich«, lächelte Rossini. »Deshalb habe ich dich ja auch mit dem Auftrag betraut. Lucille, hol mal ein Telefonbuch aus dem Lesezimmer. Wir brauchen Corners Adresse.«

Lucille war schnell zurück. Sie schleppte sich regelrecht mit dem dicken Wälzer ab.

Rossini suchte selbst meine Anschrift heraus. Er schrieb sie auf einen Zettel und reichte ihn Jim. »Wie du es machst, ist egal. Leg ihn zu Hause um oder lock ihn in eine Falle. Aber laß dich ja nicht noch einmal erwischen.«

Fletcher grinste. »Nee. Diesmal paß ich auf. Dieser Corner ist jetzt schon so gut wie tot.«

»Nimm das Maul nicht so voll«, mischte sich Lucille Latour ein.

»Also, ich hau' jetzt ab«, brummte Jim und warf Lucille einen schrägen Blick zu.

»Natürlich, Jim«, sagte Rossini. »Triff deine Vorbereitungen. Bis heute abend muß die Sache gelaufen sein. Ich erwarte eine Erfolgsmeldung. Und noch etwas«, Gil Rossini trat dicht an Fletcher heran, »solltest du es nicht schaffen, machen wir dich einen Kopf kürzer. Verstanden?«

Jim Fletcher konnte nur noch nicken.

Susan hatte so gut wie gar nicht geschlafen.

Immer wieder wurde sie durch quälende Alpträume geweckt. Schließlich, in den frühen Morgenstunden, glitt sie in einen unruhigen Dämmerzustand über.

Quälender Durst weckte Susan vollends. Ihre Uhr zeigte die siebte Morgenstunde.

Da es in dem Raum keine Fenster gab, tappte Susan im Dunkeln ins Badezimmer. Sie betätigte den Lichtschalter. Das kalte Licht stach ihr brennend in die Augen.

Susan füllte ein Glas mit Wasser und trank in langen Zügen. Danach wusch sie sich ihr erhitztes Gesicht.

Das Licht im Bad reichte aus, um erkennen zu können, daß May in festem Schlaf lag.

Susan lächelte etwas verunglückt. May hatte sich mit ihrem Schicksal abgefunden.

»Aber ich nicht«, flüsterte meine Partnerin. Suchend sah sich Susan in dem Badezimmer um. Unter der Decke hing das Gitter eines Luftschachtes.

Eine Fluchtmöglichkeit?

Vielleicht. Susan schätzte die Maße ab. Es müßte sogar klappen. Mit ein wenig Glück konnte sie sich durch die Öffnung zwängen.

Aber das verdammte Gitter war fest in die Decke verschraubt. Allerdings, noch hatte es kein Rost angesetzt. Die dicken Schrauben blitzten Susan an.

Die Frage war nur, womit sollte sie die Schrauben lösen?

Susan machte sich auf die Suche nach einem Werkzeug, einem Schraubenzieher oder etwas Ähnlichem.

Nach einer halben Stunde gab Susan die Sache auf. Resigniert setzte sie sich auf den Wannenrand. Eine von Mays Zigaretten beruhigten ihre Nerven.

Noch einmal wanderten Susans Augen im Badezimmer umher.

Plötzlich blieb ihr Blick an einer Seifendose haften. Diese Dose war aus Metall.

Susan warf die Zigarette in die Toilette und klappte die Dose auf.

Sie hielt die obere Hälfte in der Hand. Mit den Fingern versuchte Susan, den Rand zu verbiegen. Ohne Erfolg. Das Blech war zu stabil.

Sollte es dann nicht auch möglich sein, daß sie damit die Schrauben öffnen konnte?

Es kam auf einen Versuch an.

Susan stellte sich auf den Wannenrand. Mit gestreckten Fingern erreichte sie soeben das Gitter.

Meine Partnerin biß sich vor Aufregung in die Lippen. Das müßte klappen.

Susan nahm eine andere Stellung ein. Sie spreizte die Beine und stellte sich auf beide Wannenränder. So hatte sie einen wesentlich besseren Halt.

Susan hielt die Seifendose in der rechten Hand. Mit der Linken stützte sie sich, so gut es ging, an den Fliesen ab.

Die Kante der Blechdose paßte genau in die Nut der Schraube. Langsam drehte Susan nach links.

Die Schraube gab nicht nach. Im Gegenteil, die Blechdose rutschte ab.

Egal, zweiter Versuch.

Diesmal ging Susan noch vorsichtiger zu Werk.

Sie preßte die Dosenkante fest in den Einschnitt der Schraube und drehte.

Meine Partnerin hatte Glück.

Mit einem Mal merkte sie, wie die Schraube nachgab, wie sie lockerer wurde ...

Verbissen drehte Susan weiter. Es störte sie nicht, daß Kalk von der Decke rieselte und sich auf ihrem Gesicht festsetzte. Nur der Erfolg zählte.

Dann hatte Susan es geschafft.

Das letzte Stück konnte Susan mit der Hand drehen. Endlich. Die Schraube fiel in die Wanne. Das Geräusch kam Susan wie die herrlichste Musik vor.

Leider war die Kante der Seifendose doch verbogen. Das war allerdings nicht weiter tragisch. Die Dose hatte ja noch drei andere Seiten.

Da Susan den Trick jetzt kannte, ließ sich die zweite Schraube schneller lösen. Auch die beiden anderen bereiteten ihr keine großen Schwierigkeiten.

Schließlich hielt Susan das Gitter in der Hand. Aufatmend legte sie es auf den Toilettendeckel.

»Hoffentlich hast du Glück, Susan«, sagte plötzlich eine Stimme hinter ihr. May lehnte am Türrahmen und lächelte meiner Partnerin aufmunternd zu. »Keine Angst, Susan. Wenn man mich fragt, ich habe tief geschlafen.«

»Danke, May.«

»Schon gut. Sieh zu, daß du es schaffst. Und hol uns hier raus.«

»Darauf kannst du dich verlassen, May«, sagte Susan rauh.

Die SGS-Agentin stellte sich wieder auf den Wannenrand. Dunkel gähnte ihr der Luftschacht entgegen.

Die Frage war nur, wie da hineinkommen?

»Ich helfe dir, Susan«, bot sich May an. »Warte.«

May stellte sich hinter Susan in die Wanne. Dann packte sie zu.

Ihre Hände legten sich um Susans Hüften und stemmten meine Partnerin in die Höhe.

May besaß viel Kraft. Schon waren Susans Kopf und Schultern in der Öffnung verschwunden.

Wie ein Aal wand Susan sich jetzt an der rauhen Wand höher.

Unter ihr ließ May nicht locker. Schweißgebadet schob sie Susan Stück für Stück in die Höhe. Die Beine meiner Partnerin standen schon auf Mays Schultern.

»Kannst du noch?« Susans Stimme klang dumpf.

»Keine Angst, Mädchen. Paß auf, ich gebe dir jetzt den letzten Schub«, keuchte May.

Wie zwei Klammern umfaßten Mays Hände Susans Knöchel. Mit letzter Kraft schob May meine Partnerin hoch.

Dann war es geschafft. Susan klebte in der Öffnung.

Meine Partnerin, selbst nicht untätig, spannte ihren Körper. Mit den Schultern und gespreizten Beinen hielt sie sich in dem Schacht.

Ihre Bluse war bereits an den Oberarmen zerrissen, und die

dünnen Nylons hingen in Fetzen von den Beinen. Dreck, Spinnweben und Kalk beschmierten ihr Gesicht.

Verbissen machte sich Susan an die Arbeit. Während sie sich mit den Beinen einen Schub gab, drehte sie ihren Körper hin und her. Inch für Inch kam Susan voran.

Aber wie mochte es am Ende des Schachtes aussehen? Ein neues Gitter? Susan wagte gar nicht daran zu denken. Die Kletterei wurde von Minute zu Minute schwieriger. Die Kraft ließ langsam nach. Zum Glück war die Luft verhältnismäßig gut, so daß Susan wenigstens keine Atembeschwerden bekam.

Nach zwanzig Minuten hatte Susan zwei Yard geschafft. Wie lange würde die kräftezehrende Kletterei noch dauern?

Meine Partnerin arbeitete sich weiter hoch. Sie durchzuckte nur immer ein Gedanke. Du mußt hier raus!

Irgendwann kam der Punkt, an dem Susan nicht mehr konnte. Eine totale Erschöpfung schien sich anzubahnen. Tränen der Hilflosigkeit rannen über Susans Gesicht.

Es hat keinen Zweck, laß dich doch einfach wieder fallen! schrie eine Stimme in ihr.

Mit äußerster Anstrengung überwand Susan den toten Punkt und kämpfte sich weiter voran.

Nach einer schier endlos erscheinenden Zeit stieß Susans Kopf plötzlich gegen etwas Festes.

Hoffentlich kein Gitter, schoß es ihr durch den Kopf.

Vor dem letzten Stück legte Susan eine kleine Pause ein. Ihr Atem mußte sich einfach beruhigen.

Susans Nerven waren zum Zerreißen gespannt, als sie sich noch einmal hochdrückte.

Der Druck auf ihrem Kopf wurde stärker, breitete sich aus . . .

Es war umsonst, schrie es in Susan. Ich habe alles verkehrt gemacht. Ich kann nicht mehr . . .

Und plötzlich war es geschafft.

Blendende Helligkeit drang in Susans Augen. Sie hörte, wie etwas auf den Boden klatschte.

Susan hatte mit ihrem Kopf eine Klappe hochgestoßen.

Susans Hände packten zu. Sie klammerten sich um den Rand der Öffnung.

Mit einem letzten verzweifelten Ruck schob sich meine Partnerin hoch.

Dann lag sie auf kaltem Steinboden. Ihr Körper zuckte unter verzweifeltem Schluchzen.

Sie hatte es geschafft. Aber sie war fix und fertig. Zwei Minuten später schlief sie vor Erschöpfung ein.

Geschrei riß Susan aus dem Schlaf. Erschrocken fuhr sie hoch.

Wo bin ich?

Susan blickte sich um.

Sie befand sich auf dem Trockenboden des Hauses. Auf einer Leine hing diverse Reizwäsche.

Susans Blick fiel auf die Öffnung. Jetzt erinnerte sie sich wieder. Ihre abenteuerliche Flucht.

Durch ein kleines Fenster fiel helles Sonnenlicht.

Susan legte die Hand gegen die Stirn und sah nach draußen.

Sie erkannte Felder, Wiesen und zwei Männer, die mit Gewehren in der Hand umherliefen.

Die suchen dich, schoß es Susan durch den Kopf. Aber wie sollte sie hier wegkommen? Dazu noch ungesehen.

Eine einfache Holztür diente als Bodenausgang.

Susan probierte die Klinke. Die Tür war offen.

Eine steile Holzstiege führte nach unten. Vorsichtig machte sich Susan auf den Weg. Sie benutzte nur den äußersten Rand der Stufen, um ein Knarren zu vermeiden.

Heftige Stimmen ließen Susan stoppen.

»Weit kann sie noch nicht sein«, rief jemand. Es war Joe Fletcher. Und dann: »Ich sehe mal auf dem Boden nach. Da oben ist der verdammte Schacht ja zu Ende.«

Heißer Schreck durchfuhr meine Partnerin. Sollte alles umsonst gewesen sein?

Das Geräusch von hastigen Schritten dröhnte herauf.

Susan machte kehrt. Sie rannte auf den Boden zurück.

Ein paar Sekunden später stand sie vor dem kleinen Fenster. Mit einem heftigen Ruck riß Susan den Flügel auf.

Ein Klimmzug, und sie hockte auf der Fensterbank.

Leider zu spät.

Joe Fletcher kam angerannt.

Mit beiden Fäusten zerrte er Susan zurück.

Meine Partnerin schrie auf und fiel auf den staubigen Boden.

»Du miese Nutte!« schrie Fletcher. »Dir werd' ich's geben.«

An den Haaren zog er Susan hoch. Wild schüttelte er sie durch. Mit der rechten Hand holte Fletcher sein Beil hervor.

»Jetzt wirst du rasiert, haha.«

Sein Lachen jagte Susan Schauer über den Rücken. Trotzdem behielt meine Partnerin die Nerven.

Sie ging etwas in die Knie, verlagerte ihr Gewicht auf den linken Fuß und ließ ihr rechtes Bein vorschnellen.

Fletcher bekam den Tritt gegen die Kniescheibe. Mit einem urigen Schrei brach er zusammen. Doch seine linke Hand, die Susans Haar gepackt hatte, ließ nicht los.

Susan wurde mitgerissen. Der wahnsinnige Schmerz in ihrem Kopf fuhr fast durch den ganzen Körper.

Im Liegen holte Fletcher mit dem Beil aus.

Susans Handkante flog Fletchers Arm förmlich entgegen. Das Beil machte sich selbständig und landete irgendwo im Raum.

Wieder ballte Susan die Hand zur Karatefaust.

Fletcher erkannte die Gefahr im letzten Moment. Er rollte sich zur Seite. Dabei ließ er Susans Haare los.

Darauf hatte meine Partnerin nur gewartet.

Sie rollte sich zweimal um die eigene Achse, stützte sich ab und kam auf die Beine.

Aber auch Joe Fletcher hatte sich erholt.

Breitbeinig und mit hervorquellenden Augen stand er da. Aus seinem rechten Mundwinkel rann Speichel. Fletchers Augen tasteten den Raum ab, blieben an seinem Beil hängen...

Susan, wieder einigermaßen erholt, bemerkte den Blick.

Das Beil lag für sie zu weit weg. Unmöglich, daran zu kommen.

Die Tür!

Vielleicht gelang es ihr, wegzukommen.

Fletcher hechtete auf das Beil zu.

Im selben Moment setzte sich auch Susan in Bewegung.

Wer würde es schaffen?

Susan flog der Tür förmlich entgegen.

Mit einem Ruck riß sie sie auf.

Und genau da hatte Fletcher sein Beil wieder in der Hand.

Er schleuderte es aus dem Handgelenk.

In diesem Moment riß Susan die Tür nach innen auf.

Meine Partnerin sah etwas Blitzendes durch die Luft zischen, duckte sich instinktiv und schloß einfach die Augen.

Über ihr bohrte sich das Beil dumpf in das Holz.

Die halboffene Tür hatte Susan gerettet.

Fletcher, von seinem Mißerfolg völlig perplex, stand wie zur Salzsäule erstarrt.

Anders Susan Taylor.

Sie riß die Tür ganz auf und... blickte genau in die Mündung einer Maschinenpistole.

Der Mann, der die Waffe hielt, grinste. »Feierabend«, zischte er.

Susan hatte den Mann noch nie gesehen. Er hob die Waffe an und stieß die Mündung gegen Susans Hüfte.

»Geh zurück, oder ich perforiere dich mit Blei«, drohte er.

»Gut gemacht, Eddy«, rief Joe Fletcher. »Die Puppe wird sich noch wundern.«

In Susan war plötzlich eine seltsame Leere. Mechanisch gehorchte sie dem Befehl.

Sie drehte sich um und ging in den Raum zurück. Plötzlich verschwamm alles vor ihren Augen, löste sich auf und ging in eine tintige Schwärze über.

Susan Taylor brach zusammen.

»Versuchen Sie mit allen Mitteln, Susan zu befreien«, hatte mir Myers gesagt. Dabei war seine Kasernenhofstimme sogar menschlich geworden. Das kam selten vor.

Zur Zeit hockte ich hinter meinem Schreibtisch, spülte ein trockenes Sandwich mit Grapefruitsaft hinunter und ließ mir die Geschehnisse der letzten beiden Stunden noch einmal durch den Kopf gehen.

Ohne mich groß loben zu wollen, kann ich jedoch sagen, daß ich eine einigermaßen gute Menschenkenntnis besitze. Ich glaubte einfach nicht daran, daß Rossini mir Theater vorgespielt hatte.

Er schien Susan wirklich nicht gekidnappt zu haben.

Aber wer dann? Und wer steckte dahinter?

Lucille Latour. Dieser Frau traute ich allerhand zu. Angenommen, sie steckte hinter Susans Verschwinden. Welches Motiv sollte sie gehabt haben? Soweit ich mich erinnern konnte, waren Susan und ich nie mit ihr in Berührung gekommen.

Ich konnte den Fall drehen und wenden, ich kam zu keinem Ergebnis. Die Sorge um Susan schlug mir auf den Magen. Das halbe Sandwich ließ ich liegen.

Aber verdammt noch mal, irgend etwas mußte ich doch unternehmen! Vor allen Dingen durfte ich mich nicht zu sehr auf Rossini konzentrieren. Vielleicht sollte ich den Fall mal von einer anderen Seite anpacken.

Und da war diese Lucille Latour. Ich hatte das Gefühl, ein Besuch bei ihr würde sich lohnen, und zwar nicht nur fürs Auge.

Scherz beiseite. Ihre Adresse fand ich im Telefonbuch. Unter ihrem Namen las ich aber noch etwas anderes: »Schönheits- und Massagesalon.«

Ich pfiff durch die Zähne. In meinem Gehirn rasteten einige Relais ein. Eine Vermutung schoß in mir hoch. Allerdings noch zu phantastisch, um sie auszusprechen.

Ich schnappte mir gerade meine Jacke, als das Telefon klingelte. Ärgerlich nahm ich den Hörer ab.

»Corner«, meldete ich mich bissig.

»Hier Smitty«, tönte es zurück.

Ich wurde hellhörig. Wenn Smitty anrief, war etwas im Busch.

»Hey, Corner«, rief er, »Jim Fletcher ist hinter dir her.«

»Woher weißt du das, Smitty?«

»Fletcher hockt mit seinem Kumpel in Gerry's Steak-House. Übrigens ist dieser besagte Kumpel ein Experte für Tür- und Safeschlösser.«

»Weiter, weiter, Smitty«, drängte ich ihn.

»Zufällig saß ich am Nebentisch, Corner. Einige Gesprächsfetzen konnte ich mitbekommen. Fletcher sprach was von miesem Schnüffler und abservieren.«

Smittys Zufälle kannte ich. Bestimmt hatte er Fletcher schon vorher erwischt und war ihm bis zu dem Steak-House gefolgt.

»Smitty, bleib, wo du bist. Ich bin so schnell wie möglich bei dir.«

»Geht klar, Corner. Aber schwing die Hufe.«

Natürlich geriet ich prompt in den späten Vormittagsverkehr. Zum Glück hatte ich nicht weit zu fahren.

Von der Michigan Avenue, Chicagos Renommierstraße, bog ich rechts ab in die Lennox Street. Dann in die nächste Querstraße, und schon sah ich die Reklame von Gerry's Steak-House.

Ich fuhr langsamer und hielt nach einem Parkplatz Ausschau. Plötzlich fiel mir ein Buick auf, der aus einer Parklücke scherte. Hinter dem Steuer saß Jim Fletcher. Er wandte mir sein Profil zu. Soviel ich erkennen konnte, saß er allein im Wagen.

Jim Fletcher gab Gas.

Ich nichts wie hinterher.

Die Verfolgung gestaltete sich relativ leicht. Bei dem starken Verkehr fiel es nicht auf, daß ich dem Gangster dicht auf den Fersen beziehungsweise Reifen blieb.

Was war wohl sein Ziel?

Mittlerweile näherten wir uns meiner Wohngegend.

Sollte Fletcher etwa zu mir wollen?

Richtig.

Abgebrüht, wie Fletcher war, fuhr er den Buick sogar noch in die zum Haus gehörende Tiefgarage.

Sicher, von dort aus konnte er, vom Hausmeister unbemerkt, zu den Aufzügen gelangen. Gut ausgedacht, jedoch nicht gut genug.

Ich würde ihm die Suppe versalzen.

Ich parkte meinen Mustang halb auf dem Bürgersteig und wetzte durch die Halle zum nächstbesten Lift. Die Leute, die mich sahen, dachten bestimmt, der Corner ist verrückt geworden, aber das war mir völlig egal. Ich mußte vor Fletcher auf unserer Etage sein.

Ich war es.

Susan und ich besitzen ja, wie Sie sicherlich wissen, zwei nebeneinanderliegende Apartments, die allerdings durch einen Balkon verbunden sind. Ich bitte anzügliches Grinsen zu unterlassen, denn dieser Balkon hat sich auch manches andere Mal bewährt. Ich meine damit, in Situationen, in denen es auf Sekunden ankam. Außerdem habe ich noch einen Schlüssel zu Susans Wohnung und sie einen für meine.

Ich schloß Susans Wohnungstür auf und öffnete die Balkontür einen Spalt.

Meine Balkontür hatte ich heute morgen wegen der Hitze ein Stück offengelassen. Für mich ein großer Vorteil

Vorerst ging ich mal zurück zur Wohnungstür und lauschte. Vorsichtige Schritte drangen an mein Ohr. Sie stoppten vor meiner Apartmenttür. Jemand versuchte, einen Schlüssel ins Schloß zu stecken. Wenig später ertönte ein Fluch.

Ich konnte mir das Grinsen nicht verkneifen. Unsere Wohnungen haben beide ein Sicherheitsschloß. Es war gar nicht so leicht, das Ding zu knacken. Aber wie sagte Smitty doch noch? Fletcher hatte mit einem Tür- und Safeschloßexperten beisammengesessen.

Ein paarmal mußte Fletcher mit seiner Arbeit aufhören, weil Nachbarn vorbeikamen.

Schließlich hatte er es geschafft.

Ich hörte, wie die Wohnungstür aufsprang. Dann wurde sie wieder ins Schloß gedrückt.

Endlich war der Zeitpunkt da. Ich konnte aktiv mitmischen.

Bevor ich zum Balkon ging, überprüfte ich noch einmal meine Waffe. Sie war einsatzbereit.

Vorsichtig zog ich die Balkontür weiter auf. Gerade so viel, daß ich hindurchhuschen konnte. Mein Apartment liegt, von Susans Seite aus gesehen, links. Zwischen ihrer und meiner Balkontür befindet sich ein Stück Mauerwerk von etwa einem Yard. Mit dem Rücken preßte ich mich gegen die Wand. Die Waffe lag in meiner Rechten.

Stück für Stück näherte ich mich der anderen Balkontür. Schon konnte ich die langen Gardinen erkennen, die die Sicht in den Raum verwehrten.

Ich hatte meine Balkontür erreicht.

Mit einem Auge spähte ich um die Mauerkante in mein Wohnzimmer. Erkennen konnte ich so gut wie gar nichts, geschweige denn sehen, wo sich Fletcher aufhielt.

Langsam schob ich meine Hand in Richtung Balkontür. Meine Finger berührten schon die Glasscheibe, als Schritte aufklangen.

Blitzschnell zog ich die Hand wieder zurück.

Die Schritte stoppten vor der Balkontür. Die Gardine wurde zur Seite gezerrt, die Tür aufgerissen, und dann stand Jim Fletcher auf dem Balkon.

Ich klebte eng gegen die Wand gepreßt und atmete mit offenem Mund.

Fletcher hatte mich nicht bemerkt. Er sah nach unten auf die Straße.

Ich hob meinen 38er.

»Suchen Sie mich, Fletcher?« fragte ich leise.

Er zuckte herum wie eine Klapperschlange. Seine Augen wurden fast tellergroß, und sein Mund stand offen wie ein Scheunentor.

»Mach die Luke zu, sonst werden die Milchzähne sauer«, sagte ich.

»Corner«, ächzte Fletcher.

»Pech gehabt, was?« sagte ich. »Die Vorzeichen sollten wohl umgekehrt sein. Aber jetzt hab' ich die Knarre in der Hand.«

Ich sah, wie es in Fletcher arbeitete.

»Mach keine Dummheiten, Freund«, warnte ich ihn. »Wir gehen jetzt ins Zimmer und werden uns in aller Ruhe unterhalten.« Ich hob den 38er. »So, hübsch langsam vorgehen.«

Fletcher gehorchte.

Für meinen Geschmack zu ruhig, setzte er sich in einen Sessel und schlug die Beine übereinander. Sein Gesicht hatte einen verschlagenen Ausdruck angenommen.

»So bequem solltest du es dir nicht machen, Freund«, sagte

ich. »Los, hoch mit dir! Mal sehen, was du an Werkzeug mit dir herumschleppst.«

Fletcher schraubte sich hoch. Und aus der Drehung heraus sprang er mich an.

Ich Trottel hatte für einen Moment nicht aufgepaßt. Sein Kopf donnerte mir in die Magengrube. Eine Welle der Übelkeit schoß in mir hoch.

Zwangsläufig ließ ich die Waffe sinken.

Darauf hatte Fletcher nur gewartet. Sein Handkantenschlag fegte sie mir ganz aus den Fingern.

»Jetzt bist du dran, Corner«, keuchte er.

Seine Hand fuhr unter das Jackett.

Diese Bewegung mobilisierte in mir alle Reserven.

Ich warf mich vor, und meine Faust grub sich in seine Magengrube.

Röchelnd fiel Fletcher auf den Teppich.

Ich griff nach meiner Waffe.

Doch Fletcher hatte aufgepaßt. Sein Absatz knallte mir auf das Handgelenk. Freunde, ich kann Ihnen sagen, mir wurde auf einmal ganz anders.

Fletcher freute sich lautstark.

Während ich noch auf dem Boden kniete, zog er seinen Revolver.

Ich sah, wie der Lauf auf mich zuschwenkte, ließ mich vollends auf den Boden fallen und riß mit letzter Kraft an Fletchers Hosenbein.

Straucheln und abdrücken war eins.

Die Kugel fuhr in die Decke, und Fletcher segelte auf den Teppich.

Ich warf mich vor. Meine Faust traf seine Nieren.

Fletcher zuckte zusammen. Er war von dem Fall noch immer benommen.

Die Gelegenheit nutzte ich aus.

Im Liegen setzte ich einen Handkantenschlag an, der ihn ins Reich der Träume schickte.

Am Wohnzimmertisch zog ich mich hoch. Der Kampf hatte mich ganz schön geschafft.

Langsam beruhigten sich meine Nerven. Nur meine Hand schmerzte noch immer.

Handschellen hatte ich in der Wohnung. Ich ließ sie um Fletchers Gelenke klicken.

Der Gangster kam nach drei Minuten wieder zu sich.

Erst stöhnte er auf, guckte ziemlich verdattert umher und begann dann zu fluchen.

»Aus der Traum, Fletcher«, sagte ich.

»Ach, leck mich doch«, giftete er wütend.

Ich bedeutete Fletcher, aufzustehen. Seine Waffe hatte ich inzwischen eingesteckt.

»So, dann wollen wir mal eine Spazierfahrt machen, Fletcher.«

»Und wohin, wenn ich fragen darf?«

»Zum FBI. Ich wette, du hast uns viel zu erzählen.«

»Daß ich nicht kichere.«

»Abwarten.«

Wir verließen die Wohnung und enterten den Lift. Fletcher versuchte keinen Angriff mehr.

In der Vorhalle starrten uns die Menschen an wie Gespenster. Ich kümmerte mich nicht um die Blicke, sondern dirigierte Jim Fletcher zu meinem Mustang.

Wir hatten den Mustang fast erreicht, als es passierte.

Der Schuß war in dem Verkehrslärm kaum zu hören.

Ich sah nur, wie Fletcher zusammenzuckte und langsam zu Boden fiel.

Gedankenschnell lag ich hinter meinem Mustang in Deckung.

Über die Kühlerhaube peilend, suchte ich die Umgebung ab. Es war ein aussichtsloses Unternehmen.

Der Schuß konnte von überall her abgefeuert worden sein. Aus einem der gegenüberliegenden Häuser oder aus einem fahrenden Wagen.

Ich steckte meine Waffe ein und ging zu Jim Fletcher.

Er lag halb auf der Seite, den rechten Arm angewinkelt. Es sah aus, als schliefe er. Doch dieser Eindruck wurde von dem Kugelloch widerlegt, das sich genau zwischen seinen Augen befand.

Lucille Latour traute Jim Fletcher nicht viel zu.

»Ich lege diesen Corner in seiner Bude um«, hatte er ihr gesagt. Schon allein diese Idee war Mist. In dem Haus gab es zuviel Zeugen, die sich später erinnern konnten.

Lucille Latour zog die Konsequenzen.

Sie ging in ihr Apartment, das direkt über dem Salon lag, und holte ihre Pistole. Es war eine Beretta, sechs Geschosse schob Lucille in das Magazin. Dann zog sie den Schlitten zurück und entsicherte. Danach verschwand die Pistole in ihrer Handtasche.

Lucille Latour holte ihren Zweitwagen, einen wendigen Fiat, aus der Garage und fuhr ab.

Meine Adresse kannte sie ja.

Mit viel Glück gelang es Lucille, unserem Apartmenthaus gegenüber einen Parkplatz zu erwischen.

Lucille Latour zündete sich eine Zigarette an und wartete. Keine angenehme Sache während der Hitze. Die Mittagssonne knallte unbarmherzig auf das Autodach und verwandelte den Fiat in einen Brutofen.

Mit beinahe asiatischer Gelassenheit ließ die Salonbesitzerin alle Unannehmlichkeiten über sich ergehen.

Schließlich lohnte sich die Warterei.

Zuerst tauchte Jim Fletcher mit seinem Buick auf. Er fuhr geradewegs in die Tiefgarage.

Gespannt beobachtete Lucille weiter, wie ich meinen Mustang halb auf dem Bürgersteig parkte und ins Haus rannte.

Schon ahnte die Salonbesitzerin Zusammenhänge.

Lucille Latour griff in die Handtasche und holte die Beretta hervor. Ihre Lippen verzogen sich zu einem bösen Lächeln.

Lucille Latour mußte sich noch gedulden, ehe wir aus dem Haus kamen.

Doch dann handelte sie. Die Handschellen um Fletchers Gelenke sagten ihr genug.

Lucille Latour hatte mal einen Titel im Pistolenschießen gewonnen. Auf diese Erfahrung baute sie.

Sie stützte die rechte Hand mit der Beretta auf das herabgekurbelte Seitenfenster und zielte. Ganz ruhig, wie auf einen

Schießstand. Der fließende Verkehr störte sie nicht. Außerdem, wer achtet schon auf einen parkenden Wagen?

Jetzt hatte sie Fletcher genau im Visier.

Lucille Latour schoß. Niemand hörte den Knall.

Dann ließ sie die Waffe blitzschnell verschwinden.

Lucille hatte sogar noch die Nerven, abzuwarten, ob ihr Schuß Erfolg gehabt hatte.

Erst dann fädelte sie sich in den Verkehr ein.

Lucille Latour fuhr zum Massagesalon.

Eine Flasche Champagner stand wie immer im Kühlschrank. In dem Bewußtsein, richtig gehandelt zu haben, leerte die Mörderin ein Glas. Natürlich durfte der obligatorische Blutorangensaft nicht fehlen.

Die Idee kam Lucille bei einer Zigarette.

Sie griff zum Telefonhörer und wählte eine bestimmte Nummer.

Als auf der anderen Seite abgehoben wurde, verlangte sie Joe Fletcher zu sprechen.

Fletcher kam schnell an den Apparat.

»Hier Lucille. Hör zu, Joe. Dieser Corner hat deinen Bruder Jim erschossen«, log sie.

Gespannt wartete Lucille auf eine Reaktion.

Zuerst tat sich gar nichts.

Dann hörte Lucille nur ein Stöhnen. Und schließlich flüsterte Joe Fletcher heiser: »Sag das noch mal.«

»Corner hat Jim erschossen.«

»Dieses Schwein!« schrie Joe Fletcher plötzlich. »Den mach' ich kalt. Sofort.«

»Sachte, sachte«, beruhigte ihn die Salonbesitzerin. »Ich habe eine bessere Idee. Corner läuft dir nicht weg.«

»Laß hören«, sagte Joe hitzig.

»Ihr habt doch die Taylor, nicht?«

»Ah, ich verstehe, Lucille. Du meinst, sie könnte für Corner mitbezahlen?«

»Genau.«

Fletcher lachte häßlich. »Die Puppe wird sich wundern. Ich denk' mir schon was Nettes aus.«

»Hoffentlich, Joe. Bis heute abend.«

Mit einem zufriedenen Lächeln legte Lucille Latour den Hörer auf.

»Der ist ja tot«, sagte neben mir eine Frauenstimme.

Ich hatte mich über Jim Fletcher gebeugt. Jetzt blickte ich hoch. »Ganz recht, Madam. Er ist tot. Erschossen.«

Hätte ich das doch lieber nicht gesagt. Die Person brach plötzlich in ein hysterisches Geschrei aus. »Hilfe! Mörder!« kreischte sie wie eine Wahnsinnige.

Wenige Sekunden später waren der Tote und ich von der Menschenmenge eingekreist.

»Das ist der Killer!« keifte die Frau von vorhin und deutete mit dem Finger auf mich. »Ich habe genau gesehen, wie er geschossen hat.«

Die Menge nahm eine drohende Haltung an.

Ich wurde wütend. An eine Verfolgung des Mörders war natürlich nicht mehr zu denken.

»Ich habe diesen Mann nicht erschossen«, rief ich.

»Das kann ja jeder sagen. Die Lady hat's schließlich gesehen«, brüllte eine aufgeregte Männerstimme aus der Menschenmenge. »Am besten sollte man den Kerl aufhängen.«

Die Menge grölte. »Ich war nie dafür, daß die Todesstrafe abgeschafft wurde«, schrie ein anderer. »Das hat man jetzt davon. Schon am hellichten Tag ist man nicht mehr sicher.«

Zum Glück hatte die Menge jetzt ein anderes Thema. Die Abschaffung der Todesstrafe.

Jemand mußte die Cops alarmiert haben. Sie kamen gleich mit zwei Wagen.

Erwartungsvoll machte die Menge Platz.

Mit gezogenen Revolvern stürmten die Beamten auf mich zu.

Zwei Sekunden später hatten sie die Waffen wieder eingesteckt. Ihr Streifenführer, ein Sergeant, kannte mich noch von meiner FBI-Zeit her.

Als die Neugierigen merkten, daß kein Blut mehr fließen würde, verzogen sie sich.

Endlich konnten wir uns vernünftig unterhalten.

»Sergeant, alarmieren Sie die Mordkommission« schlug ich vor. »Aber die vom FBI.«

»Wieso? Ist das ein FBI-Fall?«

»Höchstwahrscheinlich.«

Sieben Minuten später waren meine ehemaligen Kollegen da. Auch mein Freund Tom Harris war mitgekommen.

»Ich hörte über Funk von dem Fall, Cliff. Und da du wieder mit am Drücker warst, dachte ich mir, fahr mal mit.«

»Die Idee könnte von mir sein, Tom.«

»Scherzbold.« Tom nickte in Richtung des Toten. »Das ist Jim Fletcher, nicht?«

»Ja.«

»Und Susan, Cliff? Hast du immer noch nichts von ihr gehört?«

»Nein«, preßte ich hervor.

»Oh, verdammt«, stöhnte Tom. »Sollen wir eine Großfahndung einleiten?«

»Noch nicht, Tom.«

Der FBI-Arzt kam auf uns zu. In der Hand hielt er eine Kugel. »Der Mann wurde mit einer Beretta erschossen, soviel ich als Laie erkennen kann. Kaliber 6,35.«

»Danke, Doc.«

Der Arzt nickte mir zu und machte sich wieder an seine Arbeit.

Ich ging zu dem Leiter der Mordkommission. »Haben Sie etwas gefunden bei dem Toten?«

»Nur ein wenig Kleingeld, Corner. Noch nicht einmal einen Ausweis.«

»Das hatte ich mir gedacht«, antwortete ich enttäuscht.

Gerade wurde Fletcher in eine Zinkwanne gelegt und weggebracht. Das Schicksal eines Killers. Ich empfand kein Mitleid.

Ich schaute auf meine Uhr. Es war schon Mittag. Die Zeit verging wie im Flug. Und immer noch keine Spur von Susan. Ich würde noch wahnsinnig werden, wenn das so weiterging.

Tom Harris stellte sich neben mich. »Was hast du nun vor, Cliff?«

»Ich weiß es nicht, Tom. Unsere einzige Chance war dieser Jim Fletcher.«

»Und Rossini?«

»Der ist aalglatt. Kaum zu packen. Aber warte mal. Lucille Latour.«

»Wer ist das denn?«

»Rossinis Freundin. Sie betreibt einen Massagesalon. Tom, wie lange brauchst du, um einen Durchsuchungsbefehl zu bekommen?«

»Eine Stunde.«

»Gut. Besorge ihn mir. Dieser Massagesalon geht mir nicht aus dem Kopf. Ich werde mich mal näher damit beschäftigen.«

»Was versprichst du dir davon, Cliff?«

»Bis jetzt weiß ich es noch nicht.«

Tom wiegte den Kopf. »Wie es aussieht, wird mir wohl kein Richter einen Durchsuchungsbefehl ausstellen.«

Tom hatte recht. Ich hatte wirklich nicht genug Beweise. Vermutungen zählten nicht.

Ich ging zu meinem Mustang. »Dann werde ich dieser Lady eben ohne Durchsuchungsbefehl einen Besuch abstatten.«

»Viel Glück, Cliff.«

»Danke.«

Die Kühle tat gut.

Susan merkte direkt, wie sie bis in den letzten Nerv ihres Kopfes drang.

»Aufwachen«, hörte meine Partnerin eine Stimme.

Verwirrt schlug Susan die Augen auf und blickte in Mays besorgtes Gesicht.

»Na, endlich«, lächelte May. »Ich dachte schon, du würdest bis zum nächsten Morgen schlafen.«

»Wäre vielleicht gar nicht so schlecht.« Susans Hand fuhr hoch, tastete über ihr Gesicht und blieb an dem feuchten Tuch haften, das auf ihrer Stirn lag.

»Dieser kühle Umschlag war alles, was ich für dich tun konnte«, sagte May.

Susan lächelte etwas verunglückt. »Du bist ein Engel, vielen Dank. Aber was ist geschehen, May? Ich hatte auf einmal Sendepause.«

»Joe Fletcher und Eddy brachten dich zurück«, erzählte May. »Schade, fast hättest du es geschafft. Joe war am schlimmsten. Er hätte dich liebend gern umgebracht.«

Susan nahm das Tuch von ihrer Stirn und legte es auf den Tisch. Dann setzte sie sich auf. Mit einem Blick sah sie an sich herunter.

»Mein Gott«, hauchte meine Partnerin, »wie sehe ich denn aus!«

Rock und Bluse waren nur noch Fetzen. Das gleiche galt für die Strümpfe. Einen Schuh hatte Susan verloren. Der andere war vollkommen verkratzt.

Der Lippenstift, durchzuckte es Susan.

Ihre Hand fuhr in den jetzt erweiterten Blusenausschnitt. Die kleine Waffe war verschwunden. Susan mußte sie bei der Kletterei verloren haben. Oder ihre beiden Bezwinger hatten den Lippenstift erwischt.

Langsam erlosch auch der letzte Hoffnungsfunke.

Resigniert stützte Susan den Kopf in beide Hände. Sie hatte hoch gespielt. Zu hoch. Nun mußte sie den Preis zahlen.

May legte Susan ihre Hand auf die Schulter. »Was du brauchst, ist ein anständiges Bad. Komm, ich laß Wasser einlaufen.«

»Danke, May.« Während das Wasser in die Wanne lief, fragte Susan: »May, wo befinden wir uns hier eigentlich? Ich habe vom Fenster Wiesen und Wälder gesehen. Aber keine Straßen.«

May lachte. »Du wirst es kaum glauben, aber wir befinden uns immer noch in Chicago. Genauer gesagt, in Maywood, dem Prominentenvorort.«

»Und trotzdem fast am Ende der Welt«, erwiderte Susan. »Wie soll mein Partner mich hier finden?«

»Noch ist nicht aller Tage Abend«, versuchte May Susan zu trösten. »Übrigens, das Wasser ist fertig.«

»Ich ziehe mich schon aus, May.«

Dann stieg Susan in die Wanne.

Es war wunderbar. May hatte gutes Badesalz genommen. Susan spürte, wie sich ihr Kreislauf belebte. Am liebsten hätte sie den ganzen Tag in der Wanne gelegen.

»Hier, ich habe noch ein paar Sachen von mir gefunden«, sagte May und kam ins Badezimmer. In der Hand hielt sie einen roten Pullover und dazu einen blauen Rock. Auch einfache Stoffschuhe hatte May aufgetrieben.

»Du bist großartig«, lobte Susan ihre Leidensgenossin.

»Keine falschen Komplimente. Großartig war ich, als ich deine Figur besaß.«

Susan stieg aus der Wanne. »Hängt denn alles nur vom Aussehen ab?«

May zuckte mit den Schultern. »Eigentlich nicht. Aber bei meinem Job. Na ja, das ist heute fast vorbei.«

»Für dich ja«, sagte Susan. »Aber bei mir ist das etwas anderes. Sag mal, was erwartet mich denn heute abend?«

»Willst du das wirklich jetzt schon wissen? Kannst du dir das denn nicht vorstellen?«

»Das schon. Nur eine bekannte Gefahr ist halb so groß.«

»Als ob das was ändern würde. Gut, Susan, ich will deinem Unglück nicht im Wege stehen. Es ist fast immer das gleiche. Fünf Männer werden eingeladen. Erst gucken sie sich Pornofilme an, um in Stimmung zu kommen, und dann können sie zwischen euch Mädchen wählen.«

Susan schluckte. »Reizende Aussichten.«

Meine Partnerin hatte sich inzwischen umgezogen. Die Sachen paßten ihr leidlich. Dann erkundigte sie sich bei May, wie spät es war, denn Susans Uhr hatte den Geist aufgegeben.

»Halb drei nachmittags«, antwortete May.

»Da haben wir ja noch eine Galgenfrist.«

»Hast du die Hoffnung immer noch nicht aufgegeben, Susan?«

»Nein, May. Solange noch ein Funken Leben in mir ist, gebe ich mich nicht geschlagen. Außerdem kennst du meinen Partner nicht. Er wird alles daransetzen, mich hier zu finden.«

Plötzlich hörten die beiden Frauen Schritte. Dann wurde die Eisentür aufgeschlossen.

Joe Fletcher und Eddy kamen ins Zimmer.

Eddy hielt immer noch seine MP in der Hand. Wahrscheinlich nahm er sie auch mit ins Bett. Joe Fletcher trug nur Hemd und Hose. Eine Waffe konnte Susan bei ihm nicht entdecken. Fletchers Hände steckten tief in den Hosentaschen.

Drohend baute sich Fletcher vor Susan auf. In seinen Pupillen tanzten kleine gelbe Lichter. Zeichen einer inneren Erregung.

Eddy hatte sich gegen die Wand gelehnt. Seine Maschinenpistole deutete auf Susan.

Mit einem Griff faßte Fletcher nach Susans Hüfte. Dicht zog er sie an sich. Susan konnte seinen fauligen Atem riechen.

»So, Puppe, jetzt werden wir uns mal unterhalten.«

»Ja, gib's ihr«, hechelte Eddy. »Sie hat's verdient. Bin gespannt, ob sie im Bett auch so gut ist.«

»Halt dein Maul, Eddy«, knurrte Fletcher, »das heb' ich mir für später auf.«

Susan ließ sich nichts gefallen. Ihr war der brutale Griff dieses Kerls schon zuwider.

Susan legte Mittel- und Zeigefinger zusammen, stützte beide mit dem Daumen ab und ließ die Hand vorschnellen.

Sie traf Fletchers Bauch.

Dieser kleine, aber wirkungsvolle Stoß reichte. Fletcher krümmte sich zusammen. Er ließ die Luft ab wie ein Ballon.

Susan lächelte geringschätzig. »Manieren scheinen Sie auch nicht zu besitzen.«

»Ich leg' dich um«, kreischte Eddy und fuchtelte mit seiner Bleischleuder herum.

Susan hielt es für ratsam, nichts mehr zu unternehmen. Dieser Eddy war der Typ, der auch aus Versehen abdrückte.

Mit beiden Händen stützte sich Fletcher auf den Tisch. Er erholte sich nur langsam.

Dann wandte er sich um. Aus blutunterlaufenen Augen starrte er Susan an. »Dein Freund, dieser Corner, hat meinen Bruder Jim erschossen«, keuchte er.

»Dann hat er ein gutes Werk getan«, gab Susan kalt zurück.

»Das hättest du nicht sagen dürfen«, sagte Joe Fletcher heiser, »dafür werdet ihr beide sterben.«

»Aber erst nach Ihnen«, reizte Susan den Gangster.

»Ich stopf' ihr das Maul, Joe!« schrie Eddy. Er wollte sich in Bewegung setzen.

»Bleib stehen, du Idiot!« brüllte Fletcher. »Darauf wartet sie doch nur.« Fletchers Augen zogen sich zusammen. »Nicht wahr, Täubchen?«

»Sie haben recht«, gab Susan zu.

»Das will ich auch meinen, Puppe. Um wieder zum Thema zu kommen. Ich habe mir für heute abend ein besonders nettes Spielchen ausgedacht. Du spielst doch gerne, oder?«

»Meistens suche ich mir die Partner aus.«

Fletcher lachte kehlig. »Aber nicht in diesem Fall. Nur wir beide werden es machen. Möchtest du nicht den Namen erfahren?«

»Wenn es unbedingt sein muß«, sagte Susan so gleichgültig wie möglich.

Fletcher leckte sich die Lippen. »Das Spielchen nennt sich«, er machte eine kleine Kunstpause, »Striptease-Poker. Haha.«

Mit so etwas hatte Susan fast gerechnet. Trotzdem konnte sie ihre Wut nicht ganz verbergen.

»Da bist du fertig, was?« zischte Fletcher. »Striptease-Poker ist genau das richtige für dich. Komm, Eddy, wir gehen.«

Dumpf knallte die Tür hinter den beiden Gangstern ins Schloß. Zweimal drehten sie dann von außen den Schlüssel herum.

May sah Susan an. »Ich möchte nicht in deiner Haut stecken«, flüsterte sie.

Susan gab keine Antwort. Sie setzte sich auf die Liege. Immer wieder kreiste nur ein Wort in ihrem Kopf: Striptease-Poker ...

Gil Rossini tat zwei Dinge sehr gern im Leben. Erstens: Geld zählen. Und zweitens: Pornofilme ansehen oder selbst dabei mitmischen.

Der Gangsterboß stand vor dem Spiegel in seinem Schlafzimmer und band sich die Schleife. Ja, er wollte heute den weinroten Smoking anziehen. Wenigstens in den ersten beiden Stunden. Hinterher achtete niemand mehr auf die Etikette.

Stolz betrachtete Gilbert Rossini sein Werk. Die Schleife war ihm wirklich gut gelungen. Er machte sich selbst ein Kompliment.

Der Butler brachte ihm das Jackett.

»Ich wünsche einen angenehmen Abend, Sir.«

»Danke, Ernest«, erwiderte Rossini jovial. »Du kannst mir ruhig ein angenehmes Wochenende wünschen. Ich komme erst am Montag zurück.«

»Wie Sie wünschen, Sir.«

Rossini nickte dem Butler noch einmal zu und ging in sein Arbeitszimmer. Er schloß seinen Safe auf und entnahm diesem eine grüne Kollegmappe.

Flüchtig sah Rossini den Inhalt durch.

Was er in der Hand hielt, waren alles Hochglanzfotos, gestochen scharf, fast brutal.

Diese Fotos würden einigen Personen Magenschmerzen bereiten. Rossini lächelte bei diesem Gedanken. Ihm aber brachten sie einige hunderttausend Dollar.

Darauf genehmigte sich Gilbert Rossini noch einen vorzüglichen Kognak.

Fünf Minuten später saß er in seinem metallicfarbenen Lamborghini und brauste in Richtung Maywood.

Closed − geschlossen − stand auf dem Schild, das an der Tür des Massagesalons geheftet war.

Ich klingelte trotzdem.

Keine Reaktion.

Erst beim zweiten Klingeln näherten sich leichte Schritte.

Ziemlich hastig wurde die Tür aufgezogen. »Können Sie nicht lesen? Wir haben... Oh, pardon, Sie sind es.« Lucille Latour lächelte. »Ich dachte, es wäre ein Kunde.«

»Schon gut«, winkte ich ab. »Darf ich eintreten?«

»Natürlich. Kommen Sie, Mr. Corner.«

Lucille Latour ging vor. Sie trug einen hautengen seidenen Sari, der ihre Figur wie ein Futteral umschloß. Anscheinend trug sie nichts darunter, denn ich entdeckte weder Abdrücke eines BH noch Slips. Nun ja, Seide soll ja erotisch wirken. Das lackschwarze Haar hatte Lucille hochgesteckt. Auch diese Frisur stand ihr gut.

»Wir gehen am besten in meine Wohnung«, schlug die Frau vor, »dort ist es gemütlicher.«

»Ich habe nichts dagegen.«

Lucille lächelte mir vielsagend zu und führte mich über eine mit Teppichen belegte Holztreppe in die erste Etage.

Ihr Apartment war zwar klein, aber geschmackvoll eingerichtet. Die beige Wildledergarnitur gab dem Wohnraum eine exklusive Note.

»Nehmen Sie Platz, Mr. Corner.«

Ich faltete meinen Körper in einen bequemen Sessel neben der gutbestückten fahrbaren Hausbar. Die Salonbesitzerin setzte sich auf die Couch.

»Falls Sie etwas trinken möchten, Mr. Corner, die Bar steht zu Ihrer Verfügung.«

Dankend nahm ich einen Jack Daniels-Whisky. Lucille Latour trank nichts. Auch eine Zigarette lehnte sie ab.

Die Gelassenheit der Frau schien mir nur gespielt. Bei genauerem Hinsehen konnte ich feststellen, daß ihre Hände leicht zitterten. Was hatte sie zu verbergen? In mir machte sich immer mehr das Gefühl breit, auf der richtigen Fährte zu sein.

Lucille Latour sah mich an. »Was verschafft mir die Ehre Ihres Besuches, Mr. Corner?«

Ich stieg sofort voll ein. »Wo befindet sich Susan Taylor?«

Die Salonbesitzerin schüttelte den Kopf. »Reiten Sie immer noch auf dieser Masche herum? Ich habe keine Ahnung, wo sich diese Person aufhält. Wenn Sie nur deswegen gekommen sind, möchte ich Sie doch bitten, mein Haus zu verlassen.«

Ich schüttelte den Kopf. »So schnell werden Sie mich nicht los. Außerdem habe ich noch eine Neuigkeit für Sie. Jim Fletcher ist vor einer halben Stunde erschossen worden.«

»Ach, was Sie nicht sagen. Und warum erzählen Sie das ausgerechnet mir?«

»Jim Fletcher gehörte schließlich zu den Männern Ihres Freundes Gil Rossini.«

»Wenn Sie wüßten, was diese Kerle mich angehen. Übrigens, warum kümmern Sie sich eigentlich so intensiv um diese Angelegenheit? Sie sind doch letzten Endes nur ein privater Schnüffler.«

Ich beugte mich vor. »Miß Latour. Ich will Ihnen mal etwas erzählen. Dieser private Schnüffler kann Typen wie Gil Rossini nicht ausstehen. Sie gehören meines Erachtens...«

Das Schrillen des Telefons unterbrach mich.

Lucille Latour nahm den Hörer ab.

»Für Sie, Mr. Corner.«

Tom Harris war am Apparat. »Ich rufe im Auftrag von Myers an. Die Sachlage hat sich verändert, Cliff. Einer der Erpreßten hat ausgepackt. Rossini besitzt ein Landhaus in Maywood. Dort werden Orgien gefeiert. Heute abend steigt auch wieder eine.«

Toms Nachricht warf mich fast um. Jetzt konnte ich Lucille Latour packen. Daß sie mit drinhing, war für mich sonnenklar.

Langsam legte ich den Hörer auf.

Lucille sah mich fragend an. »Gute Nachrichten?«

»Ja. Miß Latour. Sehr gute sogar.«

»Darf ich neugierig sein, Mr. Corner?«

»Sie dürfen, aber ich hätte es Ihnen sowieso erzählt.«

»Interessant.« Jetzt trank Lucille doch etwas. Sie schenkte sich einen Kognak ein.

»Was haben Sie denn heute abend vor, Miß Latour?« fragte ich wie beiläufig.

»Ich wüßte zwar nicht, was Sie das angeht, Mr. Corner, aber ich bin verabredet.«

»Etwa in Maywood?«

Lucille Latour ruckte herum. Fast wäre ihr der Kognakschwenker aus der Hand gefallen. Mit dieser Frage hatte ich genau den Nagel auf den Kopf getroffen.

Die Salonbesitzerin hatte sich schnell wieder in der Gewalt. »Wie kommen Sie auf Maywood?«

»Es fiel mir nur so ein«, tat ich unbefangen. »Ich werde den Abend dort verbringen. In einem gewissen Haus soll es sehr hoch hergehen. Eventuell finde ich dort sogar meine Partnerin.«

Lucille Latour war während meiner Worte immer blasser geworden. Apathisch ließ sie sich in einen Sessel fallen. Dann griff sie nach ihrer Handtasche, die noch in dem Sessel lag.

Lucilles Augen wurden feucht. »Ja, wenn das so ist«, hauchte sie.

Ich wußte nicht, was ich von der Frau halten sollte. Waren ihre Tränen echt, oder spielte sie Theater? Ich glaubte eher an die zweite Möglichkeit. Mit einem Taschentuch trocknete Lucille sich die Augen ab. Dann lächelte sie plötzlich.

»Vielleicht können wir zu einem Agreement kommen, Mr. Corner.« Ihre Hände strichen an dem gutgewachsenen Körper herab und öffneten die Schlaufe des Gürtels, der ihren Sari locker umschloß.

Lange, von der Sonne gebräunte Beine wurden sichtbar.

»Sparen Sie sich die Mühe, Miß Latour«, sagte ich rauh.

Die Frau hob die Augenbrauen. »Warten Sie doch ab.«

Der Gürtel hing an beiden Seiten herab. Vorn klaffte der Sari auseinander. Die Einblicke waren wirklich bemerkenswert.

Ich dachte an Susan, und es fiel mir leicht, hart zu bleiben.

»Die Schau zieht bei mir nicht. Ziehen Sie sich wieder an«, sagte ich und wandte mich halb ab.

Genau das war mein Fehler.

»Reingefallen, Corner«, höhnte Lucille Latour.

Ich wirbelte herum.

Die Salonbesitzerin, immer noch mit offenem Sari, blickte mich spöttisch an. In der Hand hielt sie eine Waffe. Es war eine Beretta. Sie mußte das Schießeisen aus ihrer Handtasche geholt haben, die halb geöffnet im Sessel lag.

»Heben Sie die Hände!« befahl Lucille. »Und keine Tricks. Ich kann mit der Puste umgehen.«

»Was Sie ja schließlich bewiesen haben«, grinste ich verzerrt und hob die Arme. »Mit der Waffe haben Sie wahrscheinlich Jim Fletcher erschossen. Oder irre ich mich?«

»Sie irren sich nicht, Corner. Es sind auch noch genug Kugeln im Magazin, um Sie damit zu erledigen. Sie haben einen Fehler gemacht. Sie hätten den Inhalt des Telefongespräches nicht so laut hinausposaunen sollen.«

Ich lachte. »Glauben Sie im Ernst, damit könnten Sie mich einschüchtern? Gewiß, momentan sind Sie am Drücker. Doch meine ehemaligen Kollegen vom FBI sind über jeden meiner Schritte informiert.«

»Sicher, Corner. Sie mögen recht haben. Doch bis die Bullen soweit sind, haben Gil und ich uns längst abgesetzt. Zurück lassen wir mindestens zwei Tote. Sie und Ihre Susan Taylor.«

Verdammt, die Frau war eiskalt.

»Wissen Sie, Corner«, fuhr Lucille fort, »Sie werden jetzt eine Premiere erleben.«

»Wieso?«

»Ich gehe zum Telefon, rufe in Maywood an und gebe einem gewissen Joe Fletcher einen Befehl, auf den er schon lange wartet.«

»Und welchen?« fragte ich.

Lucille Latours Gesicht verzog sich zu einer Grimasse. »Ich gebe Joe Fletcher den Auftrag, Ihre Partnerin auf der Stelle umzubringen«, zischte sie haßerfüllt.

Siedend heiß schoß es in mir hoch. Ich konnte im ersten Moment keinen klaren Gedanken fassen.

Wie aus weiter Ferne hörte ich Lucilles Stimme. »Setzen Sie sich auf die Couch.«

Mechanisch gehorchte ich. Wie durch einen Nebel sah ich die Frau zum Telefon gehen. Dabei wich die Mündung der Pistole keinen Deut von meinem Körper weg.

Mit der linken Hand hob Lucille den Hörer ab. Sie legte ihn neben den Apparat auf die Tischplatte.

Langsam wählte sie die erste Zahl . . .

»Striptease-Poker. Das ist Klasse«, lachte Rossini. »Die Idee könnte von mir sein.«

Joe Fletcher strahlte. Gil Rossini fand seine perversen Ideen immer okay. »Und morgen kauf' ich mir den Corner, Boß«, posaunte der Gangster laut.

»Tu das, Joe. Tausend Dollar Prämie für dich.« Rossini wurde ernst. »Sind alle Vorbereitungen getroffen?«

»Alles klar. Die Zimmer warten direkt auf ihre Gäste. Die Betten natürlich auch.«

»Gut. Um noch mal auf dein Spielchen zurückzukommen. Ich werde es mir selbstverständlich ansehen. Nehmt den roten Salon. Du weißt ja, der Einwegspiegel.«

»Daran habe ich auch schon gedacht, Boß. Aber unsere Gäste, die hohen Herren...«, grinste Fletcher spöttisch.

Rossini winkte ab. »Die haben andere Sorgen. Glaube mir das.«

Der Gangsterboß sah auf die Uhr.

»Noch gut zwei Stunden, dann haben wir es geschafft.«

»Willst du aussteigen?« fragte Joe Fletcher.

»Nein, aber das Häuschen verkaufen. Ich bin zu sehr ins Rampenlicht gerückt. In unserem Job eine miese Sache. Außerdem habe ich Ärger mit der Cosa Nostra bekommen. Ich gebe ihnen wohl zuwenig ab.«

Fletcher wollte noch eine Frage anbringen, doch in diesem Augenblick schrillte das Telefon...

Das Zurückschnellen der Wählscheibe riß mich wieder in die Wirklichkeit.

Lucille Latour wählte mit links. Die rechte Hand mit der Beretta zeigte nach wir vor auf mich.

Die zweite Zahl rastete ein.

Lucille lächelte kalt. »Dumme Situation, Corner, nicht wahr? Ich gebe Ihrer Partnerin noch höchstens zehn Minuten.«

Auf meiner Stirn hatte sich ein dicker Schweißfilm gebildet. Tu doch was! schrie es in mir.

Lucille wählte die dritte Zahl.

Verdammt, bei mir riß endgültig der Faden. Mit beiden Händen stützte ich mich auf die Couch.

»Sitzen bleiben!« schrie die Frau.

»Sie werden nervös«, sagte ich kalt. Langsam schraubte ich mich in die Höhe.

Lucille Latour schoß. Ihre Kugel zirpte haarscharf an meinem Kopf vorbei und blieb irgendwo in der Wand stecken.

»Das nächste Mal treffe ich«, drohte Lucille.

Mit der linken Hand wählte Lucille langsam die vierte Zahl.

Noch zwei Zahlen, und Rossini würde abheben.

Meine Gedanken kreisten nur um Susan. Verdammt, ich mußte sie retten. Egal, wie.

»Ehe Sie die letzte Zahl gewählt haben, müssen Sie mich erschießen, Miß Latour«, sagte ich leise. »Aber eines verspreche ich Ihnen, ich finde immer noch Zeit genug, Sie ebenfalls mit auf die lange Reise zu nehmen.«

Ich ging um den niedrigen Couchtisch.

»Ich habe Ihnen doch gesagt, Sie sollten stehenbleiben, Corner!«

Hastig wählte Lucille die fünfte Zahl.

Noch eine Nummer, dann . . .

»Idiot!« schrie Lucille plötzlich und drückte ab.

Wie ich so reagieren konnte, weiß ich heute selbst nicht mehr. Auf jeden Fall lag ich flach auf dem Teppich, und über mir zischte der tödliche Gruß hinweg.

Das folgende ging in Sekundenschnelle.

Zum Glück war Lucille doch nicht so abgebrüht.

Anstatt auf mich zu schießen, wählte sie die letzte Zahl.

Wie in Großaufnahme sah ich Lucilles Beine vor mir.

Die Knöchel packen und ziehen war eins. Aufschreiend ging die Frau zu Boden.

Aus den Augenwinkeln sah ich, daß sie die Beretta krampfhaft festhielt.

Ich verlor nicht eine Zehntelsekunde.

Noch auf dem Boden liegend, riß ich den Arm hoch und schlug mit der flachen Hand auf die Telefongabel.

Dann warf ich mich wieder herum.

Gerade noch rechtzeitig, um zu sehen, wie Lucille Latour die Beretta mit verzerrtem Gesicht in meine Richtung schwenkte.

Mein Rundschlag fegte ihr das Mordinstrument aus der Hand.

»Du mieser Bastard«, keuchte Lucille, rollte sich um die eigene Achse, kam auf die Füße und griff nach dem schweren Kristallascher auf dem Tisch.

Lucille war nicht schnell genug.

Mit einem Sprung war ich bei ihr, hebelte den Arm zur Seite und nahm ihr das Wurfgeschoß aus der Hand.

»Na, na«, grinste ich spöttisch, »so etwas tut doch keine Lady.«

»Geh zur Hölle«, fauchte Lucille.

Vergeblich versuchte sie, sich aus meinem Griff zu befreien.

Mit einem Ruck warf ich die Frau auf die Couch. Der Sari wurde jetzt durch gar nichts mehr gehalten.

Lucille bemerkte es und riß den Gürtel wieder um ihre Taille. Ihr Gesichtsausdruck erinnerte mich an den einer Raubkatze. Fehlten nur noch die fletschenden Zähne.

Mit dem Taschentuch umfaßte ich die Beretta und verstaute sie in meiner Jackentasche.

Ich setzte mich kurzerhand auf den Couchtisch. »So, Miß Latour, jetzt wollen wir uns mal vernünftig unterhalten.«

»Sie kotzen mich an, Corner«, giftete Lucille und wandte mir demonstrativ den Rücken zu.

»Würde ich mir nie erlauben«, entgegnete ich grinsend.

Die Salonbesitzerin schwieg.

»Aber Spaß beiseite, Miß Latour«, sagte ich mit scharfer Stimme. »Packen Sie aus.«

Lucille wandte sich wieder um. Sie verzog die Mundwinkel. »Was wollen Sie eigentlich von mir? Was heißt hier überhaupt auspacken?«

»Das Unschuldige steht Ihnen nicht«, erwiderte ich trocken. »Ich möchte alles über Ihren neuen Freund wissen, vor allen Dingen interessiert mich sein Haus in Maywood.«

»Fragen Sie ihn doch selbst, Corner. Aber lassen Sie mich mit dem albernen Quatsch in Ruhe.«

»Ich begreife Ihre Unvernunft nicht, Miß Latour. Sie haben heute am Tag schon einen Mord und einen Mordversuch begangen. Wissen Sie gar nicht, in welcher Lage Sie sich befinden?«

»Sie werden langweilig, Corner. Welchen Mord soll ich denn begangen haben, offiziell natürlich? Sicher, Ihnen habe ich es erzählt. Es stünde vor Gericht Aussage gegen Aussage. Und was den Mordversuch angeht«, Lucille winkte lässig ab, »da werde ich sagen, daß Sie einfach meine Wohnung betreten haben und ich Sie für einen Einbrecher hielt.«

»Gar nicht schlecht ausgedacht«, gab ich zu. »Allerdings hat Ihre Rechnung einen Fehler.«

»Welchen?«

»Ich bin im Besitz Ihrer Beretta, Miß Latour. Und Sie glauben doch wohl, daß unsere Experten feststellen können, aus welcher Waffe die Kugel abgefeuert wurde, die Jim Fletcher getötet hat.«

Lucille Latour wurde nach meinen Worten nachdenklich.

»Geben Sie mir eine Zigarette«, sagte sie nach einer Weile.

Ich tat ihr den Gefallen und zündete mir selbst auch eine an.

Lucille rauchte in langen Zügen. Ab und zu blickte sie mich an und verzog die Mundwinkel.

»Entscheiden Sie sich«, unterbrach ich die Stille. Die Zeit brannte mir auf den Nägeln. Ein Blick auf die Uhr zeigte mir, daß es schon Nachmittag war.

»Wie soll ich Ihre letzte Bemerkung verstehen, Mr. Corner?«

Aha, die Lady sagte schon wieder Mister.

»Ganz einfach«, lächelte ich. »Ob Sie zwanzig Jahre absitzen oder ein paar weniger.«

»Da kommt es hinterher auch nicht mehr darauf an«, erwiderte Lucille verächtlich.

»Sagen Sie das nicht, Miß Latour. Ich könnte mir vorstellen, daß einer Frau, die derartigen Luxus gewohnt ist wie Sie, die Zeit doppelt so lang vorkommt. Wissen Sie überhaupt, wie es in einem Zuchthaus aussieht, Miß Latour? Tagtäglich...«

»Hören Sie auf«, unterbrach mich Lucille. »Was wollen Sie wissen?«

»So verstehen wir uns schon besser.«

Mir fiel wirklich ein Stein vom Herzen. Endlich konnte ich gezielt vorgehen.

»Sie kennen das Haus in Maywood?«

»Ja.«

»Dann geben Sie mir eine Beschreibung. Oder noch besser, fertigen Sie eine Skizze an.«

Lucille Latour überlegte. »Okay. Bringen Sie mir Papier und

Bleistift. Beides finden Sie in der obersten Schublade der Vitrine.«

Ich holte die Sachen.

Lucille Latour zeichnete. Ich ließ ihr Zeit.

Gedankenfetzen schossen mir durch den Kopf. Was war, wenn wir Susan nicht in diesem Haus fanden? Ich durfte gar nicht daran denken.

»So, fertig«, sagte Lucille und schob mir die Zeichnung zu.

Die Skizze zeigte den Grundriß eines Hauses, wie es die Amerikaner zu Dutzenden besaßen.

»Ich habe nur die Räume in der unteren Etage eingezeichnet«, erklärte Lucille. »Ich weiß nur, oben haben die Mädchen ihre Zimmer. Dort hat es mich nie hingezogen.«

»Und was ist mit dem Keller?«

Lucille zuckte mit den Schultern. »War auch uninteressant für mich.«

Schade, gerade der Keller wäre für mich von Bedeutung gewesen. Ich hatte nämlich schon einen Plan. Aber davon später.

Ich betrachtete mir die Zeichnung genauer. Die untere Etage war gebaut wie ein Hotelflur. Insgesamt zählte ich acht Türen, die jeweils rechts und links des Flures abzweigten.

Lucille Latour hatte die einzelnen Räume beschriftet. Dort war zum Beispiel das größte Zimmer mit der Bezeichnung: *Roter Salon* versehen. Ferner gab es noch einen *Blauen Salon*, und vor allen Dingen Schlafzimmer. Arbeitszimmer wäre der richtige Ausdruck gewesen.

Lucille hatte auch die nähere Umgebung beschrieben. Sie hatte mit ein paar Strichen einen Wald markiert oder Felder eingezeichnet. Alles in allem eine sehr gelungene Skizze.

Ich steckte die Zeichnung ein.

»Und nun, Mr. Corner?« fragte die Salonbesitzerin.

Ich sah Lucille an. »Wir werden gemeinsam eine kleine Fahrt unternehmen, ins FBI-Building. Sie werden in Untersuchungshaft kommen.«

Lucille nickte. »Das war mir klar. Sie gestatten, daß ich mich umziehe.«

»Selbstverständlich.«

Lucille Latour stand langsam auf. In ihren Augen las ich etwas, das ich nicht deuten konnte.

»Machen Sie keinen Ärger«, warnte ich.

»Bestimmt nicht, Mr. Corner.« Sie sagte es in einem sehr komischen Ton. Ich wurde immer mißtrauischer.

»Mehr als fünf Minuten gebe ich Ihnen nicht, Miß Latour.«

»Soviel brauche ich noch nicht einmal.«

Lucille verschwand im Badezimmer.

Ich sah mir währenddessen noch mal die Skizze an.

Plötzlich durchzuckte mich ein Gedanke. Hatte eine Frau neuerdings ihre Kleidung im Badezimmer? Unmöglich.

Ich sprang auf. Flitzte in die kleine Diele.

»Miß Latour?« rief ich.

Keine Antwort.

Plötzlich ein dumpfer Fall. Dann ein Stöhnen.

Mit einem Ruck drehte ich an dem Knauf der Badezimmertür. Verdammt, verschlossen.

Drei Schritte sprang ich zurück. Nahm Anlauf. Warf mich gegen die Tür.

Das Schloß hielt. Beim vierten Mal war das Schloß schließlich kaputt. Und meine Schulter fast auch.

Mit der Tür segelte ich in das rosagekachelte Badezimmer.

Lucille Latour lag auf dem Boden. Um sie herum hatte sich eine Blutlache ausgebreitet. Lucille hatte sich beide Pulsadern mit einer Rasierklinge aufgeschnitten. Die Klinge lag auf dem Wannenrand.

»Mr. Corner.« Es war nur der Hauch einer Stimme.

Ich beugte mich über Lucille Latour. In ihren Augen lag schon ein seltsamer Glanz. So sahen die Augen eines Sterbenden aus.

Ganz dicht beugte ich mich über Lucille.

»Ich wollte nicht ins Zuchthaus«, flüsterte sie kaum verständlich. »Ich wünsche Ihnen viel Glück, Mr. Corner. Ich . . . .«

Weiter kam sie nicht mehr. Der Tod war schneller.

Behutsam drückte ich ihr die Augen zu.

In meinem Magen hatte sich ein Kloß gebildet. Ein schreckliches Gefühl.

Ich erhob mich, lehnte mich ein paar Minuten an den Türrahmen und sammelte neue Kräfte.

Dann ging ich zum Telefon.

»Heb du ab, Joe«, sagte Rossini.

Joe Fletcher gehorchte.

Er lauschte einen Moment. »Keine Verbindung, Boß.« Er hielt Rossini den Hörer hin.

Der winkte ab. »Wird sich wohl irgendein Dämlack verwählt haben.«

»Sicher, Boß. Wird wohl«, echote Fletcher und legte den Hörer wieder auf.

Auch am späten Nachmittag hatte es sich noch nicht abgekühlt. Im Gegenteil.

Jetzt stand die Hitze wie eine unsichtbare Wand zwischen den Häuserschluchten der Chicagoer City.

Der Verkehr wurde unübersehbar. Wer eben Zeit hatte, fuhr an diesem Freitag zu einem der zahlreichen Freibäder am Lake Michigan oder suchte Abkühlung bei einer Segelpartie.

Abkühlung. Die hätte ich auch gebrauchen können.

Statt dessen hockte ich in Lucilles Apartment, wischte mir den ununterbrochen laufenden Schweiß aus dem Gesicht und wartete auf unsere Spurenexperten, die ich angerufen hatte. Ein Krankenwagen war auch unterwegs. Bald würde die schöne Lucille in einer Zinkwanne davongetragen werden.

Ich hatte die Wohnung kurz durchsucht, aber nichts Interessantes gefunden. Außer ein paar Bildern vielleicht, die jedoch nur Lucille Latour und Gil Rossini in trautem Beisammensein zeigten. Ich dachte an Susan. Würden wir sie in Maywood noch lebend finden?

Die Ankunft meiner ehemaligen Kollegen riß mich aus den sorgenvollen Gedanken.

»Cliff, Sie möchten sofort ins FBI-Building fahren«, bestellte mir der Leiter der Expertengruppe.

»Das hatte ich sowieso vor.« Ich machte noch einige Angaben zu Lucille Latours Tod, gab die Beretta zur Untersuchung ab, stieg in meinen roten Flitzer und kroch, bei dem Verkehr nicht anders zu beschreiben, zur Clark Street.

»Mr. Corner, in das kleine Konferenzzimmer, bitte«, rief mir der Pförtner zu.

Ich dankte mit einem Kopfnicken, enterte den Lift und gondelte in die zweite Etage.

Das Konferenzzimmer glich einer Sauna. Zwei Ventilatoren brachten so gut wie keine Kühlung. Sie verteilten die feuchte Luft nur noch mehr.

An einem runden Tisch saßen Mr. Grant, FBI-Chef, Ben Sudden, Einsatzleiter, und mein Freund Tom Harris.

»Ich freue mich, daß Sie so schnell gekommen sind, Cliff.« Mit diesen Worten begrüßte mich Mr. Grant.

Ich machte Shakehands, ein paar Bemerkungen über die Hitze und schlug Tom Harris zur Begrüßung kurz auf die Schulter.

Ich holte mir einen Stuhl und setzte mich neben den FBI-Chef. Ben Sudden brachte mir eiskaltes Sodawasser. Das belebte mich ein wenig.

Dann kam ich zur Sache. Noch einmal rollte ich den Fall auf, legte Vermutungen dar und vergaß auch nicht zu erwähnen, wie sehr mir die Zeit auf den Nägeln brannte.

»Das ist uns völlig klar«, sagte Mr. Grant in seiner bedächtigen Art, »deshalb sind wir auch hier zusammengekommen, um ein gemeinsames Vorgehen zu besprechen. Wir haben dem SGS jegliche Hilfe zugesagt. Heute abend stehen uns dreißig Beamte zur Verfügung. Ben Sudden selbst übernimmt die Leitung des Einsatzes. Tom Harris kümmert sich um den technischen Ablauf. Sie sehen, Cliff, die Voraussetzungen sind optimal.«

Nach Mr. Grants Worten atmete ich tief aus. Dann wandte ich mich an Ben Sudden: »Hast du schon einen genauen Plan?«

»Nein, Cliff. Wir wollten erst deinen Bericht abwarten.«

»Das ist gut«, antwortete ich, griff in die Tasche und holte Lucilles Skizze hervor.

Interessiert sahen die drei Männer auf das Papier.

Ich erklärte die Zeichnung, so gut es ging. Als ich auf die Umgebung des Hauses zu sprechen kam, hob Tom Harris die Hand.

»Augenblick, Cliff. Wir waren auch nicht faul.«

Einer Dokumentenmappe vor ihm auf dem Tisch entnahm er einige Hochglanzfotos.

»Luftaufnahmen von Maywood«, erklärte Tom. Mit der Spitze eines Bleistiftes deutete er auf eine bestimmte Stelle. »Hier hat Rossini sein Haus. Für uns relativ günstig, da natürliche Deckungsmöglichkeiten vorhanden sind.« Tom beschrieb mit dem Bleistift einen Kreis. »Das ist ein Radius von ungefähr einer Meile. Du siehst die schraffierten Linien, Cliff. Alles Felder. Sie ziehen sich an der Nord- und Ostseite hin. Aber im Westen und Süden gibt es Mischwald, nur ab und zu unterbrochen von ein paar Wochenendhäusern.«

»Der Mischwald, das ist doch der Pelham Forest«, sagte ich. Dieser Wald wurde nach seinem Stifter Pelham benannt. Er hatte ihn damals, vor fünfzig Jahren ungefähr, der Bevölkerung zur Verfügung gestellt.

»Genau, Cliff. Der Pelham Forest wird ab neunzehn Uhr für die Allgemeinheit gesperrt sein.«

»Und die Gäste, die Rossini erwartet? Wie kommen die durch?«

»Die sind immer schon vorher da. Wir wissen es von dem Knaben, der ausgepackt hat.«

»Dann ist es okay.«

Ich ließ mir die Sache noch einmal durch den Kopf gehen. Wie es aussah, waren die Voraussetzungen sehr gut.

Ich wandte mich an Ben Sudden. »Ich habe mir da etwas ausgedacht, Ben. Es ist doch klar, daß wir keinen direkten Angriff riskieren können. Immerhin befindet sich Susan Taylor aller Wahrscheinlichkeit nach in den Händen dieser Gangster. Und eben deshalb werde ich versuchen, allein in das Haus einzudringen. Die Skizze kenne ich ja.«

»Können Sie sich auf diese Zeichnung verlassen?« fragte Mr. Grant.

»Ich muß es, Sir.«

»Was ist mit den Alarmanlagen? Sind die eingezeichnet?« Ben Sudden stellte diese Fragen.

»Nein, sie sind es nicht«, gab ich etwas ärgerlich zurück. »Es gibt genug Unsicherheitsfaktoren, das gebe ich zu. Trotzdem halte ich meinen Plan für die einzig konkrete Möglichkeit, Susan da herauszuholen.«

Nach meinen Worten trat eine nachdenkliche Pause ein.

Mr. Grant brach als erster das Schweigen. »Gut, Cliff. Wir werden Ihren Vorschlag akzeptieren.«

»Danke, Sir.«

Ben Sudden sah mich zwar noch zweifelnd an, nickte aber dann.

Tom Harris kniff mir lächelnd ein Auge zu.

Ich war froh, daß ich diese Kameraden hatte. Ja, auch Mr. Grant zählte ich dazu. Er war früher immer mehr ein Kamerad als Chef zu uns gewesen. Das hatte sich auch bis heute nicht geändert.

Ben Sudden hatte sich inzwischen schon über die Fotos gebeugt. Er markierte markante Punkte und nickte ein paarmal. Dann sah er Mr. Grant an. »Nach meinen Berechnungen müßten wir in einer Stunde unterwegs sein. Ich werde den einzelnen Gruppenführern jetzt Bescheid geben. Als Bewaffnung schlage ich noch Maschinenpistolen und Tränengas vor.«

Mr. Grant nickte. »Einverstanden.«

Ben Sudden ging.

»Ich fahre mit meinem Mustang«, wandte ich mich an den FBI-Chef.

Mr. Grant lächelte. »Wieder wie in alten Zeiten, Cliff?«

»Fast, Sir. Damals hatte Tom noch nicht sein steifes Bein.«

»Hör doch auf, dir immer noch Vorwürfe zu machen«, knurrte Tom mich an, »sonst gibt's Hausverbot.«

Mr. Grant löste unsere kleine Konferenz auf.

Tom und ich fuhren in die FBI-Kantine. Ich gab zwei Orangensäfte aus.

»Kommt Mr. Grant auch mit?« fragte ich meinen Freund.

»Ja, Cliff. Er will persönlich dabeisein, wenn es Rossini an den Kragen geht.«

Die Herren kamen einzeln. Doch innerhalb einer halben Stunde hatte sich der kleine Parkplatz vor Rossinis Haus gefüllt. Man sah nur Wagen der Luxusklasse. Geld spielte ja keine Rolle.

Gil Rossini empfing jeden Gast persönlich.

Man versammelte sich in der kleinen Diele.

Rossini ließ Champagner servieren.

»Ich hoffe, Gentlemen, es wird für Sie ein angenehmer Abend«, sagte er lächelnd und hob sein Glas.

Man trank sich zu.

Nach dem dritten Glas wurde die Atmosphäre gelockert. Ein kleiner Dicker mit Glatzkopf und Froschaugen schrie schon nach Mädchen.

Gil Rossini hob die Hand. »Beruhigen Sie sich, Gentlemen. Ich habe zwei Überraschungen für Sie.«

Ein allgemeines »Ah« und »Oh« verriet die Erwartung.

»Raus mit der Sprache, Gil. Welche Überraschungen?«

Rossini lächelte süffisant. »Es wird heute abend für Sie jemand tanzen. Einen Strip, wie Sie ihn schärfer nicht finden. Auch nicht in Paris oder Tokio.«

»Wer ist dieser Jemand?«

Rossini machte eine kleine Kunstpause. Dann sagte er nur: »Lucille Latour.«

Beifall klang auf. »Endlich kriegen wir die auch mal nackt zu sehen. Cheerio.«

Die Männer gebärdeten sich wie toll.

Nur Rossini blieb ruhig, um nicht zu sagen, zu ruhig. Aber diese Ruhe war nur gespielt. Innerlich kochte er. Lucille Latour hätte schon längst da sein müssen. Zweimal hatte er schon bei ihr angerufen. Es wurde allerdings nicht abgehoben. Rossini nahm an, daß seine Freundin unterwegs war. Von ihrem Tod konnte er nichts wissen.

»Die zweite Überraschung«, grölte der Glatzkopf.

»Einen Moment, Gentlemen.«

Rossini klatschte in die Hände. Einer seiner Leute kam herein. Er hielt fünf große Briefumschläge in der Hand. Jeder der Umschläge war mit dem Namen des betreffenden Empfängers versehen. Rossini verteilte die Umschläge persönlich.

»Was ist denn da drin?« wurde er bedrängt.

»Lassen Sie sich überraschen. Ich bitte, die Umschläge jetzt zu öffnen.«

»Vielleicht eine neue Variante des Pfänderspiels«, sagte einer und lachte.

Wenn du wüßtest, dachte Rossini.

Die Männer hatten die Umschläge geöffnet. Fotografien fielen heraus, gestochen scharf. Jedes Detail erkennbar.

Die Männer sahen sich die Bilder an.

»Aber — aber, das sind ja wir«, stotterte ein Schnellschalter.

»Richtig, Gentlemen. Sie haben es erfaßt. Die Herren auf den Fotos sind Sie. Und die Damen kennen Sie natürlich auch. Sie haben Ihnen ja manch schöne Stunde bereitet. Sehen sie, Gentlemen, für diese Fotos werden Sie zahlen.« Rossinis Stimme klang plötzlich nicht mehr verbindlich. »Hunderttausend Dollar, natürlich jeder von Ihnen.«

Der Glatzkopf meldete sich zuerst. »Sind Sie übergeschnappt, Rossini?« brüllte er. »Einen Dreck werden wir tun!«

»Jawohl, Morris hat recht«, riefen alle durcheinander.

»Haltet die Schnauze!« peitschte Rossinis Stimme. »Ich bin am Drücker, merken Sie sich das. Sie brauchen nicht zu zahlen. Dann aber werden die Abzüge, die noch in meinem Besitz sind, einmal an Ihre Ehefrauen gehen, und die Presse wird sich auch darüber freuen. Nun, was sagen Sie jetzt?«

Betretenes Schweigen.

Morris, der Glatzkopf, übernahm wieder die Initiative. »Wann wollen Sie das Geld haben, Rossini?«

»Am nächsten Dienstag.«

»Welche Garantie haben wir, daß Sie uns nicht übers Ohr hauen?«

»Gar keine. Sie müssen meinen Worten schon Glauben schenken.« Rossini lachte auf. »So, Gentlemen, dann können wir ja zum vergnügten Teil des Abends übergehen.«

Wie auf Kommando öffnete sich die Tür, und vier leichtbekleidete Mädchen liefen auf die Männer zu.

Doch die ehrenwerten Herren hatten keine Lust. Durchaus verständlich.

Gil Rossini hatte klammheimlich den Raum verlassen. Auf dem Flur traf er Joe Fletcher.

»Ist Lucille schon hier?« fragte Rossini nervös.

»Nee, Boß.«

»Scheiße. Wenn ich die in die Finger kriege.«

»Ob was passiert ist, Boß?«

»Mal den Teufel nicht an die Wand, Joe.« Rossini steckte sich eine Zigarette zwischen die Lippen. »Wann nimmst du dir die Taylor vor, Joe?«

»Gleich, Boß.«

Rossini nickte. »Okay, dann geh' ich schon vor. Ich habe es mir anders überlegt. Das mit dem Spiegel ist Quatsch. Ich möchte dabeisein. Und notfalls eingreifen, Joe.«

Rossini lachte meckernd.

»Die Kerle sind schon da«, sagte May leise und blickte Susan an. May hatte recht. Gedämpfte Stimmen und Gelächter drang an Susans Ohr.

Meine Partnerin schluckte. »Dann wird Fletcher ja auch bald kommen«, sagte sie dumpf.

»Das sagst du so gleichgültig«, wunderte sich May. »Ist dir auf einmal alles egal?«

Susan lächelte. »Das nicht, May. Aber warum soll ich in Panik verfallen? Gewisse Leute hätten dann ihren Spaß. Und gerade das Vergnügen will ich ihnen nicht gönnen.«

»Nerven hast du«, stöhnte May.

Die beiden Frauen hörten Schritte. Dann wurde die Tür aufgeschlossen. Mit schmierigem Grinsen betrat Joe Fletcher den Raum. Sein Beil hatte er mit einer Beretta vertauscht.

»Es ist soweit, Süße«, sagte Fletcher hämisch.

Susan, die bis jetzt auf der Liege gesessen hatte, stand auf. Langsam ging sie auf Fletcher zu. »Glauben Sie, daß Sie Spaß mit mir haben werden?« fragte Susan kokett und vollführte einen gekonnten Augenaufschlag.

May, die die Szene mitbekam, blieb vor Staunen der Mund offenstehen.

»Wirst wohl schon heiß, was?« Fletchers linke Hand legte sich besitzergreifend auf Susans Schulter.

Widerstandslos ließ sich meine Partnerin näher ziehen. Mit dem linken Auge schielte sie auf die Beretta. Fletcher dachte gar nicht mehr an seine Waffe. Der Lauf zielte an Susan vorbei.

Susan handelte.

Von unten her schoß ihre Faust hoch und kollidierte mit Fletchers Handgelenk. Die Wucht des Schlages reichte aus, um die Beretta durch die Luft fliegen zu lassen.

Fletcher heulte auf. Susan ließ ihn erst gar nicht zum Nachdenken kommen. Mit einem gekonnten Judogriff hebelte sie den Gangster über ihre Schulter auf den Boden.

Fletcher fluchte wild.

Susan fuhr herum. Wo war die Beretta?

»Falls Sie nach der Waffe Ausschau halten, Miß Taylor, möchte ich Ihnen raten, die Suche aufzugeben. Wenn nicht, wären die Folgen für Sie tödlich.«

Wie zur Salzsäule erstarrt, blieb Susan stehen. Nadelstichen gleich drangen die Worte in ihr Gehirn.

Aus. Vorbei.

Langsam wandte meine Partnerin den Kopf.

Am Türrahmen lehnte ein schwarzhaariger, braungebrannter Mann. In seiner Hand lag ein Smith and Wesson. Ein spöttisches Lächeln kräuselte seine Mundwinkel.

»Gil Rossini?« fragte Susan schwer atmend.

»Ich bewundere Ihren Scharfsinn, Miß Taylor. Außerdem freue ich mich, daß mein Name schon bis zu Ihnen vorgedrungen ist.«

»Jedoch nur in Verbindung mit negativen Sachen«, konterte Susan.

Joe Fletcher, der die Szene vom Boden aus mit angesehen hatte, erhob sich fluchend. Wütend packte er seine Waffe.

»Ich mach' dich kalt«, fuhr er Susan haßerfüllt an.

»Schnauze«, zischte Rossini, »deine Versprechungen kennen wir inzwischen.«

»Wart's ab, Boß.«

»Lange habe ich keine Zeit, du Esel.«

Rossini wandte sich wieder an Susan. Seine Augen tasteten ihren Körper von oben bis unten ab. Meine Partnerin kam sich vor wie ein Stück Schlachtvieh.

»Wenn der Inhalt hält, was die Verpackung verspricht, bin ich zufrieden«, meinte Rossini anerkennend. Dann gab er Joe Fletcher ein Zeichen.

Fletcher grinste und stieß Susan den Pistolenlauf in die Seite. »Setz dich in Bewegung, Puppe. Das Spielchen beginnt.«

Die beiden Männer brachten Susan nach unten in den roten Salon.

Wie der Name schon sagt, herrschte hier nur die Farbe Rot.

Rot war die Decke auf dem französischen Bett. Rot auch die Sessel. Genau wie die langen Stores vor den Fenstern. Natürlich gab es auch rotgehaltene Tapeten, einen roten Teppich und indirekte rote Beleuchtung.

Kurzum: eine Atmosphäre wie in einem Kitschfilm.

Fletcher deutete auf einen der Sessel. »Setz dich, Puppe.«

Susan gehorchte.

Fletcher nahm ihr gegenüber Platz.

Zwischen den beiden stand ein kleiner quadratischer Tisch mit Schachbrettmuster.

Gil Rossini lehnte sich gegen die Wand. Aber so, daß er Susan im Auge behielt. Seinen Smith and Wesson ließ er nicht aus den Fingern.

»Die Karten, Joe«, erinnerte er Fletcher.

»Sicher, Boß.«

Fletcher steckte die Pistole weg, holte sein Beil hervor und legte es auf die Sessellehne.

»Für alle Fälle«, grinste er zynisch.

Dann zog er eine kleine Schublade auf, die sich unter dem Tisch befand.

Joe Fletcher griff in die Lade.

Langsam, fast genußvoll holte er ein Kartenspiel hervor.

Es war ein nagelneues Spiel. Die Banderole klebte noch um die Karten.

In dem Raum herrschte eine gespannte Stille.

Mit einem Ruck riß Fletcher die Banderole entzwei.

Das Geräusch klang wie ein Signal.

»Anfangen!« befahl Rossini mit gefühlloser Stimme. Er wandte sich an Susan. »Du kennst doch das Spiel, oder?«

Nichts war mehr von der zur Schau getragenen Verbindlichkeit geblieben. Jetzt zeigte sich Rossinis wahres Gesicht.

»Ungefähr«, antwortete Susan heiser.

»Macht nichts, du verlierst doch«, lachte Rossini. »Wenn du das Spiel überstanden hast, werde ich mich mit dir beschäftigen. Du kannst mir glauben, ich habe noch keine Frau enttäuscht.«

Susan gab keine Antwort. Sie wollte den Mann nicht noch mehr reizen.

Fletcher mischte die Karten. Seine flinken Finger verrieten Routine.

Der Gangster teilte die Karten einzeln aus. »Kaufen brauchst du keine. Wer das bessere Blatt kriegt, hat gewonnen.«

Fünf Karten lagen vor Susan.

»Deck auf«, sagte Fletcher.

Langsam drehte Susan die Karten um. Sie hatte Glück. Drei Könige, eine Acht und eine Sieben.

Fletcher hatte nur ein Pärchen.

»Scheißspiel«, knurrte er.

»Bist wohl nicht in Form?« lachte Rossini.

»Abwarten.«

Die erste Runde hatte Susan gewonnen. Eine kurze Galgenfrist.

»Jetzt gibst du«, sagte Fletcher.

Susan mischte langsam. Jede Sekunde bedeutete Aufschub.

»Beeil dich«, forderte Rossini.

Susan ließ sich nicht beirren. Ruhig gab sie die Karten. Wer würde diesmal gewinnen?

Jetzt deckte Fletcher seine Karten zuerst auf. »Full-House«, rief er.

Das war Pech. Bedächtig legte Susan ihre Karten um.

Sie hatte gar nichts. Nicht einmal ein Paar.

Fletcher bekam große Augen, als er das sah. »Sie hat verloren, Boß.«

»Ausgezeichnet. Den Pullover, Miß Taylor, müssen Sie leider zur Strafe abgeben.« Rossinis Stimme triefte vor Hohn.

Susan atmete tief durch. Was sollte sie tun? Es hatte keinen Sinn, sich zu weigern. Anders hatte sie immerhin noch eine winzige Chance.

»Ich warte nicht gern«, sagte Rossini.

Als Susan den Saum ihres Pullovers anfaßte, wurde ihr erst bewußt, wie sehr sie sich schämte. Ja, die mit allen Wassern gewaschene SGS-Agentin schämte sich wie eine Schülerin in der Pubertät.

Hastig streifte Susan den Pullover über den Kopf. Nur keine aufreizenden Bewegungen. Dann warf sie den Pulli auf den Boden. Fletcher pfiff durch die Zähne. Sein Blick saugte sich förmlich an Susans knappem BH fest.

»Hat die Perle Holz vor der Hütte«, flüsterte er beinahe andächtig.

»Das ist nicht zu bestreiten« gab auch Rossini zu. Er machte noch ein paar schmutzige Bemerkungen über Susans Körper.

Susan hörte gar nicht hin. Sie schaltete ihre Ohren auf Durchzug.

»Dann wollen wir mal weiterspielen«, grinste Fletcher. »Diesmal geb' ich wieder.«

Er konnte seinen Blick nicht von Susans Körper lösen. Fletcher wurde sogar so nervös, daß ihm die Karten aus der Hand fielen.

Rossini wurde sauer. Mit einem Ruck stieß er Fletcher mitsamt Sessel um. »Das wird dich wohl wieder zur Vernunft bringen«, zischte er.

Knurrend kam Fletcher auf die Füße, pflanzte sich in den Sessel, legte sein Beil zurecht und gab, ohne zu mischen.

Susan gewann das Spiel. Auch die nächsten beiden.

Lange würde sie das nicht mehr durchhalten. Sie fühlte die Blicke der Männer förmlich auf ihrem Körper brennen. Mein Gott, wenn doch Cliff da wäre.

Wieder gewann Susan ein Spiel.

»Die Glückssträhne ist mir schon beinahe unheimlich«, knurrte Fletcher.

»Quatsch nicht. Mach weiter«, fauchte Rossini. Er wischte sich ununterbrochen mit dem Handrücken den Schweiß von der Stirn. Doch seine Waffe zeigte nach wie vor auf Susan.

Wieder deckte Susan ihre Karten auf. Vier Damen.

Fletcher verzog das Gesicht. Dann drehte er seine Karten um. Ein As. Noch ein As. Die dritte Karte... ebenfalls ein As.

Fletcher biß sich vor Erregung in die Lippen.

Die vierte Karte.

Eine Neun.

Fletcher fluchte.

Noch eine Karte lag umgedreht auf dem Tisch. Mit zitternden Fingern griff Fletcher danach. Was würde sie bringen?

Ein As. Das vierte. Fletcher hatte gewonnen.

»Darf ich um den Rock bitten?« fragte Rossini schleimig.

Was blieb Susan anderes übrig? Auch dieses Kleidungsstück fiel. Susans knapper Slip verdeckte gerade das Notwendigste.

»Komm her.« Rossini winkte mit dem Finger.

Langsam stand Susan auf. In ihr war auf einmal eine völlige Leere. Wie ein Roboter ging sie auf den Gangsterboß zu.

Zu ihrem Erstaunen faßte er sie nicht einmal an. Er ließ Susan nur ein paarmal hin und her gehen.

»Du hast wirklich eine Figur, um die dich manche Hollywoodschönheit beneiden würde«, flüsterte Rossini erregt. Dann befahl er mit rauher Stimme: »Setz dich und spiel weiter.«

Susan gehorchte.

Sie trug noch ihren BH und den knappen Slip. Es war nur eine Frage von Minuten, bis auch diese beiden Kleidungsstücke fallen würden.

Und dann...

Es klappte alles wie am Schnürchen.

Die Wagen mit den G-men standen gut getarnt in den Wäldern und warteten auf ihre Einsatzbefehle. Selbst die Bewohner der Wochenendhäuser merkten nichts von unserer Aktion.

Ben Sudden und ich standen zusammen. Wir besprachen letzte Einzelheiten. Ich hatte mir vorsichtshalber noch ein Walkie-Talkie genommen. Es stellte für mich die Verbindung zu den FBI-Beamten her.

Ben Sudden drückte mir die Hand. »Also dann, Hals- und Beinbruch, Cliff. Solltest du dich innerhalb einer halben Stunde nicht melden...«

»... werdet ihr ohne mein Zeichen eingreifen«, vollendete ich den Satz. »Ich hoffe aber, dazu wird es nicht kommen.«

Ich tigerte los.

Die schwüle Luft trieb mir den Schweiß aus allen Knopflöchern. Es roch nach Gewitter.

Nach etwa zehn Minuten hatte ich ein kurzes Waldstück durchquert. Ich ging hinter einem Baumstamm in Deckung und peilte die Lage.

Rossinis Haus lag wie in Großaufnahme vor mir. Es war einstöckig und mit einem schrägen Dach versehen. Auf einem Miniparkplatz entdeckte ich einige Wagen der gehobenen Luxusklasse.

Wie sollte ich die Burg stürmen?

Auf jeden Fall ungesehen, deshalb wollte ich durch den Keller. Aber wie da reinkommen? Außerdem quälte mich noch eine Frage. Hatte Rossini Wachen aufgestellt?

Soweit ich bisher sah, nicht. Trotzdem, Vorsicht ist besser, als hinterher im Sarg zu liegen.

Geduckt näherte ich mich dem Haus. Dann ein paar Sprünge, und ich stand neben der Eingangstür.

Probehalber drehte ich am Türknauf.

Natürlich verschlossen.

Stimmen drangen an mein Ohr.

Ich unterschied zwischen erregten Männerstimmen und Frauenlachen. Da drinnen schien ja allerhand los zu sein.

Sollte Susan etwa auch...? Ich durfte gar nicht daran denken.

Ich versuchte, durch eines der unteren Fenster zu peilen.

Negativ.

Dicke Vorhänge versperrten mir die Sicht.

Das Haus war nicht sehr lang. Mit einigen Schritten gelangte ich an die Hausecke und schlich vorsichtig zur Rückseite.

Wie ich es mir gedacht hatte. Ein Aufpasser.

Er hockte auf einem kleinen Klappstuhl, nuckelte an einer Büchse Bier und schien mit sich und der Welt zufrieden.

Das würde ich bald ändern.

Deckungsmöglichkeiten gab es keine. Hinter dem Grundstück begannen Felder und Wiesen.

Ich mußte es eben anders versuchen.

Mit dem .38er in der Hand schob ich mich, eng an die Hauswand gepreßt, vorwärts. Die Distanz zu dem dösenden Aufpasser betrug etwa zehn bis fünfzehn Yard.

Jetzt sah ich auch die Maschinenpistole, die über seinen Knien lag. Nicht gerade angenehm. Der Wärter hatte seine Dose Bier leergetrunken. Mit einem Fluch schmiß er sie ins Gelände. Typischer Fall von Umweltverschmutzung.

Bis auf fünf Yard hatte ich mich schon dem Knaben genähert, als er mich entdeckte.

Blitzschnell packten seine Hände die MPi.

»Wenn du die Knarre auch nur eine Winzigkeit bewegst, pokerst du mit den Engeln«, drohte ich und überwand auch die restliche Distanz.

Stocksteif blieb der Wärter sitzen.

»So ist es gut«, lobte ich ihn. »Nimm deinen Engelmacher und lege ihn auf den Boden. Aber hübsch vorsichtig, damit er nicht von selbst losgeht.«

Zähneknirschend gehorchte der Überrumpelte.

Ich tastete ihn kurz ab, fand jedoch keine weiteren Waffen.

»Und nun folgt Onkel Corners Fragestunde!« Die Mündung meiner Waffe drückte leicht gegen seinen Hals.

Der Kerl zuckte zusammen. »Corner?« echote er.

»Ganz recht. Anscheinend hat sich mein Name schon rumgesprochen. Bestimmt hat meine Partnerin für die Reklame gesorgt. Übrigens, in welchem Zimmer steckt sie überhaupt?«

Keine Antwort.

Ich sah mir den Typ genauer an.

Er war hager und besaß ein eingefallenes Gesicht, in dem die dicken Lippen wie ein Fremdkörper wirkten. Am auffälligsten war sein großer Adamsapfel, der nervös auf und ab hüpfte.

»Ich habe dich etwas gefragt, Mann.«

»Suche deine Klunte doch selbst, Corner.«

»Das tu ich auch. Aber vorher erzählst du mir, wo ich sie finden kann, damit ich nicht soviel Arbeit habe.«

»Leck mich . . .«

»Aber, aber.« Ich gab ihm eine Ohrfeige. Seine Wange lief rot an.

Ich beugte mich vor. Mit der linken Hand packte ich seinen Hemdkragen.

Der Kerl schnappte nach Luft. »Okay, Corner. Sie haben gewonnen.«

Ich ließ ihn los. »Noch mal von vorn. Wo befindet sich Susan Taylor?«

»Im *Roten Salon*.«

Das war günstig. Von der Skizze wußte ich, wo der *Rote Salon* lag. Ich fragte weiter. »Hast du die Hausschlüssel?«

»Ja.«

»Gib sie her.«

Der Wärter holte ein Bund mit drei Schlüsseln aus der Hosentasche.

Einer war für die Eingangstür, ein anderer für die Kellertür, und mit dem dritten konnte man die Hintertür aufschließen. Den brauchte ich.

Außerdem befand sich die Hintertür nur zwei Yard von mir entfernt.

Ich ließ den Schlüssel verschwinden.

»Wie viele deiner Kumpane sind noch im Haus?«

»Einer.«

»Versuch nicht, mich anzulügen.«

»Ich lüge nicht. Es sind nur noch Joe Fletcher und der Boß da.«

Ich nickte. »Und wie heißt du?«

»Eddy.«

»Was ist mit den Besuchern, Eddy?«

»Die bumsen mit den Puppen.«

Wunderbar. Von dort drohte mir auch keine Gefahr.

Ich sah Eddy an. Ich mußte ihn ausschalten.

Eddy hockte noch immer wie ein Häufchen Elend auf seinem Klappstuhl.

»Steh auf!« befahl ich.

Zitternd gehorchte Eddy. »Du willst mich doch nicht umlegen, Corner?« bibberte er. »Das kannst du doch nicht machen.«

Eddy bettelte weiter.

Ich legte ihm Handschellen an, die ich mitgebracht hatte, und knebelte ihn, damit er keinen Krach schlagen konnte.

Ich klaubte mir Eddys Maschinenpistole, nahm den passenden Schlüssel und schloß vorsichtig die Hintertür auf.

Ich gelangte in eine halbdunkle, muffig riechende Diele. Ein schlauchartiger Gang führte ins Innere des Hauses. Neben dem Gang wand sich eine Treppe in die obere Etage.

Geräuschlos tastete ich mich vor.

Je weiter ich kam, um so lauter wurden die Stimmen der ›feiernden‹ Paare.

Der Gang mündete in einen breiten Flur. Ähnlich wie in einem Hotel.

Mehrere Türen zweigten ab.

Die Tür neben mir stand halb offen.

Ich wollte gerade daran vorbeihuschen, als ich mit dem linken Fuß gegen die verdammte Holzfußbodenleiste stieß. Das Geräusch kam mir vor wie ein Donnerschlag.

»Bist du es, Eddy?«

Ach du Schreck. Hinter der halb offenstehenden Tür war die Stimme aufgeklungen.

Eddy hatte mich doch reingelegt.

Na ja, nicht mehr zu ändern.

Ich brummte eine unverständliche Antwort.

»Was ist? Komm rein, Eddy.«

»Ich komme ja schon.«

Mit einem Satz sprang ich in den Raum.

Der Mann saß am Tisch und aß. Spaghetti, glaube ich. Die Nudeln blieben ihm im Hals stecken, als er mich sah.

»Guten Hunger«, wünschte ich und hob die MPi.

»Wa-was soll das denn?« stotterte er.

»Kleiner Besuch am Abend, erquickend und labend«, grinste

ich und ging auf den Burschen zu. »Falls du Eddy suchst, der schläft.«

»Verdammt.«

»Tut mir ja leid, daß deine Nudeln kalt werden, aber es geht nicht anders.«

Ich schlug mit der Handkante zu.

Unglücklicherweise fiel der Mann mit dem Kopf in die Spaghetti. Die Tomatensoße spritzte herum, und ich bekam einige Sommersprossen.

Jetzt aber nichts wie zum *Roten Salon*.

Ich huschte wieder in den Gang und zählte die Türen. Die dritte Tür, von mir aus gesehen links, das mußte der *Rote Salon* sein.

Schritt für Schritt näherte ich mich dem Zimmer.

Plötzlich wurde vor mir eine Tür aufgerissen. Eine Frau lief auf den Flur.

Ich handelte.

Meine Hand schoß vor und legte sich mit einem Griff um ihren Mund.

»Keinen Laut«, zischte ich. »Sonst sehe ich mich leider gezwungen, von meiner Waffe Gebrauch zu machen.«

Die Frau schüttelte den Kopf.

Ich faßte das als Zustimmung auf und ließ sie los.

»Ich heiße May«, keuchte die Frau. »Susan und ich waren zusammen auf dem Zimmer. Sie sind doch bestimmt Mr. Corner.«

»Erraten.«

»Ein Glück. Susan hat dauernd nach Ihnen geschrien. Ich meine natürlich bildlich gesprochen.« May faßte meinen Arm. »Kommen Sie, Mr. Corner. Ihre Partnerin befindet sich im *Roten Salon*. Sie müssen ihr helfen.«

»Das hatte ich auch vor. Aber Sie bleiben in Deckung, May. Es kann nämlich sein, daß die Luft bleihaltig wird.«

Ich schob sie wieder in das Zimmer zurück.

Mit ein paar Schritten war ich an der Tür des *Roten Salons*. Ich legte mein Ohr gegen die Füllung und lauschte.

Leise Stimmen. Dann Gelächter. Auch Susan sagte etwas.

Ich drehte den Türknauf. Es war nicht abgeschlossen.

Vorsichtig drückte ich die Tür auf. Nur einen Spalt. Ich peilte durch die Ritze.

Und was ich da sah, werde ich wohl mein Leben lang nicht vergessen ...

»Gleich bist du splitternackt«, prophezeite Joe Fletcher.

Susan glaubte ihm aufs Wort. Noch immer starrte er mit hervorquellenden Augen auf ihre nackten Brüste.

»Mach weiter, Joe«, zischte Rossini. Auch er wurde langsam nervös. Bei Susans Figur kein Wunder.

Susan selbst störte das Gerede nicht. Sie ließ alles apathisch über sich ergehen. Und doch gab es bei ihr einen Punkt, an dem Schluß war. Nach dem Kartenspiel würde Rossini sie nehmen. Susan wußte das. Aber der Typ sollte sich täuschen. Lieber sterben, dachte Susan.

Jim Fletcher verteilte schon die Karten.

Susan hatte Glück. Sie gewann das Spiel.

Wieder begann alles von vorne.

Und dann schrie Fletcher auf: »Flush! Flush«, jubelte er. »Boß, sie ist fertig.«

Hastig kam Rossini näher. »Tatsächlich ein Flush. Alles von einer Farbe. Und was haben Sie, Miß Taylor?« Rossinis Stimme triefte vor Hohn.

Susan deckte ihre Karten auf.

»Zwei Pärchen nur«, lachte Rossini, »dann ist es ja soweit. Joe, paß auf, daß sie keine Dummheiten macht. Und jetzt den Slip, Baby.«

Rossini klopfte sich eine Beruhigungszigarette aus der Packung. »Also, was ist? Runter mit dem Ding.«

Susan sah die beiden Männer an. In ihren Gesichtern war eine unbeschreibliche Gier zu lesen.

Fletcher deutete auf sein Beil. »Soll ich damit nachhelfen?«

»Nein, das brauchen Sie nicht«, antwortete Susan leise.

Gleichzeitig näherten sich ihre Hände dem Rand des Slips ...

Ich sah Susan, fast nackt, sah, wie ihre Finger den Slip berührten, entdeckte die fiebernden Lüstlinge und handelte.

Mit einem Tritt stieß ich die Tür vollends auf.

»Tut mir leid, Kameraden. Aber ich habe einen Royal Flush in der Hand!« peitschte meine Stimme.

Die drei Menschen in dem Raum zuckten wie elektrisiert zusammen.

Susan fing sich als erste. »Cliff!« rief sie erleichtert.

In diesem einen Wort lag alles, was meine Partnerin in den letzten Stunden gefühlt hatte.

Als wäre ihr Ruf ein Startsignal gewesen, überstürzten sich die Ereignisse.

Mit einem Fluch trat Joe Fletcher gegen den kleinen Tisch.

Aus den Augenwinkeln sah ich, daß Susan sich geistesgegenwärtig zur Seite warf, dann sprang mich auch schon, ungeachtet meiner Maschinenpistole, Gil Rossini an.

Wir fielen beide zu Boden.

Die MPi rutschte mir aus der schweißfeuchten Hand. Sie überstand den Fall weniger gut als wir.

Mit einem Mal orgelte das Ding los. Es war auf Dauerfeuer eingestellt und nicht gesichert gewesen.

Die Knarre tanzte einen regelrechten Twist auf dem Teppich, und Bleihummeln zwitscherten kreuz und quer durch den Raum.

Ich hatte mich platt wie die berühmte Flunder gemacht. Pulverschleim machte sich breit und reizte meine Nase.

Rossini, der nichts mehr zu verlieren hatte, riskierte es. Trotz der bleihaltigen Luft hechtete er auf die Tür zu. Wie durch ein Wunder wurde er nicht getroffen.

Au, verdammt. Und ich mußte ihm nach.

Aber auch mir war das Glück hold.

Die Bleischleuder hörte auf zu schießen.

Die Gelegenheit.

Aber Susan.

Ich konnte sie unmöglich allein lassen.

Fletcher kam hoch. In der Hand hielt er sein Beil.

Als hätte meine Partnerin Gedanken lesen können, rief sie im selben Augenblick: »Hinterher, Cliff! Mit Fletcher werde ich allein fertig.«

Hoffentlich, dachte ich und war mit einem Sprung an der Tür.

»Deine große Schnauze werde ich dir stopfen. Ein für allemal«, keuchte Fletcher.

Beide lagen sie auf dem Boden. Nur hatte sich Susan geschickt einige Schritte von dem umgestürzten Tisch weggerollt.

Susan hechtete über den Tisch und jagte Fletcher beide Fäuste in den Magen.

Wieder ging der Mann parterre. Susan ebenfalls.

Doch meine Partnerin ist eine ausgebildete Karatekämpferin. Sie hatte ihren Sprung vorher genau berechnet.

Ohne ihren Körper erst groß unter Kontrolle bringen zu müssen, nagelte Susan mit ihrer Handkante Fletchers rechten Arm fest.

Der Kerl schrie auf, ließ das Beil aber nicht los.

Susan schlug noch einmal zu.

Diesmal reichte es. Das gefährliche Mordinstrument rutschte Fletcher aus den Fingern.

»Du verdammtes Aas«, keuchte er und warf sich herum.

Mit seinem gesamten Körpergewicht warf sich Fletcher auf Susan. Meine Partnerin hatte zu spät reagiert. Sie wurde förmlich auf den Boden gepreßt.

Fletchers linke Hand drückte ihre Kehle zusammen. Seine Rechte tastete umher und fand das Beil.

Susan sah es in Fletchers Augen aufblitzen.

»Jetzt mach' ich dich alle«, geiferte Fletcher. Auf seinem haßverzerrten Gesicht klebte ein dicker Schweißfilm. Speichel rann an seinen Mundwinkeln entlang.

Susan sah die Schneide des Beils.

Noch einmal mobilisierte sie alle Kräfte. Sie versuchte, ihr Knie hochzustoßen.

Vergebens. Fletcher lachte sie noch aus.

»Rache für Jim«, flüsterte er und holte aus.

Susan wurde die Luft knapp. Wenn Fletcher sein Vorhaben wahrmachen wollte, mußte er seine Hand von ihrer Kehle nehmen. Vielleicht eine Chance.

Richtig, Fletcher riß seine Pranke zurück.

Jetzt kam es auf Sekundenbruchteile an.

In dem Augenblick, als Fletcher Susans Kehle losließ, fuhr ihre Karatefaust hoch und bohrte sich mit elementarer Wucht in Fletchers Achselhöhle.

Der Schlag war wirklich gemein, aber in dieser Situation das einzig Richtige.

Fletcher zuckte zusammen wie unter einem Stromstoß. Wahrscheinlich war seine rechte Seite gelähmt. Das Beil entfiel seinen kraftlosen Fingern.

Susan wälzte den stöhnenden Mann von sich.

Geschickt tastete Susan ihren Gegner ab. Ein zweites Beil besaß er nicht mehr. Nur noch die Beretta, die Susan an sich nahm.

Fletcher wimmerte immer noch vor sich hin. Er bedeutete keine Gefahr mehr . . .

Susan nahm sich nur noch die Zeit, hastig den BH anzuziehen. In BH und Slip hastete sie dann auf den Gang. Angstvolle Gesichter starrten ihr entgegen. Es waren die gewissen Gentlemen mit ihren Mädchen.

»Gehen Sie wieder rein«, sagte Susan. »Die Polizei wird gleich hier sein.«

»Um Gottes willen!« schrie einer.

»Keine Polizei. Es gibt einen Skandal.«

»Das hätten Sie sich vorher überlegen sollen. Tun Sie jetzt, was ich Ihnen gesagt habe«, erwiderte Susan hart.

Zögernd gehorchten die Pärchen.

Susan verzog ihre Mundwinkel. Ein feines Pack.

Plötzlich fiel ihr etwas ein. Sie hatte das Beil liegenlassen.

Susan warf sich herum.

Fast zu spät.

Am Türrahmen lehnte Joe Fletcher.

Sein Beil hielt er in der zum Wurf erhobenen linken Hand.

»Fahr zur Hölle!« schrie er und warf.

Susan reagierte instinktiv. Sie ließ sich fallen und schoß. Das Beil zischte blitzend über sie hinweg und prallte gegen die Flurwand.

Auf dem Boden liegend, sah Susan, wie Fletcher zusammenbrach. Ihre Kugel hatte ihn in den Bauch getroffen. Er würde einen schrecklichen Tod haben.

Fletcher lebte noch genau zwei qualvolle Minuten.

Susan blieb auf dem Boden hocken.

Tränen der Erschöpfung traten ihr in die Augen.

Hohngelächter riß sie wieder hoch. Das war Rossini. Sie kannte dieses gemeine Lachen.

Das muß draußen gewesen sein, dachte Susan. Sie sprang auf.

Dann hörte Susan einen Schuß. Danach lachte Rossini noch einmal. Was war mit Cliff? Angstschauer jagten über Susans Rücken. Wenn ihm was passiert war . . .

Von Gil Rossini war nichts mehr zu sehen.

Entweder war er geflüchtet, oder aber er wollte mir auflauern.

Mit schußbereiter Waffe schlich ich durch den Flur. Ich mußte jedes Zimmer durchsuchen. Dadurch boten sich für Rossini genug Möglichkeiten, mich abzuschießen.

Aber es kam anders.

Der gellende Schrei einer Frau schreckte mich hoch.

Der Schrei war von draußen gekommen. Der Richtung nach zu urteilen, hinter dem Haus.

Dann hörte ich auch schon Rossinis Stimme. »Komm raus, Corner, sonst gibt es eine Leiche mehr!«

Eine Leiche? Wen meinte er damit?

Ich mußte dieser Aufforderung Folge leisten, denn ich war sicher, daß Rossini nicht bluffte.

Die Hintertür hatte ich schnell erreicht — und blieb wie angewurzelt stehen.

Rossini hatte tatsächlich nicht gebluffft.

Dieser Feigling hatte sich eine Frau als Schutzschild ausgesucht. Es war May, Susans Zimmerpartnerin.

Rossinis linker Arm lag um Mays Hals, während seine Rechte ihr die Mündung einer Waffe gegen die Schläfe preßte.

Mays Gesicht war angstverzerrt. Stocksteif hing sie in Rossinis Griff.

»Da staunst du, Corner«, lachte der Gangsterboß hämisch auf. »Du kannst ruhig näher kommen. Noch beiße ich nicht. Aber laß bloß deine Puste weg, sonst durchlöchere ich dieses Girl. Hahaha.«

Rossinis Lachen klang widerlich. Genauso war auch der ganze Typ. Ich ging langsam vorwärts.

»Stop, Corner!« befahl Rossini nach drei Schritten.

Ich gehorchte.

»Wirf die Waffe weg. Aber weit.«

Ich tat auch das. Was blieb mir anderes übrig? Das Leben der Frau stand im Moment über allem.

»So will ich das haben, Corner«, grinste Rossini. »Jetzt bin ich an der Reihe. Zuerst lege ich die Frau um, dann dich.«

Ich spürte förmlich, wie ich kreideweiß wurde. »Sind Sie wahnsinnig, Rossini«, fuhr ich ihn an. »Was hat die Frau Ihnen getan? Wenn Sie noch einen Funken Ehrgefühl im Leibe haben, lassen Sie die Frau laufen.«

»Daß ich nicht kichere. Der edle Held«, spottete Rossini. »Ehrgefühl. Kann ich mir dafür etwas kaufen? Nichts da! Es bleibt dabei.«

»Nein!« Wild schrie May auf. Verzweifelt versuchte sie, sich loszureißen.

Ich ahnte, was kommen würde.

»May, hören Sie auf!« Meine Stimme kam mir fast selbst fremd vor.

Mit einem Ruck stieß Rossini die Frau von sich. Dann drückte er ab. Zweimal.

May wurde von den Kugeleinschlägen durchgeschüttelt. Mit einem Wehlaut sank sie auf den Boden.

Ich hatte keine Gelegenheit gehabt, einzugreifen. Alles war zu schnell gegangen.

Sofort schwenkte Rossini die Waffe wieder in meine Richtung. »So, Corner, nun sind wir nur noch zu zweit. Joe Fletcher wird bestimmt Ihre Perle schon abserviert haben. Folglich wird mich niemand stören, wenn ich Sie zur Hölle schicke.«

Ich nahm seine Worte gar nicht richtig auf.

Mein Blick war auf May gerichtet, die in seltsam verrenkter Haltung auf dem Boden lag. Blut pulste ununterbrochen aus ihren Wunden.

Ich sah alles wie in Trance. Den dunkelblauen Himmel, die untergehende Sonne, die mit ihren letzten Strahlen die Landschaft verzauberte.

Und dann May. Sinnlos hingerichtet von einer Bestie. Mein Gott, was war das für eine Welt!

»Was ist? Pennst du, Corner?« Rossinis Stimme klang wie aus weiter Ferne.

Ich schüttelte meine Gedanken ab, kam wieder auf den Boden der brutalen Tatsachen zurück.

Rossini war einen Schritt näher gekommen. Dicker Schweiß glänzte auf seiner Oberlippe. Seine Hand war förmlich mit der Waffe verwachsen. Weiß traten die Knöchel hervor.

»Ich begreife Sie nicht, Rossini«, sagte ich leise. »Was haben Sie sich nur dabei gedacht?«

»Was ich mir dabei gedacht habe? Dumme Frage. Gar nichts, Corner. Ich werde alles ausrotten. Alles, was sich mir in den Weg stellt.«

Nein, dieser Mann war nicht mehr mit normalen Maßstäben zu messen. Er gehörte in eine Irrenanstalt.

»Sie irren sich, Rossini«, lächelte ich kalt. »Sie werden hier nicht wegkommen. Das Gelände ist von FBI-Beamten umstellt.«

»Wenn schon, Corner. Ich kenne einige Fluchtwege. Doch vorher lege ich dich um.«

Rossini würde seine Worte wahrmachen. Welche Möglichkeiten besaß ich? Zeit? Ja, das war es. Ich mußte Zeit schinden. Und was war mit Susan? Hatte sie diesen Joe Fletcher geschafft?

»Angst, Corner?« höhnte Rossini.

»Ja, ich habe Angst.«

Rossini lachte auf. »Das sind die angeblichen harten Typen.

Angst. Ein Wort für alte Weiber. Aber in wenigen Sekunden brauchst du keine Angst mehr zu haben. Ich mache es gnädig. Eine Kugel reicht.«

Ich spannte alle Muskeln. Ich würde versuchen, der Kugel irgendwie auszuweichen. Normalerweise ist das jedoch nur einem Filmheld möglich, doch eine andere Chance sah ich nicht.

Rossinis Augen zogen sich zusammen . . .

Wirf dich hin! schrie es in mir.

Der Schuß peitschte.

Ich ließ mich einfach fallen, bekam Dreck in den Mund und wartete auf den alles verzehrenden Schmerz.

Nichts geschah.

Langsam hob ich den Kopf.

Vor mir machte Rossini so komische Bewegungen. Wie unter Stromstößen zuckte er herum. Dann brach er plötzlich zusammen.

Seine Waffe war ihm aus der Hand gefallen.

Ich drehte mich auf die Seite.

Meine Augen erfaßten zwei zarte Fußknöchel, glitten weiter über makellos gewachsene Beine, verharrten kurz an einem raffiniert gearbeiteten Slip und tasteten einen Oberkörper ab, der Idealmaße besaß.

Es gab nur eine Frau mit dieser herrlichen Figur.

Susan!

»Was ist, Großer, willst du dich hier ausruhen?« hörte ich auch schon ihre Stimme.

»Die Idee ist gar nicht schlecht. Trotzdem . . .«

Ich sprang auf die Füße.

Mein erster Blick galt May. Sie war tot.

Rossini lebte noch. Soweit ich es beurteilen konnte, würden ihn die Ärzte durchbringen.

»Und was ist mit mir?« fragte Susan.

»Oh, das hätte ich bald ganz vergessen.«

Mit zwei Schritten war ich bei ihr.

Über die nächsten Minuten schweige ich. Sie gehören zu den Dingen, die das Leben angenehm machen.

Dann erst alarmierte ich die G-men.

Susan erzählte mir in Stichworten, wie es ihr ergangen war. Gut, daß sie die Geschichte heil überstanden hatte.

Zehn Minuten später waren die FBI-Beamten schon mit ihren Untersuchungen beschäftigt.

Natürlich gab es bei den gewissen Herren, die sich hier ein paar gute Stündchen machen wollten, ein Mordsgezeter. Sie drohten mit Verfahren, wollten ihre Beziehungen spielen lassen und so weiter.

Alles kalter Kaffee. Meine ehemaligen Kollegen würden mit ihnen ebenso vorgehen wie mit allen anderen auch.

Und das ist gut so, finde ich.

Mr. Grant und Tom Harris gratulierten zu unserem Erfolg.

Nun ja, Rossini war erledigt. Aber sein Nachfolger stand bestimmt schon bereit. Deswegen konnten wir uns des Erfolges nicht so recht freuen.

Susan und ich saßen in dieser Nacht noch lange in meinem Apartment.

Nach und nach legte sich die Anspannung des Tages. Zwischen zwei Schlucken Whisky kam mir die Idee.

»Hör mal zu, Susan. Warum läufst du eigentlich nie im Haus so herum?«

Susan runzelte die Augenbrauen. »Wie herum?«

Ich grinste. »Ja, im Slip und...«

Weiter konnte ich gar nicht mehr sprechen, denn ich hatte viel Mühe, Susans Schuh auszuweichen.

Übrigens, eine halbe Stunde später lief Susan so herum. Aber nur für mich, versteht sich.

ENDE DER DRITTEN STORY

Die Agentenfestung

Aus der Serie
Spionage

Die Puppe trug nur ihre Ohrringe. Der Diplomat noch weniger. Er keuchte. Kleine Schweißbäche rannen an seinem Körper herab. Die Luft im Raum war stickig und mit Parfüm geschwängert.

»Wieviel bekommst du?« fragte der Nackte. Seine Stimme zitterte.

Das Mädchen lächelte spöttisch. »Gar nichts.«

Der Diplomat stutzte. »Wieso? Du hast doch sonst immer...«

»Diesmal kassieren andere.«

Wie auf ein Stichwort flog die Tür auf. Zwei Männer standen im Zimmer. Beide hielten Pistolen in den Händen.

»Wir kassieren heute, Dicker«, sagte einer der Kerle und grinste hämisch.

Das Mädchen reagierte wie ein Profi. Mit zwei schnellen Schritten brachte es sich aus der Schußlinie. Nur der Diplomat verstand noch nicht so recht. Aus hervorquellenden Augen glotzte er in die Waffenmündungen.

Die Männer sahen nicht aus, als ließe sich mit ihnen spaßen. Ihre Gesichter waren glatt, beinahe nichtssagend. Auch in den kalten Augen spiegelte sich kein Gefühl wider.

Sie trugen unauffällige, leichte Sommeranzüge und keine Kopfbedeckung. Auf Krawatten hatten sie ebenfalls verzichtet.

Die Blicke der ›Kassierer‹ tasteten den schwitzenden, nackten Körper des Diplomaten ab. Ihre Lippen verzogen sich zu einem herablassenden Lächeln.

Dem Nackten stieg die Schamröte ins Gesicht. Automatisch griff er nach seiner Hose.

»Finger weg!« peitschte eine Stimme, »für das, was du jetzt tun mußt, Mister, brauchst du keine Hose.«

Der Kerl, der gesprochen hatte, ging auf den Diplomat zu. Er drückte ihm die kalte Waffenmündung gegen den Bauch.

Das Girl, mit dem er eben geschlafen hatte, kicherte albern.

»Halt's Maul!« zischte der zweite ›Kassierer‹. Er war an der Tür stehengeblieben.

Die Nutte verstummte erschrocken.

Der Diplomat hatte sich inzwischen wieder gefangen. Zum

Teufel, so konnte man mit einem Donald Chambers nicht umgehen. Schließlich gehörte er der Delegation seines Landes bei der UNO an.

»Hören Sie zu, Mister«, sagte er in scharfem Tonfall. »Ich stehe unter Immunität, falls Sie wissen, was das ist. Und ich verlange jetzt eine Erklärung für Ihr unverschämtes Verhalten. Ich werde sonst andere Maßnahmen ergreifen.«

»Welche denn?« erkundigte sich der Mann mit sanfter Stimme.

»Ich — ich . . .«

Der Mann schlug zu. Mit dem Handrücken.

Chambers' Kopf flog in den Nacken. Blut schoß aus seiner Nase, lief über Lippen und Kinn und rann den Hals hinab bis auf die Brust.

Der Schläger trat zurück. »Weißt du nun, wo es lang geht, Mister?«

Chambers keuchte. Automatisch wischte er sich das Blut von seiner Nase. Der Haß stieg in ihm hoch wie eine feurige Lohe. Aber er beherrschte sich. Noch waren die beiden Schläger am Drücker. Und sie hielten weiß Gott die besseren Argumente in den Händen.

»Also — was wollen Sie?« krächzte Chambers.

Der Schläger schnippte mit den Fingern seiner freien Hand. »Deine Mitarbeit, Dickerchen.«

Chambers' Augenbrauen zogen sich zusammen. »Ich verstehe nicht.«

»Keine Angst. Das wirst du gleich.«

Der Schläger machte eine halbe Drehung und zeigte auf die Nackte.

»Mit ihr hast du deinen Spaß gehabt. Sogar viel Spaß. Für relativ wenig Geld. Und gerade über die Bezahlung wollen wir mit dir reden.«

Donald Chambers verzog das Gesicht. »Sie wollen also mehr Geld. Zuhältermethoden, was?«

»Mit solchen Mätzchen beschäftigen wir uns nicht, Dicker. Wir wollen etwas anderes. Material aus eurer Botschaft. Wir wissen, daß du bei euch nicht gerade zu den kleinsten Nummern zählst und daß du Zugang zu gewissen Projekten hast, für die wir uns interessieren. Das ist der Preis!«

Chambers' Gesicht hatte sich bei den letzten Worten des Mannes verfärbt. Leichenblaß war es geworden.

»Sie sind verrückt«, keuchte der Diplomat. »Niemals werde ich das machen. Niemals!«

Der Mann lachte. »So dumm siehst du doch gar nicht aus, Dickerchen. Was meinst du, wenn wir dein Privatleben den Zeitungen preisgeben. Die Pressefritzen werden vor Freude in die Luft springen. Und deine Frau wird auch nicht gerade begeistert sein. Schließlich hat sie ein Großteil des Vermögens mit in die Ehe gebracht. Du siehst, wir sitzen am längeren Hebel.«

Chambers wankte zurück. Schwer wie ein Stein ließ er sich auf das Bett fallen. »Das ist unmöglich, was Sie da verlangen. Ich kann nicht. Ich . . .«

»Doch, Dicker, du kannst. Heute, morgen und auch in der nächsten Zeit.«

Chambers schloß die Augen. Er war wie vor den Kopf gestoßen. Was die Männer verlangten, konnte ihn seine Karriere kosten.

Und wenn er ihre Forderungen nicht erfüllte?

Chambers stöhnte auf. In düsteren Farben sah er sein zukünftiges Schicksal vor Augen. Er war weg vom Fenster. Seine Karriere, seine Ehe . . .

Chambers' Herz schlug bis zum Hals. Er fühlte, wie ihm der kalte Schweiß ausbrach. Wie im Schüttelfrost schlugen seine Zähne aufeinander. Nebel wallten plötzlich vor seinen Augen. Das Zimmer drehte sich, die Männer, das Mädchen. Sie wurden zu verblassenden Schemen.

Und dann das Herz. Immer wilder pochte es.

Mein Gott, die Tropfen! Ich muß sie haben, ich muß sie . . .

Chambers' Gedanken verwirrten sich. Verzweifelt schnappte der Diplomat nach Luft. Weit riß er den Mund auf, doch nur ein Röcheln drang aus seiner Kehle.

Langsam kippte er zur Seite und fiel schwer auf das Bett. Noch ein letztes Zucken ging durch seinen Körper, dann lag Donald Chambers still.

Die beiden Männer sprangen vor. Gemeinsam drehten sie Chambers auf den Rücken.

Einer fühlte nach dem Puls.

Sekunden vertickten.

Dann hob der Mann den Kopf. »Verdammt, der ist hinüber«, flüsterte er.

Schwer fielen die Worte in die Stille.

Im selben Augenblick begann das Girl zu kreischen. Ihre schrillen Schreie schmerzten in den Ohren.

Mit einem Fluch wirbelte der Kerl, der die Tür bewacht hatte, herum. Klatschend landete seine Faust im Gesicht des Mädchens. Der Schrei verstummte wie abgeschnitten.

»Blöde Gans«, knurrte der Mann. Er wandte sich wieder an seinen Komplizen. »Und nun? Hast du eine Idee, wie wir aus dieser Patsche herauskommen?«

»Ja. Wir müssen ihn verschwinden lassen.«

»Das hatte ich mir auch gedacht. Aber wie?«

»Ganz einfach. Wir packen ihn in den Kofferraum und schmeißen ihn irgendwo in einem Park raus. Wenn sie ihn finden, was soll das schon. Uns kennt man nicht.«

»Wenn das man gutgeht.«

»Hast du eine bessere Idee?«

»Nein.«

»Na bitte.«

»Aber was machen wir mit ihr?«

Warren, so hieß der Schläger, der mit Chambers geredet hatte, wandte sich der Frau zu. Sie hatte das Gesicht in den Händen vergraben und heulte.

Warren packte ihre Handgelenke und zwang die Arme nach unten.

»Hör zu, Baby. Du hast nichts gehört und gesehen. Verstanden?«

Das Girl zog die Nase hoch und nickte.

»Okay«, sagte Warren. »Und solltest du deine Meinung mal ändern, dann werde ich es sein, der dir mit dem größten Vergnügen den Hals durchschneidet.«

Das Girl schauderte.

Warren grinste. Er hatte mal wieder den richtigen Ton getroffen. »Du machst weiter wie bisher, Baby. Mit deiner Chefin kläre ich die Sache schon.«

Warren ging zur Seite und zog Chambers' Brieftasche aus dem Jackett. Ein Bündel Dollarscheine fiel ihm in die Hände.

Rasch zählte er es durch. »Genau neunhundert Mäuse«, stellte er zufrieden fest. Hundert gab er der Mieze. Den Rest teilte er sich mit seinem Komplizen. Spesengeld, wie er sagte.

Das Girl zog sich an. Slip, Pullover und Rock. Auf einen BH konnte sie bei ihrem Wuchs verzichten.

»Sieh nach, ob die Luft rein ist«, befahl Warren.

Die Puppe verschwand nach draußen.

Die beiden Männer wickelten inzwischen die Leiche des Diplomaten in eine Decke. Zum Glück war sie groß genug, so daß nicht einmal die Füße herausschauten.

Das Girl kam zurück. Die Tränen hatten ihr Make-up völlig zerstört. Außerdem schwoll ihre linke Wange an. Dort, wo sie Warrens Schlag getroffen hatte.

»Ihr müßt die Nottreppe nehmen«, sagte die Puppe.

Warren nickte. »Los, Jake, faß mit an.«

Warren und Jake hoben den toten Chambers hoch. Es war Knochenarbeit, denn der Diplomat brachte einiges auf die Waage. Sie schleppten ihn zur Tür, und dort blieben sie noch einmal stehen.

Warren blickte das Girl aus seinen kalten Augen an. »Du weißt Bescheid, Baby. Ein dummes Wort – und ssssttt.«

Die Mieze nickte verschüchtert. Sie würde den Mund halten. Egal, was kommen sollte.

Die beiden Männer gelangten mit ihrer makabren Fracht ungesehen in den Treppenaufgang. Es brannte nur die Notbeleuchtung.

Ihr Wagen parkte vor dem Haus. Während Warren solange wartete, fuhr ihn Jake vor die schmale Tür des Ausgangs.

Schnell verstauten sie den Toten in dem breiten Kofferraum. Sekunden später saß Warren schon hinter dem Steuer und startete. Für ihn war die Sache vergessen, erledigt.

Doch Warren sollte sich irren...

Sanft wurde der dunkle Buick gestoppt. Er federte noch einmal kurz nach und stand dann endgültig still.

Warren löschte die Scheinwerfer. Automatisch fingerte er nach seinen Zigaretten. Einen Atemzug später klickte das Feuerzeug. Die Flamme warf einen rotgelben Schein über Warrens kantiges Gesicht.

Gelassen blies der Mann den Rauch durch das halboffene Seitenfenster. Jake rutschte unruhig auf dem Beifahrersitz hin und her, wagte jedoch nicht, seinen Kumpan anzusprechen. Warrens Antwort wäre ein Faustschlag gewesen.

Die Nacht war ziemlich mild, außerdem windstill. Nur träge zog der Zigarettenrauch ab.

Die beiden Männer parkten auf einem Seitenweg im Brentwood-Park. Der nicht abbrechende Verkehrsstrom des New York Parkway rauschte an der anderen Seite des Parks vorbei. Der Lärm wurde durch die hohen Bäume zu einem dumpfen Brausen gedämpft.

Endlich drückte Warren seine Kippe aus. Dann wandte er den Kopf und nickte Jake zu.

»Auf geht's.«

Die beiden Männer stiegen aus. Leise schlugen die Türen ins Schloß.

Jake öffnete den Kofferraumdeckel. Warren hatte eine Taschenlampe mitgenommen. Der gelbe Lichtfinger glitt über die nackte Leiche des Diplomaten.

Warren schürzte die Lippen. »Er hätte auch noch was von seinem Leben haben können. Herzschlag, pah. Ich sag's ja immer, die Weiber und der Suff machen einen Mann kaputt.«

Jake gab keine Antwort. Er wuchtete den Toten aus dem Kofferraum. Warren steckte die Lampe weg und faßte nach den Beinen.

Gemeinsam schleiften sie den Toten ein Stück den schmalen Weg entlang.

Das Unterholz war hier sehr dicht.

Nach zwanzig Yard hielten sie an.

»Ich glaube, die Stelle ist gut«, keuchte Warren. Er ließ die Beine des Toten kurzerhand los und leuchtete mit der Lampe.

Ein schmaler, kaum mannsbreiter Weg wurde aus der Dunkelheit gerissen. Tannen standen zu beiden Seiten dicht an dicht. Ihre Zweige berührten sich über dem Weg und bildeten ein kleines Dach. Warren nahm die Lampe zwischen die Zähne. Sie quälten sich in den schmalen Weg. Tannenzweige kratzten über ihre Gesichter. Mancher Fluch wurde zwischen den Zähnen zerquetscht.

»Das reicht«, bestimmte Warren plötzlich.

Die Männer legten die Leiche auf den Boden. Jake schob sie dann in das Tannengebüsch hinein und deckte sie auch noch mit Zweigen zu.

»Bis der hier gefunden wird, das kann Wochen dauern«, meinte Warren. Er schlug seinem Kumpan auf die Schulter. »Komm, Jake, jetzt haben wir uns einen Schluck verdient.«

Jake hatte dagegen nichts einzuwenden.

Schnell gingen sie zu ihrem Wagen zurück. Rückwärts lenkte Warren den Buick aus dem Weg heraus und erreichte eine breitere Straße, die in einem kleinen Parkplatz mündete.

Die Scheinwerferbahnen glitten über einige abgestellte Wagen, die ausnahmslos mit Pärchen besetzt waren.

Jake kicherte leise und rieb sich seine Nase. »Die haben bestimmt nichts gemerkt.«

»Keiner hat was gemerkt« erwiderte Warren. »Schließlich sind wir Profis und verstehen unser Geschäft.«

Jake grinste geschmeichelt. Er war ein etwas einfältiger Typ, der nur durch Warren über Wasser gehalten wurde.

»Bin gespannt, was Dolores sagt«, meinte Warren. Allerdings mehr zu sich selbst als zu seinem Kumpan.

Trotzdem fühlte sich Jake angesprochen. »Sie wird es weitermelden.«

»Du meinst, dem Boß?«

»Genau.«

Warren schwieg. Das wäre allerdings unangenehm, wenn Dolores so reagieren würde. Aber erst mal abwarten.

Schweigend fuhren sie weiter, der Washingtoner City zu.

»Weißt du übrigens, daß einer von der Zentrale kommt?« sagte Jake.

Warrens Kopf ruckte herum. Er paßte einen Augenblick nicht auf und geriet über den Mittelstreifen. Zum Glück herrschte kaum Verkehr.

»Wer sagt das?«

»Ich habe gehört, wie Dolores telefoniert hat.«

»Und? Was hat sie alles gesagt?«

Jake rülpste. »Eigentlich nicht viel. Nur, daß er praktisch einer der engsten Vertrauten des Chefs ist. Soll bei allen Geheimdiensten der Welt ziemlich gefürchtet sein.«

»Verdammt, sag mir den Namen«, knurrte Warren.

»Eklund. Sven Eklund. Besser bekannt unter dem Namen ›der Schwede‹.«

Warren pfiff durch die Zähne.

»Verflucht, das ist ein Bluthund. Meistens wird er losgeschickt, wenn jemand zu killen ist. Eklund sitzt genau wie der Chef in Europa.«

»Hast du ihn schon mal gesehen?«

Warren schüttelte den Kopf. »Nein, aber genug von ihm gehört. Na ja, uns kann er nichts anhaben. Und wenn, werde ich mich schon zu wehren wissen.«

Jake lachte. »Gegen eine Bleihummel aus dem Hinterhalt ist auch ein Starkiller nicht sicher.«

»Du sagst es«, brummte Warren und lenkte seinen Wagen vor eine kleine Bar, um sich endlich einen Drink zu genehmigen.

Den toten Diplomaten hatte er längst vergessen.

Sven Eklund war ein Mordroboter!

Der Schwede — unter diesem Namen geisterte er durch die Geheimdienstkreise. Eklund stand auf der schwarzen Liste fast aller Abwehrorganisationen der Welt. Vor Jahren hatte er sowohl für die Amerikaner als auch für die Russen gearbeitet, war dann vom CIA als Doppelagent entlarvt worden und hatte schließlich seine Dienste an private Bosse verkauft.

Er killte für Konzerne und im Auftrag rücksichtsloser Manager.

Eklund war allgegenwärtig — und doch nicht zu fangen.

Blitzschnell tauchte er auf, hinterließ seine blutige Spur und verschwand wieder im Untergrund.

Seit einem Jahr war es still um ihn geworden. Der CIA hatte einen Spezialisten auf Eklunds Spur gesetzt. Zwei Monate lang hatte der Mann hinter Eklund hergeschnüffelt, ihn sogar aufgestöbert und war anschließend tot aufgefunden worden. Man hatte ihm die Kehle durchgeschnitten. Doch seine letzte Meldung besagte, daß Eklund für einen gewisse Basil Bronson gearbeitet hatte, und daß der Schwede bald in die Staaten kommen würde.

Von dieser Meldung wußte Eklund allerdings nichts. Nach wie vor fühlte er sich sicher.

Der Schwede hatte sich in Washington ein Apartment gemietet, zentral gelegen, in Nähe des Dupont-Parks. Die Miete war für einen Monat bezahlt, obwohl Eklund nur drei Tage bleiben wollte. Länger würde ihn seine Aufgabe bestimmt nicht in Anspruch nehmen.

Doch der CIA schlief nicht. Längst wußten gewissen Leute auf den großen Flughäfen Bescheid, und was niemand recht glauben wollte, geschah.

Der Schwede wurde entdeckt.

Die Männer der Abwehr schalteten sofort. Sie mobilisierten ihren besten Mann.

Frank Gordon!

Gordon schnippte die Zigarettenkippe in den Rinnstein und trat sie mit dem Absatz aus.

Seine Augen beobachteten unablässig die Haltezone, durch die sich ein endloser Taxistrom wälzte. Es konnte sich nur noch um Minuten handeln, dann mußte Eklund auftauchen.

Ununterbrochen spuckten die breiten Glastüren des Flughafens Menschen aus, die zu den Taxiständen oder vollklimatisierten Aluminiumbussen eilten.

Es war heiß. Eine gnadenlose Sonne brannte vom Himmel. Gordon hätte gern sein Jackett ausgezogen, doch das umgeschnallte Gürtelhalfter mit dem .38er hinderte ihn daran.

Endlich tauchte der Schwede auf. Gordon erkannte ihn sofort, trotz der großen Sonnenbrille.

Eklund hatte strohblondes Haar und war braungebrannt wie ein Florida-Playboy. Sein Gang war geschmeidig, erinnerte irgendwie an eine große Raubkatze. Man konnte nur ahnen, welch eine Kraft in diesem Körper steckte.

Eklund trug einen blauen Leinenanzug und ein Hemd ohne Krawatte. In der rechten Hand hielt er einen mittelgroßen Diplomatenkoffer.

Der Schwede sah sich sichernd um und stieg dann in ein Taxi.

Augenblicklich faltete sich Gordon in seinen flaschengrünen Mustang.

Er saß kaum, da fuhr das Taxi los.

Gordon hatte Glück. Der Wagen konnte sich schnell in den dichten Verkehr schlängeln.

Die Fahrt ging in Richtung City. Sie benutzten die vierspurige Washington-Avenue. Der Verkehr war zähflüssig, und mehr als dreißig Meilen waren nicht drin.

Gordon griff zum Sprechgerät und ließ sich mit seiner Zentrale verbinden. Er sprach auf einer Geheimfrequenz.

»Der Vogel ist soeben angekommen. Ich bleibe dran.«

»Okay«, quäkte es zurück.

Gordon gab noch seine Position an und hängte ein.

Wie immer war er auf sich allein gestellt. Ob in den endlosen Sandwüsten der Sahara oder mitten in Washington. Hilfe konnte er kaum erwarten.

Nun, er hatte sich ja den Job ausgesucht.

Fünf Jahre war er schon bei der Abwehr. Meistens fing seine Arbeit da an, wo andere aufhörten. Jeder Auftrag war ein Himmelfahrtskommando. Gordon hatte eigentlich schon alles gemacht. Vom Präsidenten-Bewacher bis zum Sondereinsatz in Vietnam. Immer, wenn es lichterloh brannte, holte man ihn.

Bis der CIA ihn fest unter Vertrag nahm. Spezialaufgaben. Meistens war es ein verdammt blutiges Handwerk, und Gordon hatte schon oft mit dem Gedanken gespielt, aufzuhören. Aber er fand nie den rechten Augenblick für den Absprung. Immer wieder reizte ihn ein neuer Auftrag. Er würde so weitermachen, bis zur Versetzung in den Innendienst. Oder — was wahrscheinlicher war — bis ihn irgend jemand abknipste. Eine Kugel in den Rücken und aus.

Frank Gordon war kein Durchschnittstyp, dafür war der Job, den er ausübte, viel zu gefährlich. Er gehörte zu den Männern, die auffielen. Er war groß, durchtrainiert und schmal in den Hüften. Er hatte braunes Haar und trug es ziemlich kurz. Unter den buschigen Brauen lagen zwei dunkelblaue Augen, eine Tatsache, die besonders auf Frauen wirkte. Und Gordon war kein Kostverächter. Außerdem liebte er elegante Kleidung und gutes Essen. Er bevorzugte französischen Cognac und besaß eine unerklärliche Vorliebe für Opernmusik.

Leute, die ihn kannten, schätzten seinen Humor und seine Kameradschaft. Man sah ihm nicht an, welch ungewöhnlichen Beruf er ausübte.

Sie näherten sich inzwischen schon dem Dupont-Circle. Von hier zweigten einige Straßen ab, und es gab auch ein paar Hotels in der Nähe.

An der Church of the Pilgrims bog das Taxi in die 21. Straße ein. Man hatte hier einige moderne Wohnsilos hingesetzt. Mit Wohnungen, die ein normaler Sterblicher nicht bezahlen konnte.

Vor einem dieser Silos stoppte das Taxi.

Gerade als Eklund ausstieg, fuhr Gordon an dem haltenden Wagen vorbei.

Im Innenspiegel sah er, wie der Schwede im Hauseingang verschwand.

Gordon bremste, drehte und fuhr zurück. Seinen Mustang stellte er auf einem Parkstreifen ab.

Sofort kam ein uniformierter Wächter angelaufen.

»Gehören Sie zu den Bewohnern des Hauses, Sir?«

Gordon blickte den schwitzenden Mann mitleidig an. »Nein, Mister. Aber ich möchte jemanden besuchen.«

Der Wächter lächelte. »Das ist etwas anderes, Sir. Dann dürfen Sie selbstverständlich den Parkplatz benutzen.«

»Wie mich das freut«, meinte Gordon sarkastisch, nickte dem Mann kurz zu und ging auf die gläserne Tür des Hauses zu. Auf einen Kontakt hin teilte sie sich in zwei Hälften.

Gordon betrat eine kühle Halle. Der Boden war aus Stein, und die Wände waren mit einigen modernen Malereien versehen. Hinter seiner Rezeption, die einem Grand-Hotel zur Ehre gereicht hätte, saß der Portier oder Hausmeister. Er trug eine dunkelblaue Uniform, und Gordon entging nicht die Ausbuchtung seines Jacketts unterhalb der linken Achsel.

Die Fahrstühle lagen der Rezeption gegenüber.

Frank ging auf einen der Lifts zu, wo auch die Einwohnerkartei angebracht war. Da hielt ihn der Ruf des Portiers zurück.

»Tut mir leid, aber ich muß Sie anmelden, Mister.«

Gordon schluckte. Das hatte er sich gedacht. Aber vielleicht konnte man von dem Mann erfahren, wo der Schwede wohnte. Frank wunderte sich sowieso schon, daß der Killer kein Hotel genommen hatte.

Gemächlich schlenderte Frank zu der Portiersloge.

Der Knabe blickte ihn nicht einmal an. Er hatte seinen Kopf in das Anmeldebuch vertieft.

»Ihren Namen, und zu wem wollen Sie?«

Frank tippte dem Mann auf den Kopf. Auf diese unfreundliche Tour durfte man ihm nicht kommen.

Der Portier hob den Blick und sah genau in Franks Augen.

»Meinen Namen werden Sie nicht erfahren, aber zu wem ich will, das kann ich Ihnen sagen.«

Der Portier konnte dem Blick nicht standhalten.

»Also gut, Sir.«

»Wo wohnt Mister Eklund?«

»Mister Eklund? Den gibt es hier nicht.«

»Ich meine den Mann, der vorhin hier hereingekommen ist.«

»Bei dem Betrieb, Sir, kann ich mir nicht alle Leute merken. Sie sehen ja selbst, was hier los ist.«

Der Mann hatte mit dieser Bemerkung nicht einmal unrecht. Es herrschte ein ständiges Kommen und Gehen.

»Fangen wir es andersrum an«, sagte Frank und beschrieb Eklund genau.

In den Augen des Portiers blitzte es auf. Es war sicher, er kannte den Mann. Trotzdem sagte er: »Tut mir leid, aber dieser Herr wohnt nicht bei uns.«

Ehe Frank etwas antworten konnte, wurde der Portier von einer älteren Lady in Beschlag genommen.

Die Frau — aufgeputzt wie ein Pfau — redete minutenlang auf den Mann ein, ehe sie abzog.

»Sie sind ja immer noch hier, Mister«, sagte der Portier. Seine Stimme klang unwirsch.

Frank bleckte die Zähne. »Und ich gehe auch nicht eher, bis ich weiß, wo Mister Eklund wohnt.«

»Zum Teufel, ich habe Ihnen doch gesagt, daß ich keinen Eklund ken . . .«

Frank hielt dem Mann einen Zehndollarschein unter die Nase. Augenblicklich wurde der Knabe ruhig, und in seine Augen trat ein gieriger Glanz.

»Nun?« dehnte Frank.

»Ach so, Sie meinen Mister Synder. Ja, den kenne ich natürlich.« Der Portier griff gedankenschnell nach der Banknote und ließ sie mit ebensolcher Geschwindigkeit verschwinden. »Achter Stock. Apartment achtzig.«

»Danke.« Frank nickte dem Mann zu.

»Und lassen Sie sich nur nicht einfallen, Mister Synder Bescheid zu sagen. Es würde Ihnen leid tun. Meine Beziehungen reichen sehr weit.«

Der Portier zog eingeschüchtert den Kopf zwischen die Schultern.

Gordon ging zu den Lifts.

Er war allein in der Kabine. Unterwegs überprüfte er blitzschnell seine Waffe. Sie war okay.

Der Lift stoppte.

Zischend glitten die Türen auseinander.

Gordon trat in den Gang. Die Wände waren grün gestrichen. Eine rassige Puppe kam ihm entgegen und blickte ihn verheißungsvoll an. Unter normalen Umständen hätte Gordon nicht nein gesagt, doch im Moment hatte er Wichtigeres zu tun.

Die Türen der einzelnen Apartments waren braun gebeizt. Die Glasbausteine eines Lichthofes filterten die ärgsten Sonnenstrahlen.

Apartment achtzig lag auf der linken Seite des Ganges. Frank konnte es an den Zahlen, die über einem Richtungspfeil angebracht worden waren, ablesen.

Er machte sich auf den Weg.

Niemand war mehr auf dem Flur.

Gordons Schritte waren auf dem dicken Läufer nicht zu hören. Eine prickelnde Spannung hatte von dem CIA-Agenten Besitz ergriffen. So war es immer, wenn er sich kurz vor einer Auseinandersetzung befand.

Gordons Augen tasteten die Nummern an den Türen ab.

Achtundsiebzig... neunundsiebzig... achtzig!

Gordon blieb stehen. Noch einmal überzeugte er sich, daß kein Zeuge zu sehen war.

Seine Hand glitt zum Gürtelhalfter und kam mit der Waffe wieder hervor.

Zweimal klopfte Gordon gegen die Tür.

»Wer ist da?« ertönte eine Stimme. Sie hatte einen rauhen, mißtrauischen Klang.

»Der Hausmeister, Sir. Ich will Ihnen noch den Reserveschlüssel bringen.«

»Okay, ich komme.«

Gordon atmete auf. Die erste Hürde war überstanden.

Schritte näherten sich. Der Knauf wurde herumgedreht, die Tür öffnete sich.

Gordon sprang aus dem Stand. Mit vollem Gewicht prallte er gegen das Holz.

Die Tür wurde herumgeschleudert. Gordon hörte einen unterdrückten Fluch, und im selben Moment sauste ein Schatten auf ihn zu...

Der Schwede reagierte höllisch schnell.

Er sah die Tür auf sich zukommen und hechtete zur Seite, konnte jedoch nicht vermeiden, daß das Holz ihn streifte.

Eklund fluchte unterdrückt und schlug instinktiv mit der linken Faust zu.

Er traf den im Sprung befindlichen Frank Gordon in die Nieren.

Wie ein Tornado war Gordon in den Raum hineingeflogen. Durch den unerwarteten Hieb wurde sein Schwung gebremst. Trotzdem wirbelte Gordon blitzschnell herum und legte seinen Revolver auf Eklund an.

Die Wohnungstür war wieder ins Schloß gesprungen.

Der Schwede hockte am Boden. Eine kleine Kommode war zu Bruch gegangen. Überall lagen Holzsplitter herum.

»Okay«, grinste Eklund, »du hast gewonnen. Und was jetzt? Willst du mich umnieten? Reichtümer habe ich nicht.« Das Amerikanisch des Killers hatte einen harten Klang.

Gordon zog die Augen zu Schlitzen zusammen. Im Augenblick war er am Drücker, aber er wußte, wie gefährlich der Schwede war. Man durfte ihn nicht eine Sekunde aus den Augen lassen.

An der Flurwand hing ein Spiegel. Drei Türen zweigten ab. Eine stand offen. Sie lag in Gordons Rücken und führte in den Living-room.

»Was ist, Mann?« knurrte Eklund. »Soll ich in dieser Stellung übernachten?«

»Steh auf!« kommandierte Frank.

»Wie du willst.« Eklund erhob sich ächzend. »Hast mich ganz schön geprellt, du Sonntagskiller. Teufel noch mal, so einfach harmlose Leute zu überfallen.«

»Seit wann ist ein Sven Eklund harmlos?« gab Frank zurück.

Der Körper des Schweden spannte sich wie eine Stahlsaite. »Wer ist Eklund? Ich heiße Synder.«

Gordon lachte hart. »Du hast dich zu sicher gefühlt, mein Freund. Ich an deiner Stelle wäre vorsichtiger gewesen. Na ja, du warst eben einige Zeit aus dem Geschäft.«

»Ich verstehe immer noch nichts«, sagte der Schwede und schüttelte demonstrativ den Kopf. »Ich bin Vertreter für eine Möbelfirma. Bist du einer von der Konkurrenz? Wenn ja, können wir uns auch gütlich einigen.«

»Von der Konkurrenz schon, mein Freund.«

»Na also. Dann ist ja alles in Ordnung. Komm, wir gehen einen heben.«

Eklunds gefühllose Augen straften seine Worte Lügen.

»Red kein Blech!« zischte Gordon. »Ich bin CIA-Agent. Mein Name ist Frank Gordon. Weißt du nun, mit wem du es zu tun hast?«

»CIA«, dehnte der Schwede, und seine Augen verengten sich zu schmalen Sicheln. »Von dem Verein muß ich irgendwann mal gehört haben. Es war aber nichts Gutes. Zuviel Politik, verstehst du?«

»Genug geredet«, erwiderte Gordon. »Los, geh in den Living-room.«

»Ganz wie der Meister befehlen«, sagte Sven Eklund spöttisch.

Gordon ging rückwärts, ließ Eklund keinen Moment aus den Augen.

Im Living-room war es schattig. Jalousien filterten das Sonnenlicht. Der Fernseher lief, doch der Ton war abgestellt. Vier Go-Go-Girls verrenkten ihre Körper.

Die Einrichtung bestand aus modernen Anbaumöbeln und einer zweisitzigen Ledercouch.

Sie stand vor einem Glastisch, um den sich auch noch zwei Sessel gruppierten.

Eklunds Tasche lag auf dem Tisch.

Der Schwede blieb neben der Couch stehen. Spielerisch legte er seine rechte Hand auf ein rundes Lederkissen.

»Was hast du nun vor, Mann? Willst du mich umlegen?«

Der Schwede hob seinen rechten Arm und krümmte den Zeigefinger.

Gordon grinste schmal. »Das Töten fällt wohl mehr in dein Gebiet, Eklund. Ich werde dich dem CIA übergeben. Man wird sich dort bestimmt freuen, dich zu sehen. Schließlich hast du uns einmal großen Ärger gemacht.«

»Und wenn ich mich weigere?« fragte Eklund und lächelte überheblich. Gleichzeitig ließ er sich auf die Couch fallen.

Gordon senkte den Arm mit der Waffe ein wenig. »Willst du eine Kugel haben?« fragte er leise.

Eklund gab keine Antwort. Nur das Lächeln verschwand. Er kannte die Spielregeln und wußte, daß die Dialoge unter verfeindeten Agenten nicht gerade sanft geführt wurden.

»Und du würdest wirklich schießen?« Eklund machte die Beine lang und streckte sie aus.

»Laß es auf einen Versuch ankommen«, entgegnete Gordon kalt.

»Na dann.« Der Schwede zuckte mit den Schultern.

Sekunden vertickten. Gordon ahnte, daß sich dieser Mann nicht kampflos ergeben würde. Irgendeinen Trick hatte er noch auf Lager.

Es war still in dem Zimmer. Nur gedämpft war der Verkehr von unten zu hören. Trotz der behaglichen Kühle fühlte Frank, daß ihm der Schweiß ausbrach. Er wünschte sich, Eklund schon geschafft zu haben.

»Darf ich wenigstens mein Jackett anziehen?«

»Bitte.«

Die Jacke des Schweden lag über einem der Sessel.

Eklund beugte sich vor und streckte den rechten Arm aus. Mit seinem Körper verdeckte er dabei das kleine Kissen — und seine linke Hand.

Frank Gordon ahnte die Bewegung mehr, als er sie sah. Urplötzlich zuckte Eklund herum, warf seinen Körper zurück, riß die Hand unter dem Kissen hervor.

Eine Waffe blinkte auf.

Gordon feuerte.

Dicht über Eklund klatschte die Kugel in das Rückenpolster der Couch.

Eklund schoß eine Zehntelsekunde später. Er zielte unter dem Tisch hindurch.

Gordon sprang zur Seite, hatte plötzlich einen besseren Schußwinkel und drückte zum zweitenmal ab.

Während Eklunds Kugel an seinem Bein vorbeipfiff, jagte sein Geschoß dem Schweden in die Seite.

Eklund zuckte hoch, stieß mit seiner Waffenhand gegen die Tischkante, und die Pistole fiel zu Boden.

Gordon hatte sofort seine Stellung gewechselt, doch er brauchte nicht mehr abzudrücken. Sven Eklund hatte genug. Er lag jetzt auf dem Rücken.

Die Kugel mußte seine Lunge getroffen haben. Eklunds rechter Arm hing seitlich an der Couch herunter. Die Fingerspitzen berührten den flauschigen Teppich.

Die Echos der Schüsse dröhnten noch in Gordons Ohren, als er auf den Schweden zuging.

Frank schob den Glastisch zur Seite, steckte beide Waffen ein und setzte sich neben Eklund auf die Couch.

Für Augenblicke schweiften seine Gedanken ab. So wie Eklund hier lag, konnte es ihm auch mal gehen. Diesmal war er schneller gewesen. Wer weiß, wie es beim nächsten Mal ist, dachte Frank.

Gordon beugte seinen Kopf vor. »Okay, Eklund«, sagte er, »es geht zu Ende. Hast du mir noch was zu sagen?«

Eklunds Gesicht war schmerzverzerrt. Noch immer rann Blut aus seinem Mund. »Fahr... fahr... zur Hölle«, ächzte der Schwede.

»Du bist ein Idiot«, sagte Gordon. »Du stirbst für deinen Boß, während er sich ins Fäustchen lacht. Hat er dich so gut bezahlt, daß du auch den Tod dafür in Kauf nimmst? Ich an deiner Stelle würde es mir überlegen.«

Eklund hustete erstickt. »Du − du bist ein raffinierter Hund, Gordon. Aber okay, du hast gewonnen. Versuche ihn zu schnappen.«

»Wen soll ich schnappen?«

»Basil Bronson.«

Gordon zuckte bei der Nennung des Namens zusammen. Bronson war einer der ganz Großen im Agentengeschäft. Er hatte überall seine schmutzigen Finger drin.

Eklunds Stimme unterbrach Franks Gedanken. »Bronson sitzt in der Schweiz. Er bewohnt eine Festung, da kommst du nicht ran. Er hat eine Schutztruppe. Sie schießen dich ab wie einen Hasen.«

»Weshalb bist du in die Staaten gekommen?« fragte Gordon, der merkte, daß Eklunds Stimme immer leiser wurde.

»Ich sollte kontrollieren. Bronson hat hier einen Ring aufgebaut. Er erpreßt Diplomaten. Frage nach... ahhh...«

Eklunds Körper bäumte sich unter wilden Schmerzen auf.

Gordon packte den Schweden an beiden Schultern. »Nach

wem soll ich fragen? Los, Eklund, reiß dich noch einmal zusammen. Sag es mir. Nur den Namen.«

»Nach — nach Dolores del . . .«

Die nächsten Worte erstickten in einem Gurgeln. Und zwei Lidschläge später war Sven Eklund tot. Seine glanzlosen Augen stierten gegen die Decke.

Gordon stand auf. Automatisch steckte er sich eine Zigarette an. Eklund lebte nicht mehr, doch sein Boß, der konnte noch die Fäden ziehen.

Basil Bronson!

Eine Qualle im Meer des Verbrechens. Ihn zu fassen, war so gut wie unmöglich.

Aber Gordon hatte schon das Unmögliche geschafft. Er wollte es auch diesmal versuchen.

Das Telefon stand in Hüfthöhe auf einem Wandbrett. Gordon nahm den Hörer ab und wählte die Nummer der Mordkommission.

Der Hund eines Spaziergängers fand am nächsten Tag die Leiche des Diplomaten. Als der Mann seinen ersten Schreck überwunden hatte, alarmierte er die Polizei.

Die Beamten vom nächsten Revier kamen, sahen sich die Sache an, und der Streifenführer fragte den Spaziergänger: »Warum haben Sie uns denn nicht gleich gesagt, daß er tot ist? Dann hätten wir die Mordkommission anrufen können.«

»Ich wußte es ja auch nicht«, stotterte der Mann. »Ich habe nur seine Füße gesehen und bin weggelaufen. Schließlich hätte der Bursche ja noch leben können.«

»Schon gut.« Der Polizist winkte ab. Er hatte so seine Erfahrungen mit Zeugen.

Nach zwanzig Minuten waren auch die Leute der Mordkommission zur Stelle. Chef war Inspektor Salinger, ein alter Praktiker.

Die Beamten begannen sofort mit der Spurensicherung, und der Fotograf huschte herum wie ein aufgescheuchtes Huhn.

»Eine nackte Männerleiche«, knurrte Salinger und schob sich

seinen Hut in den Nacken. Dann griff er in die Tasche und holte ein flaches Etui hervor. Ihm entnahm er einen kalten Zigarrenstummel. Er steckte sich den Stummel zwischen die Lippen und ließ ihn von einem Mundwinkel in den anderen wandern.

Salinger hatte schon fünfzehn Jahre Polizeidienst auf dem Buckel. Er war mit der Zeit abgestumpft, ein Routinier, dem niemand etwas mehr vormachen konnte. Salinger war Junggeselle und trug einen Anzug, der ihm ein paar Nummern zu groß war.

»He, Crocker, träumen Sie? Was meinen Sie zu unserem neuen Fall?«

Crocker war Salingers Assistent. Als der Inspektor ihn ansprach, schreckte er zusammen.

»Ich hatte gerade was überlegt, Chef.«

»Na, da bin ich mal gespannt.« Salingers Stimme klang nicht gerade optimistisch.

Zwischen ihm und seinem Assistenten bestand eine Art Vater-Sohn-Verhältnis. Obwohl Salinger Crocker überall herumkommandierte, ließ er, wenn es darauf ankam, nichts auf seinen Assistenten kommen.

Crocker legte den Zeigefinger auf seinen schmalen Nasenrücken. »Ja, Chef. Jetzt weiß ich's genau. Ich habe das Bild des Knaben schon mal in der Zeitung gesehen. Der Fall bringt uns bestimmt Ärger.«

Salinger schnaufte wütend. »Lassen Sie sich die Würmer nicht einzeln aus der Nase ziehen.«

»Der Tote ist kein Amerikaner, sondern Engländer, soviel ich weiß. Und er gehört zur englischen UNO-Delegation.«

»Aber was hat er hier in Washington gemacht?« sinnierte der Inspektor. »Die UNO-Fritzen hängen doch in New York.«

»Was weiß ich«, erwiderte Crocker.

Plötzlich hellte sich Salingers Gesicht auf. »Mensch, Crocker, manchmal haben Sie tatsächlich einen lichten Moment. Wissen Sie was?«

»Nee.«

»Wenn dieser Tote wirklich zur UNO gehört, sind wir den Fall los. Dann müssen sich FBI oder CIA darum kümmern. Wir haben sowieso genug zu tun.« Salinger schlug seinem Assistenten auf die Schulter. »Kommen Sie, Crocker. Wir werden jetzt mal einige andere Kameraden mobil machen . . .«

Gordons Chef hieß Perkins. Wenigstens kannte Frank ihn unter diesem Namen. Bei hohen Geheimdienstleuten wußte man nie so recht, ob sie überhaupt ihren richtigen Namen trugen. Es gab Chefs, die nur einen Buchstaben oder eine Nummer hatten.

Perkins residierte im Pentagon. Seine Abteilung umfaßte eine gesamte Etage.

Perkins selbst hockte tagsüber und oft auch nachts in einem eleganten Büro. Es war ziemlich groß, schallgedämpft, abhörsicher und mit vielen technischen Tricks und Raffinessen ausgestattet. Die Wände waren holzgetäfelt, und es gab mehrere hohe Fenster.

Schräg über Eck stand ein großer Mahagonischreibtisch, dessen rechtes Drittel wie ein Schaltpult aussah. Es gab viele Schalter und Knöpfe, und nur Perkins selbst kam damit zurecht.

Perkins war relativ klein. Er hatte schwarzes Haar, stechende Augen und eine faltige Haut. Er war immer korrekt gekleidet. Manche Leute behaupteten, er ginge sogar mit einer Krawatte ins Bett. Aber das war wohl übertrieben.

Momentan saß Perkins hinter seinem Schreibtisch und fixierte Frank Gordon scharf.

»Sie haben also Eklund gefaßt«, stellte er fest.

»So ist es.«

Frank Gordon saß in einem bequemen Ledersessel und hatte die Beine lässig übereinandergeschlagen. Die Finger seiner rechten Hand umfaßten ein Cognacglas. Er schwenkte die goldbraune Flüssigkeit hin und her.

Perkins verzog das Gesicht. »Aber leider ist Eklund tot.«

Frank hob die Schultern. »Es war nicht anders zu machen. Er oder ich.«

»Ich weiß«, knurrte Perkins, »habe schließlich das Protokoll gelesen.«

Gordon fand seinen Chef heute mal wieder unerträglich.

Perkins senkte den Blick und vertiefte sich in einige Akten.

Frank nahm einen Schluck von dem edlen Getränk und ließ den Blick durch den Raum schweifen.

Schließlich sah Perkins auf. »Die Aussagen dieses Schweden sind ja ganz interessant.«

Gordon grinste innerlich. Jetzt kam der alte Fuchs langsam zur Sache.

»Sie meinen die Hinweise auf Basil Bronson, Chef.«

»Die auch. Aber da ist noch ein Name gefallen. Dolores del...« Perkins verstummte für einen Augenblick. »Haben Sie schon nachgeforscht, wer sich dahinter verbirgt?«

»Bin noch nicht dazu gekommen.«

»Vielleicht kann ich Ihnen die Arbeit abnehmen, Gordon.«

Frank horchte auf. Das waren ja ganz neue Töne.

»Ein UNO-Berater namens Chambers ist vor einigen Tagen ermordet worden. Da er Ausländer ist und dazu noch Diplomat, fällt die Sache in unseren Bereich. Wir haben die Leiche genauestens untersucht. Unter anderem haben wir noch winzige Spuren eines bestimmten Parfüms entdeckt. Unsere Laborleute haben auch den Namen herausbekommen. FLEUR SURPRISE. Nachforschungen ergaben, daß dieses Parfüm in ganz Washington nur in einem Geschäft verkauft wird. Und zwar in einer Art Boutique und Sauna gleichzeitig. Der Laden heißt ›Dolores‹. Und jetzt, Gordon, dürfen Sie mal raten, wer die Inhaberin ist?«

»Unsere Dolores del...«

»Genau. Die Dame heißt Dolores del Rio, gibt sich als Brasilianerin aus und ist seit drei Jahren hier in Washington. Bisher ist sie allerdings noch nicht sonderlich aufgefallen.« Perkins klappte die Akte zu. »Ich würde vorschlagen, Gordon, Sie nehmen die del Rio mal unter Ihre Fittiche. Auf Damen verstehen Sie sich doch.«

»Solange es Damen sind, Sir«, erwiderte Gordon grinsend.

»Bei dieser Dolores habe ich allerdings das Gefühl, sie ist eher ein Dämchen.«

»Auch damit werden Sie bestimmt fertig.«

Frank nickte. »Und was ist mit unserem Freund Basil Bronson?«

Perkins strich sich durch das Gesicht. »Das ist allerdings das Problem. Bronson sitzt in der Schweiz. Glauben Sie, daß Sie an ihn herankommen?«

»Ich könnte es versuchen.«

»Sie hätten keine Rückendeckung.«

»Mein Risiko. Ich bin Bronson nämlich noch etwas schuldig. Er hat vor einigen Jahren, als er noch in den Staaten hauste, einen Freund von mir umlegen lassen. Und die Rechnung werde ich ihm noch präsentieren.«

Perkins stand auf. »Wie gesagt, die Schweizer Behörden werden nicht eingeschaltet. Sie reagieren oft etwas komisch.«

Gordon erhob sich ebenfalls. »Auch ich habe meine Beziehungen im Land der Eidgenossen. Aber vorher werde ich mich noch um diese Dolores del Rio kümmern. Wenn sie so gut aussieht, wie sich ihr Name sprechen läßt, ist sie genau mein Fall.«

Frank ging zur Tür. Er hielt die Klinke schon in der Hand, da drehte er sich noch einmal um: »Ich halte Sie auf dem laufenden, Chef.«

Perkins nickte seinem besten Agenten kurz zu und widmete sich wieder seinen Akten.

Frank ging zu seinem Büro. Unterwegs schäkerte er noch mit einigen Sekretärinnen und ließ sich ein Adreßbuch von Washington heraussuchen.

Dolores del Rio wohnte auf der anderen Seite des Potomac-River. Sie hatte ihre Bleibe in der Acker-Street, nur ein paar Minuten vom Bahnhof entfernt. Geschäfts- und Privatadresse waren identisch.

Gordon blickte auf seine Uhr. Es ging schon auf den späten Nachmittag zu. Die Zeit war günstig, fand er.

Gordon war wirklich gespannt, als was sich diese Dolores del Rio entpuppte.

Eigentlich gab es nur zwei Alternativen. Entweder Sex-Elfe oder Killer-Girl.

Gordon tippte mehr auf die zweite Möglichkeit.

Man sah dem Geschäft an, daß hier nur Leute mit prall gefüllten Brieftaschen aus- und eingingen.

Alles war auf teuer gemacht. Die holzgetäfelte Fassade, die geschwungene Schrift ›Dolores‹, die auch am Tage durch Spotlights angestrahlt wurde, und die beiden imitierten Gaslaternen neben der vornehmen Eingangstür. Sie bestand aus getöntem Glas, genau wie die beiden Schaufenster.

Gordon bekam den Eindruck kurz mit, als er seinen Mustang an dem Geschäft vorbeirollen ließ. Einen Parkplatz konnte er schlecht finden. Es herrschte zuviel Betrieb. Auf der Straße quälten sich die Fahrzeuge weiter, und auf den Bürgersteigen atmeten Passanten die Abgase ein.

In der nächsten Querstraße fand Gordon dann eine Parkbucht. Zu Fuß schlenderte er zurück. Die Sonnenbrille verdeckte einen Teil seines Gesichtes.

Menschen streiften an ihm vorbei, und manch wippender Busen präsentierte sich unter BH-losen T-Shirts.

Gordon grinste. Manchmal wünschte er sich einen anderen Job, denn viele der Girls sahen aus, als wären sie einem Flirt nicht gerade abgeneigt.

Das Geschäft tauchte auf.

Markisen, bunt gewürfelt, überdeckten die Hälfte des Bürgersteiges. Die Schaufenster waren einladend dekoriert. Es stand nicht zuviel darin, doch was es zu sehen gab, war gut und teuer.

Gordon nahm seine Brille ab. Betont lässig schlenderte er auf die Eingangstür zu.

Ein Messinggriff war an dem dicken Glas befestigt.

Gordon schob die Tür auf.

Angenehme Kühle empfing ihn. Teppichboden wellte sich unter seinen Sohlen.

Wo man hinsah, dunkles, elegantes Holz. Regale, bestückt mit Waren. Nur die zwei Yard lange Theke war aus Glas. Aus versteckt angebrachten Lichtquellen wurde der Verkaufsraum erhellt.

Gordon war der einzige Kunde.

Bei dem Käuferandrang müssen die ja überhöhte Preise nehmen, dachte er bei sich.

»Kann ich Ihnen helfen, Sir?«

Die sanfte, geschäftsmäßig freundliche Stimme war hinter seinem Rücken aufgeklungen.

Gordon drehte sich betont langsam um.

Spaghettiträger hielten ein Kleid aus rosa Chiffon. Es endete eine Handbreit unter dem Knie. Was in dem Stoff verpackt war, glich einem Glamour-Girl der fünfziger Jahre. Ein kirschrot geschminkter Mund lächelte Gordon an.

Der CIA-Agent lächelte zurück.

»Ich suche Miß Dolores del Rio«, sagte er.

Der Mund verschloß sich. Die Winkel zeigten nach unten.

Jetzt ist sie sauer, dachte Frank.

»Sind Sie angemeldet?« kam die Frage.

»Nein, mein schönes Kind.«

»Dann tut es mir leid. Madame empfängt keine unangemeldeten Besucher.«

Gordon spitzte die Lippen. «Madame also. Vornehm, vornehm. Da ich Ihren Worten entnehme, daß Madame im Hause ist, werde ich sie auch sprechen.«

Gordon peilte über die Schulter des Glamour-Girls und sah eine offenstehende Tür. »Ich darf doch«, sagte er lächelnd und schob die Kleine zur Seite.

Er hörte ihre Schritte auf dem Teppichboden nicht, als sie ihm nachlief, roch aber das Parfüm und den Atem, der seinen Nacken streifte.

»Es ist unmöglich, Mister. Sie können wirklich nicht so einfach zu Ma . . .«

Gordon blieb stehen.

Das Girl prallte gegen seinen Rücken. Sie trug keinen BH. Es war zu spüren.

Gordon wandte den Kopf, streckte die Hand aus und hob das Kinn der Kleinen an.

»Jetzt hör mal zu, Mädchen. Für Sven Eklund ist Madame zu sprechen.«

Gordon hatte sich blitzschnell zu diesem Bluff entschlossen.

Die Augen der Kleinen wurden rund. »Ich — ich werde Sie anmelden«, sagte sie.

»Nett von Ihnen, aber ich komme mit.«

Die Puppe zuckte mit den Schultern.

Es ging durch einen Flur, der nach etwa fünf Yard um eine Ecke bog.

Vor der Ecke blieb das Girl stehen. Ihre Fingerknöchel berührten das mattlackierte Holz einer Tür.

»Ja?« hörte Frank die Stimme einer Frau.

»Ein Mister Eklund möchte Sie sprechen, Madame.«

Gordon hielt den Atem an. Jetzt entschied es sich. Hatte Dolores del Rio etwas mit diesem Eklund zu tun, dann reagierte sie positiv.

Sie hatte.

»Er soll reinkommen.«

Das Girl trat zur Seite. Frank lächelte ihr noch einmal zu und öffnete die Tür.

Madames Büro glich eher einem Schlafzimmer. Die Couch war aus rotem Velours, die Sessel ebenfalls, und der Schreibtisch schleiflackweiß. Zwei Türen zweigten in andere Räume ab. An den Wänden brannten Lampen. Ihr Licht war anheimelnd. Es gab noch unzählige Kleinigkeiten, die Frank an das Empfangszimmer eines Nobel-Bordells erinnerten.

Doch Dolores del Rio stellte alles in den Schatten. Sie war ein Vollblutweib, wie man es nur selten findet.

Lackschwarz waren ihre Haare und flossen bis auf die sonnengebräunte Haut der Schultern hinab. Die Augen in dem Gesicht mit den hochstehenden Wangenknochen glichen Kohlenstücken. Unter der sanft geschwungenen Nase verzog sich ein blaß geschminkter Mund zu einem einladenden Lächeln.

»Mister Eklund?«

Gordon nickte. Er ließ sich nicht anmerken, wie sehr ihn Dolores del Rio beeindruckt hatte.

Die Frau saß hinter dem Schreibtisch. Jetzt erhob sie sich mit einer geschmeidigen Bewegung. Die Seide des blutroten Kleides knisterte.

Der Ausschnitt war gewagt und ließ einen Teil der üppigen Brüste sehen.

Gordon räusperte sich.

Dolores del Rio streckte ihm die Hand hin. »Ich habe viel von Ihnen gehört, Mister Eklund. Setzen wir uns doch.«

Ihre Fingerspitzen berührten Gordons Rücken. Doch der CIA-Agent war auf der Hut. Diese Frau war eine Schlange, eine Bestie im Schafspelz.

»Was möchten Sie trinken?«

»Whisky.«

»Sofort.«

Gordon ließ sich in den Sessel sinken. Das Polster war weich und schmiegte sich an den Körper.

Hier konnte man es aushalten.

Eiswürfel klirrten in Gläsern. »Ich trinke ihn immer *on the rocks.* Sie auch, Mister Eklund?«

»Habe nichts dagegen.«

Die Frau stand an einer Bar. Sie war in die Wand eingebaut worden. Wie ein Safe. Die Rückseite bestand aus einem Spiegel. Frank meinte, ein wissendes Lächeln um Dolores del Rios Mundwinkel erkennen zu können.

Die Bar schloß sich durch einen Knopfdruck.

Dolores kam auf Gordon zu. Ihr Gang war wiegend. Sie hatte die Hüften leicht vorgeschoben und warf das Haar mit einer lasziven Bewegung in den Nacken zurück.

Dolores del Rio reichte Gordon ein Glas. Er sah, daß der Nagellack zum Lippenstift paßte.

»Auf Ihr Wohl, Mister Eklund. ›Skol‹ sagt man doch bei Ihnen, nicht wahr?«

»Genau.«

Sie tranken. Dolores hatte sich neben Frank gesetzt. Das Kleid war hochgerutscht, zeigte makellose Beine. Sie trug hauchdünne Nylons. Gordon sah ein Stück des roten Strumpfbandes.

Die ganze Atmosphäre knisterte vor Erotik. Wenn er nicht aufpaßte, schaffte ihn dieses Luder noch.

»Darf man fragen, weshalb Sie gekommen sind, Mister Eklund?« Dolores del Rio blickte Frank direkt an.

Der CIA-Agent hielt diesem Blick stand. »Sicher dürfen Sie das«, erwiderte Gordon gelassen. »Bronson schickt mich.«

Die wohlrasierten Augenbrauen der del Rio schoben sich in die Höhe.

»Aus welchem Grund?«

Eine Ausrede hatte sich Frank schon vorher festgelegt. »Ich soll die Geschäfte überprüfen.«

»Hat es denn Unstimmigkeiten gegeben?« Dolores del Rio blickte wie ein Unschuldslamm.

Frank nahm einen Schluck und ließ den Whisky über die Zunge gleiten. »Nun − das wird sich herausstellen. Es soll einiges umgeändert werden«, sagte er vage.

Dolores del Rio beugte sich vor. Ihr Ausschnitt klaffte noch weiter auseinander.

Frank bekam eine trockene Kehle.

»Es wird alles zu Ihrer Zufriedenheit ablaufen, Sven«, hauchte die Frau.

Sie stellte ihr Glas, mit dem sie gespielt hatte, auf den Tisch und stand auf.

Mit beiden Händen strich sie ihr Kleid glatt. Es war eine Bewegung, die alles versprach.

Alles . . .

»Bevor wir zum Geschäftlichen kommen, möchte ich mich mit Ihnen ganz privat unterhalten, Sven.«

Dolores del Rios Stimme war eine einzige Verlockung. Und ehe Frank etwas erwidern konnte, begann sie schon an den Knöpfen des Kleides zu nesteln.

Der erste Knopf sprang auf.

Der zweite . . .

Frank sah die dunkelrote Spitze einen knapp sitzenden, durchsichtigen BHs.

Der dritte Knopf.

Okay, sie sollte ihr Vergnügen haben.

Gordon wollte aufstehen.

In diesem Augenblick spürte er die Gefahr. Doch da war es schon zu spät.

Ein böses Kichern ließ ihn in seiner sitzenden Stellung verharren.

Blitzschnell trat die del Rio zwei Schritte zurück. Mit flinken

Fingern schloß sie die drei obersten Knöpfe. Ihr Auftrag war erfüllt. Sie hatte Gordon für wenige Sekunden abgelenkt.

Frank fühlte eine Gänsehaut über seinen Rücken rieseln. Er wandte den Kopf ein wenig zur Seite.

Die beiden Männer trugen Sommeranzüge und Hemden ohne Krawatten. Aber das war in dieser Jahreszeit schließlich üblich.

Unüblich waren die beiden Maschinenpistolen, die fest und sicher in ihren Händen lagen.

Für Sekunden schien die Luft mit Elektrizität geladen zu sein. Dann lachte Dolores del Rio spöttisch auf.

»Sie haben es sich zu einfach gemacht, Mister. Sven Eklund kenne ich zufällig. Sie allerdings noch nicht.« Sie betonte das ›Noch‹ besonders. »Aber das wird sich herausstellen, wenn Warren und Jake sich ein wenig mit Ihnen beschäftigen...«

Gordon zuckte nicht einmal zusammen, als er den häßlichen Druck der Mündung im Nacken spürte.

Er blieb äußerlich kalt. Doch innerlich schalt er sich einen Narren. Ein dreimal verfluchter Idiot war er. Aber die Vorwürfe hatten keinen Zweck. Er war dieser raffinierten del Rio auf den Leim gegangen und mußte nun sehen, wie er einigermaßen glimpflich aus der Patsche kam.

Jake war es, der Gordon die MPi in den Nacken preßte. Der CIA-Agent spürte den scharfen Atem des Gangsters über sein Haar wehen. Leichter Schweißgeruch drang in seine Nase.

Gordon preßte die Lippen zusammen. Aus schmalen Augenschlitzen beobachtete er seine Umgebung. Er saß gerade und steif, als hätte er einen Stock verschluckt.

Der zweite Mann trat in sein Blickfeld. Es war Warren, ein harter Killer.

Er fixierte Gordon aus kalten Augen. Die Maschinenpistole lag locker in seinen Händen. Gordon wußte, daß er von diesem Mann keine Gnade erwarten durfte. Dafür war das Geschäft zu hart.

Warrens Gesicht blieb ohne Regung. Auch dann noch, als er einen Blick zu Dolores del Rio hinüberschickte.

»Gib mir eine Zigarette«, sagte die Frau.

Warren warf ihr sein Päckchen zu, das er aus der Jackentasche geholt hatte. Während dieser Bewegung hatte sich der MPi-Lauf nicht um einen Inch gesenkt. Maßarbeit.

Ein Feuerzeug stand auf dem Tisch.

Dolores del Rio schnickte das Flämmchen an. Ihr Blick war starr auf Gordon gerichtet.

Die Frau stieß den Rauch durch die Nase aus. Dann sagte sie: »Taste ihn nach Waffen ab, Jake.«

Der Angesprochene beugte sich vor.

Unwillkürlich spannte Gordon die Muskeln. Schon geriet Jakes Hand in sein Blickfeld. Wenn sich der Killer noch weiter vorbeugte, hatte er vielleicht eine Chance.

»Mach keinen Mist, Jake!« Warrens Stimme zerschnitt die Stille. »Er soll seine Knarre selbst herausnehmen.« Und zu Dolores gewandt: »Du machst Fehler, Darling.«

Die Frau stieß eine Verwünschung aus.

Gordon lächelte eisig.

Jake drückte sich wieder zurück.

Gordons Rechte verschwand unter dem Jackett. Langsam, damit sie ja sahen, daß er nichts anderes vorhatte.

Bald lag der schwere Revolver in seiner Hand.

Noch immer drückte die MPi gegen sein Genick. Die Stelle schmerzte.

»Wirf die Kanone auf den Teppich!« befahl Warren.

Gordon gehorchte.

Warren bückte sich, hob die Waffe auf und steckte sie in den Gürtel.

Eigentlich war die Situation grotesk. Aber auf eine gefährliche Weise. Die drei wußten, daß Gordon nicht Sven Eklund war. Okay. Sie hatten aber auch keine Ahnung, zu welchem Verein er gehörte. Und schließlich bestand durchaus noch die Möglichkeit, daß Basil Bronson einen anderen als Eklund geschickt hatte.

Dolores del Rio unterbrach das Schweigen. »Wer bist du?« fragte sie.

»Ich komme von Bronson!« erwiderte Gordon.

Die del Rio und Warren tauschten einen kurzen Blick. »Wir kennen Bronsons Leute«, sagte die Frau.

»Ich bin neu.«

Warren grinste hinterlistig. »Gib mir mal deine Brieftasche.«

Gordon warf sie ihm herüber. Jetzt stand sein Bluff auf noch schwächeren Füßen.

Warren übergab Dolores del Rio die Brieftasche. »Sieh du nach.«

Die Frau blätterte die Papiere durch. Der CIA-Ausweis befand sich nicht darin. Den trug Gordon immer in einer unauffällig angebrachten Tasche in seinem Jackett.

»Er heißt Gordon. Frank Gordon. Wohnhaft hier in Washington.« Dolores del Rio klappte die Brieftasche wieder zu. »Also kein Mann von Bronson. Aber wer dann?«

»Wer bist du wirklich, Mister?« zischte Warren. »Und komm nicht mit dummen Sprüchen.«

»Ich sagte doch schon, ich . . .«

Plötzlich verschwand der Druck aus Gordons Nacken. Einen Herzschlag später knallte der MPi-Lauf gegen seine linke Wange.

Gordons Kopf flog nach rechts. Er spürte einen höllischen Schmerz durch seinen Kiefer schießen. Hoffentlich war nichts gebrochen.

Dann war der Druck wieder da.

Gordon biß die Zähne zusammen.

»Nun?« dehnte Warren.

Gordon schwieg.

Sekunden vertickten.

»Wahrscheinlich ist er vom CIA oder FBI«, vermutete Dolores del Rio.

»Dann müssen wir ihn erst recht umlegen«, sagte Warren. »Aber verdammt noch mal, wieviel weiß das Schwein?«

»Das wirst du doch wohl noch aus ihm herauskriegen«, erwiderte die del Rio spöttisch.

»Du meinst die harte Tour?«

»Und wie.«

»Okay.« Warren trat einen Schritt vor, blieb kurz stehen und hob das rechte Bein. Die Schuhspitze war auf Gordons Schienbein gerichtet.

Der Tritt kam.

Blitzschnell riß Gordon seine Beine auseinander.

Warrens Fuß prallte gegen den Sessel.

Der Killer schrie auf, kam aus dem Gleichgewicht. Für Sekunden zeigte der Lauf der MPi an Gordon vorbei.

Frank setzte alles auf eine Karte.

Jetzt oder nie.

Im Sitzen klappte er zusammen, stieß gleichzeitig seinen Schädel in Warrens Magen und wurde zusammen mit dem Killer nach vorn katapultiert.

Noch ehe sie auf dem Teppich landeten, riß Gordon dem Gangster seine Waffe aus dem Hosenbund.

Ineinander verkrallt, rollten sie über den Boden.

Dolores del Rio begann zu schreien. »Schieß doch endlich!« brüllte sie Jake an.

Doch Jake hatte Angst. Zu leicht hätte er seinen eigenen Kumpan treffen können. Statt dessen rannte er wie ein Hase hin und her, suchte nach einer günstigen Schußposition.

Die beiden Männer kämpften verbissen. Hier ging es um Leben und Tod. Gordon mußte den Fight gewinnen.

Warren hatte die Maschinenpistole noch immer nicht losgelassen. Sein Nachteil, denn jetzt behinderte sie ihn.

Der Killer stieß unverständliche Flüche aus, bis Gordon ihm das Knie in den Leib rammte.

Warren verstummte gurgelnd. Der Schmerz lähmte ihn.

Mit einem gewaltigen Ruck zog Gordon den Kerl auf sich. Preßte ihn mit dem linken Arm an sich.

Die Maschinenpistole war dem Schießer entfallen, und Gordon wurde durch Warrens Körper gedeckt.

Seine eigene Waffe hatte er dem Killer gegen die Stirn gepreßt.

»Laß die Bleischleuder fallen!« schrie Gordon Jake zu.

In diesem Augenblick machte Warren eine hastige Bewegung. Er wollte sich aus dem harten Griff befreien.

Es gelang ihm nur halb.

Für wenige Lidschläge war ein Teil von Gordons Körper zu sehen.

Da zog Jake den Stecher durch.

Die Maschinenpistole spuckte ihr Blei. Gedankenschnell ließ Gordon den Killer los und rollte um die eigenen Achse.

Der tödliche Geschoßhagel stanzte eine Naht in Warrens Körper. Schreiend und aus mehreren Wunden blutend taumelte Warren auf seinen Komplizen zu, der ihm die Kugeln verpaßt hatte.

Kurz vor dem Mordschützen brach er zusammen.

Jake sprang brüllend zur Seite, riß die MPi herum.

Gordon lag noch auf dem Boden. Er hatte beide Hände um den Kolben seines Revolvers gekrallt.

Der Agent feuerte.

Jake nahm die Kugel voll. Sie trieb ihn bis gegen die Wand.

Noch einmal versuchte der Killer, die Waffe hochzureißen. Er war zu schwach. Trotzdem gelang es ihm, den Abzug zu betätigen. Die Maschinenpistole ratterte los.

Kugeln zerfetzten den Teppich. Dann brach auch Jake mit einer seltsam steifen Bewegung zusammen.

Gordon stand schon längst wieder auf den Beinen.

Sein Blick irrte durch das Zimmer.

Dolores del Rio war verschwunden. Sie mußte die kurze Zeitspanne ausgenutzt haben.

Gordon stieß eine Verwünschung aus und rannte zur Tür.

Auf der Schwelle prallte er mit der kleinen Verkäuferin zusammen.

Das Girl kreischte auf. Im selben Augenblick entdeckte es die Toten.

Ihr Kreischen wurde zu einem Schrei des Entsetzens. Wild klammerte sie sich an Gordon fest.

Der CIA-Agent wandte die einzig richtige Methode an. Er schlug der Kleinen zweimal ins Gesicht.

Das Schreien verstummte.

Jetzt starrten Gordon nur noch die weit aufgerissene Augen an.

»Okay, Süße«, sagte Frank. »Du hast hier einiges gesehen,

was nicht gerade etwas für ein zartes Gemüt ist. Aber trotzdem wirst du mir antworten. Wo ist die del Rio?«

»Ich — ich habe sie nicht gesehen«, schluchzte die Kleine.

»Wo kann sie sein?«

»Nach draußen ist sie nicht. Vielleicht hinten.«

»Was heißt hinten?«

»Hier den Gang weiter. Dann um die Ecke.«

»Das reicht. Danke. Und jetzt verschwinde.«

Gordon hetzte los. Der Gang endete kurz hinter der Biegung. Eine Holztür versperrte dem CIA-Agenten den Weg.

Sauna — Massagen, stand darauf.

Gordon grinste hart.

Er rüttelte an der Klinke. Die Tür war offen.

Eine dicke Dampfwolke quoll Gordon entgegen, hüllte ihn sofort ein.

Gordon riß die Augen auf. Instinktiv duckte er sich. Fliesen befanden sich unter seinen Füßen.

Gestalten huschten durch den Dampf.

»Tür zu!« rief jemand.

Gordon achtete nicht darauf.

Nackte Füße platschten über die Fliesen. Irgendwo knallte eine Tür.

Plötzlich war alles ruhig.

Gordon witterte Gefahr. Man durfte die del Rio nicht unterschätzen.

Plötzlich sah Gordon rechts neben sich eine huschende Bewegung. Instinktiv sprang er zur Seite. Ein harter Schlag traf seine Waffenhand. Unwillkürlich öffnete Gordon die Finger. Der Schmerz zuckte brennend bis in den Oberarm.

Ein nackter Fuß trat die Waffe zur Seite. Für einen Moment gerieten rotlackierte Zehennägel in Gordons Blickfeld.

Wieder wurde ein Schwall Dampf in den Raum geschossen, verdrängte für eine winzige Zeitspanne den anderen, bereits schwer gewordenen Wasserdampf.

Gordon bekam für einen Augenblick bessere Sicht. Er sah die fast nackte Puppe auf sich zuhechten und das gefährliche Messer in ihrer rechten Hand aufblitzen . . .

Das Echo der Schüsse dröhnten noch in Dolores del Rios Ohren, als sie bereits das Mordzimmer verlassen hatte.

Die Frau wußte, wann eine Sache gelaufen war und sie sich zurückziehen mußte. Hier sah alles danach aus.

Dieser Gordon war ein durchtriebener Hund. Jahrelang war alles gutgegangen, und *er* hatte mit einem Schlag den Laden auffliegen lassen.

Aber eine Dolores del Rio in die Finger zu bekommen, das sollte auch Gordon nicht schaffen. Sie hatte immer noch einige Trümpfe in der Hinterhand.

Ein kaltes Lächeln legte sich um die Lippen der Frau, als sie daran dachte.

Schon stand sie an der Saunatür. Den Schlüssel hatte sie immer bei sich.

Sie schloß die Tür auf, huschte in den dahinterliegenden Raum und sperrte wieder ab.

Hier begann das eigentliche Reich der Dolores del Rio. Ein Luxusbordell der Ersten Klasse. Es gab mehrere Räume mit Massagepritschen und weichen Betten. Eine gut bestückte Bar sorgte für Getränke. Es ließ sich bei Dolores del Rio gut aushalten. Dafür sorgten auch schon ihre beiden ›Masseusen‹. Puppen wie aus dem Bilderbuch. Daß man hier etwas Besonderes bekam, hatte sich natürlich herumgesprochen. Vor allen Dingen in Diplomatenkreisen und bei den Vertretern der UNO. Außerdem lag das Bordell in Washington. Hier war man weit genug vom Schuß. Die reine Weste blieb erhalten, und eine Dienstreise von New York nach hier konnte man immer schnell arrangieren. Sogar mehrmals in der Woche.

Doch dann kamen die bösen Überraschungen. Dolores del Rio hatte von all den Sexspielchen Aufnahmen machen lassen. Fotos, die jedes Boulevardblatt mit Kußhand genommen hätte. Die Diplomaten waren ernüchtert und zahlten zähneknirschend die geforderten Summen. Oft wurden auch Geheiminformationen erpreßt, und die leitete Dolores dann weiter in die Schweiz, wo Basil Bronson wie eine Spinne im Netz hockte.

Schwerer Wasserdampf hing noch in der Luft und legte sich beklemmend auf die Lungen.

Dolores del Rio hustete.

Die Tür zum nächsten Raum stand offen. Stimmengewirr und Gelächter drangen daraus hervor.

Sekunden später stand die del Rio im eigentlichen Massageraum.

Die Situation war eindeutig.

Zwei Männer lagen auf den gepolsterten Liegen. ›Bedient‹ wurden sie von zwei attraktiven Girls, die keinen Faden am Leib trugen.

Als sie ihre Chefin sahen, sprangen sie auf. Das herrschende rote Licht ließ ihre Gesichter unwirklich erscheinen.

»Schafft die beiden weg!« befahl Dolores.

Die Männer wollten protestieren. »He, wir haben doch noch gar nichts gehabt.«

»Weg!«

Sandra, die Schwarzhaarige, zog ihren Freier kurzerhand von der Liege.

Fluchend knallte er zu Boden, sprang sofort wieder auf und wollte sich auf das Girl stürzen.

Ein Karateschlag fegte ihn gegen die Wand, wo er zusammenbrach und leise vor sich hin wimmerte.

Der andere hatte aus geweiteten Augen der Szene zugesehen. Seine ›Masseuse‹ war die rothaarige Minouche. Sie war ebenso in Karate ausgebildet wie ihre Kollegin.

»Halt dich ruhig«, sagte sie nur. Und dann: »Was ist los, Madame?«

»Der Teufel«, erwiderte Dolores kurz. »Ein Typ vom CIA hat sich Warren und Jake vorgenommen.«

»Und?«

»Wahrscheinlich leben sie beide nicht mehr.«

Minouche zuckte zusammen.

Das sah allerdings böse aus.

»CIA«, kreischte plötzlich der Mann auf der Pritsche. »Lieber Himmel, wenn die mich hier sehen, ist meine Karriere kaputt.«

»Ihr Bier«, antwortete die del Rio ungerührt.

Automatisch streiften sich die beiden Girls ihre Slips über. »Was sollen wir tun?« fragte Sandra. Sie hatte ihr schwarzes

Haar zu einem Pferdeschwanz gebunden und sah mit der Frisur aus wie ein Schulmädchen. Aber das täuschte gewaltig.

»Bereitet ihm einen heißen Empfang. In jeder Hinsicht.« Die Stimme der del Rio klang kalt, ohne Gefühl. »Er wird bestimmt in die Sauna kommen. Stellt das Wasserdampfgebläse an. Er wird im ersten Augenblick nichts sehen. Und dann nehmt die Messer.«

»Sie wollen ihn töten?« kreischte der Nackte, der Angst um seine Karriere hatte.

»Was dagegen?« fragte Minouche zurück.

»O Himmel«, stöhnte der Mann und ließ sich auf die Bank sinken. Sein Blutdruck, der vorhin in schwindelnde Höhen gestiegen war, hatte es inzwischen vorgezogen, sich in den Keller zu verziehen. Der Knabe war kreidebleich.

Dolores deutete auf die beiden. »Nehmt sie mit. Das sieht besser aus. Wenn es dann soweit ist, können sie sich ja verdünnisieren.«

»Okay, Madame.«

Sandra hatte inzwischen schon das Heißwassergebläse angestellt. Aus der offenen Tür quollen bereits die ersten Dämpfe.

»Dann bis später«, sagte Dolores und verschwand hinter einer versteckt angebrachten Tapetentür. Für sie gab es noch einen Notausgang.

Die beiden Killer-Miezen entfalteten eine fieberhafte Tätigkeit. Sie rissen die nackten Männer kurzerhand hoch.

»Wird heute nichts mit einem Schäferstündchen im Schlafzimmer«, sagte Sandra und stieß ihren angstschlotternden Freier vor sich her.

Die ›Schlafzimmer‹ lagen in der oberen Etage. In einem dieser Zimmer war auch der Diplomat Chambers an einem Herzschlag gestorben.

Minouche hatte inzwischen die Messer besorgt. Ein Mexikaner hatte die beiden Girls im Umgang mit Stichwaffen ausgebildet, und zwar so gut, daß sie hinterher besser waren als ihr Meister.

Der Wasserdampf hatte den ganzen Raum erfüllt. Er stand dort wie eine Wand.

Da wurde die Tür aufgestoßen.

Die Silhouette eines Mannes war zu erkennen.

»Tür zu!« rief Sandra.

Der Mann hörte nicht auf sie.

»Haut ab!« zischte Minouche den beiden Nackten zu, die sich das nicht zweimal sagen ließen.

Der Mann, der den Raum betreten hatte, hielt eine Schußwaffe in der Hand.

Minouche schlich sich an ihn heran und drosch die Waffe mit einem Karatehieb aus den Fingern. Danach stieß sie den Revolver blitzschnell außer Reichweite.

Im selben Moment hechtete Sandra auf den Eindringling zu...

Gordons Reflexe funktionierten wie geschmiert.

Ein schneller Sidestep brachte ihn aus dem unmittelbaren Gefahrenbereich.

Der tödliche Stahl sauste an ihm vorbei.

Gordon drehte sich auf der Stelle. Noch immer schmerzte sein rechter Arm, wo ihn der Schlag getroffen hatte. Seine Waffe mußte er erst mal aufgeben.

Ununterbrochen strömte der heiße Dampf in die Sauna. Gordons Anzug war klatschnaß. Ebenso sein Gesicht, Wasser und Schweiß vermischten sich zu kleinen Bächen, die ihm in den Kragen rannen. Außerdem waren die Fliesen glatt. Der CIA-Agent mußte höllisch aufpassen, daß er nicht ausrutschte und den Killer-Miezen im wahrsten Sinne des Wortes ins Messer fiel.

Wieder raste ein Messer auf ihn zu.

Gordon zog den linken Arm hoch. Der Messerarm und seine Handkante kollidierten.

Gordon hörte einen erstickten Aufschrei und sah das Girl zurückwanken.

Sofort setzte der CIA-Agent nach. Er sah die fast Nackte aus dem Dampfschleier auftauchen und wollte ihr mit einem Judogriff die Stichwaffe entwinden.

Seine Hände rutschten ab. Die Puppe mußte sich mit irgendeinem Öl eingerieben haben. Ihr Körper war glitschig wie Seife.

Gordon hatte viel Schwung in seinen Angriff gelegt. Durch dieses Abrutschen kam er aus dem Gleichgewicht. Ehe er sich fangen konnte, bekam er einen mörderischen Tritt in die Kniekehlen, der ihn zu Boden schmetterte.

Gordon sah die Fliesen auf sich zukommen und fing den Sturz gerade noch mit der Schulter ab.

Augenblicklich rollte er sich herum.

Die zweite Killer-Mieze hechtete bereits auf ihn zu. Gordon sah nur die Umrisse und dann die mörderische Klinge aus dem Dampf auftauchen. Gordon riß sein Bein hoch.

Die Killer-Mieze knallte gegen sein Knie. Sie stöhnte auf und klatschte zu Boden.

Für sie war der Kampf vorerst beendet.

Gordon wechselte seine Stellung. Er rollte sich mehrmals um die eigene Achse, bis er die Wand hinter sich spürte.

Jetzt wurde der Dampf zu einem Vorteil für ihn. Denn das übriggebliebene Girl konnte ihn genausowenig sehen wie er sie.

Ein Nervenkrieg begann.

Sekunden dehnten sich zu Minuten. Der Schweiß brach Gordon wie Bachwasser aus den Poren. Langsam wurde auch das Atmen zur Qual.

Und noch immer strömte der Wasserdampf nach. Wahrscheinlich konnte man das Zeug von diesem Raum aus gar nicht abstellen.

Plötzlich drang ein Stöhnen an Gordons Ohren.

Das mußte die Kleine sein, die Gordon außer Gefecht gesetzt hatte.

»Sandra, ich bin — ich kann nicht mehr. Ich habe mir irgendwas verstaucht. Mach du ihn allein fertig, Sandra. Ich bleibe hier liegen.«

Sandra gab keine Antwort. Sie wollte nicht ihre Stellung verraten.

Gordon gestattete sich ein Grinsen. Jetzt hatte er Oberwasser. Verzweifelt versuchte er diese verdammten Heißwasserwolken zu durchdringen.

Es blieb beim Versuch.

Dann sah Gordon für Sekunden die Konturen dieser Sandra auftauchen. Ehe er jedoch eingreifen konnte, war das Girl schon wieder verschwunden.

Unter normalen Umständen wäre es ja ganz amüsant gewesen, mit diesen zwei Schäfchen ›Hasch-mich‹ zu spielen. Die Miezen waren eine Wucht. Das hatte Gordon sogar in der dicken Suppe feststellen können.

Aber so, wie die Sache aussah, konnte von Vergnügen keine Rede sein.

Der Schmerz in seinem rechten Arm hatte inzwischen nachgelassen. Gordon konnte den Arm wieder bewegen.

Langsam mußte es aber zu einer Entscheidung kommen. Frank hatte nicht vor, hier Stunden zu verbringen.

Er würde die Killer-Mieze mal aus der Reserve locken.

»He, Sandra«, rief er. »Sei ein liebes Mädchen und gib auf. Du sitzt sowieso am kürzeren Hebel.«

Gespannt wartete Gordon auf die Antwort.

Eine Zeitlang geschah nichts, dann ertönte ein hämisches, irgendwie triumphierendes Lachen.

In Gordon rasselten die Alarmglocken.

Und dann peitschte ein Schuß!

Nur haarscharf pfiff das Projektil über Gordons Scheitel hinweg. Ein zweiter Schuß krachte.

Die Kugel zog einen Strich über Gordons Jackett, prallte gegen die Wand und sirrte als Querschläger davon.

Teufel noch mal, das war knapp. Gordon robbte wie ein Rekrut auf dem Kasernenhof aus dem Gefahrenbereich.

Irgendwo in der Dampfwolke schrie Sandra. »Ich bring' dich um, du Schwein!«

Gordon grinste schmal. Sechs Kugeln faßte die Trommel. Dreimal hatte er vorhin geschossen, zweimal die Mieze. Blieb noch eine Kugel. Aber das wußte Sandra wahrscheinlich nicht.

Gordon wollte das Girl provozieren. Er holte sein Feuerzeug aus der Tasche und warf es in die entgegengesetzte Richtung.

Das Feuerzeug hatte gerade erst den Boden berührt, als Sandra abdrückte.

Sie stand nicht weit von Gordon entfernt. Der CIA-Agent sah das Mündungsfeuer aufblitzen, hörte einen Herzschlag später das erwartete ›Klick‹ und hetzte los.

Wie ein Pfeil flog er auf Sandra zu.

Ehe die Mieze wußte, wie ihr geschah, rammte Gordon ihre Hüfte. Beide knallten zu Boden. Doch jetzt hatte der CIA-Agent die Überraschung auf seiner Seite.

Sein rechter Arm umspannte den Hals der Killer-Mieze. Sandra stieß einen dumpfen Laut aus und strampelte mit den Beinen.

Das Messer hielt sie noch in der linken Hand. Gordon drückte es ihr aus den Fingern.

Sandra stemmte sich gegen den Griff.

»Bleib liegen!« zischte Gordon.

Sie hörte nicht, wehrte sich weiter wie eine Katze.

Gordon blieb nichts anderes übrig. Er hob den Arm, und ein wohldosierter Schlag schickte die Puppe ins Reich der Träume.

Gordon stand auf. Vorher steckte er noch seine Kanone ein. Er wußte ungefähr, wo die zweite Killer-Mieze lag.

Minouche hockte am Boden.

Gordon blieb breitbeinig vor ihr stehen.

Mit verzerrtem Gesicht schaute sie zu ihm hoch.

»Du hättest dir das ersparen können, Baby. So, und jetzt erzählst du dem lieben Onkel mal, wo man den Dampf abstellen kann.«

Minouche redete. Sie war wohl noch zu sehr geschockt.

»Drüben ist eine Tür. Man kommt dort in den Massageraum. Hinter der Tür hängt an der Wand ein grau gestrichener Metallkasten. Dort kann man den Dampf abstellen.«

Gordon fand den Kasten und drehte die beiden Ventile zu.

Dann ging er wieder zurück.

Noch immer sah es in dem Saunaraum aus wie in einer Waschküche. Doch von Sekunde zu Sekunde wurde die Luft klarer.

Frank wischte sich über das Gesicht und sammelte die beiden Messer ein.

Sandra war noch immer bewußtlos.

Also hielt sich Gordon an Minouche.

Er zog das Girl hoch und setzte es auf eine der beiden Ruhebänke, die an einer Wand nebeneinander standen.

»Irgendwie habe ich das Gefühl, du hast mir einiges zu erzählten«, sagte Gordon.

Minouche hatte die Arme vor der Brust gekreuzt, als hätte sie Angst, Gordon könne ihr etwas weggucken. Gerade bei ihr sah die Pose lächerlich aus. Schließlich war sie ja nicht eine Schwestern-Schülerin.

Das rote Haar hing Minouche naß und verklebt am Kopf. Die Schminke war verlaufen und gab dem Gesicht den Ausdruck eines Zirkusclowns.

»Schön siehst du nicht aus«, meinte Gordon.

Minouche zischte eine Verwünschung.

»Du solltest netter zu mir sein«, schlug der CIA-Agent vor. »Schließlich kommt es auf mich an, was ich bei der Polizei sagen werde.«

»Du willst uns der Polizei übergeben?«

»Dachtest du, der Heilsarmee? Wie gesagt, es kommt auf dich an. Kronzeugin und so. Du verstehst.«

»Und wenn ich nichts sage?«

Gordon hob die Schultern. »Dann tut es Sandra, und du guckst in die Röhren.«

»Hm.« Minouche überlegte. »Hast du 'ne Zigarette?« fragte sie dann.

»Wenn sie sich nicht aufgelöst haben.« Gordon holte sein Päckchen aus der Tasche.

Das Feuerzeug lag noch immer auf dem Boden. Gordon hob es auf und gab Minouche Feuer.

Sie rauchte drei tiefe Züge. »Was willst du wissen?«

»Alles.«

Minouche sah Frank schräg an. »Kannst du dir nicht denken, was hier los ist?«

»In gewisser Weise — ja. Ein Edelpuff.«

Minouche verzog das Gesicht. »So ungefähr.«

»Und Dolores del Rio ist die Chefin.«

»Ja. Sie besorgt die Kunden. Meistens Diplomaten oder Leute

aus der Wirtschaft. Die Knaben hatten Geld, sag' ich dir. War
'ne lukrative Sache. Und sie haben geplaudert. Vor allen Dingen
die Diplomaten.«

»Freiwillig?«

»Sicher nicht. Wir haben nachgeholfen. Mit Fotos. Du verstehst.«

Gordon nickte. »Die alte Masche also.«

»Die zieht immer noch.«

»Wie war das denn mit Chambers?« wollte Frank wissen.

»Wer ist Chambers?« Minouche sah Frank fragend an und
schnippte die Zigarettenkippe in die Ecke.

»Auch ein Kunde von euch. Er ist an Herzschlag gestorben.«

»Ach der. Ja, der war bei uns, als es geschah. Hat Pech
gehabt, der Knabe. Hat sich wohl etwas übernommen. Warren
und Jake haben ihn weggeschafft. Sie wollten die Leiche verschwinden lassen.«

»Stümper hätten es besser angefangen«, meinte Gordon.

»Wie bist du überhaupt auf uns gekommen?«

»Uninteressant.« Gordon blickte auf Minouches Brüste.

»Gefällt dir wohl, was?« Minouche reckte sich.

Gordon ging nicht darauf ein. Statt dessen fragte er: »Wo ist
Dolores del Rio?«

»Abgehauen. Wir sollten dich ja aufhalten.«

»Sie hat euch im Stich gelassen?«

Minouches Augen sprühten Blitze. »Ja.«

»Okay, sag schon die Adresse. Ich bekomme sie sowieso heraus.«

»Sie hat ein Haus am Anacostia-River. Nicht weit vom
Corinthian Yacht Club. Du mußt bis zur Half-Street fahren.
Dort zweigen dann einige Wege ab. Es ist 'ne wirklich schöne
Wohnanlage. Na ja, sie konnte es sich leisten.«

Gordon überlegte. Bis zur Half-Street war es ein ganz schönes
Stück. Und die del Rio hatte einen ziemlichen Vorsprung. Es
war wirklich die Frage, ob er es noch schaffte.

»Wo ist hier ein Telefon?«

»Willst du die Polizei anrufen?«

»Ja.«

»Im Laden steht ein Apparat.«

»Bis gleich dann. Und versuch nicht zu fliehen. Es hat keinen Zweck.«

Frank hatte kaum das Geschäft betreten, als schon die ersten Beamten hereinstürmten.

Die Verkäuferin, die Gordon empfangen hatte, hatte sie alarmiert.

Die Cops kamen mit gezogenen Revolvern.

Frank hob sicherheitshalber die Arme.

Die Polizei in Washington war in den letzten Jahren nervös geworden.

Ein schnauzbärtiger Sergeant blaffte Gordon an. »Hier soll es eine Schießerei gegeben haben.«

»Hat es«, erwiderte Gordon trocken. »Zwei Tote. Holen Sie die Mordkommission.«

Dem Sergeanten blieb vor Staunen der Mund offen stehen. Ehe er etwas sagen konnte, präsentierte Gordon seinen Ausweis. »Ich melde mich später. Da sind übrigens noch zwei halbnackte Girls, die Sie festnehmen sollten.«

Der Beamte nickte nur.

Gordon tippte an seine imaginäre Hutkrempe und ging nach draußen.

Eine Menschenmenge hatte sich vor dem Laden versammelt. Gordon wurde in seinen nassen Sachen angestarrt wie ein Marsmensch.

Er kümmerte sich nicht um die Blicke, sondern lief schnell zu seinem Mustang.

Im Handschuhfach lag ein Reservemagazin. Gordon lud die Waffe nach und startete.

Vielleicht bekam er Dolores del Rio noch zu packen.

Die Fahrt durch Washington wurde zur Qual. Verstopfte Straßen und sengende Hitze. Gordon fluchte leise.

Aber Dolores del Rio hatte mit dem gleichen Ärger zu kämpfen.

Ob sie überhaupt in ihre Wohnung gefahren war?

Auf der breiten South-Capitol-Street ging es dann flotter. Jede Fahrbahnseite hatte hier vier Spuren. Gordon fuhr in Richtung Süden, bog in die Potomac-Avenue ein, über die sich die Gleise der innerstädtischen Eisenbahn zogen.

Laufend ratterten hier die Züge. Die Bahn setzte sich in der Half-Street ein Stück fort, doch schließlich hatte Frank es geschafft. Er sah den Wegweiser zum Corinthian Yacht Club. Frank mußte sich jetzt entgegengesetzt halten. Die Umgebung wurde ländlicher. Schmale Wege, eingezäunte Häuser. Hier machte es Spaß zu wohnen.

Frank fand das Haus der del Rio nach einigem Suchen. Es lag versteckt hinter hohen Bäumen. Eigentlich war nur ein Teil des Daches zu sehen.

Frank ging durch einen etwas heruntergekommenen Vorgarten auf die Haustür zu.

Der Bau war schon älter. Bestimmt zwanzig Jahre. Darauf ließen die hohen Fenster schließen.

Eine Garage gab es auch. Das Tor war hochgeklappt. Einen Wagen konnte Frank nirgends entdecken.

Dolores war ausgeflogen.

Gordon fand die Haustür nicht verschlossen.

Er trat ein.

Angenehme Kühle empfing ihn. Frank fror auf einmal in seiner noch klammen Kleidung.

Man gelangte sofort in den Wohnraum. Ein typisches amerikanisches Mittelstandshaus. Eine geschwungene Treppe führte nach oben. Sie war mit einem roten Läufer belegt.

Es roch muffig, so als wäre lange nicht mehr gelüftet worden. Die Einrichtung war etwas verspielt, beinahe kleinbürgerlich.

Gordon ging nach oben. Trotz des Teppichs knarrten die Holzstufen.

In der ersten Etage zweigten vier weitere Räume ab. Eine Tür stand offen.

Sie gehörte zum Schlafzimmer.

Gordon stieß einen leisen Pfiff aus, als er das Schlafzimmer betrat.

Hier deutete alles auf eine überstürzte Flucht hin. Die Türen des großen Spiegelschrankes war aufgerissen worden. Kleider wahllos herausgezerrt. Sie lagen jetzt auf dem Bett.

Frank entdeckte einen verschnörkelten Frisiertisch. Darauf stand ein rosa Telefon mit Tastatur.

Frank zog die Schubladen des Frisiertisches auf. Unterwäsche in allen Farben und auf sexy getrimmt fiel ihm in die Finger. Aber nirgendwo ein Hinweis, wo Dolores sein könnte.

Trotz der Eile hatte die Frau ihre Flucht gut organisiert.

Gordon spitzte die Lippen zu einem leisen Pfiff. Ihm war eine Idee gekommen. Er griff zum Telefon. Seine Finger glitten über die Tastatur.

Frank ließ sich mit seinem Chef verbinden.

Mit kurzen Worten erklärte er die Lage. Dann rückte er mit seinem Vorschlag heraus.

»Es ist klar, daß sie irgendwie versucht, außer Landes zu kommen«, sagte er. »Überwacht den Flughafen.« Gordon gab eine Beschreibung der Frau durch. »Doch wenn ihr sie habt, nicht festnehmen. Ich werde mich an ihre Fersen heften. Ich muß wissen, wo sie hin will.«

»Haben Sie eine Vermutung?« fragte Perkins.

»Ich schätze, nach Europa.«

»Sie meinen die Schweiz.«

»Ja.«

Perkins antwortete erst wieder nach einigen Sekunden. »Soviel ich weiß, geht die nächste Maschine nach Paris erst in zwei Stunden.«

»Das ist gut. Und wie sieht es mit einem Direktflug nach Zürich aus?«

»Schlecht. Nicht vor heute nacht.«

»Die Sterne sind uns günstig, Chef. Folgendes: Ich fahre in meine Wohnung, verändere mein Äußeres und nehme die nächste Maschine nach Paris, falls die del Rio mitfliegt.«

»Sie wollen also Bronson!« Perkins Antwort glich mehr einer Feststellung als einer Frage.

»Genau.«

»Viel Glück.« Perkins hängte ein.

Gordon gönnte sich eine Zigarette. Der Entschluß war ihm

spontan gekommen. Einmal würde er sowieso mit Bronson zusammenstoßen. Denn dieser Mann zog von der Schweiz aus die Fäden für sein schmutziges Spiel in den Staaten. Er stand ganz oben auf der Liste des CIA. Das Dumme war nur, daß Gordon in der Schweiz ganz auf sich allein gestellt war. Von den Behörden konnte er keine Hilfe erwarten. Sie reagierten manchmal sehr komisch.

Gordon drückte die Zigarette aus und ging wieder nach unten. Wenig später saß er in seinem Mustang und fuhr einem höllischen Abenteuer entgegen...

Basil Bronson war ein Klotz von Mann. Ein Ungeheuer in Menschengestalt. Alles an ihm war wuchtig und fleischig. Die tückischen Augen verschwanden fast hinter den dicken Fettpolstern. Die Stoppeln seines Doppelkinns schabten über die Seide des Krawattenknotens, was zur Folge hatte, daß Bronsons Verbrauch an Krawatten den an Frauen überstieg. Die dicke, leicht gekrümmte Nase saß wie angeklebt in dem brutalen Gesicht. Bronsons Mund war klein, die Lippen wulstig.

Das Prunkstück jedoch war seine Glatze. Darauf legte Bronson besonderen Wert. Er hatte eigens einen Friseur eingestellt, der sie ihm jeden Morgen rasierte. Es war übrigens schon der zweite Friseur, den ersten hatte Bronson wegen Unfähigkeit erschießen lassen.

Auch an diesem strahlenden Sommermorgen saß Bronson wieder unter dem Messer. Der Barbier, ein schwarzgelockter Italiener, versuchte vergeblich, seinen Boß durch billige Scherze aufzuheitern.

Schließlich wurde es Basil Bronson zu bunt. Mit einem blitzschnellen Schlag zwischen die Zähne brachte er seinen Friseur zur Ruhe.

Der Italiener wischte sich das Blut von den Lippen, preßte die Zähne zusammen und machte schweigend weiter.

Schnell und geschickt schabte sein Messer über Bronsons Kopfhaut. Manchmal war dem Friseur schon die Idee gekommen, mit einem raschen Schnitt durch die Kehle alles zu beenden. Aber zu guter Letzt hatte er nicht den Mut dazu gefunden. Noch nicht. Aber eines Tages würde er seine Rache schon bekommen. Der Italiener war nicht umsonst zu Bronson gestoßen. Denn dieser Mann hatte seine Schwester auf dem Gewissen. Er hatte sie zerbrochen und hinterher wie ein Stück Dreck weggeworfen. Sie lebte jetzt in einem Bordell in Südfrankreich und konnte sich nur noch mit Rauschgift über Wasser halten. Und so etwas vergaß ein Mann aus Neapel nicht...

»Beeil dich«, blaffte Bronson. Er hatte eine Stimme, die sich rauh und zugleich schmierig anhörte. Sie strotzte vor Selbstgefälligkeit.

Bronson hielt sich für einen der ganz Großen. Er fühlte sich hier in seiner Burg mitten in den Schweizer Alpen so sicher wie in Abrahams Schoß und herrschte von hier aus über ein Heer von Agenten, Killern und Spitzeln. Mancher Geheimdienst hatte schon auf seine Dienste zurückgegriffen.

Immer wieder griff Bronson zur Sektflasche. Er schüttete den Asti Spumante wie Zuckerwasser in sich hinein. Bronson brauchte den Sekt. Es belebte seinen Kreislauf und brachte ihn in die richtige Stimmung. Etwas anderes rührte er nicht an.

Der Spiegel warf Bronsons Bild zurück. Dicke Ränder hatten sich unter seinen Augen gebildet. Bronson ärgerte das. Man sollte ihm nicht ansehen, daß er neuerdings Sorgen hatte. Trotz seiner Leibesfülle war Basil Bronson äußerst eitel.

Während Bronson nach den bereitgelegten Zeitungen griff und ab und zu einen Schluck Sekt nahm, schabte das Messer des Friseurs den letzten Schaum von der Glatze.

Schließlich wurde die Kopfhaut noch mit einem Spezialöl eingerieben, und die morgendliche Toilette war beendet.

»Bitte, Sir«, sagte der Friseur in seinem harten Englisch und ließ mit einem eleganten Schwung den Umhang zur Seite flattern.

Bronson betrachtete sich nochmals im Spiegel und war zufrieden. Ohne einen Gruß verließ er den Raum. Er sah nicht die haßerfüllten Augen des Italieners, die sich an seinem Rücken festgesaugt hatten.

Wie ein Klotz auf zwei Beinen schritt Bronson durch sein

Reich. Ein unumschränkter König im harten Geschäft der Geheimdienste. Für heute hatte Bronson alles abgesagt. Keine Besprechung – nichts. Er wartete auf eine gewisse Nachricht, die schon längst hätte kommen müssen.

Bronson betrat sein Arbeitszimmer. Es war eine Welt für sich. Phantastisch eingerichtet und mit einer riesigen Panoramascheibe ausgestattet, die einen herrlichen Blick über den im Tal liegenden Züricher See und die im Süden aufragenden Hochalpen gestattete. Die Scheibe war erstens aus schußsicherem Glas und zweitens versenkbar. Bronson konnte bei warmem Wetter auf seine Terrasse gehen, die in den Fels gebaut war.

Die technischen Räume, wie sie Bronson nannte, befanden sich im Keller des Hauses. Hier agierten seine Mitarbeiter, qualifizierte Spezialisten mit dunkler Vergangenheit. Die Funkanlage gehörte zu den besten der Welt, und auch die EDV-Räume waren aufs Modernste ausgestattet.

Bronson, selbst kein Techniker, liebte technische Spielereien und hatte dafür gesorgt, daß sie voll einsatzfähig waren.

Wie ein fetter Buddha hockte sich Bronson hinter seinen Schreibtisch, nahm eine frische Flasche Asti aus dem Sektkübel und ließ den Korken knallen.

Wieder trank er aus der Flasche. Er hatte schon in seiner Kindheit nie ein Glas benutzt und behielt diese Gewohnheit auch bei.

Dann steckte sich Bronson eine Havanna zwischen die fleischigen Lippen und zündete sie gemächlich an. Als die ersten Rauchwolken der Decke entgegenstrebten, drückte sein dicker Finger auf eine rote Taste.

»Kane soll herkommen«, sagte er.

Zwei Minuten später klopfte es an die Tür, und Kane trat ein.

Murray Kane, Bronsons Leibwächter!

Kane war ein knallharter, brutaler Typ. Er war nicht übermäßig groß, doch sein Körper war austrainiert bis zum letzten Gramm. Die Hornhaut an seinen Handkanten zeugte von Kanes Karatekunst. Leicht schrägstehende Augen verrieten, daß Indioblut in seinen Adern floß.

Kane war grausamer als ein wildes Tier. Er tötete mit der

Gefühlskälte eines Roboters. Manchmal hatte selbst Bronson Angst vor diesem Mann.

Kane trug an diesem Tag einen braunbeigen Rollkragenpullover, ein schwarzes, maßgeschneidertes Jackett und eine braune Hose mit messerscharfen Bügelfalten. Seine Arme hingen leicht zu beiden Seiten des Körpers herab, als er wartend an der Tür stand.

Bronson winkte ihm zu.

»Komm her, Kane.«

Murray Kane trat an den Schreibtisch. Seine Schritte waren kaum zu hören, sein Gang war geschmeidig und voll ungebändigter Kraft.

Bronson öffnete den Mund, und für einen kurzen Augenblick huschte seine dicke Zunge über die Lippen. Dann sagte er: »Eklund ist überfällig.«

Kane erwiderte nichts, sondern hob nur die Augenbrauen.

»Warum sagst du nichts?« knurrte Bronson. »Ich will schließlich deine Meinung hören.«

»Er wird aufgehalten worden sein«, vermutete Kane.

Bronson lachte. »Das glaubst du doch selbst nicht. Ich nehme eher an, daß er übergelaufen ist. Der CIA ist schon lange auf meiner Spur. Vielleicht haben sie Eklund gekauft, um mir eins auszuwischen.«

»Der Meinung bin ich nicht«, sagte Murray Kane. Er gehörte übrigens zu den wenigen Leuten, die Bronson widersprechen durften.

»Und die Begründung?«

»Sie können Eklund auch geschnappt haben. Er hat sich gewehrt, und . . .«

»Du meinst, er ist tot?«

»Es wäre zumindest eine Möglichkeit.«

Bronson schlug mit der Faust auf den Schreibtisch. »Wenn das stimmt, ist unser Laden in Washington geplatzt.«

Bronson stand auf und trat an die große Panoramascheibe. Sein Blick glitt über den tief unter ihm liegenden See, dessen blaugraue Fläche von den farbigen Tupfern der Segelboote aufgehellt wurde. Die Berge lagen noch im Morgendunst. Es war windstill. Ein heißer Tag stand bevor. Und das in jeder Beziehung.

Bronson wandte sich wieder um. Sein Gesicht war verkniffen, die tückischen Augen funkelten.

»Ich werde mich auf der Stelle mit Washington in Verbindung setzen. Ich habe da jemanden beim CIA, der ist mir in gewisser Weise verpflichtet. Er wird mir schon die entsprechenden Fragen beantworten.«

Bronson griff zur Sprechtaste, um sich ein Gespräch vermitteln zu lassen, da summte das in den Schreibtisch eingebaute Telefon. Es war die Direktleitung zu den Filialen und eigentlich nur für Notfälle gedacht.

Bronson warf Kane einen knappen Blick zu, bevor er abhob. Der Killer hatte seine Augen noch mehr zusammengezogen. Seine Haltung hatte sich unwillkürlich gespannt.

Bronson hob ab.

»Ja«, knurrte er.

Zuerst war nur ein Rauschen zu hören, doch dann drang eine Frauenstimme an Bronsons Ohr.

»In Washington ist alles schiefgelaufen. Ich bin als einzige weggekommen. Ich nehme die nächste Maschine nach Paris und von dort den Zug bis Zürich.«

»Was ist schiefgelaufen?« schrie Bronson, der Dolores del Rios Stimme erkannt hatte.

»Das erkläre ich Ihnen in Zürich. Auf jeden Fall ist Eklund tot, und ich bin als einzige geflohen.«

Bronson schluckte den Ärger hinunter. »Zwei meiner Leute werden Sie in Paris abholen«, sagte er. »Die Männer werden sich schon zu erkennen geben. Ich möchte nicht, daß Sie ohne Schutz nach Zürich kommen. Haben Sie verstanden?«

»Ja.«

»Gut, bis demnächst dann.«

Bronson legte auf. Einige Sekunden starrte er auf den Hörer. Dann hob er den Kopf. Kane blickte seinen Boß fragend an.

»Du hast recht gehabt«, sagte Basil Bronson. »Sie haben Eklund erwischt. Es waren Hunde vom CIA. Der ganze Laden ist aufgeflogen. Nur Dolores del Rio ist entkommen. Sie nimmt die nächste Maschine nach Paris und von dort den Zug nach Zürich.«

Murray Kane nickte. »Man weiß aber in den Staaten, welches Spiel die liebe Dolores getrieben hat.«

»Sicher.«

»Sie ist also für uns ein Risiko.«

Bronson lächelte zynisch. »Ich sehe, wir verstehen uns, Murray. Ich habe ihr schon gesagt, daß sie zwei Männer abholen werden, damit ihr nichts passiert. Fährst du selbst?«

»Mal sehen. Ich habe allerdings zwei Leute in Paris, die sich um einen Auftrag reißen. Die möchte ich eigentlich ganz gern damit betrauen.«

»Das ist mir egal«, erwiderte Bronson. »Die Hauptsache ist, daß die del Rio Zürich nicht lebend erreicht.«

Murray Kane breitete die Arme aus. »Sie können sich voll und ganz auf mich verlassen, Sir.«

Der Mann mit dem buschigen Schnäuzer und der getönten Brille sah Dolores del Rio aus der Telefonzelle kommen. Blitzschnell verschwand der Beobachter hinter einer Säule.

Der Schnauzbärtige war niemand anderes als Frank Gordon. Dolores del Rio mußte ein Auslandsgespräch geführt haben, denn sie hatte es am Postschalter angemeldet und dann in der Zelle auf die Verbindung gewartet.

Gordon nahm an, daß dieses Gespräch mit Zürich geführt worden war.

Der CIA-Agent war von Dolores' Wohnung aus in sein Apartment gefahren, hatte noch ein kurzes Telefongespräch mit seinem Chef geführt, durch das er erfahren hatte, daß Dolores del Rio tatsächlich einen Platz nach Paris gebucht hatte, und war dann sofort zum Flughafen gefahren. Sein Koffer war immer gepackt. Er enthielt außer Kleidung auch eine Waffe. Sie war in einem Geheimfach untergebracht und so verpackt, daß sie selbst bei den Röntgenkontrollen nicht auffiel. Die Umhüllung war eine Top-secret-Erfindung des CIA.

Dolores del Rio schien nervös. Das sah man ihr auf Schritt

und Tritt an. Immer wieder blickte sie sich um oder auf das Ziffernblatt ihrer Uhr.

Dolores trug in der rechten Hand einen eleganten Reisekoffer. Das taillierte hellblaue Sommerkostüm schmiegte sich eng um ihre atemberaubende Figur, und manch bewundernder Männerblick glitt tastend über ihren Körper.

Dolores interessierten diese Blicke nicht. Sie hatte Sorgen. In der Flughafen-Cafeteria nahm sie einen Espresso. Frank betrat ebenfalls das Espresso und setzte sich so hin, daß er zwar Dolores beobachten konnte, von ihr jedoch nicht gesehen wurde.

Frank erkannte unter den Gästen einen Kollegen vom CIA. Er sah gleichgültig an Gordon vorbei.

Durch die im Sonnenlicht funkelnden Scheiben hatte man einen phantastischen Blick auf das weite Rollfeld. Soeben tauchte einer der Riesenvögel am Himmel auf, drehte noch eine Schleife und setzte dann zur Landung an.

Der Lärm der Triebwerke wurde durch die schallschluckenden Scheiben absorbiert.

Der Vogel rollte langsam aus. Frank fand es immer wieder faszinierend, hier zuzusehen. Schon als kleiner Junge hatte er sich für Flugzeuge interessiert.

Das Flugzeug rollte an die Gangway, durch die die Passagiere direkt zur Zollkontrolle geschleust wurden. Männer in Kampfuniformen bewachten das Aussteigen. Ihre Maschinenpistolen reflektierten das Sonnenlicht.

Auch diese Männer gehörten seit einiger Zeit zum Bild jedes Flughafens. Nachdem der Luftterror immer schlimmer geworden war, hatten die Behörden entsprechend reagiert und Militär eingesetzt.

Dolores del Rio zahlte. Frank hatte schon vorher die Rechnung beglichen.

Wieder blickte die del Rio auf ihre Uhr. Dann stand die Frau auf und eilte dem Ausgang zu.

Frank gab seinem Kollegen ein Handzeichen und setzte sich ebenfalls in Bewegung.

In der Halle hatte sich der Betrieb verstärkt. Auf der Anzeigetafel leuchtete ein roter Punkt, ein Zeichen, daß die Maschine nach Paris bald startklar war.

Noch zwanzig Minuten.

Frank gönnte sich eine Zigarette. Dolores del Rio blätterte in einer Zeitschrift. Dann endlich war es soweit. Durch die Gangway ging es direkt in die Maschine. Die Zollkontrolle war normal verlaufen. Franks Waffe war auch nicht entdeckt worden.

Dolores del Rio flog Erster Klasse. Frank begnügte sich mit der zweiten. Als die Aufforderung zum Anschnallen kam, war Gordon noch wach, doch kaum hatte das Flugzeug an Höhe gewonnen, schlief er ein.

Erst kurz vor Paris erwachte er. Frank reckte sich und fühlte sich frisch wie der junge Morgen. Selbst die Zeitdifferenz hatte ihm nichts ausgemacht.

Paris empfing Frank Gordon mit strahlendem Sonnenschein. Wie gerne hätte der CIA-Agent jetzt hier ein paar Tage Urlaub gemacht. Aber vielleicht konnte er auf dem Rückweg was rausschlagen. Falls es ein Zurück gab ...

Die Formalitäten gingen wie auch in Washington reibungslos über die Bühne.

Frank hatte erwartet, daß Dolores del Rio die nächste Maschine nach Zürich nehmen würde, und war dann ziemlich überrascht, als sie schnell durch die Halle lief und auf die Taxistände zueilte.

Gordon folgte ihr verwundert. Sollte sie hier in Paris noch etwas zu erledigen haben?

Der Fahrer hielt Dolores galant die Tür auf. Frank konnte nicht verstehen, welche Adresse die Frau angab, er mußte sich beeilen, um das nächste Taxi zu bekommen.

»Wohin, Monsieur?«

Frank, der fließend Französisch sprach, erwiderte: »Fahren Sie der Dame dort nach. Aber unauffällig, wenn ich bitten darf.«

Gordon drückte dem Mann einen größeren Dollarschein zwischen die Finger.

Der Fahrer grinste verständnisvoll. »Ihre Frau?«

»Ja.«

»Bestimmt hat sie einen Liebhaber. Ich kenne das. Also meine Germaine . . .«

Der Fahrer erging sich in langen Reden über Germaine, sein Eheweib, das mindestens zwei Zentner wog und eine Seele von Kamel sein mußte.

Dabei redete der Mann mit Händen und Füßen, und Frank hatte mehr als einmal das Gefühl, in einen Unfall verwickelt zu werden. Doch wider Erwarten ging alles glatt.

Die beiden Wagen näherten sich dem Gare du Nord, Paris' größtem Bahnhof.

»Ihre Frau versucht jetzt die Spuren zu verwischen«, meinte der Fahrer. »Bestimmt will sie sich mit dem Zug absetzen.«

»Möglich.«

»Wenn ich Ihnen einen guten Rat geben darf, Monsieur, suchen Sie sich etwas anderes. Paris ist voll von hübschen Mädchen. Ich kann Ihnen auch Adressen geben. Ich sage Ihnen, da gibt es Weiber. Scharf wie . . .«

Dem Fahrer fiel kein passender Vergleich mehr ein.

Der Wagen vor ihnen stoppte an dem großen Taxistand. Als Frank zahlte, stieg Dolores del Rio gerade aus und eilte auf die alte Bahnhofshalle zu.

Frank Gordon mußte sich beeilen. Er hörte nicht mehr, daß ihm der Taxifahrer noch viel Erfolg wünschte. Es war ihm auch egal. In der Halle herrschte ein mordsmäßiger Betrieb. Dolores del Rio strebte den langen Schaltern zu. Lange Schlangen von Reisenden standen davor, und Dolores mußte sich anstellen. Wieder blickte sie nervös auf ihre Uhr.

Frank riskierte es. Er schloß direkt hinter Dolores auf. Er stand so nah hinter ihr, daß er ihr Parfüm riechen konnte.

Wenn sie sich jetzt umdrehte, war es durchaus möglich, daß sie ihn erkannte.

Sie tat es nicht.

Schließlich war Dolores an der Reihe. Frank hörte, daß sie eine Fahrkarte Erster Klasse nach Zürich löste.

Also doch.

Sekunden später war Frank an der Reihe. Er hielt das Geld schon in der Hand. Man nahm hier auch Dollars.

Dolores del Rio hatte die Halle bereits durchquert und befand sich vor der großen Sperre, hinter der die Bahnsteige begannen.

Frank orientierte sich mit einem raschen Blick auf die Anzeigetafel. Der Zug fuhr in ungefähr dreißig Minuten.

Während Dolores del Rio nervös auf dem Bahnsteig auf und ab ging, ahnte sie nicht, daß sich bereits der Tod näherte.

Der Tod in Gestalt von zwei Männern, die Kane durch seine guten Beziehungen zur Pariser Unterwelt sofort engagiert hatte. Unauffällig schlenderten die Männer näher.

Schließlich standen sie neben Dolores. Lächelnd sprachen sie die Frau an.

Dolores hörte ihnen zu und nickte ein paarmal. Eine Unterhaltung schien sich anzubahnen. Die Frau schöpfte keinen Verdacht.

Im Gegensatz zu Frank Gordon. Er beobachtete die Szene aus der sicheren Deckung durch einen abgestellten Elektrokarren. Es war ihm nicht klar, zu wem die Leute gehörten. Er kannte sie nicht. Sie zählten demnach nicht zur internationalen Agentenspitze. Aber Dolores del Rio mußte auf sie gewartet haben. Jedenfalls ließ ihr Verhalten ganz darauf schließen. Sie nahm sogar von einem der Männer eine Zigarette an.

Dann fuhr der Zug ein. Die schwere Elektrolok donnerte über die Schienen und kam mit kreischenden Bremsen zum Stehen. Der Zug wurde hier eingesetzt und war leer.

Die Wagen der Ersten Klasse befanden sich vorn. Frank ließ Dolores und die beiden Männer einsteigen, ehe er selbst den Wagen enterte.

Die Männer brachten Dolores zu einem Abteil und verabschiedeten sich dann.

Sie kamen Frank auf dem Gang entgegen.

Für einen Augenblick kreuzten sich ihre Blicke. Frank spürte den Hauch von tödlicher Gefahr, der diese Männer umgab.

»Pardon«, sagte Gordon und ließ die Männer vorbei.

Sie nickten.

Und plötzlich hatte Frank das Gefühl, daß diese Zugfahrt auch zu einer Höllenfahrt für ihn werden konnte...

Langsam setzte sich der Zug in Bewegung.

Aufseufzend fiel Dolores del Rio in ihren Sitz zurück. Ein knappes Lächeln streifte ihre Lippen. Sie hatte es geschafft, war buchstäblich im letzten Augenblick den Häschern entkommen. So glaubte sie jedenfalls...

Dolores wandte den Kopf und sah aus dem Fenster. Der Bahnsteig glitt vorbei. Die Menschen wurden zu zerfließenden Schatten. Der Zug gewann immer mehr an Fahrt.

Dolores wandte sich wieder ab. Sie war allein in diesem Abteil. Die Bänke waren dick gepolstert, und jeder Sitz hatte eine kleine Leselampe. Das Rattern des Zuges war nur gedämpft zu hören und machte schläfrig.

Aber Dolores wollte und konnte auch nicht schlafen. Zuviel war auf sie eingestürmt, und noch wußte sie nicht, was sie in Zürich erwartete.

Basil Bronson hatte ihr zwei Begleiter geschickt. Aufpasser gewissermaßen. Dolores konnte dies sogar verstehen und war eigentlich ganz froh darüber, daß sie nicht ohne Schutz reiste. Zum Glück waren die beiden nicht aufdringlich. Sie hätten sich genausogut in ihr Abteil setzen können.

Dolores del Rio stand auf. Sie strich sich mit beiden Händen das Kostüm glatt und ordnete in dem zwischen zwei Kopfstützen angebrachten Spiegel ihr Haar.

Draußen glitten Pariser Vororte vorbei.

Es ging schon auf den Abend zu, und Dolores verspürte auf einmal Hunger.

Erst überlegte sie, ob sie sich nicht das Essen ins Abteil bringen lassen sollte, doch dann verwarf sie den Gedanken wieder. Der Speisewagen war ganz in der Nähe, und außerdem hatte man dort Unterhaltung.

Dolores del Rio schob die Tür auf und trat auf den Gang. Der dicke Teppich dämpfte ihren Schritt.

Trotzdem mußte der große breitschultrige Mann, der an einem Zugfenster stand, sie gehört haben. Er wandte den Kopf und für Sekundenbruchteile kreuzten sich ihre Blicke.

In Dolores flackerte eine Warnlampe auf. Irgendwo hatte sie den Mann schon mal gesehen. Sie überlegte. Dann fiel es ihr wieder ein. Natürlich, er hatte auch auf dem Gare du Nord gestanden und auf den Zug gewartet.

Dolores lächelte. Sie ließ sich im Augenblick aber auch zu leicht aus der Fassung bringen und sah schon überall Gespenster.

Der Mann schaute wieder gleichgültig aus dem Fenster. Er hatte sich jetzt eine Zigarette angezündet und stieß den Rauch genußvoll durch die Nase aus.

Der Speisewagen hatte kaum Gäste.

Es war gerade die Zeit, in der das Abendessen vorbereitet wurde. Dolores konnte sich in aller Ruhe einen Platz aussuchen.

Die kleinen Tischchen standen an den Fenstern. Zierliche Lampen verbreiteten ein anheimelndes Licht. Dolores gefiel die Atmosphäre hier, und sie war froh, daß sie den Entschluß gefaßt hatte, etwas zu essen.

Die Karte bot eine reichhaltige Auswahl an Speisen. Dolores wählte eine Zwiebelsuppe. Dazu bestellte sie eine halbe Flasche Weißwein.

Der Ober bekam glänzende Augen, als er Dolores sah. Eilfertig nahm er die Bestellung entgegen.

Dolores del Rio verkürzte sich die Wartezeit mit einer Zigarette. Gelangweilt blickte sie den Rauchkringeln nach und zuckte plötzlich zusammen, als der Schatten des Mannes über sie fiel.

»Darf ich mich setzen, Madame?«

Dolores blickte verwirrt auf. Sie sah einen der Typen, die sie in Paris erwartet hatten.

»Aber bitte doch, Monsieur. Entschuldigen Sie, aber ich war mit meinen Gedanken woanders.«

»Das macht nichts. Jeder sollte in dieser häßlichen Zeit einmal träumen. So etwas tut uns gut.«

»Wie Sie das sagen«, erwiderte Dolores. »Irgendwie charmant.«

Es muß ja auch charmante Mörder geben, dachte der Mann und lächelte mit blitzenden Zähnen.

Er hieß Ramin, kam aus Südfrankreich und sah auch so aus. Schwarze Haare, einen ebensolchen Schnurrbart und tief in den

Höhlen liegende Augen. Seine Kleidung war teuer, wirkte jedoch ein wenig vernachlässigt.

»Die Suppe, Madame.«

Der Ober servierte Dolores die Tasse und füllte gleichzeitig das Glas mit dem Wein.

»Trinken Sie auch einen Schluck mit, Monsieur Ramin?« fragte Dolores.

»Nein, danke. Ich nehme lieber einen Kaffee.«

»Einen Kaffee, Monsieur«, wiederholte der Ober und verschwand.

Dolores begann zu essen. Ramin wünschte ihr noch einen guten Appetit. Dann kam auch sein Getränk.

Die beiden schwiegen, bis Dolores die leere Tasse zur Seite stellte.

»Waren Sie zufrieden?« fragte Ramin.

»Ja. Die Suppe war phantastisch. Und ich bin gerade beim Essen ziemlich wählerisch. Aber da kann man nichts sagen.«

»Es freut mich. Rauchen Sie?« Ramin hielt Dolores seine Schachtel hin.

Sie nahm eine Schwarze, und schon bald waren beide in blaue Rauchwolken eingehüllt.

»Erzählen Sie mir etwas über Basil Bronson«, sagte Dolores del Rio plötzlich.

Ramins Gesicht zeigte einen überraschten Ausdruck. »Aber ich kenne ihn gar nicht persönlich.«

»Moment mal.« Augenblicklich keimte Mißtrauen in Dolores auf. »Sie kennen ihn nicht, und trotzdem . . .«

Ramin legte seine Hand auf Dolores' Unterarm. »Alles mit der Ruhe, Madame. Mein Freund und ich gehören zur Pariser Zentrale des Imperiums. Man hat uns angerufen. Wir sollen Sie sicher nach Zürich bringen, und Ihnen eventuell Verfolger vom Hals halten. Das ist es.«

Dolores lächelte. »Himmel, da bin ich beruhigt. Ich hatte schon wer weiß was gedacht. Mir ist nämlich der Geheimdienst auf den Fersen.«

»So? Dann werden Sie unter Umständen beobachtet.«

»Nein, nein.« Dolores schüttelte demonstrativ den Kopf. »So

ist es auch nicht. Ich spreche von Washington. Aber da habe ich die Kerle abgeschüttelt. Oder vielmehr den Kerl. Wer weiß, vielleicht lebt er jetzt schon nicht mehr. Meine Girls können sehr gut mit Messern umgehen.«

Ramin lachte. »Stimmt. Sie führen ja einen Massage-Salon.«

Die Zeit war wie im Flug vergangen. Der Schnellzug näherte sich bereits der nächsten großen Stadt. Es war Dijon.

»Werden wir in Zürich abgeholt?« wollte Dolores wissen.

»Ja.«

Dolores del Rio blickte aus dem Fenster. »Wir haben noch die ganze Nacht vor uns. Ich werde mich wohl ein wenig hinlegen. Hoffentlich kann ich das Abteil weiterhin allein benutzen.«

»Bestimmt.«

»Wenn Sie es sagen.«

Der Zug verringerte seine Geschwindigkeit. Der Bahnhof von Dijon tauchte auf.

Mittlerweile war die Dämmerung hereingebrochen. Die Lichterkette des Bahnhofs huschte draußen vorbei. Auch der Speisewagen hatte sich gefüllt, die Reisenden nahmen ihr Abendessen ein.

Ramin übernahm Dolores' Rechnung. Als sich der Zug wieder in Bewegung setzte, stand Dolores del Rio auf.

»Sie entschuldigen mich, Monsieur Ramin. Aber ich bin tatsächlich ein wenig müde. Der lange Flug und jetzt der Wein. Na ja, Sie verstehen.«

»Aber ich bitte Sie.«

Ramins Stimme klang glatt und höflich. Dolores del Rio sah nicht das teuflische Glitzern in den Augen des Mannes. Für ihn war die Frau schon so gut wie tot.

Dolores ging auf die Tür zu. Manch bewundernder Blick folgte ihr. Und auch der schnauzbärtige blondhaarige Mann, den sie vorhin auf dem Gang gesehen hatte, sah ihr nach. Er saß mit einem anderen Reisenden am Tisch, dem bald die Augen aus dem Kopf fielen.

Wieder überlegte Dolores, ob sie den Blondhaarigen nicht schon irgendwo gesehen hatte. Doch dann zuckte sie mit den Schultern. War ja schließlich auch egal.

Sie fühlte sich in guter Stimmung. Etwas beschwingt und müde zugleich.

Ramin brachte sie bis zu ihrem Abteil. Bevor Dolores die Tür öffnete, drehte sie sich noch einmal um.

»Vielen Dank für die nette Unterhaltung, Monsieur Ramin.«

»Es war mir ein Vergnügen«, erwiderte der Killer lächelnd und präsentierte wieder das Paar prächtiger Zahnreihen.

Dolores zog die Abteiltür auf, nickte Ramin noch einmal zu und betrat ihr Abteil.

Eine Sekunde später blieb sie überrascht stehen.

Auf ihrem Platz saß ein Mann. Ramins Kollege. Ein unscheinbarer Typ mit glattem Gesicht und spärlichem Haarwuchs.

Der Mann blickte ihr starr ins Gesicht.

Dolores quälte sich ein Lächeln ab. »Was machen Sie denn hier? Ihr Kollege steht draußen. Ich möchte nicht unhöflich sein, aber ich hatte vor, ein wenig zu schlafen.«

Der Mann stand auf.

»Ich habe auf Sie gewartet«, sagte er. Er bewegte beim Sprechen kaum die Lippen.

»Und warum?« fragte Dolores erstaunt.

»Um Sie zu töten!«

»Mann, war das ein Weib«, sagte der Knabe, der mit Gordon am Tisch saß. »So eine im Bett, und man vergißt alles.« Der Mann legte sein Besteck zur Seite. »Wissen Sie, Monsieur, ich hatte mal 'ne Mulattin, die war vielleicht scharf, kann ich Ihnen sagen. Die hat Sachen gemacht, die sehen Sie in keinem Porno-Magazin.«

»Zahlen, bitte«, rief Frank, den das Gesabbel seines Tischnachbarn anekelte.

Der Ober kam nach zwei Minuten.

Frank zahlte, verabschiedete sich von dem frustrierten Sexmuffel mit einem Kopfnicken und ging mit schnellen Schritten auf die Tür des Speisewagens zu.

Sein und auch Dolores del Rios Abteil lagen im Wagen dahinter. Der Gang war leer, bis auf den Burschen, mit dem Dolores im Speisewagen gesessen hatte. Er stand breitbeinig im Gang, hatte sich mit der linken Hand an der Wagenwand abgestützt und hielt mit der rechten den Griff der Abteiltür fest.

Frank Gordon ging langsamer. Irgendwas stimmte da nicht. Sein Sinn für Gefahr begann sich zu melden.

»Darf ich mal vorbei?« fragte Frank, als er dicht neben dem Burschen stand. Ramin blickte Frank kurz in die Augen. Im ersten Augenblick sah es so aus, als wolle er sich sträuben, doch dann gab er den Weg frei.

Frank hatte die Ohren gespitzt. Er hörte dumpfe Geräusche aus dem Abteil.

Kampfgeräusche?

Frank mußte sich vergewissern. Er brauchte nur ein Stück den Arm auszustrecken, um den Griff der Abteiltür in die Hand zu bekommen.

Franks Finger umklammerten den kühlen Griff.

Ramin riß die Augen auf

Da zog Frank bereits die Tür auf.

Keine Sekunde zu spät, denn Dolores del Rio kämpfte um ihr Leben . . .

Zuerst dachte Dolores, der Mann würde sich einen Scherz mit ihr machen. Doch sicherheitshalber wollte sie die Abteiltür öffnen, um auf den Gang zu kommen.

Es ging nicht.

Die Tür war verschlossen, oder jemand hielt sie von außen fest.

Ramin!

Sicher, nur er konnte es sein. Die Erkenntnis kam Dolores del Rio innerhalb von Sekunden. Nein, die beiden Männer sollten sie nicht beschützen. Genau das Gegenteil war der Fall. Sie sollte umgebracht werden. Der große Bronson hatte es beschlossen.

»Dieses Schwein«, flüsterte Dolores und konnte nicht verhindern, daß ihr Tränen in die Augen stiegen.

Ihr Mörder öffnete die rechte Faust. Eine Seidenschlinge ringelte hervor.

»Du wirst nicht viel spüren, Puppe. Ich mache es menschlich.«

Der Killer tat einen Schritt auf Dolores zu. Noch in der Bewegung warf er die Schlinge.

Dolores del Rio war viel zu geschockt, um rechtzeitig ausweichen zu können. Die Schlinge sirrte um ihre Kehle. Ein mörderischer Ruck warf sie zurück, genau in die Arme des gnadenlosen Killers.

Eiskalt zog der Mann zu. Er tat es mit der rechten Hand, während sein linker Arm Dolores' Oberkörper umklammert hielt.

Die Frau bekam keine Luft mehr.

Sie würgte, röchelte. Ihr Gesicht lief rot an. In einem letzten Aufbäumen trat sie mit den Beinen nach hinten. Sie traf auch das rechte Schienbein des Würgers.

Der Mann fluchte wütend. Für eine winzige Zeitspanne lockerte sich der gnadenlose Würgegriff. Dolores bekam wieder etwas Luft, dann begann der Todeskampf von neuem.

Der Zug fuhr in eine Kurve. Dolores und ihr Mörder verloren das Gleichgewicht. Sie fielen auf einen Sitz. Aber das bekam Dolores del Rio kaum noch mit. Nur noch Sekunden trennten sie von einem gräßlichen Tod...

Gordon befand sich in einer höllischen Zwickmühle. Hinter ihm Ramin, ein eiskalter Killer. Vor ihm ein anderer, der Dolores im Würgegriff hielt.

Frank entschied sich innerhalb von Sekundenbruchteilen.

Doch auch Ramin reagierte blitzschnell. Er stieß einen Fluch aus, und gleichzeitig fuhr seine Hand unter das Jackett.

Frank ahnte die Bewegung. Sehen konnte er sie nicht. Seine angewinkelten Arme schnellten zurück.

Ramin bekam die beiden Ellenbogen voll in den Bauch. Pfeifend jagte die Luft aus seinen Lungen. Er wurde grün im Gesicht und brach zusammen.

Da war Frank schon in das Abteil gesprungen.

Der Killer mit der Seidenschlinge hatte Dolores losgelassen. Der Schreck saß ihm noch in den Gliedern. Trotzdem fingerte er nach einem Messer.

Frank sprang aus dem Stand. Seine Rechte schmetterte gegen das Kinn des Würgers.

Der Mann wurde gegen das Fenster geschleudert, prellte sich dort den Rücken und krümmte sich vor Schmerzen.

Für Sekunden hatte Frank freie Bahn. Er mußte sich jetzt um Dolores kümmern.

Die Frau lag quer auf dem Sitz. Noch immer schnitt die Seide der Schlinge in ihre Kehle. Dolores' Gesicht war bereits blau angelaufen.

Frank drehte die Frau auf den Rücken und riß ihr die Schlinge vom Hals.

Dolores keuchte und würgte. Sie riß die Augen auf, starrte blicklos ihren Retter an.

Gordon zog die Frau hoch.

»Sie müssen weg!« schrie er sie an.

Dolores verstand ihn nicht.

Gordon machte kurzen Prozeß. Mit einem Ruck schob er die Frau aus dem Abteil und stieß sie ein Stück den Gang entlang. Dolores verlor das Gleichgewicht und fiel hin.

»Schließen Sie sich auf der Toilette ein!« brüllte Frank.

Vorn auf dem Gang wurde eine Abteiltür aufgezogen, und eine ältere Frau streckte ihren Kopf hinaus. Sie sah, was los war, stieß einen spitzen Schrei aus und zog die Tür wieder hinter sich zu.

Dolores hatte sich aufgerappelt. Frank konnte nicht verfolgen, ob sie seinen Rat beherzigte, denn Ramin hatte sich inzwischen erholt.

Er stemmte sich an der Wagenwand hoch.

Gordon kreiselte auf der Stelle herum. Sein rechtes Bein flog vor, und der Absatz knallte gegen Ramins Brust.

Der Tritt war mit solch einer Wucht geführt worden, daß Ramin in das Abteil flog.

Gordon sprang hinterher und zog die Tür zu.

Der Würger war noch nicht wieder fit. Er hatte glasige Augen und rieb sich sein Kinn. Wie festgeleimt stand er vor dem Zugfenster.

Ramin krümmte sich am Boden. Auch seine Gesichtsfarbe hatte sich noch nicht gebessert.

Schnell nahm Frank dem Mann die Waffe ab. Es war eine FN-Pistole. Ein Fabrikat aus Belgien.

Gordon wog die Waffe in der rechten Hand. Die Mündung deutete einmal auf Ramin und in der nächsten Sekunde wieder auf den Würger.

»Okay«, sagte Frank, »ihr habt euren Spaß gehabt. Jetzt bin ich mal an der Reihe.«

Die beiden Killer starrten den CIA-Agenten haßerfüllt an.

»Wer — wer bist du?« keuchte der Würger.

»Der Osterhase«, gab Frank gelassen zur Antwort. »Aber laß dir gesagt sein, mein Freund, ich bin es hier, der die Fragen stellt.« Frank deutete mit dem Kopf auf den am Boden liegenden Ramin. »Kannst du aufstehen?«

Ramin spuckte aus und zog sich an einer heruntergeklappten Sitzlehne hoch. Ächzend ließ er sich in das Polster fallen.

Der Würger stand noch immer am Fenster. Er schwankte jetzt wie ein Rohr im Wind. Die paar Haarsträhnen, die er hatte, klebten ihm an der Stirn.

»Dann noch mal«, sagte Frank. »Wer schickt euch, und weshalb sollte Dolores del Rio umgebracht werden?«

Die Killer schwiegen.

Gordon schob die Unterlippe vor. »Wollt ihr die harte Tour?« Seine Stimme klang tödlich sanft.

Wieder spuckte Ramin aus. Genau vor Franks Füße.

Gordon ließ sich nicht provozieren. Er blieb weiterhin cool. »Okay, Freunde, ihr wollt es nicht anders. Ich bin lange genug im Geschäft, um zu wissen, wie man Typen von eurem Schlag kleinkriegt.«

»Wenn du uns umbringst, erfährst du gar nichts«, keuchte Ramin.

»Wer spricht denn von umbringen? Nein, da gibt es andere Methoden.« Frank hob die Pistole.

Da verlor der Würger die Nerven. »Verdammt, Ramin, sag's

ihm doch. Was kann uns noch retten? Wir haben uns selbst in die Patsche geritten.«

»Halt dein Maul!« blaffte Ramin.

Doch der Würger ließ sich nicht aufhalten. Er hatte Angst um sein erbärmliches Leben.

»Hör zu«, keuchte der Würger. »Kane hat uns geschickt. Wir sollten die Kleine kaltmachen und sie aus dem Zug werfen. Das ist alles.«

Gordon stutzte unmerklich. Kane? Der Name sagte ihm nichts. Vermutlich handelte es sich um einen von Bronsons Unterhäuptlingen.

»Und wie sollte es dann weitergehen?« fragte Gordon.

»Wieso?«

»Ich meine in Zürich. Kane wird euch doch bestimmt weitere Instruktionen gegeben haben.«

»Hat er. Wir sollen in Zürich...«

Der Würger sprach nicht mehr weiter, denn in diesem Augenblick fuhr der Zug in eine scharfe Kurve.

Alle drei Männer hatten nicht damit gerechnet. Am stärksten wurde Gordon von der Fliehkraft getroffen. Ohne etwas dagegen machen zu können, wurde er zur Seite gedrängt und mußte sich mit dem freien Arm abstützen.

Die Pistole kam aus der Schußrichtung.

Darauf hatte Ramin gewartet. Er war längst nicht mehr so angeschlagen, wie er sich gab.

Urplötzlich fegte sein rechtes Bein hoch. Die Schuhspitze knallte gegen Gordons Waffenhand.

Der harte Tritt fegte dem CIA-Agenten die Pistole aus den Fingern. Sie prallte gegen die gewölbte Abteildecke und blieb im Gepäcknetz liegen.

Und dann war die Hölle los...

Ramins Kopf stieß wie ein Rammbock in Frank Gordons Magen. Für Sekunden sah der CIA-Agent Sterne, hatte das widerliche Gefühl einer hochsteigenden Übelkeit und schnappte gierig nach Luft. Unwillkürlich hatten sich die Finger seiner rechten Hand am Rand des Gepäcknetzes festgeklammert, und so blieb Frank Gordon auf den Beinen.

Ramin war wieder zurückgetaumelt. Er hielt sich mit beiden Händen den Kopf, hatte sich wohl bei diesem plötzlichen Angriff übernommen.

Doch noch war der Würger da. Und ein Messer.

»Schlitz ihn auf, Carlo!« schrie Ramin. »Los, mach ihn fix und fertig.«

Carlo war hin- und hergerissen worden. Jetzt sah er, daß sein Freund Oberwasser bekommen hatte, und mit einer tausendmal geübten Bewegung zog er sein Messer.

Es war ein Springmesser, von beiden Seiten geschliffen und demnach höllisch scharf.

Langsam ebbte der Schmerz in Franks Magen ab. Das eisenharte Training machte sich bezahlt.

Gerade noch im rechten Augenblick.

Carlo glitt mit der raubtierhaften Geschmeidigkeit des geübten Messerkämpfers auf Frank zu. Die Klinge lag in seiner rechten Hand. Das Licht der Abteilbeleuchtung zauberte blitzende Reflexe auf den tödlichen Stahl.

Ramin hatte sich in eine Ecke verzogen. Aus funkelnden Augen beobachtete er den Kampf.

Frank kam nicht mehr dazu, seine eigene Waffe zu ziehen, Carlos blitzschneller Vorstoß war auf seinen Magen gerichtet.

Frank stand mit dem Rücken gegen die Abteiltür gepreßt. Reflexartig wehrte er den gefährlichen Messerstoß ab. Sein Bein schoß hoch und knallte gegen Carlos Unterarm.

Frank hörte das häßliche Geräusch, als der Stoff seiner Hose aufgeschlitzt wurde. Carlos Hand verfing sich für Augenblicke in dem Hosenstoff.

Zeit, die einem Mann wie Frank Gordon reichte.

Er sah noch das haßverzerrte Gesicht des Würgers vor sich, als seine Karatefaust vorschnellte.

Mit diesem erstickten Schrei auf den Lippen wurde Carlo quer durch das Abteil geschleudert. Carlo dachte nicht mehr an das Messer.

Der Schmerz nahm ihm fast die Besinnung.

Doch Gordon hatte es mit zwei Gegnern zu tun. Und Ramin dachte nicht im Leben daran, aufzugeben.

Er war auf den Sitz gesprungen und hatte seine im Gepäcknetz liegende Waffe ergriffen. Die Schußposition war ungünstig, und trotzdem feuerte Ramin.

Gordon hörte den peitschenden Knall und zog unwillkürlich den Kopf ein.

Das Blei jaulte an seiner rechten Schulter vorbei und blieb im Rückenpolster eines Sitzes stecken.

Ramin sprang auf den Boden, riß den Arm mit der Waffe herum.

Da hatte Frank schon gezogen und abgedrückt.

Der trockene Knall vermischte sich mit Ramins Schmerzensschrei. Frank hatte besser gezielt. Seine Kugel war dem Killer in die rechte Schulter gedrungen.

Die Wucht des Aufpralls riß Ramin um die eigene Achse. Er fiel auf die Knie. An die Waffe dachte er nicht mehr. Er sah nur seinen zerschossenen Arm und das Blut, das daran herablief.

Gordon wischte sich den Schweiß aus der Stirn. Er steckte Ramins FN-Pistole und auch das Messer wieder ein. Die beiden Killer waren fertig. Allerdings gehörten sie nicht zur ersten Garnitur, denn solche Leute gaben so schnell nicht auf.

»Okay, Freunde«, sagte Frank. »Ihr habt es euch selbst zuzuschreiben.«

Ein französischer Fluch wurde ihm entgegengeschleudert.

Frank zog Ramin herum.

Der Killer trat nach ihm. Frank wich aus.

Dann war er es leid. Knapp oberhalb des Ohres setzte er Ramin die Mündung der Waffe gegen den Kopf.

»Du kannst wählen, Killer. Entweder du bist ruhig und läßt dir einen Notverband anlegen, oder du machst Ärger und bekommst gar nichts. Höchstens eine Kugel.« Frank wartete ein paar Sekunden, bevor er Ramin wieder anfaßte.

Diesmal preßte der Mann die Zähne zusammen und verhielt sich still.

»Na, also«, sagte Frank. »Das gleiche gilt auch für dich«, wandte er sich an Carlo.

Der Würger schwieg.

Ramins Wunde sah schlimmer aus, als sie in Wirklichkeit war. Die Kugel war im Fleisch steckengeblieben, hatte keinen Knochen verletzt.

Mit dem Taschentuch band Frank die Wunde ab, so daß wenigstens die Blutung aufhörte.

Dann kümmerte er sich um Carlo.

Das Gesicht des Würgers war blutverschmiert. Der Mann hatte Franks Schlag voll nehmen müssen. Außerdem war Carlos Nase gebrochen. Der Würger wimmerte leise vor sich hin.

Er ekelte Frank an. Diesem Mann hätte es nichts ausgemacht, eine Frau zu erwürgen. Jetzt ging es ihm selbst an den Kragen. Und da war er nur noch ein mieser, dreckiger Feigling.

»Was hast du nun vor?« ächzte Ramin. Sein Gesicht war immer noch schmerzverzogen.

Frank klopfte sich eine Zigarette aus dem Päckchen. »Auch eine?« fragte er Ramin.

Der Killer nickte.

Frank steckte ihm das Stäbchen zwischen die Lippen und gab sich und Ramin Feuer.

»Ich werde euch der Polizei übergeben«, sagte er.

In Ramins Augen flackerte es. »Warum? Du bist doch kein Polizist. Was hast du davon? Verschwinde, und wir steigen an der nächsten Station aus.«

Frank schüttelte den Kopf. »Das hast du dir gedacht, mein Freund. Ihr seid Killer der übelsten Sorte. Stellt somit eine Gefahr für die übrige Menschheit dar. Tut mir leid, aber laufenlassen ist nicht drin. Außerdem wird mir die französische Polizei bestimmt dankbar sein.«

Ramin zerbiß einen Fluch.

In diesem Moment wurde gegen die Abteiltür geklopft. »Machen Sie auf, Monsieur. Hier ist der Schaffner.«

Frank wandte sich um und zog die Tür einen Spalt auf.

Ein kreidebleiches Gesicht starrte ihn an. »Ist — ist hier geschossen worden?«

»Ja«, erwiderte Frank. Er sah, daß noch einige Leute vor der Tür standen. »Schicken Sie die Leute weg«, sagte Frank zu dem

Schaffner. »Ich komme dann nach draußen und erkläre Ihnen alles.«

Gordon zog die Tür wieder zu. Dann wandte er sich an die beiden Killer.

»Zur Sicherheit muß ich euch etwas verschnüren.« Er riß ihnen die Krawatten ab und band damit die Hände zusammen. Ramin schleuderte ihm dabei immer neue Flüche ins Gesicht.

Frank kümmerte sich nicht darum. Nachdem er die Knoten nochmals überprüft hatte, betrat er den Gang.

Der Schaffner stand am Fenster. Er sah nicht gerade mutig aus. Frank bot ihm erst einmal eine Zigarette an, die der Mann mit zitternden Fingern nahm.

»Da drin befinden sich zwei Killer«, sagte Frank.

Der Schaffner verschluckte sich fast am Rauch. »Sind es — Terroristen?«

»Nein. Professionelle Mörder. Ich habe sie überwältigt und möchte sie der Polizei übergeben. Haben Sie Telefon im Zug?«

»Natürlich, Monsieur. Natürlich.«

»Gut. Wie heißt die nächste Station, an der der Zug hält?«

»Mühlhausen. Das ist schon kurz vor der Grenze zur Schweiz.«

Frank nickte. »Verständigen Sie dort die Behörden, damit man die Burschen abholt.«

»Und was ist mit Ihnen, Monsieur?« fragte der Schaffner. »Ich meine, Sie haben die Männer doch erledigt.«

»Keine Angst. Ich komme schon klar.«

»Wenn Sie meinen.« Der Schaffner verschwand wieder.

Frank Gordon war sauer. Und das konnte ihm auch niemand verübeln. Er hatte sich die Sache anders vorgestellt. Und wenn die Beamten Schwierigkeiten machten, dann war seine gesamte Mission gefährdet.

Frank war den Gang entlanggegangen und blieb vor der Tür zur Toilette stehen. Es war besetzt.

Frank klopfte gegen das Holz, nachdem er sich durch einen kurzen Blick davon überzeugt hatte, daß ihn hier niemand sah.

»Ja?« hörte er Dolores del Rios Stimme.

»Ich bin's, Gordon. Kommen Sie raus, Miß del Rio. Die Sache ist vorbei.«

Frank hörte ein befreites Aufatmen, und dann wurde der Verschluß der Tür herumgedreht.

Dolores blickte Frank an. Deutlich sah Gordon den Schweißfilm auf dem Gesicht der Frau glänzen. Dolores hatte Angst gehabt. Daran gab es nichts zu rütteln.

Frank legte der Frau seine Hand auf die Schulter. Er merkte, wie Dolores erschauerte.

»Kommen Sie, wir gehen in den Speisewagen.«

»Augenblick noch.«

Dolores ging wieder zurück und erneuerte ihr Make-up. Frank konnte nur mit den Schultern zucken.

Nach drei Minuten war sie soweit.

Es war mittlerweile Nacht. Außer ihnen saßen nur noch zwei Personen im Speisewagen.

Frank und Dolores setzten sich ganz hinten an einen Tisch. Ein gähnender Kellner kam angeschlurft.

Gordon bestellte für sich und Dolores Bitter Lemon. Dann erklärte er der Frau in wenigen Sätzen die neue Situation.

»Das wichtigste ist erst einmal, daß ich mit den Behörden klarkomme«, sagte Frank. »Dann reden wir weiter. Ich lasse Sie aus dem Spiel, Dolores. Sie bleiben hier sitzen und rühren sich nicht von der Stelle. Es sei denn, ich komme und hole Sie.«

Dolores nickte. »Gut, Mister Gordon.«

Frank stand auf. »Alles klar. Wir reden dann später weiter.«

Gordon suchte den Schaffner und fand ihn in dem speziellen, nur für das Zugpersonal reservierten Abteil.

»Die Behörden sind verständigt, Monsieur.«

»Okay.« Frank ließ sich auf den Sitz fallen. »Wieviel Minuten Aufenthalt werden wir haben? Ich meine, normalerweise.«

»Zehn.«

Frank verzog das Gesicht. »Ich hoffe nur, daß es auch so nicht viel länger dauert.«

Plötzlich fiel ihm etwas ein. Er entschuldigte sich, stand auf, verließ das Abteil und ging noch einmal zurück in den Speisewagen.

Dolores blickte ihn überrascht an. »Ist schon etwas geschehen?«

»Nein, nein. Ich wollte nur was abgeben.« Frank gab der Frau seinen Revolver.

»Was soll ich damit?«

»Ich hoffe, ich kann die Behörden täuschen. Ich habe zwar mit meiner Waffe geschossen, werde aber behaupten, es mit der Pistole getan zu haben. Der Bluff hält natürlich keiner Untersuchung stand. Er kann aber gelingen, wenigstens für eine Stunde. Und die zweite Kugel werde ich noch aus dem Polster herauspulen.«

»Wenn das man gutgeht«, sagte Dolores.

»Keine Angst. Ich habe schon ganz andere Sachen geschaukelt«, erwiderte Frank optimistisch.

Gordon hatte Glück.

Der Inspektor der zuständigen Polizei war ein ehemaliger Beamter des französischen Geheimdienstes. Er hieß Henri Malle, und Frank hatte ihn vor Jahren bei einem Einsatz kennengelernt. Malle hatte dann aufgehört und war von der Polizei übernommen worden. Außerdem hatte er geheiratet.

Malle ähnelte vom Typ her dem Filmschauspieler Lino Ventura. Als er Frank gegenübertrat, zog ein Grinsen über sein Gesicht.

»Sag bloß, du mischt hier mit«, meinte er zur Begrüßung.

»Du hast es erraten.«

»Ach, du Schreck!«

Malle zog den CIA-Agenten zur Seite, damit seine Leute nicht hören konnten, was die beiden Männer besprachen.

»Hör zu, Henri, es geht um eine heiße Sache. Mach du mir um Himmels willen keine Schwierigkeiten.«

Malle hob die Schultern. »Laß erst mal hören.«

Frank wußte, daß er bei diesem Mann offen reden konnte. »Es geht um Basil Bronson.«

Malle pfiff durch die Zähne. »Lebt diese fette Ratte immer noch?«

»Und wie. Er sitzt noch dicker im Geschäft als eh und je.«

»Dann sind die beiden seine Killer, die dich auslöschen wollten.«

»Genau.« Frank verschwieg, daß sie es eigentlich auf Dolores del Rio abgesehen hatten. Mit dieser Frau hatte er noch ganz andere Pläne.

»Soviel ich weiß, sitzt Bronson in der Schweiz. Willst du ihn aus seinem Loch herausholen?«

»Ja.«

Malle klemmte sich eine Schwarze zwischen die Lippen. »Ich kenne dich gut, Frank, und ich weiß, daß du dir so leicht nichts vormachen läßt. Aber ist dieser Bronson nicht eine Nummer zu groß für dich?«

»Im Prinzip schon. Aber ich habe da so meine Methoden.« Henri Malle stieß den Rauch durch die Nase aus. »Ich kann dich nicht hindern, Frank. Nur — ich habe auch Vorgesetzte und muß einen Bericht schreiben. Du verstehst. Ich dürfte dich nicht weiterfahren lassen.«

Gordon atmete tief ein. »Wenn das geschieht, ist meine Mission geplatzt. Ich stehe dicht vor dem Ziel. Mach mir jetzt keinen Strich durch die Rechnung.« Franks Stimme klang beschwörend. »Ich halte dich raus, so gut es geht.«

»Und wenn du dir 'ne Kugel fängst?«

»Wird der CIA dir Rückendeckung geben.«

»Hm.« Malle überlegte, sah Frank eine Weile an und grinste plötzlich. »Das machst du aber auch nur einmal mit mir, alter Junge. Ich habe gerade noch an die alten Zeiten gedacht. Viel Glück, Frank. Und wenn die ganze Sache überstanden ist, gießen wir einen auf die Lampe, daß die Bude wackelt.«

»Darauf kannst du deine Frau verwetten«, erwiderte Gordon.

»Lieber nicht, die wird noch gebraucht. Ich habe mittlerweile zwei Kinder, und das dritte ist unterwegs.«

»Henri Malle, der alte Feuerschlucker, als Familienvater. Kaum vorzustellen.«

»Tja, der Mensch ändert sich. Also Frank, noch mal: Ich schaukele die Sache, und du holst mich unter Umständen aus dem Schlamassel.«

»Ehrensache.«

Inspektor Malle kniff dem CIA-Agenten ein Auge zu und verschwand.

Gordon atmete tief aus. Teufel, da hatte er wirklich Glück gehabt.

Nach zwanzig Minuten fuhr der Zug wieder weiter. Frank stand am Fenster, sah Malle auf dem Bahnsteig stehen und winkte ihm noch einmal zu.

Der Inspektor hob Zeige- und Mittelfinger. Das Victory-Zeichen.

Wieder kreuzte der Schaffner Franks Weg. »Alles glattgegangen, Monsieur?«

»Ja.«

Der Schaffner wischte sich mit einem geblümten Taschentuch den Schweiß von der Stirn. »Die anderen Reisenden haben so gut wie nichts bemerkt. Übrigens sind die Schweizer Zöllner schon zugestiegen. Halten Sie Ihren Paß bereit.«

»Danke. Und falls Sie mich brauchen, Schaffner, ich bin im Speisewagen. Nach der Aufregung brauche ich einen Schluck.«

»Kann ich verstehen. Leider bin ich im Dienst.«

Die letzten Worte hörte Frank schon nicht mehr. Er sah noch einmal in das Abteil hinein, wo er die beiden Killer überwältigt hatte.

Die Tür war versiegelt worden und die Vorhänge zugezogen. Frank konnte nur durch einen Spalt gucken.

Er zuckte mit den Schultern und ging endgültig in den Speisewagen.

Dolores del Rio erwartete ihn mit ängstlich aufgerissenen Augen.

»Alles klar«, beruhigte Frank die Frau. Er setzte sich, und Dolores gab ihm seinen Revolver wieder.

»So«, sagte Frank, »jetzt brauche ich erstens einen Cognac und zweitens Ihre Hilfe, Dolores.«

»Und wie kann ich Ihnen helfen?«

Frank Gordon lächelte hintergründig. »Ich habe mir schon einen Plan zurechtgelegt . . .«

Frank bestellte einen doppelten Cognac. Dolores del Rio trank lieber einen trockenen Martini.

Der Zug rauschte durch einen Tunnel. Man hörte es an den pfeifenden Geräuschen zu beiden Seiten der Wagen.

Frank hob sein Glas. Er prostete Dolores del Rio zu. »Worauf wollen Sie denn trinken, Mister CIA?« fragte die Frau, die langsam ihre alte Selbstsicherheit zurückgewann.

»Auf unsere Zusammenarbeit.«

»Na dann«, meinte Dolores hintergründig und nahm einen kleinen Schluck. Anschließend stellte sie das Glas auf den Tisch und pickte gedankenverloren mit einem Zahnstocher die Olive auf, die an der Oberfläche des Martinis schwamm. Die kleine Lampe auf dem Tisch zauberte einen bizarren Schatten auf Dolores' rechte Gesichtshälfte. Ihr Mund wirkte in dem dunklen Gesicht wie eine glühende Wunde.

»Was wollen Sie wirklich, Mister Gordon? Sie verlangen doch nicht, daß ich Ihnen aus lauter Dankbarkeit die Füße küsse.«

Frank lehnte sich zurück und lächelte wissend. »Nein, das natürlich nicht. Aber einen Gefallen müssen Sie mir schon tun. Sie stehen ganz schön in der Kreide bei mir. Erstens wollten Sie mir ans Fell, und zweitens habe ich Ihnen das Leben gerettet. Zwei Tatsachen, an denen Sie nicht vorbeikönnen, Miß del Rio.«

»Reden Sie nicht lange um die Sache herum, sondern rücken Sie mit der Sprache raus.«

»Gut.« Frank beugte sich vor. »Sie, Miß del Rio, werden mir helfen, Bronson zu fassen.«

»Mehr verlangen Sie nicht?« antwortete Dolores del Rio mit einer Gegenfrage.

»Ich schätze, das reicht.« Frank ging nicht auf den spöttischen Tonfall ein.

»Ich glaube, Sie sind wahnsinnig, Mister CIA. Vorhin, als Sie noch ihre Maskerade trugen, habe ich Sie für einen tollen Mann gehalten. Doch jetzt muß ich feststellen, daß Sie verrückt sind. Total übergeschnappt. Wissen Sie überhaupt, was Sie sich da vorgenommen haben? Basil Bronson, das ist ein Machtfaktor in der Welt. Der Mann wohnt in einer Festung. Da kommen Sie nicht ran. Und James Bond sind Sie schließlich auch nicht. Ich gebe Ihnen einen guten Rat. Nehmen Sie in Zürich die nächste Maschine, und fliegen Sie in irgendeine Ecke der Welt, damit man nichts mehr von Ihnen sieht und hört. Da tun Sie gut dran.«

»Übertreiben Sie nicht ein wenig, Miß del Rio? Ich bin nicht James Bond, okay. Ich würde mir auch nie einfallen lassen, diese Festung zu stürmen, wie es in dem Film ›Goldfinger‹ so schön gezeigt worden ist. Ich habe da meine eigenen Methoden. In der Regel unblutiger und nicht so theatralisch. Und Sie hassen Bronson, nicht wahr?« Blitzschnell wechselte Frank das Thema.

»Ja.«

Dolores hatte geantwortet, ohne zu überlegen.

»Na, bitte.« Frank nahm einen großen Schluck aus seinem Glas. Die del Rio lächelte plötzlich. »Sie sind ein raffinierter Hund, Mister CIA.«

»Man tut, was man kann. Aber Spaß beiseite. Werden Sie auf meiner Seite stehen?«

»Das kommt auf die Umstände an.«

»Auf welche?«

»Ich werde in den Staaten gesucht, Mister Gordon, und habe demnach kein Interesse, dorthin zurückzukehren. In Europa läßt es sich auch leben. Sie verstehen doch, oder?«

»Und ob. An mir soll's nicht liegen.«

»Dann können wir loslegen. Aber halten Sie mich, wenn es geht, aus der Feuerlinie.«

»Ich möchte die Sache unblutig über die Bühne bringen. Sie kennen die Festung?«

»Ja.«

»Kann man in die Nähe des Hauses kommen?«

Dolores nickte. »Eine Privatstraße führt zum Haus hinauf. Sie beginnt an der Endstation der Seilbahn. Auch diese Seilbahn hat Bronson selbst angelegt.«

»Seilbahn ist gut.«

»Touristen kommen da oben nicht hin. Es ist zu einsam dort. Keine Erfrischungsbude, kein Hotel — nichts. Übrigens, die

Bergstation der Seilbahn ist auch über einen Fahrweg vom Tal aus zu erreichen. Aber die Privatstraße ist für den Publikumsverkehr gesperrt. Bronson sitzt da oben wie in einer mittelalterlichen Festung, und niemand kommt an ihn heran.«

»Ich schon«, sagte Frank.

»Da bin ich mal gespannt.«

»Sie werden Bronson von Zürich aus anrufen, Dolores, und ihm sagen, daß Sie ihn treffen wollen. Unten in der Stadt. Bronson wird sich in seinen Wagen setzen und losfahren.«

»Vorausgesetzt, er kommt«, gab Dolores zu bedenken.

»Er wird kommen. Aber weiter. Ich werde ihn oben an der Seilbahn erwarten, ihn aus dem Wagen holen und mit ihm ins Tal fahren. Dort warten Sie mit einem Wagen, und dann geht es ab zur amerikanischen Botschaft. Es ist zwar nicht ganz legal, was ich vorhabe, aber in diesem Fall heiligt der Zweck die Mittel.«

»Ganz schön riskant.«

»Das sowieso.«

»Die Sache hat nur einen Haken, Mister CIA«, sagte Dolores del Rio.

»Und welchen?«

»Ich werde mit Ihnen oben an der Seilbahn warten.«

»Auf keinen Fall.«

»Dann spiele ich nicht mit.«

Gordon überlegte einige Zeit. Dann gab er sich geschlagen.

»Okay, Dolores, Sie sind dabei. Aber versuchen Sie nicht, mich zu überrumpeln. Es würde Ihnen schlecht bekommen.«

»Davon bin ich überzeugt.«

Die Tür des Speisewagens wurde aufgestoßen, und zwei Zollbeamte kamen herein.

Sie überprüften die Pässe. Es ging alles glatt.

Nachdem die Beamten wieder verschwunden waren, fragte Dolores del Rio plötzlich: »Was ist, wenn Bronson seinen Hubschrauber nimmt?«

»Das werden Sie ihm ausreden. Aber die Einzelheiten besprechen wir noch in Zürich.«

Gordon stand auf. »Ich glaube, ich werde noch eine Mütze

voll Schlaf nehmen. Ihnen könnte es auch nicht schaden, Dolores.«

»Das war der beste Vorschlag, den Sie mir heute gemacht haben.«

Vor Gordons Abteil trennten sie sich.

»Im Schlafwagen wäre die Nacht bestimmt interessanter geworden«, meinte Dolores zum Abschied. Sie schob ihren Körper so dicht an Gordon vorbei, daß er den Druck der Brustspitzen spürte.

»Was nicht ist, kann ja noch werden«, sagte der CIA-Agent und zog die Tür seines Abteils auf.

Das Hotel gehörte zur guten Mittelklasse. Frank hatte zwei Zimmer gemietet, die nebeneinander lagen. Sie waren am Vormittag in Zürich eingetroffen. Dolores hatte sich noch einmal hingelegt. Gordon reichten die drei Stunden Schlaf, die er noch im Zug bekommen hatte.

Gordon besorgte sich als erstes eine Karte von der näheren Umgebung und einen Leihwagen.

Es war ein grauer Mercedes 280 SE. Der Wagen war tadellos in Ordnung. Dann aß der CIA-Agent gut und ausgiebig zu Mittag und fuhr anschließend wieder in das Hotel zurück.

Dolores del Rio erwartete ihn bereits in der Halle. Sie hatte sich inzwischen andere Kleidung gekauft.

Sie trug jetzt einen Jeans-Anzug. Der Pullover war bestimmt eine Nummer zu klein und saß wie angegossen. Das schwarze Haar hatte Dolores del Rio hochgesteckt zu einer Turmfrisur.

»Wo waren Sie denn die ganze Zeit? Ich mußte inzwischen schon drei Anträge abwehren.«

»Das tut mir leid«, entgegnete Frank und ließ sich in einen Sessel fallen. Dann breitete er die Karte aus.

»Sie denken wohl auch an alles, was?«

»Ich bemühe mich wenigstens.«

Dolores del Rio und Frank Gordon steckten die Köpfe zusammen. Mit einem Kugelschreiber zeichnete die Frau den genauen Weg zur Festung auf.

Frank blickte nachdenklich auf die Linie. »Ein ganz schönes Stück.«

»Und wann soll es losgehen?«

»Heute noch. Sie rufen den großen Boß gleich an.«

»Wenn er nicht schon weiß, daß wir hier sind.«

»Glaub' ich nicht. Schließlich haben wir den Bahnhof ja nicht gerade durch das Hauptportal verlassen.«

»Sie haben wirklich eine seltsame Art, einem Mut zu machen«, sagte die Frau.

Gordon hob die Schultern, packte die Karte ein und brachte Dolores del Rio zu einer der Telefonzellen in der Halle. Sie waren alle drei leer. Es bestand also keine Gefahr, daß jemand mithörte.

Bronsons Geheimnummer kannte Dolores del Rio auswendig. Sie betrat die Zelle, warf Gordon noch einen skeptischen Blick zu und begann zu wählen.

Frank Gordon rauchte eine Zigarette. Er konnte nicht verleugnen, daß er nervös war. Noch nie war jemand Bronson so dicht auf die Fersen gerückt.

Dolores bekam die Verbindung. Frank sah, wie die Frau ihre Lippen bewegte. Unruhig scharrte sie mit den Füßen. Auch sie hatte das Nervenfieber gepackt.

Das Gespräch dauerte lange. Mindestens fünf Minuten. Dann legte die Frau auf.

Gordon öffnete die Tür der Zelle.

»Nun?« fragte er.

Dolores del Rio atmete tief durch und wischte sich den Schweiß aus der Stirn, ehe sie antwortete. Dann sagte sie leise: »Er wird kommen!«

»Na, wer sagt's denn.«

»Langsam, Mister CIA. So einfach ist das nicht. Bronson kommt auf keinen Fall allein. Er bringt Murray Kane mit.«

»Oho, Kane. Der Auftraggeber Ihrer beiden Killer. Welche Rolle spielt der Mann?«

»Kane ist Bronsons Leibwächter. Ein zweibeiniges Raubtier. Ein Sadist, ein Killer, eine Mordmaschine. Was weiß ich nicht alles.«

»Und Sie konnten Bronson nicht davon abbringen?«

»Versuchen Sie mal, einen Tiger vom Fleisch abzuhalten. Nein, entweder mit Kane oder gar nicht. Es ist doch klar, was er mit diesem Tier will! Mich umbringen.«

»War er nicht überrascht, daß Sie noch am Leben sind?« wollte Frank wissen.

»Nein, er tat, als wäre nichts geschehen. Er hat mich sogar freundschaftlich begrüßt, bis ich ihm gesagt habe, daß ich belastendes Material über ihn habe. Da wurde er dann anders.« Dolores del Rio blickte auf ihre Uhr. »Haben wir noch Zeit für einen Drink?«

»Noch so eben.«

»Wenn nicht... ich hätte sonst gestreikt. Wissen Sie, Gordon, es ist doch ein komisches Gefühl, wenn man zwischen den Sätzen des andern sein eigenes Todesurteil heraushört. Und bisher hat Bronson immer noch sein Wort gehalten...«

Basil Bronson tobte.

Wie ein Stier rannte er in seinem prunkvollen Arbeitszimmer auf und ab. Selbst Murray Kane wagte jetzt nicht, seinen Boß anzusprechen.

Bronsons Kopf glich einer überreifen Tomate. Die sonst kleinen Augen traten beinahe aus den Höhlen. Kleine, rote Äderchen durchzogen die Pupillen wie ein Spinnennetz.

»Diese Hure!« brüllte Bronson. »Diese dreckige Hure! Will mich reinlegen. Aber da muß sie früher aufstehen, dieses billige Miststück. Warum haben auch die beiden Männer versagt, die du auf ihre Fersen gesetzt hast? Du hast Stümper engagiert, Kane.«

Murray Kane verzog keine Miene.

»Habe ich es denn nur mit Idioten zu tun? Eins sage ich dir, Kane. Wenn sich diese Blamage in gewissen Kreisen herumspricht, sind wir erledigt. Und deshalb gibt es nur eine Alternative. Das Weib muß weg!«

Kane lächelte schmal. »Einverstanden, Boß! Diesmal werde ich die Sache selbst in die Hand nehmen.«

»Und ich bin dabei«, erwiderte Bronson. »Ich möchte die del Rio sterben sehen. Mit meinen eigenen Augen.«

»Haben Sie einen Plan?« fragte Kane knapp.

»Was heißt hier Plan?« Bronson bohrte beide Hände tief in seine Hosentaschen. »Wir werden uns mit ihr treffen. Wie abgemacht. Und dann wirst du sie überwältigen, abknipsen und ihre Leiche in den See werfen. Wie wir es genau machen, wird sich noch ergeben.«

»Ich nehme das Messer«, sagte Kane.

»Nimm sicherheitshalber noch die UZI mit.«

Die UZI ist eine handliche Maschinenpistole. Sie wird auch von den Soldaten in der NATO benutzt. Die Waffe war Kanes liebstes Spielzeug.

»In Ordnung, Boß. Wann fahren wir?«

»Sofort!«

Basil Bronson machte auf dem Absatz kehrt und stürmte mit langen Schritten aus dem Raum.

Er sah nicht die brennenden Augen, die ihm nachstarrten.

Sie gehörten Livio, Bronsons italienischem Friseur...

Der Wagen, ein großer Citroën, stand auf dem Hof des Hauses. Hof war genau der richtige Ausdruck, denn das Geviert wurde von hohen Mauern begrenzt.

Murray Kane lehnte an der Kühlerhaube des Wagens. In seinem Mundwinkel baumelte eine Zigarette. Der Himmel war wolkenlos, und ein leichter Wind machte die heißen Sonnenstrahlen direkt angenehm.

Kane trat die Zigarette aus. Die UZI hatte er sich schon bereitgelegt. Sie steckte in einem Spezialfutteral zwischen Fahrer- und Beifahrersitz.

Kane trug eine Sonnenbrille. Seine Augen waren unter dem Glas in ständiger Bewegung. Unablässig tasteten sie die Fassade des wuchtigen Hauses ab.

Deshalb fiel Kane auch das Fenster im ersten Stock auf, das jetzt vorsichtig geöffnet wurde.

Waffenstahl schimmerte, reflektierte das Sonnenlicht.

In Kanes Gehirn rasselten die Alarmglocken, doch äußerlich ließ sich der Killer nichts anmerken. Er lehnte weiter gelangweilt an der Kühlerhaube, hatte sich allerdings leicht nach links gedreht, so daß eine Körperhälfte vom Haus her gedeckt war.

Mit der rechten Hand fischte Kane seinen Revolver aus dem Hosenbund.

Kühl lag die Waffe in seinen Fingern.

Von den anderen Männern war nichts zu sehen. Sie vertrieben sich die Zeit — falls sie keinen Dienst hatten — mit Kartenspielen.

Aus den Augenwinkeln schickte Kane einen Blick zu dem Fenster hinauf.

Für einen winzigen Augenblick tauchte ein Gesicht auf. Kane reichte die Zeit, um zu erkennen, wer dieser Mann oben am Fenster war.

Livio Berutti, Bronsons sizilianischer Friseur. Ein Bursche, dem Kane nie über den Weg getraut hatte.

Zu Recht, wie sich jetzt herausstellte.

Murray Kane ahnte, auf wen der gelockte Knabe lauerte. Auf Basil Bronson. Kane kannte die Geschichte von Livios Schwester.

Der Killer warf einen Blick zu der breiten Eingangstür. Soeben wurde sie aufgezogen, und Basil Bronson betrat den Hof. Mit bullig vorgerecktem Kopf und wuchtigen Schritten kam er auf den Wagen zu.

Noch drei Schritte, dann mußte er in Livios Blickfeld erscheinen.

Kane löste sich von der Kühlerhaube, ging Bronson ein Stück entgegen.

Wieder tauchte die Gestalt des Sizilianers oben am Fenster auf. Eine Maschinenpistole wurde über die Fensterbank geschoben, herumgeschwenkt ...

In diesem Augenblick zeigte Kane seine Klasse. Er ging leicht in die Knie und riß den Arm mit der Waffe hoch.

Zwei, drei Schüsse zerfetzten die Stille.

Ein gellender Schrei war oben am Fenster zu hören. Und Murray feuerte immer noch. Er jagte alle Kugeln aus dem Lauf.

Der Sizilianer bäumte sich auf, fiel über die Brüstung und kippte aus dem Fenster.

Sein Körper schlug in dem Hof auf. Auf dem Gesicht blieb Livio liegen.

Kane drehte den Mann mit dem rechten Fuß herum. Dabei lud er automatisch seine Waffe nach.

Livio war tot. Noch immer hielten seine starren Finger die Maschinenpistole umklammert.

Kane nickte seinem Boß zu. »Das wär's wohl«, sagte er.

Erst jetzt kamen Bronsons Leute aus dem Haus gerannt. Sie alle hielten Waffen in den Händen — und wären zu spät gekommen.

Das wußte auch Bronson, der sich mittlerweile von seinem Schrecken erholt hatte.

Ein Tornado war nichts gegen das Unwetter, das jetzt über die Mannschaft der Festung hereinbrach.

Dieser Zornesausbruch kostete Zeit. Zeit, die sehr wichtig werden sollte.

Für Frank Gordon.

Der Weg war nur eine Piste. Nicht asphaltiert und mit Schlaglöchern übersät.

Trotzdem hielt sich der gemietete Mercedes tapfer. Frank lenkte ihn sicher durch die Haarnadelkurven. Der Wagen reagierte auf jeden Druck des Lenkrades.

Dolores del Rio saß auf dem Beifahrersitz. Ihr Gesicht war verschlossen, denn Frank hatte sie doch noch dazu gebracht, am Anfang der Seilbahn zu warten. Frank wollte Bronson im Alleingang packen. Die Frau wäre ihm nur ein Hindernis gewesen.

Ihren Augen bot sich die majestätische Bergwelt. Die glitzernden Eiskämme weit im Süden warfen das Sonnenlicht zurück. Schroffe Felsen wuchteten in die Höhe. Hänge mit langen, grasgrünen Matten, auf denen das Vieh weidete, gaben der Landschaft ein überaus friedliches Bild.

Wie Spielzeuge sahen die kleinen Dörfer unten in den Tälern

aus. In der Ferne glitzerte die wie Quecksilber aussehende Fläche des Zürichsees. Greifvögel zogen ihre kunstvollen Kreise über den schroffen Graten und Felsen.

Frank Gordon nahm diese Naturschönheiten nur am Rande des Bewußtseins wahr. Er wußte, daß hier blitzschnell die Hölle ausbrechen konnte.

Noch war Bronsons Festung nicht zu sehen. Ein gewaltiges Bergmassiv verdeckte sie.

»Hinter der nächsten Kurve müssen Sie anhalten«, sagte Dolores del Rio.

Frank nickte nur. Er steuerte den Mercedes in die Kehre und fand sogar eine Stelle unter einer hervorspringenden Felswand, die Platz genug zum Wenden bot.

Frank bugsierte den Wagen in die entgegengesetzte Richtung.

Von der Festung war noch immer nichts zu sehen. Sie konnten aber auch von dort aus nicht gesehen werden. Und das war der große Vorteil.

Frank stieg aus dem Wagen. Tief atmete er die klare Bergluft ein. Wind trug die Klänge von Kuhglocken zu ihm herüber.

Ein Bild wie im Heimatroman. Frank verzog das Gesicht. Dann überprüfte er seinen Revolver. Es war die einzige Waffe, die er mitgenommen hatte.

Dolores del Rio war ebenfalls ausgestiegen. Sie hatte die Arme in die Hüften gestützt und schaute sich um.

»Wenn Sie jetzt ungefähr hundert Meter weitergehen, können Sie das Haus sehen. Aber halten Sie sich am besten in Deckung der Felsen. Man kann den Weg auch von der Festung her gut überblicken. Und Bronson hat immer ein paar Leute unter dem Dach, die mit Ferngläsern die Umgebung absuchen.«

»Danke für den Rat.«

Gordon rauchte noch eine Zigarette. Er blickte zu Dolores del Rio hinüber. »Sie wissen Bescheid.«

»Ja, ich werde an der Seilbahn warten. Und was ist, wenn Sie umgelegt werden?«

»Habe ich Pech gehabt. Und Sie müssen zusehen, daß Sie wegkommen.«

Dolores grinste schmal. »Ein schwacher Trost.«

Gordon trat die Zigarettenkippe aus. »Ich kann es nicht ändern. Es ist auch Ihr Spiel.«

»Na ja, dann werde ich mal.« Dolores setzte sich hinter das Lenkrad. Sie kurbelte die Seitenscheibe herunter und sah Gordon an.

»Viel Glück, Mister CIA. Eigentlich sind Sie mir ganz sympathisch.«

»Ich komme darauf zurück«, erwiderte Frank.

Die Frau ließ den Motor an, und Sekunden später fuhr der Mercedes den Weg zurück zur Talstation der Seilbahn, wo zum Glück so gut wie kein Betrieb herrschte.

Bald umfing eine fast körperlich zu spürende Stille den CIA-Agenten.

Frank Gordon ging seinen Plan noch einmal genau durch und machte sich auf den Weg, von dem er wußte, daß es auch ein Marsch zum Teufel werden konnte...

Bis zur nächsten Kurve brauchte Frank Gordon nur wenige Meter zu gehen. Der schmale Weg war an seinem linken Rand nicht einmal befestigt oder mit einer Leitplanke geschützt. Es gab nur ein paar quadratische Markierungssteine. Jenseits der Steine gähnte der Abgrund.

Frank Gordon lief in die Kurve − und dann sah er Bronsons Domizil.

Wie eine Trutzburg lag das Haus zwischen den Felsen. Das Dach war flach, und lange Antennen flirrten im Sonnenlicht. Ein Zeichen, daß Bronson eine sehr leistungsstarke Funkanlage besaß. Das schmale Band einer Straße wand sich vom Haus nach unten, der oberen Seilbahnstation zu.

Frank Gordon lächelte spärlich. Nie hätte er es geschafft, dieses Haus zu stürmen. Seine jetzige Methode war wirklich die bessere.

Die Wände wirkten trotz des Sonnenscheins düster. Die Fensterscheiben glänzten dazwischen wie polierte Flächen. Eine hohe Mauer schloß sich an das Haus an. Dolores hatte von prächtigen Räumen gesprochen und von einer großen Terrasse.

Davon war nichts zu sehen. Aber wahrscheinlich lag beides an der anderen Seite der Gangsterburg.

Frank Gordon hielt nichts mehr auf dem Weg. Er schlug sich seitlich der holprigen Straße zwischen die Felsen. Der Aufstieg bis zur Seilbahn wurde jetzt um vieles mühseliger. Schon bald ging Franks Atem keuchend. Schweiß trat ihm aus den Poren, der jedoch schnell vom Wind getrocknet wurde.

Ab und zu sah Frank das dicke Seil der Bahn auftauchen. Es hatte den ungefähren Durchmesser eines Männerunterarms.

Frank ging weiter. Es war schon mehr ein Klettern. Steine rollten unter seinen Sohlen davon, tickten ein paarmal auf und blieben auf dem Weg liegen.

Meter für Meter näherte sich Gordon seinem Ziel. Schon sah er den Endpunkt der Seilbahn.

Das kleine Haus war stabil gebaut und hatte ein schräg abfallendes Dach.

Frank änderte die Richtung. Er näherte sich wieder dem Weg, den er überqueren mußte, um zu der Seilbahn zu gelangen.

Sicherheitshalber ging er hinter einem großen, vom Regen und Wind ausgewaschenen Felsblock in Deckung.

Er konnte Bronsons Festung jetzt besser erkennen. Trotzdem war nicht zu sehen, ob jemand die Straße beobachtete.

Gordon riskierte es.

Er löste sich aus der Deckung des Felsens und hetzte mit zwei Sprüngen über die schmale Straße. Sofort preßte er sich gegen die Wand der Seilbahnstation.

Nichts geschah. Kein Schuß fiel oben bei der Festung. Mit einem guten Gewehr hätte man Frank ohne weiteres abknipsen können.

Der CIA-Agent wischte sich den Schweiß von der Stirn. Die erste Hürde war genommen.

Jetzt kam der schwierigste Teil.

Eine Holztreppe führte zu dem kleinen Seilbahnhaus hinauf. Es waren sechs Stufen. Die Eingangstür war offen.

Frank drückte sich in das Innere des Hauses. Dämmerlicht umfing ihn.

In Kopfhöhe sah Frank das Seil. Dicht vor seinen Augen

befand sich die Fahrgastkabine. Die Laufwerkrollen lagen sicher in der Spur. Frank war beruhigt.

Die Kabine war rot angestrichen. Nirgends zeigte sich auch nur die kleinste Roststelle. Bronson schien auf die sorgfältige Wartung der Anlage äußersten Wert zu legen. Von ihrer Betriebssicherheit konnte im Notfall sein Leben abhängen.

Die Kabine bot Platz für zehn Personen. Frank las es auf einem Schild. Die Tür der Kabine ließ sich durch eine Klinke aufziehen und von innen verriegeln, wie Frank feststellte.

In dem Haus war es ziemlich eng. Den größten Teil nahmen die technischen Anlagen ein. Der Tragseilverankerungspoller und die Zugseilumlenkscheibe waren durch ein Metallgitter von dem kleinen Bahnsteig getrennt.

Davor gab es ein Bedienungspult. Es war unbesetzt. Man konnte durch eine Gittertür eintreten.

Frank schob die Tür zurück.

Ein Pult mit einigen Hebeln fiel ihm ins Auge. Unter jedem Hebel stand jeweils der Verwendungszweck.

START, las Frank unter dem mittleren Hebel. Gordon zog ihn vorsichtig nach unten.

Augenblicklich begann sich die Zugseilumlenkscheibe zu bewegen. Die Kabine ruckte ein Stück und glitt dann vor.

Frank zog den Hebel zurück.

Die Motoren stoppten.

Ein zufriedenes Lächeln umspielte Gordons Lippen. Die Seilbahn war wirklich völlig in Ordnung. Ein sehr wichtiger Punkt.

Er wollte gerade das kleine Haus verlassen, als ein Summen ihn zurückhielt.

Frank wandte den Kopf. Auf dem Boden des Führerstandes stand ein Telefon.

Frank zögerte einen Augenblick, hob aber dann ab.

»Sind Sie es, Mister Gordon?« hörte Frank eine weibliche Stimme.

Es war Dolores del Rio.

»Ja«, erwiderte der CIA-Agent. »Denken Sie vielleicht, der Weihnachtsmann?«

Die del Rio lachte. »Nerven, Mister CIA?«

»Nein, aber was wollen Sie?«

»Eigentlich nichts. Ich wollte nur wissen, ob Sie gut dort oben angekommen sind. Hier ist nicht viel los. Einige...«

»Ich bin gut angekommen«, unterbrach Frank die Frau und legte kurzerhand auf.

Dann verließ er den Führerstand. Ärger keimte in ihm hoch. Die del Rio faßte das wohl alles als Scherz auf.

Frank trat aus dem kleinen Haus. An der Tür mußte er sich bücken. Wieder schickte er einen Blick zu Bronsons Haus hinauf.

Nichts zu sehen.

Und dann hörte er das Motorengeräusch. Ein Wagen kam die Straße vom Haus heruntergefahren. Er mußte schon ziemlich nahe sein, wenn man schon das Brummen des Motors hörte.

Jetzt hatte Frank keine Sekunde mehr zu verlieren.

Wie eine Gazelle sprang er über die Straße und brachte sich wieder hinter dem Felsen in Deckung. Sicher und kühl lag der Revolver in seiner rechten Hand.

Das Geräusch wurde lauter.

Gordon erhob sich. Er legte den Arm mit der Waffe auf den oberen Rand des Felsblocks. Frank konnte den Anfang der asphaltierten Privatstraße, die zu Bronsons Haus führte, gut einblicken. Schilder warnten vor dem Betreten der Straße. Sie war gut ausgebaut und befand sich in tadellosem Zustand.

Frank atmete tief ein. Jetzt kam es darauf an. Wenn er nun versagte...

Gordon verscheuchte die trüben Gedanken.

Da tauchte die lange Schnauze eines Citroën auf. Wie ein riesiger Fisch kam der Wagen um die letzte Kurve gefahren.

Die Sonne spiegelte sich in der breiten Frontscheibe. Frank sah die Umrisse von zwei Männern.

Gordon hielt den Atem an.

Er rückte den Lauf der Waffe ein wenig nach links.

Für den Bruchteil einer Sekunde hatte er ideales Schußfeld.

Gordon drückte ab!

Laut brach sich das Echo des Schusses an den Felswänden und rollte hinunter ins Tal.

Gleich darauf drückte Gordon wieder ab.

Und noch einmal.

Das Platzen der Reifen ging in den Detonationen der Schüsse unter.

Der Fahrer — es war niemand anderer als Murray Kane — wurde völlig überrascht.

Urplötzlich begann der Citroën zu schlingern, brach nach rechts aus, kam über den Rand der Fahrbahn und knallte gegen einen Felsen.

Blech kreischte.

Die Kühlerhaube des Citroëns sprang unter dem Aufprall hoch. Die Hinterräder drehten noch ein paarmal durch, und dann stand der Wagen still.

Frank hatte es geschafft.

Vorerst . . .

Schnell jagte er aus seiner Deckung, war mit ein paar Schritten an der Fahrertür des Wagens und riß sie auf.

Bronsons fettes Gesicht starrte ihn an.

Frank hob den Revolver.

Der Gangsterboß war völlig perplex.

Murray Kane hing auf dem Fahrersitz. Der Killer hatte eine Platzwunde an der Stirn und stöhnte.

»Los, raus!« schrie Gordon.

Bronson starrte ihn noch immer an wie einen Geist.

Frank packte den Dicken mit der freien Hand am Revers seines Anzuges und riß ihn aus dem Citroën.

Der Gangsterboß taumelte. Sein Gesicht war kalkweiß vor Angst und Schrecken.

Frank gab Bronson einen heftigen Stoß in den Rücken. »Los, Dicker, rüber zu der Seilbahnstation.«

Bronson setzte sich in Bewegung.

»Schneller, verdammt!«

Gordon kitzelte den Mann mit seinem Revolver.

Bronson trottete los wie ein aufgescheuchtes Nilpferd. Er keuchte die Stufen hinauf und quetschte sich durch die Tür.

Gordon drückte sich an ihm vorbei und riß die Tür der Kabine auf. »Los, da rein.«

Bronson bibberte vor Angst. Die Kabine schaukelte bedrohlich, als der Gangsterboß sie mit seinen Massen füllte. Frank sprang zurück, stieß die Gittertür zum Bedienungsraum auf. Mit einem Satz war er am Schaltpult und zog den bewußten Hebel nach unten.

Ruckartig setzte sich die Kabine in Bewegung.

Gordon mußte sich beeilen, um noch mitkommen zu können. Bevor die Kabine die Station verließ, hatte Gordon es geschafft. Gerade noch im rechten Augenblick, denn Bronsons Hand verschwand unter dem Jackett.

Frank schlug ihm den Revolverlauf auf den Unterarm.

Bronson heulte auf.

Gordon fischte dem Kerl die Waffe aus dem Halfter und steckte sie weg.

Noch immer schwang die Kabine hin und her. Für Frank fuhr sie viel zu langsam.

Sie hatten jetzt die Seilbahnstation schon einige Meter hinter sich gelassen, als Gordon einen Blick aus dem Fenster warf.

Im selben Augenblick zuckte er zusammen.

Murray Kane — Bronsons Leibwächter — stand vor dem Citroën. Er war von dem Aufprall immer noch benommen. Doch seine Hände hielten eine Maschinenpistole umklammert, die er langsam in Richtung Kabine schwenkte...

Frank Gordon blieb so gut wie keine Zeit mehr, wollte er nicht unter den Kugeln des Killers sein Leben aushauchen. Wenn Kane die Maschinenpistole erst mal hochriß, brauchte er nicht einmal zu zielen, um die Kabine zu treffen. Die Streuwirkung der UZI reichte vollkommen.

Frank hielt seinen Revolver noch in der Hand. Er packte ihn am Lauf und drosch den Kolben gegen das Glas der Kabinenscheibe.

Das Sicherheitsglas zerplatzte.

Noch einmal schlug Frank zu.

Scherben sprangen nach außen. Die entstandene Öffnung war groß genug.

Frank riß seinen rechten Arm hoch, schob ihn durch die Öffnung und feuerte.

Trocken peitschten die Schüsse durch die Stille der Bergwelt.

Die Bleihummeln jaulten haarscharf an Kane vorbei und stanzten Löcher in das Blech der Citroën-Karosserie.

Doch der Zweck war erfüllt.

Murray Kane ging in Deckung.

Wahrscheinlich waren seine Reflexe noch geschwächt, sonst hätte er längst eine Geschoßgarbe hinter der Gondel hergeschickt.

Langsam verschwand die Kabine hinter einer Felswand und wurde von Kane nicht mehr gesehen.

Gordon atmete auf.

Da erhielt er einen mörderischen Hieb in den Nacken.

Sterne funkelten vor seinen Augen auf, die Knie gaben nach, und der Kabinenboden raste auf ihn zu.

Bronson!

Wie konnte ich ihn vergessen! durchzuckte es Frank.

Ein gemeiner Tritt krachte in Gordons Seite. Explosionsartig schossen die Schmerzwellen in dem CIA-Agenten hoch.

»Du Schwein!« hörte er über sich Bronsons rauhe Stimme. Sie kam ihm gedämpft vor, wie durch einen Wattebausch.

Wieder trat Bronson zu.

Gordon biß sich auf die Lippen, schmeckte Blut. Er versuchte sich um die eigene Achse zu rollen. Er mußte diesen mörderischen Tritten entkommen.

Bronson würde ihn in seinem Haß zertreten.

Noch immer hielt Gordon die Waffe in der Hand. Er hob den Arm, wollte dem fetten Killerboß eine Kugel verpassen, doch die Sohle von Bronsons Schuh schrammte über sein Handgelenk.

Der Revolver fiel zu Boden.

Gordon sah einen Schatten auf sich zukommen.

Basil Bronson wollte sich nach der Waffe bücken, um Gordon den Rest zu geben.

In einer verzweifelten Abwehrreaktion zog Frank die Beine an und ließ sie blitzschnell nach vorne schnellen.

Der Killerboß gurgelte auf. Seine Nase begann zu bluten. Durch den Tritt war er aus dem Gleichgewicht gebracht worden, taumelte zur Seite.

Die Kabine schwankte gefährlich. Bronson fiel mit dem Rücken zuerst gegen die gegenüberliegende Wand. Er breitete die Arme aus, um sich abzustützen.

Gordon war auf die Knie gekommen. Er sah Bronsons blutverschmiertes Gesicht.

Gordons Mund stand offen. Noch immer konnte er nicht richtig atmen. Wahrscheinlich waren einige Rippen gequetscht.

Wie in Zeitlupe kam Gordon auf die Füße. Er stand geduckt und starrte Bronson an. Aber auch der fette Killerboß war geschafft. Doch sein Haß hielt ihn aufrecht, machte ihn zu einer Kampfmaschine.

Er stürmte vor.

Mit gesenktem Kopf und einem irren Wutschrei auf den Lippen. Er wollte Frank den Schädel in den Bauch rammen.

Gordon wich mit einem schnellen Step zur Seite. Dann schlug er zu.

Eine stahlharte Faust bohrte sich in Bronsons Körper. Pfeifend strömte die Luft aus den Lungen des dicken Nachrichtenhändlers.

Der Killerboß brach in die Knie. Er hatte beide Hände auf den Boden gestützt. Gordon nutzte die Gelegenheit, bückte sich und brachte seinen Revolver wieder an sich.

»Okay, Mann«, keuchte Gordon und wischte sich über den Mund. »Unseren Spaß haben wir gehabt. Kommen wir nun zur eigentlichen Unterhaltung.«

»Wer — wer bist du?« würgte Bronson hervor.

»Dein Henker«, erwiderte Gordon. »Oder vielmehr der, der deinem dreckigen Treiben ein Ende bereiten wird.«

»Kommst du vom Geheimdienst?«

»Genau.«

Bronson hob den Kopf. Sein blutverschmiertes verquollenes Gesicht hatte sich zu einer weinerlichen Grimasse verzogen.

Sonnenstrahlen fielen durch die Kabinenfenster und blendeten ihn. Bronson schloß die Augen. »Bist du einer vom CIA?«

»Ja.«

Bronson lachte plötzlich. »Sag mir deinen Namen.«

»Gordon. Frank Gordon.«

»Natürlich Gordon. Ja, dich haben wir in unseren Listen. Sogar ziemlich weit oben. Mußt ein guter Mann sein. Einer, den auch ich brauchen könnte. Wieviel willst du?«

»Meinen Lohn habe ich schon bekommen.«

»Wieviel ist es?«

»Kein Geld. Mein Lohn bist du. Dich wollte ich haben, Bronson.«

»Und die verdammte Hure hat dir dabei geholfen.«

»Wenn du damit Dolores del Rio meinst — ja. Sie erwartet uns übrigens am Ende der Seilbahn.«

»Wenn wir dann noch am Leben sind. Oder vielmehr: Wenn du dann noch am Leben bist.«

Frank zuckte mit den Schultern. »Was meinst du, weshalb ich die Seilbahn genommen habe? Auf der Paßstraße hätten deine Männer uns verfolgt und bestimmt auch eingeholt. Nein, nein, diese Methode erschien mir sicherer.«

»Gordon, du bist ein Idiot«, keuchte Basil Bronson. »Du hast meine Macht unterschätzt. Was meinst du, wie schnell uns ein Hubschrauber auf den Fersen sein wird. Ein besseres Ziel wie diese Kanzel gibt es gar nicht.«

»Abwarten.«

Gordon gab sich zwar sicher, doch innerlich war er verdammt beunruhigt. Er hatte die Möglichkeit mit einem Hubschrauber zwar einkalkuliert, aber nicht angenommen, daß Bronsons Männer es tatsächlich wagen würden. Schließlich saß ihr eigener Boß in der Kanzel.

Basil Bronson war in eine Ecke gekrochen und reinigte sich mit seinem Taschentuch notdürftig das Gesicht. Von ihm drohte vorerst keine Gefahr.

Gordon streckte den Kopf aus dem Fenster. Der Fahrtwind zerzauste seine Haare.

Frank blickte nach rechts.

Die Hälfte der Strecke lag gerade hinter ihnen. Die Kabine näherte sich einer Schlucht, die sehr eng war und an deren Seiten Bäume wuchsen.

Plötzlich wurde das Geräusch des Fahrtwindes von einem anderen übertönt.

Frank hatte es schon tausendmal gehört, und eine Gänsehaut lief über seinen Rücken.

Rotorengeräusch.

Für Bronson war es die reine Engelsmusik. »Jetzt geht es dir an den Kragen, Gordon. Die werden dich umnieten wie ein Schwein. Die werden dich...«

»Halt's Maul!« zischte Frank. »Oder willst du eine Kugel?«

Bronson schwieg erschrocken. Nur ein süffisantes Lächeln hatte sich in seine Mundwinkel eingegraben.

Frank lud seine Waffe nach. Dann sah er noch mal aus dem Fenster. Der Hubschrauber wurde rasend schnell größer. Es war ein Zwei-Mann-Helikopter, und er bestand zum größten Teil aus der gläsernen Kanzel.

Schon konnte Frank die beiden Männer sehen. Der Pilot steuerte im stumpfen Winkel auf die Kabine zu.

Der Mann, der neben ihm saß, öffnete die Einstiegstür. Frank sah das Metall der UZI schimmern, und ihm war klar, daß sie ihn in der Kabine abschießen konnten wie einen Hasen.

Er warf noch einen schnellen Blick über die Schulter.

Bronson hatte sich erhoben und war dabei, die Tür aufzuriegeln.

Frank wollte vorspringen, den Mann von dieser Wahnsinnstat abhalten, da fegte bereits die erste Garbe heran...

Murray Kane sah der dahinfahrenden Kabine nach und fluchte wie ein Maultiertreiber.

Dieser Kerl in der Gondel konnte verdammt gut schießen. Nur haarscharf waren die Bleihummeln an Kanes Kopf vorbeigesirrt.

Aber so leicht gab sich ein Murray Kane nicht geschlagen. Er beugte sich in den Wagen, öffnete das Handschuhfach und holte ein Walkie-Talkie heraus. Diese kleinen Funksprechgeräte gehörten zur Standardausrüstung.

Kane schaltete es ein.

Zuerst kam nur ein Rauschen, dann meldete sich der Bereitschaftsdienst der Festung.

Kane brauchte nicht einmal fünfzehn Sekunden, um die Lage zu erklären. Dann gab er seine Anweisungen.

»Schickt sofort den Hubschrauber her.«

»Okay!« kam es zurück.

Kane warf das Walkie-talkie wieder in den Wagen. Erst jetzt stellte er fest, daß sein Gesicht blutete. Kane wischte das Blut weg. Dabei stieß er ununterbrochen Verwünschungen aus.

Oben in der Festung lief alles wie am Schnürchen. Der Pilot des Hubschraubers war in dauernder Bereitschaft, und es vergingen nur zwei Minuten, da stieg die Libelle in den postkartenblauen Himmel.

Kane rieb sich die Hände.

Die Jagd konnte beginnen.

Der Killer sah dem Helikopter entgegen, wie er auf ihn zusteuerte und tiefer ging.

Staub und kleinere Steine wurden hochgewirbelt, als er sich dem Boden zusenkte.

Kane lief los, duckte sich unter den wirbelnden Rotorblättern und enterte den Helikopter.

»Ab!« schrie er dem Piloten zu. »Die Richtung gebe ich dir an.«

Die Libelle stieg höher.

Murray Kane setzte seine Sonnenbrille auf. Seine Finger hatten sich um den Schaft der Maschinenpistole geklammert.

Dieser Kerl, der Bronson entführt hatte, sollte sein blaues Wunder erleben . . .

Die Scheiben zerplatzten in tausend Stücke. Die Geschoßgarbe der Maschinenpistole zog eine Bleispur durch die Kabine. Es schrillte häßlich, als die Kugeln das Blech der Verkleidung durchsiebten.

Gordon lag in der Ecke. Er hatte sich zusammengerollt wie ein Igel. Glassplitter regneten auf ihn herab. Beinahe schmerzhaft drang das Knattern des Hubschraubers in seine Ohren.

Hölle, da hatte er noch einmal Glück gehabt. Es war so ein siebter Sinn gewesen, daß Gordon sich nicht auf den Agentenchef gestürzt hatte. Er wäre genau in den Bleihagel gelaufen.

Wieder pfiffen die Kugeln durch die Kabine. Diese Geschoßserie lag wesentlich besser als die erste.

Gordon zerbiß einen Fluch. Die Kerle scheuten sich nicht einmal, ihren eigenen Boß in Gefahr zu bringen. Frank zog noch mehr den Kopf ein. Noch so ein Kugelsturm, und er würde zerhackt.

Der Hubschrauber mußte sich jetzt genau über der Kabine befinden. Er wurde herumgezogen. Bestimmt wollte der Pilot einen neuen Anflug versuchen. Diesmal mit besserem Schußfeld.

Ein Grabgesang in luftiger Höhe, dachte Frank mit Galgenhumor. Verdammt noch mal!

Basil Bronson hatte die Zeit genutzt. Dem Dicken war nichts passiert. Nur ein paar Glassplitter hatten seine schwabbeligen Wangen geritzt.

Gerade als Gordon den Kopf hob, riß Bronson den Riegel zurück. Die Tür sprang auf.

Voll drang der Fahrtwind in die Kabine.

»Bronson!« brüllte Gordon.

»Sind Sie des Teufels?«

Basil Bronson hörte ihn nicht − oder wollte ihn nicht hören. Wie bei einem dicken Gorilla hatten sich seine Hände um die obere Kante der Tür geklammert.

Gordon hielt den Atem an. Und plötzlich wußte er, was Bronson vorhatte. Die Idee war zwar eine Wahnsinnstat, aber das einzig Richtige, was ein Mann in seiner Situation noch unternehmen konnte. Bronson wollte auf das Dach der Kabine klettern. Im Innern würde man ihn wie einen Hasen abschießen. Daß Kane keine Rücksicht auf seinen Boß nahm, hatte er zur Genüge bewiesen.

Irgendwie zollte Gordon dem dicken Gangsterchef Achtung.

Aber soweit durfte er es nicht kommen lassen. War Bronson erst mal auf dem Dach, sah es für ihn um so schlechter aus.

Bronson hing in einer Schräglage. Noch berührten seine Fußspitzen den Boden der Kabine.

Bronson hatte den Kopf halb zur Seite gewandt. Der Schweiß lief in Strömen von seiner Stirn und vermischte sich mit dem Blut. Bronsons Mund stand halb offen. Unartikulierte Laute drangen daraus hervor.

Da lösten sich Bronsons Füße vom Kabinenboden.

Gordon hielt unwillkürlich den Atem an. Wenn Bronsons Finger jetzt abrutschten...

Sie rutschten nicht.

Die Todesangst schien dem Mann übernatürliche Kräfte zu verleihen. Mit einem Klimmzug versuchte er, sich an der Tür hochzuziehen, während diese mit ihrer menschlichen Last im Fahrtwind hin- und herpendelte.

Bronson versuchte keuchend einen Klimmzug. Langsam zog er sich höher.

Inzwischen hatte der Hubschrauber gedreht. Er war wieder im Anflug auf die Kabine.

Frank sah es durch die offene Tür.

Selten war er sich so hilflos vorgekommen wie in diesen Augenblicken.

Bronson kämpfte um sein Leben, und auch Frank wußte, daß er die nächsten Minuten kaum überstehen würde, wenn nicht ein Wunder geschah.

Bronson schien es zu schaffen. Er hatte seinen rechten Arm ausgestreckt und berührte bereits mit der Hand das Dach der Kabine.

Obwohl dieser Mann ein Killerboß war, brachte Gordon es nicht fertig, ihn jetzt wieder in die Kabine zu zerren.

Wieder schaffte Bronson ein Stück.

Und immer näher kam der Hubschrauber, wurde plötzlich riesengroß.

Gordon sah bereits das Gesicht des Schießers mit der großen Sonnenbrille, und er sah die mörderische Maschinenpistole in den Händen des Killers.

Auch Bronson hatte das Herannahen des Hubschraubers bemerkt. Er wandte den Kopf, blickte der anfliegenden Mord-Libelle direkt entgegen und schrie etwas, das im Knattern der Rotoren unterging.

Bronsons Körper bedeckte die Hälfte des Türdurchlasses. Außerdem konnte er das Schwingen der Tür nicht verhindern.

Der Killer mußte jetzt schießen, sonst wurde der Winkel zu schlecht.

Gordon hechtete flach in eine Ecke.

Und der Killer feuerte.

Blaßrotes Mündungsfeuer zuckte. Der tödliche Bleigruß jagte aus der UZI.

Im selben Augenblick schwang die Tür wieder zurück.

Die Kugeln zerfetzten das Blech und schlugen in Bronsons Körper.

Ein paar Geschosse fegten in die Kabine und zerstörten die letzten Scheiben.

Gordon hatte sich ganz flach auf den Boden gepreßt. Der Rest des tödlichen Bleihagels pfiff über ihn hinweg.

Und dann hörte er den Schrei.

Er war so grauenhaft und unmenschlich, daß er selbst das Geräusch des Helikopters übertönte.

Basil Bronson hatte ihn ausgestoßen.

Der Killerboß wand sich in wilden Todeszuckungen an der Tür. Gordon sprang auf, wollte Bronson noch in die Kabine ziehen ...

Zu spät.

Plötzlich war Basil Bronson nicht mehr da. Von einem Augenblick zum anderen raste er der mörderischen Tiefe entgegen. Sein Körper zerschellte irgendwo zwischen den Felsen.

Gordon stieß pfeifend die Luft aus.

Jetzt war er an der Reihe.

Er ging bis zur Tür vor, hielt sich an der Kante fest und blickte nach draußen.

Der Helikopter setzte bereits zur Drehung an. Er würde kommen, denn der Killer brannte darauf, Gordon den Todesstoß zu versetzen.

Der CIA-Agent saß in einer mörderischen Falle.

Was für ein Mensch Kane war, hatte Gordon daran gesehen, daß es diesem Mann nichts ausgemacht hatte, seinen eigenen Boß abzuschießen. Wahrscheinlich wollte Kane die Macht übernehmen. Und so wie es aussah, standen die Chancen für ihn nicht einmal schlecht.

Aber noch etwas anders fiel Frank Gordon ins Auge. Die Kabine näherte sich immer mehr der Schlucht, deren Ränder dicht mit Tannen und Fichten bewachsen waren. Natürlich gab es eine Schneise, durch die die Seilbahn führte, aber manchmal waren die Äste nicht viel mehr als einen Meter von den Seitenwänden der Gondel entfernt.

Und jetzt wurde es auch für den Helikopter schwerer.

Schon huschten die ersten Bäume an der Kabine vorbei.

Gordon sah seine letzte Chance. Er mußte den verzweifelten Sprung aus der Kabine wagen. Vielleicht hätte er es sogar noch bis zur Talstation der Seilbahn geschafft, aber er wollte es auf keinen Fall riskieren und Dolores del Rio in Gefahr bringen.

Gordon sah den Hubschrauber von vorn auf die Kabine zufliegen. Er glitt dicht über den Bäumen dahin.

Plötzlich kam Gordon die Geschwindigkeit der Kabine doppelt so schnell vor. Für einen Moment erfaßte ihn Angst, doch dann schüttelte er das Gefühl ab wie ein Hund die Wassertropfen.

Ein letztes Mal atmete Gordon tief ein.

Das Knattern des Hubschraubers steigerte sich. Für Gordon eine Höllenmusik und gleichzeitig das Startsignal.

Er stieß sich ab.

Der Bruchteil einer Sekunde, in dem Gordon in der Luft schwebte, wurde für ihn zur Ewigkeit.

Dann schoß er in die Baumwipfel.

Gordon hatte die Augen geschlossen und mit den Armen instinktiv sein Gesicht gedeckt.

Der Aufprall war höllisch.

Ein gewaltiger Schlag zuckte durch seine linke Schulter. Gordon wurde herumgeschleudert wie ein Drehkreisel, prallte irgendwo ab, wurde zurückgestoßen, riß für einen winzigen

Moment die Augen auf, sah etwas Großes auf sich zurasen und spürte dann einen harten Schlag gegen den Kopf.

Es war das letzte, was er bewußt wahrnahm.

Immer wieder starrte Dolores del Rio in die Richtung, aus der die Kabine auftauchen sollte. Sie hatte das Fluggeräusch gehört und machte sich auf das Schrecklichste gefaßt.

Wenn sie Gordon kriegten, war auch sie reif.

Einige Touristen hatten die kleine Seilbahnstation besucht. Kinder waren darunter. Sie wollten unbedingt mit der Seilbahn fahren, doch der bestochene Wärter hatte es ihnen ausgeredet.

Dolores rauchte Kette.

Ab und zu warf ihr der Seilbahnwärter einen gierigen Blick zu. Er hatte die Frau schon mehrmals mit den Augen ausgezogen.

Da tauchte die Kabine auf.

Sie kam direkt aus der Waldschneise und hatte nur noch einhundert Meter zu fahren.

Der heiße Schreck durchzuckte Dolores del Rio bis in den letzten Nerv.

Die Tür der Kabine stand offen.

Schon von dieser Entfernung konnte man erkennen, daß die Scheiben zerschossen waren.

Dolores' Lippen begannen auf einmal zu zittern.

Auch der Seilbahnwärter hatte die Kabine gesehen. Erschrocken trat er näher und warf Dolores einen bezeichnenden Blick zu.

Die Kabine schwebte auf das kleine Haus zu. Die offenstehende Tür prallte gegen die Mauer und wurde zugeworfen. Automatisch kam die Kabine zum Stillstand.

Schreiend liefen die Kinder herbei.

Der Wärter scheuchte sie weg. Dann riß er die Tür auf. Er sah in die Kabine, schüttelte den Kopf und meinte immer wieder: »Himmel, was ist da geschehen? Sehen Sie sich das an.«

Er brauchte Dolores del Rio nichts zu sagen. Die Frau hatte es auch so bemerkt.

Die Tür war von Kugellöchern durchsiebt. Und an der Innenverkleidung hingen Blutspritzer wie dicke, rote Farbtropfen.

Der Seilbahnwärter war kalkweiß im Gesicht. Er wandte den Kopf und sah Dolores del Rio an, die das Gesicht in ihren Händen vergraben hatte und den plötzlichen Tränenstrom nicht unterdrücken konnte.

Das Spiel war aus.

Endgültig!

Der Hubschrauber war noch immer da.

Wie ein riesiges Insekt zog er über der Schlucht seine Kreise. Dabei ging er immer tiefer. Es war klar, der Pilot suchte nach einem Landeplatz.

Die Bäume standen hier und da etwas weiter auseinander und gaben eine kleine Lichtung frei. Und da der Hubschrauber ziemlich beweglich war, mußte es der Pilot auch schaffen, ihn zwischen den Bäumen aufzusetzen. Denn noch hatte Murray Kane nicht aufgegeben. Er wollte das Opfer tot vor sich liegen sehen.

Frank Gordon kämpfte verzweifelt gegen die Wogen der Bewußtlosigkeit an. Wie durch Watte hindurch hörte er die Fluggeräusche des Helikopters.

Du darfst jetzt nicht liegenbleiben! hämmerte er sich ein. Du darfst es nicht!

Frank öffnete die Augen. Ein grüner Schimmer trübte seinen Blick. Ein Schimmer, der von hindurchfallenden Sonnenstrahlen unterbrochen wurde.

Frank stöhnte.

Seine Lage war erbärmlich. Er hing in den Zweigen einer übergroßen Fichte. Ungefähr einen Meter über dem Waldboden. Gordon befand sich in einer Schräglage. Der Kopf baumelte nach unten.

Es gab keine Stelle an seinem Körper, die nicht schmerzte. Aber gebrochen schien nichts zu sein. Und das war schon gut.

Gordon sah dicht vor seinen Augen einen stärkeren Ast. Er umfaßte ihn mit beiden Händen.

Der Ast schien sein Gewicht zu halten.

Gordon zog die Beine an. Die Nadeln des Baumes schnitten wie kleine Messer in seine Hände.

Langsam glitten Franks Beine nach unten. Er brauchte sich nur noch fallen zu lassen.

Federnd landete Gordon auf dem Boden.

Das war geschafft.

Das knatternde Geräusch des Hubschraubers erinnerte ihn daran, daß die Gefahr noch nicht aus der Welt war. Die Kerle wollten es genau wissen.

Gordon suchte nach seiner Waffe. Er hatte sie während des Falles verloren.

Weit von der Stelle entfernt konnte sie nicht liegen.

Der CIA-Agent hatte Glück. Sein Revolver lag neben einem kleinen Felsbrocken. Unbeschädigt, wie Gordon feststellte.

Jetzt war ihm wohler.

Bronsons Pistole hatte er verloren. Aber sein Revolver war geladen.

Plötzlich zuckte Gordon zusammen. Direkt über den Bäumen sah er den Schatten des Helikopters. Und — der Hubschrauber setzte zur Landung an.

Frank lief ein paar Schritte zur Seite und ging hinter einer dicken Fichte in Deckung.

Keine zwanzig Meter entfernt befand sich eine kleine Lichtung. Eine Laune der Natur mußte sie wohl erschaffen haben.

Langsam schwebte der Hubschrauber nieder. Der Wind der Rotorenblätter kämmte das Gras.

Dann setzte der Hubschrauber auf.

Gordon hielt den Atem an. Sein Körper spannte sich.

Die Rotorenblätter klatschten noch ein paarmal und standen dann still.

Die beiden Einstiegsluken flogen auf.

Als erster sprang Murray Kane auf den Boden. Er hielt die Maschinenpistole im Anschlag.

Breitbeinig stand er neben dem Helikopter und tastete mit seinen Augen, die hinter der Sonnenbrille versteckt waren, die nähere Umgebung ab.

Der Pilot lief um den Hubschrauber herum und trat zu Kane.

Die beiden Männer sprachen miteinander. Gordon konnte nicht verstehen, worüber, aber er sah, wie Kane dem Piloten eine Pistole übergab.

Dann trennten sie sich.

Ihr Schachzug war klar. Sie wollten Frank Gordon in die Zange nehmen.

Aber soweit wollte es der CIA-Agent gar nicht kommen lassen. Das Spiel sollte hier und jetzt beendet werden.

Noch immer hielt sich Frank in seiner Deckung auf. Murray Kane hatte ihm die rechte Seite zugewandt.

»Bleib stehen, Kane!« peitschte Gordons Stimme. »Und wirf die verdammte Bleischleuder weg. Das gilt auf für deinen Kumpan.«

Kane erstarrte.

Aber nur für den Bruchteil einer Sekunde. Dann wirbelte er mit einem Schrei herum. Noch in der Drehung riß er den Stecher der UZI durch.

Der tödliche Bleihagel fegte in Gordons Richtung, fetzte lange Holzsplitter aus dem Baumstamm, hinter dem der CIA-Agent lag.

Dann feuerte Gordon.

Kane hatte einen Fehler gemacht. Er war — während er geschossen hatte — stehengeblieben, hatte sich voll und ganz auf die Feuerkraft seiner Maschinenpistole verlassen.

Das wurde ihm zum Verhängnis.

Gordons Kugel riß ihn um die eigene Achse.

Die nächste Salve aus der UZI ging in den Himmel.

Noch einmal schoß Gordon.

Murray Kane nahm auch diese Kugel voll. Er hustete erstickt und brach in die Knie. Die Waffe rutschte ihm aus den Händen.

Gordon sprang hinter dem Baum hervor.

Der Pilot hatte die Szene mit schreckensstarren Augen beobachtet. Selbst ein Blinder konnte sehen, daß er Angst hatte.

»Laß die Knarre fallen!« herrschte Gordon ihn an.

Der Pilot warf die Pistole weg und hob die Hände.

Gordon nahm die Waffe an. »Rühren Sie sich nicht von der Stelle!« befahl er.

Der Pilot nickte stumm.

Gordon ging neben Murray Kane in die Knie. Der Killer war tot. Frank nahm ihm die Brille ab. Kanes blicklose Augen starrten gegen den Himmel.

Frank Gordon erhob sich.

Der Pilot sah ihm angstvoll entgegen.

»Fliegen Sie mich zur Seilbahnstation«, sagte Frank.

Alles weitere hatte die Schweizer Polizei übernommen. Die Diplomaten und Bürokraten der Geheimdienste kümmerten sich auch noch um den Fall.

Frank Gordon hatte seine Pflicht getan. Was hinterher kam, war nicht seine Sache.

Er wollte noch eine Nacht in Zürich bleiben, um sich richtig auszuschlafen. Am nächsten Morgen ging es dann wieder zurück in die Staaten.

Frank lag in dem Hotelzimmer auf seinem Bett, als es gegen die Tür klopfte.

»Kommen Sie herein. Es ist offen!«

Wie ein Schatten huschte Dolores del Rio ins Zimmer.

Frank richtete sich auf. Unwillkürlich pfiff er durch die Zähne.

Dolores del Rio sah aus wie die personifizierte Sünde. Das schwarze Haar fiel lang auf die Schultern. Sie trug nur einen Bademantel, der bei jedem Schritt auseinanderklaffte. Ihre Beine steckten in hauchdünnen Nylons, die an den Oberschenkeln durch raffinierte Strumpfbänder gehalten wurden.

»Na, wenn das keine Überraschung ist«, sagte Frank Gordon. Seine Stimme klang rauh.

Dolores lächelte. »Du wirst gleich noch mehr überrascht sein, Mister CIA«, erwiderte sie und zog eine Pistole aus der Tasche ihres Morgenmantels.

Frank versteifte sich. »Was soll das?«

Dolores del Rio lächelte siegessicher. »Deine letzte Tat in diesem Fall. Ich will, daß du mit mir schläfst.«

»Das hätte ich auch freiwillig getan.«

»Man kann nie wissen«, sagte Dolores und warf sich zu Frank Gordon aufs Bett.

Es wurde eine lange Nacht. Den Schlaf holte Frank schließlich im Flugzeug nach.

ENDE DER VIERTEN STORY

Der Eispickel-Mörder

Aus der Serie
Cliff Corner

Peggy Dawson war ein außerordentlich hübsches Girl. Sie liebte das Geld und die Männer.

Als wir Peggy fanden, war sie nackt. Warum auch nicht? Ihr Körper hatte haargenau die Idealmaße.

Nur etwas störte uns.

Der Eispickel in ihrem Hinterkopf.

Peggy lag über dem Rand der Badewanne. Während der obere Teil ihres Körpers noch in der Wanne hing, berührten die Beine den grün-weiß gekachelten Boden.

Peggys Hinterkopf war blutverkrustet. Der spitze, silberne Eispickel steckte tief in der Wunde. Es war ein scheußlicher Anblick.

»Mein Gott«, flüsterte Susan und schluckte. Ihr sonst frisches Gesicht war weiß wie eine Leinwand.

Ein Blick in den großen Spiegel über dem dunkelgrünen Waschbecken zeigte mir, daß ich auch nicht besser aussah. Gegen den ersten Schock rauchten wir eine Zigarette. Wir verließen das Bad und gingen in den Livingroom.

Er war verhältnismäßig groß. Bestückt mit niedrigen, modernen Möbeln und einem französischen Bett. Bezogen war es mit einer Decke, auf der Figuren in eindeutigen Posen dargestellt waren.

Dieses riesige Bett war sozusagen Peggys Arbeitsplatz gewesen. Hier hatte sie ihre Kunden bedient.

Richtig. Peggy Dawson hatte als Strichmädchen gearbeitet. Nicht etwa, daß sie jeden nahm. O nein, bei ihr kostete eine Stunde immerhin hundert Dollar. Und wegen dieser Preise zählten auch nur gewisse Herren der Oberschicht zu ihren Kunden.

Sie fragen, wie wir in Peggys Wohnung kamen? Peggy hatte mich angerufen. Ich kannte sie von früher. Nein, nicht so, wie Sie denken. Im Gegenteil, ich hatte sie mal aus einer brenzligen

Situation geholt. Und Peggy hatte damals gesagt, wer weiß, vielleicht kann ich mich mal revanchieren.

Vor drei Stunden kam dann ihr Anruf. Eine brandheiße Sache, mehr hatte Peggy nicht gesagt.

Klar, daß Susan mich nicht allein fahren ließ. Die Tür zu Peggys Apartment stand offen, und den Rest kennen Sie ja.

»Rufen wir die Mordkommission an«, sagte Susan.

Das Telefon stand auf einem weißen Tischchen.

Ich umspannte den Hörer mit dem Taschentuch, um eventuell vorhandene Prints nicht zu zerstören, steckte einen Kugelschreiber in die Wählscheibe, um die erste Zahl zu wählen, als die Apartmenttür mit einem Ruck aufflog.

Unsere Reaktion kam zu spät.

Drei Männer stürmten in den Livingroom. Zwei von ihnen hielten Pistolen in der Hand.

»Laß die Pfoten von dem Klingelkasten«, herrschte mich ein Dandy mit lackschwarzem Haar und einer Menge Ringen an den Fingern an.

Ich gehorchte erst einmal.

»Wo ist sie?«

»Wer?« tat ich erstaunt.

»Ed, hau ihm eins in die Fresse«, sagte der Dandy.

Ed, der Mann ohne Knarre, war ein Fleischkloß. Er verzog seine Lippen, zeigte nikotingelbe Zahnstummel und walzte auf mich los. Er holte seinen Heumacher aus der Schulter.

Freunde, so etwas habe ich wirklich nicht gern.

Ich fing die Faust mit der offenen Handfläche ab. Gleichzeitig pflanzte ich Ed meinen Schuh in den Bauch.

Der Fleischkloß machte eine unfreiwillige Reise durch das halbe Zimmer und krachte auf das französische Bett. Zu meinem Erstaunen brach es nicht zusammen. Es war eben gewohnt, viel auszuhalten.

Ed lag da wie ein Frosch und japste nach Luft. Seine Kondition schien nicht besonders zu sein.

Der Dandy zeigte sein blütenweißes Gebiß. »Nicht schlecht, Meister. Wirklich. Aber noch mal so einen Quatsch, und ich perforiere deine Puppe mit Blei.«

Während dieser Worte schwenkte er die Waffe blitzschnell herum. Die Mündung zeigte jetzt auf Susan Taylor.

»Übernehmen Sie sich nicht«, bemerkte meine Partnerin. »Manch einer ist schon an seinen eigenen Worten erstickt.«

»Halt die Klappe, Schwester«, erwiderte der Dandy humorlos. »Also, wo ist sie?«

»Im Bad«, knurrte ich.

Der Dandy blickte mich skeptisch an.

»Buddy, sieh nach.«

Buddy, der dritte im Bund, nickte gehorsam. Er war ein Typ mit O-Beinen und einem Pferdegesicht.

Nach zwei Sekunden war Buddy schon wieder zurück. Sein Pferdegesicht hatte eine leicht grünliche Färbung angenommen.

»Sie — sie — liegt in der — der — Wanne«, stotterte er.

»Und?« schrie Dandy nervös.

»T — Tot.«

»Was? Peggy?«

»Mit — mit — 'nem Eispickel.«

Dandy mußte die Nachricht erst einmal verdauen. Dann verzerrte sich sein Gesicht. »Du Schwein!« brüllte er mich an. »Du hast sie umgebracht. Ich leg' dich um. Ich mach' dich kalt . . .«

Ich hob den Arm. »Augenblick mal, Sportsfreund. Peggy war schon tot, als wir sie fanden.«

»Die krücken doch alle«, kreischte Ed und erhob sich mühsam von dem Bett. »Schieß den Drecksack einfach zusammen.«

»Das werde ich auch«, zischte der Dandy. »Oder noch besser, Buddy macht das. Er ist Spezialist.«

Buddy verzog geschmeichelt sein Pferdegesicht und liftete seine Knarre.

Der Dandy wippte auf den Fußspitzen. »Doch vorher habe ich noch ein paar Fragen. »Wie heißt du?«

»Isidor McNepp«, grinste ich.

Für diese Antwort trat mir der Dandy gegen das Schienbein. Mein Grinsen erlosch, dafür machte sich ein brennender Schmerz breit.

Mein Peiniger freute sich. »Nächste Frage: Wer hat euch geschickt? Der Rumäne?«

»Wer ist denn das?«

Ich hatte kaum ausgesprochen, da klebte mir Dandys Faust im Gesicht. Viel Wucht lag nicht hinter dem Schlag, aber es reichte.

Der dicke Ed grölte vor Vergnügen. »Den nächsten geb' ich ihm.«

Ich wischte mir Blut von der Unterlippe.

Schräg hinter mir räusperte sich Susan Taylor. Ich wußte, sie würde gleich explodieren.

»Du hast gehört, was Ed gesagt hat.« Der Dandy wippte immer noch auf seinen Fußspitzen. Überlegen lächelnd. »Also, los. Ich warte nicht mehr lange.«

Freunde, mir platzte der Kragen. Die Kameraden fühlten sich zu sicher. Ihr Fehler.

Eine Sekunde später wippte der Dandy nicht mehr.

Da hatte ich seine Unaufmerksamkeit ausgenutzt und ihm mit einem blitzschnellen Karateschlag die Waffe aus der Hand geschlagen.

Gleichzeitig riß ich meinen .38er hervor, wirbelte Dandy mit einem Griff herum und drückte ihm die Waffenmündung gegen den Hals.

Alles war so schnell gegangen, daß Buddy, der zweite Pistolenknilch, von meiner Aktion völlig überrumpelt wurde. Mit der Kanone in der Hand stand er im Zimmer und staunte Bauklötze.

»Wirf den Schießprügel lieber weg«, sagte ich, »sonst ist dein Freund 'ne Leiche.«

Wie glühendes Eisen ließ er die Knarre fallen.

Susan hob sie auf.

Ed, der Fleischkloß, zitterte vor Wut. »Leg dich wieder hin, Dicker«, warnte Susan, »sonst schieß' ich dir Löcher in den Speck.«

Den Ton kannte Ed. Er ließ sich schnell wieder auf das Bett fallen.

Ich wurde aus der ganzen Sache nicht schlau. Wer waren diese Typen? Von der Qualität her noch nicht mal Mittelklasse. Na ja, ich würde es herausfinden.

Ich drückte mit dem Lauf der Waffe noch ein wenig fester zu. Der Dandy schwitzte schon Blut und Wasser.

»Nun mal raus mit der Sprache, Freundchen. Was soll das Theater?«

Der Dandy wand sich wie ein Aal. »Ich weiß auch nichts«, erklärte er.

»Daß ich nicht kichere.«

»Glauben Sie mir doch. Wir wurden angerufen. In Peggys Wohnung wär' was los.«

»Und wer hat euch angerufen?« fragte ich.

»Keine Ahnung.«

»Wie immer. Der große Unbekannte. Das soll ich dir glauben?«

Der Dandy begann zu zittern. »Es stimmt aber«, antwortete er weinerlich.

»Na schön. Nehmen wir mal an, du sagst die Wahrheit. Dann verrate mir nur, was du mit Peggy zu tun hattest.«

»Wir wollten, daß sie für uns anschaffte. Mehr nicht.«

Ich lachte. »So welche seid ihr. Beschützer, Loddels oder Zuhälter. Na, da werden sich sich Cops aber freuen, wieder ein paar von euch miesen Typen zu schnappen.«

»Die Cops? Aber — aber — bist du... Sind Sie nicht von unserem Verein?« Der Dandy war völlig fertig.

»Nein, Kamerad, wir sind von der Gegenseite.«

Buddy und Ed bekamen ebenfalls das große Zittern. Sie zogen Gesichter wie ein Kind, das nichts zu Weihnachten bekommen hat. Zugegeben, die Aussicht auf eine solide Zelle ist nicht gerade verlockend.

»Und jetzt stellt euch mal schön an die Wand, ihr Krippensetzer«, sagte ich lächelnd. »Ihr kennt ja die Stellung.«

Eine halbe Minute später standen die Ganoven in der berühmten Schräglage.

Susan lächelte mir zu. »Du warst wieder bestechend, Großer«, spottete sie und kniff ein Auge zu.

Ich kannte ja Susans Art, ihre Komplimente auszudrücken. Dabei müßte ich eigentlich meiner bezaubernden Partnerin Komplimente machen.

Im Teenager-Look mit Pferdeschwanz, Minirock und Kniestrümpfen sah sie zum Anbeißen aus.

Das einzige, was mich störte, war ihr Schuhanzieher aus gelbem Leder. Pardon, ich meine natürlich Susans verrückte neue Handtasche, die im Augenblick auf der curryfarbenen Couch lag.

In diesem Moment summte das Telefon.

Ich das Taschentuch raus, damit den Hörer umwickelt und abgehoben.

Niemand meldete sich. Komisch.

Ich sollte auch gleich merken, warum.

»Cliff!« Susans Stimme riß mich herum.

Man hatte uns reingelegt. Wunderbar abgelenkt.

Im Zimmer standen zwei Männer. Beide trugen dunkle Anzüge und Nylonstrümpfe über dem Gesicht. Aber damit hätten sie höchstens kleine Kinder erschrecken können. Die Maschinenpistolen in ihren Händen machten sie jedoch verdammt gefährlich.

Wir hatten sie nicht kommen gehört. Wahrscheinlich besaßen sie, genau wie die anderen drei Ganoven, einen Schlüssel zu dem Apartment.

»Laß die Puste fallen«, quetschte einer hervor.

Ich gehorchte. Susans erbeutete Waffe lag auch schon auf dem Teppichboden.

Die Ganoven an der Wand hatten sich umgedreht. Ihre Gesichter waren kalkweiß.

»Der Rumäne«, flüsterte der Dandy tonlos.

»Schnauze«, zischte einer der Neuankömmlinge.

Er wandte uns ein entstelltes Gesicht zu. »Was seid ihr für welche?«

Ich hob die Schultern. »Nette Bekannte.«

Der Unbekannte überlegte. »Das war nicht eingeplant«, flüsterte er seinem Kumpan zu. Dann wandte er sich an Susan. »Komm her, Puppe. Aber mach einen schönen Bogen, damit du uns nicht in die Schußlinie läufst.«

Susan warf mir einen verzweifelten Blick zu und gehorchte.

Verdammt, ich stand da wie auf glühenden Kohlen. Etwas zu

unternehmen, wäre Selbstmord gewesen. Was hatten die Kerle
vor? Ich sollte es gleich erfahren.

»Stellt euch wieder an die Wand!« befahl der Wortführer der
Strumpfmaskenträger. »Und du dreh dich auch um«, raunte er
mich an.

Zwangsläufig tat ich ihm den Gefallen.

Dann überstürzten sich die Ereignisse.

Der Dandy schrie plötzlich gellend auf.

»Nein! Nein!«

»Sind Sie wahnsinnig!« Das war Susans Stimme. »Sie können
doch nicht . . .«

Die weiteren Worte gingen im tödlichen Rattern der Maschinenpistolen unter.

Ich hörte, wie die Kugeln in die Körper der drei Ganoven
klatschten — vernahm ihr Stöhnen . . .

Susan! Mit diesem Gedanken wirbelte ich herum.

Zu spät.

Etwas Großes, Dunkles raste auf mich zu und traf meine
Schläfe.

Ich merkte noch, wie mir die Beine wegknickten, und dann
spürte ich nichts mehr . . .

Das Erwachen war wie immer scheußlich.

Als ich blinzelnd die Augen öffnete, sah ich vor mir die blaue
Uniformbluse eines Chicagoer Cops.

»Na, Freundchen«, hörte ich seine Stimme, »dann steh mal
auf.«

Mit viel Mühe gelang es mir, ließ mich aber schnell wieder
in einen Sessel fallen, weil in meinem Kopf ein Mühlwerk zu
rotieren schien.

Stimmen drangen an mein Ohr. Mit einem Auge peilte ich in
die Richtung und sah, wie sich ein anderer Cop damit abmühte,
Neugierige zurückzudrängen, die in die Wohnung wollten.

Sein Kollege richtete den Colt auf mich. »Vier Tote. Ich
glaube, das reicht. Du wirst uns einiges zu berichten haben,
schätze ich.«

»Vier Tote«, gab ich flüsternd zurück, da meine Stimme noch nicht voll da war.

»Tu nicht so scheinheilig«, sagte der Cop. »Drei liegen hier und das Girl im Bad. Ich möchte nicht in deiner Haut stecken. Aber das kannst du alles gleich dem Captain erzählen. Und jetzt gib deine Hände her.«

Ich gehorchte. Klickend sprangen Handschellen um meine Gelenke.

Der Cop hatte recht gehabt. Es gab wirklich vier Tote.

Die drei Zuhälter lagen hier im Livingroom. Aus den Wunden, die die Kugeln gerissen hatten, sickerte noch Blut.

Langsam funktionierte mein Gedächtnis wieder. Die Erinnerung kam zurück. Ich wußte noch genau, mir war es gelungen, den Dandy zu überwältigen, und Susan hatte sich eine Pistole geschnappt.

Susan!

Verdammt, wo war sie?

»Hören Sie mal!« rief ich den Cop an. »Meine Partnerin, sie ist verschwunden. Wahrscheinlich haben die Killer sie mitgenommen. Wir müssen etwas unternehmen. Mein Name ist Corner. Ich betreibe zusammen mit meiner Partnerin, Miß Taylor, eine Detektei. Nehmen Sie mir die Handschellen ab. Wir müssen sofort eine Fahndung einleiten.«

Der Cop tippte sich an die Schläfe. »Sind Sie noch ganz dicht, Mensch? Eine bessere Ausrede konnten Sie sich wohl nicht einfallen lassen.«

Ich stöhnte auf. »Wenn Sie mir nicht glauben, nehmen Sie meine Brieftasche.« Der Cop überlegte. Er warf einen skeptischen Blick auf meine Handschellen und bequemte sich endlich, mir die Brieftasche wegzunehmen. Sein Gesicht wurde ziemlich lang. Dann warf er das Utensil wieder auf den Tisch.

»Trotzdem, Mr. Corner. Ich kann Sie nicht von den Handschellen befreien. Tut mir leid. Sie müssen warten, bis der Captain kommt.«

Ich verdrehte die Augen. Gegen Sturheit kommt man eben nicht an. Und dabei lag es praktisch auf der Hand, daß ich die Toten nicht auf dem Gewissen hatte. Nur ein Beispiel. Wo sollte ich die Maschinenpistolen versteckt haben, mit denen die Männer umgebracht worden waren?

Der Chef der Mordkommission erlöste mich von meinen Handfesseln. Er hieß Morris, kannte mich und war ein patenter Bursche.

Ich erzählte ihm die Geschichte.

Captain Morris massierte seinen Hinterkopf. »Eine verdammte Sache«, knurrte er. »Wir können nur hoffen, daß jemand gesehen hat, wie man Ihre Partnerin entführte. Aber Sie wissen ja selbst, wie das mit den Zeugenaussagen ist.«

Um es vorwegzunehmen: Niemand hatte etwas gesehen, oder niemand wollte etwas gesehen haben.

Ich war deprimiert. Ich hatte diese Killer kennengelernt. Sie schossen ohne Rücksicht. Die Frage war nur, warum hatten sie uns verschont? Es wäre ein Abwasch gewesen, falls dieser Vergleich erlaubt ist.

So sah die Lage aus, als ich mich in meinen Mustang setzte, um zum FBI-Building zu fahren.

Susans Gehirn weigerte sich einfach, die brutalen Tatsachen aufzunehmen.

Sie sah, wie die Zuhälter schreiend unter den Kugeln zusammenbrachen, wie einer der Männer aufhörte zu schießen, mich mit dem Kolben der Maschinenpistole niederschlug und anschließend weiter mordete.

Dann hatte Susan ihren ersten Schock überwunden.

Mit einem Sprung wollte sie zur Tür.

Ein Bein hakte sich zwischen ihre Waden. Susan Taylor fiel der Länge nach auf den Boden.

»So haben wir nicht gewettet«, zischte einer der Killer. »Hoch mit dir. Los!«

»Knall sie doch einfach ab«, sagte der zweite Killer.

»Nee. Die kann uns noch nützlich sein. Wir nehmen sie mit. Als Ersatz für Peggy.«

Susan Taylor hörte die Worte, während sie sich hochstemmte. Ein harter Schlag in den Rücken stieß sie in Richtung Ausgang.

»Beeil dich. Wir wollen hier nicht übernachten. Und fang ja nicht an zu schreien, sonst schießen wir dich ab.«

Die beiden Killer dirigierten Susan in Richtung Lift. Niemand von den anderen Hausbewohnern ließ sich blicken. Der Überfall war gehört worden, ganz sicher. Aber in dieser Gegend war es auch gesundheitsschädlich, wenn man sich zu sehr um die Probleme anderer kümmerte.

Der überholungsbedürftige Lift schaukelte abwärts. Die beiden Gangster hatten auch hier ihre Strumpfmasken nicht abgenommen. Wachsam musterten sie Susan, bereit, jeden Augenblick abzudrücken.

Langsam gewann Susan ihre Selbstsicherheit zurück. »Was haben Sie eigentlich mit mir vor?« fragte sie scharf.

»Das wirst du schon früh genug sehen. Halt jetzt die Klappe und steig aus!«

Der Lift hatte im Erdgeschoß gehalten. Schmatzend schoben sich die Türen auseinander. Es schien, als halte das Haus den Atem an.

Einer der Männer stieß Susan den MP-Lauf in die Hüfte. »Nach rechts, zum Hinterausgang.«

Durch eine vergammelte Holztür gelangten die drei in einen Hinterhof, in dem es bestialisch stank. Ein schmutziggrauer 70er Ford wartete mit laufendem Motor und offenen Türen.

Der Mann hinter dem Steuer trug keine Maske. Dafür hatte er seinen breitkrempigen Hut so tief in die Stirn gezogen, daß Susan sein Gesicht auch nicht erkennen konnte.

»Beeilt euch, ihr lahmarschigen Krähen«, schnauzte der Fahrer. »Hab' es lange genug in diesem Mief aushalten müssen.«

Das mußte der Mann sein, der auch telefoniert hatte, folgerte Susan.

»Halt dein großes Maul«, fuhr sein Kumpan ihn an. Mit den Worten: »Steig hinten ein!« wandte er sich an meine Partnerin.

Susan ließ sich in die schmutzigen Polster fallen. Einer der Männer setzte sich neben sie. Der andere stieg vorne ein.

»Runter mit dir!« befahl Susans direkter Bewacher.

Als Susan nicht sofort reagierte, wurde er wütend. »Wird's bald? Auf den Boden der Karre.«

Mit der linken Hand riß er Susan an den Haaren, während seine rechte die Maschinenpistole hielt.

Tränen der Wut, Hilflosigkeit und des Schmerzes schossen in Susans Augen.

»So ist es gut«, keuchte der Killer zufrieden, als sich Susan in dem schmalen Gang zwischen Fahrersitz und Fond klemmte.

Brutal setzte Susans Bewacher seinen Fuß in ihren Nacken.

»Damit du dich schon mal an unsere Methoden gewöhnst«, höhnte er.

Susans Gesicht wurde gegen die schmutzige Matte gepreßt. Dreckklumpen gerieten in ihren Mund. Ekel und Schmerz ließen meine Partnerin aufstöhnen.

Der Killer auf dem Rücksitz weidete sich an Susans Gefühlsausbruch.

»Du wirst bald noch viel mehr stöhnen«, lachte er, »aber bei deinen Kunden im Bett.«

Susan nahm allen Mut zusammen. »Soweit ist es noch nicht«, preßte sie hervor.

Die Männer reagierten mit einem allgemeinen Heiterkeitsausbruch auf ihre Worte.

»Das sagen vorher alle«, prustete der Fahrer. »Hinterher sind sie dann froh, wenn mal zwei Stunden Pause ist.«

Wieder grölten die Kerle vor Vergnügen.

Der Wagen war während dieser ganzen Unterhaltung schon ziemlich weit gefahren. Es war für Susan unmöglich, sich die ungefähre Route zu merken. Es gab zu viele Stopps und Kurven. Außerdem konnte sie nicht einmal die Spitze eines Wolkenkratzers sehen. Nur die stinkenden, ungewaschenen Socken ihres Bewachers lagen in Susans Blickwinkel. Sie paßten direkt zu den ungeputzten, ehemals beigen Wildlederschuhen. Und dazu dunkle Anzüge. Als der Geschmack verteilt wurde, hatten die Kerle wohl vergessen, »Hier« zu schreien.

Meine Partnerin erschrak über ihre abschweifenden Gedanken. Es war, als würde ihr das Kidnapping schon gar nichts mehr ausmachen. Zu groß waren schon die Gefahren gewesen, in denen Susan gesteckt hatte. Und da bekommt man mit der Zeit Nerven wie Drahtseile.

Die Gangster zündeten sich Zigaretten an. Sie rauchten und schwiegen.

Einmal fluchte der Fahrer wild.

»Glück gehabt«, brummte der Mann auf dem Beifahrersitz. »Bald hätte uns so ein Idiot gerammt.«

Der würzige Zigarettenrauch zog durch den Wagen. Susan hätte auch gern geraucht, aber sie schüttelte das Gefühl ab und biß die Zähne zusammen.

Der Killer im Fond setzte sich jetzt bequemer. Sein Fuß verschwand aus Susans Nacken.

»Daß du ja keinen Mist machst«, drohte er. »Wie heißt du überhaupt?«

Meine Partnerin gab keine Antwort.

»Los. Ich habe dich was gefragt«, bellte der Kerl. Er stieß Susan mit der Fußspitze an.

»Susan«, preßte die SGS-Agentin hervor.

»Klasse. Warum nicht gleich so. 'ne Susan hatte ich noch nicht auf der Matratze«, kicherte der Killer. »Wir werden bestimmt Spaß kriegen.«

»Wenn sie deine Fresse sieht, fällt sie sofort in Ohnmacht«, gab der Fahrer seinen Kommentar dazu.

»Halt's Maul, sonst deformier' ich dir auch mit dem Eispickel den Schädel.«

»Kannst es ja mal versuchen.«

Susan schluckte. Neben ihr saß also Peggy Dawsons Mörder. Den Worten der anderen konnte man entnehmen, daß er nicht gerade gut aussah. Mit diesem Anhaltspunkt ließ sich der Kerl vielleicht später identifizieren. Falls es ein Später gab, fügte Susan noch in Gedanken hinzu. Bisher hatten es die Männer vermieden, Namen zu nennen.

Als der Wagen mal wieder irgendwo stoppte, sagte der Fahrer: »Ich weiß nicht so recht. Hoffentlich machen wir da keinen Fehler.«

»Wieso?« schnappte der Beifahrer.

»Wegen der Puppe. Der Boß weiß keinen Bescheid. Außerdem, wer war dieser andere Kerl?«

Der Beifahrer lachte. »Wenn der Boß sie nicht haben will,

geht sie eben zu den Fischen. Und was den Knaben anbelangt, danach werden wir sie schon ausführlich befragen.«

Ja, dann ab zu den Fischen, dachte Susan. So einfach ist das. Sie hatte auf einmal Angst.

»Zieht die Strümpfe über. Wir sind so gut wie da«, sagte der Fahrer.

Dann ging es abwärts, und anstelle von Tageslicht fiel kaltes Neonlicht in den Wagen.

Der Ford stoppte.

Ihr Bewacher riß Susan hoch. »Raus aus der Karre. Gleich wird's gemütlich.«

Warum die Männer immer noch ihre Gesichter verdeckten, blieb Susan ein Rätsel.

Aber vielleicht waren sie übervorsichtig. Eventuell kenne ich sie auch, dachte Susan.

Meine Partnerin sah sich um.

Sie befanden sich in einer kleinen Tiefgarage, in der noch zwei Wagen standen. Ein Porsche und ein Cadillac. Beide dunkelgrün.

Ein Lastenaufzug brachte sie nach oben.

Die Reise endete in einem kahlen Betongang. An der linken Wand des Ganges gab es vier Eisentüren, grau gestrichen. Von irgendwoher tönte leise Musik.

Einer der Männer öffnete die nächstliegende Tür.

»Da hinein!« befahl er Susan.

Meine Partnerin gehorchte.

Sie kam in ein Zimmer, das überhaupt keine Einrichtungsgegenstände beherbergte. Nur eine Neonröhre brannte an der Decke.

Knallend fiel die Tür wieder ins Schloß. Ein Schlüssel wurde umgedreht. Zweimal.

Susan Taylor war gefangen...

Den Mann mit dem krausen Haar und dem dichten Schnurrbart unter der fleischigen Nase kannten Eingeweihte nur unter dem Namen Rumäne. Und das reichte, um anderen Leuten das

Fürchten zu lehren. Der Rumäne selbst hatte seinen richtigen Namen auch vergessen. Aber das störte ihn nicht.

Im Moment lag er auf einer Pritsche und stemmte Hanteln. Der Schweiß lief in Strömen über seinen nackten Oberkörper. Um die Hüften hatte der Mann ein Badetuch geschlungen.

Auf einem kleinen Hocker saß Nadia Gray. Sie war augenblicklich die Flamme des Rumänen. Nadia war ein blonder Vamp-Typ à la Jayne Mansfield. Sie bevorzugte leichte Kleidung und grelle Lippenstifte. Nadia trug nur Shorts, die sich um ihre hinteren Rundungen verdammt spannten, und eine durchsichtige violette Bluse.

»Vierundvierzig — fünfundvierzig«, zählte der Rumäne. Er stemmte unverdrossen weiter. In Form bleiben, das war seine Devise.

Nadia Gray langweilte dieses Spiel. Aber der Rumäne wollte, daß sie bei ihm blieb.

Das Girl wackelte poschwenkend zu einem kleinen Tischchen und griff nach einer Zigarettenschachtel. Ihre beiden oberen Panzertürme gerieten dabei in schwere Unruhe.

»Wie oft habe ich dir gesagt, du sollst nicht paffen, wenn ich übe!« schrie der Rumäne. »Seh' ich das noch einmal, fliegst du wieder in die Gosse. Aber mit einigen Narben in deiner Larve.«

Wütend richtete sich der Mann auf. Unbeherrscht warf er eine Hantel in Richtung Nadia. Das schwere Stück verfehlte das Girl nur um Haaresbreite.

»Ist ja schon gut«, flüsterte Nadia verängstigt. »Ich werde in Zukunft daran denken.«

»Hoffentlich.«

In diesem Moment flackerte über der Tür eine rote Lampe auf.

»Wir bekommen Besuch. Sieh mal nach«, knurrte der Rumäne.

Nadia verschwand.

Der Rumäne holte seine Hantel wieder, machte noch ein paar Übungen und warf die Sachen dann in die Ecke. Während er noch seinen Pullover überstreifte, kam Nadia schon wieder zurück.

»Die drei kommen sofort.«

»Wird auch Zeit.«

Zwei Minuten später standen sie im Raum.

»Hat alles geklappt?« fragte der Rumäne.

»Wunderbar, Boß. Die Knilche pokern jetzt mit dem Teufel.«

Der Mann, der diese Worte sagte, hieß Pullicino. Er stammte aus Italien, war ein hagerer Typ mit pechschwarzem Haar, einer Geiernase und braunem Teint. Pullicino hatte vorhin den Wagen gefahren.

Neben ihm stand Bernie, das Schweinsgesicht. Der Name war wirklich nicht übertrieben. Bernie hatte viel Ähnlichkeit mit einem Schwein. Die langen Koteletten, die bis an seine Mundwinkel reichten, machten sein Gesicht auch nicht gerade schöner.

Er hatte auf dem Beifahrersitz gesessen.

Den Höhepunkt des Trios bildete jedoch Frankenstein. Sein ehemals normales Gesicht war mal einem Säureattentat zum Opfer gefallen. Seitdem konnte er sich fast nur noch im Dunkeln auf die Straße trauen. Frankenstein war der brutalste der Männer. Er mordete gerne. Peggy Dawson war sein letztes Opfer gewesen.

»Da ist noch etwas«, sagte Pullicino.

»Was?« Der Rumäne zog mißtrauisch die dicken Augenbrauen zusammen.

»Frankenstein mußte Peggy umlegen.«

»Ach nee.« Der Rumäne wurde auf einmal ganz ruhig. Ein schlechtes Zeichen. »Erzähl. Aber genau«, forderte er.

»Das war so, Boß. Sie wollte nicht mehr mitspielen. Sie sagte, die drei anderen reichten ihr. Außerdem hatte sie vor, auszusteigen. Da war es eben nicht anders zu machen. Es lief ja dann alles wie nach Plan. Oder wenigstens fast nach Plan.« Nun berichtete Pullicino von der Begegnung mit Susan und mir. »Und da dachten wir uns, nehmen wir die Puppe gleich mit, als Ersatz für Peggy«, schloß Pullicino seinen Vortrag.

Der Rumäne explodierte nicht. Im Gegenteil, er blieb sogar sehr ruhig.

»Dann sehen wir uns doch mal die Puppe an«, schlug er vor.

Über eine Eisentreppe gingen die vier Männer eine Etage tiefer. Nadia mußte zurückbleiben.

Die Gangster betraten den Raum, der neben Susans lag. Dieses Zimmer war eingerichtet. Gemütlich sogar.

Der Rumäne schob ein Bild zur Seite. Er preßte sein Gesicht gegen die Wand und peilte mit dem Auge durch eine kleine Öffnung ins Nebenzimmer.

Er sah lange hindurch. Als der Rumäne sich endlich umwandte, war sein Gesicht blaß.

»Ist was, Boß?« fragte Frankenstein.

»Kaum«, erwiderte der Rumäne leise.

Dann schlug er blitzschnell zu. Bernie, das Schweinsgesicht, stand ihm am nächsten. Er bekam die Faust gegen seine Gurgel. Der Schlag reichte aus, um ihn ins Reich der Träume zu schicken.

»Was ist denn, Boß?« rief Pullicino nervös.

Der Rumäne stand da und hatte die Fäuste zusammengeballt. Dicke Adern traten an seinem Specknacken hervor.

»Wißt ihr, wen ihr da angeschleppt habt, ihr Vollidioten?«

»Nein.«

»Die Puppe da drin ist Susan Taylor. Die gefährlichste Schnüfflerin von ganz Chicago. Und die wollt ihr hier im Puff anschaffen lassen? Was seid ihr doch blöde.«

Der Rumäne ging langsam auf den immer bleicher werdenden Pullicino zu.

»Aber das ist noch nicht alles. Diese Taylor hat einen Partner. Und wenn der erst mal anfängt, könnt ihr euch warm anziehen.«

»Wie — wie heißt denn dieser Mann?« fragte Pullicino stotternd.

»Corner«, erwiderte der Rumäne leise. »Cliff Corner.«

Ich rauchte schon die vierte Zigarette innerhalb einer halben Stunde. Vor mir dampfte der dritte Becher Kaffee.

»Nichts, nichts, nichts. Niemand hört etwas, niemand sieht etwas, niemand weiß etwas. Es ist zum Bäume-Ausreißen«, regte ich mich auf. »Es muß doch irgendwo Zeugen gegeben haben, die dieses Kidnapping ...«

»Sicher hat es Zeugen gegeben«, unterbrach mich Tom Harris, mein Freund und ehemaliger Kollege. »Du kennst das doch selbst. Die sagen nichts.«

Aufstöhnend ließ ich mich auf den harten Drehstuhl zurücksinken.

Wir hatten wirklich alles versucht. Aber fahnden Sie mal nach Personen, die Sie nicht kennen. Es ist ein hoffnungsloses Unterfangen. Auch der so oft zitierte Zufall kam uns nicht zu Hilfe.

Natürlich hatte ich Myers Bescheid gegeben. Mir wurde jegliche Unterstützung zugesichert. Auch von seiten des FBI-Chefs, Mr. Grant.

»Ich frage mich nur immer«, sagte Tom Harris, »warum haben sie euch nicht umgelegt?«

»Keine Ahnung, Tom. Es lief alles so komisch zusammen. Wir waren bestimmt nicht eingeplant. Du kennst die Mentalität der Killer. Sie morden nicht wahllos. Wahrscheinlich hat man ihnen gesagt, knallt die und die ab. Wir waren eben die unbekannte Größe.«

»Aber was wollen sie dann mit Susan Taylor?«

»Das weiß ich auch nicht, Tom.« Ein Kloß saß mir plötzlich im Hals. »Wenn diese Männer Susan umbringen sollten ...«

»Übrigens haben wir die drei Toten inzwischen identifiziert«, lenkte Tom mich vom Thema ab. »Es waren alles ›Bekannte‹ von uns. Sie stellten eine Mini-Gang dar, die einige Straßen terrorisierte und ein paar Puppen für sich laufen ließ. Alles in allem dritte Garnitur.« Tom Harris bot Zigaretten an. »Was die Identifizierung der Killer jedoch betrifft«, fuhr er fort, »stehen wir im dunkeln. Sie haben nicht mal den Abdruck eines Fußnagels hinterlassen.«

»Kann ich mir denken«, erwiderte ich. »Nur frage ich mich, warum wurden diese drei an sich harmlosen Ganoven umgelegt?«

Tom Harris lächelte. »Ich will ehrlich sein, Cliff. Die drei waren nicht die ersten Toten in diesem Fall. Wir stehen hier in

Chicago vor einem Bandenkrieg, wie wir ihn selten erlebt haben. In den letzten zwei Wochen gab es schon fünf tote Zuhälter, und jetzt kommen die neuen Morde noch dazu. Jemand versucht, die Prostitution an sich zu reißen.«

»Habt ihr eine Ahnung, wer dahintersteckt?« wollte ich wissen.

»Eine Vermutung. Wir hörten etwas von einem Mann, der sich der Rumäne nennt.«

Ich pfiff durch die Zähne. »Der Kamerad ist mir auch nicht ganz unbekannt, Tom. Einer der Zuhälter fragte, ob uns der Rumäne geschickt hat.«

»Na, also«, nickte Tom Harris. »Doch keine Phantasiegestalt. Aber niemand will ihn kennen. Gehört haben sie alle schon davon. Er soll auch mit einer Gang zusammen arbeiten. Allerdings keine Leute aus unserer Gegend.«

»Fragt sich nur, was die Cosa Nostra dazu sagt«, warf ich ein. »Die Prostitution war doch bisher immer ihr Gebiet, soviel ich weiß.«

»Wahrscheinlich hält sie sich raus«, antwortete Tom. »Es geht sogar das Gerücht um, daß sie den Rumänen eingesetzt hat, um endlich alles unter einen Hut zu bekommen. Bisher gab es ja nur kleinere Gangs, die ihr Scherflein an die Cosa zahlten. Ich kann mir die Morde auch nur so erklären, daß einige mit der Neuregelung nicht einverstanden waren.«

»Was du sagst, sind alles Vermutungen, Tom. Könnt ihr denn keine konkreten Angaben bekommen? Zum Beispiel von den Zuhältern selbst?«

Tom Harris winkte ab. »Wo denkst du hin, Cliff. Die haben doch mehr Angst als Vaterlandsliebe. Eine störrische Puppe wieder hinbiegen, das können sie. Aber sonst...«

Ich trank meinen Kaffee. Was Tom Harris gesagt hatte, hörte sich wirklich nicht gut an. Um die kleineren Gangs hier in Chicago unter einen Hut zu bekommen, bedurfte es wirklich eines Mannes, der mit Brutalität nicht gerade geizte. Und solch ein Typ schien der legendäre Rumäne zu sein.

Ein Beamter des Innendienstes betrat das Büro. »Die Analyse der Ballistiker«, meldete er.

Tom Harris nahm den grünen Schnellhefter, las kurz und lachte auf. »Wie ich es mir gedacht habe. Die fünf anderen Zuhälter sind mit den gleichen Waffen umgebracht worden wie die letzten drei. Es waren MPs der Marke Thompson. Einen besseren Beweis für unsere Theorie konnten wir gar nicht bekommen.«

Ich hörte Toms Worte kaum. Mir spukte eine ganz andere Idee im Kopf herum. »Sag mal, Tom, wißt ihr wenigstens, welche Mädchen für die entsprechenden Loddels arbeiten? Vielleicht kann man da den Hebel ansetzen.«

»Kaum, Cliff. Die Puppen wechseln zu häufig. Unmöglich, eine genaue Kontrolle zu bekommen. Die drehen bestimmt durch, wenn sie erfahren, um was es geht. Aber vielleicht hast du als Privatdetektiv eine Chance.«

»Die Idee hatte ich auch schon, Tom. Ich werde mir mal gewisse Viertel genauer ansehen.«

»Oder geh als Zuhälter«, meinte Tom.

»Habe ich auch schon dran gedacht. Egal, was oder wie, ich werde versuchen, dem Rumänen auf die Zehen zu treten, und das nicht zu knapp.«

»Falls er dir nicht vorher drauftritt«, warnte mich Tom. »Susan befindet sich immerhin in seiner Gewalt.«

»Noch ist nichts bewiesen«, machte ich mir selbst Mut.

Ach, verdammt. Tom hatte ja recht. Susan war der wunde Punkt in meiner Rechnung. Sie in der Gewalt von brutalen Killern. Schon der Gedanke daran jagte mir Schauer über den Rücken . . .

»Corner. Nie gehört den Namen«, sagte Pullicino und zuckte mit den Schultern.

»Sei froh. Aber es ist nun mal nicht zu ändern.« Jetzt steckte sich der Rumäne auch eine Zigarette an.

»Und wir hatten diesen Greifer vor der Puste«, stöhnte Frankenstein.

»Ja, ja!« schrie der Rumäne. Er paffte wild an seinem Glimmstengel. »Da hättet ihr ihn abknallen können.«

»Boß. Er weiß überhaupt nicht, wer wir sind«, sagte Pullicino plötzlich. »Wir trugen unsere Masken. Auch diese Taylor hat unsere Gesichter nicht gesehen.«

»Das ist euer Vorteil«, gab der Rumäne zu. »Aber Corner hat blendende Beziehungen zu den G-men. Die werden schon eine Spur finden. Glaubt mir, bevor ich hierherkam, habe ich mich über gewisse Leute in dieser Stadt erkundigt.«

»Dann müssen wir beide umlegen«, stellte Frankenstein trocken fest.

»Richtig«, untermauerte der Rumäne diese Behauptung. »Wer übernimmt die Sache?«

»Ich melde mich freiwillig«, schnappte Frankenstein, und seine fast schwarzen Augen glänzten.

Der Rumäne überlegte. »Gut, dir überlasse ich Corner. Aber vorher muß die Puppe weg.«

»Das kann ich doch auch machen«, drängte sich Frankenstein auf.

»Nein. Die Taylor übernimmt Bernie.«

Bernie, das Schweinsgesicht, kam in diesem Augenblick langsam zu sich.

»Was ist?« grunzte er benommen.

Der Rumäne trat ihn in den Magen. »Komm hoch, du Sack. Wir haben eine Aufgabe für dich.«

Ziemlich wackelig kam Bernie auf die Füße. Der Rumäne erklärte ihm noch einmal die Lage.

»Und wo soll ich sie umlegen, Boß?« fragte Bernie.

»Fahr am besten mit ihr zur Kiesgrube. Aber warte, bis es dunkel ist.«

Bernie kratzte seinen Hinterkopf. »Wird erledigt, Boß.«

Susan kam die Zeit wie eine halbe Ewigkeit vor, ehe die Tür aufgeschlossen wurde.

Der Mann, der im Raum stand und seine Maschinenpistole auf die SGS-Agentin gerichtet hielt, hatte ein Gesicht wie ein Schwein.

»Dreh dich um, Puppe«, grunzte er.

Susan Taylor gehorchte. Sie konnte sich denken, was kam. Und richtig. Der Schlag gegen den Hinterkopf raubte ihr augenblicklich die Besinnung.

Frankenstein und Bernie brachten Susan nach unten in die Tiefgarage.

Frankenstein konnte es natürlich nicht lassen. Er mußte mit seinen dreckigen Pfoten unter Susans Kleidung wühlen.

»Verdammt riemig, die Puppe«, stöhnte er.

Bernie riß ihn an der Schulter zurück. »Dafür haben wir jetzt keine Zeit. Faß lieber mit an«, schnauzte er.

Die beiden Männer trugen die immer noch bewußtlose Susan zu dem schmutziggrauen Ford.

Bernie hielt meine Partnerin mit der einen Hand fest, um mit der anderen die Klappe des Kofferraums zu öffnen.

»Rein mit ihr.«

Die beiden Männer warfen Susan auf eine ölverschmierte Decke. Bernie rieb sich die Hände und ließ die Klappe wieder zuknallen.

»Paß auf, daß sie dich nicht fertig macht«, grinste Frankenstein, als Bernie sich hinter das Steuer setzte.

»Ha ha«, brummte der Gangster mit dem Schweinsgesicht und startete.

Die Kiesgrube, von der der Rumäne gesprochen hatte, lag am Lake Michigan, weitab von den nächsten Jachthäfen oder Wochenendhäusern. Es war eine öde, sandige Gegend, in der nur wildes Gestrüpp wucherte.

Die Dunkelheit war inzwischen hereingebrochen. Bernie lenkte den Wagen in Richtung Lake Shore Drive. Er schaltete das Autoradio ein, pfiff die Hits mit und nuckelte an seiner Zigarette. Die Aussicht, bald einen Mord zu begehen, schien ihn nicht im geringsten zu belasten.

Auf der Hochstraße herrschte reger Verkehr. Bernie fuhr am Lincoln Park vorbei und sah schon an der linken Seite das dunkle Wasser des Lake Michigan.

Bernie nahm die Abfahrt zur Lennox Avenue und steuerte den Ford in Richtung Norden. Nach fünf Minuten bog er in eine kleinere Seitenstraße.

Die Gegend wurde schon ländlicher. Der Verkehr schwächer. Bernie lehnte sich entspannt zurück, steuerte mit zwei Fingern und massierte seine unförmige Nase. Eigentlich hat Frankenstein recht, dachte er. Mit der Puppe könnte man vorher noch ein bißchen Spaß haben.

»Sicher, das werde ich auch machen«, murmelte er.

Durch diesen Gedanken beflügelt, drückte er noch mehr aufs Gaspedal.

Bernie, das Schweinsgesicht, kannte den Weg im Schlaf. Nach zwanzig Minuten Fahrt bog er in einen unbefestigten Seitenweg ab.

Er konnte jetzt fast nur noch im Schrittempo weiterschaukeln.

Dann hatte er die Kiesgrube erreicht.

Der Weg verbreiterte sich zu einem kleinen Platz, auf dem eine baufällige Holzhütte stand.

Bernie stoppte, löschte die Scheinwerfer und stieg aus. Er reckte sich ein paarmal, ehe er den Kofferraum aufschloß.

»Die Reise ist beendet, Puppe«, sagte er heiser.

Susan Taylor, inzwischen aus der Bewußtlosigkeit erwacht, sah das fette Schweinsgesicht über sich und verzog die Mundwinkel.

Bernie merkte es. »Ich gefalle dir wohl nicht so gut, wie? Aber das wird sich ändern. Komm jetzt raus.«

»Gefesselt?«

»Ach so. Sicher.«

Bernie packte Susans Handgelenke.

»Mach dich nicht so schwer, sonst lege ich dich gleich um«, schnauzte er.

Schließlich stand Susan im Freien. Sie hatte das Gefühl, in ihren Waden säßen gekochte Makkaroni, und ihr Kopf schien dreimal so groß geworden zu sein.

Susan fror in dem leichten Pulli und ihrem Minirock, den auch keine Reinigung mehr sauber kriegen würde.

Bernie grinste, als er sah, wie Susan fröstelnd die Schultern zusammenzog.

»Wird dir schon gleich warm werden. Los, in die Hütte.«

Meine Partnerin konnte sich denken, was der Gangster vorhatte. Sein Blick sprach Bände.

»Soll ich mit den Fußfesseln etwa laufen?«

Bernie nickte anerkennend. »Hast noch 'ne ziemlich freche Klappe.« Er griff in die Tasche und warf Susan einen Schlüssel zu. »Da, schließ dir die Dinger auf.«

Der Gangster amüsierte sich über Susans Bemühungen, mit gefesselten Händen die Schellen aufzuschließen. Doch schließlich schaffte Susan es.

Bernie riß ihr den Schlüssel aus der Hand. Er zog eine Pistole. »Setz dich jetzt in Bewegung. Du kennst ja die Richtung.«

Die Hütte würde bestimmt den nächsten Sturm nicht mehr überstehen. Statt einer Tür gähnte ein dunkles Loch.

»Da hinein!« befahl Bernie und stieß Susan den Lauf seiner Kanone in den Rücken.

Susan stolperte in die Dunkelheit, stieß sich das Knie an irgendeinem Gegenstand und rammte mit der Schulter gegen etwas Hartes.

»Bleib stehen«, erklang Bernies Stimme.

Das ist eigentlich die Gelegenheit, schoß es Susan durch den Kopf. Der Gangster würde bestimmt Licht machen. Und in der Zwischenzeit ...

Susans Augen hatten sich inzwischen gut an die Dunkelheit gewöhnt. Sie sah Bernies Schatten. Er suchte etwas. Wahrscheinlich Streichhölzer.

Susan schob sich in Bernies Richtung. Der Gangster hatte die Waffe gesenkt.

Die Chance.

Susan Taylor sprang vor. Ihre beiden Hände dröhnten auf Bernies rechten Arm.

Der Gangster schrie auf und ließ die Waffe fallen.

Geistesgegenwärtig bückte sich Susan, um nach der Pistole zu schnappen.

Doch Bernie war schnell. Kaum richtig erholt, zog er sein Knie hoch. Er traf Susan an der Schulter.

Meine Partnerin wurde zurückgeworfen und knallte auf den Boden. Instinktiv vollführte sie eine Rolle rückwärts.

Bernie war schon heran. Wutgeladen. Die Pistole hatte er liegenlassen.

»Dich mach' ich fertig, du Nutte.« Mit diesen Worten stürzte er sich auf Susan Taylor.

Susan, eingeengt in ihrer Bewegungsfreiheit, konnte nichts machen.

Bernie nagelte sie mit seinem Gewicht fest.

»Das hast du nicht umsonst gemacht«, drohte er. Sein heißer, nach Kümmel riechender Atem streifte Susans Gesicht.

Bernies Hände griffen unter Susans Pullover.

»Ah«, stöhnte er auf.

Eine Sekunde später stöhnte er immer noch. Aber vor Schmerz. Susan hatte ihr Knie angezogen.

Bernie war voll getroffen worden.

Das reichte meiner Partnerin, um den Gangster mit einer Drehbewegung abzuschütteln.

Susan warf sich herum. Auf allen vieren kroch sie in Richtung Ausgang.

Bernie erholte sich viel zu schnell. Seine Hand bekam noch so eben Susans Fuß zu fassen.

Ein kurzer Ruck, und meine Partnerin lag auf dem Bauch.

Bernie huschte an ihr vorbei.

Die Pistole!

Mit zitternden Fingern tastete Bernie den Boden ab.

Da, endlich hatte er das kühle Metall in der Hand.

Bernie wirbelte herum.

Susan hatte alles schemenhaft mitbekommen. Jetzt, als Bernie herumwirbelte, handelte sie.

Mit einem verzweifelten Hechtsprung warf sich meine Partnerin vor. Ihr Kopf dröhnte in Bernies Bauch.

Der Gangster gurgelte auf und klappte zusammen. Instinktiv drückte er noch ab. Die Hütte schien von dem Knall bald auseinanderzufallen, und die Kugel versengte Susan fast die Haare.

Meine Partnerin hatte nur einen Gedanken. Weg von hier.

Susan hetzte aus der Hütte. Sie hatte Mühe, mit den gefesselten Händen das Gleichgewicht zu bewahren.

Zum Wagen!

Verdammt, der Zündschlüssel war weg. Bernie hatte ihn abgezogen.

Verzweifelt blickte Susan sich um.

Wohin jetzt?

In der Hütte rumorte der Gangster. Fluchend torkelte er nach draußen.

»Jetzt leg' ich dich um«, lallte er. Es klang schaurig.

Meine Partnerin behielt die Nerven. Gespannt hockte sie hinter dem Wagen.

»Zeig dich, Puppe!« schrie Bernie. »Ich finde dich doch.« Sprungbereit wie ein Panther stand er vor der Hütte.

Susan nahm einen kleinen Stein und warf ihn in die entgegengesetzte Richtung.

Das Geräusch riß Bernie herum. Zweimal drückte er ab. Susan hörte, wie die Kugeln gegen den Kies spritzten.

Bernie, das Schweinsgesicht, fluchte. Noch einmal würde er sich nicht reinlegen lassen.

Ewig konnte Susan nicht hinter dem Wagen hockenbleiben. Sie löste sich aus der Deckung und robbte über den sandigen Boden. Noch hatte Bernie nichts bemerkt.

Er näherte sich jetzt dem Ford.

Susan hörte, wie er die Tür aufschloß.

Dann flammten auf einmal die Scheinwerfer auf.

Wie Geisterfinger glitten sie durch die Nacht und streiften, wie der Teufel es wollte, Susan Taylor.

Bernie lachte auf.

Mit hastigen Schritten rannte er auf meine Partnerin zu. Susan, durch die gefesselten Hände gehandikapt, kam nicht schnell genug auf die Beine.

An den Haaren riß Bernie meine Partnerin hoch. »Hab' ich dich endlich«, zischte er und drückte ihr die Mündung seiner Waffe an den Hals.

Susan machte sich steif.

Brutal stieß Bernie meine Partnerin vorwärts. »Behalt die Richtung bei.«

Susan Taylor schlurfte durch den Sand. Sie hatte verloren. Ein beklemmendes Gefühl legte sich auf ihren Magen.

Dann knirschten Steine unter ihren Füßen. Kies. Der Rand der Grube war erreicht.

Susan wußte, Kiesgruben waren wie riesige Trichter. Sie wußte aber auch, wer einmal in solch einen Kiestrichter fiel, war rettungslos verloren. Der nachrutschende Kies würde ihn verschütten.

Wie lange dauert wohl ein Erstickungstod? Susan ertappte sich bei diesem Gedanken.

»Angst?« höhnte Bernie.

»Ja«, gab Susan zurück.

»Hast du dir selbst zuzuschreiben«, kicherte der Gangster. »Hättest dich nicht um unsere Angelegenheiten kümmern sollen. Aber sterben muß jeder.«

»Ein schwacher Trost«, antwortete Susan.

»Dreh dich um!« befahl Bernie. »Ich schieße niemandem in den Rücken.«

Über solch einen Witz konnten nur Geisteskranke lachen.

»Na los«, forderte der Gangster.

Susan atmete tief durch. Fest preßte sie ihre gefesselten Hände zusammen. Jetzt oder nie.

Wie ein geölter Blitz wirbelte Susan herum. Ihre geballten Hände fuhren krachend gegen das Handgelenk des Gangsters.

Bernie traf dieser Schlag wie ein Dampfhammer. Die Pistole wurde ihm aus der Hand geschleudert und landete irgendwo im Gelände.

Susan ließ den Mann gar nicht erst zur Besinnung kommen. Ihre Fußspitze landete in seinem Magen. Bernie knickte zusammen. Mit einem Tritt gegen die Brust beförderte Susan den Gangster rückwärts.

Und plötzlich war er nicht mehr da. Susan hörte nur noch einen gellenden Aufschrei, vernahm, wie der Körper auf den Kies klatschte, dann war Stille.

Mit einemmal kam der Kies ins Rutschen. Bernie schrie verzweifelt. Immer mehr Kies rutschte nach...

Susan wandte sich ab. Hier konnte sie nichts mehr tun.

Mit Puddingknien ging meine Partnerin zu dem Ford. Im Handschuhfach fand sie Zigaretten und Feuer. Der Rauch tat gut. Susan entspannte sich. Was sie jetzt brauchte, waren zwei Dinge: ein Telefon und ein Bad.

Vier Stunden später.

Die riesigen Scheinwerfer einer Bergungsfirma leuchteten die Kiesgrube aus. Eine Spezialtruppe sollte versuchen, den Leichnam zu bergen.

Susan Taylors Anruf hatte uns alle aufgescheucht. Den FBI, die Bergungsfirma und mich.

Ich stand am Rand der Kiesgrube, sah auf das im hellen Licht glitzernde Gestein, fror, weil ich vergessen hatte, einen Mantel mitzubringen, und rauchte.

Susan gesellte sich zu mir.

»Hoffentlich finden sie ihn«, sagte sie leise.

»Ich denke schon. Die Männer haben darin Routine.«

Die Leute der Bergungsfirma wurden an Seilen in die Grube gelassen. Sie riefen sich gegenseitig Anordnungen zu.

»Bitte, treten Sie zurück. Es ist zu gefährlich.« Diese Aufforderung kam von dem Chef des ganzen, einem gewissen John Prickett.

Wir verzogen uns.

Neben der baufälligen Hütte wartete schon der große Wagen der Mordkommission. Meine ehemaligen Kollegen saßen herum und pokerten.

»Bin gespannt, ob wir ihn in unserer Kartei finden«, meinte Susan.

»Sicher. Wie du ihn beschrieben hast, werden wir den Knaben sogar sehr schnell raus haben«, erwiderte ich, »bei dem Gesicht.«

So ist es tatsächlich, liebe Leser. Unsere Verbrecherkartei ist unter anderem auch nach besonderen Merkmalen sortiert, wie zum Beispiel Narben, verstümmelte Finger oder andere Gliedmaßen, sowie Spitznamen und so weiter.

»Und Namen sind nicht gefallen?« erkundigte ich mich nochmals bei meiner Partnerin.

»Wirklich nicht, Cliff. Ich hätte es bestimmt behalten, glaub mir. Es war nur von einem gewissen Boß die Rede. Aber wer dahintersteckt...« Susan zuckte die Schultern. »Keine Ahnung.«

»Ich nehme ja nach wie vor an, der Rumäne.«

»So, wie es aussieht, vielleicht.«

Natürlich hatte ich Susan alles berichtet. Auch von den Vermutungen, die Tom Harris ausgesprochen hatte. Ehrlich gesagt, wohl war mir nicht bei dem Gedanken, was sich da in Chicagos Unterwelt zusammenbraute.

»Wir haben ihn!« rief John Prickett.

Gemeinsam mit den G-men liefen wir zum Rand der Kiesgrube. Gerade hievten sie den Leichnam hoch.

Wenig später leuchtete ich dem Toten mit einer Taschenlampe ins Gesicht.

Susan hatte nicht übertrieben. Der Mann sah wirklich aus wie ein Schwein. Allerdings waren seine Gesichtszüge jetzt verzerrt. Der Gangster mußte einen grauenhaften Todeskampf ausgestanden haben.

Die Männer der Mordkommission leerten seine Taschen. Alles mögliche kam zum Vorschein, angefangen vom Schnappmesser bis zum Taschentuch, nur eben kein Ausweis. Noch nicht einmal der Führerschein. Ich fand es ziemlich riskant, ohne dieses Papier zu fahren. Die Kleidung war billige Kaufhausware, die Schuhe taugten ebenfalls nicht viel, und am oberen Rand der rechten Socke befand sich ein dickes Loch.

Ich war enttäuscht.

»Mist«, knurrte ich. Blieben nur noch zwei Hoffnungen: die Kartei und das Untersuchungsergebnis des Ford, denn Fingerabdrücke sind nach wie vor die sicherste Identifizierung. Der Wagen stand in der Werkstatt des FBI, wo Susan hingefahren war. Dort hatte man ihr auch die Handschellen abgenommen.

Wir nahmen noch die Prints des Toten mit, setzten uns in meinen Mustang und rauschten zurück in die Clark Street, in der sich bekanntlich das FBI-Building befindet.

Wir schafften die Strecke ziemlich schnell. Es war schon nach Mitternacht und die Straßen fast frei. Eine Seltenheit in Chicago.

In der Kantine zogen wir uns aus einem Automaten zwei Becher Kaffee und marschierten in die ID-Abteilung.

Der G-man vom Nachtdienst freute sich, daß er etwas zu tun bekam.

Wir gaben ihm die bestechenden Merkmale des toten Gangsters an, er übertrug dies in die Computersprache und ließ die Maschine rappeln. Sie spuckte insgesamt achtundzwanzig Karten aus.

Um es vorwegzunehmen: Unser Mann war nicht darunter.

»Bleibt uns nur noch das Zentralarchiv in Washington«, sagte Susan ziemlich deprimiert.

Und das machten wir auch. Per Fernschreiben gingen die Daten nach Washington mit dem Vermerk: dringend.

Wir tranken unseren inzwischen kalt gewordenen Kaffee und erkundigten uns nach der Untersuchung des Ford.

»Wird noch was dauern«, wurde uns mitgeteilt. »Wir haben eine Unzahl von Prints gefunden. Bis die sortiert sind, ist es schon hell. Legt euch doch so lange aufs Ohr.«

Das taten wir auch. Susan in Tom Harris' Büro auf einer immer paraten Luftmatratze und ich im Bereitschaftsraum.

Ich weiß nicht, wie lange ich geschlafen hatte, als mich jemand an der Schulter rüttelte. Es war der Beamte aus der ID-Abteilung.

»Was gibt's denn?« gähnte ich schlaftrunken.

»Neuigkeiten, Cliff.«

Das Wort Neuigkeiten brachte mich hoch. Vor den Fenstern zog bereits die Morgendämmerung auf.

»Erzähl schon«, forderte ich.

»Wir haben Glück gehabt, Cliff. Die Kameraden in Washington hatten wohl wenig zu tun. Anhand der Prints konnte der Knabe identifiziert werden. Er heißt mit richtigem Namen Bernie Zampasi und hat es bei der Armee bis zum Sergeant gebracht. Deshalb auch seine Fingerabdrücke. Vorbestraft ist er nicht.«

Ich muß erklärend hinzufügen, daß jeder, der bei uns in den Staaten eingezogen wird, seine Fingerabdrücke hinterlassen muß. So auch dieser Bernie Zampasi.

»Na, bitte«, grinste ich. »Ist das nichts? Und da sagt man immer, die Leute in Washington würden nur schlafen.«

In jeder Großstadt der Welt gibt es Licht und Schatten. So auch in Chicago. Beides hält sich ungefähr die Waage.

In unserer Stadt befinden sich, wie Sie sicherlich wissen, die Stock Yards. Hier werden die unzähligen Rinder, die aus den Weiten des Westens kommen, verarbeitet. Die Arbeit der Männer auf den Schlachthöfen ist verdammt hart und nicht gerade angenehm. Denn über den Fabriken liegt immer ein penetranter Blutgeruch.

Klar, daß die Leute sich nach Abwechslung sehnen. Dafür sorgen dann gewisse Girls, die sich in der Umgebung der Stock Yards etabliert haben. In den entsprechenden Kneipen und Stundenhotels. Sollten Sie, liebe Leser, jemals nach Chicago kommen, meiden Sie diese Gegend. Ein Besuch bringt im günstigsten Fall eine verlorene Brieftasche ein.

Ich hockte an diesem Morgen ziemlich müde in einer Kneipe, die sich Golden Cow nannte. Hier verkehrten die unteren Fünfhundert des Viertels. Zuhälter, Nutten, Penner und so weiter.

In der Pinte herrschte schon um diese frühe Zeit ein Riesenspektakel. Eine Musikbox jaulte, Spielautomaten ratterten, und Betrunkene schrien sich gegenseitig an.

Ich hielt mich an dem schmutzigen Tresen fest, dessen Oberfläche mit welligem Blech beschlagen war. Für diese Kneipe vorteilhaft, denn Aschenbecher gab es so gut wie keine, und so konnte man seine Kippen direkt auf dem Tresen ausdrücken. Es war nur etwas riskant, sich mit dem Ellenbogen aufzustützen.

Ich saß am Ende der langen Theke, trank Cola aus der Büchse und wartete auf den Schönen Harry. Harry war einer der uns bekannten Zuhälter, hatte viel Geld und fünf Pferdchen laufen. Die Golden Cow war sein Stammlokal.

Neben mir hing eine Oma mit rotgefärbten Haaren und pennte.

»Das gleiche noch mal«, bestellte ich.

Der Wirt, ein untersetzter Typ mit Glatze und schmieriger

Schürze, glotzte mich aus rotentzündeten Augen an, bückte sich und holte aus dem Tiefkühlfach das Gewünschte.

Als er mir die geöffnete Cola hinschob, sah er die Oma. Mit der flachen Hand stieß er gegen ihre Stirn.

Die Oma quiekte auf und segelte nach hinten. Dumpf schlug sie auf den schmutzigen Bretterboden.

»Besoffenes Pack«, grunzte der Wirt und trollte sich.

Es war alles zu schnell gegangen, sonst hätte ich die Frau wenigstens aufgefangen.

Ich wollte mich gerade bücken, um nach ihr zu sehen, als ein Mann den freien Hocker ansteuerte. Es war der Schöne Harry. Mit dem Fuß schob er die Betrunkene ein paar Yard weiter in die Ecke und pflanzte sich.

Der Wirt kam sofort angezischt. Anscheinend war der Schöne Harry ein bevorzugter Gast.

»Wie immer«, sagte Harry mit leicht kratziger Stimme und setzte sich richtig in Positur.

Der Schöne Harry sah ja wieder gut aus. Dachte er jedenfalls. Er trug einen weißen Anzug, ein schwarzes Hemd und eine gemusterte Krawatte. Das schwarze, ölige Haar fiel ihm lang in den Nacken und über die Ohren. An Harrys beiden kleinen Fingern glitzerten Brillantringe.

Und dann konnte ich mich wundern. Der Wirt brachte nämlich die Sachen. Eine Pfanne mit Eiern und Schinken, Toast, Sekt und ein Besteck. Sogar eine Serviette hatte er aufgetrieben.

Bevor der Schöne Harry mit dem Essen begann, bedachte er mich mit einem kurzen, prüfenden Blick.

»Guten Hunger«, wünschte ich höflich.

Der Schöne Harry guckte noch mal und begann zu essen.

Freunde, ich möchte mich ja nicht loben. Aber die Eßgewohnheiten, die der Schöne Harry besaß, hatte ich schon mit zehn Jahren abgelegt.

Nachdem er fertig war, rülpste er zum Nachtisch auf, trank einen Schluck Sekt und klaubte sich eine Zigarette aus der Packung.

Ich gab ihm Feuer.

Der Schöne Harry sah mich wieder an und fragte plötzlich lauernd: »Was willst du hier?«

Ich wiegte den Kopf. »Nichts Besonderes.«

»Erzähl mir keine Märchen, Kumpel. Alle, die hierherkommen, wollen was. Willst du 'ne Puppe? Los, raus mit der Sprache.«

Ich drehte mich um neunzig Grad, tippte dem Schönen Harry mit dem Zeigefinger gegen die Brust und sagte: »Ich wollte zu dir.«

Der schöne Harry wurde mißtrauisch. »Wieso?«

Ich grinste. »Kennst du mich wirklich nicht mehr, Harry?«

Der Zuhälter überlegte. »Verdammt, irgendwie kommt mir deine Visage bekannt vor. Aber ich habe dich bestimmt nicht in guter Erinnerung.«

Ich nahm einen Schluck Cola. »Denk mal nach, Harry. Wie war das denn vor zwei Jahren mit dem russischen Spion?«

Harry tippte sich gegen die Stirn. »Jetzt weiß ich's wieder. Corner.«

»Genau.«

Der schöne Harry wurde um eine Oktave freundlicher. Ich hatte ihm damals einen Gefallen getan. Ihn gewissermaßen aus einer Sache rausgehalten, die für einen Zuhälter zu groß war. Nun hoffte ich auf ein kleines Entgegenkommen.

»Und was willst du von mir?« erkundigte sich der Schöne Harry nervös. »Hoppnehmen?«

»Keine Spur. Nur eine Auskunft.«

Der Zuhälter atmete aus. »Was denn?« lächelte er gequält.

Ich zündete mir eine Camel an. »Ich suche einen Mann. Er heißt Bernie Zampasi und hat ein Schweinsgesicht. Kannst du mir sagen, wo ich ihn eventuell finde?«

Natürlich rieb ich dem Zuhälter nicht unter die Nase, daß Bernie schon tot war. Er würde es noch früh genug erfahren.

»Bernie Zampasi?« echote der Schöne Harry und zog den Namen wie Kaugummi. »Noch nie gehört. Aus unserer Gegend ist er nicht.«

Ich sah ihm an, daß er log. »Erzähl keine Märchen, Harry. Natürlich kennst du ihn.«

»Nein, Corner.«

»Hör auf. Du hast Angst.«

»Wovor denn oder vor wem denn?«

»Vor dem Rumänen«, sagte ich leise.

Das hatte gesessen. Harrys kosmetikbraunes Gesicht wurde blaß. Hastig trank er sein Glas leer. »Was soll denn das nun wieder heißen? Der Rumäne, Corner. Komisch.«

»Euer neuer Boß, Harry«, lächelte ich.

»Ich habe noch nie einen Boß gehabt«, entrüstete sich der Zuhälter. »Habe immer für mich allein gearbeitet.«

»Arbeiten lassen«, verbesserte ich ihn.

Während unseres Gesprächs hatten wir nicht weiter auf die Umgebung geachtet. Plötzlich wurde mir bewußt, daß es in der Kneipe ziemlich still geworden war.

Ich sah mich um und entdeckte drei Männer, die die Tische abklabasterten und prall gefüllte Briefumschläge einsammelten.

Jetzt kam auch der Tresen an die Reihe.

Der Schöne Harry war noch blasser geworden und wühlte in der Innentasche seines Jacketts herum.

Dann standen die drei Männer neben uns. Der Schöne Harry übergab ihnen hastig einen Briefumschlag. Einer der Kerle, mit der Figur eines Catchers, sah mich aus tückischen Augen an. Er verzog die fleischigen Lippen und nuschelte: »Wer bist du denn?«

Ich wandte mich an den Schönen Harry. »Stellt der immer so blöde Fragen?«

Harry schluckte und sagte nichts. Der Catcher hob die Schultern. »Meintest du uns?«

»Wen denn sonst?« grinste ich.

Einer seiner Kumpane, ein Mann mit durchschnittlicher Figur, nickte.

Der Catcher schniefte durch seine verknorpelte Nase und holte aus.

Ich saß noch immer auf dem Hocker.

Im selben Augenblick, als er schlug, zog ich meinen Kopf ein. Die Faust pfiff an mir vorbei. Der Catcher konnte seinen Schwung nicht mehr bremsen und fiel gegen mich.

Nur eben in meine Karatefaust, die ich gegen eine bestimmte Stelle seines Körpers setzte.

Ich sage nicht, wohin, denn dieser Schlag kann unter Umständen tödlich sein.

Zwei Sekunden später lag der dicke Catcher wie ein nasser Sack auf dem Boden.

Ich saß immer noch auf dem Hocker, nur jetzt mit dem .38er in der Hand.

Die beiden anderen Kassierer stierten mich haßerfüllt an.

Ich grinste: »Bestellt eurem Boß, daß er Bernie Zampasi im Leichenschauhaus besuchen kann. Das wollt' ich euch nur sagen. Jetzt verschwindet und nehmt den Fettsack mit.«

Die drei gehorchten. Ich wußte, mit diesen Worten hatte ich eine Zeitbombe gelegt.

»O Mann, o Mann«, stöhnte der Schöne Harry. »Jetzt kannst du schon mal dein Grab schaufeln, Corner.«

»Wieso denn das? Aber um noch mal auf das Thema von vorhin zurückzukommen. Du hast ja gehört, daß Bernie tot ist. Willst du mir jetzt nicht etwas sagen?«

»Nein, Corner.«

»Es könnte für dich was rausspringen.«

Geld machte den Schönen Harry eifrig. »Gut, Corner. Komm heute abend in meine Bude. Parrish Street 15. Nimm die Feuerleiter«, flüsterte der Zuhälter.

Danach rutschte er vom Hocker und verließ fluchtartig das Lokal.

Ich zahlte ebenfalls und ging langsam hinaus. Die Gäste sahen mit teilweise mit mitleidigen Blicken an. Für sie war ich schon so gut wie tot.

Draußen empfing mich ein trüber Vormittag. Der Blutgeruch von den Schlachthöfen drehte mir fast den Magen um. Dagegen half eine Zigarette.

Ich schlenderte die Straße hinunter, um zu meinem Mustang zu kommen.

An einer Hausecke lehnte eine Rothaarige. Die wallende Mähne hing weit den Rücken hinab. Zwischen den grellgeschminkten Lippen klebte eine Zigarette.

»Na, wollen wir beiden uns nicht gegenseitig wärmen?«
hauchte sie.

»Später vielleicht«, grinste ich und ging weiter.

Ach so, fast hätte ich es vergessen. Die Rothaarige war niemand anderes als Susan Taylor . . .

Ich war kaum verschwunden, als ein Betrunkener auf Susan Taylor zutorkelte.

»Soll'n − soll'n − wir uns zusammen nicht mal − mal − was gönnen?« lallte er und versuchte sich krampfhaft an der Hauswand festzuhalten.

»Geh zur Mama und heil dich aus«, gab Susan in rüdem Tonfall zurück.

Der Betrunkene kniff ein Auge zu, rülpste. Dann drohte er mit dem Finger. »Ich − ich komm' wieder. Aber mit − mit 'nem Freund. Der macht dich fertig.«

»Verschwinde!« rief Susan und wandte sich ab.

Sie war jetzt schon sauer. Aber was soll's? Ich habe mir die Sache ja selbst eingebrockt, dachte Susan. Sie wollte unorthodox arbeiten. Wie hatte Cliff nur immer gesagt? Susan fiel der Satz im Moment nicht ein, aber auf jeden Fall war ich gegen ihre Maskerade gewesen.

Um diese Zeit war nicht sehr viel los. Bisher hatte Susan die Kunden, meist übriggebliebene betrunkene Nachtschwärmer, abwimmeln können. Nur − heute abend würde es kritisch werden. Da konnte Susan sich nicht so schnell aus der Affäre ziehen.

Um diese Stunde wirkte die Straße grau und düster. Zerkratzte Häuserfassaden glotzten Susan an. In den Rinnsteinen häufte sich der Abfall. Die Menschen, die hier wohnten, waren abgestumpft und sahen oft erbärmlich aus. Sie bedachten Susan mit feindseligen Blicken. Das alles war die echte Seite der oft so romantisch beschriebenen Roten Laterne.

Eine Kollegin gesellte sich zu Susan.

»Noch nicht viel los, was?«

»Kann man wohl sagen«, antwortete Susan.

»Der Betrieb beginnt erst richtig bei Schichtwechsel. Sag mal, bist du neu hier?«

»Ja.«

»Wie heißt du denn?«

»Susan.«

»Nicht schlecht, der Name. Zu mir kannst du Cathy sagen.«

»Mach' ich.«

Cathy hatte ihren ersten Frühling schon hinter sich. Selbst mit dicker Schminke war es fast unmöglich, die Falten zu überdecken. Cathy trug eine imitierte Nerzjacke und darunter ein Kleid, das bei der Wäsche bestimmt schon dreimal eingelaufen war. Eine blonde Perücke vervollständigte den unechten Eindruck.

»Willste 'nen Joint?« fragte Cathy.

»Danke. Das Zeug schmeckt mir nicht.«

»Mir auch nicht gut. Aber man gewöhnt sich daran.«

Cathy steckte sich eine Marihuanazigarette an.

»Ich rauch' ja sonst nicht so früh«, wollte sie sich quasi entschuldigen. »Nur heute ist es besonders schlimm.«

»Was?« wollte Susan wissen.

»Der Gestank. Von den Schlachthöfen. Der Wind steht ungünstig. Hast dir nicht gerade 'ne feine Ecke ausgesucht, Susan. Bei deinem Aussehen würde ich mir irgendeinen an Land ziehen mit schwer Geld. Und dann auf vornehm tun. Wo dich kein Aas kennt. Oder wenigstens als Bessere arbeiten. Mit eigener Wohnung, Telefon und so.«

Susan zuckte mit den Schultern. »Jetzt bin ich da.«

»Hier kommste schlecht weg, Susan. Man sagt, der Blutgeruch würde einem immer in den Klamotten hängenbleiben. Die Stock Yards haben ihre eigenen Gesetze.«

Ein Kunde kam. Im grünen Overall eines Brauereifahrers.

»Komm auf die Schnelle«, rief er.

Susan sah Cathy an. »Geh du. Ich habe noch keine Lust.«

Cathy nahm den Arm des Mannes, ging ein paar Schritte und verschwand mit dem Eiligen in einer schmalen Einfahrt.

Nach fünf Minuten war sie schon wieder da.

»Mann, o Mann. Hatte der's eilig«, prustete sie. »Na ja, mir war's egal. Zehn Bucks hat er springen lassen.« Cathy zupfte ihre Perücke zurecht. »Wie ist es denn mit dir, Susan? Hast du überhaupt eine Bude?«

Susan Taylor lachte. »Ich habe keine.«

Cathy rümpfte die Nase. »Immer nur im Auto. Damit kannst du hier das große Geld nicht machen. In dieser Gegend braucht man ein Zimmer. Außerdem, was sagt den dein Loddel dazu?«

»Ich arbeite auf eigene Rechnung«, erwiderte Susan.

»Ach du Schrecken. Das ist ja noch schlimmer.« Cathy machte ein bestürztes Gesicht. »Ich gebe dir einen guten Rat, Susan. Pack deinen Koffer und hau ab. Aber ganz schnell.«

»Warum denn?«

»Naiv bist du auch noch«, stöhnte Cathy. »In dieser Gegend tut sich was«, flüsterte sie. »Es gibt einen neuen Boß. Alle Loddels müssen kuschen. Und wir natürlich auch. Hier laufen keine Unorganisierten rum. Wenn der neue Boß von dir erfährt, zerquetscht er dich wie eine Laus.«

Susan winkte ab. »Halb so schlimm. Wie heißt denn euer großer Boß überhaupt?«

»Er nennt sich der Rumäne.« Cathy flüsterte immer noch. »Niemand kennt ihn. Keiner weiß, woher er kam. Aber eins wissen wir alle. Er spart nicht mit Blei. Glaub mir. Ich könnte dir Sachen erzählen.«

»Raus mit der Sprache«, forderte Susan.

»Nee.« Cathy schüttelte demonstrativ den Kopf. »Ich bin doch nicht lebensmüde. Und jetzt werde ich mich mal verziehen. Vielleicht ist woanders mehr los.«

In diesem Augenblick tauchte ein schwarzgelockter Typ auf. »Das ist Marcel, mein Beschützer«, murmelte Cathy. »Ich seh' ihm an, der ist sauer.«

»Wieviel hast du gemacht?« fauchte der Zuhälter.

»Zehn grüne«, antwortete Cathy leise.

»Was? Mehr nicht? Du Miststück. Dir werd' ich's geben!« schrie Marcel. Seine Hand fuhr hoch und klatschte Cathy zweimal ins Gesicht. »Da, da.«

Als er zum drittenmal ausholen wollte, stieß Susan ihn in die Seite. Marcel kam aus dem Gleichgewicht. Er guckte verdutzt.

»Bist du bescheuert?« fuhr er Susan an. »Wer bist du überhaupt?«

»'ne Neue«, heulte Cathy. »Arbeitet nur für sich.«

Marcel grinste. Susan sah, daß ihm ein Schneidezahn fehlte.

»Wieviel Schotter hast du denn heute schon kassiert, Puppe?«

»Das geht dich gar nichts an«, erwiderte Susan und lächelte spöttisch.

Marcel schluckte und bekam schmale Augen. Mit einem Ruck stieß er Cathy weg.

»Und jetzt werde ich mich mal mit dir beschäftigen«, zischte er böse und tänzelte auf Susan zu. In seiner Hand blitzte plötzlich ein Schnappmesser.

»Blamier dich nur nicht«, reizte Susan den Zuhälter. Marcel sah plötzlich rot. Mit einem Wutschrei rannte er vorwärts.

Susan hatte aufgepaßt. Aus dem Handgelenk warf sie ihre Handtasche, ausnahmsweise ein normales Modell, genau in Marcels Gesicht.

Der Zuhälter verlor die Richtung.

Susan packte seinen Arm, ein kurzer Ruck. Marcel schrie auf. Das Messer fiel auf den Boden. Dann kickte meine Partnerin dem Zuhälter die Beine weg. Wie eine Flunder lag der Mann auf dem Bürgersteig.

Die Menschen, die diese Szene mit angesehen hatte, grinsten schadenfroh.

Nur Cathy war fast starr vor Angst. »Jetzt bringt er dich bestimmt um«, flüsterte sie.

»Abwarten.«

Marcel kam hoch.

»Na, genug gehabt?« spottete Susan.

Der Zuhälter sah meine Partnerin aus blutunterlaufenen Augen an. Sein auberginefarbenes Jackett war schmutzig. Er schielte nach seinem Messer.

Susan setzte demonstrativ den Fuß darauf.

»Was ist denn, großer Beschützer?«

Marcel ballte die Fäuste. Er sah die schadenfrohen Gesichter der Umstehenden und wurde rasend.

»Ich mach' dich kalt«, geiferte er.

»Gar nichts machst du!« peitschte plötzlich eine Stimme. »Du kommst mit. Der Privatkrieg mit deinen Nutten hat Zeit.«

Marcel blieb stocksteif stehen. Der mordgierige Ausdruck verschwand aus seinem Gesicht. »Okay«, sagte er leise.

Aber auch Susan hatte die Stimme erkannt. Der Mann, dem sie gehörte, hatte den Wagen gefahren, in dem Susan gekidnappt worden war.

Der Mann saß in einem dunkelgrünen Cadillac, der am Rinnstein parkte.

Susan hatte sich nur halb umgewandt. Hoffentlich erkennt er mich nicht, betete sie. Aber der Mann am Steuer, ein hagerer Typ mit schwarzen Haaren, hatte nur Augen für Marcel.

»Beeil dich«, schnarrte er.

»Komm' schon«, versicherte der Zuhälter, bückte sich, warf Susan noch einen haßerfüllten Blick zu und kletterte in den Cadillac. Lautlos setzte sich der schwere Wagen in Bewegung.

»Da hast du aber Glück gehabt«, sagte Cathy aufatmend.

Susan hörte ihre Worte kaum. Sie war in Gedanken bei dem Fahrer des Cadillac. Wo würde er wohl hinfahren? Und warum hatte er diesen Marcel geholt?

Susan wandte sich an Cathy. »Ich muß mal weg.«

»Das ist das beste, was du machen kannst, Susan.«

Die drei Kassierer waren verdammt sauer, als sie sich draußen in ihren altersschwachen Buick klemmten. Der Catcher kam langsam wieder zu sich.

Sie fuhren zum Hauptquartier der Bande. Während der Fahrt sprach niemand. Zu sehr steckte die Blamage noch in den Knochen. Pullicino erwartete die Kassierer bereits ungeduldig. Er hockte hinter einem Schreibtisch und studierte Akten.

»Alles okay?«

Der Catcher warf die Briefumschläge mit den Dollarscheinen auf den Tisch. »Fast alles«, knurrte er.

»Was soll das heißen?« Pullicinos Augen wurden schmal.

Der Catcher druckste herum. »Beim Schönen Harry saß einer. Er riskierte 'ne große Schnauze.«

»Na und? Wofür bist du da? Du hast sie ihm doch hoffentlich gestopft.«

Der Catcher wurde verlegen. »Wollt' ich ja. Aber — er hatte eben Glück. Hat mich mit einem Zufallsschlag auf die Bretter gelegt.«

Pullicino schlug sich gegen die Stirn. »Das gibt's doch nicht. Dich Fettpaket mit einem Schlag? Das muß ein Supermann sein. Und die anderen?« Seine Stimme wurde plötzlich schneidend. »Habt ihr nicht eingegriffen?«

»Ging alles zu schnell. Der Kerl hatte auf einmal 'ne Kanone in der Hand. Die sah verdammt echt aus«, verteidigte sich einer der beiden Kassierer.

Pullicino schüttelte den Kopf. »Das alles vor Zeugen. Mensch, was seid ihr Flaschen. Es kommt noch so weit, daß jede Nutte mit uns macht, was sie will. Kannte von euch jemand den Kerl?«

Kopfschütteln.

Pullicino wandte sich an den Catcher. »Der saß neben dem Schönen Harry?«

»Ja.«

»Hm«, überlegte Pullicino, »dann müßte er ihn ja kennen. Der Schöne Harry wird uns doch kein Kuckucksei ins Nest legen wollen?«

»Der hat aber noch was gesagt.«

Pullicino sah den Sprecher überrascht an. »Los, raus mit der Sprache«, forderte er.

»Als wir gingen, meinte er noch, der Boß könne Bernie im Schauhaus besichtigen, oder so ähnlich.«

Pullicino riß es vom Stuhl. Sein Gesicht lief an wie eine Tomate.

»Sag das noch mal.«

Der Knabe wiederholte den Satz.

Pullicino entschied sich innerhalb von Sekunden. »Ihr bleibt so lange hier, bis ich wiederkomme.«

Die drei nickten ergeben.

Pullicino stürmte hinaus. Laut knallte er die Tür zu.

»Das gibt Ärger«, befürchtete der Catcher. Damit sollte er recht haben.

Der Rumäne hielt sich in seinem Fitness-Raum auf. Er lag wieder flach. Allerdings nicht auf einer Pritsche, sondern Liege. Anstatt mit Hanteln beschäftigte er sich mit Nadia Gray. Diese Arbeit war fast genauso anstrengend.

Als es gegen die Tür klopfte, fuhr er wütend hoch. »Verdammt noch mal! Ich habe doch gesagt, ich will nicht gestört werden!«

»Es ist wichtig, Boß«, hörte der Rumäne Pullicinos Stimme.

»Warte noch einem Moment.« Er gab Nadia Gray einen Klaps auf das nackte Hinterteil und sagte: »Zieh dir was über.«

Nadia gehorchte. Das war auch besser für ihre Gesundheit.

Der Rumäne stieg ebenfalls in die Hose. Dann schrie er: »Herein!«

Pullicino schob sich in den Raum.

»Was gibt's?« fuhr ihn der Rumäne an. »Wenn du mich wegen einer Kleinigkeit gestört hast . . .«

»Nein, nein«, versicherte Pullicino eilig, »es ist folgendermaßen.«

In kurzen Sätzen berichtete er von dem Gespräch mit den Kassierern. Das Gesicht des Rumänen wurde lang und länger. Schließlich hielt er es nicht mehr aus.

Mit einem Wutschrei schlug er auf die Liege, so daß sie fast zusammenbrach. »Bin ich denn nur von Vollidioten umgeben?« brüllte er. »Diese Taylor. Hat Bernie reingelegt wie einen Anfänger. Na ja, dafür liegt er jetzt tiefgekühlt. Und der Kerl in der Golden Cow, das war natürlich Corner, der verdammte Schnüffler. Was sagst du, Pullicino, er saß bei dem Schönen Harry?«

»Ja.«

»Gut. Schafft mir Harry ran. Aber auf der Stelle.«

»Okay, Boß.«

»Du hau auch ab!« bellte der Rumäne Nadia Gray an.

Eingeschüchtert verzog sich das Girl.

Der Rumäne mußte genau fünfundvierzig Minuten warten. Da brachten sie ihn.

Der Schöne Harry hing in den wulstigen Armen des Catchers

wie ein Häufchen Elend. Flankiert wurden die beiden von Pullicino und Frankenstein.

»Bindet ihn an die Ringe«, befahl der Rumäne.

Das war etwas für den Catcher. Stricke hatte er immer parat.
Wenig später pendelte der Schöne Harry an den Ringen, die von
der Decke hingen.

»Jetzt mach mal 'nen Handstand«, grinste Frankenstein.

»Schnauze!« fuhr ihn der Boß an.

Er ging langsam auf Harry zu. »Wer hockte in der Golden
Cow neben dir?«

»Ich kenne den Typ nicht.«

Der Rumäne nickte nur.

Daraufhin trat der Catcher in Aktion. Zwei volle Minuten
lang. Hinterher hatte der ehemals Schöne Harry das Gefühl,
keinen Magen mehr zu haben. Außerdem waren seine Lippen
aufgeplatzt, und seine Nase blutete.

»Ich frage dich jetzt noch einmal«, sagte der Rumäne. »Wer
hockte neben dir?«

»Corner«, keuchte der Zuhälter.

»Na, bitte, Harry. Warum nicht gleich so?«

Die Laune des Rumänen besserte sich. Er gab Feuer frei. Die
Männer steckten sich Zigaretten an.

Harry schwang wie ein Pendel zwischen den Ringen. Seine
Beine knickten ihm weg.

»Weiter.« Der Rumäne sprach leise. »Was hattest du mit Corner zu bequatschen?«

Harry holte tief Luft. »Er wollte alles wissen.«

»Was alles?«

»Wieviel Girls ich laufen hab' und so weiter.«

»Du lügst ja schon wieder. Los, Frankenstein, du bist dran.«

Darauf hatte der Sadist nur gewartet. Er zog noch einmal an
seiner Zigarette, riß Harrys rosa Hemd auf, nahm den Glimmstengel und führte ihn gegen den entblößten Oberkörper.

»Nein!« Harrys Schrei klang grauenvoll.

Der Rumäne stoppte Frankenstein mit einer Handbewegung.
»Sagst du nun die Wahrheit, Harry?«

Der Zuhälter schluchzte auf. Tränen liefen über sein Gesicht.

»Ja«, keuchte er.

Frankenstein spuckte aus. »So eine Memme.«

»Corner . . . Er hat mir Geld geboten«, schluchzte Harry. »Wir wollen uns heute abend treffen. In — meiner Wohnung.«

»Wann genau?« fragte der Rumäne gespannt.

»Haben wir nicht ausgemacht.«

»Soll ich noch mal?« erkundigte sich Frankenstein gierig.

»Glaubt mir doch!« brüllte Harry. »Corner wollte über die Feuerleiter kommen.«

»Schon gut«, winkte der Rumäne ab. »Bindet ihn wieder los.«

Mit einem Messer säbelte der Catcher die Stricke durch. Harry knallte auf den Boden.

»Macht ihn wieder normal«, befahl der Rumäne. Dann winkte er Pullicino. »Paß auf. Wir legen Corner heute abend um. Harry wird in seiner Wohnung sein. Hol du dir noch einen zuverlässigen Mann.«

»Wofür?«

»Der kann Corner erledigen. Wir wollen gar nicht in Erscheinung treten. Vielleicht können wir den Bullen hinterher noch Corners Mörder präsentieren. Tot natürlich.«

Pullicino grinste. »Gar nicht schlecht, Boß. Und sollte was schiefgehen, sind wir immer noch da.«

»Genau. Es müßte doch mit dem Teufel zugehen, wenn wir diesen Corner nicht zur Hölle schicken könnten.«

»Aber was wissen die Bullen?« gab Pullicino zu bedenken.

»Bestimmt nicht viel. Corner ist der Typ eines Einzelgängers.«

»Und die Taylor?«

»Nehm' ich mir persönlich vor«, erwiderte der Rumäne. Pullicino nickte. »Was anderes, Boß. Der Wagen, mit dem Bernie gefahren ist — enthält er Beweise?«

»Hoffentlich nicht.« Der Rumäne zündete sich auch eine Zigarette an. »Vorbestraft sind wir ja alle nicht. Bis auf Frankenstein. Ihn werden wir eben aus der Sache raushalten, bis Gras darüber gewachsen ist.«

Der Schöne Harry hatte sich inzwischen wieder erholt. Der Rumäne ging zu ihm und grinste.

»Du mußt es noch ein paar Stunden bei uns aushalten. Hinterher gehst du in deine Wohnung und wirst mit Corner reden, als wäre nichts geschehen.«

»Ihr wollt Corner umlegen«, stellte der Zuhälter fest.

»Sehr scharfsinnig.«

Die drei Langhaarigen lehnten an meinem Mustang und sahen mir grinsend entgegen.

Sie trugen Einheitskleidung. Rote Lederjacken, verwaschene Jeans, gelbe Polohemden.

Ich hatte den Wagen schon extra etwas abseits stehenlassen, um mir solche Sachen zu ersparen. Den Erfolg konnte ich jetzt sehen.

»Wieviel ist Ihnen denn die Karre wert, Mister?« frage mich einer, ein pickelgesichtiger Jüngling mit Himmelfahrtsnase.

Er war wohl der Anführer. Für seine kaum zwanzig Jahre riskierte er eine verdammt große Lippe.

Noch versuchte ich es im guten. »Ich werde mich jetzt in meinen Wagen setzen und abfahren. Keiner von euch wird mich daran hindern. Verstanden?«

Das Trio sah sich erstaunt an. Dann grölten sie wie auf Kommando los, um ihre Unsicherheit zu verbergen. Es war wohl noch nie vorgekommen, daß ihnen jemand die Zähne gezeigt hatte. Mit dieser Situation mußten sie erst fertig werden.

Der Anführer gab sich einen Ruck. Er fummelte in der Innentasche seiner Lederjacke herum, und als seine Hand wieder zum Vorschein kam, hielt sie einen dicken Nagel.

Der Bursche grinste frech, wandte sich blitzschnell um und zog, ehe ich reagieren konnte, den Nagel quer über den Lack der Autotür. Das häßliche Kreischen drang mir durch Mark und Bein.

Inzwischen waren wir von Gaffern umringt. Gespannt warteten sie darauf, wie ich mich wohl verhalten würde.

»So«, sagte der Langhaarige und ließ beachtliche Muskelpakete spielen.

Seine Mitstreiter stellten sich in Westernmanier hin, Daumen in die Hosengürtel gehakt.

Ich stand jetzt einen halben Yard vor den dreien.

»Wißt ihr überhaupt, was eine Lackierung des Mustang kostet?« fragte ich ruhig.

»Sicher. Eins vor die Fresse!« zischte der Anführer und holte aus.

Aber wie weit! Ich sah den Schlag schon dreimal im Ansatz. Ehe der Bursche überhaupt einen Treffer landen konnte, hatte ich schon meinen Absatz auf seine Zehen gesetzt.

Die Wirkung war verblüffend. Großschnauze sprang hoch, hielt sich mit beiden Händen seinen Fuß, schrie, daß bald die Fensterscheiben klirrten, und hopste davon.

Seine beiden Kumpane glotzten wie Schafe. Mit denen machte ich kurzen Prozeß.

Ich packte sie an den langen fettigen Haaren und knallte ihre Köpfe gegeneinander. Einträchtig rutschten die beiden zu Boden.

Nicht so ihr Anführer. Er schien sich wieder erholt zu haben. In seiner Hand glänzte matt eine Waffe.

»Damit pump' ich dich voll Blei!« schrie der Kerl und fuchtelte wild mit der Knarre, einer Armeepistole, herum.

»Mach dich nicht unglücklich«, warnte ich ihn.

Ich wußte, dieser Junge war kein kaltblütiger Mörder, aber er war bis an die Grenze des Ertragbaren geladen.

»Gib mir das Spielzeug!« forderte ich ihn auf.

»Schiß, was?«

»Ja. Gebe ich ehrlich zu. Aber um dich. Auf Mord stehen mindestens zwanzig Jahre.«

»Mich kriegen sie nie!« keifte er.

Ich lachte. »Du hast Humor! Sieh doch mal, wie viele Zeugen hier rumstehen.«

Der Bursche ließ sich ablenken.

Darauf hatte ich nur gewartet.

Ein tausendmal geübter Karatetritt fegte ihm die Waffe aus der Hand.

Und nun bekam das Früchtchen seine Lektion. Ich schlug ihn nicht zusammen, nein, um Gottes willen. Aber Ohrfeigen tun weh und sind blamabel.

Ich trieb ihn mit den kurz geschlagenen Ohrfeigen einmal über die Straße und zurück. Die Gaffer klatschten Beifall.

»Totschlagen müßte man den«, hörte ich eine Stimme.

Das war wieder die feige Gesellschaft. Vorher hatten sie nichts unternommen. − Auch egal!

Ich packte den demoralisierten Halbstarken am Kragen und verfrachtete ihn in meinen Mustang. Handschellen hatte ich immer parat. Sie reichten sogar noch für die beiden anderen, die ich ebenfalls damit versah, als sie wieder zu sich kamen.

Per Funk ließ ich mich mit der Zentrale der City Police verbinden und verlangte das für diese Gegend zuständige Revier. Ich erklärte den Fall. Die Cops versprachen, einen Streifenwagen zu schicken.

Ich verkürzte mir die Wartezeit mit einer Zigarette.

Im Innern des Mustang fluchten die Burschen um die Wette.

»Seid ruhig, sonst lege ich euch auf die Straße, und das ist verdammt blamabel«, drohte ich.

Meine Worte hatten Erfolg.

Ich hatte die Zigarette noch nicht zu Ende geraucht, da tauchte der Streifenwagen auf.

Als die beiden Cops sahen, wen ich da kassiert hatte, strahlten sie.

»Ein guter Fang, Sir. Diese drei Burschen haben doch fast einen ganzen Straßenzug terrorisiert. Na, die werden vorerst nur gesiebte Luft atmen.«

Wie Heringe zogen die Beamten die Halbstarken aus dem Mustang.

Ich zeigte meine Lizenz und fragte: »Muß ich sofort zum Protokoll?«

Der Cop winkte ab. »Sie können auch später kommen.«

»Wunderbar! Ich hab's nämlich eilig.«

Ich setzte mich in meinen Mustang und fuhr zum FBI-Building.

Den Weg zu Tom Harris' Büro kannte ich im Schlaf.

Mit einem »Grüße dich, alte Schlafmütze!« riß ich die Tür auf, um fast vor Überraschung rückwärts wieder hinauszugehen.

Wer saß auf Toms Besucherstuhl im grellen Minikleid und roter Perücke?

Susan Taylor.

»Ich denke, du schaffst an«, grinste ich.

»Putz dir die Füße ab, komm rein, mach die Tür zu und red nicht solch einen Quatsch«, konterte Susan und lachte dann freundlich.

Tom zauberte sofort die Flasche mit der goldbraunen Flüssigkeit aus dem Schreibtisch, dazu drei Gläser und sagte: »Das muß mit einem Gläschen Old Smuggler gefeiert werden. So jung kommen wir nicht mehr zusammen.«

Ehrlich gesagt, ich mußte meinem Freund recht geben.

Nachdem wir unsere Kehlen angefeuchtet hatten, setzte ich mich auf die Schreibtischkante.

»Dann erzähl mal!« forderte ich meine Partnerin auf.

Susan schlug die atemberaubend gewachsenen Beine übereinander und legte los. Zum Schluß sagte sie: »Diesmal hatten wir Pech. Der Typ in dem Cadillac ist bei uns nicht registriert.«

»Da kann man nichts machen«, erwiderte ich. »Tom, wie sieht es denn mit der Untersuchung des Ford aus?«

»Gedulde dich einen Moment, großer Meister. Ich erwarte jeden Augenblick den ersten Bericht. Erzähl lieber, wie es dir ergangen ist.«

Als ich den Schönen Harry erwähnte, lachte Tom auf. »Ist der immer noch im Geschäft?«

»Wieso, kennst du ihn?«

»Aber sicher! Vor Jahren, als ich noch bei der City Police war, hatten wir schon mal mit ihm zu tun. Aber erzähl weiter!«

Was ich auch tat.

»Riskante Sache, sich mit dem Zuhälter in seiner Wohnung zu treffen«, meinte Tom, als ich meinen Bericht beendet hatte.

»Das finde ich auch«, stimmte Susan ihm zu.

»Was ihr immer habt!« winkte ich ab. »Begreift doch, diese Chance bietet sich uns nur einmal.«

»Sicher«, gab Tom Harris zu, »aber meinst du, der Rumäne würde nichts davon erfahren? Die Kassierer haben dich mit dem Schönen Harry zusammen gesehen.«

»Und die werden nichts Eiligeres zu tun haben, als sich bei ihrem Boß einzuschmieren«, vollendete Susan den Satz. »Ein anderer Vorschlag: Hol den Schönen Harry hierher ins Distriktgebäude.«

»Der singt bei uns nicht«, nahm Tom meiner Partnerin den Wind aus den Segeln. »Dafür kenne ich ihn zu gut.«

»Tom hat recht, Susan. Ich konnte ihn nur mit Dollars locken.«

»Wie viele dann?« wollte Susan wissen.

Ich zuckte mit den Schultern. »Über eine genaue Summe haben wir uns nicht geeinigt. Du kannst es drehen und wenden. Ich muß da heute abend hin.«

»Aber mit Rückendeckung«, sagte Tom.

»Meinetwegen«, gab ich nach. »Doch in die Wohnung geh' ich allein.«

Das Telefon auf Toms Schreibtisch klingelte.

Tom hob ab und hörte einige Minuten konzentriert zu. Ich sah, wie sich sein Gesicht aufhellte.

»Was gibt's?« erkundigte sich Susan gespannt.

»Neuigkeiten«, lächelte Tom Harris. »Hört zu! Man hat in dem Ford Prints gefunden, Abdrücke von einem Mann, der bei uns registriert ist. Er heißt Clem Bowler und trägt den Spitznamen Frankenstein. Wegen seines Aussehens. Dieser Bowler hat schon fünf Jahre wegen Raubüberfall gesessen.«

»Augenblick, Tom«, schaltete Susan sich ein. »Frankenstein nennen sie ihn? Ich erinnere mich. Als ich in dem Wagen lag, sagte der Fahrer zu dem Mann, der mich bewachte: ›Wenn sie dein Gesicht sieht, fällt sie gleich in Ohnmacht‹ oder so ähnlich. Damit kann doch gut und gern dieser Frankenstein gemeint sein.«

»Das ist drin«, stimmten wir zu.

»Das beste kommt ja noch«, sagte Tom Harris. »Susan hat sich die Nummer des Cadillac gemerkt. Und wißt ihr, wem der Wagen gehört? Dem gleichen Mann, der auch den Ford sein eigen nennt. Einem gewissen Pullicino. Und dieser Pullicino ist Besitzer oder Pächter, genau ließ sich das nicht feststellen, der halbseidenen Farina Bar.«

»Das ist allerhand«, mußte ich ehrlich zugeben. »Pullicino. Nie gehört den Namen. Du, Susan?«

»Ich auch nicht.«

»Die Bar liegt übrigens in der Bleeker Street. Auch im Schlachthofviertel.«

»Gerade die richtige Umgebung für mich«, meinte Susan. »Ich werde heute abend, wenn du dich mit dem Schönen Harry triffst, Cliff, dort auf Kundenfang gehen.«

Damit war ich wieder nicht einverstanden. Aber Sie wissen ja, Susan etwas auszureden, ist fast unmöglich.

Nach fünf Minuten fruchtloser Streiterei stellte Tom Harris dann fest: »Es bleibt also dabei.«

»Ja«, stimmte ich zähneknirschend zu.

Pullicino selbst nahm Marcel in die Mangel. Er sagte ihm alles dreimal, was er tun sollte.

Zuletzt sagte der Gangster: »Wenn du Corner erledigst, Marcel, gibt es zehn Riesen. Wenn nicht, ein kostenloses Grab in Michigan. Haben wir uns verstanden?«

Marcel konnte nur krampfhaft nicken. Schließlich sollte dies sein erster Mord werden ...

In der Parrish Street gleichen sich die Häuser wie ein Ei dem anderen. Fünfstöckig, aus rotem Backstein gebaut, kleben sie aneinander. Die flachen Dächer ziert ein Heer von Fernsehantennen.

Die Menschen, die hier wohnen, sind zumeist Arbeiter, die ihr Geld hart in den Stock Yards verdienen müssen. An den Straßenrändern parken überwiegend Wagen der sechziger Jahre.

Ich wunderte mich nur, daß der Schöne Harry sich nicht in ein eleganteres Wohnviertel verzogen hatte. Aber das war nicht mein Bier.

Entgegen unserer Abmachung war ich ziemlich früh da. Der Grund? Ich traute dem Braten nicht. Nur ein Beispiel: Warum sollte ich den Zuhälter über die Feuerleiter besuchen kommen?

Es dämmerte bereits. Die alten Gaslaternen brannten. Sie verbreiteten ein trübes Licht.

Ich wechselte die Straßenseite. Harrys Wohnung gegenüber quetschte ich mich in einen Hauseingang.

Während mir eine Camel die Zeit vertrieb, beobachtete ich die Straße. Obwohl ich in dem Fach nicht gerade ein Anfänger war, konnte ich nichts Außergewöhnliches entdecken. Es herrschte normaler Feierabendbetrieb. Ein paar Halbwüchsige lungerten auf dem Bürgersteig herum und versuchten, sich die Zeit totzuschlagen. Aus den fast quadratischen Fenstern der Häuser glomm fahles, bläuliches Licht. Ein Beweis dafür, daß die Fernsehapparate liefen.

Hinter mir wurde die Haustür aufgerissen. Ein Paar Arme, die einen Wassereimer hielten, gerieten in mein Blickfeld. Ich machte mich platt. Schon zischte die Flüssigkeit haarscharf an mir vorbei nach draußen.

»Stell dich demnächst woanders hin«, knurrte eine Stimme. Knallend schlug die Tür zu.

Freundliche Zeitgenossen wohnten hier.

Wo denn die G-men steckten, fragen Sie? Nirgends. Sie sollten erst nach einem bestimmten Zeitpunkt eingreifen. Das hatte ich noch ausgehandelt.

Mittlerweile war es dunkel geworden.

Ich löste mich aus meiner Deckung und ging über die Straße auf das Haus zu, in dem der Schöne Harry wohnte. Ich wußte leider nicht, in welchem Stock, entdeckte auch kein Klingelbrett, dafür stand aber die Haustür offen. Immerhin etwas.

Links an der Flurwand befand sich der grün leuchtende Knipser des Lichtschalters.

Ich betätigte ihn.

In der miesen Beleuchtung sah ich eine Holztreppe, die nach oben führte.

Ich ging ein Stück in den muffigen Flur und blieb vor einer Wohnungstür stehen. Ich wollte nach Harry fragen.

In diesem Augenblick hörte ich auf der Treppe schnelle Schritte. Jemand kam herunter.

Dieser Jemand war ein Girl, kaum sechzehn, mit großem Busen und provozierendem Gang.

Ich erkundigte mich bei ihr nach dem Schönen Harry.

»Der wohnt ganz oben«, quetschte das Girl hervor, »aber wenn Sie jemanden fürs Bett brauchen, ich mach's billiger als Harrys eingebildete Schnepfen.«

»Schade. Im Moment habe ich keine Zeit. Vielleicht später«, tröstete ich sie.

»Selbst schuld, Mister. Ehrlich«, antwortete die Halbzarte, zuckte mit den Schultern und ging nach draußen. Ich steuerte die Hoftür am Ende des Flurs an.

Prompt schaltete sich das Flurlicht aus.

Ich wollte nicht mehr zum Schalter zurück, holte meine Kugelschreiberleuchte hervor und ließ sie aufblitzen.

Die Hoftür stand einen Spalt breit offen.

Mit dem Fuß stieß ich sie ganz auf. Das Quietschen zerrte an meinen Nerven.

In dem Hinterhof war es dunkel wir im Pferdebauch. Das Licht aus den Fenstern an der Rückseite der Häuser reichte nicht aus, um den kleinen Hof zu erhellen. Fauliger Gestank kitzelte meine Nase.

Der Strahl meiner kleinen Lampe tastete sich an der Hauswand hoch und blieb an dem unteren Teil der Feuerleiter hängen.

Nee, da würde ich freiwillig nicht hochklettern. Die Feuerleiter schwang lose in der Verankerung und wurde meines Erachtens nur durch Rost zusammengehalten.

Also wieder zurück.

Ich knipste zum zweitenmal das Flurlicht an. Dann kletterte ich die Treppe hoch.

Die Stufen ächzten unter meinen Tritten wie die Bananenstaudenschlepper auf dem Großmarkt. Die Geräuschskala, die ich aus den Wohnungen vernahm, reichte vom Schreien bis zum Stöhnen.

Je höher ich kam, desto trüber wurde das Licht. In den oberen Fluren gab es überhaupt keine Lampen.

Schließlich erlosch auch die Totenbeleuchtung im Erdgeschoß. Ich stand gerade in der vierten Etage und mußte wieder meine kleine Leuchte aktivieren. Noch zwei Treppen, dann hatte ich es geschafft.

In der fünften Etage gab es, genau wie in den anderen, drei Türen. Aber welche gehörte zu Harrys Wohnung?

Schräg hinter mir ging knarrend eine Tür auf. »Bist du es, Bill?« hörte ich eine Frauenstimme.

»Nee, der Milchmann«, gab ich bissig zurück.

Ein Seemannsfluch war die Antwort.

In dieser Bude wohnte Harry bestimmt nicht.

Um es kurz zu machen: Der Schöne Harry hatte mich wohl gehört.

»Komm rein, Corner«, flüsterte er und hielt mir seine Wohnungstür offen.

Gespannt betrat ich seine Bude.

Er hielt auch nicht viel von Beleuchtung. In der muffigen Diele war es fast stockdunkel. Nur aus einem Zimmer drang schwacher Lichtschein.

»Warum bist du nicht über die Feuerleiter gekommen, Corner?«

»Weil ich nicht lebensmüde bin.«

Der Schöne Harry führte mich in den Livingroom. Er war bescheiden eingerichtet. Auf Komfort schien der Zuhälter nicht viel Wert zu legen. Eine Stehlampe mit verstaubtem Pergamentschirm verbreitete trübes Licht.

Harry deutete auf einen abgeschabten Sessel. »Setz dich, Corner.«

Ich nahm an. Vor mir auf dem runden Tisch stand eine Flasche Wodka. Fast halb leer.

»Auch einen Schluck?« fragte der Zuhälter.

Ich schüttelte den Kopf.

»Dann trink' ich eben alleine.«

Der Einfachheit halber setzte Harry die Flasche an den Mund. Gluckernd rann das scharfe Getränk in seinen Hals.

»Wie viele Mücken hast du mitgebracht, Corner?«

»Moment!« dämpfte ich seinen Eifer. »Fragen wir lieber, an wie viele hattest du gedacht?«

Der Schöne Harry holte mit zitternden Fingern eine Zigarette aus der Packung.

Ich gab ihm Feuer und steckte mich gleich auch eine an.

»Zehntausend«, sagte Harry, während er den Rauch durch die Nase ausstieß.

»Bescheiden bist du gar nicht, was?« Mir hatte es bei dieser Forderung fast die Sprache verschlagen.

»Das sind meine Auskünfte schließlich wert.«

»Wenn ich sie nur schon hätte und wär' damit weg! Ich mache dir einen anderen Vorschlag, Harry. Du sagst, was du weißt, und dann sprechen wir über den Preis.«

Der Schöne Harry schüttelte den Kopf. »Nichts zu machen, Corner. Erst die Mücken.«

»Nun gut. Wie du willst.« Ich griff langsam in meine Innentasche. Dabei beobachtete ich Harry aus den Augenwinkeln. Mir entging nicht, daß er immer nervöser wurde. Sollte er vielleicht ein falsches Spiel treiben? Ich legte einen Blankoscheck auf den Tisch.

»Zehntausend, sagtest du, Harry?«

Der Zuhälter fuhr hoch. »Das war nicht abgemacht, Corner. Ich will bares Geld sehen. Und nicht solch ein Scheißpapier.«
»Was regst du dich denn auf, Harry? Glaubst du, ich gehe mit einer großen Summe Geld in diese Gegend? Zu deiner Information: Von Bargeld war nie die Rede.«

Der schöne Harry leckte sich die Lippen. Seine Augen wieselten hin und her. Er krampfte die Hände zusammen.

Vorsicht, schrillte es in meinem Hirn.

Leider zu spät.

Die Stimme hinter meinem Rücken klang eiskalt. »Wenn du dich bewegst, Corner, schieß' ich dir deinen Schädel kaputt. Was ich in der Hand halte, ist eine Maschinenpistole.«

Ich glaubte dem Unbekannten aufs Wort.

Um diese Zeit konnte man die Gäste in der Farina Bar noch an der Hand abzählen.

Ein Fünf-Mann-Combo stimmte laut ihre Instrumente, die

leicht beschürzten Animierdamen standen herum und beobachteten mit giftigen Blicken Susan Taylor, die an der langen Bar saß und einen Cocktail schlürfte.

Der Mixer sortierte Eisstücke. Manchmal gähnte er ungeniert.

Die Einrichtung der Bar war ziemlich billig. Stühle und Hocker, bezogen mit imitiertem Leder, sollten wohl erotische Gefühle aufkommen lassen, die bestimmt wieder vergehen würden, verglich man die Preise auf der Karte.

Susan wußte, sie hockte quasi auf einem Pulverfaß. Würde Pullicino sie erkennen, konnte sie getrost ihr Testament machen. Dagegen sprach allerdings ihre Aufmachung.

Rote Perücke, giftgrünes Minikleid und gelbe Kniestrümpfe. Außerdem vertraute meine Partnerin einfach auf ihr Glück.

Der Mixer hatte seine Arbeit beendet. Er gesellte sich zu Susan.

»Bist neu hier, was?«

»Ja.«

»Wartest du auf Kunden?«

»Dämliche Frage. Denkst du, auf die Heilsarmee?«

Der nicht mehr taufrische Mixer wurde sauer. »Riskier nur nicht eine so große Schnauze. Sonst wird sie dir ganz schnell gestopft.«

»Von dir Hänfling etwa?« spottete Susan.

Der Mixer zog verächtlich die Mundwinkel herab. »Ich mach' mir an 'ner Nutte die Finger nicht dreckig. Für solche Sachen haben wir Spezialisten.«

»Die Nutte will ich überhört haben, du Affe«, konterte Susan. »Wenn du jemandem Angst machen willst, geh in den Kindergarten.«

Der Mixer sah Susan aus seinen rotumränderten Augen an. »Warte nur, bis Pullicino kommt.«

»Sieh mal, wie ich zittere.«

Und Pullicino kam. Schon zwei Minuten später rauschte er in die Bar. Sein Blick erfaßte blitzschnell die anwesenden Personen und blieb auf Susan haften.

Mit den gleitenden Bewegungen eines Tigers kam er auf

Susan zu. Meiner Partnerin lief ein leichter Schauer über den Rücken.

Möglichst gleichgültig sah Susan dem Gangster entgegen.

Pullicinos Augen zogen sich zusammen. »Dich kenn' ich doch!«

Meine Partnerin zuckte mit den Schultern. »Kann schon sein. Ich hatte viele Kunden.«

»So mein' ich das nicht. Wenn mich jedoch nicht alles täuscht, hast du dich mit Marcel herumgeprügelt, oder?«

»Ach, der«, gähnte Susan, »nicht der Rede wert.«

Pullicino faßte Susan am Arm. Hart riß er sie herum. »Marcel hat mir im Wagen erzählt, du arbeitest auf eigene Rechnung«, zischte er. »So etwas gibt es bei uns nicht. Sei froh, daß ich gute Laune habe. Ich gebe dir einen guten Rat. Trink dein Gesöff aus und hau ab. Sehe ich dich noch einmal in dieser Gegend, wird deine Larve mit Salzsäure poliert.«

»Ich habe verstanden«, antwortete meine Partnerin leise.

Mit einem heftigen Ruck stieß der Gangster Susan wieder zurück.

Dann nickte er dem Mixer zu und verschwand hinter einer Tür mit der Aufschrift ›Privat‹.

Der Mixer lachte schadenfroh. »Du hast gehört, was Pullicino gesagt hat. Los, zisch ab!«

Susan Taylor ärgerte sich. Sollte ihre Aktion schon beendet sein, ehe sie überhaupt begonnen hatte?

»Übrigens kriege ich noch drei Dollar von dir«, sagte der Mann hinter der Bar.

Susan zahlte.

Und dann hatte sie Glück.

In dem Amüsierschuppen erschienen plötzlich ein gutes Dutzend lärmender Provinzler. Augenblicklich nahmen sie die lange Bar in Beschlag. Der Mixer hatte beide Hände voll zu tun, ihre Wünsche zu befriedigen. Auch das andere Personal wurde wach. Die Musiker spielten einschmeichelnde Melodien, die die Animiermädchen den Provinzlern noch versüßten. Sogar das Licht wechselte. Von normal auf rot.

Susan rutschte vom Hocker.

Ein schwitzender Kerl mit Glatze griff nach ihr. »Bleib hier, Puppe. Der Vater ist heute großzügig.«

»Gib das Geld deiner Mama«, zischte Susan und wand sich unter seinem Griff weg.

Sie interessierte die Tür, hinter der Pullicino verschwunden war.

Ein schneller Blick zu dem Mixer zeigte ihr, daß er sie nicht weiter beobachtete, und auch andere kümmerten sich nicht um sie.

Susan nahm die Gelegenheit wahr.

Zum Glück war die Tür nicht verschlossen.

Susan gelangte in einen schmalen, weißgetünchten Gang mit mäßiger Beleuchtung, an dessen Ende eine Treppe nach oben führte.

Susan huschte auf die Treppe zu. Vorsichtig stieg sie die Steinstufen hoch.

Oben gelangte sie ebenfalls in einen Gang. Mehrere Türen zweigten zu beiden Seiten ab.

Susan lauschte.

Von der Bar her drang die Musik zu ihr hoch. Aber noch etwas anderes vernahm meine Partnerin.

Männerstimmen!

Sie klangen aus einem Zimmer an der rechten Seite.

Auf Zehenspitzen näherte sich Susan der Zimmertür. Sie legte ihr Ohr gegen das Holz. Schade. Die Männer sprachen zu leise. Es war nichts zu verstehen.

Susan überlegte.

Das Zimmer daneben. Vielleicht war die Tür offen?

Gedacht — getan.

Wieder hatte Susan mit ihrer Vermutung Glück.

Sie gelangte in einen stockdunklen Raum. Vorsichtig tastete sich Susan nach links, dort, wo sie die Querwand zum Nebenzimmer finden mußte.

Einmal stieß sie mit dem Kopf gegen etwas Weiches, das zurückschwang und wieder gegen ihre Stirn prallte.

Susans fühlende Hände identifizierten das Ding als einen Punchingball.

In dem Raum lag ein Geruch von Schweiß und Parfüm. Könnte ein privates Fitness-Zimmer sein, überlegte meine Partnerin.

Bald hatte sie die Wand erreicht. Sie war dünn und wohl nachträglich hochgezogen worden.

Susan konnte die Stimmen deutlich hören.

»Wenn Marcel es nicht schafft, diesen Corner umzulegen, bist du dran, Frankenstein«, sagte Pullicino gerade. »Nimm den Catcher mit. Ihr lauert Corner dann auf. Eine kurze MP-Garbe und weg.«

Susan Taylor vereiste. Das Treffen mit dem Schönen Harry war eine Falle. Sie hatte es geahnt.

Ich muß Cliff warnen, unbedingt.

»Hau jetzt ab«, hörte Susan Pullicino sagen. »In zwei Stunden will ich von dem Fall nichts mehr hören. Der Boß ist sowieso schon sauer genug. Und nehmt den Aufzug. Der Wagen steht in der Tiefgarage.«

Die beiden Männer murmelten irgend etwas, was Susan nicht verstand. Dann knallte eine Tür.

Hatten die Kerle alle das Zimmer verlassen, oder war Pullicino noch da?

Susan überlegte. Ein Telefon! Sie mußte den FBI anrufen.

Meine Partnerin nickte entschlossen. An der Wand entlang tastete sie sich zu dem grün leuchtenden Lichtschalter.

Grelles Neonlicht flammte auf und blendete sie.

Susan Taylor befand sich tatsächlich in einem Fitness-Raum. Er war mit allen Schikanen eingerichtet. Und Susan sah das Telefon. Es stand auf einem kleinen Tischchen.

Hoffentlich hat es direkten Außenanschluß, dachte Susan. Sie hob den Hörer ab. Das Freizeichen tutete. Ein Glück!

Die Nummer des FBI kannte meine Partnerin natürlich auswendig. Sie hatte gerade die ersten beiden Zahlen gewählt, als hinter ihr eine Frauenstimme aufklang.

»Legen Sie den Hörer wieder auf, Miß, sonst sehe ich mich gezwungen, abzudrücken.«

Susan gehorchte. Sie hatte auf einmal ein verdammt flaues Gefühl im Magen.

Langsam drehte sie sich um.

Im Zimmer stand eine Frau. Blond, mit großer Oberweite und Puppengesicht. Doch das war nicht weiter tragisch. Erst die Pistole in ihrer Rechten machte diesen Vamp gefährlich.

»Wie gut, daß die Türen geölt sind«, lächelte die Unbekannte kalt. »Ich möchte doch meinen, Sie bezahlen das Gespräch, Miß. Vielleicht sogar mit Ihrem Leben.«

Ich blickte den Schönen Harry an. »Du hast mich reingelegt!«

Harry rutschte unbehaglich auf seinem Hinterteil. »Ich bin gezwungen worden, Corner. Glaub mir.«

Der MPi-Schütze hinter meinem Rücken tippte mich mit der Waffe an. »Ist doch egal, Corner, ob er dich reingelegt hat. Ich werde dich nicht nur rein-, sondern auch umlegen.«

Der Schöne Harry sprang auf. »Aber nicht hier!«

»Natürlich hier. Wo sonst?«

»Dein Problem, Marcel.«

Ich hörte mir den Disput an und wandte langsam den Kopf. Ich kannte den Mann mit der Maschinenpistole nicht. Er war ein Typ mit schwarzen Haaren und flacher Nase. Auf seiner hohen Stirn glitzerten Schweißperlen. Der Bursche war nervös, und das machte ihn gefährlich.

Ich drückte die Zigarette aus. »Ist das dein erster Mord?«

»Wieso? Was soll das heißen?«

»Nun, ich könnte mir denken, du bist nervös. Ist ja auch was anderes, ob man wegen Zuhälterei geschnappt wird oder wegen Mord.«

»Halt die Schnauze!« brüllte er. Seine Finger krampften sich um den Abzug. Er stand dicht vor einer Panikreaktion.

»Ich hab' dir doch gesagt, Marcel, nicht hier!« keifte Harry. »Geh meinetwegen auf den Boden.«

Marcel überlegte. »Okay, Corner«, sagte er dann, »ich gebe dir noch eine Galgenfrist. Wir gehen hoch. Aber versuch ja keine Tricks.«

Ich schraubte mich langsam aus dem Sessel. Marcel ging einige Schritte rückwärts. Er leckte sich dauernd über die Lippen. Keine Nerven, der Mann. Sogar meine Waffe besaß ich noch.

»Geh schön vor«, flüsterte Marcel.

Ich hob die Hände in Schulterhöhe.

»Okay, okay.«

Ich trat auf den Flur.

Wie ich schon erwähnte, gab es hier kein Licht. Noch konnte der Killer meinen Körper als Schattenriß erkennen.

»Wo ist der Lichtschalter?« fuhr Marcel den Schönen Harry an.

»Wir haben kein Licht.«

»Verdammt! Das hat Corner gewußt.« Marcels Stimme überschlug sich.

Ich reagierte in Bruchteilen von Sekunden.

Mein Hechtsprung in den Korridor war zirkusreif. Gleichzeitig fuhr meine Hand zur Waffe.

Im selben Augenblick feuerte Marcel. Mündungsblitze erhellten die Dunkelheit.

Der tödliche Hagelschauer jagte über mich hinweg, fraß sich in die Flurwand, durchschlug die Türen der Nachbarwohnungen...

Ein gellender Aufschrei ließ mich zusammenzucken.

Marcel hatte einen Unschuldigen erwischt.

Ich robbte, so schnell es ging, in den toten Winkel. Ein Schuß hätte meinen Standpunkt unweigerlich verraten.

»Hör auf!« schrie der Schöne Harry in der Wohnung.

»Halt dein Maul. Ich erwisch' das Schwein noch!« brüllte Marcel zurück.

Ich schob mich an der Wand hoch, glitt näher an die offenstehende Tür.

Kampfgeräusche aus der Wohnung. Was war passiert?

Ein Schatten tauchte in der Türfüllung auf.

Ich riß meinen Revolver hoch...

Im buchstäblich letzten Augenblick erkannte ich den Mann.

Der Schöne Harry.

»Corner«, bibberte er. »Marcel steht hinter mir. Er legt mich um, wenn du nicht kommst. Du sollst die Waffe wegwerfen!«

»Genau, Corner«, bestätigte Marcel die Worte des Zuhälters. Ich atmete tief durch. Marcel war raffinierter, als ich dachte. Unbewußt ließ ich den .38er schon sinken.

»Was ist, Corner? Ich warte nicht mehr lange.« Marcels Stimme klang haßverzerrt.

»Du hast gewonnen!« krächzte ich.

»Neiiin...!« Harrys Schrei gellte durch das Treppenhaus. Panik überwältigte ihn.

Der Schöne Harry warf sich plötzlich vor.

Im selben Moment ratterte die Maschinenpistole.

Ich sah alles nur schattenhaft. Ein Teil der Kugeln traf Harry in den Hinterkopf. Mit einem grauenhaften Schrei starb der Zuhälter.

Ich sprang ein Stück in den Flur und jagte zwei Kugeln schräg in den Raum.

»Lebst du Hund immer noch?« geiferte Marcel.

Dann war Stille.

Gegenüber öffnete sich die Tür.

»Bleiben Sie in der Wohnung!« Meine Stimme klang beschwörend.

Hastig wurde die Tür zugeknallt.

Im nächsten Augenblick hetzte Marcel aus dem Zimmer.

Er wirbelte um die eigene Achse und schoß.

Ich ließ mich einfach nach hinten fallen. Heißes Blei jagte über mich hinweg, zupfte an meiner Schulter, fetzte Verputz und Mörtel aus der Wand.

Es grenzte an ein Wunder, daß er mich noch nicht getroffen hatte.

Dann schoß ich zurück. Marcel bot ein gutes Ziel.

Und ich traf.

»Ahhh...« Der Schrei hallte schaurig durch den Flur. Die Maschinenpistole fiel zu Boden.

»Du hast mich erwischt«, wimmerte Marcel, »du beschissener Bulle hast mich erwischt.«

Ich stand auf.

Marcel mußte wohl meinen Schatten gesehen haben. Denn plötzlich drehte er durch.

Auf dem Absatz warf er sich herum, jagte auf die Treppe zu, stolperte, fiel hin, rappelte sich auf, rannte weiter ...

Ich hinterher.

Es wurde heller. Unten hatte jemand das Licht eingeschaltet.

Marcels Vorsprung schwand.

Noch einen Treppenabsatz, dann hatte ich ihn erreicht.

»Stehenbleiben!« keuchte ich.

»Geh zur Hölle!« fluchte Marcel erstickt.

Der unterste Flur.

Menschen sahen uns entgegen. Ängstlich. Kreischend verschwanden sie in den Wohnungen.

Ich hatte Marcel erreicht. Seine linke Schulter blutete. Dort mußte ihn meine Kugel getroffen haben.

An der gesunden Schulter riß ich ihn herum.

Noch im Lauf schoß ich einen rechten Haken ab. Er trieb Marcel die Luft aus den Lungen. Dann packte ich meine Waffe, wollte Marcel mit einem Schlag gegen den Hinterkopf außer Gefecht setzen ...

In diesem Augenblick verlosch das Licht.

Ich konnte den Schlag nicht mehr bremsen — und schlug daneben.

Marcel mußte sich instinktiv abgeduckt haben.

Durch den eigenen Schwung wurde ich nach vorn gerissen.

Marcel nützte die Chance.

Mit zwei verzweifelten Sprüngen erreichte er die Haustür und riß sie auf.

Ich jagte ihm nach. Neugierige standen auf dem Bürgersteig. Schreiend stoben sie auseinander, als sie uns sahen.

Marcel hatte schon die Mitte der Straße erreicht ...

Zwei Scheinwerfer flammten auf. Die gleißenden Lichtstrahlen fraßen sich an Marcel fest.

Ich wollte noch eine Warnung rufen.

Zu spät.

Eine Tommy Gun hämmerte los. Mit tödlicher Genauigkeit raste die Salve auf Marcel zu ...

Ein Motor heulte auf. Die Scheinwerfer schwenkten in meine Richtung, wurden größer, heller ...

Der Wagen kam auf mich zu...

Und die Insassen waren, das wußte ich, Profis. Keine nervösen, verzweifelten Kleinstadtgangster wie Marcel und Konsorten, sondern eiskalte Killer...

Susan Taylor behielt die Nerven.

»Was soll der Unsinn mit der Pistole?« fragte sie scharf. »Ist es noch nicht einmal erlaubt zu telefonieren?«

Die Blonde lachte auf. Langsam kam sie näher. »Telefonieren ist gut, wirklich. Um Ausreden sind Sie wohl nie verlegen. Also los, was wollten Sie hier?«

Susan verdrehte in gespielter Verzweiflung die Augen. »Seien Sie doch nicht so stur! Ich wollte wirklich nur telefonieren. Oder hätte ich den Hörer aufessen sollen?«

Die Blonde schüttelte den Kopf. »Mich legen Sie nicht rein! Schnüffeln wollten Sie. Anrufen hätten Sie auch unten in der Bar können.«

»Dort war der Apparat besetzt, schöne Unbekannte.«

»Um Ausreden sind Sie wirklich nicht verlegen. Wie sind Sie überhaupt hier in diesen Raum gekommen?«

Susan wollte sagen: durch die Tür, aber sie verkniff sich die Bemerkung. Statt dessen antwortete sie: »Nachdem der Klingelkasten unten laufend besetzt war, wollte ich erst noch zur Toilette gehen und landete schließlich hier. Das Telefon kam mir natürlich wie gerufen.«

»Hören Sie auf mit der Lügerei!« sagte die Unbekannte. »Sie werden doch wohl noch eine Toilettentür erkennen können. Aber diese Märchen können Sie dem Rumänen erzählen. Er hört so was gern, wissen Sie.«

»Der Rumäne?« echote Susan. »Wer ist denn das?«

Die Blonde sah Susan skeptisch an. »Entweder sind Sie 'ne harmlose Irre oder ein ganz durchtriebenes Luder. Das wird sich ja schnell zeigen. Kommen Sie jetzt!«

Susan schluckte. Verflixt, sie durfte keine Zeit verlieren. Zuviel stand auf dem Spiel. Und hatte der Rumäne sie erst einmal in den Klauen, gab es sowieso kein Entkommen. Zum zweitenmal würde er bestimmt besser aufpassen. Es mußte Susan gelingen, ihre Gegnerin zu überwältigen.

»Na gut«, nickte meine Partnerin forsch und setzte sich in Bewegung.

Daß die Blonde keine Routine besaß, merkte Susan daran, wie sie die Pistole hielt. Der Lauf zeigte an meiner Partnerin vorbei.

Susan hatte sich der Frau schon bis auf einen Yard genähert. Die richtige Entfernung für einen Überraschungsangriff.

Susans linker Arm schnellte plötzlich vor.

Ihre Handkante fegte der Blonden die Waffe aus den Händen. Wie eine Feder wurde das Schießeisen durch die Luft gewirbelt.

Die Unbekannte stieß einen spitzen Schrei aus, um aber sofort wieder zu verstummen, als Susan sie mit einem zweiten Karateschlag traf.

Meine Partnerin fing die bewußtlose Frau auf und schleifte sie in eine Ecke.

Anschließend lauschte Susan einen Moment, ob der Schrei wohl irgendwo gehört worden war. Aber nichts geschah.

Susan packte die Pistole der Blonden, die auf einem kleinen Teppich gelandet war.

Susan Taylor besaß sogar noch die Nerven, ihre unterbrochene Arbeit fortzusetzen. Sie rief den FBI an.

Susan erklärte kurz die Lage und sagte zum Abschluß: »Ja, Sie haben richtig verstanden. Parrish Street. Aber beeilen Sie sich!«

Danach huschte meine Partnerin zur Tür.

Ein Blick in den Flur zeigte ihr, daß die Luft rein war.

Über die Treppe schlich Susan wieder nach unten. Bevor meine Partnerin die Bar betrat, überlegte sie, ob sie nicht lieber einen Hinterausgang benutzen sollte. Nein, es zählte jede Sekunde.

In der Bar herrschte Jubel, Trubel, Heiterkeit.

Susan Taylor quetschte sich durch die schwitzenden Menschen in Richtung Ausgang — und wäre am liebsten wieder umgekehrt.

An der Garderobe lehnte Pullicino, unterhielt sich mit einem Girl und rauchte.

Als er Susan sah, warf er die Zigarette wütend zu Boden. »Du Miststück bist ja immer noch da!« zischte er.

Hastig setzte er sich in Bewegung.

Susan wußte, was kommen würde.

Pullicino holte aus, um meiner Partnerin die flache Hand ins Gesicht zu schlagen.

Doch er kannte die SGS-Agentin Susan Taylor nicht.

Sein rechter Arm schien plötzlich in einem Schraubstock zu klemmen, eine Drehung, ein kurzer Ruck, Tritt gegen die Kniekehlen, und der große Pullicino lag wie ein Häufchen Elend auf dem Boden.

»Empfehle mich«, grinste Susan, kniff der erstaunten Garderobenelfe ein Auge zu und verschwand nach draußen.

Ihr Sunbeam Alpine parkte zwei Querstraßen weiter unter einer Straßenlaterne.

Susan warf sich in den kleinen Flitzer und startete mit kreischenden Reifen.

Hoffentlich komme ich noch rechtzeitig, dachte sie immer wieder. Hoffentlich . . .

Der Rumäne entdeckte die bewußtlose Nadia Gray als erster.

»Verdammt!« fluchte er laut und trat dem Girl brutal in die Seite.

Nadia rührte sich nicht.

Der Rumäne rannte aus dem Raum und holte ein Glas Wasser. Mit einem Ruck schüttete er die Flüssigkeit seiner Geliebten ins Gesicht.

Das kalte Wasser machte Nadia munter.

»Oh«, stöhnte sie, »mein Hals!«

»Mich interessiert dein blöder Hals nicht!« schrie der Gangsterboß. »Mach dein Maul auf! Was war los?«

Nadia Gray rappelte sich auf. »Diese Frau mit den roten Haaren. Ich habe sie beim Telefonieren überrascht. Wollte sie zu dir bringen . . .«

Das Girl stockte.

»Weiter, weiter!« drängte der Rumäne.

»Sie — hat mich geschafft. Ich konnte nichts daran ändern. Sie war einfach schneller.«

»Und deine Kanone?«

»Hat sie mir aus der Hand geschlagen.«

Der Rumäne faßte sich an die Stirn. »Du bist doch ein selten blödes Stück. Kennst du die Puppe wenigstens?«

»Nie gesehen.«

»Das hatte ich mir schon gedacht.«

Der Gangster überlegte. Eine Frau hatte Nadia überwältigt. Dazu gehörten Nerven und Können. Susan Taylor, sie besaß beides.

»Weißt du wenigstens, mit wem sie telefonieren wollte?«

»Das habe ich sie nicht gefragt. Ich wollte sie ja zu dir bringen«, jammerte Nadia. »Außerdem...«

Der Rumäne schnitt ihr mit einer Handbewegung das Wort ab. In Gedanken sponn er den Faden weiter. Warum wollte die Taylor anrufen? Hatte sie etwas entdeckt oder gelauscht? Siedend heiß fielen dem Gangster die dünnen Wände im Haus ein. Im Nebenzimmer hatten sie sich unterhalten, Lagebesprechung gehalten. Er war zwar nicht dabeigewesen, aber Pullicino.

Der Rumäne hatte kaum zu Ende gedacht, als auf dem Flur Schritte aufklangen.

Der Gangsterboß huschte zur Tür. Gleichzeitig zog er seine Luger, die er jedoch schnell wieder einsteckte, als er Pullicino erkannte.

»Nervös, Boß?« grinste dieser säuerlich.

»Ja.«

»Warum?«

»Werde ich dir gleich sagen. Komm rein!«

Pullicino begrüßte Nadia Gray mit einem Kopfnicken. »Schieß los, Boß«, forderte er. Er war der einzige, der so mit dem Rumänen reden konnte.

Der Gangsterboß berichtete mit knappen Worten. Pullicino wurde immer blasser.

»Was ist mit dir?« fuhr ihn der Rumäne an.

Pullicino schluckte. »Nadia ist nicht die einzige, die sich hat reinlegen lassen.«

Der Rumäne ruckte herum. »Was meinst du damit?« fragte er gefährlich ruhig.

Jetzt erzählte Pullicino.

Nach seinen Worten war es einen Moment totenstill.

Dann bekam der Rumäne einen Wutanfall. Er titulierte Nadia Gray und Pullicino mit Ausdrücken, die einem alten Seefahrer den Abend versüßt hätten.

Aber auch der Anfall ging vorüber. Der Rumäne winkte Pullicino zu. »Mitkommen!«

Die beiden Männer gingen in das Allerheiligste des Gangsterbosses.

»Was sollen wir machen?« fragte Pullicino. »Das war bestimmt die Taylor, die uns reingelegt hat.«

»Weiß ich selbst«, knurrte der Rumäne. »Wir verschwinden.«

»Einfach so?« Pullicino war wirklich erstaunt.

»Genau!« Der Rumäne grinste. »Die anderen werden bestimmt von den Bullen aufgerieben.«

Während dieser Worte schob er ein Bild zur Seite, hinter dem sich ein Safe befand. Er stellte die Kombination ein, zog die Tür auf, ließ sich von Pullicino eine Tasche bringen und packte alles erreichbare Bargeld nebst wichtigen Unterlagen in die Tasche. »Damit kommen wir erst mal über die Runden«, grinste der Gangsterboß.

Pullicino nickte. »Gut, daß wir vorgesorgt haben! Andere Frage: Was geschieht mit Nadia?«

Der Rumäne sah Pullicino erstaunt an. »Da fragst du noch? Die Alte ist unnötiger Ballast. Leg sie um!«

»Sofort?«

»Sicher!«

Pullicino nickte gleichgültig und verschwand nach draußen.

Eine Minute später hörte der Rumäne einen verzweifelten Frauenschrei. Es berührte ihn überhaupt nicht. Und wiederum nur ein paar Sekunden später peitschten zwei Schüsse.

Als Pullicino zurückkam, grinste er kalt. »Alles erledigt, Boß.«

Ich tat das einzig Richtige.

Mit einem gewaltigen Satz warf ich mich rückwärts in den Hausflur, knallte mit dem Kopf irgendwo gegen und war für einen Moment geistig weggetreten.

Bremsen kreischten.

Das Geräusch riß mich wieder in die Wirklichkeit.

Grell leuchteten die Scheinwerfer des Killerwagens in den Flur. Demnach mußten die Gangster auf den Bürgersteig oder zumindest an dessen Rand gefahren sein.

Autotüren knallten. Ich ging in die Hocke, zielte, so gut es bei dem grellen Licht ging, und schoß dreimal. Ein Scheinwerfer zerplatzte mit lautem Knall. Im Hausflur wurde es dunkler.

Schatten tauchten auf. Die Killer.

Wieder schoß ich. Daneben.

Jemand fluchte gemein.

Und dann ratterte eine Bleiorgel. Breitbeinig stand der Schütze in dem Türausschnitt.

Und ich?

Wie ein Irrer robbte ich zur nächsten Wohnungstür und warf mich in den toten Winkel.

»Wir haben ihn!« grölte der MPi-Held.

Hastige Schritte.

Ich schob den Revolverlauf um die Ecke, peilte mit einem halben Auge in den Flur und drückte ab. Die Antwort bestand aus einem Bleihagel. Die Geschosse zerfetzten die Türfüllung. Holzsplitter ritzten mir die Wange auf. Jede Sekunde mußte ich von Kugeln durchsiebt werden.

Plötzlich schrie der MPi-Schütze gellend auf. Ich hörte, wie seine Waffe zu Boden fiel.

Weitere Pistolenschüsse fielen. Dann wieder das nervenzerfetzende Tackern der Maschinenpistole. Doch die Salve galt nicht mir.

Polizeisirenen heulten.

»Weg!« brüllte einer der Gangster.

Die Kerle überschlugen sich fast. Wäre ich von ihrer Sorte gewesen, hätte ich einen von ihnen zumindest in den Rücken schießen können.

Ein Motor brummte auf. Dann fielen noch mal zwei Pistolenschüsse.

Die Sirenen kamen näher, wurden lauter.

Ich traute mich wieder aus meiner dürftigen Deckung. Hinter mir ging die Wohnungstür auf. Eine ältere Frau blickte mich ängstlich an.

»Ist Ihnen etwas passiert?« erkundigte ich mich.

Kopfschütteln.

Das Gesicht verschwand.

Ich lud erst mal meine Waffe nach.

Schon im Flur lief sie mir entgegen.

Na, wer wohl? Susan Taylor natürlich!

»Cliff!« Dieses Wort besagte wieder alles.

»Habe ich dir die unerwartete Hilfestellung zu verdanken?« fragte ich.

»Sicher, Großer. Ich kann dich so schlecht unbeaufsichtigt lassen. Außerdem habe ich den FBI angerufen. So, und jetzt halt mal still!«

Mit einem Taschentuch wischte mir Susan das Blut aus dem Gesicht. Sogar einzelne Holzsplitter zog sie mir aus der Wange.

»Wir müssen weiter, Mädchen«, drängte ich. »Krankenschwester kannst du später spielen.«

Die ersten Cops tauchten auf. Gleichzeitig mit den G-men. Mr. Grant und Tom Harris befanden sich unter den FBI-Beamten.

Mit drei, vier Sätzen erklärte ich die Lage. »Deshalb«, sagte ich zum Schluß, »gibt es für mich keine andere Lösung. Die Farina Bar ist das Hauptquartier der Bande.«

Mr. Grant, der FBI-Chef, sah mich besorgt an. »Sie fahren nicht allein, Cliff. Ich werde Ihnen einige Beamte mitgeben.«

Wir rannten nach draußen. Susan hielt sich dicht an meiner Seite.

»Wir nehmen den Sunbeam, Cliff.«

Während ich mich in den Flitzer zwängte, erkannte ich auf der Straße den toten Marcel. Die Maschinenpistole lag neben ihm. Er hatte sie nicht mehr einsetzen können. Mich wunderte es nur, daß er die Waffe, trotz der Jagd durch das Treppenhaus, noch in der Hand behalten hatte.

Ich gab Gas. Immer mehr Patrolcars rasten in die Parrish Street. Es würde eine lange Nacht geben. Mit Razzien und allem, was dazu gehört.

Hinter uns starteten die Fahrzeuge des FBI.

Normalerweise würde Susan sagen: »Du fährst wie ein Gehirnamputierter«, doch in diesem Fall mußte ich so handeln. Wir hatten die einmalige Chance, endlich den Rumänen zu fangen.

Dachten wir...!

Bis zur Farina Bar war es ein besserer Katzensprung.

»Verflixt, der Cadillac der Gangster ist nirgends zu sehen«, ärgerte sich Susan.

»Vielleicht da«, gab ich zurück.

Die Scheinwerfer des Sunbeam erhellten eine schmale Einfahrt, die neben der Bar lag.

Ich steuerte den Flitzer hindurch und gelangte auf den Hinterhof.

Vorn auf der Straße kreischten die Bremsen der FBI-Fahrzeuge.

»Sieh doch, Cliff, das Tor...«

Susan deutete mit der Hand auf eine hochgeklappte Garagentür.

Im Schrittempo fuhr ich in die Garage. Die Dunkelheit wurde durch kaltes Neonlicht abgelöst.

Es ging bergab. Unsere Nerven waren zum Zerreißen gespannt. Wer oder was würde uns erwarten?

»Hier war ich schon mal, Cliff. Als sie mich entführt hatten«, sagte Susan. »Wir müssen in eine Tiefgarage kommen.«

Susan behielt recht.

An der Stirnwand erkannte ich das Gestell eines Lastenaufzugs. In einer Ecke parkte der dunkle Cadillac mit laufendem Motor. Aber wo befanden sich die Gangster?

Ich stoppte.

Susan hatte die erbeutete Null-Acht weggelegt und sie mit ihrer eigenen Waffe vertauscht.

Ein Quietschen ließ uns aufhorchen. Der Aufzug!

Drei Männer gerieten in unser Blickfeld. Sie kamen von oben. Noch konnten sie uns in dem Wagen nicht sehen.

Aber ich kannte sie. Wenigstens zwei von ihnen. Einmal den dicken Catcher, und der andere, das konnte nur Frankenstein sein. Der Mann mit dem Gesicht eines Kinderschrecks. Der dritte Knabe war mir unbekannt.

Langsam schwebte uns die menschliche Fracht entgegen.

Frankenstein sah den Sunbeam zuerst.

»Scheiße!« schrie er und griff unter sein Jackett.

Fast gleichzeitig sprangen Susan und ich mit gezogenen Waffen aus dem Wagen.

»Pfoten weg!« befahl ich.

Doch Frankenstein hörte nicht.

Blitzschnell packte er den dritten, mir unbekannten Mann um die Hüfte und beförderte ihn mit einem Tritt nach unten. Schreiend landete der Kerl auf dem Kühler des Cadillac.

Wir waren für einen Moment abgelenkt.

Frankenstein nutzte das eiskalt aus. Seine Kugel zupfte mir fast die Krawatte vom Hals.

Auch der Catcher trat in Aktion. Er versuchte Susan Taylor auszuschalten. Doch meine Partnerin verstand es, sich mit zwei Schüssen Respekt zu verschaffen.

Ruckend stoppte der Aufzug.

Wir lagen längst in sicheren Deckungen. Susan hinter dem Cadillac und ich hinter dem Sunbeam.

»Gebt auf!« schrie ich. »Der ganze Bau ist von FBI-Agenten umstellt.«

»Geh zur Hölle!« fluchte Frankenstein und schoß in meine Richtung.

Ich erwiderte das Feuer.

Doch Frankenstein war schnell. Er tauchte unter und gab im selben Augenblick dem dicken Catcher einen Stoß.

Der lief genau in meine Kugel. Schreiend brach er zusammen.

Frankenstein nutzte die Gelegenheit. Wie ein Wiesel huschte er durch die Tiefgarage auf eine kleine rostfarbene Tür zu.

Aber auch Susan war schnell.

Sie schoß auf die Beine des Fliehenden. Zweimal.

Der Gangster zuckte zusammen, rannte aber weiter.

Ich hinterher.

»Kümmere du dich um die Verletzten!« rief ich Susan zu.

Frankenstein war hinter der Tür verschwunden. Sie schwang leicht hin und her.

Vorsichtig zog ich die Tür auf.

Modriger Geruch schlug mir entgegen. Eine Eisentreppe führte in die Tiefe.

Unter mir hörte ich die hallenden Schritte Frankensteins. In den Kloakenanlagen Chicagos...

Die beiden Männer lebten noch.

Der Mann auf der Kühlerhaube des Cadillac wimmerte vor sich hin. Er hatte sich irgend etwas gebrochen.

Und der Catcher? Zwei Kugeln steckten in seinem Körper. Einmal in der Hüfte — diese Wunde mußte der Mann in dem Hausflur abbekommen haben —, die zweite Kugel war ihm in die rechte Brustseite gedrungen.

Susan beugte sich über den Schwerverletzten.

»Bleiben Sie ruhig liegen«, sagte meine Partnerin. »Man wird Ihnen helfen.«

Der Catcher versuchte, den Kopf zu schütteln. Sein Atem ging stoßweise. Auf seiner Stirn lag ein dicker Schweißfilm.

»Der Rumäne und — Pullicino — sie sind weg. Einfach abgehauen — die — Schweine«, keuchte er erstickt. »Finden — Sie — die beiden.«

»Ja«, antwortete Susan. Mit ihrem Taschentuch wischte sie dem Mann den Schweiß von der Stirn.

Wenig später drangen Cops und Sanitäter in die Tiefgarage. Sie trugen die beiden Verletzten auf einer Trage zu dem großen Krankenwagen.

»Susan!« Das war Tom Harris' Stimme.

»Ja?«

»Komm, wir haben jemanden gefunden. Eine Frau. Sie ist tot.«

Susan Taylor schluckte. Dann lief sie nach draußen.

In dem durch die Scheinwerfer erhellten Hinterhof standen einige Männer um einen offenen Zinksarg, in dem die Tote lag.

Nadia Gray.

»Kennst du sie?« fragte Tom Harris.

»Ja. Sie hat mich beim Telefonieren überrascht. Wahrscheinlich die Freundin des Rumänen.«

»Ihn konnten wir nicht finden«, meinte Tom mit finsterer Miene.

»Das kann ich mir vorstellen«, erwiderte Susan. »Dieser Typ ist mit seinem Leibwächter entwischt.«

»Woher weißt du das?«

»Der schwerverletzte Catcher hat es mir gesagt.«

Tom schlug in die offene Handfläche. »Also Großfahndung. Übrigens, wo ist denn Cliff?«

Susan Taylor sah Tom Harris an. »In der Unterwelt.«

Vorsichtig stieg ich die Treppe hinab. Ich mußte aufpassen, daß ich auf den glitschigen Stufen nicht ausrutschte, denn ein Geländer gab es nicht.

Endlich hatte ich die Treppe geschafft. Ein etwa drei Yard breiter Gang lag vor mir. Er war so hoch, daß ich gerade noch aufrecht gehen konnte.

An der Decke hingen in Abständen verstaubte Neonringe, die ein spärliches Licht spendeten.

Jetzt sah ich Frankenstein. Meiner Schätzung nach hatte er etwa vierzig Yard Vorsprung.

In diesem Moment drehte sich der Gangster um. Ich stand gerade unter einer der Neonröhren, so daß ich ein verhältnismäßig gutes Ziel bot.

Frankenstein riß auch schon seine Kanone hoch.

Ich hechtete auf den dreckigen Boden. Und das in meinem drittbesten Anzug! dachte ich, als über mir die Kugel hinwegzischte.

Als ich aufblickte, rannte Frankenstein schon weiter. Sicher, ich hätte ihn mit einem gezielten Schuß erledigen können. Aber in den Rücken? Nein, nicht mein Bier!

Ich rappelte mich hoch und spurtete hinter dem Kerl her. Der Boden erinnerte mich an Schmierseife, und ich kam mehr stolpernd als laufend voran.

Plötzlich verschwand Frankenstein links um eine Ecke.

Das konnte eine Falle sein. Ich packte meine Kanone fester.

Als ich die Ecke erreicht hatte, preßte ich mich eng gegen die Wand und lauschte.

Würde Frankenstein hier auf mich lauern, oder war er weitergerannt? Die erste Möglichkeit schien mir wahrscheinlicher. Ich hatte keine weiteren Schritte gehört.

Ich machte die Probe aufs Exempel, ließ mich zu Boden fallen und lugte mit einem Auge um die Ecke.

Tatsächlich, Frankenstein hatte gewartet.

Er kauerte auf der gegenüberliegenden Seite des Gangs, die Pistole im Anschlag.

Da hatte er mich auch schon entdeckt.

Er riß den Abzug seiner Waffe durch, und zwei Geschosse pfiffen gefährlich nahe an mir vorbei. Ich gab noch einen Schnappschuß ab und zog mich schleunigst wieder hinter meine sichere Deckung zurück.

Am Trampeln der Schritte hörte ich, daß Frankenstein weiterrannte.

Ich nahm sofort die Verfolgung auf. Plötzlich stand ich vor einem querlaufenden Abwasserkanal.

Wohin hatte sich Frankenstein gewandt?

Ich schaute zuerst nach links.

Gar nicht weit von mir balancierte Frankenstein auf einem Rand, der sich zu beiden Seiten des Kanals hinzog. Der Gangster wandte mir den Rücken zu.

»Stehenbleiben, Frankenstein!« brüllte ich.

Langsam drehte sich der Kerl um. Aber dann feuerte er blitzschnell aus der Hüfte.

Ich schoß ebenfalls.

Seine Kugeln rissen neben mir den Verputz aus der Wand, richteten aber sonst keinen weiteren Schaden an. Langsam kam ich zu der Überzeugung, daß Frankenstein kein besonders guter Pistolenschütze war. Aber, verdammt noch mal, er mußte sich doch längst verschossen haben, oder aber, er hatte einige Reservemagazine mit.

Doch auch ich erzielte in dem diffusen Licht keinen Treffer, aber meine Kugel mußte ihn doch sehr abgelenkt haben, denn Frankenstein hatte Mühe, das Gleichgewicht zu halten.

Frankenstein wandte sich wieder um. Dabei rutschte er mit dem rechten Fuß ab.

Der Gangster ruderte wild mit den Armen, seine Hände konnten keinen festen Halt finden, und Frankenstein fiel in die stinkende Brühe des Abwasserkanals. Die Waffe hat er bei dieser Aktion fallen gelassen.

Ich hielt meine Zeit für gekommen.

Langsam tastete ich mich an dem schmalen Rand weiter. Immer näher kam ich dem Gangster.

Frankenstein gurgelte und spuckte. Kein schönes Gefühl, Kloakenwasser in den Mund zu bekommen.

Frankenstein sah mir haßerfüllt entgegen. Mit der linken Hand hielt er sich am Rand fest, die rechte befand sich unter Wasser.

Ich zog meine .38er. »Aus, Frankenstein! Steig aus der Brühe und komme mit!«

»Okay«, keuchte der Gangster und wollte sich hochstützen. Zu spät merkte ich seine Absicht.

Das Messer in seiner rechten Hand, die ja bisher unter Wasser gewesen war, sah ich fast zu spät.

Ich schoß instinktiv und lag schon in der stinkenden Brühe. Etwas sirrte an mir vorbei. Dann schloß sich das Wasser über mir.

Aber auch ich hatte nicht getroffen.

Als ich wieder auftauchte, sah ich Frankenstein dicht vor mir.

Ich hatte noch keinen festen Halt gefunden, als Frankenstein auch schon zustieß. Doch er rutschte auf dem glitschigen Boden aus, so daß dieser Stoß ins Leere ging.

Ich war jedoch schneller wieder fit als Frankenstein und rammte ihm die Faust gegen die Brust.

Mit einem gurgelnden Laut verschwand der Gangster in der Brühe.

Doch der Kerl war verdammt zäh.

Ich fühlte, wie plötzlich meine Beine weggerissen wurden, und ging ebenfalls auf Tauchstation.

Ich preßte meinen Mund fest zusammen, um keine Brühe zu schlucken. Dann drehte ich mich unter Wasser auf den Bauch. Leider ein Fehler.

Frankenstein warf sich auf meinen Rücken und drückte mich tiefer. Verzweifelt versuchte ich, den Kerl abzuschütteln.

Mit einer Hand umkrallte er meinen Hals. Jetzt wird er mit der anderen Hand zustoßen, schoß es mir durch den Kopf.

Noch einmal mobilisierte ich sämtliche Kraftreserven. Mit hoffentlich genügend Schwung drehte ich mich einmal um die eigene Achse.

Frankenstein hatte wohl damit nicht gerechnet. Sein Griff lockerte sich.

Meine Finger fanden seinen Arm, der wie ein Seil um meinen Hals lag. Mit letzter Kraft drehte ich mich einmal um die eigene Achse.

Mit einem Arm umschlang er meinen Hals. Jetzt wird er mit der anderen Hand zustoßen, schoß es mir durch den Kopf. Ehe er zu einer weiteren Gegenaktion ausholen konnte, schlug ich mit der Handkante auf seinen Messerarm. Der Schlag wurde zwar durch das Wasser geschwächt, aber er reichte. Frankenstein ließ das Mordinstrument fallen.

Wir tauchten auf.

Ich dachte, Frankenstein sei am Ende. Doch das war eine Täuschung.

Mit einem Aufschrei warf er sich mir entgegen.

In dem rechten Haken lag all meine Wut. Er fegte förmlich den Arm des Gangsters zur Seite.

Durch die Wucht des Schlages knickte Frankenstein zusammen. Genau in einen Uppercut, der ihn fast aus dem Wasser riß.

Das reichte dann auch.

An den Haaren und Schultern zog ich den bewußtlosen Gangster aus der Brühe. Wenn man ihm auch nicht alle Morde nachweisen konnte, für den Mord mit dem Eispickel würde er Lebenslänglich bekommen.

Keuchend lehnte ich mich gegen die Steinwand.

Langsam wich die Spannung in mir. Dafür kam die Müdigkeit. Der Tag war doch ein bißchen viel gewesen.

»Cliff! Cliff!« schallte eine Stimme. »Was ist los? Wo bist du?«

Ich versuchte, »Hier!« zu rufen, doch nur ein heiseres Krächzen kam aus meiner Kehle.

Schließlich fanden mich meine ehemaligen Kollegen doch. Sie legten zuerst dem bewußtlosen Frankenstein Handschellen an.

Müde schlich ich mit den G-men zurück.

»Was hat es eben gegeben?« fragte ich.

Tom Harris, der mitgekommen war, zuckte die Schultern. »Wir haben ein totes Girl gefunden. Außerdem sind die beiden anderen Gangster verletzt. Bei dem Catcher ist noch fraglich, ob er durchkommen wird.«

»Mein Gott!« stöhnte ich. »Wie viele Tote hat es in diesem Fall überhaupt schon gegeben? Was ist mit dem Rumänen? Habt ihr ihn?«

»Leider nicht« erwiderte Tom Harris deprimiert. »Er und sein Leibwächter sind entkommen.«

»Verdammt!« fluchte ich ungeniert.

»Wir haben eine Fahndung eingeleitet. Aber fahnde mal nach einem Mann, von dem du nicht weißt, wie er aussieht.«

»Dann beginnt also wieder alles von vorn«, preßte ich hervor.

»Nicht so pessimistisch«, machte mir Tom Mut.

»Du hast gut reden.«

»In einigen Stunden wissen wir mehr«, meinte Tom zuversichtlich. »Laß erst mal alle Spuren ausgewertet sein.«

Oben empfing mich Susan Taylor.

»Du riechst wie der berühmte Laternenpfahl ganz unten«, lächelte sie und gab mir trotzdem einen Kuß.

»Danke für das Kompliment«, grinste ich und preßte meine Partnerin an mich.

»Wie war das mit dem Laternenpfahl, Darling?«

»Du Schuft!« schrie Susan. »Ab in die Wanne!«

»Nur mit dir zusammen.«

»Und ich darf zusehen«, grinste Tom Harris.

»Ach, ihr seid mir zu dumm!« fauchte Susan, warf den Kopf in den Nacken und zog ab.

Ich gähnte. »Weißt du, was ich jetzt mache, Tom?«

»Die Matratze abhorchen.«

»Richtig! Für die nächsten acht Stunden kann mir der Fall nämlich gestohlen bleiben.«

»Erwähne das aber nur nicht in deinen Aufzeichnungen, sonst denken die Leute nachher noch, du wärst...«

Also, Freunde, den Rest habe ich wirklich verschwiegen. Denn manchmal rutschen Tom solche Sachen heraus...

Innerhalb einer Nacht hatte der FBI in Zusammenarbeit mit der City Police gründlich aufgeräumt.

Das Schlachthausviertel war von oben bis unten durchkämmt worden.

Die Zellen beider Institutionen reichten kaum aus, um die Untersuchungshäftlinge aufzunehmen.

Plötzlich fanden sich auch Zeugen, die gegen den Rumänen aussagen wollten. Doch gerade der Mann, um den es sich drehte, war trotz intensiver Fahndung nicht aufzufinden.

Die Daktyloskopen hatten eine Unmenge von Prints ausgewertet. Computer in Chicago und Washington standen nicht mehr still. Es stellten sich zwar viele neue Aspekte ein, aber eine Identifizierung des Rumänen gelang nicht. Selbst bei der Einwanderungsbehörde, die sämtliche Fingerabdrücke bekam und verglich, war der Erfolg gleich Null. Wir nahmen an, daß der Rumäne, wie schon der Name besagte, irgendwann illegal in die Staaten eingewandert war.

So sah die Lage aus, als Susan und ich, leidlich ausgeschlafen, gegen elf Uhr das FBI-Building betraten.

»Mr. Harris erwartet euch im Vernehmungszimmer«, meldete der G-man unten am Empfang.

Im Lift zog Susan ihre knappsitzende rostfarbene Rüschenbluse glatt, zupfte sich die echten Haare zurecht und meinte voll

Tatendrang: »Dann wollen wir uns diesen komischen Frankenstein mal vorknöpfen.«

Ich riß meinen Blick von Susans olivgrünem, eng sitzendem Minirock los und fragte: »Was hast du gesagt?«

»Schlaf weiter, Großer.«

Kein Verständnis hat die Frau. Was war schon Frankenstein gegen Susans perfekt gewachsenen Körper!

Im Vernehmungszimmer hatten sie bereits auf uns gewartet. Tom Harris, Frankenstein, der mit verbissenem Gesicht auf einem Stuhl hockte, und ein Stenograf. Außerdem lief noch ein Tonband.

»Ich will auf der Stelle 'nen Anwalt!« bellte Frankenstein zur Begrüßung.

»Aber sicher doch«, lächelte Tom Harris ironisch, griff zum Telefon und schob es dem Gangster zu. »Bedienen Sie sich!«

Unschlüssig drehte Frankenstein den Hörer zwischen den Fingern.

»Wir warten!« erinnerte ihn Tom.

»Äh... ich... na ja — ich rufe meinen Anwalt später an«, sagte der Gangster plötzlich.

»Wie Sie wollen. Aber beschweren Sie sich hinterher nicht«, gab Tom Harris ihm zu verstehen.

Ich konnte mir ein Grinsen nicht verkneifen. Es war klar, daß der Killer noch nicht einmal den Namen eines Anwalts wußte, geschweige denn die Telefonnummer. Er wollte uns eben bluffen.

»Damit wären die Formalitäten ja erledigt«, meinte Tom Harris. »Susan, Cliff, ihr seid dran! Wir haben ihn schon einiges gefragt.«

Ich blickte den Gangster an.

»Ziemlich dumme Sache«, begann ich. »Drei Morde unter Zeugen, dann der Mord an Peggy Dawson. Von den Mordversuchen gar nicht zu reden. Ich möchte nicht in Ihrer Haut stecken. Was meinen Sie, wieviel Jährchen das wohl kosten wird?«

Frankenstein schluckte. Seine Hände mit den langen schmutzigen Fingernägeln krampften sich zusammen. Auf sein großporiges, pickliges Gesicht traten rote Flecken. Mit einer fahrigen Bewegung wischte er sich die langen schweißnassen Haare aus der Stirn. »Ich hab' Peggy nicht allegemacht«, antwortete er heiser.

»Sie lügen!« Susan Taylors Stimme klang hart. »Frischen Sie mal Ihr Gedächtnis auf. Während ich entführt wurde, haben Sie sich mit dem Mord an Peggy Dawson gebrüstet.«

Frankenstein wurde weiß. »Kann mich nicht mehr daran erinnern.«

»Aber an die Morde an den Zuhältern können Sie sich erinnern?« fragte ich leise.

Der Gangster rutschte unruhig auf seinem Stuhl hin und her. Ich wußte, er suchte krampfhaft nach einer Lösung.

»Packen Sie aus«, riet ich ihm. »Es ist besser. Vielleicht springen einige Jährchen weniger heraus. Oder wollen Sie für alles den Kopf hinhalten? Der Rumäne und Pullicino lachen sich ins Fäustchen. Denken Sie über meine Worte nach.«

Frankenstein dachte genau zwei Minuten. Dann nickte er entschlossen. »Was wollen Sie wissen?«

Ich lehnte mich zurück. »Fangen wir bei Peggy Dawson an. Weshalb mußte sie sterben?«

Frankenstein zuckte gleichmütig die Schultern. »Peggy und die drei Loddels wollten nicht mehr mitspielen. Sie hatten vor, auf eigene Rechnung zu arbeiten. Deshalb legte ich Peggy um. Hinterher gaben wir den Loddels Bescheid, jemand habe Peggy erledigt. Sie kamen prompt angeflitzt und liefen in die Falle.«

»Und der Anruf, kurz bevor ihr in die Wohnung kamt und ich an den Apparat ging? Was sollte der bezwecken?« erkundigte ich mich.

»Pullicino hatte angerufen. Wir wollten sichergehen, daß die drei Loddels auch da waren.«

Wie ich es mir gedacht hatte! Susan und ich waren, ohne es zu wollen, in einen Gangsterkrieg geraten. Peggy Dawson hatte es geahnt. Sie erhoffte sich durch uns Schutz und Hilfe. Allerdings zu spät.

Susan sah den Gangster an. »Sagen Sie, was fühlt man eigentlich, wenn man so ohne weiteres Menschen umbringt?«

Frankenstein wurde rot. Er zuckte nur mit den Schultern.

Wir, die täglich mit Verbrechen aller Art konfrontiert werden, können trotzdem nie verstehen, was in solchen Menschen vorgeht. Aber die Ursachen zu finden, ist wohl Aufgabe der Psychologen.

Frankenstein bat um eine Zigarette. Er bekam sie.

Ich steckte mir auch eine an.

Und dann nahmen Susan, Tom Harris und ich den Gangster ins Kreuzfeuer. Unsere Fragen prasselten wie Hagelschauer auf ihn herab.

»Beschreiben Sie den Rumänen!«

»Wie lautet sein richtiger Name?«

»Zu welchen Kreisen hat er noch Verbindungen?«

Und so weiter — und so weiter.

Nach zwanzig Minuten war Frankenstein am Ende.

»Hört auf, ihr verdammten Scheißbullen!« schrie er. »Hört auf! Ich weiß nichts!«

Wie ein Irrer trommelte der Gangster mit seinen gefesselten Händen auf den Schreibtisch.

»Wir müssen es anders machen«, sagte Tom Harris. »Ich lasse den Zeichner kommen.«

Drei Minuten später war er da. Er hieß Eddy Lodwick und war ein kleiner, quicklebendiger Mann mit Halbglatze.

»Dann wollen wir mal«, grinste Lodwick, packte seine Utensilien aus und sah uns gespannt an.

Mit viel Mühe gelang es uns, aus Frankenstein die ungefähre Beschreibung des Rumänen herauszuholen.

Ich sah mir die Zeichnung an. »Kann auf viele Typen passen. Was meinst du, Susan?«

»Sicher.«

»Wir lassen sie vervielfältigen«, sagte Tom Harris, »und verteilen die Steckbriefe an die Reviere. Vielleicht hat ein Streifencop Glück.« Der G-man wandte sich an Frankenstein. »Und jetzt dasselbe noch mal von deinem Freund Pullicino.«

Es kam ungefähr das gleiche Ergebnis heraus.

Tom klingelte kurz bei den Untersuchungszellen an und ließ zwei Männer kommen, die Frankenstein abholten.

Der Stenograf verschwand ebenfalls. Tom Harris wischte sich den Schweiß von der Stirn. »Jetzt geht's weiter. Vernehmungen, Vernehmungen. Du glaubst gar nicht, Cliff, wie viele kleinere Ganoven wir noch eingelocht haben. Sogar ein Minirauschgiftring ist geplatzt. Und was habt ihr vor?«

»Erst einmal essen gehen«, grinste ich. »In eurer guten Kantine. Du bist natürlich eingeladen. Vielleicht kommt mir dabei eine Idee.«

»Ha ha«, lachte Susan. »Deine Ideen kenne ich. Die sind noch nicht einmal jugendfrei.«

»Sicher«, gab ich zu. »Aber sie entsprechen immer deiner Phantasie.«

Susans Antwort will ich verschweigen. Sie hätte mich bald ein blaues Auge gekostet.

Bei uns in Chicago regierten momentan drei Gangsterfürsten. Sie hatten ihre Interessen und Bezirke genau abgeteilt, so daß blutige Fehden fast ausgeschlossen waren. Sie gehörten zur Mafia-Spitze und ließen sich als Familien deklarieren. Natürlich wußte der FBI von diesem Treiben, doch bisher war es nicht gelungen, auch nur einen einzigen Zeugen aufzutreiben, der gegen die Bosse ausgesagt hätte.

Der Mann, der unter anderem auch das Schlachthofviertel regierte, hieß Don Vicente Pasolini. Er saß schon vier Jahre fest im Geschäft und war dafür bekannt, daß er seine Organisation straff führte.

Ich ging von folgendem Gedanken aus: Wenn der Rumäne dabeigewesen war, eine neue Unterorganisation aufzubauen, hätte er das nur mit Duldung des Dons tun können. Also mußte der Don ihn kennen, eventuell sogar beschützen.

Don Vicente Pasolini wohnte in Downers Grove, einem kleinen, verträumten Vorort der Weltstadt Chicago.

Seine Villa lag auf einer Anhöhe inmitten eines Parks und war durch eine hohe Mauer mit Elektrozaun auf der Krone gesichert.

Ich stoppte meinen Mustang vor einem kunstvoll geschmie-

deten Tor und suchte vergeblich nach einer Klingel oder Sprech-
anlage.

Dafür trat aus einem grün-weiß gestrichenen Holzhäuschen
Pasolinis Torwächter.

»Was wollen Sie?« raunzte er mich an.

»Erstens wünsche ich einen guten Nachmittag, zweitens
möchte ich Mr. Pasolini sprechen«, lächelte ich freundlich.

Der Knabe betrachtete mich wie ein Stück Schlachtvieh, zog
ungeniert seine Nase hoch, schüttelte den massigen Schädel und
sagte: »Für Sie ist der Don nicht zu sprechen.«

»Darf ich den Grund erfahren?«

Meine Frage machte ihn verlegen. Er zog die Augenbrauen
zusammen, schien zu überlegen. Dann schrie er plötzlich: »Hau
ab, sonst falt' ich dich zusammen, daß du in keine Streichholz-
schachtel mehr paßt.«

»Moment, Moment, mein Freund. Ich an deiner Stelle würde
nicht so voreilig sein. Du könntest Ärger bekommen. Ich habe
mit dem Don etwas Wichtiges zu besprechen. Also, sag ihm
Bescheid.«

Der Wächter überlegte wieder. Dann nickte er. »Ich will mal
nicht so sein. Aber wenn der Don nach deinem Besuch sauer ist,
kriegst du von mir noch den Rest.«

Ich ließ ihn in seinem Glauben und sagte: »Ich heiße übrigens
Cliff Corner.«

Der Wächter verschwand in seiner Bude, um dem Don
Bescheid zu geben.

Ich war sicher, daß Vicente Pasolini meinen Namen kannte.
Überhaupt wußte die Mafia so gut wie alles, was in unserer
Stadt vorging. Von der Kommunalpolitik bis zur letzten Schlägerei im Hafenviertel. In New York hatten sie es zu toll getrieben. Dort war ein agiler Staatsanwalt gerade dabei, mit dem
Verein aufzuräumen. Ich konnte nur hoffen, daß in Chicago
bald das gleiche passierte.

Der Wächter kam wieder zurück. »Sie können reinkommen!«
brummte er.

»Na, bitte«, grinste ich, stieg wieder in meinen roten Flitzer
und fuhr durch das inzwischen geöffnete Tor.

Der Park war gepflegt. Nicht mal Laub oder Zweige lagen auf dem englisch geschnittenen Rasen. Aus den Akten wußte ich, daß Don Vicente Pasolini sehr auf sein äußeres Image achtete.

Vor der wuchtigen Villa, die schon fast einem Schloß ähnelte, empfingen mich zwei Typen mit stumpfen Gesichtern. Sie taxierten mich wie Bluthunde.

»Kanone abgeben«, sagte einer.

Ich tat ihm den Gefallen. Anscheinend hatte der Don trotz der hohen Mauer und Leibwächter doch noch Angst um sein bißchen Leben.

Über dicke echte Teppiche wurde ich dann in Pasolinis Arbeitszimmer geführt. Was ich allein schon auf dem Weg dorthin an Innenausstattung sah, entsprach schon fast den Einkommensverhältnissen eines Milliardärs. Das fing bei den Teppichen an, ging über kostbare Antiquitäten bis zu den echten Bildern an den Wänden.

»Willkommen in meinem bescheidenen Haus, Mr. Corner«, untertrieb der Don zur Begrüßung und erhob sich aus einem weinroten Barocksessel.

Mit einer Handbewegung scheuchte er die beiden Leibwächter hinaus.

Ich mußte zugeben, das Zimmer besaß Atmosphäre. Die Wände bestanden fast nur aus Regalen, die mit dicken Wälzern gefüllt waren. Eine schwere Standuhr tickte monoton. So habe ich mir früher immer den Arbeitsraum eines hohen Richters vorgestellt, aber nicht eines Gangsterbosses. Wie sich die Zeiten ändern!

Auf einem kleinen, farbaren Tischchen stand eine Karaffe mit wohltemperiertem Whisky. Ich lehnte den Schluck nicht ab, den mir der Don zur Begrüßung anbot.

Don Vicente Pasolini sah mich wohlwollend an. In dieser Pose glich er einem jovialen Großvater mit einem etwas rötlichen Gesicht, dem jovialen Lächeln und dem kleinen Bauchansatz. Doch der Eindruck täuschte. Pasolini lächelte auch noch, wenn er den Befehl zu einem Mord gab.

Der Don nahm mir gegenüber Platz, faltete die Arme vor der

Brust zusammen und fragte: »Was verschafft mir die Ehre Ihres Besuchs, Mr. Corner? Sind Sie privat oder dienstlich hier?«

»Dienstlich, Mr. Pasolini.«

»Schade.« Ehrliches Bedauern stahl sich auf sein Gesicht. »Dann hätten Sie wenigstens Ihre überaus reizende Partnerin mitbringen können. Wissen Sie, die Anwesenheit einer hübschen Frau lockert die Gesprächsatmosphäre ein wenig auf.«

Dieser alte Fuchs! Wollte sofort die Unterhaltung in eine andere Richtung lenken.

»Miß Taylor läßt sich entschuldigen«, ging ich auf seinen Ton ein. »Doch nun zur Sache, Mr. Pasolini. Sie werden sicherlich gehört haben, daß der FBI im Schlachthofviertel mit dem Gangsterunwesen aufgeräumt hat.«

»Das wurde auch Zeit, Mr. Corner«, heuchelte der Don. »Aber wie mir bekannt ist, waren Sie nicht ganz unbeteiligt bei dieser Aktion.«

»Richtig!« lächelte ich. »Nur fehlt uns eben die Hauptperson. Sozusagen der Boß.«

»Das ist Pech, Mr. Corner.«

»Sicher, Mr. Pasolini. Doch lassen Sie mich zu Ende berichten. Der Anführer der Bande nennt sich Rumäne. Sie kennen ihn nicht zufällig, Mr. Pasolini, oder wissen Sie seinen Aufenthaltsort?«

»Ich bitte Sie, Mr. Corner!« entrüstete sich der Don. »Wie können Sie mich nur mit solchen Individuen in Verbindung bringen! Gewiß, ich habe einigen Einfluß in der Stadt, kenne wichtige Personen, aber in den von Ihnen erwähnten Kreisen pflege ich nicht zu verkehren. Ich möchte gern wissen, wie Sie nur zu der Vermutung kommen?«

»Aber, Mr. Pasolini! Sie als Mafia-Boß müßten das doch am besten wissen.«

Der Don hob die Hand. »Moment mal, Mr. Corner. Stellen wir doch eines richtig: Sie kommen in mein Haus, genießen die Gesetze der Gastfreundschaft — und Sie wollen mich nun beleidigen. Anscheinend habe ich mich in Ihnen getäuscht. Sie scheinen auch nur zu der Kategorie der miesen Privatschnüffler zu gehören, wie sie zu Dutzenden herumlaufen.«

Ich blieb weiterhin freundlich. »Wenn Sie den Rat von einem miesen Schnüffler, wie Leute Ihres Schlages mich zu nennen pflegen, annehmen wollen, dann halten Sie sich aus dieser Sache raus. Sie könnte zu groß für Sie werden. Denken Sie an die Familien in New York. Dort wird aufgeräumt. Vor allen Dingen sagen Sie uns, wo sich der Rumäne befindet. Der FBI reagiert äußerst scharf auf Gangsterkriege, wie wir sie erlebt haben.«

Don Vicente Pasolini nickte scheinbar gedankenverloren. »Darf auch ich Ihnen einen Rat geben?«

»Bitte.«

»Strapazieren Sie nicht zu sehr meine Geduld. Verlassen Sie innerhalb von fünf Minuten mein Haus.« Bei den letzten Worten war die Stimme des Don plötzlich scharf wie eine Rasierklinge geworden. Ich hatte ihn ziemlich in Rage gebracht.

Ich erhob mich. »Sie sind der Hausherr, Mr. Pasolini.«

»Und ich werde es auch noch lange bleiben.«

»Abwarten!«

Wie auf Kommando erschienen die beiden Leibwächter. Schweigend brachten sie mich zurück. An der Haustür bekam ich meine Waffe wieder. Geladen, natürlich.

Eine kurze Inspektion des Mustang zeigte mir, daß auch keine Bombe installiert worden war.

Der Wächter unten am Tor öffnete schweigend das Gitter. Ich grinste, als ich passierte. Er sah mich nur finster an.

Ich hatte allen Grund zu grinsen. Pasolini mochte ja ein Gangster sein, der sich für unbezwingbar hielt. Doch trotz seiner Sicherheitsvorkehrungen war mir eines gelungen: Ich hatte unbemerkt eine kleine Abhörwanze unter dem Tisch mit der Whiskykaraffe befestigt . . .

Don Vicente Pasolinis äußere Ruhe war nur gespielt. Innerlich kochte er wie ein Vulkan.

Aus einer versilberten Dose nahm sich der Don eine Zigarette, die er mit einem ebenfalls silbernen Feuerzeug anzündete.

Hatte er nicht doch einen Fehler gemacht? War der Rumäne

überhaupt der richtige Mann für das Schlachthofviertel gewesen? Langsam kamen ihm Zweifel. Dieser Mann hatte sich zu auffällig benommen. Klar, daß die Bluthunde vom FBI Wind bekamen. Und dann noch Corner, der Privatschnüffler. Er stellte die größte Gefahr dar.

Mit einem entschlossenen Ruck drückte Pasolini die Zigarette in dem Marmoraschenbecher aus. Er war zu einem Entschluß gekommen.

Der Don riß die schwere Tür auf. Zwei Wächter sahen ihn unterwürfig an.

»Bringt die beiden her! Aber schnell!«

Die Männer verschwanden nach oben. Don Vicente Pasolini trat an das große Fenster in seinem Arbeitszimmer.

Sein Blick wanderte durch den großen, gepflegten Garten bis weit hinüber zu den Häuserschluchten der Weltstadt. Hier spürte man nichts von der Hektik. Es war ein himmlisches Fleckchen Erde. Doch wie lange würde er sich hier noch aufhalten können?

Don Vicente Pasolini, der Macht über Tausende von Menschen besaß, fror plötzlich. Etwas Unabwendbares schien auf ihn zuzukommen.

Unwillkürlich tastete Pasolini nach seinem Talismann, einer goldenen Kugel, die ihm seine Großmutter geschenkt hatte.

Das Klopfen an der Tür unterbrach den Don in seinen Gedanken.

Pasolini straffte sich und rief knapp: »Come in!«

Der Rumäne und Pullicino betraten den Raum. Beide waren nur mit Hemd und Hose bekleidet, wirkten müde und gereizt. Die Schulterhalftern mit den schweren Waffen trugen sie offen um den Körper.

»Was gibt's?« fragte der Rumäne rauh.

Pasolini sah die beiden an. »Corner war hier.«

»Was?« Der Rumäne zuckte zusammen. Sein Gesicht wurde zu einem einzigen Fragezeichen. »Wie konnte er wissen, daß wir hier sind? Hat uns jemand verpfiffen?«

Der Don schüttelte den Kopf. »Das glaube ich nicht. Ihr habt den Mann unterschätzt. Vor allem seine Beziehungen zu den

G-men. Die Bullen wissen genau, was gespielt wird. Du hast dir die falschen Leute ausgesucht. Sie hatten kein Format. Corner müßte schon längst tot sein.«

Der Rumäne wischte sich den Schweiß von der Stirn. »Und wie soll's weitergehen?«

Der Don lächelte kalt. »Ihr legt Corner und seine Partnerin um.«

Der Rumäne nickte. Er blickte zu Pullicino. »Was meinst du?«

»Die einzige Möglichkeit. Nur haben wir die Bullen damit auch noch nicht vom Hals.«

Don Vicente Pasolini winkte ab. »Das laß nur meine Sorge sein. Niemand wird uns etwas beweisen können.«

»Wann soll Corner umgepustet werden?« erkundigte sich der Rumäne.

»Heute noch«, antwortete Pasolini hart. »Seine Partnerin und er bewohnen über der Detektei zwei Apartments. Nehmt die Schalldämpfer.«

»Bekommen wir noch Leute?« wollte Pullicino wissen.

»Nein. Ich will mit der ganzen Sache nichts zu tun haben. Das ist euer Bier. Und noch eins: Falls ihr versagt, gibt es eine kostenlose Beerdigung. Merkt euch das!«

Der Rumäne grinste. »Warum die Aufregung? Corner ist nicht unsterblich. Er hat es bisher nur eben mit Stümpern zu tun gehabt.«

Was Don Vicente Pasolini nach den Worten des Rumänen dachte, behielt er lieber für sich.

»Jetzt haben wir ihn!« rief Tom Harris aufgeregt und wischte sich den Schweiß von der Stirn.

Susan Taylor, er und noch einige Techniker des FBI saßen in einem Kastenwagen etwa vierhundert Yard Luftlinie von Pasolinis Haus entfernt.

Der Wagen stand in guter Deckung und konnte von dem Grundstück nicht gesehen werden.

»Da hat Cliff ja wieder den richtigen Riecher gehabt«, freute sich Susan Taylor.

Gespannt belauschten die Personen die Fortsetzung der Unterhaltung in Pasolinis Villa. Ab und zu drehte Tom Harris an einigen Knöpfen, um Nebengeräusche möglichst gering zu halten.

Die Unterhaltung in der Villa war noch in vollem Gang, als ich den Wagen betrat.

»Pst.« Susan legte den Zeigefinger auf ihre Lippen. Sie deutete auf den rechteckigen Kasten, der die Gespräche aus der Villa übertrug.

In der Wohnung wollten die Gangster uns also umbringen. Na, die würden ihr blaues Wunder erleben.

Als eine Tür schlug, schaltete Tom Harris das Gerät aus. »Das wär's«, sagte er knapp.

Wir zündeten Zigaretten an.

»Vorschläge?« fragte ich.

»Wir lassen sie kommen«, meinte Susan, »bereiten ihnen den richtigen Empfang, und dann ist die Sache geritzt.«

»Hört sich gut an«, kommentierte ich. »Doch ich habe an etwas anderes gedacht.«

»Raus mit der Sprache!« forderte Tom.

»Wir nehmen den Verein in der Villa hoch. Beweise haben wir. Wir wissen, daß sich gesuchte Gangster in dem Haus befinden. Pasolini wird direkt mitkassiert. Sozusagen alle auf einen Schlag.«

»Gute Idee«, nickte Susan Taylor. »Was meinst du, Tom?«

»Mir soll's recht sein. Frage: Wie machen wir's? Großes Orchester?«

»Wäre angebracht«, erwiderte ich. »Ich weiß nicht, wie viele Leute Pasolini in seinem Haus hat.«

»Gut.« Tom Harris griff zum Telefonhörer. Er ließ sich eine Verbindung mit Mr. Grant geben.

Ich atmete auf. Endlich hatten wir die Chance, einen der ganz Großen in der Unterwelt zu schaffen. War die erste der Familien zerschlagen, würden, so hoffte ich, die anderen bald folgen.

Tom hatte sein Gespräch beendet. »Mr. Grant ist einverstanden. Er schickt noch fünfzehn Beamte. In einer Stunde sind sie hier. Die Einsatzleitung liegt in den Händen von Ben Sudden.«

»Wunderbar«, freute ich mich. »Ben ist genau der richtige Mann.«

Ben Sudden und ich hatten schon oft zusammen gearbeitet. War er dabei, lief der Einsatz stets mit der Präzision eines Uhrwerks ab.

Tom Harris spielte wieder an seinem Gerät herum. Plötzlich zuckte er zusammen. »Susan, Cliff, hört euch das an!«

»Verdammt, dieser dreckige Schnüffler«, hörten wir Pasolinis Stimme, »eine Wanze!«

Es entstand eine kurze Pause. Dann ein helles Kreischen, ein dumpfer Laut, und dann nichts mehr.

Pasolini hatte die Wanze zerstört.

Damit konnte niemand rechnen. Wir steckten in einer fatalen Situation.

Ich war schon an der Tür. »Alarmier du das nächste Revier, Tom. Höchste Eisenbahn! Ich muß zu Pasolini. Hoffentlich ist es noch nicht zu spät.«

Drei Sekunden später saß ich in meinem Mustang. Und neben mir Susan Taylor . . .

Don Vicente Pasolini kochte. Dieser verdammte Corner hatte ihn reingelegt. Wäre er nicht durch einen Zufall auf diese Abhörwanze gestoßen . . .

Pasolini wagte gar nicht weiterzudenken.

Don Pasolinis Wut war schnell verraucht. Eiskalte Überlegung gewann die Oberhand.

Pasolini riß die Tür auf.

»Bringt mit auf der Stelle die beiden Gäste wieder her!« schrie er.

Seine Türwächter wetzten.

Als sie mit dem Rumänen und Pullicino zurückkamen, traf der Don seine Entscheidungen in Sekundenschnelle.

»Enzio, du bringst die beiden ins Gartenhaus. Schnell!«

»Ja, aber . . .«, lamentierte der Rumäne.

»Halt's Maul! Ich habe keine Zeit zu diskutieren!« brüllte der Don. »Corner hat uns reingelegt. Wir müssen aus der Situation das beste machen. Ach, noch etwas.« Pasolini flüsterte einige Worte mit Enzio.

Dann verschwanden die drei.

Anschließend rief Don Vicente Pasolini unten am Tor an.

»Wenn Corner kommt, laß ihn durchfahren«, ordnete er an.

Ich hoffe, ich habe die Weichen richtig gestellt, dachte Don. Und wenn alle Stricke reißen, legt Enzio die beiden unbequemen Flüchtlinge eben um . . .

»Diese Panne hat uns noch gefehlt«, schimpfte Susan Taylor, während sie die Waffen überprüfte.

Ich erwiderte nichts, preßte die Lippen aufeinander und jagte den Mustang durch die Kurven und ziemlich engen Straßen.

Susan steckte mir den .38er gerade wieder in den Schulterhalfter, als das schmiedeeiserne Tor von Pasolinis Villa vor uns auftauchte.

Es stand offen.

»Was hat das zu bedeuten?« wunderte sich Susan.

»Werden wir gleich erfahren«, knurrte ich, ging etwas vom Gas, schaltete zurück und steuerte den Mustang auf das Grundstück.

Nichts passierte. Keiner schoß auf uns. Niemand warf eine Handgranate.

Was hatte der alte Fuchs Pasolini vor?

Als ich den Mustang vor der großen Freitreppe stoppte, erwartete uns Pasolini schon auf den Stufen. Ein spöttisches Lächeln spielte um seine Lippen.

Wie sprangen aus dem Wagen.

»Sie sind schnell, sehr schnell sogar. Wie es sich eben für einen guten Polizisten gehört«, begrüßte uns der Don.

»Halten Sie keine Volksreden«, fuhr ich ihn an. »Wo sind die beiden?«

»Welche beiden?« Pasolini breitete erstaunt die Arme aus. »Übrigens, meine Verehrung, Miß Taylor. Sie werden von Tag zu Tag schöner.«

»Schenken Sie sich Ihre fadenscheinigen Komplimente«, gab

Susan bissig zurück. »Geben Sie lieber eine vernünftige Antwort auf die Frage meines Partners.«

»Sie scheinen beide ein wenig humorlos zu sein«, entgegnete Pasolini.

Mir riß der Geduldsfaden.

Ich zog blitzschnell meine Waffe hervor und richtete sie auf Pasolini.

»Wir gehen jetzt ins Haus!«

Ich hatte nicht vor, mich noch länger von diesem Kerl zum Narren halten zu lassen.

Susan huschte schon an mir vorbei auf die wuchtige Eingangstür zu.

»Moment!« Pasolinis Stimme klang wie ein Peitschenknall. »Legt Ihre Partnerin nur die Hand auf die Klinke, ist sie innerhalb der nächsten Sekunde tot. Meine Männer stehen in guten Schußpositionen. Sie haben von mir entsprechende Anweisungen bekommen. Merken Sie sich eins, Corner: Noch bin ich der Herr im Haus, und ich werde es auch bleiben.«

Susan erstarrte.

»Tu, was er sagt, Susan«, preßte ich hervor. Ich wandte mich an Pasolini. »Wenn Sie allerdings schießen, sind Sie selbst tot.«

»Ich weiß, Corner.«

»Gehen wir doch ins Haus, anstatt uns hier anzufeinden«, schlug der Don vor. »Es ist sicher in Ihrem Sinn.«

»Genau.«

Mich überkam ein komisches Gefühl. Wenn Pasolini so freundlich tat, hatte er bestimmt einen Trumpf in der Hinterhand. Susan schien das gleiche zu denken. Sie warf mir einen vielsagenden Blick zu.

In der großen Halle empfingen uns vier schwerbewaffnete Männer. Die Mündungen der Maschinenpistolen ruckten augenblicklich in unsere Richtung.

In der Ferne hörte ich das Heulen der alarmierten Patrolcars.

Pasolini hatte das Geräusch ebenfalls vernommen. Er grinste.

»Sollen wir sie kaltmachen?« fragte einer der Männer.

»Laß den Quatsch!« zischte Pasolini.

Das Heulen der Sirenen wurde lauter. Die Cops mußten schon auf dem Grundstück sein.

Ich fragte wieder: »Also, Pasolini, wo sind sie?«

Der Don schüttelte vorwurfsvoll den Kopf. »Miß Taylor, Ihr Partner besitzt kein bißchen Benehmen. Wen suchen Sie überhaupt?«

Eines mußte man ihm lassen. Pasolini war verdammt unverfroren.

Ehe ich etwas erwidern konnte, dröhnten harte Fäuste gegen die Tür.

»Laßt die Bullen rein«, sagte der Don.

Sechs Cops drängten sich in die Halle. Erstaunt blickten sie auf die schwerbewaffneten Gangster.

»Okay, Pasolini«, sagte ich. »Wir werden das Haus auf den Kopf stellen. Für die notwendigen Papiere ist gesorgt.«

»Sie können dies sogar ohne Durchsuchungsbefehl machen«, entgegnete der Don jovial. »Bitte sehr, Gentlemen, tun Sie sich keinen Zwang an.« Mit diesen Worten meinte er die Cops.

Auf einen Wink des Don ließen die Gorillas zähneknirschend ihre Waffen fallen. Die Cops sammelten sie ein.

»Nein, Pasolini«, entschied ich. »Die Beamten bleiben hier. Ich möchte gern den Rücken frei haben.«

»Ganz, wie Sie wünschen, Corner.«

»So, und nun nach oben«, sagte ich.

Susan, Pasolini und ich betraten die Mahagonitreppe, die in die oberen Etagen führte.

Die Einrichtung hier war zwar nicht so protzig wie unten, doch einem normalen Sterblichen auch nicht zugänglich.

Sieben verschiedene Zimmer zählte ich.

»Möchten Sie etwas trinken?« fragte der Don.

Wir lehnten ab.

Was soll ich weiter berichten? Die Durchsuchung verlief ergebnislos. Es war auch nicht die Spur von Pullicino und dem Rumänen zu entdecken. Unsere Gesichter wurden lang und länger. Im Gegensatz dazu strahlte Pasolini wie ein Honigkuchenpferd.

»Na, bitte«, lächelte er. »Was habe ich Ihnen gesagt?«

Susan Taylor räusperte sich. »Jetzt kommen Sie sich wohl sehr schlau vor, wie?«

»Ganz und gar nicht, Miß Taylor. Ich wollte Ihnen nur einmal beweisen, daß Sie einen Unschuldigen verdächtigen. Das wird für Sie nicht ohne Folgen bleiben. Ich habe an den zuständigen Stellen sehr einflußreiche Freunde. Dieses Unternehmen kann Sie Ihre Lizenz kosten, trotz guter Beziehungen zum FBI. Ich würde natürlich davon absehen, wenn Sie sich bei mir in aller Form entschuldigen.«

Oh, diese Heuchelei und das Getue tat ja direkt weh. Mir drehte sich bald der Magen um. Entschuldigungen, Lizenz wegnehmen. Pasolini mochte ja vieles wissen, aber daß bei dieser Sache letzten Endes der SGS, unser tatsächlicher Arbeitgeber, zu bestimmen hatte, davon wußte der Mafia-Boß nichts. Zum Glück.

»Es reicht, Pasolini«, sagte ich scharf. »Sie vergessen Ihr Gespräch mit dem Rumänen, das wir abgehört und aufgenommen haben.«

Der Don lächelte wissend. »Stellen Sie sich nicht dümmer, als Sie sind, Corner. Ein Tonband gilt vor Gericht nicht als Beweis.« Verdammt, er hatte ja recht! Fanden wir den Rumänen und Pullicino nicht, konnte der Fall wirklich noch ein Nachspiel haben.

»Sie können gern den Boden durchsuchen«, schlug uns Pasolini vor.

»Darauf verzichten wir«, erwiderte Susan Taylor trotzig.

Es sah bis jetzt ganz so aus, als solle Pasolini ungeschoren aus der Affäre kommen. Und das wurmte mich.

»Wir gehen wieder nach unten«, sagte ich.

»Wie Sie wünschen.«

Wir hatten gerade unseren Fuß auf die erste Treppenstufe gesetzt, da fiel der Schuß.

Wie auf Kommando ruckten wir herum.

»Wer hat geschossen?« fuhr ich Pasolini an. »Und wo?«

»Keine Ahnung. Vielleicht einer der Cops.«

»Reden Sie kein Blech. Der Schuß kam von draußen.«

Pasolinis Mundwinkel zuckten nervös. »Ich habe keine Ahnung.«

Ich faßte Susan am Arm. »Komm!«

Wir hetzten die Treppe hinunter. Unten sahen uns die Cops ratlos entgegen. Auch sie hatten den Schuß gehört.

»Hat einer von Ihnen feststellen können, aus welcher Richtung der Schuß kam?« erkundigte ich mich.

Die Antwort bestand aus einem allgemeinen Nein.

Ich hatte meinen .38er längst wieder in der Hand. Jetzt öffnete ich vorsichtig die schwere Eingangstür, peilte hinaus...

Keiner jagte mir eine Kugel entgegen. Der weite Park lag friedlich in der Herbstsonne. Zu friedlich, fand ich.

Susan trat hinter mich.

»Was zu sehen, Cliff?«

»Nichts.«

Ich schob die Tür so weit auf, daß ich ganz hindurchsehen konnte.

Dann ging ich mit drei schnellen Sprüngen in Deckung eines Patrolcars.

Susan tat es mir nach.

Immer noch lag der Park friedlich vor uns. In etwa sechzig Yard Entfernung erkannte ich eine Baumgruppe. Zwischen dem Grüngelb der Herbstblätter leuchtete das Rot eines Daches.

»Was mag da sein?« fragte Susan flüsternd.

»Vielleicht ein Gerätehaus.«

»Möglich!«

Ich schob mich vor, um besser sehen zu können.

»Pasolini kommt auch«, sagte Susan.

»Gut, dann können wir ihn ja mal fragen.«

Das tat ich auch.

»In dem Häuschen sind unsere Gartengeräte untergebracht und ein paar Topfpflanzen«, antwortete der Don.

»Nicht der Rumäne?«

»Ich habe Ihnen schon mal gesagt, dieser Mann ist nicht hier.«

»Dann kann ich mir den Schuppen ja mal ansehen«, grinste ich. »Denn der Schuß kann durchaus dort abgegeben sein.«

Ich glitt aus meiner Deckung.

»Kommen Sie zurück, Corner.«

Pasolini! Ich wandte mich um. Jetzt hatten wir ihn.

Der Don stand gebückt da. In der Hand eine Pistole. »Sie werden ganz genau tun, was ich Ihnen sage«, zischte er.

»Also doch«, lächelte ich.

»Genau, Corner.« Er winkte mit der Knarre. »Es wird ernst.«

»Das glaube ich auch«, sagte Susan.

Mit einem blitzschnellen Karatetritt kickte sie dem Don die Waffe aus der Hand. Pasolini schluckte und verfärbte sich.

»Tja«, grinste ich, »man soll eben nie die Frauen außer acht lassen.«

Ich bückte mich nach der Pistole. Es war eine Webley.

Im gleichen Atemzug schrie Susan: »Cliff!«

Ich warf mich herum.

Aus dem Gartenhaus rannte ein Mann, die Maschinenpistole in der Hand. »Stehenbleiben!« rief ich.

Der Kerl zuckte herum und riß den Abzug durch.

Die Garbe pflügte den Boden um und tanzte auf uns zu. Zum Glück daneben.

Ich schoß, traf aber auch nicht.

Die Eingangstür wurde aufgerissen. Zwei Cops stürmten nach draußen.

Meine Warnung kam zu spät.

Diesmal hatte der Gangster besser gezielt. Seine Kugeln trafen. Schreiend gingen die Beamten zu Boden.

»Wir nehmen ihn in die Zange!« schrie Susan, sprang hoch und hetzte im Zickzack auf ein nahes Gebüsch zu.

Der Gangster sah die Gefahr.

Er riß seine MPi herum.

Ich feuerte.

Der Mann zuckte zusammen, schoß aber trotzdem.

Susan Taylor blieb auf einmal liegen. Der MPi-Schütze mußte sie getroffen haben.

Hinter mir lachte Pasolini auf.

Ich feuerte.

Auch die Cops schossen aus den Fenstern.

Wir mußten den Kerl bestimmt ein paarmal getroffen haben. Auf einmal lag er da und rührte sich nicht.

Ich flitzte zu Susan.

»Verdammt!« fluchte meine Partnerin undamenhaft. »Ein Streifschuß am Oberschenkel. Brennt wie Feuer.«

»Zeig mal!« grinste ich erleichtert.

»Zieh Leine, du Lüstling.«

Ich hatte einen Augenblick nicht auf Pasolini geachtet. Als ich die Schritte hörte, war es zu spät.

Wie ein Wiesel rannte der Gangsterboß auf das kleine Gewächs- und Gerätehaus zu.

»Mensch, Cliff, lauf ihm nach! Der Rumäne sitzt da drin. Sei vorsichtig!«

Einmal drehte Pasolini sich um. Dabei kam er ins Stolpern. Und genau da traf ihn die Kugel.

Ich sah es nur in dem Gerätehaus kurz aufblitzen, hechtete instinktiv in ein Gebüsch und beobachtete den Don, der nur einige Yard neben mir lag.

Die Kugel hatte ihn in die Brust getroffen.

»Corner«, ächzte er.

»Der Rumäne... im Gerätehaus — dieses Schwein! Vorsicht! Ahhh...«

Mit einem klagenden Laut starb Don Vicente Pasolini, einer der größten Gangsterbosse Chicagos.

Vorsichtig wand ich mich hinter dem Gebüsch hervor.

Der Rumäne! Dieser eiskalte Killer hockte in dem Häuschen. Ich würde ihn dort rausholen...

Die Entfernung betrug meiner Schätzung nach zwanzig Yard.

Normalerweise nicht weiter tragisch, aber hier hatte ich deckungsloses Gelände vor mir. Der nächste natürliche Schutz war die kleine Baumgruppe vor meinem Ziel.

Wie ein Sprinter ging ich in die imaginären Startlöcher.

Dann wagte ich es.

Mehr hechtend als rennend überwand ich die Strecke.

Unbeschadet warf ich mich hinter den ersten Baumstamm.

Aufatmend wischte ich mir mit dem Jackenärmel den Schweiß von der Stirn.

Langsam beruhigten sich meine Lungen.

Das Haus war ein Rundbau, ähnlich einer lauschigen Gartenlaube oder einem Pavillon der früheren Zeit.

Ich hätte mit Susan gern ein Stündchen darin verbracht. Komisch, welche Gedanken einem manchmal kommen.

Jemand rumorte in dem Haus.

Ich schob mich weiter vor.

Farnkraut kitzelte meine Nase.

Die Eingangstür geriet in mein Blickfeld.

Sie war verschnörkelt und hatte statt des üblichen Drehknopfes eine gußeiserne Klinke.

Ich kam auf die Füße und preßte mich mit dem Rücken gegen einen Baumstamm.

Ich mußte erst mal die Lage peilen.

An der mir zugewandten runden Seite des Hauses zählte ich zwei Fenster. Das Glas war zersplittert. Jemand mußte dadurch geschossen haben.

Die Fenster lagen etwa in Schulterhöhe.

Normalerweise kein Problem für mich, hindurchzuklettern. Groß genug waren sie ja.

Ich überwand das letzte Stück und duckte mich unter eines der offenen Fenster.

Der Rumäne wirkte im Haus. Ich hörte ihn leise fluchen.

Einer der Cops forderte über ein Magaphon den Gangster auf, sich zu ergeben.

Konnte ich es wagen?

Ich faßte mir ein Herz und vollführte einen Klimmzug an der etwas vorgebauten Fensterbank.

In dem Häuschen herrschte Halbdunkel. Dann sah ich einen Schatten.

Der Rumäne!

Ich gab mir einen letzten Schwung, zog die Knie an, stützte sie auf die Fensterbank, um dann mit einem Satz ins Innere des Hauses zu springen.

In diesem Augenblick sah er mich.

»Corner!« Dieses Wort war mehr ein Röcheln.

Mit dem Springen wurde es nichts. Ich ließ mich einfach fallen. Kopfüber.

»Du Saukerl!« brüllte der Rumäne.

Er feuerte.

Haarscharf pfiff die Kugel an mir vorbei. Es war auch verdammt schwierig, bei den herrschenden Lichtverhältnissen richtig zu zielen.

Klick, klick, machte es.

Der Rumäne hatte sich verschossen.

Er fluchte und warf die Waffe nach mir.

Sie traf mich an der Hüfte. Es tat weh.

Dann warf sich der Rumäne gegen mich.

Ich, immer noch damit beschäftigt, die Balance wiederzufinden, knallte wieder hin. Mit dem Hinterkopf schlug ich gegen irgendwas Hartes. Sterne tanzten vor meinen Augen.

Der Rumäne lag auf mir. Ich roch seinen widerlichen Atem. Schwielige Hände faßten nach meiner Kehle.

Mir wurde die Luft knapp.

Über mir sah ich die weit aufgerissenen Augen meines Gegners.

Der Rumäne drückte fester.

Rote Kreise tanzten vor meinen Augen. Ich kannte die Anzeichen. Wenn ich nicht bald etwas unternahm, war ich geliefert.

Unkontrolliert tasteten meine Hände auf dem Boden herum. Ich mußte irgend etwas zwischen die Finger bekommen, egal was.

Doch ich hatte kein Glück.

Luft bekam ich schon lange nicht mehr. Die roten Kreise verdichteten sich, wurden zu einem Schleier...

Die kleinen Finger!

Wie ein Blitz schoß mir dieser alte, aber wirkungsvolle Judotrick durch den Kopf.

Meine Hände fuhren hoch, suchten die kleinen Finger des Rumänen, fanden sie...

Ich riß daran.

»Ahhh...« Der Schrei war grauenhaft.

Die würgenden Hände ließen los. Ich bekam wieder Luft. Gierig saugten sich meine Lungen damit voll.

Ich zog mein rechtes Knie hoch, traf.

Der Rumäne gurgelte auf und fiel nach hinten.

Mit dem Rücken zur Wand, stützte ich mich hoch. Auch der Rumäne war wieder auf den Beinen. Er suchte nach irgend etwas.

Eine Sense!

Plötzlich hatte er sie in der Hand.

»Ich hau' dir den Schädel ab, Corner!« spie er haßerfüllt.

Verdammt, jetzt hätte ich meinen .38er gebrauchen können, aber den hatte ich während des Sturzes verloren.

Ich wich zurück.

»Ja, geh nur, geh nur«, hetzte der Rumäne. »Ich krieg' dich doch.«

Mit gleitenden Schritten kam er mir nach.

Das tödliche Instrument hielt er in beiden Händen.

Etwas geriet mir in die Finger. Ein langer Holzstiel. Unten beschwert.

Ich riskierte einen Blick. Ich hatte eine Harke gefunden.

Besser als gar nichts.

Der erste Hieb pfiff durch die Luft.

Ich ging blitzschnell in die Hocke.

Fast hätte mir die Schneide noch den Schädel rasiert.

Ich packte die Harke und stieß mit dem Stiel zu.

»Oahh!« röchelte er.

Ich setzte nach. Fairneß war hier fehl am Platz. Es ging um Leben und Tod.

Wieder traf ich. Der Rumäne wurde zurückgeworfen, fing sich jedoch, kam zu einem Gegenschlag.

Ich sah die Sense, aber es war fast zu spät.

Ratschend ging ein Teil meines Anzugärmels entzwei. Mit ihm einige Hautfetzen.

Der Rumäne witterte Morgenluft. Er packte die Sense wie eine Axt. Wollte mir den Schädel aufschlitzen . . .

Das war sein Fehler. Ich unterlief ihn, und das Mordinstrument bohrte sich über mir in die Wand.

Singend brach die Schneide entzwei.

Ich warf die Harke in eine Ecke und holte aus.

Meine Faust traf den Rumänen auf den Solarplexus. Pfeifend zischte die Luft aus seinen Lungen.

Ich zerschlug seine flatterhafte Gegenwehr mit zwei, drei Hieben, trieb meinen Gegner mit gezielten Schlägen quer durch den Raum und versetzte ihm schließlich den alles entscheidenden Schlag.

Der Rumäne wurde fast aus den Schuhen gehoben. Wie vom Katapult geschleudert, flog er zurück und krachte gegen die Wand. Langsam rutschte er zu Boden. Er blieb bewußtlos liegen.

Pfeifend stieß ich die Luft aus. Mein Gott, dieser Kampf hatte Nerven gekostet.

Plötzlich hörte ich Schritte.

»Ergeben Sie sich!« schrie eine Stimme.

»Ja!« rief ich zurück.

Fünf Minuten später war alles geklärt.

Wir vernahmen den Rumänen in Pasolinis Villa. Jetzt erst erfuhren wir seinen richtigen Namen. Er hieß Gregori Szuskousz. Ein unaussprechliches Buchstabengewirr. Da war sein Spitzname einfacher.

In der Ecke des Gerätehauses hatten wir noch eine Leiche gefunden. Es war einer von Pasolinis Männern.

»Warum habt ihr ihn umgebracht?« fragte ich den Rumänen.

»Er hatte den Befehl vom Don, uns umzulegen. Das ist der Grund.«

Dann packte er richtig aus. Wir erfuhren alles. Über das Geschäft mit der Prostitution, über den schwunghaften Rauschgifthandel im Schlachthofviertel und auch über Pasolinis Rolle.

Ich habe meine ehemaligen Kollegen vom FBI selten mit solch strahlenden Gesichtern gesehen. Sie hatten auch Grund genug. Ihnen war einer der Großen ins Netz gegangen.

Jetzt kam natürlich die Kleinarbeit. Aber das sollte uns nicht weiter stören.

Für die Zeitungen war der Fall ein gefundenes Fressen. Sie berichteten tagelang in dicken Lettern. Bestimmt würde es nicht mehr lange dauern, bis auch bei uns in Chicago mit der Mafia aufgeräumt war.

Am nächsten Tag kam Susan strahlend in unser Büro.

»Eine Woche Urlaub«, lachte sie. »Wegen des Streifschusses.«

»Und was ist mit mir?« fragte ich verwundert.

»Von dir hat Myers nicht geredet«, gab Susan spitz zurück. »So weit sind wir nun doch nicht, daß ich noch für dich um Urlaub betteln muß. Nein, nein, Cliff, das mach mal allein.«

Was ich auch tat.

Und, o Wunder, ich bekam den Urlaub. Weshalb, das frage ich mich heute noch. Myers muß wohl seinen sozialen Tag gehabt haben. Allerdings hatte die Sache einen Haken. Wir mußten unseren Urlaub zu Hause verbringen, wegen der noch fälligen Protokolle vom letzten Fall.

Schlecht, sagen Sie?

Hatte ich erst auch gedacht. Aber versuchen Sie doch auch mal einen Urlaub in den eigenen vier Wänden zu verbringen. Vorausgesetzt, Sie haben eine Partnerin wie Susan Taylor...

ENDE DER FÜNFTEN STORY

Der Satan schickte seine Tochter

Aus der Serie
Cliff Corner

Sanft, wie der Bogen einer Geige die Saiten streichelt, glitten die Hände der Masseuse über den nackten Männerrücken.

Truck Evans stöhnte auf.

Diese Finger! Sie konnten einen Mann zum Wahnsinn treiben. Sie streichelten, liebkosten und schienen an allen Teilen des Körpers gleichzeitig zu sein.

»Ist es gut so?« flüsterte Leila.

»Wunderbar.« Truck Evans stöhnte wieder, während er wie elektrisiert zusammenzuckte, als die Masseuse bestimmte Reizzonen seines Körpers berührte.

Leila Delago lächelte spöttisch. Die Männer! Wie Wachs waren sie in ihren Händen, Wachs, das man nur zu formen brauchte.

Leila Delago hatte die Figur einer Göttin und den Charakter eines Straßenmädchens. Sie hatte sich aus der Gosse hochgearbeitet zur Spezialmasseuse. Aber sie wollte mehr. Viel mehr. Die Weichen waren schon gestellt . . .

Truck Evans drehte sich auf die Seite. Seine rechte Hand tastete sich an Leilas erregend gewachsenem Körper hoch, verhielt kurz an gewissen Stellen, fuhr auf dem makellosen Rücken unter die Stoffschleifen des halben BH und löste diese mit routiniertem Griff.

Gleich einer Feder schwebte das Stückchen Stoff zu Boden.

Truck Evans schluckte. Er konnte sich nicht sattsehen an Leilas festen, prallen Brüsten.

Trucks Finger schoben sich unter den Gummirand des winzigen Slips.

»Komm«, flüsterte der Mann erregt.

Leila Delago wand sich mit einer fließenden Bewegung zur Seite. Ihr lackschwarzes Haar, das zu einem Pferdeschwanz gebunden war, streichelte Trucks Gesicht.

»Nicht so stürmisch«, lachte die Masseuse. »Ein Glas Champagner als Anregungsmittel darf nicht fehlen.«

»Oh, du bist eine Katze«, knurrte Truck Evans in gespielter Verzweiflung und warf sich auf den Rücken.

Er beobachtete, wie Leila an den kleinen Kühlschrank trat und eine halbvolle Flasche herausholte.

Truck Evans schloß die Augen. Er konzentrierte sich ganz auf das Kommende. Sein Blut jagte schneller durch den Körper. Ja, er würde Leila nehmen.

»Der Champagner.« Die Stimme der Masseuse schreckte ihn aus seinen berauschenden Gedanken.

Truck Evans nahm das beschlagene Glas und setzte es an die Lippen. Prickelnde Sektperlen sprühten gegen seine Nasenspitze.

»Cheerio«, hauchte Leila.

Truck Evans trank. Er leerte das Glas in langen, durstigen Zügen. Der Champagner war eine Wohltat. Er erfrischte und erregte ihn gleichermaßen.

Mit einem langen »Ah!« ließ sich Truck Evans zurücksinken. Mit der linken Hand zog er Leila zu sich auf die Massagebank. Leila wehrte sich nicht. Schnurrend wie eine Katze glitt sie über Truck Evans.

Trucks Lippen suchten ihren Mund. Wild, hungrig. Das leere Glas fiel zu Boden. Truck achtete nicht darauf. Ihm war im Moment alles egal. Jetzt zählte nur Leila.

Der spitze Schrei einer Frau ließ Truck Evans zusammenzucken.

»Was war das?«

»Nichts«, lächelte die Masseuse beruhigend, »gar nichts.«

»Na, ich weiß nicht so ...«

Die anderen Worte blieben Truck Evans im Hals stecken. Unter wuchtigen Tritten flog die Tür zum Massageraum auf.

Zwei Männer standen plötzlich da. Sie hatten Strumpfmasken vor den Gesichtern und schallgedämpfte Schnellfeuerpistolen in den Händen.

Leila Delago sprang hoch. Schreiend flüchtete sie in eine Ecke.

Truck Evans kam gar nicht zum Nachdenken. Die Männer schossen sofort. Acht Kugeln drangen in Trucks Körper und zerstörten jegliches Leben.

Sekunden später waren die Männer wieder verschwunden. Zurück blieben ein Toter und eine völlig verstörte Leila Delago ...

Es war an einem Montag. Ich weiß es deshalb so genau, weil Susan an diesem Morgen das Malheur mit der Kaffeetasse passierte. Wir saßen uns an dem bewußten Montag am Schreibtisch gegenüber und hatten einfach keine Lust. Das Weekend war zu schön gewesen.

Jetzt wieder der graue Alltag? Nee, nichts für uns. Susan Taylor war es als erste leid. Sie legte ihre hübsche Stirn in Falten, griff sich ein Bündel Schnellhefter, gefüllt mit Schreibkram aller Art, und schob mir die Sachen mit entschlossenem Ruck zu.

»Da...«, sagte sie.

»Paß auf«, wollte ich noch rufen, aber es war schon zu spät.

Die Ecke eines Hefters streifte Susans volle Tasse. Fast im Zeitlupentempo kippte sie um. Die braune Flüssigkeit ergoß sich genau über Susans Handtasche, einem Regenwurm aus weißem Leder. Zu allem Unglück stand der Reißverschluß des Regenwurms noch offen, so daß sich ein Teil des Kaffees in der Tasche wohlfühlen konnte.

Susans Gesicht in diesem Augenblick war Gold wert.

»Ob sich dein Lippenstift wohl mit dem Kaffee verträgt?« fragte ich grinsend.

Hätte ich mich doch bloß meiner Stimme enthalten.

Halunke, Schuft, Scheusal, Ekel, widerlicher Kerl waren ungefähr die Ausdrücke, die Susan mir an den Kopf warf. Zum Glück ließ sie keine Gegenstände folgen.

»Anstatt Kavalier zu sein und die Brühe aufzuwischen, freust du dich noch«, fauchte Susan. »Ach, ihr seid alle gleich.«

»Das kannst du nicht sagen«, wagte ich zu widersprechen und stand auf, um einen Lappen zu besorgen.

Ich kam nicht mehr dazu. In diesem Augenblick öffnete sich die Tür, und Julia Hickson betrat unser Büro. »Besuch für euch«, meldete sie. »Ein gewisser Doreen. Er meinte, Cliff würde ihn kennen.«

Ich krauste die Stirn. »Der Name sagt mir im Augenblick nichts. Aber lassen Sie den Mann ruhig herein, Julia.«

»Okay, Cliff. Und der Kaffee? Haben Sie den verschüttet?«

Ich grinste hämisch. »Nee, meine Teuerste. Das war Susan. Sie hat heute ihren nervösen Tag.«

Susan stand dicht vor einer Explosion. »Cliff hat recht, Julia«, sagte sie gefährlich ruhig.

»Wenn das so ist, besorge ich schnell einen Lappen.«

Fünf Minuten später war alles erledigt.

Dann kam unser Klient. Groß, breitschultrig, mit markantem Gesicht, kurz geschnittenen dunkelblonden Haaren und Maßanzug.

Ich sprang vom Stuhl. »Mensch, ich werde verrückt und zieh' aufs Land. Samuel Surtees Doreen, kurz S. S. D. genannt. Was hat dich denn in diese miese Gegend verschlagen?«

Natürlich kannte ich Doreen. Er war zwei Semester über mir auf dem College gewesen. Wir hatten in der gleichen Staffel geboxt, manchmal zusammen einen getrunken, uns aber hinterher aus den Augen verloren. Ich wußte nur so viel, daß Samuel Surtees Doreen einer der großen Filmemacher Hollywoods war.

Sam schlug mir seine Pranke auf die Schulter. »Cliff, du alter Krippensetzer. Ich freu' mich. Wirklich.« Er schlug noch mal zu, doch diesmal auf die andere Schulter. Dann fiel sein Blick auf Susan. »Himmel, Amor und Wolkenbruch. Wer ist denn das?« rief Sam mit seiner Lautsprecherstimme.

Ich besann mich auf meine Gastgeberpflichten. »Darf ich bekannt machen: Miß Susan Taylor, meine Partnerin, Mr. Samuel Surtees Doreen. Ein College-Kumpel.«

»Ist es denn die Möglichkeit, Cliff! Wie kommst du zu solch einer Frau? Miß Taylor, ich zahle Ihnen, was Sie wollen. Kommen Sie nach Hollywood. Wir werden eine Weltkarriere für Sie aufbauen. Es ist mein Ernst.« Sam hielt ihr die Hand hin. »Schlagen Sie ein.«

»Langsam, langsam, Mr. Doreen«, lachte Susan. »Das will reiflich überlegt sein.«

»Aber überlegen Sie nicht zu lange«, grinste Sam und drohte mit dem Finger.

Ich holte erst einmal eine Flasche Whisky aus unserer gewissen Schublade. Nach den ersten drei Schlucken ging es uns besser. Dann kam ich zum Kern der Sache. »Kleine Frage, Sam. Welcher Wind hat dich hergeweht? Der Zufall, oder sind es andere Gründe?«

Sams Gesicht verschloß sich. »Andere Gründe, Cliff. Ich brauche deine Hilfe.«

»Erzähl«, forderte ich.

Sam nahm noch einen tiefen Schluck aus seinem Glas. Dann begann er leise zu berichten. »Cliff, ich weiß nicht mehr, was ich machen soll. Man will mir den Hals abdrehen. Es ist nicht die allgemeine Filmkrise. Im Gegenteil, mir geht es gut, relativ gut, versteht sich. Es ist etwas anderes eingetreten. Gangster haben sich in unserer Filmmetropole breitgemacht. Sie erpressen Produzenten und Verleiher. Entweder fünfzig Prozent der Einspieleinnahmen oder einen Sarg aus Zink. Zuerst habe ich mich geweigert. Die Folge war, Schauspieler wurden zusammengeschlagen und eine Atelierhalle in Brand gesteckt. Ich zahlte noch immer nicht. Die Verbrecher griffen zu härteren Maßnahmen. In einem Massagesalon wurde mein Regisseur Truck Evans erschossen. Danach lief mir die Hälfte der Schauspieler weg.«

»Was sagt die Polizei dazu?« wollte Susan wissen.

Sam zuckte mit den Schultern. »Die Polizei? Sie kann auch nichts tun. Keiner macht den Mund auf. Die Angst steckt zu tief.«

»Weißt du, wer der Initiator der Anschläge ist?« fragte ich.

»Und ob«, preßte Sam hervor. »Al Shapiro. Ein Gentleman-Gangster mit Villa in Beverly Hills und einer Meute Killer um sich. Selbst der FBI ist machtlos gegen ihn. Man kann ihm nichts beweisen.«

»Und wir sollen dir also helfen«, stellte ich fest.

Samuel Surtees Doreen sah mich an. »Ich bitte euch darum.«

»Wie hast du dir das denn vorgestellt?«

Sam grinste. Jetzt war er wieder der eiskalt rechnende Geschäftsmann. »Es ist klar, daß ihr nicht als Detektive auftreten könnt. Denke mal daran, was ich zu deiner Partnerin gesagt habe, als ich reinkam. Susan Taylor wird die weibliche Hauptrolle in meinem neuen Film übernehmen, und du, Cliff, nimmst die Stelle des ermordeten Truck Evans ein. Geld spielt natürlich keine Rolle.« Sam fummelte nach seinem Scheckbuch.

»Laß stecken«, winkte ich ab, »das erledigen wir hinterher.«

»Ihr seid also einverstanden?«

»Ich — ja. Allerdings Susan . . . Was meinst du?« wandte ich mich an meine Partnerin.

»Ich?« Susan zog erstaunt die Augenbrauen hoch. »Ich wollte schon immer mal ein Filmstar sein.« Samuel Surtees Doreen fiel ein Stein vom Herzen. »Ich wußte ja, daß ich auf euch zählen kann. Und wißt ihr, was wir jetzt machen?«

»Das, was wir früher immer gemacht haben«, antwortete ich.

»Genau. Ein Faß auf. Aber so eins, daß einem die Träne ins Knopfloch steigt.«

Sie sahen fast aus wie Zwillinge.

Beide blondgefärbte Haare, weiche, feminine Gesichtszüge, und beide waren sie stets nach der neuesten Mode gekleidet. Aber sie hatten noch etwas gemeinsam. Sie schliefen am liebsten mit Männern. Auch das war nicht tragisch. Eine moderne Gesellschaft akzeptiert dies.

Was sie zu Außenseitern der Gesellschaft machte, war ihr Beruf. Sie waren Killer, eiskalt und ohne Gefühl. Sie mordeten für Al Shapiro und wurden gut bezahlt. Man sprach ihre Namen an der Westküste nur mit Ehrfurcht. Wulfie und Walter, das Killerduo.

Momentan saßen die beiden in einem unauffälligen geliehenen Ford vor unserem Apartmenthaus.

Wulfie hockte hinter dem Steuer und reinigte sich seine Fingernägel. Walter lutschte an einem Bonbon und beobachtete die Hausfassade.

»Was will er wohl da?« fragte Walter mit weicher Stimme.

»Wir werden es herausbekommen«, erwiderte sein Kumpan und schniefte durch die Nase. »Ich schau' mal nach.« Wulfie stieg aus. Leise, wie es seine Art war, drückte er die Wagentür ins Schloß. Dann ging er mit leicht schaukelnden Bewegungen auf unser Haus zu. Wenige Minuten später hatte er gefunden, was er wollte. Vor sich hin lächelnd, stieg Wulfie wieder in den Ford.

»Was war?« fragte sein Freund.

Wulfie winkte ab. »Nichts von Bedeutung. Dort wohnt ein Privatschnüffler. Doreen wird ihn engagieren wollen. Wenn ja, bekommen wir bestimmt wieder Arbeit.«

»Hoffentlich«, flüsterte Walter.

Los Angeles.

Neben San Francisco die aufregendste Stadt an der Westküste Amerikas. Metropole des Glanzes, des Lichts. Aber auch Stadt der größten Luftverschmutzung, der meisten Autos und der wenigsten Bürgersteige. Dafür aber achtspurige Highways und Lokale, in denen man im Wagen sein Essen zu sich nehmen kann.

Inmitten dieser pulsierenden Stadt liegt Hollywood. Glamourtown der Vergangenheit und immer noch Metropole der amerikanischen Filmindustrie. Hier enden Karrieren in Tränen und Selbstmord, und nur ganz wenigen gelingt es, das große Geld zu machen.

Unsere Maschine landete pünktlich auf dem International Airport.

Auf dem Rollfeld empfing uns die heiße kalifornische Frühlingssonne.

»Hättest deinen Mantel auch zu Hause lassen können«, meinte Susan, als wir in den Zubringerbus kletterten.

Susan Taylor war natürlich wieder der Star der Passagiere in ihrem schilfgrünen Wildlederhosenanzug und den rotblondgefärbten Haaren. Selbst die wirklich mit Filmstars verwöhnten Männeraugen der Flughafenangestellten bekamen den gewissen Glanz, als sie Susan erblickten.

Den Sitz hinter uns hatte Samuel Surtees Doreen in Beschlag genommen. Er verpestete die Luft noch mehr mit den dicken Qualmwolken aus seiner Brasilzigarre.

»Schätze, unser männlicher Hauptdarsteller wird mehr als zufrieden mit seiner neuen Partnerin sein«, murmelte der Filmemacher.

»Was ist das überhaupt für ein Typ?« wollte Susan wissen und wandte den Kopf.

»Hm — wie soll ich sagen?« Sam zuckte die Schultern. »Er ist so eine Art Gigolo. Schwarz gelockt, breitschultrig, braun gebrannt, Zahnpastalächeln.«

»Ich verstehe schon«, winkte Susan ab, »wie alle anderen Zelluloidprinzen auch.«

»Was wollen Sie machen, Miß Taylor, das Publikum ist scharf auf so was.«

»Wie heißt denn dieser Sonnyboy?«

Samuel Surtees Doreen grinste. »Ray Sullivan. Natürlich ein Künstlername. Seinen richtigen Namen könnte man nicht auf ein Plakat drucken.«

Susan schüttelte den Kopf. »Ray Sullivan? Nie gehört.«

»Der Junge ist auch neu im Geschäft«, erklärte Doreen. »Ich will ihn groß rausbringen. Aber keine Sorge, Miß Taylor. Sie werden ihn bald kennenlernen. Er wartet in meinem Bungalow auf uns.«

Vor dem Flughafen erwischten wir ein Taxi. Doreen nannte das Fahrziel. »Beverly Hills.«

»Wo sollte der große S. S. D. auch sonst wohnen?« grinste ich.

»Ach, halb so schlimm.«

Über den Lincoln Boulevard ging es nach Norden. Der Verkehr war zum Glück einigermaßen erträglich. Die Rush-hour — und damit der Höhepunkt der Smogwolke — würde erst in zwei Stunden einsetzen. In dem Stadtteil Santa Monica bogen wir auf den gleichnamigen Boulevard ab, der direkt durch Beverly Hills führte.

Doreens Bungalow lag an einem kleinen, künstlich errichteten Hang.

Eine Kiesauffahrt führte durch einen prächtigen Garten zu dem Luxusschuppen.

Empfangen wurden wir von einer kaffeebraunen Haushälterin. Doreen war Junggeselle, und diese Perle kümmerte sich schon seit mehr als zehn Jahren um das leibliche Wohl des Filmbosses.

»Massa Sullivan sitzt am Pool«, meldete sie mit strahlendem Lächeln. »Sonst alles in Ordnung.«

»Danke, Ona. Du bist ein Schatz«, lachte Sam, stellte uns vor und drückte seiner Hausperle einen Kuß auf die Wange.

Ona strahlte.

Durch den mit exotischen Gewächsen bepflanzten Garten gelangten wir zur Rückseite des Bungalows.

Ein rotgekachelter nierenförmiger Pool lud zum Baden ein. Neben dem Pool stand eine Hollywoodschaukel, ein runder Tisch und drei bequeme Korbstühle. Die fahrbare Hausbar neben der Schaukel gefiel mir am besten.

Dann sahen wir Ray Sullivan. Er hing lässig in den Polstern, hatte die Beine übereinandergeschlagen und qualmte. In der linken Hand hielt er einen Drink.

Sullivan trug als einziges Kleidungsstück eine rote, bis zum Knie reichende Badehose mit gelben Pünktchen. Die übrigen Kleidungsstücke lagen säuberlich auf dem Boden verteilt.

Als Sullivan uns sah, trennte er sich mit einer lässigen Gebärde von seiner Sonnenbrille und sagte: »Hey.«

Ehrlich gesagt, mir fiel der Typ jetzt schon auf den Wecker.

»Benimm dich, Ray«, knurrte Doreen und stellte uns vor.

Bei Susan zuckte Sullivan zusammen. »Ich glaube, mein Trecker quietscht. Wo haben Sie denn die aufgegriffen, Sam?« staunte der Möchtegernplayboy.

Doreen wollte schon zu einer scharfen Erwiderung ansetzen, doch Susan winkte ab. Mit der halben Portion würde sie allein fertig werden.

»Nun halten Sie mal die Luft an, Bubi«, konterte meine Partnerin. »Erstens hat Mr. Doreen mich nicht aufgegriffen, und zweitens bin ich keine von Ihren Betthäschen, die Sie nach dem Frühstück kurz vernaschen. Verstanden?« Ray Sullivan wurde weiß vor Ärger. Er konnte sich nur mühsam beherrschen. Wütend knallte er sein Glas auf den Tisch. Entgegen allen physikalischen Gesetzen blieb es ganz.

Ich grinste still vor mich hin. Der Knabe würde bei Susan nichts zu lachen haben.

Samuel Surtees Doreen hob beide Hände. »Streitet euch nicht, Kinder. Laßt uns lieber einen Begrüßungsschluck nehmen.«

»Nee, danke«, erwiderte Ray Sullivan hochnäsig. »Ich habe noch eine Verabredung.«

»Höflichkeit ist eine Zier«, bemerkte ich trocken.

»Was wollt ihr eigentlich?« regte sich der Filmheld auf. »Bin ich ein freier Mensch oder nicht?« Und zu mir gewandt: »Sie sind zwar der neue Regisseur, aber trotzdem lasse ich mich nicht von Ihnen anmiesen. Tut mir leid für Sie, Sam«, schwächte Sullivan seinen Auftritt ab.

Mir kam das ganze Getue nicht geheuer vor. Es wirkte unecht. Genau wie die Muskelpakete an seinen Oberarmen. Solche Dinger kann man auch durch Einnahme gewisser Mittelchen bekommen. Das traute ich Sullivan ohne weiteres zu.

Selbst Susan und Sam schafften es nicht, Sullivan noch zurückzuhalten.

Ray Sullivan schlüpfte in seine Slacks, stieg in die hellbeige Hose und streifte das azurblaue Hemd über den Kopf.

In diesem Augenblick geschah es.

Der Schuß klang nicht einmal laut. Haarscharf pfiff das Projektil an Sullivans Kopf vorbei.

Susan und ich, auf solche Situationen genügend trainiert, hechteten auf den Boden.

»Runter!« schrie ich Sam und Ray Sullivan zu, die wie zur Salzsäule erstarrt dastanden.

Danach gehorchten sie wie zwei Automaten.

Susan und ich hatten uns hinter zwei Stühle geworfen. Wir lauerten auf den nächsten Schuß. Meine Knarre lag im Koffer, dafür holte Susan mit spitzbübischem Lächeln ihre Pistole aus dem komischen Autoreifen, der bei ihr als Handtasche diente.

Doch nichts geschah.

Nach fünf Minuten traute ich mich wieder aus meiner provisorischen Deckung.

Ich peilte die Lage und sah nichts außer der flirrenden Sonnenglut und dem strahlend blauen Himmel.

Die Kugel steckte in der Wand des Bungalows. Mit meinem Taschenmesser pulte ich sie hervor.

Susan trat neben mich. »Eine Gewehrkugel«, stellte sie fest. Dann prüfte sie den Einschußwinkel, stellte sich eine imaginäre

Verlängerungslinie vor und sagte: »Der Schuß muß aus westlicher Richtung abgegeben worden sein. — Haben Sie irgendeinen Verdacht, Mr. Doreen?«

Sam lachte hart auf. »Sicher, Miß Taylor. Für so etwas kommt nur Al Shapiro in Frage. Seine Hütte liegt übrigens in der von Ihnen angegebenen Richtung.«

»Da haben Sie's!« kreischte Ray Sulivan plötzlich. »Immer wieder Shapiro. Erst war es Evans, und heute hat mich die Kugel nur knapp verfehlt. Sam, es ist verdammt gefährlich geworden, bei Ihnen zu arbeiten.«

Samuel Surtees Doreen versteifte. »Bitte, ich kann Sie nicht halten.«

»So habe ich das nicht gemeint«, schränkte Sullivan ein. »Ich halte Ihnen ja weiterhin die Treue. Natürlich bei entsprechender Belohnung«, fügte er grinsend hinzu.

»Darüber reden wir morgen«, antwortete Doreen hart.

»Einverstanden. Aber nicht vergessen, Sam. Ich darf mich dann empfehlen. See you later, Herrschaften.«

Ray Sullivan verschwand mit qualmenden Hacken.

Mir kam eine Idee. »Schnell, Sam, gib mir deinen Wagenschlüssel.«

»Weshalb, Cliff?«

»Frag nicht. Ich hab's eilig.«

Sam warf mir die Schlüssel zu, die er endlich in seiner Hosentasche gefunden hatte. »Nimm den Porsche, Cliff. Die Garage steht offen. Sie befindet sich an der anderen Seite des Bungalows.«

»Okay, Sam.«

Ich wetzte los. Ich wollte doch sehen, warum es dieser Sullivan so eilig gehabt hatte. Es mußte ja wirklich ein lohnendes Ziel für ihn sein ...

Der große Livingroom war modern und protzig eingerichtet. Al Shapiro hatte drei Innenarchitekten daran basteln lassen. Das Resultat entsprach allem, nur nicht Shapiros eigenem Geschmack. Aber der taugte sowieso nichts.

Wulfie kam von der Terrasse. Langsam und leise. Wie auf Samtpfoten. Auf diesem Gesicht lag ein diabolisches Grinsen.

»Zwei Zoll weiter rechts, und es wäre ein neuer Totenschein fällig gewesen«, meldete er und betrachtete liebevoll das Remingtongewehr in seiner linken Hand.

»Untersteh dich«, knurrte Al Shapiro. »Noch bestimme ich, wer wann und wo umgelegt wird.«

Shapiro war ein wuchtiger Mann mit Halbglatze und rundem, nichtssagendem Gesicht. Das einzig Auffällige waren die buschigen Augenbrauen. Sie verliehen seinem Gesicht etwas Drohendes.

Wulfie stellte das Gewehr in eine Ecke. »Ist ja schon gut, Al.«

Außer Shapiro und Wulfie befanden sich noch Walter und ein Mann namens Fito Gomez im Livingroom. Von Gomez hieß es, er sei augenblicklich der gefährlichste Messerheld der Westküste. Und die das gesagt hatten, mußten es wissen.

Gomez war von schmächtiger Statur. Hohlwangig und gebückt schlich er durch die Gegend. Sein Haar glänzte von Pomade und anderem Frisierzeugs.

Al Shapiro stemmte seine Pfunde aus dem aufblasbaren Sessel. Einer seiner Wurstfinger schoß vor und deutete auf Walter.

»Was ich jetzt sag', gilt auch für deinen schwulen Kumpan. Ihr habt in Chicago nicht gründlich gearbeitet.«

»Oh«, ließ Walter vernehmen.

»Tu nicht wieder so affektiert, sondern hör zu. Ich habe Freunde in Chicago angerufen. Die wußten über Corner besser Bescheid. Er arbeitet mit einer Puppe zusammen. Vereint sind sie gefährlicher als eine Kompanie Soldaten.«

»Ist das nicht übertrieben?« wagte Wulfie einzuwerfen.

»Nein, verdammt noch mal, das ist nicht übertrieben«, regte sich Shapiro auf. »Sie haben es sogar schon mal mit der Mafia aufgenommen und gewonnen. Außerdem haben sie blendende Beziehungen zum FBI. Dieser Corner war früher selbst bei dem Verein.«

Shapiro hatte das Reden angestrengt. Er wischte sich den Schweiß von der Stirn und machte eine kurze Pause.

»Jetzt sind die beiden also hier«, stellte Gomez trocken fest.

»Richtig. Doreen hat sie engagiert. Wie er auf die gekommen ist, weiß ich auch nicht«, erwiderte Shapiro.

»Wann soll ich sie umlegen?« fragte Gomez kurz.

»Hä hä!« Shapiro lachte meckernd. »So gefällt mir das schon viel besser. Aber heute noch nicht, Fito. Ich will erst mal sehen, was . . .«

Shapiro stoppte seinen Redeschwall. Er überlegte kurz. Dann hellte sich sein Gesicht auf.

»Ich hab's«, rief er beinahe enthusiastisch. »Soviel ich von Ray weiß, wird die Taylor in dem Film mitspielen. Reich mir mal das Telefon, Fito.«

Bevor Shapiro wählte, nickte er noch seinem Messerkünstler zu.

»Corner überlasse ich dir.«

»Okay, Boß.«

»Und wir?« riefen die beiden Süßen fast wie auf Kommando.

»Ihr könnt ihn hinterher begraben.«

Ray Sullivan fuhr wie ein Irrer.

Er drosch seinen weißen Lancia durch die Kurven, daß es schon an Tollkühnheit grenzte.

Ich mußte mich verdammt anstrengen, um einigermaßen mitzuhalten.

Ray Sullivan verließ Beverly Hills, durchquerte einen Teil der Santa Monica Mountains und lenkte den Lancia dann auf den Hollywood Freeway.

Die Fahrt ging ein Stück nach Norden bis zur Kreuzung mit dem Victory Boulevard. Dort stoppte Sullivan den Lancia vor einer Autoraststätte.

Es gelang mir, den Porsche hinter eine Reklamewand zu lenken. Ich stieg aus und sah gerade noch, wie Sullivan in einer Telefonzelle verschwand.

In Deckung einiger parkender Wagen schlich ich mich näher.

Sullivan redete mit Händen und Füßen. Dann hörte er einige Zeit zu und hängte schließlich mit einem wütenden Ruck den Hörer ein.

Ich machte, daß ich zu meinem Porsche kam. Doch die Vorsicht war umsonst.

Ray Sullivan schlenderte gemächlich zu einem der runden Tische, die vor dem Rasthaus standen, und setzte sich auf einen der Kunststoffstühle. Bei der üppigen Kellnerin gab er eine Bestellung auf. Ich wunderte mich, daß es so etwas in Los Angeles noch gab. Denn normalerweise herrscht hier nur Selbstbedienung.

Sullivan sah laufend auf seine Armbanduhr. Anscheinend schien er jemanden zu erwarten. Ich war gespannt, wen.

Ich rangierte den Porsche in etwas bessere Sichtposition und machte es mir gemütlich.

Auf dem Parkplatz vor der Raststätte herrschte ein ständiges Hin und Her, deshalb sah ich auch nicht, mit welchem Wagen die Frau gekommen war.

Sie stand plötzlich neben Ray Sullivan, begrüßte ihn mit einem flüchtigen Kuß und setzte sich.

Ich kannte die Frau nicht. Sie war schwarzhaarig und gut proportioniert. Das Minikleid enthüllte mehr, als es verdeckte.

Die beiden redeten etwa eine Viertelstunde. Schließlich fummelte die Frau in ihrer Handtasche herum. Zum Vorschein kam ein kleines, in Packpapier gewickeltes Päckchen. Die Frau schob es Ray Sullivan zu. Dann stand sie auf.

Sie verschwand genauso schnell, wie sie gekommen war. Doch diesmal paßte ich auf.

Die Unbekannte ging zu einem roten VW. Sie startete mit durchdrehenden Reifen.

Ich hatte schon vorher gewendet und klemmte mich hinter den Käfer.

Die Verfolgung dauerte etwa eine halbe Stunde. Dann stoppte die Unbekannte vor einem Apartmenthaus in einem der großen Wohnviertel. Auf ihren Wink öffnete der Portier die Einfahrt zur Tiefgarage.

Ich wand mich aus meinem Porsche und schnappte mir den Hausmeister in Operettenuniform.

»Wer war denn die Perle?« erkundigte ich mich grinsend und spielte mit einer Zehndollarnote.

Der Portier nahm erst den Schein. »Das war Miß Leila Delago«, flüsterte er beinahe ehrfurchtsvoll.

Die Schirmmütze war mir zu groß, die Windjacke schon uralt, und der Klappstuhl, auf dem ich saß, trug an der Rückseite die Aufschrift Regisseur.

Neben mir stand Billy Fisher, seines Zeichens Regieassistent, und grinste. Wahrscheinlich über mich, denn mein Gesicht sah nicht gerade glücklich aus.

Das Drehbuch des Films lag auf meinen Knien. Auf der ersten Seite stand mit Rotstift der Titel geschrieben: ›Rache aus dem Jenseits.‹

Ich hatte das Drehbuch quer gelesen und war mit dem Inhalt einigermaßen vertraut. Es handelte sich hier um einen Gruselfilm. Ein Mann, dreimal verheiratet, brachte all seine Frauen um. Die letzte kam dann aus dem Jenseits zurück und nahm furchtbare Rache.

Den Mörder spielte natürlich Ray Sullivan. Die letzte der drei Frauen wurde von Susan Taylor dargestellt.

In der großen Studiohalle war noch nichts los. Die Dreharbeiten begannen immer erst um zehn Uhr morgens. Wahrscheinlich deshalb, weil die Stars sonst zu unausgeschlafen aussehen. Bis zum Start hatten wir noch eine gute Stunde Zeit. Zeit, die ich nutzen wollte, um mich ein wenig umzusehen. Die Techniker und Beleuchter störten mich dabei nicht.

»Ich hol' zwei Cola«, meinte Billy Fisher. »Die Luft ist verdammt trocken.«

Fisher, ein schlaksiger Jüngling mit Sommersprossen und Stupsnase, verschwand in Richtung Kantine.

Ich durchstöberte inzwischen das Studio, sah mir die Filmkulissen an, holte mir staubige Hosenbeine in irgendwelchen dunklen Ecken, wechselte ein paar Worte mit den Beleuchtern und prägte mir schließlich die Lage der Notausgänge ein.

Als ich wieder zu meinem Stuhl kam, war die Cola schon fast handwarm.

»Kühlschrank haben wir hier nicht«, beteuerte Billy Fisher.

Mit einem letzten Zug trank er seine Flasche leer und rülpste zum Abschluß.

»Sie hörten den Landfunk«, grinste ich.

»Genau, Corner. Der Eber ist satt. Ha ha.«

Billy war ein Witzbold. Immer noch besser als ein vertrockneter Typ wie zum Beispiel Myers, unser Chef.

Während ich das lauwarme Zeug in meine Kehle laufen ließ, dachte ich zum x-ten Mal über unser neues Abenteuer nach. Wir hatten uns da auf eine Sache eingelassen... Na ja, Schwamm drüber. Was tut man nicht alles für einen alten Freund wie Samuel Surtees Doreen?

Wie heißt doch noch das Sprichwort? Wenn man vom Teufel spricht beziehungsweise denkt, ist er nicht weit. So auch jetzt.

Mit einem kräftigen »Morgen, allerseits!« stürmte S. S. D. in das Studio.

Sofort arbeitete das technische Personal schneller. Wie überall, wenn der Chef kommt.

»Das nenne ich Arbeitseifer, Cliff«, rief Sam enthusiastisch und schlug mir auf beide Schultern. »Gefällt dir der Stoff?«

»Was heißt gefallen? Ich würde mir den Film nicht ansehen.«

»Brauchst du nicht, Cliff. Aber es gibt genügend Leute, denen bei diesem Schocker die Gänsehaut über den Rücken läuft wie Schmierseife. Das ist schließlich der Zweck.« Fast abrupt wechselte Sam das Thema. »Billy?«

»Hier, Mr. Doreen.«

»Kümmere dich um die Kulissen. Spitz die Leute an, gib ihnen Zunder. Ich will in zwanzig Minuten alles stehen haben.«

»Bin schon weg, Boß.«

S. S. D. grinste. »So muß das sein, Cliff. So und nicht anders. Sonst kriegst du nie Ordnung in den Laden.«

»Du mußt es ja wissen.«

Billy Fisher wirbelte herum wie ein aufgeschrecktes Eichhörnchen. In kurzer Zeit standen die Kulissen.

Die Szene spielte in einem Schlafzimmer. Art um die Jahrhundertwende. Das riesige Bett war von einem Baldachin überspannt. An den Pappwänden hingen kitschige Bilder.

Und dann kam sie. Der Star des Films.

Susan Taylor.

Eingehüllt in einen Traum aus hellblauem Tüll, schritt sie wie eine Königin.

»Ein Engel«, rief Sam entzückt. »Susan, Sie sind Spitze.«

Ich hustete trocken. »Engel mit einem B davor wäre richtiger« konnte ich mir nicht verkneifen zu sagen.

Die ›Königin‹ hatte uns inzwischen erreicht. »Na?«

»Zu Hause ist dein Babydoll wenigstens durchsichtig«, kommentierte ich.

Dafür trat mir Susan auf die Zehen. »Mehr Respekt vor dem Star, Herr Regisseur.«

Sam, der die Worte mitbekommen hatte, freute sich diebisch. »Richtig, Susan, geben Sie's ihm.«

Doch Susan hatte anscheinend keine Lust mehr, sich mit mir zu streiten. Sie faßte den Filmboß am Arm »Kommen Sie, Sam, erklären Sie mir noch mal die Szene.«

»Aber mit dem größten Vergnügen, Susan.«

Ich schmunzelte. Der alte Schwerenöter hatte Feuer gefangen. Warum auch nicht? Nennen Sie mir einen Mann, der von Susans Anblick nicht begeistert ist.

Jetzt trudelte auch Ray Sullivan ein. Schon geschminkt und umgezogen. Mit dem schwarzen Vollbart und dem karierten altertümlichen Anzug sah er aus wie der Bösewicht aus Sherlock-Holmes-Filmen.

Ray Sullivan war nervös. Er knetete unruhig seine Hände und sah jeden gehetzt an. Als sich unsere Blicke trafen, verzerrte sich sein Gesicht. Wahrscheinlich wollte er ein Lächeln andeuten.

Doreen rief Sullivan zu sich. Gestenreich erklärte er ihm die zu spielende Szene.

Ich kam mir überflüssig vor. Rauchen war auch verboten, und so trug ich mein Schicksal mit Fassung.

Schließlich gab S. S. D. das Kommando. Kameramänner und Beleuchter verschwanden hinter ihren Geräten. Nur Billy Fisher hampelte noch herum.

Dann packte er die Klappe. »Film läuft.«

Leise begannen die Kameras zu schnurren, um das einzufangen, was sich in dem imitierten Zimmer abspielte.

Susan Taylor lag auf dem breiten Bett und rekelte sich wie eine Schlange.

»Mehr Inhalt in die Szene«, sagte Doreen. »Sie werden gerade wach, Susan. Spielen Sie das.«

Und Susan spielte.

Ich muß ehrlich gestehen, Susan war Klasse. Manch anderer Star hätte seine Koffer gepackt, wenn er Susan gesehen hätte.

Mit geschmeidigen Bewegungen setzte Susan sich auf die Bettkante. Der abgeblendete Strahl eines Scheinwerfers wanderte nun weiter und blieb auf der Tür hängen, die sich langsam öffnete.

Ray Sullivan, der ›Mörder‹, betrat das Zimmer.

Susan ruckte hoch. »Bist du es, Darling?«

Sullivan lachte leise. »Sicher. Warte nur. Ich komme zu dir.«

Lächelnd glitt der Schauspieler neben Susan. Er faßte ihre Hand.

»Komm«, flüsterte er.

Ganz langsam drückte er Susan aufs Bett.

Ich ärgerte mich bei dieser Szene.

Sullivans Hand glitt über Susans schlanken Körper.

Verdammt, der Bursche spielte mir zu echt.

Leidenschaftlich wand sich Susan unter seinem Griff.

Das war zuviel für mich. Ich wandte mich ab. So bekam ich das Drama nicht mit.

Susan Taylor spürte Sullivans Hand. Kalt wie Fisch, dachte sie, doch äußerlich spielte sie mit.

Susan lag auf dem Rücken. Sullivan halb über ihr.

»Elena, ich liebe dich«, keuchte er. »Ich will dich, jetzt.«

Elena war übrigens Susans Filmname.

Susan wand sich unter seinem Griff. »Nein, nicht, bitte nicht.«

»Doch.« Sullivans Stimme klang auf einmal hart.

Susan spürte seine linke Hand an ihre Kehle. Sullivans Augen glitzerten.

War das noch Spiel?

Susan krampfte sich zusammen. Unwillkürlich ging sie in eine Abwehrstellung.

Ray Sullivan warf sich herum. Haßverzerrt.

Plötzlich hielt er eine Waffe in der Hand. Einen dieser altmodischen Colts.

»Der Junge ist heut Klasse«, flüsterte Doreen.

Ray Sullivan schwenkte die Waffe in Susans Richtung. »Jetzt bist du dran!« schrie er. »Lange genug habe ich es mit dir ausgehalten, du Miststück. Da ...«

Sullivan riß den Colt hoch. Sein Finger spannte sich um den Abzug ...

Susan sah, wie Sullivan zitterte. Was war los? War der Mann voll Rauschgift?

Meine Partnerin handelte reflexartig.

Mit einem Rundschlag fegte sie Sullivan die Waffe aus der Hand.

Im gleichen Augenblick löste sich der Schuß.

Susan Taylor fühlte das Fauchen der Kugel, die sich neben ihr in die Polster bohrte.

Nein, das war keine Platzpatrone, sondern echtes, tödliches Kaliber.

Susan Taylor war nur um ein Haar diesem Mordanschlag entgangen.

Mit einem Aufschrei ließ Sullivan die Waffe fallen.

Im selben Moment wirbelte ich herum.

Susan Taylor saß aufrecht im Bett. Ziemlich bleich.

»Was war los?«

»Ein Mordversuch, Cliff. Sullivan ...«

Der Schauspieler ließ Susan gar nicht aussprechen. »Ich weiß nichts«, kreischte er, »ich weiß nichts.«

Es war ein heilloses Durcheinander. Techniker und Beleuchter hatten ihren Platz verlassen und gestikulierten wild umher.

Samuel Surtees Doreen wurde es zu bunt. »Ruhe, verdammt noch mal!« brüllte er.

»Ruhe!«

Nur langsam beruhigten sich die Gemüter. Immer wieder trafen scheue Seitenblicke Susan Taylor.

Ich packte mir Ray Sullivan. »So, mein Freund. Wie war das mit der Waffe?«

Der Schauspieler wand sich wie ein Wurm. »Ich... Was soll ich... da erzählen? Ich — ich... weiß wirklich nichts.«

»Das erzählen Sie mal Ihrer Großmutter, Sullivan«, erwiderte ich hart. »Sie können nicht lügen. Erinnern Sie sich an gestern. Mit wem haben Sie sich getroffen, als Sie uns so überstürzt verlassen haben?«

»Gestern? Wieso?«

»An der Raststätte«, frischte ich sein Gedächtnis auf.

»Ach so, das meinen Sie. Das war eine Bekannte. Rein zufälliges Treffen, mehr nicht. Außerdem wüßte ich nicht, was Sie das angeht.«

Ich sah dem Filmhelden in die Augen. Er wich meinem Blick aus. »Das geht mich vielleicht sogar sehr viel an, Sullivan. Sie werden es früh genug merken.«

Susan hatte inzwischen den Colt mit einem Tuch umwickelt und aufgehoben. Sie legte die Waffe aufs Bett.

»Von meinem Kopf wäre nicht mehr viel übriggeblieben«, meinte Susan verzerrt lächelnd. »Sieh dir nur das Kaliber an, Cliff.« Meine Partnerin sprach jetzt leiser. »Fragt sich nur, was Sullivan mit dem Mordanschlag wollte. Welches Motiv hatte er? Wer sind seine Hintermänner?«

Ich wiegte den Kopf. »Abwarten, Susan. Noch wissen wir nicht genau, daß Sullivan mit drinhängt. Vielleicht ist Al Shapiro sein Hintermann oder Boß, aber auch das ist nicht bewiesen.«

Am meisten hatte die Sache den guten Sam getroffen. Er war fix und fertig. Wie ein Häuflein Elend hockte er auf meinem Klappstuhl.

»Müssen wir die Polizei benachrichtigen, Cliff?«

»Normalerweise, ja.«

»Aber es ist doch nichts passiert, Cliff. Ich sehe die Sache von meiner Warte. Wenn hier laufend die Bullen erscheinen, bin ich ruiniert. Nicht, daß ich etwas gegen die Polizei hätte, aber manche Leute sind empfindlich. Mir geht es wie einem Hotelbesitzer. Der gute Ruf, weißt du.«

Ich merkte schon, Sam wollte die Cops nicht mit hineinziehen. Ich würde ihm seinen Willen lassen.

»Einen Gefallen mußt du mir tun, Sam.«

»Welchen?«

»Ich möchte mir mal diesen Ray Sullivan vornehmen.«

»Natürlich, warte, ich schicke nur das Personal nach Hause. Für heute reicht es.«

Ein paar Minuten später waren wir unter uns. Das heißt, Susan, Doreen, Sullivan und ich.

»Warum kann ich denn nicht gehen?« regte sich Sullivan schon auf.

»Weil Mr. Corner dir ein paar Fragen stellen will.«

»Mr. Corner, Mr. Corner, wenn ich das schon höre! Ist er der Macher?«

»Halt die Klappe und sei friedlich.« Doreens Adern schwollen an. Er stand dicht vor einer Explosion.

Ich zog Sullivan zur Seite. »Jetzt erzählen Sie mal genau. Wo und von wem bekommen Sie die Waffe, die normalerweise mit Platzpatronen gefüllt ist?«

»Die Puste liegt in der Requisitenkammer in meinem Schrank. Jeder kann praktisch daran und die Munition auswechseln. Angefangen von der Garderobiere bis zum Regisseur.«

»Schön. Ich entnehme also Ihren Worten, daß Sie die Waffe schon scharf geladen aus der Requisitenkammer geholt haben.«

»So ist es, Corner.«

»Sie überprüfen die Knarre auch niemals?«

»Warum? Bisher ist nichts passiert. Und heute, es kann sich nur um ein Versehen handeln.«

»Das Miß Taylor bald das Leben gekostet hätte.«

Sullivan gab keine Antwort. Ich merkte, wie er immer sicherer wurde. Na, ich würde ihm schon den Tiefschlag versetzen.

»Kann ich jetzt gehen, Corner? Ihre blöde Fragerei fällt mir auf den Zahn.«

»Sicher, Mr. Sullivan, können Sie gehen. Nur eine Frage hätte ich noch.«

»Wenn's sein muß.«

Ich lächelte ganz harmlos. »Kennen Sie eine gewisse Miß Leila Delago?«

Das war der Tiefschlag. Und der hatte gesessen.

Sullivan zuckte zusammen. Unverständlich blickte er mich an.

»Ich warte, Sullivan.«

Samuel Surtees Doreen kam näher. »Gibt's Schwierigkeiten, Cliff?«

»Nein, Sam. Ich warte nur noch auf eine Antwort.«

Sullivan hatte sich wieder etwas gefangen. »Nein«, sagte er, »ich kenne keine Leila Delago.«

»Was? Wie war das?« Samuel Doreen packte Sullivan am Kragen. »Leila Delago? Was hast du mit der zu tun?«

»Gar nichts, gar nichts«, keuchte der Schauspieler. »Verdammt, lassen Sie mich los.«

»Augenblick.« Ich zog Sam zurück. »Kennst du etwa die Dame?«

»Nur dem Namen nach, Cliff«, knurrte der Filmboß. »Diese Delago war dabei, als Truck Evans, der letzte Regisseur, erschossen wurde.«

Ich pfiff durch die Zähne. Das war interessant. Delago, Sullivan, Shapiro. Gab es eine Verbindung?

Ray Sullivan hatte sich zitternd auf das breite Bett fallen lassen. Er war nur noch ein Nervenbündel.

»Mit dieser Leila Delago haben Sie sich getroffen, stimmt's?«

»Genau, Corner. Ist das etwa verboten?« schrie Sullivan plötzlich. »Was darf man in diesem Scheißladen überhaupt noch?«

»Halt's Maul«, fuhr ihm Doreen in die Parade.

Der Filmprinz schwieg erschreckt.

»Weiter, Ray Sullivan«, setzte ich nach. »Was war in dem Päckchen, das Ihnen die Delago übergeben hat?«

»Ich weiß von keinem Päckchen«, schnarrte Sullivan.

»Lügen Sie nicht. Ich selbst habe es gesehen.«

»Dann müssen Sie sich 'ne Brille kaufen, Corner.«

Ich versuchte alle Tricks. Doch Ray Sullivan blieb hart. Er wollte nichts von einem Päckchen wissen.

»Warum hackst du immer auf dem Päckchen rum, Cliff?« fragte mich Doreen flüsternd.

»Weil...«, ich deutete auf die Waffe, »sie dort höchstwahrscheinlich drin gewesen war.«

Susan, die bisher schweigend zugehört hatte, fragte: »Hast du Beweise, Cliff?«

»Leider nicht. Und deshalb ist die Knarre äußerst wichtig. Wir müssen sie auf Prints untersuchen lassen.«

»Also doch Polizei«, sagte Doreen.

»FBI, Sam. Ich kenne da einige Leute. Du wirst keinen Ärger bekommen.«

»Hoffentlich.«

Ich wollte gerade den Colt nehmen, als Sullivan plötzlich auflachte. »Wir bekommen Besuch.«

Ich ruckte herum.

Tatsächlich. Unbemerkt hatte sich die große Studiotür geöffnet. Drei Männer standen in der Halle. Sie sahen sich um und setzten sich langsam in Bewegung.

»Wer sind diese Typen?« erkundigte ich mich bei Sam.

»Unsere speziellen Freunde, Cliff. Al Shapiro nebst Leibwache. Und die sind nicht nur zum Kaffeetrinken gekommen, darauf kannst du dich verlassen.«

Und wie sie kamen. Selbstsicher, arrogant und feist grinsend. Ungefähr nach dem Motto: Mir kann keiner.

Al Shapiro bildete die Spitze. Er ging immer einen Schritt vor. Seinen leichten Strohhut hatte er in den Nacken geschoben. Gesicht und Halbglatze glänzten schweißfeucht. Die kalte Zigarre zwischen den dicken Lippen machte den Gangsterboß auch nicht gerade schöner.

Anders seine Begleiter. Elegant, wohlfrisiert und mit Tangoschritten tänzelten sie hinter ihrem Boß her. Die Knaben rochen schon zehn Meilen gegen den Wind nach schwul. Trotzdem, man durfte ihre Gefährlichkeit nicht unterschätzen. Sie bevorzugten das lautlose Killen. Ich hatte mehr als einmal mit solchen Typen zu tun gehabt.

Shapiro stoppte, stemmte die Arme in die Hüften und sah sich um. Verwundert schüttelte er den Kopf. »Arbeit schon eingestellt, Sam?«

Samuel Surtees Doreen beherrschte sich nur mühsam. »Ich wüßte nicht, was Sie das angeht, Shapiro. Und jetzt verschwinden Sie. Ich habe Sie nicht eingeladen.«

»Na, na, nicht so unfreundlich, bitte«, ließ sich einer der Leibwächter vernehmen.

»Misch dich nicht ein, Wulfie«, schnarrte Shapiro, »deine Zeit kommt noch.«

Erst in diesem Augenblick schien der Gangsterboß Susan und mich zu bemerken.

»Ich sehe, Sie haben vorgesorgt, Sam. Einen neuen Star und Regisseur. Alle Achtung, ich kann Ihnen nur gratulieren. Vor allen Dingen zu der neuen Hauptdarstellerin. Ist das Ihr Debüt beim Filmen, Miß . . .?«

». . . Taylor«, sagte Susan lächelnd. »Susan Taylor. Aber das wissen Sie doch längst, Mr. Shapiro.«

»Ich? Woher denn?« Shapiro zuckte die Achseln. »Komische Ansichten haben Sie.«

»Darf ich Sie an etwas erinnern, Mr. Shapiro?« sagte ich leise.

»Ach, der Herr Regisseur meldet sich auch zu Wort. An was wollen Sie mich denn erinnern?«

»An Mr. Doreens Worte. Sie sollen verschwinden.«

Nach meinen Worten schien die Luft wie elektrisiert geladen. Die beiden Killer nahmen eine lauernde Haltung ein, bereit, jeden Moment nach ihren Waffen zu greifen. Nur Shapiro blieb gelassen. »Sam, Sie hätten einen billigen Privatschnüffler nicht als Regisseur einstellen und dazu noch seiner Partnerin eine Hauptrolle geben sollen. Nein, Sam, das war ein Fehler. Es drückt nämlich den Preis.«

»Welchen Preis?« fragte Doreen lauernd.

»Den ich dir für dein Gelände hier zahlen werde. Ich hatte an hunderttausend Dollar gedacht. Aber wenn die Sache . . .«

Weiter konnte Shapiro nicht sprechen.

Aufschreiend warf sich Samuel Surtees Doreen gegen den Gangsterboß. »Du Hund«, keuchte er, »du dreckiger . . .«

Doch dann ging alles blitzschnell.

Etwas zischte durch die Luft.

Doreen schrie auf.

Ich ruckte herum.

Ein Messer! Es steckte in Doreens Arm.

Stöhnend wälzte sich der Filmboß auf dem Boden und hielt sich den Arm. Eine breite Blutspur lief bis zum Handgelenk.

Mit einem Sprung war ich bei ihm. »Ich zieh' das Messer raus, Sam.«

»Kommt nicht in Frage«, sagte Wulfie und trat mir gegen den Hals.

Ich flog rückwärts, vollführte eine Rolle rückwärts, stand wieder auf den Beinen und schaute in die Mündung einer Pistole.

Wulfie hielt die Waffe in der Hand.

»Keine Dummheiten, Corner.«

Shapiro grinste. Er deutete auf Susan. »Sie können ihn verbinden. Ich bin ja gar nicht so. Und Corner: Ich komme nie ohne Rückendeckung, das sollten Sie sich merken. Der beste Messerwerfer der Westküste läßt uns nicht aus den Augen. Er hätte Doreen töten können. Aber ich wollte es noch nicht, Corner. Verstehen Sie?«

»Ich beuge mich vor ihrem Edelmut«, spottete ich.

Al Shapiro zog die Augenbrauen zusammen. »In den nächsten zehn Minuten wird Ihnen Ihre große Schnauze vergehen, Corner. Verlassen Sie sich drauf.«

Shapiro stieß einen gellenden Pfiff aus.

Das große Tor zur Studiohalle, das bisher nur einen Spalt offenstand, wurde ganz aufgestoßen.

Dann stürmten sie herein. Sechs, sieben Männer. Bewaffnet mit Beilen und anderen Schlaginstrumenten. Blitzschnell verteilte sich das Rollkommando in der Halle.

Shapiro grinste. »Nun, Corner?«

»Sie sind ein Schwein«, zischte ich.

Der Gangster lachte.

»Walter, Wulfie, paßt auf den Schnüffler auf. Ich habe mit Doreen einiges zu bereden.«

Susan Taylor hatte Sam inzwischen notdürftig mit einem Taschentuch die Wunde abgebunden. Der Filmboß lag jetzt auf dem Bett. Er atmete keuchend.

Shapiro setzte sich neben ihn. »Sieh dir meine Leute genau an, Sam. Wenn ich das Zeichen gebe, werden sie diese Halle zerstören. Und anschließend wird dich Fito Gomez in die Mangel nehmen. Doch vorher sterben Corner und die Taylor. Ebenfalls dieser Sullivan, der da immer noch wie bestellt und nicht abgeholt sitzt. Hast du bisher alles mitbekommen, Sam?«

Doreen nickte krampfhaft.

Ich warf Susan einen Blick zu. Sie stand da und preßte wie im Fieber die Hände zusammen.

Auch mir ging es nicht anders. Ich erstickte fast an meiner Wut. Doch unternehmen konnte ich nichts. Hinter mir lauerten Wulfie und Walter nur darauf. Ihr süßliches Parfüm kitzelte meine Nase.

»Versuch es nur, Corner«, hauchte einer der beiden.

Ich atmete tief aus.

»Es gibt allerdings noch eine Möglichkeit«, fuhr Shapiro fort. »Du unterschreibst diesen Wisch hier.« Shapiro griff in die Jackettasche und brachte ein Stück Papier zum Vorschein. Wulfie warf ihm einen Kugelschreiber zu.

»Ich schreibe jetzt hunderttausend Dollar auf den Wisch, Sam. Mehr ist dein Krempel mir nicht wert.«

Langsam, fast genußvoll malte Shapiro die Zahl.

»So, und nun unterschreib!« Mit diesen Worten hielt er Doreen das Papier und den Schreiber hin.

Schwer atmend stützte sich Doreen hoch.

Al Shapiro grinste über seine Bemühungen. »Selbst schuld, Sam«, kommentierte er, »hättest dich eben nicht so blöde zu benehmen brauchen.«

»Unterschreiben Sie nicht, Sam«, sagte Susan plötzlich.

»Was?« Shapiro sprang auf. »Wollen Sie sofort umgelegt werden?«

Unbewußt tat ich einen Schritt vor.

»Bleib ja stehen!« warnte mich wieder diese weiche, eklige Stimme.

Zähneknirschend gehorchte ich.

Susan räusperte sich. »Wenn Sie einen von uns umlegen lassen, Shapiro, sind Sie in der nächsten Sekunde auch tot.«

Mit einem Ruck packte Susan den Colt, der noch immer auf dem Bett lag. Sie mußte ihn mit beiden Händen festhalten. Die Mündung zeigte aber unverwandt auf Shapiro.

Verdammt, das Girl hatte Nerven. Man konnte wirklich vor Susan den Hut ziehen.

Shapiro stand wie hypnotisiert. Nur sein Gesicht zuckte.

In der Halle war es totenstill. Wie ein eiserner Ring lag die Spannung über uns.

Plötzlich lachte Shapiro auf. Ja, er lachte, daß ihm die Tränen kamen.

»Reingefallen, Miß«, prustete er. »In der Knarre war nur ein Schuß. Und den haben wir bis draußen gehört, als er losging.«

»Lassen Sie es darauf ankommen?« fragte Susan.

Shapiro wurde unsicher. Er stieß pfeifend die Luft aus.

»Ja«, sagte er schließlich.

»Okay, das wollte ich nur wissen«, nickte Susan und warf den Colt wieder aufs Bett. »Dann stecken Sie hinter dem Anschlag.«

Shapiros Gesicht verzerrte sich. »Erraten, Miß Taylor.«

»Und warum das alles?«

»Das braucht Sie nicht zu interessieren.« Shapiro wandte sich wieder an Doreen. »Los, unterschreib.«

»Okay«, flüsterte der Filmemacher.

Mit zitternden Fingern setzte er seine Unterschrift unter den Vertrag. Triumphierend riß Al Shapiro das Blatt an sich. »Das wär's. Jetzt gehört alles mir. Doreen, ich gebe Ihnen zwei Tage, dann sind Sie aus Los Angeles verschwunden. Corner wird noch heute abhauen. Damit er sich es nicht noch anders überlegt, nehmen wir seine Partnerin mit. Er bekommt sie wieder, falls Miß Taylor keine Dummheiten macht.«

»Wie meinen Sie das?« fragte ich erstickt.

»Nun, unter Dummheiten verstehe ich gewisse Trotzreaktionen. Fluchtversuche und so weiter.«

»Keine Bange«, spottete Susan, »ich werde Ihren süßen Leibwächtern schon nicht zu nahe treten.«

»Das möchten wir dir auch nicht geraten haben«, zischte hinter mir einer der Knaben, »sonst werden wir unangenehm, sehr unangenehm sogar.«

Wenn ich schon diese Stimme hörte! Ehrlich gesagt, Freunde, ich hätte dem Kerl am liebsten die Zähne ausgeschlagen.

»Und noch eins, Corner. Den Bullen Bescheid sagen ist nicht drin. Der Vertrag, den Doreen unterzeichnet hat, ist echt. Außerdem würde ich tausend Leute finden, die bezeugen, daß alles legal zugegangen ist.« Ich glaubte dem Gangster aufs Wort.

»Das wär's dann«, nickte Shapiro und kniff ein Auge zu.

Was das Zeichen zu bedeuten hatte, erfuhr ich eine Sekunde später. Der Schlag in den Nacken traf mich wie ein Dampfhammer. Ich hatte erst mal Sendepause.

Das Erwachen war wie immer scheußlich. Meine hintere Kopfpartie schmerzte wie verrückt, und die Zunge schien das Dreifache an Volumen eingenommen zu haben.

Mein erster Gedanke galt natürlich Susan.

Sie war weg, ebenso die anderen. Nur Samuel Surtees Doreen war noch da. Er hockte totenbleich auf dem Bett und hielt sich den verletzten Arm.

»Na, wieder da?« grinste der Filmemacher verunglückt.

»Halb«, gab ich krächzend zurück und zog mich an einem schweren Standscheinwerfer hoch. Das Schwindelgefühl ließ sich ertragen. Brechreiz spürte ich auch nicht, also keine Gehirnerschütterung. Wunderbar.

»Und jetzt?« fragte Doreen, als ich mich neben ihm auf das Bett setzte. »Willst du aufgeben, Cliff?«

»Nein, Sam. Keine Spur. Die Halunken kaufe ich mir.«

»Aber Susan . . .«

»Das ist natürlich der schwache Punkt«, gab ich zu.

Doreen stöhnte auch. »Wenn man nur wüßte, wo sie steckt.«

»Ich nehme an, in Shapiros Haus, Sam.«

»Glaubst du denn, er wäre so leichtsinnig?«

»Leichtsinnig nicht, Sam. Eher überheblich. Shapiro denkt, er hätte alle Trümpfe in der Hand.«

»Hat er das denn nicht?«

Ich schüttelte den Kopf. »Es gibt noch zu viele schwache Punkte. Nimm zum Beispiel diese Leila Delago. Daß sie mit drinhängt, ist klar wie Kloßbrühe. Oder Ray Sullivan. Der spielt doch auch mit gezinkten Karten.«

»Aber der Anschlag auf ihn?«

»Kann eine Finte gewesen sein, Sam. Du mußt bei den Gangstern mit allem rechnen. Doch zu dir, alter Junge. Was willst du unternehmen? Du hast leider den Vertrag unterschrieben. Somit völlig am Ende.«

»Ich hau' ab, Cliff. Werde mich irgendwohin verkriechen, wo mich keiner kennt. Sie haben mich geschafft, die Schweine, die.«

Samuel Surtees Doreen war völlig deprimiert.

Ich konnte ihn verstehen. Für ihn war eine Welt zusammengebrochen.

»Nun mal hoch den Kopf«, versuchte ich ihn zu trösten. »So schnell wirft man die Sense nicht ins Getreide.«

Sam lachte verbittert auf. »Du hast gut reden, Cliff. Was nützen mir schöne Worte, wenn ich alles verloren habe?«

»Noch hast du dein Leben, Sam. Und das ist viel wert.«

»Ach, auch nicht mehr.«

»Sei doch nicht so stur, Sam«, sagte ich eindringlich. »Gib mir, sagen wir, drei Tage Zeit. Okay?«

»Und? Was willst du in den Tagen unternehmen? Den FBI einschalten? Glaubst du im Ernst, damit könntest du Susan retten? Nein, Cliff, es gibt nur eine Möglichkeit. Du mußt tun, was Shapiro gesagt hat. Nimm das nächste Flugzeug.«

»Dann lassen sie Susan leben, wie?« höhnte ich. »Mensch, Sam, sei nicht so naiv. Susans Leben ist keinen Pfifferling wert. Man wird sie genauso umbringen wie mich.«

»Aber warum dann dieses ganze Theater? Sie hätten euch doch sofort eine Kugel geben können.«

»Dahinter komme ich auch noch, Sam. So, jetzt denk mal wieder auf der richtigen Wellenlänge.«

»Will's versuchen.«

Ich wollte gerade meinen Vorschlag unterbreiten, als ich sah, daß der Colt, mit dem Susan fast umgebracht worden wäre, weg war.

Doreen schien Gedanken lesen zu können, denn er sagte: »Gomez, dieser heimtückische Messerwerfer, hat ihn mitgenommen. Der Typ ist erst aufgetaucht, als du schon bewußtlos warst.«

Ich ärgerte mich. Vielleicht wäre dieser Colt ein Stein auf dem Weg zu Shapiro gewesen.

»Nun raus mit der Sprache, Cliff. Was hast du vor?«

»Hör zu. Ihr habt doch eine Maskenbildnerei. Ich werde gleich dorthin gehen und mich ein wenig verändern. Und danach einer gewissen Leila Delago einen Besuch abstatten. Mit dem kleinen Trick hoffe ich wenigstens, Shapiro eine Zeitlang täuschen zu können.«

Sam sah mich an. »Die Idee ist gut. Hoffentlich hast du Erfolg.«

»Ganz bestimmt. Komm, bring mich in eure Schminkbude.«

Zehn Minuten später saß ich vor einem Frisiertisch, und ein gutgebautes Girl pinselte an meinem Gesicht herum. Ich bekam einen unechten Schnurrbart, Brille und die Haare gefärbt. Anschließend jagte mir das Girl noch zwei Paraffinspritzen in die Wangen. Danach kam ich mir vor wie ein Hamster.

»Zufrieden?« erkundigte sich das Girl.

»Sie denn?« lächelte ich.

Ihr Augenaufschlag hätte Tote wieder ins Leben gerufen. »Sehr.«

»Danke, ich werde auf Ihr Angebot zurückkommen.«

»Richtig kernig siehst du aus«, flachste Sam.

»Ha ha. Geh du lieber zum Arzt mit deinem Arm.«

Sam nickte. »Das mache ich auch, Cliff. Also — dann. Hals- und Beinbruch.«

»Danke.«

Ich hatte ein komisches Gefühl, als ich ins Freie trat. Doch alles lief normal. Niemand nahm von mir Notiz.

Ich klemmte mich in den Porsche und zischte los.

Al Shapiro war mit sich und der Welt zufrieden. Momentan lag er auf einer Luftmatratze in seinem Swimmingpool und ließ sich die Sonne auf den dicken Bauch scheinen.

Am Rande des Beckens hockten Wulfie und Walter. Sie nippten Saft und dösten vor sich hin.

»Wann dürfen wir die Taylor denn umlegen?« erkundigte sich Walter.

»Gar nicht«, antwortete Al Shapiro, paddelte zu der kleinen Leiter und stieg aus dem Pool. »Kommt mit.«

Wulfie und Walter folgten ihrem Boß ergeben wie zwei Hunde in das Arbeitszimmer. Es war mit Büchern vollgestopft, die niemand gelesen hatte und die auch niemand lesen würde.

Shapiro setzte sich hinter ein Monstrum von Schreibtisch. Grinsend blickte er seine beiden Leibwächter an.

»Wir machen mit der Taylor ein sagenhaftes Geschäft.«

»Wieso, Boß?« fragten die Süßen erstaunt.

Shapiro deutete gegen seine Stirn. »Köpfchen muß man haben, Köpfchen«, lobte er sich selbst. »Paßt auf, ich habe mir was Feines ausgedacht. Corner und die Taylor kommen aus Chicago. Dort sind sie bekannt wie bunte Hunde. Jeder Boß würde sich doch freuen, wenn die beiden tot wären, nicht wahr?«

»Genau, Boß.«

»Und nun meine Idee. Wir liefern unseren Freunden in Old Chic das Detektivpärchen praktisch frei Haus. Tot oder lebendig, ist egal. Natürlich nicht umsonst. Für eine Million Dollar. Wenn die Kameraden sammeln, bekommen sie das Geld schon zusammen. Na, was sagt ihr dazu?«

»Phantastisch«, murmelten die beiden. »Aber was wird mit Corner? Die Taylor haben wir ja.«

»Ach, an Corner habe ich gedacht. Fito Gomez wird sich seiner annehmen. Er meinte heute noch zu mir, zwei Messer reichen. Fito ist übrigens schon unterwegs und mein Gespräch nach Chicago auch angemeldet.«

Fast wie auf Stichwort schrillte das Telefon.

Wie ein Geier grapschte Al Shapiro den Hörer.

»Ja?« bellte er.

Von nun an redete Shapiro wie ein Wasserfall. Sein Vorschlag schien bei seinem Gesprächspartner ein offenes Ohr zu finden, denn als Shapiro den Hörer auflegte, grinste er wie ein Honigkuchenpferd.

»Hat's geklappt?« hechelten Wulfie und Walter.

»So gut wie. Sie waren mit allem einverstanden. Es wird nur noch überlegt, wie sie das Geld beschaffen. Sie rufen heute zurück.«

»Wer ist ›sie‹, Boß?«

»Die führenden Leute der Cosa Nostra.«

»Dann können wir die Taylor jetzt umlegen?« Wulfie rieb sich schon die Hände.

»Nein. Das entscheidet sich auch erst nach dem Anruf.«

»Schade.«

»Etwas Geduld müßt ihr schon haben.«

»Was ist denn mit Corner, Boß?«

»Der?« Al Shapiro lachte. »Soll so schnell wie möglich ins Jenseits geschickt werden. Und dafür ist Fito Gomez genau der richtige Mann.«

Nicht, daß Sie denken, mich würde Susans Schicksal kaltlassen, aber ich konnte nicht einfach zu Shapiro gehen und ihm sagen: »Geben Sie mir meine Partnerin wieder.« Nein, ich mußte anders zum Ziel kommen, und das hoffte ich über Leila Delago zu schaffen.

Leila Delagos Adresse kannte ich ja. Hoffentlich war die Masseuse auch zu Hause. Doch vorher fuhr ich noch bei Sam vorbei. Ona, die schwarze Perle, ließ mich ein, und ich holte meinen .38er aus dem Koffer. Jetzt fühlte ich mich wohler.

Onas mißtrauischen Fragen nach ihrem Brötchengeber wich ich aus. Ich wollte den guten Geist nicht unnötig beunruhigen.

Ich verzichtete auf ein Mittagessen und fuhr geradewegs zu Leila Delagos Apartmenthaus.

Der Portier erkannte mich in meiner Maske nicht. »Zu wem wollen Sie, Sir?«

»Zu Miß Delago.«

Der Empfangschef lächelte süßsauer. »Pardon, aber ich glaube, Miß Delago hat Besuch. Herrenbesuch. Sie verstehen.«

»Nicht schlimm«, lächelte ich ebenso zurück, »dann machen wir halt Gruppensex.«

Das reichte. Der Empfangschef hüstelte verlegen. Geschockt verdrückte er sich in seine Glaskabine.

Die Einwohnertafel mit den Briefkästen nahm fast eine ganze Wand ein. Ein kurzer Blick genügte. Leila Delago wohnte im zehnten Stock. Einer der drei Lifts brachte mich hoch.

Der Flur war mit grünem Teppichboden ausgelegt. Die einzelnen Apartmenttüren aus Naturholz. Danach zu urteilen, war die Miete bestimmt nicht billig.

Vierte Tür rechts. Dort prangte in Messingbuchstaben der Name ›L. Delago‹.

Ich war sehr gespannt, wen die Masseuse wohl zu Besuch hatte. Sicherheitshalber lockerte ich meinen .38er.

Ich wollte gerade meine Finger auf den Klingelknopf legen, da wurde die Tür aufgerissen.

»Dann bis . . .«

Den Rest verschluckte Ray Sullivan, denn er prallte unsanft gegen mich.

Das war also Leilas Gast. Interessant. Hätte ich mir aber auch denken können.

»Teufel noch mal«, fluchte der Filmprinz, »was suchen Sie hier?«

Wenn Sullivan mich so ansprach, hatte er mich wohl nicht erkannt. Um so besser.

»Den gestrigen Tag«, beantwortete ich seine Frage.

Sullivan konnte keinen Spaß vertragen. Er wurde rot und holte aus. Ehe er jedoch seinen Heumacher landen konnte, trat ich ihm auf die Zehen.

Sullivans Faust blieb fast in der Luft hängen. Sein Gesicht verfärbte sich, und der Kerl stieß unartikulierte Laute aus. Ich nutzte die Gelegenheit und tickte ihn leicht gegen die Brust.

Sullivan segelte förmlich in die Diele. Dabei riß er noch die halbe Garderobe mit um.

»Schätze, das reicht«, sagte die Frau plötzlich mit scharfer

Stimme. Sie unterstrich ihre Worte durch einen Derringer in der rechten Hand.

»Pardon«, lächelte ich, so gut es ging, zupfte mir die Krawatte zurecht. Ich hatte mich bei Sam noch in andere Klamotten geworfen, riskierte einen zweiten Blick und war geschockt.

Nicht so sehr von der Pistole, sondern von Leila Delago. Ich hatte sie bis jetzt nur von weitem gesehen, doch nun . . . Verflixt noch mal, das Girl war Spitzenklasse.

Schwarzes, seidiges Haar umrahmte ein Gesicht wie vom Maler geschaffen. Die dunklen Augen schienen fortwährend zu locken, und der sinnliche, kirschrote Mund unterstrich diesen Ausdruck. Und dann die Figur. Einfach Klasse!

Leila Delago war unerhört sexy. Ihre Proportionen hatten genau die richtigen Maße. Es paßte einfach alles.

Auch der auberginefarbene Hausanzug, den sie trug. Er bestand aus Seide, und der Reißverschluß vorn reichte vom Nabel bis zum Hals. Nur hatte Leila in der Eile vergessen, ihn ganz zu schließen. Was versuchte, oberhalb der Gürtellinie ins Freie zu dringen, war schon sehenswert.

Leila machte auch keine Anstalten, den Reißverschluß zu schließen.

Reiß dich zusammen, Cliff, sagte mir meine innere Stimme.

»Wenn Sie mich genug gemustert haben, können Sie mir ja erklären, was Sie hier wollen«, sagte Leila Delago.

»Sie sprechen.«

»Ach. Und das auf so ungewöhnliche Weise. Normalerweise meldet man sich an.«

»Es war nicht meine Schuld«, verteidigte ich mich, während ich krampfhaft versuchte, meine Stimme zu verstellen, damit mich Ray Sullivan nicht letzten Endes doch noch erkannte.

Der Filmprinz, der auf dem Boden hockte und sich die Zehen hielt, kreischte: »Leg ihn doch um, den Bastard!«

»Halt die Klappe, du Waschlappen«, zischte Leila.

»Von wegen Waschlappen«, heulte Sullivan. »Hätte er mich nicht getreten . . .«

Sullivan stemmte sich hoch und nahm eine lächerliche Box-stellung ein. Er wollte wohl seine Ehre wiederherstellen.

»Moment«, sagte ich, fintierte kurz, packte den Knaben an Kragen und Hosenbund und beförderte ihn zur Tür hinaus, die ich schnell wieder schloß.

»So, Miß Delago, jetzt können wir uns in Ruhe unterhalten. – Aber wollen Sie nicht die Pistole wegstecken? Sie stört mich.«

»Gut, weil Sie es sind«, lächelte die Masseuse. Sie warf die Knarre einfach auf den Teppich. Ich ließ sie liegen. Leider zog die Delago auch noch den Reißverschluß hoch.

Als sie meinen bedauernden Blick sah, lächelte sie spöttisch.

»Man kann nicht alles haben«, murmelte ich, während Sullivan auf dem Flur rumfluchte.

»Kommen Sie in den Livingroom«, lud mich Leila Delago ein.

»Aber mit dem größten . . .«, erwiderte ich.

Der Livingroom war modern eingerichtet. Es gab einfach alles. Von der gutgefüllten Hausbar bis zur teuren Stereoanlage.

Ich setzte mich in einen bequemen Wildledersessel, lehnte den angebotenen Whisky nicht ab und reichte Zigaretten.

Durch die Rauchringe sah mich Leila Delago an. »Was wollen Sie wirklich, Mister . . .?«

». . . Evans«, sagte ich. »Bill Evans. Ich bin der Bruder von Truck.«

»Oh!« Falls Leila Delago geschockt war, zeigte sie es wenigstens nicht. »Wußte gar nicht, daß Truck einen Bruder hatte.«

Ich auch nicht, wollte ich erst sagen, doch ich verbiß mir die Antwort. »Wir haben nicht besonders miteinander verkehrt«, tat ich verlegen, »doch jetzt, wo Truck tot ist und ich weiß, wie er umgekommen ist, möchte ich der Sache auf den Grund gehen. Ich glaube, das bin ich meinem Bruder schuldig.«

»Wäre die Polizei da nicht kompetenter, Mr. Evans?«

Ich schüttelte den Kopf. »Nein. Die Polizei ist zu sehr an Vorschriften gebunden. Ich kann unkonventioneller arbeiten.«

»Wie soll ich das verstehen?«

»Härter, Miß Delago.«

Die Masseuse lachte auf. »Sie sind ein Phantast, Mr. Evans. Die Männer, die Ihren Bruder ermordet haben, sind Gangster, brutale Killer. Ich glaube nicht, Ihren Vorsatz in allen Ehren, daß Sie gegen diese Leute etwas ausrichten können.«

Ich nahm einen Schluck Whisky. Er war übrigens ausgezeichnet. »Sie wissen erstaunlich gut Bescheid, Miß Delago. Darf ich fragen, wie das kommt?«

Leila Delago zog die wohlrasierten Augenbrauen zusammen. »Soll das eine indirekte Verdächtigung sein, Mr. Evans?«

»Nein«, erwiderte ich harmlos. »Höchstens eine Schlußfolgerung. Sie waren schließlich dabei, als der Mord passierte. Und Sie hat man auch in Ruhe gelassen. Etwas eigenartig. Normalerweise lassen Gangster Zeugen nicht am Leben.«

»Sie vergessen, daß die Männer Masken trugen, Mr. Evans«, antwortete Leila Delago. Ihr Gesicht bekam einen lauernden Ausdruck.

»Schon gut«, beschwichtigte ich die Masseuse. »Aber ich mache mir so meine Gedanken.«

»Das können Sie auch. Verschonen Sie mich jedoch damit.« Leila Delago erhob sich.

»Bitte, eine Frage hätte ich noch. Wie stehen Sie zu Al Shapiro?«

Die Masseuse zuckte zusammen. »Raus!« zischte sie giftig. »Aber schnell!«

Aha, ich hatte den wunden Punkt getroffen.

Ich blieb sitzen. »Es gefällt mir ganz gut. Ich gehe erst, wenn es mit paßt.«

Leila Delago sprang in Richtung Diele, um ihren Derringer zu holen.

Ich bekam sie soeben noch am Handgelenk zu fassen. Mit einem Ruck warf ich sie in den Sessel.

»Drecksack«, giftete die Masseuse.

»So verstehen wir uns schon besser«, grinste ich. »Habe ich Ihnen nicht gesagt, meine Methoden sind unkonventioneller?«

Angst flackerte in Leilas Augen. Natürlich würde ich mich hüten, die Frau anzurühren, doch das wußte sie ja nicht.

Mit beiden Händen hielt ich ihre Arme fest. Tief beugte ich mich zu Leila hinunter.

»Jetzt hören Sie mir genau zu«, sagte ich leise. »Ich will die Wahrheit wissen, verstanden?«

Leila nickte krampfhaft.

»Was war in dem Päckchen, das Sie Ray Sullivan gestern übergeben haben?«

Leila Delago wand sich wie ein Aal. »Ich weiß es nicht.«

»Wirklich nicht?« Meine Stimme klang drohend.

»Nein. Ein Bekannter bat mich, Ray dieses Päckchen zu übergeben. Ich habe dafür hundert Dollar bekommen.«

»Wie hieß der Bekannte?«

»Keine Ahnung. Ich kenne ihn nur vom Sehen.«

»Sie lügen schlecht, Miß Delago. Ich kann Ihnen sagen, was in dem Päckchen war. Eine Waffe, mit der Susan Taylor ermordet werden sollte.«

»Wenn Sie es so genau wissen, warum fragen Sie dann?«

»Weil ich von Ihnen die Bestätigung haben will.«

Leila Delago schluchzte auf. Anscheinend versuchte sie jetzt mit der weichen Welle ans Ziel zu kommen.

»Ich weiß wirklich nichts, Mr. Evans, glauben Sie mir. Ich kenne auch keine Susan Taylor. Lassen Sie mich in Ruhe, bitte.«

Ich ließ die Frau los. Sie würde doch nichts sagen.

Langsam ging ich zur Tür. »Noch eins, Miß Delago. Bestellen Sie Ihren Freunden, daß ein gewisser Bill Evans seinen Bruder rächen wird.«

Ehe Leila Delago eine Antwort geben konnte, wurde die Apartmenttür aufgeschlossen.

Herein stürmte Ray Sullivan. Und hinter ihm zwei Schläger mit Stahlruten in der Hand.

»Das ist das Schwein«, keifte Sullivan hysterisch. »Zeigt's ihm. Aber schnell!«

Die Schläger nickten wie zwei Automaten. In ihren sturen Gesichtern regte sich kein Muskel.

Langsam, fast schwerfällig kamen sie näher. Die Stahlruten wippten gefährlich in ihren Händen ...

Susan Taylors Lage sah schlecht aus. Sehr schlecht sogar.

Die Gangster hatten sie in Shapiros Keller mit Handschellen an ein Heizungsrohr gefesselt. Da die Heizungsrohre etwa einen halben Yard über Susans Kopf herliefen, stand sie da mit hoch erhobenen Armen. Auf die Dauer war diese Lage verdammt teuflisch.

Verantwortlich für diese Fesselung zeigten sich Wulfie und Walter. Ihnen hatte es eine sadistische Freude bereitet, Susan so zu fesseln.

Susan Taylor hatte immer noch ihr hellblaues, fast durchsichtiges Nachthemd an. Zu ihrem Glück waren Shapiros Leibwächter verkehrt rum, sonst hätte meine Partnerin einige böse Stunden auszustehen gehabt.

Kaltes Neonlicht erhellte den Keller. Außer den Heizungsrohren gab es keine Einrichtungsgegenstände, wie zum Beispiel einen Schrank mit Werkzeug oder Gartengeräte.

Susan spürte ihre Arme kaum noch. Durch die ungewohnte Stellung hatte sich ein Blutstau gebildet.

Susan Taylor machte sich keine Illusionen. Sie würde nur mit viel Glück aus dieser Situation heil herauskommen. Und Cliff? Ein verlorenes Lächeln umspielte Susans angespanntes Gesicht. Wie sollte er in diese Gangsterfestung gelangen?

Die weißlackierte Eingangstür aus Eisen wurde aufgestoßen. Al Shapiro betrat den Keller. Grinsend baute er sich vor Susan auf.

»Wie geht's, holde Dame?« spottete er.

»Wenn ich Sie sehe, noch schlechter«, gab Susan patzig zurück.

Shapiro wurde sauer. »Wir werden dir deine freche Schnauze noch stopfen. Lange brauchst du hier nicht mehr zu hängen.«

»Sie wollen mich also freilassen?«

Shapiro lachte meckernd. »Soweit kommt es noch. Nein, ich mache mit dir ein Geschäft. Wir verkaufen dich in deine Heimat. Nach Chicago.«

Susan schluckte. »Wie soll ich das verstehen?«

»Ganz einfach. Für eine Million Dollar bekommt dich die Cosa Nostra. Und deinen Partner gratis dazu.«

Susan wußte, die Worte des Gangsters waren kein Scherz. Cliff! Lebte er überhaupt noch?

Shapiro weidete sich an Susans Schrecken. »Du brauchst keine Angst zu haben, Puppe. Wirst deinen Partner bald in der

Hölle besuchen können. Ich erwarte heute noch einen Anruf aus Chicago, ob man dich tot oder lebendig haben will. Meiner Meinung nach eher tot, denn was sollen sich die Leute noch mit dir herumärgern?«

»Sie sind ein Schwein«, flüsterte Susan heiser.

»Nein, Geschäftsmann«, gab Shapiro eiskalt zurück. »Ich sehe nur meinen Vorteil. Glauben Sie denn im Ernst, wir könnten Sie leben lassen? Genausowenig wie Doreen. Er weiß auch zuviel.«

Susan beherrschte sich nur mühsam. »Verschwinden Sie, Shapiro«, zischte meine Partnerin. »Hauen Sie ab. Ich kann Sie nicht mehr sehen.«

»Na, na, na! Nicht so giftig«, grinste Shapiro. »Sonst gebe ich Wulfie einen Wink. Er kennt ganz spezielle Todesarten. Hat sie von einem Chinesen.«

»Sie widern mich an, Shapiro.«

»Du mieses Flittchen«, keuchte der Gangster. »Du vergißt eines, du bist in meiner Gewalt. Ich könnte dich fertig machen, du...«

»Versuchen Sie's doch.«

Shapiro versteifte sich. Seine Augen blitzten, als sie über Susans Körper glitten. »Ja, Puppe. Das werde ich auch. Die richtige Stellung hast du ja. Verdammt, war ich denn blind? Ein paar schöne Minuten könnten mir nicht schaden.«

Shapiro leckte sich den Schweiß von der Oberlippe. Seine rechte Hand legte sich auf Susans Schulter. Durch den dünnen Stoff fühlte er ihre warme Haut.

»Oh«, stöhnte der Gangsterboß. Seine Hand wanderte tiefer, fand die Knöpfe des Nachtgewandes.

Susan zuckte zusammen, als die fleischigen Finger ihren Körper berührten. Ekel preßte ihr die Kehle zusammen.

Shapiro wurde forscher, gieriger. Er wurde aber auch unvorsichtiger.

Mit beiden Händen packte er den Stoff. Sein Gesicht näherte sich Susans Lippen...

Shapiro vergaß alles. Sah nur Susan Taylor, die ihn erregte, die ihn verrückt machte.

Susan blieb eiskalt. Sie steckte nicht zum erstenmal in solch einer Situation.

Ihr Knie schoß plötzlich vor.

Shapiro schrie auf. Schmerzerfüllt.

Mit beiden Händen hielt er sich den Unterleib.

»Du dreckige...«

Eine Litanei unflätiger Schimpfworte folgte.

»Das hast du nicht umsonst gemacht«, spuckte der Gangster. »Du wirst es noch spüren. Ich werde dir Wulfie und Walter schicken. Ich werde...«

Susan verstand Shapiros Gestammel nicht mehr, denn in diesem Augenblick betraten die beiden Killer den Keller.

Mit einem Blick erfaßten sie die Lage.

Wulfie reagierte als erster.

Mit zwei Schritten stand er neben Susan, zauberte blitzschnell eine Seidenschlinge aus der Tasche, und ehe meine Partnerin etwas unternehmen konnte, lag die Schlinge um ihren Hals.

Wulfies Stimme klang erwartungsvoll.

Susan spürte, wie ihr die Luft knapp wurde. O nein, der Killer würde noch nicht fest zuziehen. Nur so weit, daß es für das Opfer eine Quälerei war, Luft zu holen.

Shapiro schnippte mit den Fingern. »Laß sie los, Wulfie. Wir warten noch auf den Anruf aus Chicago.«

Wulfie löste die Schlinge.

Gierig saugte Susan die Luft in ihre Lungen. Verflixt, das war knapp gewesen.

»Beim nächstenmal bist du dran«, sagte Shapiro. »Ich werde Wulfie und Walter den Auftrag geben, sich etwas Spezielles einfallen zu lassen.«

Die beiden Süßen lächelten geschmeichelt.

Susan wandte ihren Kopf ab. Sie konnte diese Visagen einfach nicht mehr sehen.

Al Shapiro steckte sich eine Zigarre an. »Wir lassen dich jetzt wieder allein, Puppe«, schnarrte er. »Denk über deine Sünden nach, denn wenn Wulfie und Walter zurückkommen, hast du dafür keine Zeit mehr.«

Die beiden Leibwächter lachten gekünstelt.

Wenig später knallte die Kellertür hinter den Männern zu.

Sie hörten das Schrillen des Telefons schon auf der Kellertreppe.

»Das ist Chicago«, rief Shapiro hastig und nahm drei Stufen auf einmal.

In seinem Arbeitszimmer konnte Shapiro den Hörer nicht schnell genug ans Ohr kriegen.

»Ja?« hechelte er kurzatmig.

»Ich bin's, Boß«, schallte ihm Sullivans laute, nervöse Stimme entgegen.

Shapiro kam die Galle hoch. »Was willst du Schmierfink?« schrie er. »Habe ich dir nicht gesagt, du sollst hier nicht anrufen? Ich erwarte ein Gespräch aus Chicago.«

»Aber es ist doch wichtig«, quäkte Ray Sullivan weinerlich.

»Okay. Dann leier deinen Song.«

»Ich war gerade bei Leila, Boß. Sie hat Besuch gekriegt.«

»Wen?« unterbrach Shapiro Sullivan. »Laß dir nicht jeden Wurm einzeln aus der Nase ziehen.«

»Das weiß ich nicht, Boß. Auf jeden Fall ist der Kerl gefährlich. Er hat mich aus der Wohnung geprügelt.«

Al Shapiro lachte. »Geschieht dir Weichling ganz recht.«

Sullivan überging Shapiros Feststellung. »Ich meine, Boß« plapperte er weiter, »zwei Männer sollten ihn zurechtstutzen. Dann kann man ja auch erfahren, wer er ist und was er wollte.«

Shapiro überlegte einen Augenblick. »Gut«, sagte er schließlich, »ich schicke zwei Jungs. Warte vor dem Haus auf sie.«

»Okay, Boß«, erwiderte Ray Sullivan erleichtert. »Ich rufe dann wieder zurück.«

Die letzten Worte hörte Shapiro schon nicht mehr, denn er hatte aufgelegt.

Al Shapiro setzte seine beiden Leibwächter ins Bild. »Walter übernimmt die Sache. Du weißt ja selbst, wen du schicken kannst.«

»Wird erledigt, Boß.«

Walter zog ab.

»Ich weiß nicht, ich weiß nicht . . .« Wulfie schüttelte sein blondgelocktes Haupt. »Was Sullivan gesagt hat, gefällt mir nicht. Wer mag der Mann sein?«

Shapiro schlug die Hände zusammen. »Wer schon? Irgendein Verehrer aus dem Salon. Aber Leila gehört mir, deshalb auch die Abreibung.«

Wulfie weitete seine Nasenflügel. Scharf stieß er die Luft aus. »Corner wird es ja wohl nicht gewesen sein?«

»Spinnst du?« regte sich Shapiro auf. »Sullivan kennt Corner schließlich. Blas dir das mal von deinem geschminkten Gesicht. Außerdem hat Corner etwas anderes zu tun. Vielleicht hat Fito ihn auch schon erledigt? Wer weiß?«

»Dann hätte er angerufen«, gab Wulfie zu bedenken.

»Ach, mach mich nicht nervös. Hätte, wenn und aber, davon habe ich nichts. Corner ist auch nicht nach Chicago . . .«

Wieder schrillte das Telefon.

Diesmal war es Chicago. Shapiros Gesicht verklärte sich.

Das Gespräch dauerte rund fünf Minuten. Shapiro sagte fast nur immer ja und okay. Hinterher legte er fast behutsam den Hörer zurück.

»Was hat's gegeben, Boß?« hechelte Wulfie gespannt.

Shapiro grinste fest. »Alles geklappt. Fünfhunderttausend bekomme ich sofort überwiesen und den Rest, wenn Corner und Taylor tot sind.«

»Tot?« Wulfies Augen glänzten.

»Genau. Du kannst mit ihr machen, was du willst. Und Fito Gomez erledigt Corner und andere unerwünschte Personen.« Shapiro lachte auf.

Widerlich hörte sich diese Lache an.

Walter kam zurück. Hastig berichtete ihm Wulfie von dem Telefongespräch.

Walter bekam rote Wangen und zeigte sein Zahnpastagebiß. »Ich weiß schon, Wulfie«, flüsterte er fast zuckersüß, »wir machen es sanft. Sanfter Tod für Susan Taylor. Hört sich gut an, nicht?«

Die Schläger hatten Routine. Das sah man sofort. Wie zwei gut-geölte Automaten kamen sie näher. Kein Muskel regte sich in ihren Gesichtern.

Sie nahmen mich in die Zange. So konnten sie von beiden Seiten auf mich einschlagen. O ja, diese Typen verstanden ihr Handwerk.

Hinter mir lachte Leila Delago schadenfroh auf. Sie gönnte mir eine Abreibung.

Und Ray Sullivan? Er lehnte am Türrahmen und freute sich ebenfalls. Noch hatte er mich nicht erkannt.

Gut, ich hätte meinen .38er ziehen können, aber immerhin mußte ich damit vier Menschen in Schach halten, von denen mindestens Sullivan unberechenbar war. Wahrscheinlich hätte ich schießen müssen, und ein Blutbad wollte ich nach Möglich-keit vermeiden.

Der Kerl von mir aus gesehen links griff zuerst an. Er war ein kompakter Bursche mit brandroten Haaren und einer Narbe unter der Nasenwurzel.

Die Stahlrute pfiff durch die Luft, und ich konnte nur durch eine schnelle Drehung ausweichen. Doch genau in den Schlag des zweiten Schlägers.

Die Stahlrute traf mich auf der Schulter. Mein Jackett platzte auf. Ein heißes Brennen lähmte meine rechte Seite.

Ich torkelte gegen einen Sessel, verlor dadurch die Übersicht.

Den dritten Schlag mußte ich wieder voll nehmen. Er riß mir fast den Rücken entzwei.

Der Teppichboden raste auf mich zu. Schmerzhaft schlug ich auf.

Über mir freute sich Ray Sullivan lautstark.

Mich packte die Wut.

In Übergröße donnerte ein Fuß auf mich zu.

Von wegen, Kameraden, den guten Cliff tottreten...

Ich warf mich auf die Seite, ließ die Kante der linken Hand vorprellen und traf das Schienbein.

Ein tierischer Schrei über mir war die Reaktion.

Ich vergeudete keine Zeit, sondern kam hoch.

Mein spezieller Freund hielt sich das Schienbein und jammerte immer noch. Mein rechter Haken ließ ihn durch das halbe Zimmer gegen die Wand krachen, wo der Bursche langsam zusammensackte.

Schon hing mir der Rotfuchs im Nacken.

Ich verlagerte mein Gewicht nach hinten, riß beide Arme hoch, bekam den Kerl an den Haaren zu packen und zog ihn über meinen Kopf.

Schreiend knallte er auf den Couchtisch, der unter seinem Gewicht zerbrach.

Ich wirbelte herum. Gerade noch rechtzeitig, um der schweren Vase zu entgehen, die mir Leila über den Schädel schmettern wollte.

Mit einem Ruck schnappte ich mir die Frau und mußte wieder aufpassen, denn ihre Finger zielten nach meinen Augen.

Gedankenschnell nahm ich den Kopf zur Seite.

»Drecksack«, zischte Leila Delago und trat mir gegen das Schienbein.

Jetzt konnte ich tanzen.

Rotfuchs sah meine Lage und kletterte knurrend aus den Trümmern.

»Ja, hau ihn zu Brei«, keifte Sullivan wie ein professioneller Anheizer.

Rotfuchs hechtete auf mich zu.

Ich war schneller und warf ihm Leila Delago entgegen, die ich soeben noch erwischen konnte.

Die beiden prallten zusammen. Gemeinsam gingen sie zu Boden. Dabei verlor der Rotfuchs die Stahlrute und Leila Teile ihres Hosenanzugs.

Endlich konnte das ins Freie, was sich so lange gequält hatte. Die Situation war eigentlich grotesk. Wie in einem Film mit Dick und Doof. Alles rangelte auf dem Boden herum, und nur der Held stand noch da. Das war im Augenblick ich.

Die Stahlrute stach mir ins Auge. Ich packte sie und klopfte Rotfuchs damit wohldosiert auf den Schädel.

Neben der keifenden Leila legte er sich zu Boden. Für ihn war der Käse gegessen.

Nicht für Ray Sullivan.

Er hielt plötzlich den Derringer in der Hand.

»Pech gehabt, Mister!« zischte er. »Die Knarre ist zwar klein, aber mein. Hoch die Greifer! Leila, steh auf!«

Jetzt wurde die Lage kritisch. Eine Pistole, ist sie auch noch so klein, kann unerhörten Schaden anrichten.

Neben mir schraubte sich Leila aus den Vasen- und Tischtrümmern.

Ein schneller Blick zeigte mir, daß die beiden Schläger noch schliefen.

»Schmeiß die Puste lieber weg, Sullivan«, sagte ich.

Sullivan zuckte zusammen. »Verdammt noch mal, die Stimme. Die kenn' ich doch. — Leila, wer ist dieser Mann? Wie hat er sich vorgestellt?«

Leila Delago, jetzt an Sullivans Seite, zuckte die Achseln. »Das ist Bill Evans, Trucks Bruder.«

»Daß ich nicht lache.« Der Filmprinz wieherte wie ein Zirkusgaul. »Dieser Scheißer da ist Corner, der Privatschnüffler.«

Leilas Augen wurden schmal. Wie fröstelnd zog sie die Fetzen des Hausanzugs vor der Brust zusammen. »Knall ihn ab, Ray«, sagte sie leise.

»Das werde ich auch. Er hat zuviel mitbekommen. Mir bleibt keine andere Wahl.«

Verdammt, mir wurde heiß. Ich traute diesem idiotischen Filmschauspieler ohne weiteres einen Mord zu.

»Stecken Sie das Ding weg, Sullivan«, warnte ich ihn. »Sie machen sich unglücklich.«

»Keine frommen Sprüche, Corner. Haben Sie schon vor Angst die Hosen voll?«

Dieser Narr. Dabei hatte er noch größere Angst. Man sah es ihm förmlich an. Schweißnaß hing ihm das Haar in die Stirn, seine Augen zuckten nervös. Immer wieder wischte er sich die linke Hand an der Hose ab. Ray Sullivan war nur noch ein Nervenbündel.

Ganz langsam schob ich meine Hand in die Jackentasche.

»Stop!«

»Nur eine Zigarette, Sullivan«, sagte ich ruhig. »Die ist mir doch gegönnt, oder?«

»Meinetwegen.«

Ich hatte beides schon in der Hand. Zigaretten und Feuerzeug. Sollte es meine letzte Camel werden?

Ich rauchte langsam. Wartete auf meine Chance.

Leila Delago wurde es zu bunt. Instinktiv ahnte sie, daß ich etwas plante.

»Los, Ray, knall ihn ab!« schrie sie plötzlich.

Ray Sullivan zuckte zusammen. Er verlagerte sein Gewicht, der Finger krümmte sich um den Abzug...

Und im Moment der Gewichtsverlagerung hechtete ich zur Seite. Gleichzeitig warf ich Ray die brennende Zigarette entgegen.

Sullivan schoß.

Die Kugel fauchte neben mir in die Wand.

Leila Delago schrie auf.

»Schieß doch, du — du...«

Sullivan ruckte den Derringer in meine Richtung.

Schon während des Sprunges lag der .38er in meiner Hand. Er oder ich. Es blieb mir keine Wahl.

Mein Schuß peitschte durch den Raum.

Sullivan wurde voll getroffen. Die Kugel riß ihn herum.

Mit dem Gesicht knallte Sullivan gegen die Türfüllung und rutschte marionettenhaft zu Boden. Der Derringer fiel ihm aus der Hand.

Schwer atmend kam ich auf die Füße.

Langsam ging ich auf Sullivan zu. Automatisch trat ich meine immer noch brennende Zigarette aus. Sie hinterließ einen dicken Brandfleck auf dem Boden.

Leila Delago lehnte schreckensstarr an der Türfüllung. Sie hatte die Hand vor den Mund gepreßt und starrte mich aus weit aufgerissenen Augen an.

Ich sah sie stumm an und bückte mich.

Vorsichtig drehte ich Sullivan auf den Rücken.

Der Mann lebte noch. Gott sei Dank. Meine Kugel hatte ihn in die Brust getroffen. Blutiger Schaum stand auf Sullivans Lippen. Wahrscheinlich war die Lunge verletzt. Hier tat höchste Eile not.

»Rufen Sie einen Rettungswagen und die Polizei«, herrschte ich Leila Delago an.

Sie verstand mich offenbar nicht.

»Los, machen Sie schon!« schrie ich jetzt und packte sie an der Schulter.

»Lassen Sie mich los, Sie Mörder, Sie!«

Leila Delago gebärdete sich wie eine Wildkatze. Sie schrie, kratzte und biß. Erst zwei Ohrfeigen brachten sie zur Ruhe.

Harte Fäuste polterten gegen die Apartmenttür.

»Aufmachen, Polizei!«

Die Nachbarn hatten wohl geschaltet und die Cops alarmiert. Der Lärm war auch groß genug gewesen.

Ich ließ die Beamten ein. Es waren zwei. Mit gezogenen Revolvern. Sie handelten sofort, als sie den schwerverletzten Ray Sullivan sahen. Zehn Sekunden später war der Rettungswagen schon unterwegs.

Dann wurden mir erst einmal Handschellen angelegt. Genau wie den beiden Schlägern.

Die Cops bekamen bald Verstärkung. Es wimmelte nur noch von Beamten.

»Haben Sie die Frau?« fragte ich den Chef der Truppe, einen jungen, flachsblonden Lieutenant.

»Welche?«

Oh, mir schwante Böses.

»Leila Delago. Die Mieterin des Apartments.«

Der Lieutenant sah mich mitleidig an. »Sie sind ein Spaßvogel. Sie versuchen wohl auf Kosten anderer Ihre Haut zu retten? Es steht eindeutig fest, Sie haben den jungen Mann angeschossen. Und es ist fraglich, ob er durchkommt. Aber das wird Ihnen alles der Captain erzählen. Wissen Sie, die Metropolitan Police hat einen guten Namen. Fast jeder Gewaltakt wurde aufgeklärt.«

Der Lieutenant winkte zwei Cops.

»Schafft ihn weg.«

Verdammt noch mal, da hatte ich mich wieder in eine Lage manövriert! Es würde lange dauern, bis ich alles erklärt hatte. Und Susan?

Siedend heiß fiel mir meine Partnerin wieder ein. Hätte ich doch ... Und wäre ich nur ... Ach, verflucht noch mal, in diesem Augenblick wünschte ich alles zum Teufel.

Mit gesenktem Kopf kletterte ich in den Streifenwagen. Angestarrt von höhnischen Gesichtern der sogenannten braven Bürger.

Seit zwei Stunden schon kauerte Fito Gomez hinter dem Rhododendrongebüsch in Doreens Vorgarten.

O ja, Fito Gomez hatte Geduld. Das kam nicht von ungefähr. In seinen Adern floß indianisches und mexikanisches Blut. Selbst die Fliege, die sich mit sattem Gebrumm auf seiner Stirn niederließ, störte ihn nicht.

Die Sonne brannte immer noch vom wolkenlosen Himmel. Fito war es egal. Er konnte Hitze vertragen.

Seine scharfen Falkenaugen spähten zu dem Eingangstor. Durch dieses Tor mußte Samuel Surtees Doreen kommen.

Fito lächelte, wenn er daran dachte. Fünf Messer, genau ausgewogen und hervorragend geschliffen, steckten in seinem Spezialgürtel, den er um die Hüfte gebunden hatte. Ein Messer würde für Doreen reichen ...

Fito Gomez betrachtete seine Hände. Ein kaltes Leuchten stahl sich in seine Augen. Bald würde er wieder ein Messer zwischen den langen, kraftvollen Fingern halten, es mit tödlicher Genauigkeit schleudern ...

Ja, Fito Gomez gierte förmlich nach einem neuen Mord. Der Killer mußte noch weitere zwei Stunden ausharren. Bis jetzt hatte sich in dem Bungalow nichts gerührt.

Doch plötzlich klappte ein Fenster.

Fito Gomez zuckte nicht mal zusammen, so sehr hatte er sich in der Gewalt. Er drehte nur ein wenig den Kopf.

Eine ältere Negerin legte ihren immensen Busen auf die Fensterbank und schaute nach draußen. Fito duckte sich tiefer.

Verdammt, damit hatte er nicht gerechnet. Shapiro hatte mit keinem Wort die Frau erwähnt. Das mußte er sich eine Extraprämie kosten lassen.

Ona, die Negerin, zog sich wieder ins Innere des Bungalows zurück. Das Fenster ließ sie offen.

Gomez bleckte die Zähne. Seiner Schätzung nach lebte die Negerin noch höchstens zehn Minuten.

Noch im Sitzen lockerte Gomez seinen steif gewordenen Körper. Dann federte er hoch und huschte auf den Bungalow zu.

Mit dem Rücken preßte er sich dicht neben dem hochgeklappten Fenster gegen die Wand.

Blitzschnell tasteten seine Augen die Umgebung ab. Nichts. Niemand hatte sein Vorpreschen bemerkt.

Die Vögel zwitscherten weiter in den Bäumen, und die jetzt schon tiefstehende Sonne verzauberte die letzten Stunden des Tages. Ein wahrlich friedliches Bild.

Doch ein gnadenloser Killer wartete darauf, es zu zerstören.

Fito Gomez stützte sich mit beiden Händen auf den unteren Fensterrahmen und kletterte mit artistischer Geschicklichkeit ins Haus.

Gomez befand sich in einem luxuriös eingerichteten Schlafzimmer. Auf leisen Sohlen schlich der Killer zur Tür.

Als er sie einen Spalt breit öffnete, vernahm er das fröhliche Singen der Negerin. Etwa aus der linken Richtung.

Gomez schlich weiter. Gespannt wie eine Stahlfeder.

Der Flur, auf dem sich Gomez befand, verbreiterte sich zu einer Diele. An einer kunstvoll geschmiedeten Garderobe hing ein leichtes Sommerjackett. Gomez sah es im Unterbewußtsein, denn in diesem Augenblick entdeckte er die Negerin.

Aber auch Ona bemerkte den Eindringling.

Ihre Augen weiteten sich entsetzt, der Mund öffnete sich zu einem Schrei...

Gomez hatte das Messer schon längst in der Hand.

Er schleuderte es mit unheimlicher Wucht.

Bis zum Heft drang das mörderische Instrument in Onas Brust. Ein letzter, verwehender Klagelaut drang über die Lippen der Negerin. Dann brach sie zusammen. Langsam breitete sich eine Blutlache unter ihr aus.

Fito Gomez atmete tief durch. Geschafft, mehr dachte er nicht.

Das Brummen eines Automotors schreckte ihn hoch.

Gomez hastete ins Schlafzimmer, peilte vorsichtig durchs Fenster und sah, daß ein Taxi vor dem Grundstück gehalten hatte.

Heraus stieg Samuel Surtees Doreen. Einen Arm in der Schlinge.

Der Filmboß hatte meinen Rat befolgt und war beim Arzt gewesen.

Doreen zahlte. Das Taxi fuhr ab.

In Gedanken versunken schlenderte der Filmproduzent auf das Haus zu. Es klapperte, als er die Schlüssel aus der Jackentasche holte und aufschloß.

Fito Gomez huschte zurück in die Diele. Das Messer hielt er schon wurfbereit.

»Ona?« Doreen rief seine Haushälterin.

Keine Antwort.

»Ona!« Doreens Stimme klang schärfer. Ärgerlich warf er die Tür ins Schloß.

Schritte näherten sich der kleinen Diele.

Gomez lauerte. Er atmete nur mit offenem Mund.

Ein Schatten. Doreen.

»Ona!« Das Wort klang wie ein verzweifelter Schrei. Der Mann hatte die tote Negerin entdeckt.

Hastig warf er sich neben seiner toten Haushälterin zu Boden.

»Mein Gott, mein Gott, wer hat das getan?« schluchzte Doreen.

Gomez lachte leise. Es war ein teuflisches Lachen. Kalt und gemein.

»Ich«, flüsterte er nur.

Samuel Surtees Doreen erstarrte. Erst jetzt sah er den Killer. Unfähig, sich zu bewegen, hockte er auf dem Boden und starrte Gomez an.

»Komm hoch, Doreen«, sagte der Killer leise und spielte mit dem Messer. »Gleich bist du dran.«

Wie unter Zwang gehorchte der Filmboß. Unsicher führte er die Hände gegen den Kopf, als könne er das alles nicht begreifen. Ein Schleier aus Tränen legte sich über seine Augen. Schemenhaft erkannte er den Köder.

Gomez lachte wieder.

Dieses widerliche, häßliche Lachen drang Doreen bis in den letzten Nerv.

»Warum haben Sie das getan?« flüsterte er erstickt. »Warum?«

»Danach frage ich nicht, Doreen. Auftrag ist Auftrag.«

»Aber diese Frau. Sie — sie hat Ihnen doch gar nichts getan. Sie ist doch unschuldig.«

Gomez zuckte mit den Schultern. »Das Niggerweib war mir im Weg.«

Doreen erholte sich etwas. Er mußte den Killer hinhalten. Vielleicht kam jemand zu Hilfe. Eventuell sogar Cliff.

»Weshalb haben Sie mich in der Halle nicht schon getötet?«

»Der Ort war schlecht. Man hätte uns beobachten können. Und im eigenen Haus sterben nicht alle.«

Der Zynismus dieses Killers durchbrach alle Grenzen.

Fito Gomez glitt einen Schritt zur Seite. Ein wenig noch balancierte er das Messer aus.

Doreen merkte sein Vorhaben. »Ich — ich bitte Sie«, flehte er. »Ich — ich . . .«

Weiter kam Doreen nicht.

Etwas Silbernes zischte durch die Luft und bohrte sich in seine Brust.

Samuel Surtees Doreen sah seinen Mörder noch ein letztes Mal erstaunt an, dann kreiselte er in seltsam verrenkten Bewegungen zu Boden. Direkt neben Ona, der schwarzen Haushälterin.

Fito Gomez überzeugte sich, daß die beiden auch wirklich tot waren. Er wollte kein Risiko eingehen. Aber wohin damit?

Gomez durchstöberte den Bungalow. In Doreens Schreibtisch fand er sogar noch Bargeld. Es waren dreitausend Dollar. Grinsend steckte Gomez die Scheine ein.

Dann entdeckte er die Gästetoilette. Das war genau der richtige Ort.

Wenig später lagen die beiden Leichen auf dem kühlen Boden.

Die Messer hatte Fito Gomez wieder gereinigt und eingesteckt.

So, nun konnte Corner kommen...

Was hatte der Boß noch gesagt? »Wie ich Corner kenne, bleibt er bestimmt im Lande. Und irgendwann wird er auch seinen Freund Doreen besuchen. Du weißt, was du zu tun hast, Fito.«

Ja, das wußte Gomez.

Vorsichtshalber knipste er in Doreens Arbeitszimmer das Licht an. Völlige Dunkelheit hätte Corner bestimmt mißtrauisch gemacht.

Gomez setzte sich an den Schreibtisch und rauchte erst einmal eine mexikanische Zigarette. Er fand, die hatte er sich verdient.

Der Rauch zog schnell ab. Man würde kaum merken, daß hier jemand gequalmt hatte.

Fito Gomez entspannte sich. Die beiden Morde regten ihn nicht weiter auf. Im Gegenteil, jetzt kam er in Form. Und diese Form brauchte er auch, denn Corner war ein Mann, der die Gefahr zehn Meilen gegen den Wind roch.

Fito wartete. Wartete darauf, den dritten Mord innerhalb weniger Stunden begehen zu können...

Sie kamen gemeinsam.

Als Wulfie das kalte Neonlicht anknipste, schloß Susan geblendet die Augen. Das lange Warten in der Dunkelheit hatte sie mürbe gemacht. Seelisch und körperlich. Aber das wollte Susan auf keinen Fall zeigen.

Langsam gewöhnten sich ihre Augen an das Licht.

Wulfie und Walter standen in zwei Schritt Entfernung vor ihr. Beide lächelten kalt.

In der linken Hand hielt Wulfie ein Trinkglas, gefüllt mit einer milchigen Flüssigkeit.

»Du wirst durstig sein.«

»Ich kann's ertragen«, entgegnete Susan, trotzdem ihr Hals trocken wie das Flußbett in der Wüste war.

»Nein, nicht doch«, tat Wulfie beleidigt, »du mußt trinken. Ich bitte dich sogar darum. Ich versichere dir, es ist kein giftiges

Getränk. Wir haben nur ein wenig Schlafpulver in Wasser gelöst. Na?«

»Trinken Sie das Zeug allein. Ich glaube kein Wort«, zischte Susan. So leicht würde sie sich nicht verkaufen.

»Nein, wie kann man nur . . .« Wulfie verdrehte ärgerlich die Augen. »Nun wird mein Freund Walter dir die Kniescheiben zerschießen. So war es doch ausgemacht, nicht?«

»Stimmt genau.« Schon bei Wulfies letzten Worten hielt Walter eine Pistole in der Hand.

»Nun?« fragte er sanft. »Wir wollen dich wirklich nicht quälen. Wir sind gar nicht so. Wir haben für dich einen schönen Tod ausgesucht.«

Der erste Angstschauer lief Susan über den Rücken. Diese beiden Männer waren Teufel, Sadisten. Bei einem normalen Gangster wußte man wenigstens, woran man war, aber hier . . .? Bestimmt würden sie ihre Drohung wahr machen, dachte meine Partnerin. Zerschossene Kniescheiben? Nein, dann lieber das Schlafmittel.

»Ich trinke«, krächzte Susan.

»Wunderbar«, freute sich Wulfie. »Wie Freund Walter schon sagte, wir hassen Blutvergießen.«

Plötzlich grinste Wulfie gemein.

»Doch laß dir nicht einfallen, Mädchen, wenn ich dir jetzt das Glas an den Mund setze, mich irgendwohin zu treten. Walter würde entsprechend reagieren.«

»Ja, ich weiß, meine Kniescheiben«, bemerkte Susan gespielt spöttisch. »Haben Sie keine Angst, ich zerstöre Ihnen schon nichts Wichtiges.«

»Ich sehe, wir verstehen uns. Deshalb beeilen wir uns auch.«

Wulfie trat etwas vor und setzte Susan das Glas mit der milchigen Flüssigkeit an die Lippen.

Das Zeug schmeckte bitter. Susan mußte aufpassen, daß sie sich nicht verschluckte, denn Wulfie kippte nicht gerade vorsichtig.

Endlich war das Glas leer.

»Brav, sehr brav«, lobte der Killer, maliziös lächelnd.

Susan sagte nichts. Sie starrte die beiden Süßen nur an und

wartete, daß das Schlafmittel zu wirken begann. »Du wirst noch ein wenig wach bleiben«, erklärte Wulfie. »Wir haben Zeit genug, um noch etwas zu plaudern.«

»Sparen Sie sich die Mühe«, sagte Susan.

»Undankbare Person«, murmelte Walter, »dabei ist es ihr vergönnt, in der Natur zu sterben.«

»Richtig«, unterstützte Wulfie seinen Freund, »denn im Grünen stirbt sich's schöner.«

Susan hörte die letzten Worte kaum noch. Das Schlafmittel machte sich bemerkbar.

Bleigewichte schienen plötzlich an Susans Körper zu hängen. Die Beine knickten ihr weg. Susans Körper wurde nur noch von den Handschellen gehalten, mit denen sie an das Rohr gefesselt worden war. Der beißende Schmerz machte sie für einen Augenblick wieder munter.

Shapiros Leibwächter rauchten. Mit Zigarettenspitze. Interessiert verfolgten sie Susans Bemühungen, wach zu bleiben.

Gedankenfetzen kreisten durch Susans Gehirn. Verschwommene Bilder tauchten auf. Doreen, Shapiro, Sullivan... und ich.

»Cliff, bitte, komm«, hauchte Susan verzweifelt, dann überwältigte sie die Müdigkeit.

Wie leblos hing Susan an dem Rohr.

Die beiden Killer drückten ihre Zigarettenreste aus den Spitzen. Anschließend lösten sie Susans Handschellen.

Walter fing meine Partnerin an den Schultern ab. Wulfie packte ihre Beine.

»Jetzt müssen wir auch noch arbeiten«, stöhnte er.

»Ja, ja, das Leben ist hart«, bemerkte sein Kumpan keuchend.

Die beiden Männer schleppten Susan nach oben. Dort legten sie sie erst mal auf die Erde, während Walter verschwand, um einen Wagen zu holen.

Wenig später kurvte er mit einem dunklen Buick aus der Garage. Die beiden Männer packten Susan auf den Rücksitz und legten eine verschmierte Wolldecke über sie.

Wulfie klemmte sich hinter das Lenkrad. »Ab geht die Post«, nuschelte er und steuerte den Buick die Grundstücksauffahrt hinunter zu dem Gittertor, das sich mittels einer Lichtschranke automatisch öffnete.

Mittlerweile war es dämmrig geworden. Wulfie mußte Licht einschalten. Er steuerte den Buick auf dem Santa Monica Boulevard quer durch Hollywood. Kurz vor den 20th-Century-Fox-Studios bog er nach links auf den Hollywood Freeway. In Richtung Norden.

Wulfie konnte jetzt Gas geben, da der Feierabendverkehr vorüber war.

Walter stellte das Autoradio an. Der Lokalsender brachte einschmeichelnden Blues. Walter summte mit, während er das Fenster öffnete und sich den Fahrtwind durch die Haare streichen ließ. So gefiel ihm das Leben. Daß er gleich töten würde, störte ihn nicht.

Nachdem die beiden Männer den Los Angeles River überquert hatten, ging es schnurstracks Richtung San Fernando Valley. Und das war Wulfies Ziel.

Die Gegend wurde hügeliger, waldreicher.

Wulfie verließ jetzt den Freeway und bog in eine kleine Seitenstraße ab.

»Gleich kommt die Bahnlinie«, murmelte er.

Angestrengt starrten die beiden durch die Scheibe. Walter stellte vorsichtshalber das Radio ab. Sie mußten sich jetzt konzentrieren.

»Da!« Walter deutete nach vorn.

Die breiten Scheinwerferstrahlen des Buick rissen die hohe Böschung einer Bahnlinie aus dem Dunkel. Die Straße, auf der sie fuhren, führte unter eine schmalen Brücke weiter.

Wulfie verringerte die Geschwindigkeit. Er löschte auch die Scheinwerfer.

Wulfie drehte das Steuer ein wenig nach links, verließ die Straße und stoppte parallel zur Böschung. Leise erstarb der Motor.

»Aussteigen.«

Die beiden Männer schoben sich aus dem Wagen. Walter zog Susan einfach vom Rücksitz nach draußen.

Er warf die Decke wieder in den Wagen und lauschte. Es war

fast totenstill. Eine herrliche Nacht. Der Mond schien, und ein paar Grillen zirpten.

»Ist es nicht herrlich, Wulfie?«

»Ja, ja, komm jetzt.«

»Immer diese Hast.« Die beiden Männer faßten je einen von Susans Armen und zogen meine Partnerin die Böschung hoch. Dabei kamen sie echt ins Schwitzen.

Silbern glänzte der Schienenstrang im Mondlicht.

»Wann kommt der nächste Zug?« fragte Walter.

»In knapp einer halben Stunde.«

Walter beugte sich über Susan. »Sie schläft immer noch.«

»Ist doch klar«, erwiderte Wulfie.

Breitbeinig stand er auf den Gleisen und sah sich um. Soviel er erkennen konnte, war niemand zu sehen. Besser konnte es gar nicht laufen.

Wulfie nickte seinem Partner zu. »Faß mit an. Wir legen sie auf die Schienen.«

Gemeinsam schleiften sie Susan in die richtige Lage. Einmal stöhnte meine Partnerin kurz auf. Sofort hielten sie inne.

»Die wird doch nicht...?« meinte Walter.

»Keine Angst«, beruhigte Wulfie, »sie hat nur schlecht geträumt. Vielleicht von dir.«

Beide lachten über den angeblichen Witz.

Ein leichter Westwind war aufgekommen. Er strich über die verschwitzten Gesichter der Männer und bauschte Susans Nachtgewand auf.

Susan lag auf dem Rücken. Die eine Seite der Schiene drückte gegen ihre Schultern und die andere Seite gegen ihre Oberschenkel. Der Zug würde Susan in drei Teile schneiden...

Die beiden Killer warfen noch einen letzten Blick auf meine Partnerin.

»Hättest besser in Chicago bleiben sollen«, meinte Walter.

»Des Menschen Wille ist sein Sarg«, gab Wulfie seinen Kommentar.

Die beiden Männer rutschten die Böschung wieder hinunter. Wulfie klemmte sich eine Zigarette zwischen die Lippen. Diesmal rauchte er ohne Spitze.

»Fahr du«, sagt er zu Walter.

»Okay.«

Walter wendete den Wagen und fuhr die gleiche Strecke zurück.

»Trinken wir noch ein Schlückchen?«

Wulfie nickte. »Einverstanden. Fahr zu Angelo. Dort ist auch Tanz.«

Zwei eiskalte Killer freuten sich auf ihr Vergnügen, während Susan Taylor auf den kalten Schienen lag und ihren Tod erwartete.

In genau dreiundzwanzig Minuten würde der Zug sie erfassen . . .

Leila Delago hatte das Durcheinander ausgenutzt. Sie war reaktionsschnell auf den Flur gehuscht und in einem Nachbarapartment verschwunden.

Hier wohnte Mrs. Potter, eine schrullige Witwe, die sich von der Pension ihres Mannes ein sorgenfreies Leben machte. Mrs. Potter stand natürlich auf dem Flur vor Leilas Tür, denn Neugierde gehörte zu ihren stärksten Eigenschaften. Ihre eigene Apartmenttür hatte Mrs. Potter in der Eile offengelassen.

Leila Delago ordnete, soweit es ging, ihre Kleidung, setzte sich in die winzige Küche und wartete ab.

Fünf Minuten später kehrte Mrs. Potter ganz aufgelöst in ihre Wohnung zurück. »Mein Gott, mein Gott«, rief sie immer wieder, »was gibt es doch nur für Menschen.«

Erst jetzt sah sie Leila Delago.

Mrs. Potter legte ihre knochigen Arme um Leilas Schultern. »Ein Glück, daß Sie noch leben, Miß Delago. Wie ist denn das in Ihrer Wohnung passiert? Erzählen Sie. Stellen Sie sich vor, vier Männer hat die Polizei festgenommen. Drei mit Handschellen gefesselt. Einer lag auf der Bahre. Er war tot, glaube ich.« Mrs. Potter redete wie ein Maschinengewehr.

Leila Delago schüttelte den Kopf Es gelang ihr sogar, aufzuschluchzen. »Ja, es ist grauenhaft, Mrs. Potter. Ich weiß auch nicht, wie es kam.«

»Warten Sie, Miß Delago, ich koche Ihnen eine Tasse Kaffee. Gehen Sie solange in den Livingroom.«

»Sie sind fabelhaft, Mrs. Potter«, sagte Leila. In Wirklichkeit dachte sie: Schmier dir deinen Kaffee in die Haare, du alte Wachtel.

Leila Delago ging nicht in den Livingroom, sondern schlich zur Tür. Draußen schien sich alles beruhigt zu haben. Während Mrs. Potter in der Küche immer noch schnatterte, schlich die Masseuse vorsichtig nach draußen. Die Luft war rein, der lange Flur wie leergefegt.

Zufällig hatte Leila ihren Wohnungsschlüssel in der Hosentasche. Sie schloß die Wohnungstür auf und durchbrach damit das Polizeisiegel.

Drinnen zog sie sich um, packte die wichtigsten Sachen in einen großen Koffer, steckte zweitausend Dollar Bargeld ein und zischte mit dem Lift nach unten.

Ihr roter VW parkte in der Tiefgarage.

Leila stieg ein und fuhr auf die sonnenüberflutete Straße.

An der übernächsten Ecke stand eine Telefonbox. Leila Delagos Ziel.

Sie parkte den VW verbotswidrig neben der Box.

In dem Häuschen war es drückend heiß. Trotzdem lief Leila ein kalter Schauer über den Rücken, als sie eine bestimmte Nummer wählte.

»Shapiro«, meldete sich der Teilnehmer.

Leila lachte heiser. »Hör genau zu, Al. Ich werde aussteigen. Die Sache ist mir zu heiß geworden. Corner war schon in meiner Wohnung. Er hat wahrscheinlich Sullivan erschossen und deine beiden Gorillas flachgelegt. Die Bullen haben Corner jetzt verhaftet. Aber es wird nicht lange dauern, dann ist er wieder frei. Was anschließend auf dich zukommt, kannst du dir ja denken.«

Bis hierher hatte Shapiro ruhig zugehört. Doch plötzlich bekam er einen Wutanfall. »Du billige Nutte!« schrie er. »Den Quatsch kannst du deiner Großmutter erzählen, aber nicht mir. Verstanden?«

Wieder lachte Leila Delago leise. »Hunderttausend, Al. Oder ich verpfeif dich bei den Bullen«, sagte sie kalt.

Al Shapiro verschluckte sich fast. »Was?«

»Hunderttausend.«

Plötzlich wurde Al Shapiro ruhig. »Okay, hol dir das Geld ab.«

»Du bist ein Narr, Al. Du wirst mir deine Scheine bringen. Und komm ohne deine Leibwächter. Ich erwarte dich. Heute abend. Im Massagesalon.«

»Soviel Geld kann ich bis heute abend nicht flüssigmachen.«

»Deine Sorgen, Al. Heute abend, zwanzig Uhr. Nochmals, komm allein.« Ehe Shapiro antworten konnte, hängte Leila Delago den Hörer wieder ein. Sie wußte, daß Shapiro zahlen würde.

Sie hatten mich in eine Einzelzelle gesperrt. Nur einmal war ein Cop gekommen und hatte mir erzählt, daß Ray Sullivan auf dem Transport ins Krankenhaus gestorben war. Es tat mir leid. Ich hatte es nicht gewollt.

Es dauerte weitere zwei Stunden, bis man mich wieder aus der Zelle holte. Ich wurde in das Büro des Captains gebracht.

Dort saß er und grinste. Frank Carter, Special Agent des FBI hier in Los Angeles.

Carter war pechschwarz, durchtrainiert und trug das Haar nach neuester Mode. Man hätte ihn leicht für einen Dressman halten können.

»Das ist der Privatdetektiv, der behauptet, früher G-man gewesen zu sein und Sie zu kennen, Frank«, sagte der Captain. »Er nennt sich Corner, Cliff Corner.«

Frank Carter blickte mich eine Minute ungläubig an. »Nein, das ist nicht Corner«, stellte er fest, »eine gewisse Ähnlichkeit ist zwar vorhanden, aber sonst...«

»Habe ich doch gleich gesagt«, knurrte der Captain.

»Denk dir den Bart weg und mein Gesicht schmaler, Frank«, half ich ihm.

Frank Carter stutzte. »Tja, wenn man das so sieht.« Und dann stellte der G-man Fragen aus unserer gemeinsamen Ausbildungszeit in Quantico, der FBI-Akademie.

Ich mußte lachen, als ich ihm die Antworten gab.

Da hielt es Frank Carter nicht länger auf seinem Stuhl. »Cliff, du alte Nudel«, rief er freudig und schlug mir beinahe die Schultern kaputt. »Captain, lassen Sie sofort den ›Mörder‹ frei, sonst gibt's Ärger mit uns. So, und nun erzähl mal, Cliff.«

Okay, ich packte also aus.

Nach meinem Bericht war es erst einmal still. Schließlich sagte Frank Carter: »Mensch, Cliff, warum hast du uns nicht informiert?«

»Frag mich mal«, gab ich zurück. »Doreen hatte Einwände. Ich konnte auch nicht ahnen, daß der Fall solche Formen annehmen würde. Hatte gehofft, Shapiro so ans Leder zu können. Jetzt gebe ich zu, es war ein Fehler. Vor allen Dingen weiß ich nicht, was mit meiner Partnerin Susan Taylor geschehen ist.«

»Wir können Shapiro augenblicklich auf die Bude drücken«, versicherte Frank Carter. »Grund: Kidnapping im Beisein von Zeugen.«

»Nein, Frank. Shapiro würde mir Susan als Leiche überlassen. Dafür kenne ich ihn. Ich muß versuchen, Susan allein zu retten. Darin sehe ich die einzige Chance.«

»Vielleicht hast du recht, Cliff.« Frank Carter dachte nach. »Schließen wir einen Kompromiß. Du hast vierundzwanzig Stunden freie Bahn, dann greifen wir mit ein.«

»Okay, Frank.«

Frank Carter grinste. »Wenn ich dich nicht so gut kennen würde... Na, du weißt schon.«

Ich boxte dem G-man freundschaftlich in die Rippen. »Werde mich revanchieren.«

»Das wird aber teuer.«

»Macht nichts, geht auf Spesen.«

»Spaß beiseite, Cliff. Wie ist deine Marschroute?«

»Ich fahre erst mal zu Doreen«, antwortete ich. »Er kennt Shapiro besser. Vielleicht kann ich mit seiner Hilfe an Susan herankommen. Eine Person haben Ihre Leute ja laufenlassen«, wandte ich mich an den Captain. »Miß Leila Delago.«

»Wir veranlassen sofort eine Fahndung, Corner«, schnarrte der Polizeioffizier.

Ich verabschiedete mich.

Ich bekam meine Papiere, den .38er und den Porsche zurück. Ein Cop hatte den Wagen hergefahren.

Während der Fahrt nach Beverly Hills kreisten meine Gedanken nur um Susan Taylor. Ich spielte mehrmals mit der Absicht, Shapiro auf den Pelz zu rücken und ihm die Kanone unter den fetten Bauch zu halten, um mit Gewalt herauszubekommen, was mit Susan Taylor geschehen war.

Doch solche Gefühlsausbrüche konnte ich mir nicht leisten. Ich mußte mich beherrschen, so schwer es auch fiel.

In Doreens Bungalow brannte Licht. Ich war froh, daß Sam zu Hause war...

Die schmale Straße lag in der Dunkelheit wie ausgestorben. Jetzt fiel mir deutlich auf, wieviel Zeit ich schon vertrödelt hatte.

Ich parkte den Porsche vor dem Grundstück. Das Tor war offen.

Mit zügigen Schritten ging ich auf den Bungalow zu. Ich schellte.

Da fiel mir auf, daß die Tür offenstand.

Komisch, dachte ich noch, als ich das Haus betrat.

Es war ruhig, zu ruhig für meinen Geschmack.

»Sam?«

Keine Antwort.

Verdammt noch mal, es brannte doch Licht.

Mich beschlich ein komisches Gefühl. Unwillkürlich tastete ich nach meinem .38er.

Das Licht brannte in dem Arbeitszimmer. Kurz entschlossen steuerte ich auf den Raum zu.

Mit den Worten: »Sam, was ist los, warum antwortest du nicht?« stieß ich die Tür auf.

Der Unbekannte fuhr blitzschnell aus dem Schreibtischsessel in die Höhe, zögerte...

Dieses Zögern rettete mir wahrscheinlich das Leben.

Der Mann warf das Messer um Sekundenbruchteile zu spät.

Da lag ich schon auf dem Boden, hatte die Waffe herausgerissen und zerschoß die Lampe.

Die Dunkelheit traf uns wie ein Peitschenschlag.

Ich huschte in Richtung Fenster, machte mich flach und wartete ab. Mein Gegner war ein Messerheld. Und es gab da nur einen, der in Frage kam. Fito Gomez. Shapiro hatte ihn erwähnt. Gomez sollte mich auslöschen. Daß es ihm bisher nicht gelungen war, hatte ich bestimmt meiner Maske zu verdanken. Fito hatte mich nicht erkannt, er war für einen Moment irritiert, deshalb dieses kurze Zögern.

Aber Doreen. Was war mit ihm? Wie ich Gomez einschätzte, hatte er bestimmt ganze Arbeit geleistet.

Langsam gewöhnten sich meine Augen an die Dunkelheit. Ich erkannte die Konturen der Möbel, das Fenster, durch welches schwaches Mondlicht fiel — und Fito Gomez, der plötzlich aufsprang und ein weiteres Messer schleuderte.

Ich preßte mich auf den Boden.

Um Haaresbreite entging ich dem Tod. Gomez mußte Augen wie eine Katze haben, daß er mich so genau sehen konnte.

Ich antwortete mit meinem .38er. Zwei Schüsse trieben Gomez in Deckung.

Der Killer mußte unter oder neben dem Schreibtisch stecken.

Die Waffe in der Rechten, schob ich mich vorsichtig an dieses Möbelstück heran. Mein Körper verursachte schleifende Geräusche auf dem Teppich.

Dann sah ich Gomez oder vielmehr seinen Schatten.

Im selben Moment federte ich mich vom Boden ab zur Seite.

Abermals verfehlte mich sein Messer.

Ich schoß. Zweimal.

Gomez zuckte zusammen.

Hatte ich ihn getroffen?

Anscheinend. Taumelnd strebte der Killer dem großen, zum Boden reichenden Fenster zu.

»Stehenbleiben!« brüllte ich.

Gomez lachte höhnisch — und hechtete durch die Scheibe.

Es gab einen mörderischen Krach. Glassplitter regneten in den Raum.

Gomez, gewandt wie ein Artist, kam gut auf, rollte sich ab und verschwand in Richtung Garten.

Ich hinterher. Durch die zersplitterte Scheibe. An einer Ecke riß ich mir den Jackettärmel auf. Egal, weiter.

Gomez hatte noch viel Vorsprung. Trotz des schlechten Lichtes sah ich ihn.

»Stehenbleiben!« schrie ich nochmals.

Und Gomez blieb stehen. Langsam hob er die Hände.

Zu plötzlich für meinen Geschmack. Ich beschloß, auf der Hut zu sein.

Die Waffe im Anschlag, näherte ich mich meinem Gegner.

Als uns nur noch etwa drei Yards trennten, sagte ich: »Umdrehen!«

Gomez gehorchte.

Erst jetzt sah ich den Typ richtig. Gomez war schmächtig, mit hohlem Gesicht. Der ganze Kerl wirkte irgendwie verschlagen.

»Hol ganz vorsichtig deine Messer raus«, sagte ich.

Gomez grinste. Er nahm den rechten Arm herunter und zog mit spitzen Fingern ein Messer aus seinem Gürtel.

»Die anderen auch, Gomez!« Ich war sicher, daß der Kerl noch mehr ›Spielsachen‹ mit sich führte.

Richtig, da kam noch ein Messer zum Vorschein. Insgesamt hatte er also fünf Stück bei sich gehabt. Ein ganz schönes Arsenal.

Gomez breitete die Arme aus. »Was ist?« fragte er mit überraschend tiefer Stimme.

»Wir gehen wieder rein, Gomez. Ich möchte zu gern wissen, wo Samuel Doreen ist.«

Gomez zuckte mit den Schultern und setzte sich in Bewegung.

Ich ließ ihn vor mir hergehen. Immer noch paßte ich höllisch auf.

Und das war gut so.

Plötzlich knickte Fito Gomez in der Hüfte ein, ließ sich fallen, kreiselte gleichzeitig herum, riß den rechten Arm hoch ...

Ich überlegte nicht mehr lange, sondern drückte ab.

Es war der richtige Moment. Meine Kugel warf Fito Gomez zurück.

Der Killer fiel auf die Knie. In der Hand hielt er noch ein Messer. Es mußte im Ärmel gesteckt haben.

Ich stand dicht vor Gomez. Sein Gesicht war von ohnmächtigem Haß verzerrt.

Mit dem linken Arm stützte er sich auf. Blut tropfte aus seiner Wunde auf den Boden.

Gomez' Atem ging rasselnd. Zitternd hob er seinen rechten Arm mit dem Messer.

Dieser Mann würde noch im Tod gefährlich sein.

Ich trat ihm das Messer aus der Hand.

Gomez schrie noch einmal auf und brach zusammen.

Als ich ihn auf den Rücken drehte, sah ich, daß seine Augen starr waren.

Fito Gomez lebte nicht mehr.

Ich steckte meine Waffe weg. Zwei Minuten lang atmete ich die kühle, reine Nachtluft ein.

Dann ging ich in den Bungalow zurück.

Wenig später hatte ich Samuel Surtees Doreen und Ona, die Haushälterin gefunden.

Bei ihrem Anblick krampfte sich etwas in mir zusammen. Ich konnte nicht verhindern, daß meine Augen feucht wurden.

Ich rief die Mordkommission des FBI an.

Dann rauchte ich zwei Zigaretten. Anschließend lud ich meine Waffe nach. Reservemunition hatte ich immer bei mir.

Als ich wieder nach draußen ging, hörte ich Stimmen. Nachbarn waren durch die Schüsse aufgeschreckt worden. Ein auch in Germany bekannter Filmstar wollte mir einen körperlichen Verweis erteilen.

Al Shapiro würde ich mir kaufen. Noch heute nacht.

Und Susan?

Wenn ich an Doreen und Ona dachte, die Gomez eiskalt getötet hatte, warum sollten die Gangster dann Susan Taylor leben lassen?

Ich weiß, dies klingt hart, aber ich konnte einfach nicht anders denken. Ich hoffe, Sie verstehen mich, lieber Leser.

Ich wartete das Eintreffen der Mordkommission gar nicht erst ab, sondern setzte mich in den Porsche.

Ich würde zu ihm fahren, ihn mir kaufen, diesen Al Shapiro ...

Im San Fernando Valley treffen sich zwei Welten. Einmal die von Menschenhand geschaffenen schnurgeraden Highways und zum zweiten die unberührte Natur.

Hier kann der Tourist wirklich noch Geier, Coyoten und — wenn er Glück oder Pech hat — Pumas treffen. Allerdings war das Wild mit der Zeit menschenscheu geworden. So ist es kein Wunder, daß sich die Tiere erst bei Anbruch der Dunkelheit aus ihren Verstecken trauen.

Auch die Coyoten. Zu Rudeln schwärmten sie aus, um auf Nahrungssuche zu gehen.

Der Führer des Rudels nahm plötzlich die Witterung auf.

Ein Mensch!

Knurrend und hechelnd liefen die Tiere in die Richtung.

Der Schienenstrang tauchte vor ihnen auf. Ein Teil der Coyoten blieb zurück. Nur der Anführer sprang mit zwei weiteren die Böschung hinauf.

Schnüffelnd und hechelnd hetzten sie über die Gleise.

Der Menschengeruch wurde stärker.

Der Anführer stoppte. Er hob die lange Schnauze und heulte klagend in die Nacht.

Von Natur aus feige, verschwanden die anderen. Nur der Führer des Rudels trottete weiter.

Bald hatte er Susan Taylor erreicht.

Er lauerte. Aus genügender Entfernung beobachtete er die schlafende Susan.

Als der Coyote merkte, daß ihm keine Gefahr drohte, schlich er näher.

Immer noch wachsam, umkreiste er meine Partnerin. Vorsichtig stieß er sie mit der Schnauze an.

Unbewußt zuckte Susan zusammen.

Der Coyote glitt zurück.

Dann, nach einiger Zeit, versuchte er es wieder.

Diesmal stieß er fester zu.

Susan Taylor bewegte sich.

Ihr rechter Arm griff wie haltlos in die Luft. Im Unterbewußtsein spürte sie, irgend etwas war mit ihr geschehen.

Lag sie in ihrem Bett?

Nein, zu hart war die Unterlage. Etwas drückte schmerzhaft gegen ihre Oberschenkel, auch die Schultern schmerzten.

Eine feuchte Zunge glitt über ihr Gesicht.

Susan schreckte zusammen.

In der Ferne hörte sie einen Pfiff. Heulend, so wie die Lokomotive eines Zuges sich bemerkbar macht.

Du träumst, sagte eine Stimme. Komm, schlaf weiter.

Aber es ist so unbequem, wollte Susan sagen, doch ihre Stimme versagte.

Wieder dieser Pfiff. Diesmal lauter, greller.

Mit einemmal öffnete Susan die Augen.

»Wo bin ich?« flüsterte sie trocken.

Doch dann schrie sie auf. Zwei gelbe Augen starrten sie an. Die Augen verschwanden.

Diese Kopfschmerzen. Susan faßte sich gegen die Stirn.

Meine Partnerin fror.

Mit dem linken Arm stemmte sie sich hoch.

Dunkelheit, Wolken, Mond...

Mein Gott, du bist im Freien. Plötzlich funktionierte Susans Denkapparat wieder. Ihre Augen huschten umher, sahen die Gleise...

Gleise? Susan überlegte. Schlafen, Gleise, Zug...

Ja, sie sollte überfahren werden. Der Pfiff vorhin. Die Augen, das Lecken in ihrem Gesicht. Jetzt wurde ihr alles klar.

Coyoten, sie hatten ihr wahrscheinlich das Leben gerettet.

Plötzlich begann der Schienenstrang zu vibrieren.

Der Zug!

Schon sah Susan den großen, gleißenden Scheinwerfer der Lokomotive.

Sie reagierte instinktiv.

Susan warf sich nach vorn, prallte mit der Schulter auf und rollte — rollte...

Sekundenbruchteile später zischte der Zug vorbei. Susan spürte noch den Sog.

Am Fuße des Abhangs blieb meine Partnerin erschöpft liegen. Zehn Minuten ruhte Susan sich aus. Dann stemmte sie sich auf die Beine.

Das halb zerrissene Nachthemd flatterte wie eine Fahne um ihren Körper.

Wohin jetzt?

Susan sah eine schmale Straße, die unter einer Brücke herführte.

Dorthin ging meine Partnerin auch. Irgendwann würde ihr wohl ein Wagen begegnen.

Doch Susan irrte sich.

Meile für Meile schleppte sie sich weiter, bis irgendwann eine kleine Farm vor ihr auftauchte.

Ein Hund bellte.

Susan hämmerte mit beiden Fäusten gegen die dicke Eingangstür.

Plötzlich wurde die Tür aufgerissen. Susan konnte sich gerade noch an der Hauswand abstützen, sonst wäre sie umgefallen.

Ein älterer Mann stand vor ihr. In der Hand eine Schrotflinte.

»Was ist denn mit Ihnen passiert?« wunderte er sich.

»Haben — haben... Sie Telefon?« keuchte Susan.

»Sicher. Aber...«

»Nichts aber. Ich brauche es. Muß anrufen. Den FBI...«

Um Punkt zwanzig Uhr stoppte Al Shapiro vor dem Massagesalon.

Eine Minute blieb er noch sitzen, um sich zu konzentrieren. Für das, was er vorhatte, brauchte er gute Nerven. Noch einmal überprüfte der Gangsterchef seine Waffe, eine Browning. Alles okay.

Al Shapiro lächelte kalt, als er die Kanone in den Hosenbund steckte, eine rehbraune Aktentasche vom Beifahrersitz nahm und ausstieg. Sorgfältig verschloß er seinen Wagen, einen dunkelgrünen Cadillac.

Bis zum Eingang des Salons mußte Al Shapiro noch einige Schritte laufen.

Auf dem Weg nickte er wie gedankenverloren. Ja, in dieser Nacht würde es das große Abwaschen geben. Die Taylor, Corner und nun noch Leila Delago. Sie wollte ihn erpressen. Einfach lächerlich. Der Massagesalon lag im Kellergeschoß eines Hochhauses. Man mußte einen seitlichen Eingang benutzen und vorher klingeln.

Entschlossen drückte Al Shapiro auf den polierten Knopf. Sekunden später konnte er die Tür aufdrücken.

Der Gangster kannte den Weg.

Zielsicher steuerte er auf eine weitere Tür zu, die halb offenstand.

Shapiro gelangte in einen Raum, der dem Wartezimmer eines Arztes glich. Nur wesentlich komfortabler.

Und hier empfing ihn Leila Delago.

Al Shapiro preßte die Lippen zusammen. Verdammt, Leila sah immer noch schön aus. Sie trug ein Nichts von einem Minikleid und darunter ... Den Begriff BH schien es für sie nicht zu geben. Außerdem brauchte sie auch keinen.

Schade, daß sie sterben muß, bedauerte Shapiro seinen Entschluß ein wenig.

Leila Delago verengte die Augen zu Schlitzen. »Hast du das Geld?«

Shapiro hob die Aktentasche. »Hier.«

»Gut.« Leila drehte sich um. Unbekümmert wandte sie Al ihren Rücken zu.

Shapiros Gesicht verzerrte sich. Hastig fummelte er nach seinem Browning.

»Tu's lieber nicht«, sagte Leila Delago leise, als hätte sie hinten Augen, »sonst legt Pete dich um.«

Hinter Shapiro hüstelte jemand trocken.

Eilig drehte sich der Gangster um.

Der Mann war breit wie ein Kleiderschrank. Strohblond und braungebrannt. Er trug eine helle Hose und einen weinroten Blazer, der sich in den Schultern spannte.

Der Mann grinste, als er seine Maschinenpistole anhob.

»Pete Wilcox ist ein Freund«, erklärte Leila Delago. »Er war früher mal Catcher. Pete würde alles für mich tun. Du siehst, Al, deine Chancen sind gleich Null.«

Shapiro ärgerte sich. Wie ein Anfänger war er in die Falle

gelaufen. Der Kerl mußte sich im Flur versteckt haben und war dann herangeschlichen.

Wilcox stieß den Gangsterboß mit dem MPi-Lauf an. »Setz dich in Bewegung, Dicker!«

Für das Wort Dicker hätte ihn Shapiro am liebsten stückweise zur Hölle geschickt. Da das jedoch nicht ging, hielt er den Mund und gehorchte.

Durch eine weitere Tür gelangten sie in den Umkleideraum der Sauna. Hier mußte sich Al Shapiro auf eine Holzpritsche hocken. Leila Delago zündete sich eine Zigarette an und lächelte kalt.

»Damit hast du wohl nicht gerechnet, Al?«

»Vielleicht«, gab Shapiro einsilbig zurück.

»Und allein bist du auch gekommen«, fuhr Leila fort. »Dein Fehler. Oder wolltest du bei einem Mord keine Zeugen haben?«

Shapiro sagte nichts. Er schluckte seine Wut hinunter.

Der Schlag in den Nacken warf ihn nach vorn. Shapiro konnte sich soeben noch abstützen, sonst wäre er mit der Stirn auf den gefliesten Boden geknallt.

»Antworte gefälligst, du Fettsack. Die Lady hat dich etwas gefragt«, knurrte Pete Wilcox.

Keuchend setzte sich Al Shapiro wieder hin. Nun drückte ihm Pete die kalte MPi-Mündung in den Nacken.

»Jetzt seid ihr stark, was?« höhnte der Gangsterboß. »Damit du es genau weißt, Leila, ja, ich wollte dich umbringen.« Die letzten Worte klangen haßerfüllt.

»Und dich somit elegant aus der Affäre ziehen. Nein, so haben wir nicht gewettet.«

Während dieser Antwort schnappte sich Leila die Aktentasche, die Shapiro hatte fallen lassen.

Die Masseuse drückte das Schloß zurück.

Ihre Augen glänzten, als sie die Tasche aufriß.

Doch plötzlich zuckte Leila Delago wie elektrisiert zusammen. Mit einem Wutschrei feuerte sie die Aktentasche in die Ecke. Zeitungen, ganz gewöhnliche Zeitungen flatterten heraus.

Hinter Shapiro fluchte Wilcox hemmungslos. Er sah seinen Anteil weghuschen.

Leila Delagos Gesicht wurde zur Grimasse. Wutgeladen stand die Frau da, mit geballten Fäusten.

»Du Dreckskerl!« schrie sie. »Du widerliches . . .«

Es folgte eine Schimpfkanonade, die davon zeugte, daß Leila Delago zwischen den unteren Zehntausend aufgewachsen war.

Zum Schluß schlug sie Shapiro zweimal ins Gesicht.

Shapiro nahm die Schläge hin. Sich wehren wäre Selbstmord gewesen.

Langsam beruhigte sich die Masseuse. »Reinlegen wolltest du mich, du Fettsack. Aber die Zeiten sind vorbei. Wir werden dir dein bißchen Leben aus dem Balg schießen. Du — du . . .«

Leila Delago fiel das passende Wort nicht ein, dafür trat sie wütend gegen Shapiros Schienbeine.

Der Schmerz trieb dem Gangster das Wasser in die Augen. Trotzdem fragte er stockend: »Was versprichst du dir davon, wenn du mich umlegst?«

Leila lachte spöttisch auf. »Was ich mir davon verspreche? Ich werde die Gang weiterführen.«

»Mach dich nicht lächerlich.«

»Ganz im Gegenteil, mein Lieber. Ich habe genug von dir gelernt. Deine Leute werden mir gehorchen. Ich brauche nur mit jedem ein wenig zu flirten. Und die beiden Schwulen machen mir auch keinen Ärger, verlaß dich drauf.«

Leila Delago warf die Zigarette weg, die sie immer noch in der Hand gehalten hatte.

»Für beste Voraussetzungen hast du ja gesorgt, Al. Die Taylor und Corner werden noch in dieser Nacht sterben. Bitte, was will ich mehr.«

Al Shapiro schüttelte den Kopf. »Ich gebe dir noch nicht einmal drei Tage.«

»Spinner«, gab Leila Delago kalt zurück. »Du unterschätzt mich, Al. Du hast mich immer unterschätzt. Ich habe es einfach satt, mit Leuten ins Bett zu gehen, die wichtig für dich sind. Sie dann noch auszuhorchen und das Gestammel aufzunehmen. Nein, jetzt ist endgültig Schluß. Meine Generalprobe werde ich hier und heute zeigen. Paß auf.«

Leila Delago zischte durch die Zähne. Das Zeichen für Pete

Wilcox. Mit einer Hand tastete er Al Shapiro ab, fand den Browning und stieß ein befriedigtes Grunzen aus.

Er warf Leila die Waffe zu, die sie geschickt auffing. Sofort richtete sie die Mündung auf Shapiro.

Dieser hatte sich halb erhoben. Ungläubig starrte er auf seine frühere Freundin. »Du willst also wirklich?«

»Genau, Al. Ich will!« erwiderte Leila Delago hart.

Al Shapiro begann zu zittern.

»Jetzt hat er Schiß«, stellte Leila Delago trocken fest.

Langsam hob sie den Arm mit der Waffe. Zielte . . .

Al Shapiro riskierte eine Verzweiflungstat. Aufschreiend warf er sich vor, versuchte Leilas Beine zu packen.

Der Gangster hatte Glück.

Leila wurde nervös, sie drückte ab, und die Kugel fauchte in die gekalkte Wand.

»Pete«, keifte die Masseuse.

Und Pete handelte.

Die Maschinenpistole hustete trocken. Shapiro, der auf dem Boden kniete und sich gerade aufrichten wollte, bekam die kurze Garbe voll in die Brust.

Stromstoßartig wurde Shapiro zurückgeworfen. Sekunden später starb einer der größten Gangsterboße der Westküste auf den Fliesen eines Massagesalons.

»Generalprobe ist wohl mißglückt?« grinste Wilcox.

»Na und? Tot ist tot«, erwiderte Leila ärgerlich. »Los, wir müssen Shapiro wegschaffen.«

»Und wohin, wenn ich fragen darf?«

»In den Heizungskeller. Es gibt hier einen Verbindungsgang. Komm, faß mit an.«

Leila Delago und Pete Wilcox versteckten den toten Shapiro hinter großen Pappkartons. Danach mußte Pete Wilcox noch die Fliesen in dem Umkleideraum reinigen.

»Jetzt könntest du mich mal massieren«, grinste der Killer.

»Ich glaube, bei dir ist 'ne Schraube locker.«

Pete Wilcox griff zu. Mit einer Handbewegung fetzte er Leila das Kleid vom Körper. »Nun zeigt dir der liebe Pete mal, wer hier der Boß ist . . .«

Rücksichtslos warf er Leila auf die Pritsche.

Zwei Minuten später lebte er nicht mehr. Leila hatte es geschafft, sich von der Pritsche fallen zu lassen, den Browning gepackt und dreimal abgedrückt.

»Die Männer sind Idioten«, sagte Leila Delago, als sie den Massagesalon verließ.

Letzten Endes war ihre Generalprobe doch noch geglückt.

Sie erwischten mich schon am Eingang. Es waren zwei von Shapiros Aufpassern.

»Wo willst du hin?« fragte einer dämlich und legte mir seine Pranke gegen die Brust.

Na ja, ich wußte vorher, daß ich hier nicht unangefochten reinkommen würde, aber dieser Ärger schon am Eingang schmeckte mir überhaupt nicht.

Zwei Lampen, auf der Mauer des Grundstücks befestigt, spendeten Licht.

Warum ich mich denn nicht von hinten an das Haus herangeschlichen habe, fragen Sie? Der Gedanke war mir schon gekommen, aber man hätte mich auf Hausfriedensbruch verklagen oder als Einbrecher abschießen können. Hielt ich den normalen Weg ein, standen meine Chancen besser.

Die beiden Kerle kannte ich. Sie waren ebenfalls in der Studiohalle gewesen. Nur erkannten sie mich in meiner Maske nicht.

Noch blieb ich ruhig. »Ich will den Boß sprechen«, antwortete ich geduldig.

»Kinder, die was wollen, kriegen was auf die . . .«, dichtete der zweite Wärter. Nur fiel ihm das letzte Wort nicht ein.

»Kriegen was auf die Schnauze«, vollendete sein Kumpan und wollte mir einen linken Haken gegen den Kopf schlagen.

Es blieb beim Vorsatz. Ich tauchte rechtzeitig weg und drosch ihm meine Faust in die Herzgrube.

Wie ein Mehlsack plumpste der Schläger zu Boden.

Sein Gehilfe schnaufte wütend. Er fingerte verdächtig unter seinem Jackett herum.

Mein Handkantenschlag trieb ihm die Flausen aus dem Kopf. Der Bursche torkelte gegen die Grundstücksmauer.

Doch er war verdammt hart im Nehmen. Sein gesenkter Schädel fuhr mir in den Magen, als ich ihm den Knockout verpassen wollte.

Jetzt war ich es, der zu Boden ging.

Mit einem Freudenschrei riß der Kerl seine Kanone aus der Halfter. Das konnte für mich tödlich enden. Im letzten Augenblick hakte ich meinen Fuß um sein Bein.

Der Schläger kam aus dem Gleichgewicht, fiel nach hinten und knallte mit dem Kopf gegen die Mauer. Für ihn war fortan Sendepause.

Schläger Nummer eins hatte inzwischen noch an meinem Schlag zu knacken. Vorsichtshalber schickte ich den Burschen mit der Handkante endgültig ins Reich der Träume.

Ich entwaffnete die beiden Figuren und warf ihre Kanonen ins Gebüsch.

Dann huschte ich, jede sich bietende Deckung ausnutzend, auf das Haus zu.

Meine Vorsicht war jedoch überflüssig. Es ließ sich niemand mehr blicken.

Um so besser.

Aber verflixt, sollte Shapiro letzten Endes gar nicht zu Haus sein?

Durch ein offenstehendes Fenster gelangte ich in den Bungalow.

In dem Haus war es fast totenstill, bis auf das Ticken einer Uhr.

Ich durchstöberte Shapiros Arche. Im Keller fand ich einen Fetzen von Susans komischem Nachthemd. Ich steckte ihn ein. Sonst war keine Menschenseele vorhanden. Wo steckte Shapiro denn nur, Teufel noch mal, ich mußte wissen, was mit Susan geschehen war!

Deprimiert setzte ich mich in Shapiros Arbeitszimmer. Hier würde ich den Gangster empfangen.

Der Gedanke an Susan Taylor trieb mich zu Selbstvorwürfen. Ich hatte versagt, elendig versagt.

Ich weiß nicht, wie lange ich so gesessen hatte, als ich plötzlich Stimmen hörte. Eine Frau fluchte wie ein Seemann. Dann schimpfte sie irgend jemanden aus.

Hart schlug die Eingangstür des Bungalows.

»Bleibt ihr beiden draußen«, hörte ich die Frauenstimme. Und erkannte sie im selben Augenblick. Sie gehörte der Masseuse Leila Delago.

Ruckartig stieß Leila Delago die Tür des Arbeitszimmer auf. Gleichzeitig knipste sie das Licht an.

Im ersten Augenblick sah sie mich nicht, doch dann blieb sie stehen, als sei sie vor eine unsichtbare Wand gerannt.

»Corner«, schluckte die Masseuse.

»In Lebensgröße, Miß Delago«, lächelte ich und blinzelte, weil sich meine Augen erst an das Licht gewöhnen mußten. »Überrascht?«

»Das kann man wohl sagen.«

Leila Delago ließ sich, als wäre nichts geschehen, in einen bequemen Sessel fallen, schlug die Beine übereinander und betrachtete die angestaubten Bücher in den Regalen. Sie wartete wohl auf eine Rechtfertigung meinerseits.

Da konnte sie lange warten, obwohl mir die Zeit unter den Nägeln brannte. Vor allem wegen Susan.

Schließlich brach Leila Delago das Schweigen. »Die beiden Männer gehen wohl auf Ihr Konto?«

»Richtig.«

»Mir haben sie erzählt, sie hätten sich schlafen gelegt.«

»Ja, Ihnen«, grinste ich. »Sie sind auch nicht der Boß.«

Wild warf sich Leila Delago auf dem Sessel herum. »Was haben Sie gesagt?« zischte sie wie eine Klapperschlange. »Sicher bin ich der Boß, ganz sicher sogar, ha ha!«

Leila lachte wie wahnsinnig.

Ich versuchte zu kombinieren. Shapiro war nicht da. Die beiden Schwulen auch nicht, und Fito Gomez hatte ich ausgeschaltet. Plötzlich wurden mir zwei Dinge klar. Wulfie und Walter, sie hatten Susan. Ja, so mußte es sein. Und Shapiro?

»Dann haben Sie Shapiro umgebracht?« Es war mehr eine Feststellung als eine Frage.

Leila Delago sprang auf. »Richtig geraten, Corner. Shapiro lebt nicht mehr.« Die Masseuse wischte mit der Hand durch die Luft. »Damit Sie beruhigt sind, Corner, ich habe ihn nicht umgelegt.«

»So? Wer denn?«

»Das ist uninteressant. Shapiros Mörder lebt nicht mehr. Den habe ich anschließend ins Jenseits befördert.«

Ich schluckte. Teufel noch mal, die Frau war abgebrüht. Eiskalt bis in den letzten Nerv ihres Körpers.

Leila Delago redete weiter. »Eigentlich sollten Sie auch nicht mehr leben, Corner, wie mir Al noch mitteilen konnte.«

Ich grinste verzerrt. »Fito Gomez war eine Nummer zu klein für mich.« Gemächlich steckte ich mir eine Zigarette an. »Es ist Ihnen doch klar, daß Sie mir ein Mordgeständnis beigebracht haben, Miß Delago. Ich müßte Sie jetzt der Polizei übergeben.«

Leila lachte. »Machen Sie sich nicht lächerlich, Mr. Corner. Es würde Aussage gegen Aussage stehen. Außerdem...«

»Was ist mit meiner Partnerin?« unterbrach ich sie.

»Ach so, diese Taylor.« Leila Delago zuckte die Achseln. »Keine Ahnung. Ich nehme aber an, daß man wenigstens sie geschafft hat. Wulfie und Walter sind darin Spezialisten.«

Ich sprang auf. In mir kochte es.

Leila Delago reagierte katzengewandt. Sie hielt plötzlich einen Derringer in der Hand.

»Setzten Sie sich wieder hin. Los!«

Ich gehorchte. Okay, sagte ich mir. Nur nicht noch mal die Nerven verlieren, Cliff!

Leila Delago lächelte überheblich. »Ich könnte Sie jetzt abknallen, Corner. Doch ich tu's nicht. Ich schlage Ihnen ein Geschäft vor.«

»Das wäre?«

»Werden wir Partner. Als Schnüffler leben Sie bestimmt von der Hand in den Mund. Aber anders — Sie können alles haben. Geld und mich. Ich kenne mich aus in der Liebe, glauben Sie mir.«

»Das will ich nicht abstreiten«, erwiderte ich. »Gegenvorschlag, Miß Delago. Wie wär's, wenn Sie sich der Polizei stellen?«

Leila Delago verbiß sich ein Lachen. »Sie sind noch blöder, als ich angenommen habe, Corner. Ich schicke Sie doch besser zur Hölle.«

Leila hob den Derringer.

In diesem Augenblick schrillte das Telefon. Beide zuckten wir zusammen.

»Heben Sie ab, Corner.«

»Ja?« meldete ich mich.

»Hör zu, Shapiro. Spätestens übermorgen wollen wir vom Tod der beiden in den Zeitungen lesen. Geld wird erst danach überwiesen.«

Ich wollte noch etwas sagen, doch der Teilnehmer hatte schon aufgelegt.

»Was war?« schnappte Leila Delago.

Ich erklärte es ihr.

Ich merkte, wie sie überlegte. Anscheinend konnte sie sich aus diesem Gespräch keinen Reim machen. Ich hatte eine Vermutung, hütete mich aber, etwas zu sagen.

Leila Delago blickte mich an. Immer noch zeigte der Derringer auf meine Brust. »Haben Sie es sich überlegt?«

Langsam drückte ich meine Zigarette in dem kristallenen Aschenbecher auf dem Schreibtisch aus.

»Ja«, antwortete ich leise, packte blitzschnell den Ascher, ließ mich gleichzeitig mitsamt Sessel nach hinten fallen und rollte mich ab.

Während Leila Delago schoß, bekam sie den Aschenbecher vor die Brust.

Schreiend taumelte die Masseuse nach hinten.

Schon hatte ich meinen .38er in der Hand.

Im selben Augenblick wurde die Tür aufgerissen. Eine MPi-Garbe fetzte durch den Raum und zersplitterte die Fensterscheibe.

Der Schütze war einer der Aufpasser vom Tor.

Leila Delago schrie auf. Wild hetzte sie zur Tür.

Ich jagte ihr eine Kugel vor die Füße.

Die Masseuse warf sich zurück.

Wieder feuerte der MPi-Schütze.

Flach wie eine Flunder lag ich auf dem Teppich. Haarscharf jaulten die Geschosse über mich hinweg. Es war nur noch eine Frage der Zeit, wann sie mich erwischen würden.

Und plötzlich Polizeisirenen.

Panik erfaßte den Gangster und auch Leila Delago. Aufgeregt schrien sie durcheinander.

Ich sah meine Chance.

Ein Geräusch in meinem Rücken ließ mich herumfahren. Der zweite Aufpasser. Er stand am Fenster.

Ich sah sein verzerrtes Gesicht, erkannte die Pistole, überlegte nicht lange, sondern drückte ab.

Wir schossen fast gleichzeitig.

Ein furchtbarer Schlag gegen den Kopf warf mich zurück. Ich sah nicht mehr, daß mein Gegner mir entgegenfiel, denn die Welt versank für mich in einem blutroten Tunnel.

Jemand fuhrwerkte an meinem Kopf herum. Es tat höllisch weh.

Dieser beißende Schmerz brachte mich wieder in die Wirklichkeit.

»Ruhig liegenbleiben«, hörte ich eine Stimme. »So, das wär's dann.«

Langsam öffnete ich die Augen.

Ein Mann in weißem Kittel hatte sich um mich bemüht. Grinsend sah er auf mich herab. »Glück gehabt, Mister. Einen Zoll tiefer, und Sie könnten jetzt mit den Engeln Harfe spielen.«

Der Doc hatte Humor, das mußte man ihm lassen. Er war schon etwas älter, machte ein bitterböses Gesicht und trug eine Nickelbrille auf der dicken Nase.

Behutsam tastete ich in Richtung Kopf. Ich ahnte das dicke Pflaster mehr, als ich es fühlte.

»Helfen Sie mal, Doc, ich muß aufstehen. Nachher heißt es noch, der pennt sich hier aus.« Ich versuchte meiner Stimme einen festen Klang zu geben, was mir nur schwerlich gelang.

»Wenn Sie unbedingt wollen.« Kurz entschlossen packte der Doc zu. Gemeinsam schafften wir es.

Der nächste Sessel kam mir wie gerufen. Schwindelig ließ ich mich hineinfallen.

»Ich brauch' wohl erst einen Whisky«, krächzte ich mit angerosteter Stimme.

Der Doc hatte ein Schöppchen. Nach einem herzhaften Männerschluck ging es mir besser.

Ich atmete tief aus und peilte die Lage.

Noch immer befand ich mich in Shapiros Arbeitszimmer. Draußen im Garten, ich sah es durch die zerschossene Scheibe, wimmelte es von Cops. Auch Beamte in Zivil krauchten dort herum. Große Standscheinwerfer verbreiteten Festbeleuchtung.

»Ich laß Sie allein«, sagte der Doc, »habe noch einige Patienten.« Er und Frank Carter gaben sich die Klinke in die Hand.

»Mensch, Cliff, du bist auch nicht totzukriegen, was?« rief Frank freudig.

»Du weißt ja, Kinder, Betrunkene und Privatdetektive haben besondere Schutzengel«, gab ich grinsend zurück.

»Egal, Cliff. Auf jeden Fall lebst du noch.«

»Ich — ja. Aber was ist mit Susan Taylor?«

Frank Carter lächelte spitzbübisch. »Susan? Die hat mit einem Coyoten geflirtet.«

»Spinnst du?« Ich wollte aufspringen, doch im letzten Moment fiel mir meine Kopfwunde ein.

»Erzähl«, forderte ich.

Der G-man ließ sich nicht nötigen. Er berichtete mir so, wie er es von Susan selbst gehört hatte.

Erleichtert stieß ich die Luft aus. »Wo ist sie jetzt, Frank?«

»Umziehen. Eigentlich schade. Sie sah sehr appetitlich aus in ihrem Nachthemd.«

»Kann mir vorstellen, wo ihr hingeguckt habt«, bemerkte ich.

»Zwangsläufig, Cliff. Zwangsläufig.«

»Okay, Frank. Themawechsel. Was ist mit den anderen?«

»Wie meinst du?«

»Leila Delago. Dann die beiden Aufpasser. Außerdem sind noch zwei gefährliche Killer flüchtig. Walter und Wulfie.«

Frank Carter hob die Hand. »Langsam, Cliff, langsam. Noch mal von vorn. Die beiden Aufpasser haben wir. Einen hast du übrigens böse erwischt. Den zweiten haben wir geschnappt. Von Walter und Wulfie hat uns Susan berichtet. Großfahndung läuft. Aber Leila Delago . . .?« Frank zuckte mit den Schultern. »Welche Rolle spielt die Masseuse denn?«

»Die Hauptrolle, Frank. Leila Delago hat Al Shapiro erschießen lassen und seinen Mörder anschließend selbst umgebracht. Mich wollte sie auch abknallen. So sieht die Sache aus, Frank.«

»Teufel noch mal«, staunte der G-man. »Shapiro tot? Das ist ein Ding. Du weißt nicht zufällig, wo es geschehen ist?«

»Nein. Vielleicht in Leilas Apartment?«

»Na ja, wir werden sehen. Aber das Weib ist uns entwischt«, ärgerte sich Frank Carter. »Warum hat sie überhaupt Shapiro umgelegt?«

»Werden wir wissen, wenn wir sie haben.«

»Sicher.« Frank Carter überlegte. »Also, eine Fahndung nach Leila Delago?«

Vorsichtig stemmte ich mich aus dem Sessel.

»Übernimm dich nur nicht, Großer.«

Susan!

Sie stand plötzlich vor mir. Zwar noch etwas blaß um die Nase, doch sexy wie immer. Susan trug einen grünen Pullover, beige Wildlederhosen und hatte sogar eine neue Handtasche aufgetrieben, ein Ding, das aussah wie ein Feuerlöscher.

Ich streckte beide Arme aus. »Dann hilf du mir doch.«

Susan half. Dabei mußte sie dicht an mich herankommen. Die Gelegenheit, ihr zu zeigen, wozu ein verletzter Mann noch fähig ist.

Minuten später ließ ich Susan los.

»Schämst du dich gar nicht?« zischte meine Partnerin und ordnete ihren Pullover.

»Wieso?« tat ich unschuldig.

»Erstens meine Hilfsbereitschaft derart auszunutzen, und zweitens, was viel schlimmer ist, von draußen kann uns jeder sehen.«

Tatsächlich. Die Kameraden hatten sich die Gelegenheit nicht entgehen lassen. Sie grinsten noch immer.

»Du hast aber auch stillgehalten«, verteidigte ich mich.

»Ja, nur um den Männern keine noch größere Szene zu bieten. Sonst nicht.«

Typisch Susan. Sie zeigte einfach ihre wahren Gefühle mir gegenüber nicht. Wohlgemerkt, das ist meine Meinung.

Frank Carter störte unser trautes Beisammensein.

»Die werden wir bald fangen«, sagte er zuversichtlich.

»Wie wär's denn, wenn ihr mich aufklären würdet?« meinte Susan.

»Aber gern, Darling«, grinste ich.

»Du sollst nicht immer Darling sagen. Ich habe einen Vornamen.«

Oh, Susan war wieder giftig.

Zehn Minuten später hatten wir ihr den Wunsch erfüllt.

Meine Partnerin krauste die Stirn. »Was hatte wohl der Anruf zu bedeuten?«

»Darüber habe ich mir auch schon Gedanken gemacht«, erwiderte ich.

»›Spätestens übermorgen wollen wir vom Tod der beiden in den Zeitungen lesen‹, sagte der Mann. ›Geld wird erst danach überwiesen.‹«

»Hört sich so an, als hätte Shapiro in einem bestimmten Auftrag gehandelt«, gab Frank Carter seinen Kommentar.

Ich nickte. »Kann sein, Frank. Aber wem haben wir hier in Los Angeles außer Shapiro auf die Zehen getreten?«

»Muß es Los Angeles sein?« Susan stellte diese Frage.

»Du denkst an Chicago?«

»Genau, Cliff.«

»Aber das hätten sie doch zu Hause einfacher haben können.«

»Dann würde der Verdacht sofort auf bestimmte Größen der Unterwelt fallen. So aber sind sie weit vom Schuß.«

»Miß Taylors Gedankengang hat was für sich«, bemerkte Frank Carter.

Ich war allerdings nicht ganz davon überzeugt. Außerdem brummte mir der Schädel.

»Macht, was ihr wollt, Leute, ich tanz' Walzer. Muß mich flach legen.«

»Ich fahr' euch in ein Hotel«, bot sich Frank Carter an. »In Doreens Bungalow könnt ihr nicht. Da wirkt noch die Mordkommission.«

Frank Carter kannte eine Pension. Susan und ich bekamen zwei Einzelzimmer. Und dann schlief ich zwölf Stunden.

Das Lokal heißt Men Club. Es liegt am Sunset Strip und ist nur für ein bestimmtes Publikum geöffnet.

Für Homosexuelle nämlich.

Und genau hier mußte Leila Delago rein.

Sie hatte ihren Wagen — oder vielmehr Shapiros Wagen — auf einen öffentlichen Parkplatz abgestellt.

Jetzt, kurz nach Mitternacht, da herrschte immer noch ein sagenhafter Betrieb auf dem Sunset Strip, der Amüsierstraße von Los Angeles.

Leila Delago hatte für die Menschen keinen Blick. Nervös hastete sie vorwärts. Einem Seemann, der sich ihr in den Weg stellte, schlug sie die Faust in den Unterleib, so daß dieser seinen Landurlaub abbrechen konnte.

Leila Delago wußte, wo das Lokal lag. Eine dicke Eichentür diente als Eingang.

Leila mußte klingeln.

Ein wonniger Typ in schwarzem Trikot öffnete die Tür. Ärgerlich zog er die wohlrasierten Augenbrauen hoch.

»Nur für Mitglieder, Madam«, näselte er.

»Ich muß Walter und Wulfie sprechen«, sagte Leila schnell, ehe der Knabe die Tür wieder schloß.

Der Jüngling dachte nach. »Gut, ausnahmsweise. Treten Sie ein.«

Das ließ sich Leila nicht zweimal sagen.

Das Lokal selbst war in Nischen unterteilt. Überall hockten die ›Pärchen‹ beisammen und flirteten.

Normalerweise hätte sich Leila darüber amüsiert, doch diesmal saß ihr die Zeit im Nacken.

Sie fand Wulfie in einer der Nischen. Dicht an ihn gelehnt saß ein schwarzhaariger Gigolotyp und schlürfte Likör.

»Leila?« Wulfie war überrascht.

Die Masseuse drängte sich in die Nische. Wulfies Freund protestierte.

»Schick ihn weg!« sagte Leila Delago knapp.

Schmollend zog der Jüngling Leine.

»Woher wußtest du, daß wir hier sind?« fragte Wulfie.

»Ihr habt oft genug von diesem Lokal gesprochen. Aber das ist momentan unwichtig. Wo ist Walter?«

»An der Bar.«

»Laß ihn herkommen. Es eilt. Schnell«, drängte Leila.

Wulfie beauftragte einen Kellner.

Wenig später war Walter zur Stelle.

»Und jetzt hört zu.« Leila Delago erzählte hastig, was passiert war. Nur Shapiros Tod stellte sie etwas anders hin. Angeblich hatte ihn ein Killer im Auftrag eines Unbekannten erschossen, während er mit ihr zusammen war. Leila sprach dann davon, daß sie Shapiros Tod gerächt habe. »Deshalb müssen wir weg. So schnell wie möglich. Außerdem hat Fito Gomez versagt. Corner lebt. Er wird den Bullen einiges zu berichten haben. Dann seid ihr auch dran. Denkt nur an die Taylor.«

Die beiden Süßen überlegten.

»Okay«, sagte Wulfie, »wohin sollen wir gehen?«

»Zuerst von Los Angeles weg.«

In diesem Augenblick bahnte sich am Eingang des Lokals ein Tumult an.

Wulfie zuckte zusammen. »Das sind Bullen. Razzia.«

»Die gilt uns«, vollendete Walter.

Wulfie sprang auf. »Kommt mit. Es gibt hier einen Geheimausgang. Ich glaube nicht, daß die Bullen ihn kennen.«

Die Zeit reichte gerade. Unbemerkt schlüpften die drei Personen aus dem Lokal und mischten sich in den Trubel des Sunset Boulevard...

Drei Tage vergingen. Tage, in denen ich mich ausruhte.

Dann wurde Samuel Surtees Doreen beerdigt. Fast alle Filmgrößen waren an seinem Grab versammelt. Doreen würde als

Held in die Geschichte Hollywoods eingehen. Nur hatte er nichts mehr davon.

Al Shapiros Gang war zerschlagen worden. Oder fast, denn die Großfahndung nach Leila Delago und den beiden Killern hatte nichts gebracht. Die gesuchten Personen waren wie vom Erdboden verschwunden. Gerüchte tauchten auf, die besagten, die Gangster hätten sich nach Mexiko abgesetzt. Doch auch hier brachte eine Fahndung nichts ein.

Die Unterwelt verhielt sich überraschend ruhig. Keiner wollte Shapiros Nachfolge antreten, wenigstens vorläufig nicht.

Der FBI fahndete intensiv nach dem unbekannten Anrufer, der das Geld geboten hatte. Ebenfalls ohne Erfolg.

Die Leichen von Al Shapiro und einem Mann namens Pete Wilcox wurden gefunden. Experten fanden heraus, daß es sich wirklich so abgespielt hatte, wie Leila es mir gesagt hatte.

Wir warteten noch einen Tag und packten deprimiert unsere Koffer.

Frank Carter begleitete uns zum International Airport.

»Ihr bekommt Nachricht, sobald wir die drei gefunden haben«, versuchte er uns aufzumuntern.

»Reizend, Frank, aber daran glaube ich selbst nicht«, erwiderte ich.

»Also, wenn ich ehrlich sein soll . . .« Frank kniff ein Auge zu.

Während des Fluges sank unsere Stimmung auf den Tiefpunkt. Nicht einmal die atemberaubenden Kurven der Stewardeß brachten mich aus dem Tief. Auch Susan, die sonst über fast jede Frau was zu mäkeln hat, gab keinen Kommentar.

Es ist aber auch selten vorgekommen, lieber Leser, daß wir einen Fall nicht abgeschlossen haben. Vielleicht können Sie nun unsere Stimmung damals verstehen.

Nachmittags kamen wir in Chicago an. Es regnete.

Wir teilten Myers sofort unsere Ankunft telefonisch mit. Daraufhin mußten wir antanzen.

»Haben sich nicht gerade mit Lorbeeren geschmückt«, warf er uns zur Begrüßung an den Kopf.

Ich sah, wie Susan Atem holte. »Sie machen auch Fehler«, platzte sie pampig heraus.

Myers schluckte. »Melden Sie sich morgen wieder.«

Damit waren wir entlassen.

So vergingen einige Wochen. Wochen, in denen wir mit Arbeit überhäuft wurden. Wir dachten schon längst nicht mehr an den Fall in Los Angeles, als Smitty eines Tages in unser Büro platzte.

Smitty ist ein Spitzel. Man nennt ihn auch den Dandy, weil er immer elegante Kleidung trägt. Smitty hatte mir schon so manchen Tip gegeben, und ich wußte, auf seine Informationen konnte ich mich verlassen.

Daß er jetzt in unser Büro gekommen war, glich einem Wunder. Es mußte schon einen triftigen Grund geben.

Smitty setzte sich auf den Besucherstuhl, zog die Bügelfalten seiner Hose hoch und fragte: »Wo ist Susan?«

»Wahrscheinlich beim Friseur«, grinste ich säuerlich.

»Käse. Susan ist schön genug. Was braucht die einen Haargärtner?«

Ich muß dazu sagen, Smitty hatte einen Narren an Susan gefressen. Aber das beruhte wahrscheinlich auf Gegenseitigkeit. Durch seinen Tip war es mir mal gelungen, Susan aus den Händen eines Porno-Gangsters zu befreien.

Ich legte beide Hände flach auf den Schreibtisch. »Smitty, was gibt's?«

Smitty schnüffelte. »Weißt du, Corner, die Luft ist hier so trocken. Meine Kehle . . .«

Ich wußte, Smitty trank gern Kognak. Er bekam einen vierstöckigen.

»Gut«, lobte er das Getränk. »Zum Wegwerfen zu schade. Ja, da bin ich auch schon beim Thema, Corner. Wieviel Geld ist dir euer Leben wert?«

Ich verzog mein Gesicht. »Was meinst du, Smitty?«

»Wieviel dir euer Leben wert ist. Man spricht in gewissen Kreisen davon, euch beide zur Hölle zu schicken.«

Langsam verstand ich Smitty. Ich zupfte eine Hundertdollarnote aus der Brieftasche und schob sie ihm rüber.

»Wenn du noch einen dabeilegst, fällt mir bestimmt was ein.«

Smitty bekam seinen Willen. Handeln hatte bei ihm keinen Zweck.

»Für Susan mache ich es natürlich umsonst«, meinte der Spitzel, als er das Geld wegsteckte.

»Smitty!« ermahnte ich ihn.

»Schon gut, Corner. Eile mit Weile. Man will euch also zur Hölle schicken.«

»Hast du schon mal gesagt, Smitty. Wer ist es?« Ich zählte einige Chicagoer Unterweltgrößen auf.

Smitty schüttelte den Kopf. »Danebengetippt, Corner. Man sagt, da wären welche von der Westküste gekommen. Eine Frau soll auch dabeisein.«

Klack, klack, klack, machte mein Hirn. Dann ging mir der berühmte Kronleuchter auf. Leila Delago und die beiden Süßen. Sieh mal an, ich mußte ihnen ja gehörig auf die Zehen getreten sein.

Smitty sah es meinem Gesicht an, daß ich schon etwas ahnte. »Da denkt man, du bist ahnungslos . . .«

»Bin ich auch, Smitty. Ich kann mir nur denken, wer dahintersteckt.«

»Kenn' ich den oder die? Waren sie früher schon mal hier in Chic?«

»Nein, Smitty. Es sind Killer aus Los Angeles. Wo halten sie sich auf? Raus mit der Sprache.«

»Keine Ahnung. Ich habe es beim Hunderennen gehört. Ein Freund ist Leibwächter bei Jack Stasey. Er hat etwas verlauten lassen. Natürlich weiß er nicht, daß ich dich kenne.«

Jack Stasey war augenblicklich einer der größten Gangsterbosse in Chicago. Er hatte seine Finger in fast allen schmutzigen Geschäften. Und Staseys Leibwächter sollte mit Leila Delago und den beiden Killern Kontakt haben? Interessant. »Wie heißt denn der Leibwächter?«

»Buddy — Buddy Spencer«, antwortete Smitty. »Mehr sage ich nicht. Ich habe mir schon mein Maul verbrannt. Schönen Gruß an Susan.«

Smitty zog ab.

Susan kam eine Viertelstunde später.

»Beim Friseur war es zu voll«, maulte sie. »Ich gehe morgen.«

»Abwarten, im Augenblick haben wir andere Sorgen.«

Ich berichtete ihr Smittys Geschichte.

»Ist ja ausgezeichnet«, freute sich Susan, »dann haben wir sie ja bald.«

»Werd nicht übermütig, Mädchen. Die Typen sind gefährlich wie Klapperschlangen.«

Ich schnappte mir das Telefon.

»Wen willst du anrufen?« erkundigte sich Susan.

»Den FBI. Sie sollen mal nachsehen, was sie über einen gewissen Buddy Spencer haben.«

Zehn Minuten später wußte ich alles. Wo Spencer wohnte, mit wem er verkehrte und so weiter. Eins war besonders interessant. Spencer trieb sich oft auf der Hunderennbahn herum. Vielleicht würden wir ihn dort sogar finden.

»Wir fahren mal zu dieser Rennbahn«, sagte ich entschlossen.

Susan war einverstanden.

»Hoffentlich ist er auch da«, meinte sie skeptisch. »Heute, auf einen Donnerstag, sind bestimmt keine Rennen.«

»Das schon, aber ich habe von dem G-man vorhin am Telefon gehört, daß Jack Stasey selbst zwei Jagdhunde besitzt und Spencer sie pflegt.«

»Das ist etwas anderes«, gab Susan zu.

Wir fuhren mit meinem Mustang. Unterwegs stoppte ich vor dem FBI-Building.

»Was willst du denn hier?« fragte Susan.

»Mir ein Bild von unserem Freund Spencer holen. Oder weißt du etwa, wie er aussieht?«

Es gibt in Chicago nur eine große Hunderennbahn. Sie liegt in dem Vorort Elmwood. Zu dieser Rennbahn gehören noch ein Restaurant und ein Motel.

Wir kamen kurz nach Mittag an. Das Tor zur Rennbahn stand offen. Die Kassenhäuschen waren leer.

Im Zwanzig-Meilen-Tempo fuhr ich den Mustang auf das Gelände. An der ovalen Rennbahn vorbei steuerten wir auf die Ställe zu. Es waren flache Holzgebäude, braun gestrichen.

Ein asphaltierter Parkplatz tauchte auf. Mehrere Wagen standen herum.

»Und wir dachten, es wäre keiner da«, bemerkte Susan.

»Hoffentlich auch Spencer«, gab ich zurück und stoppte den Mustang neben einem gelben Mercury.

Unser Ziel waren die Ställe.

Als wir ausstiegen, hörten wir schon Hundegebell.

Ein älterer Mann mit einem Reisigbesen in der Hand trat aus einer kleinen Tür.

Ich sprach ihn an. »T'schuldigung, Chef. Ist Buddy Spencer im Land?«

Der Alte zog die Nase hoch, zeigte mit dem Daumen über seine Schulter und sagte: »Da drin.«

Er meinte die Ställe.

Wir bedankten uns.

Der Alte zog ab.

Susan faßte nach meiner Schulter. »Kriegsrat, Großer. Gehen wir gemeinsam?«

Ich zuckte mit den Schultern. »Warum nicht? Spencer wird doch nicht so dumm sein und Ärger machen.«

»Abwarten«, sagte Susan skeptisch. Die große Holztür zu den Ställen war nicht verschlossen. Knarrend schwang sie zur Seite.

Hundegebell, strenger Geruch und trübe Beleuchtung empfingen uns. Ein langer, etwa ein Yard breiter Mittelgang zog sich durch den gesamten Stall. Rechts und links des Ganges waren die Maschendrahtzwinger, in denen die Hunde unruhig hin und her liefen. Am Ende des Ganges standen einige Männer und unterhielten sich.

Als sie uns bemerkten, verstummte ihre Unterhaltung. Neugierig, fast feindselig starrten sie uns an, daran konnte selbst Susans Schönheit nichts ändern.

Ich zählte sechs Personen, aber Buddy Spencer war nicht darunter.

Höflich wünschten wir einen guten Tag.

»Was suchen Sie hier?« raunzte einer mit Schirmmütze.

Der Ton macht die Musik, dachte ich. »Wir suchen einen Mann«, sagte ich kalt. »Buddy Spencer.«

»Nicht bekannt.«

»Dann hat der Alte auf dem Hof gelogen, als er sagte, Buddy wäre hier zu finden«, stellte ich fest.

Die Männer verstummten verlegen.

»Der Alte quasselt viel«, bemerkte ein anderer.

»Hauptsache, die Wahrheit«, grinste ich.

Und dann sahen wir Buddy Spencer. Er kam aus einem kleinen Seiteneingang. In der Hand einen Eimer mit Wasser.

Spencer war ein Typ, der nur aus Muskeln zu bestehen schien. Er hatte eine gespaltene Unterlippe. Andenken an eine Messerstecherei. Das braune Haar hing Spencer wirr in die Stirn. Er trug ein rot-schwarz kariertes Hemd und zerfranste Levis.

»Die beiden wollen was von dir«, sagte der mit der Schirmmütze.

Spencer drängte sich vor. Ruhig stellte er den Eimer auf die Erde. Ich hatte plötzlich das Gefühl, daß es Ärger geben würde. Auch Susan stieß ein warnendes Zischen aus.

Spencer grinste. Vorne fehlten ihm zwei Schneidezähne. »Was soll's denn sein?«

»Einige Fragen«, erwiderte ich leichthin. »Am besten, wir gehen nach draußen.«

»Nichts.« Spencer schüttelte den Kopf. »Meine Freunde können ruhig hören, was ein paar dreckige Schnüffler von mir wollen.«

Aha, Spencer wußte also, wer wir waren.

Spencer wandte sich an die Männer. »Schätze, wir stecken den Schnüffler mal in einen Zwinger.«

»Wir sind dabei«, sprach Schirmmütze für alle.

Neben mir zog Susan ihre Pistole. »Sie halten sich raus, verstanden!«

Die Männer zuckten zurück. Buddy Spencer wurde blaß. »Okay«, knurrte er, »dann mach' ich's eben allein.«

Spencer setzte sich in Bewegung. Sicher, ich hätte auch meine Kanone ziehen können, aber verdammt noch mal, ich hatte plötzlich eine Wut auf den Kerl. Wollte doch mal sehen, ob er wirklich so stark war.

Ich lockte Spencer etwas tiefer in den Gang. Zu beiden Seiten hörte ich das Knurren der Hunde. Aus den Augenwinkeln sah ich, wie sie ihre Zähne bleckten. Ein beunruhigendes Gefühl.

Spencer riß blitzschnell seinen Fuß hoch.

Gut, daß ich mit allem gerechnet hatte. Im letzten Moment konnte ich mich zur Seite wegdrehen.

Buddy Spencer lachte auf, bückte sich, riß die Hand hoch und schleuderte sie nach vorn.

Ich paßte nicht auf. Die Ladung Dreck landete genau in meinem Gesicht.

Für einen Moment schloß ich instinktiv die Augen. Das reichte für Spencer.

Sein Schlag donnerte mir gegen das Ohr.

Ich wurde zurückgeschleudert, prallte gegen das Maschendrahtgitter eines Käfigs, tickte wieder nach vorn und genau in einen Magenhaken.

Der Schlag reichte. Rasend schnell kam der schmutzige Boden auf mich zu. Dreck drang mir in den Mund.

Über mir grölte Spencer. »Jetzt schmeiß' ich dich in den Zwinger!«

Ich fühlte Spencers Pranken. Brutal riß er mich an den Haaren. Er dachte, ich wäre groggy.

Aber verdammt, auch ich habe gelernt, einzustecken.

Dann hörte ich Susans Stimme. »Stehenblieben!«

Wenn es ihr nicht gelang, die anderen in Schach zu halten . . .

Spencer hatte mich jetzt halb hochgezogen. Er selbst stand noch gebückt.

Mein Rundschlag dröhnte ihm gegen den Kiefer.

Buddy Spencer gurgelte und fiel nach hinten.

An einem Käfiggitter zog ich mich hoch. In diesem Moment sprang eine Dogge. Ich konnte gerade noch die Hände wegnehmen. Jaulend krachte das Tier gegen den Maschendraht.

»Du Dreckschwein«, keuchte Spencer.

Schwer atmend quälte er sich auf die Beine.

Mein linker Schwinger ließ ihn taumeln. Sofort setzte ich nach, traktierte Spencer mit einigen Kopf-Körper-Doubletten, die den Gangster zermürbten.

Spencers Gegenwehr wurde lahmer. Einmal nur wischte mir noch ein Schwinger am Kinnwinkel vorbei.

Dann hatte ich ihn soweit.

Ein letzter gezielter Haken traf den berühmten Punkt.

Spencer wurde auf einmal um einige Inches größer, bekam glasige Augen und legte sich schlafen.

Keuchend stand ich da. Der Kampf hatte mich auch ganz schön geschlaucht. Außerdem tränten mir die Augen von dem Dreck, den Spencer geworfen hatte.

Langsam wandte ich mich um. Die Hunde spielten jetzt verrückt. Wie wild sprangen sie in den Käfigen.

»Dachte schon, du würdest es nicht schaffen«, sagte Susan Taylor, die immer noch die anderen Männer in Schach hielt.

Ich wischte mir über den Mund. »Sah auch bald so aus. Und wenn diese netten Gentlemen noch geholfen hätten . . .«

Verlegen sahen die Männer zu Boden.

Susan ließ ihre Pistole verschwinden. Sie deutete auf den immer noch bewußtlosen Spencer. »Was machen wir mit dem?«

»Abholen lassen.« Ich wandte mich an Schirmmütze. »Wo ist hier das nächste Telefon?«

»Hinter dem Stall. In einer Bude.«

»Ich ruf' schon an«, sagte Susan.

Susan verschwand durch die kleine Seitentür, die Spencer benutzt hatte.

Ich packte mir den Eimer mit Wasser und schüttete ihn dem Gangster ins Gesicht.

Es dauerte immerhin noch gut zwei Minuten, bis Spencer einigermaßen klar war.

Als er mich erkannte, spuckte er aus. »Geh zum Teufel, Schnüffler.«

»Erst nach dir«, grinste ich. »Mach kein Theater und komm hoch.« Spencer gehorchte.

Schweigend sahen die anderen seinen Bemühungen zu.

Ziemlich wacklig stand Spencer vor mir.

»Wir gehen jetzt nach draußen«, erklärte ich. »Die G-men werden sich freuen, einen von Jack Staseys Leuten zu bekommen.«

Ich schob Buddy Spencer vorwärts.

Wir hatten etwa die Hälfte des Ganges hinter uns gebracht, als es passierte.

Plötzlich wurde die Holztür aufgerissen.

Wie Schatten huschten sie in den Stall.

Walter und Wulfie!

Ich kam erst gar nicht dazu, meine Waffe zu ziehen, denn die Killer hielten Maschinenpistolen in der Hand.

»Ei, ei, ei«, freute sich Walter, und seine Augen glänzten, »schätz mal, Corner, wie viele Sekunden du noch zu leben hast?«

Mein Magen zog sich zusammen. Ich wußte, es gab keine Chance. Die Knaben würden mich durchlöchern.

Neben mir freute sich Spencer. Mit einem Ruck befreite er sich aus meinem Griff. Hinten stöhnten die anderen Männer auf.

Ich preßte die Lippen zusammen.

In einem Stall sterben? Daran hätte ich auch nie gedacht.

Aber Susan? Vielleicht hatte sie was gemerkt? Ich klammerte mich wie wild an den Hoffnungsfunken.

Wulfie schien Gedanken lesen zu können. »Deine Puppe wird von Leila abgeknallt«, kicherte er.

Aus, vorbei. Wie eine Seifenblase zerplatzte der Funke.

Die beiden Killer standen nebeneinander. Mit leicht gespreizten Beinen. Die Maschinenpistolen glänzten matt.

Auf einmal waren auch die Hunde ruhig. Sie schienen zu spüren, daß der Tod gekommen war...

Wulfie lächelte. »Ihr geht am besten raus«, wandte er sich an die Männer. »Vielleicht verirrt sich eine Kugel.«

»So rücksichtsvoll?« sagte ich leise. »Überleg doch mal. Sechs Zeugen gegen euch. Ein verdammt schlechtes Verhältnis.«

Wulfie schüttelte den Kopf. »Corner, sei doch nicht so dumm. Die sechs Zeugen wird es hinterher nicht mehr geben...«

Das Sonnenlicht stach Susan Taylor unangenehm in die Augen.

Susan legte die Hand gegen ihre Stirn und suchte die Telefonbox. Sie entdeckte das Häuschen, etwa fünfzig Yards entfernt, neben dem Motel. Susan setzte sich in Bewegung. Zügig näherte sie sich ihrem Ziel.

Gleichzeitig kam aus spitzem Winkel eine Frau auf sie zu. Susan schenkte ihr keine Beachtung.

An der Telefonbox trafen die beiden zusammen. Anscheinend wollte die Frau ebenfalls telefonieren.

»Pardon«, lächelte Susan, »würden Sie die Freundlichkeit besitzen und mich vorlassen? Ich habe es sehr eilig.«

»Ich bitte Sie. Selbstverständlich tu' ich Ihnen den Gefallen, Miß Taylor.« Susan, schon die Tür halb aufgezogen, erstarrte.

»Sie kennen mich?«

»Besser, als Sie denken, Miß Taylor. Nun lassen Sie mal die Tür los und machen Sie kein Theater.«

Die Unbekannte hatte plötzlich eine Luger in der Hand.

Gedanken wirbelten durch Susans Kopf. Wer war diese Frau? Was wollte sie überhaupt?

Dem äußeren Erscheinungsbild nach zu urteilen, könnte man sie für die Gattin eines wohlhabenden Geschäftsmannes halten. Maisgelbes Kostüm, dunkelblauer Wagenradhut, elegante Handtasche und eine Sonnenbrille in Schmetterlingsform.

Die Idee kam Susan mit einemmal. Sicher, sie brauchte nur eins und eins zu addieren. Das mußte Leila Delago sein. Susan hatte sie selbst noch nicht gesehen, doch ein untrüglicher Instinkt sagte ihr, daß sie recht haben würde.

»Sie sind Leila Delago«, stellte meine Partnerin fest.

»Ich bewundere Ihren Scharfsinn«, lächelte die Masseuse kalt. »Da Sie mich kennen, wissen Sie sicher auch, wie Sie sich zu verhalten haben, Miß Taylor.«

»Ja«, preßte Susan hervor. Sie wollte diesem eiskalten Frauenzimmer keinen Grund geben, einen neuen Mord zu begehen.

Susan blickte sich um. Vielleicht hatte jemand die Szene beobachtet, konnte Hilfe holen...

Leila Delago lachte leise. »Keine falschen Hoffnungen, Miß Taylor. Uns wird niemand stören.«

Wie angewachsen lag die Luger in ihrer Hand.

Susan zuckte ergeben mit den Schultern. »Sie haben gewonnen, Miß Delago. Allerdings — wo bleiben Ihre süßen Leibwächter?«

»Walter und Wulfie? Die beschäftigen sich mit Ihrem Partner.« Ein eiskalter Schauer rieselte über Susans Rücken. Dieses Satansweib hatte auch an alles gedacht.

»Was nun?« fragte Susan und versuchte sehr selbstsicher zu wirken.

»Raten Sie mal«, entgegnete Leila Delago. »Ich lege Sie um.«

Susan atmete tief aus. »Das hatte ich mir fast gedacht. Aber warum? Warum sind Sie so versessen darauf, mich zu ermorden? Was haben mein Partner und ich Ihnen getan?«

»Eigentlich gar nichts«, erwiderte Leila Delago. »Nur . . .«, sie machte eine kleine Kunstpause, »brauchen wir Geld.«

»Versteh' ich nicht«, tat Susan erstaunt, trotzdem sie in etwa ahnte, was gespielt wurde.

»Dann will ich es Ihnen verraten, Miß Taylor. Gewissermaßen als letztes Geschenk. In Los Angeles sind Sie uns durch die Lappen gegangen. Damals wollte Shapiro Geschäfte mit Chicagoer Gangstern machen. Fünfhunderttausend Dollar für Ihren und den Kopf Ihres Partners. Das war ein Angebot. Fito Gomez wollte Corner umbringen. Er versagte. Walter und Wulfie hatten bei Ihnen ebenfalls kein Glück. Sie wollten es zu perfekt machen, damit es wie ein Unfall aussah. Dann räumte ich Shapiro aus dem Weg. Leider lief einiges schief. Wir mußten uns für einige Wochen versteckt halten, bis über alles Gras gewachsen war. Doch noch immer standen die fünfhunderttausend im Raum. Wir flogen nach Chicago, nahmen Kontakt auf und wollten uns hier mit einem gewissen Buddy Spencer treffen. Und wie das Schicksal so spielt, wir finden Ihren allseits bekannten Ford Mustang — oder, besser gesagt, den Wagen Ihres Partners. Sie sehen, Miß Taylor, perfekt.«

Susan schwitzte. Nicht allein von der Sonne, sondern auch wegen der Kaltblütigkeit dieser Frau. Wie es im Moment aussah, würde sie ihr Ziel bestimmt erreichen.

»Sie tun jetzt genau, was ich Ihnen sage!« befahl Leila Delago.

»Wir werden gemeinsam auf den roten Lincoln dort hinten zugehen. Sie steigen ein, und dann erledige ich alles weitere.«

Susan blieb nichts anderes übrig, als zu gehorchen.

Mechanisch ging sie los. Ihre Gedanken beschäftigten sich nur mit einem Punkt. Flucht. Unternimm doch etwas, schrie eine Stimme in ihr.

Die Entfernung zu dem Wagen schrumpfte immer mehr zusammen.

Und Cliff? Mein Gott, was wird mit ihm sein? Noch waren keine Schüsse gefallen. Doch jede Sekunde konnten die beiden Killer ein Blutbad anrichten.

»Gehen Sie schneller«, drang Leilas Stimme an ihr Ohr.

Wurde die Masseuse nervös?

Susan hoffte es fast.

Der alte Mann mit dem Reisigbesen tauchte wieder auf. Er warf den beiden Frauen einen abschätzenden Blick zu.

»Machen Sie kein Theater, sonst leg' ich den Knacker da auch mit um«, zischte die Delago. Sie ging etwa einen Schritt schräg hinter Susan und drückte ihr die Waffe ins Kreuz.

Der Alte spuckte auf den Boden und verschwand aus der Sichtweite der beiden Frauen.

Noch etwa zehn Yards bis zum Wagen.

Und dann geschah es.

Die Stille wurde plötzlich durch das wilde Stakkato einer Maschinenpistole zerrissen. Die Schüsse fielen in dem Stall.

Für einen Augenblick war Leila Delago abgelenkt.

Susans Chance!

Wie ein Irrwisch wirbelte sie herum. Gleichzeitig schlug sie mit dem angewinkelten Ellenbogen die Waffe zur Seite.

Der Schuß löste sich, als die Mündung schon auf den Boden zeigte.

Susan setzte nach. Mit beiden Händen packte sie Leila Delagos Waffenhand, hebelte den Arm und ließ Leilas Handgelenk auf ihr Knie krachen.

Mit einem Aufschrei ließ die Masseuse die Luger fallen.

Ehe Susan ihre eigene Pistole aus der Handtasche holen konnte, sprang Leila Delago sie an.

Ihre gespreizten Finger zielten gegen Susans Augen.

Im letzten Augenblick ließ sich meine Partnerin auf die Knie fallen. Ihre Karatefaust schoß vor.

Und traf.

Leila Delago röchelte auf. Mit dem Rücken knallte sie auf die Erde.

In dem Stall wurde immer noch geschossen. Männer schrien durcheinander. Susan konnte sich noch nicht darum kümmern, denn Leila Delago war genau neben die Luger gefallen.

Instinktiv packte sie die Waffe und drückte sofort ab.

Zu überhastet. Der Schuß ging in den Himmel.

Susan kickte ihr die Waffe aus der Hand. Leila Delago rollte sich zur Seite, wollte auf die Beine kommen.

Susan sprang ihr in den Rücken. Nein, sie konnte und durfte kein Mitleid mit dieser Frau haben.

Wieder landete die Masseuse im Dreck. Verzweifelt versuchte sie, sich hochzustemmen, machte einen Buckel.

Susan, schon einen Handkantenschlag ansetzend, kam aus dem Gleichgewicht. Der Schlag ging ins Leere. Sie selbst fiel neben die Masseuse.

Das verzerrte Gesicht der Delago tauchte dicht vor ihr auf. Zwei schmutzige Hände griffen nach ihren Haaren. Beißender Schmerz fuhr durch Susans Kopf.

Meine Partnerin arbeitete mit den Füßen. Ein gezielter Tritt brachte die Masseuse zur Vernunft. Wimmernd ließ sie Susans Haare los.

Meine Partnerin kniete sich hin. Ein letzter Schlag schickte Leila Delago endgültig ins Reich der Träume.

Susan gönnte sich keine Pause. In die linke Hand nahm sie die Luger, in die rechte ihre eigene Pistole.

Im Stall war es still. Totenstill.

Sollte Cliff etwa . . .?

Susan schluckte. Automatisch wischte sie sich eine Haarsträhne aus der Stirn. Sie packte die beiden Pistolen fester, während sie mit staksigen Schritten auf den Stall zuging . . .

Ich vereiste innerlich.

Mein Gott, wollte dieser wahnsinnige Verbrecher wirklich sechs unschuldige Menschen töten? Es ging einfach nicht in mein Gehirn.

»Sie sind verrückt«, flüsterte ich. Meine Stimme kam mir selbst fremd vor.

»Warum?« Wulfie lächelte und stellte sich in bessere Schußposition.

Walter, sein Mordkumpan, lauerte mit Buddy Spencer im Hintergrund.

Noch einmal versuchte ich, Wulfie zu überreden, die anderen Männer zu schonen.

Der Killer schien zu überlegen. »Okay«, sagte er schließlich. »Verzieht euch in den Raum hinter dem Zwinger.« Wulfie mußte sich hier verdammt gut auskennen.

Die sechs Männer gehorchten zögernd.

»Wir brauchen hinterher nur auf die dünne Holzwand zu halten«, erklärte Wulfie zynisch.

Ich erwiderte nichts, betete innerlich, daß es nicht dazu kommen würde.

»Ihr macht einen Fehler«, versuchte ich Zeit zu gewinnen. »Ihr könnt hier nicht ungesehen verschwinden. Die Schüsse werden gehört, irgend jemand sieht auch euren Wagen...«

»Wissen wir alles, Corner«, unterbrach mich der Killer. »Doch das soll unsere Sorge sein. Ich würde mir in den letzten Sekunden meines Lebens nicht den Kopf über andere Leute zerbrechen.«

Wulfie, er trug heute einen auberginefarbenen taillierten Anzug, schob die Unterlippe vor.

Ganz leicht hob er die Maschinenpistole...

Und ich? Stand da wie angewurzelt, starrte in die Mündung der Waffe, die mir auf einmal riesengroß erschien.

In diesem Augenblick ertönte ein Pfiff. Grell stach er durch den Stall.

Wulfie wurde Bruchteile von Sekunden abgelenkt.

Mir genügte die Zeitspanne.

Ich lag auf dem Boden, als Wulfie feuerte.

Was dann passierte, kann ich so schnell nicht schildern.

Wulfies Salve pfiff über mich hinweg. Gleichzeitig spielten die Hunde verrückt.

Durch den Pfiff angestachelt, rasten sie wie irre in den Zwingern umher.

Ein riesiger Windhund sprang mit einem mächtigen Satz gegen das Maschendrahtgitter.

Wulfie, zu nahe am Zwinger, bekam das vorprellende Gitter in den Rücken.

Er strauchelte.

Und während des Strauchelns bekam er meine Kugel dicht neben dem Bauchnabel in den Leib.

Mit einem gellenden Schrei blieb er liegen. Instinktiv krallte er sich an dem Gitter eines Zwingers fest.

Eine riesige Dogge witterte Blut . . .

Ich konnte mich nicht länger um ihn kümmern, denn Walter senste mit seiner Maschinenpistole den Gang ab.

Deckung gab es keine. Er oder ich.

Ich schoß, was mein .38er hergab.

Walter schrie plötzlich auf, genau in dem Moment, als ich einen ungeheuren Schlag gegen die Schulter verspürte.

Wie von selbst fiel mir die Waffe aus der Hand.

Immer noch lag ich auf dem staubigen Boden. Schräg vor mir Wulfie. Die Dogge hatte ihm den halben Arm zerfetzt. Ob der Killer noch lebte, konnte ich nicht sagen. Die anderen Hunde waren merkwürdigerweise still. Ein paar nur jaulten und leckten ihre Wunden, die die MPi-Kugeln gerissen hatten.

Walter lag ebenfalls im Dreck. Sein Körper zuckte wie unter Stromstößen.

Ich versuchte, mich aufzurichten.

»Liegenbleiben, Corner!«

Die Stimme drang mir bis ins Mark.

Es war Buddy Spencer. Er hatte als einziger die Schießerei gut überstanden.

Spencer kam auf mich zu. Langsam, mit wiegenden Schritten. Staub wallte unter seinen Fußsohlen. Ich sah es ganz deutlich.

Kurz vor mir blieb er stehen.

Er hatte sich Walters Maschinenpistole gepackt. Sie zeigte nach unten — auf mich.

»Hast du den Pfiff ausgestoßen?« fragte ich keuchend.

»Nein, es muß wohl einer von denen im Raum gewesen sein. Bald hätte er sogar Glück gebracht, wenn ich nicht gewesen wäre. Ich werde jetzt die fünfhunderttausend kassieren.«

Ich wälzte mich etwas auf die linke Seite. Das tat nicht ganz so weh.

»Hast du schon einen Mord begangen?« krächzte ich.

»Nein, Corner. Aber jeder fängt mal an.«

Auch eine Einstellung. Ich wußte auf einmal, daß ich Buddy Spencer nicht überreden konnte.

Verdammt noch mal, kam mir denn keiner zu Hilfe? Mein Gott, Susan, wo blieb sie denn . . .?

»Ich mache es gnädig, Corner«, hörte ich Spencers Stimme.

Ich warf mich kurzerhand vor, ignorierte die Schmerzen, versuchte Spencers Beine zu packen.

Vergebens.

Der Gangster amüsierte sich nur über meine Bemühungen.

Und in Spencers hämisches Lachen peitschte plötzlich eine helle Frauenstimme: »Waffe weg!«

Spencer kreiselte herum.

Im selben Moment bellten Schüsse auf. Aus verschiedenen Pistolen.

Buddy Spencer wurde von den Einschlägen durchgeschüttelt. Die MPi fiel ihm aus den Händen. Sie knallte dicht neben mir auf den Boden. Zum Glück ratterte sie nicht los.

Spencer fiel gegen das Gitter eines Zwingers. Im Zeitlupentempo rutschte er daran herunter. Wie eine Puppe schlug er auf dem Boden auf.

Buddy Spencer war tot.

Und dann war Susan neben mir. Sie half mir dabei, mich hinzuknien.

»Cliff!« Weinend vergrub Susan ihren Kopf an meiner Schulter.

Ganz sacht streichelte ich ihr Haar.

Bald wimmelte es von Polizisten. Noch am Tatort wurde Leila Delago verhört. Sie stritt alles ab.

FBI-Beamte holten den Gangsterboß Jack Stasey aus dem Bett seiner Freundin. Auch er behauptete, Leila nicht zu kennen. Leila Delago versuchte jetzt, ihn auszuspielen. Ohne Erfolg. Stasey war zu gerissen. Er wußte angeblich nichts von fünfhunderttausend Dollar. Er stellte alles als einen Alleingang Buddy Spencers hin. Wir konnten ihm nicht das Gegenteil beweisen.

Wulfie war tot. Walter schwer verletzt. Er würde lebenslänglich hinter Zuchthausmauern verschwinden.

Meine Armwunde entpuppte sich als Streifschuß. Weiter nicht tragisch.

Ich lehnte an der Stallwand, als Susan zu mir kam. »Komm, Großer, ab nach Hause.«

»Die Idee könnte von mir sein, so gut ist sie«, grinste ich. »Ich weiß schon, was wir zu Hause machen.«

»So?«

»Wir gehen unter die Dusche. Du weißt ja. Erst heiß, dann kalt und schließlich nur noch lau . . .«

Der Blick, mit dem Susan mich ansah, sprach Bände. »Laue Dusche. Du Lüstling. In den Eiskeller kommst du.«

»Und dann?«

»Frottiere ich dich ab«, lächelte Susan kokett.

Na, Freunde, war das ein Angebot?

ENDE DER SECHSTEN STORY

Totentanz in Tokio

Aus der Serie
John Cameron

In dem Gesicht des Japaners zuckte kein Muskel, als er das Gewehr mit dem aufgeschraubten Zielfernrohr an die Schulter hob. Er hatte das kleine Fenster geöffnet und schwenkte die Waffe in die gewünschte Richtung. Genau vor das große Eingangsportal des Hilton Hotels in Tokio.

Der Mann, auf den der Gewehrschütze wartete, war pünktlich. Er trat nichtsahnend aus dem Hotel, suchte in der Tasche nach Zigaretten . . .

Die tödliche Kugel traf ihn genau zwischen die Augen.

Sein Mörder schloß befriedigt das Fenster und war wenige Sekunden später verschwunden.

»Morgenstund' hat Blei in den Knochen«, dozierte Sonny und ließ sich in John Camerons Büro auf der Schreibtischkante nieder.

John hob kurz den Kopf und erkundigte sich, hinterhältig lächelnd: »Hast du dir heute schon die Zähne geputzt?«

»Immer«, strahlte Sonny.

»Dann kann ich ja den Whisky allein trinken.«

Sonny sprang empört auf den Teppich. »Willst du deinen besten Freund umkommen lassen? Ich . . .«

»Schon gut«, unterbrach ihn John lachend und kippte einen Dreistöckigen ein.

Sonnys Augen strahlten. Seine Zunge schlug bereits Purzelbäume, als schüchtern gegen die Bürotür geklopft wurde.

»Come in!« rief Sonny jovial und kippte den Whisky.

Als Eve Goddard, John Camerons graue Vorzimmermaus, das Büro betrat, bekam Sonny Schluckbeschwerden

»Ach, du lieber mein Vater! Sie ist da!«

»Wer, Mr. Fitzpatrick?« Auf Eve Goddards Stirn bildete sich eine Unmutsfalte.

»Na, Sie. Der Alptraum meiner schlaflosen Nächte.«

»Sonny, reiß dich zusammen«, sagte John und fragte Eve, die schon einen roten Kopf bekommen hatte: »Was gibt's, Miß Goddard?«

»Ein Telegramm, Sir.«

Die Vorzimmermaus überreichte John den Umschlag.

»Aus Tokio«, fügte sie noch hinzu.

»Vielen Dank, Miß Goddard.« John lächelte.

Die Vorzimmermaus bekam rote Ohren — nach einem Lächeln des Chefs bekam sie die immer — und schwebte davon.

»Husch, husch, die Waldfee«, grinste Sonny.

»Laß sie«, sagte John. »Ich bin froh, daß ich sie habe.« Während dieser Worte öffnete er den Umschlag.

Das Telegramm war ziemlich kurz. John las es trotzdem zweimal. Sein Gesicht verfinsterte sich.

Sonny wurde neugierig. »Was Besonderes? Hat man dich zum König der New Yorker Zuhälter ernannt?«

John schüttelte geistesabwesend den Kopf. »Laß die Witze, Sonny. Man hat Phil Conrad umgebracht.«

»Phil Conrad...?«

»Ja. Unseren Vertreter in Tokio. Er hatte Prokura. Er wollte Verhandlungen mit der Regierung aufnehmen wegen eines Zweigwerkes der Cameron Electronics in Japan.«

Sonny pfiff durch die beiden vorderen Schneidezähne. »Das gefiel der Konkurrenz wohl nicht.«

»Ja.« John griff zur Haussprechanlage. »Bitten Sie Dr. Sayora zu mir, Miß Goddard.«

Sonny rief sich die Oberschenkel. »Das Weib am frühen Morgen ist wie...«

»Na — wie denn?«

»Verdammt, mir fehlen einfach die Worte.«

Sonny brauchte sich nur zwei Minuten zu gedulden, dann betrat Dahlia Sayora das Büro.

Dahlia Sayora — das war exotischer Sex in höchster Potenz. Das war aber auch das Mathematikgenie des Cameron-Konzerns und die Direktion der riesigen Computerabteilung.

»Dr. Sayora, ich bin entzückt«, hauchte Sonny, machte einen Bückling und peilte dabei in Dahlias mehr als gewagten Ausschnitt.

Die Computerkatze schien Sonny gar nicht zu bemerken. »Hallo, John«, begrüßte sie ihren Chef mit unnachahmlicher Stimme.

John und Dahlia duzten sich. Dahlia wollte mehr, aber John hatte bisher wenigstens ihr gegenüber seine Unschuld verteidigen können. Dahlia Sayora setzte sich dahin, wo Sonny eben noch seinen Allerwertesten placiert hatte. Auf die Schreibtischkante.

Und wie sie da saß! Die langen, kaffeebraunen Beine übereinandergeschlagen, so daß der Rock zum unnötigen Stoffetzen degradiert wurde, und bei der transparenten Bluse hätte man die oberen drei Knöpfe ruhig weglassen können. Dahlia schloß sie grundsätzlich nicht, wenn sie zu John kam.

»Was liegt an, John?« Dahlias Stimme klang genauso sexgeladen wie die ihrer Namensschwester Lavi.

»Man hat Phil Conrad erschossen«, erwiderte John.

»Oh.« Von einem Augenblick zum anderen wurde Dahlia ernst.

Phil Conrad war bei allen ein sehr beliebter Mitarbeiter gewesen. Ein Vorgesetzter, der praktisch keine Launen hatte. Trotzdem ein ausgezeichneter Kaufmann und Verhandlungspartner.

»Er war doch in Tokio«, sagte Dahlia leise.

»Richtig.« John erhob sich hinter seinem Schreibtisch. »Phil Conrad sollte die Verhandlungen über den Bau eines neuen Werkes in Tokio führen. Er hatte schon Kontakte zum japanischen Wirtschaftsministerium aufgenommen. Sein Schlußbericht stand kurz bevor. Und jetzt das.«

»Hast du eine Ahnung, wer eventuell dahinterstecken könnte?« wollte Dahlia wissen.

John zuckte mit den Schultern. »Vielleicht die Konkurrenz. Industriespionage. Dahlia, was ich von dir wissen will, sind sämtliche Angaben über japanische Konzerne, Geschäftsverbindungen, Marktberichte und so weiter.«

Dahlia Sayora nickte. »Hast du bis heute mittag.«

»Aber noch vor der Pause«, gab Sonny seinen Senf dazu.

Sonny sah Sonny nur mitleidig an. »Du mußt wohl mal zum Klavierbauer.«

»Wieso?«

»Bei dir sind die Tasten durcheinander.«

»Hoppla!« rief Sonny. »Unsere Computerkatze macht mir Konkurrenz. Seit wann klopfst du dumme Sprüche?«

»Seit ich dich kennengelernt habe, mein Goldjunge. Bis später, John.«

Dr. Dahlia Sayora verließ das Büro.

»Auf den Schreck muß ich mir noch einen gönnen«, sagte Sonny und schüttete sich wieder sein Quantum ein.

John hatte auch einen Schluck nötig.

Sonny setzte sich wieder auf die Schreibtischkante. Er ließ den Whisky in die Kehle laufen und baumelte mit den Beinen. Dann hob er die Hand und zählte seine Finger nach.

»Was machst du denn da?« fragte John erstaunt.

Sonny grinste. »Ich zähle eins und eins zusammen.«

»Und was ist dabei herausgekommen?«

»Zwei. Oder anders ausgedrückt, Phil Conrad ist ermordet worden. So etwas lassen wir uns natürlich nicht bieten. Was also tun? Den Fall selbst in die Hand nehmen. Ich für meinen Teil würde sagen: auf nach Tokio.«

In den kleinen, hauchdünnen Schalen dampfte heißer, bitterer Tee.

Fünf Männer saßen mit gekreuzten Beinen vor dem niedrigen Tisch. Sie waren europäisch gekleidet und sahen aus wie Geschäftsleute, die sich zu einer Konferenz zusammengefunden hatten.

Gewissermaßen war es auch eine Konferenz. Denn diese fünf Männer stellten die heimliche Macht Japans da. Ihnen gehorchte ein Heer von Zuträgern, Spitzeln, Spionen und brutalen Gangstern. Sie nannten sich *Retter Japans*, waren tief mit der Tradition verwachsen und wollten das Land frei von ausländischem Kapital halten. Ihre Methoden reichten von Erpressung bis zum Mord. Sie waren in ihrem Land fast unantastbar. Die Regierung wußte von ihrer Existenz, unternahm jedoch nichts.

Der Mann am Kopfende des Tisches setzte sich eine schmale Goldrandbrille auf. Dann nahm er ein engbeschriebenes Blatt Papier, das vor ihm auf dem Tisch gelegen hatte.

Vier gespannte Gesichter sahen ihn an.

Der Mann las, und ein dünnes Lächeln kräuselte seine Mundwinkel.

Er blickte jedem der Anwesenden sekundenlang in die Augen. Dann sagte er mit einer unwahrscheinlich tiefen Stimme: »Der Fall Conrad wurde zur Zufriedenheit erledigt. Der Cameron-Konzern wird sich hüten, noch weitere Schritte zu unternehmen.«

Einer der Männer hob die Hand. Ein Zeichen, daß er das Wort ergreifen wollte.

»Ich bin mir da nicht so sicher, daß der Cameron-Konzern erledigt ist. Ich selbst war vor kurzem für einige Monate in den Staaten und habe einiges über den Besitzer, John Cameron, gehört. Dieser Mann wird nicht aufgeben. Ich kann mir vorstellen, daß er selbst die Initiative ergreift. Wir müssen Vorsorge treffen. Ich würde sagen: Überwachung der Flughäfen. Sollte er sich wirklich sehen lassen, wird er kein Problem für uns sein. Er wird gar nicht erst zum Zug kommen.«

Nach den Worten des Redners war es einen Moment still. Dann stimmten die Männer ab. Alle fünf waren für diesen Vorschlag. Die Männer erhoben sich. Sie verließen das Haus und gingen wieder ihren alltäglichen Beschäftigungen nach. An einen gewissen John Cameron verschwendete keiner mehr einen Gedanken. Denn er war für sie schon so gut wie tot...

»Dunkle Nylons, heiße Nächte«, murmelte Sonny versonnen vor sich hin. »Mensch, hat die Stewardeß ein Fahrgestell.«

»Was hast du gesagt?« fragte John verwirrt und blickte von seinen Unterlagen auf.

»Ich meine nur eben... Ach«, Sonny winkte ab, »du schwebst ja mal wieder in anderen Regionen. Ich warte nur noch auf den Tag, an dem du ganz vom Weltlichen ab bist.«

Sonny bog den Kopf nach linksaußen und verfolgte die Stewardeß mit seinen Blicken.

John Cameron und Sonny waren schon fast vier Stunden in der Luft. John hatte auf seinen Knien Dahlia Sayoras Unterlagen über die japanischen Firmen liegen. Viel lieber hätte er Dahlia selbst auf den Knien gehabt, aber diese Unterlagen waren auch interessant, je nachdem, aus welchem Blickwinkel man die Sache betrachtete.

Es war wirklich erstaunlich, was Dahlia alles aus ihrem Computer gekitzelt hatte.

John las von Wirtschaftsinteressen und Investitionsprogrammen, die schon fast top-secret waren. Aber etwas war von besonderer Bedeutung, für John wenigstens. In dem Bericht wurde die *Gruppe der Fünf* erwähnt. Ja, man ging sogar noch weiter. Man bezeichnete sie als heimliche Macht Japans. Hier sollte man vielleicht den Hebel ansetzen.

Die schwarzhaarige Stewardeß mit den unergründlichen Mandelaugen schwebte auf John und Sonny zu.

»Einen Drink, die Gentlemen?«

Sie bestellten beide. »Aber doppelte Menge Eis«, sagte Sonny.

»Wieso?« Die Stewardeß war erstaunt.

»Weil allein Ihre Nähe schon die Hälfte des Eises zum Schmelzen bringt«, raspelte Sonny Süßholz.

Die Stewardeß lachte und schüttelte ihren Kopf.

»Kannst du mir vielleicht verraten, warum die Frauen mich nie so richtig ernst nehmen?« wandte sich Sonny an John.

»Na, vielleicht hast du nicht die richtige Länge.«

»Äh? Hör mal, ich bitte dich...«

»Nicht, was du meinst.« John grinste. »Ich meine natürlich die richtige Wellenlänge.«

»Dann ist ja alles okay.«

Die Freunde vertrieben sich die Flugzeit mit allerlei Scherzen. Ab und zu schliefen sie auch.

Als sie endlich in Tokio landeten, war es acht Uhr. Sie verließen das Flugzeug mit steifen Beinen. Dann kamen die üblichen Kontrollen.

»Aber nicht unter die Arme fassen, ich bin kitzelig«, mußte Sonny natürlich wieder sagen.

Er wurde deshalb besonders gut durchsucht. Natürlich fanden die Beamten bei beiden nichts. Eine Waffe wollten sie sich an Ort und Stelle besorgen.

In der Flughafenhalle herrschte ein unwahrscheinlicher Betrieb.

»Und ich dachte, in New York wäre schon viel los«, meinte Sonny staunend. »Na, dann wollen wir mal sehen, ob wir ein Taxi erwischen.«

Was beide nicht ahnen konnten, war, daß sie schon von ihrer Ankunft an unter Beobachtung standen. Es waren drei Männer, die sich gut verteilt hatten und die ihre Aufgabe verstanden.

Sie saßen schon in einem Taxi, als John sich einen Wagen herbeiwinkte.

»Hilton Hotel«, sagte er zu dem Fahrer.

»Gewiß, Sir«, holperte er in schlechtem Englisch. Ja, und dann ging es los.

Es wurde eine Himmelfahrt auf vier Rädern. Wo der Fahrer überall herumkutschierte, wem er vor allen Dingen auswich, war schon unwahrscheinlich. Einmal streifte er sogar einen Autobus, fuhr aber einfach weiter. Selbst Sonny, sonst immer für dumme Sprüche zu haben, war blaß geworden.

Es grenzte an ein Wunder, daß die Freunde unbeschädigt das Hilton Hotel erreichten.

John gab dem Fahrer fünf Dollar und schwang sich aus der Kiste. Sonny rief dem Fahrer noch eine Verwünschung zu, die dieser mit einem Lächeln quittierte.

Für die Koffer standen sofort zwei Hotelboys bereit.

»Danke, meine Tasche trage ich selbst«, sagte John zu einem der Jungen.

John und Sonny betraten die Hotelhalle und sahen nicht, daß das Taxi, das ihnen vom Flugplatz gefolgt war, ein Stück vor dem Hotel stoppte und die drei Fahrgäste ausstiegen.

Das Hilton in Tokio war eingerichtet wie fast alle Häuser dieser Hotelkette. Modern, sachlich und mit allem Komfort.

»Die Zimmer für Mr. Cameron und Mr. Fitzpatrick«, sagte John zu dem Menschen hinter dem aus Chrom und Glas bestehenden Empfangspult.

»Zimmer 207 und 208«, erwiderte der Hotelknabe wie aus der Pistole geschossen. »Zwanzigster Stock, Sir. Ich hoffe, es wird Ihnen bei uns gefallen.«

»Wenn die Geishas genauso schnell sind wie Sie, sicher«, grinste Sonny.

Der Portier hüstelte indigniert.

Die Koffer wurden von den Boys zum Lift getragen, und dieser zischte nach oben.

Eve Goddard hatte die Zimmer telefonisch vorbestellt, und es hatte wie immer geklappt.

Die beiden Räume lagen nebeneinander und hatten eine Verbindungstür, darauf hatte John bestanden.

Er drückte den Boys ein gutes Trinkgeld in die Hand und sah sich in seiner Bleibe um. Sonny war schon in seinem Zimmer verschwunden.

Es war alles vorhanden. Fernseher, Telefon, eine Hausbar, ein Schreibsekretär und noch einige diverse Dinge die man bei diesen Preisen verlangen konnte.

Eine Naturholztür führte in ein braungefliestes Badezimmer mit allen Schikanen.

John warf sich aufatmend den Anzug vom Körper und sprang unter die Dusche.

Fünf Minuten später fühlte er sich wie neugeboren. Er schlang sich ein Handtuch um die Hüften, stellte sich vor den Spiegel und kratzte sich mit dem Elektrorasierer die Bartstoppeln aus dem Gesicht.

Nach zehn Minuten war alles erledigt. Vergnügt vor sich hin pfeifend, betrat John wieder sein Zimmer und... zuckte, wie von einem Peitschenschlag getroffen, zusammen.

In den eleganten Sesseln rekelten sich zwei Kerle. Ein dritter stand an der Tür.

Sie hatten einiges gemeinsam. Erstens waren alle drei Japaner, und zweitens hielten sie schallgedämpfte Pistolen in den Händen.

Sonny verlor nicht die Nerven. »Was sollen die Scherze?« fragte er fast heiter.

Der Kerl an der Tür antwortete ihm. Er sagte nur: »Willkommen in Tokio, Mr. Cameron.«

»Danke«, erwiderte John. »Und nun?«

»Werden Sie sterben, Mr. Cameron...«

Sonny konnte es einfach nicht lassen. Im wahrsten Sinne des Wortes zwischen Tür und Angel, versuchte er bereits, mit dem Zimmermädchen anzubändeln. Und mit Erfolg.

Das Mädchen, eine etwas füllige Japanerin, jedoch mit den Kurven genau am richtigen Fleck, spielte mit den Knöpfen von Sonnys Oberhemd.

»Ich heiße Ona«, kicherte sie und hauchte dem Sommersprossen-Casanova einen Kuß auf die Nase.

Sonny verdrehte die Augen. »Normalerweise küßt man bei uns tiefer.«

Ona kicherte wieder. Dann glitt sie blitzschnell von Sonnys Seite und lief den Gang entlang.

»Da schlag doch einer oder zwei...«, murmelte Sonny und sah ihrem wippenden Hinterteil nach.

Deshalb bemerkte er auch die drei Männer, die soeben um die Ecke bogen.

Sonny, dem das Mißtrauen mit der Muttermilch eingeflößt worden war, zog sich diskret in sein Zimmer zurück, ohne jedoch die Tür ganz zu schließen.

Die Kerle marschierten an Sonnys Zimmer vorbei. Ihre Schritte waren auf dem dicken Teppich kaum zu hören. Trotzdem bemerkte Sonny, daß sie vor Johns Tür haltmachten.

Sonny wurde mutiger. Er zog die Tür ein Stück weiter auf und lugte um die Ecke.

Die Kerle zogen gerade langläufige schallgedämpfte Pistolen unter ihren Jacketts hervor.

Nachtigall, ich hör' dir trapsen, dachte Sonny und schloß sicherheitshalber die Tür. Er lief quer durch sein Zimmer zu der Verbindungstür und legte sein Ohr ans Holz.

Was er hörte, gefiel ihm gar nicht.

John blieb weiterhin gelassen. »Ich hatte eigentlich nicht vor zu sterben. Aber wenn, darf ich wenigstens den Grund erfahren?«

»Nein«, knurrte der Mann an der Tür.

»Dann eben nicht«, sagte John.

Er fühlte sich verdammt unwohl. Ein fast nackter Mann

gegen drei Killer, ein wahrlich ungleiches Verhältnis. John merkte, wie sich der Schweiß in seinem Nacken sammelte und in winzigen Bächen den Rücken hinunterlief. Johns Augen irrten im Zimmer umher. Verdammt, er sah keinen Ausweg.

Der Mann an der Tür bemerkte seine Not. Ein dünnes, kaltes Lächeln verzerrte sein Gesicht.

Er machte drei gleitende Schritte in den Raum hinein und nickte seinen Komplicen zu.

Was sich dann abspielte, geschah innerhalb von Sekunden.

Plötzlich flog mit einer Urgewalt die Verbindungstür auf. John sah Sonny wie eine Rakete in den Raum hechten, etwas flog durch die Luft, traf den Mann bei der Tür am Kopf, so daß er ächzend zusammenbrach.

John hechtete auf ihn zu.

Plopp! Plopp!

Das waren die Schüsse aus den schallgedämpften Pistolen. Die Kugeln zischten über John hinweg und bohrten sich knirschend in die Wand.

John angelte sich die Waffe des Gestürzten, hechtete sofort zur Seite, entging dadurch um Haaresbreite einer Kugel und schoß selbst.

Seine Bleihummel fegte einem der Kerle den Hut vom Kopf. Den zweiten Mann bediente Sonny.

Diesmal warf er eine Blumenvase. Der Schießer bekam sie voll ins Gesicht und spielte nicht mehr mit.

John lag inzwischen hinter einem Sessel. Er sah die Beine des dritten Mannes genau vor sich. John zielte genau, bevor er abdrückte.

Das Geschoß verließ den Lauf und schrammte dem Kerl über die Wade.

Der begann einen Twist zu tanzen. Er ließ die Knarre fallen, umfaßte mit beiden Händen das getroffene Bein und hüpfte auf dem anderen wie ein wild gewordener Pavian durch die Gegend.

Genau in Sonnys Rechte.

Dem Mann erging es wie einem Luftballon, dem die Luft entweicht. Er faltete sich auf dem Teppich zusammen.

John kam hinter seinem Sessel hervor.

Sonny stand wie ein Held im Zimmer, hatte die Hände über dem Kopf gefaltet und rief immer wieder: »Keinen Beifall, bitte. Es war mir ein Vergnügen.«

John sammelte die Waffen ein und band sich wieder das Handtuch um die Hüften, das er während der Auseinandersetzung verloren hatte.

»Huch...«, kreischte Sonny, »wäre ich Detlef von Linksrum, dann würde ich...«

»Sag's lieber nicht«, grinste John.

»Ich bin ja auch nicht der Detlef.«

Die drei Japaner waren noch immer bewußtlos.

»Gut, daß wir Raucherzimmer haben«, bemerkte Sonny.

»Wieso?« John schlüpfte bereits in seine Kleidung.

»Sonst hätte ich dem ersten nicht einen Aschenbecher an die Birne werfen können.«

»Bedank dich beim Ober.«

»Werde ich auch«, meinte Sonny und zog die drei Kerle an den Beinen über den Teppich. Er legte sie in einer Reihe an die Wand. Er ließ sich von John zwei Waffen geben, steckte sich eine in den Hosenbund und flegelte sich in einen Sessel.

Fast gleichzeitig kamen die Kerle zu sich. Verwirrt umherblinzelnd, setzten sie sich auf. Der Mann mit der Streifschußwunde am Bein stöhnte leise.

»Schön sitzen bleiben«, sagte Sonny und spielte mit seiner Knarre.

Einer der Japaner stieß einen Fluch durch die Zähne.

»Wirklich unhöflich, der Junge«, meinte Sonny und schüttelte vorwurfsvoll den Kopf.

John Cameron mischte sich ein. »Also, Kameraden«, sagte er, »dann reißt mal eure Mäuler auf. Was sollte der nette Besuch?«

Schweigen.

»Habt ihr mit Reißnägeln gegurgelt, oder warum redet ihr nicht?« knurrte Sonny. »Soll ich vielleicht nachhelfen?« Er stand auf und näherte sich den Kerlen.

Schmale Augen blickten ihn haßerfüllt an. Einer spuckte ihm ins Gesicht.

Das konnte Sonny nun gar nicht vertragen. Ehe er eine Gegenaktion starten konnte, hielt John ihn zurück.

»Laß nur, die Herren können gehen.«

»Was.. ?«

»Ja, wir lassen sie laufen.«

Sonny murmelte irgend etwas Unverständliches. »Na, gut, wenn du es sagst, bitte. Also, hoch mit euch.«

Drei erstaunte Gesichter starrten ihn an. Sie konnten es einfach nicht begreifen.

»Na los, beeilt euch!« schrie Sonny. »Ehe es sich mein Freund anders überlegt.«

Jetzt spurten die drei. Sie nahmen ihren verletzten Komplicen in die Mitte und waren innerhalb von Null Komma nichts verschwunden. Sonny breitete die Arme aus. »Ich begreife dich nicht, John. Sag mal, bekommt dir das Klima überhaupt?«

»Wenn du noch lange redest, sind die Burschen verschwunden. Besorg dir ein Taxi, und hinterher!«

Sonnys Gesicht hellte sich auf. »Gar nicht so dumm, der große Meister. Also denn, ich bin schon so gut wie weg.«

Wie ein Pistolenschuß knallte die Tür hinter Sonny zu.

John wischte sich aufatmend über die Stirn. Verdammt, die Sache vorhin hatte Nerven gekostet.

Das Telefon meldete sich diskret.

»Cameron«, sagte John.

Schweigen.

»Hallo!«

»Sind Sie's, Cameron?« hörte John eine Stimme.

»Mein Geist bestimmt nicht.«

Danach war wieder Schweigen. Dann sagte der Unbekannte plötzlich: »Ich sehe, Sie haben den Anschlag überstanden. Lassen Sie sich das eine Warnung sein, Cameron. Nehmen Sie das nächste Flugzeug und fliegen Sie zurück in die Staaten. Mr. Conrad hat auch nicht auf meinen Rat gehört. Sie sehen, ich will nur Ihr Bestes.«

»Wissen Sie, was Sie mich können?« schimpfte John wütend.

»Lieber nicht, Mr. Cameron. Also, denken Sie an meine Warnung.«

Der Mann legte auf.

John wählte sofort die Hotelvermittlung. »Wissen **Sie**, von wo das Gespräch für Zimmer 207 kam?«

»Aus Tokio, Mr. Cameron«, flötete das Girl in der Zentrale, »mehr kann ich Ihnen auch nicht sagen.«

»Danke.«

Nachdenklich legte John den Hörer auf die Gabel.

Sonny, der Witzbold vom Dienst, hatte mal wieder Glück. Er sah noch soeben, wie die drei Kerle in einen uralten Ford stiegen und abdampften.

Das Taxi kam Sonny wie gerufen.

Er riß die Tür auf, schwang sich auf das zerfledderte Polster und rief dem überraschten Driver zu: »Fahren Sie der alten Gurke nach.«

Zum Glück verstand der Mann Englisch.

Der Driver wendete halsbrecherisch, nahm einem protzigen Cadillac die Vorfahrt und schaukelte hinter dem Ford her.

»Tokio ist eine herrliche Stadt«, redete der Fahrer. »Wenn Sie mal Geishas brauchen, ich kenne sagenhafte...«

»Paß lieber auf die Fahrbahn auf, Sportsfreund«, sagte Sonny, »habe noch keine Lust, mit den Engeln zu pokern.«

Der Fahrer faßte es als Witz auf, ließ das Steuer los, schlug sich mit beiden Händen auf die Schenkel und wieherte wie ein Brauereipferd.

Sonny schloß ergeben die Augen.

O Wunder, es passierte nichts. Der Fahrer lenkte seinen Wagen wohl mit den Knien.

Was sich alles auf Tokios Straßen herumtrieb, war noch mehr als in New York. Sonny konnte nur staunen, daß der Taxikutscher den Ford trotz des vielen Verkehrs nicht aus den Augen verlor.

Bald wurde die Gegend ärmlicher und der Verkehr spärlicher. Der Fahrer steuerte den Wagen durch Gassen, die noch nicht einmal einen Namen besaßen. Auch Nummern konnte Sonny nicht entdecken.

Das Taxi hielt jetzt mehr Abstand.

»Die Gegend ist sehr gefährlich«, sagte der Fahrer. »Lange fahre ich nicht mehr hinterher.«

Sonny reichte dem guten Mann eine Zehndollarnote, worauf der wieder mutiger wurde.

Der uralte Ford bog in eine handtuchbreite Gasse ein. Geistesgegenwärtig fuhr der Taxifahrer daran vorbei. Aus den Augenwinkeln sah Sonny, daß die Bremsleuchten des Ford aufblinkten.

»Stopp«, sagte Sonny.

Ruckartig bremste der Fahrer.

Sonny schwang sich aus der Mühle.

Er wollte noch einen Schein zulegen, aber da hatte der Fahrer schon Gas gegeben.

»Der hat's wohl nicht nötig«, brumme Sonny.

Sonny, mit richtigem Namen Jefferson Ezekiel Fitzpatrick, marschierte pfeifend in die Gasse.

Er hatte keine Angst. Schließlich kannte er die Slums von Hongkong und Bangkok wie seine Westentasche.

Die Gasse wurde von windschiefen Bretterbuden eingesäumt. Ein undefinierbarer Gestank lag in der Luft.

Gestalten, die ihn lauernd anblickten, kamen Sonny entgegen. Manches Schimpfwort wurde ihm an den Kopf geworfen. Sonny machte sich nichts daraus. Im Gegenteil, er grinste.

Die drei Männer waren in einer Kaschemme verschwunden, in der wenigstens eine Musikbox stehen mußte, denn die Lärmfetzen drangen überlaut nach draußen.

Sonny steckte sich einen Glimmstengel zwischen die Zähne, schob einen schmierigen Vorhang beiseite, stolperte beinahe über zwei Stufen und stand schließlich doch heil in der Kneipe.

Sie hätte den Namen Loch verdient. Es war so finster wie in einem Loch, und es stank auch so. Hinter dem Tresen stand ein Weißer. Er hatte in der Kneipe eine Theke installiert und auch einige wacklige Sitzgelegenheiten rangeschafft.

Die Kneipe war mittelprächtig besucht. Ein paar Betrunkene hingen am Tresen, und an einem Tisch hockten drei abgewrackte Miezen. Die Schießer aus dem Hotel konnte Sonny nicht entdecken.

Die Musikbox stellte ihr Gejaule ein.

Sonny kämpfte sich durch Dunst und Gestank bis zum Tresen vor.

Der Wirt sah ihn aus trüben Augen an.

»Verlaufen?« knurrte er.

»Nee«, grinste Sonny, »ich bin brandig.«

»Hä?«

»Na, brandig. Ich hab' Durst.«

»Ach so. Muß einem ja gesagt werden. Was willste denn trinken?«

»... 'ne Cola. Aber aus der Flasche.«

Der Wirt, der einem Mehlsack mehr ähnelte als einem Menschen, war beleidigt.

»Meine Gläser sind sauber.«

Sonny grinste. »Das sagst du. Aber was sagt ein Gesunder?«

Den konnte der Wirt nicht wechseln.

Knurrig stellte er die Flasche vor Sonny. »Bezahlt wird sofort. Kann ja sein, daß du hinterher nicht mehr lebst.«

»Rauhe Sitten habt ihr hier.« Sonny griff in die Tasche. »Ich hab' nur Dollars.«

»Auch egal. Gib mir einen.«

»Moment noch.« Sonny nahm erst mal einen Schluck. Die Cola war lauwarm und schmeckte fad. »Wie lange lebst du schon hier?« fragte er den Wirt.

»Seit dem Krieg. Hatte keine Lust mehr, nach drüben zu fahren. Komme ganz gut zurecht. Nur für dich sehe ich schwarz. Man hat die Amis hier nicht so gerne, obwohl ich selber einer bin. Aber bei mir macht man 'ne Ausnahme.«

Sonny zuckte mit den Schultern. »Willste auch 'ne Cola?«

»Soll ich mich vergiften?«

»Warum nicht?« Sonny grinste. »Deine lieben Gäste trinken das Zeug ja auch.«

Die letzten Worte hörte der Wirt nicht mehr. Er war unter dem Tresen verschwunden, und als er hochkam, hatte er zweierlei. Einen roten Kopf und eine Flasche in der Hand, von der er erst einmal den Staub wegblies.

Dann linste der dicke Wirt mit verklärtem Blick auf das Etikett und hielt die Flasche gegen die trübe Funzel, die über der Theke baumelte.

Sonny bekam Augen wie Besenstiele.

»Was schwimmt denn da unten drin?« erkundigte er sich vorsichtig.

Der dicke Wirt leckte sich die Lippen. »Eine kleine Schlange. Den Namen weiß ich nicht. Aber ich kann dir sagen, das Gesöff schmeckt prima.«

Sonny verzog das Gesicht. »Ich würde eher sagen, das Zeug schmeckt, wie es aussieht.«

Der Wirt entkorkte die Flasche. »Kostet einen Dollar.«

Sonny nickte gnädig. »Gönn dir 'nen Schluck.«

Der dicke trank aus der Flasche, rülpste und wischte sich mit seinem behaarten Arm den Mund ab.

Sonny schob seine Cola zur Seite. Ihm war der Durst vergangen.

»Was ich dich eigentlich fragen wollte«, wandte er sich an den Kneipier, »wohin haben sich die drei Typen verkrochen, die vorhin reingekommen sind?«

Der Wirt schaltete sofort auf Defensive. »Ich hab' keine gesehen.«

»Dann bist du nicht blind, sondern vollblind.«

Der Wirt bekam schmale Augen. »Hüte deine Zunge, Freund«, flüsterte er, »reden kann hier tödlich sein.«

»Wieso?« Sonny mimte den Erstaunten. »Ich will von den Kameraden doch gar nichts. Sie sollen mir nur meine Stoßstange ersetzen. Die Idioten fahren mit ihrer alten Karre gegen meinen noch älteren Ford. Aber der Wagen hat Tradition. Schon mein seliger Vater hat ihn gefahren. Und jetzt will ich wenigstens den Kies für die Stoßstange haben.«

Der Wirt beugte sich vertraulich vor. Sonny roch seinen Atem. Er erinnerte ihn an einen Laternenpfahl ganz unten. Trotzdem hielt Sonny die Stellung.

»Ich gebe dir jetzt noch mal einen guten Rat«, raunte der Wirt, »klau dir irgendwo 'ne andere Stoßstange, aber laß die Leute in Ruhe. Die sind gefährlicher als eine ganze Kompanie Ledernacken.«

»Jetzt haust du aber auf den Putz.«

»Na, hör mal. Ich muß es schließlich wissen.« Der Wirt legte seine fette Pranke auf die Brust. »Ich lebe schließlich lange genug hier. Die Männer gehören zu der Organisation der *Fünf Drachen.*«

»Na und?«

Klack. Bei dem Wirt war die Kinnlade heruntergeklappt. Er glotzte wie ein Mondkalb.

»Du kennst die *Fünf Drachen* nicht?«

»Woher denn? Ich bin nur sechs Jahre in der Schule gewesen.«

Der Wirt beugte sich noch weiter vor. Und Sonny hielt tapfer die Stellung.

»Die *Fünf Drachen* sind die größte Geheimorganisation hier in Japan«, vertraute der Wirt Sonny an. »Sie haben eine unbeschreibliche Macht.«

Sonny grinste. »Das ist doch keine Geheimorganisation.«

»Wieso?«

»Eine Geheimorganisation kennt man doch nicht, oder? Du zum Beispiel weißt davon und bestimmt noch andere.«

Der Wirt überlegte. »Da hast du eigentlich...«

Das letzte Wort blieb ihm im Hals stecken. Die Tür flog mit einem Krach auf.

Sonny kreiselte herum.

In der Kneipe war es plötzlich totenstill. Der Grund dafür stand im Eingang.

Ein riesiger Kerl mit nacktem, eingefettetem Oberkörper und fast hautenger Hose. In der Hand hielt der Mann ein kurzes Schwert. Auf seinem kahlen Schädel spiegelten sich Tausende von Schweißtropfen.

Hinter ihm, links und rechts der Tür, lehnten zwei dürre Typen. Sie sahen an sich harmlos aus. Gefährlich waren lediglich die Maschinenpistolen an ihren Händen.

»Wer ist der Glatzenknilch?« flüsterte Sonny.

Der Wirt bekam das große Schlottern. »Das ist Yoto, der Henker der *Fünf Drachen*...«

Das Haus hatte dreiundvierzig Stockwerke und war eine Konstruktion aus Glas und Beton.

Das Gebäude gehörte der Tokio Electronics, einer der größten Firmen Japans.

John fuhr seinen Leihwagen, einen zitronengelben Porsche GT, auf den firmeneigenen Parkplatz – in Tokio eine Rarität – und betrat die Empfangshalle des Gebäudes.

»Mein Name ist Cameron. Ich bin angemeldet«, sagte er zu dem Portier.

Der Mensch blätterte kurz in einem Buch nach, schnappte sich einen Telefonapparat, sprach mit irgend jemandem und sagte dann respektvoll: »Mr. Tagoshi erwartet Sie. Zehnter Stock, bitte.«

Mit dem Expreßlift fuhr John nach oben. Er mußte drei Vorzimmer durchqueren, dann stand er im Allerheiligsten.

Das Büro war ein halber Tanzsaal und hypermodern eingerichtet. Air-Conditioning sorgte stets für frische Luft.

Der Mann hinter dem Palisanderschreibtisch war kaum zu sehen. Und doch repräsentierte er eine immense Macht. Dr. Yamo Tagoshi war einer der einflußreichsten Männer Japans.

»Ich freue mich, Sie zu sehen, Mr. Cameron«, sagte er und kam John ein Stück entgegen.

Yamo Tagoshi war klein. John überragte ihn fast um einen ganzen Kopf. Tagoshi trug einen maßgeschneiderten stahlblauen Anzug, dazu eine weinrote Krawatte mit einer echten Perle und eine Goldrandbrille. Auf seinen vollen Lippen lag das ewige Lächeln der Asiaten.

John nahm die dargebotene Hand. Yamo Tagoshi führte ihn zu einer Sitzgruppe aus lindgrünem Wildleder.

Zigaretten und Getränke standen bereit. Die Männer bedienten sich.

Tagoshi überließ John Cameron das Wort.

John stieg direkt voll ein. »Sie können sich denken, warum ich hier bin, Mr. Tagoshi?«

Der Japaner nickte. »Der Tod eines Ihrer Mitarbeiter...?«

»Genau.« John fixierte den Japaner scharf. Doch kein Muskel zuckte in dessen Gesicht. »Man ist hier als Amerikaner unerwünscht«, fuhr John fort, »vor allen Dingen, wenn man investieren will.«

Tagoshi enthielt sich einer Antwort.

»Aber warum greift man gleich zu so brutalen Mitteln wie Mord, Mr. Tagoshi?«

Der Japaner zuckte mit den Schultern. »Ehrlich gesagt, Mr. Cameron, ich weiß es nicht.«

John lächelte. »Ihnen wäre doch eine Filiale meines Konzerns hier in Tokio sehr unangenehm.«

»Freuen würde ich mich natürlich nicht.«

»Das kann ich mir vorstellen, Mr. Tagoshi. Wir wollen offen reden.« John Stimme klang auf einmal scharf. »Geht Ihre Antipathie so weit, daß Sie einen Mord begehen oder in Auftrag geben?«

Der Japaner lächelte noch immer. »Das ist ein sehr schwerwiegender Verdacht, Mr. Cameron. Natürlich war ich von den Verhandlungen Ihres Mitarbeiters mit dem Wirtschaftsministerium unterrichtet. Und auch über den für Sie günstigen Ausgang der Besprechung. Sicher, Konkurrenz vor der eigenen Haustür ist immer schlimm, aber deswegen gleich zu solchen Mitteln greifen? Nein, das ist nicht unsere Art. Außerdem gibt es noch mehr Personen, die etwas, ich will mich mal vorsichtig ausdrücken, gegen den amerikanischen Einfluß haben.«

»Sie kennen natürlich die Leute«, warf John ein.

»Die Frage kann ich bejahen, Mr. Cameron.«

»Können Sie auch Namen sagen?«

»Nein. Es wäre unfair, und ich kann nichts beweisen.«

John nagte an seiner Lippe. Dieser Mann war aalglatt. Ein Typ wie Schmierseife, und dennoch hart wie Stahl.

»Wenn ich Ihnen einen Vorschlag machen darf, Mr. Cameron . . .«

»Bitte . . .«

»Brechen Sie Ihre Zelte hier in Japan ab. Für Sie ist in diesem Land nichts zu holen.«

John nickte. »Teilweise gebe ich Ihnen recht, Mr. Tagoshi. Ich werde mir überlegen, ob ich hier eine Filiale baue. Nur etwas ist doch hier zu holen.«

»Und...?«

»Ein Mörder. Der Mann, der Phil Conrad erschossen hat.«

Tagoshis Gesicht verdüsterte sich. Es war das erstemal, daß John bei diesem Mann eine Gemütsbewegung bemerkte.

»Bei der Jagd auf den Mörder, Mr. Cameron, wünsche ich Ihnen viel Glück«, sagte der Japaner. »Sie werden es sehr schwer haben, das sage ich Ihnen. Ich schätze Sie als Menschen und Geschäftsmann. Es wäre schade, wenn Sie in ein Spiel einstiegen, das Sie nicht gewinnen können.«

John sah den Japaner fest an. »Das lassen Sie bitte meine Sorge sein.«

Dr. Tagoshi erhob sich. »Sayonara, Mr. Cameron...«

Mit drei Schritten war Yoto an der Theke. Wie eine Puppe schob er Sonny zur Seite.

Sonny, sonst ein großes Mundwerk, hielt vorsichtshalber die Klappe.

Yoto sagte etwas auf japanisch zu dem Wirt. Der Dicke deutete zitternd auf eine halb offenstehende Tür im Hintergrund der Kneipe.

Yoto setzte sich in Bewegung. Allein. Die MPi-Helden blieben an der Tür stehen.

Sonny hatte seine Courage wiedergefunden. »Wo will der Knabe hin?« fragte er den Wirt.

»Ins — ins... Hinterzimmer... Ich...«

»Danke«, grinste Sonny und setzte sich in Bewegung.

Er war schon hinter der Tür verschwunden, als in der Kneipe ein Schrei aufklang.

Sonny blieb vorsichtshalber stehen.

Einer der Aufpasser kam durch die Tür.

Zuerst steckte er seinen Kopf in den Gang.

Sonny ließ die Handkante vorschnellen. Der Dürre legte sich flach. Sonny schnappte sich die Maschinenpistole. Jetzt war ihm wohler.

Er befand sich in einem muffig riechenden, kaum beleuchteten Gang. Hinten gab es eine Tür.

Mit der Waffe in der Hand schlich Sonny darauf zu. Hier mußte auch Yoto verschwunden sein.

Sonny legte ein Ohr an die Füllung.

Dumpfe Geräusche ließen ihn aufhorchen.

Die Tür hatte eine Klinke. Sonny drückte sie hinunter. Mit einem Ruck stieß er die Tür auf.

Das nackte Grauen sprang ihn an.

Yoto war wirklich ein Henker. Er hatte drei Männern die Köpfe abgeschlagen. Das kurze Schwert war blutbesudelt. Sonny kannte auch die Toten. Es waren die Schießer aus dem Hotel.

Noch hatte Yoto ihn nicht bemerkt.

Sonny räusperte sich. Die Maschinenpistole hielt er schußbereit.

Yoto wandte sich ganz langsam um. In seinen Augen lag ein kaltes Glitzern. Langsam kam er auf Sonny zu.

»Ich knall' dich ab, du Schwein!« zischte Sonny.

Yoto machte eine blitzschnelle Bewegung. Das Schwert blitzte auf und pfiff durch die Luft.

Sonny duckte sich unwillkürlich.

Der Tritt traf mit mörderischer Wucht seinen Oberarm. Die MPi wurde ihm aus der Hand geprellt und knallte zu Boden. Daß sie bei der miesen Sicherung nicht anfing zu schießen, war schon ein Wunder.

Yoto lachte kehlig.

Wieder sah Sonny das Schwert aufblitzen. Danach fehlten ihm ein paar Haare.

Sonny glitt zur Seite. Er mußte an die Waffe kommen, sonst war er verloren.

Blitzschnell stieß Yoto die Maschinenpistole weg. Wieder schlug er zu.

Sonny unterlief den Schlag und drosch beide Fäuste gegen Yotos Magen.

Der riesige Kerl lachte nur.

Sonny sprang zurück. Yotos Bein schoß vor, hakte sich zwischen Sonnys Beine...

Rasend schnell kam der Boden auf Sonny zu. Er peilte nach

oben, sah Yotos gräßliche Fratze, sah aber auch das blutige Schwert . . .

Jetzt ist es aus mit dir, dachte Sonny noch.

Dann bekam er einen wuchtigen Schlag gegen den Kopf, und es wurde dunkel um ihn.

»Cameron lebt noch immer«, sagte der Chef der *Fünf Drachen* ins Telefon.

Am anderen Ende der Leitung blieb es einen Moment still. »Was machen wir nun?« klang eine fragende Stimme auf.

Der Chef lachte leise. »Ich gebe euch die letzte Chance. John Cameron ist ein Mann, der auf Frauen anspricht. Wir hetzten ihm die Schwestern auf den Hals. Sofort.«

Ehe der Teilnehmer noch etwas erwidern konnte, legte der Chef der *Fünf Drachen* auf.

John war sauer, als er ins Hilton zurückkehrte. Er machte sich nichts vor. Ausländisches Kapital war in Japan unerwünscht. Schön, zu einem gewissen Grad konnte er das sogar verstehen. Nur bei Mord spielte er nicht mehr mit. John hatte es sich in den Kopf gesetzt, diesen Fall aufzuklären.

John Cameron steuerte die Hotelbar an. Eine Chrom-Glas-Kombination nahm ihn auf. Auf dem Boden lagen türkisfarbene Teppiche, und hinter der langen Bar hantierte ein Mixer.

An den gläsernen Tischen saßen nur wenige Personen, und John war der einzige Gast, der dem Mixer Arbeit verschaffte. Die beiden Ober standen gelangweilt in der Ecke und sahen sich dumm an.

John schwang sich auf einen kleinen drehbaren Sessel. Der Mixer war in Null Komma nichts zur Stelle.

John bestellte einen Manhattan.

Er trank ihn in kleinen Schlucken und rauchte dabei eine Zigarette.

Über die interne Hotelverbindung ließ er sich den Empfang geben.

»Hat jemand nach mir gefragt?« erkundigte sich John.

»Nein, Sir. Niemand.«

»Danke.«

Beunruhigt legte John den Hörer auf. Er machte sich Sorgen wegen Sonny. Normalerweise rief Sonny an. Diesmal jedoch hatte er nichts von sich hören lassen. John wußte auch im Moment nicht, wo er den Hebel ansetzen sollte. Seine einzige Hoffnung war Sonny.

Die Frau, die in diesem Moment die Bar betrat, war eine Sünde wert.

John sah sie im Spiegel hinter der Bar und vergaß seinen Cocktail.

Die Sünde hatte pechschwarzes Haar, ein feines Gesicht mit hochstehenden Wangenknochen und Mandelaugen. Sie war ein Mischlingstyp, üppig gewachsen und mit Beinen, um die sie mancher Filmstar beneidet hätte. Die Frau trug ein enges, geschlitztes, karminrotes Seidenkleid, das bei jedem Schritt feste Schenkel freigab.

Die Sünde steuerte die Bar an und ließ sich zwei Hocker neben John nieder.

Sie bestellte einen Cuba libre. Ihre Stimme klang rauchig wie reifer Whisky.

Die Sünde nestelte eine Zigarette aus der Packung, und da war John schon am Mann — oder vielmehr an der Frau.

Sein Feuerzeug schnickte auf.

Die Schöne tupfte mit der Zigarette an die Flamme und warf John einen verhangenen Blick zu.

»Ich bedanke mich, Mister . . .«, sagte sie auf englisch.

»Cameron, Miß. John Cameron.«

»Oh . . . Ein interessanter Name, finde ich. Ich heiße Li.«

»Der Name paßt zu Ihnen«, sagte John.

Li lachte. »Wieso?«

»Ich habe mal ein Schauspiel gesehen, da kam auch eine Li vor, und die sah genauso aus wie Sie.«

»War es denn wenigstens eine gute Rolle?«

»Aber sicher. Wo denken Sie hin?« John tat entrüstet.

»Na, ich glaube Ihnen nicht so recht.«

»Darf ich fragen, ob Sie hier im Hilton wohnen, Miß Li?«

»Nein. Ich warte hier auf einen Bekannten. Er müßte eigentlich schon dasein.« Die Frau schaute auf ihre Uhr.

»Vielleicht ist er verhindert«, warf John ein.

»Das wäre schlecht, Mr. Cameron. Für mich hängt viel von diesem Treffen ab. Finanziell, meine ich.«

Li drückte mit einer etwas resignierenden Geste ihre Zigarette aus. In ihren Augen schimmerten plötzlich Tränen.

»Entschuldigen Sie, Mr. Cameron, aber ich will Sie nicht mit meinen persönlichen Belangen langweilen. Auf Wiedersehen.«

»Aber ich bitte . . .«

Li rutschte vom Barsessel.

»Ah.« Plötzlich knickte sie zusammen.

John war sofort bei ihr.

»Kann ich Ihnen helfen, Miß Li?«

Li lächelte schmerzhaft. Sie kniete halb auf dem Boden und hielt sich ihren linken Knöchel.

»So was Dummes«, schimpfte sie, »daß mir so etwas auch noch passieren muß. Noch nicht mal richtig vom Barhocker steigen kann ich.«

Der Mixer beugte sich besorgt über die Bar. »Soll ich einen Arzt holen?«

»Danke. Es geht schon«, erwiderte Li etwas gequält. »Wenn Sie vielleicht ein Taxi . . ..«

»Kommt gar nicht in Frage«, mischte sich John ein. »Natürlich bringe ich Sie mit meinem Wagen nach Hause. Kommen Sie.«

John half Li hoch. Sie stützte sich gegen ihn, und John spürte unter dem Stoff des Kleides ihren warmen Körper. John merkte auch, daß Li keinen BH trug. Bei ihrer Figur hatte sie das nicht nötig.

John Cameron führte Li ins Foyer.

John warf einem Boy den Wagenschlüssel zu. »Fahren Sie den Porsche bis vor das Hotel.«

»Sofort, Sir.«

»Wir müssen uns noch einen Augenblick gedulden, Miß Li. Haben Sie starke Schmerzen?«

»In Ihrer Gegenwart lassen sie sich ertragen, Mr. Cameron.«

»Das hört man gern.«

»Der Wagen steht bereit, Sir«, sagte der Boy und reichte John die Schlüssel.

»Danke.«

Zwei Minuten später saßen sie in dem Flitzer.

Li schmiegte sich in den Beifahrersitz. Ihr Rock rutschte dabei bis in jugendgefährdende Höhen hinauf. John sah die schwarze Spitze eines Slips blitzen.

»Wohin darf ich Sie fahren, Miß Li?«

»Ins Kolon.«

»Ein Restaurant?«

»So ähnlich, Mr. Cameron. Sie können dort essen, Sie können spielen, und Sie können sich von Geishas verwöhnen lassen.«

»Ich glaube, das letzte gefällt mir am besten«, erwiderte John und ließ den Motor an. »Den Weg zeigen Sie mir ja.«

»Keine Angst, Mr. Cameron. Ich entführe Sie schon nicht.«

»Mit Ihnen würde ich es schon aushalten.«

Li erwiderte nichts, doch ihr Blick sprach Bände.

John lenkte den Porsche durch Straßen, deren Namen er nie behalten würde. Während der Fahrt erzählte Li, daß sie einen amerikanischen Vater und eine chinesische Mutter gehabt hätte.

Nach etwa einer halben Stunde waren sie da. Das Kolon hatte noch geschlossen. Vor dem großen Eingang hing ein Rollladen.

»Fahren Sie um diesen Block herum«, sagte Li, »wir können dann auf dem Hinterhof parken.«

Der Hinterhof war kaum größer als zwei Handtücher. John lenkte den Porsche direkt neben drei Mülleimer, die einen bestialischen Gestank verbreiteten. In den Ecken des Hofes standen leere Flaschen und alte Kartons.

John half Li aus dem Wagen. Die Frau ließ sich wieder stützen. Und John tat es gern. Er hatte das Gefühl, daß Li sich noch enger an ihn drängte als im Hotel.

»Klopfen Sie bitte gegen die Tür«, sagte Li.

John sah eine grüngestrichene Hintertür. Er schlug kräftig gegen das Holz.

Wenig später ertönten Schritte. Eine uralte Frau öffnete ihnen die Tür. Als sie Li sah, verbeugte sie sich.

»Sind Sie hier die Chefbardame?« fragte John amüsiert.

»Nein, Mr. Cameron. Mir gehört das Kolon.«

»Alle Achtung.«

Li führte John durch einen schmalen Gang bis zu einer Treppe. Sie konnte auf einmal viel besser laufen.

John machte sich so seine Gedanken.

»Wir müssen in die erste Etage, Mr. Cameron.«

In der ersten Etage dämpften dicke Teppiche die Schritte. Li schob eine Schiebetür aus Palisander auseinander.

»Bitte, treten Sie ein, Mr. Cameron.«

John nickte lächelnd.

Er gelangte in einen prunkvoll ausstaffierten Raum, in dem japanische Tradition und moderne Gegenwart miteinander harmonierten.

An einem niedrigen Tisch saß eine Frau. Sie erhob sich, als Li und John eintraten.

Als sie John Cameron das Gesicht zuwandte, zuckte er wie vom Blitz getroffen zusammen.

Vor ihm stand Li.

»Das ist doch ...«, stotterte er.

Hinter ihm lachte Li leise auf.

»Darf ich Ihnen meine Zwillingsschwester Su vorstellen, Mr. Cameron?«

»Au, verdammt!« Das waren Sonnys erste Worte.

Sein Schädel brummte wie ein Dieselmotor, und in seinem Magen schien ein Mehlsack zu hängen.

Sonny öffnete die Augen, tastete seinen Alabasterkörper ab, stellte fest, daß noch alles dran war, und schob sich ächzend an der Wand hoch.

Er befand sich noch immer in dem Raum, wo man ihn niedergeschlagen hatte. Der Henker und die drei Leichen waren jedoch verschwunden. Nicht einmal Blutflecke waren zu sehen.

Sonny fühlte seinen Kopf ab. Eine taubeneigroße Beule

wuchs auf seiner Schädeldecke. Sie schmerzte böse, als Sonny sie mit dem Finger berührte.

»Habe ich eigentlich geträumt?« knurrte er und machte die ersten Gehversuche. Es klappte besser, als er dachte.

In dem schmalen Gang stank es noch genauso wie vorher. Sonny zog die Tür auf und torkelte in die Kneipe.

Der Wirt war bis auf einen Pennbruder in der Ecke allein. Sein aufgeschwemmtes Gesicht wurde kalkweiß, als er Sonny sah.

»Hallo, Panscher«, grinste Sonny verzerrt und klammerte sich vorsichtshalber am Tresen fest. »Gibt mir sofort einen Whisky.«

Der Wirt war so nervös, daß er die Hälfte der Flüssigkeit verschüttete. Man konnte ihm das schlechte Gewissen vom Gesicht ablesen.

Nach dem ersten großen Schluck ging es Sonny wesentlich besser.

Er schnippte das leere Glas dem Wirt gegen den Bauch. »Noch einen.«

Der Dicke füllte schweigend nach.

Sonny trank auch noch einen dritten.

Danach sagte er nur drei Worte: »Zur Sache, Dicker.«

Der Wirt ging vorsichtshalber einen Schritt zurück. »Ich weiß nichts«, jammerte er, »ich weiß nichts.«

»Wetten, doch?« sagte Sonny und packte den Wirt an seinem schmierigen Hemd. Dabei gingen drei Knöpfe flöten. »Nun mach mal deine Beißerchen auseinander, Wampe, sonst wird der Onkel Sonny dir einiges polieren.«

»Die — die... bringen mich um«, nuschelte der Wirt.

»Besser dich als mich«, grinste Sonny. »Komm, Fettsack, ich bin am Drücker.«

Sonny setzte seinen Killerblick auf, und der Widerstand des Wirtes schmolz zusammen wie Fett in der Pfanne.

»Ich mußte es tun«, keuchte der Whiskypanscher, »jeder muß den *Fünf Drachen* helfen, sonst sind wir verloren. Sie kennen keine Gnade.«

Der Wirt wischte sich mit seinen Wurstfingern den Schweiß vom Gesicht.

»Weiter«, forderte Sonny ihn auf. »Wo habt ihr die Leichen hingeschafft?«

Der Wirt schluckte. Die Erinnerung an die geköpften Männer steckte noch tief in seinen Knochen.

»Der Henker... und die − die... beiden anderen... Sie − sie... haben die Toten mitgenommen. Sie haben sie in den − den... Kofferraum gelegt.«

»Schön«, sagte Sonny, »und warum hat man mich nicht mit dazugelegt?«

»Sie töten nicht ohne Grund. Der − der... Henker, meine ich.«

»Ja, Schwein muß der Mensch haben«, sagte Sonny und genehmigte sich noch einen Schluck. »Wo kann man diese Knaben denn finden?« fragte er weiter.

»Das weiß ich nicht.«

»Verarschen kann ich mich alleine. Los, raus mit der Sprache.«

»Ich weiß es wirklich nicht«, heulte der Wirt und machte dabei ein Gesicht wie Oliver Hardy in den Dick-und-Doof-Filmen.

»Flenn hier nicht rum wie ein Waschweib«, fauchte Sonny. »Reiß dich zusammen, Mensch. Es muß doch einen Verbindungsmann zu diesem Komikerklub geben. Ich...«

Srrr. Das Messer pfiff hautnah an Sonny vorbei und bohrte sich in die Brust des Wirtes.

Sonny wirbelte blitzschnell herum.

Zu spät. Er sah nur noch einen Schatten aus der Kneipe verschwinden.

Der Penner in der Ecke. Er war der Mörder. Er hatte seine Rolle verdammt gut gespielt.

Sonny wetzte nach draußen.

Unmöglich, den Kerl in diesem Menschengewühl zu entdecken.

Wütend ging John in die Kneipe zurück.

Der Wirt lag hinter dem Tresen. Sein schmutziges Hemd war blutbefleckt. Sein flackernder Blick sah Sonny an. Flüsternd bewegte er die Lippen.

Sonny beugte sein Ohr dicht über den Mund des Sterbenden. »Bei den Ringern... Der Mann, der die Wetten an...«

In derselben Sekunde starb der Wirt.

Sonny drückte ihm die Augen zu. Er war etwas schlauer geworden. Dann verließ er eilig die Kneipe.

Sonny lief eine halbe Stunde in der Gegend umher, bis er ein Taxi fand. Er ließ sich ins Hilton fahren.

Am Empfang erkundigte sich Sonny nach John Cameron.

»Mr. Cameron ist vor einer halben Stunde mit einer Dame weggegangen«, sagte der zweite Empfangschef mit maliziösem Lächeln.

»Kennen Sie vielleicht die Dame?«

»Nein, Sir. Nie gesehen.«

»Hätte mich auch schwer gewundert. — John, du saust mir zuviel mit Damen herum. Das ist nicht gut für deinen Kreislauf«, sagte Sonny zu sich selbst.

Und dann hatte er eine Idee.

Wie ein Dampfhammer schoß die Faust des Mannes herab.

Baby Jill duckte sich gedankenschnell, packte den Arm ihres Gegners und hebelte den Kerl über ihre Schulter zu Boden.

»Bravo!« Die Zuschauer klatschten.

Baby Jill pustete sich eine Haarsträhne aus der Stirn. Für heute reichte es ihr.

Sie befand sich im Trainingscamp des FBI und absolvierte ihre wöchentlichen Karateübungen.

Sie sprang von der Matte und nahm sich ein Handtuch.

»Freunde«, sagte sie, noch außer Puste, »Ich verschwinde unter die Dusche.«

Die anwesenden G-men protestierten. »Aber wir wollten doch noch...«

»Keine Lust mehr heute. Nächste Woche.«

Eine Minute später stand Baby Jill unter dem prickelnden Wasserstrahl.

Baby Jill, das war in New York ein Begriff. Sie war die einzige Privatdetektivin, die sich rühmen konnte, noch jeden Fall aufgeklärt zu haben. Baby besaß nicht nur einen überdurchschnittlichen Verstand, sondern sah auch noch blendend aus. Die Männer waren hinter ihr her wie der Teufel hinter der Seele. Doch sie war nur auf einen Mann scharf. Auf John Cameron. Leider gab es da noch Dahlia Sayora, die Computerkatze, die John ebensogern haben wollte. Deshalb herrschte zwischen den beiden Frauen eine ständige Rivalität. Da John jedoch Diplomat war, behandelte er beide gleich. Bisher war das gutgegangen.

Baby frottierte sich ab, nahm die Badekappe vom Kopf und schüttelte ihre blonden Haare.

Dann schlüpfte sie in Slip und BH, glitt in ein rotes hauchdünnes Etwas, im Volksmund Minikleid genannt, und zog ihre Slacks an.

Baby schnappte sich ihre Handtasche, verließ die Duschkabine, da rief eine Stimme: »Telefon, Miß Jill.«

Daß man sie nie in Ruhe lassen konnte! Schließlich war es schon Abend. Sie hatte bei dem automatischen Telefonanrufbeantworter die Nummer hinterlassen, unter der sie zu erreichen war.

Der Apparat stand in einem kleinen Nebenraum.

»Jill«, meldete sie sich.

»Bis man dich mal erreicht«, hörte sie eine verzerrt klingende Stimme.

»Sonny!« rief die Privatdetektivin. »Hast du Sehnsucht nach mir? Oder etwa John?«

»John bestimmt nicht. Er ist gerade mit einer...«

»Der Schuft!« rief Baby. Sie konnte sich direkt vorstellen, wie Sonny grinste. »Da muß ich wohl direkt nach Tokio kommen.«

»Jawohl, du Schnelldenkerin. Dein Typ wird hier verlangt. Setz dich in die nächste Düse und rausch an. Ich hole dich ab, Goldkind.«

»Bin schon unterwegs!« rief Baby. »Und paß mir auf John auf.«

»Können vor Lachen«, erwiderte Sonny und hängte ein.

Auch Baby legte auf. Ihr hübsches Gesicht hatte sich verschlossen. Sie hatte ein gutes Ohr für Untertöne. Und Sonnys

Stimme hatte ziemlich ernst geklungen, das hatte sie sogar trotz der großen Entfernung feststellen können.

Anscheinend lief in Tokio doch nicht alles nach Plan.

Su lächelte. Genau wie Li. Sie hatte die gleiche aufreizende Figur, nur trug sie ein gelbes Kleid.

Die beiden waren einfach phänomenal. John hatte noch nie solch eine Ähnlichkeit gesehen. Unwillkürlich pfiff er durch die Zähne.

»Das ist Mr. Cameron«, stelle Li John vor. »Er ist ein Kavalier der alten Schule. Hat mich hierhergefahren, als ich mir meinen Knöchel verstaucht hatte.«

Su nickte lächelnd. »Bitte, nehmen Sie Platz, Mr. Cameron.«

»Warum nicht«, gab John zurück und zog sich, der japanischen Tradition folgend, die Schuhe aus.

Vor dem kleinen, rechteckigen Marmortisch lagen Sitzpolster. Auf dem Tisch standen hauchdünne Schalen, in denen heißer Tee dampfte.

Su klatschte in die Hände. Eine Dienerin betrat den Raum. Su sagte etwas auf japanisch. Wenig später brachte die Dienerin für John eine Tasse.

Die beiden Schönheiten nahmen John Cameron in die Mitte. John wußte nicht, wo er zuerst hinschauen sollte. Ihm gefielen beide. Der Tee schmeckte bitter. John trank ihn trotzdem. Er wollte seine beiden exotischen Gastgeberinnen nicht beleidigen.

»Erzählen Sie uns etwas von sich«, sagte Su und schenkte John einen heißen Blick.

John Cameron wurde der Kragen eng. Teufel, diese Girls konnten einen Mann schon verrückt machen.

»Nun, ich bin als Tourist hier«, log John und spürte, daß seine Stimme kratzte. »Ich will mir ganz einfach Tokio ansehen.«

Von der linken Seite rückte ihm Li näher auf den Pelz. »Wirklich nur Tourist, John?«

»Ja, ist das so komisch?«

»Und da steigen Sie im Hilton ab?« fragte Su. »Sie müssen über viel Geld verfügen.«

»Es geht«, gab John zu. »Aber warum wollen Sie das alles wissen?«

»Wir wollen über jeden Mann, den wir verwöhnen, alles wissen«, hauchte Li.

Ihre Schwester lächelte versonnen.

»Wie soll ich das verstehen?« fragte John.

»Ich stehe in Ihrer Schuld, John«, sagte Li und zog ihr Kleid noch ein Stück höher, so daß John wieder diesen jugendgefährdenden Anblick genießen konnte.

»Wir hier in Japan sind sehr dankbar«, fuhr Su fort. »Geben ist besser als nehmen.«

Sus warme Hand legte sich auf Johns Knie.

John Cameron überkam das berühmte Prickeln. Er trank noch einen Schluck Tee.

Wären diese beiden Perlen Amerikanerinnen gewesen, er hätte schon gewußt, was zu tun gewesen wäre.

Aber hier?

»Kommen Sie, John«, sagte Li und faßte ihn bei der Hand. »Wir haben etwas für Sie vorbereiten lassen.«

»Da bin ich gespannt.«

John Cameron ließ sich willig hochziehen. Er merkte nicht, daß Li gar nicht mehr hinkte, sondern spürte nur den Druck ihres Körpers.

Jetzt hängte sich auch Su bei John ein. Sie verließen den Raum und gingen ein paar Schritte über den Gang auf eine dunkelgebeizte Tür zu.

Die Tür war offen.

Su ging als erste in den dahinterliegenden Raum und machte Licht.

Teufel, das war eine Überraschung.

John befand sich in einem echt japanischen Badezimmer. Die Wände waren aus Pergament und mit Motiven aus der Vergangenheit des Landes bemalt. Die dünnen Holzleisten, die das Pergament zusammenhielten, waren gelb angestrichen.

In der Mitte des Raumes stand ein großer Holzbottich. Heißes Wasser, vermischt mit allerlei Kräutern und Essenzen, dampfte darin. Ein angenehmer, etwas süßlicher Geruch lag in

dem Raum. An einer Seite der Papierwand stand eine Massagebank.

John, der genug über Japan wußte, konnte sich vorstellen,
was ihn erwartete.

»Gefällt es Ihnen, John?« fragte Li.

»Aber ja doch.«

Li und Su lachten. »Bis gleich, John«, flüsterte Li. »Ich werde
dir Yumi schicken, sie wird dich baden.«

»Aber, ich . . .«

Doch John war schon allein.

Wenig später kam Yumi. Es war die Dienerin von vorhin. Sie
trug einen fast schneeweißen Kimono, hatte die Haare hochgesteckt und zu einem Knoten gebunden.

Yumi verneigte sich.

»Ich dich ausziehen«, sagte sie in holprigem Englisch.

»Muß das sein?«

Yumi lächele stereotyp und zog kurzerhand Johns Jacke aus.
Dann begann sie, sein Hemd aufzuknöpfen.

»He, ich . . .« John wollte protestieren, doch Yumi lächelte nur
und machte weiter.

Sie zog John kurzerhand das Hemd über den Kopf.

Als sie sich an seinem Gürtel zu schaffen machte, streikte
John. »Das mache ich lieber allein.«

Eine Minute später stand John im Adamskostüm vor ihr.

Yumi lächelte und verneigte sich wieder. Dann deutete sie auf
den Bottich mit der dampfenden Badeflüssigkeit.

»Ich gehe ja schon«, grinste John.

Immerhin kommt es nicht alle Tage vor, daß der Mann nackt
ist und die Frau angezogen.

John stieg in den Bottich.

Er hatte schon viele Badesalze und Essenzen kennengelernt,
aber diese Mischung hier übertraf das bisher Dagewesene.

Schon nach wenigen Sekunden merkte John, wie sein Kreislauf zu rasen begann. John hatte plötzlich das Gefühl, auf einer
Wattewolke zu schweben.

Als er einen Blick auf Yumi warf, sah er, daß sie eben den Knoten ihres Kimonogürtels löste.

John wollte etwas sagen, doch da war Yumi schon nackt.

Sie hatte einen herrlichen Körper. Die Haut schimmerte wie reife Pfirsiche. Ihre kleinen, festen Brüste waren hoch angesetzt, und die sanftgeschwungenen Hüften schienen alles zu versprechen.

Yumi griff nach einem Badeschwamm und kam immer noch lächelnd auf John zu.

Dann begann sie, Johns Rücken zu massieren. Mit gleichmäßigem Druck und Rhythmus.

Johns Herz pochte schneller. Es war nicht nur das anregende Badewasser, sondern auch Yumis Nähe.

Die Japanerin massierte jetzt Johns Brust.

»Gefällt es dem Sir?« fragte sie.

John stöhnte nur. Er hielt die Augen geschlossen.

»Sir, müssen sich hinstellen.«

Auch das tat John.

Yumi massierte seine Beine, die Oberschenkel . . .

Dann konnte sich John wieder in das Wasser setzen.

Yumi fuhr sich mit ihrer kleinen Zunge über die kirschroten Lippen. Sie verneigte sich wieder und griff nach ihrem Kimono.

Sie streifte ihn blitzschnell über und huschte aus dem Badezimmer. John erwachte wie aus einem Traum.

Ein leises Lachen klang hinter seinem Rücken auf.

»Es hat Ihnen wohl gefallen?«

John wandte sich vorsichtig um.

Die beiden Schwestern standen im Badezimmer. Sie hatten sich umgezogen. Sie trugen jetzt kostbare seidene Kimonos. Auch wieder in Rot und Geld. So konnte John die beiden wenigstens auseinanderhalten.

Li und Su stellten sich seitlich neben dem Bottich auf. Lächelnd blickten sie auf John Cameron hinab.

»Japan ist wirklich ein gastfreundliches Land«, sagte John.

»Wir waren nur dankbar«, erwiderte Li.

John ritt der Teufel. »Aber warum habt ihr mich nicht gebadet?« fragte er grinsend.

Die Gesichter der beiden Schwestern verdüsterten sich. »Wir machen uns nicht viel aus Männern«, sagte Su.

John wurde plötzlich hellhörig. »Moment mal.« Er wandte sich an Li. »Erst lassen Sie sich von mir nach Hause fahren, machen mich noch mit Ihrer Schwester bekannt, und dann . . .«

»Haben wir uns nicht dankbar gezeigt?« erkundigte sich Su. Ihre Stimme klang plötzlich anders. Härter.

John ahnte Schreckliches. Eine Falle! schoß es ihm durch den Kopf. Du Idiot hast dich in eine Falle locken lassen.

Er stützte sich mit beiden Händen auf den Rand des Bottichs und wollte hinaussteigen.

Die beiden Schwestern wichen blitzschnell zur Seite. »Zu spät, Mr. Cameron«, hörte John noch Lis Stimme.

Durch die dünnen Pergamentwände des Badezimmers hechteten zwei Männer.

John sah in ihren Händen Schwerter blitzen und wußte, daß die Chancen, hier lebend rauszukommen, verdammt gering waren . . .

John handelte reflexartig.

Er warf sich mit dem Bottich nach rechts. Das Gefäß wankte und kippte um.

Der Mann, der John von der Seite anspringen wollte, bekam den Bottich gegen die Beine.

Er schrie auf und stolperte über John hinweg. Dabei kam er seinem Kumpan in die Quere. Für Sekunden waren die beiden abgelenkt.

Die Zeit reichte John. Er hechtete zu der Massagebank, packte sie und riß sie hoch.

Gerade rechtzeitig.

Einer der Männer warf aus dem Handgelenk heraus sein Schwert. John hörte das tödliche Wurfgeschoß durch die Luft pfeifen, und dann blieb es im Holz der Massagebank stecken.

Der Mann hechtete hinter seiner Waffe her.

John donnerte ihm die Bank gegen den Schädel. Der Japaner verschwand gurgelnd unter dem Holzstück.

Sein Kumpan sprang John Cameron an. Das schmale, lange Schwert zerschnitt die Luft und stieß gegen Johns Hals.

John tauchte weg.

Die blitzende Klinge rasierte über seinen Schädel. Der Japaner, noch im vollen Schwung, bekam John Camerons Rechte genau in den Magen.

Der Schlag schleuderte den Mann gegen den auf dem Boden liegenden Bottich.

John hechtete nach dem Schwert. Ein Schlag mit der Handkante, und der Japaner ließ die Waffe los.

John packte das Schwert und kreiselte herum.

Keine Sekunde zu früh.

Der zweite Kerl hatte sich unter der Massagebank hervorgearbeitet und griff an.

Er war fast perfekt. Durch immer neue Finten drängte er John in die Defensive. Auf seinem Gesicht lag ein überhebliches Lächeln. Der Japaner wartete nur auf den Moment, John den tödlichen Stoß geben zu können.

Immer wieder sah John die Klinge vor seinen Augen aufblitzen.

Ein glühendheißer Schmerz zuckte über seine nackte Schulter. John fühlte das Blut warm an seinem Arm herunterlaufen.

Der Japaner lachte und holte zum letzten tödlichen Hieb aus.

Da warf John Cameron sich vor. Er kam um Sekundenbruchteile früher an den Mann.

Sein Kopf dröhnte in die Magengrube des Japaners. Der zum tödlichen Stoß erhobene Arm des Mannes blieb förmlich in der Luft hängen. Das Gesicht verzerrte sich, und übergroß quollen seine Augen aus den Höhlen.

Stöhnend faltete sich der Kerl zusammen. Jetzt hätte John die Chance gehabt, ihn zu töten, aber so etwas ging wider seine Natur.

Der zweite Japaner lehnte an einer noch heilen Papierwand. Seine Blicke sprühten tödlichen Haß.

John ging langsam auf ihn zu. Das Schwert hielt er vor sich.

Plötzlich glitt der Mann zur Seite. Er rollte sich gedankenschnell über den Boden, faßte in den Ausschnitt seines Hemdes... John sah etwas glitzern. Ein Messer!

Jetzt kam es nur darauf an, wer schneller war.

John warf das Schwert aus dem Handgelenk.

Und er traf.

Die Klinge bohrte sich in die Brust des Japaners. Das zum Wurf bereitgehaltene Messer fiel ihm aus der Hand. Ein schmaler Blutstreifen sickerte aus der Wunde.

Aus schreckgeweiteten Augen starrte der Japaner John Cameron an. Er seufzte noch einmal auf und fiel zusammen. John wußte, daß er hier nicht mehr helfen konnte.

Ein irrer Schrei riß John herum.

Der andere Gangster hatte sich wieder erholt. Sein Gesicht war nur noch eine Fratze. Haß sprühte aus seinen Augen.

Wie ein Tornado griff er John an. Jetzt bereute John Cameron es, ihm die Waffe nicht abgenommen zu haben.

Der Japaner führte einen wuchtigen Stoß gegen Johns Magen. John sprang hoch und spreizte die Beine.

Das Schwert zischte zwischen seinen Beinen hindurch. Der Japaner taumelte.

John, in vielen Kämpfen trainiert, warf sich noch in der Luft herum. Sein Knie traf den Japaner am Kopf.

Der Mann wankte.

John setzte nach. Seine Rechte kam aus der Schulter. Sie warf den leichtgewichtigen Gegner quer durch den Raum.

John Cameron ließ nicht locker. Wieder warf er sich vor. Doch sein Gegner war verdammt zäh.

Ein Karatetritt dröhnte John in die Hüfte. Schmerzwellen pulsten durch seinen Körper.

John Cameron sackte zusammen.

Der Japaner sah Land. Noch hatte er sein Schwert. Mit einem geschmeidigen Sprung flog er heran.

John Cameron lag noch immer auf dem Boden. Er atmete keuchend. Der höllische Tritt hatte ihm die Luft aus dem Körper gepreßt.

Der Japaner zielte auf Johns Kehle und stieß einen Kampfschrei aus.

Im selben Augenblick warf John beide Beine hoch. Sein Tritt krachte gegen die Kniescheibe des Japaners. Der Gelbe fiel zwar noch, doch die Zielrichtung seines Schwertes änderte sich um ein winziges Stück.

Dicht neben Johns Kehle drang das tödliche Instrument in den Boden.

John bekam den Japaner an der Schulter zu fassen, riß ihn herum und warf ihn zu Boden.

Der Japaner ächzte.

Und diesmal setzte John einen Karateschlag an. Er traf da, wo er treffen wollte. Bewußtlos blieb sein Gegner liegen.

Wankend kam John Cameron auf die Füße. Seine Lungen glichen einem Blasebalg. Seine Knie zitterten.

John sah sich nach seinen Kleidungsstücken um. Sie lagen in der Ecke.

Immer noch außer Atem, zog er sich an. Den bewußtlosen Japaner behielt er im Auge, um nicht unliebsam überrascht zu werden.

John schnappte sich ein Schwert und ging zur Tür.

Leise zog er sie auf.

Der Gang war leer.

John kaute auf der Unterlippe. Er mußte so schnell wie möglich aus diesem Rattennest verschwinden.

John schlüpfte durch die Tür.

Leise Schritte ließen ihn herumfahren.

Li kam den Gang entlang. Sie wollte sich wohl überzeugen, ob John tot war.

Die beiden sahen sich gleichzeitig.

Li schrie auf und warf sich herum.

John lief hinter ihr her.

Li wurde durch den Kimono im Laufen behindert. John hatte sie nach wenigen Schritten eingeholt.

Er packte die Frau an der Schulter. »So, meine kleine Killer-Geisha, jetzt wollen wir mal Fraktur reden.«

Li wand sich unter seinem Griff wie eine Schlange. »Lassen Sie mich los, Sie Stinktier, Sie ...«

Ihr Schimpfwortrepertoire war wirklich hörenswert.

John wurde es zu bunt. Er preßte Li gegen die Gangwand und hielt ihr die Schwertspitze unter die kleine Nase.

Li bekam einen steifen Hals. Sie verdrehte die Augen wie ein Frosch.

John grinste hart. »Also, Puppe, noch mal von vorn. Du zeigst mir jetzt den Weg aus diesem Irrgarten. Verstanden?«

Li nickte verschüchtert.

»Gut.« John ließ Li los.

Die Frau ging voran. Bis zur Treppe. Da wandte sie sich um.

»Wir müssen vorn durch das Lokal gehen«, sagte sie, »die Hintertür ist abgeschlossen.«

»Mir auch recht«, erwiderte John. »Komm, beeil dich.«

Li ging die Treppe hinunter. John immer zwei Stufen hinter ihr. Seine Nerven waren zum Zerreißen gespannt. Er hatte das Gefühl, die Sache war noch nicht ausgestanden.

Li hatte den ersten Treppenabsatz erreicht.

John wollte etwas sagen, da hörte er hinter sich ein hämisches Lachen.

Er wirbelte herum.

Oben auf der Treppe stand Su. In der Hand hielt sie eine Pistole. Die Mündung zeigte auf John Cameron.

»Aus dieser Entfernung treffe ich eine Fliege, Mr. Cameron«, sagte Su. »Lassen Sie das Schwert fallen!«

John gehorchte. Es war im Augenblick die beste Möglichkeit.

»Schieß ihn ab, Su!« kreischte hinter ihm Li. »Schieß ihn ab!«

Su schüttelte den Kopf. »Nein, so leicht wird Mr. Cameron nicht sterben. Für ihn haben wir etwas Besseres. — Yoto!«

Ein Gebirge von Mann erschien oben am Treppenabsatz. Als einziges Kleidungsstück trug Yoto eine glänzende Hose. Sein Körper war muskulös und mit Fett eingerieben. Er glänzte genauso wie seine Glatze.

Trotz seiner Figur kam Yoto geschmeidig die Treppe herunter.

John wich einen Schritt zurück. Er spannte die Muskeln.

Yoto bleckte die Zähne.

John warf einen Blick nach rechts. Dort stand Li. Sie hielt jetzt auch eine Pistole in der Hand.

Sie mußte sie unter ihrem Kimono verborgen gehabt haben.

Diesen winzigen Augenblick der Ablenkung nutzte Yoto.

Er schlug nur einmal zu.

John Cameron brach bewußtlos zusammen...

Als John aus seiner Bewußtlosigkeit erwachte, lag er mit Nylonseilen gefesselt auf einer Holzbank.

Johns Nacken schmerzte und war angeschwollen. Vorsichtig drehte er den Kopf.

Er sah zwei Bullaugen, durch die helles Tageslicht in den kleinen Raum strömte.

Man hat dich auf ein Schiff verfrachtet, folgerte John und versuchte sich aufzurichten.

Vergebens. Arm- und Fußfesseln waren ebenfalls durch ein dünnes Nylonseil miteinander verbunden, so daß es John unmöglich war, sich zu bewegen. Schon beim kleinsten Versuch zogen sich die Fesseln zusammen.

Wie lange John schon in der Kajüte gelegen hatte, konnte er nicht sagen. Da man ihm die Hände auf den Rücken gefesselt hatte, konnte er unmöglich auf die Uhr blicken.

John Cameron blieb still liegen. Das Blut pochte in seinen Schläfen, und kalter Schweiß lag auf der Stirn. Außer ihm schien sich wohl niemand auf dem Schiff zu befinden, denn John hörte keine Schritte oder andere Geräusche, die auf die Anwesenheit von Menschen schließen ließen. Nur die Wellen klatschten monoton gegen die Bootswand und ließen das Schiff sanft schaukeln.

John Cameron fiel in einen Dämmerschlaf.

Erst als die Tür der Kajüte aufgezogen wurde, schreckte er hoch. Su und Li kamen herein.

Sie trugen jetzt beide Hosenanzüge aus weichem Wildleder. Li in Rot und Su in Schwarz.

Die Schwestern setzten sich auf den kleinen festgeschraubten Tisch und blickten John spöttisch an.

Auf Deck hörte John Cameron Schritte. Die beiden mußten also noch Helfer haben.

Dann wurde der Motor des Bootes angelassen. Sekunden später hatte es bereits Fahrt aufgenommen.

Bis jetzt hatten die teuflischen Schwestern noch kein Wort gesprochen. Deshalb übernahm John die Initiative.

»Darf man wissen, wie es weitergehen soll, holde Schönen?« erkundigte er sich.

»Sie werden sterben«, lächelte Li und rutschte von der Tischkante.

»Sie werden von Ihrem Tod etwas haben«, erklärte Su. »Wissen Sie, weshalb wir aufs Meer fahren?«

»Keine Ahnung«, tat John unwissend, obwohl er sich genau vorstellen konnte, was die beiden beabsichtigten.

Li schüttelte vorwurfsvoll den Kopf. »Ich hätte Ihnen wirklich etwas mehr Phantasie zugetraut, Mr. Cameron. Wir werden Sie langsam, aber sicher ertränken.«

John schluckte. Die Gefühlskälte der Frauen ließ ihn schaudern.

»Was haben Sie von meinem Tod?« fragte er.

Li strahlte John fast an. Der Gedanke, ihn bald sterben zu sehen, mußte ihr wohl großes Vergnügen bereiten.

»Wir haben an sich nichts von Ihrem Tod. Wir führen nur Aufträge aus«, erklärte Li.

»Und wer ist Ihr Auftraggeber?« forschte John.

»Das, Mr. Cameron, sagen wir Ihnen nicht.«

Su nickte ihrer Schwester zu. »Wir lassen den guten John für eine Stunde allein. Er wird bestimmt noch mit sich ins reine kommen wollen. Bis bald.«

Die teuflischen Schwestern verschwanden.

John versuchte immer wieder, seine Fesseln zu lösen. Was er auch anstellte, er schaffte es nicht.

Die Stunde verging viel zu schnell. Als die Tür aufflog, kam nur Su. Allerdings hatte sie in ihrem Schlepptau drei Männer.

Drei Asiaten. Sie waren fast so breit wie groß und trugen derbe Leinenkleidung.

Einer warf sich John über die Schulter. Dann stieg er mit ihm eine Holztreppe hoch zum Deck. Dort warf er John einfach auf die Planken.

Das Boot machte kaum Fahrt. John erkannte, daß es eine Jacht war, die einmal bessere Tage gesehen hatte. Vieles war noch aus Holz und nicht wie bei modernen Booten aus Stahl.

Johns Blick glitt zwischen den Stäben der Reling hindurch aufs offene Meer. Er sah nur eine graugrüne Fläche, kein Schiff weit und breit.

Li trat John in die Seite. Dann sagte sie etwas auf japanisch. John wurde hochgerissen und auf die Füße gestellt.

John Cameron stöhnte auf. Durch die gemeine Fesselung schnitten die Nylonschnüre wie Messer in seine Haut. Der Schmerz war fürchterlich.

Einer der Männer kappte mit seinem Messer die Verbindung zwischen Johns Füßen und Händen.

Durch den plötzlichen Ruck knickte John ein. Ehe er wieder hinfallen konnte, hielten ihn zwei Männer fest.

Su trat auf ihn zu. Sie hielt einen Metallring in der Hand, an dem sich eine Öse befand.

Lächelnd klappte Su den Ring auseinander. Dann klemmte sie die beiden Hälften blitzschnell um John Camerons Hüfte und ließ sie vorn wieder zusammenschnappen.

Einer der Männer brachte ein Seil. Das zog Su durch die Öse.

John erkannte, daß das Seil zu einer kleinen Winde am Heck des Bootes gehörte.

Und jetzt wußte er auch, wie man ihn ertränken wollte.

Die beiden Schwestern lächelten John an. In ihren Augen lag ein mordgieriges Funkeln. Ja, ihnen würde Johns Tod eine sadistische Freude machen.

»Möchten Sie einen Abschiedskuß, Mr. Cameron?« höhnte Su.

John gab keine Antwort. Er sah an den beiden vorbei.

Li stampfte mit dem Fuß auf. Ihr paßte Johns Desinteresse wohl nicht. Sie rief den Männern etwas zu.

In diesem Moment wurde John gepackt und hochgehoben. Zwei Männer hielten ihn fest. Sie gingen die paar Schritte bis zur Reling und warfen John Cameron im hohen Bogen hinüber.

Das letzte, was John hörte, war das höhnische Lachen der teuflischen Schwestern . . .

»John ist verschwunden«, sagte Sonny ernst und drückte seine Zigarette im Ascher aus.

»Seit wann?« fragte Baby Jill knapp.

Sonny zuckte mit den Schultern. »Eine genaue Zeit kann ich nicht sagen. Aber er war schon vor meinem Anruf in New York weg, und das ist immerhin schon fast einen Tag her.«

Baby Jill lehnte sich in ihrem gepolsterten Stuhl zurück. Sie hatte Sonny noch nie so ernst gesehen.

Die beiden saßen im Flughafenrestaurant des Haneda Airport. Baby Jill war vor einer Viertelstunde eingetroffen. Draußen begann es zu dämmern. Sie hatte sofort nach Sonnys Anruf die nächstbeste Maschine genommen. Baby trug ein kornblumenblaues Reisekostüm, sehr mini und mit weißem, abgesetztem Kragen. Sie war die Attraktion des Restaurants. Die männlichen Besucher schienen sie fast mit ihren Blicken auszuziehen. Doch Baby kümmerte sich nicht darum. Sie hatte andere Sorgen.

»Hast du schon eine Spur?«

Sonny schüttelte den Kopf. »Kaum.«

»Was heißt das, kaum?«

Der Ober kam, und die beiden bestellten sich etwas zu trinken.

Jetzt erzählte Sonny von seinen Abenteuern. Besonderes Gewicht legte er auf die letzten Worte des Wirtes.

Baby Jill nickte. »Von diesen Ringern habe ich schon gelesen. Sumoringer nennen sie sich, wenn mich nicht alles täuscht. Es sollen übermäßig fette Kerle sein, die nur für diese Kämpfe gemästet werden.«

Der Ober brachte Sonnys Whisky. Baby hatte sich einen Martini bestellt. Sonny zahlte gleich.

Dann zog sich sein sommersprossiges Gesicht in die Breite. »Ich sehe, du bist gut informiert, Goldkind.« Sonny griff in die Jackentasche. Als er die Hand hervorzog, hielt er zwei Karten in der Hand. »Der liebe Sonny hat auch nicht geschlafen. Das sind die Eintrittskarten für heute abend im Tokio Palace. Wir werden uns die Kämpfe mal ansehen.«

»Kompliment. Die Idee hätte von mir sein können.«

Sonny trank sein Glas leer. »Wenn der Wirt nicht gekrückt hat, werden wir vielleicht noch heute abend herausbekommen, wo John steckt. Komm, Schwester, sattle die Hühner. Wir reiten nach Laramie.«

Ganz so optimistisch wie Sonny war Baby Jill allerdings nicht.

Wie eine riesige Faust schlug das kalte Wasser über John zusammen.

John sackte ab. Plötzlich spürte er einen ungeheuren Ruck an der Hüfte.

Das Seil! Oben hatten sie die Winde gestoppt.

Zum Glück hatte John Cameron die Luft angehalten. Jetzt tändelte er langsam an die Oberfläche.

Sein Kopf durchstieß das Wasser. Gierig pumpte John Luft in die Lunge.

An der Reling lehnten die beiden Schwestern. Sie amüsierten sich köstlich über Johns Bemühungen.

Das Boot nahm Fahrt auf. John hatte das Gefühl, der Ring würde seine Hüfte zusammenpressen.

Unaufhaltsam zog das Boot John Cameron mit sich. John wurde unter Wasser gedrückt. Die Nylonschnüre schnitten wie Drahtschlingen in seine Gelenke.

John geriet in das Kielwasser des Bootes. Er mußte höllisch aufpassen, um nicht von der Schiffsschraube des Bootes zermalmt zu werden.

Für Sekunden tauchte er wieder auf.

Luft!

Dann schlugen die Wellen wieder über ihm zusammen.

Wie lange konnte John Cameron dieses teuflische Spiel durchhalten?

Das Boot wurde schneller.

John hatte das Gefühl, seine Arme würden ihm vom Körper gerissen. Salzwasser drang in seine Augen, in die Nase.

Plötzlich sah John die Schiffsschraube dicht vor sich.

Die Flügel peitschten das Wasser.

War das das Ende?

Panik überfiel John Cameron.

Die Verzweiflung verlieh ihm Riesenkräfte.

John gab seinem Körper einen Schwung. Wie ein Pfeil schoß er in die Tiefe.

Über ihm rotierte die tödliche Schraube. Dann war er darunter hinweg.

John riß die Augen auf. Dicht vor sich sah er den Kiel des Bootes. Er war mit scharfkantigen Muscheln und Algen besetzt.

Eine Chance?

Konnte er die Fesseln an den Muscheln durchscheuern?

Das Blut hämmerte wie tausend Nadeln in Johns Schädel. Mein Gott, er brauchte Luft.

Verzweifelt stieß John die Hände nach vorn. Drückte die Fesseln gegen den Kiel des Bootes.

Haut ging in Fetzen. Salzwasser drang in die Wunden. John spürte den Schmerz nicht.

Konnte er es schaffen?

Nein! Schleier wallten vor seinen Augen. Die Luft reichte nicht mehr. John mußte auftauchen.

Und dann? Die Schiffsschraube! Sie würde ihn zerfetzen.

John Cameron sah keine Möglichkeit mehr.

Plötzlich gab es einen ungeheuren Ruck. John wurde herumgewirbelt, stieß mit der Schulter gegen den Kiel des Bootes, prallte ab und wurde in Richtung Oberfläche geschleudert.

Wie ein Torpedo durchstieß sein Kopf das Wasser. John Cameron riß den Mund auf.

Er keuchte, spuckte, aber er bekam Luft. Gierig pumpte er die mißhandelten Lungen voll.

In den Sekunden, die ihm blieben, warf John einen Blick auf das Schiff.

Es war weitergefahren. Das dicke Seil, an dem John festgebunden gewesen war, flatterte am Heck.

Und plötzlich wußte John Cameron, wem er seine vorläufige Rettung zu verdanken hatte.

Der Schiffsschraube. Sie hatte das Seil zerfetzt.

John tauchte wieder unter. Doch diesmal hatte er genügend

Luft in den Lungen. Er bewegte seinen Körper rhythmisch hin und her, und es gelang ihm, wieder an die Oberfläche zu kommen.

Ein eisiger Schreck fuhr ihm durch die Glieder.

Das Schiff hatte gedreht. Sie mußten an Bord bemerkt haben, was passiert war.

Nun begannen sie, ihn zu jagen.

Tränen der Wut, der Hilflosigkeit traten in Johns Augen. Mit einemmal war ihm alles egal.

Körperlich geschwächt, durch Fesseln fast bewegungsunfähig gemacht und seelisch am Ende, sah er keine Chance, den ungleichen Kampf zu gewinnen.

John mußte zwangsläufig wieder untertauchen. Er versuchte seinem Körper eine andere Richtung zu geben, wegzukommen von dem Schiff.

Luftmangel zwang ihn wieder an die Oberfläche.

Verschwommen sah John das Schiff auf sich zufahren. Er erkannte Gestalten an Deck, sah etwas blitzen...

Tack, tack, tack. Das höllische Stakkato von Maschinenpistolen drang an Johns Ohren. Vor ihm peitschten die Kugeln Fontänen aus dem Wasser.

John tauchte weg.

Wie kleine Pfeile zischten die Geschosse an ihm vorbei.

Dann war der Spuk vorüber.

John mußte wieder hoch. Wie lange konnte er dieses Spiel noch mitmachen? Einmal, zweimal?

John Cameron schnappte nach Luft. Salzwasser hatte seine Augen entzündet, sein Körper fühlte sich an wie ein Stück Blei.

Wieder raste das Schiff auf ihn zu. Und wieder hörte John das häßliche Rattern der Maschinenpistolen. Schreie drangen an sein Ohr.

John tauchte. Schon nicht mehr aus eigener Kraft. Die schwere Kleidung, die Fesselung, all dies zog ihn einfach in die Tiefe.

Über ihm stießen die Kugeln durchs Wasser. John hatte Glück. Keines der Geschosse traf.

Dann war der Spuk vorbei.

Eine völlige Gleichgültigkeit überkam John Cameron. Er wollte auf einmal nicht mehr auftauchen.

Doch John überwand den inneren Schweinehund. Noch war Leben in ihm. Und solange noch dieser Lebenswille existierte, gab er nicht auf.

John Lungen drohten zu platzen.

Wieder gelang es ihm, an die Wasseroberfläche zu kommen. Zum letztenmal...?

Angestrengt blickte der Erste Offizier des Küstenwachschiffs ›Osaka‹ durch das Fernglas.

Er sah einen Mann im Wasser treiben, der von einem Schiff aus beschossen wurde.

Der Erste Offizier fackelte nicht lange.

»Volle Kraft voraus!« befahl er. Es folgten genaue Positionsangaben.

Mit schäumender Bugwelle nahm die ›Osaka‹ Fahrt auf. Befehle hallten über das Schiff. Die beiden Flieger-MG wurden besetzt.

Innerhalb einer Minute war die fünfzehn Mann starke Besatzung auf ihren Posten.

»Drei Strich backbord!« Die Stimme des Ersten Offiziers klang fast gelassen. Er vertrat im Moment den Kapitän, der mit einem Magenleiden im Militärhospital lag.

Für den Ersten Offizier war dies eine Bewährungsprobe.

Das Schnellboot hatte schon die Hälfte der Strecke überwunden. Noch hatten die anderen nichts bemerkt.

Durch sein Glas konnte der Erste Offizier fast jede Einzelheit auf dem anderen Schiff erkennen.

Zwei Frauen waren es, die dort die Befehle erteilten. Die drei Männer standen an der Reling und hielten Maschinenpistolen in den Händen.

Jetzt hatte eine der Frauen das Schnellboot bemerkt. Sie fuchtelte mit den Händen herum und schrie etwas. Alles starrten in Richtung des Schnellbootes.

Der Erste Offizier preßte das Glas hart gegen die Augen. Er

suchte nach dem Namen des Schiffes. Ohne Erfolg. Sie mußten ihn verdeckt haben.

Das andere Boot fuhr eine Schleife und dampfte dann in Richtung Küste.

Der Erste Offizier biß die Zähne zusammen, als er sah, wie schnell der Kahn war. Er mußte mit Spezialmotoren ausgerüstet sein.

»Halbe Kraft!«

Das Schnellboot wurde langsamer.

»Rettungsringe bereithalten!«

Der Erste Offizier gab noch einige Anweisungen. Er hatte schon längst den treibenden Körper entdeckt. Plötzlich sah er auch die Fesseln.

»Boot zu Wasser lassen!« peitschte seine Stimme.

Die Winde schnurrte. Ein Rettungsboot, besetzt mit zwei Männern, erreichte die Oberfläche.

Einer der Männer packte den halbbewußtlosen John Cameron im letzten Augenblick. Gemeinsam zogen die Männer John ins Boot.

»Der ist mehr tot als lebendig«, staunte einer der Soldaten.

Sein Kamerad zuckte mit den Schultern. »Trotzdem, er hat verdammtes Glück gehabt.«

Die Halle war ein Hexenkessel.

Sonny und Baby Jill hatten sich etwas verspätet. Die Kämpfe waren schon im Gange.

Die beiden nahmen erst mal ihre Plätze ein. Sie klemmten sich zwischen eine Horde schreiender Japaner und starrten gebannt auf den Ring.

Dort tummelten sich zwei Kerle, die zusammen bestimmt sechs Zentner wogen. Sie waren bis auf eine Art Lendenschurz nackt und hatten ihre Haare kunstvoll geflochten.

»Ja, los, in die Vollen!« schrie Sonny, als sich die beiden Ringer umarmten und versuchten, sich gegenseitig aus dem kreisrunden Ring zu schieben oder zu Boden zu werfen, womit der Kampf vorbei gewesen wäre.

Die Halle tobte. Und Sonny mit.

Baby Jill knuffte Sonny in die Seite. »Hast du einen schräg, Kamerad, oder was ist los?«

Baby mußte ihre Frage zweimal wiederholen, ehe er reagierte.

»Mädchen, davon hast du keine Ahnung. Das ist irre. Das ist absolute Spitze. Das ist Kampfkraft in höchster ... Ja, gib ihm den Rest. Los, mach schon.« Sonny war wieder voll bei der Sache.

Diane Jill konnte nur mit dem Kopf schütteln.

Plötzlich sprangen die Menschen von ihren Sitzen. Auch Baby jumpte zwangsläufig hoch.

Der Kampf war entschieden. Einer der Kerle lag auf dem Boden und hatte verloren.

Neben ihr klatschte Sonny begeistert in die Hände.

Die Menschen brüllten wie verrückt. Man konnte sein eigenes Wort nicht mehr verstehen.

Nur allmählich legte sich die Begeisterung.

»Uff.« Naßgeschwitzt ließ sich Sonny wieder auf seinen Platz fallen. »Das kostet Nerven.«

Bis zum nächsten Kampf war eine Pause von zehn Minuten.

»Ob wir es jetzt mal versuchen?« schlug Baby vor.

»Einverstanden, Zuckermaus. Bis zum nächsten Kampf sind wir wieder da.«

Baby und Sonny quetschten sich durch die Zuschauer. Als sie den nächsten Aufgang erreichten, mußten sie sich erst einmal orientieren.

»Hier links runter«, sagte Baby Jill. »Dort muß die Kasse liegen.«

»Ich vertraue dir vollkommen«, grinste Sonny.

»Bleibt dir auch nichts anderes übrig.«

»Ha ha.«

Für die ganze Halle gab es nur eine Kasse. Und der Mann in dem Häuschen war vorhin nicht zu sprechen gewesen, da noch eine Menschenschlange Eintrittskarten kaufen wollte.

Jetzt lungerte nur noch ein Mann an der Kasse herum. Anscheinend war er eine Art Kontrolleur, denn er trug eine rote Mütze.

Der Kassierer in dem Glashäuschen verstaute gerade sein Geld in einer Kassette, als Baby Jill ihn ansprach. Zum Glück verstand er etwas Englisch.

Er erklärte Baby Jill mit lebhaften Worten den Weg zur Wettannahme.

Baby Jill schenkte ihm ein Lächeln und sagte zu Sonny nur: »Komm mit, Meister der Sommersprosse.«

»He, he, keine Beleidigungen!«

»Ich denke du bist stolz auf deine Schönheitsflecken.«

Sonny grinste geschmeichelt. »Bin ich auch.«

»Na, also.«

Die Wettannahme lag in einem Nebentrakt hinter einer grauen Stahltür. Von oben hörte man bereits wieder das Schreien der Menge.

»Die Kämpfe haben schon angefangen«, beschwerte sich Sonny.

Baby sah ihn nur strafend an.

Mit der Faust hämmerte sie gegen die Eisentür.

»Das haben wir doch viel einfacher«, sagte Sonny und drückte auf die Klinke.

Langsam schwang die Tür auf.

Vor ihnen lag ein schmaler Gang, dessen linke Seite zur Hälfte mit Holz und Milchglasscheiben verkleidet war. An der Decke brannte eine Neonleuchte. Eine Naturholztür stand halb offen. Dahinter waren murmelnde Stimmen zu hören.

Baby Jill und Sonny schoben sich durch die Tür. Sie standen in einem Büro. Drei Schreibtische waren vorhanden, und an ihnen saßen Männer, deren Köpfe wie auf Kommando herumruckten.

»Hier ist kein Eintritt!« sagte einer. Er sprach Englisch. Hatte die beiden wohl sofort richtig eingeschätzt.

Sonny übernahm die Initiative. Er schnappte sich einen Stuhl, setzte sich breitbeinig hin und sagte grinsend: »Einen wunderschönen guten Tag wünsche ich. Ich soll Ihnen Grüße ausrichten.«

Die drei glotzten wie Mondkälber.

Sonny Gesicht wurde noch breiter. »Von Yoto, dem Henker.«

Zack. Die Worte hatten gesessen. Drei Kinnladen klappten wie Schubladen herunter. Plötzlich sahen die Männer gar nicht mehr so friedlich aus, sondern ihre Gesichter nahmen einen lauernden, angespannten Ausdruck an.

»Was soll das heißen?« fragte der, der auch vorhin gesprochen hatte.

»Ach, Sie verstehen mich nicht?« Sonny tat erstaunt. »Dann muß ich deutlicher werden. Ihr habt einen Fehler gemacht, Jungs. Ihr hättet euch mit jedem anlegen können, nur nicht mit John Cameron & Co. Wir sind nämlich besser. Die drei Kegelbrüder, die man uns ins Hotel geschickt hat, sind ja rasiert worden, und den armen Schnapspanscher habt ihr auch umgelegt. Doch jetzt sind wir am Zug. Also, was ist mit den *Fünf Drachen*? Löst mal eure Zungen, sonst werde ich ungemütlich.«

Die drei reagierten so, wie Sonny es erwartet hatte. Einer, der dicht an der Tür saß, stieß diese mit dem Fuß zu. Dann nickte er seinen Kumpanen zu. Wie auf Kommando schraubten sie sich in die Höhe.

»Au Backe, wollt ihr denn unbedingt zum Zahnarzt?« fragte Sonny und schüttelte den Kopf.

Die Antwort bestand darin, daß zwei der Männer gedankenschnell Schnappmesser aus ihren Jackentaschen zauberten.

»Messer, Gabel, Schere . . .«, wollte Sonny noch sagen, doch da ging es schon rund.

Nicht etwa einer der Japaner übernahm die Initiative, sondern Baby Jill. Sie packte den nächstbesten Kerl, hebelte ihn über ihre Schulter, und dann krachte der Knilch mit dem Hinterkopf gegen die Schreibtischkante. Für ihn war der Käse gegessen.

Die anderen beiden waren einen Moment völlig perplex.

Das nutzte Sonny aus. Er jumpte hoch und sprang den Halunken mit beiden Beinen gegen die Brust. Sie wurden zurückgeschleudert und prallten gegen die Scheibe, die unter ihrem Gewicht klirrend zerbrach. Jetzt lagen die beiden Messerhelden auf dem Gang.

»Na, ob die wiederkommen?« grinste Sonny. »Sonst müssen wir . . .«

Sie kamen. Wie zwei Stiere, die ein rotes Tuch gesehen haben.
Baby Jill hatte schon hinter der Tür auf sie gelauert.

Sie empfing den ersten mit einem gutgezielten Karateschlag.
Daraufhin ließ dieser das Messer fallen und jaulte wie ein Straßenköter.

Seinem Kumpan warf Sonny einen Locher an den Kopf. Der
Messerschwinger kam ins Straucheln.

»Eins, zwei, drei«, sagte Sonny und zog die Rechte aus der
Hüfte hoch.

Die Kollision mit dem Kinn des Japaners war Klasse. Der
Kerl wurde nach hinten geworfen, tanzte noch einen halben
Tango in Tokio und legte sich dann seufzend auf den abgetretenen Boden.

Oben in der Kampfhalle klatschte die Menge gerade Beifall.
Sonny verbeugte sich.

Baby Jill hielt ihr Opfer im Polizeigriff und schüttelte nur den
Kopf.

»Danke, keine Blumen«, wehrte Sonny ab. »Ich bin Ovationen gewohnt.«

»Jetzt stopf mal für eine Minute dein Uhrwerk und hör dir an,
was uns unser Vogel zu singen hat.«

»Ich bin ganz Auge«, grinste Sonny.

Baby Jill hatte sich den Kerl gepackt, der Englisch sprach. Er
zappelte wie ein Fisch auf dem Trockenen und stieß Drohungen
in seiner Heimatsprache aus.

Sonny tippte ihm mit dem Zeigefinger auf den Bauchnabel.
»Nun wechsel mal den Dialekt, Freundchen. Der Onkel Sonny
möchte einiges von dir wissen. Wo zum Beispiel ist John Cameron?«

Der Japaner knurrte irgend etwas und spuckte Sonny vor die
Füße.

»Das wird die Bodenkosmetikerin aber gar nicht freuen.«
Sonny schüttelte vorwurfsvoll den Kopf. »Ich stelle dir die Frage
jetzt noch einmal. Und wenn ich dann keine Antwort...«

»Achtung, Sonny!« schrie Baby Jill in diesem Moment.
Sonny wirbelte herum.
Zu spät.

Einer der Männer war aus seiner Bewußtlosigkeit erwacht. Es war ihm gelungen, mit den Fingern eine Alarmklingel zu erreichen.

Ein nervenzerfetzender Heulton schrillte durch die Luft

»Ich würde sagen, jetzt wird's Zeit«, sagte Sonny und schlug zu.

Der Mensch, der die Frechheit besessen hatte, die Alarmklingel zu drücken, glitt zum zweitenmal ins Reich der Träume.

Baby Jill lockerte den Polizeigriff. Ein wohldosierter Karateschlag setzte auch ihren Gefangenen schachmatt.

»Weg!« schrie sie Sonny zu.

Die beiden rannten auf den Gang. Sie kamen um die berühmte Sekunde zu spät.

Denn just in diesem Augenblick walzten vier Sumoringer durch die Tür.

»Ach, du lieber mein Vater«, sagte Sonny und zog Baby Jill zurück ins Büro.

»Hast du schon mal gerungen?« erkundigte sich die Detektivin.

»Im Bett. Aber da habe ich immer gewonnen.«

»Dann brauchen wir ja keine Angst zu haben.«

John spürte, wie das scharfe Getränk in seine Lippen biß. Dann hörte er die Stimme: »Trinken Sie. Es ist amerikanischer Whisky.«

John schluckte. Die goldgelbe Flüssigkeit rann durch seine Kehle und wärmte den Magen von innen her auf.

Als die Flasche weggezogen wurde, öffnete John Cameron die Augen.

Zuerst sah er eine weiße Uniform. In dieser Uniform steckte ein kleiner, drahtiger Japaner und blickte auf John herab.

John Cameron hob den Arm. »Schätze, das war wohl in allerletzter Sekunde.«

»Das kann ich nicht abstreiten, Mister. Bald wären sie ein Fressen für die Fische geworden.«

John verzog die Mundwinkel. »Wo bin ich hier?«

»Auf einem Küstenwachboot der japanischen Marine. Ich bin Leutnant Ogoshi, der Erste Offizier.«

Ogoshi sprach ein tadelloses Englisch.

»Und mein Name ist John Cameron. Amerikaner.«

Ogoshi lächelte schmal. »Hatte ich mir fast gedacht. Nur Amerikaner machen solche Schwimmübungen.«

Der Japaner bot John eine Zigarette an. Er selbst steckte sich auch eine zwischen die Lippen.

»Sie werden verstehen, Mr. Cameron, daß ich in Anbetracht der Situation einige Fragen an Sie habe.«

John sah gedankenverloren dem Rauch nach. Er befand sich in einem winzigen Raum, an dessen Seite vier Klappbetten standen. Eine Anzahl Rohre zog sich unter der Decke her.

»Fragen Sie«, ermunterte John den Leutnant.

»Wie sind Sie in diese mißliche Lage gekommen, Mr. Cameron?«

John dachte einige Sekunden nach, bevor er antwortete. »Man hat mich kurzerhand entführt, Leutnant. Ich bin Alleinbesitzer der Cameron Electronics, einer der größten Firmen in dieser Branche. Tja, was soll ich Ihnen weiter sagen? Die Leute hatten vor, ein hohes Lösegeld zu erpressen.«

Ogoshi lächelte mitleidig. »Das kann ich nicht so recht glauben, Mr. Cameron. Wenn jemand ein Lösegeld erpressen will, läßt er das Opfer doch erst einmal am Leben. Aber Sie wollte man umbringen. Wie erklären Sie sich diesen Widerspruch?«

John rieb sich die Nase. »Tut mir leid, das kann ich Ihnen auch nicht sagen.«

John hatte keineswegs vor, dem Japaner die Wahrheit zu erzählen. Der hätte bestimmt sofort die Polizei alarmiert, und John hätte unzählige Verhöre über sich ergehen lassen müssen. Nein, die andere Lösung war schon besser.

Die Haltung des Japaners versteifte sich. »Mr. Cameron, Sie sind ab sofort unter Arrest gestellt.«

»Meinetwegen«, grinste John, »weglaufen kann ich hier ohnehin nicht.«

Leutnant Ogoshi grüßte und verschwand.

John Cameron legte sich auf den Rücken und schloß die

Augen. Er spürte, wie langsam wieder die Kraft in seinen Körper zurückkehrte. Das gleichmäßige Summen der Diesel machte ihn schläfrig. Bald darauf war John Cameron eingeschlafen.

Kommandos und Türenschlagen weckten ihn. Leutnant Ogoshi betrat die Kabine und warf John seine Sachen zu, die inzwischen getrocknet waren.

»Wir sind in zehn Minuten in Tokio«, sagte er, »ziehen Sie sich an.«

John schlüpfte in seine klammen Sachen. Zwei bewaffnete Posten holten ihn wenig später ab.

»Habt ihr aber Angst vor mir«, grinste John.

Die beiden gaben keine Antwort, sondern stiegen mit ihm an Land. Dort warteten schon drei breitschultrige Kameraden, die John in Empfang nahmen. John wurde höflich, aber nachdrücklich gebeten, in eine mit laufendem Motor wartende Limousine zu steigen.

»Ich bedanke mich«, sagte John und schlüpfte in den Fond.

Ab ging die Post. Die drei Kerle sprachen während der Fahrt kein Wort. Und da John auch keine Lust hatte zu reden, machte er ein kleines Nickerchen.

Erst als ihn sein Nebenmann in die Seite boxte, wachte er wieder auf.

»Oh, wir sind schon da?« John rieb sich die Augen. »Sieht aber gar nicht nett aus.«

Das tat es in der Tat nicht. Der Wagen hatte auf einem Hinterhof gehalten, der von Hochhäusern eingekreist war.

John mußte aussteigen.

Die drei Männer führten ihn in einen der grauen Betonklötze, fuhren mit dem Lift einige Stockwerke hoch, gingen durch mehrere Gänge und kamen schließlich in ein schmuckloses Büro, in dem ein ebenso schmuckloser Schreibtisch stand, hinter dem ein noch schmuckloserer Japaner saß.

»Ich freue mich, Sie zu sehen, Mr. Cameron«, sagte der Mann und schickte mit einer Handbewegung die drei Männer aus dem Raum. »Bitte, nehmen Sie doch Platz.« Der Mann deutete auf einen harten Holzstuhl.

»Bequem haben Sie es aber nicht«, meinte John.

Der Mann zuckte bedauernd mit den Schultern. »Was will man machen? Der Etat ist klein.«

»Gehe ich recht in der Annahme, daß ich mich bei einer Behörde befinde?« fragte John Cameron.

Der Mann hinter dem Schreibtisch nickte.

»Und gehe ich weiter recht in der Annahme, daß ich diese Behörde unter dem Oberbegriff Geheimdienst einteilen kann?«

Der Mann nickte wieder.

»Dann können Sie nur vom Kempei-tai sein, dem japanischen Geheimdienst.«

»Sie haben richtig geraten, Mr. Cameron. Und da Sie Amerikaner sind, nennen Sie mich doch einfach Miller.«

»Wie einfallsreich«, sagte John.

Sein Gegenüber sprach übrigens ein kultiviertes Oxford-Englisch. Bestimmt hatte er in Old England studiert.

Miller blätterte in einem schmalen Ordner. »John Cameron, Alleininhaber der Cameron Electronics, unverheiratet, dem schwachen Geschlecht nicht gerade abgeneigt . . .«

Der Geheimdienstmann brachte in Stichworten Johns halben Lebenslauf.

Als er fertig war, nickte John anerkennend. »Ich sehe, Sie sind gut informiert.«

Miller gestattete sich ein Lächeln. »Wir sind der beste Geheimdienst der Welt.«

»Na, na, unserer ist auch nicht ohne.«

»Lassen wir die Scherze.« Miller wurde plötzlich ernst. »Mr. Cameron, wir haben Sie schon bei Ihrer Ankunft registriert. Wir wissen natürlich auch, daß einer Ihrer Mitarbeiter in unserem Land erschossen worden ist, und uns ist ferner bekannt, daß die Kriminalistik Ihr Hobby ist. Zählen wir eins und eins zusammen. Sie wollen auf eigene Faust den Mord aufklären.«

»Sie haben richtig gezählt«, erwiderte John.

»Wissen Sie, mit wem Sie sich angelegt haben, Mr. Cameron?«

»Ja, mit den *Fünf Drachen*.«

»Dann wissen Sie auch, daß es selbst uns noch nicht gelungen ist, diese Gruppe zu zerstören.«

»Vielleicht sind Sie doch nicht der beste Geheimdienst der Welt.«

Miller verzog das Gesicht. »Ich kann Ihnen keine Vorschriften machen, Mr. Cameron. Ich kann Sie nur warnen. Verlassen Sie Japan. In Ihrem eigenen Interesse. Der Schuh, den Sie sich anziehen wollen, ist eine Nummer zu groß für Sie.«

»Jetzt will ich Ihnen mal etwas sagen, Mr. Miller oder wie Sie sonst heißen. Ich habe mir diesen Schuh immer angezogen. Ich wachse nämlich da hinein, um bei Ihrem Beispiel zu bleiben.«

Miller schüttelte den Kopf. »Sie sind ein Narr.«

»Nein, Mr. Miller. Ich bin Realist. Phil Conrad, der hier ermordet wurde, war ein Freund von mir. Und gerade deshalb lasse ich nicht locker. Wenn Ihre Polizei unfähig ist, ich werde den Mörder finden.«

»Das sind große Worte, Mr. Cameron. Die *Fünf Drachen* sind zu mächtig. Sie kommen nicht dagegen an.«

»Ich will nichts von den *Fünf Drachen*, ich will einzig und allein den Mörder von Phil Conrad.«

»Das ist das gleiche.«

»Dann habe ich eben Pech gehabt.«

Miller erhob sich hinter seinem Schreibtisch. »Wir werden Ihnen keine Steine in den Weg legen, Mr. Cameron.«

John grinste. »Das kann ich mir denken. Sollte ich wirklich einen Erfolg erringen, würden Sie sich die Lorbeeren einstecken. Habe ich recht?«

Miller lächelte hintergründig.

Wie auf Kommando erschienen wieder die drei Bullen, um John abzuholen. Er wurde sogar bis vor das Hilton gefahren.

Der Empfangschef bekam Stielaugen und wieselte auf John zu. »Mr. Cameron, man hat schon nach Ihnen gefragt.«

»Wer?«

»Ein gewisser Mister... Äh....«

»Fitzpatrick?« half John nach.

»Richtig, Sir.« Der Empfangschef war erleichtert. »Ich soll Ihnen auch noch etwas von Mr. Fitzpatrick ausrichten.«

John wurde nervös. Ihm fiel das Getue des Knaben auf den Wecker. »Sagen Sie schon.«

»Mr. Fitzpatrick hat noch ein Zimmer bestellt. Für eine Dame. Eine Miß Diane Jill.«

John schluckte. Baby Jill hier? Was sollte das denn wieder bedeuten? Plötzlich wurde ihm auch bewußt, daß er einen Tag lang überfällig gewesen war. Sicher, da hatte es Sonny mit der Angst zu tun bekommen.

Aber, verdammt noch mal, wo steckten die beiden jetzt?

Sonny schnappte sich blitzschnell einen Schreibtischstuhl und schlug ihn auf den Boden.

Danach lagen vier Stuhlbeine herum.

»Schnall dir eins, Schwester«, sagte Sonny und schlug mit seinem Stuhlbein kurz in die linke Handfläche.

»Mir bleibt auch nichts erspart«, stöhnte Baby Jill.

Die Ringer hielten sich erst gar nicht lange auf. Sie traten kurzerhand die Tür ein.

Der erste walzte ins Zimmer.

Sonny stand im toten Winkel und leckte sich schon vor lauter Vorfreude die Lippen.

Dann schlug er zu.

Es gab ein komisches Geräusch, als das Stuhlbein auf dem Schädel des Ringers landete.

Der Dicke verdrehte die Augen und platschte auf den Boden.

»Mensch, hast du 'ne weiche Birne«, sagte Sonny und holte abermals aus, um den zweiten ins Reich der Träume zu schicken.

Baby kam ihm zuvor.

Sie drosch dem Ringer das Stuhlbein gegen die Stirn. Doch der schien mehr vertragen zu können.

Er grunzte nur kurz auf und schüttelte seinen Kopf.

Pätsch! Da hatte Sonny zugeschlagen.

Diesmal langte es.

Alles war blitzschnell gegangen. Die beiden ersten lagen auf dem Boden und versperrten den Eingang.

Ihre Kumpane begriffen erst langsam, was los war. Doch dann wurden sie wütend.

Wie lebende Rammböcke stiegen sie über ihre Kumpels hinweg. Die Hände hielten sie schützend über den Köpfen.

Sonny drosch noch einmal mit dem Stuhlbein zu, traf aber nur die Schulter des ersten.

»Ich glaube, wir machen Mücke, Mädchen«, sagte Sonny. Er tänzelte ein paar Schritte zurück.

»Können vor Lachen«, erwiderte Baby und duckte sich unter den dreschflegelartigen Armen eines Ringers weg.

Sonny wich einige Schritte zurück, bis er mit dem Rücken gegen einen Schreibtisch stieß.

Einer der Ringer folgte ihm. Mit einem urigen Laut warf er sich Sonny entgegen.

Sonny wischte blitzschnell zur Seite.

Die Massen, einmal im Bewegung, konnten nicht mehr gestoppt werden. Der Dicke flog an Sonny vorbei und knallte auf den Schreibtisch, der unter dem Gewicht zusammenbrach.

»Hallo!« lachte Sonny und ließ sein Stuhlbein mal wieder in Aktion treten.

Er schlug vorsichtshalber zweimal zu. Beim ersten Schlag kam der Fettkloß noch mal hoch. Der zweite ließ ihn wieder in die Trümmer fallen. Er seufzte noch mal und trat ab.

»Wer sagt's denn«, grinste Sonny und wandte sich dem letzten Gegner zu.

Der hatte Baby Jill soeben in eine verdammt miese Lage gebracht. Baby hatte nicht aufgepaßt und war über einen der bewußtlosen Bürohengste gestolpert. Wie eine Puppe wurde sie gerade von dem Ringer hochgerissen.

Sonny sprang dem Kerl in den Nacken. Der schüttelte sich wie unter einem Ekelanfall. Sonny ließ nicht locker.

Dafür ließ der Dicke Baby Jill fallen. Die Detektivin rollte sich blitzschnell ab und war sofort wieder auf den Füßen. Ihr Stuhlbein hielt sie noch in der Hand. Sie stieß es dem Fettkloß in den Magen.

Der grunzte nur und drehte sich wie auf einem Karussell. Sonny, der ihm noch immer im Nacken hing, geriet nun in die Gewalt der Fliehkraft. Wie in einer Zentrifuge wurde er herumgeschleudert.

»Loslassen!« schrie Baby Jill.

Sonny befolgte ihren Rat, und Baby zog den Kopf ein. Zwangsläufig, denn Sonny sauste wie eine Rakete durch den Raum. Zufällig gegen einen der Ringer, der sich gerade erheben wollte. Beim Wollen blieb es. Der Sumoringer hatte durch das Drehen wohl einen leichten Schwindelanfall bekommen.

Baby trat ihm in die Kniekehlen.

Patsch! Der Dicke setzte sich auf sein Hinterteil. Dazu machte er ein saublödes Gesicht.

Sein Gesicht wurde noch blöder, als Baby ihm das Stuhlbein zu kosten gab. Und bei diesem Schlag zerbrach es. Sie brauchte es auch nicht mehr, denn der letzte der Sumoringer befand sich in anderen Welten.

»Na, sind wir denn nicht Spitze?« lobe Sonny mit leicht verdrehten Augen. Anscheinend war ihm der Raketenflug doch nicht so gut bekommen.

»Volksreden kannst du hinterher halten, Freundchen«, sagte Baby, »wir müssen jetzt abzischen.«

»Zu Befehl, Frau Feldwebel!«

Die beiden huschten aus dem Raum. Sonny guckte wieder normal. Unbehelligt gelangten sie bis an die Eisentür.

»Vorsicht ist die Mutter der Jungfrauen«, ließ Sonny sein Sprichwortrepertoire zu Wort kommen und zog die Tür erst mal einen Spalt auf.

Mit einem Auge lugte er hinaus.

Als er den Kopf zurückzog, hatte sich sein Gesicht verzogen.

»Was ist los?« schnappte Baby Jill.

»Wir scheinen sehr beliebt zu sein. Draußen wartet man auf uns.«

»Wieder diese fetten Ringer?«

»Nee. Diesmal sind es einige Kameraden mit Ballermännern.«

»Mist.«

»Da kommen wir nicht ungerupft weg.«

»Zurück und dann durchs Fenster«, schlug Baby vor.

»Wäre eine Möglichkeit.«

Die beiden liefen wieder in das Büro. Das hieß, nicht ganz. Sonny stoppte plötzlich.

Er hatte etwas entdeckt. Einen Feuermelder. Die sehen in Japan genauso aus wie in Amerika.

Sonny schlug kurzerhand die Scheibe ein und drückte auf den schwarzen Knopf.

»Die Idee könnte fast von mir sein«, sagte Baby Jill.

»Ist sie aber nicht.«

»Ich frage mich nur, warum die Kerle da draußen nicht ins Büro kommen, um nachzusehen.«

»Mal den Teufel nicht . . . Verdammt, da sind sie schon.«

Die graue Eisentür wurde mit einem Ruck aufgestoßen. Mehrere Männer quollen in den Gang. Und die waren eine Klasse brutaler als die Ringer.

Sie fragten nicht viel, sondern schossen sofort.

Sonny und Baby Jill machten sich platt wie die Flundern. Der Bleihagel jaulte über sie hinweg, riß Putz von der Wand und zertrümmerte Glasscheiben.

»Ins Büro. Schnell!« keuchte Baby Jill.

Die beiden hechteten in das Zimmer. Innerhalb von Sekunden lagen sie hinter den Schreibtischen in Deckung. Zwei waren noch heil, und sie hielten einen Teil der Kugeln auf, je nachdem, mit welchem Kaliber geschossen wurde.

»Hast du schon dein Testament gemacht?« erkundigte sich Sonny.

Baby Jill verschluckte eine Antwort, denn in diesem Moment heulten Feuerwehrsirenen auf.

Die Schießer waren einen Augenblick geschockt.

Die Sirenen wurden lauter. Bremsen kreischten. Bestimmt waren mehrere Wagen gekommen.

Kommandos schallten. Fußgetrappel drang an Sonnys Ohren.

»Hörst du das heimliche Trappeln?« rief er.

Die Gangster sahen sich ratlos an.

Schon tauchten die ersten Uniformen auf. Die Schießer ließen ihre Knarren verschwinden.

Feuerwehrleute quollen in den Raum. Stimmen schwirrten durcheinander.

Baby und Sonny verließen ihre Deckungen.

Die Männer von der Feuerwehr debattierten mit den Killern. Sie wollten wohl wissen, wer den falschen Alarm gegeben hatte.

Baby und Sonny verdrückten sich. Unbehelligt kamen sie nach draußen. Sollten die Killer den Feuerwehrleuten doch klarmachen, was es mit den sieben bewußtlosen Kerlen auf sich hatte.

Normalerweise war es draußen dunkel. Aber hier in der City von Tokio strahlten Lichter wie tausend Sonnen. Die halbe Stadt schien auf den Beinen zu sein. Auf den Straßen war es fast so voll wie in einem New Yorker Kaufhaus.

Taxis waren Mangelware.

»Dann wollen wir mal auf Schusters Rappen«, sagte Sonny und wich drei betrunkenen Touristen aus.

Sie mußten sich tatsächlich zu Fuß bis zum Hilton durchschlagen.

»Hab' ich einen Brand«, stöhnte Sonny immer wieder.

»Später, mein Sohn«, erwiderte Baby. »Erst die Arbeit, dann das Vergnügen.«

Als sie das Hilton endlich erreichten, hing Sonny fast die Zunge aus dem Hals.

Sie erkundigten sich sofort nach John Cameron.

Der Empfangschef machte ein Gesicht wie die glückliche Kuh.

»Mr. Cameron hat eine Nachricht für Sie hinterlassen, wo er zu finden ist.«

Sonny bekam einen Zettel. Darauf stand:

Bin im Kolon

»Was ist denn das schon wieder?« wunderte sich Sonny.

»Eine Bar, wenn ich helfen darf, Sir.« Der Empfangsknabe lächelte noch immer.

»Sie dürfen. Sie bekommen bald von mir ein Fleißkärtchen.« Sonny ließ den verdutzten Kerl stehen und sagte nur: »Jetzt trinke ich mir einen, und dann macht sich der liebe Jefferson Ezekiel Fitzpatrick landfein.«

Dagegen hatte sogar Baby Jill nichts einzuwenden.

John Cameron duschte erst einmal ausgiebig. Dann schlüpfte er in neue Sachen und fuhr mit dem Lift in die Hotelhalle. Beim Empfangschef hinterließ er vorsichtshalber eine Nachricht für Baby und Sonny. Dann ließ er sich ein Taxi rufen. Sein Leihporsche stand ja noch immer auf dem Hinterhof des Nachtlokals Kolon. Er wollte dem Neppschuppen einen Besuch abstatten.

Ein Boy bestellte John ein Taxi.

Der Wagen kam relativ schnell.

»Zum Kolon«, nannte John sein Fahrziel.

Der Fahrer preschte ab. Nach fünfundzwanzigminütiger Himmelfahrt durch Tokio hatten sie ihr Ziel erreicht.

Das Nachtlokal war jetzt nicht wiederzuerkennen. Eine weiß-gelbe Lichtreklame schleuderte ihre Blitze in den Himmel über Tokio. Ein Portier in dunkelblauer Uniform versuchte, Touristen in das Sündenbabel, wie er das Lokal selbst bezeichnete, zu locken.

Als John von ganz allein an ihm vorbeiging, machte er fast ein Tänzchen.

»Es wird Ihnen gefallen, Sir. Die Mädchen... Oh...«, der Schreier drehte verzückt die Augen, »... sie machen alles.«

John winkte ab und ging an dem Knaben vorbei.

Die Eingangstür, bestehend aus buntbemaltem Glas, stand offen. Zwei Grazien nahmen John in Empfang und tasteten mit Blicken seinen Körper ab. Wahrscheinlich, um irgend etwas zu entdecken, das sie an ihre Garderobe hängen konnten.

John warf ihnen einen Dollar zu. »Da, schlagt euch drum.«

Dann schob er einen Vorhang zur Seite und betrat die Bar.

Das Lokal war Klasse, das mußte man ihm lassen. Der Innenraum war in Gelb gehalten und in viele Nischen aufgeteilt. Ober in ebenfalls gelben Fracks eilten geschäftig hin und her, beladen mit schweren Silberplatten, auf denen Köstlichkeiten aus der japanischen Küche verführerisch dufteten.

John durchquerte das Lokal und nahm die Bar in Augenschein. Sie war L-förmig angelegt, und hinter ihr hantierten zwei Bardamen und ein Mixer.

Eine Bardame war rothaarig. Sie schaukelte auf John zu.

»Ich heiße Yvonne, Monsieur«, sagte sie mit französischem Akzent in der Stimme. »Was trinken Sie?«

John ließ seine Zähne blitzen und sagte: »Whisky. Ganz einfachen Whisky.«

»Wir haben Spezialgetränke.« Yvonne riskierte einen Augenaufschlag.

»Aber nicht für Vaters Sohn.«

»Bekomme ich auch etwas, großer Mann?«

John wollte es sich mit der Perle nicht verderben. »Ja.«

Yvonne strahlte. »Ich nehme einen Champagnercocktail.«

»Daß du kein Wasser trinkst, hatte ich mir fast gedacht«, knurrte John.

Yvonne kicherte und mixte ihr Getränk selbst.

John bekam seinen Whisky schon früher. Yvonne prostete John zu. Dann lehnte sie sich weit über den Bartresen, und John konnte ihr ungefähr bis zum Bauchnabel gucken.

»Na, gefalle ich dir?« schnurrte Yvonne.

Jetzt suchte John nach einer Antwort. Yvonne hatte ihre besten Jahre nämlich schon hinter sich und war etwas füllig geworden. Momentan klimperte sie immer noch mit ihren künstlichen lila Augendeckeln.

»Im Prinzip, ja«, sagte John. »Nur, weißt du, ich bin in Japan, und da dachte ich...«

»Schon klar«, winkte Yvonne ab. »Du willst 'ne Geisha auf die Matratze kriegen.«

»So schlimm ist es auch nicht«, schwächte John ab. »Du bist ja auch nicht schlecht.«

»Wirklich?«

»Ja, trink dir noch einen.«

Das munterte Yvonne auf. Während sie sich noch einen Cocktail mixte, sah sich John ein wenig um.

Immer mehr Menschen betraten das Kolon. John sah auch viele auf eine Treppe zugehen, die in die oberen Gemächer führte. Die beiden Schwestern hatte er bisher noch nicht entdeckt. Vielleicht konnte ihm Yvonne Auskunft geben.

»Wem gehört eigentlich die Bar hier?« fragte John, nachdem Yvonne einen Schluck genommen hatte.

Yvonne hustete kurz und zeigte dann ihr Gebiß. »Zwei Schwestern.«

»Oh.« John setzte einen verklärten Blick auf.

Daraufhin kicherte Yvonne wie eine Gans.

»Was gibt's da zu geiern?«

»Dein Gesicht. Hör mal, schöner Mann. Die beiden Schwestern sind nichts für dich. Es sei denn, du bist schwul, dann kämst du mit ihnen gut aus. Die beiden sind lesbisch. Aber durch und durch.«

John grinste. »Macht nichts. Ist mal was Neues.«

»Aber nicht mit denen, mon Ami.«

»Käme auf einen Versuch an. Wo kann ich die Schönen denn finden?«

Yvonne dachte zwei Sekunden nach. »Oben im Spielzimmer. Eine von ihnen hält immer die Bank.«

»Man dankt«, sagte John und zahlte großzügig.

Die Treppe war mit bunten Läufern bespannt und breit genug, um einer Kompanie Soldaten Platz zu bieten.

John stiefelte nach oben.

Ein diskret beleuchteter Gang nahm ihn auf, von dem mehrere Türen abzweigten. Diesen Teil des Hauses kannte John noch nicht. Er hatte sich auch bei seinem ersten Besuch mehr in den hinteren Räumen bewegt.

Vor einer Tür lehnte ganz auffällig-unauffällig ein halber Kleiderschrank.

Als er John sah, reckte er die Schultern wie ein Catcher. Seine Augenbrauen zogen sich leicht zusammen, und er trat John in den Weg.

»Wohin?« knurrte der halbe Kleiderschrank.

John setzte sein Strahlemannlächeln auf. »Ein Spielchen in Ehren kann niemand verwehren.«

Der Kerl überlegte erst.

John half nach. »Ich möchte spielen.«

»Sind Sie Mitglied?«

»Was nicht ist, kann noch werden.«

Der Kleiderschrank schätzte John kurz ein. Dann sagte er: »Hundert Dollar Eintritt.«

»Billig seid ihr nicht gerade«, sagte John und zückte die Brieftasche.

Er zupfte eine Note hervor und steckte sie dem Kleiderschrank in die Reverstasche.

Daraufhin hielt ihm der Kleiderschrank die Tür auf.

Ob in Nizza, Monte Carlo, New York oder Tokio: Spielzimmer sehen wohl überall gleich aus.

In diesem speziellen Fall gab es drei Roulettische, ruhige Nischen für einen harten Poker und Tische, an denen Black Jack und Faro gespielt wurde. Fehlt nur noch Skat, dachte John. Dieses Spiel hatte er mal in Germany gelernt.

Die Tische waren alle gut besetzt. Hier wurde um Summen gespielt, für die sich mancher Bausparer drei Häuser kaufen konnte.

Die Männer trugen fast alle Abendgarderobe, und die Frauen waren mit Schmuck und leichten, aber teuren Pelzen behangen. John sah Weiße und auch Asiaten.

Die Zigarettengirls waren luftig angezogen und ausschließlich Japanerinnen.

Ein kleiner Japaner mit wieselflinken Augen trat auf John zu. »Was wünschen Sie zu spielen, Sir? Die Kasse ist dort.«

Er deutete mit seinen manikürten Fingernägeln in Richtung eines Fensters, das mit einem roten Vorhang verdeckt war. Daneben war eine unauffällige Nische, und dort hockte ein Mann, der das Geld wechselte.

»Lassen Sie mir Bedenkzeit«, sagte John.

Der Japaner zog ein saures Gesicht, nickte aber.

John schlenderte durch den Raum. Die Spieler beachteten ihn nicht, um so mehr aber die Kerle, die überall verteilt standen und deren Jacken sich leicht ausbeulten.

John suchte die beiden Schwestern. Er war auf ihre Reaktion gespannt.

Nach hinten verengte sich der Raum. John sah noch einen großen Black-Jack-Tisch, der von Menschen umlagert war.

Langsam schlenderte John Cameron darauf zu. Er peilte über die Schultern von zwei nicht mehr ganz taufrischen Ladys.

Vier Spieler saßen an dem Tisch. Und eine Frau.

Es war Li. Sie trug ein weit ausgeschnittenes Kleid, und die pechschwarzen Haare fielen ihr auf die makellosen Schultern.

Li bemerkte John nicht sofort. Sie hielt die Bank und war zu sehr in ihre Aufgabe vertieft.

John wartete ab.

Es wurde um verdammt hohe Einsätze gespielt. Auf den Gesichtern der Spieler standen Schweißperlen. Es wurde nur geflüstert.

Dann war die Runde zu Ende. Die Bank hatte gewonnen. Mit einem gelassenen Lächeln sammelte Li die Chips ein.

»Ein neues Spiel?« fragte sie.

Li hob den Kopf und sah in die Runde. Und plötzlich traf ihr Blick John Cameron.

John sah das Erschrecken in ihren Augen und grinste hart.

»Damit haben Sie wohl nicht gerechnet, Li?« fragte er spöttisch.

Li erhob sich langsam aus ihrem Sessel. Sie war unter ihrer Schminke ziemlich bleich geworden.

Aus den Augenwinkeln sah John, daß sich einige der Aufpasser in Bewegung setzten.

Mit einer knappen Handbewegung machte Li ihnen klar zu verschwinden.

»Es tut mir außerordentlich leid«, sagte sie zu ihren Mitspielern. »Entschuldigen Sie mich einen Augenblick.«

Man machte ihr schweigend Platz.

Li faßte John Cameron am Arm. »Ich muß mit Ihnen reden.«

»Einverstanden.«

»Am besten redet es sich an der Bar, Mr. Cameron.«

Die kleine Bar erinnerte John an einen Halbmond. Es gab dort fast alle Getränke, und eine Bardame sorgte für das leibliche Wohl.

Li schickte sie weg. Sie ging selbst hinter die Bar und erkundigte sich: »Was möchten Sie trinken, Mr. Cameron?«

John entschied sich für Whisky. Li nahm einen trockenen Martini. John sah, daß ihre Hände beim Einschenken zitterten.

»Die Ruhigste sind Sie auch nicht«, sagte John.

»Wieso?«

»Sie zittern. In Ihrem Beruf ein gefährliches Zeichen.«

»Das ist nur vorübergehend.« Li warf ihre lackschwarzen Haare zurück.

»Cheerio, Mr. Cameron.«

Die beiden tranken sich zu. Sie belauerten sich wie zwei Raubtiere. Niemand wollte den Anfang machen.

Schließlich war es John, dem der Geduldsfaden riß. »Sie können sich denken, warum ich hergekommen bin?«

Li senkte die Augenlider. »Sicher. Ich an Ihrer Stelle hätte es nicht getan. Ich wäre so schnell wie möglich abgereist.«

»Glauben Sie nicht, daß ich Ihnen noch etwas schuldig bin?«

»Sie haben Ihr Leben, Mr. Cameron. Das Kostbarste, was es gibt.«

John lachte. »Ihre Philosophie ist gut, Li. Nur kann man sie nicht auf mich anwenden. Sie und Ihre Hintermänner haben einen Fehler gemacht. Sie haben mich unterschätzt. Ein zweites Mal wird es Ihnen kaum gelingen, mich in eine Falle zu locken.«

»Was macht Sie so sicher, Mr. Cameron?«

»Sie, Li, sind es, die mich so sicher macht. Sie werden mir nämlich einiges erzählen. Schließlich sind Sie mir was schuldig. Wo befindet sich eigentlich Ihre Schwester?«

»Die hat im Augenblick Pause, Mr. Cameron. Aber um auf den ersten Teil Ihrer Frage zurückzukommen«, Li drehte ihr Martiniglas zwischen den Fingern, »da kann und will ich Ihnen nicht helfen.«

John Gesicht wurde hart. Er umfaßte Lis Handgelenk. »Ich rate Ihnen in Ihrem eigenen Interesse, den Mund aufzumachen. Ich habe inzwischen gute Beziehungen zum Kempei-tai, und diese Leute nehmen nicht soviel Rücksicht wie ich.«

John hatte ein wenig geblufft. Doch der Bluff wirkte. Er sah, wie Li erschrak. Der Name Kempei-tai hatte auch für sie einen gefährlichen Klang.

»Geben Sie mir eine Zigarette.«

John tat ihr den Gefallen. Li rauchte hastig. Sie schien innerlich aufgewühlt wie ein Orkan zu sein.

John wartete geduldig. Schließlich drückte Li die Zigarette im Ascher aus und sah John an.

»Können Sie mir hundertprozentige Sicherheit versprechen?« fragte sie kratzig.

»Nein. Aber ich könnte Sie eventuell aus der Sache raushalten.«

Li überlegte. »Was wird mit Su?« sprach sie laut.

»Steht sie auf Ihrer Seite?«

»Ich weiß es nicht. Sie können sie ja selbst fragen. Dort kommt sie gerade.«

Die Eingangstür hatte sich geöffnet, und Su schwebte in den Raum. Sie trug einen Hauch von rosa Tüll und hatte die Haare hochgesteckt. Su lächelte und begrüßte einige Gäste.

Plötzlich fiel ihr Blick auf die Bar. Erschrecken und Erstaunen spiegelten sich in ihrem Gesicht wider. Li winkte ihr zu. Sie hatte sich auf einmal völlig verändert. Vorhin noch verschüchtert, machte sie jetzt einen äußerst selbstsicheren Eindruck.

John hatte dies natürlich bemerkt und dachte sich seinen Teil.

Su setzte sich neben John an die Bar. Sie hatte sich inzwischen wieder gefangen und steckte sich eine Zigarette zwischen die kirschroten Lippen.

John gab ihr Feuer.

Su nickte dankend. »Ich sehe, Mr. Cameron, immer noch der alte Kavalier.«

»Nicht ohne Grund, Su. Ich möchte etwas von Ihnen und Ihrer Schwester erfahren.«

Su stieß den Rauch durch die Nase aus. »Was Sie erfahren möchten, kann ich mir denken. Und ich kann Ihnen jetzt schon die Antwort geben: nein.«

Als Li diese Worte hörte, lächelte sie spöttisch.

»Können Sie sich nicht vorstellen, daß auch ich nicht lockerlasse?«

Su zuckte mit den Schultern. »Das ist Ihr Bier, Mr. Cameron. Normalerweise sollten die Warnungen, die Sie bekommen haben, genügen.«

»Ich habe schon zu Ihrer Schwester gesagt, daß ich mich nicht einschüchtern lasse.«

»Dann tragen Sie die Konsequenzen.«

»Und die wären?«

Su schüttelte vorwurfsvoll den Kopf. »Sind Sie wirklich so dumm, oder tun Sie nur so, Mr. Cameron? Sie glauben doch nicht im Ernst, daß Sie noch lebend hier herauskommen?«

»Das ist der einzige Fehler in meiner Rechnung.«

»Ein sehr schwerwiegender Fehler.« Su lachte.

John nahm einen Schluck Whisky. »Da ich ja schon so gut wie tot bin, können Sie mir wenigstens verraten, wer hinter Ihnen steht.«

»Die Masche ist zu alt, um anzukommen«, sagte Su. »Sie werden, wie man so schön sagt, dumm sterben.«

»Schade.«

»Trinken Sie Ihr Glas leer, Mr. Cameron. Die Henker warten schon. Sie haben keine Chance. Sie sind nicht einmal bewaffnet.«

Das war John tatsächlich nicht.

»Tja, da kann man wohl nichts machen.« John nahm einen letzten Schluck.

Aus den Augenwinkeln sah er, daß sich die vier Aufpasser in Richtung Bar in Bewegung setzten. Su mußte ihnen wohl ein unauffälliges Zeichen gegeben haben.

John sah in die beiden Gesichter der teuflischen Schwestern. Su blickte ihn spöttisch an. Aus Lis Mimik las er reine Schadenfreude. Sie hatte ihn vorhin zum Narren gehalten.

»Aus!« stellte Su kategorisch fest.

Noch ein paar Meter, dann hatten die Kerle die Bar erreicht. Sie wollten es unauffällig machen. Die übrigen Spieler brauchten nichts davon zu merken.

John rutschte von dem fellbespannten Hocker. Es sah so aus, als hätte er aufgegeben.

Plötzlich kreiselte John herum. Mit einem Griff packte er sich Sus Handtasche, die auf der Bar lag, riß den Verschluß auf, faßte in die Tasche, und als seine Hand wieder zum Vorschein kam, hielt sie einen doppelläufigen Derringer.

Alles war blitzschnell gegangen. Auch das Folgende ging in Sekundenschnelle.

Mit der linken Hand riß John die überraschte Su zu sich heran, legte ihr den Arm um den Hals und drückte ihr den Derringer gegen die Schläfe.

»Wenn sich die Gorillas noch einen Schritt bewegen, schieße ich!« drang Johns Stimme durch den Raum.

Die Köpfe der Menschen ruckten herum. Gebannt starrten sie auf die Szene. Einige Frauen begannen hysterisch zu schluchzen.

Die vier Rausschmeißer standen wie die Salzsäulen. Sie hatten ihre Hände halb unter den Jacketts verborgen und wagten sich nicht zu rühren.

»Zieht die Hände langsam wieder hervor und hebt sie hoch!« befahl John.

Sie gehorchten.

Dann ging John mit Su zwei Schritte zur Seite, um Li nicht im Rücken zu haben.

»Na, wie stehen meine Chancen jetzt?« erkundigte er sich spöttisch bei Su.

Als Antwort zischte sie einen Fluch durch die Zähne.

Ehe John weiter etwas unternehmen konnte, wurde ihm das Gesetz des Handelns aus der Hand genommen.

Vor der Tür gab es plötzlich einen riesigen Krach. Dumpfe Schläge dröhnten gegen das Holz, und dann flog die Tür mitsamt Aufpasser nach innen.

»Da wird doch das Schwein in der Pommes-frites-Tüte verrückt«, hörte John eine wohlbekannte Stimme.

Eine Sekunde später hechtete ein sommersprossiger Kerl in den Raum, in seinem Schlepptau ein Sexygirl, wie es nur alle zehn Jahre einmal auf die Welt kommt.

»He, Baby, he, Sonny!« rief John. »Ich glaube, wir werden noch viel Spaß bekommen.«

»Na, da brat mir doch einer 'nen Froschschenkel!« rief Sonny. »John, du alter Krippensetzer — entschuldige das Wort alter —, was machst du denn für Sachen? Drückst dem Goldkind einfach 'ne Knarre gegen die Frisur. So was.« Sonny schüttelte in gespielter Verzweiflung den Kopf.

Er tickte dem Aufpasser, der sich gerade aufrappeln wollte, noch mal kurz gegen die Schläfe und stemmte wie ein General die Arme in die Hüften.

»Gehört dieser Armleuchter zu Ihnen?« zischte Su durch die Zähne.

John gab keine Antwort. Statt dessen sagte er: »Baby, paß auf die Lady hinter der Bar auf. Könnte ja sein, daß sie plötzlich verrückt spielen will.«

»Keine Angst, Johnny-Boy. Ich werde der Katze die Krallen schon stutzen.«

Mit ein paar Sätzen huschte Baby hinter die Bar.

John hörte einen unterdrückten Aufschrei, ein klatschendes Geräusch, sah, wie Sonny breit grinste, und sagte: »Mädchen, du hast doch was bei mir gelernt.«

Die vier Aufpasser hatten sich bis jetzt noch nicht gerührt. Ihnen kam die ganze Sache wohl nicht geheuer vor. John las in ihren Augen Zweifel und Erstaunen.

»Und wie geht's weiter, großer Meister?« fragte Sonny. Dabei blickte er sich in dem Raum um, sah die Menschen, die wie angenagelt auf ihren Plätzen klebten, und rief: »Heute große Sondervorstellung.«

»Red nicht soviel, sondern nimm den Knaben die Knarren ab«, sagte John.

»Aber mit dem allergrößten . . .«

Sonny setzte sich in Bewegung.

John nahm an, daß es jetzt Ärger geben würde. Und er hatte sich nicht getäuscht.

Der Ärger kam. Aber nicht von seiten der Aufpasser, sondern von Su.

Sie trat John Cameron plötzlich mit aller Kraft auf den Fuß.

John hörte die Engel singen, lockerte zwangsläufig seinen Griff. Dadurch kam auch die Mündung des Derringers etwas aus der Richtung.

Su duckte sich blitzschnell. Sie versuchte einen Judogriff anzubringen.

Und dann überschlugen sich die Ereignisse.

John stieß Su von sich, sah, wie die vier Aufpasser zu den

Waffen greifen wollten, riß den Derringer herum und feuerte. Zweimal.

Die Kugeln trafen. Einer der Kerle sackte zu Boden. Aber noch waren die drei anderen da.

Einer hatte seinen Ballermann schon fast schußbereit.

John Cameron warf den Derringer. Die kleine Pistole traf den Kerl mitten ins Gesicht. Er taumelte und fiel nach hinten.

Dann war John am Mann. Mit einem Hechtsprung warf er sich gegen die Beine eines der Gorillas. Der Kerl kam zwar noch zum Schuß, doch die Kugel zirpte über John hinweg in die Bar.

John rollte mit seinem Gegner über den Boden. Es gelang ihm, mit der Linken die Waffenhand des Kerls zu packen.

John drückte mit aller Macht auf das Gelenk. Der Kerl stöhnte. Langsam öffneten sich seine Finger. John schnappte sich die Pistole. Er nahm sie am Lauf und schlug dem Mann den Kolben an die Schläfe.

John sprang auf die Füße. Er sah, wie Sonny soeben einen der Kerle mit einem Schlag auf den Punkt schachmatt setzte.

Blieb noch einer. Und der war gefährlich.

Der Japaner war zur Seite gehuscht, hatte die Waffe in Anschlag gebracht und wollte abdrücken.

Die volle Whiskyflasche traf ihn genau am Hinterkopf. Es gab ein dumpfes Geräusch, und der Knabe spielte nicht mehr mit.

»Wenn ich ja nicht so gut zielen könnte«, sagte Baby trocken und stand hinter der Bar wie die Sünde in Person.

»Du hast ja auch genug Zielwasser da«, bemerkte Sonny.

Dann sammelte er die Waffen der Japaner ein. Er fand auch noch zwei Messer.

»Endlich nicht mehr nackt«, sagte John und steckte eine Pistole und ein Messer ein.

Die Gäste hatten dem Kampf bisher mit schreckensstarren Gesichtern zugesehen. Jetzt löste sich allmählich die Spannung. Wild schnatterten sie durcheinander.

Sonny gab noch einige Kommentare, doch John achtete nicht weiter darauf. Ihm fiel siedend heiß ein, daß die beiden Schwestern verschwunden waren.

»Wo sind sie?« fragte Sonny.

John Jill schaltete sofort. »Verdammt, die sind in dem Trubel abgehauen. Aber lange sind sie noch nicht verschwunden. Vorhin . . .«

»Komm«, unterbrach John sie, »schnell . . .«

»Wohin?« brüllte Sonny.

»Wirst du schon sehen.«

Die drei Freunde rannten los.

Sie sahen noch soeben, wie Li den Gang entlanglief und hinter einer Tür verschwand.

Im Nu waren die drei da.

Sonny probierte die Klinke.

Natürlich zu.

»Na denn«, sagte John.

Sonny und er warfen sich gegen die Tür.

Sie krachten mitten in ein Idyll. Das Liebespärchen in dem großen Bett verkroch sich blitzschnell unter die Decke.

»Weitermachen! Keine Meldung!« mußte Sonny natürlich sagen.

John sah das offene Fenster. Er beugte sich hinaus. Eine Feuerleiter lief an der Hauswand nach unten.

Li hatte sie schon fast hinter sich gelassen.

John schwang sich hinaus.

Er nahm drei Sprossen auf einmal, knallte sich die Schienbeine wund und holte sich aufgerissene Handflächen. Doch das störte ihn nicht. Er mußte Li erwischen.

Ein gewaltiger Satz brachte ihn auf den Boden.

Ein kurzer Blick zeigte ihm, daß Baby und Sonny folgten.

John war wieder in dem Hinterhof gelandet, in dem noch immer sein geliehener Porsche parkte.

Von Li war nichts zu sehen. Sie mußte sich versteckt haben.

John schlich sich an der Hausmauer entlang.

»Hast du sie?« fragte Sonny und sprang auf den Boden.

»Noch nicht.«

In diesem Moment schrie Baby Jill auf. »Da!«

Sie stand noch auf der Feuerleiter und hatte einen besseren Überblick.

Geduckt lief Li auf die Hofeinfahrt zu.

Baby Jill war ihr am nächsten.

Sie jumpte von der Feuerleiter, fing den Aufprall mit einer eleganten Rolle vorwärts ab, war sofort wieder auf den Beinen und bekam Li an der Schulter zu fassen.

Li kreischte wie ein Papagei, als Baby Jill sie herumriß. Mit gespreizten Fingernägeln wollte sie der Detektivin das Gesicht zerkratzen.

Baby lächelte nur mitleidig. Sie fing den Angriff elegant ab, ein kurzer Ruck, und Li wand sich im Polizeigriff.

John und Sonny waren inzwischen näher gekommen. Sonny klatschte Beifall.

John faßte Li unter das Kinn und hob ihren Kopf an.

»Aus, Li«, sagte er nur.

Das Girl spuckte ihm vor die Füße.

»Wir nehmen sie mit«, sagte John.

»Nein, nicht mitnehmen.« Auf einmal konnte Li reden. »Lassen Sie mich laufen, bitte. Sie werden mich sonst töten.«

»Wer wird sie töten?« hakte John nach.

»Die *Fünf Drachen*«, schluchzte Li. »Ihr Arm reicht überallhin. Wenn Sie mich laufenlassen, kann ich sagen, ich sei Ihnen entwischt. Bitte . . .«

»Gut, wir lassen Sie laufen«, entschied John.

»Bist du denn des Wahnsinns fette Beute?« regte sich Sonny auf.

»Aber nur unter einer Bedingung.« John ließ sich durch Sonnys Gerede nicht beirren. »Sie sagen uns, wo wir die *Fünf Drachen* finden.«

»Das ist mein Tod«, flüsterte Li.

»Sie werden nicht erfahren, daß wir es von Ihnen wissen, Li.« John machte Baby ein Zeichen. Daraufhin ließ sie Li los.

Li sah John an. Tränen standen in ihren Augen, und Angst verzerrte ihr hübsches Gesicht.

Schließlich nickte sie. »Gut, Mr. Cameron. Ich werde Ihre Frage beantworten. Gehen Sie zum Tempel der Weisheit. Dort werden Sie die Lösung des Rätsels finden.«

»Ich bin anscheinend zu blöd«, stellte Sonny kategorisch fest.

»Wieso?« fragte Baby Jill.

»Nun ja, Meisterin aller Detektive. Ich verstehe die ganze Sache nicht.«

»Darüber wollen wir ja gerade reden«, mischte sich John ein. Die drei saßen an einem Tisch in der Hotelbar des Hilton. Es ging schon auf Mitternacht zu. Die Bar war gut besucht. Eine Combo spielte flotte Rhythmen, und man konnte sich trotzdem noch gut unterhalten.

John nahm einen Schluck Whisky.

»Fassen wir zusammen: Phil Conrad wird erschossen. Auf offener Straße. Der Polizei gelingt es nicht, den Mörder zu fassen. Sonny und ich fliegen daraufhin selbst nach Tokio und bekommen direkt am ersten Tag unerwünschten Besuch. Sonny kann die Kerle verfolgen, lernt den schmierigen Wirt kennen und Yoto, den Henker. Der Wirt gibt ihm dann noch, bevor er stirbt, den Tip mit den Sumoringern. Ich werde in die Falle gelockt, kann aber entkommen und treffe auf euch im Kolon. Frage: Welche Verbindung besteht zwischen den Sumoringern und den teuflischen Schwestern? Die beiden müssen doch irgendwie zu der Dachorganisation der *Fünf Drachen* gehören.«

»Du hast ein großes Wort gelassen ausgesprochen«, bemerkte Sonny. »Ich kann mir das nur so erklären. Bei den *Fünf Drachen* handelt es sich um eine Gangsterorganisation, wie wir sie aus den Staaten kennen. Und wenn man zu diesen Kameraden Kontakt aufnehmen will, geht das eben nur bei den Sumoringern.«

»Deine Meinung?« wandte sich John an Baby Jill.

»Ich gebe Sonny recht. Die drei Kassierer unten in den Büros müssen die Kontaktpersonen sein.«

»Und was spielen die beiden Puppen für eine Rolle?« fragte Sonny.

John Cameron lächelte grimmig. »Eine sehr wichtige. Sie kennen sogar das Hauptquartier der Bande, diesen bewußten Tempel.«

»Schätze, wir können den Fall morgen zu den Akten legen«, sagte Baby.

John wiegte den Kopf. »Sei nicht so voreilig. Das Ganze könnte eine Falle sein.«

»Gegenmaßnahmen?«

»Ich überlege gerade.«

»Du schaltest den Geheimdienst ein«, schlug Baby vor.

»Ich glaube, das ist gar nicht nötig.«

»Wieso, John?«

»Ich habe das unbestimmte Gefühl, daß uns die Kameraden vom Kempei-tai laufend beobachten. Ich bin nämlich eine Art goldener Köder für sie. Man hat es mir so durch die Blume gesagt.«

»Abgebrühte Säcke«, sagte Sonny. »Was die nicht geschafft haben, sollen wir...«

»Na ja, geschafft ist gut. Vielleicht spielen politische Faktoren eine Rolle. Denk mal an Watergate. Da wird auch gelogen wie gedruckt.«

»Sollen wir ihnen denn den Gefallen tun?« fragte Sonny.

»Was dachtest du denn«, erwiderte John. »Ich will Phil Conrads Mörder haben.«

»Na, dann noch mal schnell einen Schluck. Wer weiß, ob ich morgen noch dazu komme«, sagte Sonny.

»Wieso bist du auf einmal so pessimistisch? Das ist bei dir doch sonst nicht der Fall«, wunderte sich Baby Jill.

»Seitdem ich Yoto, den Henker, in Aktion gesehen habe, schöne Detektivin. Und mit ihm werden wir es bestimmt zu tun kriegen. Oder seid ihr anderer Meinung?«

Wieder saßen die fünf Männer beisammen. Und wieder dampfte bitterer Tee in den hauchdünnen Schalen.

Der Mann am Kopfende des niedrigen Tisches klatschte in die Hände. Wenig später öffnete sich lautlos eine Tür.

Su trat in den Raum. Sie verneigte sich und blieb in demütiger Haltung stehen.

Der Anführer der Gruppe blickte Su aus kalten Augen an. »John Cameron lebt noch immer«, sagte er. Seine Stimme klang wie geschliffener Stahl.

Su war blaß. In ihren Augen flackerte es unruhig. Sie hatte Angst. Sie wußte, daß sie hier vor einem Gericht stand. Sie konnte in fünf Minuten schon tot sein.

»Ich möchte eine Erklärung«, sagte der Anführer.

Die anderen Männer starrten Su schweigend an.

Su hob hilflos die Schultern. Dann erzählte sie mit stockender Stimme, wie John Cameron und seine Freunde aus dem Kolon entkommen waren.

Die Männer hörten schweigend zu. Plötzlich fragte einer: »Wo ist Li?«

Su wurde noch blasser. »Ich weiß es nicht.«

Der Anführer sprang auf. »Was soll das heißen?«

»Li ist geflohen.«

»Kann sie John Cameron in die Hände gefallen sein?« zischte der Mann, der wieder seine Goldrandbrille trug.

»Ja«, gab Su zu.

Der Japaner schluckte. Dann blickte er auf die anderen vier Männer. »Li wird reden«, sagte einer.

Das Gesicht des Anführers verzerrte sich. »Das ist nicht weiter schlimm«, flüsterte er gefährlich leise.

Die anderen blickten ihn erstaunt an.

»Wenn Li redet, wird John Cameron uns von selbst in die Arme laufen. Wir müssen ihm nur noch einen guten Empfang bereiten. — Su!«

Das Mädchen verneigte sich.

»Du hast noch mal Glück gehabt. Du kannst all deine Fehler wieder ausbügeln. Geh jetzt und warte auf mich.«

»Ja.«

Su verneigte sich nochmals und verließ den Raum.

Die anderen Männer standen auf. Sie wußten, ihre Sache lag jetzt in guten Händen.

Als der Anführer allein war, gönnte er sich erst einmal eine Zigarette. Während er rauchte, nahm in seinem Gehirn ein teuflischer Plan Gestalt an.

Dann verließ auch er den Raum.

Er ging zu Yoto, dem Henker. Ihm erklärte er seinen Plan mit aller Deutlichkeit.

Yoto nickte nur. Er hatte verstanden.

Als der Henker wieder allein war, huschte ein bösartiges Grinsen über sein Gesicht. Er ging in einen Nebenraum, wo er seine Schwerter aufbewahrte.

Er suchte ein besonders gutgeschliffenes Mordinstrument heraus.

Mit diesem Schwert würde er John Cameron den Kopf abtrennen. Doch vorher hatte er noch etwas anderes zu erledigen.

Li war von Angst besessen. Seitdem sie geredet hatte, dachte sie nur noch an eines: Flucht.

Li packte. Sie warf wahllos Kleider und Unterwäsche in den Koffer. Eine Flugkarte nach Hawaii hatte sie schon telefonisch bestellt.

Li lebte in einem kleinen Apartment in einem der neuen Hochhäuser. Neben ihr wohnte Su, aber sie war im Moment nicht da.

Unter der Matratze ihres Bettes holte Li einige Geldscheine hervor. Das war ihre eiserne Reserve.

Li sah sich noch einmal in ihrer Wohnung um.

Trauer durchflutete sie. Sie hatte an dem kleinen Apartment gehangen.

Li faßte nach dem Koffer.

Da hörte sie das Geräusch. Es war jemand an der Tür.

Li stellte den Koffer wieder ab. Gehetzt blickte sie sich um. Wollte man sie holen?

Sie hörte, wie die Eingangstür aufschlug.

Schritte näherten sich dem Wohnzimmer.

Li sah einen drohenden Schatten durch die halboffene Tür fallen.

Dann wurde die Tür ganz aufgestoßen.

Im Zimmer stand Yoto.

Das Schwert in seiner Hand blitzte.

Li wollte etwas sagen, doch die Stimme versagte. Mit einer hilflosen Bewegung hob sie den Arm.

Yoto kam näher. Schweigend. Nur seine Augen funkelten mordlüstern.

Li taumelte zurück. Bis zur Wand. Mit dem Rücken drückte sie sich dagegen. Ihre Augen flackerten. Ihre rechte Hand preßte sich auf den halbgeöffneten Mund.

Ruckartig stieß Yoto einen Sessel beiseite, der ihm im Weg stand.

Er hob den Arm mit dem Schwert.

Li sah die blitzende Klinge, erwartete jede Sekunde den tödlichen Hieb.

»Aaahhh...!«

Der gnadenlose Schlag mit dem Schwert erstickte ihren gellenden Schrei.

Yoto sah auf sein Opfer hinab. Wie im Selbstgespräch bewegten sich seine Lippen. Er hatte wieder getötet. Und das freute ihn. Nun konnte dieser John Cameron kommen...

Der Tempel der Weisheit lag in einem großen Park.

Es war neun Uhr morgens, als John Cameron die Grünanlage betrat. Baby und Sonny waren nicht mitgekommen. Sie sollten sich noch im Hintergrund halten. Das gehörte zu dem ausgearbeiteten Schlachtplan.

Es war ein schöner Sonnentag. Spaziergänger und Touristen bevölkerten die Wege. In den angelegten Teichen badeten Flamingos und andere exotische Vögel.

An den Wegkreuzungen saßen Bettler. Zerlumpte Gestalten, die jeden ansprachen. Und überall in den herrlichen Grünanlagen gab es, oft versteckt zwischen Bäumen und Gebüschen, unzählige kleine Tempel. Jeder Bau war ein Kunstwerk für sich. Die Menschen gaben sich fröhlich und unbeschwert.

Ein krasser Gegensatz zu John Camerons Stimmung. John war innerlich gespannt wie eine Stahlfeder. Er hatte sich zwei der erbeuteten Pistolen mitgenommen. Eine klebte, mit Heftpflaster angedrückt, an seiner rechten Wade. Die andere trug er in seinem Hosengürtel.

Einen zahnlosen Bettler fragte John nach dem Tempel der

Weisheit. Der Bettler zuckte nur mit den Schultern. Er konnte wohl kein Englisch.

Ein Halbwüchsiger hatte Johns Frage verstanden. Er erklärte ihm in gestenreichen Worten die Lage des Tempels.

John gab ihm zwei Dollar. Dafür hätte der Halbwüchsige alles noch dreimal erzählt.

John mußte fast noch zehn Minuten laufen, da hatte er endlich sein Ziel erreicht.

Der Tempel der Weisheit war wohl der größte innerhalb des Parks. Er war ein Kunstwerk, wie man es nur selten zu sehen bekommt. Eine breite Treppe führte zum Eingangsportal. Auf den Stufen hockten Mönche und warteten auf eine milde Gabe. Sie trugen gelbe Gewänder und waren zum Teil kahlgeschoren. Vor ihnen standen kleine Schalen, die Räucherstäbchen enthielten. Man konnte sie kaufen und im Tempel anzünden.

John ging mit einer Gruppe Touristen die Treppe hoch. Hier, zwischen schwatzenden Landsleuten, fiel er nicht auf.

In der Tempelhalle war es angenehm kühl. John erkannte an der Stirnseite eine Art Altar, hinter dem ein riesiges, mit Blattgold überzogenes Götzenbild stand.

Das Götzenbild reichte bis zur Decke. Es zeigte eine Kreuzung zwischen Mensch und Tier. John sah aus dem übergroßen Mund Dampfwolken steigen, die einen seltsam süßlichen Geruch verbreiteten. Vor dem Götzenbild knieten Mönche. Sie hatten ihre Stirn bis auf den kalten Boden gedrückt. Sie schienen die Touristen überhaupt nicht zu sehen.

John Cameron interessierten seine Landsleute auch nicht. Er sonderte sich ab und huschte in einem unbeobachteten Augenblick hinter das Götzenbild.

John suchte nach einer Tür oder einem Notausgang. Er wußte, daß er in dem zur Besichtigung freigegebenen Teil keine Spuren der Bande finden würde.

Der Raum zwischen Götzenfigur und Wand war nicht mal mannsbreit.

John wollte hier schon die Suche aufgeben, als er die Leiter entdeckte. Sie klebte an der Rückseite des Götzen, etwa zwei Yard über dem Boden.

John sprang und bekam die unterste Sprosse zu fassen. Ein Klimmzug, und er stand schon auf der zweiten Sprosse.

John stieg höher. Vorsichtig, da er befürchtete, die Sprossen würden durchbrechen. Doch sie waren aus echtem Japanstahl und hielten.

Je höher John kam, um so dunkler wurde es. Und dann hatte John Cameron das Ende der Leiter erreicht.

Vor sich sah er eine Öffnung. Auf Händen und Füßen kroch John hinein. Spinnweben fuhren über sein Gesicht. John mußte niesen.

John erkannte einen hellen Fleck. Dort mußte der Gang zu Ende sein.

Als John dann seinen Kopf aus der Öffnung steckte, sah er unter sich die amerikanischen Touristen wie Zwerge.

John peilte nach oben. Er blickte in einen tiefschwarzen Schlund. Es war das Nasenloch der Götzenfigur. John Cameron befand sich demnach in ihrem Mund.

John wunderte sich, daß dieser Götze keinen Rauch mehr ausstieß. Hatte das etwas zu bedeuten?

Er sollte es bald erfahren.

John sah, wie die Touristen den Tempel verließen. Dann wurde auch die große Eingangstür geschlossen.

John Cameron beschlich ein unbehagliches Gefühl. Es war fast totenstill in dem Tempel.

Und in diese Stille dröhnte ein Gong.

John Cameron schreckte zusammen. Zuerst geschah nichts. Doch dann erkannte John im Dämmerlicht der riesigen Halle helle Flecken.

John kniff die Augen zusammen, um besser sehen zu können.

Verdammt, es waren nichts anderes als Mönche. Ihre gelben Gewänder sahen von oben aus wie helle Flecke. In ihren Händen blitzte ab und zu etwas auf.

Waffen!

Die Jagd auf John Cameron hatte begonnen.

Du mußt so schnell wie möglich zurück, schoß es John durch den Kopf.

Während er wieder durch den Gang zur Leiter kroch, spielten

seine Gedanken Karussell. Man hat dich also hier erwartet, sagte sich John. Na ja, die Gangster waren auch nicht dumm. Sie konnten eins und eins zusammenzählen.

John hatte die Leiter erreicht. Hoffentlich hatten ihn die Mönche da oben nicht entdeckt. Denn wenn er jetzt abwärts kletterte, konnten sie ihn abschießen wie eine Tontaube.

John nahm die Sprossen, so schnell er konnte. Ab und zu warf er einen Blick nach unten. Noch waren keine Mönche zu sehen.

John Cameron kam glücklich unten an. Er war naßgeschwitzt, als er seine Pistole hervorholte und entsicherte.

Vorsichtig schlich John weiter.

Stimmen drangen an sein Ohr. John konnte nicht verstehen, was gesprochen wurde, er wußte nur, daß die Mönche verdammt nah waren.

Zu nah!

Da umrundete der erste schon die Götzenfigur. Er war wesentlich überraschter als John Cameron.

Ehe der Mönch auch nur einen Warnschrei ausstoßen konnte, schlug John zu.

Der Lauf der Pistole krachte auf den kahlen Schädel. Ohne ein Wort zu sagen, fiel der Mann auf den Boden. John steckte seine eigene Waffe wieder weg und nahm statt dessen die Maschinenpistole des Bewußtlosen. Jetzt fühlte er sich bedeutend wohler.

John Cameron peilte um die Götzenfigur.

Er sah zwei Männer in gelben Gewändern, die sich flüsternd unterhielten.

John biß sich auf die Lippen. Verdammt, ungesehen kam er an den Kerlen nicht vorbei.

Schließlich ergriff er die Initiative.

Ein Zischlaut ließ die Mönche herumfahren.

Mit weit aufgerissenen Augen starrten sie in die Mündung der Maschinenpistole.

John deutete ihnen mit einer Kopfbewegung an, zu ihm zu kommen. Die beiden Mönche hielten nur normale Pistolen in der Hand.

John dachte, sie würden aufgeben, doch er kannte ihre Mentalität nicht.

Fast gleichzeitig stießen sie gellende Warnschreie aus und rissen ihre Waffen hoch.

John mußte feuern.

Er drückte nur kurz ab. Die Maschinenpistole ratterte ihre tödliche Melodie.

Die Mönche bekamen die Kugeln voll mit. Ihre gelben Kutten färbten sich rot.

John sprang aus seiner Deckung. Er jagte noch einen kurzen Feuerstoß gegen die Decke und rannte vorwärts.

Geschrei brandete auf. Maschinenpistolen begannen zu hämmern.

Mit einem Hechtsprung lag John Cameron auf dem Boden. Über ihm sirrten die tödlichen Geschosse.

John hetzte wieder hoch. Noch halb auf den Beinen, jagte er eine Garbe aus der MPi.

Schreie zeigten ihm, daß er getroffen hatte. Zum Glück waren die Mönche im Umgang mit Waffen nicht sehr trainiert; so konnte John unverletzt Deckung hinter einer kleinen, hüfthohen Mauer nehmen.

John peilte blitzschnell die Lage. Die Mönche waren auch notdürftig in Deckung gegangen.

John wischte sich mit dem Jackenärmel den Schweiß von der Stirn. Er suchte nach einem Ausgang. Das Hauptportal war abgeschlossen. Aber verdammt, es mußte doch noch einen Notausgang geben.

Wenn John Cameron geahnt hätte, in welches Rattenloch er geraten war, dann . . .

Die Mönche begannen wieder zu schießen. John zog den Kopf ein. Steinsplitter fauchten ihm um die Ohren, doch glücklicherweise wurde er nicht einmal geritzt.

John Cameron grinste hart. Noch hatten sie ihn nicht.

Bis er hinter sich das Zischen hörte.

John fuhr herum. Ein beißendes Gas drang in seine Atemorgane. John wollte die Luft anhalten. Zu spät.

Er hatte schon zuviel von dem Zeug geschluckt.

John Cameron spürte, wie alles vor seinen Augen verschwamm. Die Maschinenpistole wurde plötzlich schwer wie Blei und fiel ihm aus den Händen.

Dann waren die Mönche da. Höhnische, haßverzerrte Gesichter starrten auf ihn herab.

John sah alles nur verschwommen. Die Gesichter schienen eins zu werden. John spürte, wie er hochgehoben wurde, wie man ihn wegtrug.

Er konnte noch denken, er bekam alles mit, und doch war er wie gelähmt. Ein teuflisches Gas.

Jemand zog ihm die Pistole aus dem Hosenbund. Die Mönche trugen John Cameron durch einen dunklen Gang.

Dann klappte eine Tür.

Danach warfen sie ihn auf den Boden. Nochmals klappte die Tür.

John Cameron war allein. Oder?

John stöhnte. Er fühlte sich wie gerädert. Minutenlang ruhte er sich aus.

Dann kehrte die Kraft wieder in seinen Körper zurück.

John setzte sich auf. Er befand sich in einem völlig kahlen Raum, in dem nur zwei dicke Kerzen brannten. Sie steckten in Eisenhaltern an der Wand.

Plötzlich hörte John hinter sich ein leises Lachen.

Mit einem Ruck wandte er sich um und... erstarrte.

John hatte ihn noch nie gesehen, doch Sonny hatte genug von ihm berichtet.

Vor John Cameron stand Yoto, der Henker...

Die drei Japaner betraten das Hilton genau um neun Uhr morgens. Sie zückten ihre Sonderausweise, und der Empfangschef stand vor Schreck bald stramm.

»Welches Zimmer hat Mr. Fitzpatrick?« fragte der mittlere.

Der Empfangsgeneral nannte hastig die Nummer.

Die drei betraten fünf Minuten später Sonnys Zimmer.

Sonny lag gerade in einem der tiefen Sessel und las den ›Playboy‹.

»Je schöner der Morgen, um so mieser die Gäste«, knurrte er. Und dann: »Raus!«

»Machen Sie keinen Ärger«, sagte der mittlere. »Mr. Fitzpatrick?«

»Wüßte nicht, was Sie das angeht, Sportsfreund. Zum letztenmal, raus, oder ich mache dir Beine. Deinen beiden Zirkusclowns natürlich auch.«

Statt einer Antwort griff der Japaner in die Tasche, holte einen Ausweis hervor und warf ihn Sonny in den Schoß.

Sonny runzelte die Stirn und faßte mit zwei Fingern nach der Cellophanhülle.

»Aha«, nickte er, »der Geheimdienst persönlich. Was verschafft mir das unangenehme Vergnügen?«

»Es geht um John Cameron.«

»Kenne ich nicht«, sagte Sonny lakonisch. »Aber vielleicht ist es 'ne neue Whiskymarke?«

»Spannen Sie unsere Geduld nicht zu sehr auf die Folter«, zischte der Sprecher. »Wir sind verärgert genug. Hier, sehen Sie sich das an.«

Wieder griff er in die Tasche und holte ein Hochglanzfoto hervor.

Sonny warf einen Blick darauf und zuckte zusammen. Verdammt, diese Schweine hatten Li umgebracht. Einfach den Kopf vom Körper abgetrennt.

Mag Li gewesen sein, wie sie wollte, dieses Ende hatte sie nicht verdient.

Sonny gab das Bild zurück. »Und was habe ich damit zu tun?«

Der Japaner, kein anderer als Miller, setzte sich. Die beiden Begleiter blieben stehen.

»Sie wollen doch, daß dieser Mann gefaßt wird, Mr. Fitzpatrick«, sagte Miller. »Und soweit wir informiert sind, kannten sowohl John Cameron als auch Sie die Ermordete.«

»Aber wir haben sie nicht umgebracht«, sagte Sonny.

»Das behauptet auch keiner. Nur könnten Sie uns auf die Spur der Bande führen, die hinter diesem bestialischen Verbrechen steckt.«

Sonny lachte. »Wie kommen Sie denn auf mich?«

Millers Augen wurden noch enger. »Hören Sie auf, uns Theater vorzuspielen. Wir sind über jeden Ihrer Schritte informiert.«

»Na, bitte. Dann wird es Ihnen ja auch nicht schwerfallen, den Mörder zu fangen.«

Miller schüttelte den Kopf. »Im Prinzip wäre das auch nicht schwer. Wir wissen sogar, wer dieses Mädchen umgebracht hat. Wir wissen auch, daß sie zu der Bande der *Fünf Drachen* gehörte. Nur kennen wir das Hauptquartier nicht. Im Gegensatz zu John Cameron.«

»Dann fragen Sie ihn doch«, grinste Sonny.

»Leider ist das nicht möglich. Irren ist menschlich, sagt ein Sprichwort. John Cameron ist uns leider durch die Lappen gegangen. Wir werden zur Beschattung demnächst bessere Leute einsetzen.«

Als Sonny Millers Gesicht sah, lachte er schadenfroh.

Der Geheimdienstmann ließ ihm eine Minute Zeit, ehe er fragte: »Also, wo ist John Cameron?«

Sonny erhob sich. »Erstens«, erklärte er, »lasse ich mir nicht drohen. Und zweitens sage ich grundsätzlich nie etwas, was ich nicht sagen will. Okay?«

Miller starrte ihn zweifelnd an.

»Es ist etwas schwer verständlich, Mister. Machen Sie sich nichts draus. Der Geheimdienst nimmt fast jeden. Auch bei uns. Es sei denn, sie haben Senkfüße. Die würden nicht in das Image...«

»Jetzt ist es genug!« schnauzte Miller. »Entweder...«

»Moment!« unterbrach ihn Sonny. »Drohen lasse ich mir nicht. Hatte ich doch schon vorhin gesagt.«

Sonny marschierte pfeifend in die Garderobe und holte sich seine Jacke vom Bügel. Die Garderobe war natürlich in diesem Hotel ein eigener Raum für sich.

Die drei Geheimdienstknaben waren noch immer verdutzt.

»Gehen wir?« fragte Sonny.

»Wohin?« Miller furchte die Stirn.

»Zu John Cameron natürlich.«

»Aber vorhin hatten Sie doch gesagt...«

»Quatsch mit Käse. Ich gehe ja zu ihm. Wenn Sie sich anschließen wollen, bitte.«

Miller holte ganz tief Luft.

Sonny verließ das Zimmer und klopfte bei Baby Jill an.

»Hallo, Goldstück!« rief er. »Fertig machen. Wir gehen zum lieben John.«

Ein Hotelgast, eine nicht mehr schlanke, schmuckbehängte Tante, schüttelte nur vorwurfsvoll den Kopf, als sie Sonny so reden hörte.

Daraufhin streckte ihr Sonny die Zunge heraus.

Zischend verschwand die Lady in ihrem Zimmer.

»Sind Sie immer so komisch?« knurrte Miller.

»Nein, nur wenn ich oben war«, grinste Sonny.

»Wo oben?«

»Mit dem Hintern unter der Decke, mein Bester.«

Zum Glück kam in diesem Moment Baby Jill, sonst hätte Miller mit Sonny noch eine Prügelei angefangen.

In der rechten Hand hielt Yoto sein Schwert. Wenn der flackernde Kerzenschein auf die Schneide fiel, blitzte sie für Sekunden gefährlich auf.

Yoto trug eine dunkle, enge Samthose. Sonst nichts. Seinen Oberkörper hatte er mit Fett eingerieben. Die Augen funkelten mordlüstern. Der Mund stand halb offen und ließ eine Reihe Zähne sehen.

Yoto stieß mit dem Absatz die schwere Tür hinter sich zu. Es gab ein dumpfes Geräusch, als sie ins Schloß fiel. Dieses Geräusch hatte für John etwas Endgültiges.

John Cameron stand langsam auf. Er war zwar noch etwas wacklig auf den Beinen, doch das legte sich rasch.

John ging so weit zurück, daß er die Wand im Rücken hatte.

Yoto glitt näher. Das kurze, scharfe Schwert lag locker in seiner riesigen Pranke. Es wirkte wie ein Spielzeug.

Plötzlich zuckte Yotos Arm vor.

John sah nur einen silbernen Blitz und hechtete zur Seite. Um Haaresbreite pfiff das Schwert über ihn hinweg.

Yoto sagte irgend etwas, und John schlug mit der Handkante zu. Direkt auf Yotos Schienbein.

Der Muskelprotz knickte leicht zusammen. Für Sekundenbruchteile verlor er die Übersicht.

John drosch ihm die Faust in den Magen. Da er jedoch noch auf dem Boden lag, hatten seine Schläge zuwenig Drive.

Yoto grunzte nur und holte mit dem Schwert aus.

Im gleichen Augenblick stieß ihm John den Kopf in den Unterleib.

Yoto taumelte.

John zog eine Rechte hoch. Es platschte, als sie gegen Yotos Brustkorb dröhnte.

Doch der Japaner stand wie ein Felsen.

John sah nur die Bewegung seines rechten Arms und huschte instinktiv zur Seite.

Nur so wurde er davor bewahrt, um einen Kopf kürzer gemacht zu werden.

Jetzt spielte Yoto seine Routine und Schnelligkeit aus. Die Hiebe, die er führte, waren kaum im Ansatz zu erkennen. John hörte nur das tödliche Instrument durch die Luft pfeifen, und lange konnte er das nicht mehr durchhalten.

Plötzlich packte Yoto das Schwert mit beiden Händen. Er holte zu einem gnadenlosen Schlag aus, um John den Schädel zu spalten.

John Cameron sammelte alle Kraft. Als das Schwert herabsauste, stieß er sich ab.

Er hörte nur ein Pfeifen. Dann sprühten Funken, als das Schwert über den Steinboden rutschte.

John war unverletzt, und Yoto taumelte.

John Cameron faltete beide Hände zusammen. Dann ließ er sie mit unheimlicher Wucht in Yotos ungeschützten Nacken krachen.

Wie ein Mehlsack schlug Yoto auf den Boden.

John dachte, er wäre fertig. Doch beim Denken blieb es. Yoto stöhnte nur kurz und stand auf einmal wieder auf den Beinen. John, selbst fertig von dem Schlag, war gar nicht dazu gekommen, ihm das Schwert abzunehmen.

Dieser Yoto war einfach nicht zu besiegen.

Schwankend stand er da. Speichel lief aus seinem Mund. Seine Augen waren hervorgequollen und blickten mordlüstern. Das Schwert blitzte nach wie vor in seiner Hand.

John wurde plötzlich klar, daß er diesen Kampf kaum gewinnen konnte.

Die Pistole! An seiner Wade. Verdammt, daß er daran nicht früher gedacht hatte!

John krempelte sich fieberhaft das Hosenbein hoch. Noch war Yoto nicht voll da.

Mit einem Ruck riß John das Pflaster ab. Dann hatte er die Pistole in der Hand.

Er richtete die Mündung sofort auf Yoto.

»Stehenbleiben!« befahl John Cameron.

Yoto sah die Pistole und schüttelte den Kopf.

John wiederholte seinen Befehl.

Yoto setzte sich in Bewegung. Wie ein Automat. Ein Mordautomat. Nichts konnte ihn aufhalten. Vielleicht eine Kugel.

Verdammt, wenn ich jetzt abdrücke, ist es Notwehr, sagte sich John Cameron. Ich habe keine andere Möglichkeit, sonst zerstückelt er mich.

Noch einmal schrie John den Henker an.

Wieder ohne Erfolg. Unbeirrt rückte Yoto auf ihn zu. Das Gesicht zur Grimasse verzerrt und bereit zu töten.

Da schoß John Cameron.

Er traf Yoto in den Arm. Doch der Henker ging weiter.

John wich zurück. Wieder drückte er ab.

Diesmal wurde Yoto von der Kugel gestoppt. John hatte ihn ins Bein geschossen. Er wollte nicht töten.

Yoto knickte ein. Er sah schrecklich aus. Das dunkelrote Blut aus der Schulterwunde lief an seinem eingefetteten Oberkörper hinab. Auch auf der Hose breitete sich ein großer Fleck aus.

Yoto fiel auf die Knie. Er stieß Flüche aus, die John nicht verstand.

»Gib auf!« sagte John Cameron nur.

Yoto schüttelte den Kopf. Unendlich langsam hob er die Hand mit dem Schwert.

»Aufhören!« schrie John ihn an.

Yoto hörte nicht. Diesmal wollte er seine tödliche Waffe schleudern.

Wieder schoß John Cameron. Die Kugel zerschmetterte Yotos Hand. Klirrend fiel das Schwert auf den Boden.

Yoto brüllte. Wahrscheinlich wurde ihm klar, daß er diese Mordhand nie mehr gebrauchen konnte.

Dann lag er auf dem Boden. Drei Kugeln im Körper und immer noch nicht besiegt. John durfte diesen Mann keinen Moment aus den Augen lassen.

Yoto rollte sich auf den Rücken. Sein ganzer Körper war blutverschmiert. Wimmernd hielt er seine zerschossene Hand. John preßte die Lippen zusammen. Yoto sollte froh sein, daß er noch lebte.

John Cameron ging zur Tür. Sie war offen.

Er schlüpfte nach draußen und befand sich in einem stockfinsteren Gang.

Ehe er sich entscheiden konnte, wohin er gehen sollte, hörte er Stimmen.

Lichtfinger blitzten durch die Dunkelheit.

John zog sich wieder zurück... Yoto war inzwischen ruhig geworden, wahrscheinlich hatte ihn eine Ohnmacht aus dem Verkehr gezogen.

John preßte sich in den toten Winkel hinter der Tür und lauschte mit angehaltenem Atem.

Er hörte Schritte.

Dann verstummten die Geräusche.

Jemand drückte die Tür auf.

Im Dämmerlicht des Raumes erkannte John einen Schatten, einen Arm, eine Schulter.

John Cameron packte zu.

Der Mann schrie überrascht auf, als John Cameron ihm blitzschnell den linken Arm um den Hals legte und ihm die Mündung der Pistole gegen die Schläfe preßte.

Vier Männer drängten sich in den Raum. Es waren Mönche, bewaffnet mit Maschinenpistolen.

Sie erstarrten fast zu Salzsäulen, als sie die Szene sahen.

»Laßt die Waffen fallen!« befahl John Cameron schneidend. Zähneknirschend gehorchten sie.

Der Mann, den John in seinem Griff hielt, wagte sich nicht zu rühren.

Er wandte nur einmal den Kopf und sah John kurz an.

John Cameron grinste hart. »Damit hatten Sie nicht gerechnet, Mr. Tagoshi, was?«

Tagoshi gab keine Antwort. Niemand anderes als der Chef der Tokio Electronics war der Mann im Hintergrund. Er war der Boß der *Fünf Drachen.*

»Sagen Sie Ihren Männern, sie sollen verschwinden«, sagte John.

Tagoshi gehorchte.

Wütend zogen sich die Mönche zurück.

»Und wie soll es weitergehen, Mr. Cameron?« fragte Tagoshi. »Sie haben noch lange nicht gewonnen.«

»Das wird sich herausstellen«, gab John kalt zurück. »Im Augenblick bin ich am Drücker.«

Tagoshi warf einen Blick auf Yoto.

»Ist er tot?«

»Nein. Ich bin kein Mörder.«

John Cameron zog Tagoshi aus dem Raum, ohne jedoch den Griff zu lockern.

Die Dunkelheit in dem Gang behagte John Cameron gar nicht. Tagoshi spürte das wohl, denn er lachte leise auf.

»Die Chancen stehen gar nicht so günstig, Cameron«, sagte er.

John gab keine Antwort. Er stieß Tagoshi das Knie in den Rücken und trieb ihn so vor sich her.

Niemand griff ihn an.

Tagoshi führte John Cameron nach rechts. Nach ungefähr zwanzig Yard erreichten sie eine Tür, die offen war.

Dahinter lag ein prachtvoll ausstaffierter Raum. Die plötzliche Helligkeit, verbreitet durch kostbare Lampen, blendete John zuerst. Doch er gewöhnte sich schnell an das Licht.

Mit einem Ruck stieß er Tagoshi in eine Ecke. Der Japaner fiel auf Hände und Füße. Er fluchte.

»Und nun werden Sie mir eine Geschichte erzählen«, sagte John Cameron.

Tagoshi rappelte sich ächzend wieder hoch. Er starrte John an, und sein Gesicht verzerrte sich zu einer höhnischen Grimasse.

»Sie sind verdammt sicher, Cameron«, zischte er.

John grinste spöttisch. »Kann ich mir auch leisten.«

»Das glaube ich kaum«, hörte John hinter sich eine weibliche Stimme. »Wenn Sie die Waffe nicht fallen lassen, sind Sie in drei Sekunden tot...«

John zuckte nicht zusammen, er erschrak auch nicht sonderlich. Er wandte nur leicht den Kopf.

»Gratuliere, Su«, sagte John spöttisch. »An Sie habe ich nicht mehr gedacht.«

Tagoshi nutzte die Gelegenheit und warf sich vorsichtshalber hinter einer Vitrine in Deckung.

»Die drei Sekunden sind um, Cameron...«

»Ja doch«, sagte John und öffnete die Finger.

Die Waffe polterte auf den Teppich. Tagoshi huschte wie ein Wiesel heran und schnappte sich die Knarre. Sein Gesicht zeigte höhnischen Triumph, als er die Waffe auf John anlegte.

»Setzen Sie sich, Cameron!« befahl Su.

»Danke.« John ließ sich auf eines der niedrigen Sitzkissen fallen.

Tagoshi zog ein Taschentuch hervor und wischte sich den Schweiß von der Stirn.

»Sie haben mir verdammt viel Ärger bereitet, Cameron«, gab er zu. »Aber das ist nun vorbei. »Die *Fünf Drachen* sind im Endeffekt doch stärker.«

John grinste schmal. »Ich sehe es ein. Darf ich denn, bevor ich mich zu meinen Ahnen begebe, noch ein paar Fragen stellen?«

Su und Tagoshi sahen sich an.

Schließlich sagte Tagoshi: »Okay, aber nur zehn Minuten.«

»Fangen wir von vorne an. Wer hat Phil Conrad erschossen?«

Tagoshi lächelte. »Das war ich. Dieser Mann ist mir so auf die Nerven gefallen, daß ich ihn einfach umlegen mußte.«

John nickte. »Aber warum das alles? Weshalb haben Sie die Organisation der *Fünf Drachen* aufgezogen? Sie können die Zeit doch nicht zurückschrauben.«

Tagoshis Gesicht verzerrte sich. In seinen Augen flackerte ein wahnsinniges Feuer. »Das sagen Sie, Cameron. Aber bei uns in Japan herrschen andere Spielregeln als bei Ihnen in den Staaten. Wir sind an Ausländern nicht interessiert, verstehen Sie? Wir brauchen kein fremdes Kapital. Wir werden schon alles selbst schaffen.«

»Aber Sie dürfen im Ausland Fuß fassen, wie?« höhnte John Cameron.

»Das ist unser gutes Recht.«

»Ha ha.«

Tagoshis Finger krampfte sich um den Abzugsbügel der Pistole.

»Wenn Sie noch mal so dreckig lachen, Cameron, pumpe ich Sie auf der Stelle voll Blei, Sie Dreckschwein.«

»Jetzt werden Sie ausfallend«, erwiderte John ruhig. »Oder zeigen Ihr wahres Gesicht. Das Gesicht eines Verbrechers. Denn das sind Sie doch, oder?«

»Leg ihn doch endlich um!« kreischte Su plötzlich

Tagoshi warf ihr einen wilden Blick zu.

Für für einen Augenblick waren die beiden abgelenkt. Und diesen Moment nutzte John.

Seine Hände lagen längst unter dem niedrigen Tisch. Jetzt rissen sie ihn hoch und schleuderten das Möbelstück gegen Tagoshi.

Der Japaner hatte mit allem gerechnet, nur nicht mit diesem Angriff. Deshalb bekam er den Tisch auch voll mit.

Tagoshi quiekte wie ein Ferkel und fiel um.

Anders Su. Sie schoß sofort.

Die Kugel versengte John fast die Haare.

Zu einem zweiten Schuß kam Su nicht mehr. Da hatte ihr John schon eine Schale mit Räucherstäbchen, die auf dem Tisch gestanden hatte, gegen den Hals geworfen.

Su taumelte, während sie ein zweites Mal schoß. Doch die Kugel fauchte in die Decke.

Dann war John bei ihr. Ein Schlag gegen den Arm prellte ihr die Waffe aus der Hand.

Hinter seinem Rücken hörte John Tagoshi schreien. Er packte Su und warf sie in seine Richtung.

»Verdammt... Ah...« Tagoshi hatte geschossen. Genau in dem Moment, als Su ihm entgegenflog.

Die Frau wurde von der Kugel regelrecht gestoppt.

Tagoshi starrte mit weit aufgerissenen Augen auf Su, die ihm langsam entgegenkippte.

John wollte die Situation ausnutzen, doch in diesem Augenblick wurde die Tür krachend aufgestoßen.

Zwei Männer mit Maschinenpistolen sprangen in den Raum. Tagoshi schrie etwas auf japanisch.

Die Männer feuerten. Kleine rote Flämmchen leckten aus den Läufen, als sie das heiße Blei auf die Reise schickten.

John Cameron hatte sich gedankenschnell hinter den Tisch gerollt.

Noch hatten die beiden Schützen die Lage nicht richtig erfaßt.

Wieder schrie Tagoshi.

Jetzt wußte John, daß es für ihn brenzlig wurde.

Er hechtete hinter dem Tisch hervor, vollführte eine Rolle vorwärts...

Keine Sekunde zu früh.

Die schweren Geschosse der Maschinenpistolen zerfetzten den Tisch.

John sprang hoch. Er versuchte an die Waffe zu kommen, die Su fallen gelassen hatte.

Da schoß Tagoshi.

Seine Kugel streifte Johns linke Schulter. Ein höllisches Brennen zog durch seinen gesamten Arm.

John Cameron ließ sich auf den Boden fallen. Er ignorierte den Schmerz.

Aus den Augenwinkeln sah er, wie die Männer mit den Maschinenpistolen in seine Richtung zielten...

In diesem Augenblick krallten sich Johns Finger um die Pistole. Trotzdem war es zu spät. Die MPi-Kugeln würden ihn gnadenlos zerfetzen.

Sonny kaute nervös auf einem Chewing-gum. Verdammt, die Warterei machte ihn wahnsinnig.

Neben ihm stand Baby Jill. Auch sie kaute. Aber nicht auf Gummi, sondern auf einem Pfefferminzbonbon. Weiß der Teufel, warum, dachte Sonny.

Dann war noch Miller da. Er hielt ein Sprechfunkgerät vor den Mund und leitete den Einsatz. Die drei hockten hinter einem Gebüsch, von wo sie den Tempel der Weisheit gut beobachten konnten.

Die Umgebung des Tempels war abgeriegelt. Jedoch unauffällig. Baby Jill sowie Sonny und die Beamten des Kempei-tai waren sicher, von den Mönchen, die vor dem Tempel saßen, noch nicht bemerkt worden zu sein. Alle waren sie mit leichten japanischen Maschinenpistolen bewaffnet.

»Wenn ich nicht gleich ein paar Bleihummeln durch die Gegend schwirren lassen kann, werde ich noch sauer und gehe allein«, nörgelte Sonny.

»Beherrschen Sie sich!« knurrte Miller.

Und vierzehn Minuten später war es dann soweit. Miller gab das Zeichen zum Einsatz.

Wie Ameisen quollen die Beamten aus den Gebüschen, verstärkt durch Tokioter Polizisten.

Die Mönche kamen gar nicht erst zu einer Gegenwehr. Sie wurden förmlich überrannt, mit Handschellen gefesselt und sofort abtransportiert.

Mit Sonny und Baby an der Spitze, drang eine Gruppe von Geheimdienstbeamten in den Tempel ein.

Blitzschnell suchten Sonnys Augen die Halle ab.

»Achtung!« schrie er und warf sich hin.

Oben von der Götzenfigur peitschte eine MPi-Garbe herunter. Miller schaffte es nicht mehr rechtzeitig. Zwei Kugeln trafen ihn im Fallen. Er stöhnte auf, als er auf den Boden prallte.

Doch jetzt zeigte Sonny, was er zu bieten hatte.

Seine Maschinenpistole spuckte heißes Blei, Auch Baby Jill mischte kräftig mit.

Während sie schossen, sprangen sie immer näher an die Götzenfigur heran.

Schließlich hatte Sonny den richtigen Schußwinkel. Er stellte die Maschinenpistole auf Einzelfeuer und visierte den Mönch an, der am besten schoß.

Fünf Sekunden später schoß der Mönch nicht mehr. Da fiel er nämlich mit einem gellenden Schrei in die Tiefe.

Sonny stellte den MPi-Hebel wieder um.

»Sonny!« gellte Babys Stimme.

Die Detektivin winkte ihm hastig zu. Sie hatte eine Tür gefunden.

Sonny robbte zu ihr hin.

Baby war schon hinter der Tür verschwunden.

Sonny hörte sie schießen. Dann ihre Stimme: »Kommt, der Weg ist frei.«

Sie befanden sich in einem Gang, der durch Fackeln erleuchtet war. Zwei Mönche lagen auf dem Boden und stöhnten. Baby hatte sie außer Gefecht gesetzt.

Gegen den Lärm in der Tempelhalle war es hier direkt totenstill.

Deshalb klangen auch die Schüsse doppelt laut.

»Das war da vorne«, sagte Baby und rannte los.

»Immer langsam mit den alten Gäulen«, schimpfte Sonny. Wetzte aber auch los.

Sie erreichten eine Tür, die einen Spalt offenstand. Wieder wurde hinter der Tür geschossen.

Die beiden blickten sich an, packten die Waffen fester.

»Jetzt!« zischte Baby.

Zwei Füße knallten gegen die Tür, stießen sie nach innen...

Baby und Sonny hechteten in den Raum.

»John!« schrie Baby Jill nur und riß die Maschinenpistole hoch...

John Cameron hörte eine Frau seinen Namen schreien, packte endlich die Pistole, und dann war die Hölle los.

Etliche Maschinenpistolensalven sägten durch den Raum. John warf sich vor, sah, daß die beiden Männer, die ihn abschießen wollten, die Waffen fallen ließen und zusammenbrachen.

Baby Jill und Sonny waren im allerletzten Augenblick gekommen.

Doch Tagoshi war noch da.

Sofort nahm John die Verfolgung auf. Er sah einen Schatten hinter einem Vorhang verschwinden.

Der Vorhang verdeckte eine Tür.

John hörte Tagoshis hastige Schritte und den keuchenden Atem.

Wie ein Blitz rannte John Cameron ihm nach. Er befand sich in einem großen Raum, in dem allerlei Trainingsgeräte für Turner und Judokas standen.

Tagoshi stürmte auf eine Eisentür zu.

Verzweifelt rüttelte er an der Klinke.

John stoppte, als er sah, daß die Tür verschlossen war.

»Geben Sie endlich auf, Tagoshi!« schrie er.

»Zur Hölle mit dir!« brüllte Tagoshi zurück und schoß.

John warf sich auf den Boden. Die Kugel pfiff über ihn hinweg. Ein schmerzhaftes Stechen zog durch seinen Arm. Der Streifschuß machte sich wieder bemerkbar.

John robbte, so schnell es ging, hinter einen großen Kasten. Vorher gab er noch einen Schnappschuß ab.

Tagoshi lachte hämisch, als er sah, daß die Kugel gegen die Eisentür prallte und als Querschläger davonjaulte.

John hörte die Schritte seines Gegners. Tagoshi suchte eine andere Deckung.

John grinste, während er den Kasten vorschob. Das schabende Geräusch irritierte Tagoshi.

Er sprang hinter einem Stapel Matten hervor und feuerte.

Die Kugel zischte schräg durch den Kasten und dann über John hinweg.

Ehe Tagoshi wieder verschwinden konnte, feuerte John

Cameron. Das heißt, er wollte es. Doch nur ein hohles Klicken war zu hören.

Verschossen!

John fluchte innerlich.

Tagoshi hatte das Geräusch natürlich gehört. Er lachte irr. Selbstsicher verließ er seine Deckung.

John glitt zur Seite. Er schlich zurück, bis er die Wand hinter sich spürte.

Nur keine Panik, sagte er sich.

»Komm raus, Cameron!« keifte Tagoshi.

Das könnte dir so passen, dachte John, als ihm eine rot-weiß lackierte Hochsprunglatte ins Auge fiel.

Vorsichtig zog John die Latte zu sich heran.

Noch wußte Tagoshi nicht genau, wo sein Gegner lag. Das war Johns Vorteil.

Der Japaner kam. Lauernd wie ein Raubtier schlich er sich an.

John wartete eiskalt ab. Seine Nerven hatten sich wieder beruhigt. Er achtete auch nicht mehr auf den Schmerz in der linken Schulter.

Über eines war er sich klar: Seine Aktion mußte blitzschnell über die Bühne gehen.

John sah Tagoshi von der Seite.

Grob geschätzt war er noch vier Yard von ihm entfernt. Tagoshi hielt seine Waffe in der Rechten. Den Zeigefinger hatte er um den Abzugsbügel gekrallt. Er war bereit, in Sekundenbruchteilen zu feuern.

John warf die Latte aus dem Handgelenk.

Wie ein Pfeil zischte sie durch die Luft und prallte gegen Tagoshis Hüfte.

Der Japaner schrie überrascht auf. Er kreiselte herum...

Zu spät für ihn.

John war da und schmetterte ihm mit einem brettharten Schlag die Pistole aus der Hand.

Ehe Tagoshi noch zu irgendeiner Gegenwehr kommen konnte, dröhnte ihm Johns Faust gegen den Kinnwinkel.

Wie vom Katapult geschleudert, flog Tagoshi zurück. Er

knallte mit dem Hinterkopf gegen die Griffstange eines Barrens, seufzte auf und blieb bewußtlos liegen.

»Das wär's, Meister«, sagte John und wischte sich den Schweiß von der Stirn.

Einige Stunden später.

Baby Jill, John Cameron und Sonny saßen in Millers Büro. Miller selbst war nicht da. Er lag schwer verletzt im Krankenhaus. Eine Kugel hatte ihn ins Bein getroffen und eine andere die Lunge gestreift.

Su war tot. Tagoshi selbst hatte sie erschossen. Sonny hatte John auch von dem brutalen Mord an Li berichtet. Ihren Mörder, Yoto, hatte man gefunden. Er lebte noch. Man würde ihn gesundpflegen und ihn dann hinrichten. Momentan lief eine große Verhaftungsaktion. Tagoshi hatte ausgepackt. Er hatte die Namen der anderen Mitglieder des Geheimklubs genannt.

Hoher Besuch hatte sich angekündigt. Der amerikanische Botschafter. Er wollte John persönlich zu dem Erfolg gratulieren. John hätte sich lieber in irgendeine Ecke verkrochen, aber dieser Pflicht konnte er nun mal nicht ausweichen.

Sonny sprang plötzlich vor.

»Von uns hat man doch gar nicht gesprochen. Ich meine von Baby und mir.«

»Wer?« wunderte sich John.

»Der Botschafter. Er wollte doch nur dich sehen. Deshalb können wir marschieren. Tokio soll ein reizendes Nachtleben haben. Nicht wahr, Schwester?«

Baby Jill nickte freudestrahlend.

Sonny faßte sie unter den Arm und zog sie in Richtung Tür.

»Bis neulich, John!« rief er noch.

»Und paß auf dich auf«, lachte Baby Jill.

Dann waren sie verschwunden, ehe John auch nur etwas antworten konnte.

Wenig später betrat ein hoher Beamter des Geheimdienstes den Raum.

Noch einmal mußte John seine Geschichte erzählen. Zum

Schluß fragte der Beamte: »Wollen Sie nicht doch eine Filiale in Tokio errichten, Mr. Cameron?«

»Muß ich Ihnen darauf eine Antwort geben?« fragte John zurück.

»Eigentlich nicht«, erwiderte der Beamte und lachte.

ENDE DER SIEBTEN STORY

Die Diplomaten-Killer

Aus der Serie
Cliff Corner

Seit einer halben Stunde kauerte ich mit schußbereiter Waffe hinter der Taurolle.

Im Osten zog wie ein goldener Schleier die Morgendämmerung auf. Eine seltsame Ruhe lag über dem Fischerhafen von Marseille. Die Fischer arbeiteten schon längst auf hoher See. Es war die Stunde zwischen Tag und Traum. Leise klatschten die Wellen gegen die Hafenmauer.

Ich verlagerte mein Gewicht auf das linke Bein. Hoffentlich ging alles schnell vorbei, ehe ich hier Wurzeln schlug. Äußerlich war ich die Ruhe selbst, doch innerlich . . . verdammt nervös.

Ich wartete. Wartete auf Roger Chekov. Doppelagent, Großspion, Nachrichtenhändler, ganz wie Sie wollen. Chekov hatte unter anderem in den Staaten Industriespionage betrieben, war aufgefallen und hatte sich nach Europa absetzen können. Hier, in Marseille, wollte er heimlich verduften. Diese Information hatten wir von einem Spitzel, der für uns tätig ist.

Der Kutter, auf dem ich hockte, trug den schönen Namen ›L'hirondelle‹ (Die Schwalbe). Hiermit wollte Roger Chekov das Weite suchen.

Ich kannte Roger Chekov. Er war ein Durchschnittstyp so um die Vierzig. Seine Agentenausbildung, das wußten wir auch, hatte er beim russischen Geheimdienst bekommen. Er war Spezialist für lautloses Töten. Sein Vater war Russe und seine Mutter Französin.

Stück für Stück wanderte der Uhrzeiger weiter. Die ersten Zweifel stiegen in mir auf. Hatte der Spitzel gelogen?

Wieder spähte ich über die Taurolle. Der Kai lag verlassen vor mir. Papierfetzen wurden vom Wind durch die Luft gewirbelt. Die ersten Sonnenstrahlen zuckten auf. Möwen kreischten. Irgendwo tönte eine Sirene. Bald würde der Hafen erwachen.

Und dann kam Roger Chekov. Er tauchte hinter einem baufälligen Lagerhaus auf.

Raubtierhaft näherte er sich dem Schiff. In der Hand hielt der Agent eine braune Diplomatentasche.

Ich lockerte, so gut es ging, meine Muskeln. Eine völlige Ruhe überkam mich.

Chekov hatte den Kutter fast erreicht. Er sah sich noch einmal um, bevor er das dicke Tau von dem Poller löste.

Ich wußte, Roger Chekov wollte das Schiff selbst steuern.

Mit einer geschmeidigen Bewegung sprang er an Deck.

Der Augenblick für mich.

Roger Chekov hatte noch nicht ganz die Balance gefunden, da war ich schon hoch.

»Aus der Traum, Chekov«, sagte ich hart.

Der Spion erstarrte. Zwei, drei Sekunden stand er bewegungslos da. Dann wandte er sich langsam und mit abgespreizten Armen in meine Richtung. Die Diplomatentasche baumelte an seiner Hand.

Ich liftete meinen .38er.

»Laß die Tasche fallen!«

Lächelnd öffnete Chekov die Finger.

Dumpf fiel die Tasche auf den Boden.

»Schieb sie zu mir.«

Auch das tat er.

»Kompliment, Corner«, grinste Chekov. »Ich habe Sie unterschätzt.«

»Ihr Pech.«

»Wie soll's weitergehen?« fragte der Agent.

»Das überlassen Sie mal mir, Chekov.«

»Wie Sie meinen, Corner. Sie sitzen ja am längeren Hebel. Doch wie wär's mit einem Angebot? Hunderttausend Dollar, und Sie lassen mich laufen. Ich werde dann natürlich nicht mehr in die Staaten zurückkehren. Niemand wird etwas davon erfahren.«

Ich lachte amüsiert auf. »Sparen Sie sich Ihren Atem, Chekov.«

»Zweihunderttausend.«

»Nein.«

Chekovs Gesicht verschloß sich. »Okay, Corner. Sie werden sehen, was Sie davon haben. Die Männer, die hinter mir stehen, verzichten nicht so leicht auf einen ihrer besten Agenten.«

Der Knabe gab ganz schön an. Dachte ich. Daß es jedoch keine Angabe war, sollte ich viel später merken.

Ich bückte mich nach der Tasche. Dabei hielt ich unverwandt die Waffe auf Chekov gerichtet.

Dann geschah das Mißgeschick. Das Schiff, nicht mehr mit dem Festland verbunden, bekam eine Querwelle gegen die Seite. Es schaukelte. Zwangsläufig zeigte meine Waffe zur Seite. Chekov nutzte eiskalt die Chance.

Ich sah die Schuhspitze, als es zu spät war.

Der .38er wurde mir hart aus der Hand geprellt und segelte ins Wasser. Gleichzeitig hechtete Chekov schon auf mich zu.

Seine Faust riß mir fast den Magen auseinander. Wie ein Brett kippte ich nach hinten, prallte mit dem Kopf gegen die Taurolle und sah Sterne.

Chekovs Hand fuhr in den Jackenausschnitt.

Diese Bewegung mobilisierte meine Lebensgeister.

Ich bekam ein herumliegendes Stück Holz zwischen die Finger, warf und traf Chekov im Gesicht.

Der Spion heulte auf. Er taumelte.

Ich hechtete vor. Genau in Chekovs Beine.

Jetzt lagen wir beide am Boden.

Doch Chekov reagierte unheimlich schnell. Ein gefährlicher Karatetritt warf mich wieder zurück.

Das Schiff schaukelte immer stärker. Beide rollten wir über Deck.

Dann hatte Chekov seine Waffe frei.

Er schoß sofort.

Und . . . daneben.

Bei diesen Schlingerbewegungen des Kutters war auch schlecht zu zielen.

Ich ließ ihn gar nicht erst dazu kommen, ein zweites Mal abzudrücken.

Mit beiden Händen bekam ich Chekovs Fuß zu fassen. Ein Drehgriff, ein Schrei, und der Gangster lag auf dem Bauch.

Ich ließ nicht los, sondern hebelte das Bein herum.

Wieder schrie Chekov auf. Er dachte nicht mehr an Gegenwehr. Seine Nackenpartie lag frei vor mir.

Ich schlug mit der Handkante zu. Roger Chekov zuckte noch mal auf und lag dann still.

Ächzend stand ich auf. So, das wäre geschafft.

Handschellen hatte ich bei mir. Sie klirrten um Chekovs Gelenke.

Während des Kampfes hatte sich das Schiff wohl fünfzig Yard von der Kaimauer entfernt.

Na ja, zur Not konnte ich den Kutter selbst steuern.

Ich manövrierte das Schiff mehr schlecht als recht an seinen Anlegeplatz, packte mir den immer noch bewußtlosen Chekov, seine Waffe, die Aktentasche und hievte alles an Land.

Dort hatten sich inzwischen einige Leute eingefunden. Feindselig starrten sie mich an.

»Holen Sie die Polizei«, sagte ich.

Einer zog ab.

Die anderen bildeten einen Halbkreis um mich. Mittlerweile war Chekov wieder aus seiner Ohnmacht erwacht. Er stieß schauerliche Flüche aus, von denen ich die Hälfte nicht verstand.

Seine Schimpfkanonade wurde durch das Eintreffen der Polizei unterbrochen.

Ich zückte meinen Sonderausweis, ausgestellt vom Deuxième Bureau, Frankreichs Geheimdienst. Sofort wurden die Kameraden freundlicher.

In meinem Schulfranzösisch erklärte ich ihnen, was sie zu tun hatten.

Danach stiegen wir alle in den altertümlichen Kastenwagen und brausten ab.

Ich hatte jetzt nur noch einen Wunsch. Schlafen, und dann zurück in die Staaten, wo mich eine gewisse Susan Taylor bestimmt schon erwartete.

Der Raum war fast quadratisch. In der Mitte stand ein Tisch. Zwei Männer saßen sich auf harten Stühlen gegenüber. Die grelle Leuchtstoffröhre an der Decke ließ ihre Gesichter fast weiß erscheinen.

Der ältere von den beiden rauchte. Eine dicke Brasil. Fast kerzengerade stieg der Rauch gegen die Decke.

»Sie haben Roger Chekov geschnappt«, sagte er mit einer Stimme, die wie brüchiges Glas klang.

Sein Gegenüber, ein hagerer Typ mit dunklen, stechenden Augen, zuckte zusammen.

»Wann? Und wo?«

»Gestern. In Frankreich. Unten in Marseille.«

Es entstand eine kurze Pause.

Nach einer Weile meinte der jüngere: »Schlecht für die Sektion S. Chekov weiß zuviel. Er ist wichtig.«

»Eben«, gab sein Gegenüber zurück.

Der ältere lehnte sich zurück. Sinnend sah er dem Rauch seiner Zigarre nach. »Wir müssen Chekov wiederhaben.«

»Aber wie?« fragte der jüngere Mann etwas spöttisch.

»Das überlasse ich Ihnen.«

Der Zigarrenraucher stand auf. Sein Gegenüber erhob sich ebenfalls.

»Noch irgendwelche Fragen?«

Der Jüngere nickte. »Wollen Sie ihn tot oder lebendig?«

»Lebendig ist er für uns wertvoller. Lassen Sie sich etwas einfallen.«

»Gut.«

Die Party in der Botschaft war an Langeweile kaum zu übertreffen.

Etwa sechzig teils wichtige, teils unwichtige Personen standen herum, hielten Sektkelche in der Hand, führten belanglose Gespräche und taten furchtbar distinguiert. Es gab an sich nur einen Lichtblick auf dieser Party.

Susan Taylor.

Susan trug ein hautenges Organzakleid, das ihren Körper wie ein Futteral umspannte und oben so weit ausgeschnitten war, daß man viel sehen und noch mehr ahnen konnte.

Deshalb auch die Anzahl Männer, die Susan wie Insekten umschwärmten.

Susan Taylor war von Myers als Aufpasserin zu dieser Party geschickt worden. Der Botschafter eines mittelamerikanischen

Staates war bedroht worden, und Susan sollte sich um seinen Schutz kümmern. Zwei Tage hatte sie diesen langweiligen Job schon ertragen müssen, und immer noch war kein Ende abzusehen.

Die Fünf-Mann-Combo, extra aus Hawaii eingeflogen, intonierte einen Blues.

Ein Mann, schon im dreifachen Twenalter, war am schnellsten.

»Darf ich Sie um diesen Tanz bitten?« fragte er mit dem harten Akzent eines Ausländers.

Susan lächelte gequält und nahm an.

Wie sie dieses blöde Getue haßte! Selten hatte sie ihren Job so verflucht wie in diesen Augenblicken.

Ihr alternder Tänzer sagte gar nichts. Er starrte nur unverwandt in Susans Ausschnitt und bekam Schluckbeschwerden. Susan hatte redlich Mühe, ihn auf Distanz zu halten. Ein befrackter Ober näherte sich den beiden. Er flüsterte Susan etwas ins Ohr.

Meine Partnerin nickte.

»Es tut mir leid«, lächelte sie, »aber ich werde am Telefon verlangt.«

Ihr Tänzer zog ein saures Gesicht und deutete eine Verbeugung an.

Der Ober führte Susan in einen Nebenraum. Auf einem weißen Chippendaletischchen stand der Apparat.

»Bitte, Miß.«

Der Ober zog sich lautlos zurück.

Susan nahm den Hörer.

»Ja?«

Keine Reaktion.

»Hallo. Melden sie sich.«

Wieder keine Antwort.

Verärgert krauste Susan die Stirn. Was sollte das?

Ein leichter Windhauch strich über ihre nackten Schultern. Instinktiv wandte sich meine Partnerin um.

Sie sah den Schatten, als es fast zu spät war.

Von der Fensterbank hechtete der Mann auf sie zu.

Susan reagierte richtig. Sie warf sich zurück, riß beide Arme hoch und stieß sie vor.

Der Unbekannte bekam ihre Hände gegen die Brust. Trotzdem landete er hart auf meiner Partnerin. Sehnige Hände tasteten nach ihrem Hals.

Susan wollte ein Knie hochreißen.

Es ging nicht. Das lange Kleid hinderte sie.

Der Mann lachte auf. Er lockerte den Griff.

Susan rollte sich herum.

Ihr Gegner schrie überrascht auf.

Susans rechter Ellenbogen dröhnte dem Kerl in die Niere. Japsend stieß er die Luft aus.

Susan Taylor kam, so schnell es das lange Kleid erlaubte, auf die Beine.

Aber auch ihr Gegner war schon wieder hoch.

Er sagte irgend etwas in einer fremden Sprache und griff gleichzeitig blitzschnell unter sein Jackett.

Susan hechtete vor. Ihr Kopf grub sich in den Bauch des Mannes. Beide wurden sie bis zur Wand zurückgeschleudert. Susan verlor dabei ihr blondes Haarteil.

Sie kümmerte sich jedoch nicht darum, sondern setzte nach. Zwei-, dreimal landete ihre Karatefaust an empfindlichen Körperstellen des Mannes. Schmerzensschreie bewiesen ihr, daß sie hart getroffen hatte.

Auf einmal rutschte ihr Gegner an der Wand zusammen. Ausgeknockt hockte er auf dem Boden. Sein Kopf pendelte hin und her.

Keuchend wischte sich Susan den Schweiß von der Stirn. Teufel, dieser Kampf hatte Kraft gekostet. Lange würde der Mann nicht bewußtlos sein. Sie mußte ihn, ehe er wieder zu sich kam, fesseln. Aber womit?

Die Gardinenschnur. Fast greifbar hing sie vor Susans Augen.

In diesem Augenblick passierte es.

Wieder hockte ein Mann auf der Fensterbank.

Susan sah es in Bruchteilen von Sekunden, sah auch die dicke, klobige Waffe ...

Ein leises ›Plopp‹ ertönte.

Susan spürte einen Stich im Oberarm, ein Brennen, und dann wurde es dunkel um sie.

Schwer fiel die SGS-Agentin Susan Taylor auf den dicken Teppich.

Eine Kuriermaschie brachte Roger Chekov und mich in die Staaten. Zielflughafen: Washington.

Chekov war wichtig. Sehr wichtig sogar. Er kannte die Geheimdienste einiger Länder in- und auswendig. Er wußte aber auch, wo in den Staaten fremde Agenten saßen.

Wir landeten pünktlich auf dem Washington National Airport.

Chekov, der während des Fluges kein Wort mit mir gewechselt hatte, sagte plötzlich: »Noch habt ihr mich nicht.«

»Abwarten«, gab ich optimistisch zurück.

Empfangen wurden wir von hohen Beamten des CIA. Sie warteten in einem kleinen Raum auf uns. Hier wurde Roger Chekov nochmals durchsucht.

Anschließend wurden wir in einen grauen Kastenwagen verfrachtet. Und ab ging die Post.

Wir stoppten vor jenem sagenhaften Gebäude, das überall in der Welt bekannt ist.

Das Pentagon.

Hier mußten wir nochmals einige Kontrollen über uns ergehen lassen.

Mich schnarrte ein schneidiger Lieutenant an. »Sie werden auf Zimmer 20 erwartet. Dritter Stock.«

Ich nickte und gondelte mit dem Lift in die besagte Etage.

Zimmer 20 war stocknüchtern eingerichtet und roch nach Bohnerwachs.

Nicht nach Bohnerwachs roch der Mann, der kerzengerade hinter einem Stahlschreibtisch hockte.

Myers, unser Chef.

Er in Washington. Ich konnte mich nur wundern. Myers traute sich doch sonst nicht aus Chicago weg – oder nur höchst selten. Es mußte schon ein triftiger Grund vorliegen.

»Setzen Sie sich«, sagte Myers knapp.

Ich klemmte mich auf einen unbequemen Stuhl und versuchte die Atmospäre durch Grinsen ein wenig aufzulockern.

Myers starrte mich an. Eine ganze Weile. Dann sagte er nur: »Sie haben Susan Taylor.«

Ich zuckte mit den Schultern. »Ich verstehe Sie nicht. Was soll das heißen: Sie haben Susan?«

Myers atmete durch die Nase. »So, wie ich es gesagt habe. Chekovs Hinterleute haben Susan gekidnappt. Ich bekam heute die Nachricht. Sie wollen Chekov wiederhaben. Im Austausch gegen Susan Taylor.«

Ich hörte die Worte meines Chefs kaum. Susan Taylor in der Hand dieser Leute. Das bedeutete soviel, wie schon tot zu sein.

Ich spürte, wie mir kalter Schweiß auf die Stirn trat.

»Ihre Meinung, Corner?«

Myers' knarrende Stimme riß mich aus meinen Gedanken. Hilflos hob ich die Schultern.

»Wir müssen auf ihren Vorschlag eingehen«, würgte ich hervor.

Myers gestattete sich ein Lächeln. »Das sagen Sie. Der CIA denkt anders.«

Ich sprang auf. »Zum Teufel mit diesen seelenlosen Typen«, regte ich mich auf. »Susan ist schließlich nicht irgendwer. Sie ist eine unserer besten Agentinnen, wenn nicht die beste sogar. Und da wollen Sie sie einfach abschreiben?«

Myers hob die Hand. »Setzen Sie sich und beruhigen Sie sich wieder. Ich habe Ihnen nur die Meinung des CIA mitgeteilt. Mehr nicht.«

»Wieso? Gibt es denn noch eine andere Alternative?« wollte ich wissen.

»Ja.«

»Darf ich die erfahren?«

»Sicher. Wir gehen auf den Vorschlag ein. Wir tauschen Susan gegen Chekov aus. Ich habe es durchgedrückt«, sagte Myers und lächelte.

Ich stieß die Luft aus. »Danke.«

»Bedanken Sie sich, wenn alles geklappt hat«, erwiderte Myers. »Sie übernehmen den Austausch.«

Ich war Feuer und Flamme. »Wann soll's losgehen? Existiert schon ein Plan?«

»Nein. Die Leute werden sich wieder melden. Wir verhalten uns bis dahin ruhig.«

Ich nickte krampfhaft.

In diesem Augenblick schreckten uns zwei Schüsse hoch.

Ich hatte sofort ein komisches Gefühl, rannte zur Tür, doch da wurde sie schon aufgestoßen.

Ein Uniformierter stand im Raum.

»Chekov hat sich erschossen«, meldete er. »Er hat einem seiner Bewacher die Waffe entrissen und sich zwei Kugeln durch den Kopf gejagt.«

Ich dachte, mich trifft der Schlag.

Susan. Unser ganzer Plan. Alles zum Teufel. Es würde keinen Austausch geben. Was jetzt passierte ... Ich durfte gar nicht daran denken.

Langsam wankte ich zum Stuhl.

Ich sah Myers nur verschwommen. Automatisch wischte ich mir über die Augen.

»Sehen Sie noch eine Chance?« fragte ich meinen Chef.

Der nickte. »Ja.«

»Und welche?«

»Sie übernehmen Roger Chekovs Rolle.«

Der Kaffee war fast zu heiß. Susan Taylor trank ihn in kleinen, vorsichtigen Schlucken.

Ihr Bewacher grinste. »Ja, ja, nicht jeder Gefangene hat es so gut wie Sie.«

Susan gab keine Antwort und trank weiter. Sie hatte kein Interesse, sich mit diesem Kerl zu unterhalten. Sicher, sie hatte es versucht, aber der Mann war auf ihre Fangfragen nicht hereingefallen.

Dabei sah er aus, als könne er nicht bis fünf zählen. Rosiges, gutmütiges Gesicht, treue Augen und ein spärlicher Haarkranz gaben seiner Erscheinung etwas Harmloses. Doch Susan ließ sich nicht täuschen. Hinter der freundlichen Maske steckte die gnadenlose Fratze eines Killers.

Meine Partnerin befand sich auf einem Schiff. Wo es allerdings ankerte, wußte sie nicht. Die beiden Bullaugen in der Kabine waren von außen schwarz angestrichen. In schwarzes Leder war auch Susans Aufpasser gekleidet. Sie selbst hatte einen dunkelgrünen Hosenanzug bekommen, der ihr leidlich paßte.

Susan Taylor schob die leere Tasse zur Seite.

»Zigarette?« erkundigte sich ihr Aufpasser.

»Gern.«

Susan bekam auch Feuer. Während sie rauchte, überlegte sie, ob nicht ein Ausbruch sinnvoll wäre. Es würde ihr schon irgendwie gelingen, ihren Bewacher auszuschalten. Alles weitere ließe sich finden.

Und doch hielt sie etwas ab, ihr Vorhaben auszuführen. War es Neugierde auf das, was noch kommen würde, oder nur einfach die Tatsache, daß man sie bisher in Frieden gelassen hatte?

Susan wußte es selbst nicht.

Meine Partnerin drückte die Zigarette in dem kleinen Metallaschenbecher aus, der auf dem Tisch stand.

Als sie ihre Hand zurückziehen wollte, spürte sie, wie ihr Arm plötzlich schwer wurde. Fast im gleichen Moment überfiel sie eine unsagbare Müdigkeit.

Gift. Sie haben den Kaffee vergiftet, schoß es Susan durch den Kopf, bevor sie nach hinten auf die gepolsterte Bank fiel.

Wie aus weiter Ferne sah sie ihren Aufpasser auf sich zukommen. Er legte Susan zurecht, hob ihr linkes Augenlid und nickte befriedigt. Dann schloß er die Tür auf. Er rief etwas in fremder Sprache.

Susan hörte und sah alles. Jedoch konnte sie nicht eingreifen. Selbst der kleine Finger ließ sich nicht mehr bewegen.

Mehrere Männer betraten die Kajüte.

Ein weißhaariger, älterer Mann beugte sich über Susan. Er hatte ein asketisches, von der Sonne gebräuntes Gesicht und hellblaue Augen.

»Hören Sie mich, Miß Taylor?« fragte er mit tiefer, wohlklingender Stimme.

»Ja«, antwortete Susan schwach.

Der Mann lächelte. »Wir werden Ihnen jetzt einige Fragen stellen, Miß Taylor. Verstanden?«

Wieder bejahte Susan.

Der Mann erkundigte sich nach Susans Person, fragte nach ihren Freunden, Bekannten, nach mir und kam schließlich auf den SGS zu sprechen.

Susan antwortete wie ein Automat. Ja, mehr war sie in diesem Augenblick nicht.

Die Stimme des Mannes lullte Susan ein, doch in der entferntesten Ecke ihres Gehirns schrillte plötzlich eine Alarmklingel.

Vorsicht! Sie haben dir ein Wahrheitsserum gegeben.

Verzweifelt versuchte Susan, sich zu konzentrieren. Sie drückte ihre Fingernägel in die Handballen und starrte auf einen Punkt an der Wand.

Wieder tröpfelten die Fragen auf Susan hinunter.

Fast automatisch öffnete sie den Mund zu einer Antwort.

Doch da war wieder das Alarmsignal.

Susan stöhnte auf. Blut rann an den Innenflächen ihrer Hände hinab. Verzweifelt preßte sie die Lippen zusammen.

Der Weißhaarige schluckte. »Antworten Sie«, zischte er. Seine Stimme hatte jegliche Verbindlichkeit verloren.

Susan schüttelte den Kopf. Salziger Schweiß bedeckte ihren Körper.

Wild rüttelte sie der Weißhaarige an den Schultern. »Sie sollen antworten!« schrie er.

»Nein, nein, nein«, keuchte Susan plötzlich. »Ich will nicht, nein und nochmals nein.«

Susan hatte das Gift in ihrem Körper besiegt.

Der Weißhaarige sah sie an. Dann stieß er einen Fluch aus.

Susans Aufpasser trat in ihr Blickfeld. In der Hand hielt er ein Messer. Langsam senkte sich die Spitze gegen Susans Hals.

Der Weißhaarige winkte ab. Das Messer verschwand.

Susan atmete auf.

Man ließ sie in Ruhe. Susan spürte, wie ihre Kräfte wieder

zurückkehrten. Langsam ebbte das dumpfe Gefühl ab. Entspannt blieb sie liegen. Jetzt schmerzten nur noch die blutigen Stellen an ihren Handballen.

Die Männer unterhielten sich leise und wiederum in einer fremden Sprache.

Dann verließen sie plötzlich die Kajüte. Auch Susans Aufpasser.

Meine Partnerin blieb ruhig liegen. Gedankenfetzen kreisten in ihrem Kopf.

Sollte die Behandlung mit dem Wahrheitsserum der Auftakt zu einer Foltertortur gewesen sein?

Susan lief ein eisiger Schauer über den Rücken, als sie daran dachte...

Es war Nacht.

Träge zog der Zigarettenrauch aus den halbgeöffneten Fenstern des dunklen Cadillac.

Der Wagen parkte in einer kleinen Nebenstraße, nahe des Heldenfriedhofs Arlington.

Am Steuer hockte ein Beamter des CIA. Die hintere Sitzbank wurde von Myers und mir in Beschlag genommen.

Ich war ja jetzt Roger Chekov. Vom Maskenbildner perfekt hinmodelliert. Man hatte mir die Haare kürzer geschnitten, gefärbt, mein Gesicht mittels Paraffinspritzen verändert, andere Augenbrauen angeklebt und noch einige diverse Sachen angestellt. Nach außen hin war ich der perfekte Roger Chekov. Nur mit meinen Sprachkenntnissen haperte es. Woher sollte ich so schnell Russisch lernen? Einige Brocken konnte ich ja. Das war aber auch alles.

Wie ich mich fühlte, fragen Sie? Wie eine Kuh, die zur Schlachtbank gebracht wurde.

Mich hielt an sich nur eins aufrecht: Ich tat alles für Susan Taylor.

Was die Männer mit mir anstellen würden, wenn sie den Schwindel entdeckten? Ich durfte gar nicht daran denken.

Begonnen hatte es gestern abend. Mit einem Anruf. Myers

hatte die Verhandlungen geführt und mich dann vor vollendete Tatsachen gestellt.

Ich drückte die Zigarettenkippe im Ascher aus. Meine Uhr zeigte mir, daß es in einer Viertelstunde soweit sein würde. Fünfzehn Minuten Galgenfrist!

Ich drückte auf einen Knopf. Automatisch summte das Seitenfenster herab.

Kühle Nachtluft drang in den Wagen. Tief atmete ich durch. Die Luft roch frisch. Anders als in Chicago.

Ich ertappte mich bei dem Gedanken, alles hinzuwerfen und mich in eine Ecke zu verkriechen. Doch dann tauchte Susan vor meinem Auge auf. Wie weggewischt waren meine Wünsche.

»Sie müßten gleich kommen«, sagte Myers.

Er hatte recht. Wenige Sekunden später erhellte ein Scheinwerfer die Bäume rechts und links der kleinen Straße.

Der Wagen kam von vorn.

Unser Chauffeur gab das verabredete Zeichen. Er blendete dreimal kurz auf.

Der andere Wagen stoppte. Ich konnte noch nicht einmal das Fabrikat erkennen.

»Gehen Sie jetzt«, sagte mein Chef.

Ich legte die linke Hand an den Türgriff. Sacht schwang die Wagentür zurück.

»Cliff?« Das war Myers.

»Ja?«

»Viel Glück.«

»Danke«, krächzte ich.

Dann stand ich draußen.

Der andere Wagen hatte das Standlicht eingeblendet. Dort klappte jetzt auch eine Autotür. Eine Gestalt schob sich ins Freie. Es war nicht Susan.

Langsam setzte ich mich in Bewegung.

Auch der Mann von der gegnerischen Seite kam mir entgegen.

Wir trafen uns auf halber Strecke.

»Roger Chekov?« fragte mich der Mann. Er war breitschultrig und ziemlich groß. Mehr konnte ich nicht erkennen.

»Ja«, erwiderte ich und versuchte Chekovs Stimme nachzuahmen.

Es gelang mir. Der Mann schöpfte keinen Verdacht.

»Folgen Sie mir.« Zum Glück sprach er Englisch.

Wir gingen nicht hinter-, sondern nebeneinander. Erst jetzt sah ich die Pistole in der Hand meines Bewachers.

Nun erkannte ich auch den anderen Wagen. Es war ein Mercedes.

In diesem Augenblick stieg Susan aus dem Luxusschlitten. Jemand drückte ihr eine Waffe in den Rücken.

Ich sah meine Partnerin an. Doch ihr Blick ging teilnahmslos über mich hinweg.

Verdammt, wir hatten schlechte Karten. Die Gangster konnten ohne weiteres Susan und mich zurückbehalten. Aber Myers hatte schließlich verhandelt. Und er war nicht in der Lage gewesen, irgendwelche Bedingungen zu stellen.

Mir schien es, als hielte alles den Atem an. Etwa eine halbe Minute standen wir regungslos da.

Dann sagte Susans Bewacher: »Gehen Sie.«

Ich atmete auf.

Susan setzte sich in Bewegung. Langsam und mit staksigen Schritten.

Wir warteten ab. Schweigend.

Bis hinter mir eine Autotür schlug. Susan war in Sicherheit. Der Motor des Cadillac summte auf. Ich hörte, wie der Wagen anfuhr. Einmal streifte mich kurz sein Scheinwerferstrahl. Es kam mir vor wie eine endgültige Abschiedsgeste.

»Steigen Sie ein!« Der Befehl galt mir.

Ich gehorchte. Kletterte in den Fond des Mercedes.

Die Innenbeleuchtung brannte.

Drei Männer saßen noch in dem Wagen. Ich kannte keinen von ihnen. Es waren alles Typen mit harten Gesichtern, denen man ansah, daß sie ihr Geld nicht im Kindergarten verdienen würden.

Einer setzte sich neben mich. Er gab auch das Zeichen zur Abfahrt.

Wir verließen Washington. Soviel ich erkennen konnte, in

Richtung Süden. Aber nach den Sternen kann ich mich nur ziemlich grob orientieren.

Der Fahrer fuhr so schnell, wie es die Geschwindigkeitsbegrenzung zuließ.

Die Männer schwiegen. »Darf ich rauchen?«

Mein Nebenmann nickte.

Ich zündete mir ein Stäbchen an. Natürlich war es von derselben Marke, die Chekov auch geraucht hatte. Französische Gitanes.

Die Zigarette kratzte, und ich hatte Mühe, ein Husten zu unterdrücken.

Wir fuhren durch eine kleine Ortschaft. Bennsfield hieß sie. Nie gehört, den Namen.

»Darf man wissen, wohin die Fahrt geht?« erkundigte ich mich.

»Man darf es nicht«, erwiderte mein Nebenmann. Damit war die Sache für ihn erledigt.

Nach einer Stunde bogen wir vom Highway ab. Der Mercedes schaukelte jetzt über einen Feldweg.

»Sie können froh sein, daß wir nicht verfolgt worden sind, Chekov«, unterbrach der Fahrer das Schweigen. »Wir hätten Sie sonst umgelegt.«

»Ich weiß«, gab ich einsilbig zurück.

Der Feldweg mündete in einen kleinen Wald. Die Scheinwerfer des Wagens rissen einen Hochsitz aus der Dunkelheit. Wenige Yard daneben stand eine kleine, aus rohen Baumstämmen zusammengezimmerte Blockhütte.

Wir stoppten.

»Aussteigen, Chekov!« befahl mein Nebenmann.

Ich schob mich aus dem Wagen.

Neben der Blockhütte sah ich das Heck eines zweiten Wagens. Es war ein Lincoln.

Licht wurde in der Hütte eingeschaltet. Dann ging quietschend die Tür auf.

Ein mittelgroßer Mann stand auf der Schwelle. Er sah uns abwartend entgegen. Seine Miene verzog sich, als ich an ihm vorbeiging. Die drei Männer folgten mir.

Die Blockhütte bestand nur aus einem großen Raum. Einziges Mobiliar waren ein roh zusammengehauener Tisch, dazu passende Stühle und ein leerer Gewehrschrank.

An diesem Schrank lehnte ein älterer, weißhaariger Mann mit schmalem Gesicht und kalten Augen.

»Hallo, Chekov«, sagte er und hob zur Begrüßung die Hand. Ich grinste verzerrt.

Der Mann kam auf mich zu. Sah mich an. Prüfend, skeptisch.

»Wie geht's der Taube?« erkundigte er sich lächelnd.

Verdammt, jetzt hatten sie mich. Diese Frage war eine Parole, und ich wußte darauf keine Antwort.

Ich schluckte. »Gut«, erwiderte ich aufs Geratewohl.

»Schön.« Der Weißhaarige lächelte. »Sie können Platz nehmen, Chekov.«

Ich atmete auf.

Ich setzte mich und bekam die Erlaubnis zu rauchen.

Außer dem Weißhaarigen und mir waren augenblicklich noch vier Männer in der Hütte. Sie hatten sich im Raum verteilt.

Der Fahrer des Mercedes räusperte sich. »Dann wäre ja alles erledigt.«

Der Weißhaarige nickte. »Soweit ja. Sie haben gute Arbeit geleistet.«

»Dafür sind wir bekannt.«

»Sicher«, pflichtete der Weißhaarige ihm bei. »Bisher haben Sie immer gute Arbeit geleistet. Aber jeder macht mal einen Fehler. Nur fällt der in Ihrer Branche immer sehr schwer ins Gewicht.«

Der Fahrer ballte die Fäuste. »Was soll das heißen?«

Mir schwante schon Übles.

»Der Mann, den Sie gebracht haben, ist nicht Chekov,« peitschte die Stimme des Weißhaarigen. »Sie haben sich überlisten lassen.«

Der Mann hatte kaum ausgesprochen, als ich schon handelte.

Ich warf dem Nächststehenden die Zigarette ins Gesicht, hechtete vor und jagte einem anderen die Faust in den Leib.

Gurgelnd brach er zusammen.

Ich kreiselte herum, um mit einem blitzschnellen Sidestep einem mörderischen Rundschlag auszuweichen, der mir den Kopf von den Schultern gerissen hätte.

Die Tür! Ich hetzte darauf zu.

Der Schuß peitschte urplötzlich auf. Die Kugel versengte mir fast die Haare, als sie neben mir in das Türblatt klatschte.

»Mit der nächsten schieße ich Ihnen das Gehirn aus dem Schädel«, drohte der Weißhaarige.

Ich wandte mich langsam um.

Der Weißhaarige hielt eine Webley in der Hand und lächelte kalt.

»Kommen Sie näher, Chekov.« Dabei betonte er das Wort Chekov so, daß mir eine Gänsehaut über den Rücken lief.

Ich machte mir die bittersten Vorwürfe. Wieder einmal hatte ich mich durch eigene Dummheit in eine Situation gebracht, für die mir niemand einen Cent gab. Ich hätte schon längst unterwegs aussteigen können. Hätte, hätte, hätte . . .

»Wer sind Sie wirklich?« riß mich die Stimme des Weißhaarigen aus meinen Gedanken.

»Karel Gott«, grinste ich verzerrt.

Der Weißhaarige nickte nur.

Eine Sekunde später dröhnte mir eine Faust in die Nieren. Der Schmerz trieb mir das Wasser in die Augen. Ich fiel auf die Knie, stützte mich auf beide Arme.

Jemand trat sie mir weg.

Mit dem Gesicht zuerst knallte ich auf den Boden. Blut schoß mir aus der Nase.

»Also, noch mal. Wer sind Sie wirklich?«

»Cliff Corner«, ächzte ich.

»Na, wunderbar. Warum nicht gleich so? Ihr Maskenbildner hat gut gearbeitet. Kompliment. Nur hätten Sie auf die Parole richtig antworten müssen. Das ist alles. Aber weiter. Wo steckt Roger Chekov?«

»Er ist tot«, keuchte ich. »Selbstmord.«

Der Weißhaarige fluchte. Aus meiner Froschperspektive sah ich, wie er im Zimmer auf und ab lief.

»Was hat Chekov noch gesagt? Reden Sie, Corner.«

»Nichts«, krächzte ich, »gar nichts.«

»Und das soll ich ihnen glauben?« Der Weißhaarige stieß mich mit der Schuhspitze an. »Stehen Sie auf.«

Taumelnd kam ich hoch.

»Sie können sich setzen.«

Wie ein nasser Mehlsack ließ ich mich auf den Stuhl fallen. Mir war schwindlig. Nur langsam beruhigte sich mein Kreislauf.

Ich sah die anderen Männer. Auch sie hielten Waffen in den Händen.

Der Weißhaarige spielte mit seiner Webley. Er stützte eine Hand auf den Tisch und sah mir in die Augen. »An Ihrer Stelle würde ich reden, Corner. Wirklich. Wir werden sonst sehr unangenehm.« Ich atmete tief durch. Kalter Schweiß stand mir auf der Stirn. »Tut mir leid. Ich weiß nichts.«

»Schade.« Der Weißhaarige zuckte die Achseln. Dann sagte er nur: »Ika, komm her.«

Ika, das war der Mann, der vorhin an der Tür gestanden hatte. Ika war nicht einmal groß. Er trug einen schwarzen Anzug und einen Pullover in der gleichen Farbe. Sein Haar war streichholzkurz. Zwei kleine Knopfaugen musterten mich tückisch.

»Er wird Sie zum Reden bringen, Corner«, lächelte der Weißhaarige. »Ika hat bei den Chinesen gelernt. Und er war ein guter Schüler, verlassen Sie sich darauf.«

»Das kann ich mir vorstellen«, gab ich heiser zurück.

Ika faßte in seine Jackentasche. Er holte eine Schachtel Streichhölzer hervor.

In der Hütte war es totenstill.

Ika schob die Schachtel auseinander. Mit den Fingern seiner rechten Hand holte er ein Hölzchen hervor.

Es war vorn zugespitzt.

Eisiger Schreck durchfuhr mich. Ich ahnte, was man mit mir vorhatte. Meine Handflächen wurden schweißnaß.

»Ika hat elf Streichhölzer«, erklärte der Weißhaarige. »Er braucht im Höchstfalle nur zehn. Das elfte ist nur als Reserve gedacht, falls mal eins abbrechen sollte. Ahnen Sie schon etwas, Corner?«

»Sie sind ein sadistisches Schwein«, preßte ich hervor.

Der Weißhaarige lachte. »Sie können mich gar nicht beleidigen, Corner. Nicht in Ihrer Situation. Was meinen Sie, wann sie reden? Ich kenne welche, die haben erst nach dem vierten Streichholz geredet, das man ihnen unter die Fingernägel gespitzt hat. Bin gespannt, wie lange Sie es aushalten.«

Die Männer beobachteten mich abschätzend. Der Fahrer des Caddys grinste sogar.

Der kalte Lauf der Webley drückte gegen meinen Nacken. Der Weißhaarige lachte hämisch. »Ika, fang an!«

Ika verzog das breite Gesicht. Ich sah, wie seine Augen leuchteten.

Ja, dieser Mann war ein Sadist. Es würde ihm Freude bereiten, mich zu quälen.

Und ich? Wie lange konnte ich diese Folterung aushalten?

Jetzt hatte mich Ika erreicht. Brutal riß er meinen rechten Arm zu sich heran.

Mein Körper krampfte sich zusammen, als Ika das erste Streichholz nahm und sich damit meinem Daumennagel näherte ...

Der Wagen brauste über den Shirley Memorial Highway. Es herrschte wenig Betrieb, und so konnte der Fahrer aufdrehen.

Susan Taylor saß neben Myers im Fond und sah starr geradeaus. Bisher hatte sie noch keine Frage gestellt. Zu sehr wühlten noch die Ereignisse der vergangenen Stunden in ihr.

»Warum ist Cliff nicht mitgekommen?« fragte sie plötzlich.

Myers räusperte sich. »Cliff ist mitgekommen. Sie haben ihn nur nicht erkannt, Susan.«

»Wieso?«

»Roger Chekov und Cliff Corner sind ein und dieselbe Person.«

»Mein Gott«, flüsterte Susan, »dann haben Sie ... Dann hat Cliff ... wegen mir ... Der Austausch ...?«

»Genau«, sagte Myers. »Es war die einzige Möglichkeit, Sie freizubekommen.«

Der Caddy verließ jetzt den Highway, bog auf den Washington Boulevard.

Susan Taylor bekam das alles nicht mit. Nur ein Gedanke beherrschte sie: Sie haben Cliff geopfert, um mich zu retten.

»Wissen Sie, auf was Sie sich da eingelassen haben?« fragte Susan stockend.

»Ja«, erwiderte Myers knapp. »Cliff hat seinen Job.« Susan verlor die Nerven. »Welche Sicherheiten haben Sie eingebaut? Diese Menschen sind doch Bestien. Sie werden Cliff umbringen. Wie konnten Sie das nur machen?« schrie Susan ihren Chef an. So etwas war noch nie vorgekommen.

Myers zuckte zusammen. »Beherrschen Sie sich. Wir konnten für Corner nichts tun. Die anderen diktierten die Bedingungen.«

Susan setzte sich gerade hin. »Schon gut«, sagte sie stockend. »Ich bitte mein Benehmen zu entschuldigen. Aber vergessen Sie nicht, daß auch Agenten Menschen sind. Und Menschen haben nun mal Gefühle.«

»Die in Ihrem Job hinderlich sind«, erklärte Myers.

Susan gab keine Antwort. Sie wußte, gegen diesen menschlichen Eisblock kam man nicht an. Aber vielleicht mußte Myers so sein. Vielleicht . . .

Die Abfahrt zum Pentagon tauchte auf. Wenig später stoppte der Fahrer auf dem ihm vorgeschriebenen Parkplatz.

Während Susan ausstieg, dachte sie an mich. Es waren pessimistische Gedanken, denn die Augen meiner Partnerin füllten sich mit Tränen.

»Halt!«

Die Stimme des Weißhaarigen stoppte Ika.

Der Folterknecht sah seinen Boß erstaunt an.

Der Druck der Pistolenmündung verschwand aus meinem Nacken. »Du kannst gleich weitermachen, Ika. Mir ist nur eben etwas eingefallen.«

Der Weißhaarige wandte sich an die anderen Männer.

»Habt ihr Corner schon durchsucht?«

Ein allgemeines Nein.

Der Boß grinste. »Das habe ich mir gedacht. Ihr seid Idioten. Wie leicht kann Corner einen Sender mitschleppen. Vielleicht hat er das sogar. Habe ich recht?«

»Kann sein«, gab ich möglichst gleichgültig zurück.

»Wir werden es feststellen. Zwei Mann gehen nach draußen und sehen, ob die Luft rein ist. Die anderen filzen ihn. Los.«

Die beiden Männer verschwanden.

Ich sah eine winzige Chance. Dazu gehörten allerdings Nerven. Nerven wie Drahtseile.

Okay, sie durchsuchten mich. Verdammt gründlich sogar. Sie schraubten meinen Kugelschreiber auseinander, hämmerten die Absätze von den Schuhen und schlitzten meine Kleidung auf. Nichts.

Der Weißhaarige sah mich an. »Hast du einen Sender?«

Freunde, jetzt mußte ich bluffen. Um mein Leben bluffen. Ich zögerte mit der Antwort.

»Was ist? Sagst du es freiwillig?« Der Weißhaarige wurde nervös.

»Ja«, erwiderte ich knapp, »ich habe einen Sender.«

Der Weißhaarige zuckte zusammen. »Wo?«

Ich grinste verzerrt. »In meinem Magen«, gab ich eiskalt zurück. »Ich habe den Sender geschluckt.«

Übrigens, liebe Leser, so etwas gibt's. Das Schlucken eines Senders wird bei den Geheimdienstleuten angewandt.

Die Augen des Weißhaarigen wurden schmal. »Gut, Corner. Das wollte ich nur wissen. Schade, wir haben nicht die Möglichkeit, es nachzuprüfen. Ika, du bist um deinen Spaß gekommen. Leider.«

Ika zog ein trauriges Gesicht und steckte die Streichhölzer wieder ein. Auch die anderen Männer machten betrübte Gesichter.

»Dann kann ich jetzt gehen«, schlug ich in einem Anfall von Heiterkeit vor.

Der Weißhaarige bekam fast einen Schluckauf. »Sind Sie wirklich so dämlich, oder tun Sie nur so?« fuhr er mich an. »Sie bekommen eine schnelle Kugel, Corner. Damit hat sich die Sache.«

Ich nickte krampfhaft.

Der Weißhaarige wandte sich an den Mercedesfahrer, der als einziger von den dreien, die mich hergebracht hatten, noch in der Hütte war. »Werden Sie sich einig.«

Der Mann nickte.

Der Weißhaarige schnappte sich Ika und verschwand. Wenig später brummte ein Motor auf.

Die beiden anderen Männer kamen auch zurück. Wieder hielten sie Waffen in den Händen.

Sie grinsten mir frech ins Gesicht.

»Wo willst du sterben, Corner? Hier oder draußen?«

»Draußen. Im Grünen stirbt's sich schöner«, krächzte ich mit Galgenhumor.

»Witzbold.«

Verdammt. Was hatte mir mein Bluff eingebracht? Eine schnelle Kugel sollte ich bekommen.

Wenn man es so sah, immer noch besser, als gequält zu werden.

»Steh auf!«

Ich gehorchte.

Einer warf mir meine zerfetzten Kleidungsstücke zu.

»Hier. Ich erschieß' nicht gern einen Mann in Unterhose.«

»Wie edel«, konnte ich mir nicht verkneifen zu sagen.

Die Männer lachten.

Ich zog mich langsam an. Suchte verzweifelt nach einem Ausweg. Doch verdammt, ich sah keinen. Die Kerle paßten höllisch auf. Ich war fertig. Die Klamotten hingen mir in Fetzen vom Körper. Der linke Jackettärmel fehlte ganz.

»Vorwärts, Corner. Wir wollen hier keine Wurzeln schlagen. Nachher kommen noch deine Freunde. Ab nach draußen.«

Ich marschierte los.

Die Gangster paßten auf wie Schießhunde.

Es war kühler geworden. Ein frischer Wind blies mir durch die Kleidung. Ich fröstelte.

Dieses Frösteln kam nicht nur durch die Kühle der Nacht.

Nein, ich hatte auch Angst. Wahnsinnige Angst vor dem Tod, der in Gestalt der drei Männer unausweichlich hinter mir stand.

Sie unterhielten sich.

»Einer legt Corner um. Die anderen können sich schon in den Wagen setzen. Wer will's machen?«

Eine Sekunde später war die Wahl auf einen gewissen Jake gefallen.

Jake stieß mir seine Waffe ins Kreuz. »Los, Corner. Wir gehen hinter die Hütte. In zwei Minuten ist alles erledigt.«

Ich setzte mich in Bewegung. Mein Nasenbluten hatte aufgehört. Komisch, an was man in solchen Situationen denkt.

Laub, Zweige und Regen hatten den Boden rutschig gemacht. Ich hatte Mühe, die Balance zu halten.

Die Balance?

Wie ein Blitz durchzuckte mich dieser Gedanke. Der Gangster hinter mir mußte mit den gleichen Schwierigkeiten kämpfen.

Unwillkürlich verlangsamte ich meinen Schritt.

»Schlaf nicht ein, Corner.«

Autotüren klappten. Dann wurde der Motor des Mercedes gestartet.

Wir hatten die Rückseite der Hütte erreicht. Die Bäume wuchsen dicht bis an die Wand.

»Stehenbleiben, Corner!«

Wie weit war der Killer hinter mir? Konnte ich es riskieren? Ich mußte einfach.

Ich bohrte den linken Schuh ohne Absatz tief in die weiche Erde, verlagerte mein Gewicht auf die gleiche Seite . . .

Der Killer hinter mir lachte. Ich wirbelte herum. Meine rechte ausgestreckte Handkante fuhr wie ein Schwert durch die Luft. Ich traf.

Irr klang der Schrei des Killers, als ihm die Waffe aus der Hand geprellt wurde. Sie fiel irgendwo ins Gebüsch.

Ich setzte sofort nach. Rammte meinen Kopf gegen die Brust des Killers. Der röchelte auf und fiel zu Boden.

»Jake!« Das waren die anderen.

Starke Scheinwerfer flammten auf. Zum Glück befanden wir

uns hinter der Hütte, so daß uns die Strahlen nicht erfassen konnten.

Schritte!

Jakes Kumpane trabten an.

Nur weg.

Ich hechtete seitwärts ins Gebüsch. Zweige schlugen mir ins Gesicht, rissen meine Haut auf.

»Er ist da rein!« keifte Jake mit schriller Stimme. Dann: »O verdammt, dieses Schwein hat mir meinen Arm gebrochen.«

Schüsse peitschten auf. Die Gangster nahmen jetzt keine Rücksicht.

Ich machte mich platt. Kroch auf allen vieren weiter. Ein Querschläger surrte verdammt nahe an meinem Kopf vorbei.

Ich rutschte weiter über den Boden. Dreck, Laub und Gras kamen mir zwischen die Zähne.

Egal, nur weg.

Hinter mir krachten Zweige. Meine Verfolger.

Sie hatten das Schießen eingestellt. Es war ihnen klar, daß sie in der Dunkelheit höchstens einen Zufallstreffer landen konnten.

Sie hatten sich geteilt. Verständigten sich durch Zurufe. Mein Vorteil, so konnte ich ihnen ausweichen.

Von meinem Jackett war so gut wie gar nichts mehr da. Dornige Zweige hatten es endgültig zerfetzt.

Ich robbte weiter. Mit keuchenden Lungen. Wie Tinte lag die Dunkelheit über dem Land.

Ein Abhang.

Ich sah ihn zu spät. Auf dem Bauch rutschte ich ihn hinunter. Ich versuchte mich abzustützen. Es ging nicht. Mit dem Kopf zuerst klatschte ich in einen brackigen Tümpel. Fauliges Wasser drang mir in den Mund. Automatisch preßte ich die Lippen zusammen.

Die Kälte des Wassers drang mir bis in jeden Nerv des Körpers. Erst hatte ich geschwitzt, jetzt fror ich. Eine Lungenentzündung war bestimmt fällig.

Der Tümpel war vielleicht einen Yard tief. Auf dem Grund

lag tiefer, zäher Schlamm. In sackte fast bis zu den Knien ein, als ich mich hinstellte.

Ich watete an den Rand des Tümpels. Das kostete Kraft.

Da hörte ich meine Verfolger. Sie hatten sich Taschenlampen besorgt. Ihr Schein zuckte über mir durch die Büsche.

Die Stimmen wurden lauter. Es konnte sich nur noch um Sekunden handeln, dann hatten sie mich. Diese Typen gaben so leicht nicht auf.

Verzweifelt suchte ich nach einem Ausweg.

Meine Hände tasteten umher. Da hatte ich es.

Ein Schilfrohr.

Wie ein Blitz kam mir die Idee.

Mit beiden Händen versuchte ich das Schilfrohr abzubrechen.

Es klappte nicht.

Ein letzter Versuch.

Ich zog. Mit aller Macht.

Jetzt ging's.

Deutlich hörte ich die Stimmen der Killer. »Dieses Schwein muß doch irgendwo zu finden sein!« schrie einer.

Ich hörte es kaum, sondern packte das Schilfrohr, steckte mir die eine Öffnung in den Mund und tauchte vorsichtig in die stinkige Brühe.

Hoffentlich war das Rohr lang genug.

Es klappte. Herrgott, es klappte.

Ich lag auf dem Grund. Der obere Teil des Schilfrohrs drang aus dem Wasser.

Ich konnte atmen. Mit einer Hand hielt ich mir die Nase zu, mit der anderen das Schilfrohr fest.

Ich konnte nur noch warten. Warten und beten. Die Stille unter Wasser war unheimlich. Ich kam mir vor wie lebendig begraben.

Wie lange ich gelegen habe, weiß ich nicht. Auf jeden Fall tauchte ich irgendwann auf.

Die Killer waren weg! Mein Trick hatte geklappt. Ich war gerettet.

Völlig erschöpft watete ich an den Rand des Tümpels. Ich zitterte am ganzen Körper. Ich ließ mich einfach gegen den Abhang fallen.

Ruhe, nichts als Ruhe wünschte ich mir.

Beißende Kälte trieb mich wieder hoch. Ich bewegte mich, machte, so gut es ging, Freiübungen.

Ich kam ins Schwitzen. Hatte das Gefühl, mein Körper würde dampfen.

Der Abhang. Ich mußte ihn hoch.

Erst beim dritten Versuch gelang es mir, ihn zu überwinden. Fragen Sie mich nur nicht, wie ich es geschafft habe. Ich weiß es nicht.

Ausgepumpt blieb ich oben liegen.

Wieder dauerte es eine gewisse Zeit, bis ich mich erholt hatte. Weiter. Quer durch den Wald.

Ich taumelte an der Blockhütte vorbei. Dann auf den Feldweg.

Irgendwie erreichte ich den Highway. Und hatte Glück.

Ein Wagen der Highway Police fand mich. Die Beamten steckten mich in den Fond und wickelten eine Decke um mich. Anschließend bekam ich einen Whisky. Ich leerte die Taschenflasche zur Hälfte. Danach schlief ich vor Erschöpfung ein.

Die Experten der CIA hatten schon mit der Untersuchung der Blockhütte und Umgebung begonnen, als wir eintrafen.

Das heißt: Susan, Myers und ich.

Susans Laune war wie ein Frühlingstag. Strahlend und ungetrübt. Sie trug einen olivfarbenen Wildlederhosenanzug, eine ›Bierflasche‹ in der gleichen Farbe als Handtasche, und um den Hals hatte sie einen knallgelben Seidenschal geschlungen.

Ich war, dank Susans Tablettenfürsorge, an einer Lungenentzündung vorbeigerutscht. Bis auf einen Schnupfen fühlte ich mich, wie man so schön sagt, pudelwohl.

Unser Dienstwagen, es war wieder der Caddy, stoppte an der Absperrung. Die Spurenexperten hatten in einem Umkreis von einhundert Yard das zu untersuchende Gelände durch rot-weiße Lanzen markiert. Sie nahmen ihre Sache sehr ernst.

Wir stiegen aus dem Wagen.

Myers winkte einen Beamten heran. »Ich möchte den verantwortlichen Mann sprechen«, schnarrte er.

»Augenblick, Sir.«

Myers' Geschäftspartner kam fünf Minuten später. Er stand im Rang eines Colonels und arbeitete für den CIA.

Der Colonel tippte an die Mütze, deutete vor Susan eine knappe Verbeugung an und erkundigte sich, indem er die rechte Augenbraue fast bis an den Haaransatz schob: »Was gibt's? Sie wollten mich sprechen?«

»Genau, Colonel«, erwiderte Myers. »Wie weit sind Sie mit Ihren Untersuchungen? Haben Sie Ergebnisse? Wenn ja, bitte Erklärungen.«

Zack. Diese Sprache verstand der Colonel. Es ärgerte ihn zwar, daß ein Zivilist so mit ihm sprechen konnte, aber er bequemte sich schnell zu einer Antwort. »In spätestens einer halben Stunde erwarten wir erste Resultate der Printexperten.«

»Wir warten«, entschied Myers. »Lassen Sie mir sofort eine Kopie zukommen.«

»Jawohl, Sir«, quälte der Colonel die Worte zwischen seinen Zähnen hervor.

Ich war sicher, daß er den Ärger nach unten weitergeben würde.

Ich steckte mir ein Stäbchen an. »Scheinen ja ein verdammt hohes Tier zu sein«, wandte ich mich an Myers.

»Es geht«, knurrte Myers und setzte sich wieder in den Caddy.

»Gib mir auch eine«, sagte Susan.

»Was?«

»Eine Zigarette. Oder rauchst du immer allein?«

»Ach so.«

Ich klopfte Susan eine Camel aus der Packung und gab ihr auch Feuer.

Susan blies den Rauch in den trüben Märzvormittag und sinnierte: »Kannst du mir sagen, was das Ganze soll, Cliff?«

Ich zuckte mit den Schultern. »Ehrlich gesagt, nein. Ich weiß nur so viel, daß zwei Gruppen mitmischen. Einmal die drei, die dich in der Gewalt hatten und die mich in die Blockhütte gebracht haben, zum zweiten der Weißhaarige mit Ika, dem sadistischen Leibwächter.«

»Denkfehler, Großer«, lächelte Susan schlau. »Meiner Meinung nach sind es ein und dieselben Leute. Schließlich habe auch ich mit dem Weißhaarigen Bekanntschaft gemacht. Nachdem er mich in der Mangel hatte, haben sie mir ein Schlafmittel gegeben, und ich bin erst im Wagen aufgewacht.«

»Moment, Moment«, dämpfte ich ihren Eifer. »Hast du die drei Typen, die mich durch den Wald gehetzt haben, denn auf dem Schiff gesehen?«

»Das nicht, Cliff. Aber...«

»Eben. Ich schätze, daß diese Leute mit dem Kern der Bande gar nichts zu tun haben. Der Weißhaarige und sein Gorilla sind Ausländer, während ich die anderen als Mitglieder einer Gang einstufen würde, die nur angeworben sind, gewisse Schmutzarbeiten zu verrichten.«

»Wenn das stimmt, werden sie bestimmt in der Kartei registriert sein«, sagte Susan zuversichtlich.

»Hoffentlich.«

Sie waren registriert.

Wir erfuhren es genau zehn Minuten später. Einer der CIA-Beamten brachte uns einen Zettel. Darauf standen die Printformeln, die in der Hütte gefunden worden waren.

Nur der Weißhaarige blieb weiterhin unbekannt.

Bald hatten wir auch die Namen.

Sie lauteten: Tom Sharkey, Hal Brewster und Clem Rider.

Herz, was willst du mehr.

Als Myers die Namen sah, wurde er sofort aktiv.

»Wir fahren zurück nach Washington und suchen aus dem Zentralarchiv des FBI alles heraus, was sie über die Burschen haben.«

Gesagt, getan.

Bald saßen wir im Archiv des FBI, atmeten trockene Büroluft und warteten darauf, daß der Computer die Karten ausspuckte.

Er tat es.

Fotos der Gesuchten hingen oben an den Karten.

»Sehen nicht gerade aus wie Waisenkinder«, meinte Susan, die mir über die Schulter blickte.

»Sind ja auch keine«, grinste ich.

Zählte man zusammen, so kamen mindestens fünfzig Jahre Knast heraus. Das fing mit der Erziehungsanstalt an und hörte mit dem Zuchthaus auf. Es waren die üblichen Gangsterlebensläufe.

Leider war der momentane Aufenthaltsort der Verbrecher unbekannt. Aus den Akten ging jedoch hervor, daß die drei mal für einen Mann namens Tibor Hyman gearbeitet hatten.

»Tibor Hyman... Suchen Sie doch bitte die Karte heraus«, wandte ich mich an den Archivbeamten.

Der Mann schob seine Brille zurecht und ließ den Computer rattern.

Schnell lag Hymans Karte vor uns.

Ich pfiff durch die Zähne. »Sieh dir das an, Susan.«

Tibor Hyman war wirklich ein besonders schwerer Brocken unter den Gangsterführern. Er galt als Makler des Verbrechens. Brauchte jemand eine Gang, Hyman besorgte sie. War einem Ehemann die Frau lästig, Hyman kümmerte sich um einen Killer, der sie diskret verschwinden ließ. Nur beweisen konnte man ihm nichts.

»Wo wohnt denn dieser Hyman?« fragte Susan.

»In der Wisconsin Avenue, direkt am Potomac River«, klärte ich sie auf.

»Vornehme Gegend?«

»Wie man's nimmt. Ein Eldorado für Neureiche.«

Susan hatte heute ihren tatendurstigen Tag. »Wie wär's mit einem Besuch, Meister?«

»Bei Hyman? Immer.«

Tibor Hyman sah aus wie Orson Welles. Wenigstens von der Figur her. Nur sein blankpolierter Schädel paßte nicht zu dem Image des berühmten Filmschauspielers.

Tibor Hyman hockte hinter seinem Schreibtisch und ärgerte sich.

Worüber?

Über Tom Sharkey, Hal Brewster und Clem Rider.

Meistens artete Hymans Ärger aus. In Mord nämlich.

»Ihr seid unfähig«, giftete Hyman, »absolut unfähig. Erst laßt ihr euch wie die Schuljungen von diesem Corner reinlegen, und dann entwischt er euch auch noch. Lächerlich.«

»Boß, wir . . .«, stotterte Tom Sharkey.

»Ach, halt die Schnauze«, fuhr ihn Hyman grob an. »Ich muß alles wieder ausbügeln«, bedauerte er sich selbst. »Doch zuerst müßt ihr verschwinden. Okay?«

Die drei wurden blaß. Sie wußten, was mit dem Wort ›Verschwinden‹ gemeint war. Meistens endete es in einer Holzkiste, sechs Fuß tief unter der Erde.

Hyman erriet die Gedanken seiner Schießer. Er grinste diabolisch. »Ich werde mir mal was einfallen lassen. Ich werde . . .«

Weiter kam er nicht.

Dana tauchte auf. Dana Andrews, Hymans augenblickliche Flamme.

Dana war die personifizierte Sünde. Das lange schwarze Haar, die Schlafzimmeraugen und die Figur, die bei einem alten Seemann sogar noch einen Schluckauf erzeugt hätte.

Dana schob ihre beiden Panzertürme unter der knallroten engen Bluse in die richtige Position und meldete mit rauher Wodkastimme: »Besuch für dich, Tibor.«

»Wer ist es?« schnappte Hyman, ärgerlich über die Störung.

»Ein Pärchen. Mehr konnte ich nicht sehen.«

»Ein Pärchen, ein Pärchen«, regte sich der Gangsterboß auf. »Etwa ein Vogelpärchen?«

»Mann und Frau«, näselte Dana eingeschnappt.

»Können reinkommen. Und ihr verschwindet!« fauchte Hyman.

Die drei Killer zogen Leine.

Zwei Minuten später marschierte das bewußte Pärchen ins Zimmer. Ich meine natürlich Susan und mich.

Dana Andrews, die uns die Tür aufgehalten hatte, sah Susan an wie ein Löwe, der sich soeben daranmacht, ein Zebra zu verspeisen.

Tibor Hyman klemmte sich aus seinem Schreibtischsessel. Mich schien er gar nicht zu bemerkten. Seine Augen saugten sich wie Saugnäpfe an Susan fest.

»Wenn Sie mich mit Ihren Augen wieder angezogen haben, dürfen wir uns wohl vorstellen«, bemerkte Susan spitz.

Ich konnte mir ein Grinsen nicht verkneifen.

»Äh, natürlich... Äh, sicher...«, stotterte Hyman.

»Wunderbar«, übernahm ich das Wort. »Meine Partnerin, Susan Taylor — und ich heiße Cliff Corner.«

Uff! Das war der Schock für Tibor Hyman. Wie eine altersschwache Dampflok stieß er die Luft aus. Sein Gesicht wechselte die Farbe, und dann ließ sich der Glatzkopf ächzend in seinen Sessel fallen. Ein Wunder, daß das Möbelstück es aushielt.

»Stimmt etwas nicht?« fragte Susan scheinheilig. Tibor Hyman hatte sich schnell wieder in der Gewalt. Er zupfte sich seine Krawatte, die in allen Farben des Prismas leuchtete, zurecht und antwortete mit einer Gegenfrage. »Was sollte nicht stimmen?«

»Nun«, lächelte ich mokant, »daß Sie uns vielleicht so frisch, fromm, fröhlich, frei vor sich stehen sehen?«

»Sie sind ein Spaßvogel«, lachte Hyman meckernd. »Sie wollen mir hier Dinge andichten. Und überhaupt... Ich kenne Sie gar nicht.«

»Das soll sich ändern«, gab ich meinen Kommentar.

»Sie sind geschäftlich hier?« erkundigte sich Hyman und rückte seine Massen in eine bequemere Lage.

»Wie man's nimmt. Ich möchte mich nur bedanken.«

»Bedanken? Wofür?«

»Für den Besuch aus Ihrem werten Haus. Ihre Leute haben mich königlich gepflegt. Vor allen Dingen der kleine Waldlauf hat mir immens gutgetan.«

»Ich verstehe immer nur Bahnhof.«

»Dann wollen wir Ihnen mal schnell die dazugehörigen Gleise liefern.«

Ich griff in die Tasche.

Hyman verstand die Bewegung falsch. Er zuckte zusammen und fummelte unter seinem Schreibtisch herum.

»Keine Angst«, beruhigte ich ihn, »ich will Ihre Massen nicht noch durch ein Loch verzieren. Ich habe Ihnen nur einige Karten mitgebracht. Sie werden Ihr Erinnerungsvermögen bestimmt auffrischen.«

Mit gekonntem Schwung warf ich Hyman die drei Steckbriefe aus dem FBI-Archiv in Washington auf den Schreibtisch.

Hyman guckte wie ein Puter, der in die Pfanne sollte. »Kenn' ich nicht«, behauptete er. »Die Namen sind mir auch kein Begriff. Was soll das?«

Ich packte die Karten wieder ein. »Das waren die Kameraden, die mich in der vergangenen Nacht unbedingt ins Jenseits befördern wollten. Und der schlaue Computer hat uns gerasselt, daß diese Typen mal für Sie gearbeitet haben.«

Hyman schlug sich gegen die Stirn. »Teufel, Corner. Wenn ich all die Namen der Leute behalten sollte, die für mich tätig waren, müßte ich noch ein Zusatzgehirn haben.«

»Nur das nicht.«

»Wieso?«

»Zwei von Ihren Köpfen wären für die Welt unerträglich«, grinste ich.

Tibor Hyman sagte erst mal gar nichts. Dann schrie er plötzlich. »Raus! Sofort!«

»Wir gehen ja schon«, beruhigte ihn Susan. »Nur eine Frage noch. Wem gehört eigentlich der Mercedes vor den Garagen?«

»Mir«, bellte Hyman. »Außerdem wüßte ich nicht, was Sie das angeht.«

»Im Prinzip nichts«, lächelte Susan harmlos. »Wir möchten nur etwas feststellen. Da Sie ja nichts zu verbergen haben, dürfen wir doch so frei sein und den Wagen auf Fingerabdrücke untersuchen. Ja? Als gute Detektive haben wir selbstverständlich unser Handwerkszeug bei uns. Es dauert nicht lange. Sie können ruhig hier oben bleiben. Nur um den Wagenschlüssel möchte ich gern bitten.«

»Sie haben ein ziemlich großes Maul, Miß«, sagte die Wodkastimme hinter uns.

Wir wandten uns um. Dana Andrews stand im Zimmer. Sie hatte sich umgezogen und trug jetzt einen buntbedruckten

Hausanzug, der zeigte, daß sie an gewissen Stellen zu rund war. Aber wahrscheinlich liebte Hyman das. Vielleicht wollte sie auch Susan ausstechen.

Nun ja, man soll einfache Gemüter gewähren lassen.

»Wüßte nicht, wer Sie um Ihre Meinung gebeten hat«, erwiderte Susan spitz.

»Tibor«, kreischte die ›Sünde‹. »Läßt du dir das gefallen? In deinem Haus? Sag den Jungs Bescheid. Die werden die beiden schon . . .«

»Halt deine dämliche Schnauze!« brüllte Tibor Hyman und walzte hinter seinem Schreibtisch hervor.

Langsam begann die Sache Spaß zu machen.

Tibor Hyman, einmal in Fahrt, holte aus und klatschte seine Pranke der ›Sünde‹ mitten ins Gesicht.

Aufkreischend fiel sie gegen eine antike Stehlampe, die dem Aufprall nicht standhielt und fast im Zeitlupentempo auf den Boden fiel.

Hyman stemmte beide Fäuste in die Hüften. »Ich glaube, das reicht«, geiferte er. Dann sah er uns. »Sie sind ja immer noch da. Hauen Sie . . .«

»Wie war das mit dem Wagenschlüssel?« erinnerte ihn Susan.

Hyman verlor endgültig die Beherrschung. Er übersah auch, daß ich noch als Beschützer anwesend war.

Mit einem Wutschrei wollte der Gangster sich auf Susan stürzen.

Ich ließ nur kurz mein Bein stehen.

Der Hecht, den Hyman vollführte, war fast zirkusreif. Wie eine dicke Qualle landete er auf seinen Speckmassen.

Dana Andrews freute sich lautstark, als sie das sah.

»Dann werden wir uns mal empfehlen«, sagte ich höflich.

»Auf Nimmerwiedersehen!« rief Dana Andrews noch hinterher.

»Undankbares Geschöpf«, meinte Susan, als wir in der Halle standen, »wo wir sie doch schließlich vor einer Tracht Prügel bewahrt haben.«

»Mehr ist bei unserem Besuch auch nicht herausgekommen«, ärgerte ich mich.

Wir verließen die protzig eingerichtete Diele und gingen nach draußen.

Der Mercedes, in dem ich gestern abend zur Blockhütte gebracht worden war, stand immer noch friedlich vor den Garagen.

»Wir könnten Hyman einen Strick drehen«, sagte Susan.

»Das werden wir auch. Reifenspuren gibt es an der Hütte in Hülle und Fülle. Und dann soll Hyman mal abstreiten, er hätte mit der Sache etwas zu tun.«

Wir gingen während der Unterhaltung durch einen dicht bewachsenen Vorgarten, der zu Hymans Burg gehörte.

Burg war wirklich der richtige Ausdruck für dieses Haus. Gebaut im Kolonialstil, wirkte es wie eine Festung oder ein Fort aus den Indianerkriegen.

Zufällig wandte ich mich noch einmal um.

Da sah ich den Mann.

Er stand in der ersten Etage hinter der Fensterscheibe.

Ich kannte den Typ. Er war schließlich der Fahrer des Mercedes gewesen und hieß Tom Sharkey.

Sharkey reagierte im selben Augenblick.

Ich sah nur eine blitzschnelle Bewegung. Die Fensterscheibe klirrte, ich gab Susan einen Stoß, daß sie in ein nahegelegenes Gebüsch purzelte, hechtete selbst in Deckung, und da ging der Feuerzauber auch schon los...

Die erste Kugel pfiff über mich hinweg. Die zweite fetzte Rinde von dem Baum ab, hinter dem ich in Deckung lag.

Mit einem Auge peilte ich in Susans Richtung.

Sie lag hinter dem Gebüsch, machte mit der linken Hand ein beruhigendes Zeichen und fummelte mit ihrer rechten in der Handtasche herum, wahrscheinlich, um ihre Pistole hervorzuholen.

Auch ich hielt längst meine Waffe in der Hand.

Der Gangster war hinter dem Fenster verschwunden. Wahrscheinlich alarmierte er jetzt seine anderen Kumpane. Das war natürlich schlecht für uns.

Ich orientierte mich kurz, hetzte aus meiner Deckung und warf mich hinter die Mauer eines ehemals gepflegten Blumenbeetes.

Hinter mir bellte Susans Pistole auf.

Ein Fluch ertönte.

Ich sah soeben noch den Kopf von Clem Rider hinter der Hausecke verschwinden. Also waren die anderen auch schon in Aktion.

Eine neue Fensterscheibe klirrte.

Der schwarze Lauf einer Maschinenpistole erschien. Hinter ihm der Kopf von Hal Brewster.

Die MPi orgelte los.

Die Kugeln fraßen sich durch den Vorgarten und rasten mit tödlicher Genauigkeit auf Susans Deckung zu.

Ich zielte kurz und schoß zweimal.

Ich sah, wie der Gangster hinter der Maschinenpistole, von dem ich bisher nur den halben Oberkörper gesehen hatte, aufzuckte, einen gräßlichen Schrei ausstieß, in die Höhe gerissen wurde, gegen die Fensterbank kippte und dann langsam das Übergewicht bekam.

Brüllend stürzte er in den Vorgarten.

Die MPi landete neben ihm, schoß weiter und fetzte kleinere Büsche zur Seite.

»Das Schwein hat Hal erwischt!« hörte ich eine Stimme.

Irgendwo im Haus klappte eine Tür.

Ich wagte alles.

Mit einem Satz war ich aus meiner Deckung und jagte mit vier, fünf Sprüngen auf die Hauswand zu.

Geschafft! Ich befand mich im toten Winkel.

Ich warf einen schnellen Blick zurück.

Wie eine Schlange wand sich Susan durch das hohe Gras des Vorgartens.

Der Richtung nach wollte sie die Rückseite des Hauses erreichen. Hoffentlich schaffte sie es.

Neben mir bewegte sich Hal Brewster, der versucht hatte, mich mit seiner MPi zu erwischen. Ich erkannte, daß meine beiden Kugeln seine rechte Schulter zerfetzt hatten.

Ich mußte in das Haus gelangen.

Im Augenblick war es ruhig. Zu ruhig für meinen Geschmack.

Ich ging in die Hocke und schlich, eng an die Wand gepreßt, auf die altertümlich stabile Haustür zu.

Ich wollte das Schloß zerschießen.

Doch dazu kam es nicht mehr.

Die Tür wurde aufgerissen.

Clem Rider stand vor mir. Eine Waffe in der Hand.

Wir sahen uns im selben Augenblick.

Schossen sofort — und verfehlten uns.

Während sein Blei an meinem Schädel vorbeiheulte, warf er sich reaktionsschnell zurück.

Ich nutzte die Sekundenbruchteile, die mir blieben.

Mit einem gewaltigen Satz warf ich mich gegen die Tür, die, noch immer durch den fallenden Gangster in Bewegung, jetzt erst richtig Fahrt bekam.

Wuchtig knallte sie gegen die Innenwand.

Ich, noch in voller Fahrt, fiel gegen Clem Rider.

Der Gangster verlor die Übersicht und ließ vor Schreck seine Waffe fallen.

Die Gelegenheit.

Mein .38er dröhnte ihm gegen den Schädel.

Clem Rider sackte vollends zusammen.

Blieb nur noch Tom Sharkey.

Blitzschnell sah ich mich um.

Weder Hyman noch Sharkey waren zu entdecken.

Plötzlich Schüsse. Hinter dem Haus.

Susan!

Ich raste los, entdeckte eine Hintertür, riß sie auf und hechtete nach draußen.

Der heiße Bleigruß verfehlte mich nur knapp.

Dann hörte ich den Knall von Susans Pistole.

Sie hielt den oder die Gangster in Schach, während ich ohne Deckung wie auf dem Präsentierteller lag.

Das sollte sich ändern.

Ich schlug Haken wie ein Hase, als ich mich in ein voll

erblühtes Ginstergebüsch warf. Jemand fluchte gemein. Der Stimme nach zu urteilen war es Sharkey.

»Cliff!« rief Susan in diesem Augenblick. »Die Kerle suchen das Weite!«

Susan, die ja einen besseren Blickwinkel hatte als ich, mußte es schließlich wissen.

Gleichzeitig tauchte Susan aus ihrer Deckung hervor. Schnell lief sie auf mich zu.

Sie deutete mit beiden Armen nach vorn. »Hyman und Sharkey sind dort hingerannt. Dort muß der Potomac River sein. Ich hörte was von einem Motorboot.«

Für mich war dies ein Startsignal.

»Halt du die Stellung«, rief ich meiner Partnerin zu und wetzte los.

Ich kam bis zu einem mannshohen Drahtzaun.

Verdammt, das kostete Zeit.

Ich lief ein paar Schritte zurück, nahm Anlauf und kletterte wie eine Katze an dem Zaun hoch. Ein Sprung, und ich stand auf der anderen Seite.

Hier sah es fast so aus wie in Hymans Garten, vielleicht eine Idee wilder.

Zum Glück waren um diese Jahreszeit die Bäume noch nicht stark belaubt, so konnte ich ohne weiteres den kleinen Trampelpfad finden. Wahrscheinlich führte er zum Fluß.

Vorsichtig betrat ich den Pfad, bereit, mich bei irgendeiner Gefahr sofort in Deckung zu werfen.

Ich strengte meine Lauscher an, hörte vor mir das Knacken von Zweigen und in der Ferne das Auf- und Abschwellen von Polzeisirenen.

Die Kameraden würden bestimmt begeistert sein, daß sie schon zwei Gangster kassieren konnten.

Ich schlich weiter. Immer darauf bedacht, in einen Hinterhalt geraten zu können.

Der Pfad machte einen Bogen.

Der Wald lichtete sich, machte Gestrüpp Platz. Man roch förmlich die Nähe des Flusses.

Sicherheitshalber setzte ich meinen Weg geduckt fort.

Das Gebüsch wurde spärlicher. Hohes Gras trat an seine Stelle.

Und dann sah ich ihn: den Fluß.

Aber noch etwas sah ich. Die beiden Gangster. Hyman und Sharkey.

Sie liefen in etwa fünfzig Yard Entfernung auf einen Steg zu, an dem ein Motorboot auf den Wellen dümpelte.

Ich sprang auf und rannte den Männern nach.

Hyman sah mich als erster.

»Corner!« schrie er wild.

Tom Sharkey handelte blitzschnell.

Er warf sich herum, riß den Arm mit der Waffe hoch und lief mir schießend entgegen.

Ich verwandelte den Lauf in eine Hechtrolle, prallte schmerzhaft gegen einen umherliegenden Stein, riß mir die Hand an irgendwelchen Dornen auf und kam schließlich auf die Beine.

Gerade rechtzeitig, um blitzschnell feuern zu können.

Und ich traf.

Tom Sharkey, jetzt nur noch wenige Yard entfernt, bekam meine Kugel ins Bein.

Schreiend brach er zusammen. Verdammt, meine Aktion war riskant gewesen. Doch Glück muß der Mensch haben.

»Freu dich, daß meine Knarre leer ist«, ächzte Sharkey.

Ich gab keine Antwort, sondern kümmerte mich um Tibor Hyman. Das heißt, ich wollte mich um ihn kümmern.

Doch es kam etwas dazwischen. Dieses Etwas war Dana Andrews, die ›Sünde‹.

Wo sie plötzlich herkam, weiß ich nicht. Auf jeden Fall hielt sie eine Pistole in der Hand, und es sah ganz so aus, als könne sie auch damit umgehen.

Hyman jubilierte, als er das sah.

»Leg Corner um«, giftete er. »Los doch!«

»Nimmst du mich mit, Tibor?« rief Dana, ohne mich dabei aus den Augen zu lassen.

»Ja.«

Dana Andrews' Gesicht verzerrte sich. »Okay, Corner«, zischte sie und krümmte ihren Zeigefinger . . .

Die Cops stürmten mit gezogenen Waffen auf das Grundstück.

Susan Taylor lief den Beamten entgegen. Mit wenigen Worten erklärte sie die Situation.

Der Führer des Patrolcar, ein Sergeant, freute sich über den Fang.

»Seien Sie froh, daß Sie noch leben«, erklärte er Susan.

Meine Partnerin lachte auf. »So etwas ist meinem Partner und mir nicht das erstemal passiert.«

Der Sergeant hob die Augenbrauen. »Sie haben einen Partner? Wo steckt er denn?«

»Wahrscheinlich am Fluß«, antwortete Susan schnell. »Wir müssen uns beeilen. Sorgen Sie für einen Krankenwagen. Ich werde mich inzwischen umsehen.«

»Kommt gar nicht in Frage, Miß. Viel zu gefährlich.«

Susan verdrehte die Augen. »Mann, ich bin Privatdetektivin. Geben Sie mir eine Waffe. Meine ist leer. Ich muß meinem Partner helfen.«

Der Cop schüttelte stur den Kopf. »Ausgerechnet eine Privatdetektivin. Das habe ich gern.«

Inzwischen jaulte schon die Sirene eines zweiten Patrolcar, das einer der Beamten alarmiert hatte.

»Bis Sie erst mal schalten«, rief Susan wütend und rannte weg.

Der Sergeant schrie irgend etwas hinter meiner Partnerin her, was sie jedoch nicht verstand.

Susan Taylor erreichte das Ende des Grundstücks, kletterte über den Zaun und schlich in den Wald.

Auch sie bewegte sich so vorsichtig wie möglich.

Stimmen.

Susan ging schneller.

Dann sah sie die Szene.

Ihre Augen weiteten sich entsetzt, als sie Dana Andrews erkannte, die mich mit einer Waffe bedrohte.

Auf einem Boot fuchtelte Tibor Hyman wild mit den Armen herum, und Tom Sharkey lag verletzt auf dem Boden.

Das alles sah Susan jedoch nur aus den Augenwinkeln, denn in diesem Augenblick schrie Hyman: »Leg Corner um!«

Eine Waffe! Ein Königreich für eine Waffe! Susan Taylor sah sich verzweifelt um.

Ein Stein. Faustgroß. Er lag vor ihr auf dem Boden.

Susan handelte blitzschnell.

Sie hob den Stein auf, holte aus...

Es mußte einfach klappen.

Meine Partnerin hatte gut gezielt.

Der schwere Stein traf Dana Andrews an der Hüfte.

Susan sah, wie die Frau zusammenknickte, sich ein Schuß aus ihrer Waffe löste...

Doch die Kugel zischte an Cliff vorbei.

Susan und ich reagierten wie Automaten.

Während ich in Richtung Boot rannte, hetzte Susan auf Dana Andrews zu.

Die Frau, immer noch wie erstarrt vor Schreck, sah Susan erst, als es zu spät war.

Mit einem gewaltigen Sprung hechtete Susan gegen Dana Andrews.

Sie traf ihre Gegnerin an der Hüfte.

Beide stürzten zu Boden.

Dana verlor die Waffe.

Susan kümmerte sich nicht um das Schießeisen, sondern setzte einen Judogriff an und drehte Dana Andrews auf den Rücken.

Die ›Sünde‹ schrie auf.

Susan, beweglich wie ein Fisch im Wasser, nahm Dana in den Polzeigriff.

»Geben Sie auf«, keuchte meine Partnerin.

»Ja«, stöhnte die Frau.

»Okay!«

Susan ließ los.

Schwer atmend rappelte sich Dana Andrews auf. Sie sah nicht mehr gut aus.

Ihr Hausanzug war teilweise zerrissen und gab den Blick auf üppige Brüste frei. Das pechschwarze Haar hing ihr wirr um den Kopf, und die linke Gesichtshälfte war dreckverschmiert.

»Schätze, wir haben uns einiges zu erzählen«, sagte Susan.

»Das schätze ich nicht«, zischte Dana Andrews.

Wenn Blicke töten könnten, dachte Susan.

Susan lächelte geringschätzig. »Wir gehen jetzt zurück«, erklärte sie bestimmt. »Im Haus sind einige Herren, die Sie gern in Empfang nehmen werden.«

»Ha ha«, lachte die Andrews. »Sind Sie da so sicher?«

Susan kniff die Augen zusammen. Etwas im Ton dieser Frau störte sie.

Dana lächelte triumphierend.

Instinktmäßig wandte Susan sich um.

Tom Sharkey. Der verletzte Gangster.

Danas verlorene Waffe. Er packte sie schon mit den Fingerspitzen.

Susan überwand die Distanz in Sekundenschnelle.

Mit beiden Füßen zuerst prallte sie gegen Sharkeys Kopf.

Der Gangster gurgelte auf. Susans Tritt hatte ihn einen Zahn gekostet.

Jetzt war meine Partnerin in Fahrt.

Sie packte sich das Schießeisen, drehte es um und wollte es Tom Sharkey über den Schädel schlagen.

Doch der Gangster sah rot.

Seine linke Faust dröhnte in Susans Herzgrube.

Meine Partnerin schrie auf und fiel zurück.

Wie ein Irrer robbte Tom Sharkey, durch das verletzte Bein allerdings behindert, auf Susan zu.

Seine Pranken zielten auf ihren Hals.

Susan, wieder erholt, tauchte weg.

Sharkey griff ins Leere.

Er kippte nach vorn. Sein Nacken lag frei vor Susan.

Sie ließ sich die Chance nicht entgehen. Der Handkantenschlag besaß genau die richtige Dosierung.

Sharkey zuckte noch einmal und fiel dann ins Gras.

Mit einer automatischen Bewegung wischte sich Susan über die Stirn.

Susan Taylor, die bei der Auseinandersetzung die Waffe verloren hatte, holte sich das Schießeisen wieder, um sofort aufzuspringen und es in Anschlag zu bringen.

Da war noch Dana Andrews. Und sie versuchte gerade zu flüchten.

»So haben wir nicht gewettet«, rief Susan verzerrt.

Enttäuscht blieb die ›Sünde‹ stehen. Tränen rollten plötzlich an ihren Wangen hinab. Susan war überzeugt, daß es sich um die berühmten Krokodilstränen handelte.

Am Waldesrand erschienen die Cops. Zwei Männer mit einer Bahre waren auch dabei. Susan winkte ihnen mit der freien Hand zu.

Für sie war augenblicklich der Fall erledigt. Aber Cliff...

Susan hatte in der Hitze des Kampfes gar nicht bemerkt, daß das Motorboot abgefahren war.

Susan Taylor rannte den Cops entgegen. »Alarmieren Sie die River Police. Schnell. Der Boß ist mit einem Motorboot geflohen.«

»Und Ihr Partner?« fragte der Sergeant von vorhin.

»Ist auch an Bord«, erwiderte Susan leise.

Hyman, der dicke Gangsterboß, hatte gedankenschnell gehandelt, als er sah, daß nichts mehr zu retten war.

Er sprang zu dem kleinen Führerstand und betätigte den Anlasser.

Der Motor war gut in Schuß und kam sofort.

Doch dann machte Hyman einen Fehler.

Er gab in seiner Hast zuviel Gas.

Das Boot bockte.

Und das wiederum kostete Sekunden.

Sekunden, die ich ausnutzte.

Ich hechtete förmlich über den Steg, stieß mich ab und jumpte mit einem letzten riesigen Satz in das Boot, das gerade startete.

Der Ruck warf mich gegen die rotlackierte Sitzbank.

Hyman nahm Gas weg.

Er wandte sich halb um.

Erschrecken, Haß, Wut und Enttäuschung kennzeichneten sein Gesicht.

Mit der rechten Hand hielt er das Steuer, während er mit der linken unter seinem Jackett herumfummelte.

Ich stieß mich ab und sprang vor.

Doch Hyman war eiskalt.

Ein kurzer Schlenker an dem Steuer, das Boot bekam eine andere Richtung und ich ebenfalls.

Voll prallte ich neben Hyman gegen die Holzverkleidung des kleinen Ruderstandes.

Hyman hatte die Knarre frei und schwenkte sie herum...

Mein Rundschlag fegte ihm in die Kniekehlen.

Hyman knickte zusammen. Die Mündung der Waffe zeigte nach oben.

Ich packte seinen Unterarm und hieb ihn auf die Holzverkleidung.

Schreiend ließ der dicke Gangsterboß das Schießeisen fallen.

Das Boot fuhr jetzt steuerlos.

Wie ein Ballon, dem die Luft entweicht, raste es im Zickzack über den Potomac River. Zum Glück war der Fluß breit genug.

Ich packte Hyman am Hosengürtel, zog den Dicken zu mir heran und donnerte ihm den Bruchteil einer Sekunde später die Faust ins Gesicht.

Tibor Hyman kippte gegen die niedrige Reling.

Ich packte erst mal das Steuer.

Mit ein paar Bewegungen beruhigte ich das Boot. Dann stellte ich das Rad mittels eines Hakens fest.

An den Ufern hatten sich Menschen versammelt, die sensationslüstern unsere Auseinandersetzung verfolgten.

Wie gut, daß uns noch kein Schiff entgegengekommen war.

Hyman hatte sich wieder erholt.

Er hockte auf den Knien und starrte mich mit blutunterlaufenen Augen an. Aus seinem Mund troff Speichel.

Die über die Bordwand spritzende Gischt hatte uns beide durchnäßt.

»Gib auf, Hyman«, sagte ich schwer atmend.

Stur schüttelte der Gangster den Kopf. Mit einer Hand wischte er sich über die Lippen. Dann stützte er sich hoch.

»Nie, Corner. Nie gebe ich auf.«

Schwankend kam er auf mich zu.

Und noch immer raste das Motorboot über den Potomac.

In ging einen halben Schritt zurück und zog den Zündschlüssel ab. Mit einem leisen Blubbern erstarb der Motor.

Es war auf einmal unnatürlich still.

Meine Waffe, ich hätte sie jetzt gern gehabt. Aber die hatte ich wegwerfen müssen, als mich Dana Andrews bedroht hatte.

Hyman ließ plötzlich die Arme sinken. Sein ganzer Körper sackte förmlich zusammen.

»Okay, Corner. Ich gebe auf.«

»Na, also«, grinste ich. »Warum nicht gleich?«

Und ich Esel ließ mich täuschen. Hyman breitete in einer verzweifelten Gebärde die Arme aus, zuckte mit den Schultern, warf sich urplötzlich herum und sprang über die Bordwand.

Ich reagierte gedankenschnell, riß mir meine Jacke vom Körper und hechtete hinterher.

Als ich in das eiskalte Wasser eintauchte, mußte ich unwillkürlich an den dreckigen Tümpel denken, in dem ich gestern gelegen hatte.

Der dicke Hyman hatte schon einen guten Vorsprung. Er schwamm ziemlich schnell, jedoch waren seine Bewegungen zu überhastet und unkontrolliert.

Ich holte auf.

Einmal blickte sich Hyman um, sah mich, und seine Bewegungen wurden noch hektischer.

Wir hatten etwa die Mitte des Flusses erreicht, da packte ich ihn.

Ich bekam Tibor Hyman am rechten Bein zu fassen.

Der dicke Gangsterboß sackte weg.

Ich ließ sein Bein los, und wenig später tauchte Hyman auf. Japsend und keuchend. Er spuckte Wasser, hustete.

Ein Kraulstoß brachte mich neben ihn.

Ich holte aus.

Tibor Hyman riß schützend seine Arme vors Gesicht. Mein Schlag erwischte ihn trotzdem.

Tibor Hyman wurde zurückgeworfen. Gurgelnd tauchte er unter.

Ich ging ebenfalls auf Tauchstation, packte den Dicken unter den Achseln und zog ihn an die Oberfläche.

Verdammt, der Kerl war schwer.

Ich nahm die vorschriftsmäßige Rettungsposition ein, sah mich kurz um und entdeckte das Polizeiboot. Es steuerte langsam auf uns zu.

Ein wenig später klatschte ein Rettungsring neben uns ins Wasser.

Sie hievten Hyman zuerst hoch. Er war bewußtlos. Bald stand auch ich an Deck. Frierend und zähneklappernd.

Der Kommandant des Bootes, ein junger Lieutenant, reichte mir die berühmte Buddel.

Der Rum rann wie flüssiges Feuer in meine Kehle.

Dann wurde ich wieder in eine Decke gewickelt.

»Wer hat Sie alarmiert?« wollte ich wissen.

»Ein Kollege von der City Police. Aber auf Geheiß einer gewissen Miß Taylor«, antwortete der Lieutenant.

Ich mußte grinsen. Susan, sie hatte mal wieder schnell geschaltet.

»Wohin fahren wir?« fragte ich.

»Zur nächsten River Police Station. Sie werden dort schon erwartet.«

»Gut«, nickte ich. »Doch vorher möchte ich telefonieren. Geht das?«

»Sicher.«

Ich ließ mir eine Verbindung mit Myers geben. In kurzen Zügen berichtete ich. Ab und zu unterbrochen von Niesanfällen.

Myers gab sofort seine Anordnungen.

»Hyman wird abgeholt«, sagte er knapp. »Ich erwarte Miß Taylor und Sie ebenfalls in zwei Stunden im Pentagon. Ende.«

Ich schüttelte den Kopf. Gute Besserung hätte er mir schließlich wünschen können. Oder meinen Sie nicht auch?

Der Mann stand in Deckung eines Baumes. Er beobachtete schon seit einer halben Stunde Hymans Grundstück. Er erlebte die Schießerei als Zuschauer, griff jedoch nicht ein, sondern registrierte nur. Als die Cops eintrafen, verließ er seinen Platz, schlenderte zu seinem Wagen, einem dunkelroten Chrysler, und fuhr davon.

Susan Taylor hätte als einzige Person diesen Mann gekannt. Es war niemand anderes als ihr Bewacher auf der Jacht. Der Kerl mit dem gutmütigen Gesicht.

Der Mann stoppte vor einer Telefonzelle. Er wählte eine Nummer, die in keinem Fernsprechbuch zu finden ist.

Der Teilnehmer an der anderen Seite hob schnell ab.

»Sie haben Tibor Hyman geschnappt«, meldete der Mann.

Sein Gesprächspartner sagte erst mal gar nichts. Dann fragte er: »Weiß Hyman sehr viel?«

Der Mann in der Zelle überlegte kurz. »Eigentlich nicht.«

»Was heißt, eigentlich? Entweder ja oder nein.«

»Dann ja.«

»Gut. Liquidieren Sie ihn.«

Der Anrufer zog scharf die Luft durch die Nase. »Es wird schwierig werden. Sie haben Hyman unter Kontrolle.«

»Das ist Ihr Problem. Er darf nichts über unsere Organisation ausplaudern. Die Arbeit von Jahren wäre hin.«

Der Mann in der Zelle antwortete nicht.

»Haben Sie mich verstanden?«

»Ja.«

»Hoffentlich. Melden Sie sich wieder, wenn Sie Erfolg gehabt haben. Und denken Sie daran: Bei uns gibt es keine Mißerfolge.«

Nach diesen Sätzen tönte nur noch das Freizeichen.

Der Anrufer trat aus der Zelle. Schweiß stand auf seiner Stirn. Er zündete sich eine Zigarette an, warf sie jedoch nach drei Zügen in einen Gully. Während er zu seinem Wagen ging, gebrauchte er ein internationales Schimpfwort.

Ich fand in Hymans Haus trockene Kleidung. Die Klamotten sahen zwar abenteuerlich aus und ließen Susan zu Heiterkeitsausbrüchen hinreißen, doch ich sagte mir: besser als gar nichts.

Zwei Dienstlimousinen des CIA rollten an.

Ihre Insassen benahmen sich wie die Herren der Welt.

»Wo ist Hyman?« schnarrte ihr Anführer, ein Kerl mit Gletscherblick und schütterem Haar, zur Begrüßung.

»In Sicherheit«, gab Susan schnippisch zurück. »Außerdem stellt man sich bei zivilisierten Menschen vor.«

Der Knabe hielt überrascht inne. Wahrscheinlich hatte noch niemand so mit ihm geredet. Später erfuhren wir, daß er auch zu der Bodyguard des Präsidenten gehörte.

»Also gut«, sagte der Geheimdienstmensch. »Mein Name ist Jeff Riley. Zufrieden?«

»Halbwegs«, antwortete Susan.

»Dann können wir ja an die Arbeit gehen, Miß — Miß Taylor, wenn ich mich nicht irre.«

»Sie irren sich nicht.«

»Okay. Noch einmal, wo ist Hyman?«

»In seinem Arbeitszimmer. Mein Partner, Mr. Corner, ist bei ihm.«

»Mit einem Mann kann der Kerl leicht fertig werden«, regte sich der CIA-Beamte auf.

»Sie kennen Mr. Corner nicht«, erwiderte Susan trocken.

Riley blickte Susan kurz an und winkte dann drei seiner Leute, die im Hintergrund warteten, zu sich.

»Wir holen uns Hyman.«

Die Kameraden setzten sich in Bewegung.

Susan konnte nur den Kopf schütteln.

Die CIA-Bullen fanden das Arbeitszimmer schnell, in dem ich mit Hyman hockte.

Der Gangsterboß hatte bisher noch keinen Ton zu dem Fall gesagt, sondern immer nach einem Anwalt geschrien. Er war aber letzten Endes doch zu feige gewesen, ihn anzurufen.

»Jeff Riley vom Central Intell . . .«, wollte er sich vorstellen.

Ich winkte ab. »Geschenkt. Zeigen Sie mir lieber Ihren Ausweis.«

Die vier Männer kamen meinem Wunsch nach.

Tibor Hyman hockte wie ein Häufchen Elend im Sessel.

»Aufstehen, Hyman!« befahl Riley.

Der dicke Gangster gehorchte zitternd. Sein Blick irrte zwischen uns hin und her. Zwei CIA-Beamte nahmen ihn in die Mitte.

Ich hielt Jeff Riley zurück. »Meine Partnerin und ich werden mitfahren, Mr. Riley.«

Riley stutzte erst. Dann zuckte er mit den Schultern. »Meinetwegen.«

Ich sagte Susan Bescheid.

Wir fuhren mit unserem Leihwagen, der uns auch hierhergebracht hatte.

Zum Glück war mein Jackett trocken geblieben. Papiere, Autoschlüssel, alles war vorhanden.

Die beiden CIA-Limousinen legten ein irres Tempo vor. Anscheinend schienen die Straßenregeln für sie nicht zu gelten. Sie waren insgesamt mit acht Leuten gekommen. Weshalb, frage ich mich heute noch.

Das Pentagon selbst liegt inmitten gepflegter Parkanlagen, in denen sich wunderbar die Parkplätze der Besucher und Angestellten verteilen.

Die Hauptzufahrt geht vom Washington Boulevard ab. Riesige Hinweistafeln machen schon einige Meilen vorher darauf aufmerksam.

Unsere Kolonne ordnete sich vorbildlich ein, schwenkte in die Zufahrt und hatte nur noch einige hundert Yard bis zu dem imposanten Haupteingang des Pentagons, vor dem natürlich zwei uniformierte Posten stehen.

Die drei Wagen stoppten hintereinander. Wir als letzte.

Die beiden Fahrer sprangen zuerst aus den Schlitten. Dann Jeff Riley.

Hyman folgte. Wie mir schien, angstschlotternd.

Ich zog den Zündschlüssel ab, öffnete die Tür und stieg ebenfalls aus. Susan stand schon draußen.

Ihr Blick schweifte durch die Gegend. Rein unabsichtlich.

Susans Warnschrei ließ mich zusammenzucken.

Auch die CIA-Menschen kreiselten herum.

Der Schuß peitschte durch die Stille der Parkanlagen.

Jeff Riley, der neben Hyman stand und ebenfalls durch

Susans Warnschrei aufgeschreckt und in Bewegung war, zuckte zusammen. Aufschreiend fiel er gegen den Wagen.

Ich war sofort da.

Das Folgende spielte sich in Sekunden ab.

»Geben Sie mir Ihren Revolver!« schrie ich, während sich die anderen CIA-Agenten mit Hyman auf den Boden warfen und ihm mit ihren Körpern abdeckten.

Der zweite Schuß.

Heiß schrammte die Kugel über den Lack des Wagens und zwitscherte gegen die Steinstufen des Pentagon-Einganges.

Da hatte ich schon den Revolver in der Hand. Es war ein stumpfnasiger Colt.

Ich warf mich zur Seite, hechtete über die Kühlerhaube unseres Leihwagens und lag erst einmal in Deckung. Neben Susan Taylor.

Hinter uns ertönten Befehle. Die Wachmannschaft.

»Hoffentlich schnappen wir den Kerl«, keuchte Susan.

»Was heißt wir? Ich.«

Da sah ich ihn schon.

Mit langen Sätzen hetzte er über eine Wiese.

Ich hinterher.

Der Mann blickte kurz zurück, sah mich und rannte schneller.

Er holte das Letzte aus seinem Körper heraus.

Schüsse peitschten hinter mir auf.

Der Attentäter zuckte kurz zusammen, lief aber weiter.

Bald hatte ich ihn.

Plötzlich verschwand er hinter einer Baumgruppe.

Dann heulte ein Wagenmotor auf.

Ein dunkelroter Chrysler schleuderte über einen schmalen Kiesweg.

Ich schoß.

Die Kugel klatschte in das Blech. Doch der Wagen fuhr weiter.

Hinter mir schossen die anderen.

Und sie trafen.

Der Chrysler heulte auf einmal auf, kam ins Schleudern,

rutschte auf den Rasen, die Reifen drehten durch, und dann prallte der Wagen frontal gegen einen Baum.

Hoffentlich explodiert der . . .

Ich konnte gar nicht zu Ende denken, da stand der Wagen schon in Flammen. Die Explosion folgte Sekunden später . Die Druckwelle fegte mich fast von den Beinen.

»Der ist tot«, sagte Susan hinter mir.

Meine Partnerin. Sie konnte es nicht lassen. Sie war mir nachgelaufen.

Männer mit Löschgeräten liefen auf den Wagen zu. Sie versuchten zu retten, was noch zu retten war.

Wir gingen langsam zurück.

Vor dem Eingang des Pentagon hatte sich eine Menschenmenge eingefunden.

Gerade transportierten sie Riley ab.

»Was ist mit ihm?« fragte ich.

»Lungensteckschuß«, antwortete mir jemand. »Sieht verdammt böse aus.«

Hoffentlich kam Jeff Riley durch. Er war zwar kein direkter Kollege, doch irgendwie arbeiteten wir in dem gleichen schmutzigen Geschäft.

Tibor Hyman hatten sie schon weggebracht. Er hatte noch einmal Glück gehabt. Jetzt war ich auf das Verhör gespannt.

Ich entdeckte Myers.

Er sah uns auch und winkte mit einer knappen Geste.

»Tun wir ihm den Gefallen und gehen hin«, sagte Susan.

»Sie beide kommen mit«, erklärte Myers. »Sie übernehmen das Verhör von diesem Tibor Hyman. Der Mann steht bestimmt unter einem Schock. Das müssen wir ausnutzen.«

Tibor Hyman saß wie das berühmte Häufchen Elend auf seinem Stuhl. Gefesselt durch ein Paar solider Handschellen. Kaltes Neonlicht erhellte das Zimmer. Es gab noch weitere Stühle, einen Schreibtisch und einen kleineren Schreibmaschinentisch mit einem älteren Hackkasten darauf. Elektrische Maschinen wurden beim CIA wohl nur von den Sekretärinnen benutzt.

Susan Taylor, ein Protokollführer und ich saßen dem Gangsterboß gegenüber.

Auf Hymans Gesicht glänzte der Schweiß. Nervös spielte der Mann an seinen Fingern.

»Da haben Sie noch mal Glück gehabt, Hyman«, sagte ich.

Der Gangster sah mich an. Seine Augenlider flatterten unstet. »Wie meinen Sie?« fragte er krächzend.

Ich schüttelte den Kopf. »Stellen Sie sich doch nicht dümmer, als sie sind, Hyman. Der Mordanschlag galt Ihnen, daran gibt es keinen Zweifel. Ihr Versagen hat sich schnell herumgesprochen. Und Ihre Partner reagieren sauer. Verdammt sauer sogar. Ich an Ihrer Stelle wüßte, wie ich mich zu verhalten hätte.«

»Ja, wie denn?« schnappte Tibor Hyman.

»Reden. Mehr nicht.«

Hyman lachte bitter auf. »Reden. Worüber denn? Was denn? Ich habe keine Ahnung.«

Ich beugte mich vor.

»Sie können mich doch nicht für dumm verkaufen, Hyman. Erzählen sie mir nur nicht, daß Sie die Leute nicht kennen, die mich entführt haben oder — besser gesagt — die Drahtzieher dieser Entführung waren. Mann, reden Sie. Es geht um Ihren Kopf, um Ihre Zukunft.«

»Es wäre wirklich besser«, sagte Susan.

»Einzelne Namen kenne ich nicht«, begann der Gangsterboß. »Ich weiß nur, daß hinter all den Sachen die Organisation Silence steht.«

Ich zuckte zusammen. Auch Susan reagierte bei dem Wort Silence. Diese Organisation war ein Phantom. Wir wußten von ihrer Existenz, doch wie sie arbeitete und vor allen Dingen wer für sie arbeitete, war bisher unbekannt. Hatten wir diesmal eine Chance?«

»Reden Sie weiter, Hyman«, ermunterte ich ihn gespannt.

»Diese Leute traten eines Tages telefonisch an mich heran und fragten, ob ich mit meinen Männern Aufträge für sie übernehmen würde.«

»Wann war das?« unterbrach ich ihn.

»Vor etwa einem Jahr.«

Das konnte stimmen, denn zu diesem Zeitpunkt wurde der Name Silence zum erstenmal von unseren V-Leuten erwähnt.

»Ich sagte zu«, fuhr Tibor Hyman fort, »vor allen Dingen wegen der Bezahlung.«

»Was übernahmen Sie für Aufträge?« wollte ich wissen.

»So gut wie gar nichts. Wir besorgten nur einmal Pläne für ein neues Lasergerät. Das war in Miami. Und dann den letzten Job hier.«

Ich lachte spöttisch. »Das sollen wir Ihnen glauben, Hyman?«

»Ich schwöre es!« schrie Hyman plötzlich. »Es waren nur zwei Aufträge für die Organisation.«

»Okay, okay. Wir glauben Ihnen ja«, beruhigte ich ihn. »Reden Sie weiter. Wie trat man zum Beispiel mit Ihnen in Verbindung?«

»Wie ich schon sagte, nur telefonisch«, krächzte Hyman und riß sich den Hemdkragen auf. »Sie gaben ihren Auftrag durch und fertig.«

»Hyman, ich glaube Ihnen nicht. Ich kenne ja schon einen Namen. Ika, diesen sadistischen Killer. Ihre Leute kennen ihn auch, und sogar seinen Chef, diesen Mann mit den weißen Haaren. Da wollen Sie mir weismachen, keine Ahnung zu haben?«

Tibor Hyman rutschte auf seinem Stuhl herum. »Einmal habe ich ihn gesehen«, gab er zu.

»Wen?«

»Den Weißhaarigen.«

»Name?«

»Das weiß ich wirklich nicht. Verdammt noch mal, so glauben Sie mir doch«, regte sich Hyman auf.

»Gut, Hyman. Wo haben Sie sich getroffen?«

»In meinem Haus.«

»Wer war noch bei ihm?«

»Dieser Ika und . . .«

Tibor Hyman wand sich wie ein Aal.

»Reden Sie schon«, forderte ich ihn auf.

»Dana Andrews«, flüsterte er.

Ich sprang auf. »Was?«

»Ja, Dana Andrews«, bestätigte Tibor Hyman. »Sie wurde mir als Aufpasserin zugeteilt.«

Verdammt, das war ein starkes Stück. Dana Andrews, die ›Sünde‹. Nicht im Traum hätte ich daran gedacht.

»Wer wußte alles davon?« fragte ich hastig.

»Nur ich. Meine Leute waren nicht eingeweiht«, antwortete Hyman heiser.

»Augenblick, Cliff«, mischte sich Susan ein. »Das werden wir gleich haben. Die Cops haben Dana Andrews mitgenommen. Bin in ein paar Minuten wieder zurück.«

Wie ein Wirbelwind huschte Susan aus dem Zimmer.

Vollkommen fertig hing Hyman auf dem Stuhl. Er bat um eine Zigarette.

Ich gab sie ihm.

Hyman rauchte hastig. Ich ließ ihn in Ruhe. Wollte erst Susans Nachricht abwarten. Wenn wir Dana Andrews in die Finger bekamen, hatten wir den Anfang des roten Fadens in der Hand. Warum eigentlich in die Finger bekamen? Wir hatten sie ja schon. Trotzdem, ein ungutes Gefühl machte sich in mir breit.

Susan Taylor bestätigte wenig später dieses ungute Gefühl. Sie kam mit dem berühmten Jetzt-haben-wir-den -Salat-Gesicht zurück.

»Dana Andrews ist den Cops entwischt«, berichtete sie.

»Wie hat sie das geschafft?« schluckte ich.

»Durch Gift. Sie hat die Cops durch Gift ausgeschaltet.«

»Sind — sind die Männer tot?« fragte ich stockend.

»Gott sei Dank, nein. Das Gift hat sie nur betäubt. Die Zentrale wurde aufmerksam, weil sich der Wagen nicht meldete. Von der Andrews fehlt jede Spur.«

»Großfahndung«, sagte ich.

»Schon veranlaßt.«

»Wunderbar. Jetzt sind Sie dran, Hyman«, wandte ich mich an den Gangster. »Wohin kann sich Dana Andrews gewandt haben?«

»Bin ich ein Zauberer?« knurrte der Kerl, wieder einigermaßen erholt.

»Reden Sie doch nicht«, fuhr ich ihn an. »Sie haben mit der Frau zusammengelebt, vielleicht mit ihr geschlafen, sie in unserem Beisein geschlagen, dann die Szene in ihrem Garten, alles sah verdammt vertraut aus.«

»Nur Theater«, erwiderte Hyman, »alles nur Theater. Wir mußten so tun, als ob. In Wirklichkeit weiß ich gar nichts von der Frau. Nicht nicht einmal ihre BH-Größe«, fügte er grinsend hinzu.

Ich lächelte. »Schön. Sie wissen also nichts. Aber vielleicht ihren richtigen Namen? Dana Andrews hieß sie doch bestimmt nicht.«

»Mir hat sie sich nicht anders vorgestellt.«

Ich sah schon, wir mußten das Verhör abbrechen.

Ich drückte auf einen Knopf unter dem Schreibtisch. Signal für zwei Beamte, die Hyman abholten.

»An diesem Fall beißen Sie sich die Zähne aus, Corner«, prophezeite mir Hyman zum Abschied.

»Abwarten«, erwiderte ich.

Susan zog mich zur Seite. »Sektion oder Organisation S. Hast du das erwartet?«

»Nein. Ich fürchte, uns steht noch viel Ärger bevor.«

Wir gingen in die Nachrichtenzentrale des CIA. Inzwischen waren neue Meldungen eingetroffen. Experten hatten das Patrolcar, aus dem Dana Andrews geflohen war, untersucht. Damit waren ihre Fingerabdrücke vorhanden. Bald würden wir wissen, ob sie registriert war.

Der dunkelrote Chrysler war inzwischen auch schon untersucht worden. Wie nicht anders zu erwarten, war der Fahrer ums Leben gekommen. Die Leiche war auch teilweise verbrannt, deshalb schwer zu identifizieren. Wir erstatteten Myers Bericht. Er hörte uns zu, ohne eine Miene zu verziehen.

Dann sagte Myers: »Für Sie ist es eine Chance, endlich mit diesem Spuk Organisation S aufzuräumen. Bleiben Sie am Ball. Ich habe die zuständigen Stellen in der Regierung schon informiert. Man erwartet Erfolge. Und zwar sehr bald.«

»Die Schreibtischhengste haben gut reden«, erwiderte ich sauer.

Myers antwortete nicht. Er stand auf, nickte uns zu und verließ den Raum.

Bei ihm wunderte uns nichts mehr.

FBI und CIA arbeiteten auf vollen Touren. Diese Dana Andrews mußte identifiziert werden.

Sie wurde es.

Zwei Stunden später lag das Ergebnis vor. Dana Andrews hieß in Wirklichkeit Katja Tomarow und war vor drei Jahren aus Rumänien eingewandert.

Ein Erfolg.

Dazu muß ich sagen, daß jeder Einwanderer seine Fingerabdrücke hinterlassen muß. Und diese Ausländerkartei hat uns — wie schon so oft — auch diesmal nicht im Stich gelassen. Sogar Katjas Adresse war vorgemerkt.

Katja Tomarow. Acker Street 24.

Das Girl war blond. Anfang Zwanzig und trug ein Nichts von Bettbikini.

»Dana Andrews«, wiederholte sie mit schriller Stimme, »wohnt nicht mehr hier. Aber kommen Sie doch rein, Mister. Hier draußen zieht's.«

Ich hatte der Perle vorsichtshalber beide Namen genannt. Nun ja, Dana Andrews war ihr wenigstens ein Begriff.

Ich folgte Jill Potters Aufforderung. Den Namen der Blonden hatte ich vorher auf dem Pappschild an der Tür gelesen.

Blondie kurvte hüftschwenkend vor mir her. Ich konnte eine Figur bewundern, die — ehrlich gesagt — astrein war.

Das Wohnzimmer diente auch gleichzeitig als Schlafraum. Auf der Couch lag noch die Wolldecke, und auf einem der billigen Sessel stapelte sich Unterwäsche. Alles in Rot und mit schwarzen Rändern.

»Ich heiße Jill«, plapperte die Blonde und wandte mir ihr stupsnasiges Profil zu.

»Hab' ich bereits auf dem Schild gelesen« grinste ich.

Jill drohte mit dem Finger, an dessen Nagel der Lack schon halb abgeblättert war. »Sie sind ja ein Schnellmerker, Mister . . .«

». . . Corner. Cliff Corner.«

»Cliff? Hört sich gut an. Ehrlich.«

Blondie verzog das Gesicht, daß bald die Schminke abfiel. Dann deutete sie auf einen noch freien Sessel.

»Sie können ruhig Platz nehmen, Cliff. Möchten Sie was trinken? Whisky, Wodka, Gin . . .«

»Nein, nein«, unterbrach ich sie schnell, ehe sie sämtliche Schnapssorten durch hatte.

Jill staunte. »Ein Mann wie Sie und Abstinenzler? Kaum zu glauben. Hab' ich noch nie erlebt. Und ich kenn' viele Männer, darauf können Sie Gift nehmen.«

Jill zuckte mit den Schultern und ließ sich auf die Couch fallen.

»Sagen Sie mal, was wollten Sie überhaupt? Nur nach der Andrews fragen? Das können Sie mir nicht erzählen. Aber wenn Sie gekommen sind, um zu . . .«, Jill gebrauchte ein nicht druckreifes Wort, »können wir mal darüber reden«, machte sie mir ein Angebot und zupfte mit der linken Hand an dem Oberteil ihres Bettbikinis herum. Für den dabei vollführten Augenaufschlag hätte mancher bestimmt zehn Dollar gegeben.

Ich winkte hastig ab. »Lieber nicht. Ich bin heute nicht in Form.«

»Selbst schuld«, lautete Jills Kommentar.

Das Girl holte sich eine Zigarette aus der Packung. Während ich ihr Feuer gab, fragte ich: »Wie gut kannten Sie Dana Andrews?«

Jill Potter verschluckte sich fast an dem Rauch. »Sie fragen wie ein Bulle«, hustete sie. »Sie sind einer. Vielleicht von der Sitte?«

»Keine Angst. Ich bin Privatdetektiv.«

Jill hatte sich wieder beruhigt. Ihre Augen wurden zu Schlitzen. »Privater Schnüffler. Das ist gut, sehr gut. Dann müssen Sie schon 'n paar Mäuse springen lassen, wenn ich was erzählen soll.«

Ich kannte diese Art Mädchen. Die sagten nichts umsonst.

Ich legte einen Zwanzigdollarschein auf den Tisch.

»Sind Sie Schotte?«

Ich legte das gleiche dazu. »So sieht die Sache schon anders aus.«

Jill beugte sich vor, grapschte die Scheine und ließ sie in dem Tal zwischen ihren beiden nicht gerade kleinen Paketen verschwinden.

»Was haben Sie vorhin noch gesagt?« fragte sie.

Ich wiederholte meine Frage.

»Dana Andrews. Sicher, die kenne ich. Aber warum wollen Sie das wissen?«

Mir platzte bald die Geduld. »Ich habe Sie nicht bezahlt, damit Sie mir Gegenfragen stellen.«

»Ist ja gut. Keine Aufregung, Cliff. Ich rede ja.«

»Hoffentlich.«

»Ich habe Dana damals in 'nem Lokal kennengelernt. Ich war da als Bedienung. Ich fragte sie, ob sie nicht 'ne Wohnung für mich wüßte. Die Vermieterin hatte mich damals aus meiner Hütte rausgeschmissen, wissen Sie. Na ja, wie das so ging. Ich hatte Glück. Die Andrews wollte ausziehen. Das ist eigentlich alles.«

»Wie hieß denn das Lokal?« wollte ich wissen.

»Black House. Das Gegenstück zum Weißen Haus.«

»Kam Dana Andrews öfter in dieses Lokal?«

Jill überlegte. »Vielleicht drei- bis viermal. Nee — warten Sie. Hinterher war sie fast jeden Tag da.«

»Allein?«

»Teils, teils.«

»Was heißt das?«

»Manchmal war auch jemand dabei. Einmal ist sie sogar mit drei Männern gekommen.«

»Und? Kannten Sie die Männer, Jill?«

»Nee.« Zu diesem Wort schüttelte sie noch demonstrativ den Kopf.

Ich lehnte mich zurück.

»Jill«, begann ich ganz langsam, »ist Ihnen nichts aufgefallen? Haben sie Gesprächsfetzen aufschnappen können?«

»Denken Sie, ich bin neugierig?«

Ich faßte mich in Geduld. »Das habe ich nicht gesagt. Aber

Sie können doch aus Zufall mal etwas gehört haben.« Jill verzog ihr Gesicht. »Sie sprachen immer sehr leise. Doch — da fällt mir ein . . .«

»Ja?«

»Sicher, jetzt hab' ich es. Sie sprachen mal über eine Botschaft. Und Dana hat mir auch erzählt, daß sie bald in einer Botschaft als Tipse anfängt.«

Ich zuckte hoch. »Welche Botschaft war das?«

»Das weiß ich nicht.«

Mist. Der Hoffnungsfunke war wie eine Seifenblase zerplatzt.

»Können Sie sich vielleicht für fünfzig Dollar erinnern, Jill?« versuchte ich es noch mal.

Jill fuhr sich mit der Zungenspitze über die Lippen. »Fünfzig Dollar?« dehnte sie.

»Ja. Aber versuchen Sie nur nicht, mir einen Bären aufzubinden«, warnte ich sie.

Jill Potter zuckte mit den Schultern. »Ich weiß nichts mehr. Außerdem habe ich auch keine Zeit. Mein Freund kommt gleich.«

Unter Freund verstand sie sicher ihren Zuhälter.

Ich verabschiedete mich.

Ein altersschwacher Fahrstuhl brachte mich nach unten.

Draußen empfing mich die Sonne. Direkt eine Wohltat gegen den muffigen Hausflur.

Die grauen Häuserfronten der Acker Street glotzten mich an. Es war eine arme Gegend hier. Nichts war zu spüren von der vornehmen Ruhe der Diplomatenstadt Washington.

Mein Leihwagen, ein 78er Ford, stand neben einer Laterne.

Ich holte den Wagenschlüssel aus der Tasche und öffnete die Tür.

Im gleichen Augenblick bohrte sich etwas Hartes in meinen Rücken.

»Das ist ein Revolver«, sagte hinter mir eine Stimme mit hartem, fremdländischem Akzent. »Sie werden tun, was ich anordne. Steigen Sie ein, und rutschen Sie auf den Beifahrersitz!«

Ich gehorchte.

Aus den Augenwinkeln sah ich einen zweiten Mann. Er setzte sich in den Fond.

Der Kerl hinter dem Steuer hielt seinen Revolver fest in der Hand. Auf die Mündung hatte er einen Schalldämpfer geschraubt. Der Mann hatte ein hartes Gesicht mit leicht asiatischem Einschlag. Seine Lippen waren nur zwei dünne Striche.

»Wie haben Sie mich gefunden?« fragte ich heiser.

»Wir haben Sie schon vom Pentagon an verfolgt, Corner«, erwiderte der Mann, der hinter mir saß und mir die Mündung einer Waffe gegen den Hals drückte. »Wir wußten immer, wo Sie zu finden sind.«

Ich atmete tief ein. »Und wie soll's weitergehen?«

»Wir werden Sie erschießen, Corner«, erklärte mein Hintermann.

Sicher, das hatte ich mir gedacht. »Und wo, wenn ich fragen darf?«

Jetzt antwortete der Mann hinter dem Steuer. Doch vorher lachte er. »Hier natürlich, Mr. Corner.«

Die Experten hatten den Chrysler noch mal genau unter die Lupe genommen. Und die Mühe hatte sich gelohnt.

Es war vorher den Männern des Löschtrupps gelungen, einen Teil des hinteren Nummernschildes zu retten. Drei Zahlen waren noch lesbar. Es bereitete deshalb auch keine großen Schwierigkeiten, die noch fehlenden Zahlen zu bekommen.

Wenig später lag das Ergebnis auf dem Tisch.

Der Chrysler war auf den Namen George Slater zugelassen. Und dieser Slater betrieb, was Nachforschungen ergaben, ein gutflorierendes Lokal.

Das Black House.

Susan Taylor sah Land.

Da es schon auf den Abend zuging und ich immer noch nicht zurück war, hinterließ Susan mir eine Nachricht, wo sie mich finden konnte.

Susan Taylor ließ sich mit einem Taxi zu dem Lokal fahren. Es lag in einer kleinen Straße, unweit vom Garfield Park.

Das Black House war im Bungalowstil erbaut und hatte große Fenster, vor denen allerdings dicke Vorhänge hingen.

Susan mußte klingeln, um überhaupt hineingelassen zu werden.

Ein verschnupft aussehender Typ öffnete ihr die Tür.

»Sie wünschen?«

»Ich bin verabredet«, log Susan. »Mit wem, bitte?«

»Meinen Sie nicht, daß diese Frage ein wenig indiskret ist?« lächelte meine Partnerin.

Der Türhüter dachte nach. Dann nickte er wohlwollend und ließ Susan herein.

Susan war froh, daß sie sich vorher umgezogen hatte. Ein großer Raum, eingerichtet mit dicken Polstermöbeln, nahm sie auf. Die ganze Atmosphäre strahlte vornehme Zurückhaltung aus.

Genau im Gegensatz zur Bar.

Der Türhüter geleitete Susan direkt in ein Sündenbabel.

Indirekte Beleuchtung, raffiniert angebrachte Nischen, eine kleine, von unten angestrahlte Tanzfläche und eine Bar, die mit allem ausgestattet war, was die Getränkeindustrie zu bieten hatte.

Susan erklomm einen mit Fell bespannten Hocker.

Außer ihr saßen noch zwei Männer an der Bar, deren Augen sofort einen gewissen Glanz annahmen, als sie Susan sahen.

Ehrlich gesagt, Susan Taylor konnte sich auch sehen lassen. Ihr raffinierter, azurblauer Hosenanzug war fast bis zum Nabel ausgeschnitten und bedeckte jedoch die Stellen, die Männer immer als erstes sehen wollen.

Ein hellblonder, feminin wirkender Mixer kümmerte sich um Susans Wünsche.

Meine Partnerin bestellte einen trockenen Martini.

Sekunden später stand er vor ihr.

»Sagen Sie« wandte sich Susan an den Blondgelockten, »wann beginnt denn der Betrieb?«

Der Mixer schniefte durch seine Nasenlöcher und antwortete samtweich: »Die Gentlemen werden in etwa einer Stunde hier eintreffen. Bis dahin müssen Sie sich noch gedulden, Sie Schwalbe, Sie.«

Susan holte aus ihrer irren Handtasche einen Dollar, schnippte ihn auf den blankpolierten Tresen und erwiderte in dem gleichen Tonfall: »Hier, kauf dir eine Wanne Pudding.«

Der Mixer zog beleidigt ab.

In einem hatte er jedoch recht. Das Lokal füllte sich wirklich in einer Stunde.

Inzwischen mußte Susan mehrfach die Annäherungsversuche der zwei mit ihr an der Bar sitzenden Männer abwehren.

Die männlichen Gäste trugen durchweg Smokings. Ihre wesentlich jüngeren Begleiterinnen waren nicht so elegant gekleidet, dafür freizügiger.

Eine Fünf-Mann-Combo spielte auf.

Die Herrschaften, durch Champagner in Stimmung gebracht, tanzten, als wollten sie sämtliche Rekorde brechen.

Susan tanzte ebenfalls. Sie mußte schließlich den Schein wahren.

Mit der Zeit verschwanden einzelne Paare durch eine Seitentür. Wohin? Susan konnte es sich denken. Sie wollte es aber genau wissen.

Verstohlen näherte sie sich der Tür.

Ein kurzer Blick, niemand schenkte ihr Beachtung, und Susan Taylor stand in einem mäßig beleuchteten Flur.

Naturholztüren zweigten zu beiden Seiten ab.

Am Ende des Flurs entdeckte Susan einen Lift. Da das gesamte Lokal nur einstöckig war, konnte der Lift nur nach unten fahren.

Meine Partnerin drückte auf einen erleuchteten Knopf.

Sekunden später surrte der Lift hinauf.

Schmatzend öffneten sich die Türen.

Susan glitt in die Kabine.

Ihre Blicke tasteten die kleine Schalttafel an der rechten Wand ab.

Es gab vier Knöpfe. Sie drückte den untersten.

Eine fieberhafte Spannung hatte sie erfaßt. An die Gefahr dachte Susan Taylor nicht.

Seidenweich stoppte der Lift.

Wieder glitten die Türen auseinander.

Susan Taylor wartete noch einen Augenblick und lugte dann vorsichtig nach draußen.

Vor ihr lag ein Gang. Dicke Teppiche dämpften den Schritt, und an den holzgetäfelten Wänden hingen Leuchten.

Irgendwo lachte eine Frau hell auf.

Meine Partnerin verließ den Lift.

Sie huschte vorwärts.

Eine Schiebetür. Am Ende des Ganges.

Susan Taylor zögerte kurz. Dann faßte sie mit beiden Händen an die Griffe.

In diesem Augenblick wurde die Tür von der anderen Seite aufgezogen.

Susan Taylor starrte in das Gesicht eines ihr unbekannten Mannes.

Beide waren überrascht. Nur reagierte meine Partnerin schneller.

Ihre rechte Hand zuckte hoch, und ein brettharter Karateschlag knallte gegen den ungedeckten Hals des Mannes.

Der Kerl verdrehte die Augen und fiel langsam nach hinten. Ehe er auf den Boden schlagen konnte, fing Susan ihn auf.

Aber wohin mit dem Bewußtlosen?

Meine Partnerin orientierte sich blitzschnell.

Sie befand sich in einer Art Wartezimmer. Eine elegante Polstergarnitur aus Leder, ein dazu passender Tisch und geschmackvolle Bilder gaben dem Raum Atmosphäre.

Die Bodenvase. Sie stand in der Ecke.

Das müßte klappen, dachte Susan.

Sie packte den Mann unter die Achseln und schleifte ihn in Richtung Vase.

Stimmen auf dem Gang.

Verdammt, wenn man sie jetzt entdeckte...

Susan erreichte die Vase in dem Augenblick, als ein Pärchen den Raum betrat.

»Warum ist denn die Schiebetür offen?« wunderte sich das Girl, ein blutjunges Ding.

»Ist doch egal«, antwortete ihr Begleiter, ein Mann mit grauen Schläfen und aufgedunsenem Säufergesicht, während er bei seiner Puppe in Regionen oberhalb der Gürtellinie herumfummelte.

»Laß das«, kicherte sie, »ich bin kitzelig.«

Der Mann war kaum noch zu halten. »Können wir nicht hier schon?« fragte er gierig und zog seine Begleiterin in Richtung Couch.

Susan schwitze hinter ihrer Vase Blut und Wasser. Wenn sie das wirklich ausführten, mußten sie meine Partnerin unbedingt entdecken.

»Du bist wohl verrückt«, zischte das Girl. »Warte gefälligst, bis du dran bist.«

Murrend gab der Mann nach.

Susan fiel der berühmte Stein vom Herzen.

Vorsichtig lugte sie hinter ihrer Vase hervor. Sie war gespannt, wie es weiterging.

Das Pärchen stand jetzt vor der Querwand des Raumes. Der Mann trat auf eine bestimmte Stelle an der Fußleiste.

Es ertönte ein Summen, und dann schob sich ein Teil der Wand zur Seite.

»Ewig diese Geheimnistuerei...«, knurrte der Mann.

»Willst du, daß dich deine Frau hier erwischt?« fragte seine Mieze schnippisch.

»Um Gottes willen.«

Was der Knabe sonst noch sagte, hörte Susan nicht, denn die beiden entfernten sich ziemlich rasch. Außerdem schob sich die Wand wieder in ihre alte Lage.

Susan Taylor hatte sich die Stelle an der Leiste genau gemerkt. Sie wußte selbst, bis jetzt hatte sie mehr als Glück gehabt. Würde es anhalten?

Genau wie vorher schob sich ein Teil der Wand zur Seite.

Susan huschte durch die Öffnung.

Endlich war sie am Ziel.

Ein halbrunder Raum nahm sie auf. Türen zweigten ab. Dahinter Gekicher, Gelächter, ab und zu ein Stöhnen.

Susan Taylor war in einem Bordell gelandet. In einem Bordell für Diplomaten.

Ein nacktes Mädchen hüpfte aus einem der Zimmer. Sie

winkte Susan zu und verschwand hinter der Tür mit der Aufschrift ›Ladies‹.

Meine Partnerin zog ihre Pistole.

Sie schlich an die nächstgelegene Tür, legte ihr Ohr gegen die Füllung, lauschte, drehte dann den Türknauf...

Langsam schwang die Tür auf.

Susan glitt in den dahinterliegenden Raum.

Ein Mann stand an einem Schreibtisch. Er wandte Susan den Rücken zu. Wahrscheinlich hatte er noch nichts gemerkt.

Susan packte ihre Waffe fester. Bewegte sich ein wenig auf den Mann zu...

»Nicht so schüchtern, Miß Taylor«, sagte er plötzlich.

Susan zuckte zusammen. Diese Stimme! Sie kannte sie. Wo hatte sie diese Stimme nur in letzter Zeit gehört?

Langsam wandte sich der Mann um.

Auf seinem Gesicht lag ein spöttisches Lächeln, als der Susan in die Augen blickte.

»Überrascht, Miß Taylor?«

»Ja« gab Susan zu.

Denn dieser Mann war niemand anders als der Weißhaarige, der Susan Taylor auf dem Motorboot gefangengehalten hatte und auch an meiner Entführung beteiligt gewesen war.

Susan Taylor stand dem Chef der Organisation S gegenüber...

Die Worte des Gangsters trafen mich wie ein Schlag in die Magengrube.

Sicher, hier konnten sie mich eiskalt umlegen. In dieser Gegend achtete niemand auf drei Männer in einem parkenden Wagen.

Der Mann hinter dem Volant kicherte.

»Einmal stirbt jeder«, sagte er. »Doch vorher hätten wir gern ein paar Fragen beantwortet. Was hat die Puppe da oben erzählt?«

»Gar nichts. Sie hat mich eingeladen zum Ringelpietz mit Anfassen«, erwiderte ich mit Galgenhumor.

Der Schlag in den Nacken warf mich fast gegen die Windschutzscheibe. Mein Hintermann hatte verdammt schnell geschaltet.

Ich sah Sterne und spürte, wie mich der Kerl am Jackettkragen zurückriß.

»Nun, Corner?« lächelte der Mann neben mir süffisant.

Ich wischte mir über den Mund. Zeit gewinnen, das war im Augenblick alles.

Meine Blicke irrten umher. Meine rechte Hand spürte etwas Kaltes, Metallisches.

Der Türgriff!

Noch hatte mir der Kerl im Fond seine Waffe nicht wieder gegen den Hals gedrückt. Und außerdem besaß ich ja meinen .38er.

»Ich warte nicht länger«, zischte der Mann auf dem Fahrersitz.

»Okay«, gab ich mich scheinbar geschlagen. »Sie haben gewonnen. Diese Frau hat mir folgendes erzählt...«

Während ich mit vielen Worten wenig sagte und das Gesicht des Gangsters sich verzerrte, faßten die Finger meiner rechten Hand den Türhebel.

Hoffentlich war die Autotür nicht verschlossen.

Ich riskierte es.

Die Tür aufstoßen und mich aus dem Wagen fallen lassen war eins.

Hart knallte ich auf den Asphalt.

Über mir machte es: »Plopp!«

Fingerbreit nur surrte die Kugel an meinem Kopf vorbei.

Ich rollte mich herum, riß meinen .38er heraus und schoß durch die noch immer offenstehende Autotür in den Wagen.

Der Mann hinter dem Steuer zuckte wie vom Peitschenschlag getroffen zusammen. Sein zweiter Schuß fegte schräg durch das Dach des Ford.

Menschen schrien, Bremsen kreischten.

Plötzlich war die Hölle los.

Der andere Gangster!

Ich hetzte hoch.

Gerade warf er sich auf der anderen Seite des Wagens ins Freie. Er war schnell, unheimlich schnell.

Seiner Kugel entging ich nur durch einen Hechtsprung. Das Geschoß schrammte über den Wagen und zerstörte in einem der gegenüberliegenden Häuser eine Fensterscheibe.

Hoffentlich war in der Wohnung niemand verletzt worden.

Der Mann startete einen neuen Angriff. Ohne Rücksicht auf seine eigene Person. Wie irr ballerte er herum.

Dann kam das berühmte: »Klick!«

Er hatte sich verschossen.

Ich kam auf die Füße, flankte halb über das Heck des Ford, rutschte durch meinen eigenen Schwung weiter und traf meinen Gegner, der auf dem Bürgersteig kniete, mit beiden Absätzen am Kopf.

Wir fielen hart auf den Boden.

Instinktiv behielt ich meine Waffe in der Hand. Und das war gut so.

Woher der Kerl den Derringer plötzlich hatte, weiß ich nicht.

Auf jeden Fall lag der Mann auf dem Boden und riß den Arm mit der kleinen, aber durchaus tödlichen Waffe hoch.

Ich schoß um Sekundenbruchteile früher.

Meine Kugel traf ihn in die Schulter, seine fauchte in den Himmel.

Ich war sofort neben ihm. Die Mündung meines .38er deutete auf seinen Körper.

»Komm hoch!« befahl ich.

Der Kerl sah mich an und hielt sich seine Schulter. Ich erkannte, daß es nur ein Streifschuß war. Den Derringer hatte er fallen lassen.

»Mach kein Theater!« herrschte ich ihn an.

Er machte auch kein Theater mehr, sondern stand stöhnend auf. Der Mann wankte zum Wagen, wollte sich abstützen.

Und dann wirbelte er herum.

Sein Karateschrei ließ mich zusammenzucken. Ich sah wie in Großaufnahme einen Fuß auf mich zuschießen, riß instinktiv den Kopf zur Seite, und trotzdem streifte mich sein mörderischer Tritt am Ohr.

Ich hörte die Engel gleichzeitig singen.

Jemand packte mein rechtes Handgelenk.

Die Waffe! Wenn mein Gegner sie in die Finger bekam...

Ich drehte mich und riß mein Knie hoch. Ich traf da, wo es weh tut.

Der Kerl heulte auf und taumelte zurück.

Ich setzte nach. Noch immer halb benommen, hieb ich mit der Waffe nach ihm. Verdammt, ich wollte ihn nicht erschießen.

Der .38er knallte meinem Gegner auf die verletzte Schulter. Aufschreiend sackte er zusammen. Mit einem dosierten Handkantenschlag schickte ich ihn endgültig ins Reich der Träume.

Bei dieser Aktion hatte ich mich bücken müssen. Als ich wieder hochkam, sah ich zufällig durch das Wagenfenster ins Innere des Ford.

Für einen Moment stockte mir der Atem.

Der Mann hinter dem Steuer! Er hatte sich aufgerichtet, seine Pistole herumgeschwenkt...

Die Mündung, verdammt, sie zeigte direkt auf mich.

Ich schoß fast aus der Hüfte. Zweimal.

Beide Geschosse fetzten durch die Scheibe am Beifahrersitz und drangen dem Mann in die Brust.

Die Einschläge preßten ihn in den Sitz, schüttelten ihn durch. Dann hing er plötzlich schlaff in den Polstern. Die Pistole rutschte ihm aus der Hand.

Müde stützte ich mich gegen das Autodach. Hölle, diese Auseinandersetzung hatte mich geschafft. Ich verspürte in meinen Kniekehlen das berühmte Puddinggefühl.

Menschen hasteten heran.

Neugierige Gesichter preßten sich gegen die noch heil gebliebenen Scheiben des Ford.

»Der ist ja tot«, sagte eine Frau.

»Wo?« schrien andere.

Es war schrecklich. Jeder wollte was sehen. Aber ich kannte das.

Zum Glück war jemand so schlau gewesen und hatte die Cops alarmiert.

Jetzt kam die Menge in Form.

»Das ist der Mörder!« keiften ein paar Weiber hysterisch und streckten ihre Finger in meine Richtung.

Sekunden später klickten Handschellen um meine Gelenke.

Der Mann lachte. Lachte aus vollstem Herzen.

»Wüßte nicht, was es in Ihrer Situation noch zu lachen gäbe?« bemerkte Susan und hob ihre Pistole leicht an.

»Ihr Gesicht, Miß Taylor. Sie können die Überraschung einfach nicht verbergen. Es war doch alles gut eingefädelt, finden Sie nicht auch?«

»Was soll das heißen?«

Der Weißhaarige schüttelte vorwurfsvoll den Kopf. Er trat ein Stück zur Seite. Ein kleiner Monitor stand auf dem Schreibtisch. Bisher hatte ihn der Mann mit seinem Körper verdeckt.

»Sie sind beobachtet worden, Miß Taylor. Die ganze Zeit schon. Wir haben an allen wichtigen Punkten versteckte Fernsehkameras installiert. Uns entgeht nichts. Gar nichts. Ich brauche nur ein Zeichen zu geben, und Sie sind erledigt, Miß Taylor.«

»Sie aber auch«, erwiderte Susan eiskalt. Sie glitt einen Schritt zur Seite. »Zum Schuß werde ich immer noch kommen, Mister. Darauf können Sie Gift nehmen. Und meine Kugeln treffen auch. Sie sehen, meine Chancen stehen gar nicht so schlecht.«

Der Weißhaarige schien zu überlegen. »Gut, Miß Taylor, streiten wir uns nicht. Unterhalten wir uns lieber wie erwachsene Menschen. Sie haben bestimmt Fragen. Bitte, ich stehe Ihnen zur Verfügung.«

Sicher hatte Susan Fragen. Und sie war entschlossen, sie zu stellen.

»Organisation Silence. Was verstehe ich genau darunter?« wollte Susan wissen.

Der Weißhaarige lächelte. »Da Sie dieses Haus sowieso nicht lebend verlassen, kann ich Ihnen reinen Wein einschenken, Miß Taylor. Wir haben die Organisation S in fünf Jahren aufgebaut. Unsere Leute sitzen an vielen wichtigen Stellen in Industrie und

Politik. Die Zentrale befindet sich hier in Washington. Genauer gesagt, in der Botschaft meines Heimatlandes.«

»Und wie heißt Ihr Heimatland?«

Der Weißhaarige nannte einen Namen, den ich aus Gründen der Diskretion verschweigen muß.

»In dieser Botschaft laufen alle Fäden zusammen«, fuhr der Mann fort. »Von dort werden Nachrichten über eigene Spionagesatelliten weitergegeben. Ich kann Ihnen versichern, Miß Taylor, in einigen Monaten werden wir den gesamten Verteidigungsplan Ihres Landes kennen. Außerdem werden wir informiert sein über Ihre neuesten Industrieprodukte, über Verfahrenstechniken und so weiter. Wir werden mächtiger sein als die Mafia. Und gefährlicher, Miß Taylor.«

»Erzählen Sie weiter«, sagte Susan leise. Noch blieb sie ruhig.

Der Weißhaarige lächelte. »Freut mich, daß ich Sie nicht langweile, Miß Taylor. Natürlich gab es bei unserem Aufbau Schwierigkeiten. Wie zum Beispiel Roger Chekovs Verhaftung. Er war unser bester Kurier. Chekov wußte sehr viel. Er durfte unter keinen Umständen plaudern; da wir ihn nicht selbst erledigen konnten, mußten wir den SGS und CIA zwingen, ihn herauszugeben. Wir entführten Sie, Miß Taylor. Daß Chekov Selbstmord beging, konnten wir nicht ahnen. Ihr Partner hat es ja auch geschafft, uns hereinzulegen. Doch nun sind Sie freiwillig gekommen. Wir wissen diese Geste natürlich zu schätzen«, spottete der Weißhaarige.

»Bleiben wir beim Thema«, sagte Susan. »Was bedeutet dieser Laden hier?«

»Können Sie sich das nicht denken?«

»Schon. Aber ich will es von Ihnen wissen.«

»Ihr Wunsch ist mir Befehl, Miß Taylor. Hier werden gewisse Herren aus den Ministerien präpariert. Wir sorgen für Entspannung. Die Gentlemen können sich die Mädchen aussuchen. Nicht nur eins, mehrere. Auch für ein Spielchen stehen Räume zur Verfügung. Nur werden die Herren beobachtet. Sie wissen, Miß Taylor, die Fernsehkameras.«

»Also Erpressung«, stellte Susan fest.

Der Weißhaarige verzog das Gesicht. »Erpressung! Was für

ein schäbiges Wort! Sagen wir lieber, man tut sich gegenseitig einen Gefallen. Ich muß zugeben, wir haben bisher die besten Erfahrungen gemacht.«

»Das kann ich mir vorstellen«, sagte Susan trocken. »Aber was anderes. Wer ist George Slater?«

Der Weißhaarige lächelte. »Ich bin George Slater. Vielmehr: Slater ist mein zweiter Name. Der richtige dürfte für Sie uninteressant sein.«

»Und welche Rolle spielt Dana Andrews alias Katja Tomarow?« wollte Susan wissen.

»Teufel, Miß Taylor. Sie sind gut informiert. Sogar Danas richtigen Namen kennen Sie. Ich will Ihre Neugierde befriedigen. Katja Tomarow ist meine Vertreterin. Hier natürlich, in diesem Laden. Ich kann mich nicht um alles kümmern. Aber wie ich das so sehe, müssen wir Katja wieder in die Botschaft beordern. Ihr Name ist schon bekannt. Tja, Miß Taylor. Auch Sie vom SGS werden mich nicht aufhalten.«

»Vielleicht«, gab Susan zu. »Doch Sie vergessen meinen Partner, Mr. Slater.

»Diesen Corner?«

»Genau den.«

»Aber ich bitte Sie, Miß Taylor. Mr. Corner lebt schon längst nicht mehr. Zwei unserer besten Leute haben ihn laufend beobachtet. Sie hatten den Befehl, ihn zu töten, wenn sie es für richtig hielten.«

»Sie bluffen«, versuchte sich Susan selbst Mut zu machen.

»Meinen Sie?«

Susans Gedanken wirbelten. Dieser Slater ist verdammt sicher. Doch andererseits, Cliff ist auch kein Greenhorn.

»Beweise«, verlangte meine Partnerin.

»Kann ich Ihnen im Augenblick nicht geben. Die Männer haben sich noch nicht gemeldet. Vielleicht lasse ich Sie bis morgen früh leben, dann wissen Sie es ganz genau. Die Zeitungen schreiben bestimmt einen kurzen Artikel.«

»Wir werden sehen«, lächelte Susan kalt. »Übrigens, Sie haben noch einen Fehler gemacht, Mr. Slater.«

»Der wäre?«

»Sie hätten sich nicht mit Gangstern einlassen sollen. Dieser Tibor Hyman war eine Nummer zu klein. Er hat geredet.«

»Er weiß nichts, Miß Taylor. Und seine Leute erst recht nicht.«

»Irrtum, Mr. Slater. Er wußte etwas. Und das wiederum reichte, um Kombinationen anzustellen. Sie verstehen. Sie mögen zwar in fünf Jahren eine Superorganisation aufgebaut haben, aber wir sind auch nicht von gestern, Mr. Slater. Vergessen Sie das nicht. Oder glauben Sie im Ernst, ich hätte bei meiner Dienststelle nicht hinterlegt, wo ich zu finden bin?« lächelte Susan bissig.

Der Weißhaarige zuckte mit den Schultern. »Das ist mein Risiko, Miß Taylor. Doch glauben Sie mir, auch wir haben vorgesorgt. Zum Beispiel haben wir eine Art Karteikarte über unsere möglichen Gegner angelegt. Sie und Ihr Partner stehen in der Liste hoch oben. Das können Sie als Kompliment auffassen, Miß Taylor. Wir wissen aber auch, daß Sie gern auf eigene Faust arbeiten. Bisher haben Sie Glück gehabt.«

»Und Sie Pech«, erwiderte Susan. »Diesmal habe ich vorgesorgt.«

»Dann, Miß Taylor, haben Sie höchstens noch zehn Minuten zu leben.«

»Sie weniger, Mr. Slater. Denken Sie daran, was ich Ihnen gesagt habe. Ich erledige Sie vorher.«

Susans Stimme klang hart wie Granit.

Sie wußte, sie spielte mit ihrem Leben. Aber was blieb ihr auch anderes übrig?

Während dieses Gesprächs deutete Susans Pistole immer auf Slater. Jetzt schwenkte sie die Waffe herum.

»Gehen Sie vom Schreibtisch weg!« befahl meine Partnerin.

Slater zögerte.

»Machen Sie schon!«

George Slater trat einen Schritt vor. »Wir werden übrigens beobachtet, Miß Taylor. Auch dieser Raum wird durch eine Kamera überwacht.«

»Wenn's Sie stört, mich nicht.«

Susan glitt ein wenig zurück.

Und das war gut, denn in diesem Augenblick wurde die Tür aufgerissen.

Ein mittelgroßer Mann stürmte in das Zimmer. Er hatte kurzes Haar und bestand fast nur aus Muskeln.

Susan handelte gedankenschnell. Mit einem Satz war sie bei Slater und drückte ihm die Mündung der Waffe gegen den Hals.

Der Muskeltyp stoppte. Sprungbereit lauerte er auf Slaters Reaktion.

»Sagen Sie, der Kerl soll verschwinden!« zischte Susan und verstärkte den Druck ihrer Waffe.

Slater wurde steif. Tief atmete er ein.

»Ich warte nicht gern, Slater.««

»Verschwinde, Ika«, ächzte der Weißhaarige plötzlich. Jetzt schien er doch Angst zu bekommen.

Ika warf noch einen Blick auf die beiden und haute dann ab.

»Freut mich, daß Sie vernünftig sind«, sagte Susan, und ihre Stimme zitterte ein wenig.

»Noch haben Sie nicht gewonnen, Miß Taylor. Ika weiß, was er zu tun hat.«

»Sie hoffentlich auch«, erwiderte Susan.

In diesem Augenblick schrillte das Telefon auf dem Schreibtisch.

Slater erstarrte.

Wieder rasselte der Apparat.

»Gehen Sie ran«, sagte Susan und drückte dem Mann ihre Pistole jetzt in den Rücken.

Langsam griff George Slater nach dem Hörer ...

Geschlagene zwei Stunden hockte ich in einer muffigen Zelle auf dem nächsten Revier. Die Cops hatten meine Papiere an sich genommen und über meine Detektivlizenz dumme Bemerkungen gemacht.

Sie holten mich, als es draußen schon dunkel war, und brachten mich zu ihrem Captain.

Ich hatte vorher um ein Telefongespräch gebeten, welches mir der Captain nun großzügig erlaubte.

Ich wählte eine bestimmte Nummer, bekam Myers an den Apparat, erklärte ihm mit ein paar Worten die Lage und reichte dann den Hörer an den Captain weiter.

Der hörte zu und bekam nach wenigen Minuten einen knallroten Kopf.

Ich konnte mir ein Grinsen nicht verkneifen.

Als er den Hörer auflegte, schnauzte er erst mal seine Untergebenen an. »Geben Sie Mr. Corner seine Waffe und die Papiere zurück.«

Zufrieden steckte ich beides ein.

Der Captain wollte zu einer großen Entschuldigungsrede ansetzen, doch ich winkte ab.

»Geschenkt, Captain. Nur die zwei Stunden, die ich hier unnötig herumgesessen habe, tun mir leid.«

Eine Minute später bekam ich einen Anruf von Myers.

»Susan ist zu einem Lokal namens Black House gefahren«, berichtete er. »Wir haben soeben ihre Nachricht gefunden. Allerdings hat sie sich bisher noch nicht gemeldet. Kümmern Sie sich um die Sache, Cliff.«

Ich bekam plötzlich ein komisches Gefühl in der Magengegend. Sollte sich Susan wieder auf zu riskante Sachen eingelassen haben?

Kurz entschlossen suchte ich mir die Telefonnummer des Lokals.

Die rauchige Stimme einer Barelfe meldete sich.

»Ich möchte den Chef sprechen.«

»Ich weiß nicht, ob das möglich ist, Mister. Wir haben im Augenblick sehr viel zu tun.«

Das brauchte sie mir nicht zu sagen. Ich hörte es auch so. Den Geräuschen nach zu urteilen, schien es verdammt hoch herzugehen.

»Versuchen können Sie es ja«, bellte ich.

»Bleiben Sie dran. Ich verbinde Sie weiter«, erwiderte die Perle eingeschnappt.

Es knackte ein paarmal, und dann hörte ich eine Stimme: »Slater.«

»Corner«, meldete ich mich. »Ich hätte ein paar...«

Weiter kam ich nicht, denn plötzlich schrie eine Frau: »Cliff!«
Ich zuckte zusammen.

»Susan!« rief ich.

»Cliff. Ich habe hier Slater. Er ist der Boß. Komm sofort.
Noch kann ich mich halten. Ich...«

Weiter kam Susan nicht. Ich hörte ein Keuchen, dann war die
Leitung tot.

Wuchtig warf ich den Hörer auf die Gabel. Verdammt, jetzt
ging es um Sekunden. »Alarmieren Sie sämtliche Patrolcars, die
sich in der Nähe des Lokals Black House befinden. Und machen
Sie die Leute vom CIA mobil. Nennen Sie meinen Namen!«

Das alles rief ich dem Captain zu, während ich nach draußen
zu meinem Leihwagen rannte. Zum Glück hatten die Cops ihn
zur Untersuchung hergefahren.

Ich konnte keine Rücksicht darauf nehmen, ob ich noch vorhandene Fingerabdrücke der Männer, die mich killen wollten,
zerstörte. Es ging jetzt um mehr. Um die Zerschlagung der
Organisation S und um das Leben meiner Partnerin Susan
Taylor...

Slater reagierte plötzlich unheimlich schnell.

Während Susan mir noch etwas zurufen wollte, kreiselte er
herum, prellte mit dem angewinkelten Arm die Waffe zur Seite,
warf sich vor und schlug auf die Telefongabel.

Seine Hand raste zum Jackett.

Susan schoß.

Doch zu überhastet. Die Kugel pfiff knapp an Slater vorbei.

Der Gangster rollte sich über den Teppich.

Im selben Augenblick flog auch die Tür auf. Zwei Männer
stürmten mit gezogenen Waffen in den Raum.

Susan hatte den Überraschungsmoment auf ihrer Seite. Sie
durfte jetzt keine Rücksicht nehmen.

Zweimal bellte ihre Waffe auf.

Diesmal traf sie besser.

Beide Männer brachen zusammen.

Die Tür!

Susan hechtete drauf zu.

Zwei Schüsse peitschten auf. Glühend heiß fauchten die Geschosse an ihrem Kopf vorbei.

Das war Slater, dachte Susan, während sie in den nächsten Raum flog.

Ein Alarmsignal heulte.

Halbnackte Pärchen kamen schreiend aus ihren Zimmern. Alles rannte durcheinander.

Das Chaos war perfekt.

Weitere Männer tauchten auf. Slaters Leute. Sie wußten im Moment nicht, was gespielt wurde, hielten Waffen in den Fäusten und wirkten zwischen den Nackten wie Fremdkörper.

Und Susan behielt die Nerven.

Sie packte sich eines der Girls, warf es gegen einen heranstürmenden Gangster und rannte geduckt auf die sich langsam öffnende Geheimtür zu. Ein Diplomat hatte in seiner Panik den Hebel betätigt.

Slater, mittlerweile erholt, sah es.

»Idiot!« brüllte er in seiner Wut und schoß dem Mann in den Rücken. Susan konnte nicht auf Slater schießen. Zu viele Unschuldige liefen herum.

Alles drängte in Richtung Ausgang. Susan war eine der ersten. Hinter ihr keifte Slater wie ein Irrer. Immer wieder schrie er nach Ika, seinem Leibwächter.

Schreiend rannte die Menge in Richtung Fahrstuhl. Daß die meisten nichts oder nur wenig anhatten, schien sie nicht zu stören. Es gab nur eine Parole: Weg hier!

Der Lift war oben.

Susan drückte auf den Knopf.

Wertvolle Sekunden vergingen.

Sekunden, die Slaters Männer nutzen konnten.

Was sie auch taten.

Sie waren zu dritt. Bewaffnet mit Pistolen. Teuflisch grinsend kamen sie auf die Menschen zu.

Schreiend drängten sich die Girls zusammen. Männer zitterten wie Espenlaub.

Und Susan?

»Wenn Sie schießen, legen wir die Leute um«, sagte einer zu meiner Partnerin.

Susan ließ die Waffe sinken. Gerade in dem Moment, als der Fahrstuhl anhielt.

Aus. Die Chance war vertan.

»Kommen Sie näher!« befahl ein Kerl mit wirren roten Haaren.

Schmatzend schoben sich hinter Susan die Fahrstuhltüren auseinander.

Meine Partnerin wollte sich gerade in Bewegung setzen, da geschah es. Der Stoß in den Rücken warf sie gegen die Wand des Ganges.

»Hands up!« schrie jemand.

Susan sah Uniformen. Polizeirevolver blinkten matt. Dann Schüsse!

Menschen schrien! Pulverschleim zog durch den Gang ...

Und plötzlich war Stille. Nur ab und zu schluchzte eines der Girls.

Susan kam langsam auf die Beine.

Ihr Blick kreiste.

Zwei der Gangster lagen mit seltsam verrenkten Gliedern auf dem Boden. Sie waren tot. Der andere schwer verletzt.

Es hatte auch einen der Cops erwischt. Er lag halb in dem Fahrstuhl und hielt sich die blutende Schulter.

Susan schluckte. Nein, diese Schießerei wäre wahrhaftig nicht nötig gewesen.

»Sind Sie Miß Taylor?« wandte sich ein Sergeant an Susan. »Ja.«

Der Sergeant berichtete in wenigen Worten von dem Alarm. Auch, daß ich auf dem Weg hierher war.

Zehn Minuten später konnte ich Susan in meine Arme schließen. Ich war gleichzeitig mit den CIA-Beamten eingetroffen. Für sie würde es viel Arbeit geben. Aber auch für uns. Denn George Slater und sein Leibwächter Ika waren verschwunden.

Die Botschaft lag in einer ruhigen Straße. Hohe Bäume säumten den Rand. Hier und da parkte ein Wagen.

Es war still. Sehr still sogar. Die Dunkelheit lag wie Watte über dem Botschaftsviertel. Nur ab und zu wurde sie durch eine milchige Laterne erhellt.

Langsam rollte ein Wagen mit abgeblendeten Scheinwerfern durch die Straße. Der Fahrer stoppte weich, setzte zurück und fand zwischen zwei Bäumen einen Parkplatz, der Botschaft schräg gegenüber.

Der Fahrer des Wagens war ich. Neben mir saß Susan Taylor. Wir rauchten. Schweigend.

Schließlich sagte Susan: »Schon bald zwei. Ich glaube, es wird Zeit, Großer.«

»Okay.«

Wir drückten unsere Zigaretten aus, ich packte mir einige Utensilien, und wir stiegen ins Freie. Leise schwappten die Wagentüren hinter uns ins Schloß.

Das kühle Wetter der Märznacht legte sich beklemmend auf meine Atemwege. Ich mußte ein leichtes Husten unterdrücken.

Was wir hier wollten?

In die Botschaft eindringen. Gewiß, das war nicht legal. Wenn man uns nämlich schnappte, konnten wir einpacken. Wir bekamen vom SGS keinerlei Rückendeckung. Diese Aktion hatten wir allein auf unsere Kappe genommen. Es mußte uns gelingen, George Slater aus der Botschaft zu locken und dann festnehmen zu lassen. Wir hatten uns einen Tag vorbereitet, Baupläne der Botschaft studiert und uns eventuelle Einstiegsmöglichkeiten gemerkt. Auch über gewisse Sicherheitsvorkehrungen hofften wir Bescheid zu wissen. Trotzdem, ein unbehagliches Gefühl blieb immer.

Eine drei Meter hohe Mauer umgab den Botschaftskomplex. Die Botschaft selbst lag inmitten eines gepflegten Parks und war noch nicht sehr alt.

Meine Augen tasteten, so gut es ging, die Mauer ab. Wir umrundeten die Vorderfront und gelangten schließlich über einen kaum erkennbaren Trampelpfad an die Rückseite.

Ich blieb stehen.

»Willst du es hier versuchen?« flüsterte Susan.

»Ja.«

Über meine Schulter hatte ich ein Seil gerollt, an dessen Ende sich ein Enterhaken befand.

Ich faßte das Seil, wog es kurz in der Hand, schwang es ein paarmal hin und her und warf.

Ich hatte Glück.

Klirrend hakte sich der Haken in das Gestein. Das Geräusch erzeugte eine Gänsehaut auf meinem Rücken.

Susan stieß mich an. Sie hatte sich gespannt vorgebeugt.

Beide lauschten wir. Minutenlang.

Es tat sich nichts.

Ich packte das Seil, prüfte seinen festen Halt und machte mich an den Anstieg.

»Paß auf«, wisperte Susan noch.

Verdammt, es war eine Schufterei. Doch dann lag ich schwer atmend auf dem Rand der Mauer.

Wieder lauschte ich. Langsam beruhigte sich auch mein pochender Herzschlag.

Mit der linken Hand machte ich Susan ein Zeichen.

Jetzt war sie dran.

Das Seil straffte sich. Wurde hin und her bewegt.

Ich drehte mich auf die rechte Seite, ließ den linken Arm herunterbaumeln und bekam Susans Hand zu fassen.

Ich zog.

Wenig später lag Susan neben mir.

Geschafft.

Jetzt holte ich das Seil ein, löste den Haken, befestigte ihn dann an einer anderen Stelle, und zwar so, daß das Seil zur anderen Seite hing. Wir mußten uns diesen Fluchtweg offenhalten.

»Springen?« fragte Susan leise.

Ich nickte.

Die Mauer war zwar hoch, aber eine durchtrainierte Person konnte es ohne weiteres wagen.

Wir landeten beide sicher auf dem Grasboden.

Jetzt hatten wir praktisch ein fremdes Land betreten. Würde

man uns nun erwischen ... Ich durfte gar nicht daran denken. Teil Nummer zwei unseres Planes begann.

Wie Indianer schlichen wir durch den gepflegten Park. Jede natürliche Deckung ausnutzend.

Das Botschaftsgebäude rückte immer näher. Wie ein drohender Schatten ragte es vor uns hoch. Hinter einem Fenster brannte trübes Licht. Aus den Aufzeichnungen wußte ich, daß hier der Botschaftssekretär arbeitete.

Wir änderten die Richtung und näherten uns der Botschaft von der Seite.

Wir wollten versuchen, durch den Keller in das Gebäude zu gelangen, um von dort, das wußten wir auch aus den Plänen, die Gästezimmer aufzusuchen, wo — unseren Vermutungen nach — sich George Slater aufhielt.

Doch es kam anders. Ganz anders.

Wir hatten das Haus schon fast erreicht, als plötzlich Licht aufflammte. In einigen Räumen und vor dem Eingang.

Susan und ich huschten sofort auf ein Gebüsch zu. Hier lagen wir zunächst in guter Deckung.

Die Eingangstür wurde geöffnet. Helles Licht flutete nach draußen.

Ich hörte Männerstimmen.

Dann eine Frau.

Katja Tomarow alias Dana Andrews. Sie trat als erste ins Freie. Hinter ihr erkannte ich George Slater und Ika, seinen Leibwächter. Dann noch zwei Männer, die ich noch nie gesehen hatte. Alle redeten in einer fremden Sprache.

George Slater trug zwei Koffer. Sieh mal einer an, der Knabe wollte verschwinden. Klammheimlich.

Ika nahm ihm die Koffer ab und ging ein Stück den Hauptweg entlang zu einem Wagen. Das Licht reichte nicht aus, um den Typ zu identifizieren.

Ich hörte, wie eine Autotür schlug.

Dann tauchte Ika noch mal kurz im Lichtschein auf und verschwand.

»Wir müssen zurück, Großer«, zischte mir Susan zu. »Die Herrschaften wollen abhauen.«

»Okay«, gab ich leise zurück, warf noch einen letzten Blick auf die Gruppe und setzte mich ab in Richtung Mauer.

Susan war schon vor mir gestartet. Ich konnte sie in der Dunkelheit nicht sehen. Hoffentlich verfehlte sie die Stelle nicht, wo unser Seil hing.

Autoscheinwerfer flammten auf. Wie riesige Geisterfinger drangen sie durch den Garten.

Die Scheinwerfer wanderten. Anscheinend wurde der Wagen gedreht.

Gedreht?

Verdammt, die Scheinwerfer. Sie mußten mich erfassen.

Ich rannte, was meine Lungen hergaben. Schlug Haken, nur von dem Gedanken beseelt, nicht in den Bereich der Lichtfinger zu geraten.

Selbstverständlich verursachte ich dabei Geräusche. Doch es lief alles glatt.

Endlich hatte ich die Mauer erreicht.

Susan hockte schon auf der Krone. Wartete auf mich.

»Spring!« rief ich halblaut.

»Cliff!« Susans Augen weiteten sich plötzlich erschreckt. »Hinter dir!«

Ich sah die Gefahr nicht, ich spürte sie.

Instinktiv wich ich zur Seite.

Das war mein Glück.

Der Totschläger zischte nur eine Idee an meinem Schädel vorbei. Und geschlagen hatte Ika.

Woher er so plötzlich gekommen war, ich weiß es nicht.

»Spring!« schrie ich Susan nochmals zu. »Die anderen, sie sind wichtiger.«

Und Susan Taylor sprang.

Ika sah es. Er grinste. Seine weißen Zähne leuchteten in der Dunkelheit.

Mit einer lässigen Bewegung warf Ika den Totschläger weg. Dafür nahm er die Stellung eines Karatekämpfers ein.

Ich wußte, mir stand ein Kampf auf Leben und Tod bevor ...

Susan rannte zu unserem Wagen. Es war immer noch der geliehene Ford.

Zum Glück hatte ich nicht abgeschlossen.

Susan Taylor riß die Tür auf, schlug sie hinter sich zu und warf sich lang auf die vordere Sitzbank.

Leises Motorengeräusch.

Susan peilte durch die Frontscheibe.

Sie sah, wie sich das schmiedeeiserne Tor zum Botschaftsgelände zur Seite schob.

Der Fluchtwagen rollte auf die Straße. Es war übrigens ein Pontiac.

Scheinwerfer erfaßten den Ford.

Susan machte sich klein.

Dann wurde es wieder dunkel.

Meine Partnerin setzte sich hinter das Steuer und startete. Während sie anfuhr, bemerkte sie, daß sich das Eingangstor automatisch wieder schloß.

Susan folgte dem Pontiac. Die Rückleuchten des Wagens schienen sie höhnisch anzugrinsen.

Susan Taylor fuhr vorerst ohne Licht. In dieser Gegend konnte sie das riskieren.

Der Pontiac rollte kreuz und quer durch das Botschaftsviertel und bog dann in die breite New Hampshire Avenue ein. Natürlich hatte Susan längst die Scheinwerfer eingeschaltet. Sie schloß dichter auf, denn auf der breiten Schnellstraße herrschte sogar noch zu dieser Zeit Betrieb.

Am Washington Circle, dem Verkehrsknotenpunkt der Hauptstadt, verließ der Pontiac die New Hampshire Avenue und bog in die 23. Straße.

Die Fahrt ging jetzt stur nach Süden. Richtung Potomac River.

Die beiden Wagen überquerten den Potomac auf der Theodore Roosevelt Bridge.

Die Gegend wurde waldreicher. Susan hatte den Abstand längst vergrößert, denn die Wagen, die ihnen entgegenkamen, konnte man an einer Hand abzählen.

Die Bremslichter des Pontiac leuchteten auf.

Meine Partnerin stoppte sofort. Automatisch löschte sie die Scheinwerfer.

Noch immer hielt vor ihr der Wagen.

Susan kurbelte die Seitenscheibe hinunter. Frische Nachtluft drang in den Ford.

Stimmen.

George Slater und Dana Andrews waren ausgestiegen.

Eine Autotür schnappte ins Schloß. Dann verloschen auch die Rücklichter.

Das Gangsterpärchen setzte die Flucht zu Fuß fort

Hastige Schritte.

Susan Taylor stieg aus dem Wagen.

Was hatten die beiden vor?

Die Stimmen wurden leiser. Verschwanden ganz.

Susan lief.

Da hörte sie die Stimmen wieder. Sie konnte sogar Wortfetzen verstehen.

»Ich geh' schon vor«, sagte Slater gerade.

Wohin? Was hatten diese Worte zu bedeuten?

Zweige knackten. Slater mußte in dem Gebüsch, das die Straße zu beiden Seiten säumte, verschwunden sein.

Aber wo war Dana Andrews?

Vorsichtig schlich meine Partnerin weiter.

Da! Ein kurzes Klicken. Eine winzige Flamme. Dann glühte der Punkt rot auf.

Die Frau hatte sich eine Zigarette angezündet. Susan kannte nun ihren Standort.

Aber wo war Slater? Susan überkam auf einmal das Gefühl, daß die Zeit drängte.

Rauch kitzelte schon ihre Nase.

Meine Partnerin wurde noch vorsichtiger.

Noch ein paar Yard, dann hatte sie Dana Andrews erreicht. Susan mußte diese Frau ausschalten, aber vorher wollte sie erfahren, was George Slater vorhatte.

Doch wie der Teufel will, kam in diesem Augenblick ein Wagen. Seine Scheinwerfer strichen durch das Gelände, erfaßten die Straße und auch die beiden Frauen.

Wie ein Spuk war der Wagen vorbei.

Doch dieser kurze Moment hatte gereicht.

Dana Andrews hatte Susan gesehen.

Sie warf sich einfach herum und rannte los. Das heißt, sie wollte es.

Aber da hatte Susan noch ein Wörtchen mitzureden.

Sie erwischte Dana Andrews am linken Bein. Schreiend fiel die Frau zu Boden. Die Zigarette kreiselte wie ein Glühwürmchen durch die Dunkelheit und blieb irgendwo liegen.

Susan Taylor zog Dana Andrews zu sich heran.

»Wo ist George Slater?« zischte meine Partnerin.

»Gehen Sie zum Teufel«, fauchte die Frau, warf sich herum, griff in den Boden und schleuderte Susan Dreck ins Gesicht.

Dana Andrews hatte gut getroffen. Susan war für Augenblicke wie blind.

Fingernägel ratschten durch ihr Gesicht. Der Schmerz war beißend.

Susan Taylor drehte instinktiv ihren Kopf, bekam ein Handgelenk zu packen und hebelte mit einem Judogriff die Frau zur Seite.

Dana Andrews war keine Kämpferin. Wimmernd lag sie auf dem Boden.

»Noch mal — wo ist George Slater?« keuchte Susan schwer atmend. Ganz dicht beugte sie sich über die Frau.

»Zum — Flugzeug«, erwiderte Dana Andrews stockend. »Auf der Wiese. Nicht weit von hier. Wir wollten weg.«

Susan Taylor wußte nun, daß sie keine Zeit verlieren durfte. Dana Andrews hatte genug gesagt.

»Tut mir leid«, sagte Susan, während sie die Frau mit einem dosierten Handkantenschlag ins Reich der Träume schickte.

Susan hetzte hoch. George Slater, er durfte nicht entkommen.

Plötzlich hörte meine Partnerin lautes Motorengeräusch.

Verdammt, wollte der Kerl schon starten? Und dann noch in völliger Dunkelheit?

Susan rannte in Richtung des Geräusches.

Positionslichter. Wie große Augen leuchteten sie. Und sogar eine von Scheinwerfern markierte Landebahn war zu erkennen.

Wie der Schatten eines Urweltvogels ragte das Flugzeug vor Susan auf.

»Dana?« schrie Slater gegen den Lärm der Motoren.

Jetzt kam es darauf an. Hoffentlich konnte Susan George Slater täuschen. Ihre Waffe hielt sie längst in der Hand.

»Ja!« schrie meine Partnerin zurück.

Slater winkte aus dem Cockpit.

Nun erkannte Susan auch die Maschine. Es war eine zweimotorige Piper.

Eine kleine Gangway war nicht zu sehen.

»Auf die Tragfläche!« brüllte Slater.

Susan ließ schnell ihre Waffe verschwinden, packte mit beiden Händen zu, ein Klimmzug — und sie lag oben. Der Luftzug der Motoren riß sie fast wieder hinunter.

Slater deutete ihr an, ins Cockpit zu klettern.

Susan schwang sich hinter Slater auf den Sitz.

Hatte der Kerl denn immer noch nichts bemerkt?

In der Kanzel war es verteufelt eng.

Slater schloß die Haube. »Schnall dich fest!«

Susan zog ihre Waffe. Das Motorengeräusch war leiser geworden. Sie konnte es riskieren.

»Nein, Mr. Slater«, sagte Susan scharf und drückte dem Mann die Pistolenmündung an den Halswirbel. »Ich werde mich nicht anschnallen, und wir werden auch nicht starten. Verstanden?«

Slater lachte auf. Die Waffe schien ihn nicht im mindesten zu beeindrucken. »Halten Sie mich wirklich für so naiv, Miß Taylor? Glauben Sie im Ernst, ich hätte Sie nicht erkannt? Auch bei Ihrer Verfolgung haben Sie sich nicht so geschickt verhalten, daß es mir nicht aufgefallen wäre. Also, lassen Sie die Späße. Ich will endlich starten.«

»Das werden Sie nicht, Mr. Slater. Denken Sie an die Waffe.«

»Aber Miß Taylor. Jetzt wollen sie mich wirklich verschaukeln«, erwiderte Slater mit spöttischer Stimme. »Ihre Waffe beeindruckt mich nicht im geringsten. Sie schießen ja doch keinem Menschen in den Rücken.«

»Lassen Sie es nicht darauf ankommen.«

»Doch, Miß Taylor. Ich lasse es. Wir werden gemeinsam fliegen. Unsere Reise dauert nicht lange. Nicht weit hinter der Küste werden wir springen. Freunde von mir kümmern sich dann um uns. Sie werden eine kostenlose Kreuzfahrt bekommen, Miß Taylor. Na, ist das nichts?« Slaters Stimme triefte vor Hohn.

Teufel, der Kerl hatte Nerven. Das mußte Susan ehrlich zugeben. Er hatte auch recht. Sie konnte keinem Menschen in den Rücken schießen. Nein, bei Gott nicht.

Susan verstärkte trotzdem den Druck der Waffe.

Slater lachte laut auf. »Also, Miß Taylor, ich starte jetzt.«

Der Gangster gab Gas. Laut heulten die Motoren auf. Dann setzte sich die Maschine langsam in Bewegung.

Ika griff an.

Blitzschnell, mit vorgestreckten Fäusten und einem Kampfschrei auf dem Lippen.

Ich wich aus. Verdammt, und dann sah ich seinen Fuß. Er traf mich in Hüfthöhe.

Glühender Schmerz schien meine Eingeweide zu zerfressen. Halb im Unterbewußtsein spürte ich, daß ich auf den Boden knallte.

Ika stieß einen Triumphschrei aus.

Meine Waffe! Verflixt, ich mußte an meine Waffe kommen.

Flatterhaft suchten meine Hände den Weg zum Schulterhalfter. Gleichzeitig stieß ich, so gut es ging, beide Beine vor.

Ein Fluch folgte. Ich mußte getroffen haben.

All dies hatte sich in Sekunden abgespielt.

Wie ein Wurm rollte ich mich weg, stützte mich ab, kam auf die Füße, riß die Knarre hervor...

Ika flog im selben Moment auf mich zu. Wie eine Feder wischte er den .38er zur Seite.

Doch diesmal tauchte ich weg.

Ika rannte ins Leere.

Ich schlug mit dem .38er zu. Ich traf Ika in den Rücken. Laut schrie der Mann auf. Seine Bewegung wurde jäh gestoppt. Mit beiden Händen griff er sich ans Kreuz.

Ich kreiselte herum und schmetterte ihm die Linke gegen den Kiefer.

Ika wurde zurückgeschleudert.

Unerbittlich setzte ich nach. Glauben Sie mir, hier ging es um mein Leben. Ich konnte keine Rücksicht nehmen.

Zweimal traf ich ihn hart auf die Leber. Ikas Gesicht verzerrte sich. Aber noch gab er sich nicht geschlagen.

Einem gemeinen Fußtritt konnte ich nur mit Mühe ausweichen. Ebenso seinem Kopfstoß.

Doch dann bekam ich seinen Arm zu fassen. Mit beiden Händen riß ich ihn herum, drehte mich und hebelte meinen Gegner über die Schulter.

Aufschreiend krachte Ika gegen die Mauer. Sekundenbruchteile später lag er wimmernd am Boden.

Teufel, dieser Kampf hatte mich fast geschafft.

Ziemlich schwindelig bückte ich mich nach meiner Waffe, die ich während des Kampfes fallen gelassen hatte oder vielmehr fallen lassen mußte, als eine harte Stimme ertönte: »Lassen Sie die Finger von der Waffe. Wir schießen schneller, als Sie denken!«

Noch in gebückter Haltung drehte ich den Kopf.

Ich erkannte drei Männer. Einer davon, ein kleiner, untersetzter Glatzkopf, trug Lackschuhe und einen Smoking. Flankiert wurde er von zwei Typen in Rollkragenpullovern. Sie hielten schwere Pistolen in den Händen. Es waren ausländische Fabrikate.

Ich richtete mich auf. Deprimiert, ärgerlich, und dazu schmerzte meine Hüfte wie wahnsinnig.

Der Glatzkopf hielt eine kleine Taschenlampe in der Hand. Jetzt schaltete er sie ein. Ihr Strahl fiel auf Ika.

»Ist er tot?«

»Nee, die Leiche röchelt noch«, gab ich bissig zurück.

Der Mann ignorierte meine Worte. Er machte einem der Gorillas ein Zeichen. Der sah sich Ika an und nickte dann beruhigend. »Kommen Sie mit«, sagte der Glatzkopf zu mir.

Dieser Einladung konnte ich nicht widerstehen. Vor allen Dingen nicht, wenn man noch durch zwei Bleispritzen dazu aufgefordert wird.

Sie nahmen mich in die Mitte. Der Glatzkopf ging vor. Er hatte den watschelnden Gang einer Ente. Nur sind Enten entschieden harmloser.

Ich wurde in die Botschaft gebracht.

Nicht in den Keller oder irgendein finsteres Verlies. Im Gegenteil, der Raum glich einem Salon. Die Einrichtung verriet Geschmack und einen geschickten Innenarchitekten.

Die beiden Gorillas hatten sich verzogen. Ich war mit dem Glatzkopf allein.

Ich durfte mich sogar setzen. In einen mit rotem Samt bespannten Sessel. Sogar Whisky gab es. Von der besten Sorte. Der Glatzkopf schüttete ihn aus einer Kristallkaraffe selbst ein.

»Cheerio, Mr. Corner«, lächelte er.

Ich ließ das edle Getränk erst mal den Gaumen hinunterrieseln. Dann erwiderte ich ebenso freundlich. »Da Sie mich kennen, möchte ich gern auch Ihren Namen erfahren.«

»Ich heiße Karel Majew. Aber dieser Name wird Ihnen nicht viel sagen, Mr. Corner. Sie sind bekannter, glauben Sie mir.«

Ich zuckte mit den Schultern. »Das ergibt sich im Laufe der Zeit.«

Majew zündete sich eine Zigarette an. »Sind Sie überhaupt nicht nervös?« wechselte er das Thema. »Sie müssen sich über Ihre Lage im klaren sein. Sie sind einfach in ein Gebiet eingedrungen, das für Sie tabu ist. Sie haben sich strafbar gemacht. Ich hätte Sie erschießen lassen können.«

»Sicher. Das gebe ich zu, Mr. Majew. Doch dann hätten auch Sie Ärger bekommen.«

Majew lachte gekünstelt. »Das verstehe ich nicht.«

»Es ist ganz einfach. Meine Partnerin, Miß Taylor, die Ihnen sicherlich auch ein Begriff sein wird, weiß über alles Bescheid. Glauben Sie nicht, daß sie Himmel und Hölle in Bewegung gesetzt hätte, um mich zu befreien beziehungsweise Nachforschungen anzustellen? Ich kann mir nicht denken, daß dieses Ihrem Land angenehm gewesen wäre. Gerade im Zeichen einer gewissen Friedenspolitik.«

»Die Sie torpediert haben, Mr. Corner.«

Ich hob beschwichtigend die Hand. »Machen wir uns doch

nichts vor, Mr. Majew. Was ich getan habe, ist nicht korrekt. Okay. Aber es ging in diesem Fall um George Slater und die Organisation S. Wir mußten sie zerschlagen. Und da waren unsere Mittel eben etwas unorthodox. Sie arbeiten in Ihrem Land nicht anders. Ich kann Ihnen Beispiele aufzählen.«

Majew lächelte dünn. »Geschenkt. Bleiben wir beim Thema. George Slater. Wer soll das sein?«

»Oh«, tat ich erstaunt. »Sie wissen das nicht?«

»Nein.«

»George Slater heißt der Mann, der vorhin mit einer gewissen Katja Tomarow weggefahren ist. Hier weggefahren ist.«

Der Mann schüttelte den Kopf. »Ich verstehe Sie nicht, Mr. Corner. Ich kenne keinen George Slater und auch keine Katja Tomarow. Tut mir leid, Sie müssen sich irren. Ika, unser Wächter, der hat Sie entdeckt, und durch die Kampfgeräusche sind wir aufmerksam geworden. Ich kam gerade von einem Empfang zurück. Pardon, etwas anderes kann ich Ihnen nicht sagen, Mr. Corner.«

Sieh mal an. Der alte Fuchs. Wußte genau, daß die Karten gut verteilt waren. Er hatte sogar die besseren Trümpfe in der Hand. Höchstwahrscheinlich hatte er Slater schon abgeschoben. Ihm konnte ja niemand etwas nachweisen.

Ich lächelte verstehend. »Schon gut, Mr. Majew. Sie kennen den Mann also nicht?«

»Nein, tut mir leid.«

»Dann kann ich also ... gehen?« fragte ich gedehnt.

»Warum nicht?«

Majew kam jovial lächelnd auf mich zu. Freundschaftlich schlug er mir auf die Schulter.

»Wissen Sie, Mr. Corner, eigentlich sind Sie mir sympathisch. Und deshalb möchte ich diese leidige Sache vergessen. Sie sind hier überhaupt nicht eingedrungen. Sie verstehen schon, nicht wahr?« Majew hielt mir die Hand hin. »Schlagen Sie ein, Mr. Corner.«

Ich tat's. Was blieb mir anderes übrig? Sollte ich Terror machen, Staub aufwirbeln? Nein.

»Ich begleite Sie noch bis zur Tür, Mr. Corner.«

»Danke.«

Er ging sogar noch mit durch den Park, bis zum Tor. Dort drückte er mir noch einmal die Hand.

»Sie sehen, Mr. Corner, das ist Diplomatie.«

»Ich würde es anders ausdrücken«, grinste ich. »Eher: Eine Hand wäscht die andere.«

»Daran kann ich Sie nicht hindern.«

Majew verschwand.

Das Tor öffnete sich automatisch. Ebenso glitt es hinter mir wieder zu.

Da stand ich nun auf der Straße. Ohne Fahrzeug, ärgerlich und waffenlos. Teufel noch mal, war das ein Elend!

Susan!

Heiß fiel sie mir ein. Mein Gott, ich mußte sie finden. Aber wo? Großfahndung? Ich hatte die Wagennummer nicht erkannt, und Majew würde den jetzigen Umständen nach nie zugeben, daß der Wagen eventuell zur Botschaft gehörte.

Kalter Schweiß legte sich auf meine Stirn. Ich mußte irgend etwas tun. Aber was?

Unwillkürlich begann ich zu laufen.

Die Maschine rollte immer schneller.

Und George Slater saß hinter dem Steuerknüppel und lachte.

»Spätestens an der Küste wird man uns entdecken!« schrie Susan Taylor.

»Keine Angst. Ich fliege sehr tief. Unter dem Radarstrahl hindurch. Und wenn wir erst über dem Meer sind, dauert es nur noch wenige Minuten, bis wir aussteigen. Freuen Sie sich, daß zwei Fallschirme da sind, Miß Taylor.«

Die Piper hob ab. Sacht, sehr sacht sogar. George Slater war ein Könner. Ihn schien Susans Waffe nicht im geringsten zu beeindrucken. Im Gegenteil, Slater rekelte sich noch wohlig in seinem Sitz zurück.

Susan schaute dem Mann über die Schulter. Die Nadel des Kursanzeigers deutete starr auf Osten.

Susans Augen flogen über die Instrumententafel. Sie mußte

irgend etwas unternehmen. Mußte diesen Wahnsinnigen stoppen. Aber wie?

Wenn sie neben dem Mann gesessen hätte . . . Aber so?

»Na, einen Ausweg gefunden?« spottete Slater.

Er wandte sich halb um. Seine Lippen hatten sich zu einem Grinsen verzogen.

»Übrigens, bald haben wir die Küste erreicht. Es wird Zeit für die Fallschirme. Sie liegen hinter Ihnen, Miß Taylor. Reichen Sie doch mal einen rüber.«

»Und wenn ich es nicht tue?«

»Werden wir zusammen sterben. Ich jage diesen Vogel dann ins Meer, verlassen Sie sich darauf.«

Susan glaubte ihm. Dieser Mann war eiskalt. Er besaß so gut wie keine Nerven. Er war der Typ, für den das Leben nur aus einem Spiel bestand.

»Machen Sie schon«, forderte George Slater.

Susan sah sich in die Defensive gedrängt. Lächerlich kam ihr ihre Pistole vor, die sie noch immer in der Hand hielt. Sie steckte sie weg.

Die Fallschirme lagen tatsächlich hinter ihrem Sitz. Sie waren zu handlichen Bündeln verschnürt. Susan reichte eins hinüber.

Slater hielt nur noch eine Hand am Steuerknüppel. Mit der linken packte er den Fallschirm.

»Ich hoffe, Sie wissen, wie man solch ein Ding anlegt, Miß Taylor«, rief er gegen den Lärm der Motoren. »Ich kann Ihnen nicht viel helfen. Habe selbst mit mir und der Maschine zu tun. Also, wie seh' ich die Sache?«

»Machen Sie sich um mich mal keine Sorgen, Slater«, gab Susan bissig zurück.

Slater lachte.

Natürlich hatte Susan während ihrer Ausbildungszeit gelernt, einen Fallschirm anzulegen. Es war zwar schon etwas her, doch die Griffe saßen immer noch.

Es dauerte fünf Minuten, bis Susan den Packen auf dem Rücken hatte.

Dann blickte sie kurz nach unten. Noch waren vereinzelt Lichter zu sehen. Aber wie lange?

»Bald sind wir über dem Meer!« schrie Slater. »Sie springen zuerst, Miß Taylor.«

Susan nickte. Sie entspannte sich. Lauerte auf ihre Chance. Denn eine Chance mußte es einfach geben. Und wenn sie noch so hauchdünn war.

»Das Wasser!« brüllte Slater.

Er ging noch etwas tiefer. Fast auf ideale Sprunghöhe.

Und dann hörte Susan das Heulen. Auch Slater zuckte zusammen.

Susan Taylor warf einen kurzen Blick aus der Kanzel.

Sie sah Positionslichter durch die Nacht huschen. Sie bewegten sich auf die Piper zu, wurden größer und zischten über sie hinweg.

Ein Abfangjäger.

Man mußte die Piper entdeckt haben. Hoffnung keimte in Susan auf.

Slater fluchte wild.

»Und wir springen doch!« geiferte er. »Nein!« peitschte Susans Stimme.

Plötzlich hielt meine Partnerin auch wieder ihre Pistole in der Hand.

Slater, halb aufgerichtet und Susan zugewandt, schlug zu. Hart fegte sein Schlag Susan die Waffe aus der Hand. Singend prallte sie gegen die Kabinenverkleidung.

Das Flugzeug, jetzt steuerlos, kippte nach vorn ab.

Susan konnte sich an der Rückenlehne ihres Vordersitzes abstützen.

Anders Slater. Er prallte gegen die Instrumententafel. Mehrere Knöpfe wurden dadurch gleichzeitig betätigt.

Auch der Knopf, der den Raster für die Plexiglashaube betätigte.

Mit einem lauten Knall kippte die Haube zur Seite. Eiskalter Wind pfiff in die offene Kanzel. Ließ die beiden Menschen taumeln.

Und immer noch kippte die Piper.

»Die Haube . . .!« wollte Susan schreien, doch es war schon zu spät.

Der starke Wind hatte sie einfach aus ihrer Verankerung gerissen.

Slater hantierte, so gut es ging, an seinen Instrumenten. Es gelang ihm, die Piper wieder etwas zu stabilisieren.

Slater kreiselte herum. Haßerfüllt starrte er Susan an.

Da entdeckte er ihre Pistole. Sogar in seiner Nähe.

George Slater riß die Waffe an sich, fuhr herum...

Susan duckte sich blitzschnell hinter den Sitz.

Sie hörte den Schuß bei dem Lärm überhaupt nicht, betete aber, daß das dicke Polster die Kugel aufhalten würde.

Und es hielt.

Susan merkte es spätestens daran, daß Slater abspringen wollte. Er hatte kein Interesse mehr an ihrem Tod.

Er stand schon auf dem Sitz, krallte sich an den Außenkanten der Kabine fest, wollte sich hochziehen...

Susan bekam seine Beine zu fassen.

Mit einem Ruck zog sie den Gangster wieder herunter.

Doch gleichzeitig trudelte die Piper nach links. Susan und der Mann wurden herumgeschleudert, knallten gegen die Kabinenwand und rutschten ein Stück daran entlang.

Im Unterbewußtsein hörte Susan das Pfeifen des Abfangjägers, während Slaters Hände sich um ihre Kehle klammerten.

Mit aller Macht drückte der Mann zu.

Susan sah sein schweißfeuchtes, haßverzerrtes Gesicht dicht vor sich.

Sie stieß beide Arme hoch und schlug ihre Karatefäuste gegen die Brust des Mannes.

Slater brüllte auf, ließ aber nicht los.

Und wieder kippte die Piper.

Susan spürte plötzlich, wie sich alles drehte, sah, wie Slaters Beine hochgerissen wurden, merkte, wie er sie zwangsläufig losließ, sah seinen Körper davonwirbeln, gegen eine Tragfläche klatschen, davon abprallen und in der Tiefe verschwinden.

Das alles hatte nur Sekundenbruchteile gedauert. Susan Taylor hatte instinktiv gehandelt. Hatte im Unterbewußtsein eine Stange gepackt, die sie krampfhaft festhielt.

Plötzlich ging es ihr genauso wie Slater.

Ihre Beine fanden keinen Halt mehr, ihr Körper pendelte in der Luft, ein beißender Schmerz zog sich durch ihren Arm.

Und dann wurde Susan auf einmal klar, in welcher Lage sie sich befand.

Die Piper stand auf dem Kopf und jagte durch die Nacht.

Und Susan Taylor hing zwischen Himmel und Wasser. Nur mit einer Hand krallte sie sich an eine Verstrebung.

Knapp über ihr röhrten die Motoren. Der beißende Fahrtwind warf ihren Körper hin und her.

Ihre Hand schien abzusterben. Und langsam öffneten sich Susans klamme Finger...

Du mußt dich fallen lassen!

Ein letzter, verzweifelter Gedanke fraß sich in Susans Hirn.

Susan Taylor ließ los. Der rasend schnelle Fall preßte ihr den Magen hoch. Unwillkürlich schrie meine Partnerin auf.

Der Fallschirm!

Die Leine!

Susan sah nichts, fühlte nichts, suchte nur die Leine. Bei dem Kampf hatte sich der Fallschirm verschoben.

Endlich packte sie den Griff.

Und Susan zog.

Einen Herzschlag lang tat sich gar nichts.

Dann gab es unter ihren Achseln einen ungeheuren Ruck. Knatternd öffnete sich der Schirm.

Susan riskierte einen Blick nach oben. Wie ein riesiger weißer Schleier leuchtete die Seide, blähte sich auf und pendelte im Wind.

Susan schwebte. Oder vielmehr kam es ihr nach dem rasenden Fall so vor.

Ausschwingen, hatte man ihr in dem Lehrgang beigebracht. Susan richtete sich danach.

Ihr Körper pendelte sich ein.

Dann kam der Wind. Trieb sie ab und fuhr beißend durch ihre dünne Kleidung.

Über sich hörte Susan wieder das Pfeifen des Düsenjägers. Sie wußte nicht, ob man sie in der Maschine gesehen hatte. Susan konnte es nur hoffen.

Das Meer. Susan hörte schon das Rauschen.

Ich darf nur nicht falsch auf die Wasserfläche kommen, dachte meine Partnerin. Also, keine Zeit mehr.

Susan Taylor sah rasend schnell eine große, dunkle Fläche auf sich zukommen, zog instinktiv die Beine an, schloß die Augen und den Mund...

Eiskaltes Wasser schien ihr das Blut zu gefrieren. Unwillkürlich machte Susan Schwimmbewegungen, stieß an die Oberfläche, atmete ein und sah den Fallschirm wie ein riesiges nasses Tuch auf dem Wasser schwimmen.

Automatisch blies sich eine Schwimmweste auf. Susan löste den Fallschirm von ihrem Körper.

Dann begann sie zu schwimmen. Sie mußte es, um sich wenigstens etwas warm zu halten.

Die Panik kam nach einer halben Stunde. Susans Nerven spielten nicht mehr mit.

Die finden mich nie! Ich bin verloren! Wie ein Karussell tobten die Gedanken in ihrem Gehirn.

Das Küstenwachschiff ›Maryland‹ empfing die Nachricht als erstes.

Mit hochrotem Kopf raste der Funker mit der Meldung zum Kapitän.

»Sir, hier ist ein Funkspruch gekommen«, meldete er hastig. »Einer unserer Abfangjäger hat den Absturz eines Flugzeuges beobachtet. Sie haben Bilder geschossen. Mit Infrarotkameras.«

Der Kapitän war ein Mann schneller Entschlüsse.

»Wo genau?«

Der Funker gab ihm die Position.

Drei Minuten später nahm die ›Maryland‹ Kurs auf die bezeichnete Stelle.

»Überlebende?«, wollte der Kapitän wissen.

»Sie wissen es nicht, Sir«, erklärte der Funker. »Man weiß nicht einmal, wie viele Menschen sich in der Piper befanden.«

»Teufel, das muß doch bei der zuständigen Flugüberwachung bekannt sein«, regte sich der Kapitän auf.

»Das Flugzeug war nicht gemeldet. Unsere Radarkontrolle hat es auch nur im letzten Augenblick gesehen. Deshalb haben sie auch einen Jäger hochgeschickt.«

»Das kann ja heiter werden«, knurrte der Kapitän. Dann befahl er: »Suchscheinwerfer an!«

Wie gleißende Finger glitten die Scheinwerferstrahlen über die Wasseroberfläche. Die Männer auf der Brücke starrten angestrengt hinaus.

»Stop!« schrie der Erste Steuermann plötzlich.

Die Maschinen drehten um Touren zurück.

»Da!« Der Mann deutete nach vorn. »Dort treibt jemand.«

Jetzt sah es auch der Kapitän.

Eine leblose Gestalt hing in einem Rettungsring.

»Langsam backbord!«

Ruhig und sicher gab der Kapitän seine Anordnungen. Schon bald hatten sie den Körper erreicht.

Und zwei Minuten später wurde die total erschöpfte Susan Taylor an Bord gehievt.

Und wiederum eine Stunde später ging es ihr so gut, daß sie schon einen Funkspruch formulieren konnte.

Dann berichtete sie dem Kapitän ihre Geschichte. Der Seemann kam aus dem Staunen gar nicht mehr heraus. Er sagte immer nur: »Donnerwetter.«

In Point Seagrave, einem kleinen Militärhafen, wurde Susan schon sehnlichst erwartet.

Na, von wem wohl? Von mir selbstverständlich.

Der Funkspruch war natürlich sofort an das Pentagon weitergeleitet worden, wo ich gerade eine Großfahndung vorbereitete.

Danach gab es für mich natürlich kein Halten mehr. Mit einem Hubschrauber war ich zu diesem kleinen Militärhafen geflogen.

Und dieser Hubschrauber brachte uns auch zurück nach Washington.

Susan lag während des Fluges in meinen Armen. Und ich muß ehrlich gestehen, es war ein herrliches Gefühl.

Wenn der Pilot nicht gewesen wäre und wenn Susan nicht so erschöpft gewesen wäre, wer weiß, wer weiß . . .

Aber so landeten wir ganz normal in Washington.

Myers strahlte, als er uns sah. Ich wollte den Tag eigentlich im Kalender anstreichen, denn ich hatte meinen Chef noch nie so aufgeräumt gesehen.

Er bedankte sich sogar bei Susan.

»Siehst du«, lächelte Susan verschmitzt und zog ihre Nase kraus, »nicht nur du kannst einen Fall zu Ende bringen, sondern auch ich vom schwachen Geschlecht.«

»Augenblick, Augenblick«, wehrte ich mich. »Was heißt hier schwaches Geschlecht? Letzten Endes trittst du ja für die Emanzipation ein, und dann gehört das eben dazu.«

»Ekel«, zischte Susan.

Ich mußte lachen. Gott sei Dank, sie war wieder die alte.

Noch in derselben Nacht wurde Dana Andrews alias Katja Tomarow gefunden. Eine Polizeistreife hatte sie aufgelesen. Doch Dana Andrews entkam den Cops wieder. Diesmal allerdings für immer. Sie vergiftete sich. Die Zyankalikapsel hatte sie in ihrem Zahn stecken.

Und von George Slater haben wir nie mehr etwas gehört oder gesehen. Er ist ein Opfer der See geworden.

Zwei Tag später waren wir wieder in Chicago. Wir schlossen die Wohnung ab, und ich zeigte Susan . . .

Ach, verflixt, was schreibe ich da. Das gehört gar nicht hierhin, denn ein wenig Privatleben gestehen Sie uns doch zu. Oder . . .?

ENDE DES BUCHES

Band 13 052
Jason Dark präsentiert
50 x Gänsehaut
Originalausgabe

50 gruselige Shortstories von fünfzig berühmten Autoren:
Johann Wolfgang von Goethe, Edgar Allan Poe, Arthur Conan
Doyle, Wilkie Collins, Jack London, Hanns Heinz Ewers, Gustav
Meyrink, K. H. Strobl, H. G. Wells, Jules Verne, Bram Stoker,
H. P. Lovecraft, Algernon Blackwood, C. A. Smith, E. F. Benson,
Tanith Lee, Michael Moorcock, Robert Sheckley, Stephen King,
M. R. James, Guy de Maupassant, Jean Ray, Ray Bradbury,
E. T. A. Hoffmann, Karl Edward Wagner, Oliver Onions, Sheridan Le
Fanu, Saki, Robert Louis Stevenson, Fritz Leiber, Robert W. Cham-
bers, Robert Bloch, William Morris, Naomi Mitchison, Nathaniel
Hawthorne, Wolfgang Hohlbein, Jörg Weigand, Mark Twain, Jean
Louis Bouquet, Honoré de Balzac, Isaac B. Singer, Arthur Machen,
T. R. P. Mielke, Isaac Asimov, Friedrich Gerstäcker, Friedrich
Dürrenmatt, Ramsey Campbell, Roland Topor, Brian Lumley, Oscar
Wilde.

Band 13 382

Randall Frakes

Terminator 2

**Deutsche
Erstveröffentlichung**

Erinnern wir uns: Ein Supercomputer wollte die Menschheit auslöschen. Er schickte einen Terminator aus der Zukunft zurück in das Jahr 1984. Sein Auftrag: Er sollte einen gefährlichen, aber noch gar nicht geborenen Gegner auslöschen. Doch der Terminator scheiterte.

Inzwischen hat sein Gegner das Licht der Welt erblickt und ist zehn Jahre alt. Er heißt John Connor, und er wurde dazu ausersehen, eines Tages den Widerstand gegen den Supercomputer und seine hochgerüsteten Maschinen anzuführen. Nur Sarah, seine Mutter, weiß um diese Mission. Aber sie weiß auch, daß ein neuer Terminator ausgesandt wird, den Jungen umzubringen ...

Sie erhalten diesen Band im Buchhandel, bei Ihrem Zeitschriftenhändler sowie im Bahnhofsbuchhandel.

1,500

LOREN D. ESTLEMAN

WHISKEY RIVER

EIN THRILLER AUS DETROIT

BASTEI LÜBBE

Band 13 358
Loren D. Estleman

Whiskey River
Deutsche
Erstveröffentlichung

›Die Detroiter sollten Estleman dafür bezahlen, daß er nicht mehr über ihre Stadt schreibt‹, meinte das Magazin PEOPLE über die bitterbösen Krimis des amerikanischen Starautors. Nun hat Estleman das schwärzeste Kapitel dieser unglaublich wilden Stadt aufgegriffen: die Zeit der Prohibition, in der Detroit ein noch viel heißeres Pflaster war als Chicago oder New York. Denn in Motor City lag das flüssige Gold praktisch vor der Haustür, drei Minuten über den Fluß nach Kanada – über den WHISKEY RIVER.
Das dicke Geschäft mit dem illegalen Alkohol stürzte die Stadt in eine fiebrige, hektische ›Goldene Zeit‹. Die Kehrseite: Fast über Nacht übernahm der Mob die Stadt und machte sie zum Synonym für die blutigsten Bandenkriege Amerikas.

BASTEI
LÜBBE

Sie erhalten diesen Band
im Buchhandel, bei Ihrem
Zeitschriftenhändler sowie
im Bahnhofsbuchhandel.